Von Dean R. Koontz sind
als Heyne-Taschenbücher erschienen:

Unheil über der Stadt · Band 01/6667
Wenn die Dunkelheit kommt · Band 01/6833
Das Haus der Angst · Band 01/6913
Die Maske · Band 01/6915
Die Augen der Dunkelheit · Band 01/7707
Schattenfeuer · Band 01/7810

DEAN R. KOONTZ

SCHWARZER MOND

Roman

Deutsche Erstausgabe

WILHELM HEYNE VERLAG
MÜNCHEN

HEYNE ALLGEMEINE REIHE
Nr. 01/7903

*Für Bob Tanner,
dessen Unterstützung in einer schwierigen
Situation mir sehr viel mehr geholfen hat,
als er ahnen kann.*

Titel der amerikanischen Originalausgabe
STRANGERS
Übersetzt von Alexandra v. Reinhardt

2. Auflage

Copyright © 1986 by Nkui Inc.
Copyright © der deutschen Ausgabe 1989
by Wilhelm Heyne Verlag GmbH & Co. KG, München
Printed in Germany 1989
Umschlagfoto: ZEFA/G. Mabbs/Düsseldorf
Umschlaggestaltung: Atelier Ingrid Schütz, München
Gesamtherstellung: Elsnerdruck, Berlin

ISBN 3-453-03326-4

Inhalt

Teil I
Zeit der Probleme
Seite 7

Teil II
Tage der Entdeckungen
Seite 295

Teil III
Nacht über Thunder Hill
Seite 659

Teil I

Zeit der Probleme

Ein treuer Freund ist wie ein starker Schild, ein treuer Freund ist wie ein Lebenselixier.

Apokryphen

Eine furchtbare Finsternis ist über uns gekommen, aber wir dürfen uns ihr nicht unterwerfen. Wir werden die Fakkeln der Tapferkeit entzünden und uns einen Weg ins Morgenlicht bahnen.

Anonymes Mitglied der französischen
Widerstandsbewegung (1943)

KAPITEL I:
7. NOVEMBER — 2. DEZEMBER

1. Laguna Beach, Kalifornien

Dominick Corvaisis war bequem ausgestreckt in seinem Bett eingeschlafen, unter einem frischen weißen Laken und einer leichten Wolldecke, aber er erwachte an einem anderen Ort — in der hintersten Ecke des großen Wandschrankes im Flur, hinter Mänteln und Jacken, zusammengekauert wie ein Fötus. Seine Hände waren zu Fäusten geballt, und seine Nacken- und Armmuskeln waren von der nervlichen Anspannung eines vergessenen Alptraumes völlig verkrampft.

Er konnte sich nicht daran erinnern, seine komfortable Matratze irgendwann in der Nacht verlassen zu haben, aber die Feststellung, daß er während der Stunden der Dunkelheit in den Schrank umgezogen war, überraschte ihn nicht allzusehr, denn er hatte diese Erfahrung in letzter Zeit schon zweimal zuvor gemacht.

Somnambulismus, eine potentiell gefährliche Angewohnheit, die unter der volkstümlichen Bezeichnung Schlafwandeln bekannt ist, hat Menschen durch die Jahrtausende der Geschichte hindurch fasziniert. Er faszinierte auch Dom, seit er selbst darunter litt. Die ältesten Erwähnungen von Schlafwandlern stammten aus der Zeit um 1000 v. Chr. Die alten Perser glaubten, der umherwandernde Körper eines Schlafwandlers suche seinen Geist, der sich während der Nacht von ihm gelöst und entfernt habe. Im finsteren Mittelalter griff in Europa hingegen die Meinung um sich, es handle sich dabei um eine Art von Besessenheit durch Dämonen oder um Lykanthropie, um die Verwandlung von Menschen in Raubtiere.

Dom Corvaisis war nicht allzu beunruhigt über diese Heimsuchung, obwohl sie ihn verwirrte und ihm etwas peinlich war. Als Schriftsteller fand er diese nächtlichen Wanderungen sogar ganz interessant, denn er betrachtete jede neue Erfahrung unter dem Gesichtspunkt, ob sie sich möglicherweise literarisch verwerten ließe.

Aber obwohl er sein eigenes Schlafwandeln vielleicht würde

schöpferisch umsetzen können — eine Heimsuchung war und blieb es dennoch. Er kroch aus dem Schrank, wobei er unwillkürlich aufstöhnte, weil der Schmerz in seinem Nacken heftig in Kopf und Schultern ausstrahlte. Seine Beine waren so steif und taub, daß er Mühe hatte, sich aufzurichten.

Er kam sich ziemlich albern vor. Obwohl er inzwischen wußte, daß Somnambulismus ein Leiden war, das auch Erwachsene befallen konnte, empfand er ihn im Grunde immer noch als etwas Kindliches, als ein Problem von der gleichen Art wie Bettnässen.

In blauer Pyjamahose und mit nacktem Oberkörper tappte er barfuß durch Wohn- und Schlafzimmer ins Bad. Sein Spiegelbild zeigte ihm das Gesicht eines liederlichen Menschen, eines Wüstlings nach tagelangen schamlosen Ausschweifungen jedweder Art.

In Wirklichkeit war er jedoch ein Mann mit bemerkenswert wenigen Lastern. Er rauchte nicht, nahm kein Rauschgift, überaß sich nicht. Er trank wenig. Er mochte Frauen, hielt aber nichts von Promiskuität; er glaubte, daß zu einer sexuellen Beziehung auch Zuneigung und eine mehr oder weniger feste Bindung gehörten. Tatsache war, daß er seit nunmehr fast vier Monaten keinen Geschlechtsverkehr mehr gehabt hatte.

So miserabel, so verlebt sah er nur aus, wenn er beim Aufwachen feststellen mußte, daß er nachts völlig unvorhergesehen in eine behelfsmäßige Lagerstatt umgezogen war. Jedesmal fühlte er sich nach dem Schlafwandeln völlig erschöpft, wie gerädert.

Er setzte sich auf den Rand der Badewanne und betrachtete zuerst die linke, dann die rechte Fußsohle. Sie waren nicht verkratzt oder sonstwie verletzt, ja nicht einmal besonders schmutzig, folglich hatte er das Haus nicht verlassen. Er war schon früher zweimal in Kleiderschränken aufgewacht, zuletzt in der vergangenen Woche und zum erstenmal zwölf Tage davor, und auch bei jenen Gelegenheiten hatte er keine schmutzigen Füße gehabt. Wie damals, so hatte er auch jetzt wieder das Gefühl, meilenweit gelaufen zu sein, ohne etwas davon zu wissen, aber wenn dem tatsächlich so sein sollte, so mußte er unzählige Male die Runde durch sein kleines Haus gemacht haben.

Eine lange heiße Dusche linderte seine Muskelschmerzen. Er war schlank und körperlich fit; mit seinen 35 Jahren verfügte er über eine große Zähigkeit, und so fühlte er sich nach dem Frühstück fast schon wieder wie ein Mensch.

Mit einer Tasse Kaffee in der Hand genoß er eine Zeitlang von seiner Veranda aus den herrlichen Blick auf den sanft zum Meer hin abfallenden Strand, dann begab er sich in sein Arbeitszimmer, überzeugt davon, daß seine Arbeit die Ursache des Schlafwandelns war, oder besser gesagt weniger die Arbeit als solche, als vielmehr der überraschende Erfolg seines ersten Romans ›Twilight in Babylon‹, den er im vergangenen Februar beendet hatte.

Zu Doms größtem Erstaunen war es seinem Agenten gelungen, einen sehr günstigen Vertrag mit Random House abzuschließen. Der Verlag hatte ihm einen Vorschuß bezahlt, der in Anbetracht dessen, daß es sich um ein Erstlingswerk handelte, bemerkenswert hoch war. Innerhalb eines Monats waren auch die Filmrechte verkauft worden (mit diesem Honorar hatte er sein Haus angezahlt), und die ›Literary Guild‹ hatte ›Twilight‹ auf ihre Liste ausgewählter Bücher gesetzt. Dom hatte für die Niederschrift des Romans sieben Monate benötigt, in denen er wöchentlich sechzig, siebzig, ja sogar achtzig Stunden gearbeitet hatte, von den zehn Jahren ganz zu schweigen, in denen er das Werk im Geist entworfen und sich mit dem Gedanken getragen hatte, es zu Papier zu bringen; trotzdem kam es ihm immer noch so vor, als hätte er sozusagen über Nacht Erfolg gehabt und wäre seiner Armut schlagartig entronnen.

Wenn der ehemals arme Dominick Corvaisis den plötzlich zu Reichtum gelangten Dominick Corvaisis in einem Spiegel oder in einer von der Sonne silbrig schillernden Fensterscheibe betrachtete, fragte er sich mitunter, ob er auch wirklich verdiente, was ihm unverhofft widerfahren war. Manchmal befürchtete er, auf einen tiefen Abgrund zuzusteuern. Die Vorschußlorbeeren versetzten ihn in einen Zustand ständiger nervlicher Anspannung.

Würde ›Twilight‹ bei der Veröffentlichung im nächsten Februar von Kritikern und Lesern positiv aufgenommen werden und die Investitionen von Random House rechtfertigen, oder würde es sich als demütigender Reinfall erweisen? Würde er weitere gute Romane zustande bringen, oder würde sein Erstlingswerk ein Zufallstreffer bleiben?

Fragen dieser und ähnlicher Art quälten ihn unablässig, wenn er wach war, und er vermutete, daß sie ihn auch nachts beschäftigten. Deshalb wandelte er wohl im Schlaf — er suchte nach einem sicheren Zufluchtsort vor seinen Ängsten.

Er setzte sich an seinen Schreibtisch, schaltete seinen IBM-Textcomputer ein und stellte die erste Diskette auf Kapitel 18 seines neuen Buches ein, das bisher noch keinen Titel hatte. Er hatte am Vortag auf der Mitte der sechsten Seite dieses Kapitels aufgehört, aber auf dem Bildschirm tauchte eine komplette Seite grüner Textzeilen auf.

Er starrte einen Moment lang völlig fassungslos auf die klaren leuchtenden Schriftzeichen, dann schüttelte er den Kopf; er wollte einfach nicht glauben, was seine Augen sahen.

Sein Nacken überzog sich plötzlich mit kaltem Schweiß.

Nicht das Vorhandensein dieser unbekannten Zeilen auf Seite sechs als solches jagte ihm einen Schauer über den Rücken, sondern ihr *Inhalt*. Außerdem hätte es eine Seite sieben des Kapitels gar nicht geben dürfen, weil er sie überhaupt noch nicht ersonnen hatte, aber sie existierte. Und er entdeckte auch eine achte Seite.

Mit feuchten Händen las er die bestürzende Fortsetzung seines in Arbeit befindlichen Werkes. Sie bestand aus einem Satz von nur drei Wörtern, Hunderte von Malen wiederholt:

Ich habe Angst. Ich habe Angst. Ich habe Angst. Ich habe Angst.

Vier Sätze pro Zeile, dreizehn Zeilen auf Seite sechs, 27 Zeilen auf Seite sieben, weitere 27 auf Seite acht — zweihundertachtundsechzigmal derselbe Satz! Das Gerät hatte diesen Text nicht allein geschrieben, denn es war nur ein gehorsamer Sklave, der genau ausführte, was ihm eingegeben wurde. Und es wäre auch sinnlos, sich einreden zu wollen, daß jemand während der Nacht in sein Haus eingebrochen war, um sich an seinem elektronisch gespeicherten Manuskript zu schaffen zu machen. Es gab keinerlei Anzeichen für einen Einbruch, und er konnte sich auch niemanden vorstellen, der ihm einen solchen Streich spielen würde. Es gab überhaupt keinen Zweifel daran — er mußte während des Schlafwandelns zu seinem Textcomputer gekommen sein und diesen Satz zweihundertachtundsechzigmal wie besessen getippt haben.

Ich habe Angst.

Angst wovor — vor dem Schlafwandeln? Er war eine verwirrende Erfahrung, zumindest morgens beim Aufwachen, aber es war keineswegs eine Qual, die mit solchem Schrecken verbunden sein konnte.

Gewiß, sein schneller literarischer Aufstieg und die Möglichkeit eines ebenso raschen Absturzes in die Anonymität ängstigten ihn, aber er konnte den unangenehmen Gedanken nicht loswerden, daß dies nichts mit seiner Karriere zu tun hatte, daß dieses Gefühl einer Bedrohung eine völlig andere Ursache hatte, daß etwas Merkwürdiges zwar von seinem Bewußtsein noch nicht erkannt wurde, daß aber sein Unterbewußtsein es schon registriert und durch diese im Schlaf notierte Botschaft versucht hatte, sich Gehör zu verschaffen.

Nein. Unsinn. Das waren nur Fantasiegespinste eines Schriftstellers, weiter nichts. Die beste Medizin für ihn war jetzt Arbeit.

Außerdem wußte er aus seiner Lektüre zu diesem Thema, daß die meisten erwachsenen Schlafwandler nicht lange unter dieser Heimsuchung litten. Nur wenige machten solche Erfahrungen häufiger als ein halbes dutzendmal mit, und gewöhnlich war nach höchstens sechs Monaten alles wieder in bester Ordnung. Er hatte also gute Chancen, daß sein Schlaf nie wieder von mitternächtlichen Wanderungen gestört würde, daß er nie wieder unbequem zusammengekrümmt mit steifen Gliedern in der hintersten Ecke eines Wandschrankes aufwachen würde.

Er löschte den unerwünschten Text von der Diskette und setzte die Arbeit an Kapitel 18 fort.

Als er wieder auf die Uhr schaute, stellte er zu seiner Überraschung fest, daß es schon nach ein Uhr und somit längst Zeit fürs Mittagessen war.

Sogar für Südkalifornien war dieser Tag Anfang November sehr warm, deshalb aß er auf der Veranda. Die Palmen rauschten in einer leichten Brise, und die Luft duftete nach Herbstblumen. Laguna Beach fiel lieblich zum Ufer des Pazifiks hin ab. Der Ozean funkelte im Sonnenlicht.

Dom trank den letzten Schluck Coke, warf den Kopf zurück, blickte zum strahlend blauen Himmel empor und lachte plötzlich auf. »Siehst du — keinerlei Gefahr! Keine herabstürzenden Ziegelsteine. Kein Damoklesschwert.«

Es war der 7. November.

2. Boston, Massachusetts

Allein schon der Gedanke, daß sie in Bernsteins Delikatessengeschäft einmal irgendwelche Schwierigkeiten bekommen könnte, wäre Dr. Ginger Weiss absurd vorgekommen, aber gerade dort nahm alles seinen Anfang — dort ereignete sich der Vorfall mit den schwarzen Handschuhen.

Normalerweise konnte Ginger Probleme aller Art bewältigen. Sie liebte die Herausforderungen des Lebens, maß daran ihre Kräfte. Sie hätte es langweilig gefunden, wenn ihr Weg immer leicht und ohne Hindernisse gewesen wäre. Es war ihr bisher nie in den Sinn gekommen, daß sie einmal mit Problemen konfrontiert werden könnte, denen sie nicht gewachsen war.

Das Leben hält nicht nur Herausforderungen aller Art bereit, es erteilt auch Lektionen. Manche dieser Erfahrungen sind leicht zu verarbeiten, manche schwer.

Und es gibt geradezu verheerende Erfahrungen.

Ginger war intelligent, hübsch, ehrgeizig, ausdauernd, arbeitsam und eine ausgezeichnete Köchin, aber ihr wichtigster Vorteil im Lebenskampf bestand vielleicht darin, daß niemand sie auf den ersten Blick ernst nahm. Sie war schlank und zierlich und wirkte so zerbrechlich wie ein Porzellanfigürchen. Die meisten Menschen unterschätzten sie wochen- oder auch monatelang und begriffen erst mit der Zeit, daß mit diesem kleinen Persönchen nicht zu spaßen war, daß Ginger sich als Kollegin, aber auch als Konkurrentin und Gegnerin sehr wohl behaupten konnte.

Die Geschichte von dem Überfall auf Ginger war im ›Columbia Presbyterian‹ in New York, wo sie — vier Jahre vor der Katastrophe in Bernsteins Delikatessengeschäft — als Assistenzärztin beschäftigt gewesen war, geradezu zur Legende geworden. Sie hatte damals, wie alle Assistenzarzte, oft sechzehn Stunden oder noch länger gearbeitet, Tag für Tag, und nach solchen Schichten hatte sie gerade noch die Kraft gehabt, sich völlig erschöpft von der Klinik nach Hause zu schleppen. An einem heißen, schwülen Samstagabend im Juli machte sie sich nach einem besonders mörderischen Arbeitstag kurz nach zehn Uhr auf den Heimweg — und wurde von einem primitiven Kerl angegriffen, der mit seinen riesigen Pranken, den muskelstrotzenden Armen und der fliehenden Stirn große Ähnlichkeit mit einem Neandertaler hatte.

»Wenn du schreist«, knurrte er, während er sich auf sie stürzte und ihr einen Arm auf den Rücken verrenkte, »schlag ich dir deine verdammten Zähne aus. Hast du mich verstanden, du Nutte?«

Es waren keine Fußgänger in der Nähe, und alle Autos standen zwei Blocks entfernt an einer Ampel. Es war keine Hilfe in Sicht.

Er zog sie in einen schmalen Durchgang zwischen zwei Gebäuden, in eine mit Abfällen übersäte Passage, die nur von einer einzigen Glühbirne schwach beleuchtet wurde. Sie stieß gegen einen Müllcontainer und schlug sich dabei heftig Knie und Schulter auf. Sie stolperte und wäre um ein Haar gestürzt. Vor ihren Augen tanzten Sterne.

Mit leisem Wimmern und wirkungslosen Protesten wiegte sie ihren Angreifer in Sicherheit, denn sie glaubte zunächst, daß er eine Pistole bei sich hätte.

Einen bewaffneten Mann muß man bei Laune halten, dachte sie. Man darf keinen Widerstand leisten, sonst wird man nur erschossen.

»Vorwärts!« zischte er zwischen den Zähnen hindurch und zerrte sie weiter mit sich.

Nicht allzu weit von der Glühbirne am Ende der Passage entfernt, stieß er sie in einen Torweg und begann ihr in schmutzigster Ausdrucksweise zu erklären, was er ihr alles antun würde. Auf ihr Geld hatte er es nur am Rande abgesehen. Sie konnte nun in dem schwachen Licht jedoch erkennen, daß er keine Waffe in der Hand hatte, und plötzlich schöpfte sie Hoffnung. Sein Vokabular an Obszönitäten war geradezu haarsträubend, aber er wiederholte sich bei seinen sexuellen Drohungen so oft, daß es fast schon komisch war. Ginger erkannte, daß er nur ein großer Einfaltspinsel war, der sich auf seine Statur verließ, um sein Ziel zu erreichen. Männer dieses Typs hatten selten Pistolen bei sich. Seine Muskeln verliehen ihm ein trügerisches Gefühl von Unverwundbarkeit, und deshalb war er vermutlich auch kein geübter Kämpfer.

Während er den Geldbeutel leerte, den sie ihm willig ausgehändigt hatte, nahm Ginger ihren ganzen Mut zusammen und versetzte ihm mit aller Kraft einen Fußtritt in den Unterleib. Er krümmte sich vor Schmerz zusammen. Sie packte rasch seine Hand und bog seinen Zeigefinger nach hinten.

Ein solches heftiges Verrenken des Zeigefingers konnte sehr schnell jeden Mann kampfunfähig machen, ungeachtet seiner Größe und Kraft. Durch diesen Griff dehnte sie nämlich die Sehne auf der Handfläche, während sie gleichzeitig die hochempfindlichen medianen und radialen Nerven am Handrücken zusammenpreßte. Der Schmerz strahlte bis in die Schulter- und Nackennerven aus.

Er packte sie mit seiner freien Hand bei den Haaren und zerrte daran. Dieser Gegenangriff tat so weh, daß sie aufschrie und ihr alles vor den Augen verschwamm, aber sie biß die Zähne zusammen, ertrug den Schmerz und bog seinen Finger noch weiter zurück. Ihm verging sehr schnell jeder Gedanke an Widerstand. Seine Augen füllten sich unwillkürlich mit Tränen, und er fiel heulend und fluchend auf die Knie, völlig hilflos.

»Laß mich los! Laß mich los, du Luder!«

Mit schweißüberströmten Gesicht packte Ginger seinen Zeigefinger nun mit beiden Händen und ging behutsam rückwärts, wobei sie den Mann hinter sich her zog wie einen gefährlichen Hund an einer sehr kurzen Kette.

Während er auf einer Hand und zwei Knien mühsam vorwärtsrutschte und sich die Haut aufschürfte, starrte er mit mörderischer Wut zu ihr empor. Obwohl Ginger sein gemeines, einfältiges Gesicht nicht mehr deutlich erkennen konnte, als sie sich immer weiter von der Glühbirne entfernte, sah sie doch noch, daß es vor Schmerz, Zorn und Erniedrigung so verzerrt war, daß es nichts Menschliches mehr an sich hatte, sondern einem bösartigen Monster zu gehören schien. Mit schriller Stimme stieß er gräßliche Verwünschungen aus.

Als sie auf diese alles andere als bequeme Weise etwa fünfzehn Meter der Passage hinter sich gebracht hatten, wurde der Mann von den rasenden Schmerzen in seiner Hand und seinen verletzten Hoden überwältigt. Er stöhnte, würgte und übergab sich.

Ginger wagte immer noch nicht, ihn loszulassen. Sie wußte genau, daß er sie jetzt, wenn sie ihm nur die geringste Chance dazu gab, nicht einfach grün und blau schlagen, sondern sie umbringen würde. Angsterfüllt und angewidert zerrte sie ihn noch schneller vorwärts.

Als sie mit dem Übeltäter im Schlepptau den Gehweg erreichte und feststellte, daß keine Fußgänger in der Nähe waren, die für sie die Polizei hätten rufen können, zwang sie ihren zutiefst gedemütigten, mit Erbrochenem beschmutzten Angreifer, ihr auf die Straße zu folgen, wo bei diesem ungewöhnlichen Anblick der ganze Verkehr zum Stillstand kam.

Als dann schließlich die Polizei eintraf, wurde Gingers Erleichterung von jener des Ganoven, der sie überfallen hatte, noch bei weitem übertroffen.

Zum Teil wurde Ginger unterschätzt, weil sie klein war — knapp einen Meter achtundfünfzig — und nur 102 Pfund wog. Sie wirkte alles andere als einschüchternd. Außerdem hatte sie zwar eine ausgezeichnete Figur, war aber keine blonde Sexbombe. Blond war sie allerdings, und der besondere Silberglanz ihrer Haare zog die Blicke der Männer auf sich, ganz egal, ob sie sie nun zum ersten oder zum hundertsten Male sahen. Sogar bei strahlendem Sonnenschein erinnerte ihr Haar an Mondlicht. Diese etwas unwirklich anmutenden hellen Haare, die zarten Gesichtszüge, ihre blauen Augen, die so sanft und freundlich dreinblickten, der schlanke Hals einer Audrey Hepburn, schmale Schultern, dünne Gelenke, langfingrige Hände und eine Wespentaille — all das erzeugte jenen irreführenden Eindruck von Zerbrechlichkeit. Hinzu kam noch, daß sie von Natur aus still und zurückhaltend war, was fälschlicherweise oft als Schüchternheit ausgelegt wurde. Und ihre Stimme war so weich und melodisch, daß man die Selbstsicherheit und Autorität, die in diesen sanften Tönen mitschwangen, sehr leicht überhören konnte.

Ginger hatte ihre silberblonde Haarpracht, die himmelblauen Augen, ihre Schönheit und ihren Ehrgeiz von ihrer Mutter geerbt, einer einen Meter achtundsiebzig großen Schwedin.

»Du bist mein Goldkind«, sagte Anna, als Ginger mit neun Jahren die sechste Klasse abschloß, nachdem sie zweimal eine Klasse übersprungen hatte.

Ginger war die beste Schülerin ihrer Klasse gewesen und hatte als Anerkennung ihrer hervorragenden Leistungen eine Urkunde mit Goldschnitt erhalten. Außerdem hatte sie zu jenen drei Schülerinnen gehört, die im Rahmenprogramm der Schlußfeier auftraten: Sie hatte zwei Stücke auf dem Klavier gespielt —

etwas von Mozart und einen Ragtime —, und das überraschte Publikum war vor Begeisterung aufgesprungen.

»Goldkind«, sagte Anna und drückte sie auf der Heimfahrt immer wieder fest an sich.

Jacob saß am Steuer und versuchte, die Tränen des Stolzes in seinen Augen zu verbergen. Jacob war ein gefühlvoller Mensch, der leicht von Rührung übermannt wurde. Es war ihm etwas peinlich, daß seine Augen so häufig feucht wurden, und deshalb schrieb er seine Tränen oder geröteten Augen gern einer unerklärlichen Allergie zu. »Heute müssen wieder ungewöhnliche Pollen in der Luft herumschwirren«, sagte er auch auf der Rückfahrt von der Schlußfeier zweimal. »Irgendwelche lästigen Pollen.«

»Du hast alles Positive geerbt, *bubbeleh* — meine besten Eigenschaften und die deines Vaters, und du wirst deinen Weg machen und Erfolg haben, bei Gott, wart's nur ab, dann wirst du es selbst erleben. High School, dann College, dann vielleicht Jura- oder Medizinstudium, alles, was du willst. Alles.«

Die einzigen Menschen, die Ginger niemals unterschätzten, waren ihre Eltern.

Auf ihrer Einfahrt brachte Jacob das Auto plötzlich kurz vor der Garage zum Stehen und rief erstaunt: »Was machen wir denn nur? Unser einziges Kind hat die Primärschule abgeschlossen, unsere Tochter, die — weil sie einfach alles kann — vermutlich einmal den König von Siam heiraten und auf einer Giraffe zum Mond reiten wird; unser Kind trägt seinen ersten Talar — und wir feiern das nicht? Sollen wir nach Manhattan fahren und im Plaza Champagner trinken? Oder im Waldorf speisen? Nein. Ich weiß etwas Besseres. Für unsere auf einer Giraffe reitende Astronautin ist nur das Allerbeste gut genug. Wir werden zum Soda-Brunnen im Walgreen's fahren.«

»O ja!« stimmte Ginger begeistert zu.

Eine so merkwürdige Familie dürfte der Mixer im Walgreen's selten zu sehen bekommen haben: der jüdische Vater, der nicht viel größer als ein Jockey war und zwar einen deutschen Namen, aber ein sephardisches Aussehen hatte; die schwedische Mutter, blond und außerordentlich feminin, zwölf Zentimeter größer als ihr Mann; und das Kind, eine Elfe, klein für ihr Alter, obwohl ihre Mutter hochgewachsen war, blond, obwohl ihr Vater dunkelhaarig war, von ganz anderer Schönheit als ihre Mutter — einer zarteren Schönheit, etwas unwirklich wie eine Märchengestalt. Ginger war sich schon als Kind dessen bewußt, daß Fremde, die sie zusammen mit ihren Eltern sahen, glauben mußten, sie wäre adoptiert worden.

Von ihrem Vater hatte Ginger die zierliche Gestalt, die sanfte Stimme, den Verstand und die Freundlichkeit geerbt.

Sie liebte beide Elternteile so inbrünstig, so grenzenlos, daß Worte nicht ausreichten, ihre Gefühle zu beschreiben. Und sogar als Erwachsene konnte sie nie richtig ausdrücken, was ihre viel zu früh verstorbenen Eltern ihr bedeutet hatten.

Als Anna kurz nach Gingers zwölftem Geburtstag bei einem Verkehrsunfall ums Leben kam, herrschte bei Jacobs Verwandten allgemein die Meinung, daß Ginger und ihr Vater ohne die Schwedin ziellos dahintreiben würden. Der Weiss-Clan hatte schon längst aufgehört, Anna als störenden nichtjüdischen Eindringling zu betrachten; sie hatten ihr sowohl Respekt als auch Liebe entgegengebracht. Alle wußten, wie nahe sich diese drei Menschen gestanden hatten; was aber noch wichtiger war — alle wußten, daß Anna die Lokomotive gewesen war, der die Familie ihren Erfolg verdankte. Anna hatte den am wenigsten ehrgeizigen der Weiss-Brüder geheiratet — Jacob den Träumer, Jacob den Sanftmütigen, Jacob, der seine Nase immer in einem Kriminal- oder Science-Fiction-Roman hatte —, und sie hatte etwas aus ihm gemacht. Als sie ihn heiratete, war er Angestellter bei einem Juwelier; als sie starb, besaß er zwei eigene Juweliergeschäfte.

Nach der Beerdigung versammelte sich die Familie in Tante Rachels großem Haus in Brooklyn Heights. Ginger versteckte sich, sobald sie nur konnte, in der dunklen Einsamkeit der Speisekammer. In diesem engen Raum, in dem es nach den verschiedensten Gewürzen duftete, setzte sie sich auf einen Schemel und betete zu Gott, er möge ihre Mutter ins Leben zurückrufen. Sie hörte, wie Tante Francine sich in der Küche mit Tante Rachel unterhielt. Fran beschwor eine düstere Zukunft herauf, die Jacob und seine kleine Tochter in einer Welt ohne Anna erwartete.

»Er wird nicht imstande sein, dafür zu sorgen, daß die Geschäfte weiterhin florieren, das weißt du genausogut wie ich; er wird einfach nicht in der Lage dazu sein, nicht einmal, wenn der erste Schmerz vorüber ist und er seine Arbeit wieder aufnimmt. Dieser arme *Luftmensch*. Anna war sein gesunder Menschenverstand und seine Motivation und sein bester Ratgeber, und ohne sie wird er in fünf Jahren bankrott sein.«

Sie hatten Ginger unterschätzt.

Verständlicherweise, muß man der Gerechtigkeit halber hinzufügen, denn immerhin war Ginger erst zwölf Jahre alt, und obwohl sie schon die zehnte Klasse besuchte, so war sie in den Augen der meisten Menschen doch noch ein Kind. Niemand hätte vorhersehen können, daß sie so schnell Annas Platz einnehmen würde. Sie kochte genausogern wie ihre Mutter, und in den Wochen nach dem Begräbnis studierte sie eifrig alle möglichen Kochbücher und eignete sich mit der für sie typischen Ausdauer und Sorgfalt die kulinarischen Fähigkeiten an, die sie bei Anna noch nicht gelernt hatte. Als zum erstenmal nach dem Todesfall wieder Verwandte zum Abendessen kamen, konnten sie nicht genug lobende Worte für die Speisen finden. Hausgemachte Kartoffelpuffer und Käse-Kolatschen. Gemüsesuppe mit einer Einlage aus fettem Käse und Rinder-*kreplach*. *Schrafe fish* als Appetithappen. Geschmortes Kalbfleisch mit Paprika, *tzimmes* mit Backpflaumen und Kartoffeln, in heißem Fett gebackene Makkaronipastetchen mit Tomatensauce. Pfirsichpudding oder Apfel Charlotte als Nachtisch. Francine und Rachel waren überzeugt davon, daß Jacob eine großartige Haushälterin in der Küche versteckte. Sie glaubten es kaum, als Jacob auf seine Tochter deutete. Ginger fand nichts Besonderes an ihrer Leistung. Eine Köchin wurde benötigt, also kochte sie eben.

Sie mußte sich jetzt um ihren Vater kümmern, und sie widmete sich dieser Aufgabe mit hingebungsvoller Leidenschaft. Sie putzte das Haus rasch, aber so gründlich, daß Tante Francine bei ihren heimlichen Inspektionen nirgends Schmutz oder Staub entdecken konnte. Obwohl sie erst zwölf Jahre alt war, lernte sie, ein Haushaltsbudget aufzustellen, und sie war noch nicht dreizehn, als sie sich selbständig um alle Rechnungen kümmerte.

Mit vierzehn — drei Jahre jünger als ihre Klassenkameraden — schloß Ginger als beste Schülerin die High School ab und hielt die Rede bei der Schlußfeier. Als bekannt wurde, daß sie von mehreren Universitäten angenommen worden war, sich jedoch für Barnard entschieden hatte, fragten sich alle, ob sie sich damit in ihrem zarten Alter nicht doch übernehmen würde.

Barnard war tatsächlich schwieriger als die High School. Sie lernte nun nicht mehr schneller als ihre Mitschüler, aber sie hielt mit den besten stand, und ihr Notendurchschnitt war häufig 4,0 und niemals niedriger als 3,8 — und das auch nur in jenem Semester ihres dritten Studienjahres, als Jacob zum erstenmal an Bauchspeicheldrüsenentzündung erkrankte und sie jeden Abend im Krankenhaus verbrachte.

Es war Jacob vergönnt, noch am Leben zu sein, als sie ihr erstes Examen erfolgreich ablegte; bleich und schwach, konnte er auch noch ihre Promotion zum Doktor der Medizin mit ihr feiern; er durfte sogar noch die ersten sechs Monate ihrer Tätigkeit als Assistenzärztin miterleben. Aber nach dreimaliger Entzündung der Bauchspeicheldrüse bekam er Krebs, und er starb, bevor Ginger endgültig den Entschluß faßte, nicht eine Karriere in der medizinischen Forschung anzustreben, sondern am Boston Memorial eine Ausbildung zur Fachärztin für Chirurgie zu absolvieren.

Da es ihr vergönnt gewesen war, ihren Vater um einiges länger als ihre Mutter zu behalten, hing sie an ihm besonders stark, und Jacobs Tod war für sie deshalb noch viel schmerzhafter, als der Verlust Annas es einst gewesen war. Aber sie bewältigte ihr Leid, und sie schloß ihre Assistenzzeit mit ausgezeichneten Zeugnissen und Empfehlungen ab.

Danach ging sie für zwei Jahre nach Kalifornien, um ein nur an der Stanford University mögliches, sehr anstrengendes Zusatzstudium in kardiovaskulärer Pathologie zu absolvieren. Nach einem Monat Ferien (der längsten Ruhepause, die sie sich je gegönnt hatte) kehrte sie in den Osten zurück, nach Boston, wo sie einen hervorragenden Mentor in Dr. George Hannaby fand (dem Chefchirurgen am ›Memorial‹, der für seine Pionierleistungen auf dem Gebiet der kardiovaskulären Operationen großes Ansehen genoß) und drei Viertel ihrer zweijährigen Ausbildung problemlos hinter sich brachte.

Dann ging sie eines Dienstagmorgens im November in Bernsteins Delikatessengeschäft, um ein paar Einkäufe zu machen, und schreckliche Dinge nahmen ihren Anfang. Der Vorfall mit den schwarzen Handschuhen. Damit begann alles.

Dienstag war ihr freier Tag, und sofern sich nicht gerade einer ihrer Patienten in einer lebensgefährlichen Krise befand, wurde sie in der Klinik nicht gebraucht. In den beiden ersten Monaten im ›Memorial‹ war sie mit dem für sie typischen unermüdlichen Schwung und Enthusiasmus auch an den meisten freien Tagen zur Arbeit gegangen, weil sie sich keine schönere Beschäftigung vorstellen konnte. Aber sobald George Hannaby davon erfahren hatte, setzte er dem ein Ende. Er erklärte Ginger, daß die medizinische Praxis höchste Konzentration erfordere und daß jeder Arzt, sogar Ginger Weiss, Freizeit benötige.

»Wenn Sie sich zu hart, zu schnell, zu unbarmherzig vorantreiben«, sagte er, »werden nicht nur Sie selbst darunter leiden, sondern auch Ihre Patienten.«

Also schlief sie nun dienstags eine Stunde länger als gewöhnlich, duschte ausgiebig und trank zwei Tassen Kaffee, während sie am Küchentisch vor dem Fenster, das auf die Mount Vernon Street hinausging, die Morgenzeitung las. Um zehn Uhr kleidete sie sich an und ging zu Bernsteins Delikatessenladen in der Charles Street, einige Blocks von ihrer Wohnung entfernt, wo sie Pastrami, Corned beef, hausgemachte Brötchen oder süßes Pumpernickelbrot, Kartoffelsalat, gefüllte Pfannkuchen, etwas Lachs oder geräucherten Stör und manchmal auch noch *vareniki* mit Quarkfüllung kaufte, die sie nur noch aufzuwärmen brauchte. Dann ging sie mit ihrer Tüte voll leckerer Sachen nach Hause und futterte den ganzen Tag, während sie Agatha Christie, Dick Francis, John D. MacDonald, Elmore Leonard und manchmal auch etwas von Heinlein las. Obwohl sie ihre Arbeit immer noch weitaus mehr liebte als diese Entspannung, so begann sie allmählich doch, ihre Freizeit zu genießen, und die Dienstage verloren den Schrecken, den sie anfangs gehabt hatten, als sie sich widerwillig an die Sechstagewoche gewöhnen mußte.

Jener schlimme Dienstag im November hatte schön begonnen. Es war ein kalter Tag, der Himmel winterlich grau, aber die Kälte wirkte belebend, und Ginger kam um 10.21 Uhr in Bernsteins Geschäft, das wie immer sehr voll war. Sie ging langsam an der langen Theke vorbei, spähte in Körbe mit Backwaren, betrachtete durch das beschlagene Glas die gekühlten Produkte und wählte genießerisch einige Delikatessen aus. Der Raum mit seinen herrlichen Düften und den fröhlichen Geräuschen wirkte wie immer anheimelnd auf sie: heiße Pfannkuchen, Zimt; Gelächter; Knoblauch, Zwiebeln; Stimmengewirr, in dem die englische Sprache mit Jiddisch, Bostoner Akzenten oder modernem Rock-and-Roll-Slang gewürzt war; geröstete Haselnüsse, Sauerkraut, Essiggurken, Kaffee; Klirren von Geschirr. Als Ginger alles hatte, was sie wollte, bezahlte sie, zog ihre blauen Strickhandschuhe an, nahm die Tüte und ging an den Tischchen vorbei, an denen etwa ein Dutzend Personen ein spätes Frühstück einnahmen, auf die Tür zu.

Sie hielt die Einkaufstüte im linken Arm, und mit ihrer freien Hand versuchte sie, ihren Geldbeutel in die Umhängetasche zu schieben. Sie blickte noch auf die Tasche hinab, als sie die Tür erreichte, und in diesem Augenblick betrat ein Mann in grauem Tweedmantel und schwarzer Pelzmütze den Delikatessenladen; auch er war in Gedanken, und so stießen sie zusammen. Ginger taumelte. Der Mann packte ihre Tüte, die hinunterzufallen drohte, und hielt sie mit der anderen Hand am Arm fest.

»Entschuldigung«, sagte er. »Das war dumm von mir.«
»Meine Schuld«, sagte sie.
»Ich habe mit offenen Augen geträumt«, sagte er.
»Und ich habe nicht geschaut, wohin ich ging«, sagte sie.
»Ist alles in Ordnung?«
»Aber ja. Wirklich.«
Er reichte ihr ihre Einkaufstüte.

Sie bedankte sich, nahm ihm die Tüte ab — und bemerkte seine schwarzen Handschuhe. Es waren teure Handschuhe aus hochwertigem Leder, mit feinen Stichen genäht — sie hatten absolut nichts an sich, was ihre heftige Reaktion hätte erklären können: nichts Ungewöhnliches, nichts Seltsames, nichts Bedrohliches. Und doch *fühlte* sie sich bedroht. Nicht von dem Mann, der ganz durchschnittlich aussah, mit einem blassen runden Gesicht und freundlichen Augen hinter einer Schildpattbrille mit dicken Gläsern. Unerklärlicherweise, unverständlicherweise waren es die Handschuhe als solche, die sie plötzlich erschreckten. Sie hielt den Atem an, und ihr Herz hämmerte laut in der Brust.

Das Eigenartigste war, wie alle Gegenstände und Personen im Laden mit einem Mal verblaßten, so als wären sie nicht real, sondern nur Traumbilder, die sich auflösten, sobald der Schläfer erwachte. Die Gäste, die an den kleinen Tischen frühstückten, die Regale mit Konserven und Kartons, die Theke, die Wanduhr, das Essiggurkenfaß, die Tische und Stühle — alles schien in schneeigem Dunst zu flimmern und zu verschwinden, so als stiege durch den Fußboden Nebel empor. Nur die schrecklichen

Handschuhe verblaßten nicht, ganz im Gegenteil — während Ginger sie anstarrte, registrierte sie jede Einzelheit davon, und sie wurden immer *realer*, immer lebendiger, immer bedrohlicher.

»Miß?« sagte der Mann mit dem runden Gesicht, und seine Stimme schien aus großer Entfernung zu kommen, vom Ende eines langen Tunnels.

Obwohl die Formen und Farben in dem Delikatessengeschäft sich um Ginger herum plötzlich in Weiß aufgelöst hatten, waren die Geräusche nicht ebenfalls dahingeschwunden, sondern wurden lauter und immer lauter, bis ihr die Ohren von sinnlosem Geplapper und klirrendem Geschirr dröhnten, bis das leise Surren der elektronischen Kasse sich wie ein Donnerschlag anhörte.

Sie konnte ihren Blick nicht von den Handschuhen wenden.

»Fehlt Ihnen etwas?« fragte der Mann und streckte ihr besorgt seine behandschuhte Hand entgegen.

Schwarz, eng anliegend, glänzend ... mit einer kaum sichtbaren Struktur im Leder und ordentlichen kleinen Stichen entlang der Finger ... straff über die Knöchel gezogen ...

Schwindlig, verwirrt, niedergedrückt von der Last undefinierbarer Angst, begriff sie plötzlich, daß sie davonrennen oder sterben mußte. Davonrennen oder sterben. Sie wußte nicht, warum. Sie verstand die Gefahr nicht. Aber sie *wußte*, daß sie davonrennen mußte, wenn sie nicht an Ort und Stelle tot umfallen wollte.

Sie hatte jetzt rasendes Herzklopfen. Der Atem, den sie angehalten hatte, entwich in einem schwachen Schrei, und sie warf sich vorwärts, als wollte sie diesem jämmerlichen Laut folgen. Bestürzt über ihre Reaktion auf die Handschuhe, aber völlig außerstande, sie nüchtern zu betrachten, erschrocken über ihr Benehmen, noch während sie handelte, preßte sie die Einkaufstüte fest an ihre Brust und stürzte an dem Mann vorbei, der mit ihr zusammengestoßen war. Sie war sich vage bewußt, daß sie ihn fast über den Haufen rannte. Sie mußte die Tür aufgerissen haben, obwohl sie sich nicht daran erinnern konnte, und dann war sie draußen, in der kalten Novemberluft. Der Verkehr auf der Charles Street — Autohupen, knatternde Motoren, knirschende Reifen — war rechts von ihr, und die Fenster des Delikatessengeschäftes flogen links an ihr vorbei, während sie rannte.

Dann nahm sie nichts mehr wahr, die Welt um sie herum verschwamm völlig, und sie hastete mit wehendem Mantel durch einen konturenlosen grauen Nebel, so als fliehe sie in Todesangst durch eine amorphe Traumlandschaft. Sie mußte auf dem Gehweg anderen Menschen ausgewichen sein oder sie zur Seite gestoßen haben, aber sie war sich dessen nicht bewußt. Sie war nur noch von dem Gedanken besessen zu entkommen. Sie rannte, so schnell sie nur konnte, obwohl niemand sie verfolgte, die Lippen zu einer Grimasse nackter Angst verzerrt, obwohl sie die Gefahr, vor der sie floh, nicht definieren konnte.

Sie rannte. Rannte wie wahnsinnig.

Sie war vorübergehend blind und taub.

Völlig außer sich.

Minuten später, als der Nebel sich lichtete, fand sie sich auf der Mount Vernon Street wieder, etwa auf halber Höhe des Hügels. Sie lehnte an einem schmiedeeisernen Geländer neben der Eingangstreppe eines ansehnlichen Hauses aus rotem Ziegelstein. Sie hielt zwei der Eisenstäbe so fest umklammert, daß ihre Fingerknöchel schmerzten, und sie preßte ihre Stirn an die schwere Metallbalustrade wie eine schwermütige Gefangene an der Tür ihrer Zelle. Ihre Kehle brannte, und sie spürte heftige Stiche in der Brust. Sie war völlig verwirrt, konnte sich nicht daran erinnern, wie sie hierher gekommen war — so als wäre sie von den Wellen der Amnesie an ein fernes unbekanntes Gestade geschwemmt worden.

Etwas hatte sie erschreckt.

Aber was?

Allmählich verging die Angst, ihr Atem wurde fast regelmäßig, und das rasende Herzklopfen ließ nach.

Sie hob den Kopf, blinzelte und schaute sich, als die Tränen in ihren Augen getrocknet waren, bedächtig nach allen Seiten um. Sie blickte hoch und sah die nackten schwarzen Äste einer Linde und hinter dem skelettartigen Baum den grauen Novemberhimmel mit seinen tiefhängenden Wolken. Altertümliche eiserne Gaslaternen spendeten weiches Licht — sie wurden durch Solenoide entzündet, die den Wintermorgen wohl irrtümlich für den Einbruch der Abenddämmerung gehalten hatten. Ganz oben auf dem Hügel stand das Massachusetts State House, und am Fuße — an der Kreuzung Mount Vernon Street und Charles Street — herrschte dichter Verkehr.

Bernsteins Delikatessengeschäft. Aber ja, natürlich. Es war Dienstag, und sie war im Laden gewesen, als ... als etwas passiert war.

Was? Was war nur in Bernsteins Laden passiert?

Und wo war ihre Einkaufstüte?

Sie ließ das schmiedeeiserne Geländer los, hob ihre Hände und rieb sich mit den blauen Strickhandschuhen die Augen.

Handschuhe. Nicht ihre, nicht *diese* Handschuhe. Der kurzsichtige Mann mit der Pelzmütze. Seine schwarzen Lederhandschuhe. Das war es, was sie so in Angst versetzt hatte.

Aber weshalb war sie bei diesem Anblick hysterisch geworden? Was war nur so furchterregend an schwarzen Handschuhen?

Von der anderen Straßenseite her beobachtete ein älteres Ehepaar sie aufmerksam, und sie fragte sich, was sie wohl getan haben mochte, um ihnen aufzufallen. Obwohl sie ihr Gehirn anstrengte, hatte sie nicht die leiseste Ahnung, wie sie auf den Hügel gekommen war. Die vergangenen drei Minuten — vielleicht auch mehr? — waren in ihrer Erinnerung völlig ausgelöscht. Sie mußte in Panik die Mount Vernon Street hinaufgerannt sein. Und dem Gesichtsausdruck des Paares nach zu schließen, das sie anstarrte, mußte sie sich äußerst seltsam aufgeführt haben.

Verlegen wandte sie sich ab und begann zögernd, die Straße hinabzugehen. Am Fuße des Hügels, um die Ecke, sah sie ihre Einkaufstüte auf dem Gehweg liegen. Sie starrte längere Zeit auf das zerknitterte braune Paket hinab und versuchte, sich an den Moment zu erinnern, als sie es fallen gelassen hatte. Aber sie stieß nur auf grauen Nebel, auf völlige Leere.

Was ist nur los mit mir?

Einige Sachen waren aus dem Paket herausgefallen, aber nichts war aufgerissen. Sie sammelte alles auf.

Bestürzt über ihren plötzlichen hysterischen Anfall, wollte sie sich mit weichen Knien auf den Heimweg machen, blieb aber nach wenigen Schritten stehen. In der frostigen Luft war ihr Atem deutlich zu sehen. Sie zögerte, kehrte um.

Vor Bernsteins Delikatessengeschäft blieb sie stehen. Sie mußte nur eine oder zwei Minuten warten, bis der Mann mit der Pelzmütze und der Schildpattbrille herauskam, eine Einkaufstüte im Arm.

»Oh!« Er blinzelte überrascht. »Äh ... sagen Sie, habe ich mich eigentlich bei Ihnen entschuldigt? Als Sie so an mir vorbeistürzten, dachte ich, daß ich vielleicht nur die *Absicht* gehabt habe, mich zu entschuldigen, wissen Sie ...«

Sie starrte auf seine rechte Hand im Lederhandschuh, mit der er die braune Tüte festhielt. Er gestikulierte beim Sprechen mit der anderen Hand, und sie folgte seinen Bewegungen mit den Augen. Die Handschuhe jagten ihr jetzt keine Angst mehr ein. Sie konnte sich überhaupt nicht erklären, warum sie vorhin bei diesem Anblick in wilde Panik geraten war.

»Ist schon in Ordnung. Ich habe hier auf Sie gewartet, um mich zu entschuldigen. Ich bin erschrocken und ... und es war ein ungewöhnlicher Morgen«, erklärte sie und wandte sich rasch ab. Über die Schulter hinweg rief sie ihm noch zu: »Ich wünsche Ihnen einen schönen Tag.«

Obwohl ihre Wohnung nicht weit entfernt war, zog sich der Heimweg entsetzlich in die Länge, und sie hatte das Gefühl, eine schier endlose Strecke grauen Pflasters bewältigen zu müssen.

Was ist nur mit mir los?

Sie fror, und das lag nicht an dem kalten Novembertag.

Sie wohnte am Beacon Hill, in der ersten Etage eines dreistöckigen Hauses, das im 19. Jahrhundert einem Bankier gehört hatte. Sie hatte diese Wohnung gemietet, weil ihr die sorgfältig restaurierten Merkmale der damaligen Bauweise so gut gefielen: kunstvolle Deckenornamente, Medaillons über den Türrahmen, Mahagonitüren, große Flügelfenster, zwei Kamine mit glänzenden Marmormänteln in Wohn- und Schlafzimmer. Die Räume strahlten Kontinuität, Solidität, Dauerhaftigkeit aus.

Ginger schätzte Stabilität und Beständigkeit über alles; vielleicht war das eine Reaktion auf die Tatsache, daß sie schon mit zwölf Jahren ihre Mutter verloren hatte.

Obwohl es in der Wohnung warm war, fröstelte sie immer noch, während sie die Lebensmittel im Brotkasten und im Kühlschrank unterbrachte. Sie ging ins Bad und betrachtete sich aufmerksam im Spiegel. Sie war sehr bleich. Der gehetzte, gequälte Ausdruck in ihren Augen gefiel ihr gar nicht.

»Was war da draußen mit dir los, du *shneek*?« fragte sie ihr Spiegelbild. »Du warst ja richtig meschugge, laß dir das von mir sagen. Völlig *farfufket*. Aber warum? Häh? Du bist doch eine so tolle Ärztin, also sag es mir. Warum?«

Noch während sie ihrer eigenen Stimme lauschte, die von der hohen Decke des Badezimmers widerhallte, wußte sie, daß sie in ernsthaften Schwierigkeiten war. Jacob, ihr Vater, war aufgrund seiner Herkunft und seines Erbgutes Jude gewesen, und das mit Stolz, aber er war kein frommer Jude gewesen. Er hatte die Synagoge nur selten besucht und die Feiertage in jenem verweltlichten Sinne begangen, in welchem viele Christen Ostern und Weihnachten feiern. Und Ginger war vom Glauben noch einen Schritt weiter entfernt als ihr Vater, denn sie bezeichnete sich selbst als Agnostikerin. Und während Jacobs Judentum ein integraler Bestandteil von ihm gewesen war und bei allem, was er tat und sagte, offenbar wurde, war das bei Ginger nicht der Fall. Wenn man sie aufgefordert hätte, sich selbst kurz zu beschreiben, so hätte sie geantwortet: »Frau, Ärztin, arbeitswütig, politisch an keine Partei gebunden« und anderes mehr, bevor es ihr eingefallen wäre hinzuzufügen: »Jüdin.« Jiddische Ausdrücke gebrauchte sie nur dann, wenn sie Probleme hatte, wenn sie in höchstem Maße besorgt oder traurig war — so als hätte sie im Unterbewußtsein das Gefühl, als besäßen diese Wörter irgendeinen talismanartigen Charakter, als seien es Zauberworte gegen Unglück und Katastrophen.

»Durch die Straßen zu rennen, deine Einkäufe fallen zu lassen, einfach zu vergessen, wo du bist, Angst zu haben, wenn überhaupt kein Grund dazu besteht, sich aufzuführen wie ein regelrechter *farmishteh*!« schimpfte sie mit ihrem Spiegelbild. »Wenn die Leute sehen, wie du dich aufführst, werden sie dich mit Sicherheit für einen *shikker* halten, und die Leute gehen nicht zu Ärzten, die Trunkenbolde sind. *Nu?*«

Die Zauberkraft der alten Wörter wirkte auch diesmal — nicht sehr stark, aber doch genug, um etwas Farbe in ihre Wangen zu bringen und ihren starren Blick etwas zu lösen. Sie hörte auf zu zittern, aber ihr war immer noch kalt.

Sie wusch sich das Gesicht, bürstete ihr silberblondes Haar und zog Pyjama und Morgenrock an; dienstags erlaubte sie sich immer diese nachlässige Kleidung. Sie ging in das kleine Gästezimmer, das sie als Arbeitszimmer benutzte, nahm das abgegriffene enzyklopädische medizinische Wörterbuch vom Regal und schlug es beim Buchstaben ›F‹ auf.

Fugue.

Sie wußte genau, was dieses Wort bedeutete, und konnte sich

selbst nicht erklären, warum sie das Lexikon eigentlich zu Rate zog, nachdem sie ihm doch nichts Neues entnehmen konnte. Vielleicht war auch das Wörterbuch so etwas wie ein Talisman. Wenn sie das Wort schwarz auf weiß vor sich sah, würde es aufhören, irgendeine Macht über sie zu haben. Na klar, Voodoo für die Intelligenzler. Trotzdem las sie die Erklärung:

Fugue (lat. fuga ›Flucht‹), Wandertrieb, triebartig auftretender Zwang, den Wohnort zu verlassen, Pflichten und Bindungen plötzlich aufzugeben, manchmal unter Wirkung eines Schocks bei hysteroiden Persönlichkeiten, oft ein epileptischer Dämmerzustand; beides meist verbunden mit Gedächtnisschwund; auch das plötzliche Weglaufen von Psychopathen.

Sie klappte das Wörterbuch zu und stellte es ins Regal zurück.

Sie besaß andere einschlägige Literatur, in der sie ausführlicher über Fugues, ihre Ursachen und ihre Bedeutung hätte nachlesen können, aber sie beschloß, die Angelegenheit nicht weiter zu verfolgen. Sie konnte einfach nicht glauben, daß ihr vorübergehender Anfall das Symptom eines ernsten medizinischen Problems war.

Vielleicht stand sie einfach unter zu großem Streß, arbeitete viel zu hart, und diese Überanstrengung hatte zu dieser kurzen Fugue geführt. Zu einem Gedächtnisschwund für eine Zeitspanne von zwei oder drei Minuten. Eine kleine Warnung. Sie würde einfach auch in Zukunft jeden Dienstag mit Nichtstun verbringen und außerdem versuchen, jeden Tag eine Stunde früher als bisher ihre Arbeit zu beenden, und dann würde sie keine Probleme mehr haben.

Sie hatte sehr hart gearbeitet, um die Hoffnungen ihrer Mutter zu rechtfertigen und Ärztin zu werden, um etwas aus sich zu machen und dadurch sozusagen ihren geliebten Vater zu ehren und auch ihre nun schon vor so langer Zeit verstorbene schwedische Mutter, an die sie sich dennoch so gut erinnerte und die sie so schmerzlich vermißte. Sie hatte viele Opfer gebracht, um es so weit zu bringen. Sie hatte sich auch an den Wochenenden kaum Freizeit gegönnt, hatte auf Urlaub und die meisten anderen Freuden des Lebens verzichtet. Nun dauerte es nur noch sechs Monate, bis ihre Ausbildung zur Chirurgin beendet sein würde, und danach würde sie eine eigene Praxis eröffnen —

und sie würde sich ihre Pläne von nichts durchkreuzen lassen, würde sich ihren Traum durch nichts zerstören lassen.

Durch nichts.

Es war der 12. November.

3. Elke County, Nevada

Ernie Block hatte Angst vor der Dunkelheit. Dunkelheit im Hause war schon schlimm genug, aber am meisten fürchtete sich Ernie vor der Dunkelheit draußen, vor der endlosen Schwärze der Nacht hier im nördlichen Nevada. Tagsüber hielt er sich am liebsten in Räumen mit mehreren Lampen und vielen Fenstern auf, aber nachts bevorzugte er Zimmer mit wenigen oder gar keinen Fenstern, denn manchmal kam es ihm so vor, als drückte die Nacht gegen die Scheiben, als wäre sie ein lebendiges Wesen, das versuchte hineinzugelangen, um ihn zu verschlingen. Es half ihm auch nicht viel, die Vorhänge zu schließen, denn selbst dann war ihm ständig bewußt, daß die Nacht dort draußen war und nur auf ihre Chance lauerte.

Er schämte sich zutiefst vor sich selbst. Er wußte nicht, warum er in letzter Zeit diese Angst vor der Dunkelheit bekommen hatte. Es war eben einfach so.

Natürlich hatten Millionen Menschen die gleichen Ängste, aber dabei handelte es sich meistens um Kinder. Ernie war jedoch 52 Jahre alt.

Am Freitagnachmittag, dem Tag nach Thanksgiving, arbeitete er allein im Büro des Motels, dennn Faye war nach Wisconsin geflogen, um Lucy, Frank und die Enkel zu besuchen. Sie würde erst am Dienstag zurückkommen. Im Dezember wollten sie das Motel für eine Woche schließen und über Weihnachten zusammen nach Milwaukee zu den Kindern reisen; diesmal aber war Faye allein geflogen.

Ernie vermißte sie schrecklich. Er vermißte sie, weil sie seit 31 Jahren seine Frau und zugleich sein bester Freund war. Er vermißte sie, weil er sie jetzt noch mehr liebte als an ihrem Hochzeitstag. Und weil ... weil ohne Faye die Nächte noch endloser und dunkler zu sein schienen.

Gegen halb drei am Freitagnachmittag war er mit dem Säubern der Zimmer und dem Wechseln der Bettwäsche fertig gewesen, und das Tranquility Motel war empfangsbereit für die nächsten Reisenden. Es war die einzige Unterkunftsmöglichkeit im Umkreis von kanpp zwanzig Kilometern, auf einem Hügel nördlich des Superhighways gelegen, eine hübsche Zwischenstation auf einer weiten Ebene mit Beifußsträuchern und grasbewachsenen Hügeln. Elke lag 50 km östlich, Battel Mountain 65 km westlich von dem Motel. Die Kleinstadt Carlin und das winzige Dorf Beowawe waren nicht so weit weg; trotzdem konnte Ernie vom Tranquility Motel aus keine menschliche Ansiedlung sehen. Auch wenn man auf dem Parkplatz stand, hielt man vergeblich Ausschau nach einem anderen Gebäude, und vermutlich gab es auf der ganzen Welt kein zweites Motel, das seinen Namen so völlig zu Recht trug.

Jetzt hielt sich Ernie im Büro auf und beseitigte mit Holzbeize einige kleine Kratzer an der Eichentheke, an der die Gäste sich eintrugen und abmeldeten. Der Zustand der Theke ließ eigentlich nichts zu wünschen übrig; Ernie suchte einfach nach irgendeiner Beschäftigung, bis am Spätnachmittag die ersten Gäste von der Interstate 80 hier zum Übernachten haltmachen würden. Wenn er sich nicht mit Arbeit ablenkte, würde ihm einfallen, wie früh im November die Dämmerung hereinbrach, und er würde sich mit diesem Gedanken verrückt machen und nervös sein wie eine Katze mit einer Konservendose am Schwanz, noch bevor es draußen wirklich dunkel wurde.

Das Büro erstrahlte in hellem Licht. Seit Ernie morgens um halb sieben geöffnet hatte, brannte jede Lampe. Eine schwenkbare Leuchtstoffröhre stand auf dem Eichenschreibtisch hinter der Empfangstheke und warf ein blasses Rechteck auf die grüne Filzunterlage. Eine Messingstehlampe erhellte die Ecke neben den Aktenschränken. Auf der Publikumsseite der Theke gab es ein Ansichtskartenkarussell, ein Wandgestell mit etwa vierzig Taschenbüchern, ein zweites mit kostenlosen Reiseprospekten, einen Warenautomaten neben der Tür und ein beiges Sofa mit Beistelltischchen und Glaslampen mit unterschiedlich starken Glühbirnen — 75, 100 und 150 Watt — die ausnahmslos eingeschaltet waren. Außerdem war da noch die Mattglasdeckenleuchte mit zwei Birnen.

Der größte Teil der Vorderfront des Büros bestand aus einem riesigen Fenster, das nach Südsüdwesten zeigte. Um diese Tageszeit fielen durch die Scheiben honigfarbene Sonnenstrahlen ein, verliehen der weißen Wand hinter dem Sofa den warmen Ton von Bernstein, brachen sich in den Kristallen der Glaslampen zu Aberhunderten huschender Linien und reflektierten in den Messingverzierungen der Tische.

Wenn Faye hier war, konnte Ernie nicht sämtliche Lampen einschalten, weil sie sonst bestimmt eine Bemerkung über Stromverschwendung gemacht hätte. Es bereitete ihm Unbehagen, eine Lampe kein Licht spenden zu sehen, aber er ertrug den Anblick gleichsam toter Glühbirnen, um sein Geheimnis bewahren zu können. Soviel er wußte, hatte Faye noch nichts von seinen Ängsten bemerkt, und er wollte nicht, daß sie davon erfuhr, weil er sich dieser plötzlichen unerklärlichen Schwäche schämte. Außerdem wollte er sie nicht unnötig beunruhigen. Er kannte die Ursache seiner irrationalen Angst nicht, aber er wußte, daß er sie früher oder später besiegen würde, und folglich sah er es als sinnlos an, sich wegen eines vorübergehenden Zustandes einem demütigenden Geständnis zu unterziehen und Faye überflüssigerweise Sorgen zu bereiten.

Er weigerte sich einfach zu glauben, daß es etwas Ernstes sein könnte. Er war im Laufe seiner 52 Jahre nur selten krank gewesen. Im Krankenhaus hatte er nur einmal gelegen, nachdem er während seines zweiten Militäreinsatzes in Vietnam eine Kugel ins Gesäß und eine weitere in den Rücken abbekommen hatte. Geisteskrankheiten hatte es in seiner Familie nie gegeben, und Ernest Eugene Block wußte todsicher, daß er nicht als erster seines Clans wimmernd auf die Couch eines Psychiaters kriechen würde. Darauf würde er sogar seinen Arsch verwetten, ohne sich Sorgen darüber zu machen, worauf er sitzen sollte. Er würde diese Sache allein durchstehen, so unangenehm und unheimlich sie auch war.

Es hatte im September mit einem vagen Unbehagen begonnen, das ihn bei Einbruch der Dämmerung befiel und bis zum Morgengrauen anhielt. Anfangs hatte er noch nicht allabendlich damit zu kämpfen gehabt, aber es war immer schlimmer geworden, und gegen Mitte Oktober hatte die Dämmerung ihn schon jeden Abend ganz erheblich verstört. Anfang November war daraus Angst geworden, und in den beiden vergangenen Wochen hatte sie so zugenommen, daß nun auch die Tage von dieser verwirrenden Angst vor der Dunkelheit völlig überschattet wurden. In den letzten zehn Tagen hatte er es vermieden, nach

Einbruch der Finsternis aus dem Haus zu gehen; bisher war das Faye noch nicht aufgefallen, aber es würde ihr mit Sicherheit nicht viel länger verborgen bleiben.

Es schien geradezu lächerlich, daß ein Riesenkerl wie Ernie Block vor *irgend* etwas Angst haben sollte. Er war einen Meter dreiundachtzig groß und von so kräftiger Statur, daß sein Familienname eine überaus treffende Beschreibung seines Aussehens lieferte. Seine drahtigen grauen Haare waren so kurz geschnitten, daß an manchen Stellen die Kopfhaut hindurchschimmerte, und seine scharfen Gesichtszüge wirkten wie aus Granit gemeißelt, aber dennoch sehr sympathisch. Sein Stiernacken, die breiten Schultern und der enorme Brustkorb verliehen ihm das Aussehen eines Schwergewichtlers. Als er der Football-Star seiner High School gewesen war, hatten die anderen Spieler ihm den Spitznamen ›Bulle‹ gegeben, und während seiner achtundzwanzigjährigen Laufbahn bei den Marines — er hatte vor nunmehr sechs Jahren seinen Abschied von der Truppe genommen — hatten die meisten Leute ihn mit »Sir« angeredet, sogar manche rangmäßig Gleichgestellte. Sie wären überaus erstaunt gewesen, wenn sie erfahren hätten, daß Ernie Block in letzter Zeit jeden Tag schweißnasse Hände bekam, sobald der Sonnenuntergang nahte.

Mit der festen Absicht, nicht an den Sonnenuntergang zu denken, machte sich Ernie nun also bis Viertel vor vier an der Empfangstheke zu schaffen. Das Tageslicht war inzwischen nicht mehr honigfarben, sondern ein Mittelding zwischen Bernstein und Orange, und die Sonne senkte sich nach Westen zu.

Um vier Uhr trafen die ersten Gäste ein, ein Ehepaar in seinem Alter, Mr. und Mrs. Gilney, die sich nach einer Woche in Reno, wo sie ihren Sohn besucht hatten, auf der Heimfahrt nach Salt Lake City befanden. Er plauderte mit ihnen und war enttäuscht, als sie ihren Schlüssel nahmen und sich zurückzogen.

Das Sonnenlicht war jetzt völlig orange, ohne jede Spur von Gelb. Die hoch am Himmel dahinziehenden vereinzelten Wolken verwandelten sich von weißen Segelschiffen in rotgoldene Galeeren, die über das Große Becken hinweg gen Osten glitten.

Zehn Minuten später nahm sich ein kränklich aussehender Mann, der im Auftrag des Amtes für Landvermessung diese Gegend bereiste, ein Zimmer für zwei Tage.

Wieder allein, versuchte Ernie, nicht auf die Uhr zu schauen.

Ebenso versuchte er, nicht auf die Fenster zu schauen, denn hinter den Glasscheiben verblutete allmählich der Tag.

Ich werde nicht in Panik geraten, sagte er sich. Ich war im Krieg, ich habe das Schlimmste gesehen, was ein Mensch überhaupt sehen kann, und — bei Gott!— ich bin immer noch hier, so groß und stark wie eh und je, da werde ich mich doch nicht erschüttern lassen, nur weil die Nacht hereinbricht!

Gegen zehn vor fünf war die Sonne nicht mehr orange, sondern blutrot.

Sein Herz begann schneller zu schlagen, und er hatte das Gefühl, als verwandle sich sein Brustkorb in einen Schraubstock, der seine lebenswichtigen Organe gnadenlos zusammenpreßte.

Er ging zum Schreibtisch, setzte sich auf den Stuhl, schloß die Augen und machte einige Atemübungen, um sich zu beruhigen.

Er schaltete das Radio ein. Manchmal half Musik. Kenny Rogers sang von Einsamkeit.

Die Sonne erreichte den Horizont und kam langsam ganz außer Sicht. Der karmesinrote Nachmittag verblaßte zu Stahlblau, dann zu einem leuchtenden Purpur, der Ernie an das Tagesende in Singapur erinnerte, wo er als junger Rekrut zwei Jahre stationiert gewesen war und vor der Botschaft Wache gestanden hatte.

Sie brach herein. Die Dämmerung.

Dann, noch viel schlimmer, die Dunkelheit.

Die Lichter im Freien — darunter auch das grüne und blaue Neonschild, das von der Autobahn gut zu sehen war — hatten sich automatisch eingeschaltet, aber dadurch fühlte Ernie sich auch nicht besser. Die Morgendämmerung lag in unendlich weiter Ferne. Jetzt regierte die Finsternis.

Mit dem ersterbenden Tageslicht sank die Außentemperatur unter den Nullpunkt. Es wurde kühl im Büro, und die Ölheizung schaltete sich häufiger ein. Aber Ernie Block schwitzte am ganzen Körper.

Um sechs Uhr kam Sandy Sarver vom Tranquility Grille, westlich des Motels gelegen, auf einen Sprung vorbei. Es war eine kleine Imbißstube mit begrenzter Speiseauswahl, wo den Motelgästen und den hungrigen LKW-Fahrern, die hier kurz Rast machten, Mittag- und Abendessen serviert wurde. (Das Frühstück für Gäste — süße Brötchen und Kaffee — war im Preis inbegriffen und wurde, wenn man am Vorabend Bescheid sagte, aufs Zimmer gebracht.)

Die zweiunddreißigjährige Sandy und ihr Mann Ned führten das Restaurant für Ernie und Faye; Sandy bediente, Ned kochte. Sie lebten in einem Wohnwagen in der Nähe von Beowawe und kamen jeden Morgen mit ihrem alten Ford-Lieferwagen zur Arbeit.

Ernie zuckte zusammen, als Sandy die Tür öffnete, denn er hatte verrückterweise die Befürchtung, daß die Finsternis wie ein Panther von draußen ins Büro stürzen könnte.

»Ich bringe Ihnen das Abendessen«, sagte Sandy und schauderte in dem kalten Luftzug, der mit ihr eingedrungen war. Sie stellte einen kleinen Karton ohne Deckel auf der Theke ab, der einen Cheeseburger, Pommes frites, ein Plastikschälchen Krautsalat und eine Dose Coors enthielt. »Ich hab' mir gedacht, daß Sie ein Bier brauchen würden, um dieses ganze Cholesterin wieder aus Ihren Nieren rauszuspülen.«

»Danke, Sally.«

Sandy hatte nicht viel an sich, um Männerblicke fesseln zu können, so blaß und farblos, wie sie war, aber sie hätte durchaus Möglichkeiten gehabt, mehr aus sich zu machen. Ihre Beine waren zwar etwas zu dünn, aber keineswegs unattraktiv. Sie war zu mager, aber wenn sie fünfzehn oder sogar zwanzig Pfund zugenommen hätte, hätte sie eine erstklassige Figur gehabt. Ihre Brüste waren klein, aber wohlgeformt, und ihre zarten Knochen, die dünnen Arme und der Schwanenhals verliehen ihr eine anziehende Zerbrechlichkeit. Außerdem besaß sie eine erstaunliche Anmut, derer man allerdings nur selten gewahr wurde, denn meistens schlurfte sie beim Gehen und saß mit eingezogenem Kopf und runden Schultern da. Ihre braunen Haare waren glanzlos und hingen schlaff herab, vermutlich weil sie sie mit Seife anstatt mit Shampoo wusch. Sie verwendete niemals Make-up, nicht einmal einen Lippenstift. Ihre Fingernägel waren ungepflegt und abgekaut. Sie war jedoch sehr warmherzig und hilfsbereit, und deshalb wünschten Ernie und Faye auch, sie würde hübscher aussehen und mehr vom Leben haben.

Manchmal machte sich Ernie Sorgen um sie, so wie er sich früher immer Sorgen um Lucy, seine Tochter, gemacht hatte, bis sie Frank gefunden und geheiratet hatte, mit dem sie restlos glücklich war. Ernie spürte, daß Sandy Sarver vor langer Zeit etwas Schlimmes zugestoßen sein mußte, daß sie einen sehr harten Schlag erlitten hatte, der sie zwar nicht gebrochen, aber doch gelehrt hatte, den Kopf einzuziehen und möglichst unauffällig zu sein und nur geringe Erwartungen an das Leben zu stellen, um vor Enttäuschungen, menschlicher Grausamkeit und Schmerz geschützt zu sein.

Während Ernie die Dose Coors öffnete und den köstlichen Duft des Essens einsog, sagte er: »Ned macht wirklich die besten Cheeseburger, die ich je probiert habe.«

Sandy lächelte schüchtern. »Es ist ein Segen, einen Mann zu haben, der kochen kann.« Sie hatte eine leise, sanfte Stimme. »Besonders wenn man — wie ich — selbst nichts davon versteht.«

»Oh, ich wette, daß Sie auch eine gute Köchin sind«, sagte Ernie.

»Nein, nein, ich nicht, überhaupt nicht. Das war ich nie und werde es auch nie sein.«

Er betrachtete ihre kurzärmelige Uniform und die nackten, mit einer Gänsehaut überzogenen Arme. »Sie sollten an einem so kalten Abend nicht ohne Sweater ins Freie gehen. Sie werden sich noch den Tod holen.«

»O nein, ich nicht«, erwiderte sie. »Ich ... ich habe mich vor langer Zeit an Kälte gewöhnt.«

Das war eine eigenartige Bemerkung, und noch eigenartiger war der Klang ihrer Stimme. Aber noch bevor Ernie sie ausforschen konnte, eilte sie schon auf die Tür zu.

»Bis später, Ernie.«

»Äh ... viel los bei euch?«

»Ziemlich. Und bald werden sich die LKW-Fahrer zum Abendessen einstellen.« Sie öffnete die Tür und drehte sich noch einmal um. »Sie haben hier wirklich die reinste Festbeleuchtung.«

Ein Stück Cheeseburger blieb ihm fast im Halse stecken, als sie die Tür aufriß. Sie setzte ihn den Gefahren der Dunkelheit aus.

Kalte Luft drang ins Büro.

»Hier könnte man glatt einen Sonnenbrand bekommen«, fuhr sie fort.

»Ich ... ich habe es gern hell. Wenn die Leute in ein schwach beleuchtetes Motel kommen, können sie leicht den Eindruck bekommen, daß es schmutzig ist.«

»Oh! Daran hätte ich nie gedacht. Vermutlich ist das auch der

Grund dafür, daß Sie der Boß sind. Wenn ich die Verantwortung für alles hätte, würde ich nie auf solche Details achten. Kleinigkeiten vernachlässige ich immer. Na, ich muß mich jetzt sputen.«

Er hielt den Atem an, solange die Tür offenstand, und seufzte erleichtert, als Sandy sie hinter sich schloß. Er sah sie an den Fenstern vorbeihasten; dann war sie verschwunden. Er konnte sich nicht daran erinnern, daß Sandy jemals einen ihrer Vorzüge erwähnt hätte. Hingegen versäumte sie es nie, auf ihre Fehler und Schwächen hinzuweisen — nicht nur auf tatsächliche, sondern auch auf eingebildete. Sie war ein nettes Geschöpf, aber nicht gerade eine amüsante Gesprächspartnerin. Im Augenblick wäre Ernie allerdings jede Gesellschaft willkommen gewesen. Er bedauerte sehr, daß sie weggegangen war.

Während er im Stehen an der Theke aß, konzentrierte sich Ernie ausschließlich auf seine Mahlzeit, ohne auch nur einmal aufzuschauen; auf diese Weise versuchte er sich von der Angst abzulenken, die seine Kopfhaut prickeln ließ und ihm den kalten Schweiß in die Achselhöhlen trieb.

Um zehn vor sieben waren acht der zwanzig Zimmer des Motels belegt. Weil dies der zweite Abend eines viertägigen verlängerten Wochenendes war und deshalb mehr Leute unterwegs waren als sonst, würde er mindestens acht weitere Zimmer vermieten können, wenn er das Büro bis neun Uhr offenhielt.

Doch er war nicht dazu imstande. Er war ein Marine — im Ruhestand zwar, aber immer noch ein Marine —, und die Wörter ›Pflicht‹ und ›Mut‹ waren ihm heilig; er hatte nie versäumt, seine Pflicht zu tun, nicht einmal in Vietnam, wenn Kugeln um ihn herum pfiffen, Bomben explodierten und ringsum Menschen starben — aber der einfachen Aufgabe, bis neun Uhr an seinem Schreibtisch zu sitzen, war er nicht gewachsen. Es gab keine Vorhänge an den großen Fenstern, keine Jalousie an der Glastür, keine Möglichkeit, dem Anblick der Dunkelheit zu entrinnen. Jedesmal, wenn sich die Tür öffnete, stand er wahre Todesängste aus, weil es dann überhaupt keine Barriere mehr zwischen ihm und der Nacht gab.

Er betrachtete seine großen, kräftigen Hände. Sie zitterten. Sein Magen rebellierte. Er war so nervös, daß er nicht stillsitzen konnte. Er lief in dem kleinen Arbeitsbereich auf und ab, versuchte vergeblich, sich irgendwie zu beschäftigen.

Um Viertel nach sieben hielt er es nicht mehr aus; er ergab sich seinen irrationalen Ängsten, knipste mit Hilfe eines Schalters unter der Theke die Leuchtschrift ›BELEGT‹ am Eingang an und verschloß die Tür. Er löschte die Lampen, eine nach der anderen, wobei er rasch vor den sich plötzlich ausbreitenden Schatten in den hintersten Teil des Büros zurückwich. Eine Treppe führte in seine Wohnung im ersten Stock. Er nahm sich fest vor, sie in normalem Tempo hinaufzusteigen. Er sagte sich selbst immer wieder, daß es dumm und albern sei, sich so zu fürchten; er sagte sich, daß nichts ihn aus den dunklen Ecken des Büros verfolge — was für eine *lächerliche* Vorstellung! —, nichts, absolut nichts. Aber Beteuerungen dieser Art nutzten ihm überhaupt nichts, denn es war ja nicht etwas *in* der Dunkelheit, das ihn ängstigte, sondern die Dunkelheit *an sich*, das Fehlen von Licht. Er packte das Geländer und begann sich schneller zu bewegen. Zu seiner großen Beschämung geriet er schnell in Panik und stürzte völlig kopflos die Treppe hinauf, nahm zwei Stufen auf einmal. Mit rasendem Herzklopfen taumelte er ins Wohnzimmer, tastete nach dem Lichtschalter an der Wand, um unten die letzte Lampe zu löschen, schlug die Tür so heftig zu, daß die ganze Wand erzitterte, schloß sie ab und lehnte sich mit seinem breiten Rücken dagegen.

Er konnte nicht aufhören, zu zittern und zu keuchen. Er roch seinen eigenen Schweiß.

Mehrere Lampen hatten den ganzen Tag über in der Wohnung gebrannt, aber nicht alle. Nun hastete er von Zimmer zu Zimmer und schaltete sämtliche Beleuchtungskörper ein. Alle Vorhänge waren noch vom Vorabend zugezogen, deshalb war von der Schwärze hinter den Fenstern nichts zu sehen.

Sobald er sich etwas beruhigt hatte, rief er im Tranquility Grille an und sagte Sandy, daß er sich nicht gut fühle und deshalb früh geschlossen habe. Er bat sie, die Tageseinnahmen bis zum nächsten Morgen aufzubewahren, anstatt sie ihm wie sonst nach Schließung der Imbißstube vorbeizubringen.

Da sein beißender Schweißgeruch ihm Übelkeit verursachte — besser gesagt, weniger der Geruch als solcher als vielmehr der völlige Verlust der Selbstbeherrschung, von dem der Geruch beredtes Zeugnis ablegte —, duschte er. Nachdem er sich abgetrocknet hatte, zog er frische Unterwäsche an, hüllte sich in einen dicken, warmen Morgenrock und schlüpfte in Hausschuhe.

Bis vor kurzem war er imstande gewesen, in einem dunklen Zimmer zu schlafen, wenngleich nicht ohne Ängste und ohne ein paar Dosen Bier. Aber in den beiden letzten Nächten, als Faye in Wisconsin und er allein war, hatte er nur mit brennender Nachttischlampe einschlafen können. Und er wußte, daß er auch in dieser Nacht den Schutz der Helligkeit benötigen würde.

Und wenn Faye am Dienstag zurückkam? Würde er dann wieder ohne Licht schlafen können?

Was, wenn Faye die Lampen ausschaltete ... und er dann zu schreien anfing wie ein angsterfülltes Kind?

Beim Gedanken an diese drohende Demütigung biß er knirschend die Zähne zusammen und trat ans nächste Fenster heran.

Er griff mit seiner muskulösen Hand nach den fest zugezogenen Vorhängen. Zögerte. Sein Herz vollführte die reinste Imitation einer gedämpften Maschinengewehrsalve.

Er war für Faye immer die Stärke in Person gewesen, ein Felsen, auf den sie sich verlassen konnte. Das sollte ein Mann auch sein: ein Felsen. Er durfte Faye nicht enttäuschen. Er mußte diese seltsame Anwandlung überwinden, bevor sie von Wisconsin zurückkam.

Er bekam eine trockene Kehle und begann wieder zu frieren, als er sich vorstellte, was hinter dem bisher verborgenen Glas lag, aber er wußte, daß die einzige Möglichkeit, diese Angst zu besiegen, darin bestand, ihr ins Auge zu sehen. Das war die Lektion, die das Leben ihm erteilt hatte: Sei tapfer, stelle dich dem Feind, kämpfe! Diese Philosophie des Handelns hatte bei ihm immer funktioniert. Sie würde auch jetzt funktionieren. Das Fenster auf der Rückseite des Motels ging auf die weiten Wiesen und Hügel des unbewohnten Oberlandes hinaus, und das einzige Licht dort draußen kam von den Sternen. Er mußte die Vorhänge beiseiteschieben, der düsteren Landschaft ins Auge sehen, die Dunkelheit ertragen. Diese Konfrontation würde eine Art heilsamer Schock für ihn sein, sie würde ihn ein für allemal kurieren.

Ernie schob die Vorhänge auseinander. Er spähte in die Nacht hinaus und versuchte sich einzureden, daß diese totale Schwärze gar nicht so übel sei — tief und rein, weit und kalt, aber nicht bösartig und keineswegs eine persönliche Bedrohung.

Während er jedoch hinausblickte, schienen sich Teile der Dunkelheit zu ... nun ja, zu verschieben, sich zusammenzuschließen, feste — wenngleich nicht deutlich erkennbare — Form anzunehmen — Massen pulsierender kompakter Schwärze in der großen Schwärze ringsum, lauernde Phantome, die jeden Moment gegen das zerbrechliche Fenster anstürmen konnten.

Er biß die Zähne zusammen, lehnte seine Stirn an die eiskalte Scheibe.

Die Steppe von Nevada, ohnehin schon eine riesige Einöde, schien jetzt noch größer zu werden. Er konnte die von der Nacht eingehüllten Berge nicht sehen, aber er spürte, daß sie wie durch Zauberei zurückwichen, daß die Ebenen zwischen ihm und dem Gebirge immer weiter wurden, sich über Hunderte von Kilometern erstreckten, über Tausende, bis in die Unendlichkeit; und er befand sich plötzlich inmitten einer immensen Leere, die sich nicht beschreiben ließ. Ringsum war eine Lichtlosigkeit, die alle Grenzen der menschlichen Fantasie weit überstieg, eine furchtbare Leere, links und rechts, vorne und hinten, und auf einmal konnte er nicht mehr *atmen*.

Das war wesentlich schlimmer als alles, was er bisher erlebt hatte. Eine unendliche Angst. Tief, umfassend. Erschreckend in ihrer Stärke. Und er war ihr ganz und gar ausgeliefert.

Abrupt wurde er sich des enormen *Gewichtes* dieser Dunkelheit bewußt, und sie schien unerbittlich zu ihm hineinzugleiten, unvorstellbar hohe Mauern schwerer Dunkelheit, die ihn von allen Seiten umgaben, ihn zusammendrückten, ihm den Atem aus den Lungen preßten ...

Er schrie auf und warf sich nach hinten.

Er fiel auf die Knie, und die Vorhänge fielen leise raschelnd wieder zu. Das Fenster war nun wieder verhüllt. Die Finsternis war seinen Blicken entzogen. Um ihn herum war Licht, segenspendendes Licht. Er ließ den Kopf hängen und holte tief Luft, während er immer noch am ganzen Leib zitterte.

Er kroch auf allen vieren zum Bett und zog sich auf die Matratze hoch; lange Zeit lag er da und lauschte auf seinen Herzschlag, der sich allmählich vom Tempo eines Sprinters zu dem eines Wanderers normalisierte. Anstatt sein Problem zu lösen, hatte die kühne Konfrontation es nur noch verschlimmert.

»Was geht nur mit mir vor?« sagte er laut vor sich hin, während er an die Decke starrte. »Was stimmt nur nicht mit mir? Lieber Gott, was *fehlt* mir nur?«

Es war der 22. November.

4. Laguna Beach, Kalifornien

Als verzweifelte Reaktion auf weitere bestürzende Anfälle von Somnambulismus tat Dom Cervaisis am Samstag alles mögliche, um sich ganz methodisch physisch zu erschöpfen. Er wollte abends so müde sein, daß er wie ein Stein durchschlafen würde, der seit Urzeiten tief im Schoß der Erde ruhte. Um sieben Uhr morgens, als der kühle Nachtnebel noch die Schluchten füllte und die Bäume umhüllte, führte er schon auf der Veranda anstrengende Gymnastikübungen durch, eine halbe Stunde lang; dann zog er seine Turnschuhe an und lief zehn Kilometer durch Lagunas Straßen, hügelauf- und hügelabwärts. Die nächsten fünf Stunden schuftete er sodann in seinem Garten. Da es ein warmer Tag war, schlüpfte er anschließend in seine Badehose, warf Handtücher in seinen ›Firebird‹ und fuhr zum Strand. Er lag ein wenig in der Sonne und schwamm sehr viel. Nach einem Abendessen bei Picasso's lief er noch eine Stunde durch die Einkaufsstraßen, wo um diese Jahreszeit, außerhalb der Saison, nur wenige Touristen umherbummelten. Schließlich fuhr er nach Hause.

Als er sich in seinem Schlafzimmer auszog, hatte Dom das Gefühl, als wäre er im Lande Lilliput, als würde er von tausend winzigen Wesen mit dünnen Fäden zu Boden gezogen. Er trank nur selten, aber jetzt stürzte er ein Glas Rémy Martin hinunter. Im Bett schlief er schon ein, während er die Nachttischlampe ausknipste.

Die Anfälle von Somnambulismus waren immer häufiger geworden, und das Problem stand nun im Mittelpunkt seines Lebens. Es wirkte sich störend auf seine Arbeit aus. Das neue Buch, mit dem er anfangs so gute Fortschritte gemacht hatte — es enthielt die besten Passagen, die er je geschrieben hatte —, stagnierte. In den vergangenen zwei Wochen war er neunmal in einem Wandschrank aufgewacht, davon viermal in den letzten vier Nächten. Die Angelegenheit hatte nun absolut nichts

Amüsantes mehr an sich, und sie war auch nicht mehr nur verwirrend. Er hatte Angst vor dem Schlafengehen, weil er im Schlaf keine Kontrolle über sich hatte.

Am Freitag war er dann schließlich zu seinem Arzt gegangen, zu Dr. Paul Cobletz in Newport Beach. Zögernd berichtete er Cobletz von seinem Schlafwandeln, war aber nicht imstande, zum Ausdruck zu bringen, wie sehr ihn dieses Problem inzwischen erschütterte. Dom war ein sehr verschlossener Mensch, was wohl der Tatsache zuzuschreiben war, daß er seine Kindheit bei einem guten Dutzend Pflegeeltern zugebracht hatte, von denen einige gleichgültig oder sogar feindselig gewesen waren; und alle hatten — das war am schlimmsten gewesen — in seinem Leben nur kurze Gastrollen gegeben. Es widerstrebte ihm zutiefst, seine wesentlichsten, persönlichsten Gedanken anderen mitzuteilen — das vermochte er nur durch den Mund seiner fiktiven Romangestalten.

Es war deshalb nicht weiter verwunderlich, daß Cobletz nicht allzu besorgt reagierte. Nach einer gründlichen körperlichen Untersuchung erklärte er Dom für vollkommen gesund. Das Schlafwandeln führte er auf Streß zurück, auf die baldige Veröffentlichung des Romanes.

»Sie halten irgendwelche Tests also nicht für erforderlich?« fragte Dom.

»Sie sind Schriftsteller«, antwortete Cobletz, »deshalb ist es ganz natürlich, daß ihre Fantasie mit Ihnen durchgeht. Sie denken an einen Gehirntumor, habe ich recht?«

»Nun ... ja!«

»Kopfschmerzen? Schwindelgefühl? Beeinträchtigtes Sehvermögen?«

»Nein.«

»Ich habe Ihre Augen untersucht. An der Netzhaut ist keine Veränderung zu erkennen, kein Hinweis auf intrakranialen Druck. Müssen Sie sich häufig übergeben?«

»Nein. Nichts Derartiges.«

»Müssen Sie ohne ersichtlichen Grund lachen oder geraten plötzlich in Euphorie? Irgend etwas in dieser Art?«

»Nein.«

»Dann sehe ich in diesem Stadium keinen Anlaß für irgendwelche Tests.«

»Glauben Sie, daß ich ... daß ich Psychotherapie benötige?«

»Um Himmels willen, nein! Ich bin sicher, daß es bald vorübergehen wird.«

Während er sich anzog, sah Dom, daß Cobletz seine Akte zuklappte. »Ich dachte, vielleicht Schlaftabletten...«, murmelte er.

»Nein, nein«, sagte Cobletz. »Noch nicht. Ich halte nichts davon, sofort Medikamente zu verschreiben. Tun Sie lieber folgendes, Dom: Lassen Sie für ein paar Wochen das Schreiben. Gönnen Sie Ihrem Gehirn etwas Ruhe und Erholung. Was Sie brauchen, ist körperliche Betätigung. Gehen Sie jeden Abend müde ins Bett, so müde, daß Sie keinen Gedanken mehr an das Buch verlieren, an dem Sie arbeiten. Wenn Sie diesen Rat befolgen, werden Sie in kürzester Zeit geheilt sein. Davon bin ich überzeugt.«

Am Samstag begann Dom also mit der von Dr. Cobletz vorgeschlagenen Therapie und stürzte sich mit wahrem Fanatismus in alle möglichen physischen Aktivitäten, was denn auch zur Folge hatte, daß er — kaum daß sein Kopf auf dem Kissen lag — in tiefen Schlaf fiel und am nächsten Morgen nicht in einem Kleiderschrank erwachte.

Er erwachte jedoch auch nicht in seinem Bett. Diesmal befand er sich in der Garage.

Er fuhr in atemlosem Schrecken aus dem Schlaf, keuchend, mit rasendem Herzklopfen, das ihm die Rippen zu sprengen schien. Sein Mund war trocken, seine Hände zu Fäusten geballt. Er fühlte sich steif und wie zerschlagen, teilweise von den übertriebenen körperlichen Anstrengungen des Vortages, teilweise aber auch von seiner unnatürlichen und unbequemen Schlafposition. Offensichtlich hatte er irgendwann während der Nacht zwei zusammengefaltete Segeltuchplanen aus einem Regal über der Werkbank geholt und sich in dem engen Zwischenraum hinter der Heizung versteckt. Dort lag er jetzt, die Planen schützend über sich gezogen.

›Versteckt‹ war durchaus das richtige Wort. Er hatte die Planen nicht nur wegen der Wärme über sich gezogen. Er hatte hinter der Heizung und unter dem Segeltuch Schutz gesucht, weil er sich vor etwas verbergen mußte.

Aber wovor?

Selbst jetzt, als Dominick die Planen beiseite schob und sich mühsam aufsetzte, als seine tränenden Augen sich an das schwache Licht in der Garage gewöhnten — selbst jetzt noch konnte er sich nicht völlig von dem Entsetzen befreien, mit dem er aus dem Schlaf gefahren war. Sein Pulsschlag war immer noch beschleunigt.

Wovor hatte er solche Angst gehabt?

Ein Traum. In seinem Alptraum mußte er vor irgendeinem Monster auf der Flucht gewesen sein. Ja. Natürlich. So mußte es gewesen sein. Er war in seinem Alptraum irgendwie bedroht worden und hatte nach einem Versteck gesucht — und das hatte dazu geführt, daß er sich beim Schlafwandeln auch tatsächlich versteckt hatte, indem er hinter den Heizkörper gekrochen war.

Sein weißer ›Firebird‹ schimmerte gespenstisch im Halbdunkel der Garage, in die nur durch das kleine Fenster über der Werkbank etwas Licht einfiel. Und wie ein Gespenst fühlte er sich auch selbst, als er mit schmerzenden Gliedern ins Haus schlurfte.

Er begab sich direkt in sein Arbeitszimmer. Die Morgensonne durchflutete den Raum, so daß er die Augen zusammenkneifen mußte. Er setzte sich in der schmutzigen Pyjamahose an den Schreibtisch, schaltete den Computer ein und rief den zuletzt auf Diskette gespeicherten Text auf dem Bildschirm ab. Er endete mit den am Donnerstag geschriebenen Zeilen; es war nichts hinzugefügt worden.

Dom hatte gehofft, daß er vielleicht im Schlaf eine Botschaft hinterlassen hatte, die es ihm ermöglichen würde, die Ursache seiner Ängste ausfindig zu machen. Sein Unterbewußtsein verfügte offenbar über dieses Wissen, das von seinem Bewußtsein noch verdrängt wurde. Beim Schlafwandeln hatte das Unterbewußtsein die Oberhand, und es würde vielleicht versuchen, sich ihm durch den Textcomputer verständlich zu machen. Aber bisher war das nicht der Fall.

Er schaltete das Gerät aus, saß lange Zeit da und starrte aus dem Fenster, auf den Ozean hinaus. Er überlegte krampfhaft ...

Als er später auf dem Weg ins Bad durch sein Schlafzimmer ging, fiel ihm etwas Merkwürdiges ins Auge. Auf dem Teppich waren Nägel verstreut, und er mußte aufpassen, um nicht darauf zu treten. Er bückte sich und hob einige auf. Es waren Stahlnägel von fast 4 cm Länge. Auf der anderen Seite des Zimmers entdeckte er zwei Gegenstände, die nicht dorthin gehörten: Unter dem Fenster, dessen Vorhänge zur Seite gezogen waren, lag auf dem Fußboden eine Schachtel mit Nägeln; sie war nur halb voll, weil ein Teil des Inhalts herausgefallen war. Neben der Schachtel lag ein Hammer.

Er hob den Hammer auf und runzelte verwirrt die Stirn.

Was hatte er in jenen einsamen Nachtstunden nur getrieben?

Sein Blick fiel auf das Fensterbrett, wo drei Nägel in der Sonne funkelten.

Offensichtlich mußte er die Absicht gehabt haben, die Fenster zu vernageln. O Gott! Etwas hatte ihn so geängstigt, daß er die Fenster vernageln und sein Haus in eine Art Festung verwandeln wollte, aber bevor er sich ans Werk hatte machen können, war er von seiner Angst *überwältigt* worden und in die Garage geflüchtet, wo er dann hinter der Heizung Zuflucht gesucht hatte.

Er legte den Hammer weg und blickte aus dem Fenster: blühende Rosenstöcke, ein schmaler Rasenstreifen und ein efeubewachsener Hügel, der zu einem anderen Haus hinaufführte. Ein liebliches Bild. Friedlich. Er konnte nicht glauben, daß es letzte Nacht irgendwie anders ausgesehen hatte, daß etwas Bedrohliches dort draußen in der Dunkelheit gelauert hatte.

Und doch ...

Eine Zeitlang beobachtete Dom, wie die Sonne höher stieg, wie Bienen die Rosenstöcke umschwirrten; dann begann er die Nägel aufzusammeln.

Es war der 24. November.

5. *Boston, Massachusetts*

Nach dem Zwischenfall mit den schwarzen Handschuhen vergingen zwei Wochen ohne besondere Vorkommnisse.

In den ersten Tagen nach jener verwirrenden Szene in Bernsteins Delikatessengeschäft blieb Ginger Weiss sehr nervös, weil sie mit einem weiteren Anfall rechnete. Sie war ständig auf der Hut, achtete genau auf ihre physiologische und psychologische Verfassung, suchte nach kleinsten Symptomen einer ernsthaften Erkrankung, bemerkte aber nichts Besorgniserregendes. Sie litt weder unter Übelkeit noch unter Kopf-, Glieder- oder Muskelschmerzen. Allmählich wurde sie zuversichtlicher und gewann ihr gesundes Selbstvertrauen zurück, überzeugt davon, daß ihre wilde Flucht ausschließlich auf zuviel Streß zurückzuführen war und sich bestimmt nicht wiederholen würde.

Sie hatte im ›Memorial‹ mehr zu tun denn je. George Hannaby, der Leiter der Chirurgie — groß, kräftig, ein Bär von einem Mann, der langsam redete, langsam ging und den trügerischen Eindruck vermittelte, als sei er sehr faul —, bewältigte in Wirklichkeit ein umfangreiches Tagespensum, und obwohl Ginger nicht seine einzige Assistenzärztin war, so war sie doch die einzige, die in letzter Zeit *ausschließlich* mit ihm zusammenarbeitete. Sie assistierte bei vielen — sogar bei den meisten — seiner chirurgischen Eingriffe: Implantationen künstlicher Aortenstücke, Bypass-Operationen, Embolektomien, portokavale Shuntoperationen, Thorakotomien, Arteriographien, Einsetzung zeitweiliger und ständiger Schrittmacher usw.

George beobachtete jede ihrer Bewegungen, ihm entging nicht der geringste Fehler, keine Unsicherheit, keine Ungeschicklichkeit. Obwohl er wie ein gutmütiger Bär aussah, war er ein strenger Lehrmeister und kannte keine Nachsicht in bezug auf Faulheit, Unfähigkeit oder Nachlässigkeit. Er konnte ätzend sarkastisch sein, und er brachte alle jungen Ärzte ins Schwitzen. Seine Kritik war mitunter vernichtend und glich in ihrer Wucht einer nuklearen Explosion.

Einige Assistenzärzte hielten George für einen Tyrannen, aber Ginger genoß es, mit ihm zu arbeiten, gerade weil seine Ansprüche so hoch waren. Sie wußte, daß seine Kritik nur deshalb manchmal etwas zu scharf ausfiel, weil es schließlich um das Wohl der Patienten ging, und sie nahm seine Ausbrüche nie persönlich. Wenn Hannaby ihr schließlich seinen Segen mit auf den Weg geben würde ... nun, das würde fast soviel bedeuten, als wenn Gott selbst seine Anerkennung zum Ausdruck bringen würde.

Am letzten Montag im November, dreizehn Tage nach ihrem seltsamen Anfall, assistierte Ginger bei einer dreifachen Bypass-Herzoperation an Johnny O'Day, einem dreiundfünfzigjährigen Bostoner Polizisten, den sein kardiovaskulares Leiden zu vorzeitiger Pensionierung gezwungen hatte. Johnny war stämmig, hatte eine wilde Haarmähne und ein gutmütiges Gesicht mit fröhlichen blauen Augen; er war bescheiden und trotz seiner Krankheit stets zum Lachen aufgelegt. Ginger fühlte sich zu ihm besonders hingezogen, weil er sie irgendwie an ihren Vater erinnerte, obwohl er äußerlich keine Ähnlichkeit mit dem verstorbenen Jacob Weiss hatte.

Sie befürchtete, daß Johnny O'Day sterben könnte — und daß das zum Teil ihre Schuld sein würde.

Es gab überhaupt keinen Grund für die Befürchtung, daß Johnny gefährdeter sein könnte als andere Herzpatienten; ganz im Gegenteil, das Risiko war bei ihm sogar geringer als bei vielen anderen. Er war zehn Jahre jünger als der durchschnittliche Patient bei einer Bypass-Operation und hatte deshalb größere Widerstandskräfte. Es gab auch keine zusätzlichen Komplikationen durch andere Leiden, wie etwa Venenentzündung oder übermäßig hohen Blutdruck. Seine Aussichten waren durchaus ermutigend.

Aber allen vernünftigen Argumenten zum Trotz konnte Ginger ihre Ängste nicht abschütteln. Am Montagnachmittag, als die Operation immer näher rückte, wurde sie nervös und bekam Magenbeschwerden. Zum erstenmal, seit sie allein neben dem Krankenbett ihres Vaters die Nacht durchwacht und machtlos sein Sterben mit angesehen hatte, war Ginger voller Zweifel.

Vielleicht rührten ihre Befürchtungen von der unlogischen, aber unentrinnbaren Vorstellung her, daß durch einen Mißerfolg bei diesem Patienten ihr Vater gleichsam noch einmal vor ihren Augen sterben würde. Vielleicht waren ihre Ängste aber auch völlig irrational und würden ihr im nachhinein selbst lächerlich und albern vorkommen. Vielleicht.

Wie dem auch sein mochte, als sie an Georges Seite den Operationssaal betrat, befürchtete sie, daß ihre Hände zittern könnten. Die Hände eines Chirurgen dürfen niemals zittern!

Der Operationssaal war weiß und blau gekachelt und mit funkelnden Geräten aus rostfreiem Stahl und Chrom ausgestattet. Krankenschwestern und ein Anästhesist bereiteten den Patienten auf den chirurgischen Eingriff vor.

Johnny O'Day lag mit ausgebreiteten Armen auf dem kreuzförmigen Operationstisch; die Kanülen für die intravenöse Narkose waren an seinen Handgelenken befestigt.

Agatha Tandy, eine private OP-Schwester, die auf Georges Betreiben hin eingestellt worden war, zog ihrem Chef dünne Latex-Handschuhe über die gründlich desinfizierten Hände; dann tat sie das gleiche bei Ginger.

Der Patient war in Narkose. Er war vom Hals bis zum Rist mit

Jod eingepinselt; von den Hüften abwärts war er in sterile Tücher gehüllt. Er atmete langsam, aber gleichmäßig.

Ein tragbarer Kassettenrecorder mit Stereolautsprechern stand auf einem Schemel in einer Ecke des Saales. George operierte am liebsten bei leiser Musik von Bach, und diese beruhigenden Klänge waren auch jetzt zu hören.

Vielleicht wirkte die Musik auf die anderen beruhigend; bei Ginger verfehlte sie diesmal diese Wirkung. Ein geheimnisvolles Etwas spann heute sein Netz von Eis in ihrem Magen.

Hannaby nahm seinen Platz am Operationstisch ein. Agatha stellte sich mit ihrem Tablett sorgfältig geordneter Instrumente rechts neben ihn. Die Laufschwester stand auf dem Sprung, um etwas eventuell noch Benötigtes möglichst schnell aus den Schränken entlang einer Wand holen zu können. Eine Assistenzschwester mit großen grauen Augen schob rasch noch einen herabhängenden Tuchzipfel zurecht. Der Anästhesist und die Narkoseschwester verfolgten am Kopfende aufmerksam das IV und das EKG. Ginger nahm nun ebenfalls ihren Platz ein. Das Team war bereit.

Ginger warf einen Blick auf ihre Hände. Sie zitterten nicht. Innerlich bebte sie allerdings.

Entgegen ihren schlimmen Vorahnungen verlief der Eingriff ohne Komplikationen. George Hannaby operierte mit einer Schnelligkeit, Sicherheit und Geschicklichkeit, die Ginger noch mehr als sonst beeindruckten. Zweimal trat er beiseite und forderte sie auf, die Operation fortzusetzen. Ginger stellte überrascht fest, daß sie mit ihrer gewohnten Sicherheit und Geschwindigkeit arbeitete; ihre Anspannung und Angst äußerten sich nur darin, daß sie stärker als sonst schwitzte. Die Schwester war jedoch immer zur Stelle, um ihr die Stirn abzuwischen.

Nach der Operation bemerkte George am Waschbecken: »Alles genau nach Plan verlaufen.«

Während Ginger ihre Hände unter dem heißen Wasser schrubbte, sagte sie: »Sie wirken immer so entspannt, als ... als wären Sie überhaupt kein Chirurg, sondern ein Schneider, der einen Anzug ändert.«

»Es mag zwar diesen Anschein haben«, erwiderte er, »aber in Wirklichkeit bin ich immer angespannt. Deshalb auch die Musik von Bach.« Er trocknete seine Hände ab. »Sie waren heute sehr angespannt.«

»Ja«, gab sie offen zu.
»Ungewöhnlich angespannt. Aber das kommt vor.« Obwohl er so groß und wuchtig war, konnten seine Augen manchmal den Ausdruck eines freundlichen, sanften Kindes annehmen. »Wichtig ist nur, daß Ihre Geschicklichkeit nicht darunter gelitten hat. Sie waren so gut wie immer. Erstklassig. Das ist der Trick bei der Sache — Sie müssen die Anspannung positiv zu nutzen verstehen.«

»Vielleicht werde ich das auch noch lernen.«

Er grinste. »Sie sind wie immer viel zu streng mit sich selbst. Ich bin stolz auf Sie, Mädchen. Ein Weilchen dachte ich da drin, daß Sie die Medizin vielleicht doch aufgeben und sich Ihren Lebensunterhalt als Fleischerin im Supermarkt verdienen müßten, aber jetzt weiß ich, daß Sie es schaffen werden.«

Sie grinste zurück, aber es war ein gezwungenes Lächeln. Sie war mehr als nervös gewesen. Sie hatte unter einer kalten, dunklen Angst gelitten, die sie leicht hätte überwältigen können, und das war etwas völlig anderes als eine ganz normale Anspannung. Diese Art von Angst hatte sie nie zuvor verspürt, und sie wußte, daß George Hannaby sie auch nie im Leben verspürt hatte, zumindest nicht im Operationssaal. Wenn das so weiterging, wenn diese Angst zu ihrer ständigen Begleiterin bei Operationen wurde ... was dann?

Um halb elf an diesem Abend, als sie im Bett las, klingelte das Telefon. Es war George Hannaby. Wenn der Anruf früher gekommen wäre, wäre sie in Panik geraten und hätte vermutet, daß Johnny O'Days Zustand sich bedenklich verschlimmert hatte, aber inzwischen hatte sie ihr seelisches Gleichgewicht zurückerlangt. »Ich sehr bedaure. Missy Weiss nicht zu Hause. Ich nicht sprechen Englisch. Rufen Sie wieder an in nächste April bitte.«

»Wenn das ein spanischer Akzent sein soll«, sagte George, »so ist er einfach grauenvoll. Wenn er hingegen irgendwie orientalisch sein soll, so ist er nur schrecklich. Seien Sie froh, daß Sie sich für eine medizinische Laufbahn und nicht für die Bühne entschieden haben.«

»Wohingegen Sie sich als Theaterkritiker bestimmt bewährt hätten.«

»Ich habe wirklich das feine Gespür, das kühle Urteil und den

unfehlbaren Durchblick eines erstklassigen Kritikers, nicht wahr? Aber jetzt hören Sie mal gut zu: Ich habe gute Neuigkeiten. Ich glaube, Sie sind soweit, Sie neunmalkluges Geschöpf.«
»Wofür?«
»Der große Augenblick. Eine Aortentransplantation.«
»Wollen Sie damit sagen ... ich soll Ihnen nicht nur assistieren? Es völlig selbständig tun?«
»Chefchirurgin für die gesamte Operation.«
»Eine Aortentransplantation?«
»Aber ja. Sie haben sich doch schließlich nicht auf kardiovaskulare Chirurgie spezialisiert, um für den Rest Ihres Lebens nur Blinddärme zu entfernen.«
Sie hatte sich im Bett aufgesetzt. Ihr Herz schlug schneller, und ihre Wangen waren vor Aufregung gerötet. »Wann?«
»Nächste Woche. Diesen Donnerstag oder Freitag wird eine Patientin aufgenommen. Sie heißt Fletcher. Wir werden am Mittwoch ihre Krankengeschichte zusammen durchgehen. Wenn alles planmäßig verläuft, sollten wir am Montagmorgen eigentlich operieren können. Selbstverständlich übernehmen Sie auch die Verantwortung für die Durchführung der letzten erforderlichen Untersuchungen und für die Entscheidung, ob operiert werden soll.«
»O Gott!«
»Sie werden Ihre Sache gut machen.«
»Sie werden doch dabei sein?«
»Ich werde Ihnen assistieren ... für den Fall, daß Sie das Gefühl haben sollten, mich plötzlich für irgend etwas zu brauchen.«
»Und Sie werden die Operation übernehmen, wenn ich Mist baue.«
»Reden Sie keinen Unsinn! Sie werden keinen Mist bauen.«
Sie dachte einen Augenblick darüber nach, dann sagte sie: »Nein, ich werde keinen Mist bauen.«
»Das ist meine Ginger! Sie können alles, worauf Sie Ihren Willen konzentrieren.«
»Sogar auf einer Giraffe zum Mond reiten.«
»Was?«
»Ein Familienscherz.«
»Hören Sie zu, ich weiß, daß Sie heute nachmittag einer Panik nahe waren, aber machen Sie sich keine Sorgen. Das ma-

chen alle jungen Ärzte einmal durch, die meisten gleich zu Beginn ihrer Tätigkeit in der Chirurgie. Man nennt das ›Die Zerreißprobe‹. Aber Sie waren von Anfang an so kühl und gefaßt, daß ich allmählich glaubte, Sie würden diese Zerreißprobe nie durchmachen müssen. Heute kamen Sie aber doch noch in diese Situation. Diese Zerreißprobe kam für Sie einfach später als für die meisten anderen. Und obwohl ich mir gut vorstellen kann, daß Sie sich deswegen immer noch Sorgen machen, sollten Sie, glaube ich, doch froh darüber sein. Die Zerreißprobe ist eine wichtige Erfahrung. Wesentlich ist doch nur, daß Sie großartig mit Ihrer Nervosität fertig wurden.«

»Danke, George. Sie hätten zwar einen guten Theaterkritiker abgegeben, aber einen noch besseren Baseballtrainer.«

Einige Minuten später, nachdem sie ihr Gespräch beendet hatten, legte sie ihren Kopf wieder auf die Kissen, schlang die Arme um sich und fühlte sich so großartig, daß sie sogar leise vor sich hin lachte. Nach einer Weile ging sie zum Wandschrank und wühlte darin herum, bis sie das Fotoalbum der Familie Weiss fand. Sie nahm es mit ins Bett und betrachtete die Fotos von Jacob und Anna, denn obwohl sie ihre Erfolge nicht mehr mit ihnen teilen konnte, brauchte sie doch das Gefühl, daß sie ihr nahe waren.

Noch später, im dunklen Schlafzimmer, als sie schon fast am Einschlafen war, erkannte sie endlich, warum sie nachmittags solche Angst gehabt hatte. Es war nicht ›Die Zerreißprobe‹ gewesen. Obwohl sie es sich bis jetzt nicht hatte eingestehen wollen, hatte sie befürchtet, mitten in der Operation plötzlich völlig durchzudrehen, einen Anfall wie jenen am Dienstag vor zwei Wochen zu erleiden. Wenn sie nun einen solchen Anfall gehabt hätte, während sie ein Skalpell in der Hand hielt, einen komplizierten Schnitt machte oder eine Sonde einführte ...

Bei diesem Gedanken riß sie ihre Augen weit auf. Ihre Schläfrigkeit fiel schlagartig von ihr ab. Lange Zeit lag sie steif da und starrte auf die dunklen und plötzlich geheimnisvollen Schlafzimmermöbel und auf das Fenster, dessen Vorhänge nicht ganz geschlossen waren und einen Streifen Glas enthüllten, das im Mondlicht und im Schein der Straßenlaternen silbern schimmerte.

Konnte sie die Verantwortung übernehmen, bei einer Aortentransplantation selbständig zu operieren? Ihr Anfall war bestimmt ein einmaliges Vorkommnis gewesen, das sich niemals wiederholen würde. Ganz bestimmt nicht. Aber durfte sie es wagen, diese Theorie auf die Probe zu stellen?

Schließlich wurde sie doch vom Schlaf übermannt, allerdings erst nach Stunden.

Am Dienstag, nach einem erfolgreichen Spaziergang zu Bernsteins Delikatessengeschäft, einem üppigen Essen und mehreren geruhsamen Stunden im Lehnstuhl mit einem guten Buch, war ihr Selbstbewußtsein wiederhergestellt, und sie begann sich auf die bevorstehende Herausforderung zu freuen. Ihre Befürchtungen waren jetzt auf ein ganz normales, vernünftiges Maß reduziert.

Am Mittwoch erholte sich Johnny O'Day weiter von seiner Bypass-Operation und war sehr frohgemut. *Das* war es, was einen für das jahrelange Studium und die harte Arbeit entschädigte: Leben zu erhalten, Leiden zu lindern, Menschen, die verzweifelt gewesen waren, Hoffnung und neues Glück zu schenken.

Sie assistierte bei der Einsetzung eines Herzschrittmachers, die komplikationslos verlief, und sie führte eine Aortographie durch, bei der durch Einspritzen eines Kontrastmittels Durchblutungsstörungen, Mißbildungen und Geschwülste in der Aorta und ihren Seitenästen festgestellt werden konnten. Außerdem war sie anwesend, während George sieben Patienten untersuchte, die von anderen Ärzten zu ihm überwiesen worden waren.

Danach beschäftigten sich George und Ginger eine halbe Stunde lang intensiv mit der Krankengeschichte der Kandidatin für die Aortentransplantation — einer achtundfünfzigjährigen Frau namens Viola Fletcher. Ginger entschied, daß Mrs. Fletcher am Donnerstag ins ›Memorial‹ aufgenommen werden sollte, um die erforderlichen Untersuchungen durchführen zu lassen. Falls keine Kontraindikationen auftraten, konnte die Operation dann am Montagmorgen gleich als erste durchgeführt werden. George stimmte ihr zu, und so wurden alle notwendigen Vorbereitungen getroffen.

So ging der Mittwoch vorüber, ausgefüllt mit viel Arbeit, ohne eine langweilige Minute. Um halb sieben hatte Ginger einen Zwölfstundentag hinter sich, aber sie war nicht müde. Obwohl es für sie nichts Wichtiges mehr zu tun gab, hatte sie keine Lust, schon nach Hause zu gehen. George Hannaby hatte schon Feierabend gemacht. Aber Ginger blieb noch in der Klinik, plauderte mit Patienten, prüfte Tabellen und begab sich schließlich in Georges Büro, um sich noch einmal Viola Fletchers Krankengeschichte anzusehen.

Die Personalbüros waren im hinteren Flügel des Gebäudes, getrennt vom eigentlichen Krankenhaus. Um diese Zeit waren die Korridore menschenleer. Gingers Gummisohlen quietschten auf dem glänzenden Kachelboden. Es roch nach einem Desinfektionsmittel mit Kiefernduft.

George Hannabys Wartezimmer, Untersuchungsräume und Privatbüro waren dunkel und still, und Ginger machte nur das notwendigste Licht an, während sie auf dem Weg ins Allerheiligste die anderen Räume durchquerte. Auch dort schaltete sie nur die Schreibtischlampe ein und ging zur Tür des Archivs, das verschlossen war. George hatte ihr aber alle Schlüssel ausgehändigt, und gleich darauf hielt sie Viola Fletchers Akte in der Hand.

Sie setzte sich in den großen Ledersessel am Schreibtisch, öffnete die Faltmappe im Schein der Lampe — und dann fiel ihr plötzlich ein Gegenstand ins Auge, bei dessen Anblick ihr der Atem stockte. Er lag auf der grünen Schreibtischunterlage, genau im Licht: ein Ophthalmoskop, ein Instrument zur Untersuchung des inneren Auges. Es hatte nichts Außergewöhnliches und ganz bestimmt nichts Ominöses an sich. Jeder Arzt verwendete ein solches Ophthalmoskop bei Routineuntersuchungen. Und doch bekam sie beim Anblick dieses Instruments plötzlich keine Luft mehr und hatte das Gefühl einer schrecklichen Bedrohung.

Kalter Schweiß trat ihr aus allen Poren.

Ihr Herz hämmerte so heftig, so laut, daß das Geräusch nicht aus ihrer Brust zu kommen schien, sondern von draußen, von der Straße; es hörte sich an wie die Trommel bei einer Parade.

Sie konnte ihren Blick nicht von dem Ophthalmoskop wenden. Wie bei dem Vorfall mit den schwarzen Handschuhen vor nunmehr zwei Wochen, so begannen alle anderen Gegenstände in Georges Büro zu verblassen, bis sie nur noch das glänzende Instrument in allen Einzelheiten sehen konnte. Sie registrierte jeden winzigen Kratzer am Griff. Jedes kleine Bauelement dieser Konstruktion gewann ungeheure Bedeutung, so als handelte es sich nicht um ein ganz alltägliches medizinisches Instrument, sondern um den Achsnagel des Universums, um ein geheimnisvolles Gerät mit katastrophalem Vernichtungspotential.

Der Schraubstock panischer Angst, die aus heiterem Himmel über sie hereingebrochen war, rief bei ihr ein Gefühl von Klaustrophobie hervor. Sie schob den Sessel zurück und sprang auf. Keuchend und wimmernd, glaubte sie zu ersticken, während ihr gleichzeitig kalte Schauer über den Rücken liefen.

Der Schaft des Ophthalmoskops funkelte, als bestünde er aus Eiskristallen.

Die Linse schillerte wie ein fremdartiges Auge.

Davonrennen oder sterben, sagte ihr eine innere Stimme. *Davonrennen oder sterben.*

Ein Schrei entrang sich ihrer Kehle, und er hörte sich an wie der gequälte Hilferuf eines verirrten, zu Tode geängstigten Kindes.

Sie taumelte um den Schreibtisch herum, fiel fast über einen Stuhl. Sie stürzte ins vordere Büro hinaus, flüchtete auf den leeren Korridor, mit schrillen Klagelauten, die ungehört verhallten. Sie suchte verzweifelt nach Schutz und Hilfe, nach einem freundlichen Gesicht, aber sie war der einzige Mensch auf dem Gang, und die Gefahr kam immer näher. Die unerklärliche Bedrohung im Nacken, die von dem harmlosen Ophthalmoskop ausging, rannte sie, so schnell sie nur konnte, den Korridor entlang.

Davonrennen oder sterben.

Der Nebel senkte sich.

Minuten später, als dieser Nebel sich auflöste, als sie ihre Umgebung wieder wahrnehmen konnte, fand sie sich auf der Feuertreppe am Ende des Bürotrakts wieder, auf einem Betonabsatz zwischen zwei Stockwerken. Sie konnte sich nicht daran erinnern, wie sie vom Korridor hierher gekommen war. Sie saß auf dem Treppenabsatz in der Ecke, den Rücken an die Mauer gepreßt, und starrte das Geländer an. Eine nackte Glühbirne brannte in einem Drahtgeflecht an der Decke. Links und rechts von ihr führten Stufen im Halbdunkel zu anderen schwach beleuchteten Treppenabsätzen. Die Luft war kühl und muffig. Abgesehen von ihren ungleichmäßigen Atemzügen war kein Laut zu hören.

Es war ein einsamer Ort, speziell wenn man so dringend die beruhigende Wirkung von hellen Lichtern und Menschen benötigt hätte, weil das ganze Leben plötzlich in Scherben zu fallen schien. Die grauen Mauern, die nackte Glühbirne, die lauernden Schatten, das Metallgeländer ... Es war, als spiegele dieser Ort Gingers Verzweiflung direkt wider.

Ihre wilde Flucht und das höchst merkwürdige Benehmen, das sie dabei vermutlich an den Tag gelegt hatte, war offenbar von niemandem beobachtet worden, sonst wäre sie jetzt bestimmt nicht allein. Das war immerhin ein Segen. Wenigstens wußte niemand etwas.

Aber *sie* wußte es, und das war schlimm genug.

Ein Schauer durchlief sie, aber diesmal nicht vor Angst, denn das unsinnige Entsetzen, das sich ihrer bemächtigt hatte, war nun von ihr gewichen. Sie erschauerte, weil ihr kalt war, und ihr war kalt, weil ihre Kleidungsstücke an ihr klebten, von Schweiß durchtränkt.

Sie hob die Hand und wischte sich das Gesicht ab.

Sie stand auf und blickte treppauf- und treppabwärts. Sie wußte nicht, ob das Stockwerk, in dem George Hannaby sein Büro hatte, höher oder tiefer lag. Sie beschloß hinaufzugehen.

Ihre Schritte hallten gespenstisch wider.

Aus unerfindlichen Gründen dachte sie an Gräber.

»Meschugge«, murmelte sie mit unsicherer Stimme.

Es war der 27. November.

6. *Chicago, Illinois*

Am ersten Sonntagmorgen im Dezember war es kalt, und der graue Himmel verhieß Schnee. Nachmittags würden die ersten einzelnen Schneeflocken fallen, und am frühen Abend würde das grimmige Gesicht der Großstadt zeitweilig unter dem weißen Make-up verborgen sein. In der ganzen Stadt würde abends der Sturm das wichtigste Gesprächsthema sein, in der Gold Coast ebenso wie in den Slumvierteln. Überall — mit Ausnahme der Kirchengemeinde St. Bernadette, wo in den römisch-katholischen Familien immer noch über Vater Brendan Cronins schockierende Tat während der Frühmesse dieses Morgens gesprochen werden würde.

Vater Cronin stand um fünf Uhr dreißig auf, betete, duschte, rasierte sich, zog eine Soutane an, setzte sein Birett auf, nahm sein Brevier und verließ das Pfarrhaus ohne Mantel. Auf der hinteren Veranda blieb er einen Augenblick stehen und atmete begierig die frische Dezemberluft ein.

Er war dreißig Jahre alt, aber mit seinen offenen grünen Augen, den krausen rotbraunen Haaren und dem sommersprossigen Gesicht sah er jünger aus. Er hatte fünfzig oder sechzig Pfund Übergewicht, obwohl er um die Taille herum nicht einmal besonders dick war. Das Fett verteilte sich bei ihm gleichmäßig auf alle Körperteile — auf Gesicht, Arme, Rumpf und Beine. Der Spitzname ›Pudge‹ — ›Dickerchen‹ — hatte ihn durch die Schulzeit und durch das College begleitet und war ihm sogar bis zu seinem zweiten Jahr im Priesterseminar erhalten geblieben.

In welcher emotionalen Verfassung Vater Cronin in Wirklichkeit auch sein mochte — rein äußerlich machte er so gut wie immer einen glücklichen Eindruck. Sein rundes Gesicht, das von Natur aus engelhaft wirkte, konnte starke Gefühle wie Zorn, Schwermut oder Kummer nicht widerspiegeln. Auch an diesem Morgen sah er ziemlich zufrieden mit sich und der Welt aus, obwohl er tief bekümmert war.

Er durchquerte den Hof auf einem schmalen gepflasterten Pfad zwischen umgegrabenen Blumenbeeten, deren Erde zu Klumpen gefroren war. Er schloß die Tür der Sakristei auf und trat ein. Weihrauch und Lavendel vermischten sich mit dem Geruch nach Zitronenöl-Möbelpolitur, mit der die Eichentäfelung, die Bänke und die anderen Holzgegenstände der alten Kirche gepflegt wurden.

Ohne die Lampen einzuschalten, kniete Vater Cronin im rubinrot flackernden Schein des ewigen Lichtes auf dem Betschemel nieder und neigte sein Haupt. In stillem Gebet bat er den Himmlischen Vater, ihn zu einem würdigen Priester zu machen. Früher hatte diese innere Sammlung vor der Ankunft des Küsters und des Ministranten seine Seele stets erhoben, und tiefe Freude hatte ihn erfüllt, weil es ihm gleich vergönnt sein würde, die Messe zu zelebrieren. Aber jetzt — wie an fast jedem Morgen der letzten vier Monate — empfand er nicht das geringste Glücksgefühl, sondern nur bleierne Öde, eine Leere, die seinem Herzen dumpfe Schmerzen bereitete und ein kaltes Zittern in seinem Magen hervorrief.

Er biß knirschend die Zähne zusammen, so als wollte er sich in den Zustand einer geistlichen Ekstase *zwingen*, er wiederholte seine Gebete, fügte neue hinzu, aber er blieb unberührt, teilnahmslos.

Nachdem er seine Hände gewaschen und ›Da Domine‹ gemurmelt hatte, legte Vater Cronin sein Birett auf den Betschemel und ging zum Ankleidetisch, um seine Gewänder für die heilige Handlung anzulegen. Er war ein sensibler Mann mit der Seele eines Künstlers, und in der Schönheit der erhabenen Zeremonie sah er ein Abbild der göttlichen Ordnung, einen Fingerzeig für Gottes Gnade. Wenn er sich das Humerale um die Schultern legte, wenn er die weiße Albe zurechtzog, damit sie in gleichmäßigen Falten bis zu den Fußknöcheln fiel, hatte ihn gewöhnlich ein Schauer der Ehrfurcht ergriffen, Ehrfurcht darüber, daß *er*, Brendan Cronin, zu diesem heiligen Dienst berufen war.

Gewöhnlich. Aber nicht heute. Und schon seit Wochen nicht mehr.

Vater Cronin legte das Schultertuch an, führte die Bänder um den Rücken herum und band sie auf der Brust zusammen. Er streifte die Albe über den Kopf, ohne jede innere Beteiligung, wie ein Schweißer, der in der Fabrik in seine Arbeitskleidung schlüpft.

Vor vier Monaten, Anfang August, hatte Vater Brendan Cronin begonnen, seinen Glauben zu verlieren. Eine sehr kleine, aber gnadenlose Flamme des Zweifels brannte unlöschbar in ihm und verzehrte ganz allmählich all seine alten Überzeugungen.

Der Verlust des Glaubens ist für jeden Priester etwas Verheerendes. Aber für Brendan Cronin war es noch schlimmer, als es für die meisten anderen gewesen wäre. Er hatte niemals — auch nicht kurzfristig — mit dem Gedanken gespielt, einen anderen Beruf zu wählen. Seine Eltern waren fromm und hatten ihn im Geiste der Treue und Liebe zur Kirche erzogen. Er war jedoch nicht ihnen zuliebe Priester geworden. So abgedroschen sich das in diesem Zeitalter des Agnostizismus für andere auch anhören mochte — er hatte sich einfach schon in sehr frühem Alter zum Priestertum *berufen* gefühlt. Und obwohl sein Glaube nun dahingeschwunden war, blieb der heilige Dienst der wesentlichste Teil seines Self-Image; gleichzeitig wußte er jedoch, daß er nicht weiterhin die Messe feiern, beten und Hilfesuchenden Rat und Trost spenden konnte, wenn das alles für ihn nur eine Farce war.

Brendan Cronin legte sich die Stola um den Hals. Während er dann die Kasel anzog, wurde die Tür, die vom Hof in die Sakristei führte, aufgerissen, und ein Junge stürzte herein und schaltete das elektrische Licht ein, auf das der Priester bewußt verzichtet hatte.

»Morgen, Vater!«

»Guten Morgen, Kerry. Wie geht's dir an diesem schönen Morgen?«

Kerry McDevits Haare waren von einem viel kräftigeren Rot als die des Priesters, aber ansonsten hätte er sein Blutsverwandter sein können. Er war dicklich, sommersprossig und hatte schelmische grüne Augen. »Gut, Vater. Aber 's ist ganz schön kalt heute morgen. Wie 'ner Hexe ihr...«

»Ja? Wie einer Hexe ihr — was?«

»Kühlschrank«, murmelte der Junge darauf verlegen. »So kalt wie der Kühlschrank einer Hexe, Vater. Und der ist wirklich *kalt.*«

Wenn er nicht so deprimiert gewesen wäre, hätte sich Brendan bestimmt darüber amüsiert, wie der Junge gerade noch eine unanständige Redensart verschluckt hatte, aber in seiner gegenwärtigen Gemütsverfassung brachte er nicht einmal ein schwaches Lächeln zustande. Sein Schweigen wurde zweifellos als strenge Mißbilligung interpretiert, denn Kerry senkte den Blick und ging rasch zum Schrank, wo er Mantel, Schal und Handschuhe verstaute und seinen Meßdienertalar und das Chorhemd vom Kleiderbügel nahm.

Sogar als Brendan das Kreuz auf dem Manipel küßte und ihn am linken Unterarm befestigte, war er innerlich völlig unbeteiligt. Anstelle von Glaube und Freude empfand er nur jenen kalten, pochenden, dumpfen Schmerz. Melancholisch erinnerte er sich an das Glücksgefühl, mit dem er früher jede priesterliche Aufgabe begonnen hatte.

Bis zum August hatte er nie an der Weisheit der Kirche und an der Richtigkeit seiner Entscheidung gezweifelt. Er war ein so hervorragender Student gewesen, in profanen ebenso wie in theologischen Fächern, daß er zur Vervollständigung seiner katholischen Ausbildung ans North American College in Rom geschickt worden war. Er liebte die Heilige Stadt — deren Architektur, Geschichte und die freundlichen Menschen. Nach seiner Priesterweihe und der Aufnahme in den Jesuitenorden hatte er zwei Jahre im Vatikan verbracht, als Assistent von Monsignore Guiseppe Orbella, der die meisten Reden für Seine Heiligkeit, den Papst, schrieb und diesen in Fragen der Glaubenslehre beriet. Nach dieser Auszeichnung hatte er den sehr begehrten Posten eines Mitarbeiters beim Kardinal der Erzdiözese von Chicago bekommen können, aber Vater Cronin hatte statt dessen darum gebeten, als Kaplan einer kleinen oder mittelgroßen Gemeinde zugeteilt zu werden wie jeder andere junge Priester. Nach einem Besuch bei Bischof Santefiore in San Francisco — einem alten Freund von Monsignore Orbella — und einem Urlaub, in dem er geruhsam mit dem Auto von San Francisco nach Chicago gefahren war, hatte er seine Stelle in St. Bernadette angetreten, wo er sogar die alltäglichsten Pflichten eines Kaplans mit großer Freude erfüllt hatte. Bedauern oder Zweifel hatte er nie verspürt.

Während er jetzt beobachtete, wie der Ministrant in sein Chorhemd schlüpfte, sehnte sich Vater Cronin nach dem schlichten Glauben, der ihm so lange Zeit hindurch Freude und Stütze gewesen war. War dieser Glaube nur vorübergehend geschwunden, oder hatte er ihn für immer verloren?

Als Kerry angekleidet war, ging er vor dem Priester durch die Sakristeitür in die Kirche. Nach einigen Schritten spürte er offenbar, daß Vater Cronin ihm nicht folgte, denn er schaute sich verwirrt um.

Brendan Cronin zögerte. Durch die offene Tür hindurch konnte er das gewaltige Kruzifix an der hinteren Wand und den erhöhten Altar sehen. Dieser heiligste Teil der Kirche kam ihm plötzlich erschreckend fremd vor, so als sähe er ihn zum erstenmal in seinem Leben mit nüchternen Augen. Er konnte sich nicht erklären, warum das für ihn immer ein geweihter Ort gewesen war. Es war doch eben nur ein ganz gewöhnlicher Ort. Ein Ort wie jeder andere auch. Wenn er jetzt hinausging, wenn er das vertraute Ritual vollzog, würde er ein Heuchler sein. Er würde die Gläubigen täuschen.

Die Verwirrung in Kerrys Gesicht verwandelte sich in Besorgnis. Der Junge warf einen Blick auf die Kirchenbänke, die Brendan Cronin von seinem Standort aus nicht sehen konnte, dann schaute er wieder seinen Priester an.

Wie kann ich die Messe lesen, wenn ich nicht mehr glaube? fragte sich Brendan.

Aber ihm blieb ja nichts anderes übrig.

Mit dem Kelch in der linken Hand dicht vor der Brust, die rechte Hand auf Bursa und Velum gelegt, folgte er endlich Kerry, zog ins Heiligtum ein, wo Christus ihn vom Kreuz herab anklagend anzusehen schien.

Wie gewöhnlich waren knapp hundert Gläubige zur Frühmesse gekommen. Ihre Gesichter waren jedoch ungewöhnlich bleich und strahlend, so als hätte Gott an diesem Morgen Menschen den Zutritt verwehrt und statt dessen eine Abordnung strafender Engel gesandt, die das Sakrileg eines zweifelnden Priesters bezeugen sollten, der es wagte, trotz seines gefallenen Zustandes das heilige Opfer darzubringen.

Im Verlauf der Messe wurde Vater Cronins Verzweiflung immer größer. Seit er das ›Introibo ad altare Dei‹ gesprochen hatte, steigerte der Fortgang der Zeremonie die innere Not des Priesters ins schier Unerträgliche. Als Kerry McDevit das Missale von der Epistelseite des Altars zur Evangelienseite trug, fühlte sich Vater Cronin vor Verzagtheit einem Zusammenbruch nahe. Seine spirituelle und emotionale Erschöpfung war so groß, daß er kaum die Arme ausbreiten konnte, daß er nur mit größter Mühe seine Augen auf das Evangelium richten und den Text der Heiligen Schrift murmeln konnte. Die Gesichter der Gläubigen verschwammen zu konturenlosen Flecken. Beim Kanon konnte er kaum noch flüstern. Ihm war bewußt, daß Kerry ihn bestürzt anstarrte, und bestimmt blieb es auch den Gläubigen nicht verborgen, daß etwas nicht stimmte. Er schwitzte und zitterte am ganzen Leibe. Das schreckliche Grau in seinem Innern wurde noch dunkler, verwandelte sich in totale Schwärze, und er hatte das Gefühl, als würde er in einen grauenhaften dunklen Abgrund gerissen.

Als er dann die Konsekrationsworte sprach und damit das Mysterium der Wandlung vollzog, als er die Hostie in seinen Händen hielt und der Gemeinde zeigte, ärgerte er sich über sich selbst, weil er unfähig war zu glauben, ärgerte sich über die Kirche, die es versäumt hatte, ihn mit stärkeren Waffen gegen den Zweifel auszustatten, ärgerte sich darüber, daß sein ganzes Leben durch idiotische Mythen irregeleitet und vergeudet zu sein schien. Sein Ärger wurde immer heftiger, immer intensiver, erreichte den Siedepunkt und verwandelte sich in Wut, in eine alles versengende Rage.

Zu seiner eigenen Überraschung entrang sich seiner Brust ein wilder Schrei, und er schleuderte den Kelch über den Altar hinweg. Das Gefäß prallte mit lautem Klirren an die Wand, wobei Wein herausspritzte, flog gegen eine Statue der Heiligen Jungfrau und schlug schließlich auf dem Boden auf, wo es neben dem Analogion für das Evangelium liegenblieb.

Kerry McDevit taumelte entsetzt einige Schritte rückwärts, und im Kirchenschiff schnappten die kapp hundert Gläubigen förmlich nach Luft, aber diese Reaktionen brachten Brendan Cronin nicht zur Besinnung. In wilder Rage, die sein einziger Schutz gegen selbstmörderische Verzweiflung war, fegte er mit einem Arm die Patene mit Hostien vom Altar. Mit einem weiteren heiseren Schrei, einer Mischung aus Zorn und Schmerz, griff er unter seine Kasel, riß sich die Stola vom Hals und warf sie zu Boden, dann wandte er sich vom Altar ab und stürzte in die Sakristei. Dort legte sich seine Wut so plötzlich, wie sie gekommen war, und er stand verwirrt da, in Schweiß gebadet.

Es war der 1. Dezember.

7. *Laguna Beach, Kalifornien*

Am ersten Sonntag im Dezember aß Dom Cervaisis mit Parker Faine zu Mittag, auf der Terrasse des ›Las Brisas‹, im Schatten eines Sonnenschirms an einem Tischchen, von dem aus man einen herrlichen Blick auf das schillernde Meer hatte. Das schöne Wetter hielt dieses Jahr lange an. Während die leichte Brise das Geschrei von Möwen, den Geruch nach Tang und den süßen Duft von Jasmin zu ihnen trug, erzählte Dominick Parker jede verwirrende und bestürzende Einzelheit seines verzweifelten Kampfes gegen den Somnambulismus.

Parker Faine war sein bester Freund, vermutlich der einzige Mensch auf der ganzen Welt, mit dem er völlig offen sprechen konnte, obwohl sie auf den ersten Blick wenig Gemeinsamkeiten zu haben schienen. Dom war ein hochgewachsener, schlanker, fast magerer Mann, während Parker Faine kräftig, dick und etwas schwerfällig war. Dom trug keinen Bart und ging alle drei

Wochen zum Friseur, um sich die Haare schneiden zu lassen; Parkers Haare waren genauso wirr und ungepflegt wie sein Bart, und er hatte dichte, buschige Augenbrauen. Er sah wie eine Mischung von professionellem Ringer und Beatnik der fünfziger Jahre aus. Dom trank wenig und wurde schnell beschwipst, während Parkers Durst und Trinkfestigkeit geradezu legendär waren. Dom war von Natur aus ein Einzelgänger, der nicht leicht Freundschaften schloß; Parker hingegen besaß die Gabe, sofort mit jedermann Kontakt zu bekommen; und eine Stunde nach der ersten Begegnung hatte man das Gefühl, ihn schon seit einer Ewigkeit zu kennen. Parker war fünzig, fünfzehn Jahre älter als Dom. Er war seit fast einem Vierteljahrhundert reich und berühmt, und beides sagte ihm sehr zu; er konnte Doms Unbehagen über den plötzlichen Zustrom von Geld und Anerkennung in Zusammenhang mit ›Twilight in Babylon‹ absolut nicht begreifen. Dom war zu diesem Mittagessen in Bally-Schuhen, dunkelbraunen Hosen und einem hellbraun-karierten Hemd mit abknöpfbarem Kragen erschienen; Parker trug blaue Tennisschuhe, zerknitterte weiße Baumwollhosen und ein über die Hose hängendes weiß-blau geblümtes Hemd. Man konnte fast den Eindruck gewinnen, als hätten die beiden Männer sich für zwei völlig verschiedene Verabredungen angekleidet, sich dann rein zufällig vor dem Restaurant getroffen und plötzlich den Einfall gehabt, gemeinsam zu speisen.

Trotz der vielen Unterschiede, die zwischen ihnen bestanden, hatten sie rasch Freundschaft geschlossen, denn in einigen wichtigen Punkten waren sie sich doch sehr ähnlich. Beide waren Künstler, nicht aufgrund freier Entscheidung, sondern sozusagen aus innerem Zwang heraus. Dom malte mit Wörtern, Parker mit Farben; und beide gingen an ihre Kunst mit hohen Ansprüchen, handwerklichem Können und Hingabe heran. Hinzu kam noch, daß — obwohl Parker leichter Freundschaften schloß als Dom — beide der Freundschaft einen enormen Stellenwert beimaßen und sie sorgsam pflegten.

Sie hatten sich vor sechs Jahren kennengelernt, als Parker für achtzehn Monate nach Oregon gekommen war, auf der Suche nach neuen Motiven für eine Reihe von Landschaftsgemälden in seinem unverwechselbaren Stil, einer erfolgreichen Verbindung von Suprarealisumus mit surrealistischer Fantastik. Er hatte eingewilligt, für die Dauer seines Aufenthalts in Oregon eine Vorlesung pro Monat an der University of Portland zu halten, wo Dom in der englischen Abteilung beschäftigt war.

Während sich Parker jetzt am Tisch lümmelte und laut schmatzend die *nachos* verzehrte, die vor Käse, *guacamole* und Sauerrahm nur so troffen, nippte Dom an einer Flasche Modelo Negra und berichtete von seinen unfreiwilligen nächtlichen Abenteuern. Er sprach leise, obwohl das vermutlich überflüssig war: Die anderen Gäste auf der Terrasse waren in ihre eigenen lautstarken Unterhaltungen vertieft. Dom rührte die *nachos* nicht an. Er war an diesem Morgen zum vierten Male hinter der Heizung in der Garage aufgewacht, in einem Zustand panischer Angst, und seine andauernde Unfähigkeit, sein Schlafwandeln zu überwinden, deprimierte ihn und raubte ihm den Appetit. Als er zum Ende seiner Geschichte kam, hatte er sein Bier erst zur Hälfte ausgetrunken, denn sogar dieses starke, dunkle mexikanische Getränk schmeckte heute fade und abgestanden.

Parker hatte währenddessen schon drei doppelte Margaritas gekippt und einen vierten bestellt. Trotz seines Alkoholkonsums hatte er dem Bericht seines Freundes jedoch mit größter Aufmerksamkeit gelauscht. »Mein Gott, Junge, warum hast du mir nicht schon früher davon erzählt, schon vor *Wochen*?«

»Ich kam mir so ... na ja, albern vor.«

»Blödsinn! Scheißdreck!« knurrte der Maler mit gedämpfter Stimme, während er mit seiner riesigen Pranke heftig gestikulierte.

Der mexikanische Ober, der wie eine verkleinerte Ausgabe von Wayne Newton aussah, brachte Parkers Margarita und fragte, ob sie jetzt das Mittagessen bestellen wollten.

»Nein, nein! Das Sonntagsmittagessen ist doch nur ein Vorwand für zu viele Margaritas, und ich bin noch weit davon entfernt, zuviel getrunken zu haben. Was für eine traurige Vorstellung, nach nur vier Margaritas das Essen zu bestellen! Dann wäre der größte Teil des Nachmittags nicht ausgefüllt, und wir würden auf der Straße stehen und nicht wissen, wie wir die Zeit herumbringen sollen, und dann würden wir ohne jeden Zweifel irgend etwas anstellen und die Polizei auf uns aufmerksam machen. Weiß der Himmel, was alles passieren könnte. Nein, nein. Um unseren Ruf zu wahren und nicht im Gefängnis zu landen, dürfen wir das Essen auf gar keinen Fall vor drei Uhr bestellen. Bringen Sie mir lieber *noch* einen Margarita. Und noch eine Portion dieser köstlichen *nachos*, bitte. Und *salsa* — heiß, wenn es geht. Und bitte auch einen Teller mit Zwiebelscheiben. Und ein Bier für meinen gräßlich enthaltsamen Freund.«

»Nein«, sagte Dom. »Ich habe meines ja erst zur Hälfte ausgetrunken.«

»Deshalb sagte ich ja auch ›gräßlich enthaltsam‹, du hoffnungsloser Puritaner. An dem hier nuckelst du ja schon so lange herum, daß es ganz warm sein muß.«

Normalerweise hätte sich Dominick bequem zurückgelehnt und Parker Faines kraftstrotzende Vorstellung genossen. Die übersprudelnde Lebensfreude des Malers war amüsant und wirkte ansteckend. Heute war Dom jedoch so niedergeschlagen, daß er sich über nichts amüsieren konnte.

Während der Ober sich entfernte, verschwand die Sonne hinter einer kleinen Wolke, und unter dem Sonnenschirm wurde es etwas dunkler; Parker beugte sich vor und wandte seine Aufmerksamkeit wieder Dominick zu, als hätte er die Gedanken seines Freundes gelesen.

»Also, dann wollen wir mal unsere Gehirne anstrengen und irgendeine Erklärung finden. Anschließend werden wir dann überlegen, was sich dagegen tun läßt. Du glaubst nicht, daß dein Problem einfach vom Streß herrührt ... daß es mit der baldigen Veröffentlichung deines Romans zusammenhängt?«

»Anfangs war ich dieser Meinung, aber jetzt nicht mehr. Ich meine, wenn das Problem nicht immer erschreckendere Ausmaße annähme, dann könnte ich vielleicht die Theorie akzeptieren, daß nur Karrieresorgen dahinterstecken. Aber, mein Gott, die Sorgen, die ich mir wegen ›Twilight‹ mache, sind einfach nicht groß genug, als daß sie ein so ungewöhnliches Verhalten hätten auslösen können — etwas so Verrücktes ... eine derartige Besessenheit. Ich wandle jetzt fast jede Nacht im Schlaf, aber unheimlich ist noch etwas anderes. Die Tiefe meiner Trance ist geradezu unglaublich. Nur ganz wenige Schlafwandler sind so komatös wie ich, und nur wenige führen dabei so komplizierte Arbeiten aus. Ich meine — ich habe doch tatsächlich versucht, die Fenster zu vernageln! Und man versucht doch nicht, Fenster zu vernageln, nur um seine Sorgen wegen der Karriere von sich fernzuhalten.«

»Vielleicht machst du dir viel größere Sorgen wegen ›Twilight‹, als dir selbst bewußt ist.«

»Nein. Das ergibt einfach keinen Sinn. Tatsache ist sogar, daß meine Ängste in bezug auf ›Twilight‹ nachließen, als ich mit dem neuen Buch so gut vorankam. Du wirst doch nicht allen Ernstes behaupten wollen, daß dieses ganze nächtliche Theater seine Ursache nur in meiner Unsicherheit hat, wie es wohl mit meiner Karriere weitergehen wird.«

»Nein«, stimmte Parker zu.

»Ich krieche in die hinterste Ecke der Schränke, um mich zu *verstecken*. Und wenn ich hinter der Heizung aus dem Schlaf hochfahre, wenn ich noch im Halbschlaf bin, habe ich das Gefühl, daß etwas mich verfolgt, mich sucht, und daß dieses Etwas mich töten wird, falls es mein Versteck entdeckt. Einige Male bin ich morgens aufgewacht und habe versucht zu schreien, konnte aber keinen Laut hervorbringen. Gestern habe ich beim Aufwachen geschrien: ›Bleib mir vom Halse, bleib mir vom Halse, bleib mir vom Halse!‹ Und dann heute morgen das Messer ...«

»Messer?« fiel Parker ihm ins Wort. »Von einem Messer hast du mir nichts erzählt.«

»Ich bin wieder in meinem Versteck hinter der Heizung aufgewacht. Ich hatte ein Fleischermesser in der Hand. Ich muß es im Schlaf aus der Küchenschublade geholt haben.«

»Zum Schutz? Aber wovor?«

»Vor dem, was auch immer ... oder wer auch immer mich verfolgt.«

»Und *wer* verfolgt dich?«

Dom zuckte die Achseln. »Soviel ich weiß — niemand.«

»Das gefällt mir gar nicht. Du hättest dich schneiden, dich ernstlich verletzen können.«

»Das ist es nicht, war mir am meisten Sorge bereitet.«

»Was dann?«

Dom sah sich auf der Terrasse um. Obwohl vorhin bei Parkers Ausführungen gegenüber dem Ober einige Gäste aufgemerkt hatten, waren jetzt alle wieder völlig mit sich selbst beschäftigt.

»Was bereitet dir am meisten Sorge?« wiederholte Parker seine Frage.

»Daß ich ... daß ich jemand anderen verletzen könnte.«

Faine starrte ihn ungläubig an. »Du meinst ... du könntest ... im Schlaf mit einem Fleischermesser ... Amok laufen? Völlig undenkbar.« Er stürzte seinen Margarita hinunter. »Allmächtiger Himmel, was für eine melodramatische Vorstellung! Zum

Glück sind deine literarischen Werke nicht von so haarsträubender Fantastik! Beruhige dich, mein Freund. Du bist nicht der Typ eines Mörders.«

»Ich hätte auch nicht geglaubt, daß ich der Typ eines Schlafwandlers bin.«

»Ach Scheiße! Es muß eine Erklärung dafür geben. Du bist nicht verrückt. Verrückte zweifeln nie an ihrem Verstand.«

»Ich glaube, ich werde einen Psychiater aufsuchen müssen. Und ein paar medizinische Tests machen lassen.«

»Was die medizinischen Tests angeht, so bin ich deiner Meinung. Aber laß den Psychiater aus dem Spiel. Das wäre nur Zeitvergeudung. Du bist weder neurotisch noch psychotisch.«

Der Ober brachte *nachos*, *salsa*, Zwiebelscheiben, ein Bier und einen fünften Margarita.

Parker griff nach dem vollen Glas. Er häufte *guacamole* und Sauerrahm auf einige der Maisfladen, legte Zwiebeln darauf und aß mit großem Genuß.

»Ich frage mich, ob dein Problem nicht irgendwie mit der Veränderung zusammenhängt, die im vorletzten Sommer mit dir vorgegangen ist.«

»Welche Veränderung?« fragte Dom verwirrt.

»Du weißt, wovon ich rede. Als ich dich vor sechs Jahren in Portland kennenlernte, warst du eine farblose, ängstliche Schnecke.«

»Eine Schnecke?«

»Du weißt genau, daß ich recht habe. Du warst intelligent und talentiert, aber nichtsdestotrotz eine Schnecke. Und weißt du auch, warum? Ich werde es dir sagen. Du hattest all diese geistigen Fähigkeiten und all diese Begabung, aber du hattest Angst, sie einzusetzen. Du hattest Angst vor dem Konkurrenzkampf, vor Versagen, vor Erfolg — vor dem *Leben*. Du wolltest nur unbemerkt dahinkriechen. Du hast dich unauffällig gekleidet, fast unhörbar leise gesprochen, auf keinen Fall Aufmerksamkeit erregen wollen. Du hattest dich in die akademische Welt zurückgezogen, weil der Konkurrenzkampf dort nicht so hart ist wie anderswo. Mein Gott, Mann, du warst ein scheues Kaninchen, das sich tief in der Erde vergräbt.«

»Ja? Wenn ich ein so widerlicher Kerl war, weshalb um alles in der Welt hast du dann überhaupt Freundschaft mit mir geschlossen?«

»Weil ich deine Maskerade durchschaute, du dickköpfiger Tölpel. Ich blickte hinter die Schüchternheit, hinter die einstudierte Schwerfälligkeit, hinter die Maske von Leblosigkeit. Ich spürte etwas Besonderes in dir, das manchmal ganz flüchtig zum Vorschein kam. Du weißt, daß ich diese Fähigkeit besitze. Ich sehe, was andere Menschen nicht sehen können. Diese Gabe hat jeder wahre Künstler. Er *sieht*, was die meisten anderen nicht sehen können. Aber zurück zum Thema. Du warst ein ängstliches Karnickel. Denk nur mal daran, wie lange wir uns schon kannten, bevor du genug Mut faßtest, um mir zu gestehen, daß du Schriftsteller bist. Drei Monate!«

»Na ja, damals war ich ja eigentlich auch noch kein Schriftsteller.«

»Du hattest ganze Schubladen voller Geschichten! Mehr als hundert Short Stories, und *keine einzige* hattest du jemals irgendwo zur Veröffentlichung eingereicht! Nicht nur, weil du Angst hattest, daß sie abgelehnt werden könnten. Du hattest auch Angst, daß sie publiziert werden könnten. Du hattest Angst vor Erfolg. Wie lange mußte ich dich bearbeiten, bis du endlich einige Geschichten an die Verlage schicktest?«

»Das weiß ich nicht mehr.«

»Aber ich! Sechs Monate! Ich mußte dich regelrecht beschwatzen, dir abwechselnd schmeicheln und drohen, bis du schließlich nachgabst und anfingst, Short Stories einzureichen. Ich verfüge über beträchtliche Überredungskünste, aber dich aus deinem Schneckenhaus oder Kaninchenbau zu jagen, ging fast über meine Kräfte.«

Gierig stopfte Parker weitere *nachos* in sich hinein. Nachdem er seinen Margarita gekippt hatte, fuhr er fort: »Sogar als deine Short Stories sich ganz gut verkauften, wolltest du aufhören. Ich mußte dich ständig antreiben. Und nachdem ich Oregon verlassen hatte und hierher zurückgekehrt war, als du wieder dir selbst überlassen warst, da hast du schon nach wenigen Monaten keine Geschichten mehr eingeschickt. Du hast dich wieder in deinem Karnickelloch verkrochen!«

Dom widersprach nicht, denn alles, was der Maler sagte, stimmte. Nachdem Parker in sein Haus in Laguna zurückgekehrt war, hatte er Dom zwar weiterhin durch Briefe und Telefonanrufe ermutigt, aber ohne die Gegenwart seines Freundes war Doms Energie verflogen. Er hatte sich selbst eingeredet, daß er ja doch kein Schriftsteller sei, den zu veröffentlichen sich lohnen würde, obwohl er in weniger als einem Jahr eine ganz hübsche Summe verdient hatte. Er hatte keine Short Stories mehr an Zeitschriften geschickt und sich ein neues Schneckenhaus gebaut. Obwohl er immer noch nicht anders konnte, als Geschichten zu schreiben, so war er doch zu seiner alten Gewohnheit zurückgekehrt, sie in die unterste Schreibtischschublade zu verbannen, ohne an eine Veröffentlichung auch nur zu denken. Parker hatte ihn immer wieder gedrängt, einen Roman zu schreiben, aber Dom war überzeugt gewesen, daß sein Talent dazu nicht ausreiche und daß es ihm außerdem an der Selbstdisziplin fehle, um ein so großes und kompliziertes Projekt in Angriff zu nehmen. Er hatte seinen Kopf wieder eingezogen, hatte leise gesprochen, war still seiner Wege gegangen und hatte sich bemüht, ein möglichst unauffälliges Leben zu führen.

»Aber vorletzten Sommer hat sich das alles geändert«, sagte Parker. »Plötzlich schmeißt du deinen Lehrberuf hin. Du tauchst unter und wirst hauptberuflicher Schriftsteller. Sozusagen über Nacht verwandelst du dich von einem übervorsichtigen Angsthasen in einen wagemutigen Kerl, in einen Bohemien. Warum? Du hast mir das nie so richtig erklärt. *Warum?*«

Dominick runzelte die Stirn und dachte über die Frage nach. Er stellte überrascht fest, daß er sich selbst bisher kaum Gedanken darüber gemacht hatte. »Ich weiß nicht, warum. Ich weiß es wirklich nicht.«

Sein Vertrag an der University of Portland war damals fast abgelaufen gewesen, und er hatte geahnt, daß man ihn nicht verlängern würde. Die Aussicht, seinen geschützten Ankerplatz zu verlieren, hatte ihn in Panik versetzt. In seinem Bemühen um Unauffälligkeit war er so erfolgreich gewesen, daß die maßgeblichen Herren der Universität ihn überhaupt nicht mehr wahrnahmen, und als sie sich dann mit seinem Vertrag beschäftigen mußten, hatten sie sich verständlicherweise gefragt, ob er sich genügend eingesetzt hatte, um eine Einstellung auf Lebenszeit gerechtfertigt erscheinen zu lassen. Dom war realistisch genug gewesen, um einzusehen, daß er nach einer Absage Mühe haben würde, an einer anderen Universität eine Stelle zu bekommen, denn jedes Einstellungskomitee würde natürlich wissen wollen, weshalb man ihn in Portland nicht behalten hatte. In einem für ihn uncharakteristischen Versuch der Selbstbehauptung hatte er sich bei mehreren akademischen Lehranstalten in westlichen Bundesstaaten beworben, bevor das vernichtende Beil auf ihn herabsausen konnte. In seinen Bewerbungsschreiben hatte er seine veröffentlichten Geschichten besonders hervorgehoben, weil er nichts anderes vorweisen konnte.

Das Mountainview College in Utah, das nur viertausend Studenten hatte, war von der Liste der Zeitschriften, in denen er etwas veröffentlicht hatte, so beeindruckt gewesen, daß man ihm für ein Vorstellungsgespräch sogar den Flug von Portland bezahlt hatte. Dom hatte sich nach besten Kräften bemüht, mehr als jemals zuvor aus sich herauszugehen, seine Schüchternheit zu überwinden. Ihm war ein Lehrvertrag für Englisch und kreatives Schreiben angeboten worden, der mit ganz gutem Verdienst verbunden war. Er hatte akzeptiert, wenn auch nicht mit übermäßiger Begeisterung, so doch sehr erleichtert.

Jetzt, auf der Terrasse des ›Las Brisas‹, während die kalifornische Sonne hinter strahlend weißen Wolken hervorkam, trank er einen Schluck Bier und sagte seufzend: »Ich verließ Portland Ende Juni jenes Jahres. In einem kleinen Anhänger an meinem Auto transportierte ich mein Hab und Gut, hauptsächlich Bücher und Kleidungsstücke. Ich war in ausgezeichneter Stimmung. Hatte nicht das Gefühl, in Portland versagt zu haben. Überhaupt nicht. Ich ... ich freute mich über die Chance für einen Neuanfang, freute mich auf das Leben in Mountainview. Wirklich, ich kann mich nicht daran erinnern, jemals glücklicher gewesen zu sein als an dem Tag, als ich losfuhr.«

Parker Faine nickte verständnisvoll. »Natürlich warst du glücklich! Du hattest eine Anstellung in einem hinterwäldlerischen College, wo man keine großen Anforderungen an dich stellen und deine Introvertiertheit mit deinem Künstlertum entschuldigen würde.«

»Ein perfekter Karnickelbau, meinst du?«

»Genau. Aber weshalb bist du dann letztlich doch nicht Lehrer in Mountainview geworden?«

»Das habe ich dir doch früher schon erklärt ... im letzten Moment, als ich in der zweiten Juliwoche hinkam, konnte ich den Gedanken einfach nicht ertragen, so weiterzuleben wie bisher. Ich hatt es satt, eine Schnecke, ein Karnickel zu sein.«

»Einfach so aus heiterem Himmel widerstrebte dir also mit einem Male dein anspruchsloses Leben. Weshalb?«

»Es war kein sehr erfülltes Dasein.«
»Aber warum hattest du es so *plötzlich* satt?«
»Ich weiß es nicht.«
»Du mußt es dir doch irgendwie erklärt haben. Hast du nicht sehr viel darüber nachgedacht?«
»Nein, erstaunlicherweise nicht«, erwiderte Dom. Er blickte aufs Meer hinaus, beobachtete ein Dutzend Segelboote und eine große Yacht, die majestätisch die Küste entlangfuhren. »Mir ist soeben erst klargeworden, wie wenig ich darüber nachgedacht habe. Sonderbar ... Normalerweise analysiere ich mich gründlicher, als gut für mich ist, aber in diesem Fall habe ich nie besonders tief gebohrt.«
»Aha!« rief Parker. »Ich wußte doch, daß ich auf der richtigen Spur war! Die Veränderung, die *damals* mit dir vorging, steht in irgendeinem Zusammenhang mit deinen *jetzigen* Problemen. Erzähl weiter. Du hast den Leuten in Mountainview also erzählt, daß du an dem Job nicht mehr interessiert bist?«
»Sie waren alles andere als glücklich darüber.«
»Und dann hast du dir in der Stadt eine winzige Wohnung gemietet.«
»Ein Zimmer, Küche und Bad. Ziemlich spartanisch eingerichtet. Aber der Blick auf die Berge war hübsch.«
»Du hattest beschlossen, von deinen Ersparnissen zu leben und einen Roman zu schreiben?«
»Na ja, ich hatte nicht sehr viel auf der Bank, aber ich war immer sparsam gewesen.«
»Impulsives Benehmen. Risikoreich. Das sah dir doch überhaupt nicht ähnlich«, meinte Parker. »Warum hast du es trotzdem getan? Was hatte dich verändert?«
»Vermutlich hatte es schon lange in mir geschwelt. Und als ich dann nach Mountainview kam, war meine Unzufriedenheit einfach so groß geworden, daß ich keine Wahl mehr hatte.«
Parker lehnte sich in seinem Stuhl zurück. »Nein, mein Freund, das leuchtet mir nicht ein. Da muß mehr dahinterstecken. Hör zu, du sagst selbst, daß du so glücklich warst wie ein Schwein, das sich im Dreck suhlt, als du Portland verlassen hast. Du hattest einen Job mit halbwegs anständigem Gehalt an einem Ort, wo niemand zuviel von dir verlangen würde. Du brauchtest dich nur in Mountainview in deinem Kaninchenbau häuslich einzurichten. Aber als du dann dort warst, hast du

plötzlich alles hingeschmissen, bist in eine Dachkammer gezogen und hast riskiert zu verhungern, und das alles für deine Kunst! Was zum Teufel ist nur während dieser langen Autofahrt nach Utah mit dir passiert? Etwas muß dich aufgerüttelt, dich aus deiner Beschaulichkeit gerissen haben.«

»Nichts. Es war eine ereignislose Reise.«

»In deinem Kopf war sie das ganz gewiß nicht.«

Dominick zuckte die Achseln. »Soweit ich mich erinnern kann, habe ich mich einfach entspannt, die Fahrt genossen, mir Zeit gelassen, die Landschaft angeschaut ...«

»Amigo!« brüllte Parker so laut, daß der Ober zusammenzuckte. »Einen Margarita! Und noch ein Bier für meinen Freund!«

»Nein, nein«, widersprach Dom. »Ich ...«

»Du hast *dieses* Bier noch nicht ausgetrunken«, fiel Parker ihm ins Wort. »Ich weiß, ich weiß. Aber du wirst es jetzt austrinken, und dann noch eins, und allmählich wirst du dich dann etwas entspannen, und wir werden diesem Schlafwandeln auf den Grund gehen. Ich bin sicher, daß es mit den Veränderungen des vorletzten Sommers zusammenhängt. Und weißt du, warum ich mir so sicher bin? Ich werde es dir verraten. Niemand macht innerhalb von nur zwei Jahren aus völlig verschiedenen Gründen zwei persönliche Krisen durch. Die beiden müssen irgendwie miteinander verknüpft sein.«

Dom schnitt eine Grimasse. »Ich würde diese Sache nicht gerade als persönliche *Krise* bezeichnen.«

»Nein?« Parker beugte sich vor, senkte seinen struppigen Kopf und legte die ganze Kraft seiner starken Persönlichkeit in die Frage: »Würdest du es wirklich nicht als Krise bezeichnen, mein Freund?«

Dom seufzte. »Na ja ... doch. Vermutlich hast du recht. Es ist eine Krise.«

Sie verließen das ›Las Brisas‹ am späten Nachmittag, ohne irgendwelche Antworten auf Doms Problem gefunden zu haben. Als er an diesem Abend ins Bett ging, fragte er sich bange, wo er wohl diesmal morgens aufwachen würde.

Am frühen Morgen fuhr er mit einem schrillen Schrei aus dem Schlaf und fand sich in totaler klaustrophobischer Finsternis wieder. Etwas hielt ihn fest, etwas Kaltes und Klebrigfeuchtes, etwas Unheimliches und *Lebendiges*. Er schlug blindlings um sich, drosch drauflos, kratzte, wand sich, trat mit den Füßen, befreite sich, kroch auf Händen und Füßen durch die gräßliche Dunkelheit, bis er gegen eine Wand stieß. Der lichtlose Raum hallte von donnerndem Klopfen und Schreien wider — einem entnervenden Lärm, dessen Quelle er nicht identifizieren konnte. Er kroch an der Wand entlang, bis er eine Ecke erreichte; er preßte seinen Rücken dagegen und spähte ins finstere Zimmer hinein, in der Erwartung, daß die klebrigfeuchte Kreatur ihn jeden Moment aus der Dunkelheit anspringen würde.

Was war mit ihm im Zimmer?

Der Lärm wurde noch lauter: Gebrüll, Hämmern, ein Krachen, Splittern von Holz, weiters Gebrüll, erneutes Krachen.

Immer noch schlaftrunken, die Sinne von Hysterie benebelt, war Dom überzeugt davon, daß jenes Etwas, vor dem er sich versteckt hatte, ihn sich nun endlich schnappen wollte. Er hatte versucht zu entkommen, indem er in Schränken und hinter der Heizung genächtigt hatte. Aber nun ließ dieses Etwas sich nicht länger zum Narren halten: Es wollte ihn zur Strecke bringen, er konnte sich nicht länger verstecken; dies war das Ende.

Aus der Dunkelheit brüllte jemand seinen Namen — »Dom!« —, und ihm wurde bewußt, daß jemand das schon seit ein-, zwei Minuten tat, vielleicht auch länger. »*Dominick so antworte mir doch!*«

Wieder jenes ohrenbetäubende Krachen, dann Splittern von Holz.

In der Ecke zusammengekauert, wachte Dom endlich endgültig auf. Die klebrigfeuchte Kreatur war nicht real gewesen. Nur eine Traumgestalt. Es war die Stimme von Parker Faine, die seinen Namen schrie. Gerade als die von seinem Alptraum herrührende Hysterie etwas nachließ, erzeugte ein noch lauteres Krachen eine Kettenreaktion der Zerstörung, ein Knacken-Schlittern-Kratzen Dröhnen-Klappern-Poltern, das mit dem Aufspringen einer Tür und jähem Lichteinfall seinen Höhepunkt fand.

Dom blinzelte in der plötzlichen Helligkeit und sah im Schein der Korridorlampe Parkers massive Silhouette auf der Schlafzimmerschwelle. Die Tür war abgeschlossen gewesen, und Parker mußte sich so lange dagegengeworfen haben, bis das Schloß zersplittert war.

»Dominick, Junge, ist alles in Ordnung?«

Die Tür war außerdem noch verbarrikadiert gewesen, was den Zutritt beträchtlich erschwert hatte. Dom sah, daß er im Schlaf offenbar den Toilettentisch vor die Tür geschoben, die beiden Nachttischchen auf den Tisch gehoben und den Lehnstuhl davor gestellt hatte. Diese umgestürzten Möbelstücke lagen jetzt in kunterbuntem Durcheinander auf dem Boden herum.

Parker bahnte sich einen Weg hindurch. »Junge, ist alles okay? Du hast geschrien. Ich konnte es schon draußen auf der Auffahrt hören.«

»Ein Traum.«

»Muß ja ein schöner Traum gewesen sein!«

»Ich kann mich nicht daran erinnern«, sagte Dom, der immer noch in seiner Ecke kauerte, weil er zu erschöpft zum Aufstehen war. »Es tut wirklich gut, dich zu sehen, Parker. Aber was in aller Welt machst du eigentlich hier?«

Parker zwinkerte. »Weißt du es denn nicht mehr? Du hast mich angerufen. Vor höchstens zehn Minuten. Du hast um Hilfe geschrien. Du hast gebrüllt, *sie* seien hier und wollten dich schnappen. Dann hast du aufgelegt.«

Das Gefühl von Demütigung durchfuhr Dom wie eine schmerzhafte Brandwunde.

»Aha, du hast also *tatsächlich* im Schlaf angerufen«, sagte der Maler. »Ich habe es mir fast gedacht. Du hast nicht wie du selbst geklungen. Ich habe mir überlegt, ob ich die Polizei rufen sollte, aber dann habe ich mir gedacht, daß es sich vermutlich um dieses Schlafwandeln handelt und daß es dir bestimmt nicht recht wäre, wenn du es Fremden — irgendwelchen Bullen — erklären müßtest.«

»Ich bin nicht mehr Herr meiner selbst, Parker. Ich muß eine Schraube locker haben.«

»Schluß jetzt mit diesem Blödsinn. Ich möchte nichts mehr davon hören.«

Dom fühlte sich wie ein hilfloses Kind. Er befürchtete, daß er gleich in Tränen ausbrechen würde. Er biß sich auf die Zunge, räusperte sich und fragte: »Wieviel Uhr ist es?«

»Ein paar Minuten nach vier. Mitten in der Nacht.« Parker blickte zum Fenster hinüber und runzelte die Stirn.

Dom folgte dem Blick seines Freundes und sah, daß die Vorhänge fest zugezogen waren und das Fenster zusätzlich mit der hohen Kommode verbarrikadiert war. Er hatte im Schlaf wirklich fleißig gearbeitet.

»O Gott!« murmelte Parker, während er ans Bett trat und erschrocken darauf starrte. »Das gefällt mir nicht, mein Freund. Das gefällt mir gar nicht.«

Dom hielt sich an der Wand fest und erhob sich mit weichen Knien, um zu sehen, wovon Parker sprach, aber gleich darauf wünschte er sich, er wäre auf dem Boden sitzen geblieben. Ein ganzes Waffenarsenal lag auf dem Bett herum: Die Automatik Kaliber 22, die er normalerweise im Nachttisch aufbewahrte; ein Fleischermesser; zwei andere Fleischmesser; ein Hackmesser; ein Hammer; die Axt, die er zum Holzhacken verwendete und zuletzt in der Garage gesehen hatte.

»Was hast du erwartet — eine sowjetische Invasion?« fragte Parker. »Wovor hast du solche Angst?«

»Ich weiß es nicht. Vor irgend etwas in meinen Alpträumen.«

»Und wovon träumst du?«

»Das weiß ich nicht.«

»Du kannst dich an gar nichts erinnern?«

»Nein.« Ein heftiger Schauer lief ihm über den Rücken.

Parker legte ihm eine Hand auf die Schulter. »Du solltest jetzt duschen und dich anziehen. Ich mache uns inzwischen etwas zum Frühstück. Okay? Und dann ... dann sollten wir, glaube ich, deinen Arzt aufsuchen, sobald seine Sprechstunde beginnt. Ich finde, er sollte dich noch einmal untersuchen.«

Dominick nickte.

Es war der 2. Dezember.

KAPITEL II:
2. Dezember — 16. Dezember

1. Boston, Massachusetts

Viola Fletcher, eine achtundfünfzigjährige verheiratete Grundschullehrerin, Mutter zweier Töchter, eine intelligente und fröhliche Frau mit ansteckendem Lachen, lag still und betäubt auf dem Operationstisch; ihr Leben war jetzt in der Hand von Dr. Ginger Weiss.

Gingers ganzes Streben war auf diesen Moment ausgerichtet gewesen: Zum erstenmal sollte sie selbständig einen wichtigen und komplizierten chirurgischen Eingriff durchführen. Das war die Krönung jahrelanger anstrengender Ausbildung, unzähliger Hoffnungen und Träume. Stolz, zugleich aber auch Demut erfüllten sie bei dem Gedanken, welch einen weiten Weg sie zurückgelegt hatte.

Und sie verspürte ein mulmiges Gefühl im Magen.

Mrs. Fletcher war mit kühlen grünen Abdecktüchern verhüllt. Sichtbar war nur die Körperpartie, an der sie operiert werden sollte; dort hatte man die Haut mit Jod eingepinselt. Sogar Violas Gesicht war unter einem zeltförmigen Tuch verborgen, als zusätzliche Schutzmaßnahme gegen eine Kontamination der offenen Wunde, die bald in ihren Leib geschnitten werden sollte. Der Patient wurde dadurch aber auch zu etwas Unpersönlichem, und vielleicht war das sogar ein beabsichtigter Nebeneffekt des verhüllten Gesichts — dem Chirurgen sollte der Anblick des Todeskampfes erspart bleiben, falls all seine ärztliche Kunst nichts mehr bewirken konnte.

Rechts von Ginger stand Agatha Tandy mit Klammern, Scheren, Pinzetten, Haken, Skalpellen und anderen Instrumenten. Links von Ginger stand eine OP-Schwester, die ihr assistieren sollte. Zwei weitere Schwestern sowie der Anästhesist und die Narkoseschwester warteten ebenfalls auf den Beginn der Operation.

George Hannaby stand auf der anderen Seite des Tisches; er sah von der Statur her eher wie der ehemalige Star-Fullback eines Profi-Footballteams aus. Seine Frau Rita hatte ihn einmal dazu überredet, in einem Sketch bei einer Wohltätigkeitsveranstaltung der Klinik Paul Bunyan zu spielen, und er war daraufhin in Holzfällerstiefeln, Jeans und einem rotkarierten Hemd nach Hause gekommen. Von diesem Mann ging eine höchst beruhigende Aura von Kraft, Ruhe und Kompetenz aus.

Ginger streckte ihre rechte Hand aus.

Agatha reichte ihr ein Skalpell.

Ein schmaler greller Lichtstrahl fiel auf das rasiermesserscharfe Instrument.

Gingers Hand verharrte einen kurzen Augenblick dicht über den markierten Linien auf der Haut der Patientin. Sie holte tief Luft.

Georges Stereo-Kassettenspieler stand auf einem Tischchen in der Ecke, und aus den Lautsprechern kamen vertraute Klänge von Bach.

Sie dachte an das Ophthalmoskop, an die glänzenden schwarzen Handschuhe.

So erschreckend diese Zwischenfälle aber auch gewesen waren, so hatten sie Gingers Selbstvertrauen doch nicht völlig zerstört. Sie hatte sich nach dem letzten Anfall stets ausgezeichnet gefühlt: stark, tatkräftig, voll aufnahmefähig. Wenn sie an sich auch nur die geringste Geistesabwesenheit oder Müdigkeit wahrgenommen hätte, hätte sie es abgelehnt zu operieren.

Andererseits hatte sie schließlich nicht jahrelang sieben Tage pro Woche gearbeitet und sich alle möglichen Fachkenntnisse angeeignet, nur um ihre ganze Zukunft wegen zweier untypischer Momente streßbedingter Hysterie auf Spiel zu setzen. Alles würde gutgehen. Es konnte gar nicht anders sein.

Die Wanduhr zeigte 7^{42} Uhr an. Es wurde Zeit, mit der Operation zu beginnen.

Sie machte den ersten Schnitt. Mit Hilfe von Pinzetten, Scheren und Klammern durchtrennte sie geschickt das Gewebe, stellte eine Art Schacht durch Haut, Fett und Muskeln her. Bald war der Einschnitt groß genug, um ihre beiden Hände aufnehmen zu können und auch die ihres Assistenten George Hannaby, falls sie seine Hilfe benötigen sollte. Auf beiden Seiten des Operationstisches trat eine Schwester dicht heran und hielt den Einschnitt mit Hilfe von Muskelhaken offen.

Agatha Tandy wischte mit einem weichen, saugfähigen Tuch Gingers Stirn ab.

In Georges Augen über der Maske trat ein Lächeln. *Er* schwitzte nicht. Das passierte ihm nur selten.

Ginger band rasch die Blutgefäße ab und versetzte Klammern, Agatha forderte bei der Laufschwester neue Vorräte an.

In den kurzen Pausen zwischen Bachs Concerti waren die lautesten Geräusche im gekachelten Operationssaal das zischende Ausatmen und das stöhnende Einatmen der künstlichen Herz-Lungen-Maschine, die anstelle von Viola Fletcher atmete. Diese Geräusche hatten, obwohl sie rein mechanisch erzeugt wurden, etwas Quälendes an sich, das es Ginger unmöglich machte, ihre Ängste zu überwinden.

An anderen Tagen, wenn George operierte, wurde mehr gesprochen. Er machte ab und zu scherzhafte Bemerkungen zu den Schwestern und zum Assistenzarzt, um die Spannung zu verringern, ohne dadurch jedoch auch nur im geringsten die Konzentration auf die Arbeit zu verringern. Ginger war zu solchem Geplauder einfach nicht imstande; sie bewunderte Georges diesbezügliches Talent, das in ihren Augen der Fähigkeit gleichkam, gleichzeitig Basketball zu spielen, Kaugummi zu kauen und schwierige mathematische Probleme zu lösen.

Nachdem sie in die Tiefe des Bauches vorgedrungen war, tastete sie mit beiden Händen den Dickdarm ab und befand ihn für gesund. Mit feuchten Gazetupfern hob Ginger die Eingeweide etwas an; die Schwestern hatten nun die Aufgabe, mit Hilfe von Haken die Därme beiseitezuhalten. Nun lag die Aorta frei, die Hauptleitung des Arteriensystems.

Von der Brust aus führte die Aorta parallel zum Rückgrat durch das Diaphragma in den Bauch. Unmittelbar über den Leisten teilte sie sich in zwei Hüftschlagadern auf, die zu den Oberschenkelarterien führten.

»Da ist es«, sagte Ginger. »Ein Aneurysma. Genau wie auf den Röntgenaufnahmen.« Gleichsam zur Bestätigung warf sie einen Blick auf die Röntgenbilder der Patientin, die auf dem Bildschirm am Fußende des Operationstisches befestigt waren. »Ein sich zergliederndes Aneurysma direkt über dem Aortasattel.«

Agatha wischte Gingers Stirn ab.

Das Aneurysma, eine schlaffe Stelle in der Aortawand, hatte es der Arterie erlaubt, sich auf beiden Seiten auszuweiten und eine sackförmige Ausbuchtung zu bilden, die mit Blut gefüllt war und wie ein zweites Herz schlug. Das erzeugte Schwierigkeiten beim Schlucken, äußerste Kurzatmigkeit, schwere Hustenanfälle und Brustschmerzen, und wenn dieses aufgequollene Gefäß platzte, so hätte das den Tod zur Folge.

Während Ginger das pulsierende Aneurysma betrachtete, überkam sie ein fast religiöses Andachtsgefühl, eine tiefe Ehrfurcht, so als wäre sie aus der realen Welt in eine mystische Sphäre getreten, so als würde ihr bald das Mysterium des Lebens offenbart werden. Dieses Gefühl von Macht und Transzendenz erwuchs aus der Erkenntnis, daß sie den Kampf mit dem Tod aufnehmen — und ihn besiegen konnte. Dort lag der Tod schon auf der Lauer, im Körper ihrer Patientin, in Form des pulsierenden Aneurysmas, aber sie hatte durch ihr Wissen und ihre Geschicklichkeit die Möglichkeit, den Tod zu bannen.

Agatha Tandy hatte aus einer sterilen Verpackung ein Stück künstlicher Aorta geholt — einen dicken Schlauch mit ziehharmonikaförmigen Falten, der sich in zwei schmälere Schläuche, die Hüftschlagadern, aufteilte. Dieses gewebte synthetische Fabrikat bestand aus Dacron. Ginger hielt es an die Wunde, schnitt es mit einer kleinen scharfen Schere genau passend zurecht und gab es Agatha zurück, die den weißen Schlauch in eine flache Stahlschale mit etwas Blut der Patientin legte und ihn darin bewegte, damit er richtig durchtränkt wurde.

Das Blut an dieser Prothese mußte sodann etwas gerinnen. Später, wenn sie eingesetzt war, würde Ginger noch etwas Blut hindurchlaufen lassen, sie abklammern und warten, bis auch dieses Blut geronnen war; dann würde sie die Prothese ausspülen und erst danach annähen. Die dünne Schicht geronnenen Blutes sollte ein Durchsickern verhindern helfen, und in kurzer Zeit würde der gleichmäßige Blutfluß neues Bindegewebe zur Abdichtung entwickeln und eine neue Endothelschicht bilden, so daß die eingesetzte Prothese von einer echten Arterie nicht mehr zu unterscheiden war. Erstaunlicherweise war der Dacron-Schlauch nicht nur ein adäquater Ersatz für das beschädigte Aortastück, sondern dem, was die Natur geschaffen hatte, sogar überlegen; in 500 Jahren, wenn von Viola Fletcher nur noch Staub und Knochen übrig sein würden, würde der Dacron-Schlauch immer noch völlig intakt und flexibel sein.

Agatha wische Gingers Stirn ab.

»Wie fühlen Sie sich?« fragte George.

»Ausgezeichnet«, antwortete Ginger.
»Angespannt?«
»Nicht besonders«, log sie.
»Es ist eine wahre Freude, Ihnen bei der Arbeit zuzusehen, Doktor«, lobte George.
»Dem kann ich nur zustimmen«, meinte eine der OP-Schwestern.
»Ich auch«, sagte die andere.
»Danke«, murmelte Ginger überrascht und erfreut.
»Sie haben beim Operieren eine gewisse Anmut, eine leichte Hand, ein fantastisches Gespür, was in unserem Berufsstand leider alles andere als selbstverständlich ist«, erklärte George.

Ginger wußte, daß er nie unaufrichtige Komplimente machte, aber bei einem so strengen Lehrmeister grenzte diese Anerkennung fast schon an übertriebene Schmeichelei. Bei Gott, George Hannaby war *stolz* auf sie! Diese Erkenntnis rief bei ihr warme Rührung hervor. Wenn sie nicht im Operationssaal gewesen wären, hätten sich ihre Augen bestimmt mit Tränen gefüllt, aber hier hielt sie ihre Gefühle streng unter Kontrolle. Die Intensität ihrer Reaktion machte ihr jedoch schlagartig bewußt, in welchem Maße dieser Mann in ihrem Leben zur Vatergestalt geworden war; sein Lob freute sie fast genauso, als wenn es von Jacob Weiss selbst gekommen wäre.

Ginger setzte die Operation in wesentlich besserer Gemütsverfassung fort. Die störenden Gedanken an einen möglichen Anfall wichen von ihr, und das größere Selbstvertrauen erlaubte es ihr, mit noch mehr Anmut als bisher zu arbeiten. Jetzt konnte nichts mehr schiefgehen.

Sie kontrollierte methodisch den Blutfluß durch die Aorta, band die abzweigenden kleinen Blutgefäße mit dünnem elastischem Faden ab, benutzte Klammern bei den größeren Arterien, einschließlich der Hüftschlagadern und der Aorta selbst. In einer knappen Stunde hatte sie den gesamten Blutstrom durch die Aorta in die Beine der Patientin gestoppt, und das pulsierende Aneurysma hatte seine Imitation des Herzens eingestellt.

Mit einem kleinen Skalpell durchstach sie das Aneurysma, aus dem daraufhin Blut austrat; die Ausbuchtung sackte in sich zusammen. Ginger schlitzte nun die Aorta entlang der früheren Wand auf. Ohne Aorta war die Patientin noch hilfloser und abhängiger von der Chirurgin als bisher. Jetzt gab es kein Zurück mehr. Von nun an mußte die Operation nicht nur mit allergrößter Sorgfalt, sondern auch mit äußerster Schnelligkeit durchgeführt werden.

Absolute Stille war eingetreten. Das Operationsteam verlor jetzt kein überflüssiges Wort. Die Kassette war abgelaufen, aber niemand drehte sie um. Die Zeit wurde an den Atemgeräuschen der künstlichen Lungenmaschine und am Piepsen des EKG gemessen.

Ginger nahm den Dacron-Schlauch aus der Stahlschale, wo er sich wunschgemäß mit Blut vollgesaugt hatte, das inzwischen etwas geronnen war. Mit äußerst dünnem Faden nähte sie das obere Ende an den Aortastumpf und klemmte das untere Ende ab. Sodann leitete sie Blut in den Schlauch und ließ es gerinnen.

Die ganze letzte Zeit über war es nicht mehr notwendig gewesen, Ginger den Schweiß von der Stirn zu wischen. Sie hoffte, daß George es registrieren würde — sie war sich dessen eigentlich sicher.

Niemand brauchte der Laufschwester zu sagen, daß sie die Bach-Kassette jetzt umdrehen konnte.

Ginger hatte noch stundenlange Arbeit vor sich, aber sie verspürte auch keine Müdigkeit. Sie schlug die grünen Tücher zurück, enthüllte die Oberschenkel der Patientin. Mit Hilfe der Laufschwester hatte Agatha das Tablett mit Instrumenten aufgefüllt, so daß sie nun alles zur Hand hatte, was Ginger brauchte, um zwei weitere Einschnitte zu machen, direkt unterhalb der Leistenfalte, am Beinansatz. Wieder klemmte und band sie Blutgefäße ab, bis sie schließlich die Oberschenkelarterien freigelegt hatte. Wie zuvor bei der Aorta, so unterbrach sie auch hier den Blutstrom und öffnete sodann beide Schlagadern, um dort später die Enden des in zwei Teile verzweigten Dacron-Schlauches befestigen zu können. Mehrmals ertappte sie sich dabei, daß sie glücklich zur Musik mitsummte, und die Arbeit ging ihr jetzt so leicht von der Hand, daß man hätte glauben können, sie wäre in einem früheren Leben schon einmal Chirurgin gewesen und wäre deshalb für diesen Beruf prädestiniert.

Aber sie hätte sich an ihren Vater und seine Aphorismen erinnern sollen, an die weisen Aussprüche, die er gesammelt und mit deren Hilfe er sie geduldig belehrt oder freundlich ermahnt hatte, wenn sie sich — was allerdings selten vorgekommen war — schlecht benommen oder in der Schule nicht ihr Bestes gegeben hatte. *Entflohener Augenblick kommt nie zurück; Hilf dir selbst, dann hilft dir Gott; Sparschaft bringt Barschaft; Eigennutz erwürgt auch den Freund; Besser schlichten als richten; Was du nicht willst, das man dir tu, das füg auch keinem andern zu ...* Er hatte Tausende davon gekannt, aber kein Sprichwort hatte er mehr geliebt und häufiger wiederholt als folgendes: *Hochmut kommt vor dem Fall.*

Sie hätte sich an diese fünf Wörter erinnern sollen. Die Operation verlief so glatt, und sie war über ihre Leistung so glücklich, so *stolz* auf diesen ersten völlig selbständig ausgeführten komplizierten Eingriff, daß sie den unvermeidlichen ›Fall‹ völlig vergaß.

Sie wandte sich jetzt wieder dem Unterleib zu, löste die Klammern vom unteren Ende des Dacron-Schlauches, spülte ihn aus und führte seine beiden Äste unter dem Fleisch der Lenden, unter den Leistenfalten entlang, zu den Einschnitten in den Oberschenkelarterien, wo sie genäht wurden. Sodann löste sie die restlichen Klammern und verfolgte begeistert, wie die Blutzirkulation in der geflickten Aorta wieder in Gang kam. Zwanzig Minuten lang suchte sie nach winzigen undichten Stellen und stopfte sie mit dünnem aber starkem Faden. Dann beobachtete sie weitere fünf Minuten aufmerksam die Funktionsfähigkeit des Schlauches. Er pulsierte genau wie eine natürliche gesunde Arterie, ohne Anzeichen einer Durchlässigkeit.

Schließlich sagte sie: »Wir können jetzt nähen.«

»Großartige Arbeit!« lobte George.

Ginger war froh, daß sie eine Operationsmaske trug, denn ihr Gesicht verzog sich unwillkürlich zu einem breiten Lächeln, so daß sie wie der sprichwörtliche grinsende Idiot aussehen mußte.

Sie vernähte die Einschnitte an den Beinansätzen. Sie nahm die Eingeweide von den Schwestern entgegen, die sichtlich erschöpft und überglücklich waren, endlich davon befreit zu werden. Sie legte die Därme wieder an Ort und Stelle und tastete sie noch einmal ab, fand aber auch diesmal nichts, was auf eine Krankheit hingewiesen hätte. Der Rest war einfach: Sie vernähte eine Schicht nach der anderen — Muskeln und Unterhautbindegewebe — und schloß schließlich den Hautschnitt mit dickerem schwarzem Faden.

Die Narkoseschwester legte nun Viola Fletchers Kopf frei.

Der Anästhesist nahm ihr die Augenbinde ab, stellte die Zufuhr des Narkotikums ein.

Die Assistenzschwester schaltete den Kassettenrecorder aus.

Ginger betrachtete Mrs. Fletchers bleiches Gesicht, auf dem noch die Atemmaske lag. Sie enthielt jetzt jedoch nur eine Sauerstoffmischung.

Die Schwestern verließen den Operationstisch und zogen ihre Gummihandschuhe aus.

Viola Fletchers Lider flatterten. Sie stöhnte.

»Mrs. Fletcher?« sagte der Anästhesist laut.

Die Patientin reagierte nicht.

»Viola?« rief Ginger. »Können Sie mich hören, Viola?«

Die Augen der Frau blieben geschlossen, aber obwohl sie noch nicht richtig erwacht war, bewegten sich ihre Lippen, und sie murmelte undeutlich: »Ja, Doktor.«

Ginger nahm die Glückwünsche des Operationsteams entgegen und verließ mit George den Saal. Während sie ihre Handschuhe auszogen und die Mützen und Gesichtsmasken abnahmen, hatte Ginger das Gefühl, mit Helium angefüllt zu sein, gleich die Schwerkraft überwinden und schweben zu können. Aber mit jedem Schritt zu den Waschbecken in der Vorhalle nahm dieses Hochgefühl ab. Schlagartig machte sich die Erschöpfung bemerkbar. Nacken, Schultern und Rücken schmerzten wahnsinnig. Ihre Beine waren steif, und ihre Füße brannten.

»Mein Gott«, sagte sie, »ich bin total geschafft!«

»Kein Wunder«, erwiderte George. »Sie haben um halb acht angefangen, und jetzt ist die Mittagszeit schon vorbei. Die Implantation eines künstlichen Aortenstücks ist verdammt anstrengend.«

»Sind *Sie* denn hinterher auch erschöpft?«

»Selbstverständlich.«

»Aber die Müdigkeit überfiel mich so plötzlich. Da drin fühlte ich mich großartig. Ich hätte stundenlang weitermachen können.«

»Da drin«, erklärte George amüsiert, »waren Sie göttergleich. Sie fochten ein Duell mit dem Tod aus und gewannen es. Götter ermüden nicht. Dazu macht diese Art von Arbeit viel zuviel Spaß.«

An den Waschbecken ließen sie das Wasser laufen, zogen ihre Operationskittel aus und rissen Seifepackungen auf.

Als Ginger ihre Hände zu schrubben begann, lehnte sie sich müde ans Becken und beugte sich etwas vor, so daß sie genau in den Abfluß blickte, wo das Wasser um das Stahlsieb strudelte und Seifenblasen umherwirbelten, bevor alles im Rohr verschwand ... neue Strudel und immer neue wirbelten umher, wurden vom Rohr verschlungen ... neue und immer neue ... Diesmal wurde sie von der irrationalen Angst noch plötzlicher überwältigt als in Bernsteins Delikatessengeschäft und in Georges Büro, fast ohne Vorwarnung. Von einem Moment zum anderen wurde ihre Aufmerksamkeit völlig von dem Abfluß in Anspruch genommen, der immer größer zu werden schien, so als hätte er sich in ein bösartiges Monster verwandelt.

Sie ließ die Seife fallen und sprang mit einem entsetzten Schrei vom Waschbecken zurück, stieß mit Agatha Tandy zusammen, schrie wieder auf. Sie hörte verschwommen, daß George ihren Namen rief. Aber der Chirurg verblaßte wie ein Bild auf der Filmleinwand, er verschwamm wie in Wolken oder in dichtem Nebel, er hörte auf, real zu sein. Auch Agatha Tandy und die ganze Vorhalle und die Türen zum Operationssaal verblaßten, verschwammen. *Alles* löste sich auf, nur das Waschbecken wurde immer größer und massiver, es wurde zur einzigen Realität. Sie hatte ein Gefühl tödlicher Bedrohung. Aber es war doch nur ein ganz gewöhnliches Waschbecken, um Gottes willen, sie mußte an dieser Erkenntnis festhalten, mußte sich an diesen Felsen der Realität klammern und den Kräften Widerstand leisten, die sie in den Wahnsinn treiben wollten. Nur ein Waschbecken. Nur ein ganz gewöhnlicher Abfluß. Nur ...

Sie rannte. Der Nebel schloß sich von allen Seiten um sie, und sie verlor jedes bewußte Wahrnehmungsvermögen für ihre Handlungen.

Als erstes nahm sie den Schnee wahr. Große weiße Flocken flogen an ihrem Gesicht vorbei, schwebten träge dem Boden zu wie flaumiger Löwenzahnsamen, denn es war windstill. Sie hob den Kopf und ließ ihre Blicke über die ringsum emporragenden Mauern der alten, hohen Gebäude nach oben schweifen, bis sie schließlich ein rechteckiges Stück grauen Himmels entdeckte; der Schnee rieselte aus tiefhängenden Wolken herab. Während sie so in den Winterhimmel starrte und sich verwirrt fragte, wie sie überhaupt hierher ins Freie gekommen war, bedeckten sich ihre Haare und Augenbrauen mit weißen Flocken. Schnee schmolz auf ihrem Gesicht, aber allmählich stellte sie fest, daß ihre Wangen schon feucht von Tränen waren, daß sie immer noch still vor sich hin weinte.

Nun begann sie auch die Kälte zu spüren. Obwohl es windstill war, hatte die Luft doch scharfe Zähne und biß sie in Wangen, Kinn und Nase; ihre Hände waren taub vom kalten Gift unzähliger Bisse. Der Frost durchdrang ihre grüne Arztkleidung, und sie zitterte nun am ganzen Leibe.

Als nächstes nahm sie den eisigen Beton unter sich und die kalte Ziegelmauer an ihrem Rücken wahr. Sie saß in eine Ecke gekauert da, die Knie bis zum Kinn hochgezogen, die Arme um die Beine gepreßt — eine schutzsuchende, angsterfüllte Haltung. Beton und Ziegel zehrten an ihrer Körperwärme, aber sie hatte nicht die Kraft, aufzustehen und ins Haus zu gehen.

Sie erinnerte sich daran, wie sie förmlich hypnotisiert auf den Ablauf des Waschbeckens gestarrt hatte. In völliger Verzweiflung rief sie sich ihre grundlose Panik ins Gedächtnis, ihren Zusammenprall mit Agatha Tandy, ihre Schreie, George Hannabys bestürztes Gesicht. Obwohl sie sich an das Folgende beim besten Willen nicht erinnern konnte, vermutete sie, daß sie sich bei ihrer wilden Flucht vor imaginären Gefahren wie eine Wahnsinnige aufgeführt, ihre Kollegen erschreckt — und ihre Karriere zerstört hatte.

Sie preßte ihren Rücken noch fester gegen die Ziegelmauer, weil sie nur den einzigen Wunsch hatte, ihre Körperwärme möglichst schnell und vollständig zu verlieren.

Sie saß am Ende einer breiten Sackgasse, die in den innersten Kern des Klinikkomplexes führte. Links von ihr bildeten doppelte Metalltüren den Zugang zum Heizungsraum, und ein Stück dahinter befand sich die Tür des Notausgangs.

Ihr fiel ein, wie sie während ihrer Assistenzzeit am ›Columbia Presbyterian‹ in New York von einem Riesenkerl überfallen worden war. Der Mann hatte sie damals in eine ganz ähnliche Einfahrt gezerrt. Nur hatte sie damals das Kommando übernommen und den Sieg davongetragen — während sie jetzt eine Versagerin war, schwach und geschlagen. Sie empfand es als bittere Ironie des Schicksals, daß es gerade ein Ort wie dieser war, wo sie den absoluten Tiefpunkt ihres Lebens erlebte.

Das lange, schwere Studium, die harte Arbeit während der Assistenzzeit, all die Opfer, Hoffnungen und Träume waren umsonst gewesen. Im letzten Moment, da die Karriere als Chirurgin endlich zum Greifen nahe schien, hatte sie George, Anna, Jacob und sich selbst enttäuscht. Sie konnte die Tatsache nicht länger ignorieren: Etwas stimmte nicht mit ihr, und die Symptome waren so gravierend, daß sie sich eine medizinische Karriere bestimmt für alle Zeiten aus dem Kopf schlagen mußte. Was mochte ihr nur fehlen? Hatte sie eine Psychose? Einen Gehirntumor? Vielleicht ein Aneurysma im Gehirn?

Die Tür des Notausgangs flog mit lautem Quietschen der schlecht geölten Angeln weit auf, und George Hannaby stürzte schwer atmend heraus und hastete in die Sackgasse, ohne die hauchdünne Neuschneeschicht unter seinen Füßen zu beachten. Gingers jämmerlicher Anblick erschreckte ihn so, daß er abrupt stehenblieb und dabei auf dem spiegelglatten Boden um ein Haar gestürzt wäre. Ginger sah sein entsetztes Gesicht und vermutete, daß er plötzlich bedauerte, ihr so viel Zeit und Aufmerksamkeit gewidmet und sie in besonderer Weise gefördert zu haben. Er hatte sie für besonders klug und befähigt gehalten, und nun hatte seine Einschätzung sich als falsch erwiesen. Er war immer so freundlich zu ihr gewesen, daß der Gedanke, sein Vertrauen enttäuscht zu haben, ihr von neuem heiße Tränen in die Augen trieb und heftige Selbstvorwürfe auslöste.

»Ginger?« rief er mit unsicherer Stimme. »Ginger, was ist los?«

Ihre einzige Antwort bestand aus einem gequälten Aufschluchzen. Sie konnte ihn durch ihre Tränen hindurch nur verschwommen wahrnehmen. Sie wünschte, er würde weggehen und sie in dieser demütigenden Situation allein lassen. Konnte er denn nicht begreifen, daß seine Anwesenheit für sie alles nur noch verschlimmerte?

Der Schnee fiel jetzt dichter. Weitere Personen tauchten auf der Schwelle des Notausgangs auf, aber Ginger konnte nicht erkennen, um wen es sich handelte.

»Ginger, so sagen Sie doch etwas«, bat George, während er näher kam. »Was ist los? Sagen Sie mir doch, was passiert ist, was ich für Sie tun kann.«

Sie biß sich auf die Lippen und versuchte verzweifelt, ihre Tränen zurückzuhalten, weinte aber nur noch heftiger. Mit dünner, erstickter Stimme, die ihr selbst zuwider war, stammelte sie: »E ... e ... etwas stimmt n ... n ... nicht mit mir.«

George ging vor ihr in die Hocke. »Was? Was stimmt nicht?«

»Ich weiß es nicht.«

Sie war bisher immer in der Lage gewesen, alle Probleme allein zu bewältigen. Sie war Ginger Weiss. Sie war stärker als andere. Sie war ein Goldkind. Deshalb wußte sie auch nicht, wie sie um Hilfe bitten sollte.

Immer noch vor ihr kauernd, sagte George: »Was immer es auch sein mag, wir können es gemeinsam lösen. Ich weiß, daß Sie sehr stolz auf Ihre Selbständigkeit sind. Hören Sie mich, Kindchen? Ich war bei Ihnen immer besonders vorsichtig, weil ich weiß, daß Sie es ablehnen, wenn man Ihnen zuviel helfen will. Sie möchten alles allein machen. Aber diesmal können Sie es einfach nicht allein schaffen, und das brauchen Sie auch nicht. Ich bin ja auch noch da, und — bei Gott! — Sie werden meine Hilfe akzeptieren müssen, ob Sie nun wollen oder nicht. Haben Sie mich verstanden?«

»Ich ... ich habe alles verpfuscht. Ich habe ... habe Sie enttäuscht.«

Er lächelte. »Sie doch nicht, mein liebes Mädchen. Niemals. Rita und ich haben nur Söhne, aber wenn wir eine Tochter gehabt hätten, hätten wir uns eine wie Sie gewünscht. Genau wie Sie. Sie sind eine ganz besondere Frau, Dr. Weiss, eine ganz besondere und eine sehr liebenswerte Frau. Sie und mich enttäuschen? Unmöglich. Es würde mir eine Ehre und eine große Freude sein, wenn Sie sich in der jetzigen Situation an mich anlehnen würden, so als wären sie wirklich meine Tochter. Lassen Sie sich von mir helfen, so als wenn ich der Vater wäre, den Sie verloren haben.«

Er streckte ihr seine Hand entgegen.

Sie ergriff sie und klammerte sich förmlich daran fest.

Es war Montag, der 2. Dezember.

Viele Wochen sollten vergehen, bevor sie erfuhr, daß andere Menschen an anderen Orten — Menschen, die für sie Fremde waren — unheimliche Variationen ihres eigenen Alptraumes durchmachten.

2. Trenton, New Jersey

Einige Minuten vor Mitternacht öffnete Jack Twist die Tür und trat aus dem Warenlager in Wind und Graupelregen hinaus, und genau in diesem Augenblick stieg irgendein Kerl neben der nächstgelegenen Laderampe aus einem grauen Ford-Lieferwagen, dessen Eintreffen wegen des Ratterns eines vorbeifahrenden Güterzuges nicht zu hören gewesen war. Abgesehen von vier schmalen, trüb gelben Lichtkegeln aus den schmutzstarrenden Sicherheitslampen herrschte um das Warenlager herum totale Dunkelheit. Unglückseligerweise war jedoch eine dieser Lampen genau über der Tür angebracht, aus der Jack getreten war, und der schwache Lichtschein reichte gerade bis zur Beifahrertür des Lieferwagens, aus dem der unerwartete Besucher aufgetaucht war.

Der Kerl hatte eine Visage, die für das Verbrecheralbum der Polizei wie geschaffen war: schwere Kiefer, schmallippiger Mund, grausame Schweinsäuglein und eine Nase, die mehrmals gebrochen war. Er war einer jener willfährigen, erbarmungslosen Sadisten, die von Verbrecherbanden gern für die Dreckarbeiten benutzt werden, ein Mann, den man sich ohne weiteres als Plünderer und Frauenschänder in den Armeen Dschingis Khans, als grinsenden Folterknecht im Naziregime oder in Stalins Todeslagern, als Morlock in Wells' Roman ›The Time Machine‹ vorstellen konnte. Jack erkannte auf den ersten Blick, daß dieser Kerl gefährlich war.

Beide starrten einander zunächst völlig verdutzt an, und Jack versäumte es, sofort seine 38er zu ziehen und dem Bastard eine Kugel in den Kopf zu jagen, was wohl das Vernünftigste gewesen wäre.

»Wer zum Teufel sind denn Sie?« fragte der Morlock. Dann bemerkte er den Sack in Jacks linker und die Pistole in seiner rechten Hand. Seine Augenbrauen schossen in die Höhe, und er schrie: »Max!«

Max war vermutlich der Fahrer des Lieferwagens, aber Jack verzichtete darauf, sich diesbezüglich Gewißheit zu verschaffen. Er zog sich rasch ins Warenlager zurück, schlug hinter sich die Tür zu und trat etwas zur Seite, für den Fall, daß es denen dort draußen einfallen sollte, die Tür mit Kugeln zu durchsieben.

Das einzige Licht im Innern des Warenlagers kam aus dem

hellbeleuchteten Büro im hinteren Teil des Gebäudes und von einer Reihe schwacher Glühbirnen in Weißblechschirmen, die in großen Abständen an der Decke angebracht waren und die ganze Nacht hindurch brannten. Aber trotz dieser unzulänglichen Beleuchtung konnte Jack die Gesichter seiner beiden Kumpel — Mort Gersh und Tommy Sung — erkennen. Sie sahen bei weitem nicht mehr so glücklich aus wie noch vor wenigen Minuten.

Sie waren glücklich gewesen, weil sie einen wichtigen Umschlagplatz der Mafia erfolgreich beraubt hatten, eine Sammelstelle für Rauschgiftgelder aus dem halben Staat New Jersey. Koffer, Reisetaschen und Schachteln voller Bargeld wurden von unzähligen ›Kurieren‹ im Warenlager abgeliefert, hauptsächlich sonntags und montags. Dienstags kamen dann die Buchhalter der Verbrecherorganisation in ihren Anzügen von Pierre Cardin, um die wöchentlichen Einnahmen aus der Pharmazeutikbranche zu zählen. Jeden Mittwoch wurden Koffer voll dicht gebündelter Banknoten auf die Reise nach Miami, Las Vegas, Los Angeles, New York und in andere Zentren der Hochfinanz geschickt, wo Investmentberater mit Hochschulabschluß in Harvard oder Columbia, die mit der Mafia — oder ›fratellanza‹, wie die Organisation sich selbst gern bezeichnete — zusammenarbeiteten, diese Geldsummen geschickt anlegten. Jack, Mort und Tommy hatten sich einfach zwischen den Buchhaltern und den Investmentberatern in das Geschäft eingeschaltet und sich vier schwere Säcke voller Geld angeeignet. »Betrachtet uns einfach als eine weitere Kategorie von Mittelsmännern«, hatte Jack den total perplexen Ganoven erklärt, die auch jetzt noch gefesselt und geknebelt im Warenlagerbüro lagen — und Mort und Tommy hatten gelacht.

Jetzt lachte Mort nicht mehr. Er war 50 Jahre alt und dickbäuchig, hatte hängende Schultern und nicht mehr allzuviel Haare auf dem Kopf. Er trug einen dunklen Anzug, einen grauen Mantel und einen breitkrempigen Hut. Einen dunklen Anzug und einen breitkrempigen Hut trug er immer. Jack hatte ihn nie anders gekleidet gesehen. Er selbst und Tommy trugen Jeans und gesteppte Vinyl-Jacken, nur Mort hätte in einem alten Film mit Edward G. Robinson einen der im Hintergrund agierenden Männer verkörpern können. Seine Hutkrempe hatte ihre Appretur verloren und war etwas schlapp — wie Mort selbst auch —, und der Anzug war zerknittert. Seine Stimme klang müde und gepreßt, als er fragte: »Wer ist da draußen?«

»Mindestens zwei Kerle in einem Ford-Lieferwagen«, antwortete Jack.

»Gangster?«

»Ich habe nur einen von ihnen gesehen, aber der sah aus wie ein mißglücktes Experiment von Dr. Frankenstein.«

»Na ja, wenigstens sind alle Türen abgeschlossen.«

»Diese Kerle haben bestimmt Schlüssel.«

Die drei Männer zogen sich rasch vom Ausgang in die dunklen Schatten einer Halle zurück, wo aufgestapelte Holzkisten und Pappkartons meterhohe Wände bildeten. Das Warenlager war riesig; unzählige Artikel lagerten unter seiner gewölbten Decke: Fernsehgeräte, Mikrowellenherde, Toaster, Traktorenteile, Installationsgegenstände, Kücheneinrichtungen usw. Es war ein gut geführtes, sauberes Warenlager, aber wie jedes große Industriegebäude war es nachts, wenn die Angestellten nicht da waren, ein etwas unheimlicher Ort. Seltsame flüsternde Echos wisperten in diesem Labyrinth von Hallen und Gängen. Draußen fiel der Graupelregen jetzt stärker; er klopfte und pochte und prasselte auf das Ziegeldach, als drängten irgendwelche gespenstische Kreaturen durch die Sparren in die Wände ein.

»Ich hab' doch gleich gesagt, daß es falsch ist, sich mit Gangstern anzulegen«, sagte Tommy. Er war ein amerikanischer Chinese, etwa 30 Jahre alt — sieben Jahre jünger als Jack. »Juweliergeschäfte, Panzerwagen, sogar Banken — okay; aber um Gottes willen nicht der Mafia in die Quere kommen. Es ist idiotisch sich mit solchen Gangstern anzulegen. Das ist so ähnlich, als würde man in eine Bar voller Marines reingehen und auf die Flagge spucken.«

»Du bist aber hier«, sagte Jack.

»Ja nun, manchmal trifft man eben eine falsche Entscheidung.«

»Wenn um diese Zeit ein Lieferwagen hier auftaucht, so gibt es dafür nur eine einzige Erklärung«, meinte Mort verzweifelt. »Sie wollen hier irgendwas deponieren, vermutlich Koks oder so was Ähnliches. Und das heißt, daß da draußen bestimmt nicht nur der Affe, den du gesehen hast, und der Fahrer sind. Hinten im Lieferwagen sitzen bestimmt zwei weitere Burschen mit der Ware, und die dürften Maschinengewehre bei sich haben, wenn nicht noch Schlimmeres.«

»Warum haben sie dann noch nicht das Feuer eröffnet?«

»Die glauben bestimmt«, sagte Jack, »daß wir mindestens zu zehnt sind und Panzerfäuste dabei haben. Sie werden lieber vorsichtig sein.«

»Ein Wagen, mit dem Drogen befördert werden, hat mit Sicherheit ein Funkgerät«, unkte Mort. »Sie werden Verstärkung angefordert haben.«

»Meinst du wirklich, daß die Mafia jede Menge Funkwagen hat wie die verdammten Bullen oder die Telefongesellschaft oder all so was?« fragte Tommy.

»Die ist heutzutage genauso durchorganisiert wie jedes andere Unternehmen«, sagte Mort.

Sie lauschten, ob aus irgendwelchen Teilen des Gebäudes Schritte zu hören waren, aber das einzige Geräusch war das Trommeln des Graupelregens auf das Dach.

Die 38er in seiner Hand kam Jack plötzlich wie ein Spielzeug vor. Mort hatte eine Smith & Wesson M39 9-mm-Pistole, und Tommy hatte seine Smith & Wesson Model 19 Combat Magnum in seiner Jacke verstaut, nachdem sie die Männer im Büro gefesselt hatten und der gefährliche Teil des Jobs beendet zu sein schien. Sie waren gut bewaffnet, aber mit Maschinengewehren konnten sie es natürlich nicht aufnehmen. Jack fielen alte Dokumentarfilme ein, in denen hoffnungslos unterlegene Ungarn versucht hatten, mit Steinen und Knüppeln gegen sowjetische Panzer zu kämpfen. In schwierigen Zeiten neigte Jack dazu, seine Situation melodramatisch zu verbrämen und sich selbst in der Rolle des edlen Unterlegenen zu sehen, der gegen die Kräfte des Bösen kämpft. Er war sich seiner Schönfärberei voll bewußt und hielt sie an und für sich für eine ganz liebenswerte Schwäche. Im Augenblick war ihre Lage jedoch so bedrohlich, daß es daran nichts mehr zu dramatisieren gab.

Mort mußte bei seinen Überlegungen zu dem gleichen Schluß gekommen sein, denn er sagte: »Es wäre sinnlos zu versuchen, durch die Hintertüren rauszukommen. Sie haben sich bestimmt schon verteilt: zwei Mann vorne, zwei hinten.«

Die Vorder- und Hinterausgänge — die normalen Türen sowie die Rolltüren für die Waren — waren die einzigen Möglichkeiten, um das Lager zu verlassen. Es gab keinerlei Öffnungen, nicht einmal Fenster oder Lüftungsschächte, an den Seiten des riesigen Gebäudes, kein Tiefgeschoß und folglich auch keinen Kellerausgang, keinen Zugang zum Dach. Bei den Vorbereitungen für diesen Raub hatten die drei Männer die Gebäudeanlage genauestens studiert, und jetzt war ihnen völlig klar, daß sie in der Falle saßen.

»Was sollen wir machen?« fragte Tommy.

Er wandte sich an Jack Twist, nicht an Mort, denn Jack organisierte jeden Einbruch oder Raubüberfall, an dem er sich beteiligte, und wenn unvorhersehbare Ereignisse Improvisationen erforderlich machten, so wurde von Jack erwartet, daß er mit irgendwelchen glänzenden Ideen die Situation rettete.

»Hört mal« — Tommy glaubte, selbst einen Geistesblitz gehabt zu haben — »wir könnten doch auf die gleiche Weise rauskommen, wie wir reingelangt sind!«

Sie waren mit einer modernen Abwandlung des Trojanischen Pferdes ins Gebäude gelangt; das war die einzige Möglichkeit, um die komplizierten Sicherheitssysteme zu umgehen, die nachts eingeschaltet werden. Das Warenlager war zwar nur eine Fassade für illegalen Drogenhandel, aber es war gleichzeitig ein richtiges funktionsfähiges und gewinnbringendes Warenlager, das reguläre Lieferungen von ganz korrekten Unternehmen annahm, die wegen Überproduktion vorübergehend zusätzlichen Lagerraum benötigten. Jack hatte deshalb mit dem Personalcomputer und Modem in seiner Wohnung die Computer des Warenlagers und eines angesehenen Kunden angezapft und die notwendigen maschinell lesbaren Papiere angefertigt, die eine Anlieferung und Lagerung ermöglichten. An diesem Morgen war eine riesige Kiste im Warenlager eingegangen und instruktionsgemäß gelagert worden. Jack, Mort und Tommy hatten sich in dieser Kiste befunden, die speziell entworfen und konstruiert worden war und über fünf von außen unsichtbare Ausgänge verfügte — eine Vorsichtsmaßnahme für den Fall, daß sie auf vier Seiten von anderen Kisten eingezwängt wurde. Kurz nach elf Uhr abends waren sie dann leise herausgeschlüpft und hatten die Burschen im Büro überrascht, die überzeugt gewesen waren, daß das Warenlager mit seinen vielfältigen Alarmsystemen und verschlossenen Türen eine uneinnehmbare Festung war.

»Wir könnten uns doch in der Kiste verstecken«, fuhr Tommy fort, »und wenn sie dann schließlich reinkommen und uns nicht finden können, werden sie sich die Köpfe zerbrechen, wie wir entkommen sind. Morgen nacht können wir uns dann in aller Ruhe aus dem Staub machen.«

»Das haut nicht hin«, widersprach Mort mürrisch. »Sie werden erraten, daß wir uns irgendwo versteckt haben, und dann werden sie hier alles auf den Kopf stellen, bis sie uns finden.«

»Es würde nicht klappen, Tommy«, meinte auch Jack. »Ich habe eine bessere Idee...«

Er erklärte ihnen seinen Fluchtplan, und sie waren damit einverstanden.

Tommy eilte zum Hauptschalter im Büro, um alle Lampen im Warenlager auszuschalten.

Jack und Mort schleiften die vier schweren Geldsäcke in den Südteil des langen Gebäudes, wo ganz am Ende mehrere große Lastwagen standen, die am nächsten Morgen sofort beladen werden sollten. Jack und Mort hatten erst knapp die Hälfte des weiten Weges zurückgelegt, als die schwachen Lampen erloschen und das Warenlager in undurchdringliche Dunkelheit versank. Sie blieben einen Augenblick stehen, bis Jack seine Taschenlampe eingeschaltet hatte, dann setzten sie ihren Weg fort.

Tommy stieß mit Hilfe seiner eigenen Taschenlampe wieder zu ihnen und nahm Jack und Mort je einen der Säcke ab.

Das Trommeln des Graupelregens ließ etwas nach, und Jack glaubte, von draußen quietschende Bremsen zu hören. Konnte die Verstärkung so schnell eingetroffen sein?

Die Ladezone im Innern des Warenlagers bot vier riesigen Lastwagen mit achtzehn Rädern Platz, einem Peterbilt, einem White und zwei Macks. Jeder war vor einer Tür geparkt.

Jack stellte seinen Geldsack neben dem ersten LKW, einem Mack, ab, stieg aufs Trittbrett, öffnete die Tür und leuchtete mit seiner Taschenlampe das Armaturenbrett ab. Die Zündschlüssel steckten. Damit hatte er gerechnet. Im Vertrauen auf das ausgeklügelte Sicherheitssystem des Warenlagers rechneten die Angestellten nicht mit der Möglichkeit, daß einer der LKWs während der Nacht gestohlen werden könnte.

Jack und Mort gingen zu den drei anderen LKWs, in denen die Zündschlüssel ebenfalls steckten, und ließen die Motoren an.

Im Fahrerhaus des ersten Macks gab es hinter dem Sitz eine Schlafkoje, damit die beiden Fahrer auf weiten Strecken abwechselnd ausruhen konnten. Dort verstaute Tommy Sung die vier Geldsäcke.

Er war gerade fertig, als Jack zurückkam, sich ans Steuer setzte und seine Taschenlampe ausknipste. Mort stieg auf der Beifahrerseite ein. Jack ließ den Motor an, schaltete die Scheinwerfer aber nicht ein.

Alle vier LKWs knatterten jetzt im Leerlauf.

Tommy rannte mit seiner Taschenlampe in der Hand zu der am weitesten entfernten der vier großen Ladetüren und drückte auf den Knopf, der den Gleitmechanismus auslöste. Jack beobachtete ihn aufmerksam von seinem hohen Fahrersitz aus. Tommy eilte an der Außenmauer entlang auf den LKW zu, wobei er mit der rechten Hand im Vorbeilaufen auf die drei Knöpfe für die anderen Türen drückte. Dann löschte er seine Taschenlampe und rannte zum Mack, während die vier Türen mit lautem Rattern und Quietschen langsam in die Höhe glitten.

Draußen würden die Morlocks merken, daß die Türen sich öffneten, und sie würden den Motorenlärm der LKWs hören. Aber sie würden in ein dunkles Gebäude blicken und nicht wissen, welches nun der Fluchtwagen war, bis sie schließlich hineinleuchten konnten. Natürlich bestand die Möglichkeit, daß sie *alle* Lastwagen unter Maschinengewehrbeschuß nehmen würden, aber Jack rechnete damit, einige kostbare Sekunden zu gewinnen, bevor die Gangster sich zu diesem gewaltsamen Vorgehen entschließen würden.

Tommy kletterte ins Fahrerhaus des Macks und schloß die Tür. Mort saß nun eingezwängt zwischen Jack und Tommy.

»Die verfluchten Dinger gehen zu langsam rauf«, brummte Mort, während die Türen allmählich hochglitten und darunter die vom Graupelregen gepeitschte Nacht sichtbar wurde.

»Fahr das Scheißding doch einfach übern Haufen!« drängte Tommy.

»Ich kann nicht riskieren hängenzubleiben«, entgegnete Jack, während er seinen Sicherheitsgurt anlegte.

Die Tür war zu einem Drittel geöffnet.

Jack sah, wie sich draußen in der düsteren Winterwelt, wo die wenigen matten Sicherheitslampen die Dunkelheit nur geringfügig zurückdrängen konnten, etwas bewegte. Zwei Männer rannten von links über den glatten, nassen Asphalt, wobei sie immer wieder ausrutschten und sich nur mit großer Mühe auf den Beinen halten konnten. Beide waren bewaffnet, einer davon mit etwas, das fatal nach einem Maschinengewehr aussah. Sie versuchten, unter den Türen hindurch ins Innere des Gebäudes zu spähen und gleichzeitig möglichst in Deckung zu bleiben. Bisher waren sie offensichtlich noch nicht auf die Idee gekommen, der Krise mit einem aufs Geratewohl abgefeuerten Kugelregen zu begegnen.

Die erste Tür — die Tür direkt vor Jack — war zur Hälfte geöffnet.

Plötzlich kam — ebenfalls von links — der graue Ford-Lieferwagen um die Ecke geschossen und wirbelte mit seinen Reifen silbrige Matschfontänen auf. Er blieb zwischen der zweiten und dritten Laderampe stehen und blockierte auf diese Weise die beiden Ausfahrten. Seine Scheinwerfer fielen in die vierte innere Ladezone und zeigten, daß das Fahrerhaus des dort stehenden Lastwagens leer war.

Die Tür vor Jack war zu zwei Dritteln geöffnet.

»Köpfe runter!« befahl er.

Mort und Tommy duckten sich, so gut sie konnten, und auch Jack selbst beugte sich tief über das Lenkrad. Die schwere Tür war immer noch nicht ganz geöffnet, aber er glaubte, daß der LKW durchkommen würde — mit etwas Glück. Er löste die Bremsen, betätigte die Kupplung und drückte aufs Gaspedal.

Die Männer draußen erkannten nun, daß der Fluchtversuch durch die erste Tür erfolgen würde; ohrenbetäubendes Knattern von Maschinengewehren hallte durch die Nacht. Jack hörte, wie die Kugeln in den LKW einschlugen, während er die Betonrampe hinabfuhr, aber zum Glück blieben Fahrerhaus und Windschutzscheibe unbeschädigt.

Ein zweiter Lieferwagen — ein Dodge — versuchte, dem LKW am Ende der abschüssigen Rampe den Weg zu versperren. Es war also tatsächlich Verstärkung eingetroffen.

Anstatt zu bremsen, trat Jack noch stärker aufs Gaspedal und grinste über die entsetzten Gesichter der Männer im Dodge, als der riesige Mack direkt auf sie zugebraust kam. Er rammte den Lieferwagen mit solcher Wucht, daß das kleinere Fahrzeug auf die Seite kippte und fünf bis sechs Meter über den Schotter schlitterte.

Der Sicherheitsgurt bewahrte Jack vor Schaden. Mort und Tommy wurden bei dem Zusammenstoß jedoch von ihren Sitzen nach vorne geschleudert und prallten mit den Köpfen gegen den unteren Teil des Armaturenbretts. Beide schrien vor Schmerz auf.

Um dieses Manöver auszuführen, war Jack gezwungen gewesen, die Rampe schneller hinabzufahren, als angebracht gewesen wäre, und als er nun versuchte, den LKW nach links zu steuern, auf den Weg, der vom Warenlager zum Industriegelände führte, schlingerte und schwankte der Mack und drohte außer Kontrolle zu geraten oder aber umzukippen wie der Dodge. Fluchend hielt Jack das Lenkrad so fest, daß er glaubte, die Arme würden ihm aus den Schultern gerissen; er schaffte die Kurve mit Mühe und Not und fuhr den Weg entlang.

Ein Stück weiter vorne standen drei Männer um einen mitternachtsblauen Buick herum, und mindestens zwei davon waren bewaffnet. Sie eröffneten das Feuer. Einer der Männer zielte zu tief, und die Kugeln prallten funkensprühend von der Kühlerhaube des Macks ab. Der andere Bursche zielte zu hoch; Jack hörte, wie diese Kugeln die obere Kante des Fahrerhauses trafen. Eine der beiden außen angebrachten Hupen wurde losgerissen und schlug, an ihren Drähten baumelnd, gegen das Fenster auf der Beifahrerseite.

Jack brauste einfach auf den Buick zu, und die Schützen begriffen, daß es höchste Zeit war, das Feuer einzustellen und sich in Sicherheit zu bringen. Als säße er in einem Panzer, so stieß Jack mit dem riesigen LKW das Auto aus dem Weg und fuhr weiter, ließ das Warenlager endgültig hinter sich, passierte ein weiteres, beschleunigte immer noch.

Mort und Tommy schoben sich stöhnend auf den Sitz zurück. Mort hatte eine blutige Nase, und Tommy blutete aus einer kleinen Wunde über dem rechten Auge, aber keiner von beiden war ernsthaft verletzt.

»Warum muß bei jedem Job was schiefgehen?« murrte Mort.

»Die Sache ist doch nicht schiefgegangen«, sagte Jack, während er die Scheibenwischer einschaltete. »Sie ist nur ein bißchen aufregender als erwartet verlaufen.«

»Ich hasse Aufregungen«, knurrte Mort und hielt sich ein Taschentuch an die verletzte Nase.

Jack warf einen Blick in den Seitenspiegel und sah, daß der Ford-Lieferwagen gerade in den Weg einbog und ihre Verfolgung aufnahm. Jack wußte, daß er ihn nicht abhängen konnte.

Die Straßen waren spiegelglatt, und er hatte zu wenig Erfahrung am Steuer solch eines schweren LKWs, um bei diesem schlechten Wetter mit Höchstgeschwindigkeit fahren zu können.

Außerdem waren, seit der LKW den Buick gerammt hatte, unter der Motorhaube beunruhigende Geräusche zu hören. Etwas klapperte, etwas anderes zischte. Wenn der Mack plötzlich stehenblieb, würden sie bei der anschließenden Schießerei mit den Morlocks höchstwahrscheinlich getötet werden.

Sie befanden sich jetzt auf einem großen Industriegelände mit Warenlagern, Werksanlagen und Fabriken, und die nächste Hauptstraße zur Stadt war noch gut zwei Kilometer entfernt. Obwohl einige der Fabriken Nachtschicht hatten, herrschte auf dieser Straße durch den Industriepark kein Verkehr.

Jack warf wieder einen Blick in den Spiegel. Der Ford holte rasch auf. Jack bog plötzlich scharf nach rechts ab, in eine Seitenstraße, die an einer Fabrik mit den Leuchtbuchstaben HARKWRIGHT CUSTOM FOAM PACKING vorbeiführte.

»Verdammt, wohin fährst du denn?« fragte Tommy.

»Wir können sie nicht abhängen«, erwiderte Jack.

»Auf einen Kampf können wir's aber ebensowenig ankommen lassen«, sagte Mort hinter seinem blutigen Taschentuch. »Pistolen gegen Maschinengewehre — das ist aussichtslos!«

»Vertraut mir!« sagte Jack.

›Harkwright Custom Foam Packing‹ machte keine Nachtschicht. Das Gebäude selbst war dunkel, aber die Straße, die um die Fabrik herumführte, und der große LKW-Parkplatz wurden von Natriumdampflampen in gelbes Licht getaucht.

Hinter dem Gebäude bog Jack nach links ab, auf den Parkplatz. Etwa 40 Anhänger waren dort in ordentlichen Reihen abgestellt. Jack beschrieb mit dem Mack einen weiten Bogen, fuhr dicht an die hintere Mauer der Fabrik heran, schaltete die Scheinwerfer aus und fuhr langsam am Gebäude entlang auf die Straße zu, von der er auf den Parkplatz abgebogen war. An der Ecke, im rechten Winkel zur Straße, hielt er an.

»Haltet euch gut fest!« riet er seinen Freunden.

Mort und Tommy hatten schon begriffen, was er vorhatte. Sie stemmten ihre Füße gegen das Armaturenbrett und preßten ihre Rücken gegen die Sitze, um nicht wieder nach vorne geschleudert zu werden.

Der Mack lag jetzt an der Ecke des Gebäudes auf der Lauer wie eine Katze, die auf eine Maus wartet. Gleich darauf fiel schwaches Licht auf die Straße; es näherte sich von rechts, von der Vorderseite der Fabrik her. Das waren die Scheinwerfer des Ford-Lieferwagens. Das Licht wurde immer stärker. Angespannt wartete Jack auf den richtigen Moment. Jetzt waren die beiden parallelen Lichtstreifen deutlich zu unterscheiden, und sie waren sehr hell. Jack trat voll aufs Gaspedal, und der Mack rollte vorwärts, aber dieser schwere LKW konnte aus dem Stand heraus nicht sehr schnell beschleunigen, und der Ford kam mit höherer Geschwindigkeit angebraust als erwartet. Jack konnte gerade noch den hintersten Teil rammen. Aber das genügte vollauf. Der kleine Lieferwagen drehte sich auf dem vereisten Parkplatz mehrmals um die eigene Achse, bevor er mit voller Wucht gegen einen der abgestellten LKW-Anhänger prallte.

Jack war überzeugt davon, daß keiner der Männer im Ford imstande war, schießend aus dem Autowrack zu steigen, aber er verlor dennoch keine Zeit und machte sich sofort auf den Rückweg zur Hauptstraße, wo er nach rechts abbog, in Richtung des Straßennetzes hinter der Abzweigung zum Industriepark.

Sie wurden jetzt nicht mehr verfolgt.

Nach etwa fünf Kilometern kamen sie zu einer leerstehenden Texaco-Tankstelle, die sie schon vor Tagen ausfindig gemacht hatten. Jack fuhr an den nutzlosen Zapfsäulen vorbei und parkte seitlich des verwahrlosten und baufälligen Gebäudes.

Tommy Sung riß sofort die Beifahrertür auf, sprang aus dem LKW und verschwand in der Dunkelheit. Drei Blocks von hier entfernt hatten sie am Montag in einer Wohngegend der unteren Mittelschicht einen schmutzigen, verrosteten und verbeulten VW-Käfer abgestellt. Unter der Motorhaube war das Auto wesentlich leistungsfähiger, als es aussah. Sie würden damit nach Manhattan zurückfahren und es dort verschrotten.

Ebenfalls am Montag hatten sie im Industriepark einen unauffälligen Pontiac versteckt, nur zwei Minuten Fußmarsch vom Warenlager entfernt. Sie hatten ursprünglich vorgehabt, die Geldsäcke zum Pontiac zu schleppen, mit diesem Fahrzeug zur Tankstelle zu fahren und hier in den VW-Käfer umzusteigen. Nun würde der Pontiac eben im Industriepark verrosten.

Jack und Mort hievten die Geldsäcke aus dem Mack und lehnten sie an die Seitenmauer der geschlossenen Tankstelle.

Mort stieg noch einmal ins Fahrerhaus und wischte sorgfältig alle Flächen ab, die sie eventuell berührt hatten.

Jack stand neben den Säcken und blickte auf die Straße hinaus, wo von Zeit zu Zeit auf der glatten Fahrbahn ein Auto im Schneckentempo vorbeifuhr. Von diesen Autofahrern würde sich niemand für einen LKW interessieren, der an einer seit langem geschlossenen Tankstelle stand. Falls allerdings ein Streifenwagen der Polizei zufällig vorbeikam ...

Schließlich bog Tommy mit dem VW-Käfer von der Seitenstraße ab und parkte zwischen den Zapfsäulen. Mort packte zwei Säcke und schleppte sie auf das Auto zu, rutschte aus, stürzte, stand auf und hastete weiter. Jack folgte ihm etwas langsamer und vorsichtiger mit den beiden anderen Säcken. Als er beim Auto ankam, saß Mort bereits auf dem Rücksitz. Jack warf die beiden Säcke neben ihn, schlug die Tür zu und nahm selbst neben Tommy Platz.

»Fahr um Gottes willen langsam und vorsichtig!« sagte er.

»Darauf kannst du dich verlassen«, erwiderte Tommy.

Als sie auf die Straße einbogen, rutschte das Auto ein Stück seitlich weg, bevor die Gleitschutzreifen richtig griffen.

»Warum muß immer was schiefgehn?« fragte Mort wieder verdrossen.

»Nichts ist schiefgegangen«, widersprach Jack.

Der Käfer geriet in ein Schlagloch und schleuderte auf ein am Straßenrand geparktes Auto zu, aber Tommy bekam ihn sofort wieder unter Kontrolle. Von nun an fuhr er noch langsamer, bis schließlich ein Schild mit der Aufschrift NEW YORK CITY die Autobahnauffahrt kennzeichnete. Am Ende der Auffahrt, als der Käfer noch einmal wegzurutschen drohte, bevor er mühsam auf die Autobahn gelangte, schimpfte Mort: »Warum mußte es auch unbedingt heute glatt werden?«

»Die Autobahnen werden gut gestreut«, sagte Tommy. »Jetzt werden wir bis zur City keine Schwierigkeiten mehr haben.«

»Wir werden ja sehen«, murmelte Mort düster. »Herrgott, was für eine gräßliche Nacht!«

»Gräßlich?« lachte Jack. »Gräßlich? Mort, in den Optimistenklub würdest du wirklich nie aufgenommen werden! Um Himmels willen, Mann, wir alle sind jetzt Millionäre! Du sitzt da hinten neben einem Riesenvermögen!«

Mort blinzelte überrascht unter seinem Hut, von dem immer

noch geschmolzener Graupelregen tropfte. »Na ja ... ich glaube, das macht einiges wett.«

Tommy Sung lachte.

Jack und Mort stimmten in sein Gelächter ein, und Jack sagte: »Der größte Coup, den wir je gelandet haben. Und völlig steuerfrei!«

Plötzlich kam ihnen alles irrsinnig komisch vor. Sie fuhren in 90 m Abstand gemächlich hinter einem Streufahrzeug mit gelbem Warnblinklicht her und riefen sich ausgelassen die Höhepunkte ihrer Flucht aus dem Warenlager in Erinnerung.

Später, als ihre Aufregung sich legte und das Gelächter zufriedenem Lächeln Platz machte, meinte Tommy: »Jack, ich muß dir sagen, daß du wirklich erstklassige Arbeit geleistet hast. Wie du mit Hilfe des Computers den Papierkram für die Kiste angefertigt hast ... und dann das kleine elektronische Dingsbums, mit dem du den Safe geöffnet hast, ohne daß wir ihn aufsprengen mußten ... du bist schon ein verdammt guter Organisator.«

»Und was noch wichtiger ist«, fuhr Mort fort, »in einer Krisensituation bist du wirklich der beste Improvisator, den ich je gesehen habe. Du kannst schnell denken. Ich sag' dir, Jack, falls du je beschließen solltest, deine Talente auf ehrliche und redliche Art einzusetzen, für eine gute Sache — du könntest Gott weiß was erreichen.«

»Für eine gute Sache?« wiederholte Jack. »Ist reich werden denn keine gute Sache?«

»Du weißt schon, was ich meine.«

»Ich bin kein Held«, erklärte Jack. »Ich will mit der sogenannten redlichen Welt nichts zu tun haben. Das sind doch alles Heuchler. Sie reden von Ehrlichkeit, Wahrheit, Gerechtigkeit, sozialem Gewissen ... aber den meisten geht's doch nur darum, das große Geld zu machen. Sie wollen es nur nicht zugeben, und darum kann ich sie nicht ausstehen. *Ich* gebe es wenigstens zu, daß ich das große Geld machen möchte. Zum Teufel mit ihnen!« Er hörte selbst, daß seine Stimme plötzlich verbittert klang, aber er konnte nichts daran ändern. Er starrte mit finsterer Miene durch die nasse Windschutzscheibe. »Gute Sache — ha! Wenn man sein Leben damit verbringt, für irgendeine gute Sache zu kämpfen, werden die sogenannten guten Menschen einem am Ende mit hundertprozentiger Sicherheit das Herz brechen. Ich scheiß auf sie!«

»Ich wollte dir wirklich nicht auf die Hühneraugen treten«, sagte Mort überrascht.

Jack gab keine Antwort. Er war in bittere Erinnerungen versunken. Drei oder vier Kilometer weiter wiederholte er ruhig: »Ich bin kein verdammter Held.«

Wenn er sich in der folgenden Zeit an diese Worte erinnerte, fragte er sich oft, wie er sich selbst nur so falsch hatte einschätzen können.

Es war Mittwoch, der 4. Dezember, 1^{12} Uhr nachts.

3. *Chicago, Illinois*

Um acht Uhr zwanzig morgens am Donnerstag, dem 5. Dezember, hielt sich Vater Stefan Wycazik — nachdem er die Frühmesse zelebriert und gefrühstückt hatte — in seinem Pfarrbüro auf, wo er wie immer eine letzte Tasse Kaffee trank. Er wandte sich vom Schreibtisch ab und blickte durch das große Fenster auf die kahlen, schneeverkrusteten Bäume im Hof hinaus, wobei er sich bemühte, nicht an irgendwelche Probleme seiner Kirchengemeinde zu denken. Diese Zeit gehörte ihm allein, und das wußte er sehr zu schätzen.

In Gedanken beschäftigte er sich jedoch ununterbrochen mit Vater Brendan Cronin, dem Gesprächsthema Nr. 1 der ganzen Gemeinde, dem Kelch-Schänder, dem Berserker-Priester von St. Bernadette. Ausgerechnet Brendan Cronin. Es war unfaßbar. Völlig unerklärlich.

Vater Stefan Wycazik war seit 32 Jahren Priester und stand seit nunmehr 18 Jahren der Pfarrei von St. Bernadette vor, und in dieser ganzen langen Zeit hatten ihn niemals Glaubenszweifel gequält. Das war für ihn einfach etwas Unvorstellbares.

Nach seiner Priesterweihe war er als Kurat nach St. Thomas geschickt worden, einer kleinen ländlichen Pfarrei in Illinois, wo der siebzigjährige Vater Dan Tuleen Pfarrherr war. Vater Tuleen war der sanftmütigste, freundlichste, sentimentalste und liebenswerteste Mann, den Stefan Wycazik je gekannt hatte. Dan litt unter Arthritis und starker Sehschwäche, und er war zu alt, um eine Pfarrei leiten zu können. Jeder andere Priester wäre mit sanftem Zwang in den Ruhestand versetzt worden, aber Dan Tuleen durfte sein Amt behalten, weil er 40 Jahre an St. Thomas verbracht hatte und ein integrierender Bestandteil im Leben seiner Pfarrkinder war. Der Kardinal, ein großer Bewunderer von Vater Tuleen, hatte sich nach einem Kaplan umgesehen, der wesentlich mehr Verantwortung übernehmen konnte, als normalerweise von einem Neupriester erwartet wurde, und seine Wahl war schließlich auf Stefan Wycazik gefallen. Nach seinem ersten Tag in St. Thomas hatte Stefan bereits begriffen, was von ihm erwartet wurde, und er hatte sich unerschrocken ans Werk gemacht und die gesamte Gemeindearbeit auf seine Schultern genommen. Nur wenige junge Priester wären einer solchen Aufgabe gewachsen gewesen, aber Vater Wycazik hatte niemals daran gezweifelt, daß er es schaffen würde.

Drei Jahre später, nachdem Vater Tuleen friedlich im Schlaf gestorben war, erhielt St. Thomas einen neuen Priester, und der Kardinal schickte Vater Wycazik in eine Vorstadtgemeinde von Chicago, deren Vorsteher, Vater Orgill, Probleme mit dem Alkohol hatte. Vater Orgill war kein völlig in Ungnade gefallener Whisky-Priester. Er brachte immer wieder die Kraft auf, sich selbst zu helfen. Vater Wycaziks Aufgabe bestand darin, ihm eine Stütze zu sein und ihn — subtil, aber energisch — bei der Überwindung seiner Schwäche anzuleiten. Und der von Zweifeln unangefochtene junge Kaplan erwies sich als genau der Mann, den Vater Orgill gebraucht hatte.

In den folgenden drei Jahren wurde Stefan in zwei weiteren schwierigen Kirchengemeinden eingesetzt, und der Klerus der Erzdiözese begann ihn als ›Krisenmanager Seiner Eminenz‹ zu bezeichnen.

Die aufregendste Zeit seines Lebens erlebte er, als er nach Vietnam geschickt wurde, wo er sechs alptraumhafte Jahre an Kirche und Waisenhaus ›Unserer Lieben Frau‹ in Saigon verbrachte, als rechte Hand von Vater Bill Nader. ›Unsere Liebe Frau‹ war von der Chicagoer Erzdiözese gegründet worden und gehörte zu den Lieblingsprojekten des Kardinals. Bill Nader hatte zwei Schußnarben, eine in der linken Schulter, die andere in der rechten Wade, und er hatte schon zwei vietnamesische und einen amerikanischen Priester durch Vietcongterroristen verloren.

Stefan zweifelte während seiner gesamten Tätigkeit in der Kriegszone nie daran, daß er überleben würde und daß seine Arbeit in dieser Hölle auf Erden sich lohnte. Als Saigon fiel, gelang es Bill Nader, Stefan Wycazik und 13 Nonnen, das Land mit 126 Kindern zu verlassen. Dem Blutbad der folgenden Zeit fielen Hunderttausende zum Opfer, aber selbst angesichts dieser Massenschlächterei hielt Stefan Wycazik sich mit dem Gedanken aufrecht, daß 126 Menschenleben *sehr* wichtig waren, und er ließ es nie zu, daß die Verzweiflung ihn überwältigte.

Als Belohnung für seine Bereitschaft, anderthalb Jahrzehnte den Krisenmanager Seiner Eminenz zu spielen, wurde ihm nach seiner Rückkehr in die Vereinigten Staaten die Erhebung in den Rang eines Prälaten angeboten, die er aber bescheiden ablehnte. Statt dessen bat er demütig um eine eigene Pfarrei — und erhielt sie schließlich auch.

St. Bernadette war eine alles andere als blühende Pfarrei, als sie Vater Wycaziks fähigen Händen übergeben wurde. Sie war mit 125.000 Dollar verschuldet. Die Kirche war äußerst reparaturbedürftig, unter anderem wurde dringend ein neues Schieferdach benötigt. Das Pfarrhaus war mehr als baufällig; es drohte beim ersten heftigen Sturm einzustürzen. Eine Gemeindeschule gab es nicht. Seit fast zehn Jahren nahm die Zahl der Gläubigen, die zur Sonntagsmesse kamen, ständig ab. St. Bette, wie sie von einigen Ministranten genannt wurde, war genau die Art von Herausforderung, wie Vater Wycazik sie liebte.

Er zweifelte nie daran, St. Bette retten zu können. Innerhalb von vier Jahren steigerte er den Besuch der Sonntagsmesse um vierzig Prozent, zahlte alle Schulden ab und ließ die Kirche reparieren. Nach fünf Jahren war auch das Pfarrhaus von Grund auf renoviert. Nach sieben Jahren hatte die Zahl der Gottesdienstbesucher sich verdoppelt, und der Grundstein für eine Schule war gelegt worden. In Anerkennung von Vater Wycaziks unermüdlichen Einsatz zum Wohle der heiligen Kirche verlieh der Kardinal in der letzten Woche seines Lebens Stefan das begehrte Amt eines ständigen Vorstehers, was ihm auf Lebenszeit die Stelle als Pfarrer garantierte, nachdem es sein persönliches Verdienst gewesen war, diese Gemeinde sowohl vor dem geistlichen als auch vor dem finanziellen Ruin bewahrt zu haben.

Aufgrund seines eigenen felsenfesten Glaubens fiel es Vater Wycazik sehr schwer nachzuvollziehen, wie Brendan Cronin bei der Frühmesse am vergangenen Sonntag seinen Glauben so total hatte verlieren können, daß er sich dazu hinreißen ließ, in seiner Rage und Verzweiflung den Kelch über den Altar hinweg zu schleudern, und das vor den Augen von fast hundert Gläubigen. Du lieber Gott! Aber immerhin war es noch ein wahres Glück, daß es nicht bei einer der drei späteren — besser besuchten — Messen passiert war.

Als Brendan Cronin vor etwa anderthalb Jahren der Pfarrei St. Bette zugeteilt worden war, hatte Vater Wycazik anfangs große Vorurteile gegen ihn gehegt.

Zum einen hatte Cronin am North American College in Rom studiert, der angesehensten theologischen Ausbildungsstätte der Welt. Aber obwohl es als große Ehre galt, dort zugelassen zu werden, und obwohl die Absolventen als Creme der Priesterschaft angesehen wurden, waren sie häufig verwöhnte Jüngelchen mit einer viel zu hohen Meinung von sich selbst und einer ausgeprägten Abneigung gegen jede Art von praktischer Arbeit. Kindern Katechismusunterricht zu erteilen, empfanden sie als unter ihrer Würde, als Vergeudung ihrer hohen Geistesgaben. Und schier unzumutbar fanden sie es, nach der glanzvollen Zeit in Rom Häftlinge im Gefängnis besuchen zu müssen.

Hinzu kam auch noch, daß Vater Cronin fett war. Nun ja, fett war etwas übertrieben, aber er hatte beträchtliches Übergewicht, und das weiche, runde Gesicht mit den grünen Augen erweckte auf den ersten Blick den Eindruck, als sei der Mann faul und träge. Vater Wycazik selbst war ein grobknochiger Pole, in dessen Familie es keinen dicken Mann gab. Die Wycaziks stammten von polnischen Bergleuten ab, die um die Jahrhundertwende in die USA emigriert waren und dort in Stahlwerken, Steinbrüchen und im Baugewerbe anstrengende körperliche Arbeit verrichtet hatten, um ihre großen Familien ernähren zu können, und die deshalb auch nie Fett angesetzt hatten. Stefan hatte unterbewußt ihre Einstellung übernommen, daß ein richtiger Mann kräftig, aber schlank sein mußte, mit breiten Schultern und von harter Arbeit gestählten Muskeln.

Zu Vater Wycaziks großer Überraschung hatte Brendan Cronin sich jedoch als richtiges Arbeitspferd erwiesen. Er war trotz seines Romaufenthalts nicht elitär geprägt und kein bißchen eingebildet. Er war klug, gutmütig und amüsant, und er war mit freudigem Eifer bei der Sache, ob es nun darum ging, Häftlinge zu besuchen, Kinder zu unterrichten oder Geldmittel aufzutreiben. Er war der beste Kaplan, den Vater Wycazik in all den 18 Jahren gehabt hatte.

Gerade deshalb war Brendans Wutausbruch vom Sonntag — und der Glaubensverlust, der zu dieser Katastrophe geführt hatte — für Stefan Wycazik so unverständlich und bestürzend. Andererseits reizte ihn aber die Herausforderung, Brendan Cronin wieder in die Herde zurückzubringen. Er hatte seine kirchliche Laufbahn als starke rechte Hand für Priester begonnen, die irgendwelche Probleme hatten, und nun fiel ihm diese Rolle wieder einmal zu, und das erinnerte ihn an seine Jugend und erfüllte ihn mit ungeheurer Tatkraft.

Er trank gerade wieder einen Schluck Kaffee, als es an der Bürotür klopfte. Er warf einen Blick auf die Kaminuhr aus Goldbronze mit Mahagoniintarsien und einem erstklassigen Schweizer Uhrwerk. Dieses Geschenk eines Gemeindemitglieds war der einzige elegante Gegenstand in einem Raum, der ansonsten rein zweckmäßig eingerichtet war, mit Möbeln, die nicht zueinander paßten, und mit einem fadenscheinigen imitierten Perserteppich. Auf der Uhr war es halb neun, und Stefan rief: »Kommen Sie herein, Brendan.«

Vater Brendan Cronin sah, als er das Pfarrbüro betrat, noch genauso verstört aus wie am Sonntag, Montag, Dienstag und Mittwoch, als sie sich ebenfalls hier getroffen hatten, um über seine Glaubenskrise zu sprechen und nach Möglichkeiten der Abhilfe zu suchen. Er war so bleich, daß seine Sommersprossen wie Funken auf seiner Haut brannten, und durch den Kontrast wirkte sein kastanienbraunes Haar röter als gewöhnlich. Sein Gang hatte jeden Schwung verloren.

»Setzen Sie sich, Brendan. Kaffee?«

»Nein, danke.« Brendan ließ sich in den durchgesessenen Ohrensessel fallen.

Stefan hätte ihn am liebsten gefragt, ob er ordentlich gefrühstückt oder nur an einem Toast herumgekaut und ihn mit Kaffee hinuntergespült hatte; aber er wollte nicht den Eindruck erwekken, als versuche er, seinen dreißigjährigen Kaplan zu bemuttern. Deshalb fragte er statt dessen: »Haben Sie meine Lektürevorschläge befolgt?«

»Ja.«

Stefan hatte Brendan von all seinen Pflichten in der Gemeinde entbunden und ihm Bücher und Essays gegeben, in denen von einem intellektuellen Standpunkt aus Argumente für die Existenz Gottes und gegen den Atheismus angeführt wurden.

»Und Sie haben gewiß über das Gelesene nachgedacht«, fuhr Vater Wycazik fort. »Haben Sie schon etwas gefunden, was Ihnen ... helfen könnte?«

Brendan schüttelte seufzend den Kopf.

»Beten Sie weiterhin um Führung?«

»Ja. Es wird mir aber keine zuteil.«

»Und forschen Sie weiterhin nach den Ursachen für diesen Zweifel?«

»Es scheint überhaupt keine zu geben.«

Die Wortkargheit des jungen Priesters ging Stefan allmählich auf die Nerven. Brendan war immer offen und gesprächig gewesen. Aber seit Sonntag war er in sich gekehrt und er sprach langsam und leise, gab nur kurze Anworten, so als wäre jedes Wort Geld und er ein Geizhals, dem es leid tat, auch nur einen Penny auszugeben.

»Es muß aber Ursachen für Ihren Glaubensschwund geben«, insistierte Vater Wycazik. »Der Zweifel muß aus irgend etwas erwachsen sein — er muß ein Samenkorn, einen Ursprung haben.«

»Er ist einfach da«, mumelte Brendan kaum hörbar. »Der Zweifel ist einfach da, so als wäre er es schon immer gewesen.«

»Aber dem war nicht so — Sie *glaubten* doch früher! Wann begannen Sie zu zweifeln? Sie sagten, letzten August. Aber wodurch entstanden Ihre Zweifel? Es muß irgendeinen besonderen Vorfall gegeben haben, der Ihren Abfall vom Glauben bewirkte.«

Brendan hauchte ein »Nein«.

Vater Wycazik hätte ihn am liebsten angebrüllt und geschüttelt, um ihn aus seiner schwermütigen Erstarrung zu reißen. Aber er fuhr geduldig fort: »Unzählige gute Priester haben Glaubenskrisen durchgemacht. Selbst Heilige. Aber sie alle hatten zweierlei gemeinsam: Ihr Glaubensschwund war ein allmählicher Prozeß, der erst nach Jahren zu einer Krise führte; und sie alle konnten irgendwelche besonderen Vorkommnisse oder Beobachtungen anführen, die in ihnen Zweifel ausgelöst hatten. Beispielsweise den ungerecht erscheinenden Tod eines Kindes. Oder eine an Krebs erkrankte unersetzliche Mutter. Mord. Vergewaltigung. Kidnapping. Weshalb läßt Gott das Böse in der Welt zu? Weshalb Kriege? Es gibt unzählige Ursachen für Glaubenszweifel, und obwohl die Lehre der Kirche Antworten auf diese quälenden Fragen gibt, sind kalte dogmatische Erklärungen manchmal wenig hilfreich. Brendan, Zweifel entspringen *immer* aus konkreten Widersprüchen zwischen der Vorstellung von Gottes Güte und der Realität mit all ihrem menschlichen Leid.«

»In meinem Fall aber nicht«, widersprach Brendan.

Freundlich, aber sehr eindringlich fuhr Vater Wycazik fort: »Und die einzige Möglichkeit, diese Zweifel auszuräumen, besteht darin, über jene Widersprüche, die Sie quälen, mit einem geistlichen Vater zu sprechen.«

»In meinem Fall ist mein Glaube ... einfach ... unter mir zusammengebrochen ... plötzlich ... wie ein Fußboden, der völlig solide aussah, aber total morsch war.«

»Sie grübeln nicht über ungerechten Tod, über Krankheit, Mord oder Krieg nach? Ein morscher Fußboden, der über Nacht einbrach?«

»So ist es.«

»*Scheißdreck!*« rief Stefan und sprang von seinem Stuhl auf.

Dieser Ausdruck bestürzte Vater Cronin genauso wie die plötzliche heftige Bewegung. Er blickte abrupt hoch und riß vor Überraschung die Augen weit auf.

»Scheißdreck«, wiederholte Vater Wycazik mit finsterem Gesicht, während er seinem Kaplan den Rücken zuwandte. Teilweise wollte er den jüngeren Priester schockieren und ihn aus dem tranceartigen Selbstmitleid herausreißen, teilweise ärgerte er sich aber auch wirklich über Cronins Verschlossenheit und verstockte Verzweiflung. »Sie können sich nicht von einem engagierten Priester im August — mir nichts, dir nichts — in einen Atheisten im Dezember verwandelt haben. Das ist *unmöglich*, wenn Sie behaupten, keine erschütternden Erfahrungen gemacht zu haben, die eine solche Entwicklung erklären könnten. Es *muß* Gründe für diese Veränderung Ihres seelischen Zustandes geben, auch wenn Sie sie vielleicht sogar vor sich selbst verheimlichen, und Sie werden in diesem jämmerlichen Zustand bleiben, solange Sie nicht willens sind, sich diese Gründe einzugestehen und sich mit ihnen auseinanderzusetzen.«

Unbehagliches Schweigen trat ein. Nur das leise Ticken der Uhr war zu hören.

Schließlich sagte Brendan Cronin: »Vater, bitte seien Sie nicht zornig auf mich. Ich hege solche Hochachtung für Sie ... und unsere Beziehung bedeutet mir so viel, daß ... daß ich es nicht ertragen könnte, wenn ... zu allem übrigen ... nun auch noch Sie mir zürnen würden.«

Erfreut über diesen dünnen Riß in Brendans Panzer, den er mit seiner Strategie erzeugt hatte, wandte sich Vater Wycazik vom Fenster ab, ging rasch zum Ohrensessel und legte seinem Kaplan eine Hand auf die Schulter. »Ich zürne Ihnen nicht, Brendan. Ich mache mir Sorgen. Bin beunruhigt. Und etwas enttäuscht, weil Sie sich nicht von mir helfen lassen wollen. Aber böse bin ich Ihnen nicht.«

Der junge Priester blickte hoch. »Glauben Sie mir, Vater, ich wünsche mir nichts so sehr wie Ihre Hilfe, um diese Krise irgendwie zu bewältigen. Aber es ist die absolute Wahrheit, wenn ich Ihnen sage, daß meine Zweifel nicht aus irgendeinem der von Ihnen erwähnten Gründe entspringen. Ich weiß wirklich nicht, woher sie kommen. Das ist für mich völlig ... völlig mysteriös.«

Stefan nickte, klopfte Brendan aufmunternd auf die Schulter, setzte sich wieder an den Schreibtisch und dachte einen Augenblick mit geschlossenen Augen nach.

»Also gut, Brendan, Ihr Unvermögen, den Grund für Ihren Glaubensschwund zu benennen, deutet darauf hin, daß es kein intellektuelles Problem ist. Folglich wird Ihnen auch keine inspirierende Lektüre helfen können. Falls es ein psychologisches Problem ist, so liegen die Wurzeln dafür in Ihrem Unterbewußtsein und müssen enthüllt werden.«

Als Stefan die Augen öffnete, sah er, daß sein Kaplan erregt war über die Möglichkeit, daß einfach eine Art Funktionsschwäche in seinem Innern an allem schuld sein könnte. Das bedeutete dann nämlich, daß nicht Gott Brendan verlassen hatte, sondern umgekehrt — daß Brendan *Gott* verlassen hatte. Und es war wesentlich leichter, sich mit persönlicher Verantwortung auseinanderzusetzen als mit der Vorstellung, daß Gott nicht existiere oder sich abgewandt habe.

»Wie Sie vermutlich wissen«, fuhr Stefan fort, »ist Lee Kellog der Provinzial der Jesuiten für Illinois. Was Sie aber vielleicht nicht wissen, ist, daß er zwei Psychiater beschäftigt, die selbst Jesuiten sind und sich mit den geistigen und seelischen Problemen der Priester unseres Ordens auseinandersetzen. Ich könnte es arrangieren, daß Sie sich bei einem dieser Psychiater einer Analyse unterziehen.«

»Würden Sie das für mich tun?«

»Ja. Aber nicht sofort. Wenn Sie sich einer Analyse unterziehen, wird der Provinzial Ihren Namen dem hiesigen Präfekten melden, und der wird unverzüglich eine Untersuchung einleiten, um festzustellen, ob Sie im Laufe des letzten Jahres eines Ihrer Gelübde gebrochen haben.«

»Aber ich habe doch nie ...«

»*Ich* weiß das«, beruhigte ihn Stefan. »Aber der Präfekt muß nun einmal mißtrauisch sein. Und das Schlimmste ist ... selbst wenn die Analyse zu einer vollständigen Heilung führt, wird der Präfekt Sie jahrelang scharf im Auge behalten, ob Sie nicht unpriesterliches Verhalten irgendwelcher Art an den Tag legen. Und das würde Ihre Berufschancen sehr vermindern. Bevor Ihr gegenwärtiges Problem auftrat, hatte ich jedoch stets den Eindruck, daß Sie es weit bringen könnten — zum Monsignore und vielleicht noch weiter.«

» O nein. Bestimmt nicht. Nicht ich«, wehrte Brendan ab.

»O doch, Sie! Und wenn Sie dieses Problem bewältigen, können Sie es immer noch weit bringen. Aber sobald Sie erst einmal auf der Liste des Präfekten stehen, werden Sie immer verdächtig bleiben. Bestenfalls werden Sie immer ein einfacher Gemeindepfarrer wie ich bleiben.«

Ein Lächeln huschte um Brendans Mundwinkel. »Ich würde es als Ehre ansehen und mein Leben als erfüllt betrachten, wenn ich wie Sie werden könnte.«

»Aber Sie können es weiter bringen und der Kirche in höherer Position von großem Nutzen sein. Und ich bin fest entschlossen, Ihnen diese Chance nicht zu nehmen. Deshalb möchte ich, daß Sie mir bis Weihnachten Zeit lassen, um Ihnen aus diesem Abgrund herauszuhelfen. Kein Aufmunterungsgerede mehr. Keine Diskussionen über die Natur von Gut und Böse. Statt dessen werde ich einige meiner eigenen Theorien über psychologische Störungen anwenden. Sie werden zunächst von einem Amateur wie mir behandelt werden. Versuchen Sie es. Nur bis Weihnachten. Wenn Ihre Verstörung dann noch genauso stark ist wie jetzt, wenn wir einer Antwort nicht näher kommen, werde ich Sie einem Jesuiten-Psychiater übergeben. Einverstanden?«

Brendan nickte. »Einverstanden.«

»Großartig!« Vater Wycazik rieb sich die Hände, so als wollte er Holz hacken oder eine andere Kraftübung vollbringen. »Das gibt uns mehr als drei Wochen Zeit. Für die erste Woche werden Sie Ihre geistliche Kleidung ablegen, sich ganz normal kleiden und sich bei Dr. James McMurtry im ›St. Joseph's Hospital‹ für Kinder melden. Er wird Sie dem Klinkpersonal zuweisen.«

»Als Kaplan?«

»Als Krankenpfleger — Sie werden Bettpfannen leeren, die Bettwäsche wechseln, na ja, einfach alles machen, was so anfällt. Nur Dr. McMurtry wird wissen, daß Sie Priester sind.«

Brendan blinzelte erstaunt. »Aber wozu soll das gut sein?«

»Das werden Sie selbst herausfinden, bevor die Woche vorbei ist«, sagte Stefan befriedigt. »Und wenn Sie erst einmal begriffen haben, warum ich Sie in diese Klinik schicke, werden Sie einen bedeutsamen Schlüssel zu Ihrer Psyche besitzen, einen Schlüssel, der Türen öffnen und Ihnen einen Blick in Ihr Inneres erlauben wird. Vielleicht werden Sie dann die Ursache Ihres Glaubensschwundes erkennen — und überwinden — können.«

Brendan machte ein zweifelndes Gesicht.

»Sie haben mir drei Wochen zugesagt«, sagte Vater Wycazik.

»Also gut.« Brendan tastete unwillkürlich nach seinem römischen Kollar und schien etwas verstört von dem Gedanken zu sein, es ablegen zu müssen, worin Stefan Wycazik ein gutes Zeichen sah.

»Sie werden bis Weihnachten aus dem Pfarrhaus ausziehen. Ich werde Ihnen Geld für ein preiswertes Hotelzimmer und für die Mahlzeiten geben. Sie werden in der realen Welt arbeiten und leben, jenseits der Schutzmauern des kirchlichen Lebens. Ziehen Sie sich jetzt um, packen Sie Ihre Koffer, und kommen Sie dann wieder zu mir. Ich werden inzwischen Dr. McMurtry anrufen und alles Notwendige mit ihm vereinbaren.«

Brendan seufzte, stand auf, ging zur Tür. »Etwas stützt vielleicht Ihre Vermutung, daß mein Problem psychologischer und nicht intellektueller Art ist. Ich habe diese Träume ... das heißt, es ist jedesmal der gleiche Traum.«

»Ein wiederkehrender Traum? Das ist sehr freudianisch.«

»Ich habe ihn seit August mehrmals monatlich gehabt. Aber diese Woche stellt er sich regelmäßig ein — ich hatte diesen Traum in drei der letzten vier Nächte. Es ist ein unangenehmer Traum ... ein kurzer Traum, den ich aber im Laufe einer Nacht immer wieder habe. Kurz, aber... sehr intensiv. Es geht dabei um diese schwarzen Handschuhe.«

»Schwarze Handschuhe?«

Brendan schnitt eine Grimasse. »Ich bin an einem seltsamen Ort. Wo, weiß ich nicht. Ich liege im Bett, glaube ich. Ich bin irgendwie... irgendwie gefangen. Meine Arme werden festgehalten. Meine Beine ebenfalls. Ich will mich bewegen, wegrennen, aber ich kann nicht. Das Licht ist schwach. Ich kann nicht viel sehen. Dann diese Hände...« Er erschauerte.

»Hände in schwarzen Handschuhen?« fragte Vater Wycazik.

»Ja. Glänzende schwarze Handschuhe. Aus Vinyl oder Gummi. Eng anliegend und glänzend, nicht wie gewöhnliche Handschuhe.« Brendan ließ die Türklinke los, machte zwei Schritte ins Zimmer zurück und hob seine Hände vor das Gesicht, so als könnte ihr Anblick ihm helfen, sich an die Einzelheiten der bedrohlichen Hände aus seinem Traum zu erinnern. »Ich kann nicht sehen, wessen Hände es sind. Etwas stimmt nicht mit meinem Sehvermögen. Ich kann die Hände sehen... die Handschuhe... aber nur bis zu den Gelenken. Dann... dann verschwimmt alles.«

Brendan hatte den Traum wie etwas Nebensächliches erwähnt und wollte offensichtlich glauben, daß er bedeutungslos sei. Aber er war noch bleicher geworden, und in seiner Stimme schwang unüberhörbar ein ängstliches Zittern mit.

Der Winterwind rüttelte an einer lockeren Fensterscheibe, und Stefan sagte: »Der Mann mit den schwarzen Handschuhen — sagt er etwas zu Ihnen?«

»Er spricht nie.« Brendan erschauerte wieder. Ließ seine Hände sinken. Schob sie in seine Taschen. »Er berührt mich. Die Handschuhe sind kalt, glatt.« Der Kaplan sah aus, als könnte er diese Handschuhe sogar jetzt fühlen.

Interessiert beugte sich Vater Wycazik vor und fragte: »Und *wo* berühren diese Handschuhe Sie?«

Die Augen des jungen Priesters bekamen einen starren Ausdruck. »Sie berühren... mein Gesicht. Stirn, Wangen, Hals... Brust... Kalt. Sie berühren mich fast überall.«

»Sie verletzen Sie nicht?«

»Nein.«

»Aber Sie haben Angst vor diesen Handschuhen, vor dem Mann, der sie trägt?«

»Ja. Schreckliche Angst. Aber ich weiß nicht, warum.«

»Man kann nicht umhin festzustellen, daß es ein sehr freudianischer Traum ist.«

»Vermutlich haben Sie recht«, gab der Kaplan zu.

»Träume sind ein Mittel des Unterbewußtseins, dem Bewußtsein Botschaften zu senden, und in diesem Fall ist es sehr einleuchtend, daß die schwarzen Handschuhe eine symbolische Bedeutung haben. Die Hände des Teufels, die versuchen, Sie von der Gnade weg in die Tiefe zu ziehen. Oder die Hände Ihres eigenen Zweifels. Oder sie könnten Symbole für Versuchungen sein, für Sünden, die Sie bedrängen.«

Diese Möglichkeiten schienen Brendan bitter zu amüsieren. »Speziell Sünden des Fleisches. Schließlich berühren diese Handschuhe mich *überall*.« Der Kaplan ging wieder zur Tür und legte die Hand auf die Klinke, verharrte aber erneut. »Wissen Sie, ich werde Ihnen etwas Seltsames verraten. Dieser Traum ... Ich bin mir fast sicher, daß er *nicht* symbolisch ist.« Brendan ließ seine Blicke von Stefan zu dem abgetretenen Teppich schweifen. »Ich glaube, daß diese behandschuhten Hände nichts anderes sind als ... als behandschuhte Hände. Ich glaube, daß sie ... daß sie irgendwo, irgendwann ... real waren.«

»Sie meinen, daß Sie sich einmal in einer Situation wie jener in Ihrem Traum befanden?«

Der Kaplan starrte immer noch auf den Teppich, während er antwortete. »Ich weiß nicht so recht. Vielleicht in meiner Kindheit. Sehen Sie, vielleicht hat das überhaupt nichts mit meiner Glaubenskrise zu tun. Vielleicht — vermutlich — gibt es da überhaupt keinen Zusammenhang.«

Stefan schüttelte den Kopf. »Zwei ungewöhnliche und ernste Probleme — Glaubensverlust und ein wiederkehrender Alptraum — quälen Sie gleichzeitig, und da wollen Sie mir weismachen, daß es keinen Zusammenhang zwischen beiden gibt? Das wäre ein zu großer Zufall. Nein, diese beiden Dinge müssen irgendwie zusammenhängen. Aber sagen Sie mal — was glauben Sie denn, wann in Ihrer Kindheit Sie von dieser behandschuhten Gestalt, die Sie nicht erkennen können, bedroht wurden?«

»Nun, ich war als Junge mehrmals ernsthaft krank. Vielleicht wurde ich einmal im Fieber von einem Arzt untersucht, der etwas grob war oder furchterregend aussah. Und vielleicht war dieses Erlebenis so traumatisch, daß ich es verdrängt habe, und jetzt verfolgt es mich in meinen Träumen.«

»Wenn Ärzte bei einer Untersuchung Handschuhe tragen, so verwenden sie welche zum Wegwerfen, aus weißem Latex. Keine schwarzen. Und keine aus Gummi oder Vinyl.«

Der Kaplan holte tief Luft, atmete geräuschvoll aus. »Ja, Sie haben recht. Aber ich werde das Gefühl einfach nicht los, daß der Traum nicht symbolischer Art ist. Ich weiß, es hört sich verrückt an. Aber ich bin mir sicher, daß diese schwarzen Handschuhe real sind, so real wie dieser Stuhl hier, wie diese Bücher auf dem Regal.«

Die Kaminuhr schlug die volle Stunde.

Das Sausen des Windes in den Traufen schwoll zu lautem Heulen an.

»Unheimlich«, sagte Stefan, was sich jedoch nicht auf den Sturm bezog. Er durchquerte das Zimmer und klopfte dem jungen Priester auf die Schulter. »Aber ich versichere Ihnen, daß Sie sich irren. Der Traum *ist* symbolisch, und er *steht* in direktem Zusammenhang mit Ihrer Glaubenskrise. Die schwarzen Hände des Zweifels. Es ist Ihr Unterbewußtsein, das Sie warnt, daß Sie sich mitten in einem schweren Kampf befinden. Aber Sie sind in diesem Kampf nicht allein. Ich stehe Ihnen zur Seite.«

»Danke, Vater.«

»Und Gott — auch er steht Ihnen zur Seite.«

Vater Cronin nickte, aber sein Gesicht und die gebeugten Schultern ließen erkennen, daß er davon nicht überzeugt war.

»Und jetzt sollten Sie packen gehen«, sagte Vater Wycazik. »Sie werden völlig überlastet sein...«

»Ich habe Vater Gerrano und die Schwestern in der Schule. Also, nichts wie weg mit Ihnen!«

Nachdem die Tür sich hinter seinem Kaplan geschlossen hatte, kehrte Stefan zu seinem Schreibtisch zurück.

Schwarze Handschuhe. Es war nur ein Traum, und im Grunde genommen nicht einmal ein besonders furchterregender, aber Brendan Cronins Stimme hatte so entsetzt geklungen, als er davon sprach, daß Stefan das Bild der glänzenden schwarzen Gummihandschuhe richtig vor Augen hatte... schwarze Finger, die aus der sonstigen Verschwommenheit herausragten und immer näher kamen...

Schwarze Handschuhe.

Vater Wycazik hatte eine Vorahnung, daß dies eine der schwierigsten Rettungsaktionen werden würde, die er je unternommen hatte.

Draußen schneite es.

Es war Donnerstag, der 5. Dezember.

4. Boston, Massachusetts

Am Freitag, vier Tage nach ihrem katastrophalen Anfall, lag Ginger Weiss immer noch als Patientin im Memorial Hospital, in das sie aufgenommen worden war, nachdem George Hannaby sie von der verschneiten Sackgasse weggeführt hatte.

Drei Tage lang hatte sie alle möglichen ermüdenden Untersuchungen über sich ergehen lassen müssen. Ein Elektroenzephalogramm, Röntgenaufnahmen des Schädels, Szinthigraphien, eine Pneumenzephalographie, eine Angiographie, eine Lumbalpunktion und vieles andere mehr. Zum Teil wurden diese Prozeduren unter verschiedenen Bedingungen mehrmals wiederholt, aber die Lumbalpunktion glücklicherweise nicht. Mit den komplizierten Apparaturen und Methoden der modernen Medizin wurde Gingers Hirngewebe auf Neoplasmen, Zysten, Abszesse, Aneurysmen und gutartige Geschwulstformen untersucht. Eine Zeitlang wurde auch die Möglichkeit eines bösartigen infiltrierenden Tumors — etwa eines Glioms — nicht ausgeschlossen. Die Ärzte suchten nach eventuellen Sehstörungen aufgrund intrakranieller Drucksteigerung. Sie untersuchten Proben der Zerebrospinalflüssigkeit auf vermehrten Eiweißgehalt, führten Blutzuckermessungen durch, gingen den Möglichkeiten von Hirnblutungen, bakteriellen Infektionen oder Pilzerkrankungen nach. Diese Ärzte waren immer bemüht, ihr Bestes für einen Patienten zu geben; in Gingers Fall kam aber noch hinzu, daß sie eine Kollegin war, und so legten sie eine womöglich noch größere Sorgfalt und Gründlichkeit als sonst an den Tag, fest entschlossen, die Ursache ihres Problems herauszufinden.

Um zwei Uhr nachmittags betrat George Hannaby am Freitag ihr Zimmer mit den Ergebnissen der letzten Testserie und mit den endgültigen ärztlichen Befunden. Die Tatsache, daß er selbst kam und nicht der Onkologe oder der Gehirnspezialist, die mit ihrem Fall betraut waren, bedeutete vermutlich, daß er schlechte Nachrichten für sie hatte, und ausnahmsweise freute sich Ginger nicht, ihn zu sehen.

Sie saß im Bett, in einem blauen Pyjama, den Rita Hannaby, Georges Frau, freundlicherweise zusammen mit anderen notwendigen Dingen aus ihrer Wohnung am Beacon Hill geholt hatte. Sie las einen Kriminalroman und war krampfhaft bemüht, sich einzureden, daß ihre Anfälle von irgendeiner leicht heilbaren Krankheit herrührten; aber sie war sehr beunruhigt.

Was George ihr zu sagen hatte, war jedoch so schlimm, daß ihre mühsam bewahrte Fassung zusammenbrach. Es war in gewisser Weise schlimmer als alles, worauf sie sich seelisch vorbereitet hatte.

Sie hatten nichts gefunden.

Keine Verletzung. Keine Erkrankung. Keinen angeborenen Defekt. Nichts.

Als George ihr die Untersuchungsergebnisse erklärte und ihr klarmachte, daß ihre wilde Flucht während der Anfälle keine diagnostizierbare pathologische Ursache hatte, verlor sie zum erstenmal seit ihren Tränen in der Sackgasse völlig die Beherrschung. Sie weinte leise vor sich hin, in grenzenlosem Schmerz.

Ein physisches Leiden wäre eventuell zu heilen gewesen, und danach hätte sie ihre Chirurgenlaufbahn fortsetzen können.

Aber alle Untersuchungsergebnisse und Meinungen der Spezialisten kamen zu demselben unerträglichen Resultat: Ihr Problem war ausschließlich psychischer Natur, eine psychische Krankheit, die weder durch chirurgischen Eingriff noch durch Antibiotika oder sonstige Medikamente zu beseitigen war. Wenn ein Patient wiederholt Fugues erlitt, ohne daß eine physiologische Ursache gefunden werden konnte, blieb als einzige Hoffnung die Psychotherapie, obwohl selbst die besten Psychiater bei solchen Patienten keine hohe Heilungsrate aufweisen konnten. Oft deutete eine Fugue auf beginnende Schizophrenie hin. Gingers Chancen, ihre Anfälle zu überwinden und ein normales Leben führen zu können, waren sehr gering; erschreckend hoch war hingegen die Wahrscheinlichkeit, daß sie in einer Anstalt enden würde.

Kurz vor der Verwirklichung ihres Lebenstraumes, nur wenige Monate vor Beginn einer selbständigen chirurgischen Tätigkeit, war ihr Leben völlig zerstört worden. Selbst wenn ihr Zustand nicht ganz extrem wurde, selbst wenn sie durch eine Psychotherapie ihre seltsamen Anfälle unter Kontrolle bekam, so würde sie doch niemals eine Zulassung als Ärztin erhalten.

George nahm mehrere Kleenextücher aus der Schachtel auf ihrem Nachttisch und reichte sie ihr. Er goß ein Glas Wasser ein. Er holte ein Valium und überredet sie, es zu nehmen. Er hielt ihre Hand, die in seiner großen Pranke wie die eines ganz kleinen Mädchens aussah. Er ermutigte sie mit leiser, sanfter Stimme. Allmählich beruhigte sie sich.

Als sie wieder sprechen konnte, sagte sie: »Aber, George, verdammt noch mal, ich bin nicht in einer destruktiven Atmosphäre aufgewachsen. Mein Zuhause war friedlich, glücklich. Und an Liebe und Zuwendung hat es mir nun wirklich nicht gefehlt. Ich wurde physisch, geistig und emotional in keiner Weise mißhandelt oder mißbraucht.« Sie griff ärgerlich nach der Kleenexschachtel und riß mehrere Tücher heraus. »Warum ich? Wie sollte ich, mit meiner heilen Welt als Hintergrund, eine Psychose entwickeln können? Wieso? Wodurch sollte ich ernsthafte psychische Schäden erleiden, ich mit meiner fantastischen Mutter, meinem unvergleichlichen Vater, meiner wirklich glücklichen Kindheit? Es wäre nicht gerecht. Es kann einfach nicht sein. Es ist nicht einmal *vorstellbar*.«

Er saß auf ihrer Bettkante und überragte sie um einiges. »Erstens einmal, Frau Doktor, haben diese Spezialisten mir erklärt, es gebe eine ganze wissenschaftliche Richtung, die der Meinung ist, daß viele geistige Krankheiten die Folge kleinster chemischer Veränderungen im Körper und im Hirngewebe sind, Veränderungen, die wir bis jetzt noch nicht feststellen oder verstehen können. Folglich brauchen Ihre Probleme überhaupt nichts mit Ihrer Kindheit zu tun zu haben, und ich glaube nicht, daß Sie Ihr ganzes Leben neu einschätzen müssen. Und zweitens bin ich keineswegs — ich wiederhole, *keineswegs* — davon überzeugt, daß Ihr Zustand auf etwas so Gravierendes wie eine Psychose hindeutet.«

»O George, bitte lügen Sie mich nicht an ...«

»Ich Sie anlügen? Ich und einem Patienten die Unwahrheit sagen?« Er tat so, als hätte er noch nie eine so absurde Unterstellung gehört. »Ich versuche nicht, Sie aufzuheitern. Ich meine, was ich sage. Gewiß, wir konnten keine physische Ursache für Ihre Probleme finden, aber das bedeutet noch lange nicht, daß es tatsächlich keine gibt. Vielleicht befindet sich etwas einfach noch ganz im Anfangsstadium, so daß es noch nicht diagnostizierbar ist. In einigen Wochen, einem Monat oder sobald sich irgendeine Verschlechterung Ihres Zustandes zeigt, werden wir neue Untersuchungen durchführen, und ich könnte bei allem, was ich besitze, wetten, daß wir schließlich feststellen, was los ist.«

Sie schöpfte ein klein wenig neue Hoffnung. »Glauben Sie wirklich, daß es so sein könnte? Ein so kleiner Hirntumor oder Abszeß, daß er noch nicht zu sehen ist?«

»Aber ja. Es fällt mir wesentlich leichter, das zu glauben, als sie für psychisch gestört zu halten. Sie und geisteskrank? Sie sind einer der stabilsten Menschen, die ich je gekannt habe. Und ich kann beim besten Willen nicht glauben, daß sie psychotisch oder auch nur psychoneurotisch sein könnten, ohne zwischen diesen Fugues irgendein ungewöhnliches Verhalten zu zeigen. Ernsthafte Geisteskrankheiten treten nicht ausschließlich in einzelnen unregelmäßigen Ausbrüchen zutage. Sie schlagen sich im gesamten Leben des Patienten nieder.«

Daran hatte sie noch nicht gedacht. Sie fühlte sich etwas besser, wenngleich nicht übermäßig hoffnungsvoll, und alles andere als glücklich. Einerseits kam es ihr völlig verrückt vor, auf einen Gehirntumor zu *hoffen*, aber andererseits konnte ein Tumor entfernt werden, möglicherweise ohne große Beschädigungen des Hirngewebes. Wahnsinn war jedoch inoperabel.

»Die nächsten Wochen oder Monate dürften die schwierigsten Ihres ganzen Lebens werden«, sagte George. »Das Warten.«

»Ich nehme an, daß ich vorerst nicht in der Klinik arbeiten darf.«

»Ja. Aber je nachdem, wie Sie sich fühlen werden, könnten Sie mir ohne weiteres in der Praxis helfen.«

»Und wenn ich ... einen Anfall bekäme?«

»Dann wäre ich zur Stelle und könnte verhindern, daß Sie sich irgendwie verletzen.«

»Aber was würden Ihre Patienten denken? Es würde sich nicht gerade positiv auf Ihre Praxis auswirken, stimmt's? Eine Assistentin, die sich plötzlich in eine Verrückte verwandelt und kreischend im Sprechzimmer herumrennt.«

Er lächelte. »Das überlassen Sie nur mir. Aber das ist jetzt sowieso noch nicht aktuell. Vorerst müssen Sie ein, zwei Wochen lang völlig ausspannen. Absolut keine Arbeit. Ruhen Sie aus. Erholen Sie sich. Die letzten Tage waren sowohl in physischer als auch in emotionaler Hinsicht sehr anstrengend für Sie.«

»Ich lag die ganze Zeit im Bett. Anstrengend? Werfen Sie keinen Teekessel um!«

Er blinzelte verwirrt. »Was soll ich nicht tun?«

»Oh«, sagte sie, selbst in höchstem Maße erstaunt, diesen Ausdruck gebraucht zu haben, »das hat mein Vater immer gesagt. Es ist eine jiddische Redewendung: Wirf keinen Teekessel um! Es bedeutet soviel wie: Red keinen Unsinn! Aber fragen Sie mich nicht, wo da der Zusammenhang ist. Ich habe diesen Ausdruck einfach ständig gehört, als ich noch ein Kind war.«

»Gut, ich werfe keinen Teekessel um«, sagte er. »Sie mögen zwar die ganz Woche im Bett verbracht haben, aber trotzdem waren es anstrengende Tage, und Sie müssen sich jetzt ein Weilchen erholen. Ich möchte, daß Sie für die nächsten Wochen zu Rita und mir ziehen.«

»Was? O nein, ich kann Ihnen nicht solche Umstände machen...«

»Sie werden uns keinerlei Umstände machen. Wir haben eine Hausangestellte. Sie brauchen also nicht einmal morgens Ihr Bett selbst zu machen. Aus dem Fenster im Gästezimmer haben Sie einen schönen Blick auf die Bucht. Am Wasser zu wohnen ist beruhigend. Es ist sogar genau das, was der Arzt Ihnen verordnet hat.«

»Nein, wirklich nicht. Danke, aber das kann ich nicht.«

Er runzelte die Stirn. »Sie verstehen anscheinend nicht. Ich bin nicht nur Ihr Boß, sondern auch Ihr Arzt, und ich schreibe Ihnen einfach vor, was Sie zu tun haben.«

»Ich werde in meiner Wohnung großartig zurechtkommen und...«

»Nein«, fiel er ihr energisch ins Wort. »Überlegen Sie doch selbst. Angenommen, Sie bekommen einen Ihrer Anfälle, während Sie beim Kochen sind. Angenommen, Sie stoßen dabei einen Topf auf dem Herd um. Es könnte ein Brand ausbrechen, und Sie würden es nicht einmal bemerken, bis Sie die Fugue hinter sich haben, und bis dahin könnte schon die ganze Wohnung in Flammen stehen, und Sie könnten nicht mehr entkommen. Und das ist nur eine Möglichkeit von vielen, wie Sie verletzt werden könnten. Ich kann Ihnen hundert andere nennen. Ich muß deshalb darauf bestehen, daß Sie eine Zeitlang nicht allein leben. Wenn Sie nicht bei Rita und mir sein wollen — haben Sie Verwandte, die Sie vorübergehend aufnehmen könnten?«

»Nicht in Boston. In New York habe ich Onkel und Tanten...«

Aber Ginger konnte nicht zu ihren Verwandten ziehen. Sie würden natürlich glücklich sein, sie bei sich zu haben — besonders Tante Francine oder Tante Rachel. Aber sie wollte nicht, daß ihre Verwandten sie in ihrem gegenwärtigen Zustand sahen, und der Gedanke, eventuell in ihrer Gegenwart einen Anfall zu bekommen, war ihr einfach unerträglich. Sie konnte Francine und Rachel direkt vor sich sehen, wie die beiden am Küchentisch saßen und leise miteinander redeten: »Was haben Jacob und Anna falsch gemacht? Haben sie zuviel von dem Mädchen verlangt? Anna hat Ginger immer so angetrieben. Und nach Annas Tod hat Jacob sich viel zu sehr auf das Kind verlassen. Mit zwölf Jahren mußte sie sich um alles kümmern, hatte den ganzen Haushalt am Hals. Es war einfach zuviel für sie. Zuviel Druck in zu frühem Alter.« Ginger würde von ihnen jede Menge Mitgefühl, Verständnis und Liebe erhalten, aber sie würden dabei die Erinnerung an ihre Eltern beflecken, und Ginger war fest entschlossen, ihre Eltern immer in ehrender und liebender Erinnerung zu behalten.

Deshalb sagte sie schließlich zu George, der immer noch auf ihrer Bettkante saß und — sichtlich besorgt, wie sie gerührt registrierte — auf eine Antwort wartete: »Ich nehme das Gästezimmer mit Aussicht auf die Bucht...«

»Großartig!«

»Obwohl ich der Meinung bin, daß es für Sie eigentlich unzumutbar ist. Und ich warne Sie gleich — wenn es mir dort gut gefällt, werden Sie mich womöglich nicht mehr los. Sie werden merken, daß die Lage problematisch ist, wenn Sie eines Tages nach Hause kommen und feststellen, daß ich Handwerker bestellt habe, die das Zimmer neu streichen und neue Vorhänge aufhängen sollen.«

Er grinste. »Beim ersten Anzeichen von Malern oder sonstigen Handwerkern landen Sie mit einem kräftigen Tritt in den Arsch auf der Straße.« Er gab ihr einen leichten Kuß auf die Wange, erhob sich und ging zur Tür. »Ich werde mich jetzt um

Ihre Entlassung kümmern, und in zwei Stunden müßten Sie dann eigentlich hier rauskommen. Ich rufe Rita an und lasse Sie von ihr abholen. Ich bin sicher, daß Sie diese Sache überwinden werden, Ginger, aber Sie dürfen den Kopf nicht hängen lassen.«

Als seine Schritte im Korridor verhallt waren, verschwand das mühsame Lächeln, das sie für ihn aufgesetzt hatte, schlagartig von ihrem Gesicht. Sie lehnte sich in die Kissen zurück und starrte niedergeschlagen an die vergilbten Deckenfliesen.

Etwas später stieg sie aus dem Bett und ging ins angrenzende Bad, wo sie sich ängstlich dem Waschbecken näherte. Nach kurzem Zögern drehte sie den Hahn auf und beobachtete, wie das Wasser im Becken strudelte, bevor es im Abflußrohr verschwand. Am Montag, nach der so erfolgreich verlaufenen Operation an Viola Fletcher, hatte der Anblick des in den Ablauf strudelnden Wassers im Waschbecken sie in blinde Panik versetzt, aber sie konnte sich beim besten Willen nicht vorstellen, warum.

Verdammt, *warum nur*? Sie versuchte verzweifelt, eine Erklärung zu finden.

Papa, dachte sie, ich wünschte, du wärest noch am Leben und könntest mir zuhören, mir helfen.

In einem von Papas geliebten Sprichwörtern, über die Ginger sich früher manchmal amüsiert hatte, war es um die unangenehmen Überraschungen des Lebens gegangen. Wenn jemand in helle Aufregung über die Zukunft geriet, schüttelte Jacob immer den Kopf, winkte ab und sagte: »Weshalb sich über morgen Sorgen machen? Wer weiß, was dir *heute* widerfahren wird?«

Wie wahr! Jetzt kam ihr diese Redewendung alles andere als amüsant vor.

Sie fühlte sich wie ein Invalide.

Sie kam sich völlig verloren vor.

Es war Freitag, der 6. Dezember.

5. *Laguna Beach, Kalifornien*

Als Dom am Montag, dem 2. Dezember, morgens in Begleitung von Parker Faine den Arzt aufsuchte, empfahl Dr. Cobletz zunächst keine diagnostischen Maßnahmen. Schließlich hatte er Dom erst vor kurzem gründlich untersucht und keinerlei Anzeichen für irgendeine physische Störung gefunden. Er erklärte ihnen, daß zunächst einmal andere Behandlungsmethoden versucht werden sollten, daß man nicht voreilig die Schlußfolgerung ziehen dürfe, daß es ein Hirntumor sei, der den Schriftsteller im Schlaf zur Selbstverteidigung Barrikaden errichten ließ.

Nach Doms letztem Besuch am 23. November war der Arzt, wie er sagte, neugierig geworden und hatte einiges über Somnambulismus gelesen. Bei den meisten Erwachsenen sei diese Erscheinung nur von kurzer Dauer; in seltenen Fällen bestünde jedoch die Gefahr, daß das Schlafwandeln zur Gewohnheit werde, und in seinen extremsten Formen könne es große Ähnlichkeit mit den Zwangsvorstellungen und -handlungen schwerer Neurotiker haben. Sobald Somnambulismus erst einmal zur Gewohnheit werde, sei er wesentlich schwerer zu heilen, und er könne zum dominierenden Faktor im Leben des Patienten werden, Angst vor der Nacht und vor dem Schlaf hervorrufen und ein Gefühl völliger Hilflosigkeit bewirken, was dann zu ernsten Gemütskrankheiten führen könne.

Dom fühlte, daß er sich bereits in dieser Gefahrenzone befand. Er dachte an die Barrikade, die er vor seiner Schlafzimmertür errichtet hatte. An das Waffenarsenal auf seinem Bett.

Cobletz verharmloste das Problem zwar nicht, war aber auch nicht übermäßig besorgt und versicherte Dominick und Parker, daß in den meisten Fällen beharrlichen Schlafwandelns die Einnahme eines Schlafmittels vor dem Zubettgehen Abhilfe schaffen könne. Nach einigen ungestörten Nächten sei der Patient meistens geheilt. In chronischen Fällen könne zusätzlich tagsüber ein Beruhigungsmittel verabreicht werden, um dem Patienten die Angst vor eventuellem Schlafwandeln zu nehmen. Da Dominick im Schlaf ungewöhnlich komplizierte und anstrengende Arbeiten verrichtete, verschrieb Dr. Cobletz ihm sowohl Valium für den Tag als auch Dalmane, von dem er jeden Abend vor dem Schlafengehen eine 15-mg-Tablette einnehmen sollte.

Auf der Rückfahrt von der Arztpraxis in Newport nach Laguna Beach, mit dem Meer zur Rechten und Hügeln zur Linken, argumentierte Parker Faine, daß Dom lieber nicht allein wohnen sollte, bis das Schlafwandeln vorüber sei. Über das Steuer seines Volvo gebeugt, fuhr der bärtige Künstler mit den wirren

Haaren sehr schnell und aggressiv, wenn auch nicht rücksichtslos. Er hielt seinen Blick fast immer auf den Pacific Coast Highway gerichtet, aber durch die Kraft seiner Persönlichkeit vermochte er den Eindruck zu erwecken, als lasse er Dom nicht aus den Augen und konzentriere seine Aufmerksamkeit ausschließlich auf seinen Freund.

»In meinem Haus ist jede Menge Platz. Ich kann dich ein bißchen im Auge behalten. Ich werde dich nicht bemuttern, nicht belästigen. Aber ich werde *da* sein. Außerdem hätten wir dann die Möglichkeit, in aller Ruhe über alles zu sprechen, uns in das Problem zu vertiefen, nur du und ich; wir könnten versuchen herauszufinden, welcher Zusammenhang zwischen dem Schlafwandeln und jenen Veränderungen besteht, die vorletzten Sommer mit dir vorgegangen sind, als du jenen Job am Mountainview College plötzlich nicht angetreten hast. Ich bin bestimmt der richtige Mann, um dir zu helfen. Ich schwöre dir, wenn ich nicht ein begnadeter Maler geworden wäre, hätte ich ein begnadeter Psychiater werden können. Ich habe die Gabe, Leute zum Reden zu bringen. Na, wie wär's? Zieh für ein Weilchen zu mir, und laß mich den Therapeuten spielen.«

Dom lehnte dieses Angebot ab. Er wollte in seinem eigenen Haus bleiben, allein, denn alles andere würde in seinen Augen einem Rückzug in das Karnickelloch gleichkommen, in dem er sich so lange vor dem Leben versteckt hatte. Die Veränderung, die im vorletzten Sommer während seiner Reise nach Mountainview mit ihm vorgegangen war, war dramatisch und unerklärlich gewesen, aber es war eine Veränderung zum Besseren. Mit 33 hatte er endlich die Zügel des Lebens ergriffen, war schwungvoll aufgestiegen und in unbekanntes Territorium vorgedrungen. Ihm gefiel der Mann, der er jetzt war, und er fürchtete nichts so sehr wie einen Rückfall in seine frühere triste Existenz.

Vielleicht hatte Parker recht, und es bestand wirklich ein Zusammenhang zwischen seinem Somnambulismus und der im vorletzten Sommer mit ihm vorgegangenen Veränderung, aber Dom bezweifelte sehr, daß dieser Zusammenhang irgend etwas Geheimnisumwobenes an sich hatte. Ihm kam es viel wahrscheinlicher vor, daß seine beiden persönlichen Krisen auf ganz einfache Weise miteinander verknüpft waren: Das Schlafwandeln war eine gute Entschuldigung, um sich den Herausforderungen, der Aufregung und dem Streß seines neuen Lebens entziehen zu können. Und das durfte er nicht zulassen. Deshalb würde er allein in seinem eigenen Haus bleiben, die von Dr. Cobletz verordneten Medikamente einnehmen und diese Sache irgendwie durchstehen.

Das hatte er am Montagmorgen im Volvo beschlossen, und am Samstag, dem 7. Dezember, sah es ganz so aus, als hätte er die richtige Entscheidung getroffen. An manchen Tagen brauchte er ein Valium, an anderen kam er ohne ein solches aus. Jeden Abend schluckte er eine Dalmane-Tablette mit Milch oder heißer Schokolade. Er litt weniger als bisher unter Somnambulismus. Bevor er mit der Tablettentherapie begonnen hatte, war er jede Nacht im Schlaf gewandelt, aber in den letzten fünf Nächten hatte er sein Bett nur zweimal am Mittwoch und am Freitag verlassen, jeweils kurz vor der Morgendämmerung.

Außerdem waren auch seine Aktivitäten im Schlaf nicht mehr so sonderbar und erschreckend. Er sammelte keine Waffen, baute keine Barrikaden, versuchte nicht, die Fenster zu vernageln. Beide Male hatte er sein bequemes Bett nur gegen ein Notlager in der hintersten Schrankecke vertauscht, wo er dann mit steifen Gliedern aus dem Schlaf gefahren war, in schrecklicher Angst vor einer unbekannten und namenlosen Gefahr, die ihn in seinen Träumen verfolgt hatte, an die er sich aber nicht erinnern konnte.

Gott sei Dank schien das Schlimmste nun hinter ihm zu liegen.

Am Donnerstag hatte er die Arbeit an seinem neuen Roman wieder aufgenommen.

Am Freitag hatte Tabitha Wycombe, seine Verlegerin in New York, ihn angerufen und ihm gute Neuigkeiten mitgeteilt. Zwei Vorausrezensionen von ›Twilight in Babylon‹ waren soeben erschienen, und beide waren ausgezeichnet. Sie hatte sie ihm vorgelesen und ihm dann die zweite — noch bessere — Nachricht verkündet: Die Aufregung im Buchhandel nahm weiterhin zu, angeheizt durch die Verlagspublicity und durch die Verteilung mehrerer hundert Leseexemplare, und die erste Auflage, die schon einmal erhöht worden war, wurde nun noch einmal heraufgesetzt. Sie hatten sich fast eine halbe Stunde telefonisch unterhalten, und als Dom dann den Hörer auflegte, hatte er das Gefühl gehabt, daß sein Leben nun wieder im Lot sei.

Aber die Samstagnacht brachte eine neue Entwicklung, die sowohl eine Wende zum Besseren als auch zum Schlechteren bedeuten konnte. Jedesmal, wenn er bisher im Schlaf gewandelt war, hatte er sich nicht einmal an das kleinste Bruchstück der Träume erinnern können, die ihn aus seinem Bett trieben. Am Samstag wurde er wieder von einem besonders intensiven und schrecklichen Traum heimgesucht, der ihn in wilde Panik durch das Haus fliehen ließ, aber diesmal erinnerte er sich an einen Teil des Traumes, als er aufwachte, nicht an sehr viel, aber wenigstens an den Schluß.

In den letzten ein, zwei Minuten seines Traumes stand er in einem Badezimmer, das er jedoch nur verschwommen wahrnahm. Ein Mann, den er nicht sehen konnte, stieß ihn auf ein Porzellanwaschbecken zu. Jemand hatte seinen Arm um ihn gelegt und hielt ihn auf den Beinen, denn er selbst war dazu viel zu schwach. Er fühlte sich wie zerschlagen, seine Knie zitterten, sein Magen rebellierte. Eine zweite unsichtbare Person drückte mit beiden Händen seinen Kopf ins Waschbecken. Er konnte nicht sprechen. Er konnte keine Luft holen. Er wußte, daß er gleich sterben würde. Er mußte diesen Leuten entfliehen, aus diesem Raum entkommen, aber dazu fehlte ihm die Kraft. Obwohl er alles um sich herum nur verschwommen registrierte, nahm er das glatte Porzellan und den Chromrand des Ablaufrohres in allen Einzelheiten wahr, denn sein Gesicht war nur wenige Zentimeter davon entfernt. Es war ein altmodischer Ablauf ohne Sieb. Der Gummistöpsel war herausgenommen worden und lag jetzt irgendwo, wo er ihn nicht sehen konnte. Das Wasser spritzte aus einem Hahn heraus, an seinem Gesicht vorbei, traf auf das Porzellan, strudelte um den Ablauf herum, verschwand im Rohr ... neue Strudel wirbelten umher, wurden vom Rohr verschlungen. Die beiden Personen, die ihn tief über das Becken drückten, schrien etwas, aber er konnte sie nicht verstehen. Neue und immer neue Strudel ... Das gähnende Rohr jagte ihm grauenvolle Angst ein; es schien ihn aufsaugen, ihn in die Tiefe reißen zu wollen. Er war plötzlich überzeugt davon, daß diese Leute ihn in dieses Rohr stopfen wollten. Vielleicht war eine Art Müllzerkleinerungsanlage darin verborgen, die ihn in kleine Stücke zerfetzen und einfach wegspülen würde ...

Er erwachte schreiend. Er war in seinem Badezimmer. Er

mußte im Schlaf dorthin gelaufen sein. Er stand über das Waschbecken gebeugt und schrie in das Abflußrohr hinein. Er sprang mit einem Satz zurück, weg von diesem gähnenden Loch, stolperte, fiel fast über die Ecke der Badewanne. Er konnte gerade noch nach einem Handtuchhalter greifen.

Er schnappte keuchend nach Luft und zitterte dabei am ganzen Leibe. Schließlich nahm er seinen ganzen Mut zusammen und trat wieder an das Waschbecken heran. Glänzendes weißes Porzellan. Ein Ablauf mit Messingrand und verstellbarem Messingstöpsel. Sonst nichts. Nichts Bedrohliches.

Der Raum in seinem Alptraum war nicht dieser Raum gewesen.

Dominick wusch sich das Gesicht und kehrte ins Schlafzimmer zurück.

Auf der Uhr auf seinem Nachttisch war es erst 2^{25} Uhr.

Obwohl der Alptraum völlig unsinnig gewesen war und er darin weder einen realen noch einen symbolischen Zusammenhang mit seinem Leben erkennen konnte, hatte er ihn doch zutiefst verstört. Aber immerhin hatte er im Schlaf keine Fenster vernagelt, keine Waffen gesammelt. Es handelte sich also wohl nur um einen kleinen Rückfall.

Vielleicht war es sogar im Gegenteil ein Fortschritt. Wenn er sich an seine Träume erinnern konnte, nicht nur bruchstückhaft, sondern an alles vom Anfang bis zum Ende, dann würde er eventuell die Ursache seiner Ängste entdecken, die aus ihm einen Schlafwandler gemacht hatten. Und dann würde er zweifellos besser damit fertigwerden können.

Trotzdem wollte er nicht das Risiko eingehen, im Traum wieder an jenen seltsamen Ort versetzt zu werden. Das Fläschchen mit Dalmane stand in der obersten Schublade seines Nachttisches. An sich sollte er ja nur abends beim Zubettgehen eine Tablette nehmen, aber es konnte bestimmt nichts schaden, wenn er diese Vorschrift einmal nicht beachtete.

Er ging zum Barschrank im Wohnzimmer und schenkte sich etwas Chivas Regal ein. Mit zitternder Hand schob er die Tablette in den Mund, spülte sie mit Chivas hinunter und begab sich wieder ins Bett.

Er sagte sich, daß sein Zustand sich allmählich besserte, daß das Schlafwandeln bald völlig aufhören würde. In einer Woche würde er wieder nomal sein. In einem Monat würde ihm das alles wie eine sonderbare Verirrung vorkommen, und er würde sich fragen, wie sie überhaupt solche Macht über ihn hatte gewinnen können.

Allmählich schaltete sich sein Bewußtsein aus. Es war ein angenehmes Gefühl, sanft in den Schlaf zu gleiten. Aber plötzlich hörte er sich im dunklen Schlafzimmer etwas murmeln, etwas so Merkwürdiges, daß er trotz Schlaftablette und Whisky interessiert aufhorchte.

»Der Mond«, flüsterte er mit belegter Stimme. »Der Mond, der Mond.« Er fragte sich, was er damit meinen konnte, und er versuchte, dem Schlaf zu entrinnen, um über seine Worte nachzudenken. Der Mond? »*Der Mond*«, flüsterte er wieder, und dann überwältigte ihn der Schlaf.

Es war 3^{11} Uhr am Sonntag, dem 8. Dezember.

6. New York, New York

Fünf Tage, nachdem er die ›fratellanza‹ um mehr als drei Millionen Dollar erleichtert hatte, besuchte Jack Twist eine tote Frau, die noch atmete.

Am Sonntagmittag um eins stellte er seinen Camaro im unterirdischen Parkhaus des Privatsanatoriums ab, das sehr vornehm an der East Side gelegen war, und fuhr mit dem Lift in die Empfangshalle hinauf, wo er sich eintrug und einen Besucherpaß erhielt.

Nichts deutete darauf hin, daß dies ein Krankenhaus war. Die Halle war — passend zur Bauepoche des Gebäudes — geschmackvoll im Art-Déco-Stil eingerichtet. Zwei kleine Gemälde — echte Ertés — schmückten die Wände, und alle Möbel — Sofas, Tische mit ordentlich gestapelten Zeitschriften, ein Lehnstuhl — stammten aus den zwanziger Jahren dieses Jahrhunderts.

Es war übertrieben luxuriös. Die Ertés waren völlig überflüssig. An vielem anderen wurde gespart, wo es nur möglich war. Aber die Manager des Sanatoriums legten großen Wert auf dieses gepflegte Image, das die Leute mit viel Geld beeindruckte und so einen jährlichen Profit von etwa hundert Prozent abwarf. Die Patienten waren sehr verschieden — da gab es katatonische Schizophrene mittleren Alters, autistische Kinder, junge und alte Menschen, die seit langem im Koma lagen — aber zweierlei hatten sie alle gemeinsam: Ihre Leiden waren chronisch, und sie stammten aus reichen Familien, die sich die bestmögliche Pflege leisten konnten.

Jedesmal, wenn Jack darüber nachdachte, packte ihn die Wut, daß es in der ganzen riesigen Stadt keinen Ort gab, der den Menschen mit katastrophalen Gehirnschäden oder Geisteskrankheiten eine gute Pflege zu vernünftigen Preisen ermöglichte. Trotz der enormen Zuschüsse aus Steuergeldern waren die staatlichen Institutionen New Yorks — wie sämtliche öffentliche Einrichtungen in aller Welt — ein schlechter Witz, mit dem sich der Durchschnittsbürger indessen abfinden mußte, weil er einfach keine Alternative hatte.

Wenn Jack nicht ein so überaus geschickter und erfolgreicher Dieb gewesen wäre, hätte er die fantastischen Summen, die das Sanatorium jeden Monat kostete, niemals aufbringen können. Zum Glück hatte er ein Talent für Diebstahl.

Mit dem Besucherpaß in der Hand ging er zum Aufzug und fuhr ins dritte der insgesamt fünf Stockwerke hinauf. Die Korridore der oberen Etagen verbreiteten im Gegensatz zur Empfangshalle eine typische Krankenhausatmosphäre. Leuchtstoffröhren. Weiße Wände. Der leichte Geruch nach Desinfektionsmitteln.

Ganz am Ende des Korridors, im letzten Zimmer auf der rechten Seite, lebte die tote Frau, die noch atmete. Jack legte seine Hand auf den Knopf der schweren Schwingtür, zögerte etwas, holte tief Luft und drückte die Tür auf.

Das Zimmer war nicht so luxuriös wie die Empfangshalle; es war nicht im Art Déco-Stil eingerichtet, aber es war sehr hübsch, hatte eine gewisse Ähnlichkeit mit einem Zimmer mittlerer Preislage im Plaza: eine hohe Decke mit weißen Ornamenten; ein Kamin mit weißer Umrandung; ein dicker jägergrüner Teppich; hellgrüne Vorhänge; ein Sofa und zwei Sessel mit grünem Blattmuster. Man vertrat hier die Theorie, daß der Patient sich in einem Raum wie diesem wohler fühlen würde als in einem typischen Krankenhauszimmer. Obwohl viele Patienten ihre Umgebung überhaupt nicht wahrnahmen, so linderte diese behagliche Atmosphäre doch das Unbehagen der Freunde und Verwandten, die zu Besuch kamen.

Das Krankenbett war die einzige Konzession an reine Zweckmäßigkeit und wirkte dadurch seltsam deplaciert. Die teure Bettwäsche hatte allerdings wieder ein fröhliches grünes Muster.

Nur die Patientin selbst störte die angenehme Atmosphäre des Zimmers.

Jack schob das Sicherheitsgitter am Bett herunter, beugte sich hinab und küßte seine Frau auf die Wange. Sie bewegte sich nicht. Er nahm ihre Hand und hielt sie mit seinen beiden Händen umfangen. Er spürte nicht den leisesten Fingerdruck; ihre Hand blieb völlig schlaff, gefühllos — aber sie war wenigstens warm.

»Jenny? Ich bin es, Jenny. Wie geht es dir heute? Hmmmm? Du siehst gut aus. Du siehst bezaubernd aus. Du siehst immer bezaubernd aus.«

Dafür, daß sie seit acht Jahren im Koma lag, während all dieser Zeit keinen einzigen Schritt getan und keine Sonne auf ihrem Gesicht gespürt hatte, sah sie wirklich ganz gut aus. Vielleicht konnte nur Jack sagen, daß sie immer noch bezaubernd aussah — und das völlig ernst meinen. Sie war nicht mehr die Schönheit von einst, aber sie sah ganz gewiß nicht so aus, wie man sich jemanden vorstellte, der nun seit fast einem Jahrzehnt an der Schwelle des Todes stand.

Ihr Haar glänzte nicht mehr, aber es war immer noch dicht und hatte noch dieselbe kräftige Kastanienfarbe wie damals vor 14 Jahren, als er sie zum erstenmal gesehen hatte, an ihrem Arbeitsplatz in der Parfümerieabteilung für Männer bei Bloomingdale's. Die Krankenschwestern wuschen ihr zweimal in der Woche das Haar und bürsteten es täglich.

Er hätte seine Hand unter ihre Haare schieben und über die linke Seite ihres Schädels gleiten lassen können, über die unnatürliche Eindellung. Er hätte diese Vertiefung berühren können, ohne ihr weh zu tun, denn sie spürte keine Schmerzen mehr. Aber er tat es nicht. Denn jene Stelle zu berühren würde *ihm* Schmerz bereiten.

Auf ihrer Stirn, auf dem ganzen Gesicht war kein einziges Fältchen zu sehen, nicht einmal in den Winkeln ihrer geschlossenen Augen. Sie war zwar mager, aber durchaus nicht in erschreckendem Ausmaß. Wie sie so völlig regungslos in den grün bezogenen Kissen lag, wirkte sie so zeitlos wie eine verzauberte Prinzessin, die auf den Kuß wartet, der sie aus ihrem hundertjährigen Schlaf erwecken wird.

Die einzigen Lebenszeichen waren die regelmäßigen Atemzüge, bei denen ihre Brust sich leicht hob und senkte, sowie die geringfügige Bewegung ihrer Kehle, wenn sie von Zeit zu Zeit Speichel schluckte, was ein reiner Reflex war und keineswegs ein Hinweis auf irgendein noch so geringfügiges bewußtes Wahrnehmungsvermögen.

Ihr Gehirnschaden war sehr schwer und unheilbar. Diese Bewegungen waren buchstäblich die einzigen, die sie jemals würde machen können, bis schließlich irgendwann der Tod eintreten würde. Es gab keine Hoffnung. Jack wußte, daß es keine Hoffnung gab, und er hatte deshalb ihren Zustand akzeptiert.

Sie hätte wesentlich schlimmer ausgesehen, wenn ihr nicht hier im Sanatorium sorgfältigste Pflege zuteil geworden wäre. Jeden Tag führte gut ausgebildetes Personal ein passives Bewegungstraining durch. Ihre Muskelspannung war nicht sehr stark, aber immerhin *hatte* sie einen Tonus.

Lange Zeit stand Jack da, hielt ihre Hand und blickte auf sie hinab. Seit sieben Jahren besuchte er sie zweimal wöchentlich am Abend und brachte an jedem Sonntagnachmittag und manchmal auch noch an anderen Nachmittagen fünf oder sechs Stunden an ihrem Bett zu. Aber trotz dieser häufigen Besuche und trotz ihres stets unveränderten Zustandes wurde er nie müde, sie anzusehen.

Er zog einen Stuhl heran und setzte sich neben ihr Bett; während er weiterhin ihre Hand hielt und ihr Gesicht betrachtete, sprach er mehr als eine Stunde zu ihr. Er erzählte ihr von einem Film, den er seit dem letzten Besuch gesehen hatte, von zwei Büchern, die er gelesen hatte. Er redete vom Wetter, beschrieb ihr den heftigen, kalten Winterwind. Er schilderte ihr bildhaft die schönsten Weihnachtsdekorationen, die er in Schaufenstern gesehen hatte.

Sie belohnte ihn mit keinem einzigen Laut, keiner einzigen Geste. Sie lag da wie immer, regungslos, unerreichbar.

Trotzdem sprach er zu ihr, denn er hielt es für möglich, daß doch ein winziges Fragment ihres Wahrnehmungsvermögens überlebt haben könnte, ein schwacher Funke in der Tiefe des schwarzen Schachtes ihres Komas. Vielleicht *konnte* sie hören und verstehen, und in diesem Falle war es für sie am schlimmsten, in einem reaktionsunfähigen Körper gefangen zu sein und vergeblich auf Ansprache zu warten, nur weil alle glaubten, sie könne nichts hören. Die Ärzte versicherten Jack zwar, daß seine Befürchtungen völlig grundlos waren; sie hörte nichts, sah nichts, wußte nichts, vielleicht abgesehen von irgendwelchen Bildern und Fantasien, die noch durch kurzgeschlossene Kanäle ihres zerstörten Gehirns huschen mochten. Aber wenn die Ärzte sich irrten — wenn auch nur eine Wahrscheinlichkeit von eins zu einer Million bestand, daß sie sich irren könnten —, so durfte er sie nicht jener schrecklichen totalen Isolation überlassen.

Und deshalb sprach er zu ihr, während hinter dem Fenster der Wintertag seine Grautöne veränderte.

Um Viertel nach fünf ging er ins angrenzende Bad und wusch sein Gesicht. Er trocknete sich ab und betrachtete sein Spiegelbild. Wie schon unzählige Male zuvor, so fragte er sich auch jetzt wieder, was Jenny jemals an ihm hatte finden können.

Seine Gesichtszüge hatten nichts Anziehendes. Seine Stirn war zu breit, seine Ohren waren zu groß. Er schielte leicht auf dem linken Auge, und die meisten Leute wurden nervös, wenn sie sich mit ihm unterhielten, weil sie nicht wußten, welches von seinen Augen sie gerade ansah, obwohl es in Wirklichkeit beide waren. Wenn er lächelte, sah er wie ein Clown aus, und wenn er finster dreinblickte, sah er so bedrohlich aus, daß er sogar Jack the Ripper in die Flucht geschlagen hätte.

Dennoch hatte Jenny etwas an ihm gefunden. Sie hatte ihn begehrt, gebraucht und geliebt. Trotz ihres eigenen guten Aussehens hatte sie nicht viel auf Äußerlichkeiten gegeben. Das war einer der Gründe, weshalb er sie so geliebt hatte. Einer der Gründe, weshalb er sie so vermißte. Einer von tausend Gründen.

Er wandte seinen Blick vom Spiegel ab. Wenn es überhaupt noch möglich war, sich einsamer zu fühlen als er jetzt, so hoffte er bei Gott, daß ihm diese Erfahrung erspart bliebe.

Er ging in Jennys Zimmer zurück, verabschiedete sich von seiner reaktionsunfähigen Frau, küßte sie, nahm noch einmal den Duft ihrer Haare wahr und verließ sie um halb sechs.

Auf der Straße, am Steuer seines Camaros, betrachtete Jack angewidert die anderen Autofahrer und die Fußgänger. Seine Mitmenschen. Diese guten, freundlichen, netten, rechtschaffenen Staatsbürger würden ihn mit Geringschätzung oder gar Verachtung strafen, wenn sie wüßten, daß er ein professioneller

Dieb war, obwohl erst das, was sie ihm und Jenny angetan hatten, ihn zum Verbrecher hatte werden lassen.

Er wußte, daß Zorn und Verbitterung nichts änderten, nichts bewirkten und nur ihn selbst verletzten. Verbitterung war ein Ätzmittel. Er wollte nicht verbittert sein, aber es gab Zeiten, da er nichts dagegen tun konnte.

Später, nachdem er in einem chinesischen Restaurant zu Abend gegessen hatte, kehrte er in seine geräumige Wohnung in einem noblen Gebäude auf der Fifth Avenue, mit Blick auf den Central Park, zurück. Offiziell war diese Wohnung Eigentum einer in Liechtenstein ansässigen Aktiengesellschaft; der Scheck war von einem Schweizer Bankkonto abgebucht worden, und die monatlichen Raten für Strom und Nebenkosten wurden von einem Treuhandkonto der Bank of America bezahlt. Jack Twist lebte dort unter dem Namen ›Philippe Delon‹. Für die Pförtner und sonstigen Angestellten ebenso wie für die wenigen Nachbarn, mit denen er oberflächlichen Kontakt hatte, war er das etwas überspannte schwarze Schaf einer reichen französischen Familie, die ihn nach Amerika geschickt hatte, angeblich um Investmentmöglichkeiten auszukundschaften, in Wirklichkeit jedoch nur, um ihn loszuwerden. Er sprach fließend Französisch und konnte stundenlang Englisch mit überzeugendem französischem Akzent reden, so daß niemand sein Täuschungsmanöver durchschaute. Natürlich gab es keine französische Familie, die Aktiengesellschaft in Liechtenstein und das Schweizer Bankkonto gehörten ihm selbst, und investieren konnte er nur das, was er anderen gestohlen hatte. Er war kein *gewöhnlicher* Dieb.

In seiner Wohnung begab er sich geradewegs zum Wandschrank im Schlafzimmer und entfernte die falsche hintere Trennwand. Er holte zwei Säcke aus dem etwa ein Meter breiten Versteck hervor und brachte sie ins dunkle Wohnzimmer, ohne Licht zu machen. Er legte die Säcke neben seinen Lieblingslehnstuhl, der an einem großen Fenster stand.

Er holte eine Flasche ›Becks‹ aus dem Kühlschrank, öffnete sie und kehrte ins Wohnzimmer zurück. Eine Zeitlang saß er im Dunkeln und schaute aus dem Fenster auf den Park hinab, wo alle Lichter vom schneebedeckten Boden reflektiert wurden und bizarre Schatten in den kahlen Bäumen erzeugten.

Er war sich bewußt, daß er sich einfach noch einen Aufschub

gönnen wollte. Schließlich schaltete er die Leselampe neben dem Lehnstuhl ein, öffnete den kleineren der beiden Säcke und begann ihn zu leeren.

Juwelen. Diamantohrringe, Diamantkolliers, funkelnde Diamantanhänger. Ein Diamant- und Smaragdarmreif. Drei Armreife, besetzt mit Diamanten und Saphiren. Ringe, Broschen, Haarspangen, Krawattennadeln, Hutnadeln.

Das war die Ausbeute eines Raubes, den er vor sechs Wochen im Alleingang ausgeführt hatte. Eigentlich wären zwei Mann dafür erforderlich gewesen, aber durch gründliche und einfallsreiche Planung hatte er eine Möglichkeit gefunden, allein zurechtzukommen, und alles hatte großartig geklappt.

Das einzige Problem war, daß dieser Raub ihm keine Befriedigung verschafft hatte. Wenn er einen Job erfolgreich ausgeführt hatte, war er normalerweise noch Tage danach in großartiger Stimmung. Von seinem Standpunkt aus beging er nicht einfach Verbrechen, sondern übte Vergeltung an der redlichen Welt, zahlte ihr heim, was sie ihm und Jenny angetan hatte. Bis zum Alter von 29 Jahren hatte er der Gesellschaft viel gegeben, hatte seinem Land gedient, und zur Belohnung hatte man ihn in einem zentralamerikanischen Höllenloch, im Gefängnis einer Diktatur, einfach seinem Schicksal überlassen, und sein Land hätte sich einen Dreck darum gekümmert, wenn er dort verfault wäre. Und Jenny... Er konnte es nicht ertragen, an den Zustand zu denken, in welchem er sie damals vorgefunden hatte, nachdem ihm endlich die Flucht gelungen und er nach Hause gekommen war. Nun gab er der Gesellschaft nichts mehr, sondern *nahm* ihr, was er nur konnte, und das verschaffte ihm eine enorme Befriedigung. Die Gesetze zu brechen, sich zu nehmen, was er wollte, ohne geschnappt zu werden — das hatte stets sein Herz erfreut. Bis zu jenem Juwelenraub vor sechs Wochen. Damals hatte er kein Triumphgefühl verspürt, es hatte sich keine Freude über die gelungene Vergeltung eingestellt. Und das bekümmerte ihn. Denn wofür lebte er schließlich, wenn nicht für dieses erregende Gefühl?

Während er nun im Lehnstuhl am Fenster saß, die Juwelen auf seinem Schoß aufhäufte und einzelne besonders schöne Stücke ins Licht hielt, bemühte er sich vergeblich, jenes Hochgefühl vollzogener Rache in sich wachzurufen.

Eigentlich hatte er den Schmuck gleich in den ersten Tagen

nach dem Raub loswerden wollen; aber dann hatte es ihm widerstrebt, sich davon zu trennen, ohne auch nur die geringste Befriedigung davon gehabt zu haben.

Verwirrt über seinen Mangel an Empfindungen, legte er die Schmuckstücke in den Sack zurück.

Der zweite Sack enthielt seinen Anteil der Beute aus dem Überfall auf das Mafia-Warenlager vor fünf Tagen. Sie hatten nur einen der beiden Safes öffnen können, aber dieser hatte über 3100000 Dollar enthalten — mehr als eine Million für jeden von ihnen, in unauffälligen Zwanzigern, Fünfzigern und Hundertern.

Er hätte inzwischen schon anfangen sollen, diese enorme Summe mit geeigneten Mitteln auf seine Schweizer Konten zu transferieren. Aber er behielt das Bargeld noch, weil es ihm — wie die Juwelen — bisher kein Triumphgefühl verschafft hatte.

Er holte dicke Bündel Banknoten aus dem Sack, drehte und wendete sie in seinen Händen. Er hielt sie dicht ans Gesicht und roch an ihnen. Normalerweise war allein schon der einzigartige Geruch des Geldes erregend — aber diesmal nicht. Er kam sich nicht intelligent, geschickt und über den Gesetzen stehend vor; er fühlte sich jenen gehorsamen Mäusen nicht überlegen, die durch den Irrgarten der Gesellschaft huschten, wie man es sie gelehrt hatte. Er fühlte sich nur grenzenlos leer.

Wenn diese Veränderung erst nach dem Coup im Warenlager eingetreten wäre, hätte er sie damit erklärt, daß er das Geld anderen Dieben und nicht der ach-so-edlen Welt gestohlen hatte. Aber seine Reaktion auf den Schmuckdiebstahl war genau die gleiche gewesen, und jenen Raub hatte er auf ein ganz normales Juweliergeschäft verübt. Das unbefriedigende Gefühl nach dem gelungenen Juwelendiebstahl hatte ihn ja überhaupt erst veranlaßt, den nächsten Coup schon nach so kurzer Zeit auszuführen. Normalerweise ließ er immer mindestens drei bis vier Monate verstreichen, aber diesmal waren es nur fünf Wochen gewesen.

Nun gut, vielleicht wollte sich nach diesen beiden letzten Coups kein Hochgefühl einstellen, weil das Geld für ihn nicht mehr wichtig war. Er hatte genügend beiseitegelegt, um ein Leben in Wohlstand führen zu können und Jenny die bestmögliche Pflege angedeihen zu lassen, selbst wenn sie in ihrem Koma alt würde, was unwahrscheinlich war. Vielleicht war die ganze Zeit über das Wichtigste an seiner Arbeit doch nicht die Rebellion und Herausforderung gewesen, wie er immer gedacht hatte; vielleicht hatte er es doch nur wegen des Geldes getan und sich alles andere nur eingeredet, um eine Entschuldigung für sein Handeln zu haben, um vor sich selbst besser dazustehen.

Aber das konnte er nicht glauben. Er wußte schließlich, was er empfunden hatte, und er wußte, wie sehr er diese Gefühle jetzt vermißte.

Etwas ging mit ihm vor, eine Art innerer Umprogrammierung. Er fühlte sich leer, ohne Ziele, hätte sich am liebsten einfach treiben lassen. Aber er durfte seine Liebe zum Diebstahl nicht verlieren. Sie war das einzige, was ihn am Leben erhielt.

Er legte das Geld in den Sack zurück, schaltete die Lampe aus und starrte im Dunkeln in den Central Park hinab, während er an seinem Bier nippte.

Abgesehen von seinem plötzlichen Unvermögen, Freude an seiner Arbeit zu finden, quälte ihn in letzter Zeit auch noch ein immer wiederkehrender Alptraum, der intensiver war als alle Träume, die er bis dahin je gekannt hatte. Zum erstenmal hatte er ihn vor dem Juwelendiebstahl gehabt, vor sechs Wochen, und seitdem acht- oder zehnmal. In diesem Alptraum floh er vor einem Mann, der einen Motorradhelm mit dunkel getöntem Visier trug. Zumindest glaubte er, daß es ein Motorradhelm war, obwohl er keine Einzelheiten erkennen konnte und der Mann ansonsten völlig verschwommen blieb. Dieser gesichtslose Fremde verfolgte ihn zu Fuß durch unbekannte Räume und Korridore und — das war die schärfste Traumszene — auf einem leeren Highway, der durch eine öde, mondbeschienene Landschaft führte. Jedesmal wuchs Jacks Panik unaufhaltsam an wie der Dampfdruck in einem Kessel, bis er gleichsam explodierte und entsetzt aus dem Schlaf fuhr.

Die auf der Hand liegende Erklärung war, daß der Alptraum eine Warnung darstellte, daß der behelmte Mann ein Polizist war, daß Jack Gefahr lief, geschnappt zu werden. Aber eigentlich vermittelte ihm der Traum nicht das Gefühl, daß der Kerl mit dem Helm ein Bulle war. Irgendwie war es ganz anders.

Er hoffte von Herzen, daß er heute nacht vor diesem Alptraum verschont bleiben würde. Der Tag war auch ohne mitternächtlichen Schrecken schlimm genug gewesen.

Er holte sich noch ein Bier und nahm dann im Dunkeln wieder in seinem Lehnstuhl am Fenster Platz.

Es war der 8. Dezember, und Jack Twist — ehemaliger Offizier in der Elitetruppe ›Rangers‹ der US-Armee, ehemaliger Kriegsgefangener in einem offiziell nie erklärten Krieg, ein Mann, der geholfen hatte, über tausend Indianern in Mittelamerika das Leben zu retten, ein Mann, der trotz der Bürde seines Kummers, unter der so mancher andere zusammengebrochen wäre, leistungsfähig blieb, ein wagemutiger Dieb, dessen Mut geradezu legendär war — Jack Twist überlegte, ob er vielleicht den einfachen Mut zum Weiterleben verloren hatte. Wenn er im Diebstahl keinen Daseinssinn mehr zu finden vermochte, mußte er einen neuen Sinn für sein Leben suchen. Unbedingt. So schnell wie eben möglich.

7. *Elko County, Nevada*

Auf der Rückfahrt von Elko zum Tranquility Motel mißachtete Ernie Block alle Geschwindigkeitsbegrenzungen.

So schnell und rücksichtslos war er zuletzt an einem düsteren Montagmorgen gefahren, während seiner Dienstzeit bei der Spionageabteilung der Marines in Vietnam. Er war damals mit einem Jeep in einem Gebiet unterwegs gewesen, das angeblich von ihren Verbündeten kontrolliert wurde, und war völlig unerwartet unter feindlichen Beschuß geraten. Die Kugeln schlugen in unmittelbarer Nähe der Vorder- und Hinterreifen seines Jeeps ein und ließen Fontänen von Dreck und Schotter emporschießen. Als es ihm schließlich gelang, aus der Feuerzone zu entkommen, hatten mehr als zwanzig Kugeln ihn nur ganz knapp verfehlt. Er war von drei kleinen, aber schmerzhaft scharfen Schotterstücken getroffen worden, war vorübergehend taub von den donnerartigen Explosionen und mußte einen Jeep unter Kontrolle halten, der mit vier platten Reifen auf den Radfelgen fuhr. Damals hatte er geglaubt, die höchste Stufe der Angst kennengelernt zu haben.

Aber nun, auf dem Rückweg von Elko, trieb seine Angst einem neuen Gipfel zu. Der Einbruch der Dunkelheit rückte immer näher. Er hatte im Frachtbüro von Elko eine Sendung von Beleuchtungskörpern für das Motel abholen müssen und war kurz nach dem Mittagessen losgefahren, um in aller Ruhe vor der Abenddämmerung wieder zu Hause sein zu können. Aber er hatte einen Platten gehabt und mit dem Reifenwechsel Zeit verloren. In Elko hatte es dann fast eine Stunde gedauert, bis der Reifen repariert war; ohne einen Ersatzreifen hatte er sich jedoch nicht auf den Rückweg machen wollen. Alles in allem war er fast zwei Stunden später als vorgesehen von Elko losgefahren — die Sonne stand schon weit im Westen über dem Großen Becken.

Er trat während der ganzen Fahrt voll aufs Gaspedal und überholte auf dem Superhighway rücksichtslos alle Fahrzeuge. Er war überzeugt, daß er nicht imstande sein würde, bei totaler Dunkelheit das Motel zu erreichen. Jemand würde ihn morgens hinter dem Steuer seines am Straßenrand geparkten Lieferwagens finden, im Zustand völligen Wahnsinns von dem stundenlangen Entsetzen, ringsum von pechschwarzer Nacht bedroht zu sein.

In den zweieinhalb Wochen seit Thanksgiving hatte er seine irrationale Furcht vor der Dunkelheit weiterhin vor Faye verbergen können. Nach ihrer Rückkehr aus Wisconsin war es ihm sehr schwergefallen, nachts im Schlafzimmer keine Lampe brennen zu lassen, wie er es während ihrer Abwesenheit getan hatte. Zum Glück hatte sie nicht vorgeschlagen, abends einmal nach Elko ins Kino zu fahren; so waren ihm Ausreden erspart geblieben. Einige Male hatte er nach Sonnenuntergang vom Büro in den Tranquility Grille nebenan gehen müssen, und obwohl die kurze Strecke von den Außenlampen und Leuchtreklamen des Motels erhellt wurde, war er von einem Gefühl der Bedrohung und der Hilflosigkeit schier überwältigt worden. Aber er hatte sein Geheimnis gewahrt.

Sein ganzes Leben lang, bei den Marines und anderswo, hatte Ernie Block nach besten Kräften alles getan, was von ihm erwartet werden konnte. Und er wollte nun auf gar keinen Fall bei seiner eigenen Frau versagen.

Während er am Steuer des Lieferwagens unter einem orange- und purpurfarbenen Himmel in westlicher Richtung auf das Motel zubrauste, fragte sich Ernie Block, ob er vielleicht an vorzeitiger Senilität litt, an der Alzheimerschen Hirnatrophie. Obwohl er erst 52 war, mußte es etwas in dieser Art sein. Er hatte zwar Angst vor dieser Krankheit, aber zumindest war sie für ihn etwas Erklärliches.

Erklärlich — ja; aber nicht akzeptabel. Faye verließ sich auf ihn. Er durfte kein geistiger Invalide werden, durfte ihr nicht zur Last fallen. Die Männer der Familie Block ließen ihre Frauen nie im Stich. Dar war einfach undenkbar.

Der Highway führte um einen kleinen Hügel herum, und das Motel kam nördlich der Straße in Sicht, nur noch anderthalb Kilometer entfernt. Es war das einzige Gebäude inmitten der weiten Landschaft. Das blaue und grüne Neonschild war schon eingeschaltet und hob sich stolz von der Dämmerung ab. Noch nie hatte der Anblick des Motels Ernie mit solcher Freude und Erleichterung erfüllt.

Erst in etwa zehn Minuten würde es dunkel sein, und er wollte jetzt nicht mehr das Risiko eingehen, von der Polizei gestoppt zu werden, so kurz vor seinem sicheren Zufluchtsort. Er nahm den Fuß vom Gas, und die Tachometer-Nadel fiel rasch: 140 ... 130 ... 120 ... 100 ...

Er war noch etwa einen Kilometer von zu Hause entfernt, als etwas Sonderbares geschah: Er schaute zufällig in südliche Richtung und hielt plötzlich den Atem an. Er wußte selbst nicht, was ihn so faszinierte. Etwas an dieser Landschaft. Etwas an der Art und Weise, wie Licht und Schatten auf diesen sanft abfallenden Feldern spielten. Schlagartig kam ihm die verrückte Idee, daß ein ganz bestimmtes Stück Land — etwa einen halben Kilometer vor ihm, auf der gegenüberliegenden Seite des Highways — von größter Bedeutung für ihn war, daß dort der Schlüssel zu den seltsamen Veränderungen lag, die in den letzten Monaten mit ihm vorgegangen waren.

... 80 ... 70 ... 60 ...

Jenes bestimmte Stück Land unterschied sich in nichts von den Zehntausenden Ar der Umgebung. Außerdem hatte er es schon unzählige Male gesehen, und nie hatte es seine Aufmerksamkeit auf sich gelenkt. Trotzdem wurde er geradezu magisch angezogen von diesem abschüssigen Gelände, von den sanft geschwungenen Konturen, von der Narbe eines trockenen Bachbettes, von Beifuß und Gras, von den vereinzelt aus der Erde ragenden Felsen.

Er hatte das Gefühl, als riefe das Land ihm zu: »Hier, hier, hier findest du — zumindest teilweise — die Antwort auf dein Problem, die Erklärung für deine Angst vor der Dunkelheit. Hier. Hier ...«

Aber das war natürlich lächerlich.

Zu seiner eigenen Überraschung fuhr er auf den Randstreifen des Highways, blieb einen halben Kilometer von zu Hause entfernt stehen, unweit der Ausfahrt auf die Landstraße, die am Motel vorbeiführte. Er starrte über den Highway hinweg nach Süden, auf die Stelle, die unerklärlicherweise eine solche Anziehungskraft auf ihn ausübte.

Er wurde von dem überwältigenden Gefühl durchdrungen, daß etwas von ungeheurer Bedeutung mit ihm geschehen, daß er eine Art Epiphanie erleben würde. Ein Schauer überlief ihn.

Ohne den Motor abzustellen, sprang er aus dem Lieferwagen. In fieberhafter Erregung, die ihm selbst unerklärlich war, strebte er auf die andere Seite des Highways zu, um jenes Stück, das ihn so faszinierte, besser sehen zu können. Er überquerte zwei Fahrstreifen und den sechs Meter breiten Grünstreifen, mußte drei riesige Lastwagen vorüberdonnern lassen und lief in deren Fahrtwind über die Fahrbahn für den Verkehr in östlicher Richtung. Sein Herz hämmerte vor Aufregung, und im Augenblick hatte er die nahende Dunkelheit völlig vergessen.

Am Rand des Highways blieb er stehen und blickte in südliche und leicht westliche Richtung. Er trug eine schwere Wildlederjacke mit Lammfellfutter, aber auf seinem Kopf boten die kurzgeschorenen grauen Haare wenig Schutz vor dem kalten Wind.

Das Gefühl, daß ein Ereignis von ungeheurer Bedeutung bevorstand, verschwand, wurde abgelöst von der noch unheimlicheren Vorstellung, daß auf jenem Stück Land bereits etwas mit ihm geschehen war, etwas, das seine Angst vor der Dunkelheit erklärte. Etwas, das er aus seinem Gedächtnis gelöscht hatte.

Aber das ergab überhaupt keinen Sinn. Wenn hier wichtige Ereignisse stattgefunden hätten, so würde er sich ohne jeden Zweifel daran erinnern. Er war nicht vergeßlich. Und er gehörte auch nicht zu jenen Menschen, die unangenehme Erinnerungen verdrängten.

Das Prickeln in seinem Nacken ließ jedoch nicht nach. Dort draußen auf den pfadlosen Ebenen Nevadas, gar nicht allzu weit von seinem Standort entfernt, war ihm etwas zugestoßen, das er vergessen hatte, das ihn nun aber aus seinem Unterbewußtsein heraus, wo es tief begraben war, stichelte wie eine in die Matratze geratene Nadel, die einen Schläfer aus dem Traum zu wecken vermag.

Mit breit gespreizten Beinen, den massigen Kopf etwas vorgestreckt, schien Ernie die Landschaft herausfordern zu wollen, deutlicher zu ihm zu sprechen. Er bemühte sich verzweifelt, die tote Erinnerung an diesen Ort — falls es eine solche gab — zum Leben zu erwecken, aber je heftiger er sich anstrengte, desto mehr verflüchtigte sich die vage Vorstellung und verschwand schließlich völlig.

Wie zuvor das Gefühl einer bevorstehenden Epiphanie, so löste sich nun auch das ›Déjà-vu-Erlebnis‹ in nichts auf. Sein Schädel und Nacken prickelten nicht mehr. Sein rasendes Herzklopfen ließ nach.

Verwirrt und etwas schwindelig, betrachtete er die rasch verblassende Szenerie — das bewegte Land, die Grate und Spitzen der Felsen, den Beifuß und das Gras, die verwitterte Erde —, und jetzt konnte er sich gar nicht mehr vorstellen, daß ihm das alles soeben noch als etwas Besonderes vorgekommen war. Es war nichts weiter als ein Stück der Hochebenen, das sich in nichts von tausend anderen Stellen zwischen hier und Elko oder Battle Mountain unterschied.

Bestürzt über den plötzlichen Absturz kurz vor dem Gipfel eines transzendenten Erlebnisses, blickte er zurück zu seinem Lieferwagen, der auf der Nordseite der Autobahn auf ihn wartete. Es kam ihm nun völlig närrisch und absurd vor, daß er in heller Aufregung hierher gerannt war. Er hoffte nur, daß Faye ihn nicht gesehen hatte. Wenn sie zufällig aus einem Fenster in diese Richtung geschaut hatte, konnte ihr sein lächerliches Benehmen nicht entgangen sein, denn das Motel war nur einen halben Kilometer entfernt, und das eingeschaltete Standlicht seines Wagens war in der rasch hereinbrechenden Dunkelheit sehr auffällig.

Dunkelheit.

Schlagartig fiel ihm die unmittelbare Nähe der Nacht ein. Eine Zeitlang war die mysteriöse magnetische Kraft, die ihn an diesen Ort gezogen hatte, stärker gewesen als seine Angst vor der Dunkelheit. Aber das änderte sich von einem Augenblick zum anderen, als er bemerkte, daß die östliche Hälfte des Himmels schon purpurschwarz war und auch im Westen das schwache Licht nur noch wenige Minuten vorhalten würde.

Mit einem Aufschrei panischer Angst hetzte er über die Fahrbahn, dicht vor einer Motorhaube, ohne die Gefahr überhaupt wahrzunehmen. Der Autofahrer hupte empört. Ernie drehte sich nicht einmal um, rannte blindlings weiter, denn er fühlte, wie die Dunkelheit ihn umklammerte, ihn zu Boden drückte. Er erreichte den Grünstreifen, stolperte über seine eigenen Füße, fiel hin, taumelte wieder auf die Beine, entsetzt über die Schwärze, die aus jeder Mulde, unter jedem Felsen hervor nach ihm griff. Er raste auf die Fahrstreifen für den Verkehr in westliche Richtung, ohne auch nur einen Blick auf die Straße zu werfen. Zum Glück war sie gerade frei. Am Lieferwagen angelangt, riß er verzweifelt am Türgriff, während die totale Finsternis *unter* dem Wagen seine Füße zu packen schien. Sie wollte ihn unter den Dodge zerren und verschlingen. Er riß die Tür auf. Befreite seine Füße aus den Krallen der Dunkelheit. Sprang in den Wagen. Schlug die Tür zu. Verriegelte sie von innen.

Er fühlte sich etwas besser, aber alles andere als sicher, und wenn sein Zuhause nicht in unmittelbarer Nähe gewesen wäre, hätte die Angst ihn wohl überwältigt. Aber er hatte nur noch einen halben Kilometer Weges vor sich, und als er die Scheinwerfer einschaltete, ermutigten ihn die Lichtstrahlen ein wenig. Er zitterte so stark, daß er sich nicht traute, sich in den Verkehr einzuordnen, deshalb fuhr er am Randstreifen entlang, bis er die Ausfahrt erreichte, die von Natrium-Bogenlampen hell erleuchtet wurde. Er war versucht, am Ende der Ausfahrt einfach stehenzubleiben, im gelben Licht; aber er biß die Zähne zusammen und bog auf die Landstraße ab. Nach knapp 200 m war er am Ziel. Er schwenkte auf den Parkplatz des Motels ein, parkte vor dem Büro, schaltete die Scheinwerfer aus, stellte den Motor ab.

Durch die großen Fenster des Büros konnte er Faye am Empfangspult sehen. Er eilte ins Haus, warf mit viel zu großem Kraftaufwand die Tür zu. Er lächelte Faye an und hoffte, daß es einigermaßend überzeugend aussah.

Sie erwiderte sein Lächeln. »Ich fing gerade an, mir etwas Sorgen zu machen, Liebling.«

»Ich hatte einen Platten«, sagte er, während er den Reißverschluß seiner Jacke öffnete.

Er war erleichtert. Die Dunkelheit war leichter zu ertragen, wenn er nicht allein war; Faye gab ihm Kraft, aber er fühlte sich immer noch unbehaglich.

»Ich habe dich vermißt«, sagte sie.

»Ich war doch nur den Nachmittag über weg.«

»Ich bin wahrscheinlich unnormal. Mir kam es viel länger vor. Ich muß meinen Ernie alle paar Stunden berühren können, sonst bekomme ich Entziehungserscheinungen.«

Sie gaben sich über die Barriere der Empfangstheke hinweg einen Kuß, der nichts Halbherziges an sich hatte. Sie legte eine Hand um seinen Kopf, um ihn fest an sich zu ziehen. Bei den meisten lange verheirateten Paaren — auch wenn sie sich noch liebten — hatten Zärtlichkeiten etwas Mechanisches an sich, aber das war bei Ernie und Faye nicht der Fall. Nach 31 Jahren fühlte er sich in ihrer Nähe immer wieder jung.

»Wo sind die neuen Beleuchtungskörper?« erkundigte sie sich. »Sie sind doch eingetroffen, oder?«

Ihre Frage brachte ihm die draußen lauernde Nacht wieder voll zu Bewußtsein. Er streifte die Fenster mit einem mißtrauischen Blick und schaute rasch wieder weg. »Ich bin müde. Ich habe keine Lust, sie jetzt noch reinzuschleppen.«

»Es sind doch nur vier Kisten...«

»Ich mach's lieber morgen früh«, sagte er und versuchte, das Zittern in seiner Stimme zu verbergen. »Das Zeug ist im Wagen gut aufgehoben. Niemand wird es klauen. He, du hast ja die Weihnachtsdekorationen angebracht!«

»Das merkst du erst jetzt?«

Eine riesige Girlande aus Tannenzapfen und Nüssen hing an der Wand über dem Sofa. In der Ecke neben dem Postkartenkarussell stand ein lebensgroßer Santa Claus aus Pappe und an einem Ende der langen Theke ein kleiner Keramikschlitten mit Rentieren. Von der Deckenlampe hingen an fast unsichtbaren Angelschnüren rote und goldene Christbaumkugeln herab.

»Du mußtest für diese Arbeiten auf die Leiter steigen«, sagte er vorwurfsvoll.

»Nur auf die Trittleiter.«

»Und wenn du runtergefallen wärest? Du hättest es lieber mich machen lassen sollen.«

Faye schüttelte den Kopf. »Liebling, ich schwöre dir, ich bin nicht so zerbrechlich. Und jetzt beruhige dich. Ihr Ex-Marines pocht manchmal wirklich zu sehr auf eure Männlichkeit.«

»Wirklich?«

Die Eingangstür öffnete sich, und ein Lastwagenfahrer fragte nach einem Zimmer.

Ernie hielt den Atem an, bis die Tür wieder ins Schloß fiel.

Der LKW-Fahrer war ein schmächtiger Mann mit Cowboyhut auf dem Kopf, in Jeans, Cowboyhemd und Denimjacke. Faye machte ihm ein Kompliment über den Hut, dessen kunstvoll geknüpftes Lederband mit türkisfarbenen Tupfen verziert war. In ihrer freundlichen, aufgeschlossenen Art gab sie dem Fremden das Gefühl, ein alter Freund des Hauses zu sein, noch während die Formalitäten erledigt wurden.

Ernie überließ es ihr, sich um den Gast zu kümmern, und ging hinter das Empfangspult, wo er seine Jacke an den Messinghaken in der Ecke neben den Aktenschränken hängte. Während er sich bemühte, sein seltsames Erlebnis auf der Autobahn zu vergessen und nicht an die hereingebrochene Nacht zu denken, trat er an den Eichenschreibtisch heran, um die Post durchzusehen. Rechnungen, Reklamen, die Ankündigung einer Wohltätigkeitsveranstaltung, die ersten Weihnachtskarten, der monatliche Scheck seiner Militärpension.

Schließlich war da noch ein weißer Umschlag ohne Absender, der nur ein Polaroid-Farbfoto enthielt. Es war vor dem Motel aufgenommen, neben der Tür von Zimmer 9, und es zeigte drei Personen — Mann, Frau und Kind. Der Mann mußte Ende Zwanzig sein, war braungebrannt und sah gut aus. Die Frau war einige Jahre jünger, eine hübsche Brünette. Das kleine Mädchen, fünf bis sechs Jahre alt, sah sehr aufgeweckt aus. Alle drei lächelten in die Kamera. Ihre Kleidung — Shorts und T-Shirts — und das strahlende Sonnenlicht deuteten darauf hin, daß das Foto mitten im Sommer aufgenommen worden war.

Erstaunt drehte er es um, aber auf der Rückseite stand kein Wort der Erklärung, kein Gruß. Ernie nahm den Umschlag noch einmal zur Hand. Er war leer. Kein Brief, keine Karte, nicht einmal eine Visitenkarte. Der Poststempel war Elko, 7. Dezember. Das war der vergangene Samstag gewesen.

Er betrachtete die drei Personen auf dem Foto noch einmal, und obwohl er sich nicht an sie erinnerte, spürte er doch wieder jenes Hautprickeln wie vorhin auf dem Highway, als jenes bestimmte Stück Land ihn magisch angezogen hatte. Sein Puls ging schneller. Er legte das Foto rasch beiseite.

Faye plauderte immer noch mit dem LKW-Fahrer, während sie ihm den Zimmerschlüssel aushändigte.

Ernie beobachtete sie und wurde dadurch etwas ruhiger. Sie

war ein reizendes Mädchen vom Lande gewesen, als er sie kennengelernt hatte, und als reife Frau kam sie ihm noch schöner vor. In ihrem blonden Haar fielen vereinzelte graue Strähnen kaum auf. Ihre blauen Augen war klar und lebhaft. Sie hatte ein offenes, sympathisches Gesicht, das von gesundem Menschenverstand und warmer Lebensfreude zeugte.

Als der LKW-Fahrer sich schließlich zurückzog, zitterte Ernie nicht mehr. Er zeigte Faye das Polaroid-Foto. »Kannst du irgendwas damit anfangen?«

»Das ist unser Zimmer 9«, sagte sie. »Sie müssen bei uns übernachtet haben.« Mit gerunzelter Stirn betrachtete sie das junge Paar und das kleine Mädchen. »Ich kann mich aber nicht an sie erinnern. Es sind für mich wildfremde Menschen.«

»Warum sollten sie uns dann ein Foto schicken, ohne dazu eine Zeile zu schreiben?«

»Vermutlich glaubten sie, daß wir uns auch so an sie erinnern würden.«

»Aber auf diese Idee könnten sie doch nur kommen, wenn sie ein paar Tage hier verbracht und uns etwas näher kennengelernt hätten. Und ich kenne sie überhaupt nicht. Ich bin sicher, daß ich mich an die Kleine erinnern würde«, sagte Ernie. Er hatte Kinder gern, und sie mochten ihn normalerweise auch. »Sie ist so süß, daß sie direkt in Filmen mitwirken könnte.«

»An die *Mutter* würdest du dich bestimmt auch erinnern. Sie sieht fantastisch aus.«

»Der Brief ist in Elko aufgegeben worden«, sagte Ernie. »Warum sollte jemand, der in Elko wohnt, hier bei uns übernachten?«

»Vielleicht wohnen sie nicht in Elko. Vielleicht waren sie letzten Sommer hier und wollten uns immer ein Foto schicken, und vielleicht waren sie jetzt wieder in dieser Gegend und hatten eigentlich vor, hier Halt zu machen und uns das Bild persönlich zu geben. Und dann kam ihnen irgendwas dazwischen, und sie haben es uns einfach von Elko aus geschickt.«

»Ohne eine Zeile?«

»Etwas seltsam ist es schon«, gab Faye zu.

Er nahm ihr das Foto aus der Hand. »Außerdem ist das eine Polaroid-Aufnahme, die sofort entwickelt war. Die hätten sie doch auch gleich dalassen können, als sie hier bei uns waren.«

Die Tür wurde geöffnet, und ein Mann mit lockigem Haar

und buschigem Schnurrbart betrat fröstelnd das Büro. »Sind noch Zimmer frei?« fragte er.

Während Faye sich um den Gast kümmerte, ging Ernie mit dem Foto in der Hand zum Schreibtisch. Er wollte die Post nach oben bringen. Statt dessen blieb er aber neben dem Schreibtisch stehen und starrte auf die Gesichter der Personen auf dem Schnappschuß.

Es war Dienstagabend, der 10. Dezember.

8. Chicago, Illinois

Als Brendan Cronin seine Arbeit als Krankenpfleger in der Kinderklinik aufnahm, wußte nur Dr. Jim McMurtry, daß er in Wirklichkeit Priester war. Der Arzt hatte Vater Wyczazik zugesichert, daß er niemandem etwas davon verraten würde und daß man Brendan die gleichen Arbeiten — einschließlich aller *unangenehmen* Beschäftigungen — zuteilen würde wie jedem anderen Pfleger auch. An seinem ersten Tag im Krankenhaus leerte er folglich Bettpfannen, wechselte urindurchtränkte Laken, assistierte einer Krankengymnastin, die Bewegungsübungen mit bettlägerigen Patienten machte, fütterte einen achtjährigen, partiell gelähmten Jungen, schob Rollstühle, ermutigte verzagte Patienten, wischte das Erbrochene von zwei kleinen Krebspatienten auf, denen die Chemotherapie Übelkeit verursachte. Niemand verhätschelte ihn, niemand redete ihn mit ›Vater‹ an. Die Schwestern, Pfleger, Ärzte und Patienten nannten ihn einfach ›Brendan‹, und er fühlte sich denkbar unwohl, so als müßte er sich wider Willen an einer Maskerade beteiligen.

An diesem ersten Tag zog er sich — von tiefem Mitleid für die kranken Kinder überwältigt — zweimal in die Herrentoilette für das Personal zurück, schloß sich in einer Kabine ein und weinte. Der Anblick der deformierten Beine und geschwollenen Gelenke der Patienten, die an rheumatischer Arthritis litten, war so grauenvoll, daß er ihn kaum ertragen konnte. Die mangelhafte Gewebsspannung der an Muskeldystrophie Erkrankten, die eiternden Wunden der Brandopfer, die striemenübersäten Körper der von ihren Eltern mißhandelten Kinder: Er weinte um sie alle.

Es war ihm unbegreiflich, wie Vater Wyczazik glauben konnte, daß diese Arbeit ihm helfen würde, seinen verlorenen Glauben wiederzufinden. All diese schmerzgepeinigten Kinder verstärkten höchstens noch seine Zweifel. Wenn der gnädige Gott des Katholizismus wirklich existierte, wenn es Christus *gab*, wie konnte er dann zulassen, daß unschuldige Kinder solche Leiden erdulden mußten? Selbstverständlich waren Brendan alle klassischen theologischen Argumente in bezug auf dieses Problem bestens bekannt. Die Menschheit hatte alle Formen des Bösen durch einen freien Willensakt selbst über sich gebracht, indem sie sich von der göttlichen Gnade abwandte. Aber derartige theologische Argumente verloren jegliche Überzeugungskraft, wenn man diese kleinen Opfer des Schicksals dann wirklich vor Augen hatte.

Am zweiten Tag wurde er vom Personal immer noch mit ›Brendan‹ angeredet, aber die Kinder nannten ihn ›Pudge‹ — er hatte ihnen seinen seit langem außer Gebrauch gekommenen Spitznamen verraten, als er ihnen eine lustige Geschichte erzählte. Sie liebten seine Geschichten, Späße, Reime und Wortspiele, und er entdeckte, daß er sie fast immer zum Lachen bringen oder ihnen zumindest ein Lächeln abgewinnen konnte. An jenem Tag weinte er nur noch einmal in der Toilette.

Am dritten Tag wurde er sowohl von den Kindern als auch vom Personal nur noch ›Pudge‹ genannt. Er entdeckte in der Kinderklinik ein neues ungeahntes Talent. Neben den gewissenhaft ausgeführten Pflichten eines Krankenpflegers unterhielt er die Patienten mit komischen Redensarten, neckte sie, munterte sie auf, ließ sie für kurze Zeit ihre Schmerzen vergessen. Wohin er auch ging, er wurde mit freudigen ›*Pudge*‹-Rufen begrüßt, und das war für ihn eine schönere Belohnung als Geld. Und er weinte erst in dem Hotelzimmer, das er für die Dauer von Vater Wycaziks ungewöhnlicher Therapie gemietet hatte.

Am Mittwochnachmittag, seinem siebten Arbeitstag, wußte er, weshalb Vater Wycazik ihn ins St. Joseph's Hospital geschickt hatte. Er begriff es, während er die Haare eines zehnjährigen Mädchens bürstete, das durch ein seltenes Knochenleiden verkrüppelt war.

Emmeline war zu Recht stolz auf ihre Haare. Sie waren dick, glänzend und rabenschwarz, und diese üppige Haarpracht stand in herzbeklemmendem Gegensatz zu ihrem gebrechlichen Körper. Sie liebte es, ihre Haare jeden Tag mit hundert Bürstenstrichen zu pflegen, aber oft waren ihre Hand- und Fingergelenke so entzündet, daß sie die Bürste nicht halten konnte.

Am Mittwoch setzte Brendan sie in einen Rollstuhl und brachte sie in die Röntgenabteilung, wo festgestellt werden sollte, wie sie auf ein neues Medikament für ihr Knochenmark ansprach. Nachdem er sie eine Stunde später in ihr Zimmer zurückgefahren hatte, bürstete er ihr die Haare. Emmeline saß dabei im Rollstuhl und schaute aus dem Fenster. Die Winterlandschaft versetzte das Mädchen in helle Begeisterung.

Mit einer knotigen Hand, die besser zu einer achtzigjährigen Greisin gepaßt hätte, deutete sie auf das Dach eines niedrigeren Flügels der Klinik. »Siehst du den Schneefleck dort unten, Pudge?« Die Wärme im Gebäude hatte den größten Teil des Schnees vom Dach rutschen lassen, aber ein großer Fleck war übriggeblieben und hob sich grell von den dunklen Schieferplatten ab. »Er sieht wie ein Schiff aus«, sagte Emmy. »Seine Form. Siehst du es auch? Ein schönes altes Schiff mit drei weißen Segeln, das über ein schieferfarbenes Meer gleitet.«

Zunächst konnte Brendan beim besten Willen kein Schiff erkennen. Aber sie fuhr fort, es zu beschreiben, und als er zum viertenmal von ihren Haaren aufblickte, sah er plötzlich, daß der Schneefleck tatsächlich eine bemerkenswerte Ähnlichkeit mit einem Segelschiff hatte.

Für Brendan waren die langen Eiszapfen vor Emmys Fenster durchsichtige Gitterstäbe, und das Krankenhaus schien ihm ein Gefängnis zu sein, aus dem sie vielleicht nie entlassen werden würde. Für Emmy waren die gefrorenen Stalaktiten jedoch wunderbare Weihnachtsdekorationen, die sie — wie sie sagte — in Feststimmung versetzten.

»Gott liebt den Winter genauso wie den Frühling«, erzählte sie. »Er hat uns die Jahreszeiten geschenkt, damit uns die Welt nie langweilig wird. Das hat Schwester Katherine uns gesagt, und ich begriff sofort, daß es stimmte. Wenn die Sonne auf diese Eiszapfen fällt, werfen sie Regenbogen über mein Bett. Wunder-wunderschöne Regenbogen, Pudge! Eis und Schnee sind wie ... wie Juwelen ... und wie Hermelinmäntel, die Gott benutzt, um die Welt im Winter anzuziehen, damit wir ›oh‹ und ›ah‹ machen. Deshalb erschafft er auch nie zwei gleiche Schneeflocken: Er will uns daran erinnern, daß die Welt, die er für uns erschaffen hat, eine wundervolle, herrliche Welt ist.«

Wie auf ein Stichwort hin begannen Schneeflocken vom grauen Dezemberhimmel herabzuschweben.

Trotz ihrer fast gebrauchsunfähigen Beine und ihrer verkrümmten Hände, trotz ihrer Schmerzen glaubte Emmy fest daran, daß Gott gut war, daß die von ihm erschaffene Welt *richtig* war.

Starker Glaube war erstaunlicherweise charakteristisch für fast alle Kinder im St. Joseph's Hospital. Sie blieben überzeugt davon, daß ein liebender Vater von seinem himmlischen Königreich aus über sie wachte, und das gab ihnen Kraft und Mut.

Brendan konnte im Geiste Vater Wycazik sagen hören: *Wenn diese Unschuldigen so viel leiden können, ohne ihren Glauben zu verlieren, welche kümmerliche Entschuldigung gibt es dann für Sie, Brendan? Vielleicht wissen diese Kinder in ihrer Unschuld und Naivität etwas, das Sie vergessen haben, während Sie in Rom Ihre schwierigen Studien betrieben. Vielleicht können Sie etwas daraus lernen, Brendan. Was meinen Sie? Können Sie vielleicht etwas daraus lernen?*

Aber die Lektion war nicht stark genug, um Brendans Glauben wiederherzustellen. Er war tief gerührt, aber nicht über die Möglichkeit, daß es tatsächlich einen liebenden und erbarmenden Gott geben könnte, sondern nur über die erstaunliche Tapferkeit der Kinder angesichts ihrer schrecklichen Krankheiten.

Er fügte den üblichen hundert Bürstenstrichen noch zehn hinzu, was Emmy entzückte, dann hob er sie aus dem Rollstuhl und legte sie in ihr Bett. Als er die Decke über ihre mitleiderregend dünnen verkrümmten Beine zog, wurde er plötzlich von der gleichen Rage gepackt wie während jener verhängnisvollen Frühmesse, und wenn ein Meßkelch in der Nähe gewesen wäre, so hätte er nicht gezögert, ihn wieder gegen die Wand zu schleudern.

Emmy stieß einen erschrockenen Laut aus, und Brendan hatte das verrückte Gefühl, sie könnte seine blasphemischen Gedanken gelesen haben. Aber sie sagte: »O Pudge, hast du dich verletzt?«

Er blinzelte verwirrt. »Was meinst du damit?«

»Hast du dich verbrannt? Deine Hände ... Wann hast du deine Hände verbrannt?«

Er warf einen Blick auf die Handrücken, sah nichts Besonderes, drehte sie um und betrachtete erstaunt die Male auf seinen

Handflächen. In der Mitte beider Hände war ein roter Ring entzündeten, geschwollenen Fleisches. Die Ringe hatten einen Durchmesser von etwa fünf Zentimeter und hoben sich scharf von der umliegenden Haut ab. Das runde Band aus verletztem Gewebe war höchstens einen Zentimeter breit und völlig unbeschädigt. Es sah fast so aus, als wären die Male nur aufgemalt, aber als er eines davon mit der Fingerspitze berührte, konnte er die Wölbung deutlich fühlen.

»Sonderbar«, murmelte er.

Dr. Stan Heeton war der diensthabende Assistenzarzt in der Notaufnahme der Klinik. Er sah sich die seltsamen Ringe auf Brendans Handflächen aufmerksam und interessiert an und fragte:

»Haben Sie Schmerzen?«

»Nein, überhaupt nicht.«

»Spüren Sie einen Juckreiz oder ein Brennen?«

»Nein.«

»Oder wenigstens ein Prickeln? Nein? Und Sie hatten so etwas noch nie?«

»Nein.«

»Leiden Sie unter irgendwelchen Allergien? Nein? Hmmm. Auf den ersten Blick sieht es wie eine leichte Verbrennung aus, aber Sie würden sich bestimmt daran erinnern, wenn Sie etwas Heißes berührt hätten. Außerdem hätten Sie dann Schmerzen. Folglich können wir das ausschließen. Das Gleiche gilt für eine Verätzung. Sagten Sie nicht, Sie hätten ein kleines Mädchen in die Radiologie gebracht?«

»Ja, aber ich war nicht im Zimmer, als die Röntgenaufnahmen gemacht wurden.«

»Na ja, wie eine Strahlenverbrennung sieht es eigentlich auch nicht aus. Vielleicht eine Dermatomykose, eine Pilzinfektion, etwas wie Ringelflechte, obwohl die Symptome für Ringelflechte eigentlich nicht ausreichen. Kein Abschuppen, kein Juckreiz. Und der Ring ist viel zu deutlich ausgeprägt für eine Pilzinfektion dieser Art.«

»Und was könnte es dann sein?«

»Ich glaube nicht, daß es etwas Ernstes ist«, antwortete Heeton nach kurzem Zögern. »Vermutlich handelt es sich um einen Hautausschlag durch irgendeine Allergie, von der Sie nichts wissen. Falls es sich als hartnäckige Sache erweisen sollte, müßten Sie die üblichen Pflastertests machen lassen, um die Ursache festzustellen.«

Er ließ Brendans Hände los, setzte sich an den Schreibtisch und begann ein Rezeptformular auszufüllen.

Brendan betrachtete noch einmal verwirrt seine Hände, dann faltete er sie auf seinem Schoß.

»Ich versuche es erst einmal mit der einfachsten Behandlungsmethode, einer Cortisonsalbe. Wenn der Ausschlag in einigen Tagen nicht verschwunden ist, kommen Sie wieder zu mir.« Er reichte Brendan das Rezept.

»Sagen Sie bitte, besteht irgendeine Gefahr, daß ich diese Infektion auf die Kinder übertragen könnte?«

»O nein. Nicht die geringste. Sonst hätte ich es Ihnen schon gesagt. So, und jetzt lassen Sie mich noch einmal einen Blick darauf werfen.«

Brendan streckte ihm seine Hände hin.

»Was zum Teufel!« rief Dr. Heeton überrascht.

Die Ringe waren verschwunden.

In dieser Nacht hatte Brendan in seinem Zimmer im ›Holiday Inn‹ wieder jenen ihm inzwischen schon wohlbekannten Alptraum, über den er mit Vater Wycazik gesprochen hatte. Dieser Traum hatte seinen Schlaf im Laufe der vergangenen Woche schon zweimal gestört.

Er träumte, er läge an einem seltsamen Ort und seine Arme und Beine wären mit Riemen oder Gurten gefesselt. Alles war verschwommen. Nur die beiden Hände konnte er ganz deutlich sehen. Sie griffen nach ihm. Hände in glänzenden schwarzen Handschuhen.

Er erwachte in einem zerwühlten Bett mit schweißfeuchten Laken, setzte sich auf, lehnte sich an den oberen Bettrand und wartete darauf, daß der Traum allmählich verblassen würde, während der Schweiß auf seiner Stirn trocknete. Er wollte sich mit den Händen das Gesicht abwischen — und erstarrte, als seine Handflächen die Wangen berührten. Er schaltete die Lampe ein. Die geschwollenen, entzündeten Ringe waren wieder zu sehen. Aber noch während er sie anstarrte, verschwanden sie.

Es war Donnerstag, der 12. Dezember.

9. Laguna Beach, Kalifornien

Dom Corvaisis glaubte, in der Nacht vom Mittwoch zum Donnerstag ruhig durchgeschlafen zu haben. Er wachte in seinem Bett auf, in genau der gleichen Position, in der er sich abends hingelegt hatte, so als hätte er sich während der Nacht keinen Zentimeter von der Stelle bewegt.

Als er sich jedoch an die Arbeit machen wollte und den Textcomputer einschaltete, fand er zu seiner großen Bestürzung auf der Diskette einen unwiderlegbaren Beweis für neuerliches Schlafwandeln. Offensichtlich war er, wie schon einige Male zuvor, in seiner Trance zum Computer gegangen und hatte etwas getippt. Bei den früheren Gelegenheiten hatte es sich um unzählige Wiederholungen des Satzes ›Ich habe Angst‹ gehandelt, aber diesmal hatte er zwei andere Wörter getippt:

Der Mond. Der Mond. Der Mond. Der Mond.
Der Mond. Der Mond. Der Mond. Der Mond.

Diese sieben Buchstaben standen Hunderte von Malen da, und ihm fiel sogleich ein, daß er die gleichen Wörter gemurmelt hatte, bevor er am letzten Sonntag eingeschlafen war. Dominick starrte lange auf den Bildschirm; ihm war kalt, aber er hatte nicht die geringste Ahnung, welche besondere Bedeutung ›der Mond‹ für ihn haben konnte.

Die Therapie mit Valium und Dalmane war sehr wirksam. Seit dem Wochenende war er — bis zu dieser Nacht — nicht mehr im Schlaf gewandelt, und seit jenem gräßlichen Traum, in welchem man seinen Kopf tief in ein Waschbecken gedrückt hatte, war er auch von Alpträumen verschont geblieben. Er hatte Dr. Cobletz noch einmal aufgesucht, und der Arzt war über seine raschen Fortschritte sehr erfreut gewesen.

»Ich werde Ihnen neue Rezepte ausstellen«, hatte Cobletz gesagt, »aber Sie dürfen auf keinen Fall mehr als ein Valium pro Tag einnehmen — allerhöchstens zwei.«

»Das tu ich nie«, hatte Dom gelogen.

»Und nur ein Dalmane pro Nacht. Ich möchte nicht, daß Sie tablettensüchtig werden. Ich bin sicher, daß wir bis Neujahr Ihr Problem beseitigt haben werden.«

Dom glaubte, daß der Arzt mit dieser Prognose recht hatte, und deshalb wollte er Cobletz auch nicht mit dem Geständnis beunruhigen, daß es Tage gab, die er nur mit Hilfe des Valiums durchstand, und daß er nachts manchmal zwei oder sogar drei Dalmane einnahm und sie mit Bier oder Scotch hinunterspülte. In wenigen Wochen würde er ja sowieso aufhören können, diese Tabletten einzunehmen, ohne befürchten zu müssen, daß der Somnambulismus wieder begann. Die Behandlung schlug an. Das war das einzig Wichtige. Gott sei Dank, die Behandlung schlug an.

Bis jetzt.

Der Mond.

Frustriert und verärgert löschte er die Wörter von der Diskette. Hunderte eintöniger Zeilen. Viermal pro Zeile: ›Der Mond‹.

Er starrte lange auf den Bildschirm und wurde immer nervöser.

Schließlich nahm er ein Valium ein.

An diesem Morgen brachte Dom keine vernünftige Arbeit zustande, und um elf Uhr dreißig holten Parker Faine und er Denny Ulmes und Nyugen Kao Tran ab, die beiden Jungen, die ihnen von der Ortsgruppe Orange County der ›Big Brothers of America‹ zugeteilt worden waren. Sie hatten einen gemütlichen Nachmittag am Strand geplant, mit anschließendem Abendessen bei ›Hamburger Hamlet‹ und einem Kinobesuch, und Dominick hatte sich auf diesen Tag gefreut.

Er war schon vor Jahren in Portland den ›Big Brothers‹ beigetreten. Es war das einzige Gesellschaftsprojekt gewesen, für das er sich je engagiert hatte, die einzige Sache, die ihn damals aus seinem Karnickelloch hatte hervorlocken können.

Er selbst hatte seine Kindheit bei zahlreichen Pflegeeltern verbracht, vereinsamt und zunehmend introvertiert. Er hoffte, eines Tages, wenn er verheiratet sein würde, Kinder adoptieren zu können. In der Zwischenzeit half er nicht nur den Kindern, wenn er sich ihnen widmete, sondern tröstete damit auch das einsame Kind in sich selbst.

Nyugen Kao Tran zog es vor, ›Duke‹ genannt zu werden, in Anlehnung an John Wayne, dessen Film er liebte. Duke war dreizehn, der jüngste Sohn einer Familie von den ›boat people‹, die vor den Schrecken der ›Friedenszeit‹ in Vietnam geflohen waren. Er war intelligent, hatte ein rasches Auffassungsvermögen, war mager und unglaublich flink. Sein Vater — der einen brutalen Krieg, ein Konzentrationslager und zwei Wochen in einem leichten Boot auf offenem Meer überlebt hatte — war vor drei Jahren während der Arbeitszeit in seinem Nebenjob als Nachtschichtverkäufer in einer ›Seven-Eleven‹-Filiale im sonnigen Südkalifornien bei einem bewaffneten Raubüberfall ums Leben gekommen.

Denny Ulmes, der zwölfjährige Junge, der Parkers ›kleiner Bruder‹ war, hatte seinen Vater durch ein Krebsleiden verloren. Er war zurückhaltender als Duke, aber die beiden verstanden sich großartig, und deshalb unternahmen Dom und Parker mit ihnen oft gemeinsam etwas.

Parker war erst auf Doms beharrliches Drängen hin ein ›Big Brother‹ geworden. Zunächst hatte er sich heftig dagegen gesträubt. »Ich? *Ich?* Ich eigne mich nicht als Vater — oder als Ersatzvater«, hatte er erklärt. »Ich war nie ein väterlicher Typ und werde nie einer sein. Ich trinke zuviel und habe zuviel Weibergeschichten. Es wäre direkt kriminell, wenn man zuließe, daß irgendein Kind sich ratsuchend an mich wendet. Ich bin ein Zauderer, ein Träumer und ein selbstsüchtiger Egomane. Und ich *mag* mich, so wie ich bin! Was könnte ich denn einem Jungen schon geben? Ich mag nicht einmal Hunde. Kinder lieben Hunde, aber ich hasse diese verdammten schmutzigen Viecher mit ihren Flöhen! Ich und ein Big Brother? Mein Freund, du mußt wirklich den Verstand verloren haben!«

Aber am Donnerstagnachmittag am Strand, als sich herausstellte, daß das Wasser zum Schwimmen zu kalt war, organisierte Parker ein Volleyballspiel und Wettrennen entlang der Brandung. Dom und die beiden Jungen begeisterten sich auch für ein von dem Maler selbst erfundenes kompliziertes Spiel, für das man zwei Stöcke, einen Strandball und eine leere Coladose benötigte. Und unter seiner Anleitung wurde eine Sandburg samt gefährlich aussehendem Drachen gebaut.

Als sie später bei ›Hamburger Hamlet‹ in Costa Mesa aßen und die Jungen gerade auf der Toilette waren, sagte Parker: »Dom, alter Freund, diese ›Big Brother‹-Sache war wirklich eine der besten Ideen, die ich je hatte.«

»Die *du* hattest?« rief Dom kopfschüttelnd. »Ich mußte dich mit Geschrei und Fußtritten dazu bringen.«

»Unsinn!« erwiderte Parker. »Ich konnte mit Kindern schon immer gut umgehen. Jeder Künstler ist im Herzen teilweise noch ein Kind. Wir müssen jung bleiben, um kreativ sein zu können. Ich finde, daß Kinder mich beleben, meinen Geist anregen.«

»Als nächstes wirst du dir wohl einen Hund zulegen«, sagte Dom trocken.

Parker lachte. Er trank sein Bier aus und beugte sich etwas vor. »Ist mit dir alles okay? Du kamst mir heute zeitweilig etwas ... zerstreut vor. Geistesabwesend.«

»Mir ging so einiges durch den Kopf«, antwortete Dom. »Aber es ist alles in Ordnung. Das Schlafwandeln hat schon stark nachgelassen. Und die Träume ebenfalls. Cobletz weiß, was er tut.«

»Kommst du mit dem neuen Buch gut voran? Flunker mich jetzt nicht an!«

»Doch, es läuft ganz gut«, schwindelte Dom.

»Manchmal hast du einen so komischen Blick«, sagte Parker, wobei er ihn intensiv beobachtete. »So ... so benommen. Du hältst dich doch an die vorgeschriebene Dosierung?«

Die Scharfsichtigkeit des Malers brachte Dom aus der Fassung. »Ich müßte ja ein Vollidiot sein, wenn ich Valium in mich reinfuttern würde wie Süßigkeiten. Natürlich halte ich mich an die vorgeschriebene Dosierung.«

Parker sah ihn eindringlich an, beschloß aber offensichtlich, nicht weiter zu bohren.

Der Film war gut, aber während der ersten dreißig Minuten wurde Dom völlig grundlos immer nervöser. Als er merkte, daß die Nervosität sich zu einem Angstanfall zu steigern drohte, ging er leise auf die Toilette. Er hatte für einen Notfall dieser Art vorsichtshalber ein weiteres Valium mitgenommen.

Wichtig war schließlich nur, daß er dabei war, den Kampf zu gewinnen. Er kam gut voran. Der Somnambulismus verlor seine Gewalt über ihn. Das allein zählte.

Das Desinfektionsmittel mit Tannenduft konnte den durchdringenden Gestank der Pissoirs nicht ganz verdrängen. Eine leichte Übelkeit stieg in Dom auf. Er schluckte das Valium ohne Wasser.

In dieser Nacht wurde er trotz der Tabletten von dem Traum heimgesucht, und diesmal erinnerte er sich nach dem Erwachen an mehr als nur an den Teil, wo jemand seinen Kopf ins Waschbecken preßte.

In seinem Alptraum war er in einem Bett in einem ihm unbekannten Zimmer, das voller öligem safranfarbenem Nebel zu sein schien. Vielleicht war dieser gelbe Schleier aber auch nur in seinen Augen, denn er konnte nichts klar erkennen. Verschwommen nahm er irgendwelche Möbelstücke wahr, und mindestens zwei Personen waren anwesend. Aber diese Gestalten kräuselten und krümmten sich, als bestünden sie nur aus Rauch und Flüssigkeit, als hätten sie keine feste Erscheinungsform.

Er fühlte sich wie unter Wasser, wie tief unter der Oberfläche eines mysteriösen, kalten Sees. Der Atmosphärendruck an jenem Traumort war stärker als der von Luft. Er konnte kaum atmen. Jeder Atemzug bereitete ihm Qualen. Er spürte, daß er im Sterben lag.

Die beiden verschwommenen Gestalten kamen näher. Sie schienen beunruhigt über seinen Zustand zu sein. Sie redeten aufeinander ein. Obwohl er wußte, daß sie englisch sprachen, konnte er sie nicht verstehen. Eine kalte Hand berührte ihn. Er hörte das Klirren von Glas. Irgendwo wurde eine Tür geschlossen.

Mit der blitzartigen Geschwindigkeit eines Schnittes im Film wechselte der Schauplatz in ein Bad oder eine Küche. Jemand drückte seinen Kopf in ein Waschbecken hinab. Das Atmen fiel ihm jetzt noch schwerer. Die Luft war wie Schlamm: Sie drang bei jedem bei jedem Einatmen in seine Nasenflügel ein und verstopfte sie. Er würgte und keuchte und versuchte, die schlammdicke Luft auszustoßen, und die beiden Personen brüllten ihn an, und er konnte immer noch nicht verstehen, was sie sagten, und sie preßten sein Gesicht in den Ablauf ...

Dom erwachte in seinem Bett. Als er am vergangenen Wochenende aus dem Alptraum aufgeschreckt war, hatte er feststellen müssen, daß er im Schlaf zu seinem eigenen Waschbecken im Bad gegangen war und sich — wie in seinem Traum — tief über den Ablauf beugte. Diesmal war er sehr erleichtert, daß er noch unter seiner Bettdecke war.

Es geht mir besser, dachte er.

Zitternd setzte er sich auf und machte Licht.

Keine Barrikaden. Keine Hinweise auf somnambulistische Panik.

Er schaute auf die Digitaluhr: 2^{09}.

Eine halbvolle Dose warmes Bier stand auf dem Nachttisch. Er spülte eine Dalmane-Tablette damit hinunter.
Es geht mir schon viel besser.
Es war Freitag, der 13. Dezember.

10. Elko County, Nevada

In der Nacht vom Freitag zum Samstag, drei Tage nach seinem seltsamen Benehmen auf dem Highway, konnte Ernie Block überhaupt nicht einschlafen. In der Dunkelheit waren seine Nerven bis zum Zerreißen gespannt, und er befürchtete, daß er jeden Augenblick entsetzt losschreien und dann außerstande sein würde, damit aufzuhören.

Er schlüpfte leise aus dem Bett, vergewisserte sich, daß Faye weiterhin langsam und gleichmäßig atmete, schlich ins Bad, schloß die Tür, machte Licht. Wundervolles Licht. Er genoß es in vollen Zügen. Er setzte sich auf den Klodeckel und ließ die Helligkeit eine Viertelstunde lang auf sich einwirken, glücklich wie eine Eidechse auf einem Stein in der Sonne.

Schließlich wurde ihm klar, daß er ins Schlafzimmer zurückkehren mußte. Wenn Faye aufwachte und bemerkte, daß er so lange im Bad blieb, würde sie glauben, ihm wäre schlecht geworden oder so etwas Ähnliches. Und er war fest entschlossen, weiterhin den Schein zu wahren und sie nicht zu beunruhigen.

Obwohl er die Toilette nicht benutzt hatte, betätigte er die Spülung und wusch sich die Hände, für den Fall, daß Faye wach geworden war. Er nahm gerade das Handtuch vom Haken, als sein Blick auf das einzige Fenster im Raum fiel. Es befand sich über der Badewanne, ein 90 cm breites und 60 cm hohes Rechteck, das sich mittels einer Schere nach außen öffnen ließ. Obwohl die Mattglasscheibe Ernie den Anblick der Nacht ersparte, durchlief ihn ein Schauer, und seltsame Gedanken schossen ihm plötzlich durch den Kopf:

Das Fenster ist groß genug, um hinauszukommen, ich könnte fliehen, und das Dach des Werkraums ist direkt unter dem Fenster, ich muß also nicht in die Tiefe springen, und ich könnte mich aus dem Staub machen, die Hügel hinter dem Motel hinaufrennen, mich nach Osten schlagen und von irgendeiner Ranch Hilfe holen ...

Bestürzt blinzelnd stellte Ernie fest, daß er vom Waschbecken zur Badewanne gegangen war, ohne sich daran erinnern zu können.

Sein Drang zur Flucht war ihm völlig unerklärlich. Vor wem wollte er fliehen? Wovor? Weshalb? Dies hier war sein eigenes Haus. In diesen vier Wänden hatte er nichts zu befürchten.

Dennoch konnte er seinen Blick nicht von dem milchigen Fenster wenden. Er fühlte sich wie in Trance versetzt, vermochte diesen Zustand aber nicht abzuschütteln.

Ich muß hier raus, muß fliehen, eine zweite Chance wird es nicht geben, jedenfalls keine so günstige, jetzt, los, mach schon ...

Ohne sich dessen bewußt zu sein, war er in die Wanne gestiegen und stand jetzt direkt vor dem Fenster, das in Gesichtshöhe angebracht war. Er fühlte das kalte Email der Wanne unter seinen nackten Füßen.

Schieb den Riegel zurück, stoß das Fenster auf, stell dich auf den Rand der Wanne, zieh dich aufs Fensterbrett hoch, und dann nichts wie weg, renn, so schnell du kannst, du wirst einen Vorsprung von drei oder vier Minuten haben, bevor sie dich vermissen, das ist nicht viel, aber es reicht ...

Er geriet in völlig grundlose Panik. Er hatte ein mulmiges Gefühl im Magen, seine Kehle war wie zugeschnürt.

Ohne zu wissen, warum er es tat, aber außerstande, dem Drang zu widerstehen, schob er den Riegel zurück, stieß das Fenster weit auf.

Er war nicht allein.

Etwas war auf der anderen Seite des Fensters, draußen auf dem Dach, etwas mit einem dunklen, glänzenden, konturlosen Gesicht. Während Ernie erschrocken zusammenfuhr, registrierte er, daß es ein Mann war, der einen weißen Helm mit getöntem Visier auf dem Kopf trug, daß dieses Visier sein ganzes Gesicht verdeckte und so dunkel getönt war, daß es fast schwarz aussah.

Eine schwarz behandschuhte Hand schob sich durch das offene Fenster, so als wollte sie ihn packen, und Ernie schrie auf und machte einen Schritt rückwärts und fiel über den Rand der Badewanne. Er versuchte verzweifelt, sich am Duschvorhang festzuklammern, riß ihn zum Teil aus den Ringen, konnte seinen Sturz jedoch nicht aufhalten. Er schlug krachend auf dem Boden auf. Heftiger Schmerz durchzuckte seine rechte Hüfte.

»Ernie!« rief Faye, und gleich darauf riß sie die Tür auf. »Ernie, mein Gott, was ist los, was ist passiert?«

»Komm nicht näher!« Er erhob sich mühsam. »Da draußen ist jemand.«

Kalte Nachtluft drang durch das offene Fenster herein und blähte den halb von der Stange gerissenen Duschvorhang.

Faye fröstelte, denn sie trug einen Pyjama mit kurzem Höschen.

Auch Ernie fröstelte, aber aus anderen Gründen. Der Schmerz in seiner Hüfte beim Aufprall auf den Boden hatte ihn jäh aus seiner Trance gerissen. In seiner wiedergewonnenen geistigen Klarheit fragte er sich nun, ob er sich die behelmte Gestalt nur eingebildet hatte, ob es nur eine Halluzination gewesen war.

»Auf dem Dach?« fragte Faye. »Am Fenster? Wer?«

»Ich weiß nicht«, erwiderte Ernie. Er rieb sich die schmerzende Hüfte, stieg wieder in die Wanne und spähte aus dem Fenster. Diesmal war niemand zu sehen.

»Wie sah er denn aus?«

»Kann ich nicht sagen. Er hatte eine Motorradkluft an. Helm, Handschuhe.« Ernie wußte selbst, wie verrückt sich das anhörte.

Er zog sich am Sims hoch, beugte sich hinaus und ließ seine Blicke aufmerksam über das ganze Dach des Werkraums schweifen. Hier konnte sich nirgendwo jemand verstecken. Der Eindringling mußte geflüchtet sein — wenn er überhaupt jemals existiert hatte.

Schlagartig kam Ernie die unendliche Finsternis hinter dem Motel zum Bewußtsein. Sie erstreckte sich über die Hügel bis hin zu den fernen Bergen, eine gewaltige Finsternis, die nur vom Sternenlicht schwach erhellt wurde. Lähmende Schwäche überwältigte ihn. Keuchend ließ er sich vom Fensterbrett in die Wanne hinab und wollte dem Fenster rasch den Rücken zuwenden.

»Mach es zu«, sagte Faye.

Er kniff die Augen fest zusammen, um die Nacht nicht noch einmal sehen zu müssen, tastete blindlings nach dem Fenster und zog es mit solcher Kraft zu, daß er dabei fast die Scheibe zerbrach. Mit zitternden Händen schob er den Riegel vor.

Als er aus der Wanne stieg, sah er Sorge in Fayes Augen. Damit hatte er gerechnet. Er sah auch Überraschung, und auch damit hatte er gerechnet. Nicht gefaßt war er hingegen auf das Wissen, das aus ihrem eindringlichen Blick sprach. Einen Augenblick lang schauten sie einander schweigend an.

Dann sagte Faye: »Bist du bereit, mir davon zu erzählen?«

»Wie ich schon sagte ... ich glaubte, auf dem Dach einen Mann gesehen zu haben.«

»Davon rede ich nicht, Ernie. Ich meine vielmehr — bist du jetzt bereit, mir zu erzählen, was mit dir los ist, was dich quält?« Ihre Augen ließen seinen Blick nicht los. »Schon seit einigen Monaten. Vielleicht schon länger.«

Er war völlig sprachlos. Er hatte geglaubt, sich perfekt verstellt zu haben.

»Liebling, du machst dir doch seit einiger Zeit schreckliche Sorgen. So habe ich dich nie zuvor erlebt. Und du hast Angst.«

»Nein, Angst ist es eigentlich nicht.«

»O doch. Du hast Angst«, wiederholte Faye, aber ohne jeden Unterton von Spott; sie sprach es nur aus, weil sie ihm helfen wollte. »In all den vielen Jahren habe ich nur einmal erlebt, daß du Angst hattest — damals, als Lucy fünf Jahre alt war und jenes Muskelfieber hatte und die Ärzte glaubten, es könnte Muskeldystrophie sein.«

»Mein Gott, ja, damals war ich vor Angst völlig außer mir.«

»Aber seitdem nie.«

»Oh, in Vietnam hatte ich manchmal auch Angst«, sagte er. Sein Geständnis hallte von den Badezimmerwänden dumpf wider.

»Aber *ich* habe dich nie in diesem Zustand gesehen.« Sie verschränkte die Arme vor ihrer Brust. »Es ist selten, daß ich dich in diesem Zustand sehe, Ernie, und deshalb bekomme *ich* es mit der Angst zu tun, wenn ich merke, daß du Angst hast. Ich kann nichts dagegen tun. Und jetzt bin ich besonders beunruhigt, weil ich nicht weiß, was los ist, was dich quält. Verstehst du? So völlig im dunkeln zu tappen, das ist viel schlimmer, als wenn ich über das Problem Bescheid wüßte, das du glaubst, vor mir verheimlichen zu müssen.«

Tränen traten ihr in die Augen, und Ernie rief sofort: »O nein, nicht weinen, Liebling. Es wird alles wieder gut werden, Faye. Bestimmt.«

»Erzähl es mir!«

»Okay.«
»Jetzt! Alles!«

Er hatte sie gründlich unterschätzt und begriff, daß er sich wie ein dickköpfiger Dummkopf benommen hatte. Schließlich war sie eine Soldatenfrau, und eine sehr gute noch dazu. Sie war ihm von Quantico nach Singapur und nach Pendleton in Kalifornien gefolgt, sogar nach Alaska; sie hatte ihn überallhin begleitet, mit Ausnahme von Vietnam und später Beirut. Sie hatte ihm ein Heim geschaffen, an allen Orten, wohin das Korps Familienangehörige mitzunehmen erlaubte; sie hatte in schlechten Zeiten tapfer bei ihm ausgeharrt, sich nie beklagt und ihn nie im Stich gelassen. Sie war zäh. Wie hatte er das nur vergessen können?

»Alles«, stimmte er zu, grenzenlos erleichtert, seine Bürde endlich mit jemandem teilen zu können.

Faye machte Kaffee, und sie saßen in Morgenmänteln und Hausschuhen am Küchentisch, während er ihr alles erzählte. Sie konnte ihm ansehen, daß er verlegen war. Er brauchte lange, um mit Einzelheiten herauszurücken, aber sie trank ihren Kaffee und ließ ihm geduldig die Möglichkeit, es auf seine Weise zu berichten.

Ernie war so ziemlich der beste Ehemann, den eine Frau sich wünschen konnte, aber hin und wieder kam der Starrsinn der Blocks bei ihm zum Durchbruch, und dann hätte Faye ihn am liebsten geschüttelt, um ihn zur Vernunft zu bringen. In seiner Familie litten alle daran, besonders die Männer. Die Blocks machten alles auf *diese* und niemals auf *jene* Weise, und es empfahl sich nicht, sie nach dem Warum zu fragen. Die Männer der Blocks wollten ihre Unterhemden gebügelt haben, nicht aber ihre Unterhosen. Die Frauen der Blocks trugen *immer* einen BH, sogar zu Hause bei der größten Sommerhitze. Die Blocks, Männer und Frauen, aßen genau um zwölf Uhr dreißig zu Mittag und um sechs Uhr dreißig zu Abend, und Gott bewahre, wenn das Essen einmal zwei Minuten zu spät auf den Tisch kam: Von den Klagen konnte einem glatt das Trommelfell platzen. Die Blocks fuhren nur Wagen von General Motors. Nicht etwa, weil GM-Produkte um soviel besser als andere gewesen wären, sondern weil die Blocks *immer* nur mit Wagen von General Motors gefahren waren.

Zum Glück war Ernie nicht einmal ein Zehntel so schlimm wie sein Vater und seine Brüder. Er war klug genug gewesen, sich aus Pittsburgh abzusetzen, wo der Block-Clan seit Generationen in einem ganz bestimmten Wohnbezirk lebte. Draußen in der realen Welt, vom Königreich der Blocks weit entfernt, hatte Ernie sich von ihren starren Regeln freigemacht. Im Marine Corps konnte er nicht erwarten, jede Mahlzeit genau zu jener Zeit vorgesetzt zu bekommen, die bei den Blocks durch die Tradition festgelegt war. Und kurz nach der Hochzeit hatte Faye ihm klargemacht, daß sie ihm zwar ein perfektes Heim schaffen wollte, aber nicht bereit war, sinnlose Traditionen fortzusetzen. Ernie stellte sich allmählich um, auch wenn es ihm nicht immer leichtfiel, und nun war er das schwarze Schaf der Familie, weil er Todsünden von der Art beging, verschiedene nicht von GM hergestellte Wagen zu fahren.

Der einzige Bereich, in dem Ernie sich immer noch nicht ganz von der Sturheit der Blocks freigemacht hatte, war das Verhältnis zwischen Männern und Frauen. Er glaubte, ein Ehemann müsse seine Frau vor einer Vielzahl unangenehmer Dinge bewahren, für die sie angeblich viel zu schwach und zerbrechlich war. Er glaubte, ein Ehemann dürfe es sich nie erlauben, irgendeine Schwäche zu zeigen. Obwohl ihre Ehe in Wirklichkeit nie nach diesen starren Regeln geführt worden war, schien Ernie manchmal nicht zu begreifen, daß sie die Traditionen der Blocks schon vor mehr als einem Vierteljahrhundert aufgegeben hatten.

Faye hatte schon vor Monaten bemerkt, daß mit Ernie etwas nicht stimmte. Aber er fuhr beharrlich fort, sich zu verstellen und den glücklichen Marine im Ruhestand zu spielen, dem eine zweite erfolgreiche Karriere im Hotelgewerbe geglückt war. Sie hatte beobachtet, wie er von einem inneren Feuer verzehrt wurde, dessen Ursache sie nicht kannte, aber er hatte ihre subtilen und geduldigen Bemühungen, ihn zum Reden zu bringen, überhaupt nicht wahrgenommen.

In den letzten Wochen, seit ihrer Rückkehr aus Wisconsin, war ihr dann immer stärker aufgefallen, daß es ihm zutiefst zuwider war, nachts ins Freie zu gehen, daß er fast außerstande dazu war. Und auch im Haus schien er sich nicht wohl fühlen zu können, solange nicht sämtliche Lampen im Zimmer brannten.

Als sie nun in der Küche saßen — dampfende Kaffeetassen

vor sich, die Jalousien fest geschlossen, alle Lampen eingeschaltet —, lauschte Faye aufmerksam Ernies Bericht und unterbrach ihn nur, wenn er offensichtlich ein Wort der Ermutigung brauchte, um fortfahren zu können. Sie fühlte sich durch sein Problem keineswegs überfordert. Ganz im Gegenteil, ihre Stimmung hob sich merklich, denn sie glaubte zu wissen, was ihm fehlte und wie ihm geholfen werden konnte.

Mit leiser, dünner Stimme kam er zum Schluß. »Ist das nun der Lohn für all die Jahre harter Arbeit und sorgfältiger finanzieller Planung? Vorzeitige Senilität? Soll ich jetzt, wo wir erst so richtig anfangen können zu genießen, was wir uns aufgebaut haben, den Verstand verlieren, wirres Zeug faseln, geifern, mir in die Hose pissen und mir selbst und dir nur eine Last sein? Zwanzig Jahre vor der Zeit? Mein Gott, Faye, ich wußte zwar immer, daß es im Leben nicht gerecht zugeht, aber ich habe doch nie geglaubt, daß die Spielkarten zu meinen Ungunsten so falsch gemischt sein könnten.«

»Zu all dem wird es nicht kommen.« Faye nahm seine Hand. »Sicher, die Alzheimersche Krankheit kann sogar jüngere Leute als dich treffen, aber du hast sie bestimmt nicht. Nach allem, was ich gelesen habe, und auch nach meinen eigenen Erfahrungen mit meinem Vater glaube ich nicht, daß Senilität — ob nun vorzeitige oder sonstige — jemals auf diese Weise beginnt. Meiner Meinung nach ist es eine einfache Phobie. Eine Phobie, weiter nichts. Manche Leute haben unerklärliche Ängste vor dem Fliegen, oder sie haben Höhenangst. Und du hast eben aus irgendeinem Grunde Angst vor der Dunkelheit. Dagegen läßt sich etwas machen.«

»Aber Phobien entstehen doch nicht von einem Tag auf den anderen, oder?«

Sie drückte seine Hand, die sie immer noch umfangen hielt. »Erinnerst du dich noch an Helen Dorfman? Es liegt fast 24 Jahre zurück. Unsere Vermieterin, als du zum erstenmal in Camp Pendleton stationiert warst?«

»Aber ja! Das Haus in der Vine Street, sie wohnte in Nr. 1 im Erdgeschoß. Wir hatten Nr. 6.« Es schien ihn zu ermutigen, daß er sich noch an all diese Einzelheiten erinnern konnte. »Sie hatte eine Katze... ›Sable‹ hieß sie... Weißt du noch, wie diese verdammte Katze eine Vorliebe für uns bekam und uns kleine Geschenke vor die Haustür legte?«

»Tote Mäuse!«

»Ja, direkt neben die Morgenzeitung und die Milch.« Er lachte, dann sagte er: »He, jetzt geht mir ein Licht auf, warum du Helen Dorfman erwähnt hast! Sie hatte Angst, ihre Wohnung zu verlassen. Brachte es nicht einmal fertig, auf ihren Rasen hinauszugehen.«

»Die arme Frau litt unter Agoraphobie«, sagte Faye. »Unter Platzangst, irrationaler Furcht vor offenen Plätzen. Sie war eine Gefangene in ihrem eigenen Haus. Draußen wurde sie von Angst überwältigt. Ich glaube, die Ärzte nennen das einen ›Panikanfall‹.«

»Panikanfall«, wiederholte Ernie leise. »Ja, das trifft die Sache genau.«

»Und Helen bekam ihre Platzangst erst mit fünfunddreißig, nach dem Tod ihres Mannes. Phobien *können* plötzlich auftreten, zu irgendeinem Zeitpunkt des Lebens.«

»Nun, was immer zum Teufel eine Phobie auch sein mag und woher sie kommt — sie ist mir weitaus lieber als Senilität. Aber ich will nicht für den Rest meines Lebens Angst vor der Dunkelheit haben.«

»Das brauchst du auch nicht«, sagte Faye. »Vor 24 Jahren verstand niemand etwas von Phobien. Sie waren noch nicht richtig erforscht, und es gab keine wirksamen Behandlungsmethoden. Aber das ist heute ganz anders, dessen bin ich mir sicher.«

Nach kurzem Schweigen murmelte er: »Ich bin nicht verrückt, Faye.«

»Das weiß ich doch, du Riesendummkopf.«

Er grübelte über das Wort ›Phobie‹ nach und wollte glauben, daß sie recht hatte. Sie sah in seinen blauen Augen neue Hoffnung schimmern.

»Aber das eigenartige Erlebnis, das ich am Dienstag auf dem Highway hatte«, wandte er sodann ein. »Und die Halluzination ... ich bin sicher, daß es eine war ... von dem Motorradfahrer auf dem Dach ... Wie paßt solches Zeug in deine Erklärung? Was können solche Dinge mit einer Phobie zu tun haben?«

»Das weiß ich nicht. Aber ein Experte auf diesem Gebiet könnte da bestimmt einen Zusammenhang sehen und es erklären. Ich bin sicher, daß es nicht so ungewöhnlich ist, wie es zu sein scheint, Ernie.«

Nach kurzem Zögern nickte er. »Okay. Aber wie sollen wir

vorgehen? An wen sollen wir uns wenden? Wie kann ich diese verdammte Sache loswerden?«

»Ich habe mir schon etwas ausgedacht«, sagte Faye. »In Elko wird kein Arzt wissen, wie man einen solchen Fall behandeln muß. Wir brauchen einen Spezialisten, jemanden, der es jeden Tag mit Phobie-Patienten zu tun hat. Vermutlich gibt es so jemanden auch in Reno nicht, sondern nur in Großstädten. Nun, ich vermute, daß Milwaukee groß genug ist, und wir könnten bei Lucy und Frank wohnen ...«

»Und gleichzeitig viel Zeit mit Frank Junior und Dorie verbringen.« Ernie lächelte beim Gedanken an seine Enkel.

»Stimmt genau. Wir wollten Weihnachten ja ohnehin mit ihnen verleben, jetzt fahren wir eben eine Woche früher als geplant, schon diesen Sonntag statt nächsten. Also morgen. Es ist ja schon Samstag. Sobald wir in Milwaukee sind, suchen wir einen Arzt auf. Wenn es an Neujahr dann so aussieht, als müßten wir noch eine Weile dort bleiben, fliege ich zurück, suche ein Ehepaar, das sich hier um alles kümmert, und komme dann wieder zu dir. Wir wollten im Frühjahr ja ohnehin jemanden einstellen.«

»Wenn wir das Motel eine Woche früher schließen, werden Sandy und Ned drüben in der Imbißstube weniger Einnahmen haben.«

»Die LKW-Fahrer vom Highway werden ja trotzdem bei ihnen essen. Und wenn sie finanzielle Einbußen haben, zahlen wir ihnen eben was drauf.«

Ernie schüttelte lächelnd den Kopf. »Du hast dir alles schon überlegt. Du bist großartig, Faye. Einfach großartig. Ein absolutes Wunder.«

»Nun, ich gebe zu, daß ich manchmal blendende Ideen habe.«

»Ich danke Gott jeden Tag dafür, daß ich dich gefunden habe«, sagte er.

»Auch ich bedaure es nie, Ernie, und ich weiß, daß das auch in Zukunft immer so bleiben wird.«

»Weißt du, ich fühle mich jetzt um tausend Prozent besser als vorhin, bevor wir uns hier zusammengesetzt haben. Verdammt, warum habe ich dich nicht schon viel früher um Hilfe gebeten?«

»Warum? Weil du ein Block bist.«

Er grinste. »Und das heißt soviel wie ein sturer Dickschädel.«

Sie lachten. Er nahm wieder ihre Hand und küßte sie. »Das

ist mein erstes *richtiges* Lachen seit Wochen. Wir sind ein großartiges Team, Faye. Gemeinsam sind wir unschlagbar, stimmt's?«
»Stimmt.«
Es war Samstag, der 14. Dezember, kurz vor Morgengrauen, und Faye Block war überzeugt davon, daß sie auch ihr gegenwärtiges Problem bewältigen würden, so wie sie immer alle Probleme bewältigt hatten, wenn sie Seite an Seite zusammengearbeitet hatten.

Sie hatte — ebenso wie Ernie — das Polaroid-Foto, das sie am vergangenen Dienstag in einem ansonsten leeren Umschlag erhalten hatten, schon völlig vergessen.

11. Boston, Massachusetts

Auf der glänzend polierten Ahornkommode lagen — auf einem kunstvoll gehäkelten Deckchen — schwarze Handschuhe und ein Ophthalmoskop aus rostfreiem Stahl.

Ginger Weiss stand an einem Fenster links von der Kommode und blickte auf die Bucht hinaus, wo das graue Wasser ein Spiegelbild des aschfarbenen Dezemberhimmels zu sein schien. Perlengleich schimmernder Morgennebel hüllte immer noch die Küste in der Ferne ein. Am Ende des Grundstücks der Hannabys ragte vom Rand eines felsigen Abhanges ein Privatdock in die Bucht hinaus. Es war schneebedeckt, genauso wie die weite Rasenfläche vor dem Haus.

Es war ein großes Haus, in den fünfziger Jahren des 19. Jahrhunderts erbaut; 1892, 1905 und 1950 waren weitere Räume angebaut worden. Die mit Ziegeln gepflasterte Auffahrt führte in weiten Kurven zur breiten Treppe der riesigen, säulengeschmückten vorderen Veranda. Pfeiler, Pilaster, gemeißelte Granitsturze über den massiven Türen und Fenstern, eine Vielzahl von Giebeln und runden Dachfenstern, in der ersten Etage Balkone mit Blick auf die Bucht und ein großer Dachgarten trugen zum majestätischen Gesamteindruck bei. Dieses Haus wäre selbst für einen so erfolgreichen Chirurgen wie George Hannaby vermutlich unerschwinglich gewesen, aber er hatte es nicht käuflich erwerben müssen. Er hatte diesen Besitz von seinem Vater geerbt, der ihn seinerseits von Georges Großvater geerbt hatte, und dessen Vater hatte das Haus im Jahre 1854 gekauft. Es hatte sogar einen Namen — Baywatch — wie vornehme Herrenhäuser in britischen Romanen, und das erfüllte Ginger mehr als alles andere mit Ehrfurcht. Häuser in Brooklyn, wo sie aufgewachsen war, pflegten keine Namen zu haben.

In der Klinik fühlte sich Ginger in Georges Gegenwart nie unbehaglich. Dort war er zwar eine Respektsperson mit großer Autorität, schien aber die gleichen Wurzeln zu haben wie alle anderen. Auf Baywatch kam Ginger seine patrizische Herkunft jedoch deutlich zu Bewußtsein, und sie spürte den Unterschied zwischen ihm und sich selbst. Er beanspruchte niemals — auch nicht andeutungsweise — irgendwelche Privilegien. Das entsprach nicht seinem Charakter. Aber das Gespenst des Patriziertums von Neuengland geisterte durch die Räume und Korridore von Baywatch und gab Ginger oft das Gefühl, hier fehl am Platz zu sein.

Die Gästesuite — Schlafzimmer, Lesealkoven und Bad —, in der Ginger seit zehn Tagen wohnte, war schlichter als viele der übrigen Räume in Baywatch, und hier fühlte sie sich fast so wohl wie in ihrer eigenen Wohnung. Der Eichenboden war zum größten Teil mit einem gemusterten Serapi-Teppich in blauen und pfirsichfarbenen Farbtönen bedeckt. Die Wände waren pfirsichfarben, die Decke weiß. Die Ahornmöbel waren im 19. Jahrhundert auf Segelschiffen, die Georges Urgroßvater gehört hatten, ins Land gebracht worden. Zwei gepolsterte Lehnstühle mit pfirsichfarbenen Seidenbezügen stammten von Brunschwig & Fils. Die Sockel der Lampen auf den Nachttischen waren ursprünglich Baccarat-Kerzenleuchter gewesen. All das erinnerte daran, daß die scheinbare Schlichtheit des Zimmers eine elegante Grundlage hatte.

Ginger ging zur Kommode und betrachtete die schwarzen Handschuhe auf dem Häkeldeckchen. Wie sie es in den letzten zehn Tagen schon unzählige Male getan hatte, zog sie die Handschuhe an, bewegte ihre Hände, ballte sie zu Fäusten und wartete darauf, daß sie in Panik geraten würde. Aber es waren nur ganz gewöhnliche Handschuhe, die sie am Tag ihrer Entlassung aus dem Krankenhaus gekauft hatte, und sie besaßen nicht die Macht, sie an den Rand einer Fugue zu bringen. Sie streifte sie ab.

Es klopfte an der Tür, und Rita Hannaby fragte: »Ginger, sind Sie fertig?«

»Ich komme«, rief sie, nahm ihre Handtasche vom Bett und betrachtete sich ein letztes Mal im Spiegel.

Sie trug ein lindgrünes Strickkostüm und eine cremefarbene Bluse mit lindgrüner Schleife am Hals; grüne Pumps, eine genau dazu passende grüne Handtasche und ein goldenes Armband mit Malachiten vervollständigten ihre Aufmachung. Das zarte Grün paßte großartig zu ihrem Teint und zu ihren silberblonden Haaren. Sie fand sich geradezu schick. Nun ja, schick vielleicht doch nicht, aber wenigstens geschmackvoll gekleidet. Als sie jedoch Rita Hannaby im Korridor sah, bekam sie sofort wieder Komplexe, hatte das Gefühl, von wahrer Eleganz meilenweit entfernt zu sein.

Rita war fast so schlank wie Ginger, aber mit ihren eins dreiundsiebzig war sie fünfzehn Zentimeter größer, und sie hatte etwas Majestätisches an sich. Ihre kastanienbraunen Haare waren perfekt frisiert. Ihre Backenknochen waren zwar etwas zu breit, aber ihre leuchtenden grauen Augen, die zarte Haut und der Mund strahlten Wärme und Schönheit aus. Sie trug ein graues Kostüm, einen schwarzen, breitkrempigen Hut, eine Perlenkette und Perlohrringe.

Was Ginger jedoch am meisten bewunderte, war, daß Ritas Eleganz nichts Aufgesetztes an sich hatte. Man hatte nicht das Gefühl, daß sie sich stundenlang zurechtgemacht hatte, sie sah vielmehr aus, als wäre sie schon in maßgeschneiderter Garderobe zur Welt gekommen. Perfekter Schick schien ihr einfach angeboren zu sein.

»Sie sehen hinreißend aus«, sagte Rita.

»Neben Ihnen komme ich mir wie ein ungepflegter Teenager in Jeans und Sweatshirt vor.«

»Unsinn! Selbst wenn ich zwanzig Jahre jünger wäre, könnte ich nicht mit Ihnen konkurrieren. Sie werden ja sehen, wen die Ober im Restaurant besonders aufmerksam bedienen werden.«

Falsche Bescheidenheit war Ginger fremd. Sie wußte, daß sie attraktiv war. Aber ihre Schönheit hatte etwas Feenhaftes, während Ritas aristokratisches Auftreten jedem Thron der Welt zur Ehre gereicht hätte.

Dabei behandelte Rita sie nicht etwa wie eine Tochter, sondern wie eine Schwester, völlig gleichberechtigt. Ginger wußte auch genau, daß ihre momentanen Minderwertigkeitskomplexe einfach das Resultat ihrer jämmerlichen Verfassung waren. Bis vor zwei Wochen war sie völlig unabhängig gewesen, und das seit vielen Jahren. Jetzt war sie wieder auf jemanden angewiesen, konnte nicht selbst auf sich aufpassen, und ihre Selbstachtung schwand mit jedem Tag mehr dahin. Rita Hannabys netter und völlig natürlicher Umgangston, die sorgfältig geplanten Unternehmungen, das Geplauder von Frau zu Frau, die subtilen Ermutigungen — das alles konnte Ginger nicht über die schreckliche Tatsache hinwegtrösten, daß das Schicksal sie mit dreißig Jahren in die frustrierende Rolle eines Kindes zurückgeworfen hatte.

Die beiden Frauen stiegen die Marmortreppe zum Foyer hinab, holten ihre Mäntel aus dem Wandschrank und gingen über die Veranda zur Auffahrt, wo der schwarze Mercedes 500 SEL bereitstand. Herbert, in Personalunion Butler und Faktotum, hatte den Wagen vor fünf Minuten aus der Garage gefahren und den Motor laufen lassen, so daß das Auto ein behaglicher Zufluchtsort vor dem eisigen Wintertag war.

Rita fuhr den Mercedes mit ihrer üblichen Selbstsicherheit durch die ruhigen, mit Ulmen und Ahornbäumen gesäumten Straßen der Villengegend, sodann durch um so lebhaftere Hauptverkehrsstraßen. Ihr Ziel war die Praxis von Dr. Immanuel Gudhausen auf der geschäftigen State Street. Ginger hatte um halb zwölf einen Termin bei Gudhausen, bei dem sie in der vergangenen Woche schon zweimal gewesen war. Sie sollte ihn jeden Montag, Mittwoch und Freitag aufsuchen, bis die Ursache für ihre Fugues gefunden sein würde. In pessimistischen Augenblicken war Ginger überzeugt davon, daß sie auch in 30 Jahren noch auf Gudhausens Couch liegen würde.

Rita wollte einen kleinen Einkaufsbummel machen, während Ginger beim Arzt war. Anschließend würden sie in einem exquisiten Restaurant zu Mittag essen. Ginger wußte schon jetzt, daß dieser vornehme Rahmen für Rita wie geschaffen sein würde, daß sie selbst sich dort jedoch wie ein Schulmädchen vorkommen würde, das törichterweise versucht, sich als erwachsen auszugeben.

»Haben Sie über meinen Vorschlag von letztem Freitag nachgedacht?« fragte Rita unterwegs. »Wie wär's mit dem Frauen-Hilfskomitee für das Krankenhaus?«

»Ich glaube wirklich nicht, daß ich mich dazu eigne. Ich käme mir schrecklich unbeholfen vor.«

»Wir leisten wichtige Arbeit«, sagte Rita, während sie geschickt einen Lastwagen überholte und sich in eine Verkehrslücke einordnete.

»Ich weiß. Ich habe gesehen, wieviel Geld Sie für die Klinik gesammelt haben, wieviel Neuanschaffungen dadurch ermöglicht wurden ... aber ich glaube, ich sollte im Moment dem ›Memorial‹ lieber ganz fernbleiben. Es wäre einfach zu frustrierend für mich, dort zu sein und ständig daran erinnert zu werden, daß ich nicht die Arbeit ausführen kann, für die ich ausgebildet worden bin.«

»Das verstehe ich, meine Liebe. Vergessen Sie's! Aber da wären immer noch das Symphonie-Komitee, die Frauenliga für die Betagten und das Kinderschutz-Komitee. Überall könnten wir Ihre Hilfe gut gebrauchen.«

Rita war unermüdliches Mitglied in zahlreichen Wohltätigkeitsorganisationen. Sie eignete sich nicht nur hervorragend für den Vorsitz und organisatorische Aufgaben, sondern war auch bereit, tatkräftig zuzupacken und sich die Hände schmutzig zu machen. »Na, wie wär's? Ich bin sicher, Sie würden die Arbeit mit Kindern besonders befriedigend finden.«

»Rita, und wenn ich nun einen meiner Anfälle bekäme, während ich bei den Kindern wäre? Ich würde sie erschrecken und ...«

»Ach was!« fiel Rita ihr resolut ins Wort. »Jedesmal, wenn ich Sie überreden will, mit mir irgendwo hinzugehen, kommen Sie mit dieser Ausrede daher, um Ihr Zimmer möglichst nicht verlassen zu müssen. ›O Rita‹, sagen Sie, ›ich werde einen meiner schrecklichen Anfälle bekommen und Sie blamieren.‹ Aber bisher ist nie auch nur das Geringste passiert. Und selbst wenn etwas passierte, so würde es mich nicht stören. Ich bin nicht leicht aus der Fassung zu bringen, Ginger.«

»Daß Sie eine Mimose sind, habe ich auch nicht geglaubt. Aber Sie haben mich nie in diesem Zustand erlebt. Sie wissen nicht, wie ich mich dann aufführe oder ...«

»Um Gottes willen, Sie tun ja so, als wären Sie der reinste Dr. Jekyll und Mr. Hyde — oder vielmehr Mrs. Hyde —, und das sind Sie ganz bestimmt nicht. Bisher haben Sie noch niemanden mit einem Stock totgeschlagen — oder, Mrs. Hyde?«

Ginger schüttelte lachend den Kopf. »Sie sind einfach großartig, Rita.«

»Also abgemacht. Sie wären für diese Organisation so sehr von Nutzen.«

Für Rita waren Gingers Probleme eine neue Aufgabe, der sie sich mit ihrer üblichen Tatkraft widmete. Sie hatte — bildlich gesprochen — die Ärmel hochgekrempelt, fest entschlossen, der jungen Frau bei der Bewältigung ihrer Krise bis hin zur völligen Genesung behilflich zu sein, und nichts auf der Welt würde sie davon abhalten können. Ginger war gerührt über Ritas Fürsorge — und zutiefst deprimiert, daß sie dieser Fürsorge bedurfte.

Ihr Mercedes war der dritte Wagen in der Schlange, als sie an einer Verkehrsampel anhalten mußten. Sie waren auf allen Seiten von anderen PKWs, von LKWs, Bussen, Taxis und Lieferwagen eingekeilt. Obwohl der Verkehrslärm durch die Scheiben etwas gedämpft wurde, ging ein besonders dröhnendes Motorengeräusch Ginger auf die Nerven, und sie warf einen Blick aus dem Seitenfenster, um den Störenfried auszumachen. Es handelte sich um ein schweres Motorrad. Der Fahrer drehte gerade in diesem Moment den Kopf in ihre Richtung, aber sie konnte sein Gesicht nicht sehen. Er trug einen Helm mit dunkel getöntem Visier, das ihm bis zum Kinn reichte.

Zum erstenmal seit zehn Tagen hüllte der Nebel der Amnesie Ginger ein, diesmal noch viel schneller als beim Anblick der schwarzen Handschuhe, des Ophthalmoskops und des strudelnden Wassers im Ablauf. Sie sah das glänzende Visier, das alle Konturen verbarg, und ihr blieb vor Schreck fast das Herz stehen. Sie schnappte entsetzt nach Luft und wurde von einer riesigen Panikwelle hinweggeschwemmt.

Als erstes nahm Ginger das Hupen wahr. PKW-Hupen, Bushupen, LKW-Hupen. Manche kamen ihr wie hohes Quieken von Tieren vor, andere wiederum erschienen ihr tief und bedrohlich. Sie heulten, bellten, brüllten, blökten, kreischten.

Ginger schlug ihre Augen auf. Sie konnte wieder klar sehen. Sie war immer noch im Auto. Die Kreuzung lag immer noch vor ihnen, obwohl offensichtlich einige Minuten vergangen waren und die Wagen vor ihnen weitergefahren waren. Mit laufendem Motor, den Schalthebel im Leerlauf, stand der Mercedes etwa drei Meter näher am Zebrastreifen und ragte dabei etwas in die

Nebenfahrbahn hinein, was die Ursache für das Hupkonzert war.

Ginger hörte sich wimmern.

Rita Hannaby hatte sich weit über die Konsole zwischen Fahrer- und Beifahrersitz gebeugt und hielt Gingers Hände fest umklammert — mit eisernem Griff. »Ginger? Sind Sie wieder bei sich? Ist alles in Ordnung? Ginger?«

Blut. Nach den grellen Hupen, nach Ritas Stimme nahm Ginger das Blut wahr. Rote Flecken auf ihren lindgrünen Rock. Ein dunkler Fleck auf dem Ärmel ihrer Kostümjacke. Und ihre Hände waren blutig, auch Ritas Hände.

»O mein Gott!« flüsterte Ginger.

»Ginger, hören Sie mich? Sind Sie bei Bewußtsein? Ginger?« Einer von Ritas manikürten Nägeln war abgebrochen; nur ein gesplittertes Stück ragte ausgezackt über dem Nagelbett hervor. Tiefe Kratzer auf ihren Fingern; Handrücken und Handflächen bluteten stark, und soweit Ginger es beurteilen konnte, stammten auch die Flecken auf ihrem Rock und Jackett von *Ritas* Blut, nicht von ihrem eigenen. Auch die Ärmelaufschläge von Ritas grauem Kostüm waren blutverschmiert. »Ginger, so sagen Sie doch etwas!«

Immer noch dröhnten die Hupen.

Ginger blickte hoch und sah, daß Ritas perfekt frisierte Haare völlig in Unordnung waren. Eine fünf Zentimeter lange Kratzwunde war auf ihrer linken Wange zu sehen, und Blut — vermischt mit ihrem Make-up — lief das Kinn hinab.

»Sie sind wieder da!« stellte Rita erleichtert fest und ließ Gingers Hände los.

»Was habe ich nur getan?«

»Nichts Schlimmes. Es sind nur Kratzer, weiter nichts. Sie hatten einen Anfall, gerieten in Panik, wollten aus dem Auto springen. Ich mußte Sie daran hindern. Sie hätten draußen überfahren werden können.«

Ein Autofahrer, der um den Mercedes herumfahren mußte, brüllte ihnen wütend etwas zu.

»Ich habe Sie verletzt«, murmelte Ginger. Der Gedanke, daß sie gewalttätig geworden war, verursachte ihr Übelkeit.

Andere Autofahrer hupten mit wachsender Ungeduld, aber Rita ignorierte sie. Sie nahm wieder Gingers Hände, diesmal nicht, um sie festzuhalten, sondern um die junge Frau zu beruhigen und zu trösten. »Alles in Ordnung, meine Liebe. Es ist jetzt vorbei, und ich brauche ein bißchen Jod, weiter nichts.«

Der Motorradfahrer. Das dunkle Visier.

Ginger blickte aus dem Seitenfenster. Der Mann war nicht mehr da. Er hatte für sie natürlich überhaupt keine Bedrohung dargestellt, war nur ein ganz gewöhnlicher Verkehrsteilnehmer gewesen.

Schwarze Handschuhe, ein Ophthalmoskop, ein Wasserablauf und nun das dunkle Visier eines Motorradhelmes. Warum hatten diese Dinge sie derart in Panik versetzt? Was hatten sie gemeinsam — wenn es da überhaupt irgendwelche Gemeinsamkeiten gab?

Während Tränen über ihr Gesicht liefen, murmelte Ginger: »Es tut mir ja so leid.«

»Machen Sie sich nichts daraus. So, jetzt werde ich wohl am besten mal die Straße freimachen.« Sie zog Kleenextücher aus der Schachtel auf der Konsole und wickelte sie um ihre Hände, um weitere Blutflecken zu vermeiden.

Ginger lehnte sich erschöpft in ihrem Sitz zurück, sackte förmlich zusammen, schloß die Augen und versuchte erfolglos, ihre Tränen zu unterdrücken.

Vier psychotische Anfälle in fünf Wochen.

Sie konnte sich einfach nicht länger so durch die grauen Wintertage treiben lassen, sich angesichts dieses bösartigen Schicksalsschlages so fügsam und sanft verhalten und völlig passiv auf einen weiteren Anfall warten.

Es war Montag, der 16. Dezember, und Ginger faßte plötzlich den festen Entschluß, etwas zu *tun*, bevor sie eine fünfte Fugue durchmachen würde. Sie hatte noch keine Ahnung, was sie tun könnte, aber sie war sich sicher, daß ihr etwas einfallen würde, wenn sie ihren Verstand darauf konzentrierte, anstatt sich selbst zu bemitleiden. Sie hatte den absoluten Tiefpunkt erreicht. Größer konnten ihre Erniedrigung, ihre Angst und Verzweiflung nicht mehr werden. Sie mußte einen Ausweg finden. Sie schwor sich, aus dem finsteren Abgrund, in den sie gestürzt war, wieder herauszuklimmen, empor ins Licht.

KAPITEL III:
HEILIGABEND — ERSTER WEIHNACHTSFEIERTAG

1. Laguna Beach, Kalifornien

Als Dom Corvaisis am Dienstag, dem 24. Dezember, um acht Uhr morgens aufstand und sich wusch, war er von den Nachwirkungen der am Vortag eingenommenen Valium- und Dalmane-Tabletten noch ganz benommen.

Er war nun schon elf Nächte hintereinander weder vom Somnambulismus noch von dem Alptraum mit dem Abflußrohr geplagt worden. Die Therapie war wirkungsvoll, und er war deshalb gern bereit, sich noch eine Zeitlang von der Pharmazie benebeln zu lassen, wenn er dadurch seine entnervenden nächtlichen Ausflüge und Aktivitäten loswurde.

Er glaubte nicht, daß er in Gefahr war, physisch oder psychisch abhängig von Valium oder Dalmane zu werden. Er *hatte* die vorgeschriebene Dosierung stark überschritten, aber das beunruhigte ihn nicht. Als ihm die Tabletten fast ausgegangen waren, hatte er — um ein neues Rezept von Dr. Cobletz zu bekommen — die Geschichte erfunden, daß Diebe bei einem Einbruch in sein Haus nicht nur seine Stereoanlage und seinen Fernseher, sondern auch die Tabletten mitgenommen hätten. Dom hatte seinen Arzt *belogen*, um an weitere Tabletten heranzukommen, und manchmal sah er seine Handlungsweise in diesem grellen, unvorteilhaften Licht; aber die meiste Zeit konnte er im Zustand der sanften Betäubung durch die Beruhigungsmittel die schäbige Wahrheit verdrängen und sich selbst etwas vormachen.

Er wagte nicht daran zu denken, was wohl geschähe, falls der Somnambulismus im Januar — wenn die Tabletten abgesetzt würden — wieder aufträte.

Außerstande, sich auf seine Arbeit zu konzentrieren, zog er um zehn Uhr ein leichtes Kordjackett an und verließ das Haus. Es war ein kühler Dezembermorgen. Abgesehen von einigen für die Jahreszeit viel zu warmen Tagen, die es hier in Kalifornien ab und zu einmal gab, würden die Strände bis zum April menschenleer sein.

Während Dom in seinem Firebird hügelabwärts in Richtung Stadtmitte fuhr, wirkte Laguna unter dem düsteren grauen Himmel direkt trostlos auf ihn. Er fragte sich, ob diese bleierne Öde tatsächlich vom Wetter herrührte oder eher von seiner eigenen Abstumpfung durch die Tabletten, aber er verdrängte diese unangenehmen Gedanken rasch wieder. Immerhin war er sich aber seines stark beeinträchtigten Wahrnehmungs- und Reaktionsvermögens soweit bewußt, daß er besonders vorsichtig fuhr.

Dom erstes Ziel in der Stadt war die Post, wo er ein großes Schließfach hatte, das er vor allem wegen seiner zahlreichen Zeitschriftenabonnements benötigte. An diesem Tag vor Weihnachten war es gut zur Hälfte gefüllt. Ohne einen Blick auf die Absender zu werfen, trug er alles ins Auto; er würde seine Post während des Frühstücks lesen.

›The Cottage‹, ein seit Jahrzehnten beliebtes Restaurant, lag östlich des Pacific Coast Highway, am Hügel über der Straße. Um diese Zeit waren die meisten Frühstücksgäste schon wieder gegangen, und für den Andrang zum Mittagessen war es noch zu früh. Dom bekam einen Tisch am Fenster mit der schönsten Aussicht. Er bestellte zwei Eier, Speck, Hüttenkäse, Toast und Grapefruitsaft.

Beim Essen sah er seine Post durch. Abgesehen von Zeitschriften und Rechnungen war ein Brief von Lennart Sane dabei, dem sympathischen schwedischen Agenten, der wegen der Übersetzungsrechte in Skandinavien und Holland verhandelte, sowie ein großer wattierter Umschlag von Random House. Sobald Dom den Namen seines Verlages las, wußte er, was sich in dem Umschlag befand. Der Nebel in seinem Kopf lichtete sich schlagartig durch die freudige Erregung. Er legte seinen angebissenen Toast auf den Teller und riß den Umschlag auf. Ein Freiexemplar seines ersten Romans kam zum Vorschein. Kein Mann wird wohl jemals ermessen können, was eine Frau empfindet, wenn sie ihr neugeborenes Kind zum erstenmal in die Arme schließt, aber ein Schriftsteller, der das erste Exemplar seines ersten Buches in der Hand hält, muß von einem ähnlichen Glücksgefühl durchdrungen sein wie die Mutter, die zum erstenmal das Gesicht ihres Babys betrachtet und durch die Windeln hindurch seine Wärme spürt.

Dom legte das Buch neben seinen Teller und konnte seine

Blicke kaum davon lösen. Er hatte sein Frühstück beendet und Kaffee bestellt, als er endlich imstande war, sich von ›Twilight in Babylon‹ loszureißen und die übrige Post zu öffnen. Unter anderem war da ein weißer Briefumschlag ohne Absender. Er enthielt ein weißes Blatt Papier, auf dem zwei mit Schreibmaschine getippte Sätze standen, die ihn aufrüttelten:

> Der Schlafwandler täte gut daran, die Ursache für sein Problem in der Vergangenheit zu suchen. Dort liegt das Geheimnis begraben.

Erschrocken las er die Botschaft noch einmal. Er erschauerte so heftig, daß das Blatt Papier in seiner Hand knisterte. Plötzlich spürte er kalten Schweiß in seinem Nacken.

2. *Boston, Massachusetts*

Als Ginger aus dem Taxi stieg, stand sie vor einem fünfstöckigen Ziegelbau neugotischen Stils. Der heftige Wind peitschte ihr ins Gesicht und ließ die kahlen Bäume an der Newbury Street ächzen, stöhnen und knarren. Für Ginger hörte sich das an wie das Klappern eines Skeletts. Mit eingezogenem Kopf eilte sie an einem niedrigen Eisenzaun entlang und betrat Newbury 127, das ehemalige Hotel Agassiz, eines der schönsten Baudenkmäler der Stadt, das jetzt in Eigentumswohnungen umgewandelt worden war. Ginger wollte hier Pablo Jackson besuchen, von dem sie nur das wußte, was sie am Vortag im ›Boston Globe‹ gelesen hatte.

Sie hatte gewartet, bis George sich auf den Weg ins Krankenhaus gemacht hatte und auch Rita in die Stadt gefahren war, um letzte Weihnachtseinkäufe zu machen, bevor sie selbst Baywatch verließ — aus Angst, daß die beiden versuchen würden, sie zurückzuhalten. Und tatsächlich hatte sogar die Haushälterin Lavinia sie angefleht, doch nicht allein aus dem Haus zu gehen. Ginger hatte auf einen Zettel geschrieben, wohin sie fahren wollte, und sie hoffte, daß ihre Freunde sich keine allzu großen Sorgen machen würden.

Als Pablo Jackson seine Wohnungstür öffnete, war Ginger

überrascht. Daß er ein Schwarzer und über achtzig Jahre alt war — das hatte sie aus dem Artikel im ›Globe‹ erfahren. Aber sie war nicht auf einen so kräftigen und vitalen Mann eingestellt gewesen. Er war höchstens eins fünfundsiebzig groß und schmächtig, aber das Alter hatte weder seinen Rücken noch seine Schultern gebeugt und auch seine Beine nicht gekrümmt. Er stand in weißem Hemd und schwarzer Hose mit scharfer Bügelfalte militärisch aufrecht da, und sein Lächeln sowie die Geste, mit der er sie in die Wohnung bat, hatten etwas Lebhaftes und Jugendliches an sich. Sein krauses Haar war immer noch dicht, aber von schimmerndem Weiß, was ihm eine Aura des Geheimnisvollen verlieh. Er führte Ginger schwungvoll, mit dem Gang eines jungen Mannes, in sein Wohnzimmer.

Auch dieses Wohnzimmer war für sie eine Überraschung, keineswegs das, was sie in den würdigen alten Räumen des ehemaligen Hotels Agassiz von einem alten Junggesellen wie Pablo Jackson erwartet hatte. Die Wände waren cremefarben, und die Bezüge der modernen Sofas und Sessel hatten die gleiche Farbe, ebenso auch der weiche Teppich, der allerdings von einem lebhaften Wellenmuster aufgelockert wurde. Gelbe, grüne, blaue und pfirsichfarbene Kissen auf den Sofas sorgten für bunte Farbtupfen; hinzu kamen noch die beiden großen Ölgemälde, eines davon von Picasso. Insgesamt strahlte der modern eingerichtete Raum eine freundliche, helle und warme Atmosphäre aus.

Ginger nahm in einem der beiden Sessel Platz, die in Fensternähe an einem kleinen Tisch standen. Sie lehnte Kaffee dankend ab und sagte: »Mr. Jackson, ich muß Ihnen leider gestehen, daß ich unter Vorspiegelung falscher Tatsachen hier bin.«

»Was für ein interessanter Auftakt«, erwiderte er lächelnd, während er in dem Sessel ihr gegenüber die Beine übereinanderschlug und seine langfingrigen schwarzen Hände auf die Armlehnen legte.

»Nein, ganz im Ernst, ich bin keine Reporterin.«

»Sie kommen nicht von ›People‹?« Er betrachtete sie aufmerksam. »Nun, das dachte ich mir schon, als ich Ihnen die Tür öffnete. Reporter haben heutzutage etwas Glattes, etwas Schleimiges an sich, gepaart mit schrecklicher Arroganz. Sobald ich Sie sah, sagte ich mir: ›Pablo, dieses hübsche Mädchen ist keine Reporterin. Es ist ein *richtiger* Mensch.‹«

»Ich brauche Hilfe, und nur Sie können mir diese Hilfe geben.«

»Eine Mademoiselle in Nöten?« sagte er amüsiert. Entgegen ihren Befürchtungen schien er weder ärgerlich zu sein noch sich belästigt zu fühlen.

»Ich habe befürchtet, daß Sie mich nicht empfangen würden, wenn ich Ihnen den wahren Grund für meinen Wunsch, Sie kennenzulernen, verrate. Wissen Sie, ich bin Ärztin, mache gerade meine Assistenzzeit als Chirurgin, und nachdem ich im ›Globe‹ den Artikel über Sie gelesen hatte, dachte ich, daß Sie mir vielleicht helfen könnten.«

»Ich wäre entzückt über Ihren Besuch, auch wenn Sie mir Zeitschriften verkaufen wollten. Ein einundachtzigjähriger Mann kann es sich nicht leisten, jemanden abzuweisen ... es sei denn, er zieht es vor, tagelang mit den Wänden zu reden.«

Ginger wußte seine Bemühungen, ihr über ihre Verlegenheit hinwegzuhelfen, sehr zu schätzen, vermutete allerdings, daß sein gesellschaftliches Leben wesentlich interessanter war als ihr eigenes.

»Außerdem würde sogar ein ausgebranntes altes Fossil wie ich niemals ein so bezauberndes Mädchen wie Sie abweisen. Und jetzt erzählen Sie mir, welche Hilfe das ist, die nur ich Ihnen geben kann.«

Ginger beugte sich etwas vor. »Zuerst muß ich wissen, ob der Zeitungsartikel den Tatsachen entspricht.«

Er zuckte die Achseln. »Im großen und ganzen. Zeitungsartikel sind nie völlig wahrheitsgetreu. Aber meine Eltern waren tatsächlich — wie in dem Bericht stand — ausgewanderte Amerikaner, die in Frankreich lebten. Meine Mutter war eine bekannte Sängerin, die vor und nach dem Ersten Weltkrieg in Pariser Cafés auftrat. Mein Vater war Musiker. Und es stimmt auch, daß meine Eltern Picasso kannten und seine Genialität früh erkannten. Ich wurde nach ihm benannt. Sie kauften etwa vierzig Werke von Picasso, als diese noch billig waren, und er schenkte ihnen auch mehrere Gemälde. Sie hatten *bon goût*. Sie besaßen zwar nicht, wie der ›Globe‹ schreibt, hundert Picassos, aber immerhin fünfzig. Diese Sammlung war später Gold wert. Im Laufe der Jahre verkauften sie einiges davon und konnten vom Erlös im Ruhestand angenehm leben, und auch ich hatte dadurch immer etwas, worauf ich zurückgreifen konnte.«

»Sie waren doch wirklich ein ausgebildeter Zauberkünstler, der auf Bühnen auftrat?«

»Über ein halbes Jahrhundert lang«, sagte er und hob beide Hände in einer anmutigen, eleganten Geste des Staunens über seine eigene Langlebigkeit. Es war die rasche, geschmeidige Bewegung eines geübten Taschenspielers, und Ginger erwartete fast, daß er lebende weiße Tauben aus der Luft hervorzaubern würde. »Ich war berühmt. *Sans pareil,* wenn ich das von mir selbst sagen darf. Hier in USA weniger, wissen Sie, aber in ganz Europa, auch in England.«

»Und bei Ihren Auftritten hypnotisierten Sie auch einige Zuschauer?«

Er nickte. »Das war der Höhepunkt. Es war immer ein Riesenerfolg.«

»Und jetzt helfen Sie der Polizei, indem Sie Zeugen von Verbrechen hypnotisieren, damit diese sich an Einzelheiten erinnern, die sie vergessen haben?«

»Nun, es ist keine Dauerbeschäftigung, verstehen Sie?« Er winkte mit seiner schmalen, schlanken Hand ab, und wieder hatte Ginger das Gefühl, als würde er gleich einen Blumenstrauß oder ein Kartenspiel hervorzaubern. »Tatsache ist, daß die Polizei mich in den vergangenen zwei Jahren nur viermal um Hilfe gebeten hat. Ich bin normalerweise ihre letzte Hoffnung.«

»Und Sie können der Polizei wirklich helfen?«

»O ja. In diesem Punkt stimmt der Zeitungsartikel. Ein Beispiel: Jemand wird zufällig Zeuge eines Mordes und sieht flüchtig das Auto, mit dem der Mörder entkommt, kann sich aber nicht an das Kennzeichen erinnern. Nun, wenn er das Nummernschild auch nur für den Bruchteil einer Sekunde gesehen hat, ist diese Nummer in seinem Unterbewußtsein gespeichert, denn wir vergessen in Wirklichkeit niemals etwas, das wir gesehen haben. Niemals. Wenn folglich ein Hypnotiseur den Zeugen in Trance versetzt, ihn zurückführt an den Zeitpunkt der Schießerei und ihm sagt, er solle das Auto betrachten, dann kann man auf diese Weise das Kennzeichen erfahren.«

»Und das klappt immer?«

»Nicht immer. Aber doch sehr häufig.«

»Aber warum wendet sich die Polizei an Sie? Sind die dort beschäftigten Psychiater nicht imstande, Hypnose anzuwenden?«

»Doch, selbstverständlich. Aber sie sind nun einmal Psychiater, keine Hypnotiseure. Sie haben sich nicht auf Hypnose *spezialisiert*. Ich hingegen habe mich mein ganzes Leben lang intensiv damit beschäftigt und meine eigenen Theorien entwickelt, die oft Erfolg haben, wo Standardmethoden versagen.«

»Sie sind also, wenn es sich um Hypnose handelt, ein Spitzenkönner?«

»Ja, bei aller Bescheidenheit darf ich mich auf dem Gebiet der Hypnose als Spitzenkönner bezeichnen, als einen der besten Experten, die es überhaupt gibt. Aber weshalb interessiert Sie das alles, Frau Doktor?«

Gingers Hände hatten bisher ruhig auf der Handtasche auf ihrem Schoß gelegen. Während sie Pablo Jackson nun aber von ihren Anfällen berichtete, umklammerte sie die Tasche immer fester, bis ihre Knöchel weiß hervortraten.

Auch Pablos entspannte Stimmung machte großer Betroffenheit und mitfühlendem Interesse Platz. »Sie armes Kind! Armes kleines Ding! *De mal en pis — en pis!* Von Schlimmem zu Schlimmerem — zum Schlimmsten! Wie schrecklich! Warten Sie. Rühren Sie sich nicht von der Stelle.« Er sprang auf und eilte aus dem Zimmer.

Gleich darauf kehrte er mit zwei Gläsern Brandy zurück. Sie versuchte abzulehnen. »Nein, danke, Mr. Jackson. Ich trinke kaum, und morgens schon gar nicht.«

»Nennen Sie mich Pablo. Wie lange haben Sie letzte Nacht geschlafen? Nicht viel, vermute ich? Sie lagen den größten Teil der Nacht wach, sind schon vor Stunden aufgestanden, und deshalb ist für Sie jetzt nicht Morgen, sondern schon Nachmittag. Und nachmittags kann man sich doch einen Drink genehmigen, nicht wahr?«

Er nahm wieder Platz, und einen Augenblick lang herrschte Schweigen, während sie an den Brandys nippten.

»Pablo«, kam Ginger sodann zur Sache, »ich möchte, daß Sie mich hypnotisieren, mich an den Morgen des 12. November zurückversetzen, in Bernsteins Delikatessengeschäft. Ich möchte, daß Sie mich über diesen Zeitpunkt befragen, bis ich erklären kann, *warum* der Anblick jener schwarzen Handschuhe mich in Panik versetzt hat.«

»Unmöglich!« Er schüttelte den Kopf. »Nein, nein.«

»Ich werde bezahlen, was immer Sie ...«

»Es geht nicht ums Geld. Ich brauche kein Geld.« Er runzelte die Stirn. »Ich bin Zauberkünstler von Beruf, nicht Arzt.«

»Ich bin bereits bei einem Psychiater in Behandlung, und ich habe das Thema Hypnose dort zur Sprache gebracht, aber er will sie bei mir nicht anwenden.«

»Er wird seine Gründe dafür haben.«

»Er sagt, es sei noch zu früh für eine Hypnosetherapie. Er gibt zu, daß diese Technik die Ursache meiner Anfälle aufdekken könnte, aber er sagt, das könnte verhängnisvolle Auswirkungen haben, weil ich vielleicht noch nicht imstande sei, die Wahrheit zu verkraften. Er sagt, daß eine verfrühte Konfrontation mit der Ursache meiner Ängste einen ... einen völligen Nervenzusammenbruch bewirken könnte.«

»Sehen Sie! Er muß es am besten wissen. Ich würde mich völlig unbefugt einmischen.«

»Er weiß es eben *nicht* am besten«, beharrte Ginger, die bei der bloßen Erinnerung an diese Unterhaltung mit ihrem Psychiater in Zorn geriet, weil der Mann so gräßlich herablassend mit ihr geredet hatte. »Vielleicht weiß er, was für die meisten Patienten am besten ist, aber er hat keine Ahnung, was für *mich* am besten ist. Ich kann einfach nicht so weiterleben. Wenn Gudhausen sich endlich bereiterklären wird, mich zu hypnotisieren, in einem Jahr oder so, werde ich nicht mehr davon profitieren können, weil ich bis dahin den Verstand verloren haben werde. Ich muß dieses Problem irgendwie in den Griff bekommen, ich muß selbst etwas *tun*.«

»Aber Sie werden doch bestimmt einsehen, daß ich nicht die Verantwortung übernehmen ...«

»Warten Sie«, fiel Ginger ihm ins Wort und stellte ihr Glas ab. »Ich habe mit Einwänden dieser Art gerechnet.« Sie öffnete ihre Handtasche, holte ein gefaltetes Blatt Papier heraus und reichte es ihm. »Hier. Bitte nehmen Sie das.«

Obwohl Pablo ein halbes Jahrhundert älter war als sie, waren seine Hände wesentlich ruhiger als die ihrigen. »Was ist das?« fragte er, während er nach dem Blatt griff.

»Eine von mir unterzeichnete Erklärung, daß ich völlig verzweifelt zu Ihnen kam und Sie von jeder Verantwortung entbinde, falls etwas schiefgehen sollte.«

Er machte sich nicht die Mühe, den Text durchzulesen. »Sie haben mich falsch verstanden, meine Dame. Ich befürchte nicht, gerichtlich belangt zu werden. In Anbetracht meines Alters und des Schneckentempos, in dem die Gerichte arbeiten, würde ich einen eventuellen Prozeß ohnehin nicht mehr erleben. Aber die menschliche Persönlichkeit ist ein komplizierter Mechanismus, und falls etwas schiefgehen würde, falls Sie durch meine Schuld einen Zusammenbruch erlitten, würde ich bestimmt in der Hölle schmoren.«

»Wenn Sie mir nicht helfen, wenn ich mich monatelang einer Therapie unterziehen muß, ohne zu wissen, wie meine Zukunft aussieht, werde ich sowieso zusammenbrechen.« In ihrer Verzweiflung hob Ginger die Stimme, machte ihrer Frustration und ihrem Zorn endlich Luft. »Wenn Sie mich wegschicken, mich dem Mitleid wohlwollender Freunde und Gudhausens Behandlung überlassen, bin ich völlig am Ende. Ich schwöre Ihnen, daß ich dann für alle Zeiten erledigt bin. *Ich kann einfach nicht so weiterleben!* Wenn Sie sich weigern, mir zu helfen, werden Sie dennoch für meinen Zusammenbruch verantwortlich sein, weil Sie ihn hätten verhindern können.«

»Es tut mir leid«, sagte er.

»*Bitte!*«

»Ich kann nicht.«

»Sie herzloser schwarzer Bastard!« rief Ginger und war selbst bestürzt, als sie sich diese Worte sagen hörte. Der verletzte Ausdruck auf seinem gütigen Gesicht beschämte sie zutiefst. Jetzt war sie an der Reihe zu murmeln: »Es tut mir leid. Wahnsinnig leid. Bitte verzeihen Sie mir.« Sie schlug ihre Hände vors Gesicht, sank im Sessel zusammen und brach in Tränen aus.

Er trat zu ihr hin, beugte sich über sie. »Dr. Weiss, bitte weinen Sie nicht. Sie dürfen nicht verzweifeln. Alles wird wieder gut werden.«

»Nein, niemals«, schluchzte sie. »Es wird nie wieder so werden, wie es war.«

Er zog sanft ihre Hände vom Gesicht weg, legte seine Hand unter ihr Kinn und hob ihren Kopf an, bis sie ihn ansah. Er lächelte und bewegte eine Hand vor ihren Augen hin und her, um ihr zu zeigen, daß sie wirklich leer war. Gleich darauf holte er zu ihrer großen Überraschung eine Münze aus ihrem rechten Ohr.

»Beruhigen Sie sich«, sagte er, während er ihr auf die Schulter klopfte. »Sie haben gewonnen. Ich habe kein Herz aus Stein.

Die Tränen einer Frau können die ganze Welt bewegen. Wider meine bessere Einsicht werde ich tun, was ich kann.«

Sein Angebot, ihr zu helfen, brachte sie noch mehr zum Weinen — nur waren es jetzt Tränen der Dankbarkeit.

» ... Sie sind jetzt in tiefem Schlaf, in ganz tiefem Schlaf, völlig entspannt, und Sie werden alle meine Fragen beantworten. Ist das klar?«

»Ja.«

»Sie können die Antworten nicht verweigern. Sie können es nicht. Sie können es nicht.«

Pablo hatte die Vorhänge zugezogen; nur die Lampe neben Gingers Stuhl war eingeschaltet. Die bernsteinfarbenen Lichtstrahlen verliehen ihrem Haar das Aussehen echter Goldfäden und betonten die unnatürliche Blässe ihrer Haut.

Er stand vor ihr und blickte auf ihr Gesicht hinab. Sie war von zarter Schönheit, wirkte ausgesprochen weiblich, aber gleichzeitig strahlte ihr Gesicht eine fast männliche Stärke aus. *Le juste milieu* — perfektes Gleichgewicht, die goldene Mitte, völlige Ausgewogenheit von Charakter und Schönheit.

Ihre Augen waren geschlossen und bewegten sich kaum noch unter den Lidern, ein Beweis dafür, daß sie in tiefer Trance war.

Pablo ging zu seinem Sessel zurück, der im Schatten stand, außerhalb des Lichtkegels der einzigen brennenden Lampe. Er setzte sich und schlug die Beine übereinander. »Ginger, warum hatten Sie Angst vor den schwarzen Handschuhen?«

»Ich weiß es nicht«, sagte sie leise.

»Sie können mich nicht belügen. Verstehen Sie? Sie können mir nichts verheimlichen. Warum hatten Sie Angst vor den schwarzen Handschuhen?«

»Ich weiß es nicht.«

»Warum hatten Sie Angst vor dem Ophthalmoskop?«

»Ich weiß es nicht.«

»Warum hatten Sie solche Angst vor dem Abfluß im Waschbecken?«

»Ich weiß es nicht.«

»Kannten Sie den Motorradfahrer in der State Street?«

»Nein.«

»Warum hatten Sie dann Angst vor ihm?«

»Ich weiß es nicht.«

Pablo seufzte. »Ausgezeichnet. Nun, Ginger, jetzt werden wir etwas ganz Erstaunliches tun, etwas scheinbar Unmögliches, das aber dennoch möglich ist. Es ist sogar ganz einfach. Wir werden jetzt die Zeit rückwärts ablaufen lassen, Ginger. Wir werden Sie langsam aber sicher durch die Zeit reisen lassen. Sie werden jünger werden. Es beginnt schon. Sie können sich dem nicht widersetzen ... Zeit gleicht einem Strom ... der jetzt rückwärts fließt ... immer weiter zurück ... Es ist nicht mehr der 24. Dezember. Es ist Montag, der 23. Dezember, und die Uhr läuft weiter zurück ... etwas schneller ... der 22. ... der 20. ... der 18. ...« Er fuhr in dieser Art fort, bis er Ginger zum 12. November zurückversetzt hatte. »Sie sind in Bernsteins Delikatessengeschäft und warten darauf, bedient zu werden. Können Sie die heißen Backwaren und die verschiedenen Gewürze riechen?« Sie nickte, und er forderte sie auf: »Erzählen Sie mir von den verschiedenen Gerüchen!«

Sie holte tief Luft, und auf ihrem Gesicht zeigte sich jetzt ein Ausdruck der Zufriedenheit. Ihre Stimme wurde lebhafter. »Pastrami, Knoblauch ... Honiggebäck ... Gewürznelken ... Zimt ...« Sie blieb mit geschlossenen Augen im Sessel sitzen, aber sie hob den Kopf, drehte ihn nach links und rechts, so als betrachtete sie die ausgestellten Delikatessen. »Schokolade ... Dieser Schokoladenkuchen duftet köstlich.«

»Wundervoll«, bestätigte Pablo. »Sie haben jetzt bezahlt, gehen von der Theke weg ... gehen auf die Tür zu, während Sie mit Ihrer Handtasche beschäftigt sind.«

»Ich bringe meinen Geldbeutel nicht hinein«, sagte sie, und ihr Gesicht verdüsterte sich.

»Sie haben Ihre Einkaufstasche im Arm.«

»Ich muß meine Handtasche dringend einmal ausräumen.«

»Peng! Sie stoßen mit dem Mann zusammen, der eine Pelzmütze trägt.«

Ginger fuhr zusammen und schnappte nach Luft.

»Oh!« rief sie.

»Er entschuldigt sich bei Ihnen.«

»Meine Schuld«, sagte sie. Pablo wußte, daß sie nicht mit ihm redete, sondern mit dem Mann mit der Pelzmütze und dem runden Gesicht, der für sie jetzt so real war wie an jenem Dienstag im Delikatessenladen. Sie fuhr entschuldigend fort: »Ich habe nicht geschaut, wohin ich ging.«

»Er hält Ihnen Ihre Einkaufstüte hin, und Sie nehmen sie ihm ab.« Der alte Bühnenzauberer beobachtete sie scharf. »Und Sie sehen ... seine Handschuhe.«

Schlagartig trat eine Veränderung ein. Sie straffte sich und riß die Augen weit auf. »Die Handschuhe! O Gott, die Handschuhe!«

»Erzählen Sie mir von den Handschuhen, Ginger.«

»Schwarz«, sagte sie mit leiser, zitternder Stimme. »Glänzend.«

»Und was noch?«

»*Nein!*« schrie sie und begann sich zu erheben.

»Setzen Sie sich bitte hin«, sagte Pablo.

Sie erstarrte mitten in der Bewegung.

»Ginger, ich befehle Ihnen, sich zu setzen und sich zu entspannen.«

Sie setzte sich steif hin, die kleinen Hände zu Fäusten geballt. Ihre strahlend blauen Augen waren weit geöffnet, aber sie starrte nicht Pablo an, sondern die Handschuhe, die sie wie damals vor sich sah. Pablo hatte den Eindruck, als würde sie jederzeit wieder aufzuspringen versuchen.

»Sie werden sich jetzt entspannen, Ginger. Sie werden ruhig ... ruhig ... ganz ruhig. Haben Sie mich verstanden?«

»Ja. In Ordnung.« Ihr Atem wurde langsamer und gleichmäßiger, ihre Schultern senkten sich etwas, aber sie war immer noch angespannt.

Wenn Pablo normalerweise jemanden in Trance versetzte, hatte er die betreffende Person sofort unter völliger Kontrolle. Es überraschte und beunruhigte ihn, daß diese Frau trotz seiner Befehle, sich zu entspannen, wachsam blieb, aber es gelang ihm nicht, sie stärker zu beruhigen. Schließlich sagte er deshalb: »Erzählen Sie mir von den Handschuhen, Ginger.«

»O mein Gott!« Ihr Gesicht verzerrte sich angstvoll.

»Entspannen Sie sich, und erzählen Sie mir von den Handschuhen. Warum haben Sie solche Angst davor?«

Sie zitterte am ganzen Leibe. »Lassen Sie nicht zu, daß sie mich berühren!«

»Warum haben Sie davor solche Angst?« wiederholte er beharrlich.

Sie verschränkte ihre Arme vor der Brust und wich im Sessel zurück.

»Hören Sie mir zu, Ginger. Die Zeit steht jetzt still. Die Uhr bewegt sich weder vor noch zurück. Die Handschuhe können Sie nicht berühren. Das werde ich nie zulassen. Die Zeit ist aufgehoben. Es steht in meiner Macht, die Zeit stillstehen zu lassen, und das habe ich jetzt getan. Sie sind in Sicherheit. Hören Sie mich?«

»Ja«, sagte sie, preßte sich aber fest in die Rückenpolster, und aus ihrer Stimme war Zweifel und mühsam unterdrücktes Entsetzen herauszuhören.

»Sie sind in völliger Sicherheit.« Es betrübte Pablo, dieses reizende Mädchen so von Angst gepeinigt zu sehen. »Die Zeit ist angehalten, Sie können jene schwarzen Handschuhe also betrachten, ohne befürchten zu müssen, daß sie Ihnen etwas zuleide tun. Sie werden sie jetzt genau betrachten und mir sagen, warum sie Ihnen Angst einjagen!«

Sie schwieg und zitterte immer noch wie Espenlaub.

»Sie müssen mir antworten, Ginger. Warum fürchten Sie sich so vor diesen Handschuhen?« Ihre Antwort bestand nur aus einem Wimmern. Nach kurzem Nachdenken fragte er deshalb: »Sind es wirklich *diese* Handschuhe, vor denen Sie Angst haben?«

»N ... nein. Nicht direkt.«

»Die Handschuhe des Mannes im Delikatessenladen ... sie erinnern Sie an ein Paar anderer Handschuhe, an einen lange zurückliegenden Vorfall? Stimmt das?«

»O ja. Ja!«

»Wann hat sich jener andere Vorfall ereignet? Ginger, an welche anderen Handschuhe erinnern Sie diese hier?«

»Ich weiß es nicht.«

»O doch, Sie wissen es.« Pablo stand auf, ging zu den Fenstern mit den geschlossenen Vorhängen und betrachtete Ginger aufmerksam von dort aus. »Also gut ... die Uhrzeiger bewegen sich wieder. Die Zeit läuft wieder rückwärts ... rückwärts ... zurück bis zu dem Zeitpunkt, als Sie zum *erstenmal* Angst vor einem Paar schwarzer Handschuhe hatten. Sie treiben rückwärts ... rückwärts ... und nun sind Sie *dort*. Sie sind an jenem Ort, wo Sie zum erstenmal Angst vor schwarzen Handschuhen hatten, und es ist genau jener Zeitpunkt, jener Moment.«

Ginger starrte in grenzenlosem Entsetzen auf etwas, das sich in einer anderen Zeit und an einem anderen Ort abgespielt hatte.

Pablo ließ sie nicht aus den Augen. »Wo sind Sie, Ginger?« Sie schwieg. »Sie müssen mir sagen, wo Sie sind.«

»Das Gesicht«, murmelte sie mit einer gehetzten Stimme, die Pablo einen Schauer über den Rücken jagte. »Das Gesicht. Das leere Gesicht.«

»Drücken Sie sich deutlicher aus, Ginger. Was für ein Gesicht? Sagen Sie mir, was Sie sehen!«

»Die schwarzen Handschuhe ... das dunkle Glasgesicht.«

»Sie meinen ... wie der Motorradfahrer?«

»Die Handschuhe ... das Visier.« Sie wurde vor Angst förmlich geschüttelt.

»Beruhigen und entspannen Sie sich. Sie sind in Sicherheit. Ihnen kann nichts geschehen. Wo immer Sie auch sein mögen — sehen Sie dort einen Mann, der einen Helm mit Visier trägt? Und schwarze Handschuhe?«

Sie stieß monotone Schreckenslaute aus. »Uh, uh, uh, uh ...«

»Ginger, Sie müssen sich beruhigen. Entspannen Sie sich, niemand kann Ihnen etwas zuleide tun. Sie sind in Sicherheit.« Er befürchtete, daß er in Kürze völlig die Kontrolle über sie verlieren und sie dann aus der Trance würde aufwecken müssen; deshalb ging er rasch zu ihr, kniete neben ihr nieder, legte eine Hand auf ihren Arm und streichelte sie sanft und beruhigend, während er zu ihr sprach. »Wo sind Sie, Ginger? Welche Zeitspanne haben Sie rückwärts zurückgelegt? Wo sind Sie? Und an welchem Datum?«

»Uh, uh, uhhhhhhh!« Ein entsetzlicher Schrei entrang sich ihr, ein Echo aus einer anderen Zeit, der qualvolle Ausdruck lange unterdrückter Angst und Verzweiflung.

Er wurde sehr streng, und seine Stimme bekam einen harten Klang. »Ich habe Sie in meiner Gewalt. Sie schlafen tief und sind in meiner Gewalt, Ginger. Ich befehle Ihnen, mir zu antworten, Ginger.«

Ihr Zittern wurde noch heftiger.

»Ich verlange, daß Sie mir antworten! Wo sind Sie, Ginger?«

»Nirgends.«

»Wo sind Sie?«

»Nirgendwo.« Sie hörte schlagartig auf zu zittern und sackte im Sessel zusammen. Die Angst verschwand aus ihrem Gesicht, ihre Züge wurden weich, schlaff. Mit dünner, emotionsloser Stimme sagte sie: »Tot.«

»Was meinen Sie damit? Sie sind nicht tot.«

»Tot«, wiederholte sie.

»Ginger, Sie müssen mir sagen, wo Sie sind und wie weit Sie zeitlich zurückgegangen sind, und Sie müssen mir von den schwarzen Handschuhen erzählen, von jenem *ersten* Paar schwarzer Handschuhe, an das Sie erinnert wurden, als Sie die Handschuhe jenes Mannes im Delikatessenladen sahen. Sie *müssen* es mir sagen.«

»*Tot.*«

Weil er neben ihr kniete und ihr nahe war, bemerkte Pablo plötzlich, daß ihr Atem sehr flach war. Er griff nach ihrer Hand und war bestürzt, wie kalt sie sich anfühlte. Er tastete nach ihrem Puls. Schwach. *Sehr* schwach. Er legte hastig seine Fingerspitzen auf ihren Hals und stellte einen langsamen, schwachen Herzschlag fest.

Um seine Fragen nicht beantworten zu müssen, schien sie sich in einen Schlaf zurückzuziehen, der ungleich tiefer war als die hypnotische Trance, vielleicht in ein Koma, jedenfalls in einen Zustand, in welchem sie seine fordernde Stimme nicht hören konnte. Eine solche Reaktion war ihm noch nie begegnet, er hatte über eine derartige Möglichkeit auch noch nie etwas gelesen. War es möglich, daß Ginger — nur um seinen Fragen zu entgehen — sich selbst zu sterben *befahl*? Daß um traumatische Erlebnisse sogenannte ›Gedächtnisbarrieren‹ errichtet wurden, war nicht ungewöhnlich; Pablo hatte in psychologischen Artikeln häufig von solchen Erinnerungsblockaden gelesen, aber diese Barrieren konnten niedergerissen werden, ohne die betreffende Person zu töten. Es konnte doch gewiß kein derart grauenvolles Erlebnis geben, daß jemand lieber sterben als sich daran erinnern würde. Und doch wurde Gingers Puls unter Pablos Finger immer schwächer und unregelmäßiger.

»Ginger, hören Sie zu!« sagte er eindringlich. »Sie müssen mir nicht antworten. Keine Fragen mehr. Sie können zurückkehren. Ich werde nicht auf Antworten bestehen.«

Sie schien schwankend über einem schrecklichen Abgrund zu hängen.

»Ginger, hören Sie mir zu! Keine weiteren Fragen mehr. Ich bin fertig mit meinen Fragen. Ich schwöre es.« Nach erschreckend langem Zögern war eine leichte Besserung ihres Pulsschlages zu erkennen. »Ich interessiere mich nicht mehr für die schwarzen Handschuhe oder sonst etwas, Ginger. Ich will Sie nur in die Gegenwart zurückbringen, Sie aus Ihrer Trance holen. Hören Sie mich? Bitte, hören Sie mir gut zu. *Bitte.* Ich stelle Ihnen keine Fragen mehr.«

Ihr Puls flackerte besorgniserregend, wurde allmählich aber etwas gleichmäßiger. Auch ihre Atmung besserte sich. Während er weiter beruhigend auf sie einredete, erholte sie sich rasch. Ihr liebliches Gesicht bekam wieder etwas Farbe.

Innerhalb einer knappen Minute brachte er sie zum 24. Dezember zurück und weckte sie auf.

Sie blinzelte. »Es hat nicht geklappt, stimmt's? Sie konnten mich nicht in Trance versetzen?«

»O doch«, erwiderte er mit schwankender Stimme. »Es hat sogar viel zu gut geklappt.«

»Pablo, Sie zittern ja!« rief sie. »Warum zittern Sie? Was ist los? Was ist passiert?«

Diesmal ging *sie* in die Küche und schenkte einen Brandy ein.

Später, als Ginger sich an der Wohnungstür von Pablo verabschiedete, nachdem er für sie ein Taxi bestellt hatte, sagte sie: »Ich kann mir immer noch nicht vorstellen, was es sein könnte. Mir ist bestimmt nie etwas so Schlimmes, so Schreckliches zugestoßen, daß ich lieber sterben als mich daran erinnern würde.«

»Es muß in Ihrer Vergangenheit aber etwas sehr Traumatisches geben«, erwiderte Pablo. »Ein Erlebnis, bei dem ein Mann mit schwarzen Handschuhen eine Rolle spielte, ein Mann mit einem — wie Sie sagten — ›dunklen Glasgesicht‹. Vielleicht ein Motorradfahrer wie jener, bei dessen Anblick Sie auf der State Street in Panik gerieten. Sie haben diesen Vorfall sehr tief begraben ... und Sie scheinen fest entschlossen zu sein, ihn um jeden Preis so tief begraben zu *lassen*. Ich glaube wirklich, daß Sie Dr. Gudhausen erzählen sollten, was heute hier passiert ist, und daß Sie ihn von diesem Ausgangspunkt aus weitermachen lassen sollten.«

»Gudhausen ist zu traditionell, zu langsam. Ich möchte, daß *Sie* mir helfen.«

»Ich werde nicht noch einmal das Risiko eingehen, Sie in Trance zu versetzen und zu befragen.«

»Es sei denn, daß Sie in irgendwelchen Fachbüchern auf einen ähnlichen Fall stoßen.«

»Diese Wahrscheinlichkeit ist nicht sehr groß. Ich habe in den letzten fünfzig Jahren sehr viel über Psychologie und Hypnose gelesen, und nirgends war von etwas Ähnlichem die Rede.«

»Aber Sie werden danach suchen, ja? Sie haben es mir versprochen.«

»Ich werde sehen, was ich finden kann.«

»Und wenn Sie feststellen, daß jemand eine Technik entwickelt hat, um eine Gedächtnisbarriere dieser Art zu durchstoßen, werden Sie diese Technik bei mir anwenden.«

Ginger war zwar verwirrt, fühlte sich aber doch wesentlich besser als bei ihrer Ankunft in Pablos Wohnung. Etwas hatten sie zumindest schon erreicht: Sie hatten das Problem entdeckt, irgendein mysteriöses traumatisches Erlebnis in ihrer Vergangenheit, und obwohl sie keine Einzelheiten erfahren hatten, wußten sie nun, daß es vorhanden war: ein dunkler Schatten, der darauf wartete, erforscht zu werden. Mit der Zeit würden sie eine Möglichkeit finden, Licht darauf zu werfen, und wenn es dann endlich enthüllt sein würde, wüßte sie auch die Ursache ihrer Anfälle.

»Sprechen Sie mit Dr. Gudhausen«, riet Pablo ihr noch einmal.

»Ich setze meine ganzen Hoffnungen auf Sie.«

»Sie sind verdammt stur!« sagte der alte Bühnenzauberer kopfschüttelnd.

»Nein, nur hartnäckig.«

»Halsstarrig.«

»Nur energisch.«

»*Acharnée!*«

»Ich werde in Baywatch sofort dieses Wort nachschlagen, und falls es ein Schimpfwort ist, werde ich mich fürchterlich rächen, wenn ich am Donnerstag wiederkomme«, neckte sie ihn.

»Nicht am Donnerstag«, sagte er. »Meine Nachforschungen werden Zeit in Anspruch nehmen. Ich werde Sie nicht noch einmal hypnotisieren, wenn ich nicht Aufzeichnungen über einen ähnlichen Fall finden und mich an Techniken orientieren kann, die erwiesenermaßen erfolgreich waren.«

»Okay, aber wenn Sie am Freitag oder Samstag immer noch nicht angerufen haben, werde ich vermutlich wieder kommen und mir gewaltsam Zutritt verschaffen. Denken Sie daran. Sie sind meine größte Hoffnung.«

»Ich bin Ihre größte Hoffnung ... in Ermangelung von etwas Besserem.«

»Sie unterschätzen sich, Pablo Jackson.« Sie küßte ihn auf die Wange. »Ich werde auf Ihren Anruf warten.«

»Au revoir.«

»Shalom.«

Als sie draußen ins Taxi stieg, fiel ihr einer der Lieblingssprüche ihres Vaters ein und bildete ein bleiernes Gegengewicht zu ihrem neuen Auftrieb: *Kurz vor der Dunkelheit ist es immer am hellsten.*

3. Chicago, Illinois

Winton Tolk — der große, heitere schwarze Polizist — stieg aus dem Streifenwagen, um in einer Imbißstube drei Hamburger und drei Coke zu kaufen. Sein Kollege, Paul Armes, blieb am Steuer des Wagens sitzen; Vater Brendan Cronin saß auf dem Rücksitz. Brendan warf einen Blick auf die Imbißstube, aber er konnte nicht hineinschauen, denn die Fensterfront war mit Weihnachtsbildern bemalt: Santa Claus, Rentiere, Girlanden, Engel. Leichter Schneefall hatte vor kurzem eingesetzt, und die Wettervorhersage rechnete bis Mitternacht mit zwanzig Zentimeter Schnee, was weiße Weihnachten bedeutete.

Während Winton ausstieg, beugte sich Brendan vor und sagte zu Paul Armes: »Okay, ›Going My Way‹ ist großartig, aber was ist mit ›It's a Wonderful Life‹? Das war doch ein sagenhafter Film!«

»Jimmy Stewart und Donna Reed«, sagte Paul.

»Was für Darsteller!« Sie hatten sich über gute Weihnachtsfilme unterhalten, und nun war Brendan überzeugt davon, daß ihm der allerbeste von allen eingefallen war. »Lionel Barrymore spielte den Geizhals. Und Gloria Grahame war auch mit von der Partie.«

»Thomas Mitchell«, fügte Paul Armes hinzu, während draußen Winton die Tür der Imbißstube erreicht hatte. »Ward Bond. Mein Gott, was für Schauspieler!« Winton verschwand in der Imbißstube. »Aber Sie vergessen einen anderen tollen Streifen. ›Miracle on 34th Street‹.«

»Zugegeben, der war auch klasse, aber ich glaube trotzdem, daß Capra besser ...«

Es schien so, als fielen die Schüsse und das Zersplittern der Glasscheiben total zusammen, als läge nicht einmal der Bruchteil einer Sekunde dazwischen. Trotz der geschlossenen Wagentüren, des surrenden Heizungsventilators und des knackenden und rauschenden Polizeifunks waren die Schüsse so laut, daß Brendan mitten im Satz verstummte. Sie zerstörten jäh den Weihnachtsfrieden in dieser Straße des Außenbezirks, und gleichzeitig lösten sich die fröhlich bemalten Fenster in Kaskaden umherfliegender Glassplitter auf. Neue Schüsse übertönten das Echo der ersten und wurden von der mißtönenden Musik des auf den Polizeiwagen herabregnenden Glases begleitet.

»Verdammte Scheiße!« Paul Armes riß den am Armaturenbrett befestigten Revolver aus der Halterung und stieß die Tür auf, noch während das Glas zerbarst. »Gehen Sie in Deckung!« schrie er Brendan noch zu, und dann kroch er auch schon geduckt um das Auto herum.

Brendan blickte wie betäubt durch das Seitenfenster zum Eingang der Imbißstube hinüber. Plötzlich flog diese Tür weit auf, und zwei junge Männer tauchten auf der Schwelle auf — ein Weißer und ein Schwarzer. Der Schwarze trug eine Strickmütze und einen langen Militärmantel — und hatte eine abgesägte halbautomatische Schrotflinte in der Hand. Der Weiße trug eine karierte Jagdjacke und war mit einem Revolver bewaffnet. Sie kamen geduckt herausgerannt, und der Schwarze richtete seine Schrotflinte auf den Steifenwagen. Brendan schaute direkt in die Mündung. Ein Schuß krachte, und Brendan befürchtete im ersten Moment, getroffen zu werden, aber das Seitenfenster dicht vor seinem Gesicht blieb unbeschädigt. Statt dessen zerbarst die Frontscheibe, und Glassplitter und Bleikügelchen regneten auf den Sitz, prallten am Armaturenbrett ab. Brendan erwachte aus seiner Erstarrung und glitt von seinem Sitz auf den Boden hinab. Er hatte rasendes Herzklopfen.

Winton Tolk hatte das Pech gehabt, völlig unvorbereitet mitten in einen bewaffneten Raubüberfall hineinzulaufen. Vermutlich war er tot.

Während Brendan sich eng an den Boden des Polizeiwagens preßte, hörte er draußen Paul Armes brüllen: »Waffen fallen lassen!«

Zwei Schüsse krachten. Revolverschüsse. Aber wer hatte abgedrückt? Paul Armes oder der Bursche in der karierten Jacke?

Ein weiterer Schuß. Jemand schrie auf.

Aber wer war getroffen worden? Armes oder einer der Banditen?

Brendan traute sich nicht hinauszuschauen.

Aufgrund einer Absprache, die Vater Wycazik mit dem Polizeichef getroffen hatte, begleitete Brendan nun schon seit fünf Tagen als Beobachter die beiden Polizisten Winton und Paul. In seinem normalen Anzug mit Krawatte und Mantel war er angeblich ein von der Kirche bezahlter Laie, ein Spezialist, der sich mit weitreichenden katholischen Wohltätigkeitsprojekten beschäftigte — und alle schienen diese Erklärung plausibel zu finden. Wintons und Pauls Bezirk war in der oberen Stadt, zwischen der Foster Avenue im Norden, dem Lake Shore Drive im Osten, der Irving Park Road im Süden und der North Ashland Avenue im Westen. Es war die ärmste Wohngegend Chicagos mit den höchsten Verbrechensquoten; hier lebten Schwarze und Indianer, hauptsächlich aber Appalachen und Spanier. Nach diesen fünf Tagen mit Winton und Paul hegte Brendan große Sympathien für beide Männer und starkes Mitgefühl für all die vielen ehrlichen Menschen, die in diesen schmutzigen Straßen und heruntergekommenen, baufälligen Gebäuden hausen und arbeiten mußten — und die den Rudeln menschlicher Schakale zum Opfer fielen. Er hatte bei seinen Fahrten mit den beiden Polizisten schon gelernt, mit allem zu rechnen, aber diese Schießerei war der schwerste Vorfall, den er bis jetzt miterlebt hatte.

Weitere Schrotflintenkugeln schlugen in den Wagen ein und ließen ihn erzittern.

Brendan lag — zusammengekrümmt wie ein Fötus auf dem Boden und versuchte zu beten, fand aber keine Worte. Gott war für ihn immer noch verloren, und er fühlte sich schrecklich einsam.

Draußen schrie Paul Armes: »Gebt auf!«

Einer der Gangster brüllte zurück: »Du kannst mich mal...«

Als Brendan sich nach einer Woche im Kinderkrankenhaus bei Vater Wycazik gemeldet hatte, war er von diesem in ein anderes Hospital geschickt worden, wo er in der Abteilung für hoffnungslose Fälle arbeiten mußte, einem schrecklichen Ort, wo es keine Kinder gab. Auch dort hatte Brendan rasch herausgefunden, welche Lehre Stefan Wycazik ihm erteilen wollte. Die meisten Menschen, die am Ende ihres Lebens standen, fürchteten den Tod nicht, sondern empfanden ihn als Gnade, für die sie Gott dankten, anstatt Ihn zu verfluchen. Und im Sterben wurden viele, die nie gläubig gewesen waren, es zuletzt doch noch, und viele, die vom Glauben abgefallen waren, fanden ihn wieder. Die Leiden, von denen das Scheiden der Menschen aus dieser Welt begleitet war, hatte häufig etwas Eindrucksvolles und tief zu Herzen Gehendes an sich, so als trüge jeder von ihnen eine Zeitlang die mystische Last des Kreuzes.

Aber auch nach dieser Lektion hatte Brendan seinen Glauben nicht wiedergefunden. Und jetzt zerhackte das Hämmern seines Herzens die Worte des Gebetes, noch bevor er sie aussprechen konnte, und sein Mund war pulvertrocken.

Draußen wurde gebrüllt, aber er konnte nichts mehr verstehen, vielleicht weil es nur zusammenhanglose Wortfetzen waren, vielleicht aber auch, weil er von den Schüssen halb taub war.

Er begriff noch nicht ganz, welche Lehre sich Vater Wycazik für ihn von diesem Einsatz im Armenviertel erhofft hatte. Und während er nun das Chaos dort draußen hörte, wußte er genau, daß die Lektion — worin sie auch bestehen mochte — ihn niemals würde überzeugen können, daß Gott so real wie Gewehrkugeln war. Der Tod war eine blutige, stinkende, grausame Realität, angesichts derer das Versprechen einer Belohnung im Jenseits nicht im geringsten überzeugend wirkte.

Die Schrotflinte ging wieder los, gefolgt von Revolverschüssen. Man hörte, wie jemand schnell wegrannte. Wieder Revolverschüsse. Zersplitterndes Glas. Ein Schrei, noch schrecklicher als der erste. Ein weiterer Schuß. Stille. Totale Stille.

Die Fahrertür wurde aufgerissen.

Brendan schrie erschrocken auf.

»Bleiben Sie unten!« rief Paul Armes ihm vom Vordersitz aus zu; auch er duckte sich. »Die beiden sind tot, aber drinnen könnten noch mehr von diesen Dreckskerlen sein.«

»Wo ist Winton?« fragte Brendan.

Paul gab keine Antwort. Statt dessen griff er nach dem Funkmikrophon, rief die Zentrale, gab seinen Standort durch und forderte Verstärkung und einen Notarztwagen an.

Immer noch auf dem Boden liegend, schloß Brendan die Augen und sah mit herzzerreißender Deutlichkeit die Fotos vor sich, die Winton Tolk in seiner Brieftasche hatte und stolz vorzeigte, wenn man ihn nach seiner Familie fragte — Fotos von seiner Frau, Raynella, und von seinen drei Kindern.

»Diese verdammten Scheißkerle!« sagte Paul Armes mit zitternder Stimme.

Brendan hörte leise kratzende Geräusche, die ihn verwirrten, bis er begriff, daß Armes seinen Revolver neu lud. »Ist Winton angeschossen worden?« fragte er.

»Darauf können Sie wetten.«

»Vielleicht benötigt er Hilfe.«

»Sie ist schon unterwegs.«

»Aber vielleicht braucht er *jetzt* Hilfe.«

»Ich kann nicht reingehen. Vielleicht ist noch einer drin. Oder sogar zwei. Wer weiß? Wir müssen auf die Verstärkung warten.«

»Aber Winton braucht vielleicht eine behelfsmäßige Arterienpresse ... oder sonstige erste Hilfe. Bis der Notarzt eintrifft, wird er vielleicht schon tot sein.«

»Glauben Sie, ich weiß das nicht?« sagte Paul Armes bitter und wütend. Er glitt mit geladenem Revolver wieder aus dem Wagen und bezog eine Position, von der aus er die Imbißstube im Auge behalten konnte.

Je länger Brendan darüber nachdachte, daß Winton Tolk dort drin vielleicht auf dem Boden hingestreckt lag, desto wütender wurde er. Wenn er noch an Gott geglaubt hätte, wäre es ihm vielleicht möglich gewesen, im Gebet Trost zu finden. Aber so wurde seine Wut immer größer, steigerte sich zu heißem Haß. Sein Herzklopfen war jetzt noch lauter als vorhin, während der Schießerei. Es fraß wie eine Säure an ihm, daß Winton ein so ungerechtes Schicksal erlitt — es war so grenzenlos unfair, so *gemein*.

Er sprang aus dem Wagen und rannte durch den Schnee auf den Eingang der Imbißstube zu.

»Brendan!« schrie Paul Armes von der anderen Seite des Streifenwagens. »Bleiben Sie hier! Um Gottes willen, gehen Sie nicht rein!«

Brendan hörte nicht auf ihn; er wurde von seinem Zorn ebenso vorangetrieben wie von dem Gedanken, daß Winton Tolk möglicherweise sofortige Hilfe benötigte.

Ein toter Mann in karierter Jagdjacke lag am Gehweg auf dem Rücken. Eine Kugel aus Armes' Revolver hatte ihn in die Brust getroffen, eine zweite in den Hals. Im Schnee neben der Leiche lag ein Revolver, vielleicht derselbe, mit dem Tolk angeschossen worden war.

»Cronin!« brüllte Paul Armes. »Kommen Sie zurück, Sie Idiot!«

Durch die zerbrochenen Fensterscheiben konnte Brendan in die Imbißstube hineinblicken, in der es überraschend dunkel war. Entweder waren die Lampen von Kugeln getroffen worden, oder es hatte einen Kurzschluß gegeben, und das graue Tageslicht erhellte nur wenige Meter des Raumes. Er konnte niemanden sehen, was aber natürlich nicht bedeutete, daß es ungefährlich war hineinzugehen.

»Cronin!« schrie Armes wieder.

Brendan lief zum Eingang, wo er den toten Schwarzen fand, der — von mehreren Kugeln getroffen — inmitten von Glassplittern zusammengekrümmt dalag.

Brendan stieg über die Leiche hinweg und betrat die Imbißstube. Ihm schoß flüchtig durch den Kopf, daß sein römisches Kollar — das er ja zur Zeit nicht trug — ihm jetzt vielleicht als eine Art Schutzschild hätte dienen können. Andererseits würden aber verkommene Subjekte wie diese einen Priester höchstwahrscheinlich genauso hemmungslos umbringen wie einen Polizisten. In seiner normalen Straßenkleidung war er jedenfalls der gleichen Gefahr ausgesetzt, wie jeder andere es an seiner Stelle gewesen wäre, aber das war ihm vollkommen egal. Er kochte vor Wut. Wut, weil Gott nicht existierte, oder weil er — falls er doch existieren sollte — sich um nichts kümmerte.

Im Hintergrund der kleinen Imbißstube befand sich eine Theke, dahinter ein Grill und andere Geräte. Vor der Theke gab es fünf kleine Tische und zehn Stühle; die meisten davon waren umgekippt. Auf dem Boden lagen Servietten, Ketchup- und Senfbehälter, Ein- und Fünfdollarscheine — und Winton Tolk in einer großen Blutlache.

Ohne nachzusehen, ob sich hinter den umgestürzten Tischen ein weiterer Gangster versteckt hielt, kniete Brendan neben dem Polizisten nieder. Winton war zweimal in die Brust getroffen worden. Nicht von der Schrotflinte. Vermutlich mit dem Revolver des weißen Räubers. Die Verletzungen waren grauenvoll, und Brendan begriff sogleich, daß eine Arterienpresse oder sonstige Erste-Hilfe-Maßnahmen in diesem Fall nichts ausrichten konnten. Wintons Brust war blutüberströmt, und Blut sickerte auch aus seinem Mund. Die Blutlache, in der er lag, war so groß, daß er darin zu schwimmen schien. Er lag mit geschlossenen Augen regungslos da, bewußtlos oder tot.

»Winton?« rief Brendan.

Der Polizist zeigte keinerlei Reaktion. Nicht einmal seine Lider zuckten.

Erfüllt von wilder Rage wie damals, als er den Meßkelch gegen die Wand geschleudert hatte, legte Brendan Cronin behutsam beide Hände auf Wintons Hals und tastete nach den Halsschlagadern. Er konnte keinen Pulsschlag feststellen, und vor seinem geistigen Auge tauchten wieder die Fotos von Raynella und den Kindern der Tolks auf, und sein Groll über die Gleichgültigkeit des Universums erreichte den Siedepunkt. »Er darf nicht sterben!« sagte Brendan zornig vor sich hin. »Er darf nicht sterben!«

Plötzlich glaubte er, unter seinen Fingerspitzen einen kaum merklichen Puls zu spüren. Er bewegte seine Hände ein wenig, suchte eine Bestätigung dafür, daß Tolk noch am Leben war. Er fand sie: Der Pulsschlag war geringfügig stärker geworden, wenngleich immer noch sehr unregelmäßig.

»Ist er tot?«

Brendan blickte hoch und sah einen Mann hinter der Theke hervorkommen, einen Spanier in weißer Schürze, den Besitzer oder einen Angestellten. Auch eine Frau, ebenfalls in weißer Schürze, tauchte hinter der Theke auf.

Aus der Ferne waren Sirenen zu hören.

Winton Tolks Puls schien sich unter Brendans Händen zu stabilisieren, was aber gewiß nur eine Sinnestäuschung war. Winton hatte zuviel Blut verloren, als daß plötzlich eine Besserung seines Zustandes möglich gewesen wäre. Bis die Notärzte mit ihren lebenserhaltenden Geräten eintreffen würden, konnten seine Überlebenschancen sich nur immer weiter verschlechtern, und selbst die intensivste medizinische Versorgung dürfte kaum viel ausrichten können.

Die Sirenen waren nur noch etwa zwei Blocks entfernt.

Durch die zersplitterten Fenster wurde Schnee in die Imbißstube geweht.

Die Angestellten trauten sich etwas näher heran.

Mit tiefem Grauen, aber gleichzeitig immer noch erfüllt von

rasendem Zorn über die launische Brutalität des Schicksals, ließ Brendan seine Hände zu den schrecklichen Wunden in Wintons Brust hinabgleiten. Als er sah, wie das Blut zwischen seinen Fingern hindurchsickerte, trat ein Gefühl grenzenloser Hilflosigkeit und Ohnmacht an die Stelle der Wut, und er begann zu weinen.

Winton Tolk würgte. Hustete. Schlug seine Augen auf. Sein Atem ging schwach und röchelnd, und er gab ein leises Stöhnen von sich.

Zutiefst erstaunt, fühlte Brendan ihm wieder den Puls am Hals. Er war schwach, aber bei weitem nicht mehr so schwach wie zuvor und fast regelmäßig.

Mit lauter Stimme, um die kreischenden Sirenen zu übertönen, die nun schon ganz nahe waren, rief Brendan: »Winton? Winton, hören Sie mich?«

Der Polizist schien ihn nicht zu erkennen; offensichtlich wußte er nicht einmal, wo er war. Er hustete wieder und würgte noch stärker.

Brendan hob Tolks Kopf rasch etwas an und drehte ihn zur Seite, damit Blut und Schleim leichter aus seinem Mund herausfließen konnten. Sofort verbesserte sich die Atmung des Mannes, obwohl jedes Einatmen ihn immer noch große Mühe kostete. Er befand sich zweifellos in kritischem Zustand und benötigte dringend medizinische Hilfe — aber er lebte.

Er *lebte*.

Unglaublich. All das viele Blut, und trotzdem lebte er noch.

Draußen verstummten nacheinander drei Sirenen. Brendan rief nach Paul Armes. Erregt von der Hoffnung, daß Winton vielleicht doch noch gerettet werden konnte, aber zugleich in panischer Furcht, daß die ärztliche Hilfe um Sekunden zu spät eintreffen würde, brüllte er die Angestellten der Imbißstube an: »Los! Holt sie schnell rein! Sagt ihnen, daß keine Gangster sich hier versteckt halten. Holt die Notärzte, verdammt noch mal.«

Der Mann in der Schürze eilte nach kurzem Zögern auf die Tür zu.

Winton Tolk spuckte blutigen Schleim aus und konnte nun endlich ungehindert Luft holen. Brendan legte seinen Kopf vorsichtig auf den Boden. Der Mann atmete weiterhin flach und mühsam, aber doch regelmäßig.

Draußen wurden Autotüren zugeschlagen, man hörte Stimmen und eilige Schritte, die sich der Imbißstube näherten.

Brendans Hände waren naß von Wintons Blut. Er wischte sie an seinem Mantel ab — und stellte plötzlich fest, daß die Ringe auf seinen Handflächen zum erstenmal seit fast zwei Wochen wieder zu sehen waren. Kreisförmige Bänder geschwollenen, entzündeten Gewebes, eines auf jeder Hand.

Polizisten und Notärzte kamen in die Imbißstube gerannt, und Brendan machte ihnen rasch Platz, lehnte sich an die Theke und starrte — plötzlich völlig erschöpft — auf seine Hände.

Nach dem ersten Auftreten der Ringe hatte er einige Tage lang die Cortisonsalbe verwendet, die Dr. Heeton ihm verschrieben hatte, aber als sie sich nicht mehr zeigten, hatte er mit dieser Behandlung aufgehört. Er hatte die Male fast schon vergessen gehabt. Sie hatten ihn ein wenig verwirrt, aber nicht weiter beunruhigt. Während er sie jetzt betrachtete, nahm er das Stimmengewirr um sich herum nur verschwommen wahr.

»Mein Gott, all das viele Blut!«

»Der kann nicht mehr am Leben sein ... zwei Schüsse in die Brust!«

»Verdammt, aus dem Weg!«

»Plasma!«

»Stellt seine Blutgruppe fest. Nein, wartet! Macht es lieber im Krankenwagen!«

Brendan wandte seine Aufmerksamkeit wieder der Menge um Winton Tolk zu. Er beobachtete, wie die Notärzte den verwundeten Mann auf eine Tragbahre legten und ihn hinaustrugen, nachdem ein fluchender Polizist die Leiche des Schwarzen von der Türschwelle weggeschleppt hatte, um ihnen den Weg frei zu machen.

Er sah Paul Armes, der neben der Bahre herlief.

Er sah, daß das Blut, in dem Tolk gelegen hatte, nicht nur eine Pfütze, sondern der reinste See war.

Er warf wieder einen Blick auf seine Hände. Die Ringe waren verschwunden.

4. Las Vegas, Nevada

Der Texaner in der gelben Polyesterhose hätte bestimmt nicht versucht, Jorja Monatella zu überreden, mit ihm ins Bett zu gehen, wenn er gewußt hätte, daß sie große Lust verspürte, jemanden zu kastrieren.

Jorja war an diesem Nachmittag des 24. Dezember nicht im geringsten in Weihnachtsstimmung. Obwohl sie normalerweise ausgeglichen und gutmütig war, hatte sie jetzt denkbar schlechte Laune, während sie im Casino von der Bar zu den Spieltischen und wieder zurück an die Bar eilte und den Spielern Drinks servierte.

Sie haßte diesen Job. In einer normalen Bar Kellnerin zu sein war schon schlimm genug, aber in diesem Hotelcasino, das größer als ein Football-Spielfeld war, war es geradezu mörderisch. Am Ende der Schicht schmerzten ihre Füße, und oft waren die Knöchel geschwollen. Auch die Arbeitszeit war unregelmäßig. Wie sollte man einer siebenjährigen Tochter ein richtiges Zuhause bieten, wenn man keinen Job mit geregelten Arbeitszeiten hatte?

Sie haßte auch ihr Kostüm: ein kleines rotes Nichts mit extrem hohem Beinausschnitt und extrem tiefem Brustausschnitt, kleiner als ein Badeanzug. Ein eingearbeitetes Korsett ließ die Taille schmäler erscheinen und betonte die Brüste. Und wenn man — wie Jorja — schon von Natur aus eine schlanke Taille und üppige Brüste hatte, sah man in dieser Aufmachung geradezu herausfordernd sexy aus.

Und sie haßte es, daß ihre Chefs und das männliche Personal ihr ständig unzweideutige Angebote machten. Vermutlich glaubten sie, daß jedes Mädchen, das sich in einem derartigen Kostüm zur Schau stellte, auch leicht zu haben sein mußte.

Sie war sicher, daß auch ihr Name dazu beitrug: Jorja. Er war apart. Viel zu apart. Ihre Mutter mußte betrunken gewesen sein, als sie ›Georgia‹ auf diese höchst originelle Weise geschrieben hatte. Wenn sie nach ihrem Namen gefragt wurde und mündlich antworten konnte, war alles in Ordnung, denn dann wußten die Leute nichts von der absonderlichen Schreibweise; aber sie mußte ein Namensschildchen — JORJA — an ihrem Kostüm tragen, und tagtäglich machte mindestens ein Dutzend Männer darüber dumme Bemerkungen. In dieser ungewöhnlichen

Schreibweise war es ein frivoler Name, und das brachte Männer auf die Idee, daß sie auch eine frivole Person sein mußte. Sie hatte schon daran gedacht, die Schreibweise im Standesamt ändern zu lassen, aber das würde ihre Mutter kränken. Wenn die Kerle sie bei der Arbeit jedoch weiterhin derart belästigten, würde sie sich am liebsten ›Mutter Teresa‹ als neuen Namen zulegen; vielleicht würde das die geilen Böcke etwas abschrecken.

Die Chefs und Kollegen abwimmeln zu müssen war jedoch noch nicht einmal das Schlimmste. Aber jede Woche legte mindestens ein betuchter Gast aus Detroit, Los Angeles oder Dallas ein Bündel Geldscheine auf den Tisch und bat den Chef, ihn mit Jorja zusammenzubringen. Manche der Bedienungen waren für solche Nebeneinkünfte zu haben — nicht viele, aber doch einige. Jorjas Antwort, wenn ihre Chefs sie in dieser Richtung zu bedrängen versuchten, lautete immer: »Zum Teufel mit ihm! Ich bin Kellnerin und keine Hure.«

Ihre kalte routinierte Abfuhr hielt ihre Chefs aber nicht davon ab, es immer wieder zu versuchen, wie zuletzt vor einer Stunde. Ein Ölbonze aus Houston, ein Kerl mit Warzen im Gesicht und Froschaugen, in glänzenden gelben Hosen, blauem Hemd und roter Krawatte, einer der lukrativsten Gäste des Hotels, hatte ein Auge auf sie geworfen und sich an sie heranmachen wollen. Sein Atem stank nach den *burritos*, die er zu Mittag gegessen hatte.

Und jetzt waren die Chefs wütend auf sie, weil sie einem hochgeschätzten Gast eine Abfuhr erteilt hatte. Rainy Tarnell, der bei der Tagschicht die Aufsicht führte, hatte die Frechheit besessen, ihr unumwunden zu sagen: »Sei doch nicht so zickig, Honey!«

Obwohl sie es haßte, im Casino zu bedienen, konnte sie es sich nicht leisten zu kündigen. Sie würde nirgends so gut verdienen. Sie war eine geschiedene Mutter, die ihre Tochter ohne Unterhaltszahlungen des Vaters aufzog, und um ihre Kreditwürdigkeit nicht zu verlieren, bezahlte sie immer noch Rechnungen ab, die Alan auf ihren Namen hatte ausstellen lassen, bevor er sie verlassen hätte. Sie mußte deshalb mit jedem Dollar rechnen. Ihr Lohn war niedrig, aber die Trinkgelder waren hervorragend, besonders dann, wenn ein Gast beim Kartenspiel oder Würfeln große Gewinne erzielte.

An diesem Heiligabend war das Casino jedoch schlecht besucht, und die Trinkgelder fielen entsprechend mager aus. An Thanks-giving und Weihnachten war in Las Vegas nie viel los; der Rummel begann erst wieder am 26. Dezember.

Kein Wunder, daß ich schlechte Laune habe, dachte Jorja. Wunde Füße, Rückenschmerzen, ein geiler Bock, der sich einbildet, er könnte mich bezahlen wie die Drinks, die ich serviere, ein Wortwechsel mit Rainy Tarnell und nicht einmal ordentliche Trinkgelder als Entschädigung für all diese Unannehmlichkeiten.

Als ihre Schicht um 16 Uhr beendet war, lief sie rasch nach unten in die Garderoben, steckte ihre Kontrollkarte in die Stempeluhr, schlüpfte aus ihrem Kostüm, zog ihre Straßenkleidung an und hastete zum Parkplatz für die Angestellten.

Das unberechenbare Wüstenwetter eignete sich nicht dazu, sie in Weihnachtsstimmung zu versetzen. Ein Wintertag in Las Vegas konnte kalt sein, mit eisigem Wind; ebensogut konnte es aber warm genug für Shorts und kurzärmelige Blusen sein. Und dieses Jahr war es sehr mild.

Ihr staubiger, mitgenommener Chevette sprang schon beim dritten Versuch an, worüber sie sich eigentlich hätte freuen müssen. Aber als sie das Knattern und Husten des Motors hörte, fiel ihr unwillkürlich der funkelnde neue Buick ein, den Alan vor 15 Monaten mitgenommen hatte, als er sie und Marcie verließ.

Alan Rykoff. Mehr als über ihren Job und alles andere ärgerte sie sich über Alan. Sie hatte nach der Scheidung seinen Namen abgelegt und ihren Mädchennamen — Monatella — wieder angenommen, aber die Erinnerungen an den Kummer, den er ihr und Marcie zugefügt hatte, ließen sich nicht so leicht ablegen.

Während sie vom Parkplatz auf die Straße hinter dem Hotel einbog, versuchte Jorja erfolglos, Alan aus ihren Gedanken zu verbannen. Dieser Dreckskerl! Er war mit seiner derzeitigen Bettpartnerin — einer Blondine mit dem unwahrscheinlichen Namen ›Pepper‹ — für eine Woche nach Acapulco geflogen, ohne auch nur ein Weihnachtsgeschenk für Marcie zu besorgen. Was sagte man einem siebenjährigen Mädchen, wenn es fragte, warum Daddy ihm nichts zu Weihnachten geschenkt habe und auch nicht zu Besuch gekommen sei?

Obwohl Alan sie mit jeder Menge unbezahlter Rechnungen sitzengelassen hatte, hatte sie auf Unterhaltsansprüche für sich selbst verzichtet, denn sie verabscheute ihn damals derart, daß sie nicht von ihm abhängig sein wollte. Sie hatte jedoch Unterhaltszahlungen für das Kind verlangt und war erschüttert gewesen, als er frech behauptete, Marcie wäre nicht sein Kind, und er trüge für sie deshalb keine Verantwortung. Zur Hölle mit ihm! Jorja hatte ihn geheiratet, als sie neunzehn und er vierundzwanzig Jahre alt gewesen war, und sie war ihm nie untreu gewesen. Alan wußte auch genau, daß sie ihn nie betrogen hatte, aber für ihn war es ungleich wichtiger, seinen aufwendigen Lebensstil beibehalten zu können — er benötigte jeden Dollar für Kleidung, schnelle Autos und Frauen; dafür opferte er bereitwillig den guten Ruf seiner Frau und das Glück seiner Tochter. Um der kleinen Marcie Demütigung und Schmerz zu ersparen, hatte Jorja auf Unterhaltszahlungen verzichtet, bevor er seine gemeinen Behauptungen im Gerichtssaal vorgetragen hätte.

Sie war fertig mit ihm. Sie sollte überhaupt nicht mehr an ihn denken.

Aber während sie am Einkaufszentrum bei der Kreuzung Maryland Parkway und Desert Inn Road vorbeifuhr, dachte Jorja unwillkürlich daran, wie jung sie gewesen war, als sie sich an Alan gebunden hatte — viel zu jung zum Heiraten und viel zu naiv, um Alans Fassade zu durchschauen. Mit neunzehn hatte sie ihn für überaus weltmännisch und charmant gehalten. Mehr als ein Jahr war ihre Ehe scheinbar glücklich gewesen, aber allmählich hatte sie begonnen, ihn so zu sehen, wie er wirklich war: oberflächlich, eitel, prahlerisch, faul und außerdem ein unverbesserlich polygamer Weiberheld.

Im vorletzten Sommer, als ihre Beziehung schon nicht mehr die beste war, hatte Jorja versucht, die Ehe zu retten, indem sie Alan zu einer sorgfältig geplanten dreiwöchigen Urlaubsreise überredete. Sie hatte ihre Probleme teilweise darauf zurückgeführt, daß sie viel zu wenig Zeit zusammen verbrachten. Er war als Kartengeber für Bakkarat in einem Hotel beschäftigt, sie arbeitete in einem anderen Hotel, und sie hatten häufig verschiedene Schichten, schliefen zu verschiedenen Zeiten. Nur sie beide und Marcie auf einer erlebnisreichen dreiwöchigen Autotour — sie hatte gehofft, die angeschlagene Beziehung damit einrenken zu können.

Wie fast vorherzusehen gewesen war, hatte ihr Plan nicht geklappt. Nach diesem Urlaub, nach der Rückkehr nach Las Vegas, hatte Alan einen noch loseren Lebenswandel geführt. Er schien geradezu besessen von der Idee, mit jeder Frau, die ihm über den Weg lief, ins Bett gehen zu müssen. Man hätte fast glauben können, daß er bei jenem Urlaub irgendwie jedes Augenmaß verloren hatte, denn diese flüchtigen Abenteuer wurden in Anzahl und Intensität bei ihm geradezu zur Manie, zu einer erschreckenden Sucht. Drei Monate später, im Oktober jenes Jahres, hatte er Jorja und Marcie verlassen.

Das einzig Gute an jener Reise war die kurze Begegnung mit der jungen Ärztin gewesen, die — wie sie erzählt hatte — im ersten Urlaub ihres Lebens mit dem Auto quer durchs Land unterwegs war, von Stanford nach Boston. Jorja erinnerte sich sogar noch an ihren Namen: Ginger Weiss. Obwohl sie sich nur einmal begegnet waren, und auch da nur für etwa eine Stunde, hatte Ginger Weiss — ohne etwas davon zu wissen — Jorjas Leben verändert. Die Ärztin war so jung, so schlank, zierlich und weiblich gewesen und gleichzeitig so selbstsicher und so außergewöhnlich tüchtig und erfolgreich in ihrem Beruf. Tief beeindruckt von Ginger Weiss, hatte das Beispiel der jungen Ärztin Jorja später motiviert, mehr aus sich zu machen. Bis dahin hatte sie immer geglaubt, sie könnte nie einen anspruchsvolleren Job als den einer Bedienung ausüben, aber nachdem Alan sie verlassen hatte, war Dr. Weiss ihr eingefallen, und sie hatte beschlossen, etwas für ihre Fortbildung zu tun.

In den letzten elf Monaten hatte sie — trotz ihres ohnehin hektischen Tagesablaufs — Kurse für den Beruf des Einzelhandelskaufmanns an der UNLV besucht. Sobald die Rechnungen bezahlt sein würden, die Alan ihr hinterlassen hatte, wollte sie sich etwas Geld zusammensparen und dann ein eigenes Textilgeschäft eröffnen. Sie hatte einen detaillierten und realistischen Plan ausgearbeitet, und sie wußte, daß sie ihr Ziel erreichen würde.

Es war jammerschade, daß sie nie die Gelegenheit haben würde, Ginger Weiss zu danken, obwohl es nicht so sehr die Handlungen der jungen Ärztin gewesen waren, die sie so nachhaltig beeinflußt hatten, sondern vielmehr ihre *Person*. Aber wie dem auch sein mochte — mit siebenundzwanzig waren Jorjas Zukunftsperspektiven wesentlich interessanter, als sie es sich früher hätte vorstellen können.

Sie bog von der Desert Inn Road in den Pawnee Drive ein, eine Straße mit gemütlichen Häusern. Vor Kara Persaghians Haus brachte sie das Auto zum Stehen und stieg aus. Die Tür flog auf, und Marcie rief glücklich »Mommy! Mommy!« und warf sich in ihre Arme. Nun endlich vergaß Jorja ihren Job, den aufdringlichen Texaner, ihren Streit mit dem Chef und den desolaten Zustand ihres Autos. Sie ging in die Hocke und drückte ihre Tochter fest an sich. Wenn nichts anderes sie aufzuheitern vermochte — Marcie brachte es unweigerlich zustande.

»Mommy«, fragte das Mädchen, »hast du einen schönen Tag gehabt?«

»Ja, Liebling. Du riechst nach Erdnußbutter.«

»Plätzchen! Tante Kara hat Erdnußbutterplätzchen gebacken! Ich hab' auch einen tollen Tag gehabt. Mommy, weißt du, warum Elefanten ... äh ... warum sie den ganzen weiten Weg von Afrika hierher gemacht haben?« Marcie kicherte. »Weil wir hier Orchester haben, und weil Elefanten so schrecklich gern tanzen!« Sie kicherte wieder. »Ist das nicht albern?«

Jorja war sich bewußt, daß Marcie ein hinreißendes Kind war. Das Mädchen hatte die dunkelbraunen, fast schwarzen Haare und den dunklen Teint seiner Mutter geerbt, nicht aber deren braune Augen. Marcies Augen waren blau wie die ihres Vaters, was einen reizvollen Kontrast bildete.

Jetzt sah sie ihre Mutter mit großen Augen erwartungsvoll an. »He, weißt du überhaupt, was heute für ein Tag ist?«

»Na klar. Es ist fast Heiligabend.«

»Ja, sobald es dunkel wird. Tante Kara gibt uns Plätzchen mit nach Hause. Weißt du, Santa Claus hat den Nordpol schon verlassen, und er klettert schon Schornsteine runter, aber natürlich in anderen Teilen der Welt, wo es schon dunkel ist. Tante Kara sagt, weil ich das ganze Jahr über so ungezogen gewesen bin, bekomme ich nur eine Halskette aus Kohlen, aber sie will mich nur necken, nicht wahr, Mommy?«

»Aber ja«, bestätigte Jorja.

»O nein!« widersprach Kara Persaghian, die aus dem Haus getreten war, eine großmütterliche Frau in Hauskleid und Schürze. »Eine Halskette aus Kohlen ... und *vielleicht* noch dazu passende Kohlenohrringe.«

Marcie lachte fröhlich.

Kara war nicht ihre Tante, nur ihr Babysitter nach der Schule. Marcie nannte sie aber von der zweiten Woche ihrer Bekanntschaft an ›Tante Kara‹, und die Frau freute sich sehr über die Zuneigung der Kleinen, die in diesem Ehrentitel zum Ausdruck kam. Kara brachte Marcies Mantel, ein großes Malbild von Santa Claus, an dem sie beide mehrere Tage gearbeitet hatten, sowie einen Teller Plätzchen. Jorja gab Bild und Mantel ihrer Tochter, bedankte sich herzlich für die Plätzchen und plauderte mit Kara ein wenig über Diäten, bis die ältere Frau plötzlich sagte: »Jorja, könnte ich Sie einen Augenblick unter vier Augen sprechen?«

»Selbstverständlich.« Jorja schickte Marcie mit den Plätzchen zum Wagen, dann sah sie Kara fragend an. »Hat Marcie ... hat sie etwas angestellt?«

»Oh, nichts Schlimmes. Sie ist der reinste Engel. Könnte überhaupt nicht ungezogen sein, selbst wenn sie es versuchte. Aber heute ... na ja, sie hat erzählt, daß sie sich zu Weihnachten am allermeisten diese ›Kleine Frau Doktor‹-Spieltasche wünscht ...«

»Zum erstenmal hat sie mich wegen eines Spielzeugs richtig *gequält*«, sagte Jorja. »Ich weiß nicht, warum sie so versessen darauf ist.«

»Sie redet jeden Tag davon. Bekommt sie es?«

Jorja vergewisserte sich, daß Marcie schon im Chevette saß und sie nicht hören konnte, dann sagte sie lächelnd: »Ja, Santa Claus hat es in seinem Sack.«

»Gut, sie wäre andernfalls todunglücklich gewesen. Aber heute ist etwas sehr Merkwürdiges passiert, und deshalb wollte ich Sie fragen, ob Marcie jemals ernsthaft krank gewesen ist.«

»Ernsthaft krank? Nein, sie ist ein bemerkenswert gesundes Kind.«

»War sie nie im Krankenhaus?«

»Nein. Warum?«

Kara runzelte die Stirn. »Na ja, heute hat sie wieder über diese ›Kleine Frau Doktor‹-Spieltasche geredet und mir erzählt, daß sie Ärztin werden möchte, wenn sie erwachsen ist, weil sie sich dann im Krankheitsfall selbst behandeln kann. Sie sagte, sie wolle sich nie wieder von einem Doktor berühren lassen, weil sie einmal ganz schlimm von Ärzten verletzt worden sei. Ich habe sie gefragt, was sie damit meine, und sie schwieg eine ganze Weile, so daß ich schon dachte, sie würde mir keine Antwort geben. Aber schließlich erzählte sie mit angsterfüllter Stimme, daß irgendwelche Ärzte sie einmal an ein Krankenbett gefesselt hätten, damit sie nicht weglaufen konnte, und dann hätten sie lauter Nadeln in sie hineingesteckt und grelles Licht auf ihr Gesicht gerichtet und alle möglichen schrecklichen Dinge mit ihr gemacht. Sie sagte, die Ärzte hätten sie ganz schlimm verletzt, und deshalb würde sie selbst Ärztin werden und sich von jetzt an selbst behandeln.«

»Aber das stimmt nicht«, erklärte Jorja. »Ich kann mir nicht vorstellen, warum sie eine solche Geschichte erfunden hat. Das ist wirklich seltsam!«

»Oh, das Seltsame an der Sache kommt erst noch. Nachdem sie mir das alles erzählt hatte, war ich ziemlich besorgt. Ich war erstaunt, daß Sie mir nie etwas davon erzählt hatten. Ich dachte, wenn sie so krank gewesen ist, hätten Sie mich warnen müssen, für den Fall, daß es sich wiederholen würde. Deshalb habe ich sie ein bißchen ausgefragt — ganz beiläufig, so bringt man ein Kind ja am besten zum Reden —, und plötzlich brach das arme kleine Ding in Tränen aus. Wir waren gerade in der Küche und haben Plätzchen gebacken, und sie hat angefangen zu weinen und zu zittern. Sie zitterte wie Espenlaub. Ich versuchte, sie zu beruhigen, aber sie weinte nur noch stärker. Und dann hat sie sich von mir losgerissen und ist weggerannt. Ich habe sie im Wohnzimmer gefunden, in der Ecke hinter dem großen grünen Sessel, wo sie sich möglichst klein machte, so als wollte sie sich vor jemandem verstecken.«

»Allmächtiger Himmel!« murmelte Jorja.

»Ich hab' mindestens fünf Minuten gebraucht, um sie soweit zu beruhigen, daß sie nicht mehr weinte, und weitere zehn Minuten, um sie aus ihrem Versteck hinter dem Sessel hervorzulocken. Sie nahm mir das Versprechen ab, falls jene Ärzte sie jemals wieder holen wollten, dürfte sie sich hinter dem Sessel verstecken, und ich dürfte ihnen nicht verraten, wo sie sei. Wissen Sie, Jorja, sie war regelrecht *hysterisch*.«

Auf der Heimfahrt sagte Jorja: »Das war ja eine tolle Geschichte, die du Kara erzählt hast.«

»Was für eine Geschichte?« fragte Marcie, die knapp über das Armaturenbrett hinweg nach vorne schaute.

»Die Geschichte von den Ärzten.«

»Oh.«

»Daß man dich ans Bett gefesselt hatte. Warum hast du sowas erfunden?«

»Es ist wahr«, widersprach Marcie.

»Nein, das ist es nicht.«

»*Doch!*« Die Stimme des Mädchens war kaum mehr als ein Flüstern.

»Das einzige Krankenhaus, in dem du jemals warst, ist jenes, in dem du zur Welt gekommen bist, und *daran* kannst du dich bestimmt nicht erinnern.« Jorja seufzte. »Vor einigen Monaten haben wir uns über das Lügen unterhalten. Weißt du noch, was mit Danny Duck passiert ist, als er gelogen hat?«

»Die Wahrheitsfee ließ ihn nicht zur Party des Murmeltiers zu.«

»Stimmt!«

»Lügen ist etwas Schlimmes«, fuhr Marcie leise fort. »Niemand mag Lügner — am allerwenigsten die Murmeltiere und Eichhörnchen.«

Diese Bemerkung war so entwaffnend, daß Jorja sich nur mit Mühe das Lachen verbeißen und ernst erklären konnte: »*Niemand* mag Lügner.«

Sie mußten an einer roten Verkehrsampel anhalten, aber Marcie blickte weiterhin stur geradeaus, um ihrer Mutter nicht in die Augen schauen zu müssen. »Besonders schlimm ist es, Mommy oder Daddy anzulügen«, murmelte sie.

»Auch jeden anderen Menschen, der dich gern hat. Und Geschichten zu erfinden, um Kara einen Schrecken einzujagen, das ist nichts anderes als schwindeln.«

»Ich wollte ihr keinen Schrecken einjagen.«

»Dann wolltest du eben ihr Mitleid erregen. Du bist nie in einem Krankenhaus gewesen.«

»Doch!«

»Ja?« Marcie nickte eifrig, und Jorja fragte: »Wann denn?«

»Das weiß ich nicht mehr.«

»Du kannst dich also nicht daran erinnern?«

»Doch ... fast.«

»Fast — das reicht nicht. Wo war denn dieses Krankenhaus?«

»Ich weiß es nicht genau. Manchmal ... manchmal erinnere ich mich besser daran, manchmal schlechter. Manchmal kann ich mich fast gar nicht daran erinnern und dann wieder sehr gut, und dann ... dann hab' ich Angst!«

»Im Augenblick erinnerst du dich nicht besonders gut daran, stimmt's?«

»Nein. Aber heute nachmittag hab' ich mich ganz genau erinnert ... und Angst gehabt.«

Die Ampel schaltete auf Grün, und Jorja fuhr schweigend weiter und überlegte, wie sie am besten mit dieser Situation fertigwerden sollte. Sie hatte nicht die geringste Ahnung, was es mit dieser Geschichte auf sich hatte. Es war töricht anzunehmen, daß man sein Kind jemals völlig verstehen könnte. Marcie hatte schon immer die Gabe besessen, Jorja mit Handlungen, Feststellungen, Ideen, Überlegungen und Fragen zu verblüffen, bei denen man fast den Eindruck gewinnen konnte, sie wählte sie sorgsam aus einem Geheimbuch für merkwürdiges Benehmen aus, aus einem Buch, das alle Kinder kannten, nicht aber die Erwachsenen, aus einem auf der ganzen Welt verbreiteten Buch mit einem Titel von der Art: ›Wie man Papa und Mama ständig aus der Fassung bringen kann‹.

Als hätte sie gerade wieder einen Blick in dieses Buch geworfen, fragte Marcie plötzlich: »Warum hatte Santa Claus nur verkrüppelte Kinder?«

»Was?«

»Na ja, du weißt doch, Santa und Mrs. Claus hatten einen Haufen Kinder, aber alle waren *Elfen*.«

»Die Elfen sind nicht seine Kinder. Sie arbeiten für Santa Claus.«

»Wirklich? Und wieviel bezahlt er ihnen?«

»Nichts, Liebling.«

»Wovon können sie sich denn dann Essen kaufen?«

»Sie brauchen nichts zu kaufen. Santa gibt ihnen alles, was sie benötigen.« Dies war bestimmt das letzte Weihnachtsfest, an dem Marcie noch an Santa Claus glaubte; fast alle ihre Klassenkameraden zweifelten schon an ihm, und auch Marcie hatte in letzter Zeit bohrende Fragen gestellt. Jorja bedauerte es, daß die wundersame Anziehungskraft dieser Fantasiegestalt für ihre Tochter bald der Vergangenheit angehören würde. »Die Elfen gehören zu seiner Familie, Liebling, und sie arbeiten für ihn, weil es ihnen Freude macht.«

»Sind die Elfen adoptiert? Und Santa Claus hat also überhaupt keine eigenen Kinder? Das ist aber traurig.«

»Nein, denn er liebt all die Elfen.«

O Gott, ich liebe dieses Kind, dachte Jorja. Danke, Gott! Ich danke Dir für dieses Kind, trotz allem, was ich mit Alan Rykoff durchmachen mußte. Dunkle Wolken und Silberstreifen.

Sie bog in die breite Auffahrt ein, die um die Las Huevos Apartments herumführte, und parkte den Chevette auf dem vierten überdachten Parkplatz. Las Huevos. ›Die Eier‹. Obwohl sie nun schon fünf Jahre hier wohnte, fragte sie sich immer noch, wie jemand einen Apartment-Komplex ›Die Eier‹ nennen konnte.

Das Auto stand kaum, als Marcie auch schon mit dem Poster von Santa Claus und mit dem Plätzchenteller den Weg zu ihrer Haustür entlangrannte. Das Mädchen hatte während der Fahrt geschickt das Thema gewechselt, um weiteren unangenehmen Fragen zu entgehen.

Jorja überlegte, ob sie die Sache weiter verfolgen sollte. Es war Heiligabend, und sie wollte die Feiertage nicht verderben. Marcie war ein braves Kind, besser als die meisten anderen, und solche Geschichten wie die, daß Ärzte sie verletzt hätten, erfand sie sonst nie. Jorja hatte ihr klargemacht, daß man nicht lügen durfte, und Marcie hatte das eingesehen, und ihr plötzlicher Themawechsel war vermutlich auf ihr schlechtes Gewissen zurückzuführen. Sie würde sich bestimmt keine weiteren Geschichten dieser Art mehr ausdenken. Und es wäre herzlos, weiter auf dieser Sache herumzureiten und dem Kind dadurch das Weihnachtsfest zu verderben.

Jorja war ziemlich sicher, daß sie darüber nichts mehr hören würde.

5. *Laguna Beach, Kalifornien*

Im Laufe des Nachmittags hatte Dominick Corvaisis die mit Schreibmaschine getippten Sätze bestimmt hundertmal gelesen:

> Der Schlafwandler täte gut daran, die Ursache für sein Problem in der Vergangenheit zu suchen. Dort liegt das Geheimnis begraben.

Abgesehen davon, daß der Brief nicht unterschrieben war und nirgends ein Absender stand, war auch der Poststempel auf dem weißen Umschlag so verschmiert, daß es unmöglich war festzustellen, ob er in Laguna Beach oder in irgendeiner anderen Stadt aufgegeben worden war.

Nachdem er sein Frühstück bezahlt und ›The Cottage‹ verlassen hatte, saß er in seinem Auto und las die beiden Sätze ein halbes dutzendmal. Das Freiexemplar von ›Twilight in Babylon‹ lag vergessen auf dem Beifahrersitz. Der Brief machte ihn so nervös, daß er sein Valium aus der Jackentasche holte und eine Tablette ohne Wasser schlucken wollte. Aber als er sie zum Mund führte, zögerte er plötzlich. Er würde einen klaren Kopf brauchen, um sich mit dem Brief beschäftigen zu können. Zum erstenmal seit Wochen versagte er es sich, seine Ängste mit Medikamenten zu verbannen; er legte das Valium in die Tasche zurück.

Er fuhr zum South Coast Plaza, einem riesigen Einkaufszentrum in Costa Mesa, um noch einige Weihnachtsgeschenke zu kaufen. Während seine Einkäufe in den Geschäften hübsch verpackt wurden, las er die seltsame Botschaft immer wieder durch.

Anfangs dachte Dom, daß sie von Parker stammen könnte, daß der Künstler sie vielleicht geschickt hatte, um ihn zu verwirren, aufzurütteln und aus seiner tablettenbedingten Betäubung zu reißen. Parker wäre eine derartige theatralische Amateur-Psychotherapie durchaus zuzutrauen. Aber schließlich verwarf Dom diese Idee doch wieder. Machiavellistische Manöver paßten nicht zur Persönlichkeit des Malers. Er war sehr freimütig, manchmal sogar brutal in seiner Offenheit.

Aber wenn Parker auch nicht der Verfasser des Briefes war, so würde er doch mit Sicherheit originelle Vermutungen anstellen, wer dahinterstecken könnte. Gemeinsam würden sie vielleicht entscheiden können, inwieweit dieser Brief die ganze Sachlage veränderte und was nun zu tun war.

Aber später in Laguna, als Dom nur noch einen Block von Parkers Haus entfernt war, schoß ihm eine bestürzende Möglichkeit durch den Kopf, an die er bisher nicht gedacht hatte. Diese neue Idee brachte ihn so aus der Fassung, daß er den Firebird am Straßenrand zum Stehen brachte. Er zog den Brief aus seiner Tasche, las ihn wieder, betastete das Papier. Ihm war plötzlich kalt. Er konnte im Rückspiegel seine Augen sehen, und was er sah, gefiel ihm gar nicht.

Konnte er den Brief selbst geschrieben haben?

Er hätte ihn im Schlaf mit seinem Textcomputer tippen können. Aber es war doch abwegig, sich vorzustellen, daß er sich angekleidet hatte, zum Briefkasten gegangen war, den Brief eingeworfen und später zu Hause wieder seinen Pyjama angezogen hatte, ohne aufzuwachen. Das war unmöglich. Oder doch nicht? Falls er es tatsächlich getan hatte, war seine Geistesverfassung schlimmer, als er bisher geglaubt hatte.

Seine Hände waren feucht. Er wischte sie an der Hose ab.

Nur drei Menschen auf der ganzen Welt wußten über sein Schlafwandeln Bescheid: er selbst, Parker Faine und Dr. Cobletz. Er hatte schon entschieden, daß Parker als Verfasser nicht in Frage kam. Dr. Cobletz hatte ihm den Brief bestimmt auch nicht geschickt. Wenn also er ihn nicht sich selbst geschrieben hatte — wer dann?

Als er schließlich den Motor wieder anließ, fuhr er nicht zu Parker, sondern kehrte auf schnellstem Wege nach Hause zurück.

Zehn Minuten später zog er den inzwischen zerknitterten Brief in seinem Arbeitszimmer wieder aus der Tasche. Er tippte diese beiden Sätze, die in leuchtenden grünen Buchstaben auf dem Bildschirm erschienen. Dann schaltete er den Drucker ein und forderte eine Papierkopie an. Er beobachtete, wie die 20 Wörter mit phänomenaler Geschwindigkeit ausgegeben wurden.

Der Drucker verfügte über zwei Typenräder mit zwei verschiedenen Schriftbildern. Dom hatte zwei weitere Typenräder gekauft, um je nach Bedarf variieren zu können. Nacheinander probierte er alle Schriften aus: Prestige Elite, Artisan 10, Courier 10 und Letter Gothic.

Er glättete den Brief, den er erhalten hatte, und verglich ihn mit seinen Kopien. Er hoffte inbrünstig, daß keine der Schriften, die er besaß, mit der des Briefes übereinstimmen würde, was eindeutig ausgeschlossen hätte, daß er ihn sich selbst geschickt haben konnte. Aber Courier 10 erwies sich als identisch mit der Originalvorlage.

Natürlich war das kein schlüssiger Beweis dafür, daß er den Brief geschrieben hatte. In Büros und Privathäusern im ganzen Land mußte es Millionen von Typenrädern mit Courier-Schrift geben.

Er verglich das Papier des Briefes mit dem seiner Kopie. Beides waren einfache Qualitäten, wie sie in allen 50 Bundesstaaten in Tausenden von Geschäften verkauft wurden. Keines der beiden Blätter hatte ein Wasserzeichen oder sonstige Merkmale, aufgrund derer er hätte ausschließen können, daß der Brief auf Papier aus seinem eigenen Vorrat ausgedruckt worden war.

Er dachte: Parker, Dr. Cobletz und ich. Wer außer uns dreien könnte etwas davon wissen?

Und was versuchte der Brief ihm nun eigentlich mitzuteilen? Welches Geheimnis lag in seiner Vergangenheit begraben? Welches verdrängte Trauma oder vergessene Erlebnis lag seinem Somnambulismus zugrunde?

Während er am Schreibtisch saß, in die Dunkelheit hinter dem Fenster starrte und sich verzweifelt den Kopf zerbrach, wurde er immer nervöser. Er verspürte ein schier übermächtiges Verlangen nach Valium, aber er widerstand ihm heldenhaft.

Der Brief erregte seine Neugier, beschäftigte seinen Verstand, nahm sein logisches Denkvermögen in Anspruch. Er stellte fest, daß er imstande war, sich bei der Suche nach einer einleuchtenden Erklärung völlig auf dieses Problem zu konzentrieren, und dadurch brachte er die Willenskraft auf, den trügerischen Trost der Beruhigungsmittel zu verschmähen.

Zum erstenmal seit Wochen fühlte er sich etwas besser. Er entdeckte, daß er — aller Hilflosigkeit zum Trotz, die er in letzter Zeit so bitter empfunden hatte — immer noch die Kraft besaß, den Kurs seines Lebens zu bestimmen und selbst zu lenken. Er hatte nur etwas Greifbares benötigt, an dem er sich orientieren und festhalten konnte — etwas wie diesen Brief.

Er ging im Haus umher und dachte nach. Schließlich kam er auch zu einem Fenster an der Vorderfront, von dem aus er im bläulichen Licht einer Straßenlaterne seinen Briefkasten am Gehweg sehen konnte — eine Ziegelsäule mit eingemauertem Metallkasten.

Da er in der Stadt ein Schließfach hatte, erhielt er unter seiner Adresse nur wenig Post — Wurfsendungen sowie gelegentlich Karten oder Briefe von Freunden, die manchmal vergaßen, sein Postfach anzugeben. Als er nun am Fenster stand, fiel ihm ein, daß er seinen Briefkasten an diesem Tag noch nicht geleert hatte.

Er ging hinaus und schloß den Briefkasten auf. Abgesehen

vom Rauschen der Bäume in der leichten Brise, war es eine ruhige Nacht. Der Wind brachte den typischen Meeresgeruch mit sich, und die Luft war kalt. Die Straßenlaterne war hell genug, daß er in ihrem Licht die Post durchsehen konnte: sechs Werbekataloge, zwei Weihnachtskarten ... und ein weißer Umschlag in Geschäftsbriefformat ohne Absender.

Aufgeregt stürzte er ins Haus zurück, in sein Arbeitszimmer; unterwegs riß er schon den weißen Umschlag auf und zog ein einzelnes Blatt Papier heraus, das er an seinem Schreibtisch entfaltete.

Der Mond.

Keine anderen Worte hätten ihn dermaßen erschrecken können. Er hatte das Gefühl, als wäre er in das Loch des weißen Kaninchens aus ›Alice im Wunderland‹ gefallen und stürzte nun in ein fantastisches Reich, in dem die Gesetze der Logik und der gesunde Menschenverstand außer Kraft gesetzt waren.

Der Mond. Das war einfach *unmöglich*. Kein Mensch wußte, daß er mit diesen Worten auf den Lippen aus seinen Alpträumen aufgeschreckt war, daß er in panischer Angst immer wieder gerufen hatte: ›Der Mond, der Mond, Mond...‹ Und kein Mensch wußte, daß er beim Schlafwandeln diese Worte in seinen Computer eingegeben hatte. Er hatte weder Parker noch Cobletz etwas davon erzählt, weil er zu dieser Zeit schon mit der Tablettentherapie begonnen hatte und nicht zugeben wollte, daß es Rückfälle gab, daß die Tabletten vielleicht doch nicht das Allheilmittel waren. Außerdem jagten diese beiden Worte ihm zwar kalte Schauer über den Rücken, aber er verstand ihre Bedeutung nicht. Er wußte nicht, *warum* sie ihm eine Gänsehaut verursachten, und er spürte instinktiv, daß es unklug wäre, jemandem etwas von dieser Entwicklung zu erzählen, bevor er sie selbst durchschaute. Er hatte auch befürchtet, daß Cobletz die Tabletten absetzen und ihn statt dessen zur psychotherapeutischen Behandlung überweisen würde — und Dom war von den Beruhigungsmitteln *abhängig* gewesen.

Der Mond.

Niemand wußte etwas davon. Kein Mensch außer ... Dom selbst.

Draußen, im Licht der Laterne, hatte er sich den Poststempel nicht angesehen. Jetzt stellte er fest, daß der Brief — im Gegensatz zu jenem, den er am Morgen erhalten hatte — ganz deutlich den Stempel NEW YORK, N.Y. und das Datum 18. Dezember trug. Mittwoch vergangener Woche.

Er hätte fast laut gelacht. Er war also doch nicht verrückt. Er schickte sich diese verschlüsselten Botschaften nicht selbst im Schlaf — diese Möglichkeit konnte er jetzt ausschließen, denn er hatte in der vergangenen Woche Laguna nicht verlassen. Fast 5000 Kilometer lagen zwischen ihm und dem Postamt, in dem dieser — und zweifellos auch der andere — Brief aufgegeben worden waren.

Aber wer hatte ihm diese Briefe geschickt — und warum? Wer konnte in New York wissen, daß er unter Somnambulismus litt ... oder daß er ›der Mond‹ in seinen Textcomputer eingegeben hatte? Tausend Fragen gingen Dom im Kopf herum, und er wußte auf keine davon eine Antwort. Was aber noch schlimmer war — er hatte im Augenblick auch keine Ahnung, wo und wie er nach Antworten *suchen* sollte. Die Situation war so bizarr, daß es keine logischen Maßnahmen zu geben schien.

Zwei Monate lang hatte er geglaubt, sein Schlafwandeln sei das merkwürdigste und erschreckendste Erlebnis seines bisherigen — vielleicht sogar auch seines zukünftigen — Lebens. Aber was auch immer dem Somnambulismus zugrunde liegen mochte — es mußte noch viel merkwürdiger und erschreckender sein als das Schlafwandeln selbst.

Er dachte an die erste Botschaft, die er seinem Bewußtsein im Schlaf mit Hilfe des Textcomputers hatte zukommen lassen: *Ich habe Angst.* Wovor hatte er sich in Kleiderschränken versteckt? Was hatte er aussperren wollen, als er im Schlaf versucht hatte, die Fenster zu vernageln?

Dom wußte jetzt endgültig, daß sein Schlafwandeln nicht vom Streß herrührte. Er litt nicht unter Angstzuständen, weil er sich vor dem Erfolg oder Mißerfolg seines ersten Romanes fürchtete. Diese einfache Erklärung konnte er nun endgültig verwerfen.

Es war etwas anderes. Etwas sehr Sonderbares und Schreckliches.

Was wußte er im Schlaf, nicht aber in wachem Zustand?

6. New Haven County, Connecticut

Der Himmel hatte sich vor Einbruch der Dunkelheit aufgeklärt, aber der Mond war noch nicht aufgegangen. Die Sterne warfen nur wenig Licht auf die kalte Erde.

Mit dem Rücken an einen Felsen gelehnt, saß Jack Twist auf einem Hügel im Schnee, am Rand eines Tannenwäldchens, und wartete auf den ›Guardmaster‹-Panzerwagen. Nur drei Wochen nach dem Warenlager-Coup, der für ihn persönlich mehr als eine Million Dollar abgeworfen hatte, plante er bereits einen neuen Überfall. Er trug Stiefel, Handschuhe und einen weißen Skianzug mit Kapuze. Knapp 300 Meter hinter ihm in südwestlicher Richtung, auf der anderen Seite des Wäldchens, wurde die Dunkelheit von den Lichtern einer neuen Wohnsiedlung erhellt; Jack wartete jedoch in völliger Finsternis, und sein Atem bildete in der Kälte weiße Wolken.

Vor ihm erstreckten sich drei Kilometer weit winterlich öde Felder mit vereinzelten Bäumen. Dahinter lagen Elektronik-Firmen, Einkaufszentren und Wohnanlagen; von Jacks Standort aus war jedoch außer den fernen Lichtern von Gebäuden am Horizont nichts zu sehen.

Am Rande der Felder tauchten Scheinwerfer auf. Jack richtete sein Nachtfernglas auf das Fahrzeug, das sich auf der zweispurigen Landstraße zwischen den Feldern näherte. Trotz seines leichten Schielens hatte er ein ausgezeichnetes Sehvermögen, und mit Hilfe des Fernglases konnte er sich leicht vergewissern, daß es sich nicht um den Panzerwagen handelte, das Auto für ihn folglich uninteressant war. Er nahm das Fernglas von den Augen.

In der Einsamkeit des schneebedeckten Hügels schweiften seine Gedanken zurück in eine andere Zeit, an einen wärmeren Ort, zu einer feuchtschwülen Nacht im mittelamerikanischen Dschungel, wo er durch ein Fernglas wie dieses in die dunkle Landschaft gespäht hatte. Damals hatte er besorgt nach feindlichen Truppen Ausschau gehalten, die ihn und seine Kameraden zu umzingeln versuchten ...

Seine Abteilung — zwanzig hervorragend trainierte Rangers unter der militärischen Leitung von Lieutenant Rafe Eikhorn, mit Jack als zweitem Kommandeur — hatte die Grenze illegal überquert und war 25 Kilometer in den feindlichen Staat vorgedrungen, ohne entdeckt zu werden. Ihr Vorgehen hätte als kriegerische Handlung ausgelegt werden können; deshalb trugen sie Tarnuniformen ohne Rangabzeichen und Erkennungsmarken.

Ihr Ziel war ein kleines ›Re-education‹-Lager mit dem zynischen Namen ›Institut der Brüderschaft‹, wo tausend Miskito-Indianer von der Volksarmee gefangengehalten wurden. Zwei Wochen zuvor hatten mutige katholische Priester 1500 Indianer durch den Dschungel außer Landes gebracht, bevor auch diese eingesperrt werden konnten. Diese Geistlichen hatten berichtet, daß die Indianer im ›Institut der Brüderschaft‹ ermordet und in Massengräbern bestattet werden würden, wenn sie nicht innerhalb eines Monats befreit werden konnten.

Die Miskitos waren eine sehr stolze Rasse mit einem reichen Kulturerbe, das sie nicht gegen die anti-ethnische, kollektivistische Philosophie der neuen Herrscher des Landes eintauschen wollten. Das entschiedene Festhalten der Indianer an ihren eigenen Traditionen mußte zwangsläufig zu ihrer Ausrottung führen, denn die Machthaber zögerten nicht, zur Durchsetzung ihrer Ziele Erschießungskommandos einzusetzen.

Trotzdem hätte man niemals zwanzig Rangers mit einem derart gefährlichen Auftrag losgeschickt, nur um Miskitos zu retten. Es gehörte zum politischen Alltag, daß in jeder Ecke der Welt sowohl Links- als auch Rechtsdiktaturen Teile ihrer Bevölkerung ermordeten, und die USA unternahmen nichts, um diese staatlich sanktionierten Morde zu verhindern. Aber abgesehen von den Indianern wurden im ›Institut der Brüderschaft‹ auch elf andere Personen gefangengehalten, deren Rettung die riskante militärische Operation lohnend erscheinen ließ.

Bei diesen elf Personen handelte es sich um ehemalige Revolutionäre, die in dem gerechten Krieg gegen den inzwischen gestürzten Rechtsdiktator mitgekämpft hatten, aber nicht schweigen wollten, als ihre Revolution von Anhängern eines linken totalitären Regimes verraten wurde. Diese elf Männer besaßen zweifellos wertvolle Informationen. Die Möglichkeit, sie nach gelungener Befreiung ausfragen zu können, war wesentlich wichtiger als die Rettung von tausend Indianern — zumindest in den Augen der amerikanischen Regierung.

Jacks Abteilung erreichte, ohne entdeckt zu werden, das ›Institut der Brüderschaft‹ in einem landwirtschaftlichen Gebiet am Rande des Dschungels. Es war — abgesehen von seinem Namen — ein richtiges Straflager mit Stacheldrahtzäunen und Wachtürmen. Außerhalb des umzäunten Lagerterrains gab es zwei Gebäude: einen zweistöckigen Betonklotz für die Bezirksverwaltung, sowie eine baufällige Holzbaracke, in der 60 Truppenangehörige hausten.

Kurz nach Mitternacht bezogen die Rangers heimlich Position und unternahmen einen Raketenangriff auf die Baracke und das Betongebäude. Dem Sperrfeuer folgten Nahkämpfe. Eine halbe Stunde nach den letzten Schüssen wurden die überglücklichen Indianer und die übrigen Gefangenen zur Marschkolonne formiert und machten sich auf den Weg zur 25 Kilometer entfernten Grenze.

Zwei Rangers waren tot, drei weitere verletzt.

Als Kommandant der Abteilung führte Rafe Eikhorn die Kolonne der Befreiten an; ein Teil seiner Männer sicherte die Flanken, während Jack mit drei Männern zurückblieb, um dafür zu sorgen, daß auch die letzten Gefangenen das Lager in geordneten Reihen verließen. Außerdem sollte er Aktenmaterial über Verhörmethoden, Folterung und Ermordung von Indianern und Bauern mitnehmen. Als die vier Männer schließlich das ›Institut der Brüderschaft‹ verließen, betrug der Abstand zwischen ihnen und den letzten Miskitos etwa drei Kilometer.

Obwohl Jack und seine Männer rasch vorwärtskamen, konnten sie ihre Abteilung nicht einholen und waren noch kilometerweit von der honduranischen Grenze entfernt, als im Morgengrauen feindliche Armeehubschrauber wie riesige schwarze Wespen dicht über den Bäumen auftauchten und auf jeder Lichtung, wo sie nur landen konnten, Truppen absetzten. Die übrigen Rangers und alle befreiten Gefangenen kamen unbeschadet über die Grenze, aber Jack und seine Männer wurden gefangengenommen und in eine Einrichtung ähnlich dem ›Institut der Brüderschaft‹ gebracht. Nur ging es dort um vieles schlimmer zu als im Lager; offiziell existierte diese Einrichtung überhaupt nicht. Die Räteregierung wollte nicht zugeben, daß im neuen Arbeiterparadies Platz für eine derartige Hölle war — und daß in deren vier Wänden brutalste Verhörmethoden angewandt wurden. Und weil der dreistöckige Gebäudekomplex mit Zellen und Folterkammern keinen Namen hatte, existierte er auch nicht — in echter Orwell'scher Tradition.

Innerhalb dieser namenlosen Wände, in Zellen ohne Nummern, mußten Jack Twist und die drei anderen Rangers psychische und physische Folterungen, Demütigungen aller Art, Hunger und ständige Todesdrohungen erdulden. Einer der vier Männer starb. Einer wurde wahnsinnig. Nur Jack und sein engster Freund, Oscar Weston, standen die elfeinhalbmonatige Haftzeit durch, ohne den Verstand zu verlieren.

Während er nun, acht Jahre später, auf den ›Guardmaster‹-Panzerwagen wartete, hörte Jack Geräusche und hatte Gerüche in der Nase, die nicht zu dieser windigen Winternacht gehörten. Dröhnende Stiefelabsätze auf Betonkorridoren. Übelkeiterregender Gestank aus dem vollen Eimer, in den sie in der Zelle ihre Notdurft verrichten mußten. Jämmerliche Schreie irgendeines armen Burschen, der zum Verhör geschleppt wurde.

Jack atmete aus voller Lunge die klare, kalte Luft Connecticuts ein. Er wurde nur selten von Erinnerungen an jene Zeit heimgesucht. Viel häufiger wurde er von seinen Erlebnissen *nach* der geglückten Flucht verfolgt — und von dem, was Jenny während seiner Abwesenheit zugestoßen war. Nicht die Leidenszeit in Mittelamerika hatte ihn gegen die Gesellschaft aufgebracht; erst die Ereignisse in der Heimat hatten ihn zum Kriminellen werden lassen.

Er sah wieder Scheinwerfer zwischen den schwarzen Feldern und setzte sein Fernglas an die Augen. Diesmal war es der ›Guardmaster‹-Geldtransport.

Jack warf einen Blick auf seine Uhr: 21^{38} h. Der Panzerwagen war auf die Minute pünktlich, wie in den vergangenen sieben Tagen. Trotz der Weihnachtsfeiertage arbeitete ›Guardmaster Security‹ absolut zuverlässig.

Neben Jack auf dem Boden lag ein Diplomatenkoffer. Er öffnete den Deckel. Die blauen Ziffern einen Digital-Scanners waren genau auf die Funkfrequenz des Panzerwagens eingestellt. Sogar mit seinen allermodernsten Apparaturen hatte Jack drei Abende benötigt, um diese Frequenz ausfindig zu machen. Er schaltete den Lautsprecher seines eigenen Empfangsgerätes ein. Nach kurzem Knacken und Rauschen durch atmosphärische Störungen wurde er mit einem routinemäßigen Funkkontakt zwischen dem Fahrer und der fernen Zentrale der Gesellschaft belohnt.

»Drei-null-eins«, sagte die Zentrale.

»Rentier«, sagte der Fahrer.

»Rudolf«, sagte die Zentrale.

»Rauchfang«, sagte der Fahrer.

Dann setzte wieder das Rauschen und Knacken ein.

Die Zentrale hatte die Nummer des Panzerwagens durchgegeben, und das übrige war der Tagescode gewesen, der als Bestätigung diente, daß Wagen 301 keinerlei Schwierigkeiten hatte und pünktlich war.

Jack schaltete sein Empfangsgerät aus.

Der Transporter fuhr keine 60 Meter von ihm entfernt vorüber, und Jack blickte den immer kleiner werdenden Rücklichtern nach.

Er wußte über den Zeitplan des Panzerwagens 301 nun genau Bescheid, und er würde erst am Abend des Überfalls, der für Samstag, den 11. Januar, geplant war, hierher zurückkehren. In der Zwischenzeit mußte noch sehr vieles vorbereitet werden.

Einen großen Coup zu planen war für ihn normalerweise fast so aufregend und befriedigend gewesen wie die eigentliche Ausführung des Verbrechens. Als er jedoch den Hügel verließ und sich auf den Weg zu den Häusern im Südwesten machte, wo er sein Auto in einer ruhigen Straße abgestellt hatte, wollte sich keine gehobene Stimmung, keine freudige Erregung einstellen.

Er war dabei, sich zu verändern. Und er wußte nicht, aus welchem Grunde.

Als er in die Nähe der ersten Häuser kam, fiel ihm plötzlich auf, daß die Nacht heller geworden war. Er hob den Kopf. Der Mond stand am Horizont und wirkte riesengroß. Jack blieb wie angewurzelt stehen und starrte zu dem leuchtenden Himmelskörper empor. Er fröstelte, und dieses Frieren hatte nichts mit der Winterkälte zu tun.

»Der Mond«, murmelte er vor sich hin.

Als er sich diese Worte aussprechen hörte, durchlief ihn ein heftiger Schauer. Unerklärliche Angst stieg in ihm auf. Er verspürte das völlig unvernünftige Bedürfnis, wegzurennen und sich vor dem Mond zu verstecken, so als wäre dessen Licht ätzend wie eine Säure und könnte ihn vernichten.

Dieser Drang zur Flucht hielt nur eine Minute lang an, dann konnte er nicht mehr verstehen, warum der Mond ihn plötzlich so geängstigt hatte. Es war doch nur der altvertraute Mond, der in romantischen Gedichten und Liebesliedern eine so wichtige Rolle spielte. Sonderbar.

Er setzte seinen Weg zum Auto fort. Das verschwommen sichtbare Mondgesicht bereitete ihm immer noch Unbehagen, und er betrachtete es mehrmals mit wachsender Verwirrung.

Als er jedoch erst einmal im Auto saß und ab New Haven auf der Interstate 25 dahinfuhr, dachte er nicht mehr an dieses seltsame Erlebnis. Seine Gedanken waren — wie so oft — bei Jenny, seiner im Koma liegenden Frau. In der Weihnachtszeit quälte ihr Zustand ihn alljährlich noch mehr als sonst.

Später stand er in seiner Wohnung am Fenster, blickte — mit einer Flasche Bier in der Hand — auf die riesige Stadt hinaus und dachte, daß es in der ganzen Metropole von der 261. Straße bis Park Row und von Bensonhurst bis Little Neck keinen Menschen geben konnte, der an Heiligabend einsamer war als er selbst.

7. Erster Weihnachtsfeiertag
Elko County, Nevada

Sandy Sarver erwachte bei Tagesanbruch. Die soeben erst aufgegangene Sonne schimmerte durch die Schlafzimmerfenster des Wohnwagens. Die Welt war so still, als wäre die Zeit stehengeblieben.

Sandy hätte sich auf die andere Seite drehen und weiterschlafen können, denn vor ihr lagen noch acht freie Tage. Ernie und Faye Block hatten das Tranquility Motel geschlossen und waren nach Milwaukee geflogen, um ihre Enkel zu besuchen. Und auch der Tranquility Grille, den Sandy zusammen mit ihrem Mann führte, war über die Feiertage geschlossen.

Aber Sandy wußte, daß sie nicht wieder einschlafen würde, denn sie war hellwach — und sexuell erregt. Sie streckte sich unter der Decke wie eine Katze. Am liebsten hätte sie Ned aufgeweckt, ihn mit Küssen erstickt und fest an sich gezogen.

Sie konnte ihn im dunklen Schlafzimmer nur umrißhaft erkennen; er atmete tief und gleichmäßig. Obwohl sie großes Verlangen nach ihm hatte, ließ sie ihn weiterschlafen. Sie würden später am Tag noch Zeit genug für die Liebe haben.

Sie glitt leise aus dem Bett und duschte ausgiebig im Bad, zuletzt kalt.

Jahrelang hatte sie sich nicht für Sex interessiert, war frigide gewesen. Noch vor gar nicht so langer Zeit hatte sie sich beim Anblick ihres nackten Körpers unweigerlich geschämt. Obwohl sie den Grund für die neuen Gefühle, die in ihr erwacht waren, nicht kannte, hatte sie sich zweifellos verändert. Es hatte im vorletzten Sommer begonnen, als Sex für sie plötzlich ... nun ja, angenehm und wünschenswert geworden war. Jetzt hörte sich das albern an. *Natürlich* war Sex angenehm. Aber bis zu jenem Sommer war körperliche Liebe für sie immer etwas Unangenehmes gewesen, das erduldet werden mußte. Ihr spätes erotisches Aufblühen war eine herrliche Überraschung und ein unerklärliches Geheimnis.

Nackt kehrte sie ins abgedunkelte Schlafzimmer zurück, holte einen Sweater und Jeans aus dem Schrank und zog sich an.

In der kleinen Küche wollte sie sich gerade Orangensaft eingießen, als sie plötzlich den heftigen Wunsch verspürte, eine Ausfahrt zu machen. Sie schrieb einen Zettel für Ned, zog eine Lammfelljacke an und ging hinaus, zum Ford-Lieferwagen.

Sex und Autofahren waren die beiden neuen Leidenschaften in ihrem Leben, und letzteres war für sie fast ebenso wichtig wie ersteres. Auch das war sehr seltsam: Bis zum vorletzten Sommer hatte sie es gehaßt, mit dem Lieferwagen überhaupt irgendwohin außer zur Arbeit zu fahren, und sie hatte sich nur in seltenen Fällen selbst ans Steuer gesetzt. Auf Highways unterwegs zu sein war für sie die reinste Qual gewesen; sie hatte davor Angst gehabt wie andere Leute vor dem Fliegen. Aber jetzt gab es — vom Sex einmal abgesehen — nichts, was sie lieber tat, als sich ans Steuer des Lieferwagens zu setzen und ohne festes Ziel mit hoher Geschwindigkeit drauflzufahren.

Sie hatte immer gewußt, warum Sex für sie etwas Ekelhaftes war. Für ihre Frigidität war ohne jeden Zweifel ihr Vater, Horton Purney, verantwortlich. Ihre Mutter hatte sie nicht gekannt — sie war bei ihrer Geburt gestorben; aber ihren Vater hatte sie nur allzu gut gekannt. Sie hatten in einer Bruchbude von Haus in den Außenbezirken von Barstow gewohnt, am Rand der einsamen kalifornischen Wüste, nur sie beide, und sexuell mißbraucht zu werden war Sandys früheste Erinnerung. Horton Purney war ein launischer, jähzorniger, strenger und gefährlicher Mann gewesen. Bis Sandy mit vierzehn Jahren das Haus verlassen hatte, war sie von ihrem Vater wie ein erotisches Spielzeug benutzt worden.

Erst kürzlich war ihr klargeworden, daß ihre heftige Abneigung gegen Fahrten auf dem Highway ebenfalls mit etwas zusammenhing, das ihr Vater ihr angetan hatte. Horton Purney hatte in einer baufälligen, ungestrichenen Scheune neben seinem Haus eine Motorradreparaturwerkstatt betrieben, aber damit nie viel Geld verdient. Deshalb hatte er zweimal im Jahr Sandy ins Auto gesetzt und war mit ihr durch die Wüste nach Las Vegas gefahren, wo er einen Kuppler kannte, einen Mann namens Samson Cherrik. Dieser Cherrik hatte eine ganze Reihe perverser Kunden mit einer besonderen Vorliebe für Kinder, und er war deshalb immer glücklich, Sandy zu sehen. Nach einigen Wochen in Las Vegas wurde Sandy dann wieder ins Auto gesetzt und nach Barstow zurückgebracht. Ihr Vater hatte dann die Taschen voller Geld. Für Sandy war die zweieinhalbstündige Fahrt nach Vegas immer der reinste Alptraum, denn sie wußte genau, was sie am Ziel erwartete. Und die Rückfahrten waren sogar noch schlimmer, denn vor ihr lag dann wieder das trostlose Leben in dem baufälligen Haus, wo sie der unersättlichen Begierde von Horton Purney hilflos ausgeliefert war. In beiden Richtungen hatte die Straße geradewegs in die Hölle geführt, und mit der Zeit hatte sie allein schon das Rumpeln des Motors, das Dröhnen der Reifen auf dem Pflaster und den ganzen Highway gehaßt.

Deshalb war der Genuß, den sowohl Sex als auch Autofahren ihr nun bereiteten, für sie immer wieder das reinste Wunder. Sie konnte nicht begreifen, woher sie die Kraft und Willensstärke genommen hatte, ihre schreckliche Vergangenheit zu bewältigen. Seit dem vorletzten Sommer hatte sie sich verändert, und dieser Prozeß war immer noch im Gange. Und es war einfach wundervoll zu spüren, daß die Ketten der Selbstverachtung und Angst zerbrachen, daß sie zum erstenmal in ihrem Leben Ansätze von schwachem Selbstbewußtsein entwickelte, daß sie *frei* wurde.

Sie stieg in den Lieferwagen und ließ den Motor an. Ihr Wohnwagen stand auf einem Landstück am südlichen Rand der winzigen Stadt Beowawe, an der Route 21, einer zweispurigen Teerstraße. So weit das Auge reichte, war nur die Hochebene mit ihren runden Hügeln, einzelnen Felsen, ausgetrockneten Flußbetten, Gras und Unterholz zu sehen. Der strahlend blaue Morgenhimmel wölbte sich riesig über diese Landschaft, und als Sandy den Wagen beschleunigte, hatte sie das Gefühl, als könnte sie vom Boden abheben und durch die Lüfte schweben.

Wenn sie auf der Route 21 nach Norden führe, würde sie hinter Beowawe auf die Interstate 80 gelangen, die in östlicher Richtung nach Elko und in westlicher Richtung nach Battle Mountain führte. Sie schlug jedoch die südliche Richtung ein und steuerte den mit Vierradantrieb ausgestatteten Wagen geschickt über die miserable Landstraße. Nach einer Viertelstunde endete die Route 21; von hier aus führte ein Schotterweg durch 130 Kilometer ödes unbewohntes Land nach Süden. Sandy bog jedoch statt dessen auf einen Lehmweg in östliche Richtung ab.

An diesem Weihnachtsmorgen lag stellenweise etwas Schnee, allerdings nicht viel. Die Berge in der Ferne waren weiß, aber hier unten betrug die jährliche Niederschlagsmenge weniger als 40 Zentimeter, und nur ein geringer Teil davon fiel in Form von Schnee. Hier und da schimmerte ein weißer Fleck, und manche Büsche waren mit einer dünnen Eisschicht überzogen, aber der größte Teil der Erde war nackt, braun und trocken.

Sandy fuhr immer noch ziemlich schnell, und der Wagen wirbelte dichte Staubwolken auf. Schließlich verließ sie auch den Lehmweg und fuhr querfeldein, bis sie an eine ihr wohlvertraute Stelle gelangte. Aus Gründen, die ihr unerklärlich waren, führte ihr Unterbewußtsein sie bei ihren einsamen Ausflügen oft hierher, wenn auch selten auf direktem Wege; meistens — wie auch jetzt — war es für sie selbst eine Überraschung, an diesen Ort zu gelangen. Sie brachte den Wagen zum Stehen und blickte eine Zeitlang durch die staubige Windschutzscheibe ins Freie hinaus.

Sie kam hierher, weil sie sich an diesem Ort besonders wohl fühlte, ohne zu wissen, warum. Die Hügel und Felsen, das Gras und Unterholz waren zwar ein reizvoller Anblick, aber das Bild unterschied sich in nichts von Tausenden anderer Plätze ringsum. Und doch verspürte sie hier einen inneren Frieden wie nirgends sonst.

Sie stellte den Motor ab, stieg aus und lief trotz des eisigen

Windes eine Weile umher, die Hände in den Taschen ihrer Lammfelljacke vergraben. Ihre Fahrt durch freies Gelände hatte sie in die Zivilisation zurückgeführt — nur wenige hundert Meter nördlich verlief die Interstate 80. Das gelegentliche Dröhnen eines Lastwagenmotors hörte sich an wie fernes Knurren eines Drachens, aber an diesem Feiertag herrschte nur wenig Verkehr. Jenseits der Autobahn lag in nordwestlicher Richtung das Tranquility Motel und der Tranquility Grille, aber Sandy warf nur einen flüchtigen Blick dorthin. Ihr ganzes Interesse konzentrierte sich auf dieses Stück Land, auf dem sie stand; es übte eine mächtige, geheimnisvolle Anziehungskraft auf sie aus und schien Frieden auszustrahlen, so wie ein Felsen abends die im Laufe des Tages gespeicherte Sonnenhitze ausstrahlt.

Sie versuchte nicht, ihre Vorliebe für dieses Fleckchen Erde zu analysieren. Vermutlich hatten die Konturen — das Zusammenspiel von Form, Linien und Farbtönen — etwas besonderes Harmonisches an sich, aber dieses Phänomen logisch begründen zu wollen, wäre genauso töricht wie jeder Versuch, die Schönheit eines Sonnenuntergangs oder einer Blume zu zerpflücken.

An diesem Weihnachtsmorgen wußte Sandy noch nicht, daß Ernie Block am 10. Dezember auf dem Rückweg von Elko von demselben Stück Land magisch angezogen worden war. Sie wußte nicht, daß es in Ernie das Gefühl einer dicht bevorstehenden Epiphanie, vermischt mit Angst, hervorgerufen hatte — Emotionen, die sich von ihren eigenen grundlegend unterschieden. Es sollten noch Wochen vergehen, bevor sie erfuhr, daß ihr Lieblingsort auch auf andere Menschen eine starke Anziehungskraft ausübte — sowohl auf Freunde als auch auf Fremde.

Chicago, Illinois

Für Vater Stefan Wycazik — den dynamischen Hauptgeistlichen von St. Bernadette, den Helfer für Priester in Nöten aller Art — war dies der ereignisreichste Weihnachtsmorgen seines Lebens. Und im weiteren Verlauf dieses Tages zeigte sich, daß es auch das *bedeutsamste* Weihnachtsfest seines Lebens sein sollte.

Er zelebrierte die zweite Messe in St. Bernadette und brachte eine Stunde damit zu, Gemeindemitgliedern, die mit Körben voll Obst, mit hausgemachten Plätzchen und anderen Geschenken ins Pfarrhaus kamen, ein gesegnetes Weihnachtsfest zu wünschen. Sodann fuhr er in die Universitätsklinik, um Winton Tolk zu besuchen, den Polizisten, der am Vortag in einer Imbißstube angeschossen worden war. Nach einer Notoperation hatte Tolk den Abend und die Nacht auf der Intensivstation verbracht. Am Weihnachtsmorgen war er in ein Einzelzimmer gleich neben der Intensivstation verlegt worden, denn obwohl sein Zustand nicht mehr kritisch war, mußte er doch noch unter ständiger ärztlicher Kontrolle bleiben.

Als Vater Wycazik in der Klinik eintraf, war Raynella Tolk bei ihrem Mann. Sie war eine attraktive Frau mit schokoladenbrauner Haut und hübscher Kurzhaarfrisur.

»Mrs. Tolk? Ich bin Stefan Wycazik.«

»Aber ...«

Er lächelte. »Beruhigen Sie sich, ich bin nicht gekommen, um Ihren Mann mit den heiligen Sterbesakramenten zu versehen.«

»Ausgezeichnet«, sagte Winton, »ich habe nämlich auch nicht die Absicht zu sterben.«

Der verletzte Polizist war nicht nur bei vollem Bewußtsein, sondern schien auch keine Schmerzen zu haben und ganz munter zu sein. Trotz des dicken Verbandes um seinen breiten Brustkorb, trotz des telemetrischen Gerätes um seinen Hals und trotz des Schlauches in der Vene seines linken Armes, durch den ihm Glykose und Antibiotika zugeführt wurden, sah er in Anbetracht der Umstände bemerkenswert gut aus.

Vater Wycazik stand am Fußende des Bettes, und seine Nervosität war nur daran ersichtlich, daß er seinen schwarzen Filzhut unaufhörlich mit den kräftigen Händen drehte. Als ihm das auffiel, legte er den Hut rasch auf einen Stuhl.

»Mr. Tolk, wenn Sie sich kräftig genug fühlen, würde ich Ihnen gern einige Fragen zu dem gestrigen Vorfall stellen.«

Tolk und seine Frau waren sichtlich erstaunt über Stefans Neugier.

Der Priester erklärte ihnen die Gründe für sein Interesse — wenn auch nicht gerade wahrheitsgetreu. »Der Mann, der in der letzten Woche mit Ihnen im Streifenwagen herumfuhr, Brendan Cronin, sollte in meinem Auftrag Beobachtungen anstellen«, behielt er die Geschichte vom Laienmitarbeiter Brendan bei.

»Oh, *den* würde ich gern kennenlernen«, rief Raynella, und ihr Gesicht hellte sich auf.

»Er hat mir das Leben gerettet«, sagte Tolk. »Er hat etwas Tollkühnes gemacht, was er niemals hätte tun dürfen, aber ich bin heilfroh, daß er es getan hat.«

»Mr. Cronin ist in die Imbißstube reingegangen«, erklärte Raynella, »ohne zu wissen, ob sich dort noch weitere bewaffnete Ganoven versteckt hielten, mit dem Risiko, erschossen zu werden.«

»Es ist absolut gegen die Polizeivorschriften, so etwas zu tun«, fuhr Winton fort. »Ich selbst hätte mich genau an den Buchstaben des Gesetzes gehalten, wenn ich da draußen gewesen wäre. Ich darf eigentlich nicht gutheißen, was Brendan getan hat, Vater, aber ich verdanke ihm mein Leben.«

»Erstaunlich«, sagte Vater Wycazik, so als hätte er soeben zum erstenmal von Brendans Mut gehört. In Wirklichkeit hatte er am Vorabend ausführlich mit Tolks Vorgesetztem gesprochen, der ein alter Freund von ihm war. Der Polizeichef hatte Brendans Mut gerühmt und gleichzeitig seine törichte Tollkühnheit getadelt. »Ich wußte schon immer, daß Brendan ein äußerst zuverlässiger Bursche ist. Hat er Ihnen auch erste Hilfe geleistet?«

»Möglicherweise«, erwiderte Winton. »Ich kann es Ihnen aber beim besten Willen nicht sagen. Ich erinnere mich nur noch, daß ich wieder zu mir kam... und ihn verschwommen über mir sah... er rief meinen Namen... aber ich war immer noch ganz benommen, wissen Sie.«

»Es ist ein Wunder, daß Win überhaupt überlebt hat«, sagte Raynella mit schwankender Stimme.

»Na, na, Liebling«, redete Winton sanft auf sie ein. »Ich hab's ja geschafft, und nur das allein zählt.« Als er sicher war, daß sie sich wieder beruhigt hatte, wandte er sich Stefan zu. »Alle sind erstaunt, daß ich soviel Blut verlieren und trotzdem durchkommen konnte. Nach allem, was ich gehört habe, muß es ein richtiger Blutsee gewesen sein.«

»Hat Brendan eine behelfsmäßige Aderpresse angelegt?«

Tolk runzelte die Stirn. »Ich weiß nicht. Wie schon gesagt, ich war völlig benommen.«

Vater Wycazik überlegte, wie er herausbekommen könnte, was er wissen mußte, ohne etwas von der fantastischen Idee zu verraten, die ihm durch den Kopf ging und ihn zu diesem Besuch veranlaßt hatte. »Ich weiß, daß Sie sich an nichts deutlich erinnern können, aber ... ist Ihnen vielleicht etwas Besonderes an ... an Brendans Händen aufgefallen?«

»Was meinen Sie mit ›etwas Besonderes‹?«

»Er hat Sie doch berührt, nicht wahr?«

»Aber ja. Ich glaube, er hat nach dem Puls getastet ... und dann nach den Wunden gesucht.«

»Na ja, und ... und haben Sie etwas Ungewöhnliches gespürt, als er Sie berührte ... irgend etwas Seltsames?« fragte Stefan behutsam. Es ärgerte ihn, so um die Sache herumreden zu müssen.

»Ich glaube, ich kann Ihren Gedankengängen nicht ganz folgen, Vater.«

Stefan Wycazik schüttelte den Kopf. »Macht nichts. Wichtig ist ja schließlich nur, daß es Ihnen gut geht.« Er warf einen Blick auf seine Uhr, heuchelte Überraschung und rief: »Du meine Güte, ich komme ja zu spät zu einer Verabredung.« Bevor sie etwas sagen konnten, griff er nach seinem Hut, wünschte ihnen Gottes Segen und eilte in dem Bewußtsein hinaus, daß das Ehepaar sich über sein Benehmen bestimmt sehr wunderte.

Wenn irgendwelche Leute Vater Wycazik auf sich zukommen sahen, wurden sie bei seinem Anblick normalerweise unwillkürlich an einen Rekrutenausbilder oder Footballtrainer erinnert. Sein kräftiger Körper, sein energischer Gang und sein selbstsicheres Auftreten entsprachen nicht der allgemein verbreiteten Vorstellung von einem Priester. Und wenn er zudem noch in Eile war, hatte er Ähnlichkeit mit einem Panzer, der alles niederwalzt, was ihm in die Quere kommt.

Von Tolks Zimmer brauste Vater Wycazik den Korridor entlang, stieß eine schwere Schwingtür auf, dann eine zweite, die zur Intensivstation führte, wo der verletzte Polizist bis vor kurzem versorgt worden war. Er bat darum, den diensthabenden Arzt, Dr. Royce Albright, sprechen zu dürfen. In der Hoffnung, daß Gott ihm einige kleine Lügen für einen guten Zweck verzeihen würde, stellte Stefan sich als Seelsorger der Tolks vor und erklärte, daß Mrs. Tolk immer noch etwas beunruhigt über den Zustand ihres Mannes sei und gern Näheres darüber wissen wolle.

Dr. Albright sah wie Jerry Lewis aus und hatte eine tiefe, knarrende Stimme wie Henry Kissinger, was nicht so recht zusammenpaßte; aber er erklärte sich bereit, Vater Wycaziks Fragen zu beantworten. Er war zwar nicht Wintons behandelnder Arzt, interessierte sich aber für diesen Fall. »Sie können Mrs. Tolk versichern, daß ein Rückfall wohl kaum zu befürchten ist. Er erholt sich erstaunlich gut. Zweimal mit einer 38er in die Brust getroffen! Bis gestern hätte es hier bei uns kein Mensch für möglich gehalten, daß jemand zwei Schüsse in die Brust aus einer großkalibrigen Pistole abbekommen *und innerhalb von 24 Stunden imstande sein könnte, die Intensivstation zu verlassen!* Der Mann hat unglaubliches Glück gehabt!«

»Die Kugeln haben also das Herz verfehlt ... und alle anderen lebenswichtigen Organe?«

»Nicht nur das«, sagte Albright, »keine der beiden Kugeln hat irgendwelche Venen oder Arterien beschädigt. Eine 38er Kugel hat eine ganz schöne Wucht, Vater. Normalerweise richtet sie großen Schaden an. In Tolks Fall wurden eine Hauptarterie und eine Vene geritzt, aber keine davon sehr schwer. Wirklich ein geradezu unglaubliches Glück!«

»Die Kugeln wurden also vermutlich durch irgendwelche Knochen gestoppt?«

»Abgelenkt — ja, aber nicht gestoppt. Beide Kugeln wurden in weichem Gewebe gefunden. Und auch das ist erstaunlich — keine gesplitterten Knochen, nicht der kleinste Bruch. Wie gesagt — ein unglaubliches Glück!«

Vater Wycazik nickte. »Als die beiden Kugeln aus seinem Körper entfernt wurden — gab es da irgendwelche Hinweise darauf, daß sie für Kaliber 38 viel zu leicht waren? Ich meine, vielleicht waren es nicht die richtigen Patronen, vielleicht war zu wenig Blei in den Kugeln. Das würde doch erklären, weshalb sie — obwohl es ein 38er Revolver war — weniger Schaden anrichteten als Kugeln vom Kaliber 22.«

Albright runzelte die Stirn. »Das weiß ich nicht. Möglich wäre es. Sie müßten die Polizei fragen ... oder Dr. Sonneford, den Chirurgen, der die Kugeln aus Tolk rausgeholt hat.«

»Tolk soll doch sehr viel Blut verloren haben?«

Albright schnitt eine Grimasse. »Es muß sich um einen Fehler auf seinem Krankenblatt handeln. Ich hatte heute noch keine Möglichkeit, mit Dr. Sonneford zu sprechen, nachdem ja Weihnachten ist, aber auf dem Krankenblatt steht, daß Tolk im Operationssaal über vier Liter Blut erhalten hat. Das kann natürlich nicht stimmen.«

»Warum nicht?«

»Vater, wenn Tolk tatsächlich vier Liter Blut verloren hätte, bevor er in die Klinik kam, wäre sein Kreislauf völlig zusammengebrochen. Er wäre schon tot gewesen. Mausetot!«

Las Vegas, Nevada

Mary und Pete Monatella, Jorjas Eltern, kamen am Weihnachtsmorgen schon um sechs Uhr zu ihr; beide waren müde und mürrisch, weil sie zu wenig geschlafen hatten, aber sie wollten um jeden Preis die ihnen als Großeltern zustehenden Plätze am bunt geschmückten Weihnachtsbaum einnehmen, bevor Marcie aufwachte. Mary, die genauso groß wie ihre Tochter und früher auch genauso schlank gewesen war, hatte in den letzten Jahren Fett angesetzt und wirkte etwas schwerfällig. Pete war kleiner als seine Frau, hatte einen breiten Brustkorb und machte beim Gehen den Eindruck eines stolzierenden Zwerghahns, war aber einer der bescheidensten Menschen, die Jorja kannte. Das Ehepaar war mit Geschenken für sein einziges Enkelkind beladen.

Natürlich hatten Mary und Pete auch für Jorja ein Geschenk — und dazu die üblichen Gaben, die sie bei jedem Besuch mitbrachten: gutgemeinte, aber lästige Kritik, unerwünschte Ratschläge und Kommentare. Mary hatte kaum die Wohnung betreten, als sie auch schon reklamierte, daß die Dunstabzugshaube über dem Herd staubig sei; sie wühlte im Schränkchen unter der Spüle herum, bis sie eine Sprühflasche Windex und einen Lappen fand und machte sich sofort selbst an die Arbeit. Sie war außerdem der Meinung, daß der Weihnachtsbaum nicht richtig geschmückt sei — »Da müßten viel mehr Lichter hin, Jorja!« —, und als sie sah, wie Marcies Geschenke verpackt waren, rang sie die Hände. »Mein Gott, Jorja, das Papier ist nicht bunt genug, und an den Bändern hast du auch gespart. Kleine Mädchen lieben fröhliches Geschenkpapier, auf dem Santa Claus abgebildet ist, und sie wollen möglichst viel Bänder und Schleifen haben.«

Jorjas Vater hingegen konzentrierte seine Kritik auf das große Tablett Plätzchen auf der Anrichte. »Die sind doch alle gekauft, Jorja. Hast du dieses Jahr denn selbst überhaupt keine Plätzchen gebacken?«

»Na ja, Dad, ich mußte in letzter Zeit viel Überstunden machen, und dazu kommen noch die Kurse an der UNLV und ...«

»Ich weiß, daß eine alleinstehende Mutter es schwer hat«, fiel er ihr ins Wort, »aber hier geht es um etwas von grundlegender Bedeutung. Selbstgebackene Plätzchen sind ein wesentlicher Bestandteil von Weihnachten. Etwas sehr Wichtiges.«

»Ungemein wichtig!« stimmte Jorjas Mutter ihrem Mann zu.

Weihnachtliche Stimmung hatte sich in diesem Jahr bei Jorja ohnehin erst im letzten Augenblick eingestellt und wäre bei den ständigen Nörgeleien ihrer Eltern vermutlich bald wieder völlig verflogen, wenn nicht um halb sieben Marcie aufgetaucht wäre, gerade nachdem Jorja einen 14 Pfund schweren Truthahn für das spätere Festmahl in den Herd geschoben hatte. Das Mädchen kam im Schlafanzug ins Wohnzimmer gelaufen und sah genauso reizend aus wie die idealisierten Kinder auf Gemälden von Norman Rockwell.

»Hat Santa mir die ›Kleine Frau Doktor‹-Tasche gebracht?«

»Er hat dir noch viel mehr gebracht, Schätzchen«, sagte Pete. »Schau nur mal, was Santa Claus dir alles gebracht hat!«

Marcie drehte sich um und sah den Baum — den ›Santa‹ während der Nacht geschmückt hatte — und den Berg von Geschenken. Sie schnappte nach Luft. »Wow!«

Die Aufregung des Kindes übertrug sich auch auf Jorjas Eltern, und sie vergaßen für kurze Zeit staubige Dunstabzugshauben und gekaufte Plätzchen. Eine Zeitlang herrschte eitel Freude.

Aber als Marcie die Hälfte ihrer Geschenke geöffnet hatte, ließ die Festesstimmung etwas nach; erste Vorboten der Düsternis, die später am Tag beängstigende Ausmaße annehmen sollte, kündigten sich an. Mit einer weinerlichen Stimme, die sie sonst nie hatte, quengelte Marcie, daß Santa Claus die ›Kleine Frau Doktor‹-Tasche vergessen habe. Sie legte eine noch vor kurzer Zeit heißbegehrte Puppe achtlos beiseite, ohne sie auch nur aus der Schachtel zu nehmen. Hastig riß sie das nächste Paket auf. Das Benehmen des Kindes beunruhigte Jorja, speziell aber der eigenartige Ausdruck in Marcies Augen. Bald bemerkten auch Mary und Pete, daß etwas nicht stimmte. Sie begannen auf Marcie einzureden, sie solle sich doch mehr Zeit für jedes einzelne Geschenk nehmen und die Päckchen nicht so hektisch öffnen; aber ihre Ermahnungen blieben erfolglos.

Jorja hatte die Spielzeug-Ärztetasche nicht unter den Weihnachtsbaum gelegt; sie war als Schlußüberraschung in einem Schrank versteckt. Aber als nur noch drei Pakete übrig waren, zitterte Marcie und war ganz bleich.

Warum war dieses ›Kleine Frau Doktor‹-Ding für sie nur so ungeheuer wichtig? Viele der bereits ausgepackten Geschenke waren doch teurer und interessanter. Warum konzentrierte sich ihre Aufmerksamkeit so ausschließlich auf diesen einzigen Gegenstand? Warum war sie so versessen auf diese Arzttasche?

Als auch das letzte Paket geöffnet war, schluchzte Marcie jämmerlich auf. »Santa hat es nicht gebracht! Er hat es vergessen! Er hat es vergessen!«

Angesichts der herrlichen Geschenke, die im ganzen Zimmer verstreut lagen, hatte die Verzweiflung des Mädchens etwas Erschreckendes. Jorja war fassungslos und entsetzt über die Ungezogenheit ihrer Tochter, und sie sah, daß ihre Eltern über diese unerwartete und völlig ungerechtfertigte Szene sehr schokkiert waren.

Jorja begriff, daß in Kürze jede Weihnachtsstimmung unwiderruflich dahin sein würde. Sie rannte ins Schlafzimmer, holte das so wichtige Geschenk hinter ihren Schuhschachteln hervor und brachte es ins Wohnzimmer.

In rasender Verzweiflung riß Marcie ihrer Mutter das Paket aus der Hand.

»Was ist nur in das Kind gefahren?« fragte Mary.

»Ja«, sagte Pete, »was ist an dieser Arzttasche denn nur so wichtig?«

Marcie zerrte wild an der Verpackung, bis sie feststellte, daß es tatsächlich das heißersehnte Geschenk war. Schlagartig beruhigte sie sich und hörte auf zu zittern. »Kleine Frau Doktor. Santa hat es nicht vergessen!«

»Liebling, vielleicht ist es gar nicht von Santa«, sagte Jorja. Sie war erleichtert, daß ihr Kind jenes sonderbare und unerfreuliche Benehmen offensichtlich überwunden hatte. »Nicht alle deine Geschenke sind von Santa Claus. Schau lieber mal auf den Anhänger.«

Marcie suchte folgsam nach dem Geschenkanhänger, las die wenigen Worte und blickte mit unsicherem Lächeln auf. »Es ist von ... Daddy!«

Jorja spürte, daß ihre Eltern sie anstarrten, aber sie wich ihren

Augen aus. Sie wußten, daß Alan mit seiner letzten Eroberung — der Blondine namens Pepper — nach Acapulco geflogen war und daß er sich nicht einmal die Mühe gemacht hatte, Marcie eine Weihnachtskarte zu schicken, und sie mißbilligten es zweifellos, daß Jorja ihrer Tochter gegenüber das Märchen vom liebenden Vater aufrechterhielt.

Als Jorja später in der Küche vor dem Herd kauerte und nach dem Truthahn sah, beugte sich ihre Mutter über sie und fragte leise: »Warum hast du das getan, Jorja? Warum hast du den Namen dieses Schweines auf das Geschenk geschrieben, das sie sich am meisten gewünscht hat?«

Jorja begoß schweigend den Vogel mit seinem eigenen Saft. Schließlich sagte sie: »Ich wollte Marcie das Fest nicht verderben, nur weil ihr Vater ein Arschloch ist.«

»Du solltest ihr die Wahrheit nicht vorenthalten«, bemerkte Mary ruhig.

»Die Wahrheit ist für ein siebenjähriges Kind viel zu häßlich!«

»Je eher sie weiß, was für ein Dreckskerl ihr Vater ist, desto besser. Weißt du, was dein Vater über die Frau gehört hat, mit der Alan jetzt zusammenlebt?«

»Ich bin sicher, daß dieser Vogel bis Mittag fertig sein wird.«

Aber Mary ließ ihr Thema nicht fallen. »Sie steht in zwei Casinos auf der Telefonliste, Jorja! Das hat Pete selbst gehört. Weißt du, was das bedeutet? Sie ist ein Callgirl! Alan lebt mit einem Callgirl. Was *stimmt* nur nicht mit ihm?«

Jorja schloß die Augen und holte tief Luft.

»Wenn er nichts mit Marcie zu tun haben will — um so besser«, fuhr Mary stur fort. »Weiß der Himmel, was für Krankheiten er sich bei diesem Weibsbild holt!«

Jorja schob den Truthahn in den Backofen zurück, schloß die Herdtür und stand auf. »Könnten wir nicht über etwas anderes reden?«

»Ich dachte, es interessiert dich, was diese Frau treibt.«

»Jetzt weiß ich es ja.«

Mary senkte die Stimme noch mehr. »Und was ist, wenn er eines Tages hier aufkreuzt und erklärt: ›Pepper und ich möchten Marcie nach Acapulco mitnehmen‹ — oder nach Disneyland oder auch nur in ihre Wohnung?«

»Mutter«, erklärte Jorja erbittert, »er will mit Marcie nichts zu tun haben, weil er durch sie an seine eigentlichen Pflichten erinnert wird.«

»Aber was ist, wenn ...«

»*Verdammt, Mutter, hör jetzt endlich auf damit!*«

Obwohl Jorja die Stimme nicht erhoben hatte, war ihr Ton so wütend, daß Mary augenblicklich verstummte. Gekränkt wandte sie sich von Jorja ab, ging rasch zum Kühlschrank, öffnete ihn und betrachtete die vollen Fächer. »Oh, du hast Gnocchi gemacht!«

»Es sind keine gekauften«, sagte Jorja mit zitternder Stimme. »Selbstgemachte.« Sie hatte eine versöhnliche Bemerkung machen wollen, begriff aber sogleich, daß ihre Worte auch als spitze Anspielung auf die Abneigung ihres Vaters gegen fertig gekaufte Plätzchen ausgelegt werden konnten. Sie biß sich auf die Lippen und mußte gegen aufsteigende Tränen ankämpfen.

Mary starrte immer noch in den Kühlschrank. »Es wird wohl auch Kartoffeln geben? Oh, und was ist das — ach, du hast das Kraut für den Krautsalat schon geraspelt. Ich dachte, du würdest Hilfe benötigen, aber du scheinst ja an alles gedacht zu haben.« Sie schloß den Kühlschrank und sah sich nach irgendeiner Beschäftigung um, die ihnen beiden über diesen peinlichen Augenblick hinweghelfen würde. Tränen standen in ihren Augen.

Jorja flog buchstäblich auf sie zu und schlang ihre Arme um sie. Mary erwiderte die Umarmung, und eine Zeitlang hielten sie einander wortlos umschlungen.

»Ich weiß nicht, warum ich so bin«, murmelte Mary schließlich entschuldigend. »Meine Mutter hat sich mir gegenüber auch immer so aufgeführt. Damals hatte ich mir geschworen, diesen Fehler bei dir auf keinen Fall zu wiederholen.«

»Ich liebe dich, so wie du bist.«

»Vielleicht ist es, weil du mein einziges Kind bist. Wenn ich noch ein paar andere hätte haben können, würde ich dir das Leben nicht so schwer machen.«

»Teilweise ist es auch meine Schuld, Mom. Ich bin in letzter Zeit wahnsinnig nervös und empfindlich.«

»Und warum solltest du das nicht sein?« sagte ihre Mutter und drückte sie fest an sich. »Dieses Schwein läßt dich einfach sitzen, du sorgst für deinen und für Marcies Lebensunterhalt, du besuchst nebenbei Kurse ... Du hast jedes Recht, nervös und empfindlich zu sein. Wir sind so stolz auf dich, Jorja. Es erfordert solchen Mut, das zu leisten, was du leistest.«

Im Wohnzimmer begann Marcie zu kreischen.

Was mag jetzt schon wieder los sein? dachte Jorja.

Von der Wohnzimmerschwelle aus sah sie, daß ihr Vater Marcie zu überreden versuchte, mit einer Puppe zu spielen. »Sieh mal«, zeigte Pete seiner Enkelin, »das Püppchen schreit, wenn du es auf diese Seite kippst, und es lacht, wenn du es auf die andere Seite drehst!«

»Ich will nicht mit der blöden Puppe spielen!« schrie Marcie. Sie hielt die Plastik- und Gummispritze aus der Arzttasche in der Hand, und jene beunruhigende Heftigkeit hatte wieder von ihr Besitz ergriffen. »Ich will dir noch eine *Spritze* geben!«

»Aber du hast mir doch schon zwanzig Spritzen gegeben, mein Liebling«, wandte Pete ein.

»Ich muß sehr viel üben«, erklärte Marcie. »Ich werde später nie mein eigener Doktor sein können, wenn ich nicht jetzt schon anfange zu üben.«

Pete warf Jorja einen empörten Blick zu. »Was *hat* sie nur mit diesem Doktor-Unsinn?«

»Ich wünschte, ich wüßte es«, sagte Jorja.

Mit verzerrtem Gesicht drückte Marcie auf den Kolben der Spielzeugspritze. Sie hatte Schweiß auf der Stirn.

»Ich wünschte, ich wüßte es«, wiederholte Jorja unbehaglich.

Boston, Massachusetts

Für Ginger Weiss war es das schlimmste Weihnachtsfest ihres Lebens.

Obwohl sie Juden waren, hatte ihr geliebter Vater Weihnachten immer in säkularisiertem Sinne mitgefeiert, weil er die Harmonie und menschliche Wärme liebte, die dieses Fest ausstrahlte. Auch nach seinem Tod war der 25. Dezember für Ginger immer ein besonderer Tag geblieben, ein Tag der Freude. Bis zu diesem Jahr hatte Weihnachten sie nie deprimiert.

George und Rita Hannaby taten ihr möglichstes, um Ginger das Gefühl zu vermitteln, daß sie dazugehörte, aber sie blieb sich schmerzlich bewußt, daß sie letztlich doch eine Außenseiterin war. Die drei Söhne der Hannabys waren mit ihren Familien über die Feiertage nach Baywatch gekommen, und das riesige Haus war erfüllt von silberhellem Kinderlachen. Alle bemühten sich, Ginger in die traditionellen Sitten und Gebräuche wie Popcornrösten oder gemeinsames Singen mit einzubeziehen.

Am Weihnachtsmorgen war sie mit von der Partie, als die Kinder sich aufgeregt auf den Berg von Geschenken stürzten. Sie folgte dem Beispiel der anderen Erwachsenen, kroch mit den Kindern auf dem Boden herum und half ihnen, mit den neuen Spielsachen zu spielen. Für einige Stunden vergaß sie ihre Verzweiflung und wurde unwillkürlich von den Hannabys mitgerissen.

Beim Mittagessen — trotz vieler Delikatessen eine leichte Mahlzeit, sozusagen nur ein Vorgeschmack auf das üppige Festmahl am Abend — kam Ginger sich jedoch bereits wieder deplaciert vor, weil in den Gesprächen bei Tisch immer wieder Erinnerungen an frühere Feste wachgerufen wurden, an denen sie ja nicht teilgenommen hatte.

Nach dem Essen schützte sie Kopfschmerzen vor und flüchtete in ihr Zimmer. Der herrliche Blick auf die Bucht beruhigte sie etwas; sie blieb jedoch tief deprimiert und hoffte inbrünstig, daß Pablo Jackson am nächsten Tag anrufen und ihr mitteilen würde, er habe das Problem von Gedächtnisbarrieren inzwischen studiert und sei bereit, sie wieder zu hypnotisieren.

George und Rita hatten ihren Besuch bei Pablo viel gelassener aufgenommen, als sie befürchtet hatte. Sie waren in Sorge gewesen, weil sie allein losgefahren und damit das Risiko eingegangen war, einen Anfall zu bekommen, ohne daß ein Freund ihr helfen konnte, und sie hatten ihr das Versprechen abgenommen, daß sie in Zukunft Rita oder einem der Dienstboten erlauben würde, sie zu Pablo zu bringen und dort wieder abzuholen; aber sie hatten nicht versucht, ihr die unkonventionelle Behandlungsmethode auszureden, die sie sich von dem Bühnenzauberer erhoffte.

Ginger wandte sich schließlich vom Fenster ab und ging zum Bett, wo sie zu ihrer Überraschung auf dem Nachttisch zwei Bücher liegen sah. Eines war ein Fantasy-Roman von Tim Powers, einem Autor, von dem sie schon einiges gelesen hatte; das andere hatte den Titel ›Twilight in Babylon‹.

Im Zimmer lag noch ein halbes Dutzend anderer Bücher herum, die sie sich aus der Bibliothek im Erdgeschoß geholt hatte;

Lesen war in den letzten zwei Wochen ihre Hauptbeschäftigung gewesen. Aber das Buch von Powers und ›Twilight in Babylon‹ sah sie jetzt zum erstenmal. Ersteres — eine Geschichte von Trollen, die durch die Zeit reisen konnten und während des Unabhängigkeitskrieges ihren eigenen Geheimkrieg gegen britische Kobolde führten — schien ganz entzückend zu sein, eine Art abenteuerliches Märchen, wie ihr Vater sie geliebt hatte. Ein lose beiliegender Zettel wies das Buch als Rezensionsexemplar aus. Rita hatte eine Freundin, die als Rezensentin für den ›Globe‹ arbeitete und ihr manchmal interessante Bücher schickte, bevor sie im Handel erhältlich waren. Diese beiden mußten in den letzten ein, zwei Tagen angekommen sein, und Rita, die Gingers literarischen Geschmack kannte, hatte sie in ihr Zimmer gebracht.

Ginger legte den Powers vorläufig beiseite und nahm ›Twilight in Babylon‹ zur Hand. Der Name des Verfassers — Dominick Corvaisis — war ihr völlig unbekannt, aber die kurze Inhaltsangabe des Romans klang sehr vielversprechend, und nachdem sie die erste Seite gelesen hatte, war sie schon völlig gefesselt. Trotzdem unterbrach sie die Lektüre, um vom Bett in einen der gemütlichen Sessel umzuziehen. Erst dort fiel ihr Blick zufällig auf das Foto des Autors auf dem hinteren Schutzumschlag.

Sie hielt den Atem an. Angst überfiel sie.

Einen Moment lang dachte sie, daß das Foto der Auslöser für einen neuen Anfall sein würde. Sie versuchte, das Buch wegzulegen, war dazu aber nicht imstande; sie versuchte aufzustehen, war aber auch dazu nicht imstande. Sie holte tief Luft, schloß die Augen und wartete, bis ihr Puls sich wieder etwas normalisiert hatte.

Als sie die Augen öffnete und das Foto wieder betrachtete, verstörte es sie immer noch, wenn auch nicht mehr so stark wie beim erstenmal. Sie wußte, daß sie diesem Mann irgendwo schon begegnet war, und zwar nicht unter den günstigsten Umständen, aber sie konnte sich an das Wann und Wo nicht erinnern. Seiner kurzen Biographie auf dem Waschzettel entnahm sie, daß er früher in Portland, Oregon, gelebt hatte und jetzt in Laguna Beach wohnte. Da sie sich nie an einem der beiden Orte aufgehalten hatte, konnte sie sich nicht vorstellen, wo ihre Wege sich gekreuzt haben könnten. Dominick Corvaisis mußte etwa

35 Jahre alt sein und hatte ein sympathisches Gesicht, das Ginger an Anthony Perkins in jungen Jahren erinnerte. Es war wirklich merkwürdig, daß sie völlig vergessen haben sollte, wo sie diesem gutaussehenden Mann begegnet war.

Noch unverständlicher war ihre heftige Reaktion auf das Foto. In den vergangenen zwei Monaten hatte sie gelernt, auf seltsame Vorfälle zu achten und nach ihrer Bedeutung zu fragen, auch wenn sie noch so unwichtig und unsinnig zu sein schienen.

Sie starrte noch längere Zeit auf Corvaisis' Foto, in der vergeblichen Hoffnung, daß das ihrem Gedächtnis auf die Sprünge helfen würde. Schließlich schlug sie — mit der fast hellseherischen Vorahnung, daß ›Twilight in Babylon‹ irgendwie ihr Leben verändern würde — das Buch auf und begann zu lesen.

Chicago, Illinois

Von der Universitätsklinik fuhr Vater Stefan Wycazik zum Laboratorium der SID — der Wissenschaftlichen Untersuchungsabteilung des Chicagoer Polizeipräsidiums. Trotz des Weihnachtsfestes waren städtische Arbeiter damit beschäftigt, den in der Nacht gefallenen Schnee auf den Straßen zu räumen.

Im Polizeilabor, das in einem alten Regierungsgebäude untergebracht war, hatten nur wenige Männer Dienst, und in den leeren, hohen Räumen hallte jeder Schritt gespenstisch wider.

Normalerweise gab das Labor nur der Polizei und den Gerichtsbehörden irgendwelche Auskünfte. Aber von den Chicagoer Polizeibeamten war etwa die Hälfte katholisch, und Vater Wycazik hatte mehrere gute Freunde in höheren Positionen, die er angerufen und gebeten hatte, ihm bei der SID den Weg zu ebnen.

Er wurde von Dr. Murphy Aimes empfangen, einem dickbäuchigen Mann mit Vollglatze und Walroßschnurrbart. Sie hatten miteinander telefoniert, bevor Stefan das Pfarrhaus verlassen hatte, und Dr. Aimes hatte schon alles vorbereitet. Sie nahmen auf zwei Hockern an einem Labortisch Platz. Durch ein mit Taubenkot verunziertes Milchglasfenster fiel Licht ein. Aimes hatte auf der Marmorplatte des Tisches einen Aktenordner und mehrere andere Gegenstände bereitgelegt.

»Ich möchte vorausschicken, Vater, daß ich Informationen dieser Art niemals an Unbefugte weitergeben würde, wenn die Möglichkeit bestünde, daß es wegen jener Schießerei in der Imbißstube zum Prozeß kommt. Da die beiden Verbrecher jedoch tot sind, kann man ja niemanden mehr vor Gericht stellen.«

»Ich weiß Ihr Entgegenkommen sehr zu schätzen, Dr. Aimes. Und ich bin Ihnen zu großem Dank verpflichtet, daß Sie mir Ihre Zeit widmen.«

In Aimes' Gesicht spiegelte sich Neugier wider. »Ich verstehe nicht so recht, weshalb Sie sich für diesen Fall interessieren«, sagte er.

»Ich selbst bin mir darüber auch noch nicht völlig im klaren«, erwiderte Stefan geheimnisvoll.

Er hatte den höheren Polizeibeamten, die dieses Gespräch ermöglicht hatten, den Grund für sein Interesse nicht verraten, und er hatte nicht die Absicht, Aimes aufzuklären. Wenn er ihnen erzählte, was ihm im Kopf herumging, würden sie ihn für verrückt halten und viel weniger geneigt sein, ihm weiterzuhelfen.

»Nun«, sagte Aimes, sichtlich gekränkt, weil der Priester ihn nicht ins Vertrauen zog, »Sie hatten nach den Kugeln gefragt.« Er holte zwei Klümpchen Blei aus einem Umschlag. »Der Chirurg hat sie aus Winton Tolks Körper herausoperiert. Sie sagten, Sie seien daran besonders interessiert.«

»Das bin ich«, sagte Stefan und nahm sie in die Hand, als Aimes sie ihm hinhielt. »Ich nehme an, daß Sie sie gewogen haben. Soviel ich weiß, gehört das zu den Routineuntersuchungen. Haben sie das Gewicht normaler 38er Kugeln?«

»Wenn Ihre Frage darauf hinausläuft, ob Teilstücke abgesplittert sind, so ist das nicht der Fall. Sie sind so stark verformt, daß sie gegen einen Knochen geprallt sein müssen, deshalb ist es eigentlich erstaunlich, daß nichts abgesplittert ist — aber beide sind völlig komplett.«

»Eigentlich ging es mir darum«, erklärte Vater Wycazik, während er die Kugeln in seiner Hand betrachtete, »ob sie für 38er vielleicht zu leicht waren, ob es sich um mangelhafte Munition gehandelt haben könnte — irgendwelche Fabrikationsfehler oder so. Oder hatten sie die richtige Größe?«

»Sie hatten ohne jeden Zweifel die richtige Größe und auch das richtige Gewicht.«

»Groß genug, um viel Schaden anzurichten ... schrecklichen Schaden«, murmelte Vater Wycazik nachdenklich. »Und die Pistole?«

Aimes holte aus einem größeren Umschlag den Revolver, mit dem Tolk angeschossen worden war. »Eine stumpfnasige Smith and Wesson Kaliber 38, Chief's Special.«

»Sie haben sie untersucht, Probeschüsse damit abgegeben?«

»Ja. Das wird immer gemacht.«

»Und gab es keine Anzeichen dafür, daß sie nicht hundertprozentig in Ordnung war? Insbesondere etwas, das dazu führen könnte, daß die Kugel die Mündung mit viel geringerer Geschwindigkeit als vorgesehen verlassen würde?«

»Das ist eine seltsame Frage, Vater, aber die Antwort lautet — nein. Es ist eine ausgezeichnete Chief's Special, die den hohen Qualitätsansprüchen von Smith and Wesson voll und ganz gerecht wird.«

Während er die beiden Kugeln in den kleinen Umschlag zurücklegte, fragte Vater Wycazik: »Und was ist mit den Patronen? Wäre es möglich, daß sie mit zu wenig Pulver gefüllt oder sonst irgendwie fehlerhaft gewesen sein könnten?«

Aimes zwinkerte mit den Augen. »Ich glaube jetzt zu verstehen, worauf es Ihnen ankommt — Sie versuchen herauszufinden, warum zwei 38er Kugeln in der Brust des Mannes nicht wesentlich mehr Schaden angerichtet haben.«

Stefan Wycazik nickte, gab aber keine näheren Erklärungen. »Waren noch unbenutzte Patronen im Revolver?«

»Zwei. Und in seiner Jackentasche hatte der Kerl weitere Munition — für 12 Schuß.«

»Haben Sie eine der unbenutzten Patronen geöffnet, um nachzusehen, ob sie vielleicht zu wenig Pulverladung enthielten?«

»Dazu bestand kein Grund.«

»Wäre es Ihnen möglich, eine davon jetzt zu untersuchen?«

»Möglich wäre es schon, aber wozu? Um Himmels willen, was soll das alles, Vater?«

Stefan seufzte. »Ich weiß, daß es eine Zumutung für Sie ist, Dr. Aimes, und ich weiß auch, daß ich Ihnen eine Erklärung schuldig bin. Aber ich kann sie Ihnen nicht geben. *Noch* nicht. Priester müssen manchmal — genauso wie Ärzte und Anwälte — die Schweigepflicht wahren. Aber falls ich jemals enthüllen darf, was hinter meiner Neugier steckt, werden Sie der erste sein, dem ich es erzähle.«

Aimes sah ihn forschend an, und Stefan hielt seinem Blick ruhig stand. Schließlich öffnete der Mann von der SID einen dritten Umschlag, der die nicht benutzten Patronen aus der Chief's Special enthielt. »Warten Sie hier.«

Nach zwanzig Minuten kehrte Aimes mit einem weißen Emailtablett zurück, auf dem zwei zerlegte Patronen lagen. Mit einem Bleistift deutete er auf die Einzelteile. »Dies ist der Patronenboden. Hier sehen Sie Zündhütchen, Zündsatz und Amboß. Diese Öffnung hier stellt die Verbindung zur Treibladung her. Keinerlei Fabrikationsmängel in diesem Teil festzustellen. Am anderen Ende der Patrone befindet sich das Geschoß, bestehend aus Kern und Mantel. Auch hier ist alles in Ordnung. Und zwischen dem Patronenboden und dem Geschoß — in diesem Fall der Bleikugel — befindet sich die Treibladung. Sehen Sie dieses graue flockige Pulver? Das ist Nitrocellulose, ein hochexplosiver Sprengstoff, der durch den Zündfunken explodiert und dadurch die Kugel aus der Patrone ausstößt. Wie Sie sehen können, ist genügend Nitrocellulose für diese Hülsengröße vorhanden. Aber um ganz sicherzugehen, habe ich auch die zweite Patrone untersucht.« Aimes deutete mit dem Bleistift darauf. »Auch hier war alles hundertprozentig in Ordnung. Der Schütze hat gute, zuverlässige Remington-Munition verwendet. Tolk hat einfach Glück gehabt, Vater — sogar sehr viel Glück!«

New York, New York

Jack Twist verbrachte Weihnachten bei seiner Frau Jenny in ihrem Sanatoriumszimmer. An Feiertagen bei ihr zu sein war besonders schlimm. Aber irgendwo anders zu sein und sie allein zu lassen, das wäre für ihn noch viel schlimmer gewesen.

Obwohl Jenny fast zwei Drittel ihrer Ehe im Koma verbracht hatte, hatten die vielen Jahre ohne Kommunikationsmöglichkeit Jacks Liebe zu ihr nicht gemindert. Mehr als acht Jahre waren vergangen, seit sie ihm zuletzt zugelächelt, seinen Namen ausgesprochen oder seine Küsse erwidert hatte, aber in seinem Herzen war die Zeit gleichsam stehengeblieben; für ihn war sie immer noch die bildhübsche Jenny Mae Alexander, eine bezaubernde junge Braut.

Während seiner Einkerkerung in jenem mittelamerikanischen Gefängnis hatte ihn das Wissen aufrechterhalten, daß Jenny zu Hause auf ihn wartete, ihn vermißte, sich Sorgen um ihn machte und jeden Abend für seine heile Rückkehr betete. Gefoltert und halb verhungert, hatte er sich stets an die Hoffnung geklammert, daß er eines Tages wieder Jennys Arme um seinen Hals spüren und ihr hinreißendes Lachen hören würde. Diese Hoffnung hatte ihn am Leben erhalten und ihn vor dem Wahnsinn bewahrt.

Von den vier gefangenen Rangers hatten nur Jack und sein Freund Oscar Weston überlebt. Fast ein Jahr lang hatten sie darauf gewartet, daß man sie befreien würde; sie waren überzeugt gewesen, daß ihr Land sie niemals im Stich lassen würde. Manchmal hatten sie überlegt, ob sie mit Waffengewalt oder aber über diplomatische Kanäle befreit werden würden. Nach elf Monaten glaubten sie immer noch, daß ihr Land sie nicht im Gefängnis verfaulen lassen würde, aber sie konnten es sich nicht mehr leisten abzuwarten. Sie waren inzwischen völlig unterernährt und abgemagert. Außerdem hatten sie an Tropenfiebern gelitten, ohne behandelt zu werden, und das hatte sie zusätzlich geschwächt.

Sie waren sich darüber im klaren, daß nur ihre regelmäßigen Besuche im Volkszentrum für Justiz eine Möglichkeit zur Flucht boten. Alle vier Wochen wurden Jack und Oscar aus ihren Zellen geholt und ins Volkszentrum gebracht — ein sauberes, helles Modellgefängnis im Zentrum der Hauptstadt, ohne Schutzmauern und Gitter, das ausländische Journalisten beeindrucken und von der Humanität des neuen Regimes überzeugen sollte. Dort wurden sie jedesmal geduscht, entlaust, in saubere Kleider gesteckt und — mit gefesselten Händen, damit sie nicht gestikulieren konnten — vor Video-Kameras gesetzt, um höflich verhört zu werden. Normalerweise antworteten sie auf die Fragen mit Schimpfwörtern oder witzigen Bemerkungen, aber das spielte keine Rolle, denn die Aufnahmen wurden ohnehin zensiert und von Leuten, die ein akzentfreies Englisch sprachen, mit genehmen Antworten nachsynchronisiert.

Sobald der Propagandafilm fertig war, wurden sie von ausländischen Reportern, die in einem anderen Raum saßen, mit

Hilfe von Ruhestromtelevision interviewt. Die Kamera zeigte sie nie in Nahaufnahmen, und ihre Antworten wurden von den Fragestellern nicht gehört, weil unsichtbare Geheimdienstagenten über ein Mikrophon außerhalb des Kamerabereichs an ihrer Stelle Auskunft gaben.

Zu Beginn ihres elften Monats in Gefangenschaft begannen Jack und Oscar Fluchtpläne zu schmieden, die sie in die Tat umsetzen wollten, wenn sie das nächste Mal in jene der Propaganda dienende Modellstrafanstalt gebracht würden, deren Sicherheitsvorkehrungen bei weitem nicht so streng waren wie in ihrem höllischen — offiziell nicht existierenden — Gefängnis.

Von der fantastischen körperlichen Verfassung bei ihrer Gefangennahme war nicht viel übriggeblieben, und ihre einzigen Waffen waren Nadeln und Splitter aus Rattenknochen, die sie in mühsamer Arbeit geformt und geschärft hatten, indem sie sie an den Steinwänden der Zellen schliffen. Mit diesen armseligen — wenn auch messerscharfen — Waffen hofften Jack und Oscar, die mit Schußwaffen ausgerüsteten Wächter besiegen zu können.

Und überraschenderweise gelang ihnen das. Im Volkszentrum wurden sie der Obhut eines einzigen Wächters anvertraut, der sie zu den Duschräumen im ersten Stock begleitete. Der Wächter hatte seine Pistole im Halfter, weil er überzeugt davon war, daß Jack und Oscar schwach, entkräftet und unbewaffnet waren. Er wurde deshalb von ihrem plötzlichen brutalen Angriff völlig überrumpelt. Sie brachten ihn mit den Knochensplittern um, die sie in ihren Kleidern versteckt hatten. Mit durchbohrter Kehle und ausgestochenem rechtem Auge brach er lautlos zusammen.

Oscar und Jack konfiszierten rasch seine Pistole und Munition und schlichen sodann tollkühn die Korridore entlang, mit dem Risiko, entdeckt und gefaßt zu werden. Es gelang ihnen jedoch in diesem nur schlecht bewachten ›Umerziehungszentrum‹, über eine Treppe ins schwach beleuchtete Kellergeschoß zu gelangen, wo sie eine Reihe muffiger Lagerräume durchquerten, bis sie am Ende des Gebäudes über die Laderampen ins Freie gelangen konnten.

Sieben oder acht große Kisten waren gerade von einem Lastwagen abgeladen worden, der vor einer der beiden Rampen stand, und der Fahrer war in einen heftigen Streit mit einem anderen Mann verwickelt. Sonst war kein Mensch zu sehen. Als die beiden Kontrahenten schließlich wutschäumend auf ein verglastes Büro zustürmten, liefen Jack und Oscar lautlos zu den abgeladenen Kisten und sprangen hinten in den Lastwagen, wo sie sich hinter noch nicht abgeladenen Waren versteckten. Kurz darauf kehrte der Fahrer fluchend zurück, schmetterte die Frachttür des LKWs zu und fuhr davon, noch bevor im Gefängnis Alarm ausgelöst wurde.

Zehn Minuten später hielt der LKW zahlreiche Blocks vom Volkszentrum entfernt an. Der Fahrer öffnete die Frachttür und holte ein einzelnes Paket heraus, ohne Jack und Oscar zu entdecken, die nur wenige Zentimeter entfernt hinter aufeinandergestapelten Schachteln kauerten. Sobald er im Gebäude verschwunden war, suchten die beiden Freunde das Weite.

Sie gerieten rasch in ein Armenviertel mit schmutzigen Straßen und elenden Hütten, deren Bewohner am Rande des Existenzminimums dahinvegetierten und für die neuen Tyrannen nicht viel mehr übrig hatten als für die alten und die deshalb bereit waren, zwei geflohene Yankees zu verstecken. Nach Einbruch der Dunkelheit machten sich Jack und Oscar — mit den wenigen Lebensmitteln versehen, die die Slumbewohner entbehren konnten — auf den Weg in die Außenbezirke der Hauptstadt. Als sie schließlich offenes Land erreichten, brachen sie in die Scheune eines Bauernhofes ein und stahlen eine scharfe Sichel, verschrumpelte Äpfel, eine Schmiedeschürze aus Leder und einige grobe Leinwandsäcke, aus denen sie behelfsmäßiges Schuhwerk fabrizieren konnten, sobald die Sohlen ihrer schäbigen Gefängnisschuhe durchgelaufen sein würden. Ihre wichtigste Beute war jedoch ein Pferd, auf dessen Rücken sie noch vor Morgengrauen den Rand des Dschungels erreichten, wo sie das Tier laufen ließen, weil sie im dichten Urwald nur zu Fuß weiterkommen konnten.

Schwach, wie sie waren, ohne ausreichende Nahrungsmittelreserven, mit der Sichel und der Pistole des Wächters als einzigen Waffen, schlugen sie sich in den tropischen Wäldern in nördlicher Richtung durch, auf die 130 Kilometer entfernte Grenze zu, wobei sie sich nur an der Sonne und den Sternen orientieren konnten, weil sie keinen Kompaß besaßen. Bei diesem höllischen Marsch war der Gedanke an Jenny für Jack eine wichtige Motivation durchzuhalten. Er träumte von ihr, er sehnte sich nach ihr, und als Oscar und er nach sieben Tagen endlich die Grenze überschritten hatten, wußte Jack, daß er sämtliche Strapazen nicht nur dank seinem Ranger-Training, sondern auch dank Jenny überlebt hatte.

Damals glaubte er, das Schlimmste läge nun hinter ihm. Er irrte sich gewaltig.

Während er nun am Bett seiner Frau saß und der Weihnachtsmusik vom Band lauschte, wurde Jack Twist von Schmerz überwältigt. Weihnachten war eine schlimme Zeit, weil er sich dann unwillkürlich immer daran erinnerte, wie seine Träume von Jenny ihm über das im Gefängnis zugebrachte Weihnachtsfest hinweggeholfen hatten — als sie in Wirklichkeit schon für ihn verloren gewesen war, als sie schon im Koma gelegen hatte.

Fröhliche Feiertage!

Chicago, Illinois

Als Vater Stefan Wycazik durch die Korridore der verschiedenen Abteilungen des ›St. Joseph's Hospital‹ eilte, wurde seine ohnehin schon gehobene Stimmung noch beschwingter.

Überall wimmelte es von Besuchern, und aus den Lautsprechern erklang Weihnachtsmusik. Mütter, Väter, Brüder, Schwestern, Großeltern und andere Verwandte und Freunde der jungen Patienten waren mit Geschenken, Süßigkeiten und guten Wünschen ins Krankenhaus gekommen, und es wurde mehr gelacht als sonst in einem ganzen Monat. Sogar die meisten Schwerkranken hatten ihre Schmerzen für eine Weile vergessen, lächelten und unterhielten sich angeregt.

Nirgends herrschte jedoch eine so hoffnungsfrohe, heitere Atmosphäre wie bei jenen Menschen, die sich am Bett der zehnjährigen Emmeline Halbourg versammelt hatten. Als Vater Wycazik sich vorstellte, wurde er von Emmys Eltern, Großeltern, zwei Schwestern, einer Tante und einem Onkel herzlich begrüßt; alle glaubten, er wäre einer der Krankenhausgeistlichen.

Nach allem, was er am Vortag von Brendan Cronin erfahren hatte, rechnete Vater Wycazik damit, ein glückliches Mädchen auf dem Wege der Genesung vorzufinden; aber auf Emmys tatsächlichen Zustand war er doch nicht gefaßt gewesen. Noch vor zwei Wochen war sie — wie Brendan ihm erzählt hatte — verkrüppelt und dem Tode nahe gewesen. Nun aber leuchteten ihre dunklen Augen, und ihre Blässe hatte roten Wangen Platz gemacht. Ihre Finger- und Handgelenke waren nicht geschwollen, und sie schien überhaupt keine Schmerzen mehr zu haben. Sie sah nicht aus wie ein krankes Kind, das sich tapfer bemühte, wieder gesund zu werden — sie schien bereits geheilt zu *sein*.

Am meisten überraschte es Stefan, daß sie nicht im Bett lag, sondern sich mit Hilfe von Krücken zwischen ihren begeisterten und bewundernden Verwandten bewegte. Ihr Rollstuhl war verschwunden.

»Nun«, sagte Vater Wycazik nach kurzem Aufenthalt, »ich muß jetzt gehen, Emmy. Ich wollte dir eigentlich nur frohe Weihnachten von einem Freund wünschen. Von Brendan Cronin.«

»Pudge!« rief sie glücklich. »Er ist großartig, nicht wahr? Es war schrecklich, als er aufhörte, hier zu arbeiten. Wir vermissen ihn sehr.«

»Ich bin diesem Pudge nie begegnet«, warf Emmys Mutter ein, »aber nach allem, was die Kinder von ihm erzählten, muß er eine gute Medizin für sie gewesen sein.«

»Er hat nur eine Woche hier gearbeitet«, erzählte Emmy. »Aber er kommt immer wieder — wußten Sie das? Er besucht uns alle paar Tage. Ich habe gehofft, daß er heute kommt, damit ich ihm einen dicken Weihnachtskuß geben kann.«

»Er wollte vorbeikommen, aber er verbringt Weihnachten bei seiner Familie.«

»Oh, wie schön! Dafür ist Weihnachten doch da — nicht wahr, Vater? Damit man mit seiner Familie zusammen ist, Spaß hat und einander liebt.«

»Ja, Emmy.« Stefan Wycazik dachte bei sich, daß kein Theologe oder Philosoph es besser hätte ausdrücken können. »Dafür ist Weihnachten da.«

Wenn Stefan mit Emmy allein gewesen wäre, hätte er sie nach dem Nachmittag des 11. Dezember gefragt. Das war der Tag, an dem Brendan ihr Haar gebürstet hatte, während sie im Rollstuhl aus dem Fenster blickte. Stefan hätte gern etwas über die Ringe auf Brendans Händen erfahren, die an jenem Tag zum erstenmal aufgetaucht waren. Dem Mädchen waren sie ja sogar eher aufgefallen als Brendan selbst. Stefan hätte Emmy auch gern gefragt, ob sie etwas Ungewöhnliches gespürt hatte, als

Brendan sie berührte. Aber es waren zu viele Erwachsene anwesend, und sie würden ihm bestimmt peinliche Fragen stellen. Stefan war aber noch nicht soweit, die Gründe für seine Neugier enthüllen zu können.

Las Vegas, Nevada

Nach dem schwierigen Anfang verlief der Weihnachtsmorgen bei den Monatellas doch noch sehr harmonisch. Mary und Pete hörten auf, Jorja mit ihren gutgemeinten, aber lästigen Ratschlägen und Kritiken zu quälen. Sie entspannten sich und beteiligten sich an Marcies Spielen, und Jorja begriff wieder einmal, warum sie ihre Eltern so sehr liebte. Um zehn vor eins stand das Festessen auf dem Tisch, und es war köstlich. Inzwischen hatte Marcie ihr unnatürliches Interesse an den Arztinstrumenten etwas abreagieren können, und sie beeilte sich nicht mit dem Essen. Es war ein gemütliches Festmahl mit viel Geplauder und Gelächter, während im Hintergrund die Lichter am Weihnachtsbaum strahlten. Es waren glückliche Stunden, bis das Idyll beim Dessert plötzlich wie eine Seifenblase zerplatzte und die Situation immer mehr auf eine Katastrophe zusteuerte.

»Wo bringt ein so kleines Ding wie du nur solche Mengen Essen unter?« neckte Pete seine Enkelin. »Du hast mehr vertilgt als wir alle zusammen!«

»Ach, Opa!«

»Es stimmt aber! Du hast richtig geschaufelt. Noch ein Bissen von dieser Kürbistorte, und du wirst *platzen!*«

Marcie hob ihre volle Gabel, hielt sie hoch, damit alle das Tortenstück sehen konnten, und führte es theatralisch zum Mund.

»Nein, nicht!« rief Pete und hielt sich die Hände vors Gesicht, so als wollte er sich vor Marcies demnächst durch die Luft fliegenden Körperteilen schützen.

Marcie stopfte sich den Bissen in den Mund, kaute und schluckte. »Siehst du! Ich bin nicht geplatzt.«

»Beim nächsten Bissen wird es dir aber ganz bestimmt passieren«, prophezeite Pete. »Du wirst platzen ... oder wir werden dich jedenfalls schleunigst in die Klinik schaffen müssen.«

Marcie runzelte plötzlich die Stirn. »Keine Klinik!«

»O doch«, zog Pete sie weiter auf. »Du wirst ganz dick und

aufgequollen sein, fast am Platzen, und wir werden dich in die Klinik bringen müssen, damit man dich dort irgendwie entleert.«

»Keine Klinik!« wiederholte Marcie eigensinnig.

Jorja bemerkte, daß die Stimme ihrer Tochter sich verändert hatte, daß das Mädchen sich nicht mehr am Spiel des Großvaters beteiligte, sondern unerklärlicherweise richtige Angst hatte. Natürlich hatte Marcie keine Angst zu platzen, aber offensichtlich ließ allein schon der *Gedanke* ans Krankenhaus sie erbleichen.

»Keine Klinik!« rief sie mit gehetztem Blick.

»O doch«, beharrte Pete, dem ihr Stimmungsumschwung noch nicht aufgefallen war.

Jorja versuchte, ihn abzulenken. »Dad, ich glaube, wir ...«

Aber Pete ließ sich nicht unterbrechen. »Natürlich werden sie dich nicht im Krankenwagen mitnehmen können, weil du nicht hineinpassen wirst. Wir werden einen Lastwagen mieten müssen, um dich hinzubringen.«

Das Mädchen schüttelte heftig den Kopf. »Ich gehe nie, nie, nie in eine Klinik! Ich lasse mich von den Ärzten nicht anfassen.«

»Liebling«, versuchte Jorja sie zu beruhigen, »Opa will dich doch nur hänseln. Er meint es doch nicht ...«

Aber Marcie ließ sich nicht besänftigen. »Die Leute im Krankenhaus werden mir weh tun wie letztes Mal. Ich werde mir von ihnen nicht wieder weh tun lassen!«

Mary sah Jorja erstaunt an. »Wann war sie denn im Krankenhaus?«

»Nie«, erwiderte Jorja. »Ich weiß nicht, warum sie ...«

»Doch, ich war dort, ich war dort, ich war dort! Sie h-haben mich ans B-B-Bett gefesselt und ganz viel N-Nadeln in mich reingesteckt, und ich hab' solche Angst gehabt, und ich werde mich nie wieder von ihnen berühren lassen!«

Jorja dachte an die Szene, von der Kara Persaghian ihr am Vortag berichtet hatte. Sie ging rasch zu ihrer Tochter, um einen ähnlichen Auftritt zu verhindern. Sie legte dem Kind eine Hand auf die Schulter und sagte: »Liebling, du warst doch nie ...«

»Doch, ich *war*!« Die Angst des Mädchens steigerte sich zu einer wahren Panik. Es schleuderte seine Gabel von sich, und Pete mußte sich rasch ducken, um nicht getroffen zu werden.

»Marcie!« schrie Jorja.

Das Kind glitt vom Stuhl und wich mit bleichem Gesicht vom Tisch zurück. »Wenn ich groß bin, werde ich mein eigener Doktor sein, damit n-n-n-niemand N-Nadeln in mich r-reinstechen kann.« Es begann plötzlich jämmerlich zu stöhnen.

Jorja streckte eine Hand nach ihr aus. »Liebling, nicht!«

Marcie hob abwehrend ihre Hände, so als wollte sie einen Angriff abwehren, obwohl es nicht ihre Mutter war, vor der sie Angst hatte. Sie sah durch Jorja *hindurch*, sah irgendeine nur in ihrer Fantasie existierende Bedrohung, die sie in wilden Schrecken versetzte. Sie war jetzt nicht nur bleich, sondern leichenfahl im Gesicht.

»Marcie, was ist los?«

Das Mädchen taumelte rückwärts in eine Ecke. Es zitterte wie Espenlaub.

Jorja griff nach den abwehrend erhobenen Händen ihrer Tochter. »Marcie, sprich mit mir.« Aber in diesem Augenblick begann es nach Urin zu stinken, und sie sah, wie die Flüssigkeit an Marcies Jeans hinablief. »Marcie!«

Das Mädchen versuchte zu schreien, brachte aber keinen Laut hervor.

»Was ist los?« fragte Mary. »Was fehlt ihr?«

»Ich weiß es nicht«, antwortete Jorja. »Gott steh mir bei, ich weiß es nicht.«

Die Augen immer noch starr auf jemanden oder etwas gerichtet, das nur sie allein sehen konnte, begann Marcie grauenhaft zu wimmern.

New York, New York

Immer noch erklang Weihnachtsmusik vom Band im Sanatoriumszimmer, immer noch lag Jenny Twist völlig unbeweglich und empfindungslos da, aber Jack war verstummt, erschöpft von seinem stundenlangen frustrierenden Monolog, bei dem er seiner Frau alles Wissenswerte der letzten Zeit erzählt hatte. Er saß schweigend da, und seine Gedanken schweiften unaufhaltsam zurück zu seiner Rückkehr aus Mittelamerika.

Gleich nach seiner Rückkehr in die Vereinigten Staaten hatte er erfahren, daß die Befreiung der Gefangenen aus dem ›Institut der Brüderschaft‹ von einflußreichen Kreisen als terroristischer Akt, als Massenentführung hingestellt worden war, als Provokation, die einen Krieg hatte auslösen sollen. Er und alle anderen an dieser Aktion beteiligten Rangers waren zu Kriminellen in Uniform erklärt worden, und aus irgendwelchen Gründen hatte die Verärgerung der Opposition besonders den in Gefangenschaft geratenen Männern gegolten.

In politischer Panik hatte der Kongreß sämtliche Geheimaktivitäten in Mittelamerika strikt untersagt, darunter auch einen Plan, die vier Rangers zu retten. Ihre Freilassung sollte ausschließlich auf diplomatischem Weg erreicht werden.

Deshalb hatten sie also vergeblich auf ihre Befreiung gewartet. Ihr Land hatte sie im Stich gelassen. Anfangs fiel es Jack sehr schwer, das zu glauben. Und als er sich dann mit dieser Realität abfinden mußte, versetzte ihm das den zweitschlimmsten Schock seines Lebens.

Er wurde in seinem Heimatland unablässig von Journalisten bedrängt, die ihm feindlich gesonnen waren, und er wurde bei Strafandrohung vorgeladen, um vor einem Kongreßkomitee über seine Beteiligung an der Befreiungsaktion für die Indianer auszusagen. Er rechnete damals noch damit, daß man ihm die Chance geben würde, den wahren Sachverhalt darzustellen, aber er mußte rasch feststellen, daß man an seinem Standpunkt nicht interessiert war, daß das ganze — vom Fernsehen übertragene — Hearing für die Politiker nur eine günstige Plattform war, um in der berüchtigten Tradition von Joe McCarthy propagandistische Reden zu schwingen.

Nach einigen Monaten geriet die Sache in Vergessenheit, und als er nicht mehr so ausgemergelt aussah wie bei seiner Heimkehr, erkannten die Leute den angeblichen Kriegsverbrecher, den sie im Fernsehen vorgeführt bekommen hatten, nicht mehr wieder. Aber das schmerzliche Gefühl, betrogen und verraten worden zu sein, brannte weiter in ihm.

Die Erfahrung, von seinem Land im Stich gelassen worden zu sein, war — wie gesagt — der zweitschlimmste Schock seines Lebens. Den allerschlimmsten Schock versetzte ihm jedoch das, was mit Jenny geschehen war, während er in jenem mittelamerikanischen Gefängnis gesessen hatte. Ein Verbrecher hatte ihr, als sie von der Arbeit nach Hause kam, im Hausflur aufgelauert, sie mit vorgehaltener Waffe in ihre Wohnung gestoßen, vergewaltigt, mit der Pistole brutal zusammengeschlagen und sich in dem Glauben, sie sei tot, aus dem Staub gemacht.

Als Jack nach Hause kam, lag Jenny im Koma in einer staatlichen Anstalt, wo die Pflege geradezu katastrophal war.

Norman Hazzurt, der Mann, der Jenny auf dem Gewissen hatte, war mit Hilfe von Zeugenaussagen und Fingerabdrücken gefaßt worden, aber ein gerissener Anwalt hatte einen Prozeßaufschub erwirken können. Jack stellte auf eigene Faust Nachforschungen an, um sich zu vergewissern, daß Hazzurt — auf dessen Konto mehrere brutale sexuelle Überfälle gingen — wirklich der Schuldige war. Er gelangte zu der Überzeugung, daß der Mann dank seinem raffinierten Anwalt mit einem Freispruch aus formaljuristischen Gründen rechnen konnte.

Während die Hetzkampagne von Presse und Politikern gegen ihn noch lief, schmiedete Jack Zukunftspläne. Zwei wichtige Aufgaben lagen vor ihm: Erstens würde er Norman Hazzurt auf eine Art und Weise liquidieren, daß auf ihn kein Verdacht fallen konnte; und zweitens würde er genügend Geld aufbringen, um Jenny in ein Privatsanatorium verlegen lassen zu können. Ihm war klar, daß er nur durch Diebstahl in kurzer Zeit an eine so hohe Summe herankommen konnte. Als Elite-Ranger kannte er sich mit den meisten Waffen, Sprengstoffen, Kriegslisten und Überlebenstaktiken hervorragend aus. Seine Gesellschaft hatte ihn im Stich gelassen, aber zuvor hatte sie ihn zumindest mit den Kenntnissen und Mitteln ausgestattet, die ihm eine Rache ermöglichten; und sie hatte ihn gelehrt, wie man Gesetze brechen konnte, ohne bestraft zu werden.

Norman Hazzurt starb ›durch Unfall‹ bei einer Gasexplosion zwei Monate nach Jacks Rückkehr in die Staaten. Und zwei Wochen später finanzierte er Jennys Überführung in ein Privatsanatorium mit der Beute aus einem mit militärischer Präzision durchgeführten raffinierten Bankraub.

Hazzurts Ermordung verschaffte Jack keine Befriedigung, sondern deprimierte ihn im Gegenteil. Im Krieg zu töten war eben doch etwas anderes, als im Privatleben zu morden. Es war ihm höchst zuwider, Menschen umzubringen, wenn es nicht dem reinen Selbstschutz diente.

Raub und Diebstahl waren hingegen eine sehr befriedigende Beschäftigung. Nach dem erfolgreichen Bankraub war er in Hochstimmung gewesen. Riskante Überfälle hatten für ihn eine therapeutische Wirkung. Verbrechen gaben seinem Leben einen neuen Sinn. Jedenfalls bis vor kurzem.

Während er an Jennys Bett saß, fragte sich Jack, was ihn wohl Tag für Tag am Leben halten würde, wenn nicht Diebstahl großen Stils. Das einzige, was er sonst noch hatte, war Jenny. Aber ihre bestmögliche Betreuung auf Lebenszeit war schon längst gesichert. Geld besaß er inzwischen in Hülle und Fülle. Sein einziger Lebenssinn war also, mehrmals in der Woche hierher zu kommen, ihr regungsloses Gesicht zu betrachten, ihre Hand zu halten — und um ein Wunder zu beten.

Es war eine Ironie des Schicksals, daß ein Mann wie er — ein hartgesottener, selbstbewußter Individualist — seine einzige Hoffnung auf Mystizismus setzen konnte.

Plötzlich stieß Jenny einen leisen gurgelnden Laut aus. Sie holte zweimal tief Luft und seufzte rasselnd. Während Jack von seinem Stuhl aufsprang, hegte er absurderweise fast die Hoffnung, daß ihre Augen geöffnet sein würden, daß sie ihn zum erstenmal seit über acht Jahren erkennen würde — daß das Wunder geschehen war, während er gerade davon geträumt hatte. Aber ihre Augen waren geschlossen, und ihr Gesicht war schlaff. Er legte seine Hand auf ihre Stirn, auf ihren Hals, tastete nach einem Pulsschlag. Es war kein Wunder eingetreten, ganz im Gegenteil: Jenny Twist war gestorben.

Chicago, Illinois

An Weihnachten hatten nur wenige Ärzte in der Kinderklinik Dienst, aber ein Assistenzarzt namens Jarvil und ein Internist namens Klinet waren gern bereit, mit Vater Wycazik über Emmeline Halbourgs erstaunliche Genesung zu sprechen.

Klinet, ein kräftiger junger Mann mit drahtigen Haaren, führte Stefan in ein Sprechzimmer, wo er zur Auffrischung seines Gedächtnisses Emmys Akte durchblätterte und sich ihre Röntgenbilder ansah. »Vor fünf Wochen wurde bei ihr eine Therapie mit Namiloxiprin begonnen — einem ganz neuen Medikament, das erst vor kurzem von der FDA zugelassen wurde.«

Dr. Jarvil, der Assistenzarzt, war ein stiller, zurückhaltender Mensch, aber über Emmelines dramatische Wendung zum Besseren war auch er sichtlich freudig erregt.

»Namiloxiprin hat auf Knochenkrankheiten von Emmys Art verschiedene Auswirkungen«, erklärte er. »In vielen Fällen stoppt es die Zerstörung der Knochenhaut, fördert das Wachstum gesunder Knochenzellen und führt eine Akkumulation von interzellularem Kalzium herbei. Und wenn — wie bei Emmy — das Knochenmark am stärksten von der Krankheit betroffen ist, erzeugt Namiloxiprin in der Markhöhle und in den Haversschen Kanälen ungewöhnliche chemische Bedingungen, die für Mikroorganismen außerordentlich schädlich sind, aber das Wachstum von Markzellen, die Produktion von Blutzellen und die Bildung von Hämoglobin positiv beeinflussen.«

»Aber es wirkt normalerweise nicht *derart* schnell«, warf Klinet ein.

»Ja, und außerdem ist es im Prinzip ein Mittel«, fuhr Jarvil fort, »das zwar dem Fortschreiten der Krankheit Einhalt gebieten und eine weitere Knochenzerstörung verhindern kann, aber keine Regeneration bewirkt. Gewiß, es kann einen gewissen sehr beschränkten Wiederaufbau fördern, aber nicht die Art von Regeneration, wie wir sie bei Emmy sehen.«

»*Rasche* Regeneration«, sagte Klinet und schlug sich mit der Hand an die Stirn, so als wollte er seinem widerspenstigen Gehirn diese erstaunliche Tatsache einhämmern.

Sie zeigten Stefan eine Reihe von Röntgenbildern, die im Verlauf der letzten sechs Wochen aufgenommen worden waren und die Veränderungen in Emmys Knochen und Gelenken sichtbar machten.

»Drei Wochen lang bekam sie Namiloxiprin ohne jede erkennbare Wirkung. Und plötzlich, vor zwei Wochen, trat nicht nur eine Remission ein, sondern ihr Körper begann auch mit dem Wiederaufbau beschädigter Gewebe.«

Der Zeitpunkt dieser schlagartigen Besserung fiel genau mit dem ersten Auftreten von Brendans sonderbaren Ringen an den Händen zusammen. Aber Stefan erwähnte nichts von diesem Phänomen.

Jarvil legte weitere Röntgenbilder und Untersuchungsergebnisse vor, die bemerkenswerte positive Entwicklungen in den Haversschen Kanälen zeigten, in jenem kunstvollen System, das Blutgefäße und marklose Nerven enthält. Viele dieser Kanälchen waren mit einer Substanz verstopft gewesen, welche die Blutgefäße abpreßte. In den vergangenen zwei Wochen war diese schädliche Substanz jedoch fast verschwunden, so daß die für eine Heilung und Regeneration erforderliche Zirkulation nun ungehindert möglich war.

»Kein Mensch hätte gedacht, daß Namiloxiprin die Kanäle derart säubern kann«, sagte Jarvil. »Es gab bisher keinerlei Anzeichen dafür. Eine minimale Entlastung der Kanäle — ja, aber nur aufgrund der Tatsache, daß man die Krankheit unter Kontrolle bekommt. Emmys Reaktion auf dieses Medikament übertrifft selbst die kühnsten Hoffnungen bei weitem. Es ist sensationell.«

»Wenn die Regeneration in diesem Tempo fortschreitet«, sagte Klinet, »könnte Emmy in drei Monaten ein normales, gesundes Mädchen sein. Wirklich phänomenal!«

»Stellen Sie sich das nur einmal vor — sie könnte völlig *gesund* sein!«

Sie lachten Vater Wycazik an, und er brachte es nicht übers Herz, auch nur anzudeuten, daß Emmelines Heilung weder auf ihre intensiven Bemühungen noch auf das Wundermedikament zurückzuführen sein könnte. Sie waren so euphorisch, daß Stefan nichts von der Möglichkeit erwähnte, daß Emmys Genesung durch eine Macht bewirkt wurde, die noch weitaus geheimnisvoller als die moderne Medizin war.

Milwaukee, Wisconsin

Das Weihnachtsfest mit Lucy, Frank und den Enkeln war für Ernie und Faye Block die reinste Medizin. Als sie gegen Ende des Nachmittags zu zweit einen Spaziergang machten, fühlten sie sich besser als seit Monaten.

Das Wetter war ideal zum Spazierengehen: kalt, aber windstill. Der letzte Schnee war vor vier Tagen gefallen, und die Gehwege waren geräumt. Als die Dämmerung nahte, schimmerte die Luft purpurfarben.

In dicke Mäntel und Schals gehüllt, schlenderten Faye und Ernie Arm in Arm dahin, unterhielten sich angeregt über die Ereignisse des Tages und erfreuten sich an den Weihnachtsdekorationen auf den Rasenflächen von Lucys und Franks Nachbarn. Faye hatte das Gefühl, als wären Ernie und sie erst kurze Zeit verheiratet, jung und noch voller Träume.

Seit sie vor nunmehr zehn Tagen, am 15. Dezember, in Milwaukee angekommen waren, hatte Faye guten Grund zu der Hoffnung, daß alles wieder gut werden würde. Ernie fühlte sich besser — sein Gang hatte neuen Elan bekommen, und er lächelte oft, nicht gezwungen wie in den vergangenen Monaten, sondern richtig frohgemut. Daß er sich hier in der Liebe seiner Tochter, seines Schwiegersohnes und seiner Enkel sonnen konnte, nahm ihm offensichtlich einen Teil der lähmenden Angst, die zum Zentrum seines Lebens geworden war.

Auch die therapeutischen Sitzungen bei Dr. Fontelaine — bisher sechs an der Zahl — waren überaus wirksam gewesen. Ernie fürchtete sich immer noch vor der Dunkelheit, aber doch bei weitem nicht mehr so schlimm wie zuletzt in Nevada. Nach Aussage des Arztes waren Phobien leicht zu behandeln, verglichen mit anderen psychischen Erkrankungen. Die Therapeuten hatten in den letzten Jahren entdeckt, daß in den meisten Fällen die Symptome nicht etwa Auswirkungen ungelöster Konflikte im Unterbewußtsein des Patienten waren, sondern die Krankheit praktisch nur aus diesen Symptomen bestand. Es wurde daher nicht mehr als notwendig — oder auch nur wünschenswert — erachtet, nach den psychischen Ursachen für die Angstzustände zu suchen, um sie behandeln zu können. Anstatt den Patienten einer monate- oder jahrelangen Therapie zu unterziehen, brachte man ihm Desensibilisierungstechniken bei, mit deren Hilfe er die Symptome in wenigen Monaten oder sogar Wochen völlig beseitigen konnte.

Etwa ein Drittel aller Phobien konnte mit dieser Methode allerdings nicht geheilt werden; in solchen Fällen war eine Langzeitbehandlung erforderlich, oft auch starke Beruhigungsmittel wie etwa Alprazolam. Aber Ernies Zustand hatte sich so rasch gebessert, daß sogar Dr. Fontelaine — schon von Natur aus ein Optimist — erstaunt darüber war.

Faye hatte in den letzten zehn Tagen viel über Phobien gelesen und dabei festgestellt, daß sie Ernie helfen konnte, indem sie ihm von merkwürdigen und oft unfreiwillig komischen Fällen erzählte, wodurch er seinen eigenen Zustand aus einer weniger erschreckenden Perspektive sehen konnte. Die Tatsache, daß es Pteronophobien gab — Menschen, die in ständiger unvernünftiger Angst vor Federn lebten —, ließ seine Angst vor der Dunkelheit nicht nur erträglich, sondern fast normal und logisch erscheinen. Menschen mit Ichthyophobien hatten Angst vor der Möglichkeit, einem Fisch zu begegnen, Menschen mit Pediophobien rannten beim Anblick einer Puppe schreiend davon. Und Ernies Nyctophobie war sicherlich einer Coitophobie (der Furcht vor Geschlechtsverkehr) vorzuziehen und bei weitem nicht so schädlich wie Autophobie (die Angst vor sich selbst).

Während sie nun in der Dämmerung spazierengingen, versuchte Faye, Ernie von der hereinbrechenden Dunkelheit abzulenken, indem sie ihm von dem Schriftsteller John Cheever erzählte, der einmal den National Book Award erhalten hatte. Cheever hatte unter Gephyrophobie gelitten — der lähmenden Angst, hohe Brücken zu überqueren.

Ernie hörte fasziniert zu, war sich des Einbruchs der Dunkelheit aber dennoch deutlich bewußt. Als die Schatten im Schnee länger wurden, umklammerte er Fayes Arm immer fester, so daß es schmerzhaft gewesen wäre, wenn sie nicht einen schweren Mantel und darunter einen dicken Pullover getragen hätte.

Sie hatten sieben Blocks passiert und waren viel zu weit vom Haus entfernt, um es noch erreichen zu können, bevor es vollständig dunkel wurde. Zwei Drittel des Himmels waren schon schwarz, und das restliche Drittel war von einem dunklen Purpurrot.

Die Straßenbeleuchtung wurde eingeschaltet. Faye blieb mit Ernie unter einem dieser Lichtkegel stehen, um ihm noch einen kurzen Aufschub zu gewähren. Seine Augen hatten einen gehetzten Ausdruck, und seine raschen, heftigen Atemzüge verrieten Anfänge einer Panik.

»Denk daran, deine Atmung zu kontrollieren«, ermahnte ihn Faye.

Er nickte und begann sogleich, langsamer und tiefer Luft zu holen.

Als auch der letzte Lichtstreifen am Himmel verschwunden war, fragte sie: »Bist du jetzt bereit zurückzugehen?«

»Ja«, murmelte er tonlos.

Sie traten aus der Lichtinsel der Straßenlampe in die Dunkelheit hinaus, und Ernie stöhnte unwillkürlich mit zusammengebissenen Zähnen auf.

Was sie soeben zum drittenmal ausführten, war eine dramatische Therapietechnik, bei welcher der Patient dazu angehalten wird, sich dem zu stellen, wovor er sich fürchtet, und das so lange durchzuhalten, bis es keine Macht mehr über ihn hat. Diese Therapie basiert auf der Tatsache, daß Anfälle von Panik nur in begrenzter Zahl möglich sind. Der menschliche Körper kann ein hohes Maß an Panik nicht endlos ertragen, kann nicht endlos Adrenalin produzieren, und deshalb muß der Geist sich dieser physischen Unmöglichkeit irgendwie anpassen und mit dem, wovor er sich fürchtet, Frieden — oder zumindest einen Waffenstillstand — schließen. Unmodifiziert angewandt, kann diese Technik allerdings eine grausame, barbarische Bekämpfungsart der Phobie sein und den Patienten dem Risiko eines völligen Zusammenbruchs aussetzen. Dr. Fontelaine bevorzugte deshalb eine etwas abgewandelte Version, die drei Stadien der Konfrontation mit der Angst unterschied.

In Ernies Fall bestand das erste Stadium darin, sich eine Viertelstunde lang der Dunkelheit auszusetzen, aber mit Faye an seiner Seite und mit leicht erreichbaren Lichtzonen. Jedesmal, wenn sie den beleuchteten Gehweg unter einer Straßenlampe erreichten, blieben sie kurz stehen, damit er seinen ganzen Mut wieder zusammennehmen konnte, bevor sie von neuem in die Dunkelheit eintraten.

Das zweite Stadium, das sie in ein-, zwei Wochen ausprobieren würden, nach weiteren Sitzungen beim Arzt, würde die Fahrt an einen Ort sein, wo es keine Straßenbeleuchtung gab, keine leicht erreichbaren Lichtzonen. Dort würden sie Arm in Arm durch völlige Finsternis gehen, bis Ernie es nicht mehr aushalten konnte. Dann sollte Faye eine Taschenlampe anknipsen und ihm eine Erholungspause gönnen.

Im dritten Stadium der Behandlung würde Ernie dann allein eine dunkle Strecke zurücklegen müssen, und nach einigen einsamen Wanderungen dieser Art würde er mit größter Wahrscheinlichkeit geheilt sein.

Aber noch war er nicht geheilt, und als sie sechs der sieben Blocks hinter sich gebracht hatten, atmete Ernie wie ein galoppierendes Rennpferd und stürzte wie gehetzt auf das helle Haus seiner Tochter zu. Aber sechs Blocks waren kein schlechtes Ergebnis. Besser als bei den vorigen Malen. Bei diesem Tempo würde er rasch geheilt sein.

Als Faye ihrem Mann ins Haus folgte, wo Lucy ihm schon den Mantel abnahm, versuchte sie, sich über die bereits erreichten Fortschritte zu freuen. Wenn Ernie so weitermachte, würde er auch das dritte und letzte Stadium bereits Wochen vor dem von Dr. Fontelaine prognostizierten Zeitpunkt erreichen. Und gerade das beunruhigte Faye. Die rasche Besserung seines Zustandes war erstaunlich — viel zu erstaunlich, um real sein zu können, so schien es Faye. Sie wollte glauben, daß dieser Alptraum bald hinter ihnen liegen würde, aber das Tempo seiner Fortschritte ließ sie daran zweifeln, daß der Erfolg von Dauer sein würde. Obwohl sie sich wie immer um eine positive Denkweise bemühte, wurde Faye Block das instinktive entnervende Gefühl nicht los, daß etwas nicht in Ordnung war. Absolut nicht in Ordnung.

Boston, Massachusetts

Mit seinem exotischen Hintergrund als Picassos Patensohn und als ehemals berühmter europäischer Bühnenkünstler war Pablo Jackson in Bostoner Gesellschaftskreisen selbstverständlich ein Star. Zudem war er im Zweiten Weltkrieg ein Verbindungsmann zwischen dem britischen Geheimdienst und den französischen Widerstandskämpfern gewesen, und seine Arbeit als Hypnotiseur für polizeiliche Zwecke hatte seinen mystischen Nimbus noch verstärkt. Deshalb mangelte es ihm nie an Einladungen.

Am Abend des ersten Weihnachtstages besuchte Pablo eine vornehme Dinnerparty für 22 Gäste im Hause von Mr. und Mrs. Ira Hergensheimer in Brookline. Es war ein herrliches Gebäude im Kolonialstil, genauso elegant und einladend wie die Hergensheimers selbst, die ihr Vermögen in den fünfziger Jahren mit Immobilien erworben hatten. Ein Barkeeper versorgte die Gäste in der Bibliothek mit Drinks, weißbefrackte Ober servierten im riesigen Salon Champagner und Kanapés, und im Foyer sorgte ein Streichquartett für dezente musikalische Untermalung.

Der Gast, der für Pablo am interessantesten war, hieß Alexander Christophson, ehemaliger Botschafter am britischen Königshof, für eine Amtsperiode Senator von Massachusetts, später Direktor des CIA, nun seit acht Jahren im Ruhestand. Pablo kannte ihn schon ein halbes Jahrhundert. Mit sechsundsiebzig war Christophson der zweitälteste Anwesende, aber das Alter war mit ihm fast ebenso freundlich umgegangen wie mit Pablo. Er war groß, schlank, distinguiert und hatte erstaunlich wenig Falten in seinem rassigen Gesicht. Sein Verstand war so scharf wie eh und je. Seinen langen Lebensweg konnte man nur aus einer leichten Form der Parkinsonschen Krankheit erahnen, die seine rechte Hand fortwährend zittern ließ, obwohl er regelmäßig Medikamente einnahm.

Eine halbe Stunde vor dem Abendessen zog sich Pablo mit Alex für eine private Unterhaltung in Ira Hergensheimers eichengetäfeltes Arbeitszimmer neben der Bibliothek zurück. Der alte Hypnotiseur schloß die Tür, und sie nahmen mit ihren Champagnergläsern in der Hand auf zwei ledernen Ohrensesseln am Fenster Platz.

»Alex, ich brauche deinen Rat.«

»Nun, wie du ja bestimmt aus eigener Erfahrung weißt«, erwiderte Alex, »geben Männer unseres Alters nur allzu gern Ratschläge. Das entschädigt uns dafür, daß wir selbst nichts mehr anstellen können. Aber ich kann mir nicht vorstellen, daß ich dir zu irgendeinem Problem einen Rat geben könnte, der dir nicht schon selbst eingefallen ist.«

»Gestern hat mich eine junge Frau besucht«, erzählte Pablo. »Es ist eine ungewöhnlich hübsche, charmante und intelligente Frau, die gewohnt ist, ihre Probleme selbst zu bewältigen, aber nun braucht sie verzweifelt Hilfe.«

Alex hob die Brauen. »Mit deinen 81 Jahren bekommst du immer noch Besuch von hilfesuchenden, schönen jungen Frauen? Ich bin beeindruckt, Pablo ... und neidisch!«

»Das hat nichts mit Verliebtheit zu tun, du alter Lustmolch! Es geht nicht um Leidenschaft!« Ohne Gingers Namen oder Beruf zu verraten, berichtete Pablo seinem Freund von ihrem Problem — den unerklärlichen Fugues — und von seiner Hypnose, die mit Gingers erschreckendem Rückzug in einen komaähnlichen Zustand geendet hatte. »Sie war offenbar wirklich dabei, sich in tiefe Bewußtlosigkeit zu flüchten, vielleicht sogar in den Tod, nur um meinen Fragen zu entgehen. Daraufhin habe ich mich natürlich geweigert, sie wieder in Trance zu versetzen und einen weiteren gravierenden Zwischenfall zu riskieren. Aber ich habe ihr versprochen nachzuforschen, ob in der Fachliteratur irgendwo von einem ähnlichen Phänomen die Rede ist. Den ganzen gestrigen Abend und heutigen Vormittag habe ich damit zugebracht, Bücher zu wälzen und nach Erwähnungen von Erinnerungsblockierungen zu suchen, die zur Selbstvernichtung führen können. Schließlich stieß ich auf etwas Ähnliches ... in einem deiner Bücher. Ein großer Unterschied besteht natürlich — du hast über einen durch *fremde* Einwirkung herbeigeführten psychischen Zustand infolge von Gehirnwäsche berichtet, während diese Frau ihre Blockierung selbst geschaffen hat; aber trotzdem ist die Ähnlichkeit unverkennbar.«

Auf der Grundlage seiner Erfahrungen bei den Geheimdiensten, sowohl im Zweiten Weltkrieg als auch in den Jahren des Kalten Krieges, hatte Alex Christophson zahlreiche Bücher geschrieben, darunter auch zwei zum Thema Gehirnwäsche. In einem davon hatte er eine Technik beschrieben, die er ›Asrael-Blockierung‹ nannte (nach einem der Todesengel) und die auffallende Ähnlichkeit mit der Barriere aufwies, die Ginger Weiss um irgendein traumatisches Erlebnis ihrer Vergangenheit errichtet hatte.

Die Musik aus dem Foyer war durch die geschlossene Tür nur sehr gedämpft zu hören, als Pablo seinen Bericht beendet hatte. Alex stellte sein Champagnerglas ab, weil seine Hände plötzlich heftig zitterten. Nach kurzem Schweigen sagte er: »Du bist vermutlich nicht bereit, diese Sache fallenzulassen und zu vergessen? Das wäre nämlich das Vernünftigste, was du tun kannst.«

»Nun«, erwiderte Pablo, erstaunt über den düsteren Unterton in der Stimme seines Freundes, »ich habe ihr versprochen, daß ich versuchen würde, ihr zu helfen.«

»Ich bin nun schon seit acht Jahren im Ruhestand, und mein Instinkt ist nicht mehr das, was er früher einmal war, aber ich habe ein sehr schlechtes Gefühl bei dieser Sache. Kümmere dich nicht mehr darum. Versuch nicht, ihr zu helfen. Erteile ihr eine strikte Absage.«

»Aber, Alex, ich habe es ihr doch versprochen!«

»Ich befürchtete, daß du diesen Standpunkt einnehmen würdest.« Alex faltete seine zitternden Hände. »Also gut. Die Asrael-Blockierung ... Westliche Geheimdienste wenden diese Technik nicht sehr oft an, aber die Sowjets messen ihr unschätzbare Bedeutung zu. Stellen wir uns also einmal einen erstrangigen russischen Agenten vor, der seit dreißig Jahren für das KGB arbeitet. Nennen wir ihn einfachheitshalber Iwan. Dieser Iwan hat naturgemäß in seinem Gedächtnis eine Unmenge geheimer Informationen gespeichert, und es hätte katastrophale Folgen für das sowjetische Spionagenetz, wenn diese Informationen dem Westen in die Hände fielen. Iwans Vorgesetzte sind deshalb ständig in Sorge, daß er bei einem Auftrag im Ausland identifiziert und verhört werden könnte.«

»Und soviel ich weiß, kann heutzutage kein Mensch den modernen Verhörmethoden mit ihrem Einsatz von Drogen und verschiedensten hypnotischen Techniken auf Dauer widerstehen.«

»So ist es. Iwan wird — so stark und hartgesotten er auch sein mag — alles verraten, was er weiß, ohne physisch gefoltert zu werden. Aus diesem Grunde würden seine Vorgesetzten im Prinzip lieber jüngere Agenten losschicken, die im Falle einer Gefangennahme nicht so viele brisante Fakten preisgeben könnten. Gleichzeitig ist jedoch in vielen Situationen ein erfahrener Mann wie Iwan erforderlich, und deshalb bleibt seinen Vorgesetzten nichts anderes übrig, als mit dem ständigen Alptraum zu leben, daß Iwan in die Hände des Feindes fallen könnte.«

»Sozusagen ein unvermeidliches Erfolgsrisiko.«

»Genau. Stellen wir uns nun einmal vor, daß Iwan zwei oder drei Dinge weiß, die *besonders* heikel sind, so explosiv, daß ihre Enthüllung sein Land vernichten könnte. Diese speziellen Erinnerungen — weniger als ein Prozent seines Gesamtwissens über die Operationen des KGB — könnten aus seinem Hirn gelöscht werden, ohne daß seine weitere Spionagetätigkeit darunter leiden würde. Wir sprechen hier von der Auslöschung eines winzigen Teils seiner Erinnerungen. Wenn er nun dem Feind in die Hände fällt, kann er beim Verhör immer noch sehr viele wichtige Informationen preisgeben — aber zumindest nicht jene wenigen Fakten von überragender Bedeutung.«

»Und hier kommt dann die Asrael-Blockierung zur Anwendung, nehme ich an«, sagte Pablo. »Iwans eigene Leute wenden Drogen und Hypnose an, um gewisse Teile seiner Vergangenheit sozusagen vor ihm selbst zu versiegeln, bevor sie ihn mit dem nächsten Auftrag ins Ausland schicken.«

Alex nickte. »Nehmen wir beispielsweise einmal an, daß Iwan einer der Agenten war, die in den Mordversuch an Papst Johannes Paul II. verwickelt waren. Mit einer Erinnerungsblockierung könnte sein Wissen über diesen Fall in sein Unterbewußtsein eingeschlossen und dem Zugriff potentieller Verhörspezialisten entzogen werden, ohne seine Leistungsfähigkeit bei neuen Aufträgen zu beeinträchtigen. Aber nicht jede x-beliebige Blockierung erfüllt diesen Zweck. Wenn die Feinde bei Iwans Verhör eine Standard-Blockierung entdecken, werden sie mit allen Methoden versuchen, diese Blockierung aufzubrechen, weil sie wissen werden, daß dahinter Informationen von unschätzbarem Wert verborgen sind. Die Barriere muß also völlig unüberwindbar sein. Die Asrael-Blockierung erfüllt diese Anforderungen. Der Agent wird so programmiert, daß er sich bei Fragen nach jenen bestimmten hochbrisanten Themen in ein tiefes Koma zurückzieht, wo er die Stimme des Fragers nicht mehr hören kann — oder sogar in den Tod. Eigentlich wäre die Bezeichnung ›Asrael-Drücker‹ noch passender, denn wenn der Frager zu den versiegelten Erinnerungen vorzustoßen versucht, drückt er sozusagen auf den Abzug und schießt Iwan in ein Koma; und wenn er weiterhin diesen Drücker betätigt, kann er Iwan dadurch schließlich töten.«

»Aber ist nicht der Überlebensinstinkt stark genug, um die Blockierung zu überwinden?« fragte Pablo fasziniert. »Wenn es so weit kommt, daß Iwan sich entweder erinnern und preisgeben muß, was er vergessen hat, oder aber sterben muß ... dann wird er die unterdrückte Erinnerung doch bestimmt durchbrechen.«

»Nein.« Sogar im warmen Licht der Stehlampe neben seinem Stuhl wirkte Alex' Gesicht völlig fahl. »Nicht mit den uns heutzutage zur Verfügung stehenden Drogen und Hypnosetechniken. Die Gehirnbeeinflussung ist eine erschreckend fortgeschrittene Wissenschaft. Der Überlebensinstinkt ist der stärkste, den wir besitzen, aber sogar er kann ausgeschaltet werden. Iwan kann zur Selbstvernichtung programmiert werden!«

Pablo stellte fest, daß sein Champagnerglas leer war. »Meine junge Freundin scheint eine Art eigene Asrael-Blockierung erfunden zu haben, um irgendein außerordentlich traumatisches Ereignis ihrer Vergangenheit vor sich selbst verbergen zu können.«

»Nein«, widersprach Alex, »sie hat die Blockierung nicht selbst errichtet.«

»Es muß aber so sein. Sie ist in einem schlimmen Zustand, Alex. Sie ... sie gleitet einfach davon, wenn ich versuche, sie zu befragen. Und da du ja auf diesem Gebiet ein Experte bist, dachte ich, du könntest mir ein paar Tips geben, wie ich diese Schwierigkeit überwinden kann.«

»Du begreifst immer noch nicht, warum ich dir dringend geraten habe, die Finger von dieser Sache zu lassen«, sagte Alex. Er erhob sich, trat ans Fenster, schob seine zitternden Hände in die Taschen und starrte auf den schneebedeckten Rasen hinaus. »Eine sich selbst auferlegte Asrael-Blockierung? Eine so zerstörerische Selbst-Programmierung ist völlig ausgeschlossen. Der Mensch wird sich niemals aus eigenem Wollen dem Risiko des Todes aussetzen, nur um etwas vor sich selbst zu verbergen. Eine Asrael-Blockierung geht *immer* auf eine Beeinflussung durch äußere Kräfte zurück. Und wenn du auf eine solche Barriere gestoßen bist, so hat jemand sie in das Gehirn dieser Frau eingepflanzt.«

»Willst du damit sagen, daß man sie einer Gehirnwäsche unterzogen hat? Das ist doch lächerlich. Sie ist keine Spionin.«

»Das glaube ich dir gern.«

»Sie ist auch keine Russin. Weshalb hätte man sie einer Gehirnwäsche unterziehen sollen? Ganz normalen Bürgern passiert so etwas doch nicht.«

Alex drehte sich um und blickte Pablo ernst an. »Es ist nur eine Vermutung meinerseits ... aber vielleicht hat sie zufällig etwas gesehen, was sie nicht sehen sollte. Etwas außerordentlich Wichtiges, das absolute Geheimhaltung erfordert. Deshalb wurde sie einer Gehirnwäsche unterzogen, um sicherzustellen, daß sie niemals jemandem etwas davon verraten kann.«

Pablo starrte ihn fassungslos an. »Aber was könnte sie denn gesehen haben, daß man solche radikalen Methoden für notwendig hielt?«

Alex zuckte die Achseln.

»Und *wer* könnte ihren Geist auf diese Weise beeinflußt haben?«

»Die Russen, der CIA, der israelische Mossad, der britische MI6 — jede Organisation, die weiß, wie man diese Techniken anwenden muß.«

»Ich glaube nicht, daß sie jemals die USA verlassen hat. Also der CIA.«

»Nicht unbedingt. All die anderen Geheimdienste operieren hier ebenfalls für ihre eigenen Zwecke. Außerdem sind Spionageorganisationen nicht die einzigen Gruppen, die mit Techniken zur Erinnerungskontrolle vertraut sind. Auch einige abstruse religiöse Sekten kennen sich damit aus ... und fanatische politische Randgruppen ... und auch noch andere. Kenntnisse verbreiten sich schnell, und Kenntnisse übler Art sogar noch schneller. Wenn irgendwelche Leute dieser Art wünschen, daß sie etwas für alle Zeit vergißt, so willst du ihr doch bestimmt nicht helfen, sich zu erinnern. Das wäre nicht ratsam — weder für sie noch für dich, Pablo.«

»Ich kann einfach nicht glauben ...«

»Du mußt es mir glauben«, sagte Alex sehr ernst.

»Aber diese Fugues, diese plötzliche Panik beim Anblick von schwarzen Handschuhen oder Motorradhelmen ... das deutet doch darauf hin, daß in ihrer Gedächtnisbarriere Risse entstehen. Und ich kann mir beim besten Willen nicht vorstellen, daß die von dir erwähnten Leute halbe Arbeit leisten würden, oder? Wenn sie ihr so eine Blockierung eingepflanzt hätten, wäre sie doch bestimmt perfekt.«

Alex setzte sich wieder, beugte sich vor und blickte Pablo fest in die Augen, um ihm den Ernst der Situation begreiflich zu machen. »Das beunruhigt mich am allermeisten, alter Freund. Eine solche Geistesbarriere dürfte normalerweise nie abbröckeln. Und die Leute, die diese Techniken beherrschen, sind absolute Experten, die mit Sicherheit keine Pfuscharbeit leisten würden. Die Probleme deiner jungen Freundin können folglich nur *eines* bedeuten.«

»Ja?«

»Die eingeschlossenen Erinnerungen, die hinter der Asrael-Blockierung verborgenen Geheimnisse sind offensichtlich so explosiv, so erschreckend, so traumatisch, daß nicht einmal eine von Experten errichtete Barriere sie völlig auslöschen kann. In dieser Frau ist eine Erinnerung von ungeheurer Macht eingekerkert, und diese Erinnerung versucht aus dem Gefängnis ihres Unterbewußtseins in ihr Bewußtsein durchzubrechen. Diese Gegenstände, die ihre Blackouts auslösen — die Handschuhe, der Abfluß — sind höchstwahrscheinlich Elemente jener durch äußeren Zwang unterdrückten Erinnerungen. Wenn sie einen solchen Gegenstand fixiert, ist sie nahe daran, sich zu erinnern. Dann schaltet sich ihre Programmierung ein, und sie bekommt einen Anfall mit zeitweiligem Gedächtnisschwund.«

Pablo hatte vor Erregung starkes Herzklopfen. »Dann könnte es also vielleicht doch möglich sein, diese Asrael-Blockierung niederzureißen, ohne sie in ein Koma zu treiben. Man müßte die bereits vorhandenen Risse langsam vergrößern, natürlich mit äußerster Behutsamkeit, aber ...«

»Du hörst mir offenbar nicht zu!« Alex sprang wieder auf, stellte sich vor Pablo in Positur und hob warnend den zitternden Zeigefinger. »Dies ist eine äußerst gefährliche Angelegenheit. Du bist da in eine ganz große Sache hineingestolpert, und du solltest lieber schleunigst die Finger davon lassen. Wenn du ihr hilfst, sich zu erinnern, wirst du dir mächtige Feinde machen.«

»Sie ist ein süßes Mädchen, und wegen dieser Sache wird ihr ganzes Leben ruiniert.«

»Du kannst ihr nicht helfen. Du bist für so etwas viel zu alt, und du kannst es nicht allein mit Leuten aufnehmen, die zu allem bereit sein dürften.«

»Vielleicht weißt du noch zu wenig von der Situation. Ich habe ihren Namen und Beruf bisher nicht erwähnt, aber ich will dir jetzt doch sagen, daß ...«

»Ich will nicht wissen, wer sie ist!« rief Alex.

»Sie ist Ärztin«, fuhr Pablo beharrlich fort. »Sie steht kurz vor dem Abschluß ihrer Ausbildung zur Chirurgin. Sie hat in den letzten 14 Jahren all ihre Kräfte für eine medizinische Karriere eingesetzt, und nun soll alles umsonst gewesen sein? Das ist tragisch.«

»Verdammt, denk doch einmal über folgendes nach: Mit größter Wahrscheinlichkeit wird sie feststellen müssen, daß die Wahrheit, die ihr jetzt verborgen ist, noch schlimmer ist als das Nichtwissen. Wenn die unterdrückten Erinnerungen mit solcher Kraft durchzubrechen versuchen, muß es sich um ein derart traumatisches Erlebnis handeln, daß es sie psychisch vernichten würde.«

»Vielleicht«, gab Pablo zu. »Aber sollte man nicht *ihr* die Entscheidung überlassen, ob sie nach der Wahrheit graben will oder nicht?«

Alex' Stimme wurde stahlhart. »Wenn diese Erinnerung sie nicht um den Verstand bringt, wird sie mit größter Wahrscheinlichkeit von den Leuten ermordet werden, die ihr diese Gehirnwäsche verpaßt haben. Es überrascht mich ohnehin, daß man sie nicht gleich umgebracht hat. Falls tatsächlich irgendein Geheimdienst hinter dieser Sache steckt, unserer oder sonst einer, dann darfst du nicht vergessen, daß für diese Leute das Leben irgendeines Bürgers überhaupt nicht ins Gewicht fällt, daß sie bedenkenlos über Leichen gehen. Es ist eine seltene und überraschende Gnade, daß sie Gehirnwäsche und keine Kugel benutzt haben. Eine Kugel löst das Problem wesentlich schneller und billiger. Eine zweite solche Chance werden sie ihr nicht geben. Wenn sie herausfinden, daß die Asrael-Blockierung rissig geworden ist, wenn sie erfahren, daß sie das Geheimnis entdeckt hat, das ihrer Ansicht nach um jeden Preis gewahrt werden muß, dann werden sie kurzen Prozeß mit ihr machen.«

»Das läßt sich nicht mit absoluter Sicherheit vorhersagen«, widersprach Pablo. »Außerdem ist sie eine richtige Draufgängerin, Alex, ein Energiebündel. Von ihrem Standpunkt aus ist ihre jetzige Situation fast so schlimm wie eine Exekution.«

Ohne seinen Ärger verbergen zu wollen, sagte Alex: »Wenn du ihr hilfst, werden sie auch dir eine Kugel durch den Kopf jagen. Gibt dir das nicht zu denken?«

»Mit einundachtzig erlebt man nicht mehr viel Interessantes. Man kann es sich in diesem Alter nicht mehr leisten, auf ein aufregendes Erlebnis zu verzichten. Ich *muß* es einfach versuchen.«

»Du machst einen großen Fehler.«

»Vielleicht, mein Freund. Mag sein. Aber ... warum fühle ich mich dann so großartig?«

Chicago, Illinois

Dr. Bennet Sonneford, der am Vortag Winton Tolk operiert hatte, führte Vater Wycazik in ein großes Zimmer, dessen Wände mit präparierten Fischen dekoriert waren: Forellen, Barsche, Schwertfische, ein riesiger Marlin. Mehr als dreißig Glasaugen starrten blind auf die beiden Männer hinab. Eine Trophäenvitrine war mit silbernen und goldenen Pokalen, Schalen und Medaillen gefüllt. Der Arzt setzte sich hinter einen Kieferschreibtisch unter dem phänomenalen Marlin, und Stefan nahm neben dem Schreibtisch in einem bequemen Sessel Platz.

Obwohl Vater Wycazik im Krankenhaus nur Dr. Sonnefords Diensttelefonnummer erhalten hatte, war es ihm gelungen, mit

Hilfe von Freunden bei der Telefongesellschaft und bei der Polizei die Privatadresse des Chirurgen ausfindig zu machen. Um halb acht abends hatte er sich an dessen Haustür wortreich für die Störung am Weihnachtsfeiertag entschuldigt.

Jetzt erklärte Stefan: »Brendan ist einer meiner Mitarbeiter in St. Bernadette, und ich habe von ihm eine sehr hohe Meinung. Deshalb möchte ich nicht, daß er Schwierigkeiten bekommt.«

Sonneford, der selbst etwas Ähnlichkeit mit einem Fisch hatte — blaß, vorstehende Augen, ein aufgeworfener Mund —, sagte: »Schwierigkeiten?« Er öffnete einen kleinen Werkzeugkasten, nahm einen winzigen Schraubenzieher zur Hand und wandte seine Aufmerksamkeit einer Angelrolle zu. »Was denn für Schwierigkeiten?«

»Behinderung der Polizei bei ihrer Arbeit.«

»Lächerlich.« Sonneford schraubte sehr sorgfältig winzige Schräubchen aus dem Rollengehäuse heraus. »Wenn er sich nicht um Tolk gekümmert hätte, wäre der Mann jetzt tot. Wir haben ihm viereinhalb Liter Blut übertragen.«

»Tatsächlich? Es handelt sich also nicht um einen Irrtum im Krankenbericht?«

»Nein.« Sonneford entfernte das Metallgehäuse der Rolle, spähte aufmerksam ins Innere. »Ein erwachsener Mensch hat 70 Milliliter Blut pro Kilogramm Körpergewicht. Tolk ist ein großer, schwerer Mann — 100 Kilo. Er hat also normalerweise etwa sieben Liter Blut. Als ich bei der Blutbank Konserven anforderte, hatte der Mann über sechzig Prozent seines eigenen Blutes verloren.« Er nahm einen winzigen Schraubenschlüssel zur Hand. »Und zuvor hatte er schon im Krankenwagen einen Liter bekommen.«

»Wollen Sie damit sagen, daß er über fünfundsiebzig Prozent seines Blutes verloren hatte, bis man ihn aus der Imbißstube in den Krankenwagen brachte? Aber ... kann denn ein Mensch einen derartigen Blutverlust überleben?«

»Nein«, sagte Sonneford ruhig.

Ein freudiger Schauer überlief Stefan. »Und beide Kugeln steckten in weichem Gewebe, hatten aber keine wichtigen Organe verletzt. Wurden sie von Rippen oder anderen Knochen abgelenkt?«

Sonneford hatte aufgehört, an der Rolle herumzuarbeiten. »Wenn diese 38er Kugeln auf Knochen geprallt wären, hätten diese splittern müssen. Ich habe jedoch nichts Derartiges festgestellt. Andererseits — wenn sie *nicht* von Knochen abgelenkt wurden, hätten die Kugeln ihn durchdringen und schwere Austrittswunden verursachen müssen. Aber ich habe sie im Muskelgewebe gefunden.«

Stefan betrachtete den gesenkten Kopf des Chirurgen. »Warum habe ich nur das Gefühl, daß Sie mir eigentlich gern noch etwas anderes erzählen würden, daß Sie aber andererseits Hemmungen haben, darüber zu sprechen?«

Sonneford blickte endlich auf. »Und warum habe ich plötzlich das Gefühl, daß Sie mir nicht die Wahrheit über die Gründe für Ihren Besuch gesagt haben, Vater?«

»Volltreffer!« gab Stefan zu.

Sonneford seufzte und legte die Werkzeuge in den Kasten zurück. »Also gut. Die Eintrittswunden zeigten deutlich, daß eine Kugel in Tolks Brust eingedrungen und gegen den unteren Teil des Brustbeins geprallt ist, das durch die Wucht des Geschoßaufschlags hätte abknicken oder brechen müssen; die Splitter hätten lebenswichtige Organe und Blutgefäße durchbohren müssen. Anscheinend war das jedoch nicht der Fall.«

»Weshalb sagen Sie ›anscheinend‹? Entweder war es der Fall — oder nicht.«

»Die Einschußwunde im Fleisch *beweist* mir, daß die Kugel das Brustbein getroffen haben muß, Vater, und ich fand sie im Gewebe auf der anderen Seite des Brustbeins; sie muß also ... irgendwie ... den Knochen *durchdrungen* haben, ohne ihn zu beschädigen, was natürlich unmöglich ist. Und doch war da nur die Einschußwunde, das unbeschädigte Brustbein direkt unter der Wunde — und die Kugel im Gewebe hinter dem Brustbein. Völlig rätselhaft, wie sie dorthin gekommen ist. Aber es geht noch weiter: Die Einschußwunde der zweiten Kugel war direkt über der vierten Rippe auf der rechten Körperseite, aber auch diese Rippe war unbeschädigt, obwohl sie hätte zerschmettert sein müssen.«

»Vielleicht irren Sie sich«, sagte Stefan, indem er den Advocatus diaboli — den ›Anwalt des Teufels‹ — spielte. »Vielleicht drang die Kugel doch etwas tiefer ein, zwischen den Rippen.«

»Nein.« Sonneford hob den Kopf, blickte Stefan aber nicht an. Das sichtliche Unbehagen des Arztes war eigenartig und ließ sich durch seinen bisherigen Bericht nicht erklären. »Ich mache keine diagnostischen Fehler. Außerdem lagerten die Kugeln im Patienten genau an jenen Stellen, wo sie sich hätten befinden müssen, wenn sie gegen jene Knochen geprallt, sie *durchschlagen* und schließlich im Muskelgewebe ihre Restenergie eingebüßt hätten. Aber *zwischen* dem Eintrittspunkt und den Kugeln war das Gewebe völlig unbeschädigt, was einfach unmöglich ist. Kugeln können nicht die Brust eines Menschen durchdringen, ohne eine Spur zu hinterlassen.«

»Es sieht also fast so aus, als hätten wir es mit einem kleinen Wunder zu tun.«

»Einem kleinen? Mir sieht das verdammt nach einem *großen* Wunder aus.«

»Wenn nur eine Arterie und eine Vene verletzt waren und beide nur leicht geritzt wurden — wie konnte Tolk dann so viel Blut verlieren? Waren diese Ritze dafür groß genug?«

»Nein. Diese Verletzungen hätten keinen so enormen Blutverlust zur Folge haben können.«

Der Chirurg verstummte. Er schien in den Klauen einer dunklen Furcht zu stecken, die Stefan nicht begreifen konnte. Wovor fürchtete er sich? Wenn er glaubte, Zeuge eines Wunders geworden zu sein, hätte er doch eigentlich jeden Grund zur Freude.

»Doktor, ich weiß, daß es für einen Mann der Wissenschaft, für einen Mediziner, schwierig ist zuzugeben, daß er etwas gesehen hat, das er mit all seinem Wissen nicht erklären kann, etwas, das in Widerspruch zu allem steht, was er für unumstößliche Tatsachen hielt. Aber ich bitte Sie, mir alles zu erzählen, was Sie sahen. Was verschweigen Sie mir? Wie konnte Winton Tolk so viel Blut verlieren, wenn seine Verletzungen so geringfügig waren?«

Sonneford warf sich in seinem Stuhl zurück. »Nach den ersten Transfusionen begann ich mit der Operation. Die Lage der Kugeln war auf den Röntgenaufnahmen deutlich zu sehen, und ich nahm die notwendigen Schnitte vor, um sie zu entfernen. Dabei entdeckte ich ein kleines Loch in der oberen Mesenteriumarterie und einen weiteren kleinen Riß in einer der oberen Interkostalvenen. Ich war überzeugt davon, daß es noch andere beschädigte Blutgefäße geben mußte, aber ich konnte sie nicht gleich finden, deshalb klemmte ich die Mesenteriumarterie und die Interkostalvene ab und beschloß, die Suche nach weiteren

Verletzungen fortzusetzen, nachdem diese beiden geflickt sein würden, was eine einfache Sache war und nur wenige Minuten dauern würde. Ich nähte zuerst die stärker verletzte Arterie, und dann ...«

»Und dann?« drängte Vater Wycazik sanft.

»Nachdem ich die Arterie rasch genäht hatte, wandte ich mich der Interkostalvene zu ... und der Riß war verschwunden!«

»Verschwunden«, wiederholte Stefan. Ein andächtiger Schauer überlief ihn, denn so etwas Ähnliches hatte er erwartet — und doch war es eine Enthüllung von solch überragender Bedeutung, daß seine Hoffnungen noch übertroffen wurden.

»Verschwunden«, bestätigte Sonneford und blickte Stefan nun endlich direkt ins Gesicht. In den wäßrigen grauen Augen des Chirurgen war ein undeutlicher Schatten zu sehen, so als bewegte sich in den Tiefen eines trüben Sees ein Ungeheuer — ein Schatten der Furcht, und Stefan sah nun bestätigt, daß das Wunder aus unerklärlichen Gründen dem Arzt Angst einjagte. »Die angerissene Vene heilte von allein, Vater. Ich *weiß*, daß der Riß vorhanden war. Ich hatte ihn selbst abgeklemmt. Meine OP-Schwestern sahen ihn ebenfalls. Aber als ich ihn nähen wollte, war er verheilt. Ich entfernte die Klammern, und das Blut floß wieder durch die Vene, ohne jede undichte Stelle. Und später ... als ich die Kugeln entfernte ... schien das Muskelgewebe sich vor meinen Augen nahtlos zu schließen.«

»*Schien?*«

»Nein, das ist eine Ausflucht«, gab Sonneford zu. »Es *schloß* sich vor meinen Augen. Unglaublich, aber ich sah es. Ich kann es nicht beweisen, Vater, aber ich *weiß*, daß die beiden Kugeln Tolks Brustbein und Rippe durchschlugen und zerschmetterten. Ich weiß, daß Knochensplitter verschiedene Blutgefäße durchstoßen haben müssen. Tödliche Schäden wurden angerichtet, *müssen* angerichtet worden sein. Aber als er auf dem Operationstisch lag, hatte sein Körper sich schon fast völlig geheilt. Die durchschlagenen Knochen waren zusammengewachsen. Die Mesenteriumarterie und die Interkostalvene waren anfangs sehr stark beschädigt — deshalb hat er in kurzer Zeit so viel Blut verloren; aber als ich ihn dann operierte, waren beide Blutgefäße bis auf jene kleinen Risse verheilt. Es hört sich verrückt an, aber wenn ich die Arterie nicht genäht hätte, wäre auch jenes letzte kleine Loch von allein verschwunden, davon bin ich überzeugt ... wie es bei der Vene der Fall war.«

»Was hielten Ihre Schwestern und Assistenten davon?«

»Das Eigenartige ist, daß wir ... nicht viel darüber gesprochen haben. So gut wie gar nicht. Vielleicht haben wir kaum ein Wort darüber verloren, weil ... nun ja, weil wir in einem rationalen Zeitalter leben, in dem Wunder etwas Inakzeptables sind.«

»Wie traurig, wenn das tatsächlich der Fall ist«, sagte Stefan.

In den Augen des Arztes verbarg sich immer noch Angst, als er fragte: »Vater, wenn es einen Gott gibt — was ich noch nicht zugebe —, warum sollte er diesen speziellen Polizisten retten?«

»Er ist ein guter Mensch.«

»Na und? Ich habe Hunderte guter Menschen sterben sehen. Warum sollte gerade dieser eine gerettet werden und keiner der anderen?«

Vater Wycazik zog einen Stuhl heran, um sich dicht neben den Chirurgen setzen zu können. »Sie waren sehr offen zu mir, Doktor, deshalb will ich es zu Ihnen ebenfalls sein. Ich spüre eine Kraft hinter diesen Ereignissen, die nicht menschlicher Natur ist. Das Eingreifen einer höheren Macht. Und dieses Eingreifen hat weniger mit Winton Tolk zu tun als vielmehr mit Brendan, jenem Mann ... jenem *Priester*, der sich in der Imbißstube als erster Tolks angenommen hat.«

Bennet Sonneford zwinkerte überrascht. »Oh ... Aber zu dieser Ansicht können Sie doch nur gelangt sein, wenn es ...«

»Wenn Brendan mit mindestens einem weiteren wundersamen Ereignis verknüpft ist«, vollendete Stefan seinen Satz. Ohne Emmy Halbourgs Namen zu erwähnen, erzählte er Sonneford von den noch vor kurzem verkrüppelten Gliedern des Mädchens, die sich unerklärlicherweise plötzlich regenerierten.

Anstatt aus Stefans Worten Hoffnung zu schöpfen, wurde Sonnefords seltsame Verzweiflung nur noch größer.

Bestürzt über diese Reaktion, beschloß Vater Wycazik, den Stier bei den Hörnern zu packen. »Doktor, vielleicht übersehe ich etwas, aber ich persönlich glaube, daß Sie allen Grund zur Freude haben. Sie durften persönlich Zeuge sein, wie Gottes Hand am Werk war.« Er streckte Sonneford seine Hand hin und war nicht erstaunt, daß der Arzt sie fest umklammerte. »Bennet, weshalb sind Sie so verzagt?«

Sonneford räusperte sich. »Ich bin von Hause aus lutheranisch erzogen worden, aber seit 25 Jahren war ich Atheist. Und nun ...«

»Ah, ich verstehe ...«

Stefan machte sich glücklich daran, in dem mit Fischen dekorierten Zimmer nach Bennet Sonnefords Seele zu fischen. Er wußte noch nicht, daß seine Euphorie noch am gleichen Abend verfliegen, daß er noch eine bittere Enttäuschung erleben würde.

Reno, Nevada

Zeb Lomack hätte nie geglaubt, daß er seinem Leben durch Selbstmord an Weihnachten ein Ende setzen würde, aber als er an diesem Abend begriff, wie tief er gesunken war, sah er keinen anderen Ausweg mehr. Er lud seine Schrotflinte, legte sie auf den schmutzigen Küchentisch und schwor sich abzudrükken, falls er nicht imstande sein würde, noch vor Mitternacht den ganzen verdammten Mondkram zu beseitigen.

Die bizarre Faszination, die der Mond auf ihn ausübte, hatte im vorletzten Sommer begonnen, zunächst allerdings in harmloser Form. Gegen Ende August jenes Jahres hatte er sich angewöhnt, von der hinteren Veranda seines gemütlichen kleinen Hauses aus den Mond und die Sterne zu betrachten und dabei einige Flaschen Bier zu trinken. Mitte September hatte er sich ein Teleskop und einige populärwissenschaftliche Bücher über Astronomie gekauft.

Zebediah war selbst erstaunt über sein plötzliches Interesse an Sternenkunde gewesen. Den größten Teil seines fünfzigjährigen Lebens hatte er sich für kaum etwas anderes als für Karten begeistert. Er war ein professioneller Kartenspieler und ging seiner Beschäftigung in Reno, Lake Tahoe, Las Vegas und gelegentlich auch in den kleineren Glücksspielzentren wie Elko oder Bullhead City nach, wo er mit den Touristen und lokalen Champions pokerte. Er war nicht nur ein hervorragender Spieler, sondern er *liebte* die Karten mehr als Frauen, Alkohol und gutes Essen. Sogar das Geld war für Zeb nicht besonders wichtig; es war nur eine angenehme Nebenerscheinung. Was ihn am meisten befriedigte, war das Kartenspiel an sich.

Bis er sich das Teleskop anschaffte und dann allmählich den Verstand verlor.

Einige Monate lang benutzte er es noch in vernünftigem Maße; er kaufte zwar einige weitere Bücher über Astronomie, aber das alles blieb noch im Rahmen eines normalen Hobbys. Aber um die Weihnachtszeit des Vorjahres begann seine Aufmerksamkeit sich immer stärker auf den Mond zu konzentrieren, und etwas Sonderbares geschah mit ihm. Das neue Hobby wurde für ihn genauso interessant wie die Kartenspiele, und er verzichtete mitunter auf geplante Fahrten zu den Casinos, um die Mondoberfläche beobachten zu können. Im Februar verbrachte er bereits jeden Abend, an dem der Mond zu sehen war, am Teleskop. Bis zum April war seine Kollektion von Büchern über den Mond auf über hundert Bände angewachsen, und er fuhr nur noch zwei- oder dreimal wöchentlich zum Kartenspielen. Ende Juni zählte seine Fachbibliothek schon 500 Titel, und er begann damit, Wände und Decke seines Schlafzimmers mit Fotos vom Mond zu tapezieren. Er spielte nicht mehr Karten, sondern lebte von seinen Ersparnissen, und von diesem Zeitpunkt an hatte sein Interesse am Mond endgültig nichts mehr von einem vernünftigen Hobby an sich — es wurde zu einer aberwitzigen Besessenheit.

Im September lagen überall in seinem kleinen Haus mehr als 1500 Bücher über den Mond herum. Tagsüber las er in diesen Bänden oder starrte einfach stundenlang auf die Fotos, bis die Krater und Berge und Ebenen ihm genauso vertraut waren wie die fünf Zimmer seines Häuschens. Er war außerstande, dieser unerklärlichen magischen Anziehungskraft zu widerstehen, und nachts saß er am Teleskop, bis ihm seine schmerzenden, blutunterlaufenen Augen zufielen.

Zeb Lomack war immer ein relativ ordentlicher und gepflegter Mann gewesen, der sich auch körperlich fit hielt. Aber als seine Beschäftigung mit dem Mond zur Besessenheit ausartete, hörte er auf, Sport zu treiben; zum Kochen hatte er einfach keine Zeit mehr — er begann sich vorwiegend von Kuchen, Eis und Sandwiches zu ernähren. Außerdem faszinierte ihn der Mond nicht nur, sondern er bereitete ihm auch ein gewisses Unbehagen, ein vages Angstgefühl, so daß er ständig nervös war und sich mit Essen zu beruhigen suchte. Er wirkte aufgeschwemmt und bekam eine ungesunde Hautfarbe, war sich dieser körperlichen Veränderungen aber kaum bewußt.

Anfang Oktober dachte er zu jeder Stunde des Tages nur

noch an den Mond, er träumte davon und konnte in seinem Haus nirgends hingehen, ohne Hunderte von Abbildungen der Mondoberfläche zu sehen. Inzwischen war nicht nur sein Schlafzimmer damit tapeziert, sondern auch sämtliche anderen Räume. Die Schwarzweiß- und Farbaufnahmen schnitt er aus Astronomiezeitschriften, Büchern und Zeitungen aus. Bei einer der seltenen Gelegenheiten, da er sein Haus verließ, sah er in einem Laden ein 90 auf 150 cm großes Poster des Mondes, ein von Astronauten aufgenommenes Farbfoto, und er kaufte 50 Exemplare und tapezierte damit Decke und Wände seines Wohnzimmers; er klebte die Poster sogar über die Fenster. Dann räumte er alle Möbel aus und verwandelte den leeren Raum in eine Art Planetarium. Manchmal lag er auf dem Boden und starrte die ihn von allen Seiten umgebenden Monde an, erfüllt von grenzenlosem und andächtigem Staunen und zugleich von unerklärlicher Angst.

Auch am Abend des ersten Weihnachtstages lag er so da, als er plötzlich auf einem der Poster Schriftzüge entdeckte — ein einziges Wort, mit Filzstift quer über die Mondoberfläche geschrieben, ein Name: *Dominick*. Er erkannte seine eigene Schrift, konnte sich aber nicht daran erinnern, das Poster so verschandelt zu haben. Dann fiel sein Blick auf einen weiteren Namen auf einem anderen Poster: *Ginger*. Auf einem dritten Poster stand: *Faye*. Und auf einem vierten: *Ernie*. Bestürzt stolperte Zeb im Zimmer umher und untersuchte die übrigen Poster, fand aber keine weiteren Namen.

Nicht genug, daß er sich nicht daran erinnern konnte, diese Namen geschrieben zu haben; aber seines Wissens nach kannte er überhaupt keine Personen, die Dominick, Ginger und Faye hießen. Er kannte einige Ernies, aber keiner davon war ein enger Freund von ihm, und deshalb war das Auftauchen dieses Namens auf einem der Poster ihm genauso unerklärlich wie die drei anderen. Während er auf die beschrifteten Poster starrte, fühlte er sich immer unbehaglicher, weil er das seltsame Gefühl hatte, daß er diese Menschen *doch* kannte, daß sie eine entscheidende Rolle in seinem Leben gespielt hatten, daß sein Verstand und sein Überleben davon abhingen, sich daran zu erinnern, wer sie waren.

Irgendeine langvergessene Erinnerung wuchs in ihm wie ein Ballon, der aufgeblasen wird, und er wußte intuitiv, daß er sich

— wenn der Ballon platzte — an alles würde erinnern können, nicht nur an die Identität der vier Personen, sondern auch an die Ursache für seine ungesunde Faszination vom Mond und der damit verknüpften unerklärlichen Furcht vor diesem Himmelskörper. Aber je größer der Erinnerungsballon wurde, desto qualvoller wurde auch seine Angst, und er begann zu schwitzen und zu zittern.

Der Gedanke, daß er sich tatsächlich an alles erinnern könnte, versetzte ihn mit einem Mal in panischen Schrecken, und er stürzte in die Küche, getrieben von jenem Heißhunger, der ihn stets überfiel, wenn er nervös war. Er riß die Kühlschranktür auf und starrte bestürzt auf die fast leeren Fächer. Einige schmutzige Schüsseln und Plastikbehälter standen nutzlos herum, zwei leere Milchtüten, ein Eierkarton mit einem zerbrochenen und ausgetrockneten Ei. Auch die Kühltruhe enthielt nur Eis, keine Lebensmittel.

Zeb versuchte vergeblich, sich zu erinnern, wann er zuletzt im Supermarkt gewesen war. Das konnte vor einigen Tagen, aber genausogut auch vor einigen Wochen gewesen sein, denn in seiner total auf den Mond konzentrierten Welt hatte die Zeit keine Rolle mehr gespielt. Und wann hatte er zuletzt etwas gegessen? Er erinnerte sich vage an einen Dosenpudding, war sich aber nicht sicher, ob er ihn an diesem Morgen oder am Vortag oder gar vor zwei Tagen gegessen hatte.

Zebediah Lomack war so geschockt über den leeren Kühlschrank, daß seine Geistesverwirrung sich zum erstenmal seit Wochen lichtete. Als er sich in seiner Küche umsah, schrie er unwillkürlich vor Ekel und Schrecken auf. Zum erstenmal nahm er den katastrophalen Schmutz bewußt wahr, den er in seiner krankhaften Fixierung auf den Mond bisher gar nicht registriert hatte. Der Fußboden war mit Abfällen übersät: klebrige Obstsaftdosen, schimmelige Fleischkonservenreste, leere Cornflakes-Pakete und mindestens zwanzig plattgedrückte Milchpackungen; Dutzende zerknüllter Kartoffelchipstüten und Schokoladenpapiere. Und Küchenschaben. Sie krochen zwischen den Abfällen herum, sausten über den Fußboden, liefen an den Wänden empor, tummelten sich auf Möbeln und im Spülbecken.

»Mein Gott«, murmelte Zeb vor sich hin, »was ist nur mit mir geschehen? Was habe ich gemacht? Was stimmt nicht mit mir?«

Er fuhr sich mit der Hand übers Gesicht und zuckte überrascht zusammen, als er einen Bart bemerkte. Er hatte sich immer sauber rasiert, und er hatte geglaubt, das zuletzt an diesem Morgen getan zu haben. Die drahtigen Haare in seinem Gesicht ließen ihn erschrocken ins Bad eilen, wo er sich im Spiegel betrachtete. Er sah einen Fremden: Schmutzige, strähnige Haare hingen ungekämmt herab; seine Haut sah ungesund bleich und schlaff aus; ein Zwei-Wochen-Bart, an dem Essensreste klebten; blutunterlaufene Augen mit einem irren Ausdruck. Plötzlich fiel ihm auch sein Körpergeruch auf: Er stank so ranzig, daß ihm selbst fast übel davon wurde. Offensichtlich hatte er seit Wochen nicht mehr gebadet.

Er brauchte Hilfe. Er war krank. Verwirrt und krank. Er konnte nicht begreifen, was mit ihm passiert war, aber er wußte, daß er zum Telefon gehen und Hilfe herbeiholen mußte.

Aber er ging nicht sofort zum Telefon, weil er befürchtete, daß sie ihn für hoffnungslos verrückt erklären und für immer einsperren würden. So wie sie seinen Vater eingesperrt hatten. Als Zebediah acht Jahre alt gewesen war, hatte sein Vater völlig betrunken randaliert und von Eidechsen fantasiert, die angeblich aus den Wänden krochen, und die Ärzte hatten ihn zur Ausnüchterung ins Hospital gebracht. Aber im Gegensatz zu früheren Anfällen dieser Art war sein Delirium tremens nicht mehr vergangen, und Zebs Vater war deshalb für den Rest seines Lebens in eine geschlossene Anstalt eingewiesen worden. Seitdem hatte Zeb immer befürchtet, daß auch er eines Tages geisteskrank werden könnte. Und während er nun sein abschreckendes Spiegelbild anstarrte, wußte er, daß er zuerst das Haus und sich selbst in einen ordentlichen Zustand bringen mußte, bevor er Hilfe herbeirufen konnte; andernfalls würden sie ihn einsperren und den Schlüssel wegwerfen.

Um sich zu rasieren, hätte er weiter in den Spiegel schauen müssen, aber er konnte seinen eigenen Anblick nicht länger ertragen und beschloß deshalb, zunächst einmal das Haus zu putzen. Mit gesenktem Kopf — um die Monde nicht sehen zu müssen, die auf ihn eine ebenso starke Anziehungskraft ausübten wie die gezeitenbildende Kraft des echten Himmelskörpers auf die Meere — lief er ins Schlafzimmer, öffnete den Schrank, schob die Kleidungsstücke beiseite und holte seine Remington Kaliber 12 und eine Schachtel Munition heraus. Unter Aufbietung aller Willenskraft widerstand er dem heftigen Verlangen, wenigstens einen flüchtigen Blick auf seine Bildersammlung zu werfen, und kehrte — beharrlich auf den Boden schauend — in die Küche zurück, wo er die Schrotflinte lud und auf den mit Abfällen übersäten Tisch legte. Mit lauter Stimme traf er eine Abmachung mit sich selbst:

»Du schaffst jetzt diese Mondbücher aus dem Haus, reißt die Bilder von den Wänden, damit die Wohnung nicht mehr so verrückt aussieht, putzt die Küche, rasierst dich und nimmst ein Bad. Vielleicht wird dein Kopf dann etwas klarer, vielleicht begreifst du dann, was zum Teufel eigentlich mit dir los ist. Dann kannst du Hilfe holen — nicht aber, solange es hier so aussieht!«

Die Schrotflinte war der unerwähnte Teil seiner Abmachung. Er hatte großes Glück gehabt, daß er durch den Schock beim Anblick seines leeren Kühlschranks für kurze Zeit aus dem Mond-Traum erwacht war, in dem er so lange gelebt hatte; aber wenn er in jenen Alptraum zurückfiel, konnte er nicht damit rechnen, wieder durch etwas aufgerüttelt zu werden. Wenn er deshalb feststellen sollte, daß er dem Sirenengesang der Monde an den Wänden einfach nicht widerstehen konnte, würde er rasch in die Küche zurückkehren, sich die Mündung der Flinte in den Mund stecken und abdrücken.

Der Tod war besser als dies hier.

Und der Tod war auch besser als lebenslängliches Eingesperrtsein.

Er ging ins Wohnzimmer und begann, mit gesenkten Augen die überall herumliegenden Bücher aufzusammeln. Manche hatten Schutzumschläge mit Fotos vom Mond gehabt, aber diese Bilder hatte er längst ausgeschnitten. Mit einem Armvoll Bücher eilte er auf den verschneiten Hinterhof hinaus, zu seinem mit Betonblocks umgebenen Grillplatz. Er warf die Bücher dorthin und lief fröstelnd zum Haus zurück, um weitere zu holen, ohne sich auch nur einen Blick auf den Nachthimmel und den großen, leuchtenden Mond zu gestatten.

Während seiner Arbeit war der Drang, sein Studium des Mondes wieder aufzunehmen, so heftig und gebieterisch wie das Verlangen eines Heroinsüchtigen nach der Spritze — aber Zeb widerstand diesem aberwitzigen Bedürfnis.

Während er immer wieder zum Grillplatz lief, rumorte jene Erinnerung an irgendein vergessenes Ereignis wieder in ihm:

Dominick, Ginger, Faye, Ernie... Wenn ihm einfiel, wer diese vier Personen waren, dann würde er auch die Ursache für seine Mond-Besessenheit kennen, das fühlte er instinktiv. Er versuchte, sich auf diese Namen zu konzentrieren und auf diese Weise gleichzeitig die Lockrufe des Mondes zu überhören, und diese Methode schien zu funktionieren, denn innerhalb kurzer Zeit hatte er zwei- oder dreihundert Bände in die Grillgrube geworfen und schickte sich nun an, sie zu verbrennen.

Als er jedoch ein Streichholz entzündete und sich hinabbeugte, um es an die Seiten eines Buches zu halten, stellte er zu seinem größten Entsetzen fest, daß der Platz leer war. Er ließ die Streichhölzer fallen und rannte zum Haus, riß die Küchentür auf, stolperte hinein und sah genau das, was er befürchtet hatte. Die Bücher waren dort aufgestapelt, feucht vom Schnee, mit nasser Asche des Grillplatzes beschmiert. Er hatte sie tatsächlich weggeworfen, aber danach hatte seine Mondsüchtigkeit ihn offenbar wieder überwältigt, und ohne zu wissen, was er tat, hatte er alle Bücher ins Haus zurückgetragen.

Er brach in Tränen aus, aber er war immer noch fest entschlossen, nicht in einer Klapsmühle zu enden. Er packte soviel Bücher, wie er nur tragen konnte, und schleppte sie wieder zum Grillplatz, wobei er das Gefühl hatte, als wäre er in der Hölle und müßte bis in alle Ewigkeit dieses irrsinnige Ritual ausführen.

Als er schon glaubte, die Grube neu gefüllt zu haben, kam ihm plötzlich zu Bewußtsein, daß er die Bücher nicht *zum* Verbrennungsplatz trug, sondern zurück ins Haus. Auch diesmal war er irgendwann in seinen Mond-Traum zurückgefallen und hatte die Objekte seiner Manie wieder eingesammelt, anstatt sie zu vernichten.

Auf dem Weg ins Haus bemerkte er, wie die Schneekruste schillerte und funkelte. Gegen seinen Willen hob er den Kopf und blickte zum hohen, fast wolkenlosen Himmel empor.

»Der Mond«, flüsterte er.

In diesem Augenblick wußte er, daß er ein toter Mann war.

Laguna Beach, Kalifornien

Für Dominick Corvaisis unterschied sich Weihnachten normalerweise kaum von anderen Tagen. Er hatte keine Frau und keine Kinder, mit denen er hätte feiern können. Er hatte auch keine Verwandten, mit denen er sich Truthahn und Fleischpastete hätte schmecken lassen können. Einige Freunde, darunter auch Parker Faine, luden ihn immer ein, aber er lehnte ab, denn er wußte, daß er sich bei diesen Familienfeiern wie das sprichwörtliche fünfte Rad am Wagen vorkommen würde. Trotzdem fühlte er sich an Weihnachten nie einsam oder schwermütig. Er langweilte sich nie, wenn er mit sich allein war, und er hatte jede Menge guter Bücher, die ihm einen herrlichen Tag bescheren konnten.

Aber in diesem Jahr konnte sich Dom am Weihnachtstag beim Lesen nicht konzentrieren, weil seine Gedanken immer noch um die mysteriösen Briefe des Vortages kreisten und er außerdem immer wieder gegen das heftige Verlangen nach einem Valium ankämpfen mußte. Obwohl er befürchtet hatte, daß er träumen und schlafwandeln würde, hatte er am Vorabend keine Schlaftabletten genommen. Er war fest entschlossen, sich nicht mehr von Medikamenten einlullen zu lassen, obwohl er ein starkes Bedürfnis danach verspürte.

Sein Verlangen wurde schließlich so übermächtig, daß er die Tabletten rasch in die Toilette warf und wegspülte, weil er sich selbst nicht traute. Im Laufe des Tages erreichten seine Ängste jenes Ausmaß, das sie vor Beginn der Tablettentherapie gehabt hatten.

Um sieben Uhr abends betrat Dominick Parkers Haus am Hügel und ließ sich ein Glas hausgemachten Eierpunsch in die Hand drücken. Der normalerweise wilde Bart des Malers war ordentlich gestutzt, und auch seine Haarmähne war zu Ehren des Feiertags frisch geschnitten und gekämmt. Obwohl er auch korrekter als gewöhnlich gekleidet war, sprudelte er doch wie immer vor Temperament. »Was für ein Weihnachtsfest! Friede und Liebe regierten heute in diesem Hause, das kann ich dir sagen! Mein geliebter Bruder machte nur vierzig oder fünfzig bösartige und neidische Bemerkungen über meinen Erfolg — bei weniger heiligen Anlässen hat er mindestens doppelt soviel auf Lager! Meine teure Halbschwester Clara nannte ihre Schwägerin Doreen nur ein einziges Mal ›Schlampe‹, und das war eigentlich verzeihlich, wenn man in Betracht zieht, daß Doreen sie zuvor als ›hirnloses, mit unverdautem Psychoquatsch vollgestopftes Huhn‹ beschimpft hatte. Ah, das war wirklich ein Tag der Nächstenliebe und Brüderlichkeit! Ob du es glaubst oder nicht — kein einziges Punschglas flog durch die Gegend! Und Carlas Mann besoff sich zwar wie immer, fiel aber keine Treppe hinunter und mußte auch nicht kotzen wie in den letzten Jahren, obwohl er mindestens ein dutzendmal seine Bette-Midler-Imitation zum besten gab.«

Während sie auf eine Sitzgruppe vor der Fensterfront mit Blick aufs Meer zugingen, sagte Dom: »Ich mache eine Reise, eine lange Autofahrt. Ich werde nach Portland fliegen und dort ein Auto mieten. Dann werde ich dieselbe Route abfahren wie im vorletzten Sommer — von Portland nach Reno, auf der Interstate 80 quer durch Nevada und halb Utah, bis Mountainview.«

Dom setzte sich hin, aber Parker blieb wie angewurzelt stehen. Die Ankündigung seines Freundes versetzte ihn in freudige Erregung. »Was ist passiert? Das ist doch keine Urlaubsreise, keine Route, die dir einfach Spaß macht. Wandelst du wieder im Schlaf? Muß wohl so sein. Und irgendwas ist passiert, das dich davon überzeugt hat, daß der Somnambulismus mit den Veränderungen vom vorletzten Sommer zusammenhängt.«

»Das Schlafwandeln hat noch nicht wieder angefangen, aber vermutlich wird es heute nacht passieren, weil ich nämlich die verdammten Pillen weggeworfen habe. Sie haben mich nicht geheilt. Ich habe dich angelogen. Ich war nahe daran, süchtig danach zu werden. Ich war ständig benommen von dem Zeug. Das war mir aber egal, weil ich dachte, es sei besser, benommen zu sein, als das Schlafwandeln mit all seinen Begleiterscheinungen durchzumachen. Aber jetzt hat sich die Situation völlig geändert — wegen dieser Botschaften hier.« Er zog die beiden Briefe aus der Tasche. »Das Problem ist nicht nur psychologischer Natur. Es ist viel komplizierter und eigenartiger.« Er reichte Parker den ersten Brief, wobei das Blatt in seiner Hand heftig zitterte.

Der Maler las verblüfft die beiden Sätze.

»Dies lag gestern in meinem Schließfach. Kein Absender. Und ein zweiter Brief war in meinem Hausbriefkasten.« Er erklärte Parker, daß er die Worte ›der Mond‹ im Schlaf unzählige

Male auf seinem Textcomputer getippt hatte und mit diesen Worten auf den Lippen aus einem Traum erwacht war; dann reichte er seinem Freund das zweite Blatt Papier.

»Wenn ich aber der erste bin, dem du überhaupt etwas von dieser Mond-Sache erzählt hast — wie konnte dann jemand etwas davon wissen?«

»Wer auch immer der Absender dieser Briefe sein mag«, sagte Dom, »er weiß offensichtlich über mein Schlafwandeln Bescheid, vielleicht weil ich zum Arzt gegangen bin ...«

»Willst du damit sagen, daß du observiert wirst?«

»Anscheinend, ja. Wenn nicht ständig observiert, so doch von Zeit zu Zeit kontrolliert. Aber während dieser Mensch über mein Schlafwandeln informiert ist, *kann* er nicht wissen, daß ich mit jenen Worten auf den Lippen aufgewacht bin und sie getippt habe. Dazu hätte er neben meinem Bett stehen müssen, was ja nicht der Fall war. Und trotzdem *weiß* er, daß ich auf diese Worte ›der Mond‹ reagieren werde, daß sie mich ängstigen werden. Er muß demnach auch wissen, was hinter dieser ganzen verrückten Sache steckt.«

Parker ließ sich endlich auf eine Stuhlkante fallen. »Finde ihn, dann weißt du, was lost ist.«

»New York ist groß«, sagte Dom. »Und ich habe dort keinerlei Ansatzpunkt. Aber als ich den ersten Brief erhielt, in dem es heißt, die Ursache für mein Schlafwandeln liege in der Vergangenheit begraben, da wurde mir klar, daß du recht haben mußt, daß diese Krise in Zusammenhang mit jener anderen vom vorletzten Sommer stehen muß, als ich von Portland nach Mountainview unterwegs war. Und wenn ich diese Reise nun wiederhole, in denselben Motels übernachte, in denselben Restaurants esse usw. ... vielleicht hilft das meinem Gedächtnis auf die Sprünge.«

»Aber wie hättest du etwas so Wichtiges vergessen können?«

»Vielleicht habe ich es nicht vergessen. Vielleicht wurde mir die Erinnerung *genommen*.«

Ohne darauf zunächst näher einzugehen, fragte Parker: »Aber welchen Grund könnte dieser Wer-auch-immer denn haben, um dir diese Briefe zu schicken? In der Situation, wie du sie dir vorstellst, sind SIE — irgendwelche unbekannten SIE — doch deine Gegner, und dieser Kerl ist schließlich auf ihrer Seite, nicht auf deiner.«

»Vielleicht ist er nicht mit allem einverstanden, was man mir angetan hat — woran ich mich nicht erinnern kann.«

»Was man dir *angetan* hat? Wovon redest du eigentlich?«

Dom drehte sein Punschglas nervös in den Händen. »Dieser Briefschreiber — er will mich offenbar wissen lassen, daß mein Problem nicht psychologischer Art ist, daß mehr dahintersteckt. Ich nehme an, daß er mir helfen will, die Wahrheit herauszufinden.«

»Weshalb ruft er dann nicht einfach an und erzählt sie dir?«

»Ich kann es mir nur so erklären, daß er es nicht *riskieren* kann, mich anzurufen und mir alles zu erzählen. Er muß an irgendeiner Verschwörung beteiligt sein, muß zu irgendeiner Gruppe gehören, die nicht will, daß die Wahrheit an den Tag kommt. Wenn er direkten Kontakt mit mir aufnimmt, werden die anderen es erfahren, und dann wird er in der Scheiße sitzen.«

Parker fuhr sich mehrmals mit der Hand durch die Haare, als könnte er dadurch besser denken. »Das hört sich ja fast so an, als wäre irgendeine allwissende Geheimgesellschaft hinter dir her — so eine Mischung aus Illuminatenorden, Rosenkreuzertum, CIA und Freimaurerei! Glaubst du wirklich, daß man dich einer Gehirnwäsche unterzogen hat?«

»Wenn du es so nennen willst. Was für ein traumatisches Erlebnis ich auch vergessen habe — ich habe es nicht von *allein* vergessen. Was immer ich auch gesehen oder erlebt habe, muß so erschreckend, so traumatisch gewesen sein, daß es wie ein Geschwür in meinem Unterbewußtsein arbeitet und versucht, mich — mein Bewußtsein — durch das Schlafwandeln und durch die Botschaften, die ich in den Computer eingebe, zu erreichen. Es muß etwas so Umwerfendes sein, daß nicht einmal eine Gehirnwäsche es völlig auslöschen konnte, etwas so Phänomenales, daß einer der Verschwörer seinen Kopf riskiert, um mir Hinweise zu geben.«

Parker las die beiden Briefe noch einmal, gab sie Dom zurück und leerte sein Punschglas. »Scheiße! Ich glaube, du mußt recht haben, und das bestürzt mich. Ich möchte es nämlich nicht glauben, weil es sich so anhört, als hättest du deiner Schriftstellerfantasie allzu freien Lauf gelassen, als wolltest du einen neuen Roman an mir testen, der etwas zu sehr an den Haaren herbeigezogen ist. Aber so verrückt sich die ganze Sache auch anhört, fällt mir doch keine andere Erklärung ein.«

Dom bemerkte, daß er sein Glas so fest umklammerte, daß es jeden Moment zerbrechen konnte. Er stellte es auf ein Tischchen und wischte seine feuchten Hände an der Hose ab. »Mir auch nicht. Keine andere Theorie erklärt sowohl mein verdammtes Schlafwandeln als auch meine plötzliche Veränderung zwischen Portland und Mountainview als auch diese beiden Botschaften.«

Mit sorgenvoll gerunzelter Stirn sagte Parker: »Was könnte es nur gewesen sein, Dom? In was bist du hineingestolpert, als du damals unterwegs warst?«

»Ich habe nicht die leiseste Ahnung.«

»Hast du dir auch überlegt, daß es etwas so Schlimmes ... etwas so verdammt Gefährliches sein könnte, daß es besser für dich wäre, nichts davon zu wissen?«

Dom nickte. »Aber wenn ich die Wahrheit nicht herausfinde, werde ich mit dem Schlafwandeln nicht aufhören können. Im Schlaf renne ich vor der Erinnerung an das davon, was mir im vorletzten Sommer zugestoßen ist, was immer das auch gewesen sein mag; und um mit diesem Weglaufen aufhören zu können, muß ich erfahren, was es war, muß mich diesem Erlebnis stellen, *bewußt* stellen. Wenn das Schlafwandeln nämlich nicht aufhört, wird es mich schließlich in den Wahnsinn treiben. Das hört sich vielleicht melodramatisch an, aber es stimmt. Wenn ich die Wahrheit nicht herausfinde, wird das, wovor ich mich in meinen Alpträumen fürchte, mich auch im Wachen verfolgen, ich werde keinen Augenblick des Friedens mehr haben, und schließlich wird mir nur der Ausweg bleiben, mir eine Pistole in den Mund zu stecken und abzudrücken.«

»O Gott!«

»Es ist mein voller Ernst.«

»Das weiß ich. Gott steh dir bei, mein Freund, das weiß ich.«

Reno, Nevada

Eine Wolke rettete Zeb Lomack. Sie verhüllte den Mond, bevor Zeb seiner Macht wieder vollkommen ausgeliefert war. Als die Himmelslaterne für kurze Zeit abgeblendet wurde, bemerkte Zeb, daß er ohne Mantel in der eisigen Dezembernacht stand und zum Himmel emporblickte, hypnotisiert von den Strahlen des Mondes. Wenn die Wolke ihn nicht aus seiner Trance gerissen hätte, wäre er vielleicht bis zum Monduntergang dort stehengeblieben. Dann wäre er — völlig im Bann seiner Sucht — in eines der mit Bildern der antiken Göttin tapezierten Zimmer gegangen, jener antiken Göttin, die bei den Griechen Selene und bei den Römern Diana geheißen hatte. In diesem Raum wäre er stumpfsinnig gelegen, bis er schließlich — Tage später — verhungert wäre.

Aus dem Bann erlöst, stieß Zeb einen gequälten Schrei aus und rannte aufs Haus zu. Er rutschte aus und fiel in den Schnee, stürzte auf den Verandastufen noch einmal, taumelte aber sogleich wieder auf die Beine und suchte verzweifelt Schutz in seinen vier Wänden, wo das Gesicht des Mondes ihn nicht betören konnte. Aber natürlich bot auch das Haus keine Sicherheit, keinen Schutz. Obwohl er sogleich mit geschlossenen Augen begann, die Mondfotos von den Wänden zu reißen und auf den schmutzstarrenden Boden zu werfen, drohte er erneut Opfer seiner Leidenschaft zu werden. Er konnte die Berge und Krater jetzt zwar nicht sehen, aber er *fühlte* sie. Er spürte das bleiche Licht von hundert Monden auf seinem Gesicht, fühlte die runden Monde in seinen Händen, während er sie von der Wand riß — was natürlich völlig verrückt war, denn schließlich waren es ja nur Fotos, die weder Licht noch Wärme erzeugen und ebensowenig auch den runden Mondglobus ersetzen konnten. Aber trotzdem fühlte er all das. Er öffnete die Augen und war sogleich gefesselt von dem vertrauten Himmelskörper.

Genau wie mein Vater. Reif für die Klapsmühle.

Wie fernes Wetterleuchten zuckte dieser Gedanke durch Zeb Lomacks verfinsterten Geist. Er rüttelte ihn auf und erlaubte ihm, sich soweit zu erholen, daß er seinen Blick von den Fotos losreißen und zum Küchentisch stürzen konnte, wo die geladene Schrotflinte lag.

Chicago, Illinois

Vater Stefan Wycazik, Abkömmling willensstarker Polen und Retter von Priestern in Schwierigkeiten, war an Mißerfolge nicht gewöhnt und konnte sich nicht leicht damit abfinden. »Aber wie ist es nur möglich, daß Sie — nach allem, was ich Ihnen erzählt habe — immer noch nicht glauben?« fragte er.

»Vater Stefan«, erwiderte Brendan Cronin, »es tut mir leid, aber die Existenz Gottes ist für mich heute genausowenig eine Gewißheit wie gestern.«

Sie befanden sich in einem Schlafzimmer im ersten Stock des ingwerfarbenen Ziegelhauses von Brendans Eltern im irischen Wohnviertel Bridgeport. Der junge Priester hatte Weihnachten dort verbracht, auf Anweisung Vater Wycaziks, die dieser ihm am Vortag nach der Schießerei in der Imbißstube gegeben hatte. Brendan saß in grauer Hose und weißem Hemd auf der Kante eines Doppelbettes, das mit einer fadenscheinigen gelben Chenilledecke verhüllt war. Stefan, den der Eigensinn seines Kaplans erbitterte, lief unablässig im Zimmer hin und her — vom Schrank zur Kommode, von dort zum Fenster und zum Bett und wieder zum Schrank zurück, so als wollte er seine Enttäuschung über den Mißerfolg abreagieren.

»Heute abend«, sagte er, »habe ich mit einem Atheisten gesprochen, der durch Tolks unglaubliche Heilung halb bekehrt wurde. Und Sie sind völlig unbeeindruckt.«

»Ich freue mich für Dr. Sonneford«, entgegnete Brendan, »aber sein zurückgewonnener Glaube kann den meinen nicht entfachen.«

Die Weigerung des Kaplans, sich von den wundersamen Ereignissen gebührend beeindruckt zu zeigen, war nicht das einzige, was Vater Wycazik verwirrte und ärgerte. Auch die Gelassenheit des jungen Priesters verdroß ihn. Wenn Brendan schon nicht den Willen aufbringen konnte, wieder an Gott zu glauben, hätte er doch zumindest wegen seiner anhaltenden Zweifel entmutigt und niedergeschlagen sein müssen. Statt dessen schien er sich über seinen jämmerlichen geistlichen Zustand überhaupt keine Sorgen zu machen, ganz im Gegensatz zu seiner früheren Einstellung. Er hatte sich dramatisch gewandelt; aus unerfindlichen Gründen schien tiefer innerer Friede in Brendan Einzug gehalten zu haben.

Stefan war noch nicht bereit aufzugeben. »*Sie* waren es, Brendan, der Emmy Halbourg und Winton Tolk geheilt hat. Sie haben das durch die Kraft jener Stigmata auf Ihren Händen vollbracht! Stigmata, die Gott Ihnen als ein Zeichen gesandt hat.«

Brendan betrachtete seine Hände, auf denen jetzt keine Male zu sehen waren. »Ich glaube, daß ich ... daß ich Emmy und

Winton irgendwie geheilt habe. Aber es war nicht Gott, der durch mich wirkte.«

»Wer außer Gott könnte Ihnen denn solche heilenden Kräfte verliehen haben?«

»Ich weiß es nicht«, sagte Brendan. »Ich wünschte, ich wüßte es. Aber es war nicht Gott. Ich spürte keine göttliche Gegenwart, Vater.«

»Du liebe Güte, wie soll er Ihnen denn seine Gegenwart noch stärker zu Bewußtsein bringen? Erwarten Sie von ihm, daß er Ihnen mit seinem Stab der Gerechtigkeit auf den Kopf schlägt, sein Diadem lüftet und sich vorstellt? Sie müssen ihm wenigstens auf halbem Wege entgegenkommen, Brendan.«

Der Kaplan lächelte achselzuckend. »Vater, ich weiß, daß diese erstaunlichen Ereignisse keine andere Deutung als eine religiöse zuzulassen scheinen. Aber ich fühle sehr stark, daß etwas anderes als Gott dahinter verborgen ist.«

»Was denn beispielsweise?«

»Ich weiß es nicht. Etwas unglaublich Wichtiges, etwas wirklich Wunderbares und Herrliches ... aber nicht Gott. Sehen Sie mal, Sie sagten, jene Ringe seien Stigmata. Aber wenn sie das tatsächlich sind — warum treten sie dann nicht in irgendeiner Form auf, die für Christen Symbolcharakter hat? Warum Ringe, die in keiner Beziehung zur Botschaft Christi zu stehen scheinen?«

Als Brendan vor drei Wochen Stefans unkonventionelle Therapie in der Kinderklinik begonnen hatte, war der junge Priester über seinen Glaubensverlust so verzweifelt gewesen, daß er innerhalb kürzester Zeit sehr stark abnahm. Er wog jetzt 30 Pfund weniger als vor der Krise, aber inzwischen verlor er nicht weiter an Gewicht und sah nicht mehr so bleich und verhärmt aus wie kurz nach seinem schockierenden Wutausbruch bei der Messe am 1. Dezember. Trotz seiner anhaltenden spirituellen Misere hatte seine Haut einen warmen Glanz, und seine Augen leuchteten fast ... ja, fast selig.

»Sie fühlen sich großartig, stimmt's?« fragte Stefan.

»Ja, obwohl ich nicht genau weiß, warum.«

»Ihr Herz ist nicht mehr betrübt?«

»Nein.«

»Obwohl Sie den Weg zurück zu Gott immer noch nicht gefunden haben.«

»Ja«, bestätigte Brendan. »Vielleicht hat es etwas mit meinem Traum in der letzten Nacht zu tun.«

»Wieder die schwarzen Handschuhe?«

»Nein, vor denen bin ich zum Glück schon eine ganze Weile verschont geblieben«, antwortete Brendan. »Ich habe letzte Nacht geträumt, ich sei an einem lichtdurchfluteten Ort — es war herrliches goldenes Licht, so strahlend, daß ich nichts um mich herum sehen konnte, und doch tat es meinen Augen nicht weh.« Die Stimme des Kaplans bekam einen ehrfürchtigen Klang. »Ich gehe und gehe in diesem Traum, ohne zu wissen, wo ich bin und wohin ich eigentlich gehe, aber ich habe das sichere Gefühl, daß ich mich einem Ding oder Ort von überwältigender Bedeutung und schier unerträglicher Schönheit nähere. Ich nähere mich nicht aus eigenem Antrieb ... nein, ich werde dorthin *gerufen*. Es ist kein akustisch wahrnehmbares Rufen, sondern eine Aufforderung, die einfach in mir ... widerhallt. Ich habe Herzklopfen und fürchte mich ein wenig. Aber es ist keine unangenehme Furcht, die ich an jenem lichten Ort verspüre, Vater. Deshalb gehe ich immer weiter durch das Licht, auf etwas Herrliches zu, das ich nicht sehen kann, von dem ich aber weiß, daß es existiert.«

Von Brendans leiser, verzauberter Stimme magnetisch angezogen, setzte sich Vater Wycazik neben ihn auf die Bettkante. »Aber das ist ohne jeden Zweifel ein religiöser Traum, der Ruf Gottes, der Sie im Schlaf erreicht. Er ruft Sie zurück zum Glauben, zurück zu den Pflichten Ihres Amtes.«

Brendan schüttelte den Kopf. »Nein. Der Traum hatte nichts Religiöses an sich. Ich hatte nicht das Gefühl einer göttlichen Präsenz. Es war eine andere Art von Ehrfurcht, die mich erfüllte, eine Freude ungleich jener, die ich in Christus kannte. Ich wachte im Laufe der Nacht viermal auf, und jedesmal waren die Ringe an meinen Händen zu sehen. Und jedesmal, wenn ich wieder einschlief, hatte ich den gleichen Traum. Etwas sehr Seltsames und Bedeutsames geschieht, Vater, und ich habe daran Anteil. Aber was es auch sein mag — es ist jedenfalls etwas, worauf meine Ausbildung, meine bisherigen Erfahrungen und mein früherer Glaube mich nicht vorbereitet haben.«

Vater Wycazik fragte sich, ob der Ruf, den Brendan im Traum vernommen hatte, von Satan gewesen sein könnte. Vielleicht war der Teufel, der die Seele eines Priesters in Gefahr wußte, zur Tarnung in Gestalt dieses herrlichen goldenen Lichts aufgetreten, um den Kaplan um so leichter vom rechten Weg abbringen zu können.

Immer noch fest entschlossen, seinen Kaplan zur Herde zurückzubringen, aber im Augenblick ohne wirkungsvolle Strategie, entschied sich Stefan Wycazik für einen Waffenstillstand. »Nun — und was jetzt? Sie sind — entgegen meinen Erwartungen — noch nicht soweit, daß Sie Ihr Kollar wieder anziehen und zu Ihren Pflichten zurückkehren könnten. Möchten Sie, daß ich mit Lee Kellog, dem Provinzial von Illinois, Kontakt aufnehme und ihn bitte, Ihnen eine psychiatrische Behandlung zu erlauben?«

Brendan lächelte. »Nein, das sagt mir nicht mehr zu. Ich glaube nicht, daß es mir etwas nützen würde. Am liebsten würde ich — wenn es Ihnen recht ist, Vater — in mein Zimmer im Pfarrhaus zurückkehren und einfach abwarten, was weiter geschieht. Natürlich kann ich als vom Glauben abgefallener Priester keine Beichten hören und keine heiligen Messen lesen. Aber während ich abwarte, was geschieht, könnte ich kochen und Ihnen in der Kanzlei helfen.«

Vater Wycazik war erleichtert. Er hatte befürchtet, daß Brendan den Wunsch äußern würde, ins weltliche Leben zurückzukehren. »Selbstverständlich sind Sie mir herzlich willkommen. Es gibt für Sie eine Menge Arbeit. Ich werde Sie schon auf Trab halten, nur keine Bange. Aber sagen Sie mir eines, Brendan ... halten Sie es überhaupt für möglich, daß Sie wieder zum Glauben finden?«

Der Kaplan nickte. »Ich fühle mich Gott nicht mehr *entfremdet*, nur bin ich nicht von ihm erfüllt. Vielleicht wird mich mein Weg schließlich zur Kirche zurückführen, wie Sie es glauben. Ich weiß es einfach nicht.«

Trotz seiner Enttäuschung, daß Brendan sich weigerte, die Heilung von Emmy und Winton dem wunderbaren Wirken Gottes zuzuschreiben, war Vater Wycazik glücklich, daß er den Kaplan in seiner Nähe haben würde, was ihm die Gelegenheit gab, weiter auf ihn einzuwirken und ihn der Errettung zuzuführen.

Brendan begleitete Vater Wycazik nach unten, und vor der Haustür umarmten sich die beiden Männer so herzlich, daß ein Fremder, der ihren Beruf nicht kannte, sie für Vater und Sohn gehalten hätte.

Auf der Veranda, wo ein prahlerischer — eher zu Halloween als zu Weihnachten passender — Wind heulte, sagte Brendan: »Ich weiß nicht, warum, Vater Stefan, aber ich spüre, daß uns ein wunderbares, erstaunliches Abenteuer bevorsteht.«

»Die Entdeckung — oder Wiederentdeckung — des Glaubens ist immer ein erstaunliches Abenteuer, Brendan.« Nach dieser letzten rechten Geraden, auf die Vater Wycazik als guter Seelenkämpfer einfach nicht verzichten konnte, entfernte er sich.

Reno, Nevada

Wimmernd und keuchend kämpfte Zeb Lomack gegen die narkotisierende Wirkung seiner Mondsucht an, taumelte durch die Abfälle und die umherhuschenden Küchenschaben, packte die auf dem Tisch liegende Schrotflinte, schob die Mündung zwischen seine Zähne — und stellte fest, daß seine Arme zu kurz waren, daß er nicht auf den Abzug drücken konnte. Der Drang, zu den Monden an den Wänden emporzublicken, war so überwältigend stark, daß er das Gefühl hatte, als zerrte jemand heftig an seinen Haaren, um ihn zu zwingen, vom Fußboden aufzuschauen. Und als er zum Schutz die Augen schloß, schien sein unsichtbarer Gegner unerbittlich an seinen Lidern zu reißen. Seine wahnsinnige Angst, wie sein Vater für den Rest seines Lebens in einem Irrenhaus eingesperrt zu werden, verlieh ihm jedoch die Kraft, den hypnotischen Sirenengesängen der Monde Widerstand zu leisten. Mit geschlossenen Augen ließ er sich auf einen Stuhl fallen, zog einen Schuh aus, sodann die Socke, packte die Flinte mit beiden Händen, schob sich die Mündung in den Mund, hob den nackten Fuß und legte eine Zehe auf den kalten Abzug. Imaginäres Mondlicht auf seiner Haut und imaginäre Mondgezeiten in seinem Blut wurden so mächtig, daß er die Augen öffnete, die vielen Monde an den Wänden sah und »nein!« in die Mündung der Flinte schrie. Und während er gegen die Faszination des Mondes ankämpfte und mit dem Fuß auf den Abzug drückte, platzte plötzlich der Erinnerungsballon in seinem Geist, und alles fiel ihm schlagartig ein: *der vorletzte Sommer, Dominick, Ginger, Faye, Ernie, der junge Priester, die anderen, die Interstate 80, das Tranquility Motel, o Gott, das Motel, und — o Gott! — der Mond!*

Vielleicht konnte Zebediah Lomack die Bewegung seines nackten Fußes einfach nicht mehr kontrollieren, vielleicht war aber auch im Gegenteil die plötzlich zurückgekehrte Erinnerung so furchtbar, daß Selbstmord der einzige Ausweg zu sein schien. Wie dem auch sein mochte, jedenfalls ging die Flinte mit lautem Krachen los, Zebs Hinterkopf explodierte, und für ihn hatte aller Schrecken ein Ende.

Boston, Massachusetts

Ginger Weiss las während des ganzen Weihnachtsnachmittags ›Twilight in Babylon‹ und legte das Buch nur unwillig aus der Hand, als es um sieben Uhr abends Zeit wurde, zum Abendessen mit der Familie Hannaby ins Erdgeschoß hinunterzugehen. Sie war von diesem Roman gefesselt, noch mehr jedoch von dem Foto des Autors. Dominick Corvaisis' gebieterische Augen und interessante Gesichtszüge weckten in ihr immer noch ein Unbehagen, das an Furcht grenzte, und sie konnte das seltsame Gefühl nicht loswerden, daß sie diesen Mann kannte.

Das Festessen mit ihren Gastgebern, deren Kindern und Enkeln hätte sehr anregend und gemütlich sein können, wenn nicht Dominick Corvaisis rätselhafterweise ihr ganzes Interesse beansprucht hätte. Um zehn Uhr, als sie sich endlich zurückziehen konnte, ohne jemanden zu kränken, eilte sie nach einem letzten Austausch von guten Wünschen auf ihr Zimmer.

Sie las sofort weiter, unterbrach ihre Lektüre nur, um ab und zu das Foto des Verfassers zu betrachten. Sie beendete den Roman um Viertel vor vier nachts. In der tiefen Stille, die sich über Baywatch gesenkt hatte, saß sie mit dem Buch auf den Knien da und starrte in Dominick Corvaisis' quälend vertrautes Gesicht auf dem Schutzumschlag, und je länger sie es ansah, desto stärker wurde ihre Überzeugung, daß sie diesem Mann irgendwo schon begegnet war, daß er auf irgendeine unvorstellbare Weise etwas mit ihren Problemen zu tun hatte. Obwohl sie sich sagte, daß diese Intuition vielleicht nur von derselben Geistesverwirrung herrührte, die auch ihre Anfälle bewirkte, daß sie dieser Intuition nicht trauen durfte, wuchs ihre Erregung und Unruhe, bis sie es schließlich nicht mehr aushielt und aktiv wurde.

Sie schlich die Treppe hinab, durchquerte die dunklen, leeren

Räume des großen, schlafenden Hauses, knipste in der Küche das Licht an und rief vom Wandtelefon aus die Auskunft in Laguna Beach an. In Kalifornien war es jetzt ein Uhr nachts, eine unmögliche Zeit für einen Anruf bei Dominick Corvaisis. Aber wenn sie seine Telefonnummer hätte und wüßte, daß sie am Morgen mit ihm Kontakt aufnehmen konnte, würde sie besser schlafen. Aber zu ihrer großen Enttäuschung war seine Nummer nicht registriert, womit sie allerdings fast gerechnet hatte.

Während sie leise in ihr Zimmer zurückkehrte, faßte Ginger den Entschluß, Corvaisis gleich am Morgen zu schreiben, an die Adresse seines Verlages. Sie würde den Brief per Expreß schicken und den Verleger in einem kurzen Begleitschreiben dringend bitten, ihren Brief sofort weiterzuleiten.

Vielleicht war es überstürzt und sinnlos, mit Corvaisis Kontakt aufzunehmen. Vielleicht war sie ihm nie begegnet, vielleicht hatte er überhaupt nichts mit ihren Nöten zu tun. Vielleicht würde er sie für verrückt halten. Aber auch wenn die Chancen nur eins zu eine Million stünden, wollte sie doch bereitwillig das Risiko eingehen, sich lächerlich zu machen, denn ein Zufallstreffer könnte für sie möglicherweise die Rettung bedeuten.

Laguna Beach, Kalifornien

Ohne etwas davon zu ahnen, daß ein Rezensionsexemplar seines Romanes eine enorm wichtige Verbindung zwischen ihm und einer verzweifelten jungen Frau in Boston hergestellt hatte, blieb Dom bis Mitternacht bei Parker Faine. Sie überlegten gemeinsam, um welche Art von Konspiration es sich wohl handeln könnte, aber ihnen fehlten die nötigen Informationen, um sich ein auch nur halbwegs klares Bild machen zu können. Trotzdem war es sehr tröstlich, das Rätsel mit einem Freund teilen und besprechen zu können. Es verlor dadurch etwas von seinem Schrecken.

Sie stimmten darin überein, daß Dom nicht nach Portland fliegen und mit seiner Odyssee beginnen sollte, bevor er nicht wußte, wie schlimm sein Schlafwandeln sein würde, nachdem er jetzt die Tabletten weggeworfen hatte. Vielleicht würde der Somnambulismus — wider Doms Erwarten — nicht wieder auftreten, und dann konnte er die Reise antreten, ohne befürchten zu müssen, an einem fremden Ort die Kontrolle über sich zu verlieren. Falls er jedoch wieder im Schlaf umherzuwandeln begann, würde er sich vor der Abreise nach Portland einige Wochen lang überlegen müssen, wie er sich nachts im Zaume halten könnte.

Außerdem war es — wenn er eine Zeitlang abwartete — immerhin möglich, daß er weitere Briefe von dem Unbekannten erhalten würde. Neue Hinweise könnten die Reise von Portland nach Mountainview überflüssig machen oder aber die Strecke eingrenzen, auf der Dom seine eingekerkerten Erinnerungen zu befreien hoffte.

Als Dom um Mitternacht Parkers Haus verließ, war vorauszusehen, daß der Maler sich noch stundenlang mit dem Problem beschäftigen würde, so sehr hatte es inzwischen seine Neugier geweckt. »Bist du sicher, daß es klug ist, wenn du heute nacht allein bist?« fragte er an der Haustür.

Dom trat auf einen Gartenweg hinaus, der mit dunklen, spitzen geometrischen Gebilden und mit keilförmigen, gelben Lichtscheiben gemustert war — Effekt einer dekorativen Eisenlaterne, die von Palmwedeln halb verdeckt wurde. »Wir haben ja vorhin schon ausführlich darüber gesprochen. Klug ist es vermutlich nicht, aber es ist die einzige Möglichkeit.«

»Rufst du auch bestimmt an, wenn du Hilfe brauchst?«

»Ja, das tu ich«, versprach Dom.

»Und vergiß nicht die Vorsichtsmaßnahmen, über die wir gesprochen haben!«

Diese Vorsichtsmaßnahmen begann Dom zu treffen, als er kurz darauf zu Hause war. Er holte seine Pistole aus dem Nachttisch, schloß sie in eine Schublade seines Schreibtisches im Arbeitszimmer ein und begrub den Schlüssel unter einer Packung Speiseeis in der Tiefkühltruhe. Es war immerhin besser, einem eventuellen Einbrecher unbewaffnet gegenüberzustehen, als möglicherweise im Tiefschlaf mit der Pistole herumzuballern. Als nächstes schnitt er von einer Schnurrolle in der Garage drei Meter ab. Nachdem er sich die Zähne geputzt und sich ausgezogen hatte, schlang er ein Ende der Schnur mehrmals um sein rechtes Handgelenk und sicherte die Fessel mit vier schwierigen Knoten. Dann befestigte er das andere Ende der Schnur an einem der oberen Bettpfosten und verknotete es ebenfalls sorgfältig. Etwa 30 cm Schnur hatte er für die Knoten verwendet; die restlichen 2,70 m würden ihm erlauben, bequem zu liegen, aber andererseits würden sie ausschließen, daß er sich weit vom Bett entfernte.

In seinen früheren Anfällen von Somnambulismus hatte er komplizierte Arbeiten ausgeführt, die einige Konzentration erforderten, aber nie etwas so Langwieriges und Mühsames wie das Entwirren fester Knoten, das ihm oft sogar in wachem Zustand Mühe bereitete. Im Schlaf würden ihm bestimmt die Ausdauer und die gedankliche Sammlung fehlen, um sich befreien zu können, und vor Frustration über die erfolglosen Bemühungen würde er höchstwahrscheinlich aufwachen.

Auf diese Weise in der Bewegungsfreiheit behindert zu sein war natürlich nicht ungefährlich. Wenn nachts ein Brand ausbrach oder das Haus bei einem Erdbeben beschädigt wurde, konnte das zeitraubende Aufknoten seiner Fessel eventuell dazu führen, daß er an Rauch erstickte oder unter einer einstürzenden Mauer begraben wurde. Aber dieses Risiko mußte er eingehen.

Als er die Nachttischlampe ausschaltete und unter die Decke schlüpfte, zeigten die leuchtenden roten Ziffern der Digitaluhr 0^{58} h an. Er starrte an die dunkle Decke und fragte sich, während er auf den Schlaf wartete, was ihm wohl im vorletzten Sommer auf jener Autofahrt widerfahren sein mochte.

Das Telefon auf dem Nachttisch läutete nicht. Hätte er nicht eine Geheimnummer gehabt, so wäre er vielleicht in diesem Moment von einer einsamen, angsterfüllten jungen Frau aus Boston angerufen worden — und dieser Anruf hätte den Verlauf der nächsten Wochen radikal verändert und möglicherweise auch Menschenleben gerettet.

Milwaukee, Wisconsin

Im Gästezimmer des Hauses ihrer einzigen Tochter, wo in Anbetracht von Ernies Phobie eine Nachttischlampe brannte, hörte Faye Block ihren Mann im Schlaf etwas in sein Kissen murmeln. Sie war vor einigen Minuten aufgewacht, als er einen leisen Schrei ausgestoßen und um sich geschlagen hatte. Sie stützte sich auf einen Ellbogen auf und lauschte angestrengt, konnte aber seine vom Kissen gedämpften Worte nicht verstehen. Es schien ihr jedoch, als wiederholte er immer dasselbe. Die geradezu panische Angst in seiner Stimme beunruhigte Faye. Sie beugte sich tiefer über ihn, um sein Gemurmel zu verstehen.

Plötzlich drehte er den Kopf etwas mehr zur Seite, und nun konnte sie seine Worte deutlich hören, obwohl deren Bedeutung ihr mysteriös blieb! »Der Mond, der Mond, der Mond, der Mond ...«

Las Vegas, Nevada

Jorja ließ Marcie in dieser Nacht bei sich im Bett schlafen, weil sie Angst hatte, das Mädchen nach den erschreckenden Vorfällen des Tages allein zu lassen. Sie kam nicht viel zur Ruhe, denn Marcie wurde die ganze Nacht hindurch von Alpträumen geplagt, schlug um sich, trat mit den Füßen und strampelte, so als wollte sie sich von irgendwelchen Fesseln oder von Händen, die sie festhielten, befreien. Dabei redete sie in ihrem unruhigen Schlaf immer wieder von Ärzten und Nadeln. Jorja fragte sich, wie lange das wohl schon so gehen mochte. Ihre Schlafzimmer waren durch zwei Rückwand an Rückwand stehende Kleiderschränke voneinander abgetrennt, und das Kind redete im Schlaf sehr leise. Es war also durchaus möglich, daß Marcie schon viele Nächte in solchem unbewußtem Schrecken verbracht hatte, ohne daß Jorja es gehört hatte. Die Stimme ihrer Tochter verursachte Jorja eine Gänsehaut.

Am Morgen würde sie mit Marcie sofort zum Arzt gehen, obwohl damit zu rechnen war, daß das Mädchen in seiner unerklärlichen Angst vor allen Ärzten eine schreckliche Szene machen würde. Aber Jorja machte sich viel zu große Sorgen, um die Sache einfach auf sich beruhen zu lassen. Wenn es nicht so schwierig gewesen wäre, an Weihnachten einen geeigneten Arzt ausfindig zu machen, hätte sie längst etwas unternommen.

Nachdem Marcie mittags vor Angst in die Hose gemacht hatte, war sie eine gräßliche Viertelstunde lang nicht zu bewegen gewesen, sich waschen und umziehen zu lassen. Sie schrie, kratzte und trat mit den Füßen, sobald Jorja sich ihr näherte. Schließlich legte sich ihr Anfall, und sie ließ sich zu einem Bad überreden. Aber sie saß wie ein kleiner Zombie in der Wanne, mit ausdruckslosem Gesicht und leerem Blick, so als hätte der Ausbruch des Schreckens und Zorns sie nicht nur alle Kraft, sondern auch den Verstand gekostet.

Dieser fast katatonische Zustand hielt eine Stunde an, während Jorja ein dutzendmal vergeblich versuchte, Dr. Besancourt telefonisch zu erreichen, den Kinderarzt, der Marcie schon einige Male behandelt hatte. Als Marys und Petes Bemühungen, dem verstörten Kind ein Lächeln oder wenigstens ein Wort zu entlocken, völlig erfolglos blieben, als Marcie sich benahm, als wäre sie plötzlich taubstumm geworden, fielen Jorja mit Schrecken halbvergessene Zeitschriftenberichte über autistische Kinder ein. Sie konnte sich nicht daran erinnern, ob Autismus immer schon im Kleinkindalter begann oder ob es auch möglich war, daß ein völlig normales siebenjähriges Mädchen sich plötzlich total in sich zurückzog und die ganze übrige Welt ausschloß. Diese Ungewißheit machte Jorja fast wahnsinnig.

Allmählich ließ Marcies Benommenheit jedoch nach. Sie begann, ihren Großeltern zu antworten, wenn auch sehr einsilbig und mit völlig ausdrucksloser Stimme, die Jorja kaum weniger beunruhigte als die wilden Schreie zuvor. Das Mädchen zog sich daumenlutschend — was es in den letzten zwei Jahren nie getan hatte — ins Wohnzimmer zurück und spielte den größten Teil des Nachmittags mit seinen Geschenken, freudlos und mit finsterem Gesicht. Aber Jorja war wenigstens erleichtert, daß ihre Tochter offensichtlich jedes Interesse an den Arztinstrumenten verloren hatte.

Gegen halb fünf wurde Marcie plötzlich wieder ansprechbar und fröhlich, und mit ihrem unwiderstehlichen Charme gelang es ihr fast, bei den Erwachsenen den Eindruck zu erwecken, als wäre ihr erschreckendes Verhalten bei Tisch nur ein normaler Wutausbruch gewesen, wie er bei Kindern mitunter vorkommt.

Auf dem Weg zum Auto sagte Jorjas Mutter dann auch leise, damit Marcie es nicht hören konnte, zu ihrer Tochter: »Sie will uns einfach zu verstehen geben, daß sie verwirrt und verletzt ist. Sie versteht nicht, warum ihr Vater nicht mehr bei euch ist, und sie braucht in dieser Situation besonders viel Aufmerksamkeit und Liebe.«

Aber Jorja wußte, daß diese Erklärung nicht ausreichte. Sie zweifelte nicht daran, daß Marcie immer noch verstört über das Verhalten ihres Vaters war, daß sein Weggehen sie tief getroffen hatte. Aber daneben gab es noch etwas anderes, das an dem Kind nagte, irgendeine irrationale Angst — und das bereitete Jorja große Sorgen.

Kurz nach dem Aufbruch ihrer Großeltern begann Marcie wieder mit jener unnatürlichen Intensität Doktor zu spielen, und als es Zeit zum Schlafengehen war, bestand sie darauf, die Tasche mit ins Bett zu nehmen. Jetzt lagen einige der Spielzeuginstrumente auf dem Boden, andere auf dem Nachttisch. Und in dem dunklen Schlafzimmer redete das Kind im Traum von Ärzten, Krankenschwestern und Nadeln.

Jorja hätte nicht einschlafen können, selbst wenn ihre Tochter sich ganz ruhig verhalten hätte. Sorgen hielten sie immer besser wach als ein Dutzend Tassen Kaffee. Und da sie ohnehin nicht schlafen konnte, lauschte sie aufmerksam dem Gemurmel ihrer kleinen Tochter, in der Hoffnung, etwas Aufschlußreiches zu hören, das dem Arzt bei seiner Diagnose helfen könnte. Es war kurz nach zwei Uhr nachts, als Marcie endlich etwas flüsterte, das nichts mit Ärzten und langen spitzen Nadeln zu tun hatte. Unter heftigem Strampeln rollte das Mädchen vom Bauch auf den Rücken, schnappte keuchend nach Lauft und wurde plötzlich völlig starr. »Der Mond, der Mond, der Mond«, wisperte es mit einer Stimme, aus der Staunen und zugleich Angst herauszuhören waren, mit einer verzweifelten Eindringlichkeit, die Jorja verriet, daß diese Worte von großer Bedeutung sein mußten. »Der Mond, Mond, Mooooooond ...«

Chicago, Illinois

Brendan Cronin schlief behaglich unter einer warmen Steppdecke und lächelte im Traum. Draußen seufzte der Winterwind in den riesigen Tannen, heulte und pfiff durch die Regenrinnen, stöhnte an Brendans Fenster. Die Windstöße erfolgten in regelmäßigen Abständen, so als wäre die Natur damit beschäftigt, die Nacht mit einem riesigen Blasebalg zu lüften. Brendan mußte sogar im Traum den langsamen Pulsschlag des Windes wahrgenommen haben, denn als er im Schlaf zu reden begann, kamen die Worte im gleichen Rhythmus aus seinem Mund: »Der Mond ... der Mond ... der Mond ... der Mond ...«

Laguna Beach, Kalifornien

»Der Mond! Der Mond!«

Dominick Corvaisis erwachte von seinen eigenen angsterfüllten Schreien und von einem scharfen Schmerz im rechten Handgelenk. Es war dunkel, und er war auf Händen und Füßen neben seinem Bett und versuchte krampfhaft, sich von etwas loszureißen, das seinen rechten Arm umklammert hielt. Nach einigen Sekunden löste sich der Nebel des Schlafes auf, und er begriff, daß er von nichts Bedrohlicherem festgehalten wurde als von der Schnur, die er selbst um seine Hand geschlungen hatte.

Keuchend und mit rasendem Herzklopfen knipste er die Nachttischlampe an und blinzelte im hellen Licht. Er stellte fest, daß er im Schlaf und im Dunkeln einen der vier festen Knoten ganz und einen weiteren halb aufgelöst hatte. Dann mußte er offensichtlich die Geduld verloren und in seiner Panik an der Schnur zu zerren und zu reißen begonnen haben — wie ein Tier an seiner Koppelleine. Dabei hatte er sich das Handgelenk schmerzhaft aufgeschürft.

Dom erhob sich vom Fußboden, schob die zerknüllten Decken beiseite und setzte sich auf die Bettkante.

Er wußte, daß er etwas geträumt hatte, konnte sich aber an den Traum überhaupt nicht erinnern. Er war jedoch ziemlich sicher, daß es nicht jener Alptraum gewesen war, den er im vergangenen Monat mehrmals gehabt hatte, weil darin der Mond keine Rolle spielte. Es mußte diesmal ein anderer schrecklicher Traum gewesen sein.

Seine Schreie, die dazu beigetragen hatten, ihn zu wecken, hatten so eindringlich, so gehetzt, so angsterfüllt geklungen, daß er sie immer noch deutlich im Ohr hatte: »Der Mond! Der Mond!«

Ein Schauer überlief ihn, und er legte seine Hände an die pochenden Schläfen.

Der Mond. Was hatte das nur zu bedeuten?

Boston, Massachusetts

Ginger richtete sich mit einem schrillen Schrei im Bett auf.

Lavinia, die Haushälterin der Hannabys, sagte: »Oh, es tut mir leid, Dr. Weiss. Ich wollte Ihnen keine Angst einjagen. Sie hatten einen Alptraum.«

»Einen Alptraum?« Ginger konnte sich überhaupt nicht an einen Traum erinnern.

»O ja, und so wie es sich anhörte, muß es ein schlimmer Alptraum gewesen sein«, berichtete Lavinia. »Ich ging gerade den Korridor entlang, als ich Sie schreien hörte. Ich wollte gleich in Ihr Zimmer stürzen, aber dann fiel mir ein, daß Sie vermutlich träumten. Ich wartete etwas, aber als sie gar nicht wieder aufhören wollten, laut zu schreien, immer dieselben Worte, da dachte ich mir, es sei besser, Sie aufzuwecken.«

»Ich habe laut geschrien? Was denn?«

»Immer und immer wieder ›der Mond, der Mond, der Mond‹«, sagte die Haushälterin. »Es hörte sich so an, als hätten Sie wahnsinnige Angst.«

»Ich kann mich nicht daran erinnern.«

»›Der Mond‹ — das haben Sie immer wieder geschrien«, versicherte Lavinia, »›der Mond‹, mit einer Stimme, daß man meinen konnte, jemand würde Sie umbringen.«

Teil II

Tage der Entdeckungen

Mut bedeutet, der Angst zu widerstehen, sie zu bewältigen — nicht aber, keine Angst zu haben.

Mark Twain

Hat dieses Leben einen Sinn?
Welchen Zweck hat alles Streben?
Woher kommen wir, wohin gehen wir?
Diese kalten Fragen dröhnen und hallen
durch jeden Tag, durch jede einsame Nacht.
Wir sehnen uns danach, das herrliche Licht zu finden,
dessen Strahlen uns den Sinn
des menschlichen Traumes enthüllen werden.

The Book of Counted Sorrows

Ein Freund kann durchaus als das Meisterwerk der Natur gelten.

Ralph Waldo Emerson

KAPITEL IV:
26. DEZEMBER — 11. JANUAR

1. Boston, Massachusetts

Zwischen dem 27. Dezember und dem 5. Januar suchte Dr. Ginger Weiss Pablo Jackson sechsmal in seiner Wohnung auf. Bei jedem dieser Besuche hypnotisierte er sie, um sich behutsam und geduldig an die Asrael-Blockierung heranzutasten, die einen Teil ihrer Erinnerungen versiegelte.

Mit jedem Mal kam sie dem alten Bühnenkünstler noch bezaubernder vor — intelligent, charmant, zugleich aber auch mit einem erstaunlich starken Willen und großer Zähigkeit ausgestattet. Eine solche Frau hätte sich Pablo als Tochter gewünscht. Ginger weckte in ihm väterliche Beschützergefühle, die er nie zuvor empfunden hatte.

Er erzählte ihr fast alles, was er bei der Weihnachtsparty der Hergensheimers von Alexander Christophson erfahren hatte. Sie verwarf zunächst die Theorie, daß ihre Gedächtnisblockade von unbekannten Personen bewerkstelligt worden war.

»Das ist doch viel zu fantastisch. Ganz durchschnittlichen Menschen wie mir passiert so etwas doch nicht. Ich bin nur eine *farmishteh* aus Brooklyn, und so jemand wird nicht in internationale Komplotte verwickelt.«

Das einzige, was Pablo ihr von seiner Unterhaltung mit Alex Christophson verschwieg, war die dringende Empfehlung des ehemaligen Geheimdienstchefs, sich nicht weiter mit Ginger zu beschäftigen. Wenn sie erfahren hätte, daß Alex tief beunruhigt gewesen war, hätte sie möglicherweise entschieden, daß es für Pablo zu gefährlich sei, in diese Situation verwickelt zu werden. Aus dem Wunsch heraus, ihr zu helfen, aber auch aus dem selbstsüchtigen Motiv heraus, an ihrem Leben teilzunehmen, erwähnte er nichts von Alex' Warnungen.

Bei ihrer ersten Zusammenkunft am 27. Dezember tischte Pablo — bevor er Ginger hypnotisierte — eine Quiche mit Salat auf. Während sie aßen, sagte Ginger: »Ich habe mich aber doch nie in der Nähe von irgendwelchen militärischen Einrichtungen aufgehalten, war nie an irgendwelchen brisanten Forschungsprojekten beteiligt, hatte nie Kontakt mit irgendwelchen Leuten, die einem Spionagering angehört haben könnten. Diese Idee ist einfach absurd!«

»Falls Sie zufällig irgendwelche gefährlichen Kenntnisse erworben haben, so nicht in irgendeiner Sicherheitszone. Es muß irgendwo gewesen sein, wo Sie jedes Recht hatten, sich aufzuhalten ... nur waren Sie zufällig im falschen Moment dort.«

»Aber, Pablo, wenn man mich einer Gehirnwäsche unterzogen hätte, so wäre dazu doch viel Zeit erforderlich gewesen. Man hätte mich irgendwo in Gewahrsam halten müssen. Stimmt's?«

»Ich nehme an, daß es einige Tage in Anspruch genommen hätte.«

»Dann können Sie nicht recht haben«, erklärte sie. »Mir ist natürlich klar, daß diese Leute auch den Ort, wo sie mich der Gehirnwäsche unterzogen haben, aus meiner Erinnerung getilgt hätten. Aber dann müßte es doch irgendwo in meiner Vergangenheit einen Zeitpunkt geben, von dem ich nicht sagen könnte, wo ich damals gewesen bin und was ich gemacht habe.«

»Keineswegs. Man würde Ihnen in einem solchen Fall falsche Erinnerungen eingeben, um die Gedächtnislücke zu schließen, und Sie wüßten überhaupt nichts davon.«

»Allmächtiger Himmel! Wäre so etwas tatsächlich machbar?«

»Ich setze meine Hoffnung darauf, diese falschen Erinnerungen aufspüren zu können«, erklärte Pablo. »Es wird lange dauern, denn ich muß während der Hypnose die Zeit langsam rückwärts laufen lassen, Woche für Woche Ihres Lebens, aber wenn ich auf die künstlichen Erinnerungen stoße, werde ich sie sofort identifizieren, weil ihnen die Farbigkeit und die Einzelheiten echter Erinnerungen fehlen werden. Bühnendekorationen ohne Tiefenwirkung, verstehen Sie? Wenn wir zwei oder drei Tage solcher hauchdünner lebloser Erinnerungen finden, werden wir den genauen Zeitpunkt der Ursache Ihrer Probleme kennen — die Daten, an denen Sie sich in der Gewalt dieser Leute befanden, wer immer sie auch sein mögen.«

»Ja, o ja, ich verstehe!« rief sie aufgeregt. »Der erste Tag jener farblosen Erinnerungen wird der Tag sein, an dem ich etwas sah, was ich nicht hätte sehen sollen. Und der letzte Tag wird jener Tag sein, an dem sie mit der Gehirnwäsche fertig waren. Es ist kaum zu glauben ... Aber wenn diese Erinnerungsblockade mir tatsächlich von jemandem *eingepflanzt* wurde, wenn alle meine Symptome — die Fugues — ihre Ursache darin haben, daß diese gewaltsam unterdrückten Erinnerungen in mein Bewußtsein durchzubrechen versuchen ... dann ist mein Problem nicht psychologischer Art. Dann bestünde ja die Chance, daß ich wieder als Ärztin tätig sein könnte. Ich brauche nichts weiter zu tun, als die Erinnerungen auszugraben, sie zutage zu fördern, und dann wird alles in Ordnung sein.«

Pablo nahm ihre Hand und drückte sie. »Ja, ich glaube, daß diese Hoffnung begründet ist. Aber es wird nicht einfach sein. Jedesmal, wenn ich auf die Blockierung stoße, riskiere ich, daß Sie sich in ein Koma zurückziehen ... oder noch Schlimmeres. Ich werde so behutsam wie nur irgend möglich vorgehen, aber ein Risiko bleibt es dennoch.«

Die ersten beiden Hypnotisierungen wurden am 27. Dezember und am Sonntag, dem 29. Dezember, durchgeführt; jede dauerte vier Stunden. Pablo ließ sie die letzten neun Monate Tag für Tag noch einmal erleben, stieß dabei aber auf keine künstlichen Erinnerungen.

Am Sonntag regte Ginger auch an, er solle sie über Dominick Corvaisis befragen, den Schriftsteller, auf dessen Foto sie so heftig reagiert hatte. Als sie in tiefer Hypnose war und Pablo sicher sein konnte, daß er mit Gingers Unterbewußtsein redete, fragte er, ob sie Corvaisis je begegnet sei, und nach kurzem Zögern antwortete sie: »Ja.« Pablo bohrte vorsichtig weiter, konnte aber kaum etwas aus ihr herausbekommen. Schließlich tauchte aber doch ein vager Erinnerungsfetzen auf: »Er warf mir Salz ins Gesicht.«

»Corvaisis hat Sie mit Salz beworfen? Weshalb denn?« fragte Pablo verwirrt.

»Ich ... kann mich ... nicht genau erinnern.«

»Wo ist das passiert?«

Sie runzelte die Stirn, und als er diesen Punkt weiter verfolgte, entzog sie sich seinen Fragen, indem sie in jenen erschreckenden komatösen Zustand versank. Pablo trat rasch den Rückzug an, bevor ihre Bewußtlosigkeit so gravierende Formen annehmen konnte wie beim erstenmal. Er versicherte ihr, daß er sie nicht weiter über Corvaisis befragen würde, und allmählich reagierte sie auf sein Versprechen.

Ohne jeden Zweifel hatte Ginger irgendwann Corvaisis' Bekanntschaft gemacht. Und diese Begegnung war verknüpft mit den Erinnerungen, die man ihr gestohlen hatte.

In den nächsten beiden Sitzungen — am Montag, dem 30. Dezember, und am Mittwoch, dem 1. Januar — ließ Pablo Ginger weitere acht Monate ihres Lebens noch einmal durchleben, bis Ende Juli des vorletzten Sommers, ohne irgendwelche hauchdünnen Erinnerungen zu entdecken, die auf das Werk von Spezialisten für geistige Beeinflussung hingedeutet hätten.

Am Donnerstag, dem 2. Januar, bat Ginger ihn, sie über ihren vergessenen Traum der letzten Nacht zu befragen. Zum viertenmal seit Weihnachten hatte sie im Schlaf ›Der Mond!‹ geschrien, so laut und eindringlich, daß andere davon erwacht waren. »Ich glaube, der Traum spielt sich an jenem Ort und zu jener Zeit ab, die mir geraubt wurden. Vielleicht werden wir etwas darüber erfahren, wenn Sie mich in Trance versetzen.«

Aber in der Hypnose weigerte sie sich, Fragen zu ihrem Traum der letzten Nacht zu beantworten. Sie fiel in einen tieferen Schlaf als jenen der hypnotischen Trance. Pablo hatte wieder den Asrael-Drücker ausgelöst — ein sicherer Beweis dafür, daß jene verbotenen Erinnerungen sie im Traum heimsuchten.

Am Freitag kamen sie nicht zusammen. Pablo benötigte diesen Tag, um über Gedächtnisblockaden aller Art nachzulesen und um sich über die weitere Vorgehensweise klarzuwerden.

Außerdem hatte er alle fünf Sitzungen nach Weihnachten auf Kassetten aufgenommen, die er nun in seinem Arbeitszimmer stundenlang abhörte. Er suchte nach einem Wort oder einer Nuance in Gingers Stimme, die irgendeine Antwort bedeutsamer erscheinen lassen würde, als ihm bei der Hypnose aufgefallen war.

Er fand nichts besonders Bemerkenswertes, stellte jedoch fest, daß ihre Stimme einen etwas ängstlichen Beiklang bekommen hatte, als sie bei ihrer Reise durch die Vergangenheit beim 31. August des vorletzten Jahres angelangt waren. Es waren keine dramatischen Veränderungen, und während der betreffenden Sitzung hatte er nichts davon bemerkt. Als er nun aber mit Hilfe der Schnellvorlauftaste nacheinander in sämtliche Kassetten hineinhörte, fiel ihm ihre stetig zunehmende Angst auf, und er vermutete, daß sie sich jenem Ereignis näherten, welches hinter der Asrael-Blockierung verborgen war.

Deshalb war er auch nicht überrascht, als bei ihrer sechsten Sitzung nach Weihnachten, am Samstag, dem 4. Januar, der Durchbruch kam. Ginger saß wie immer in einem der Sessel am Fenster; draußen fiel leichter Schnee. Ihre silberblonden Haare schimmerten. Als Pablo sie in den Juli des vorletzten Jahres zurückversetzte, zog sie die Augenbrauen zusammen, und ihre Stimme wurde immer leiser und angespannter. Pablo wußte, daß sie jetzt in unmittelbare Nähe ihrer vergessenen Qualen gerieten.

Nachdem sie ja rückwärts durch die Zeit reisten, hatte Ginger ihm in den bisherigen Sitzungen von ihren arbeitsreichen Monaten als Assistenzchirurgin am Memorial Hospital berichtet, und nun erlebte sie in Trance noch einmal Montag, den 30. Juli — einen Tag, der mehr als siebzehn Monate zurücklag —, als sie ihre Arbeit bei George Hannaby aufgenommen hatte. Ihre Erinnerungen blieben auch scharf und detailliert, als Pablo sie zum Sonntag, dem 29. Juli, zurückführte, als sie noch damit beschäftigt gewesen war, ihre neue Wohnung einzurichten. Am 28., 27., 26., 25. und 24. Juli hatte sie ausgepackt und Möbel gekauft ... weiter am 21., 20., 19. Juli ... Am 18. Juli hatte der Möbelwagen ihre Sachen von Palo Alto in Kalifornien gebracht, wo sie in den vorangegangenen zwei Jahren gelebt und ein schwieriges Zusatzstudium in vaskularer Chirurgie absolviert hatte. Und immer weiter zurück ...

Am 17. Juli war sie mit dem Auto in Boston angekommen und hatte in der Nähe des Beacon Hill im Holiday Inn Government Center übernachtet, weil in ihrer neuen Wohnung noch kein Bett stand.

»Mit dem Auto? Sind Sie etwa von Stanford quer durch das ganze Land gefahren?«

»Es war der erste richtige Urlaub meines Lebens. Ich fahre gern Auto, und es war eine gute Gelegenheit, etwas von den Landschaften zu sehen«, erklärte Ginger, aber ihre Stimme klang so ominös, als spräche sie nicht von einer Vergnügungsreise, sondern von einer Fahrt durch die Hölle.

Pablo führte sie in ihrer Trance noch einmal durch diese Urlaubstage, quer durch den Mittelwesten, um den nördlichsten Vorsprung der Rocky Mountains herum, durch Utah nach Nevada, bis sie zum Dienstagmorgen, dem 10. Juli, kamen. Sie hatte die letzte Nacht in einem Motel verbracht, und als er sie nach dem Namen fragte, überlief sie ein heftiger Schauer.

»T ... Tranquility.«
»Tranquility Motel? Wo liegt es? Und wie sieht es aus?«
Sie ballte ihre Hände auf den Sessellehnen zu Fäusten. »Fünfzig Kilometer westlich von Elko, an der Interstate 80.« Zögernd, widerwillig beschrieb sie das Tranquility Motel mit seinen zwanzig Zimmern sowie den Tranquility Grille. Jeder Muskel in ihrem Körper war angespannt. Dieser Ort flößte ihr Angst ein.
»Sie haben also die Nacht vom 9. zum 10. Juli in diesem Motel verbracht. Der 9. war ein Montag. Gut, jetzt ist Montag, der 9. Juli. Sie kommen gerade im Motel an. Sie fahren mit Ihrem Auto vor ... Wieviel Uhr ist es?«
Sie antwortete nicht und begann zu zittern, und als er seine Frage wiederholte, murmelte sie: »Ich bin nicht am Montag angekommen. F... Freitag.«
»Am Freitag?« fragte Pablo bestürzt. »Sind Sie von Freitag, dem 6. Juli, bis Dienstag, dem 10. Juli, im Tranquility Motel gewesen? Vier Nächte in diesem kleinen Motel mitten in der Einöde?« Er beugte sich etwas im Sessel vor, denn er begriff, daß sie den Zeitpunkt entdeckt hatten, an dem ihr Gehirn manipuliert worden war. »Weshalb hätten Sie sich dort so lange aufhalten sollen?«
»Weil es ein friedlicher Ort war. Schließlich hatte ich ja Urlaub.« Ihre Stimme wurde mit jedem Wort hölzerner und monotoner. »Ich hatte Erholung nötig, müssen Sie wissen, und das war ein idealer Erholungsort.«
Der alte Hypnotiseur wandte seinen Blick von ihr ab und schaute aus dem Fenster auf den tristen, grauen Winternachmittag und den herabrieselnden Schnee hinaus, während er sich die nächste Frage genau überlegte. »Sie sagten doch, daß dieses Motel keinen Swimmingpool besitzt. Und die von Ihnen beschriebenen Zimmer sind nicht komfortabel. Keine gemütlichen Räume, die zu längerem Verweilen einladen. Was in aller Welt haben Sie dort vier Tage lang gemacht, Ginger?«
»Wie schon gesagt — ich habe mich ausgeruht. Einfach ausgeruht. Viel geschlafen. Einige Bücher gelesen. Ferngesehen. Sie haben sogar dort draußen auf den Ebenen gute Fernsehprogramme, weil sie ihren eigenen kleinen Satellitenempfänger auf dem Dach haben.« Ihre Sprechweise war jetzt völlig verändert — sie hörte sich an, als läse sie von einem Manuskript ab.

»Nach zwei anstrengenden Jahren in Stanford hatte ich einige Tage Nichtstun dringend nötig.«

»Welche Bücher haben Sie gelesen, während Sie in diesem Motel waren?«

»Ich ... ich kann mich nicht daran erinnern.« Ihre Hände waren immer noch zu Fäusten geballt, ihre Muskeln immer noch angespannt. Am Haaransatz traten kleine Schweißperlen hervor.

»Ginger, Sie sind jetzt in dem Motelzimmer und lesen. Haben Sie mich verstanden? Sie lesen, was Sie damals gelesen haben. Schauen Sie sich den Titel des Buches an und sagen Sie mir, wie er lautet?«

»Ich ... kein ... kein Titel.«

»Jedes Buch hat einen Titel.«

»Kein Titel.«

»Weil es in Wirklichkeit gar kein Buch gibt — nicht wahr?«

»Ja. Ich habe mich einfach ausgeruht. Viel geschlafen. Einige Bücher gelesen. Ferngesehen«, sagte sie mit leiser, ausdrucksloser Stimme. »Sie haben sogar dort draußen auf den Ebenen gute Fernsehprogramme, weil sie ihren eigenen kleinen Satellitenempfänger auf dem Dach haben.«

»Was haben Sie sich im Fernsehen angeschaut?« fragte Pablo.

»Nachrichten. Filme.«

»Was für Filme?«

Sie zuckte zusammen. »Ich ... ich erinnere mich nicht daran.«

Pablo war überzeugt davon, daß sie sich nicht an diese Dinge erinnern konnte, weil sie sie in Wirklichkeit nie getan hatte. Sie war zweifellos in jenem Motel gewesen, denn sie konnte es in allen Einzelheiten beschreiben, aber sie konnte sich an keine Bücher und Fernsehsendungen erinnern, weil sie ihre Zeit nicht mit Lesen und Fernsehen verbracht hatte. Man hatte sie geschickt darauf programmiert, auf eventuelle Fragen diese Antworten zu geben, und man hatte sie sogar soweit beeinflußt, daß sie sich wirklich vage daran zu erinnern glaubte, aber das waren künstlich eingepflanzte Erinnerungen, die nur kaschieren sollten, was in jenem Motel tatsächlich vorgefallen war. Ein Spezialist für Gehirnwäsche konnte einem Menschen falsche Erinnerungen eingeben, aber selbst wenn er sich noch so viel Mühe gab und ein dichtes Netz von Einzelheiten miteinander

verwob, klangen die künstlichen Erinnerungen nie so überzeugend wie echte.
»Wo haben Sie jeden Abend gegessen?«
»Im Tranquility Grille. Es ist ein kleines Restaurant, eher eine Imbißstube, und sie haben keine große Speiseauswahl, aber das Essen ist ganz ausgezeichnet.« Auch bei dieser Antwort hatte ihre Stimme einen völlig monotonen Klang.
»Was haben Sie dort gegessen?«
Sie zögerte. »Ich ... ich erinnere mich nicht daran.«
»Aber Sie sagten doch, das Essen sei ganz ausgezeichnet gewesen. Wie können Sie das beurteilen, wenn Sie gar nicht mehr wissen, was Sie gegessen haben?«
»Uhhh ... es ist ein kleines Restaurant, eher eine Imbißstube, und sie haben keine große Speiseauswahl.«
Je eindringlicher er nach Einzelheiten fragte, desto stärker versteifte sie sich. Ihre Stimme blieb ausdruckslos, während sie die einprogrammierten Antworten herunterleierte, aber ihr Gesicht verzerrte und verhärtete sich vor Angst.
Pablo hätte ihr sagen können, daß ihre Erinnerungen an diese vier Tage im Tranquility Motel falsch waren. Er hätte ihr befehlen können, sie aus ihrem Gedächtnis zu blasen, so wie man Staub von einem alten Buch bläst, und sie hätte es getan. Dann hätte er ihr erklären können, daß ihre echten Erinnerungen hinter einer Asrael-Blockierung eingemauert waren und daß sie diese Blockade zertrümmern müsse. Aber wenn er das getan hätte, wäre sie — entsprechend der Programmierung — in ein Koma gefallen — oder es wäre ihr noch Schlimmeres widerfahren. Es würde Tage, vielleicht sogar Wochen dauern, um winzige Risse zu entdecken und behutsam auszunutzen.
Diesmal begnügte er sich damit festzustellen, wieviel Stunden ihres Lebens man ihr genau gestohlen hatte. Er versetzte sie zum 6. Juli des vorletzten Jahres zurück, einem Freitag, und fragte, um welche Uhrzeit sie sich im Tranquility Motel eingetragen habe.
»Kurz nach acht abends.« Jetzt hatte sie nicht mehr jene hölzerne Stimme, denn dies waren echte Erinnerungen. »Es war noch eine Stunde bis zum Sonnenuntergang, aber ich war müde. Ich wollte nur etwas essen, duschen und zu Bett gehen.« Sie beschrieb den Mann und die Frau an der Rezeption in allen Einzelheiten. Sie wußte sogar ihre Namen: Faye und Ernie.

»Nachdem Sie sich eingetragen hatten, aßen Sie im Tranquility Grille neben dem Motel zu Abend. Beschreiben Sie mir die Imbißstube.«

Sie kam seiner Aufforderung nach und schilderte detailliert das kleine Restaurant. Als er sie jedoch an den Zeitpunkt versetzte, da sie es wieder verlassen hatte, wurden ihre Erinnerungen wieder dünn und farblos. Für Pablo stand nun fest, daß das kritische Ereignis stattgefunden hatte, nachdem sie an jenem Freitagabend in die Imbißstube gegangen war, und daß ihr Gedächtnis bis zum folgenden Dienstag, als sie in Richtung Utah aufbrach, manipuliert worden war.

Pablo versetzte Ginger wieder in das kleine Restaurant zurück, um den genauen Zeitpunkt festzustellen, an dem die echten Erinnerungen endeten und die falschen begannen. »Erzählen Sie mir alles über Ihr Abendessen an jenem Freitagabend, Minute für Minute, von dem Moment an, wo Sie es betraten.«

Ginger setzte sich aufrecht hin. Ihre Augen waren immer noch geschlossen, bewegten sich aber deutlich sichtbar unter den Lidern, so als blickte sie beim Betreten der Imbißstube nach rechts und links. Sie öffnete die Fäuste und stand zu Pablos Erstaunen auf. Sie ging auf die Mitte des Zimmers zu. Er begleitete sie, um zu verhindern, daß sie gegen Möbel stieß. Sie wußte nicht, daß sie in seiner Wohnung war, sondern glaubte, sich zwischen den Tischen im Restaurant zu bewegen. Alle Anspannung und Angst waren von ihr gewichen, denn sie lebte jetzt völlig in jener Zeit, bevor ihre Probleme begonnen hatten, in jener Zeit, da sie vor nichts Angst zu haben brauchte.

Mit ruhiger, gelöster Stimme erklärte sie: »Es hat eine ganze Weile gedauert, bis ich mich etwas frisch gemacht hatte. Die Dämmerung ist nicht mehr fern. Die Ebenen draußen sind von der Abendsonne in orangefarbenes Licht getaucht, und ihr Widerschein füllt auch das Restaurant. Ich glaube, ich werde mich in die Nische dort setzen, in die Ecke am Fenster.«

Pablo dirigierte sie behutsam an dem Picasso-Gemälde vorbei auf eines der Sofas zu.

»Mmmm, das riecht aber gut!« sagte sie. »Zwiebeln ... Gewürze ... Pommes frites ...«

»Wieviel Leute sind im Restaurant, Ginger?«

Sie blieb stehen und drehte den Kopf nach allen Seiten, betrachtete die Imbißstube mit geschlossenen Augen. »Der Koch hinter der Theke und eine Bedienung. Drei Männer ... vermutlich Lastwagenfahrer ... auf Hockern an der Theke. Und ... drei an jenem Tisch ... und der pausbäckige Priester ... noch ein Mann in der Nische dort drüben ...« Ginger deutete und zählte. »Oh, außer mir sind es elf Personen.«

»Gut«, sagte Pablo, »gehen wir zu der Nische am Fenster.«

Sie ging weiter, lächelte jemandem zu, wich einem nur ihr sichtbaren Hindernis aus, zuckte dann plötzlich überrascht zusammen und griff sich mit einer Hand ans Gesicht. »Oh!« Sie blieb abrupt stehen.

»Was ist los?« fragte Pablo. »Was ist passiert?«

Sie blinzelte einen Moment lang wütend, dann lächelte sie und redete mit jemandem im Tranquility Grille, wie sie es an jenem 6. Juli getan hatte. »Nein, nein, alles in Ordnung. Es macht wirklich nichts. Ich habe es schon abgeschüttelt.« Sie wischte sich das Gesicht ab. »Sehen Sie?« Sie hatte nach unten geschaut, weil die andere Person offensichtlich saß. Nun hob sie die Augen, als ihr Gesprächspartner aufstand.

Pablo wartete auf die Fortsetzung der Unterhaltung.

»Na ja, wenn man Salz verschüttet, ist es wirklich besser, etwas davon über die Schulter zu werfen, sonst kann weiß Gott was passieren. Mein Vater hat immer dreimal eine Prise geworfen, — wenn Sie das auch getan hätten, wäre ich jetzt in Salz begraben.«

Sie wollte weitergehen, aber Pablo hielt sie zurück. »Halt, warten Sie, Ginger. Der Mann, der Salz über seine Schulter geworfen hat — wie sieht er aus?«

»Jung«, sagte sie. »Zweiunddreißig oder dreiunddreißig. Etwa eins achtundsiebzig groß. Schlank. Dunkle Haare. Dunkle Augen. Sieht ganz gut aus, wirkt schüchtern, aber sehr sympathisch.«

Dominick Corvaisis. Gar kein Zweifel.

Sie ging weiter. Pablo blieb an ihrer Seite, und als er bemerkte, daß sie in der Nische Platz nehmen wollte, führte er sie zum Sofa. Sie setzte sich hin und blickte lächelnd aus einem imaginären Fenster auf die vom Licht der untergehenden Sonne beschienenen Ebenen Nevadas hinaus.

Pablo verfolgte aufmerksam, wie Ginger einige höfliche Floskeln mit der Bedienung wechselte und eine Flasche Coors bestellte. Das Bier wurde serviert, und Ginger tat so, als nippte sie daran, während sie beobachtete, wie draußen die Sonne am Horizont versank. Pablo drängte sie nicht, denn er wußte, daß sie sich dem kritischen Augenblick näherten, von dem an die echten Erinnerungen den falschen Platz machten. Das Ereignis — irgend etwas, das sie gesehen hatte und nicht hätte sehen dürfen — hatte etwa um diese Zeit stattgefunden, und Pablo wollte soviel wie nur irgend möglich über die Minuten unmittelbar vor diesem verhängnisvollen Ereignis erfahren.

An jenem Abend der Vergangenheit brach die Dunkelheit herein.

Ginger bestellte einen Teller hausgemachte Gemüsesuppe und einen Cheeseburger mit allen Beilagen.

In Nevada wurde es Nacht.

Noch bevor ihr Essen serviert war, runzelte Ginger plötzlich die Stirn und sagte: »Was ist das?« Sie schaute mit finsterem Gesicht aus dem imaginären Fenster.

»Was sehen Sie?« fragte Pablo, dem die Szenerie plötzlich verborgen blieb.

Sie stand beunruhigt auf. »Was ist das nur für ein Lärm?« Sie sah die anderen Leute im Restaurant verwirrt an und unterhielt sich mit ihnen. »Ich weiß es nicht. Ich weiß nicht, was es ist.« Sie taumelte plötzlich zur Seite und wäre fast gestürzt. »Gewalt!« Sie suchte Halt an einem Tisch oder einer Stuhllehne. »Alles bebt. Warum bebt alles?« Sie machte einen erschrockenen Satz. »Mein Bierglas ist umgefallen. Ist es ein Erdbeben? Was geht nur vor? Was *ist* das für ein Geräusch?« Sie taumelte wieder. Jetzt hatte sie Angst. »Die Tür!« Sie rannte durch das Wohnzimmer, aber sie glaubte, auf den Ausgang des Restaurants zuzurennen, das sie in Wirklichkeit vor langer Zeit verlassen hatte. »Die Tür!« rief sie wieder, blieb dann aber keuchend, schwankend und zitternd stehen.

Als Pablo sie einholte, fiel sie auf die Knie und ließ ihren Kopf hängen.

»Was geht hier vor sich, Ginger?«

»Nichts.« Sie hatte sich von einem Augenblick zum anderen völlig verändert.

»Was ist das für ein Lärm?«

»Welcher Lärm denn?« fragte sie mit jener Roboterstimme.

»Ginger, verdammt noch mal, was passiert im Tranquility Grille?«

Ihr Gesicht spiegelte Entsetzen wider, aber sie sagte nur: »Ich esse zu Abend.«

»Das ist eine falsche Erinnerung.«

»Ich esse zu Abend.«

Er versuchte, an den entscheidenden Moment anzuknüpfen, als etwas Erschreckendes geschehen war, aber zuletzt mußte er akzeptieren, daß die Asrael-Blockierung einsetzte, als Ginger zur Restauranttür rannte, und daß diese Gedächtnisblockade erst am folgenden Dienstagmorgen endete, als sie in östliche Richtung nach Salt Lake City abfuhr. Vielleicht würde es ihm allmählich gelingen, diese Zeitspanne behutsam immer mehr zu verkleinern, aber für diesen Tag hatten sie genug erreicht.

Sie wußten jetzt, daß Ginger am Abend des 6. Juli des vorletzten Jahres etwas gesehen hatte, das sie nicht hätte sehen dürfen. Danach war sie mit großer Sicherheit in einem Zimmer des Motels gefangengehalten worden, und jemand hatte sie mit den ausgeklügelten modernsten Techniken einer Gehirnwäsche unterzogen, um ihr die Erinnerung an jenes Ereignis zu rauben und dadurch zu verhindern, daß sie anderen Menschen etwas davon erzählte. Man hatte sie drei Tage lang bearbeitet — am Samstag, Sonntag und Montag — und sie mit korrigierten Erinnerungen am Dienstag freigelassen.

Aber wer um alles in der Welt waren diese allmächtigen Unbekannten? Und was hatte Ginger gesehen?

2. *Portland, Oregon*

Am Sonntag, dem 5. Januar, flog Dominick Corvaisis nach Portland und mietete ein Hotelzimmer in der Nähe seiner ehemaligen Wohnung. Es regnete heftig, und die Luft war kalt.

Abgesehen vom Abendessen im Hotelrestaurant, verbrachte er den Nachmittag und den Abend an einem Tisch am Fenster seines Zimmers, studierte die Straßenkarten und starrte zwischendurch gedankenverloren auf die regengepeitschte Stadt hinaus. Immer wieder ließ er im Geiste die Strecke Revue passieren, die er im vorletzten Sommer gefahren war — und ab morgen wieder fahren würde.

Wie er Parker Faine an Weihnachten erzählt hatte, war er

überzeugt davon, daß er damals unterwegs zufällig in eine gefährliche Situation geraten war, und daß man ihm — so absurd das auch klingen mochte — die Erinnerung an diesen Vorfall geraubt hatte. Die Post von seinem unbekannten Informanten ließ einfach keine andere Schußfolgerung zu.

Vor zwei Tagen hatte er einen dritten Brief ohne Absender mit New Yorker Poststempel erhalten. Als Dom es nun im Hotelzimmer satt bekam, sich mit den Landkarten zu beschäftigen und den Regen zu betrachten, nahm er jenen Briefumschlag wieder einmal zur Hand und zog den Inhalt heraus, der diesmal nicht aus einer getippten Botschaft, sondern aus zwei Polaroid-Fotos bestand.

Die erste Aufnahme übte auf ihn die kleinere Wirkung aus, obwohl er auch auf sie sehr betroffen reagierte — *erstaunlich* betroffen in Anbetracht der Tatsache, daß es sich um das Foto eines — zumindest, soweit er sich erinnern konnte — wildfremden Menschen handelte. Ein junger, pausbäckiger Priester mit wirren kastanienbraunen Haaren, Sommersprossen und grünen Augen blickte in die Kamera. Er saß auf einem Stuhl vor einem kleinen Schreibtisch, einen Koffer neben sich, in übertrieben aufrechter Haltung, mit gestrafften Schultern, die Hände auf dem Schoß gefaltet, die Knie eng aneinandergedrückt. Was Dom an diesem Foto schockierte, war der Gesichtsausdruck des Priesters — er sah fast so starr und leblos wie eine Leiche aus. Obwohl die steife Haltung des Mannes bewies, daß er lebte, wirkten seine Augen doch beunruhigend glasig.

Das zweite Foto verstörte Dom jedoch noch viel mehr, und zwar jedesmal von neuem, wenn er es betrachtete. Eine junge Frau war darauf zu sehen, und sie war für ihn keine Fremde. Obwohl Dom sich nicht daran erinnern konnte, wo sie einander begegnet waren, wußte er doch, daß er sie kannte. Ihr Bild verursachte ihm Herzklopfen und erfüllte ihn mit einer ähnlichen Angst wie jener, die er beim Aufwachen aus seinen Anfällen von Schlafwandeln verspürte. Sie mußte Ende Zwanzig sein. Blaue Augen. Silberblonde Haare. Sehr regelmäßige Gesichtszüge. Sie wäre ungewöhnlich schön gewesen, wenn sie nicht den gleichen Ausdruck wie der junge Priester gehabt hätte: starr und leblos. Sie war von der Taille aufwärts fotografiert worden, auf einem schmalen Bett liegend, bis zum Hals in Laken gehüllt, mit Gurten ans Bett gefesselt. Ein Arm war teilweise entblößt;

eine intravenöse Injektionsnadel steckte darin. Sei sah klein, hilflos und unterdrückt aus.

Das Foto erinnerte ihn unweigerlich an seine eigenen Alpträume von den Männern, die er nicht sehen konnte, die ihn aber anbrüllten und seinen Kopf in ein Waschbecken drückten. Dieser schlimme Traum hatte einige Male nicht an einem Waschbecken begonnen, sondern in einem Bett, in einem seltsamen Raum, der mit safrangelbem Nebel erfüllt zu sein schien. Beim Anblick der jungen Frau war Dom überzeugt davon, daß irgendwo auch von ihm ein ähnliches Foto existierte: an ein Bett gefesselt, eine Injektionsnadel im Arm, mit völlig ausdruckslosem Gesicht.

Als er die beiden Fotos am Freitag, dem Tag ihres Posteingangs, Parker Faine gezeigt hatte, war der Maler zu ähnlichen Schlußfolgerungen gelangt.

»Wenn ich mich irre, soll man mich in der Hölle braten und Sandwiches für den Teufel daraus machen — ich könnte jedenfalls schwören, daß die Frau auf diesem Foto mit Drogen oder sonstwie betäubt, in Trance versetzt und einer Gehirnwäsche unterzogen wurde, wie es auch dir passiert ist. Mein Gott, diese Situation wird von Tag zu Tag bizarrer und faszinierender! Eigentlich wäre das ein Fall für die Polizei — aber du kannst die Bullen nicht informieren, denn wir wissen nicht, auf welcher Seite *sie* stehen! Es ist ja durchaus möglich, daß du auf jener Autofahrt irgendeiner Abteilung unserer eigenen Regierung zufällig in die Quere gekommen bist. Aber jedenfalls bist du nicht der einzige, der in Schwierigkeiten geraten ist, alter Junge. Dieser Priester und diese junge Frau sind auch in die Sache hineingestolpert. Und wer auch immer sich so viel Mühe mit euch gemacht hat, muß viel zu verbergen haben — es muß um eine viel, viel wichtigere Angelegenheit gehen, als ich zunächst dachte.«

In seinem Hotelzimmer in Portland hielt Dom die beiden Fotos jetzt nebeneinander und ließ seine Blicke von dem Priester zu der Frau und wieder zurück schweifen. »Wer seid ihr?« fragte er laut. »Wie heißt ihr? Was ist uns nur zugestoßen?«

Draußen zuckten Blitze wie Peitschen durch die Nacht, so als wollte ein kosmischer Kutscher den Regen zu schnellerem Tempo antreiben. Wie die dröhnenden Hufe von tausend galoppierenden Pferden, so trommelten dicke Regentropfen gegen die Mauer des Hotels und stürzten die Fensterscheiben hinab.

Später, beim Schlafengehen, fesselte Dom sich wieder ans Bett. Das System hatte er seit Weihnachten allerdings wesentlich verbessert. Zunächst umwickelte er sein rechtes Handgelenk mit einer Mullbinde, die er mit Pflaster festklebte — als Schutzmaßnahme, damit die Schnur ihm nicht die Haut abschürfte. Er verwendete auch kein normales Hanfseil mehr, sondern eine Nylontrosse, die zwar nur einen halben Zentimeter dick war, aber eine Belastbarkeit von 1300 Kilo hatte und speziell für Bergsteiger empfohlen wurde.

Zu dieser widerstandsfähigen Schnur war er übergegangen, nachdem er in der Nacht des 28. Dezember den Hanfstrick im Schlaf durchgebissen hatte. Dem Bergsteigerseil war mit den Zähnen fast ebensowenig beizukommen wie einem Drahtseil.

In dieser Nacht in Portland wachte er dreimal auf; jedesmal zerrte er wütend an seiner Fessel, schwitzend und keuchend, mit rasendem Herzklopfen, überwältigt von wahnsinniger Angst. »Der Mond! Der Mond!«

3. Las Vegas, Nevada

Am Tag nach Weihnachten ging Jorja Monatella mit Marcie zu Dr. Louis Besancourt, und die Untersuchung wurde zu einer Qual — sie frustrierte den Arzt, ängstigte Jorja und rief bei beiden Verwirrung und Ratlosigkeit hervor. Schon im Wartezimmer schrie das Mädchen, kreischte, jammerte und weinte. »Keine Ärzte! Sie werden mir weh tun!«

Bei jenen seltenen Gelegenheiten, wenn Marcie ungezogen war (was wirklich *sehr* selten vorkam), genügte normalerweise ein kräftiger Klaps aufs Gesäß, um sie wieder zur Vernunft zu bringen. Jetzt aber versagte diese Maßnahme völlig. Marcie schrie und kreischte nur noch lauter, weinte nur noch stärker.

Eine verständnisvolle Krankenschwester mußte mit anpacken, um das kreischende Kind überhaupt vom Warte- ins Sprechzimmer zu befördern. Jorja war nicht nur entsetzt über Marcies unmögliches Benehmen, sondern auch außer sich vor Angst. Obwohl Dr. Besancourt ein freundlicher Mann war, der gut mit Patienten umzugehen verstand, wurde das Mädchen bei seinem Anblick nur noch hysterischer. Es wich zurück, sobald er es nur berühren wollte, es brüllte, trat und schlug nach ihm, so daß Jorja und die Krankenschwester es schließlich festhalten mußten. Als der Arzt dann schließlich mit einem Ophthalmoskop Marcies Augen untersuchte, erreichte ihr Schrecken seinen Höhepunkt, und sie machte wie am Vortag in die Hose.

Nach diesem unkontrollierten Urinieren veränderte sich ihr Benehmen schlagartig. Wie an Weihnachten, so wurde sie auch jetzt völlig apathisch. Sie war erschreckend bleich und zitterte am ganzen Leibe, und ihre unheimliche Insichgekehrtheit ließ Jorja wieder an Autismus denken.

Auch Louis Besancourt konnte sie nicht mit einer eindeutigen Diagnose trösten. Er sprach von neurologischen und psychologischen Störungen, von möglichen Gehirnerkrankungen. Er empfahl, Marcie einige Tage gründlich im Sunrise Hospital untersuchen zu lassen.

Die peinliche Szene in Besancourts Praxis war nur ein verhältnismäßig harmloses Vorspiel im Vergleich zu jenen Anfällen gewesen, die Marcie im Krankenhaus bekam. Sie geriet beim bloßen Anblick von Ärzten und Schwestern in wilde Panik und regelrechte Hysterie, bis sie erschöpft in jene fast schon katatonische Trance fiel, von der sie sich erst nach Stunden erholte.

Jorja nahm sich im Casino eine Woche Urlaub und quartierte sich für vier Tage in der Klinik ein, wo sie auf einem Klappbett in Marcies Zimmer schlief. Sie kam nicht viel zur Ruhe. Trotz Beruhigungstabletten schlug Marcie in ihren Träumen wild um sich, wimmerte und schrie: »Der Mond, der Mond ...« Nach der vierten Nacht — von Sonntag, dem 29., auf Montag, den 30. Dezember — war Jorja so erschöpft und beunruhigt, daß sie fast schon selbst ärztliche Behandlung benötigte.

Wie durch ein Wunder waren Marcies irrationale Ängste jedoch am Montagmorgen plötzlich verschwunden. Es gefiel ihr immer noch nicht, in der Klinik zu sein, und sie bat inbrünstig darum, endlich nach Hause zu dürfen. Aber sie hatte offensichtlich nicht mehr das Gefühl, daß die Wände sich immer enger um sie schlossen und sie zu zermalmen drohten. Sie fühlte sich in Anwesenheit von Ärzten und Krankenschwestern immer noch unbehaglich, aber sie wich nicht mehr entsetzt vor ihnen zurück und schlug nicht mehr nach ihnen, wenn sie sie berühren wollten. Sie war immer noch bleich, nervös und wachsam. Aber ihr Appetit war zum erstenmal seit Tagen normal, und sie aß alles auf, was auf ihrem Frühstückstablett war.

Während Marcie später im Bett ihr Mittagessen verzehrte, unterhielt sich Dr. Besancourt im Korridor mit Jorja. Der Arzt mit der Knollennase und den gütigen Augen teilte ihr mit: »Alle Befunde sind negativ, Jorja. Kein Gehirntumor, keine Gehirnschädigung, keine neurologischen Funktionsstörungen.«

»Gott sei Dank!« stammelte Jorja und war vor Erleichterung den Tränen nahe.

»Ich werde Marcie an einen anderen Arzt überweisen«, fuhr Besancourt fort. »Ted Coverly. Er ist ein ausgezeichneter Kinderpsychologe. Ich bin sicher, daß er die Ursache ihrer Ängste aufspüren wird. Das Eigenartige ist ... vielleicht haben wir Marcie schon geheilt, ohne uns dessen bewußt geworden zu sein.«

»Sie geheilt? Wie meinen Sie das?«

»Im nachhinein fällt mir auf, daß ihr Benehmen alle Symptome einer Phobie aufwies. Irrationale Ängste, Anfälle von Panik ... Ich vermute, daß sie dabei war, eine starke, krankhafte Furcht vor allem, was irgendwie mit Medizin zusammenhängt, zu entwickeln. Und es gibt eine Behandlungsmöglichkeit namens ›Überflutung‹, bei welcher der Patient absichtlich stundenlang mit dem Gegenstand seiner Phobie konfrontiert wird, bis diese ihre Macht über ihn verliert. Und genau das haben wir vielleicht unabsichtlich erreicht, als wir Marcie zwangen, im Krankenhaus zu sein.«

»Aber weshalb hätte sie eine derartige Phobie entwickeln sollen?« fragte Jorja. »Wie hätte sie entstehen können? Marcie hat nie schlechte Erfahrungen mit Ärzten oder Kliniken gemacht. Sie ist nie ernsthaft krank gewesen.«

Besancourt zuckte die Achseln. »Wir wissen nicht, auf welche Weise Phobien entstehen. Man braucht nicht mit einem Flugzeug abzustürzen, um Angst vor dem Fliegen zu haben. Phobien können sozusagen aus heiterem Himmel auftauchen. Aber sogar wenn wir sie zufällig geheilt haben, werden gewisse Befürchtungen zurückgeblieben sein. Ted Coverly wird diese Reste ihrer Phobie bestimmt aufspüren und beseitigen können. Sie brauchen sich keine Sorgen zu machen, Jorja.«

An diesem Nachmittag des 30. Dezember wurde Marcie aus dem Krankenhaus entlassen. Auf der Heimfahrt im Auto war sie fast schon wieder das unbeschwerte Kind von früher und deutete glücklich auf Wolken, deren Umrisse Ähnlichkeiten mit irgendwelchen Tieren hatten. Zu Hause angelangt, stürzte sie ins Wohnzimmer und machte es sich auf dem Teppich zwischen ihren Weihnachtsgeschenken gemütlich, von denen sie bisher noch nicht viel gehabt hatte. Sie spielte immer noch mit den Ärzteinstrumenten, aber nicht ausschließlich und nicht mit jener erschreckenden Intensität wie am Weihnachtstag.

Jorjas Eltern kamen eilends zu Besuch. Vom Krankenhaus hatte Jorja sie ferngehalten, mit dem Argument, daß ihre Anwesenheit sich negativ auf Marcies ohnehin schon kritischen Zustand auswirken könnte. Marcies gute Laune hielt den ganzen Abend hindurch an, sie war lieb und amüsant und entwaffnete ihre Großeltern vollkommen.

In den nächsten drei Nächten schlief das Mädchen in Jorjas Bett, für den Fall, daß es einen Angstanfall bekam, was zum Glück jedoch nicht eintrat. Auch die Alpträume waren nicht mehr so häufig und heftig wie bisher, und Jorja wurde von Marcies Reden im Schlaf in diesen drei Nächsten nur zweimal wach. »Der Mond, Mond, der Mond!« Aber jetzt waren es keine Schreie mehr, sondern ein leises Gemurmel.

Morgens beim Frühstück fragte Jorja ihre Tochter nach diesem Traum, aber sie konnte sich nicht daran erinnern. »Der Mond?« sagte sie mit gerunzelter Stirn. »Ich habe nicht vom Mond geträumt. Ich habe von Pferden geträumt. Kann ich irgendwann einmal ein Pfed haben?«

»Vielleicht, wenn wir nicht mehr in einer Mietwohnung leben.«

Marcie kicherte. »Das *weiß* ich. In einer Wohnung kann man kein Pferd halten. Die Nachbarn würden sich beschweren.«

Am Donnerstag sah Marcie Dr. Coverly zum erstenmal. Sie mochte ihn. Falls sie immer noch unbegründete Angst vor Ärzten hatte, so wußte sie das gut zu verbergen.

In dieser Nacht schlief Marcie in ihrem eigenen Bett, mit einem Teddybär namens Murphy als einziger Gesellschaft. Jorja stand zwischen Mitternacht und Tagesanbruch dreimal auf, um nach ihrer Tochter zu sehen, und bei einer dieser Gelegenheiten hörte sie wieder jene ihr inzwischen schon wohlvertrauten Worte: »Mond, der Mond, der Mond« — und die Mischung aus Furcht und Entzücken, die aus dem Flüstern herauszuhören war, ließ Jorja unwillkürlich erschauern.

Am Freitag, als Marcie noch drei Tage Schulferien vor sich

hatte, überließ Jorja sie Kara Persaghians Obhut und nahm ihre Arbeit wieder auf. Es war direkt eine Erleichterung, in den Lärm und Rauch des Casinos zurückzukehren. Zigaretten, abgestandenes Bier und gelegentlicher Mundgeruch waren wesentlich angenehmer als die antiseptischen Gerüche in der Klinik.

Sie holte Marcie bei Kara ab, und auf der Heimfahrt zeigte das Mädchen ihr aufgeregt, was es den ganzen Tag über gezeichnet hatte: Dutzende von Bildern des Mondes in allen nur möglichen Farben.

Als Jorja am Sonntag, dem 5. Januar, morgens aufstand, um Kaffee zu machen, fand sie Marcie am Eßzimmertisch, wo das Mädchen damit beschäftigt war, alle Fotos aus dem Familienalbum zu nehmen und ordentlich aufeinanderzustapeln.

»Ich lege die Fotos in eine Schuhschachtel, weil ich das A ... A ... Ablum brauche.« Sie stolperte über das schwierige Wort. »Ich brauche es für meine Mondsammlung.« Sie zeigte ihrer Mutter ein aus einer Zeitschrift ausgeschnittenes Foto des Mondes. »Ich werde eine ganz *große* Sammlung machen.«

»Warum? Warum interessierst du dich so für den Mond, mein Kleines?«

»Er ist hübsch«, antwortete Marcie. Sie legte das Foto auf eine leere Seite des Albums und betrachtete es fasziniert. Ihr starrer Blick und die Intensität ihres plötzlichen Interesses für den Mond erinnerten Jorja fatal an die unnatürliche Fixierung auf die ›Kleine Frau Doktor‹-Tasche.

So hat auch die verdammte Ärzte-Phobie begonnen, dachte Jorja beunruhigt. Ganz unschuldig und unauffällig. Hat Marcie einfach eine Phobie gegen eine andere eingetauscht?

Am liebsten wäre Jorja zum Telefon gerannt und hätte versucht, Dr. Coverly zu erreichen, obwohl er am Sonntag nicht praktizierte.

Aber noch während sie am Tisch stand und auf ihre Tochter hinabsah, kam Jorja zu der Schlußfolgerung, daß sie bestimmt übertrieben besorgt reagierte, daß Marcie bestimmt keine neue Phobie entwickelte. Schließlich *fürchtete* das Mädchen sich ja nicht vor dem Mond. Es war nur ... nun ja, merkwürdig fasziniert davon. Zweifellos eine vorübergehende Begeisterung. Alle Eltern aufgeweckter siebenjähriger Kinder kannten solche kurzlebigen Phasen glühenden Interesses für irgendeine Sache.

Trotzdem beschloß Jorja, Dr. Coverly davon zu berichten, wenn sie Marcie am Dienstag wieder in seine Praxis bringen würde.

Kurz nach Mitternacht am Montag schaute Jorja vor dem Zubettgehen in Marcies Zimmer hinein, um sich davon zu überzeugen, daß das Mädchen fest schlief. Es war nicht im Bett. Es hatte im dunklen Zimmer einen Stuhl ans Fenster gerückt, saß dort und starrte hinaus.

»Liebling, was ist passiert?«

»Nichts ist passiert. Schau doch nur mal«, sagte Marcie leise, verträumt.

Während sie auf ihre Tochter zuging, fragte Jorja: »Was ist denn da draußen so Interessantes zu sehen?«

»Der Mond«, antwortete Marcie, ohne ihren Blick von der silbernen Sichel hoch am schwarzen Himmelsgewölbe zu wenden. »Der Mond!«

4. Boston, Massachusetts

Am Montag, dem 6. Januar, wehte vom Atlantik ein eiskalter scharfer Wind, unter dem ganz Boston zu leiden hatte. Dick vermummte Menschen eilten mit hochgezogenen Schultern und gesenkten Köpfen durch die Straßen. Im harten, grauen Winterlicht sahen die modernen Glasgebäude wie Eispaläste aus, während die älteren Bauwerke der historischen Stadt ihre sonstige Würde und Pracht völlig eingebüßt hatten und düster und heruntergekommen wirkten. In der letzten Nacht war Graupelregen gefallen. Die kahlen Bäume waren in eine funkelnde Eiskruste gehüllt; nur vereinzelte schwarze Äste ragten nackt empor.

Herbert, das Faktotum, das für Ordnung im Haushalt der Hannabys sorgte, fuhr Ginger Weiss zu ihrem siebten Besuch bei Pablo Jackson. Der Wind und der Eissturm der vergangenen Nacht hatten Stromleitungen abgerissen und mehr als die Hälfte der Ampeln lahmgelegt. Sie erreichten die Newbury Street schließlich um elf Uhr fünf, also mit fünfminütiger Verspätung.

Nach dem Durchbruch bei ihrer Samstagssitzung hatte Ginger die Absicht geäußert, die Leute vom Tranquility Motel in Nevada anzurufen und jenes geheimnisvolle Ereignis zur Sprache zu bringen, das dort am Abend des 6. Juli des vorletzten Jahres stattgefunden hatte. Die Besitzer dieses Motels mußten entweder Komplicen jener Personen sein, die Ginger einer Gehirnwäsche unterzogen hatten, oder aber Opfer wie sie selbst. Und falls letzteres der Fall war, hatten sie vielleicht ebenfalls unter irgendwelchen Angstzuständen zu leiden.

Pablo hatte sich jedoch energisch gegen eine sofortige Kontaktaufnahme ausgesprochen, weil das seiner Meinung nach mit einem zu großen Risiko verbunden war. Falls die Motelbesitzer keine Opfer, sondern Komplicen der Täter seien, argumentierte er, könne Ginger sich durch einen Anruf in große Gefahr bringen. »Sie müssen geduldig sein, und so viel Informationen wie nur irgend möglich haben, bevor Sie mit diesen Leuten Kontakt aufnehmen.«

Auch ihren Vorschlag, gemeinsam zur Polizei zu gehen, hatte Pablo abgelehnt. Er hatte sie davon überzeugt, daß die Polizei nicht interessiert an diesem Fall wäre, weil Ginger ja nicht *beweisen* könne, daß man sie einer Gehirnwäsche unterzogen habe. Außerdem könne die hiesige Polizei sich ohnehin nicht mit einem Verbrechen in einem anderen Bundesstaat befassen. Ginger müßte sich folglich entweder ans FBI oder an die Polizei in Nevada wenden, und in beiden Fällen würde sie möglicherweise genau jene Leute um Hilfe ersuchen, die für das verantwortlich waren, was man ihr angetan hatte.

Enttäuscht hatte Ginger zugeben müssen, daß Pablo recht hatte, daß sie vorläufig nichts anderes tun konnte, als sich weiterhin von ihm hypnotisieren zu lassen. Am Sonntag hatte er sich die entscheidende Sitzung vom Samstag noch einmal auf Kassette anhören wollen, und am Montagvormittag hatte er keine Zeit, weil er einen Freund im Krankenhaus besuchen wollte. »Aber wenn Sie am Montag — sagen wir, um ein Uhr mittags — kommen, werden wir damit beginnen, die Mauern jener Erinnerungsblockade anzubohren — *en pantoufles*, wie die Franzosen sagen, das heißt, in aller Ruhe, ganz entspannt.«

An diesem Morgen hatte er sie aus dem Krankenhaus angerufen und ihr gesagt, daß sein Freund früher als erwartet entlassen werde und daß er, Pablo, gegen elf zu Hause sein könnte, falls sie Lust habe, früher als vereinbart zu kommen. »Sie könnten mir helfen, das Mittagessen zuzubereiten.«

Während sie nun aus dem Lift stieg und rasch den kurzen

Korridor zu Pablos Wohnung entlangging, faßte Ginger den festen Entschluß, ihre angeborene Ungeduld zu zügeln und sich mit langsamen Fortschritten, wie der alte Hypnotiseur sie ihr vorgeschlagen hatte, zu begnügen.

Die Eingangstür war nur angelehnt. In der Annahme, daß Pablo sie für sie offengelassen hatte, betrat sie den Flur und rief, während sie die Tür schloß: »Pablo?«

Aus einem Zimmer war ein undeutlicher Laut zu hören. Etwas klirrte leise. Etwas fiel dröhnend zu Boden.

»Pablo?« Er antwortete nicht. Sie ging ins Wohnzimmer und rief lauter als zuvor: »Pablo?«

Schweigen.

Ein Flügel der Tür zur Bibliothek war weit geöffnet, und eine Lampe brannte. Ginger trat ein — und sah Pablo mit dem Gesicht nach unten in der Nähe des Schreibtisches auf dem Boden liegen. Er mußte soeben erst von seinem Krankenhausbesuch zurückgekehrt sein, denn er trug noch Gummigaloschen und einen Mantel.

Während sie zu ihm lief und neben ihm niederkniete, schossen ihr die verschiedensten Möglichkeiten durch den Kopf — Gehirnblutung, Thrombose, Embolie, ein schwerer Herzanfall —, aber auf das, was sie feststellte, als sie ihn behutsam auf den Rücken drehte, war sie in keiner Weise gefaßt gewesen. Pablo hatte eine Schußwunde im oberen Teil der Brust; hellrotes arterielles Blut floß aus dieser Wunde.

Seine Lider zuckten, er öffnete mühsam die Augen, und trotz seines verschwommenen Blickes schien er genau zu wissen, wer sie war. Blut floß über seine Unterlippe, als er eindringlich im Flüsterton hervorbrachte: »Rennen ... Sie ... schnell ... weg!«

Als sie ihn vor dem Schreibtisch liegen gesehen hatte, war ihre instinktive Reaktion die einer Freundin und Ärztin gewesen — sie war ihm besorgt zu Hilfe geeilt. Erst als Pablo stammelte, sie solle weglaufen, begriff sie, daß auch ihr eigenes Leben in Gefahr war. Ihr kam zu Bewußtsein, daß sie keinen Schuß gehört hatte, daß also eine Pistole mit Schalldämpfer benutzt worden war. Der Täter war kein gewöhnlicher Einbrecher, sondern eine ungleich gefährlichere Person. All diese Überlegungen schossen ihr blitzartig durch den Kopf.

Mit laut klopfendem Herzen stand sie auf und drehte sich zur Tür um. Der Schütze — groß und breitschultrig, in einem Ledermantel mit straffem Gürtel — trat hinter dem offenen Türflügel hervor, die Pistole mit aufgesetztem Schalldämpfer in der Hand. Er war kräftig, sah aber überraschenderweise viel weniger bedrohlich aus, als sie erwartet hatte. Er mußte etwa in ihrem Alter sein, war glatt rasiert, hatte unschuldsvolle blaue Augen und ein eher harmloses Gesicht.

Als er den Mund öffnete, trat das Mißverhältnis zwischen seinem unauffälligen Äußeren und seinen mörderischen Aktivitäten noch deutlicher zutage, denn seine ersten Worte waren gestammelte Entschuldigungen. »Das hätte nicht passieren sollen. Das war wirklich nicht geplant ... Ich ... ich wollte nur diese Kassetten mit einem Recorder hoher Geschwindigkeit überspielen. Das war alles, was ich wollte. Kopien der Kassetten.«

Er deutete auf den Schreibtisch, und erst jetzt bemerkte Ginger einen offenen Diplomatenkoffer, in dem eine komplizierte elektronische Ausrüstung untergebracht war. Auf der Schreibtischplatte lagen Kassetten verstreut, und sie wußte sofort, um welche Kassetten es sich hierbei handelte.

»Lassen Sie mich einen Krankenwagen rufen«, bat sie und machte einen Schritt auf das Telefon zu, aber er hielt sie zurück, indem er wütend mit der Pistole gestikulierte.

»Anfertigung von Kopien mit hoher Geschwindigkeit«, sagte er, zwischen Zorn und Tränen schwankend. »Ich hätte Kopien von allen sechs Sitzungen machen und wieder verschwinden können. Verdammt, er hätte eigentlich in frühestens einer Stunde nach Hause kommen sollen!«

Ginger schob ein Stuhlkissen unter Pablos Kopf, damit er nicht am Blut und Schleim in seiner Kehle erstickte.

Von dem, was geschehen war, offensichtlich immer noch wie betäubt, erklärte der Schütze: »Er kam plötzlich so lautlos rein wie so'n verdammtes Gespenst.«

Ginger dachte daran, wie anmutig und geschmeidig der alte Mann sich stets bewegt hatte — so als wäre jeder Schritt, jede Geste der Auftakt zu einem Zauberkunststück.

Pablo hustete und schloß die Augen. Ginger hätte gern mehr für ihn getan, aber nur eine sofortige Operation konnte ihn vielleicht noch retten. Im Augenblick konnte sie ihm nur eine Hand auf die Schulter legen, damit er wenigstens menschliche Nähe und Wärme spürte.

Sie blickte flehend zu dem Schützen auf, aber er sagte nur:

»Und wozu mußte er auch — verdammt noch mal! — eine Pistole mit sich herumtragen? Ein achtzigjähriger Knacker und hat eine Pistole in der Hand! Als ob so einer damit umgehen könnte!«

Bis jetzt war Ginger die Pistole auf dem Teppich neben Pablos gespreizter Hand noch gar nicht aufgefallen. Als sie sie nun sah, wurde sie vor plötzlichem Entsetzen fast ohnmächtig, denn sie begriff schlagartig, daß Pablo die ganze Zeit über gewußt hatte, wie gefährlich es war, ihr helfen zu wollen. Sie selbst hatte nicht damit gerechnet, daß allein schon der Versuch, ihre Gedächtnisbarriere niederzureißen, Männer wie diesen im Ledermantel auf den Plan rufen könnte, weil das ja voraussetzte, daß sie observiert wurde. Nun wurde ihr klar, daß das tatsächlich der Fall war. Vielleicht wurde sie nicht rund um die Uhr beobachtet, aber man behielt sie jedenfalls scharf im Auge. Von dem Moment an, als sie Pablo zum erstenmal angerufen hatte, hatte sie unabsichtlich sein Leben in Gefahr gebracht. Und er hatte das gewußt, sonst hätte er keine Pistole bei sich getragen. Ginger wurde von heftigen Schuldgefühlen gepeinigt.

»Wenn er nicht diese verdammte 22er gezogen hätte«, erklärte der Schütze kläglich, »und wenn er nicht darauf bestanden hätte, die Bullen anzurufen, hätte ich mich aus dem Staub machen können, ohne ihm ein Haar zu krümmen. Ich wollte ihn nicht umbringen. Scheiße!«

»Um Gottes willen«, bat Ginger flehentlich, »lassen Sie mich einen Krankenwagen rufen. Wenn Sie ihm eigentlich nichts zuleide tun wollten, dann lassen Sie mich doch Hilfe anfordern.«

Der Schütze schüttelte den Kopf, dann warf er einen Blick auf den alten Mann. »Sowieso zu spät. Er ist tot.«

Die letzten drei Worte raubten ihr den Atem und rissen ihr gleichzeitig die Schleier einer nahen Ohnmacht von den Augen. Ein flüchtiger Blick auf die glasigen Augen des alten Zauberkünstlers bestätigte ihr, was der Schütze gesagt hatte, aber sie wollte sich noch nicht mit der Wahrheit abfinden. Sie hob Pablos linke Hand etwas an und tastete an seinem schmalen Gelenk nach dem Puls. Als sie keinen feststellen konnte, legte sie ihre Fingerspitzen auf seine Halsschlagader, aber obwohl seine Haut noch warm war, konnte sie auch dort kein Lebenszeichen mehr entdecken. Sie berührte Pablos dunkle Stirn, aber nun nicht mehr wie eine Ärztin, sondern zärtlich, liebevoll. Sie trauerte um ihn, als hätte sie den Zauberkünstler nicht lediglich zwei Wochen, sondern jahrelang gekannt. Wie ihr Vater, so war auch sie schnell bereit, jemandem ihr Herz zu schenken, und Pablos ganzes Wesen hatte ihm ihre Zuneigung und Liebe noch rascher zufliegen lassen als anderen Menschen.

»Es tut mir leid«, sagte der Killer mit schwankender Stimme. »Es tut mir wirklich leid. Wenn er nicht versucht hätte, mich hier festzuhalten, wäre ich einfach verduftet. Jetzt habe ich jemanden umgebracht, und ... und Sie haben mein Gesicht gesehen.«

Ginger schluckte ihre Tränen hinunter, denn sie begriff plötzlich, daß sie es sich im Augenblick einfach nicht leisten konnte, ihrem Schmerz freien Lauf zu lassen. Sie erhob sich langsam und betrachtete den Mann.

Der Schütze dachte laut nach. »Jetzt muß ich auch Sie liquidieren. Dann muß ich zum Schein die Wohnung auf den Kopf stellen, Schubladen ausleeren und einige Wertsachen mitnehmen, damit es so aussieht, als hättet ihr beide einen Einbrecher überrascht.« Er nagte an seiner Unterlippe. »Ja, so wird es gehen. Anstatt die Kassetten zu kopieren, werde ich sie jetzt einfach mitnehmen, dann kann niemand sie abhören und Verdacht schöpfen.« Er sah Ginger an und zuckte etwas zusammen. »Es tut mir leid. Bei Gott, es tut mir wirklich leid, aber es geht nicht anders. Ich wünschte, ich müßte Sie nicht umbringen. Teilweise ist es meine Schuld. Ich hätte den alten Kerl hören müssen. Ich hätte mich nicht von ihm überraschen lassen dürfen.« Er ging auf Ginger zu. »Muß ich Sie vielleicht auch vergewaltigen? Ich meine, würde ein normaler Einbrecher ein hübsches Mädchen wie Sie so einfach erschießen? Würde er Sie nicht vorher vergewaltigen? Ich glaube, das würde die ganze Sache noch glaubwürdiger machen, meinen Sie nicht auch?« Er kam immer näher, und Ginger begann zurückzuweichen. »O Gott, ich weiß nicht, ob ich es fertigbringe. Ich meine, wie soll ich einen Steifen kriegen und es Ihnen besorgen, wenn ich weiß, daß ich Sie anschließend töten muß?« Ginger stand jetzt mit dem Rücken an den Bücherregalen. »Das behagt mir wirklich nicht, glauben Sie mir bitte. So etwas hätte nicht passieren dürfen. Ich hasse es wirklich gezwungen zu sein, Sie zu vergewaltigen und umzubringen.«

Sein offenbar echtes Bedauern, seine wiederholten Entschuldigungen und kläglichen Selbstvorwürfe verursachten Ginger eine Gänsehaut. Ein erbarmungsloser, blutrünstiger Mörder wäre ihr weit weniger schrecklich vorgekommen. Die Tatsache, daß er zwar Skrupel hatte, sie aber beiseiteschieben und eine Vergewaltigung sowie zwei Morde begehen konnte... das machte ihn zu einem richtigen Monster.

Knapp zwei Meter von ihr entfernt, blieb er stehen und sagte: »Bitte ziehen Sie Ihren Mantel aus!«

Sie wußte, daß es nutzlos war, ihn um Gnade zu bitten, aber sie hoffte, ihn mit dieser Taktik sorglos stimmen und dadurch zu unvorsichtigem Handeln verleiten zu können. »Ich werde keine gute Beschreibung von Ihnen liefern, das schwöre ich Ihnen. Bitte lassen Sie mich gehen!«

»Ich wünschte, ich könnte es tun.« Sein Gesicht drückte Bedauern aus. »Tut mir leid. Ziehen Sie Ihren Mantel aus!«

Um etwas Zeit zu gewinnen, übertrieb Ginger noch das natürliche Zittern ihrer Hände und fummelte ungeschickt an den Knöpfen herum. Schließlich schlüpfte sie aus dem Mantel und ließ ihn einfach auf den Boden fallen.

Der Mann trat noch näher heran. Seine Pistole war nur noch Zentimeter von ihrer Brust entfernt. Er war jetzt entspannter, hielt die Pistole nicht mehr so krampfhaft umklammert, fuchtelte nicht mehr so aggressiv damit herum, obwohl er immer noch alles andere als nachlässig war.

»Bitte tun Sie mir nicht weh!« Sie hoffte, ihn mit ihren Bitten in dem Glauben wiegen zu können, sie sei vor Angst völlig gelähmt. Wenn seine Aufmerksamkeit auch nur einen Augenblick nachließ, hätte sie vielleicht eine Möglichkeit zur Flucht.

»Ich *will* Ihnen ja nicht weh tun«, beteuerte er, so als kränke ihn die Andeutung, daß es in seiner Macht stünde, anders zu handeln. »Ich wollte auch ihm nicht weh tun. Der alte Narr ist selbst schuld an seinem Tod, nicht ich. Hören Sie, ich werde es so schmerzlos wie nur möglich machen, das verspreche ich Ihnen.«

Die Pistole immer noch in der rechten Hand haltend, berührte er mit der linken Hand ihre Brüste. Sie ließ dieses Betasten regungslos über sich ergehen, weil er vielleicht mit zunehmender Erregung unvorsichtig werden würde. Trotz seiner Behauptung, daß sein Mitgefühl ihn impotent machen könnte, war Ginger überzeugt davon, daß er sie ohne Probleme vergewaltigen würde. Unter seinem Bedauern und Mitleid, unter der Sensibilität, die er mehr sich selbst als ihr zu beweisen versuchte, verbarg sich ein ihm selbst unbewußtes Gefallen an seinen Handlungen, genoß er von Herzen, was er getan hatte und noch tun würde. Trotz seiner sanften Stimme sprach aus jedem seiner Worte die Gewalttätigkeit; er stank geradezu nach Gewalttätigkeit.

»Sehr hübsch«, sagte er. »Klein, aber so schön geformt.« Er ließ seine Hand unter ihren Pulli gleiten und zerriß mit einem heftigen Ruck ihren BH. Sie verzog vor Schmerz das Gesicht, als die elastischen Träger sich in ihre Schultern gruben und der Metallverschluß im Rücken sich in ihre Haut bohrte. Er schnitt eine Grimasse, so als hätte er ihre Schmerzen gespürt. »Es tut mir leid. Habe ich Ihnen weh getan? Das wollte ich nicht. Ich werde ab jetzt vorsichtiger sein.« Er schob den zerrissenen BH beiseite und legte seine kühle, feuchte Hand auf ihre nackten Brüste.

Erfüllt von Furcht und Ekel, drückte sich Ginger noch fester an die Bücherregale. Der Killer war jetzt keine Armeslänge mehr von ihr entfernt und setzte ihr die kalte Mündung der Pistole auf das nackte Zwerchfell, so daß sie sich nicht bewegen konnte. Wenn sie versuchte, ihn zurückzustoßen und sich loszureißen, würde sie diese Tollkühnheit mit ihrem Leben bezahlen müssen.

Während er ihre Brüste streichelte, redete er weiterhin sanft auf sie ein, sprach immer wieder von seinem tiefen Bedauern über die Notwendigkeit, sie zu vergewaltigen und zu töten, so als *müsse* sie ihn einfach verstehen, so als wäre es unvorstellbar grausam von ihr, wenn sie ihm nicht volle Absolution für seine Sünde, ihr das Leben zu nehmen, gewährte.

Ihrer Bewegungsfreiheit beraubt, seinen monotonen Tiraden der Selbstrechtfertigung und seiner tastenden Hand wehrlos ausgesetzt, litt Ginger unter einer so heftigen Klaustrophobie, daß sie den Drang verspürte, ihn zu kratzen und dazu zu zwingen, auf den Abzug zu drücken, nur um dieser Qual ein Ende zu setzen. Sein Atem roch widerlich stark nach Pfefferminze. Sie wimmerte, flehte mit unartikulierten Lauten um Gnade, drehte ihren Kopf von einer Seite zur anderen, so als versuchte sie, die Realität der Situation zu leugnen. Sie bot ein Bild der Angst und Hilflosigkeit, wie es nicht hätte überzeugender sein können, wenn sie es tagelang einstudiert hätte — nur daß ihr Entsetzen unglückseligerweise zum größten Teil nicht gespielt war.

Ihre offensichtliche Verstörung steigerte seine Erregung, und er begrapschte sie immer rücksichtsloser. »Ich glaube, ich kann es tun, Baby. Ich glaube, ich kann es dir besorgen. Fühl nur mal, Baby! Fühl nur mal!« Er preßte seinen Körper an den ihrigen und rieb seinen Penis an ihr. Absurderweise schien er zu glauben, daß seine Potenz unter diesen schwierigen und tragischen Umständen ein Tribut an ihre erotische Ausstrahlung war, und daß sie sich geschmeichelt fühlen müßte.

Ihre Reaktion mußte ihn deshalb völlig verblüffen und frustrieren.

Während er sich an ihrem Körper rieb und aufgeilte, war er gezwungen, die Pistole von ihrem Zwerchfell zu nehmen. Von seiner steigenden Erregung überwältigt und überzeugt von Gingers Schwäche und Hilflosigkeit, hielt er die Waffe nicht einmal mehr auf sie gerichtet, sondern zur Seite, mit der Mündung nach unten. Gingers Ekel und Zorn waren jedoch noch größer als ihre Angst, und diese aufgestauten Emotionen setzte sie nun, da sie eine kleine Überlebenschance sah, in die Tat um. Sie drehte ihren Kopf etwas zur Seite und ließ sich gegen ihn fallen, so als wäre sie vor Furcht einer Ohnmacht nahe oder würde wider Willen von Leidenschaft erfaßt. Im nächsten Moment biß sie ihn in den Adamsapfel, trat ihm mit dem Knie in den Unterleib und schlug nach seiner rechten Hand, damit er die Pistole nicht auf sie richten konnte.

Ihr Knie konnte er teilweise abblocken, so daß seine Geschlechtsorgane nicht allzu stark verletzt wurden, aber auf den Biß war er völlig unvorbereitet gewesen. Von dem wahnsinnigen Schmerz im Hals halb benommen, taumelte er entsetzt zwei Schritte zurück.

Sie hatte mit aller Kraft zugebissen, und der Geschmack seines Blutes in ihrem Mund verursachte ihr einen Würgereiz, was sie jedoch nicht davon abhielt, ihren Gegenangriff fortzusetzen. Sie packte seine rechte Hand, in der er immer noch die Pistole hielt, und biß ihn ins Handgelenk.

Er schrie vor Schmerz und Überraschung laut auf. Weil sie so zart wie eine Elfe aussah, hatte er sie gehörig unterschätzt.

Als sie noch einmal zubiß, ließ er die Pistole fallen, aber gleichzeitig ballte er die linke Hand zur Faust und ließ sie auf ihren Rücken niedersausen. Sie fiel auf die Knie und glaubte im ersten Moment, er hätte ihre Wirbelsäule gebrochen. Ein irrsinniger Schmerz schoß ihr vom Rücken in den Nacken hinauf und schien ihren Schädel sprengen zu wollen.

Sterne tanzten ihr vor den Augen, und in ihrer Benommenheit sah sie fast zu spät, daß er sich nach seiner Pistole bückte. Gerade als seine Finger den Griff berührten, warf sie sich in letzter Sekunde nach vorne, um seine Beine zu packen. Er ließ die Pistole liegen und schnellte wie eine Feder hoch, in der vergeblichen Hoffnung, noch rechtzeitig zur Seite springen zu können. Im nächsten Augenblick ruderte er hilflos mit den Armen, ohne dadurch das Gleichgewicht zurückerlangen zu können, fiel rückwärts, prallte gegen einen Stuhl, warf ein Tischchen und eine Lampe um und rollte auf Pablo Jacksons Leiche.

Beide Gegner lagen nun — vor Schmerzen zusammengekrümmt — auf dem Boden, schnappten keuchend nach Luft und starrten einander erschöpft an.

Die schreckensweit aufgerissenen Augen von Pablos Mörder verrieten Ginger, daß dem Mann plötzlich seine eigene Sterblichkeit zu Bewußtsein gekommen war. Die Halswunde war nicht tödlich. Sie hatte ihm nicht die Halsschlagader durchgebissen, sondern mit ihren Zähnen nur den Schildknorpel durchbohrt und dabei einige kleinere Blutgefäße beschädigt. Aber es war durchaus verständlich, daß er glaubte sterben zu müssen, denn der Schmerz mußte wirklich unerträglich sein. Er griff sich mit der unverletzten linken Hand an die Kehle und starrte sodann entsetzt auf das Blut, das von seinen Fingern tropfte. Der Killer glaubte sich zweifellos dem Tode nahe; offen blieb jedoch die Frage, ob er dadurch jetzt weniger gefährlich oder im Gegenteil noch viel gefährlicher war.

Beide sahen zur gleichen Zeit, daß seine Pistole während ihres Kampfes ein ganzes Stück über den Teppich gerollt war und jetzt in der Nähe einer Wand der Bibliothek lag, näher bei ihm als bei ihr. Aus Kehle und Handgelenk blutend, kroch er unter eigenartig gurgelndem und pfeifendem Stöhnen auf die Waffe zu, und Ginger blieb keine andere Wahl als wegzurennen.

Sie flüchtete humpelnd aus der Bibliothek ins Wohnzimmer; ihr Rücken schmerzte immer noch so stark, daß sie nur langsam vorwärts kam. Sie hatte ursprünglich vorgehabt, die Wohnung durch die Eingangstür zu verlassen, aber dann fiel ihr ein, daß sie auf diesem Wege wenig Chancen hatte, ihrem Angreifer zu entkommen — sie konnte es sich nicht leisten, auf den Lift zu warten, und im Treppenhaus konnte sie leicht wie in einer Falle festsitzen.

Zusammengekrümmt hinkte sie deshalb durch das Wohnzimmer und den langen Flur in die Küche, wo die Schwingtür hinter ihr leise zufiel. Neben dem Herd hingen in einem Wandregal verschiedene Kochutensilien; ohne auch nur eine Sekunde zu zögern, nahm sie das große Metzgermesser zur Hand.

Erst jetzt kam ihr zu Bewußtsein, daß sie fortwährend schrille Jammerlaute ausstieß. Sie hielt den Atem an, und es gelang ihr, sich unter Kontrolle zu bringen.

Der Mörder stürzte nicht sogleich in die Küche, wie Ginger eigentlich erwartet hatte. Nach einigen Sekunden begriff sie, daß das ihr Glück gewesen war, denn auf drei Meter Entfernung war ein Messer gegen eine Pistole eine völlig wirkungslose Waffe. Sie verwünschte sich insgeheim, weil sie um ein Haar einen verhängnisvollen Fehler begangen hätte, und schlich lautlos zur Tür, neben der sie Wache bezog. Der Schmerz in ihrem Rücken hatte soweit nachgelassen, daß sie aufrecht stehen und sich eng an die Wand pressen konnte. Ihr Herz klopfte so laut, daß sie das Gefühl hatte, als wäre die Wand, an der sie lehnte, ein Trommelfell, das ihren Herzschlag verstärkte, bis die ganze Wohnung von seinem dumpfen Pochen widerhallte.

Sie hielt das Messer so, daß sie sofort in einem tödlichen Bogen zustoßen konnte. Das setzte jedoch voraus, daß er in wilder Wut und Rachsucht in die Küche stürzen würde, halb von Sinnen durch die Befürchtung, aufgrund seiner Halswunde sterben zu müssen. Falls er jedoch die Schwingtür vorsichtig, zentimeterweise mit seiner Pistole öffnete, würde Gingers Lage sehr problematisch sein. Und mit jeder Sekunde, die verging, ohne daß er auftauchte, wurde es unwahrscheinlicher, daß er sich so unüberlegt verhalten würde, wie Ginger es erhoffte.

Es sei denn, daß die Halswunde doch viel schlimmer war, als sie gedacht hatte. In diesem Fall verblutete er vielleicht auf dem chinesischen Teppich in der Bibliothek. Sie hoffte inbrünstig, daß ihm genau das widerfahren sein mochte.

Aber sie wußte es besser. Er lebte. Und er suchte nach ihr.

Sie könnte schreien und vielleicht einen Nachbarn aufmerksam machen, der die Polizei rufen würde, aber Pablos Mörder würde sie, bevor er das Weite suchte, unweigerlich erschießen. Schreien wäre demnach reine Kraftvergeudung.

Sie preßte sich noch fester an die Wand, so als wollte sie damit verschmelzen. Die Schwingtür, die nur wenige Zentimeter von ihrem Gesicht entfernt war, beanspruchte ihre volle Aufmerksamkeit. Sie mußte bei der geringsten Bewegung voll reaktionsfähig sein — aber die Tür bewegte sich nicht.

Wo zum Teufel steckte der Kerl?

Fünf Sekunden vergingen. Zehn. Zwanzig.

Was mochte er nur treiben?

Sie nahm den ekelhaften Blutgeschmack in ihrem Mund immer stärker wahr, und ihr Magen drohte zu rebellieren. Je länger sie Zeit hatte, darüber nachzudenken, was sie ihm in der Bibliothek angetan hatte, desto stärker kam ihr die Bestialität ihrer Handlungsweise zu Bewußtsein, und sie war erschüttert über ihre Fähigkeit zur Brutalität. Sie dachte auch an das, was sie ihm noch anzutun beabsichtigte. Vor ihrem geistigen Auge sah sie überdeutlich, wie die scharfe Klinge des Metzgermessers tief in seinen Körper eindrang, und sie erschauerte unwillkürlich vor Ekel. Sie war keine Mörderin. Sie war zum Heilen bestimmt, nicht nur durch ihre Ausbildung, sondern von ihrem ganzen Wesen her. Sie versuchte, nicht daran zu denken, daß sie den Mann erstechen wollte. Es war gefährlich, zu lange darüber nachzudenken, gefährlich und verwirrend und nervenaufreibend.

Wo *war* er nur?

Sie konnte nicht länger warten, weil sie befürchtete, daß die erzwungene Inaktivität ihre animalische Wildheit und Grausamkeit völlig zunichte machen würde, die sie brauchte, wenn sie überleben wollte. Sie hatte die unbehagliche Gewißheit, daß jede Sekunde seinen Vorteil vergrößerte, und deshalb schob sie sich geräuschlos an die Schwelle heran und legte eine Hand auf die Türklinke. Plötzlich schoß ihr jedoch der furchterregende Gedanke durch den Kopf, daß er nur wenige Zentimeter entfernt auf der anderen Seite der Tür darauf lauern könnte, daß sie den ersten Zug machte.

Ginger zögerte, lauschte mit angehaltenem Atem.

Stille.

Sie legte ihr Ohr an die Tür, konnte aber immer noch nichts hören.

Der Messinggriff fühlte sich in ihrer schweißnassen Hand schlüpfrig an.

Schließlich zog sie die Tür behutsam einen Zentimeter weit nach innen auf. Kein Schuß. Sie spähte mit einem Auge durch den schmalen Spalt. Der Killer war nicht, wie sie befürchtet hatte, in unmittelbarer Nähe, sondern am anderen Ende des langen Flures; mit der Pistole in der Hand betrat er gerade wieder die Wohnung. Offensichtlich hatte er sie als erstes am Lift und im Treppenhaus gesucht. Nachdem er sie dort nicht gefunden hatte, war er zurückgekehrt, überzeugt davon, daß sie sich noch irgendwo in der Wohnung aufhalten mußte. Er verriegelte die Eingangstür und legte die Sicherheitskette vor, um ihre eventuelle Flucht auf diesem Wege zu verzögern.

Er hielt seine verletzte rechte Hand an die Bißwunde am Hals, und sogar auf diese Entfernung konnte Ginger seinen pfeifenden Atem hören. Aber es war ihm anzusehen, daß er nicht mehr in Panik war, daß er allmählich Zuversicht schöpfte, wider Erwarten zu überleben.

Er spähte nach links ins Wohnzimmer und nach rechts ins Schlafzimmer. Dann blickte er geradeaus durch den langen, halbdunklen Flur, und Gingers Herzschlag setzte für kurze Zeit fast aus, denn es kam ihr so vor, als starrte er sie direkt an. Aber er war zu weit entfernt, um sehen zu können, daß die Tür einen Zentimeter aufgehalten wurde. Anstatt auf die Küche zuzugehen, begab er sich ins Schlafzimmer. Seine Bewegungen zeugten jetzt von entmutigend zielbewußtem Vorgehen.

Sie schloß leise den Türspalt und mußte sich eingestehen, daß ihr Plan nicht funktionieren würde. Er war ein mit Gewalt bestens vertrauter Profi, und obwohl ihr unerwartet wilder Angriff ihn zunächst einmal aus dem Gleichgewicht gebracht hatte, fing er sich offensichtlich bereits wieder. Bis er die Wandschränke im Schlafzimmer durchsucht hatte, würde er seine normale Kaltblütigkeit voll zurückgewonnen haben und bestimmt nicht unüberlegt in die Küche stürzen.

Sie mußte aus der Wohnung verschwinden, und zwar so schnell wie möglich.

Die Eingangstür erreichen zu wollen war hoffnungslos. Er würde sie möglicherweise schon im Flur stellen.

Ginger legte das Messer hin. Sie griff unter ihren Pulli, zog ihren zerrissenen BH herunter und ließ ihn auf den Boden fallen. Dann schlich sie um den Küchentisch herum zum Fenster, zog leise die Vorhänge zurück und blickte auf die Feuertreppe hinaus. Lautlos schob sie den Riegel zurück. Unglückseligerweise ließ sich das untere Schiebefenster jedoch *nicht* lautlos öffnen. Der von der Winterfeuchtigkeit aufgequollene Holzrahmen quietschte und knarrte, bevor er sich überhaupt von der Stelle bewegte, und dann schoß er so plötzlich in die Höhe, daß das Glas laut klirrte, als er oben anstieß. Ginger wußte genau, daß sie den Killer alarmiert hatte. Sie hörte ihn den Flur entlangrennen.

Sie kletterte hastig aus dem Fenster auf den Absatz der Feuertreppe hinaus und begann mit dem Abstieg. Der eisige Wind peitschte ihr ins Gesicht, und sie spürte die Kälte sofort bis auf die Knochen. Die Metallstufen waren mit Eis überkrustet, und an den Geländern hingen Eiszapfen. Trotz der gefährlich glatten Stufen mußte sie sich sehr beeilen, wenn sie nicht eine Kugel in den Hinterkopf abbekommen wollte. Sie rutschte mehrmals aus, konnte sich ohne Handschuhe aber auch nicht am Geländer festhalten, denn als sie es anfangs einmal versucht hatte, war ihre Hand an dem eisigen Metall kleben geblieben, und sie hatte die oberste Hautschicht opfern müssen, um sich loszureißen.

Als sie noch vier Stufen vom nächsten Absatz entfernt war, hörte sie über sich jemanden fluchen und warf einen Blick über die Schulter zurück. Pablos Mörder kletterte gerade aus dem Fenster.

Ginger wollte die nächste Stufe viel zu hastig nehmen, auf dem vereisten Metall rutschten ihr die Füße weg, sie flog die drei letzten Stufen hinab und landete auf dem Treppenabsatz, wobei sie sich schmerzhaft die rechte Körperseite anschlug.

Im Heulen und Toben des Windes ging der Schuß aus der Pistole mit Schalldämpfer völlig unter, aber Ginger sah nur wenige Zentimeter von ihrem Gesicht entfernt Funken von Eisen stieben und begriff, daß der Schütze nur knapp sein Ziel verfehlt hatte. Sie blickte hoch und sah den Killer zielen — und ausrutschen. Er stolperte mehrere Stufen hinab, und sie glaubte schon, daß er gleich auf sie fallen würde, als es ihm beim dritten Versuch endlich gelang, am Geländer Halt zu finden. Er lag auf dem Rücken und klammerte sich mit einer Hand an einer Stufe fest. Ein Bein war zwischen zwei Geländerstäbe geraten. Den anderen Arm hatte er um einen Geländerstab geschlungen — in dieser Hand hielt er die Pistole, und deshalb konnte er auch nicht sofort wieder auf Ginger schießen.

Sie richtete sich taumelnd auf und wollte so schnell wie nur möglich weiter die Feuertreppe hinablaufen. Aber als sie einen letzten flüchtigen Blick auf den Schützen warf, zogen seine Mantelknöpfe plötzlich ihre Aufmerksamkeit auf sich. Leuchtende Messingknöpfe mit erhabenen aufgerichteten Löwen, wie man sie aus der Heraldik kennt. Bisher waren ihr diese Wappenknöpfe nicht besonders aufgefallen; man sah sie häufig an Sportjacken, Sweatern und Mänteln. Nun aber starrte sie wie hypnotisiert darauf, und alles andere um sie herum verblaßte, so als wären nur die Knöpfe real. Nicht einmal der wütend heulende Wind, der in jede Ecke pfiff, vermochte sie zur Besinnung zu bringen. Die Knöpfe. Sie konnte ihren Blick nicht von ihnen abwenden, und ein solches Entsetzen bemächtigte sich ihrer, daß dagegen ihre Angst vor dem Schützen fast bedeutungslos wurde.

»Nein«, murmelte sie in einem sinnlosen Versuch zu leugnen, was ihr widerfuhr. *Die Knöpfe.* »O nein!« *Die Knöpfe.* Das war wirklich der denkbar schlechteste Zeitpunkt und Ort, um die Kontrolle über sich zu verlieren. *Die Knöpfe.*

Sie konnte den Anfall nicht aufhalten. Zum erstenmal seit drei Wochen wurde sie wieder von diesem unbeschreiblichen Entsetzen überwältigt. Sie kam sich plötzlich ganz klein und verdammt vor. Ihre unerklärlichen Ängste schleuderten sie in eine sonderbar lichtlose innere Landschaft, durch die sie blindlings rennen mußte.

Sie drehte den Knöpfen den Rücken zu und flüchtete die Feuertreppe hinab, und während totale Finsternis sich über sie breitete, schoß ihr duch den Koof, daß ihre wilde Flucht bestimmt mit einem gebrochenen Bein oder gar Rückgrat enden würde. Und wenn sie erst einmal bewegungsunfähig war, würde der Killer sie einholen, ihr die Pistole an die Schläfe setzen und sie erschießen.

Finsternis

Kalt.

Als Ginger ihre Umwelt wieder wahrnahm, hockte sie zwischen welken Blättern und Schnee am Fuße einer Kellertreppe hinter einem Stadthaus, das ein ganzes Stück von Pablos Wohnung entfernt war. Ein dumpfer Schmerz pochte in ihrem Rücken. Ihre ganze rechte Seite tat weh. Die aufgerissene linke

Handfläche brannte. Am schlimmsten war jedoch die eisige Kälte. Sie saß auf Eis und Schnee und lehnte sich an eine Betonmauer. Der gnadenlose Wind fegte, schnüffelnd und knurrend wie ein Hund, die zehn steilen Stufen hinab.

Sie wußte nicht, wie lange sie hier schon saß, aber ihr war klar, daß sie sich schnellstens aufraffen mußte, wenn sie nicht eine Lungenentzündung riskieren wollte. Sie beschloß jedoch, noch ein paar Minuten abzuwarten, denn der Mörder war vielleicht irgendwo in der Nähe und suchte nach ihr, und wenn sie ihr Versteck verließ, würde die Jagd von neuem beginnen.

Sie war überrascht, daß sie die eisverkrustete Feuertreppe hinabgehastet und dann irgendwie hierher geflüchtet war, ohne sich dabei den Hals zu brechen. Offenbar hatte sie während ihrer Fugue, wenn sie einem zu Tode geängstigten, völlig kopflosen Tier glich, wenigstens auch eine instinktive animalische Schnelligkeit und Sicherheit der Bewegungen.

Wie zwei fleißige Leichenbestatter, so saugten Wind und Kälte die Körperwärme aus ihr heraus. Die schmale graue Betontreppe glich mehr und mehr einem deckellosen Sarkophag. Ginger beschloß, daß es höchste Zeit war aufzubrechen. Sie erhob sich langsam. Der kleine Hinterhof war menschenleer, und auch sonst war nirgends jemand zu sehen. Verkrusteter Schnee. Einige kahle Bäume links und rechts. Nichts Bedrohliches. Zitternd und schniefend, stieg Ginger die Treppe hinauf und ging den mit Ziegeln gepflasterten Weg entlang, der von der Rückfront des Hauses zum Tor führte.

Sie beabsichtigte, auf die Newbury Street zurückzukehren und von der nächsten Fernsprechzelle aus die Polizei anzurufen, aber als sie das Tor erreichte, vergaß sie schlagartig diesen Plan. Auf beiden Torpfosten war eine gußeiserne Kutschlaterne mit bernsteinfarbenen Glasscheiben angebracht. Entweder hatte man sie aus Versehen brennen lassen, oder aber sie wurden von Solenoiden eingeschaltet, die den düsteren Wintervormittag mit der Abenddämmerung verwechselt hatten. Es waren elektrische Lampen, aber sie waren mit jenen flackernden Birnen ausgestattet, die Gasflammen imitieren sollten, und durch das tanzende Licht schillerte das bernsteinfarbene Glas und wirkte gespenstisch lebendig. Beim Anblick dieser flimmernden gelblichen Laternen hielt Ginger den Atem an, und erneut stieg unvernünftige Panik in ihr auf.

Nein! Nicht schon wieder!
O doch! Doch. Der Nebel. Leere. Finsternis.

Kälter.
Ihre Hände und Füße fühlten sich taub an.
Offensichtlich befand sie sich wieder auf der Newbury Street. Sie war unter einen geparkten Lastwagen gekrochen. Im Halbdunkel unter der Ölwanne liegend, spähte sie aus ihrem Versteck hervor und sah die abgestellten Autos auf der anderen Straßenseite.
Ihr Versteck! Jedesmal, wenn sie nach einer Fugue zu sich kam, versteckte sie sich vor etwas unvorstellbar Schrecklichem. Heute versteckte sie sich natürlich vor Pablos Mörder. Aber an den anderen Tagen? Wovor hatte sie sich damals versteckt? Sogar jetzt versteckte sie sich nicht nur vor dem Mörder, sondern noch vor etwas anderem, das sich qualvoll ihrer Erinnerung entzog. Etwas, das sie in Nevada gesehen hatte. Irgend etwas.
»Miß? Hallo, Miß?«
Ginger erstarrte beim Klang dieser Stimme. Ein Mann kauerte auf Händen und Füßen hinter dem LKW. Im ersten Augenblick befürchtete sie, es sei Pablos Mörder.
»Miß? Was ist los?«
Es war nicht der Killer. Vermutlich hatte er die Suche nach ihr aufgegeben, als er sie nicht gleich finden konnte, und war geflüchtet. Diesen Mann hatte sie nie zuvor gesehen, und noch nie hatte sie sich über das Gesicht eines wildfremden Menschen so gefreut.
»Was zum Teufel machen Sie da unten?« rief er.
Ginger verspürte starkes Selbstmitleid. Sie begriff, welchen Anblick sie geboten haben mußte, als sie wie eine Wahnsinnige durch die Gegend gehastet war. Man hatte ihr jede Würde geraubt.
Sie kroch auf den Mann zu, griff nach der behandschuhten Hand, die er ihr entgegenstreckte, und ließ sich von ihm helfen, unter dem LKW hervorzukommen, der sich als Möbelwagen der Umzugsfirma Mayflower erwies. Die Hintertüren waren geöffnet. Sie warf einen Blick hinein und sah Möbel und Kartons. Der Mann, der sie herausgezogen hatte, war jung, kräftig und trug einen gesteppten Overall mit dem Mayflower-Namenszug auf der Brust.
»Was ist los?« fragte er. »Vor wem verstecken Sie sich?«

Während er noch redete, entdeckte Ginger auf der nächsten Kreuzung, die etwa einen halben Block entfernt war, einen Verkehrspolizisten. Sie rannte auf ihn zu.

Der Mayflower-Mann rief hinter ihr her.

Sie war überrascht, daß sie überhaupt rennen konnte, denn ihr taten sämtliche Knochen weh. Trotzdem rannte sie mit traumhafter Mühelosigkeit gegen den heulenden Wind an. Die Rinnsteine waren voller gefrorenem Morast, aber die Straße war ziemlich trocken und gestreut. Sie wich einigen entgegenkommenden Autos aus und fand sogar noch die Kraft, dem Polizisten zuzurufen, als er nicht mehr weit entfernt war: »Ein Mann ist getötet worden! Mord! Sie müssen mitkommen! Mord!« Als der Polizist jedoch mit einem besorgten Ausdruck auf seinem breiten irischen Gesicht auf sie zukam, sah sie die leuchtenden Messingknöpfe an seiner schweren Winteruniform, und alles war wieder vergebens gewesen. Sie sahen nicht genauso aus wie die Knöpfe am Ledermantel von Pablos Mörder; sie waren nicht mit aufgerichteten Löwen, sondern mit irgendwelchen anderen erhabenen Gestalten geschmückt. Aber ein flüchtiger Blick auf diese Knöpfe löste bei ihr eine Gedankenassoziation an andere Knöpfe aus, die sie *damals* gesehen hatte, während der mysteriösen Vorgänge im Tranquility Motel. Sie war nahe daran, sich an Verbotenes zu erinnern, und das löste wieder den Asrael-Drücker aus.

Als sie jede Kontrolle über sich verlor und in ihre private Finsternis hineinrannte, hörte sie als letztes ihren eigenen verzweifelten Aufschrei.

Am kältesten.

An diesem Januarvormittag war Boston zumindest für Ginger Weiss der kälteste Ort der Welt. Als der Anfall vorüber war, saß sie in Eis und Schnee auf dem Boden. Ihre Hände und Füße waren taub vor Kälte. Ihre Lippen waren rauh und rissig.

Diesmal hatte sie in dem engen Zwischenraum zwischen einer korrekt gestutzten Hecke und einem Ziegelgebäude Zuflucht gesucht, in einer dunklen Ecke, wo Hauptfassade und ein vorgebauter Turm aufeinandertrafen. Das ehemalige Hotel Agassiz, in dem Pablo seine Wohnung hatte. Wo er ermordet worden war. Sie hatte also einen Kreis beschrieben und war an ihren Ausgangsort zurückgekehrt.

Sie hörte, daß jemand sich näherte. Zwischen den mit Schnee und Eis bedeckten weißen Zweigen der Büsche hindurch konnte sie sehen, daß jemand über den niedrigen gußeisernen Zaun stieg, der den Rasen vom Gehweg trennte. Sie konnte die Person selbst nicht sehen, nur die Stiefel, Beine in blauen Hosen und das untere Stück einer langen, schweren navy-blauen Jacke. Aber während er über den schmalen Rasenstreifen auf die Hekke zukam, wußte sie schon, wer es war: der Verkehrspolizist, vor dem sie weggerannt war.

Ginger schloß die Augen, weil sie befürchtete, beim Anblick seiner Uniformknöpfe wieder einen Anfall zu bekommen.

Vielleicht waren nicht wiedergutzumachende psychologische Schäden ein Nebeneffekt der Gehirnwäsche, eine unvermeidliche Folge der enormen Spannung, die von den künstlich unterdrückten Erinnerungen erzeugt wurde, die mit aller Kraft in ihr Bewußtsein durchzubrechen versuchten. Selbst wenn sie einen anderen Hypnotiseur finden könnte, der bereit wäre, ihr zu helfen, so wie Pablo das getan hatte — vielleicht gab es überhaupt keine Möglichkeit, die Gedächtnisblockade niederzureißen. Und in diesem Fall würde ihr Zustand sich unweigerlich immer mehr verschlimmern. Wenn sie im Laufe eines Vormittags drei Anfälle erlitten hatte, war es durchaus möglich, daß sie in der nächsten Stunde drei weitere haben würde.

Die Stiefel des Polizisten knirschten auf dem Harsch. Er blieb vor ihr stehen. Sie hörte, wie er die Büsche zur Seite schob, um in ihr Versteck blicken zu können. »Miß? He, was ist passiert? Was haben Sie da vorhin von Mord geschrien? Miß?«

Vielleicht würde sie bei der nächsten Fugue *nie wieder* das Bewußtsein zurückerlangen.

»Na, na, warum weinen Sie denn?« sagte der Polizist mitfühlend. »Ich kann Ihnen doch nicht helfen, Kindchen, wenn Sie mir nicht sagen, was passiert ist.«

Sie wäre nicht Jacobs Tochter gewesen, wenn sie auf Freundlichkeit und Güte anderer nicht sofort begierig reagiert hätte, und die besorgte Stimme des Polizisten wärmte ihr Herz. Sie öffnete die Augen und betrachtete den obersten Messingknopf seiner Uniformjacke. Diesmal brachte der Anblick nicht die verhaßte Finsternis über sie. Aber das hatte nichts zu bedeuten, denn auch des Ophthalmoskop, die schwarzen Handschuhe und die übrigen Dinge, die bei ihr zunächst einen Anfall ausgelöst hatten, hatten sie bei späterer Betrachtung nicht mehr in Panik versetzt.

Der Polizist zwängte sich durch die Hecke.

»Sie haben Pablo umgebracht«, sagte sie. »Sie haben Pablo ermordet!«

Und als sie diese Sätze aussprach, gesellten sich zu ihrer Verstörung über ihren Geisteszustand noch heftige Schuldgefühle. Der 6. Januar würde für immer ein schwarzer Tag in ihrem Leben bleiben. Pablo war tot. Weil er versucht hatte, ihr zu helfen.

Ein so schrecklich kalter Tag.

5. Unterwegs

Am Montag, dem 6. Januar, fuhr Dom Corvaisis in einem gemieteten Chevrolet langsam durch das Universitätsgelände von Portland und versuchte, sich an seine Gemütsverfassung von vor mehr als achtzehn Monaten zu erinnern, als er Oregon mit Ziel Mountainview in Utah verlassen hatte. Der starke Regen hatte kurz vor Morgengrauen aufgehört, aber der ganze Himmel war immer noch wolkenverhangen, grau wie ein abgebranntes Feld, so als hätte hinter den Wolken ein Brand gewütet, der mit Regengüssen gelöscht worden war. Dom hielt auf seiner Fahrt durch den Campus häufig an, um die vertrauten Stätten vergangener Zeiten auf sich einwirken zu lassen. Er parkte längere Zeit gegenüber seiner ehemaligen Wohnung, und während er zu den Fenstern hinaufblickte, versuchte er, sich den Mann ins Gedächtnis zu rufen, der er damals gewesen war.

Er war überrascht, wie schwer es ihm fiel, sich mit jenem menschenscheuen, krampfhaft um Unauffälligkeit bemühten Dom Corvaisis zu identifizieren. Obwohl er noch genau wußte, wie er in alten Zeiten gewesen war, konnte er seine damaligen Empfindungen gefühlsmäßig nicht nachvollziehen, was darauf hindeutete, daß er sich nie mehr in jenen alten Dom zurückverwandeln konnte, daß seine diesbezüglichen Ängste völlig unbegründet waren.

Er war überzeugt davon, daß er im vorletzten Sommer während seiner Reise etwas Schreckliches gesehen hatte und daß ihm etwas Ungeheuerliches angetan worden war. Aber diese Überzeugung enthielt ein Rätsel und einen Widerspruch. Das Rätsel bestand darin, daß jenes mysteriöse Ereignis in ihm eine unbestreitbar positive Veränderung bewirkt hatte. Und wie konnte eine mit Schmerz und Schrecken verbundene Erfahrung derart segensreiche Auswirkungen haben? Der Widerspruch bestand darin, daß jenes Ereignis ihm trotz dieser segensreichen Auswirkungen auf seine Persönlichkeit schreckliche Alpträume bescherte. Wie konnte dieses schicksalhafte Erlebnis nur zugleich positiv und furchterregend, zugleich erhebend und schrecklich sein?

Wenn es überhaupt eine Antwort auf diese Fragen gab, so war sie nicht hier in Portland zu finden, sondern irgendwo auf den Highways. Er ließ den Motor an, entfernte sich von seiner ehemaligen Wohnstatt und machte sich auf den Weg nach Utah.

Die kürzeste Stecke von Portland nach Mountainview führte zunächst über die Interstate 80 Nord. Vor neunzehn Monten hatte Dom jedoch einen Umweg gemacht und war auf der Interstate 5 gen Süden gefahren, weil er in Reno einige Tage Zwischenstation machen wollte, um für eine Reihe von Kurzgeschichten über das Spielermilieu das Lokalkolorit zu studieren.

Auch jetzt schlug er mit dem gemieteten Chevrolet diese Route ein und fuhr auf dem vertrauten Highway mit einer Geschwindigkeit von 80 Stundenkilometern — auf steileren Abschnitten sogar nur mit 60 — dahin, denn im vorletzten Juni hatte er einen Anhänger gehabt und war dadurch nur langsam vorangekommen. Wie damals aß er in Eugene zu Mittag.

In der Hoffnung, irgend etwas zu entdecken, das seinem Gedächtnis auf die Sprünge helfen und eine Verbindung zu den mysteriösen Geschehnissen während jener ersten Reise schaffen würde, schenkte Dom allen Kleinstädten, die er passierte, größte Aufmerksamkeit. Aber er sah nichts, was ihm Unbehagen bereitet hätte, und die ganze Fahrt bis Grants Pass, wo er kurz vor sechs Uhr abends eintraf, verlief ereignislos.

Er stieg im selben Motel ab wie vor anderthalb Jahren. Er erinnerte sich sogar noch an seine Zimmernummer — zehn —, weil unmittelbar daneben die Getränke- und Eisautomaten standen und er die halbe Nacht unter der damit verbundenen Lärmbelästigung gelitten hatte. Das Zimmer war nicht belegt, und er nahm es mit der vagen Begründung, daß sentimentale Erinnerungen mit diesem Raum verbunden sein könnten.

Wie damals, so aß er auch jetzt im Restaurant auf der anderen Straßenseite.

Er war auf der Suche nach *satori*; dieses Zen-Wort bedeutete ›plötzliche Erleuchtung‹, ›tiefe Offenbarung‹. Aber nichts Derartiges wurde ihm zuteil.

Er hatte den ganzen Tag über häufig in den Rückspiegel geschaut und nach einem eventuellen Verfolger Ausschau gehalten. Beim Abendessen beobachtete er mißtrauisch die anderen Gäste. Aber falls er wirklich observiert wurde, so war sein Beschatter ein absoluter Könner, der unsichtbar blieb.

Um neun ging er zu einer nahegelegenen Tankstelle mit öffentlicher Fernsprechzelle. Von dort rief er in einer öffentlichen Fernsprechzelle in Laguna Beach an, wo Parker Faine wie vereinbart wartete, um Dom zu berichten, ob interessante Post für ihn gekommen war. Es war zwar nicht sehr wahrscheinlich, daß ihre eigenen Telefone abgehört wurden, aber sie waren beide der Meinung gewesen, daß man in diesem Fall nicht entscheiden konnte, wo die Grenze zwischen klugen Vorsichtsmaßnahmen und Verfolgungswahn war.

»Rechnungen«, sagte Parker. »Reklamen. Keine weiteren seltsamen Botschaften oder Polaroid-Fotos. Und wie steht's bei dir?«

»Bisher nichts Besonderes«, erwiderte Dom, der müde an der Plexiglasscheibe der Telefonzelle lehnte. »Letzte Nacht habe ich nicht gut geschlafen.«

»Aber du bist nicht im Schlaf umhergewandert?«

»Nein. Ich habe keinen einzigen Knoten geöffnet. Aber ich hatte einen Alptraum. Wieder der Mond. Ist dir jemand zur Telefonzelle gefolgt?«

»Niemand, es sei denn, er hat eine Tarnkappe«, sagte Parker. »Du kannst mich also morgen abend wieder hier anrufen, ohne befürchten zu müssen, daß die Leitung inzwischen angezapft ist.«

»Wir hören uns an wie zwei Verrückte«, meinte Dom.

»Mir macht die Sache direkt Spaß«, bekannte Parker. »Räuber und Gendarm, Verstecken, Auskundschaften — solche Spiele habe ich als Kind sehr geliebt. Und du, halt die Ohren steif, alter Freund! Und falls du Hilfe brauchen solltest, werde ich sofort kommen.«

»Ich weiß«, sagte Dom.

Ein kalter Wind wehte, als er zum Motel zurückging. Wie in Portland, so wachte er auch in dieser Nacht dreimal auf, jedesmal von einem Alptraum, an den er sich nicht erinnern konnte, jedesmal mit dem Schrei: »Der Mond!«

Am Dienstag, dem 7. Januar, stand Dom früh auf und fuhr nach Sacramento und von dort auf der Interstate 80 in östlicher Richtung nach Reno. Es regnete fast während des ganzen Tages, und als er die Vorberge der Sierras erreichte, schneite es. Er kaufte in einer Tankstelle Schneeketten und befestigte sie an den Reifen, bevor er ins Gebirge hinauffuhr.

Im vorletzten Sommer hatte er für die Strecke von Grants Pass nach Reno mehr als zehn Stunden gebraucht, und diesmal brauchte er sogar noch länger. Als er sich schließlich — wie damals — in Harrah's Hotel eintrug, Parker Faine aus einer Telefonzelle anrief und im Coffee Shop eine Kleinigkeit aß, war er schon so müde, daß er mit der Lokalzeitung von Reno sofort auf sein Zimmer ging. Und dort las er, in Unterwäsche auf seinem Bett sitzend, um halb neun abends den Artikel über Zebediah Lomack.

MONDMANN HINTERLÄSST HALBE MILLION VERMÖGEN

Reno. Zebediah Harold Lomack, 50, dessen Selbstmord am Weihnachtstag zur Entdeckung seiner bizarren Mondbesessenheit führte, hinterläßt ein Vermögen von mehr als 500 000 Dollar, das größtenteils auf verschiedenen Sparkonten, in Anleihen und Schatzbriefen angelegt war, wie aus den beim Nachlaßgericht hinterlegten Dokumenten hervorgeht. Testamentsvollstreckerin ist Eleanor Wolsey, die Schwester des Verstorbenen. Lomacks bescheidenes Haus in 1420 Wass Valley Road hat hingegen einen Schätzwert von nur 35 000 Dollar.

Lomack, ein professioneller Kartenspieler, soll sein Vermögen hauptsächlich durch Pokern erworben haben. »Er war einer der besten Spieler, die ich je gekannt habe«, sagte Sidney ›Sierra Sid‹ Garfork aus Reno, selbst professioneller Spieler und Gewinner der letztjährigen Poker-Weltmeisterschaft im Binion's Horseshoe Casino in Las Vegas. »Er begeisterte sich schon als Kind für Karten, so wie andere sich für Baseball, Mathematik oder Physik interessieren.« Nach Aussage von Garfork und anderen Freunden wäre das Vermögen des Spielers noch viel größer gewesen, wenn er nicht eine Schwäche für Würfelspiele gehabt hätte. »Mehr als die Hälfte seiner Gewinne beim Pokern verlor er an den Würfeltischen wieder, und das Finanzamt kassierte natürlich auch ganz schön was ab«, sagte Garfork.

Wie mehrmals gemeldet, hörte ein Nachbar am Weihnachtsabend einen Schuß in Lomacks Haus. Die Polizei fand Lomacks Leiche in seiner mit Abfällen übersäten Küche. Tausende von Fotos des Mondes schmückten Wände, Decken und Möbelstücke in allen Zimmern.

Der Artikel ging noch weiter.
Offensichtlich war das Ereignis von der Lokalpresse in den letzten zwei Wochen regelrecht ausgeschlachtet worden. Dom las den Bericht mit wachsender Faszination und zunehmendem Unbehagen. Höchstwahrscheinlich hatte Zebediah Lomacks Mondobsession nicht das geringste mit Doms eigenen Problemen zu tun. Reiner Zufall, weiter nichts. Und doch stieg in ihm jene Angst — eine Mischung aus Schrecken, Entsetzen und Ehrfurcht — auf, von der er stets erfüllt war, wenn er aus seinen Alpträumen erwachte, jene Angst, die ihn überwältigte, wenn er schlafwandelte und versuchte, Fenster zu vernageln.

Er las den Artikel mehrmals aufmerksam durch, und um Viertel nach neun beschloß er trotz seiner Müdigkeit, noch an diesem Abend unbedingt Lomacks Haus anzusehen. Er zog sich an, stieg in seinen Mietwagen und ließ sich vom Parkwächter erklären, wie er zur Wass Valley Road gelangen konnte. Reno lag unterhalb der Schneegrenze. Es war eine klare Nacht, und die Straßen waren trocken. Unterwegs kaufte Dom in einem Drugstore eine Taschenlampe. Kurz nach zehn parkte er gegenüber der Hausnummer 1420 in der Wass Valley Road.

Es war ein Bungalow mit großen Veranden, ein bescheidenes Domizil, wie der Zeitungsartikel ja auch angedeutet hatte. Das ganze Grundstück hatte eine Größe von etwa zweitausend Quadratmeter. Stellenweise lag auf dem Dach, auf dem Rasen und auf den hohen Tannen noch alter Schnee. Die Fenster waren dunkel.

Laut diesem Zeitungsartikel war Eleanor Wolsey, Lomacks Schwester, drei Tage nach seinem Tod, am 28. Dezember, aus Florida angereist und hatte sich um die Beerdigung gekümmert, die am 30. stattgefunden hatte. Sie hielt sich zur Zeit noch in Reno auf, um alle Vermögensangelegenheiten zu regeln, wohnte aber im Hotel, weil das Haus ihres Bruders viel zu deprimierend war.

Dom war normalerweise ein Mensch, der sich korrekt an die Gesetze hielt, und die Aussicht, in Lomacks Haus einbrechen zu müssen, behagte ihm nicht allzusehr. Aber ihm blieb keine andere Wahl, wenn er es sehen wollte. Eleanor Wolsey würde ihm bestimmt nicht erlauben, es zu besichtigen, denn sie hatte der Zeitung gegenüber geäußert, daß die abstoßende, perverse Neugier wildfremder Menschen sie ganz krank mache.

Fünf Minuten später stellte Dom auf der hinteren Veranda des Bungalows fest, daß die Tür nicht nur abgeschlossen, sondern zusätzlich auch noch verriegelt war. Gleich darauf entdeckte er aber, daß das Fenster über der Küchenspüle nicht fest geschlossen war. Er öffnete es und kletterte ins Haus hinein.

Dom schirmte die Taschenlampe mit einer Hand ab, damit niemand von draußen das Licht sehen und Verdacht schöpfen konnte. Dann sah er sich in der Küche um. Sie befand sich nicht mehr in dem katastrophalen Zustand, in welchem die Polizei sie am Weihnachtsabend vorgefunden hatte. Lomacks Schwester hatte — wie dem Zeitungsbericht zu entnehmen gewesen war — vor zwei Tagen damit begonnen, das Haus zu putzen, um es möglichst schnell verkaufen zu können. Die Abfälle waren verschwunden. Die Möbel und der Fußboden glänzten vor Sauberkeit. Es roch nach frischer Farbe und Desinfektionsmitteln. Eine einzelne überlebende Küchenschabe huschte rasch hinter den Kühlschrank. Es gab kein einziges Bild vom Mond.

Dom befürchtete plötzlich, daß Eleanor Wolsey und ihre Helfer bereits zu große Fortschritte gemacht haben könnten, daß alle Spuren von Lomacks Obsession schon beseitigt worden waren.

Aber seine Sorge erwies sich rasch als unbegründet, denn als er das Wohnzimmer betrat, sah er im Schein der Taschenlampe sogleich, daß Wände, Fenster und Decke mit großen Postern des Mondes tapeziert waren. Dom hatte das Gefühl, als hinge er irgendwo weit draußen im Weltraum, wo 50 gleichartige Himmelskörper unmöglich dicht nebeneinander ihre Bahnen zogen.

Es war ein verwirrender Anblick. Ihm war schwindelig, und er hatte einen trockenen Mund.

Er ging langsam auf einen Korridor hinaus, wo jeder Zentimeter der Wände mit Mondfotos — großen und kleinen Farb- und Schwarzweißfotos — bedeckt waren. Manche waren an die Wand geklebt, andere mit Reißzwecken oder Klebeband befestigt. Beide Schlafzimmer waren mit den gleichen Dekorationen versehen; die allgegenwärtigen Monde erinnerten Dom an Pilze, die sich wild wuchernd über das ganze Haus ausgebreitet hatten.

In der Zeitung stand, daß über ein Jahr vor Lomacks Selbstmord niemand außer ihm selbst das Haus betreten hatte. Das glaubte Dom ohne weiteres, denn jeder Besucher, der das Werk dieses Mondbesessenen gesehen hätte, hätte sofort eine psychiatrische Klinik verständigt. Die Nachbarn hatten von der rapiden Verwandlung des Spielers vom geselligen Mann zum Einsiedler berichtet. Die Faszination des Mondes auf ihn hatte offenbar im vorletzten Sommer begonnen.

Im vorletzten Sommer ... Das fiel zeitlich genau mit den Veränderungen in Doms eigenem Leben zusammen.

Dom fühlte sich zunehmend unbehaglicher. Er konnte den Zustand von Wahnsinn nicht nachvollziehen, der diese unheimliche Szenerie geschaffen hatte, konnte sich nicht in Lomacks fiebriges Hirn hineinversetzen, aber er *konnte* die Ängste des Spielers gut nachempfinden. Als er so durch das mit Monden übersäte Haus ging und den Lichtstrahl seiner Taschenlampe über die Mondoberflächen gleiten ließ, überliefen ihn selbst kalte Schauer. Die Monde übten auf ihn keine hypnotische Wirkung aus, wie das offenbar bei Lomack der Fall gewesen war, aber während er sie betrachtete, spürte er instinktiv, daß der Impuls, der Lomack veranlaßt hatte, sein Haus mit Mondfotos zu tapezieren, identisch mit jenem Impuls war, der in ihm selbst die Träume vom Mond auslöste.

Er und Lomack hatten irgendeine Erfahrung geteilt, bei welcher der Mond eine wichtige Rolle gespielt hatte oder für welche der Himmelskörper Symbolcharakter hatte. Im vorletzten Sommer mußten sie zur selben Zeit am selben Ort gewesen sein. Am falschen Ort zur falschen Zeit.

Lomack hatte durch die Last künstlich ausgeschalteter Erinnerungen den Verstand verloren.

Werde auch ich den Verstand verlieren? fragte sich Dom, während er sich im Schlafzimmer des Spielers langsam im Kreise drehte.

Ein neuer, beunruhigender Gedanke schoß ihm durch den Kopf. Angenommen, daß Lomack sich nicht aus Verzweiflung über seine Obsession umgebracht hatte, sondern daß er sich die Flintenmündung in den Mund geschoben und abgedrückt hatte, *weil er sich schließlich an die Geschehnisse des vorletzten Sommers erinnert hatte.* Vielleicht war diese Erinnerung viel schlimmer als das Nichterinnernkönnen. Vielleicht würden ihm selbst — falls es ihm gelang, die Wahrheit herauszufinden — Schlafwandeln und Alpträume harmlos vorkommen im Vergleich zu dem, was er während der Fahrt von Portland nach Mountainview erlebt hatte.

Monde ... Sie wirkten immer beklemmender auf Dom, und er hatte plötzlich das Gefühl, keine Luft mehr zu bekommen. Die Monde schienen ihm zu prophezeien, daß auch ihm irgendein böses Schicksal beschieden sein würde, und er taumelte aus dem Zimmer, ergriff buchstäblich die Flucht.

Er rannte durch den kurzen Korridor ins Wohnzimmer, stolperte über einen Bücherstapel und fiel hin. Einen Moment lag er benommen auf dem Boden. Aber er bekam schlagartig wieder einen klaren Kopf, als er auf einem der vielen identischen Poster mit Filzschrift den Namen ›Dominick‹ geschrieben sah. Bei seinem ersten Rundgang durch das Haus war ihm das nicht aufgefallen, aber jetzt war er so gestürzt, daß der Strahl der Taschenlampe in seiner rechten Hand direkt auf dieses Wort fiel.

Dom bekam eine Gänsehaut. *Davon* hatte nichts in der Zeitung gestanden, aber es war bestimmt Lomacks Schrift. Soweit Dom wußte, hatte er den Spieler überhaupt nicht gekannt. Aber anzunehmen, daß ein *anderer* Dominick gemeint war, hieße den Zufall überstrapazieren zu wollen.

Er stand auf und ging einige Schritte auf das Poster mit seinem Namen zu. Etwa zwei Meter von der Wand entfernt blieb er stehen. Im Schein der Taschenlampe sah er auch auf einigen anderen Postern Schriftzüge. Sein eigener Name war nur einer von vieren, die Lomack auf vier Mondoberflächen geschrieben hatte: DOMINICK, GINGER, FAYE, ERNIE. Wenn sein Name hier stand, weil er und Lomack gemeinsam irgendein alptraumhaftes Erlebnis gehabt hatten, dann mußten auch die drei anderen daran teilgehabt haben, obwohl Dom sich überhaupt nicht an sie erinnern konnte.

Er dachte an den Priester auf dem Polaroid-Foto. War das Ernie?

Und die ans Bett gefesselte Blondine. War das Ginger? Oder Faye?

Während er den Lichtstrahl von einem Namen zum anderen gleiten ließ, stieg in ihm ganz dunkel eine schreckliche Erinnerung auf. Aber sie blieb tief in seinem Unterbewußtsein, ein amorpher Fleck, ähnlich einem riesigen Meereslebewesen, das unter der trüben Oberfläche des Ozeans vorbeischwimmt und dessen Existenz nur durch die Blasenbahn und das Flimmern von Licht und Schatten im Wasser zu erkennen ist. Er versuchte, diese Erinnerung zu packen, aber sie tauchte in die Tiefe und verschwand.

Seit dem Betreten von Lomacks Haus hatte Dom Angst verspürt, nun aber stieg Frustration in ihm auf. Er brüllte in dem leeren Haus, und seine Stimme hallte von den mit Monden tapezierten Wänden wider. »Warum kann ich mich nicht erinnern?« Er kannte den Grund natürlich: Jemand hatte sein Gehirn manipuliert, hatte bestimmte Erinnerungen ausgelöscht. Aber trotzdem schrie er in seiner Angst und Wut: »Warum kann ich mich nicht erinnern? Ich muß mich *erinnern!*« Er streckte die linke Hand nach dem Poster mit seinem Namen aus, so als könnte er diesem Mond jene Erinnerung entreißen, die Lomack dazu veranlaßt hatte, ›Dominick‹ zu kritzeln. Sein Herz dröhnte zum Zerspringen. Er brüllte in rasendem Zorn: »Verdammt, wer immer ihr auch sein mögt, ich schwöre euch, daß ich mich erinnern werde! Ich werde mich an euch Dreckschweine erinnern! Ihr gemeinen Verbrecher! Hört ihr? *Ich werde mich erinnern!*«

Obwohl er es überhaupt nicht berührt hatte, obwohl seine Hand immer noch etwa einen Meter davon entfernt war, löste sich das Poster mit seinem Namen plötzlich von der Wand. Es war mit breitem Klebeband an den vier Ecken befestigt gewesen, aber die Klebestreifen rollten sich auf, was sich anhörte, als würden Reißverschlüsse geöffnet — und das Poster *sprang* regelrecht von der Wand, so als hätte ein heftiger Windstoß die Holzmauer und den Verputz durchdrungen. Es flog knisternd auf Dom zu, und er wich überrascht und erschrocken zurück und wäre um ein Haar wieder über die Bücher gefallen.

Die Taschenlampe in seiner zitternden Hand zeigte ihm, daß das Poster jetzt etwa einen halben Meter entfernt in Augenhöhe frei in der Luft hing, sich wellenförmig bewegte, sich ihm entgegenwölbte und dann wieder eindellte. Während die gleichsam pockennarbige Mondoberfläche sich derart kräuselte, zuckte und flatterte sein Name wie die Schrift auf einer windgepeitschten Flagge.

Eine Halluzination, versuchte er sich einzureden.

Aber er wußte, daß es Wirklichkeit war.

Er konnte nicht richtig durchatmen. Die kalte Luft schien sirupartig zu sein.

Das Poster schwebte näher an ihn heran.

Seine Hände zitterten heftig. Der helle Lichtstrahl der Taschenlampe tanzte zuckend über die wellige Oberfläche des glänzenden Papiers.

Eine Zeitlang war das Knistern des zum Leben erwachten Posters das einzige Geräusch im Zimmer. Dann war plötzlich ringsum jenes reißverschlußähnliche Geräusch zu hören: Alle Klebestreifen lösten sich von Wänden, Fenstern und von der Decke ab, und fünfzig Mondabbildungen kamen raschelnd und knisternd und sausend von allen Seiten auf Dom zugeflogen. Er schrie vor Überraschung und Angst laut auf.

Es war so, als hätte er plötzlich einen Knebel ausgespuckt, denn plötzlich konnte er wieder frei atmen.

Die fünfzig Poster hingen jetzt völlig regungslos in der Luft, so als wären sie an unsichtbaren Flächen befestigt. Die tiefe Stille im Haus des toten Spielers erinnerte an die Atmosphäre eines menschenleeren, düsteren alten Tempels; diese lähmende Grabesstille traf Dom bis ins Mark.

Urplötzlich — so als wären es fünfzig Teile eines einzigen Mechanismus, den man eingeschaltet hatte — begannen die großen Mondplakate zu zucken, zu flattern und im Zimmer umherzuwirbeln, nicht wild durcheinander, sondern so geordnet wie die Pferde auf einem Kinderkarussell. Dom stand im Zentrum dieses gespenstischen Karussells, und die Monde umkreisten ihn, drehten sich um sich selbst, rollten sich auf und entrollten sich, waren einmal nur als Sicheln zu sehen, dann wieder als Halb- oder Vollmonde, nahmen ab und wieder zu, gingen auf und nieder, immer schneller und schneller. Im Schein der Taschenlampe hatte dieses unheimliche Schauspiel große

Ähnlichkeit mit den wasserschleppenden Besen, die der Zauberlehrling in der Ballade zum Leben erweckt hatte.

Doms Furcht machte einem verzückten Staunen Platz. Das Phänomen kam ihm nicht mehr bedrohlich vor, sondern erfüllte ihn mit wilder Freude. Er suchte keine Erklärung dafür, stand einfach da und besah sich fasziniert dieses Spektakel. Normalerweise war nichts so erschreckend wie das Rätselhafte, aber vielleicht fühlte er, daß hier positive Kräfte am Werk waren. Langsam drehte er sich im Kreis und beobachtete die Parade der Monde, und schließlich lachte er auf.

Von einer Sekunde zur anderen trat eine dramatische Veränderung ein. Die Poster schwirrten plötzlich wie fünfzig riesige, wütende Fledermäuse auf Dom zu. Sie flogen dicht über seinem Kopf hinweg, schossen auf ihn herab, schlugen ihm ins Gesicht, peitschten ihm den Rücken. Obwohl sie nicht lebendig waren, vermutete Dom eine böse Absicht hinter diesem unerwarteten Angriff. Er legte einen Arm schützend vors Gesicht und schlug mit der Taschenlampe nach ihnen, aber sie wichen nicht zurück. Sie verursachten einen Lärm wie papierene Vogelscharen, als sie so durch die kalte Luft schwirrten und gegeneinanderprallten.

In panischem Schrecken taumelte Dom durch das Zimmer und suchte nach dem Ausgang. Aber er konnte vor lauter umherflatternden Monden nichts sehen. Keine Türen. Keine Fenster. Er stolperte völlig desorientiert umher.

Die Situation spitzte sich noch mehr zu, und der Lärm schwoll noch stärker an, als sich nun auch im Flur und in den anderen Zimmern des Bungalows tausend Monde von den Wänden zu lösen begannen. Reißzwecken fielen zu Boden, Klebestreifen rissen sich vom Verputz los, Leim verlor seine Haftfähigkeit. Tausend Mondbilder — und dann weitere tausend — flogen knisternd, raschelnd, rauschend und zischend auf das Wohnzimmer zu, umkreisten Dom mit stetig anschwellendem Brausen, das sich anhörte, als stünde er inmitten eines rasenden Flammenmeers. Die glänzenden Farbfotos aus Büchern und Zeitschriften funkelten, schimmerten und leuchteten im Licht der Taschenlampe wie Feuerzungen, und die Schwarzweißbilder glichen Aschenfetzen.

Jedesmal, wenn Dom keuchend nach Luft schnappte, saugte er Papiermonde ein und mußte sie ausspucken. Tausende kleiner papierener Himmelskörper rasten schichtweise um ihn herum, und wenn er hysterisch einen Vorhang aus Monden zerteilte, sah er sich nur einem neuen gegenüber.

Er begriff intuitiv, daß dieses unvorstellbare Spektakel ihm helfen sollte, sich an seine quälenden Alpträume zu erinnern. Er hatte nicht die geringste Ahnung, wer oder was hinter diesem Phänomen steckte, aber er spürte den Zweck der Inszenierung. Wenn er in diesen Mondsturm eintauchte, sich davon mitreißen ließ, würde er seine Träume verstehen, würde auch ihre erschreckende Ursache erfahren und endlich wissen, was ihm vor achtzehn Monaten auf seiner Reise widerfahren war. Aber er fürchtete sich davor, von den hypnotisierenden bleichen Himmelskörpern in Trance versetzt zu werden. Er sehnte sich nach der Offenbarung, aber gleichzeitig schreckte er davor zurück. Er rief: »Nein, nein.« Er preßte seine Hände auf die Ohren und kniff die Augen zu. »Aufhören! Aufhören!« Sein Herz raste in der Brust. »Schluß! Aufhören!« brüllte er krächzend. »Schluß jetzt!«

Er war zutiefst erstaunt, daß der Tumult so abrupt abbrach, als wäre ein Symphonieorchester nach einem letzten donnernden Creszendo plötzlich verstummt. Er hatte nicht erwartet, daß sein Kommando diese Wirkung haben würde, und er glaubte auch nicht, daß seine Worte das vollbracht hatten.

Er nahm seine Hände von den Ohren. Er öffnete seine Augen.

Eine Galaxie von Monden hing um ihn herum.

Mit zitternder Hand griff er nach einem der Fotos, die in der Luft schwebten. Er drehte es verwundert um, betastete es. Es hatte nichts Besonderes an sich, und doch hatte es entgegen jedwedem Naturgesetz frei im Raum hängen können, wie es all die anderen Fotos immer noch taten.

»Wie ist das nur möglich?« fragte er mit schwankender Stimme, so als erwartete er, daß die schwebenden Monde auch sprechen könnten. »Wie? *Warum?*«

Als wäre irgendein Zauber gebrochen worden, fielen Tausende von Papierstücken gleichzeitig zu Boden, wo sie in unordentlichen Haufen liegenblieben und Doms Winterstiefel bedeckten. Von ihrer mysteriösen Lebendigkeit war absolut nichts mehr vorhanden.

Verstört ging Dom auf die Tür zum Flur zu. Die Monde raschelten und knisterten unter seinen Füßen wie welkes Herbstlaub. Auf der Schwelle blieb er stehen und leuchtete mit seiner Taschenlampe in den kurzen Flur hinaus. Die Wände waren völlig kahl. Kein einziges Mondfoto hing mehr dort.

Er kehrte ins Wohnzimmer zurück, kniete zwischen den Papierhaufen nieder, legte die Taschenlampe auf den Boden und ließ Mondfotos durch seine zitternden Hände gleiten, suchte nach einer Erklärung für dieses mysteriöse Geschehen.

In seinem Innern tobte ein Kampf zwischen Angst und verzücktem Staunen, zwischen Schrecken und Ehrfurcht. Er war völlig durcheinander, weil dieses Erlebnis sich mit keiner bisherigen Lebenserfahrung vergleichen ließ. Er schwankte zwischen Lachen und kaltem Entsetzen. Einmal glaubte er, etwas unvorstellbar Böses sei hier am Werk gewesen, und im nächsten Moment war er überzeugt davon, es habe sich um die Manifestation von etwas Gutem und Reinem gehandelt. Böse. Gut. Vielleicht beides ... oder keines von beidem. Einfach etwas ... nun ja, *irgend etwas*. Etwas Mysteriöses, das sich mit Worten nicht beschreiben ließ.

Er wußte nur eines: Was ihm auch immer im vorletzten Sommer widerfahren sein mochte, war ungleich seltsamer, als er bisher geglaubt hatte.

Während er immer noch Papiermonde durch die Finger gleiten ließ, fiel ihm etwas Ungewöhnliches an seinen Händen auf. Er hielt sie mit den Innenflächen nach oben in den Strahl der Taschenlampe. Ringe. Auf jeder Handfläche war ein Ring aus geschwollener roter Haut zu sehen, exakt kreisförmig, wie mit einem Zirkel gezogen.

Während er fasziniert auf diese Ringe entzündeten Fleisches starrte, wurden die Stigmata immer schwächer, bis sie schließlich verschwanden.

Es war Dienstag, der 7. Januar.

6. *Chicago, Illinois*

In seinem Schlafzimmer im ersten Stock des Pfarrhauses von St. Bernadette wurde Vater Stefan Wycazik von Trommelschlag aus dem Schlaf gerissen. Der Lärm hörte sich an wie das Dröhnen einer Baßtrommel und der dumpfe Widerhall der Membrane oder aber wie das Pochen eines riesigen Herzens, obwohl der einfache Schlagrhythmus des Herzens durch einen zusätzlichen Ton erweitert war: LUB-DUB-dub ... LUB-DUB-dub ... LUB-DUB-dub ...

Immer noch im Halbschlaf, schaltete Stefan verwirrt die Nachttischlampe ein, blinzelte im hellen Licht und warf einen Blick auf seinen Wecker. Es war zwei Uhr sieben am Donnerstagmorgen, also alles andere als eine übliche Zeit für eine Parade.

LUB-DUB-dub ... LUB-DUB-dub ...

Nach jeweils drei Schlägen trat eine Pause von drei Sekunden ein, dann kamen wieder drei Schläge, gefolgt von drei Sekunden Pause. Die exakten Zeitabstände und völlig identischen Schläge ließen Stefan nun weniger an einen Trommler als vielmehr an den Kolbenhub einer riesigen Maschine denken.

Vater Wycazik schlug die Decken zurück. Barfuß tappte er zum Fenster, das auf den Hof zwischen Pfarrhaus und Kirche hinausging. Er konnte im Schein der Lampe über der Sakristeitür nur Schnee und kahle Bäume sehen.

Die Schläge wurden lauter, und die Abstände verkürzten sich auf zwei Sekunden. Stefan nahm seinen Morgenrock von der Stuhllehne und zog ihn über seinen Pyjama. Das sonore Pochen war jetzt so laut, daß es nicht mehr nur eine ärgerliche Störung der Nachtruhe darstellte, sondern Stefan ängstigte, weil es die Fensterscheiben zum Klirren brachte und die Tür in den Angeln klappern ließ.

Er eilte auf den Korridor hinaus, tastete im Dunkeln nach dem Lichtschalter und knipste die Deckenlampen an.

Eine andere Tür auf der rechten Seite des Korridors wurde aufgerissen, und Vater Michael Gerrano, Stefans zweiter Kaplan, stürzte aus seinem Zimmer, während er in die Ärmel seines Morgenrocks schlüpfte. »Was ist das?«

»Ich weiß es nicht«, sagte Stefan.

Der nächste Drei-Schlag war doppelt so laut wie die vorangegangenen, und das ganze Haus erbebte, als wäre es von drei gigantischen Hämmern getroffen worden. Es war kein hartes, durchdringendes Geräusch, sondern trotz seiner Lautstärke gedämpft — als wären die Hämmer gepolstert, würden aber mit enormer Kraft geschwungen. Die Lampen flackerten. Jetzt betrug der Abstand zwischen den Schlägen nur noch eine Sekunde, und Echos und neues Krachen überlagerten sich. Und bei jedem Hammerschlag flackerten die Lampen, bebte der Fußboden unter Stefan.

Vater Wycazik und Vater Gerrano entdeckten gleichzeitig den Ursprungsort des Lärms: Brendan Cronins Zimmer. Sie liefen auf diese Tür zu.

Es war unglaublich, aber Brendan schlief fest. Trotz der donnernden Explosionen, die Vater Wycazik an das Granatwerferfeuer in Vietnam erinnerten, schlief der junge Priester ruhig weiter, und um seine Lippen spielte ein leichtes Lächeln.

Die Fenster klirrten. Vorhangringe schlugen gegen die Stangen. Auf der Kommode tanzte eine Bürste auf und ab, einige Münzen klimperten aneinander, und Brendans Brevier rutschte abwechselnd nach links und nach rechts. An der Wand über dem Bett schaukelte ein Kruzifix wild hin und her.

Vater Gerrano rief etwas, aber Stefan konnte nicht verstehen, was der Kaplan sagte, denn jetzt gab es zwischen den Detonationen überhaupt keine Pausen mehr. Jeder dreiteilige Schlag trug zu Vater Wycaziks Überzeugung bei, daß irgendeine gigantische, unvorstellbar kraftvolle Maschine diesen Höllenlärm erzeugte, der indessen von allen Seiten zu kommen schien, so als wäre die Maschine direkt in den Mauern des Hauses verborgen, wo sie irgendeine mysteriöse Aufgabe auszuführen hatte.

Als das Brevier von der Kommode hinunterrutschte und die Münzen klirrend zu Boden fielen, wich Vater Gerrano bis zur Türschwelle zurück, wo er mit schreckensweit aufgerissenen Augen fluchtbereit stehenblieb.

Stefan hingegen ging zum Bett, beugte sich über den schlafenden Priester und brüllte seinen Namen. Als das wirkungslos blieb, packte er Brendan bei den Schultern und schüttelte ihn kräftig.

Der Kaplan blinzelte und schlug die Augen auf.

Das ohrenbetäubende Hämmern verstummte schlagartig.

Die plötzliche Stille ließ Vater Wycazik genauso zusammenfahren wie der erste Trommelschlag, der ihn aus dem Schlaf gerissen hatte. Er ließ Brendan los und schaute sich ungläubig im Zimmer um.

»Ich war so nahe dran«, murmelte Brendan noch ganz verträumt. »Ich wünschte, Sie hätten mich nicht geweckt. Ich war so nahe dran.«

Stefan zog die Decke zurück, griff nach den Händen des Kaplans und drehte sie um. Auf jeder Handfläche trat ein roter Ring hervor. Stefan betrachtete sie fasziniert, denn er sah die Stigmata zum erstenmal.

Was hat das alles zu bedeuten? fragte er sich.

Vater Gerrano näherte sich laut atmend dem Bett, starrte auf die Ringe und fragte: »Um Gottes willen, was ist das?«

Vater Wycazik beachtete ihn nicht, sondern stellte seinerseits Brendan eine Frage. »Was war das für ein Lärm? Woher kam er?«

»Ich wurde gerufen«, sagte Brendan mit schläfriger Stimme, aus der Erregung und Freude herauszuhören waren. »Ich wurde zurückgerufen.«

»Wer hat Sie gerufen?« fragte Stefan.

Brendan blinzelte, setzte sich auf, lehnte sich ans Kopfende des Bettes. Sein verschwommener Blick klärte sich, und er sah Vater Wycazik zum erstenmal bewußt an. »Was ist passiert? Haben Sie es auch gehört?«

»Irgendwie, ja«, erwiderte Stefan. »Das ganze Haus wurde davon erschüttert. Was war es, Brendan?«

»Ein Ruf. Ich wurde gerufen, und ich folgte diesem Ruf.«

»Aber *wer* oder *was* hat Sie gerufen?«

»Ich ... ich weiß es nicht. Irgend etwas. Es rief mich zurück ...«

»Wohin zurück?«

Brendan runzelte die Stirn. »Zurück in das Licht. In das goldene Licht jenes Traumes, von dem ich Ihnen erzählt habe.«

»Was hat das alles zu bedeuten?« fragte Vater Gerrano wieder. Seine Stimme schwankte, denn er war an wundersame Geschehnisse nicht so gewöhnt wie Vater Wycazik und Brendan. »Würde jemand vielleicht so nett sein und mich einweihen?«

Die beiden anderen Priester ignorierten ihn weiterhin.

Stefan fragte Brendan: »Dieses goldene Licht ... was ist es? Könnte es Gott sein, der Sie in seine Herde zurückruft?«

»Nein«, antwortete Brendan. »Einfach ... irgend etwas. Es ruft mich zurück. Vielleicht werde ich es nächstes Mal deutlicher sehen können.«

Vater Wycazik setzte sich auf die Bettkante. »Glauben Sie, daß dies sich wiederholen wird? Glauben Sie, daß Sie diesen Ruf wieder vernehmen werden?«

»Ja«, sagte Brendan. »O ja!«

Es war Donnerstag, der 9. Januar.

7. Las Vegas, Nevada

Am Freitagnachmittag arbeitete Jorja im Casino, als sie erfuhr, daß ihr früherer Ehemann Alan Rykoff sich das Leben genommen hatte.

Die Nachricht erreichte sie durch einen dringenden Anruf von Pepper Carrafield, jener Frau, mit der Alan zuletzt zusammengelebt hatte. Jorja nahm den Anruf an einem der Telefone in der Nähe der Blackjack-Spieltische entgegen. Sie mußte sich ein Ohr zuhalten, um das Stimmengewirr, das laute Aufspielen der Karten und die klirrenden Geräusche der Spielautomaten zu dämpfen. Als sie hörte, daß Alan tot war, versetzte ihr das zwar einen Schock, aber sie fühlte keinen Schmerz. Durch sein egoistisches und grausames Verhalten hatte Alan selbst dafür gesorgt, daß sie keinen Grund hatte, um ihn zu trauern. Mitleid war das einzige Gefühl, das sie aufbringen konnte.

»Er hat sich heute morgen erschossen, vor zwei Stunden«, erklärte Pepper. »Die Polizei ist jetzt hier. Sie müssen herkommen.«

»Die Polizei will mich sehen?« fragte Jorja erstaunt. »Weshalb denn?«

»Nein, nein. Die Polizei will Sie nicht sehen. Sie müssen kommen und sein Zeug ausräumen. Ich möchte es so schnell wie möglich aus der Wohnung haben.«

»Aber ich will seine Sachen nicht haben«, sagte Jorja.

»Ob Sie die Sachen wollen oder nicht, spielt keine Rolle. Es ist trotzdem Ihre Aufgabe.«

»Miß Carrafield, es war eine bittere Scheidung. Ich will nicht ...«

»Er hat letzte Woche ein Testament aufgesetzt und Sie als Testamentsvollstreckerin eingesetzt. Sie *müssen* also herkommen. Ich möchte sein ganzes Zeug *sofort* loswerden. Es ist Ihre Pflicht zu kommen.«

Alan hatte mit Pepper Carrafield in einem Hochhaus namens ›The Pinnacle‹ gewohnt, einem eleganten Gebäude auf der Flamingo Road, wo das Callgirl eine Eigentumswohnung besaß. Der vierzehnstöckige weiße Betonklotz hatte bronzeschimmernde Fenster und wirkte noch höher, weil er inmitten von unbebautem Wüstenland emporragte. Er hatte Ähnlichkeit mit einem Denkmal, mit dem größten, protzigsten Grabstein der Welt. Gepflegte Rasenflächen und Blumenbeete umgaben das Gebäude, aber von den angrenzenden weiten Sandflächen waren auch Unkrautsamen herübergeflogen. Der kalte Wind, der dieses Unkraut schüttelte, heulte auch trostlos durch die säulengeschmückte Veranda des Hochhauses.

Zwei Polizeiautos und ein Leichenwagen standen vor dem Gebäude, aber im Foyer waren keine Polizisten zu sehen; nur eine junge Frau saß auf einem malvenfarbenen Sofa in der Nähe der Aufzüge, und an einem Pult beim Eingang stand ein Mann in grauer Hose und blauem Blazer — der Portier. Der Marmorboden, die Kristall-Kronleuchter, Orientteppiche, eleganten Sitzgarnituren und die Lifttüren aus Messing sollten in etwas aufdringlicher Weise den Eindruck von Eleganz und Pracht erwecken.

Als Jorja den Portier bat, sie anzumelden, erhob sich die junge Frau vom Sofa. »Mrs. Rykoff, ich bin Pepper Carrafield. Äh ... ich glaube, Sie haben Ihren Mädchennamen wieder angenommen ...«

»Monatella«, sagte Jorja.

Wie das Gebäude, in dem sie wohnte, so versuchte auch Pepper, die Eleganz der Fifth Avenue auszustrahlen, aber ihre Bemühungen waren weniger erfolgreich als jene der Innenarchitekten, die ›The Pinnacle‹ ausgestattet hatten. Ihr blondes Haar war modisch zottig frisiert, was in ihrem Beruf, den sie ja hauptsächlich im Bett ausübte, vermutlich praktisch war. Sie trug eine purpurrote teure Seidenbluse, hatte aber zu viele Knöpfe geöffnet und ihre Brüste dadurch zu offenherzig zur Schau gestellt. Ihre graue Hose war gut geschnitten, aber viel zu eng. Sie trug eine mit Diamanten besetzte Cartier-Uhr, aber der elegante Eindruck dieser Uhr wurde durch vier protzige Diamantringe weggewischt.

»Ich habe es oben in der Wohnung nicht ausgehalten«, erklärte Pepper und bedeutete Jorja, neben ihr auf dem Sofa Platz zu nehmen. »Ich betrete sie erst wieder, wenn sie die Leiche weggebracht haben.« Sie erschauderte. »Wir können uns ja hier unterhalten, wenn wir leise reden.« Sie machte eine Kopfbewegung in Richtung des Portiers. »Aber falls Sie mir eine Szene machen wollen, werde ich einfach aufstehen und weggehen. Verstehen Sie? Die Leute hier wissen nicht, womit ich meinen

Lebensunterhalt verdiene, und das soll auch in Zukunft so bleiben. Ich empfange hier niemals Besucher. Ich arbeite ausschließlich außer Haus.« Ihre graugrünen Augen bekamen einen harten Ausdruck.

Jorja warf ihr einen kühlen Blick zu. »Wenn Sie glauben, ich sei eine verhärmte, leidende Ex-Ehefrau, so können Sie ganz beruhigt sein, Miß Carrafield. Von meinen früheren Empfindungen für Alan ist nichts mehr übriggeblieben. Selbst jetzt, da er tot ist, fühle ich nichts. Ich bin nicht stolz auf diese Gefühllosigkeit. Ich habe Alan einmal geliebt, und wir haben ein wundervolles Kind gezeugt. Ich sollte *irgend etwas* fühlen, und ich schäme mich, daß das nicht der Fall ist. Also seien Sie unbesorgt — ich werde Ihnen bestimmt keine Szene machen.«

»Großartig!« sagte Pepper entzückt; sie war mit sich und ihren eigenen Sorgen so beschäftigt, daß sie von der Familientragödie, die Jorja angedeutet hatte, überhaupt nichts verstand. »Sie müssen wissen, daß hier viele vornehme Leute wohnen, und wenn sie erfahren, daß mein Freund Selbstmord begangen hat, werden sie ohnehin für längere Zeit auf Distanz gehen. Solche Leute lieben kein Aufsehen. Und falls sie dann noch erfahren sollten, womit ich meinen Lebensunterhalt verdiene ... nun, dann würde man mich hier nie wieder akzeptieren. Verstehen Sie? Ich müßte umziehen, und das will ich nicht. Auf gar keinen Fall, denn es gefällt mir hier ganz ausgezeichnet.«

Jorja betrachtete Peppers auffällige Diamantringe, das offenherzige Dekolleté, blickte der jungen Frau in die Augen und fragte: »Was glauben Sie denn, wofür man Sie hier hält — für eine reiche Erbin?«

Ihr Sarkasmus entging Pepper völlig. »Genau das. Aber woher wissen Sie ...? Ich habe diese Wohnung mit Hundertdollarscheinen bezahlt, brauchte also keine Kreditkarte vorzulegen, und ich habe überall angedeutet, daß meine Familie Geld besitzt.«

Jorja machte sich nicht die Mühe, ihr zu erklären, daß reiche Erbinnen ihre Eigentumswohnungen nicht mit Bündeln von Hundertdollarscheinen zu bezahlen pflegen. Statt dessen sagte sie einfach: »Könnten wir jetzt auf Alan zu sprechen kommen? Was ist passiert? Was ist schiefgegangen? Ich hätte nie geglaubt, daß Alan ... Selbstmord begehen könnte.«

Pepper vergewisserte sich, daß der Portier seinen Posten am

Eingang nicht verlassen hatte, dann erwiderte sie: »Ich auch nicht, Honey. Er war überhaupt nicht der Typ für so was. Er war so ... so ein Macho. Deshalb wollte ich ja, daß er bei mir einzog und mich managte. Er war stark. Ein zäher Bursche. Seit einigen Monaten hat er sich allerdings ein bißchen komisch aufgeführt, und in letzter Zeit war er mir manchmal richtig unheimlich, so daß ich sogar schon daran dachte, mir einen anderen Manager zu suchen. Aber ich hätte mir nie träumen lassen, daß er einfach Selbstmord begeht und mir dadurch solche Scherereien macht. So kann man sich täuschen, was?«

»Manche Leute sind wirklich rücksichtslos«, sagte Jorja trokken. Sie sah, daß Peppers Augen sich verengten, aber bevor das Callgirl etwas sagen konnte, fragte sie: »Heißt das, daß Alan so was wie Ihr Zuhälter war?«

Pepper machte ein finsteres Gesicht. »Hören Sie mal, ich brauche keinen Zuhälter. Huren brauchen Zuhälter. Ich bin keine Hure. Huren machen's für 50 Dollar, lassen sich von acht bis zehn Kerlen am Tag ficken, kriegen Tripper und enden als arme Schweine. Das bin nicht *ich*, Schwester! Ich bin eine Hosteß für vornehme Herren. Ich stehe auf der Hostessenliste der besten Hotels, und letztes Jahr habe ich 200 000 Dollar verdient. Was sagen Sie dazu? Ich lege mein Geld gut an. Huren machen keine Investments, Honey. Alan war *nicht* mein Zuhälter. Er war mein Manager. Er hat auch einige meiner Freundinnen gemanagt. Ich habe das vermittelt, weil er das wirklich fantastisch konnte — jedenfalls, bevor er anfing, so seltsam zu werden.«

Bestürzt über den Selbstbetrug dieser Frau, fragte Jorja: »Und dafür, daß er Ihre Karriere — und die Ihrer Freundinnen — förderte, bezog er von Ihnen ein Managergehalt?«

Peppers Gesicht hellte sich auf. Jorjas beschönigende Ausdrucksweise gefiel ihr offensichtlich. »Nein«, gab sie bereitwillig Auskunft. »Er hat weiter in den Casinos an den Blackjack-Tischen gearbeitet, sein Geld mit Kartengeben und so verdient. Das war mit am angenehmsten an unserem Arrangement. Er hatte alle notwendigen Kontakte, um uns gut managen zu können, aber er wollte für seine Mühe nichts weiter haben als freie Bedienung. Ich habe nie einen Mann gekannt, der soviel Sex brauchte. Er konnte nie genug davon bekommen. In den letzten paar Monaten schien er davon richtig besessen zu sein. War er bei Ihnen auch schon so, Honey?« Abgestoßen von dieser plötzlichen Vertraulichkeit, versuchte Jorja, das Thema zu wechseln, aber Pepper plauderte weiter munter drauflos. »Wissen Sie, in den letzten paar Wochen war er dann ständig so geil, daß ich mir manchmal schon überlegt habe, ihn einfach rauszuschmeißen. Es war einfach nicht mehr normal. Er wollte es immer und immer wieder, so lange, bis er seinen Schwanz einfach nicht mehr hochbekam, und dann wollte er Pornovideos sehen.«

Jorja war plötzlich wütend darüber, daß Alan sie zu seiner Testamentsvollstreckerin erkoren hatte, daß sie dadurch gezwungen war, den moralischen Sumpf, in dem er sein letztes Lebensjahr verbracht hatte, zu sehen. Und sie war auch wütend, weil sie Marcie jetzt irgendwie beibringen mußte, daß ihr Vater tot war — einem Kind, das ohnehin schon eine psychologische Behandlung benötigte. Aber auf Pepper Carrafield war sie nicht wütend; sie war nur sehr betroffen, denn sogar Alan hätte es verdient, daß seine Geliebte wenigstens ein klein wenig um ihn trauerte, doch nichts schien dieser gerissenen Person ferner zu liegen. Aber es war sinnlos, einem Hai vorzuwerfen, daß er ein Hai war.

Eine der Lifttüren öffnete sich. Uniformierte Polizisten, Angestellte des Beerdigungsinstituts und eine Bahre mit einer Leiche in einem Plastiksack kamen aus dem Aufzug.

Jorja und Pepper erhoben sich vom Sofa.

Aus dem zweiten Lift kamen gleich darauf vier weitere Polizisten, zwei in Uniform, zwei in Zivil. Einer der Männer in Zivil stellte Pepper einige abschließende Fragen.

Jorja brauchte keine Fragen zu beantworten. Sie stand steif da und starrte auf den großen Sack, in dem der Leichnam ihres früheren Ehemannes lag.

Die Bahre wurde zum Ausgang gefahren. Die Räder quietschten auf dem Marmorboden.

Jorja blickte ihm nach.

Zwei Polizisten hielten die Türen auf, während die Männer von der Bestattung die Bahre hinausschoben. Jorja verspürte immer noch keine Trauer, aber tiefe Melancholie überfiel sie bei dem Gedanken, wie anders alles hätte sein können.

Pepper hielt ihr eine Lifttür auf und sagte: »Fahren wir rauf in meine Wohnung.«

Draußen wurden die Türen des Leichenwagens geschlossen.

Im Aufzug und im Korridor des dreizehnten Stockwerks setzte Pepper in diskretem Flüsterton ihre Schilderung von Alans unersättlicher sexueller Begierde fort, und ebenso auch — nur mit normaler Lautstärke — in ihrem riesigen Wohnzimmer. Alan hatte immer viel Sex benötigt, aber in seinen letzten Lebensmonaten war das offenbar zur krankhaften Sucht ausgeartet.

Jorja wollte eigentlich nichts von all dem hören, aber das Callgirl zum Schweigen zu bringen wäre schwieriger gewesen, als das Gerede einfach über sich ergehen zu lassen.

In den allerletzten Wochen hatte Alan seine Tage fast ausschließlich der Erotik gewidmet, obwohl diese Beschäftigung ihm keinen Genuß zu bereiten schien, sondern etwas Ungesundes, Verzweifeltes an sich hatte. Er hatte sogar Urlaub genommen, um sich stundenlang mit Pepper oder anderen Frauen, deren ›Karriere‹ er managte, zu vergnügen, und es gab keine Variation, keine Perversion, die er nicht bis zum Exzeß betrieben hätte. Das Callgirl fand überhaupt kein Ende: Alan hatte eine Vorliebe für alle möglichen Artikel entwickelt, die es in Sexshops zu kaufen gab — Vibratoren, Penisringe, Schuhe mit Sporen, Handfesseln, Kokainsalben ...

Jorja, die ohnehin schon weiche Knie hatte und sich etwas schwindlig fühlte, befürchtete, sich jeden Moment übergeben zu müssen. »Bitte hören Sie auf, um Gottes willen. Er ist tot!«

Pepper zuckte die Achseln. »Ich dachte, es würde Sie interessieren. Er hat einen Haufen Geld für dieses ... dieses Sexzubehör ausgegeben. Und nachdem Sie ja seine Testamentsvollstreckerin sind, dachte ich, daß Sie es wissen sollten.«

Alan Arthur Rykoffs letzter Wille und Testament war ein einfaches vorgedrucktes Formular, wie man es überall kaufen konnte. Er hatte es Pepper zur Aufbewahrung in ihrem Safe übergeben.

Jorja setzte sich auf einen kobaltblauen Wildlederstuhl neben ein lackiertes schwarzes Tischchen und überflog das Testament im Licht einer modernen kegelförmigen Stahllampe. Am überraschendsten war nicht, daß Alan seine geschiedene Frau als Testamentsvollstreckerin eingesetzt hatte, sondern daß er alles, was er besaß, Marcie hinterlassen hatte, obwohl er doch seine Vaterschaft bestritten hatte.

Pepper saß auf einem schwarzen Lackstuhl mit weißem Polster in der Nähe einer Fensterfront. »Ich glaube nicht, daß er viel

Geld hinterläßt. Er lebte sehr verschwenderisch. Aber da ist noch sein Auto und etwas Schmuck.«

Jorja entdeckte, daß Alans Testament erst vor vier Tagen notariell beglaubigt worden war, und ein Schauer lief ihr über den Rücken. »Er muß schon an Selbstmord gedacht haben, als er zum Notar ging, sonst hätte er ein Testament bestimmt für überflüssig gehalten.«

»Ich nehme es an«, sagte Pepper achselzuckend.

»Aber haben Sie die Gefahr denn nicht erkannt? Haben Sie nicht bemerkt, daß er Probleme hatte?«

»Ich habe Ihnen doch schon gesagt, daß er seit einigen Monaten irgendwie komisch war.«

»Ja, aber in den letzten Tagen muß doch eine auffällige Veränderung eingetreten sein, noch etwas anderes als jenes sonderbare Benehmen, von dem Sie sprachen. Haben Sie sich denn nicht gewundert, als er Ihnen sein Testament zur Aufbewahrung übergab? Hat nichts an seinem Verhalten, an seinem Aussehen, seinem Gemütszustand Sie beunruhigt?«

Pepper sprang ungeduldig auf. »Ich bin keine Psychologin, Honey. Sein Zeug ist im Schlafzimmer. Wenn Sie seine Kleider den Goodwill-Leuten geben wollen, kann ich dort anrufen. Aber seine übrigen Sachen — Schmuck, persönliche Dinge — nehmen Sie am besten gleich mit. Ich werde Ihnen zeigen, wo alles ist.«

Der moralische Sumpf, in dem Alan verkommen war, verursachte Jorja Übelkeit, aber nun stiegen auch Schuldgefühle in ihr auf. Hätte sie etwas tun können, um ihn zu retten? Dadurch, daß er sein Hab und Gut Marcie hinterlassen und sie, Jorja zur Testamentsvollstreckerin bestimmt hatte, schien er in seinen letzten Lebenstagen seine Hand nach ihnen ausgestreckt zu haben, und obwohl diese Geste pathetisch und unzulänglich war, rührte sie Jorja doch. Sie versuchte sich daran zu erinnern, wie er sich bei seinem letzten Telefonanruf kurz vor Weihnachten angehört hatte — kalt, arrogant und selbstsüchtig; aber vielleicht hatte sie irgendwelche subtilen Untertöne unter dieser Fassade von Grausamkeit und großsprecherischem Auftreten überhört — Verstörung, Verwirrung, Einsamkeit, Angst.

Während sie darüber nachgrübelte, folgte sie Pepper zum Schlafzimmer. Sie haßte es, in Alans Sachen herumwühlen zu müssen, aber es ließ sich nun einmal nicht vermeiden.

In einem ziemlich langen Korridor blieb Pepper plötzlich stehen und stieß eine Tür auf. »O Scheiße! Die verdammten Bullen haben die ganze Sauerei hier einfach so gelassen, wie sie war!«

Jorja warf unwillkürlich einen Blick durch die geöffnete Tür, bevor sie begriff, daß dies das Badezimmer war, in dem Alan sich umgebracht hatte. Der beige Kachelboden war blutig. Die Glastür der Duschkabine, Waschbecken, Handtücher, Abfalleimer und Toilette — alles war blutbespritzt. An der Wand hinter der Toilette war ein großer Fleck geronnenen Blutes.

»Er hat zweimal geschossen.« Pepper lieferte Einzelheiten, die Jorja nicht hören wollte. »Zuerst in den Unterleib. Ist das nicht verrrückt? Und dann hat er die Pistole in den Mund gesteckt und abgedrückt.«

Der Blutgeruch stieg Jorja in die Nase.

»Die verdammten Bullen hätten wenigstens die schlimmste Sauerei wegputzen können«, sagte Pepper wieder, so als glaubte sie, daß Polizisten nicht nur Pistolen bei sich tragen sollten, sondern auch Schrubber und Seife. »Meine Putzfrau kommt erst am Montag. Und sie wird außerdem keine Lust haben, sich mit dieser Sauerei zu beschäftigen.«

Jorja löste sich mühsam aus dem hypnotischen Bann des blutigen Bades und stolperte blindlings einige Schritte den Korridor entlang.

»He«, rief Pepper, »geht es Ihnen nicht gut?«

Jorja biß die Zähne zusammen und lehnte sich am Ende des Korridors an einen Türrahmen.

»He, Honey, Sie hatten *doch* noch eine Schwäche für ihn, stimmt's?«

»Nein«, mumelte Jorja.

Pepper trat dicht — viel zu dicht — an sie heran und legte ihr eine unerwünschte tröstende Hand auf die Schulter. »Aber ja doch. O Gott, es tut mir leid.« Jorja fragte sich angesichts des salbungsvollen Mitleids der Frau, ob Pepper überhaupt echter Gefühle fähig war, die nichts mit Eigennutz zu tun hatten. »Sie sagten, Sie hätten nichts mehr für ihn übrig, aber ich hätte es sehen müssen.«

Jorja hätte am liebsten gebrüllt: *Du dummes Luder, ich hatte nichts mehr für ihn übrig, aber schließlich war er doch trotz allem ein menschliches Wesen, oder etwa nicht? Wie können Sie nur so ge-*

fühllos sein? Was stimmt nicht mit Ihnen? Haben Sie überhaupt kein Herz?

Aber sie sagte nur: »Es ist alles in Ordnung. Mir fehlt nichts. Wo sind seine Sachen? Ich möchte sie durchsehen und möglichst schnell von hier wegkommen.«

Pepper öffnete die Tür, an die Jorja sich gelehnt hatte, und führte sie in ein Schlafzimmer. »Er hatte die unteren Schubladen der Kommode, die linke Seite des Toilettentisches und diese Hälfte des Schrankes für seine Sachen. Ich werde Ihnen helfen.« Sie zog die unterste Schublade der Kommode heraus.

Für Jorja war dieser Raum plötzlich so gespenstisch und unwirklich wie irgendein Ort in einem Traum. Ihr Herz klopfte zum Zerspringen, und sie ging um das Bett herum auf den ersten von den drei Gegenständen zu, die ihr Angst machten. Bücher. Ein halbes Dutzend Bücher lag auf dem Nachttisch. Sie hatte auf zwei Buchrücken das Wort ›Mond‹ gesehen. Mit zitternden Händen nahm sie eins nach dem anderen zur Hand und stellte fest, daß alle sechs das gleiche Thema hatten.

»Stimmt irgendwas nicht?« fragte Pepper.

Jorja ging zum Toilettentisch, auf dem ein Globus von der Größe eines Basketballs stand. Sie knipste den Schalter am Kabel an, und der Globus wurde von innen beleuchtet. Es war kein Erd-, sondern ein Mondglobus mit deutlicher Beschriftung der Krater, Ebenen und Berge.

Das dritte, was Jorja ängstigte, war ein Teleskop auf einem Stativ neben dem Toilettentisch, an einem Fenster. Das Gerät unterschied sich in nichts von anderen Amateurteleskopen, aber es kam Jorja irgendwie bedrohlich vor, weil es düstere Assoziationen in ihr hervorrief.

»Das sind Alans Sachen«, sagte Pepper.

»Hat er sich für Astronomie interessiert? Seit wann?«

»In den letzten paar Monaten.«

Die Ähnlichkeiten zwischen Alans und Marcies Verfassung bestürzten Jorja. Marcies irrationale Angst vor Ärzten. Alans zwanghafte Sexbesessenheit. Natürlich waren das verschiedenartige psychologische Probleme — krankhafte Furcht einerseits und krankhafte Anziehungskraft andererseits, aber das Element des Krankhaften hatten sie gemeinsam. Marcie war offenbar von ihrer Phobie geheilt worden. Alan hatte nicht so viel Glück gehabt. Er hatte niemanden gehabt, der ihm hätte helfen können, und er war zusammengebrochen, hatte sich in die Genitalien geschossen, die ihn beherrschten, hatte sich eine zweite Kugel ins Gehirn gejagt. Jorja fröstelte. Es wäre schon ein außergewöhnlicher Zufall gewesen, wenn Vater und Tochter nur gleichzeitig psychologische Probleme gehabt hätten, aber es konnte einfach kein Zufall mehr sein, daß beide dieses sonderbare Interesse am Mond hatten. Alan hatte Marcie seit sechs Monaten nicht gesehen, und telefoniert hatten sie miteinander zuletzt im September, und damals war noch keiner von beiden vom Mond fasziniert gewesen. Sie hatten keinen Kontakt gehabt, und somit entfiel die Möglichkeit, daß einer den anderen mit seiner Begeisterung angesteckt hatte. Sie schien in beiden ganz spontan erwacht zu sein.

Jorja dachte daran, daß Marcie im Schlaf vom Mond redete, und sie fragte: »Wissen Sie, ob Allan ungewöhnliche Träume hatte? Träume vom Mond?«

»Ja. Wie kommen Sie darauf? Er hatte solche Träume, aber wenn er aufwachte, konnte er sich nie an irgendwelche Einzelheiten erinnern. Sie fingen an ... ich glaube, so gegen Ende Oktober. Warum? Was ist los?«

»Waren es Alpträume?«

Pepper schüttelte den Kopf. »Nicht direkt. Ich hörte ihn im Schlaf reden. Manchmal klang es so, als hätte er Angst, aber oft lächelte er auch.«

Jorja fror jetzt bis ins innerste Mark. Sie drehte sich um und starrte auf den beleuchteten Mondglobus.

Was zum Teufel geht da nur vor? dachte sie. Identische Träume? Ist so etwas möglich? Wie? Und warum?

Hinter ihr fragte Pepper: »Ist alles in Ordnung?«

Irgend etwas hatte Alan zum Selbstmord getrieben.

Was würde mit Marcie geschehen?

8. Samstag, 11. Januar
Boston, Massachusetts

Der Trauergottesdienst für Pablo Jackson fand am Samstag, dem 11. Januar, um elf Uhr vormittags in einer Kapelle auf dem Friedhof statt, wo er auch begraben werden sollte. Der Untersuchungsrichter und die Gerichtsmediziner hatten die Leiche erst am Donnerstag freigegeben, deshalb konnte die Beerdigung erst fünf Tage nach Pablos Ermordung erfolgen.

Nach der letzten Rede begaben sich die Trauergäste zum Grab, wo der Sarg schon auf sie wartete. Um das Grab war der Schnee geräumt worden, aber der vorbereitete Platz reichte nicht aus. Dutzende von Menschen standen im tiefen Schnee; andere blieben auf den Wegen und verfolgten das Geschehen aus einiger Entfernung. Dreihundert Personen waren erschienen, um dem alten Zauberkünstler die letzte Ehre zu erweisen. In der kalten Luft vermischten sich die Atemwolken von Armen und Reichen, Prominenten und Unbekannten, von Bostons High Society und Bühnenkünstlern.

Ginger Weiss und Rita Hannaby standen in der ersten Reihe am Grab. Seit Montag hatte Ginger nicht viel Appetit gehabt und wenig geschlafen. Sie war bleich, nervös und sehr müde.

Rita und George hatten ihr davon abgeraten, an der Beerdigung teilzunehmen. Sie befürchteten, daß die emotionale Erschütterung eine neue Fugue auslösen könnte. Der Polizei war hingegen an ihrer Teilnahme gelegen gewesen, denn sie hoffte, daß Ginger vielleicht Pablos Mörder sehen würde. Aus Selbstschutz hatte Ginger der Polizei die Wahrheit verschwiegen und sie in dem Glauben gelassen, der Mörder sei ein gewöhnlicher Einbrecher gewesen; und Einbrecher trieb es manchmal zu solchen blödsinnigen Handlungen wie dem Beiwohnen an der Beerdigung ihres Opfers. Aber Ginger wußte, daß Pablos Mörder kein gewöhnlicher Einbrecher gewesen war und niemals das Risiko eingehen würde, auf dem Friedhof verhaftet zu werden.

Ginger weinte während des Trauergottesdienstes, und auf dem Weg von der Kapelle zum Grab drückte ihr der Kummer fast das Herz ab. Aber sie verlor nicht die Kontrolle über sich. Sie war fest entschlossen, die Trauerfeier nicht durch einen Anfall zu entweihen, sondern würdevoll von ihrem Freund Abschied zu nehmen.

Außerdem hatte ihr Kommen noch einen zweiten Grund, und diesen Vorsatz würde sie nicht in die Tat umsetzen können, wenn sie einen Anfall oder einen Nervenzusammenbruch erlitt. Sie war überzeugt davon, daß Alexander Christophson — ehemaliger Botschafter in Großbritannien, ehemaliger Senator der USA und ehemaliger Direktor des CIA — an der Beerdigung seines alten Freundes teilnehmen würde, und sie wollte unbedingt mit ihm sprechen. An Christophson hatte Pablo sich am Weihnachtsabend ratsuchend gewandt. Und es war Christophson gewesen, der ihm Näheres über die Asrael-Blockierung erzählt hatte. Sie mußte Christophson eine wichtige Frage stellen, obwohl sie sich vor seiner Antwort fürchtete.

Sie hatte ihn in der Kapelle sofort erkannt. Früher hatte man ihn oft im Fernsehen und auf Zeitungsfotos gesehen, und seine große, hagere, weißhaarige Gestalt war unverkennbar. Jetzt standen sie sich am Grab direkt gegenüber; zwischen ihnen befand sich der verhüllte Sarg. Er hatte ihr mehrmals flüchtige Blicke zugeworfen, aber natürlich war sie für ihn eine völlig unbekannte Person.

Der Geistliche sprach ein letztes Gebet. Kurze Zeit später begrüßten manche Trauergäste einander, unterhielten sich in kleinen Gruppen. Andere, darunter auch Christophson, entfernten sich rasch, gingen an den schneebedeckten Tannen, den kahlen Ahornbäumen und den Grabsteinen vorbei auf den Parkplatz zu.

»Ich muß mit jenem Mann dort sprechen«, flüsterte Ginger Rita zu. »Ich bin gleich wieder da.«

Rita rief ihr besorgt etwas zu, aber Ginger blieb nicht stehen, um nähere Erklärungen abzugeben. Sie holte Christophson unter einer riesigen Eiche ein. Sie rief seinen Namen, und er drehte sich um. Er hatte durchdringende graue Augen, die er weit aufriß, als sie ihm erklärte, wer sie war.

»Ich kann Ihnen nicht helfen«, murmelte er und wollte sich abwenden.

»Bitte«, sagte Ginger und legte ihm eine Hand auf den Arm. »Wenn Sie mich für das, was Pablo widerfahren ist, verantwortlich machen...«

»Was ich glaube, kann Ihnen doch egal sein, Frau Doktor!«

Sie hielt ihn am Ärmel fest. »Warten Sie! Um Gottes willen, bitte gehen Sie nicht fort!«

Christophson beobachtete die Trauergäste, die sich langsam zerstreuten, und Ginger begriff, daß er befürchtete, die falschen Leute — gefährliche Leute — könnten ihn mit ihr sehen und zu der Vermutung kommen, daß er ihr half, wie Pablo es getan hatte. Sein Kopf zitterte leicht, und Ginger dachte zuerst, seine Nervosität wäre schuld daran, aber dann erkannte sie, daß er an der Parkinsonschen Krankheit litt.

»Doktor Weiss«, sagte er, »wenn Sie von mir eine Art Absolution erwarten, so kann ich sie Ihnen gern erteilen. Pablo kannte die Risiken, und er nahm sie bereitwillig auf sich. Er war selbst seines Unglücks Schmied.«

»*Begriff* er, welches Risiko er einging? Das ist es, was ich wissen muß.«

Christophson schien überrascht zu sein. »Ich habe ihn persönlich gewarnt.«

»Wovor gewarnt? Vor wem?«

»Ich weiß nicht, vor wem. Aber in Anbetracht der Mühe, die man sich gemacht hat, um Ihr Gedächtnis zu manipulieren, müssen Sie etwas von ungeheurer Bedeutung gesehen haben. Ich habe Pablo gewarnt, daß die Leute, die Sie einer Gehirnwäsche unterzogen haben, keine Amateure sind, daß es nicht nur Ihnen, sondern auch ihm schlecht bekommen könnte, wenn diese Leute erführen, daß er Ihnen helfen wollte, die Asrael-Blockierung zu durchbrechen.« Christophsons graue Augen suchten ihren Blick. Er seufzte. »Er *hat* Ihnen doch von seinem Gespräch mit mir erzählt?«

»Er hat mir alles erzählt — nur Ihre Warnung hat er mir verschwiegen.« Ihre Augen füllten sich wieder mit Tränen. »*Davon* hat er mir kein Wort erzählt.«

Er nahm eine schmale, wohlgeformte, aber gichtbrüchige Hand aus seiner Manteltasche und drückte ihr beruhigend den Arm. »Frau Doktor, nachdem Sie mir das gesagt haben, kann ich Ihnen überhaupt keinen Vorwurf mehr machen.«

»Aber *ich* mache mir Vorwürfe«, sagte Ginger mit kläglicher Stimme.

»Nein. Sie dürfen sich keine Vorwürfe machen.« Christophson vergewisserte sich wieder, daß sie nicht beobachtet wurden, öffnete die beiden oberen Mantelknöpfe, zog das Taschentuch aus der Brusttasche seines Sakkos und reichte es Ginger. »Sie dürfen sich nicht selbst quälen. Unser Freund hat ein erfülltes und glückliches Leben gehabt, und er ist zwar eines gewaltsamen Todes gestorben, aber dafür war es ein schneller Tod, und das kann eine große Gnade sein.«

Während sie sich mit dem Tuch aus hellblauer Seide die Augen trocknete, sagte Ginger: »Er war ein so liebenswerter Mensch.«

»Das war er«, stimmte Christophson ihr zu. »Und allmählich

verstehe ich auch, warum er bereit war, für Sie Risiken einzugehen. Er sagte, *Sie* seien eine sehr liebenswerte Frau, und ich muß feststellen, daß sein Urteilsvermögen auch in diesem Fall so scharf und zuverlässig wie immer war.«

Gingers Herz war immer noch zentnerschwer, aber sie schöpfte doch Hoffnung, daß ihre Gewissensbisse schwinden könnten und nur die Trauer übrigbleiben würde. »Ich danke Ihnen.« Ebenso an sich selbst wie an Christophson richtete sie sodann die Frage: »Was nun? Was soll ich jetzt tun?«

»Ich kann Ihnen nicht helfen«, erwiderte er sogleich. »Ich habe seit fast zehn Jahren nichts mehr mit dem Geheimdienst zu tun, habe auch keine Kontakte mehr dorthin. Ich habe wirklich keine Ahnung, wer hinter Ihrer Gedächtnisblockierung stecken könnte und aus welchem Grunde.«

»Ich würde Sie ohnehin nicht bitten, mir zu helfen. Ich möchte das Leben Unschuldiger nicht noch einmal aufs Spiel setzen. Ich dachte nur, daß Sie mir einen Tip geben könnten, wie ich mir selbst helfen kann.«

»Gehen Sie zur Polizei. Es ist *deren* Aufgabe, Ihnen zu helfen.«

Ginger schüttelte den Kopf. »Nein. Die Polizei ist langsam, viel zu langsam. Die meisten Polizeibeamten sind überarbeitet, und die übrigen sind nichts weiter als Bürokraten in Uniform. Mein Problem ist viel zu dringlich, als daß ich so lange warten könnte, bis sie Zeit finden, sich damit zu beschäftigen. Und außerdem traue ich der Polizei nicht. Plötzlich traue ich überhaupt keinen staatlichen Behörden mehr. Die Kassettenaufnahmen, die Pablo von unseren Hypnosesitzungen gemacht hatte, waren verschwunden, als ich mit der Polizei in seine Wohnung zurückkam, deshalb habe ich sie auch überhaupt nicht erwähnt, ebensowenig wie meine Anfälle oder die Tatsache, daß Pablo mir geholfen hatte. Ich erzählte einfach, wir seien Freunde gewesen, ich sei zum Mittagessen bei ihm vorbeigekommen und habe den Mörder überrascht. Ich ließ die Polizei in dem Glauben, es wäre ein ganz gewöhnlicher Einbrecher gewesen. Reiner Verfolgungswahn — ich traute der Polizei nicht, und daran hat sich auch jetzt nichts geändert. Die Polizei kommt also nicht in Frage.«

»Dann sollten Sie einen anderen Hypnotiseur finden, der Sie ...«

»Nein, ich möchte das Leben Unschuldiger nicht noch einmal aufs Spiel setzen«, wiederholte sie.

»Das kann ich verstehen. Aber ich wüßte nicht, was Sie sonst tun könnten.« Er schob beide Hände in seine tiefen Manteltaschen. »Es tut mir leid.«

»Es braucht Ihnen nicht leid zu tun«, versicherte sie.

Er wollte sich abwenden, hielt in der Bewegung inne, seufzte. »Ich möchte, daß Sie mich verstehen, Frau Doktor. Ich habe den Weltkrieg mitgemacht und mich dabei gut bewährt. Später war ich ein guter Botschafter. Als Leiter des CIA und als Senator mußte ich viele schwierige Entscheidungen treffen — einige davon brachten mich persönlich in Gefahr. Ich habe Risiken nie gescheut. Aber jetzt bin ich ein alter Mann — sechsundsiebzig —, und ich fühle mich sogar älter. Die Parkinsonsche Krankheit. Ein schlechtes Herz. Hoher Blutdruck. Ich liebe meine Frau sehr, und wenn mir etwas zustößt, wird sie ganz allein sein. Ich weiß nicht, wie gut sie mit dieser Situation fertigwerden wird, Dr. Weiss.«

»Bitte, Sie brauchen sich wirklich nicht zu rechtfertigen«, sagte Ginger, erstaunt darüber, wie rasch sie ihre Rollen vertauscht hatten. Anfangs war er es gewesen, der sie beruhigt und versucht hatte, ihr die Schuldgefühle zu nehmen; jetzt war sie an der Reihe, ihm Mut zuzusprechen. Jacob, ihr Vater, hatte oft gesagt, die Fähigkeit, barmherzig zu sein, sei die größte Tugend der Menschheit, und Vergebung, ob man sie nun gewähre oder empfange, schaffe ein unverbrüchliches Band der Verbundenheit. Jacobs Worte waren ihr eingefallen, weil sie diese Verbundenheit jetzt spürte, nachdem Alex Christophson ihre Schuldgefühle gelindert hatte und sie nun ihrerseits versuchte, ihm die seinigen zu nehmen.

Offenbar spürte auch er diese neue, vertraute Nähe, denn er redete nun noch freimütiger als zuvor. »Um die Wahrheit zu sagen, Frau Doktor — wenn ich nicht in diese Sache verwickelt werden möchte, so weniger deshalb, weil ich übermäßig am Leben hänge, als vielmehr aus dem Grund, daß ich in zunehmendem Maße Angst vor dem Tod habe.« Beim Reden zog er einen Notizblock und einen Kugelschreiber aus der Tasche. »Ich habe in meinem Leben einige Dinge getan, auf die ich wirklich nicht stolz bin.« Er schrieb etwas auf den Block. »Natürlich wurden die meisten dieser Sünden im Namen der Pflicht begangen. Sowohl Regierungen als auch Geheimdienste sind notwendig, aber weder das eine noch das andere ist ein sauberes Geschäft. Damals glaubte ich nicht an Gott oder an ein Leben nach dem Tod. Jetzt mache ich mir so meine Gedanken ... und manchmal habe ich dann Angst.« Er riß das oberste Blatt vom Notizblock ab. »Ich habe Angst, was mich nach meinem Tod erwarten könnte. Deshalb möchte ich so lange wie nur irgend möglich leben, Frau Doktor. Und deshalb bin ich, Gott steh mir bei, auf meine alten Tage zum Feigling geworden.«

Als Christophson das Stückchen Papier faltete und ihr überreichte, registrierte Ginger, daß er es fertiggebracht hatte, allen noch auf dem Friedhof anwesenden Trauergästen den Rücken zuzuwenden, bevor er den Notizblock und den Kugelschreiber aus der Tasche gezogen hatte. Niemand konnte beobachtet haben, was er getan hatte.

»Ich habe Ihnen die Telefonnummer eines Antiquitätengeschäfts in Greenwich, Connecticut, aufgeschrieben«, erklärte er ihr. »Es gehört meinem jüngeren Bruder Philip. Sie können mich nicht direkt anrufen, weil die falschen Leute vielleicht gesehen haben, daß wir uns unterhalten. Mein Telefon könnte angezapft werden. Ich möchte einen näheren Umgang mit Ihnen nicht riskieren, und ich werde auch keine Nachforschungen hinsichtlich Ihres Problems anstellen. Ich habe jedoch in langen Jahren große Erfahrung in solchen Dingen gesammelt, und vielleicht kann diese Erfahrung für Sie einmal von Nutzen sein. Vielleicht stoßen Sie auf etwas, das Sie nicht verstehen, oder Sie wissen nicht, wie Sie sich in irgendeiner Situation verhalten sollen — dann könnte ich Ihnen eventuell einen Rat geben. Rufen Sie einfach Philip an, und geben Sie ihm Ihre Telefonnummer. Er wird mich sofort zu Hause anrufen und ein vereinbartes Codewort verwenden. Dann werde ich von einer öffentlichen Fernsprechzelle aus zurückrufen, Ihre Nummer erfragen und so schnell wie möglich Kontakt mit Ihnen aufnehmen. Erfahrung — meine ganz speziellen schmutzigen Erfahrungen —, das ist alles, womit ich Ihnen helfen kann, Dr. Weiss.«

»Es ist mehr als genug. Sie sind nicht verpflichtet, mir überhaupt zu helfen.«

»Viel Glück!« Er wandte sich abrupt ab und entfernte sich. Seine Stiefel knirschten auf dem gefrorenen Schnee.

Ginger ging zum Grab zurück, wo sich nur noch Rita, der Leichenbestatter und zwei Arbeiter aufhielten. Man hatte den Samtbehang um das Grab herum bereits entfernt, und von einem Erdhügel war die schützende Plastikplane abgenommen worden.

»Was war los?« fragte Rita.

»Ich werde es Ihnen später erzählen«, erwiderte Ginger, bückte sich und nahm eine Rose von dem neben Pablos letzter Ruhestätte bereitliegenden Blumenberg. Sie trat einen Schritt vor und warf die Rose auf den Sarg. »*Alav ha-sholem*. Möge sein Schlaf nur ein kurzer Traum zwischen dieser Welt und etwas Besserem sein. *Baruch ha-Shem*.«

Als sie sich mit Rita entfernte, hörte sie, wie die Arbeiter begannen, das Grab zuzuschaufeln.

Elko County, Nevada

Am Donnerstag hatte Dr. Fontelaine zufrieden erklärt, daß Ernie vollständig von seiner unangenehmen Nyctophobie geheilt sei. »Die schnellste Heilung, die ich je erlebt habe«, hatte er gesagt. »Vermutlich sind Marines eben doch zäher als normale Sterbliche.«

Am Samstag, dem 11. Januar, nach nur vierwöchigem Aufenthalt in Milwaukee, flogen Ernie und Faye nach Reno und stiegen dort in ein kleines Flugzeug mit nur zehn Sitzen um, das vormittags um 11^{27} h in Elko landete.

Sandy Sarver holte sie am Flughafen ab. Sie stand beim Ausgang in der Wintersonne und winkte ihnen zu, und im ersten Augenblick hätte Ernie sie fast nicht wiedererkannt. Nichts mehr von grauer Maus mit hängenden Schultern. Zum erstenmal, seit Ernie sie kannte, war sie ein wenig geschminkt, hatte Lidschatten und Lippenstift verwendet. Ihre Nägel waren nicht mehr abgebissen. Ihr Haar glänzte und war hübsch frisiert. Sie hatte zehn Pfund zugenommen. Hatte sie bisher immer älter ausgesehen, als sie war, so sah sie nun um Jahre jünger aus.

Sie errötete, als Ernie und Faye ihrem Staunen über diese Veränderungen wortreich Ausdruck verliehen. Sie bemühte sich, gleichmütig zu erscheinen und die Sache als unwichtig abzutun, aber sie war doch überglücklich über die Komplimente und die Freude der Blocks.

Sie hatte sich aber nicht nur äußerlich verändert. Sie war immer schüchtern und zurückhaltend gewesen, aber auf dem Weg zum Parkplatz und während das Gepäck verstaut wurde, stellte sie jede Menge Fragen über Lucy, Frank und die Kinder. Nach Ernies Phobie fragte sie nicht, weil sie nichts davon wußte; die Blocks hatten ihren ausgedehnten Aufenthalt in Wisconsin einfach damit erklärt, daß sie mehr Zeit mit ihren Enkeln verbringen wollten. Auch auf der Fahrt durch Elko und auf der Interstate plauderte Sandy, während sie den roten Lieferwagen steuerte, munter drauflos, erzählte von Weihnachten und vom Tranquility Grille.

Auch ihre Fahrweise überraschte Ernie. Er wußte, daß sie eine Aversion gegen das Autofahren hatte. Jetzt aber fuhr sie so schnell, so entspannt und geschickt, wie Ernie das bei ihr noch nie erlebt hatte.

Auch Faye entging diese Veränderung nicht, und sie warf Ernie bedeutungsvolle Blicke zu.

Dann geschah etwas Unangenehmes.

Etwa einen Kilometer vom Motel entfernt, überkam ihn wieder das gleiche seltsame Gefühl wie am 10. Dezember, als er mit den neuen Lampen von Elko zurückgefahren war — das Gefühl, als *rufe* ihn ein spezielles Landstück südlich der Autobahn. Das absurde Gefühl, daß ihm dort draußen etwas Sonderbares widerfahren war. Wie damals, so übte der Ort auch jetzt auf ihn eine geradezu magische Anziehungskraft aus.

Das war eine bestürzende Entwicklung, denn Ernie hatte geglaubt, daß diese Faszination irgendwie mit seiner Angst vor der Dunkelheit verknüpft gewesen sei und daß nun, nachdem er von der Nyctophobie geheilt war, auch alle anderen Symptome seiner temporären psychischen Störung verschwunden sein würden. Daß dem nicht so war, schien ihm ein schlechtes Omen zu sein. Er versuchte, den beängstigenden Gedanken zu verdrängen, daß seine Heilung nicht von langer Dauer sein konnte.

Faye erzählte Sandy vom Weihnachtsmorgen mit den Kindern, und Sandy lachte, aber Ernie nahm ihre Unterhaltung nur noch undeutlich wahr. Als sie sich jenem bestimmten Stück Land näherten, spähte er wie hypnotisiert durch die Windschutzscheibe, überwältigt vom Gefühl einer dicht bevorstehenden Epiphanie. Etwas von ungeheurer Bedeutung würde sich gleich ereignen, und er war von Angst und Ehrfurcht erfüllt.

Als sie dann an jener magischen Stelle vorbeifuhren, bemerkte Ernie, daß Sandy das Tempo auf 60 Stundenkilometer verlangsamt hatte, obwohl sie bisher ständig etwa doppelt so schnell gefahren war. Aber als ihm das auffiel, beschleunigte sie bereits wieder. Er blickte viel zu spät zu ihr hinüber, um sicher sein zu können, daß auch sie von jenem Stück Land in den Bann gezogen worden war, denn nun war ihr Blick wieder auf die Straße gerichtet, und sie lauschte Fayes Erzählungen. Aber es kam Ernie so vor, als hätte ihr Gesicht einen eigenartigen Ausdruck, und er starrte sie bestürzt an und fragte sich, ob es möglich war, daß dieses ganz gewöhnliche Stück Land, das sich in nichts von seiner Umgebung unterschied, auch auf sie eine mysteriöse Anziehungskraft ausübte.

»Es ist schön, wieder zu Hause zu sein«, sagte Faye, als Sandy in die Ausfahrt einbog.

Ernie suchte immer noch in Sandys Gesicht nach einem Anzeichen dafür, daß sie den Lieferwagen aufgrund der gleichen unheimlichen Faszination verlangsamt hatte, die jene spezielle Stelle auf ihn ausübte, aber er konnte bei Sandy keine Spur von Angst erkennen. Sie lächelte. Er mußte sich getäuscht haben. Sie hatte das Tempo aus irgendeinem anderen Grund verlangsamt.

Ihn fröstelte plötzlich, und während sie von der Landstraße auf den Parkplatz des Motels abbogen, trat ihm kalter Schweiß auf die Stirn, und er bekam feuchte Hände.

Er warf einen Blick auf seine Armbanduhr. Nicht weil er wissen wollte, wie spät es *jetzt* war, sondern um zu wissen, wieviel Zeit ihm bis zum Sonnenuntergang blieb. Etwa fünf Stunden.

Und wenn er nun keine Angst vor der Dunkelheit *im allgemeinen* hatte, sondern nur vor einer ganz *speziellen* Dunkelheit? Vielleicht hatte er seine Phobie in Milwaukee so schnell überwunden, weil die Nacht ihm dort nur in milder Form Furcht einjagte. Vielleicht galt seine eigentliche Angst, jene lähmende Angst, nur der Finsternis über den Ebenen Nevadas. Aber konnte eine Phobie so eng begrenzt sein?

Ganz bestimmt nicht. Und trotzdem *mußte* er einfach auf die Uhr schauen.

Sandy parkte vor dem Motelbüro, und als sie ausstiegen, umarmte sie plötzlich sowohl Faye als auch Ernie. »Ich bin froh, daß Sie wieder hier sind. Ich habe Sie beide sehr vermißt. Jetzt muß ich mich aber sputen und Ned helfen. Es ist Mittagessenszeit.«

Ernie und Faye blickten ihr nach, und Faye sagte: »Was in aller Welt kann nur mit ihr passiert sein?«

»Das weiß der liebe Himmel«, erwiderte Ernie.

»Zuerst dachte ich, daß sie vielleicht schwanger ist«, fuhr Faye fort. »Aber inzwischen glaube ich das nicht mehr. Wenn sie so selig darüber wäre, ein Kind zu bekommen, wäre sie mit dieser Neuigkeit bestimmt herausgeplatzt. Es muß etwas anderes sein.«

Ernie holte zwei der insgesamt vier Koffer aus dem Lieferwagen und stellte sie auf dem Boden ab, wobei er zugleich unauffällig auf die Uhr schaute. Der Sonnenuntergang war fünf Minuten näher gerückt.

Faye seufzte. »Na ja, jedenfalls freue ich mich sehr für sie.«

»Ich auch«, sagte Ernie, während er die beiden anderen Koffer heraushievte.

»›Ich auch‹«, imitierte Faye ihn liebevoll, während sie die beiden leichteren Koffer nahm. »Spiel doch nicht den coolen Mann, du weichherziger Kerl! Ich weiß doch genau, daß du dir um sie fast genausoviel Sorgen gemacht hast wie seinerzeit um unsere Lucy. Als du Sandy am Flughafen so verändert sahst, schmolz dein Herz doch regelrecht dahin — ich hab's genau beobachtet.«

Er folgte ihr mit den beiden schwereren Gepäckstücken. »Gibt es eine medizinische Bezeichnung für die Kalamität eines schmelzenden Herzens?«

»Aber gewiß doch. Kardio-Liquefaktion.«

Er mußte trotz seiner Beklemmung lachen. Faye konnte ihn immer zum Lachen bringen — auch wenn es ihm nicht gut ging. Sobald sie im Haus waren, würde er sie in die Arme nehmen, küssen und geradewegs nach oben ins Schlafzimmer führen. Das war die beste Medizin gegen seine plötzlich zu neuem Leben erwachten Ängste.

Sie stellte ihre beiden Koffer vor der Bürotür ab und holte die Schlüssel aus ihrer Handtasche.

Als sich herausgestellt hatte, daß Ernies Genesung ungewöhnlich rasch vonstatten ging, daß sie nicht monatelang in Milwaukee bleiben mußten, hatte Faye darauf verzichtet, nach Hause zu fliegen und nach einem Motelmanager zu suchen. Es war einfach geschlossen gewesen. Jetzt mußten sie aufschließen, die Heizung in Betrieb nehmen und den Staub mehrerer Wochen entfernen.

Eine Menge Arbeit wartete auf sie. Aber für ein kleines horizontales Tänzchen muß vorher noch Zeit sein, dachte Ernie grinsend.

Er stand hinter Faye, als sie den Schlüssel ins Schloß steckte; deshalb sah sie zum Glück nicht, daß er heftig zusammenzuckte, als das strahlende Tageslicht plötzlich schwächer wurde. Eine große Wolke verhüllte die Sonne. Von richtiger Dunkelheit konnte natürlich überhaupt keine Rede sein, die Lichtintensität hatte höchstens um zwanzig Prozent nachgelassen. Aber das genügte schon, um ihn nervös zu machen.

Er schaute auf seine Uhr.

Er warf einen Blick in östliche Richtung. Von dort würde die Nacht hereinbrechen.

Alles wird in bester Ordnung sein, versuchte er sich einzureden. Ich bin doch geheilt.

Unterwegs: Reno — Elko County

Nach seinem paranormalen Erlebnis in Lomacks Haus am Dienstagabend, als unzählige Papiermonde ihn umschwirrt hatten, verbrachte Dominick Corvaisis einige Tage in Reno. Auf seiner ersten Reise von Portland nach Mountainview hatte er dort das Lokalkolorit für mehrere Kurzgeschichten über Spieler studiert, und da er jene Reise so genau wie nur möglich wiederholen wollte, blieb er am Mittwoch, Donnerstag und Freitag in der ›Größten Kleinstadt der Welt‹.

Er begab sich von einem Casino zum anderen und beobachtete die Spieler. Da gab es junge Ehepaare, Rentner, hübsche junge Mädchen, Frauen mittleren Alters in Wollwesten und Stretchhosen, Cowboys mit wettergegerbten Gesichtern, reiche Männer auf Dienstreisen, Sekretärinnen, Fernfahrer, Geschäftsführer, Ärzte, ehemalige Ganoven und Polizisten, die dienstfrei hatten, tatkräftige Menschen und Träumer, Leute aus allen möglichen Gesellschaftsschichten, die nur zweierlei verband: die Hoffnung auf den ganz großen Gewinn und die erregende Wirkung des organisierten Glücksspiels, des wohl demoralisierendsten Industriezweigs der ganzen Welt.

Wie bei seinem ersten Aufenthalt, so spielte Dom auch jetzt selbst nur gerade soviel, um nicht unangenehm aufzufallen, um einigermaßen dazuzugehören und dadurch ungestört seine Beobachtungen machen zu können. Nach dem Sturm der Papiermonde hatte er Grund zu glauben, daß Reno jener Ort war, wo sein Leben von Grund auf verändert worden war, wo der Schlüssel zu seinen eingesperrten Erinnerungen liegen mußte. Die Leute um ihn herum lachten, plauderten, schimpften über die ungünstigen Karten, brüllten und kreischten, wenn die Würfel rollten, aber Dom blieb kühl und distanziert, hielt wachsam Ausschau nach irgendeinem Anhaltspunkt dafür, daß dies tatsächlich der richtige Ort war.

Er fand keinen.

Jeden Abend rief er Parker Faine in Laguna Beach an, in der Hoffnung, daß der Unbekannte ihm eine weitere Botschaft hatte zukommen lassen.

Es gab keine neuen Briefe.

Jeden Abend vor dem Einschlafen versuchte er, Erklärungen für den physikalisch völlig unmöglichen Tanz der Papiermonde und für jene kurzfristig aufgetauchten kreisförmigen geschwollenen roten Ringe auf seinen Handflächen zu finden. Aber beide Phänomene blieben unerklärlich.

Sein Verlangen nach Valium und Dalmane wurde von Tag zu Tag schwächer, aber seine Alpträume — *der Mond* — wurden immer schlimmer. Jede Nacht zerrte er mit aller Kraft an der Schnur, die ihn ans Bett fesselte.

Am Samstag vermutete Dom zwar immer noch, daß die Antwort auf seine nächtlichen Ängste und auf seinen Somnambulismus in Reno zu finden sein mußte. Aber er beschloß, seinen ursprünglichen Plan beizubehalten und nach Mountainview weiterzufahren. Falls er bis zum Ende dieser Reise kein *satori* erlebte, konnte er ja jederzeit nach Reno zurückkehren.

Im vorletzten Sommer war er am Freitag, dem 6. Juli, nach einem frühen Mittagessen um halb elf aufgebrochen. Am Samstag, dem 11. Januar, verließ er Harrah's Hotel um die gleiche Zeit, erreichte zehn Minuten später die Interstate 80 und fuhr in nordöstlicher Richtung durch die Wüste von Nevada auf das ferne Winnemucca zu, wo einst vor langer Zeit Butch Cassidy und Sundance Kid einen Bankraub verübt hatten.

Die riesigen unbesiedelten Landflächen sahen fast so aus wie vor tausend Jahren. Die Autobahn und die Stromleitungen — die einzigen Zeichen der Zivilisation — folgten der alten Route, die zur Zeit der Planwagenkolonnen ›Humboldt Trail‹ geheißen hatte. Dom fuhr durch eine wenig einladende, aber hinreißend schöne Urlandschaft aus kahlen Steppen, Sand, Beifuß, ausgetrockneten Seen, verfestigten Lavaströmen und fernen Bergen. Steil emporragende Felsen und geäderte Monolithe wiesen Spuren von Borax, Schwefel, Alaun und Salz auf. Vereinzelte steinige Hügel leuchteten in herrlichen Farben: Ocker, Bernstein, Dunkelbraun und Grau. Nördlich des Salzsees Humboldt Sink, wo der Humboldt River einfach in der durstigen Erde versickerte, gab es außer dem Humboldt noch andere Flüsse, und hier gab es deshalb auch einige fruchtbare Täler mit üppigem Gras und Bäumen — Pappeln und Weiden, allerdings nicht im Überfluß. Aber sogar in diesen freundlichen Tälern, wo das Wasservorkommen eine landwirtschaftliche Nutzung ermöglichte, war die Besiedlung sehr dünn, und es gab nur wenig Spuren von Zivilisation.

Wie immer flößte die unendliche Weite des Westens Dom Ehrfurcht ein. Aber diesmal rief die Landschaft auch neue Gefühle in ihm wach: das Bewußtsein unbegrenzter — und unheimlicher — Möglichkeiten. In dieser Einsamkeit fiel es ihm leicht zu glauben, daß ihm hier etwas Mysteriöses und Erschreckendes widerfahren war.

Um Viertel vor drei legte er in Winnemucca — einer Stadt mit nur 5000 Einwohnern, die dennoch in weitem Umkreis die größte Ortschaft war — eine kurze Rast ein, tankte und aß ein Sandwich. Dann setzte er seine Fahrt auf der I-80 in östlicher Richtung fort. Das Land stieg allmählich zum Rand des Großen Bekkens hin an. Überall am Horizont ragten nun schneebedeckte Berge empor, zwischen dem Beifuß tauchten immer mehr Grasbüschel auf, und stellenweise gab es sogar richtige Wiesen, obwohl die Wüste noch keineswegs hinter ihm lag.

Bei Sonnenuntergang bog Dom von der Interstate auf die Landstraße ab, die zum Tranquility Motel führte, parkte in der Nähe des Eingangs zum Büro, stieg aus dem Wagen und wurde von einem kalten Wind überrascht. Nach seiner langen Fahrt durch die Wüste war er psychologisch auf Hitze eingestellt gewesen, obwohl er natürlich wußte, daß es jetzt auf den Hochebenen Winter war. Er holte eine Lederjacke mit Wollfutter aus dem Auto und zog sie an. Er machte einige Schritte auf das Motel zu ... dann blieb er plötzlich wie angewurzelt stehen.

Dies war der Ort!

Er hätte nicht sagen können, *woher* er es wußte. Aber er wußte es. Hier war etwas Merkwürdiges geschehen.

Im vorletzten Sommer war er am Freitag, dem 6. Juli, hier eingetroffen. Die Einsamkeit und die majestätische Landschaft hatten ihn fasziniert und inspiriert. Er war zu der Ansicht gelangt, daß er hier gutes literarisches Material finden konnte, und er hatte mehrere Tage hier verbracht, um sich mit dieser Gegend vertraut zu machen und zu überlegen, was für Geschichten zu diesem Hintergrund paßten. Erst am Dienstag, dem 10. Juli, war er morgens in Richtung Mountainview weitergefahren.

Er drehte sich langsam im Kreis, betrachtete die Landschaft im rasch dahinschwindenden Tageslicht und wußte plötzlich, daß das, was er hier erlebt hatte, das wichtigste Ereignis seines ganzen Lebens — auch des noch vor ihm liegenden — gewesen war.

Das Restaurant mit seinen großen Fenstern und dem blauen Neonschild stand am westlichen Ende des Komplexes, etwas abseits vom Motel, und war von einem großen Parkplatz umgeben, auf dem drei schwere Lastwagen standen. Der einstöckige Westflügel des Motels bestand aus zehn Zimmern mit glänzenden grünen Türen. Vom Ostflügel war er durch ein zweistöckiges Gebäude getrennt, in dessen Erdgeschoß das Empfangsbüro untergebracht war. In der ersten Etage lag höchstwahrscheinlich die Wohnung der Eigentümer. Der wieder einstöckige Ostflügel war L-förmig, mit sechs Zimmern im längeren und vier im kürzeren Teil. Dom drehte sich weiter im Kreis und sah den dunklen Himmel im Osten und die Interstate 80; in südlicher Richtung erstreckte sich sodann das weite Landschaftspanorama, und die Ebenen und fernen Berge setzten sich auch nach Westen hin fort, wo der Himmel von der untergehenden Sonne karmesinrot gefärbt war.

Doms Beklemmung wurde immer stärker. Schließlich blickte er wieder in die Richtung des Restaurants. Wie im Traum ging er darauf zu. Als er die Tür erreichte, hatte er rasendes Herzklopfen und wäre am liebsten geflüchtet.

Er widerstand diesem heftigen Drang, öffnete die Tür und betrat die Imbißstube.

Sie war sehr sauber, hell beleuchtet, warm und gemütlich. Es duftete köstlich nach Pommes frites, Zwiebeln, frisch gegrillten Hamburgern und gebratenem Schinken.

Immer noch wie im Traum, ging er auf einen leeren Tisch zu. Eine Ketchupflasche, eine Zuckerdose, Senf, Salz- und Pfefferstreuer und ein Aschenbecher standen in der Tischmitte. Er nahm den Salzstreuer in die Hand.

Im ersten Augenblick wußte er nicht, warum er das getan hatte, aber dann erinnerte er sich daran, daß er am ersten Abend seines mehrtägigen Aufenthalts im Tranquility Motel an diesem Tisch gesessen hatte. Er hatte etwas Salz verschüttet, zur Abwendung von Unheil unwillkürlich eine Prise über seine Schulter geworfen und zufällig eine junge Frau getroffen, die gerade hinter seinem Stuhl vorbeiging.

Er spürte, daß dieser kleine Zwischenfall wichtig gewesen war, aber er wußte nicht, warum. Wegen der Frau? Wer war sie gewesen? Irgendeine Fremde. Wie hatte sie ausgesehen? Er versuchte vergeblich, sich an ihr Gesicht zu erinnern.

Ohne jeden erkennbaren Grund nahm sein Herzklopfen immer mehr zu. Er hatte das Gefühl, dicht vor einer verheerenden Offenbarung zu stehen.

Es wollte ihm aber einfach nicht gelingen, sich an weitere Einzelheiten zu erinnern.

Er stellte den Salzstreuer wieder hin. Vor unerklärlicher Angst fröstelnd, ging er zu der Ecknische an der Fensterfront. Sie war leer, aber Dom war sich sicher, daß die junge Frau, nachdem sie sich das Salz vom Gesicht abgewischt hatte, an jenem *anderen* Abend hier Platz genommen hatte.

»Kann ich Ihnen helfen?«

Dom registrierte, daß eine Kellnerin in gelbem Sweater neben ihm stand und ihn angesprochen hatte, aber er konnte sich nicht aus dem Bann einer schrecklichen Erinnerung lösen, die noch keine klaren Konturen angenommen hatte, aber aus seinem Unterbewußtsein hervordrängte. Die gesichtslose Frau aus jener Vergangenheit hatte in dieser Nische gesessen und im orangefarbenen Licht des Sonnenuntergangs einfach hinreißend ausgesehen.

»Mister? Geht es Ihnen nicht gut?«

Die junge Frau hatte ihr Abendessen bestellt, und Dom hatte weitergegessen, und die Sonne war untergegangen, und die Dunkelheit war hereingebrochen, und — *Nein!*

Die Erinnerung tauchte aus der Tiefe empor, wollte durch die trübe Oberfläche ins Licht seines Bewußtseins durchbrechen, aber im letzten Moment schreckte er in panischer Angst davor zurück, so als hätte er die gräßliche Fratze eines bösartigen Seeungeheuers auf sich zukommen sehen. Er *wollte* sich plötzlich nicht mehr erinnern, stieß einen unartikulierten Schrei aus, taumelte einen Schritt rückwärts, drehte der bestürzten Kellnerin den Rücken zu und rannte. Er nahm wahr, daß Leute ihn anstarrten, daß er Aufsehen erregte, aber das war ihm völlig egal. Er wollte nur hier wegkommen. Er riß die Tür auf und stürzte ins Freie. Die Sonne war inzwischen untergegangen, und der Himmel war schwarz, purpurfarben und scharlachrot.

Dom hatte Angst. Angst vor der Vergangenheit. Angst vor der Zukunft. Am meisten aber, weil er nicht wußte, *warum* er solche Angst hatte.

Chicago, Illinois

Brendan Cronin wollte mit seiner Ankündigung bis nach dem Abendessen warten, weil Vater Wycazik dann mit vollem Magen und einem Glas Brandy in der Hand immer am besten gelaunt war. In der Zwischenzeit griff er — mit Vater Wycazik und Vater Gerrano als Tischgenossen — herzhaft zu, verspeiste doppelte Portionen Kartoffeln, Bohnen und Schinken und nicht weniger als ein Drittel eines Brotlaibs.

Seinen Appetit hatte er zurückgewonnen, nicht aber seinen Glauben. In der ersten Zeit nach seinem Glaubensschwund hatte er eine schreckliche Leere und Verzweiflung empfunden, aber nun war diese Verzweiflung vorüber, und auch das Gefühl der Leere nahm immer mehr ab. Er begriff allmählich, daß er eines Tages vielleicht ein sinnvolles Leben führen könnte, *das nichts mit der Kirche zu tun hatte*. Für Brendan, dem die geistliche Freude der heiligen Messe stets mehr bedeutet hatte als alle weltlichen Freuden, bedeutete es eine geradezu revolutionäre Entwicklung, ein weltliches Leben auch nur in Betracht zu ziehen.

Die Verzweiflung war vielleicht von ihm gewichen, weil er seit Weihnachten vom Atheismus wenigstens zum Agnostizismus gekommen war. Die Ereignisse der letzten Zeit ließen ihn über die Existenz einer höheren Macht nachdenken, die —

wenngleich nicht zwangsläufig Gott — so doch übernatürlicher Art sein mußte.

Nach dem Abendessen zog sich Vater Gerrano in sein Zimmer zurück, um den letzten Roman von James Blaylock zu lesen, einem Autor, den auch Brendan sehr interessant fand, dessen farbige Geschichten über bizarre Fantasiewesen und sogar noch bizarrere Menschen einem ausgesprochenen Realisten wie Vater Wycazik aber viel zu fantastisch waren. Auf dem Weg ins Arbeitszimmer erklärte er Brendan: »Er schreibt zwar gut, aber wenn ich eine seiner Geschichten ausgelesen habe, überfällt mich immer das Gefühl, daß in Wirklichkeit nichts so ist, wie es zu sein scheint, und dieses Gefühl liebe ich nicht.«

»Vielleicht ist *tatsächlich* nichts so, wie es zu sein scheint«, meinte Brendan.

Der Pfarrer schüttelte den Kopf. »Nein, wenn ich schon zu meiner Unterhaltung lese, ziehe ich Bücher vor, die sich mit den Realitäten des Lebens befassen.«

Mit breitem Grinsen sagte Brendan: »Falls es einen Himmel gibt, Vater, und falls es mir irgendwie gelingt, mit Ihnen dorthin zu kommen, hoffe ich, daß ich die Möglichkeit haben werde, ein Treffen zwischen Ihnen und Walt Disney zu arrangieren. Ich würde allzugern miterleben, wie Sie ihn davon zu überzeugen versuchen, daß er seine Zeit besser genutzt hätte, wenn er Dostojewskis gesammelte Werke zu Trickfilmen verarbeitet hätte, anstatt sich mit den Abenteuern von Micky Maus abzugeben.«

Der Vorsteher lachte über sich selbst, während er die Getränke einschenkte, und sie machten es sich in Lehnstühlen gemütlich: der gefallene Priester mit einem Glas Likör, sein Vorgesetzter mit einem kleinen Brandy.

Brendan wußte, daß jetzt der günstigste Augenblick für seine Mitteilung gekommen war. »Wenn es Ihnen recht ist, Vater, werde ich für eine Weile wegfahren. Ich würde gern am Montag aufbrechen. Ich muß nach Nevada.«

»*Nevada?*« Vater Wycazik hörte sich so an, als hätte sein Kaplan Bangkok oder Timbuktu gesagt. »Warum Nevada?«

Mit dem Geschmack des Pfefferminzlikörs auf der Zunge, erklärte Brendan: »Dorthin werde ich gerufen. Letzte Nacht im Traum konnte ich zwar außer einem strahlenden Licht immer noch nichts erkennen, aber ich wußte plötzlich, wo ich war. Elko County, Nevada. Und ich wußte, daß ich dorthin zurückkehren mußte, um eine Erklärung für Emmys und Wintons Heilung zu finden.«

»Dorthin *zurück*kehren? Sind Sie denn schon einmal dort gewesen?«

»Vorletzten Sommer, bevor ich hierher an die Pfarrei St. Bernadette kam.«

Von Rom aus war Brendan direkt nach San Francisco geflogen, um einen letzten Auftrag seines Vorgesetzten im Vatikan, Monsignore Orbella, auszuführen. Er war zwei Wochen bei Bischof John Santefiore geblieben, einem alten Freund Orbellas. Der Bischof schrieb ein Buch über die Geschichte der Papstwahl, und Brendan brachte ihm Unterlagen, die Monsignore Orbella in Rom gesammelt hatte. Brendan sollte dem Bischof auch für eventuelle Fragen bezüglich dieser Dokumente zur Verfügung stehen. John Santefiore war ein angenehmer Mann mit hintergründigem, trockenem Humor, und Brendan genoß die Tage mit ihm.

Danach blieben ihm noch zwei Wochen Zeit, bevor er sich in seiner Heimatstadt Chicago bei seinen Vorgesetzten melden mußte, um als Kaplan einer Pfarrei dieser Erzdiözese zugeteilt zu werden. Er verbrachte einige Tage in Carmel, auf der Halbinsel Monterey. Dann fuhr er in einem Mietwagen nach Osten, um etwas von dem ihm noch unbekannten Land zu sehen.

Jetzt beugte sich Vater Wycazik etwas vor. »Ich wußte noch, daß Sie bei Bischof Santefiore waren, aber ich hatte vergessen, daß Sie von dort mit dem Auto nach Chicago gefahren sind. Sie sind auf dieser Fahrt also durch Elko County in Nevada gekommen?«

»Ich habe einige Tage dort verbracht, in einem Motel mitten in der Einöde. Tranquility Motel. Eigentlich wollte ich dort nur übernachten, aber es war so friedlich, und die Landschaft war so schön, daß ich mehrere Tage blieb. Und nun muß ich dorthin zurückkehren.«

»Warum? Was ist dort passiert?«

Brendan zuckte die Achseln. »Nichts. Ich habe mich einfach ausgeruht. Viel geschlafen. Einige Bücher gelesen. Ferngesehen. Sie haben dort draußen sogar gute Fernsehprogramme, weil sie ihren eigenen kleinen Satellitenempfänger auf dem Dach haben.«

Vater Wycazik sah ihn forschend an. »Was ist los? Sie hörten sich plötzlich irgendwie ... eigenartig an. Hölzern ... so als würden Sie etwas auswendig Gelerntes aufsagen.«

»Ich habe Ihnen nur erzählt, wie es dort gewesen ist.«

»Was ist denn an jenem Ort so Besonderes, wenn Sie dort überhaupt nichts Außergewöhnliches erlebt haben? Was wird geschehen, wenn Sie dorthin zurückkehren?«

»Das weiß ich selbst nicht genau. Aber es wird etwas ... etwas ganz Unglaubliches sein.«

»Ist es *Gott*, der Sie ruft?« fragte Vater Wycazik nun unverblümt.

»Ich glaube es nicht, aber möglich wäre es immerhin. Alles ist möglich ... Vater, ich möchte Ihre Erlaubnis für diese Reise haben. Aber wenn Sie mir Ihren Segen dazu nicht geben, werde ich trotzdem fahren.«

Vater Wycazik trank einen größeren Schluck Brandy, als es sonst seine Gewohnheit war. »Ich glaube, Sie sollten hinfahren — aber nicht allein.«

Brendan war überrascht. »Wollen Sie mich begleiten?«

»Nicht ich. Ich muß mich um die Pfarrei kümmern. Aber Sie sollten einen zuverlässigen Zeugen bei sich haben. Einen Priester, der mit solchen Dingen vertraut ist, der jedes Wunder und jede Vision auf ihre Echtheit überprüfen kann ...«

»Ich verstehe. Irgendeinen Kleriker, der das Imprimatur des Kardinals hat, jeden hysterischen Bericht über weinende Gottesmutterstatuen, blutende Kruzifixe und dergleichen zu prüfen.«

»So ist es«, bestätigte Vater Wycazik. »Jemand, der sich mit Authentik auskennt. Ich denke da an Monsignore Janney vom Pressereferat der Erzdiözese. Er hat eine Menge Erfahrung.«

Es tat Brendan zwar leid, seinen Vorgesetzten enttäuschen zu müssen, aber er war fest entschlossen, seinen eigenen Willen durchzusetzen. »Hier geht es aber nicht um Wunder oder Visionen, deshalb ist Monsignore Janney überflüssig. Nichts von all dem erlaubt eine eindeutig christliche Interpretation, deutet auf christlichen Ursprung hin.«

»Wer sagt Ihnen denn, daß Gott nicht auch einmal listig vorgehen kann?« fragte Vater Wycazik. Sein Grinsen machte deutlich, daß er damit rechnete, diese Diskussion zu gewinnen.

»Es könnte sich durchaus um rein psychische Phänomene handeln.«

»Pah! Dummes Zeug! Psychische Phänomene — das ist der

klägliche Erklärungsversuch der Ungläubigen, wenn ihnen ein flüchtiger Blick auf das Wirken Gottes vergönnt war. Prüfen Sie diese Ereignisse eingehend, Brendan, öffnen Sie Ihr Herz für ihre Bedeutung, und Sie werden die Wahrheit erkennen. Gott ruft Sie zurück an seine Brust. Ich glaube, daß das alles seinen Höhepunkt letztlich in einer göttlichen Heimsuchung haben wird.«

»Aber wenn es darauf hinausläuft — warum kann es dann nicht *hier* geschehen? Warum ist es dann erforderlich, daß ich den weiten Weg nach Nevada zurücklege?«

»Vielleicht soll damit Ihre Bereitschaft, dem Willen Gottes zu gehorchen, auf die Probe gestellt werden — oder die Stärke Ihres unbewußten Verlangens, wieder glauben zu können. Wenn dieses Verlangen stark genug ist, werden Sie die Unannehmlichkeit dieser langen Reise auf sich nehmen, und als Belohnung wird Ihnen etwas offenbart werden, das Sie zum Glauben zurückführen wird.«

»Aber weshalb ausgerechnet Nevada? Warum nicht Florida oder Texas — oder Istanbul?«

»Das weiß nur Gott allein.«

»Und weshalb sollte sich Gott wegen eines einzigen vom Glauben abgefallenen Priesters soviel Mühe machen?«

»Für ihn, der Himmel und Erde erschaffen hat, ist das überhaupt keine Mühe. Und *ein* Mensch ist für ihn genauso wichtig wie Millionen.«

»Und warum hat er mich dann überhaupt meinen Glauben verlieren lassen?«

»Vielleicht ist der Verlust und die Wiedererlangung des Glaubens eine Stärkung und Manifestation. Vielleicht müssen Sie das durchstehen, weil Gott Sie als stärkeren Menschen benötigt, als Sie es bisher waren.«

Brendan lächelte und schüttelte bewundernd den Kopf. »Sie bleiben nie eine Antwort schuldig, nicht wahr, Vater?«

Stefan Wycazik lehnte sich mit selbstzufriedenem Gesicht in seinem Stuhl zurück. »Gott hat mich mit einer scharfen Zunge gesegnet.«

Brendan kannte Vater Wycaziks Ruf als Retter von Priestern in Nöten, und er wußte, daß sein Vorgesetzter nicht leicht aufgeben würde — wenn überhaupt. Aber Brendan war fest entschlossen, nicht mit Monsignore Janney im Schlepptau nach Nevada zu reisen.

Vater Wycazik beobachtete Brendan über sein Brandyglas hinweg mit unverhohlener Zuneigung und eiserner Entschlossenheit und wartete begierig auf den nächsten Einwand, um ihn rasch entkräften zu können.

Brendan seufzte. Es würde ein langer Abend werden.

Elko County, Nevada

Nachdem er in wilder Panik aus dem Tranquility Grille ins letzte dahinschwindende scharlach- und purpurrote Licht der Abenddämmerung hinausgerannt war, begab sich Dom Corvaisis auf direktem Wege zum Motelbüro, wo er im ersten Augenblick glaubte, in einen Ehestreit hineingeplatzt zu sein. Ihm wurde jedoch rasch klar, daß hier etwas Merkwürdigeres vorging.

Ein Mann von kräftiger Statur in beiger Hose und braunem Sweater stand mitten im Raum, vor der Rezeption. Er war nur gute fünf Zentimeter größer als Dom, aber viel kompakter. Er schien aus massivem Eichenholz geschnitzt zu sein. Seine grauen, kurzgeschorenen Haare und die Falten in seinem Gesicht deuteten darauf hin, daß er etwa fünfzig sein mußte, obwohl sein durchtrainierter Körper ihn jünger aussehen ließ.

Dieser Bulle von einem Mann zitterte am ganzen Leibe — vor Wut, so dachte Dom zuerst. Eine Frau stand neben ihm und sah ihn eindringlich an. Sie war blond, hatte ausdrucksvolle blaue Augen und mußte jünger als der Mann sein, obwohl ihr Alter schwer zu schätzen war. Als Dom über die Schwelle trat, stellte er fest, daß sein erster Eindruck falsch gewesen war. Dieser Mann zitterte nicht vor Zorn, sondern vor Angst.

»Entspann dich«, sagte die Frau. »Versuch, deine Atmung zu kontrollieren.«

Der massige Mann keuchte. Er hatte seinen Stiernacken nach vorne gebeugt und den Kopf gesenkt; mit hängenden Schultern starrte er zu Boden. Sein unregelmäßiger Atem verriet, daß er einer Panik nahe war.

»Hol langsam und tief Luft«, fuhr die Frau fort. »Denk an das, was Dr. Fontelaine dir beigebracht hat. Sobald du dich beruhigt hast, werden wir einen kleinen Spaziergang machen.«

»Nein!« Der Mann schüttelte heftig den Kopf.

»Doch.« Die Frau legte ihm beruhigend eine Hand auf den

Arm. »Wir werden einen Spaziergang machen, Ernie, und du wirst sehen, daß diese Dunkelheit sich in nichts von jener in Milwaukee unterscheidet.«

Ernie. Dom zuckte zusammen, als er diesen Namen hörte. Sofort fielen ihm jene vier Mondposter in Zebediah Lomacks Wohnzimmer in Reno ein, die mit Namen verunziert waren.

Die Frau sah Dom an, und er sagte: »Ich brauche ein Zimmer.«

»Wir sind total ausgebucht«, erwiderte sie.

»Die Leuchtschrift zeigt aber an ›Zimmer frei‹.«

»Okay«, sagte sie. »Okay, aber nicht jetzt. Bitte. Nicht jetzt. Gehen Sie in die Imbißstube oder sonstwohin. Kommen Sie in einer halben Stunde wieder. *Bitte!*«

Erst jetzt schien Ernie Doms Anwesenheit zu bemerken. Er hob den Kopf, und ein Stöhnen der Angst und Verzweiflung entrang sich seiner Brust. »Die Tür! Schließen Sie sie, bevor die Dunkelheit hier eindringt.«

»Nein, nein, nein«, redete die Frau energisch, aber voller Mitgefühl auf ihn ein. »Sie wird hier nicht eindringen. Die Dunkelheit kann dir nichts Böses antun, Ernie!«

»Sie dringt hier ein«, beharrte er kläglich.

Dom bemerkte, daß der Raum unnatürlich hell beleuchtet war. Die Tischlampen, eine Bodenlampe, eine Schreibtischlampe und die Deckenleuchten waren eingeschaltet.

Die Frau wandte sich wieder an Dom. »Um Himmels willen, schließen Sie die Tür!«

Er trat vollends ein und warf hinter sich die Tür zu.

»Ich meinte, Sie sollten sie von draußen schließen«, sagte die Frau scharf.

Ernies Gesichtsausdruck war eine Mischung aus panischem Schrecken und Verlegenheit. Seine Blicke schweiften von Dom zu den Fenstern. »Sie ist direkt hinter dem Glas. Die ganze Dunkelheit ... sie drückt gegen die Scheiben.« Er starrte Dom verwirrt an, dann senkte er seinen Kopf wieder und kniff die Augen fest zusammen.

Dom stand wie gelähmt da. Ernies irrationale Angst vor der Dunkelheit hatte erschreckende Ähnlichkeit mit der Angst, die ihn selbst dazu trieb, im Schlaf zu wandeln und sich in Wandschränken zu verkriechen.

Mit Tränen in den Augen fuhr die Frau Dom zornig an: »Warum gehen Sie nicht endlich? Er leidet an Nyctophobie. Er fürchtet sich manchmal vor der Dunkelheit, und wenn er einen dieser Anfälle bekommt, muß ich ihm helfen, ihn zu überwinden.«

Dom erinnerte sich an die beiden anderen Namen auf Lomacks Postern — Ginger und Faye — und wählte instinktiv einen davon. »Ist schon gut, Faye. Ich glaube, ich verstehe ganz gut, was Sie durchmachen.«

Sie blinzelte überrascht, als er sie beim Namen nannte. »Kenne ich Sie?«

»Ich bin Dominick Corvaisis.«

»Das sagt mir nichts.« Sie blieb an der Seite des großen Mannes, als dieser sich umdrehte und mit geschlossenen Augen in den hinteren Teil des Büros schlurfte.

»Ich muß raufgehen«, murmelte er. »Oben kann ich die Vorhänge zuziehen und die Dunkelheit aussperren.«

»Nein, Ernie, warte?« bat Faye. »Du darfst nicht davor weglaufen.«

Dom holte Ernie mit einigen großen Schritten ein und legte ihm eine Hand auf die Brust, um ihn aufzuhalten. »Sie haben Alpträume«, sagte er. »Wenn Sie aufwachen, können Sie sich nicht mehr daran erinnern. Sie wissen dann nur noch, daß sie etwas mit dem Mond zu tun haben.«

Faye schnappte nach Luft.

Ernie öffnete vor Überraschung die Augen. »Woher wissen Sie das?«

»Ich habe selbst seit über einem Monat Alpträume«, erklärte Dom. »Jede Nacht. Und ich weiß von einem Mann, der so schrecklich unter solchen Alpträumen litt, daß er schließlich Selbstmord beging.«

Sie starrten ihn völlig fassungslos an.

»Im Oktober begann ich, im Schlaf zu wandeln. Ich verließ mein Bett und versteckte mich in Kleiderschränken oder sammelte Waffen, um mich zu schützen. Einmal versuchte ich, die Fenster zu vernageln, damit irgend etwas nicht eindringen konnte. Verstehen Sie, Ernie, ich habe Angst vor etwas in der Dunkelheit! Ich möchte wissen, daß Sie vor dem gleichen mysteriösen Etwas Angst haben. Nicht einfach vor der Finsternis selbst, sondern vor etwas Besonderem, das Ihnen an einem Wochenende im vorletzten Sommer dort draußen in der Dunkelheit widerfahren ist.« Er deutete auf die Fenster.

Immer noch völlig verblüfft über diese unerwartete Wendung, warf Ernie einen Blick auf die Nacht hinter den Fenstern, schaute aber sofort wieder weg. »Ich verstehe nur Bahnhof!«

»Gehen wir nach oben, wo Sie die Vorhänge schließen können«, sagte Dom. »Ich werde Ihnen alles erzählen, was ich weiß. Das Wichtigste ist, daß Sie nicht der einzige sind, der solche Probleme hat. Sie sind jetzt nicht mehr allein. Und ich bin es Gott sei Dank auch nicht mehr!«

New Haven County, Connecticut

Alles verlief genau nach Plan. Jack Twists Raubüberfälle waren immer auf die Minute genau ausgetüftelt, und der Panzerwagen-Coup bildete keine Ausnahme.

Der Himmel war an diesem Abend stark bewölkt. Keine Sterne, kein Mond. Es schneite nicht, aber von Südwesten blies ein kaltfeuchter Wind.

Der Guardmaster-Geldtransporter näherte sich von Nordosten her zwischen den kahlen Feldern jenem Hügel, von dem aus Jack ihn an Heiligabend beobachtet hatte. Die Scheinwerfer bohrten sich durch dünne winterliche Nebelfetzen. Inmitten der schneebedeckten Felder glich die Landstraße einem schwarzen Satinband.

In einem weißen Skianzug mit Kapuze lag Jack südlich der Straße, gegenüber dem Hügel, im Schnee. Auf der anderen Straßenseite, am Fuße des Hügels, hatte sich der zweite an diesem Coup Beteiligte, Chad Zepp, der ebenfalls weiße Tarnkleidung trug, in einer Schneewehe ausgestreckt.

Der dritte Mann des Teams, Branch Pollard, war auf halber Höhe des Hügels mit einem schweren Sturmgewehr der Marke Heckler & Koch HK 91 einsatzbereit.

Der Panzerwagen war noch knapp 200 Meter entfernt. Nebelschwaden, an denen sich die Lichtstrahlen der Scheinwerfer brachen, zogen über die Straße und die dunklen Felder.

Plötzlich blitzte die Mündung der HK 91 am Hügel auf. Ein Schuß übertönte das Geräusch des laufenden Motors.

Die HK 91, vielleicht das beste Kampfgewehr der ganzen Welt, konnte ohne jede Ladehemmung Hunderte von Salven hintereinander abgeben. Sie war außerordentlich treffsicher, hatte eine Schußweite von 900 Metern, konnte mit einer 7.62 NATO-Kugel einen Baum oder eine Betonmauer durchschlagen und hatte danach immer noch genug Durchschlagskraft, um einen Menschen auf der anderen Seite zu töten.

Bei diesem Überfall sollte aber niemand getötet werden. Mit Hilfe eines Infrarot-Zielfernrohrs traf Pollard mit dem ersten Schuß den rechten Vorderreifen des Panzerwagens.

Der Transporter geriet auf der vereisten Straße sofort heftig ins Schleudern.

Jack war bereits auf den Beinen. Er setzte über den Straßengraben und sah im Nebel verschwommen das schleudernde Fahrzeug auf sich zukommen. Im letzten Augenblick, als es schon so aussah, als würde der Wagen unweigerlich im Graben landen, bekam der Fahrer ihn wieder unter Kontrolle und brachte ihn knapp zehn Meter von Jack entfernt zum Stehen.

Jack sah, daß einer der Männer im Fahrzeug aufgeregt ins Funkgerät sprach — ein vergebliches Unterfangen, denn in dem Moment, als Pollard geschossen hatte, hatte Chad Zepp, der immer noch im Schnee versteckt lag, einen batteriebetriebenen Sender eingeschaltet, der die Funkfrequenz des Panzerwagens mit schrillen Störgeräuschen unterbrach.

Jack stand im Licht der Scheinwerfer mitten auf der Straße und zielte mit dem Tränengasgewehr auf die Motorhaube des Transporters. Das Gewehr war ein britisches Fabrikat und wurde besonders bei der Terroristenbekämpfung verwendet. Andere Tränengaswaffen arbeiteten mit Granaten, die beim Aufschlag explodierten und die Dämpfe freisetzten, was den Schützen zwang, auf Fenster zu zielen. Aber wenn Terroristen eine Botschaft besetzten, verbarrikadierten sie im allgemeinen die Fenster. Das neue britische Gewehr, das Jack in Miami von einem Waffenschwarzhändler gekauft hatte, hatte ein Kaliber von fünf Zentimetern und feuerte tränengasgefüllte *Patronen*, die Holztüren oder mit Brettern vernagelte Fenster durchschlagen konnten. Jack schoß, und die Patrone durchschlug erwartungsgemäß das Metall und landete im Motorraum. Durch das Lüftungssystem drangen nun giftige gelbe Dämpfe in die Fahrerkabine.

Die Transportbegleiter hatten den Befehl, in Krisensituationen in ihrem Wagen zu bleiben, der Stahltüren und schußsichere Scheiben hatte. Aber bis sie bemerkten, was los war, die Heizung abstellten und die Lüftungsklappen schlossen, war es schon zu spät: Sie drohten in der gasgefüllten Kabine zu ersticken. Sie öffneten die Türen und sprangen keuchend und hustend in die kalte Winternacht hinaus.

Trotz des Tränengases hatte der Fahrer seinen Revolver gezogen. Er ließ sich auf die Knie fallen und versuchte zu zielen, obwohl er tränenblind war.

Jack kickte ihm die Pistole aus der Hand, packte ihn an der Jacke und fesselte ihn an eine Stützstrebe der vorderen Stoßstange des Transporters.

Nachdem Branch Pollard den Schuß abgegeben hatte, war er den Hügel hinabgerannt und fesselte nun den zweiten protestierenden Begleiter am anderen Ende der Stoßstange an eine weitere Strebe.

Beide Männer blinzelten wütend, um ihre Angreifer sehen zu können, was jedoch eine vergebliche Mühe war, denn Jack, Pollard und Zepp trugen Skimasken.

Ohne sich weiter um die gefesselten Männer zu kümmern, rannten Jack und Pollard zu den hinteren Türen des Kastenwagens. Sie brauchten allerdings nicht zu befürchten, daß sie durch irgendein anderes Fahrzeug gestört wurden. Zwei weitere an diesem Überfall Beteiligte hatten die Straße an beiden Enden gesperrt, mit gestohlenen Kastenwagen, die neu gespritzt worden waren, so daß sie aussahen wie Fahrzeuge der Verkehrspolizei. Mit Hilfe der eindrucksvollen Warnblinkleuchten und der Sperren würden Dodd und Hart jedem Autofahrer das Märchen von einem Tankfahrzeugunfall aufbinden und ihn zum Umkehren veranlassen.

Als Jack und Pollard nach hinten kamen, war Chad Zepp bereits damit beschäftigt, im Schein einer batteriebetriebenen Lampe, die mit Hilfe eines Magneten am Metall des Panzerwagens haftete, die Platte abzuschrauben, hinter der sich der Schloßmechanismus der Tür befand

Sie hatten natürlich auch Sprengstoff mitgebracht, aber bei dem Versuch, einen so perfekt durchkonstruierten Wagen wie diesen gewaltsam zu öffnen, bestand die Gefahr, daß die Bolzen sich verklemmen könnten. Und dann würde das Fahrzeug kaum noch aufzubekommen sein. Deshalb wollten sie es erst auf gewaltlose Weise versuchen und den Sprengstoff nur einsetzen, wenn alle anderen Mittel versagten.

Ältere Panzerwagen ließen sich normalerweise mit einem oder zwei Schlüsseln öffnen, aber dies hier war ein neues Modell mit modernsten technischen Raffinements. Man mußte eine bestimmte dreistellige Zahl in eine Apparatur eingeben, die ähnlich aussah wie die Wählscheibe eines Telefons mit Schaltknöpfen. Zum Verriegeln mußte der Transportbegleiter die Türen schließen und auf die mittlere der drei Codeziffern drücken. Zur Entriegelung mußte er hingegen alle drei Ziffern in der richtigen Reihenfolge eingeben. Der Code wurde jeden Morgen geändert, und von den beiden Transportbegleitern kannte ihn nur der Fahrer.

Bei einer Tastatur mit zehn Ziffern gab es tausend verschiedene Möglichkeiten dreistelliger Zahlenfolgen. Da es vier oder fünf Sekunden dauerte, eine zu tippen und abzuwarten, ob es die richtige war, würde es mindestens eineinviertel Stunden in Anspruch nehmen, alle Zahlenkombinationen durchzuprobieren. Das aber wäre viel zu riskant.

Chad Zepp entfernte die Platte vom Schloß. Zwischen und hinter den bezifferten Knöpfen war nun ein Teil des Mechanismus zu sehen.

Zapp hatte einen batteriebetriebenen aktenkoffergroßen Computer über der Schulter hängen, ein Gerät, das die Schaltungsanordnung elektronischer Schlösser und Alarmanlagen erkennen und steuern konnte. Es hieß SLICKS — eine Abkürzung von Security Lock Intervention and Circumvention Knowledge System. SLICKS war ausschließlich für Militärs und Geheimagenten bestimmt und im freien Handel nicht erhältlich. Der unerlaubte Besitz wurde als Straftat geahndet. Um an SLICKS überhaupt heranzukommen, war Jack nach Mexico City geflogen und hatte einem Waffenschwarzhändler, der über eine Kontaktperson in der Herstellungsfirma verfügte, 25 000 Dollar bezahlt.

Zepp nahm den Computer von der Schulter und hielt ihn so, daß er, Jack und Pollard den kleinen — bisher noch dunklen — Bildschirm sehen konnten. Drei Meßfühler waren in SLICKS versenkt, und Jack zog den ersten aus, der einem Stahlthermometer mit Kupferspitze an einem 60 Zentimeter langen Draht glich. Jack betrachtete aufmerksam das teilweise sichtbare Innere des elektronischen Schlosses und führte das Meßinstrument behutsam zwischen die beiden ersten Knöpfe ein, so daß es den

Kontaktpunkt am unteren Ende des Knopfes mit der Markierung '1' berührte. Der Monitor blieb dunkel. Jack versetzte den Fühler zu Knopf Nummer 2, dann zu 3. Nichts. Als er aber Nummer 4 berührte, tauchte hellgrün das Wort CURRENT auf dem Bildschirm auf, zusammen mit Zahlen, welche die Überwachungselektrizität im Kontaktpunkt angaben.

Das bedeutete, daß die mittlere der drei gesuchten Codeziffern eine Vier war. Nachdem der Fahrer beim letzten Halt Geldsäcke und Schecks eingeladen hatte, hatte er die Vier gedrückt, um das Schloß zu verriegeln.

Bei drei unbekannten Ziffern hatte es tausend verschiedene Kombinationen gegeben. Jetzt waren es nur noch hundert.

Ohne auf den heulenden Wind zu achten, zog Jack ein weiteres Instrument aus, das ebenfalls an einem 60 Zentimeter langen Draht befestigt war und einem Wasserfarbenpinsel ähnelte, allerdings mit nur einer einzigen flexiblen Borste, die leuchtete und etwas dicker als die Spitze einer Angelrute war. Jack führte sie in einen Spalt am unteren Rand des ersten Knopfes der Schloßapparatur ein, aber der Bildschirm des Computers blieb dunkel. Er bewegte den Borstenfühler von einer Ziffer zur anderen. Auf dem Monitor tauchte das Teildiagramm einer Leiterplatte auf.

Die Borste, die Jack in den Mechanismus eingeführt hatte, war das Ende eines optischen Lasers, eine kompliziertere Abart der Vorrichtung, die in Supermarktkassen die Preiscodes liest. SLICKS war jedoch nicht auf die Entschlüsselung von Preiscodes programmiert, sondern darauf, Schaltungsanordnungen zu erkennen und auf dem Bildschirm darzustellen. Sobald der Meßfühler auf einen Stromkreis stieß, reproduzierte er dessen genaues Muster auf dem Monitor.

Jack mußte die Borste an drei verschiedenen Stellen einführen, bevor der Computer imstande war, ein Bild der gesamten Schaltungsanordnung zu liefern. Grüne Linien und Symbole erschienen auf dem kleinen Bildschirm. Drei Sekunden später rahmte der Computer zwei Teile des Diagramms ein — an diesen Stellen konnte der Stromkreis leicht angezapft werden. Sodann projizierte SLICKS die Tastatur mit den zehn Knöpfen über das Diagramm, um anzuzeigen, wo jene beiden Schwachstellen sich an dem für Jack sichtbaren Schloßmechanismus befanden.

»Unterhalb des vierten Knopfes ist ein guter Ansatzpunkt«, sagte Jack.
»Brauchst du meine Hilfe?« fragte Pollard.
»Ich glaube nicht.«
Jack versenkte den optischen Laser und zog das dritte Instrument aus, dessen poröse Maschenspitze aus einem ihm unbekannten Material bestand. Er führte es unterhalb des Knopfes Nummer 4 in den Schloßmechanismus ein und bewegte es langsam hin und her, bis der Computer piepte und auf dem Bildschirm das Wort INTERVENTION aufleuchtete.

Nun gab Pollard auf der kleinen Programmiertastatur des Computers rasch Befehle ein. INTERVENTION verschwand vom Monitor, statt dessen erschienen die Worte: SYSTEM CONTROL ESTABLISHED. Der Computer hatte jetzt direkten Kontakt zu dem Mikrochip, der die Schloßcodes speicherte und dafür sorgte, daß die Stahlbolzen sich öffneten oder schlossen.

Pollard gab zwei weitere Kommandos ein, und SLICKS begann dem Mikrochip mit ungeheurer Geschwindigkeit dreistellige Zahlenkombinationen zu übermitteln, jeweils mit der bereits bekannten Vier als mittlerer Ziffer. Sekunden später traf SLICKS die richtige Kombination — 545.

Die vier Schloßbolzen glitten gleichzeitig zur Seite.

Jack schaltete den Computer aus. Seit dem Schuß in den rechten Vorderreifen den Panzerwagens waren nur vier Minuten vergangen.

Präzisionsarbeit!

Während Zepp sich SLICKS wieder über die Schulter hängte, öffnete Pollard die hinteren Türen des Transporters. Das Geld lag griffbereit vor ihnen.

Zepp lachte selig. Pollard sprang mit einem Freudenschrei in den Wagen und begann, prall gefüllte Geldsäcke herauszuschieben.

Aber Jack verspürte noch immer eine schreckliche innere Leere.

Einzelne Schneeflocken wirbelten plötzlich im Wind.

Die unerklärliche Veränderung, die seit Wochen mit Jack vorging, kam nun endgültig zum Durchbruch. Er hatte nicht mehr das Bedürfnis, mit der Gesellschaft abzurechnen. Er hatte das Gefühl, ziellos dahinzutreiben, wie die Schneeflocken.

Elko County, Nevada

Faye hatte die Leuchtschrift BELEGT eingeschaltet, damit sie nicht gestört wurden.

Sie saßen zu dritt in der gemütlichen Küche der Blocks. Die Jalousien waren heruntergelassen, um die Nacht auszusperren. Während sie an ihrem Kaffee nippten, lauschten Ernie und Faye gebannt Doms Bericht.

Ungläubig sahen sie nur drein, als er ihnen von dem unerklärlichen Tanz der Papiermonde in Lomacks Haus in Reno erzählte. Aber er schilderte ihnen dieses bestürzende Erlebnis so farbig und detailliert, daß er unwillkürlich selbst wieder eine Gänsehaut bekam, und er sah, daß seine Angst und sein ehrfürchtiges Staunen sich auf das Ehepaar übertrugen.

Den größten Eindruck machten auf Faye und Ernie jedoch die beiden Polaroid-Fotos, die Dom zwei Tage vor seinem Abflug nach Portland mit der Post erhalten hatte. Sie betrachteten das Bild, auf dem der Priester mit dem zombiehaften Gesicht am Schreibtisch saß, und beide waren ganz sicher, daß es in einem ihrer Motelzimmer aufgenommen worden war. Das Foto der Blondine, die mit einer Injektionsnadel im Arm auf dem Bett lag, war eine Nahaufnahme, auf der vom Zimmer nichts zu sehen war, aber sie erkannten die geblümte Bettwäsche, die bis vor zehn Monaten in einigen Räumen verwendet worden war.

Zu Doms großer Überraschung hatten auch sie ein Polaroid-Foto erhalten. Ernie erinnerte sich daran, daß es am 10. Dezember in einem weißen Umschlag ohne Absender mit der Post gekommen war. Faye holte es aus der Schreibtischschublade im Büro, und sie betrachteten es am Küchentisch. Drei Personen — Mann, Frau und Kind — standen im Sonnenschein vor der Tür von Nr. 9. Alle drei trugen Shorts, T-Shirts und Sandalen.

»Wissen Sie, wer diese Leute sind?« fragte Dom.

»Nein«, antwortete Faye.

»Aber ich konnte von Anfang an das Gefühl nicht loswerden, daß ich mich eigentlich an sie erinnern *müßte*«, fügte Ernie hinzu.

»Sonne... Sommerkleidung«, sagte Dom. »Daraus können wir mit großer Sicherheit schließen, daß das Foto vorletzten Sommer aufgenommen wurde, an jenem denkwürdigen Wochenende — zwischen Freitag, dem 6. Juli, und Dienstag, dem 10.

Juli. Diese drei Personen waren ebenfalls irgendwie in das mysteriöse Geschehen verwickelt. Vielleicht sind es unschuldige Opfer wie wir. Und unser unbekannter Informant möchte, daß wir uns mit ihnen beschäftigen, uns an sie erinnern.«

»Aber wer uns auch immer diese Fotos geschickt haben mag«, wandte Ernie ein, »muß doch zu jenen Leuten gehören, die unsere Erinnerungen ausgelöscht haben. Weshalb sollte er uns aufrütteln wollen, nachdem er sich so viel Mühe gegeben hat, uns etwas vergessen zu lassen?«

Dom zuckte die Achseln. »Vielleicht hat er nie für richtig gehalten, was uns ... was uns angetan wurde. Vielleicht hat er nur mitgemacht, weil er dazu gezwungen wurde. Vielleicht belastet diese Sache sein Gewissen. Wer immer er auch sein mag — er hat jedenfalls Angst, direkten Kontakt mit uns aufzunehmen und uns zu informieren. Vermutlich würde ihn das in Lebensgefahr bringen. Deshalb bedient er sich dieser umständlichen Methode.«

Faye schob plötzlich ihren Stuhl zurück. »Die ganze Post von fünf Wochen liegt noch ungeöffnet im Büro. Vielleicht ist etwas von unserem Informanten dabei.«

Während Fayes Schritte auf der Treppe verhallten, erklärte Ernie: »Sandy — das ist unsere Bedienung drüben in der Imbißstube — hat die Post sortiert und die eingegangenen Rechnungen bezahlt. Aber die ganze übrige Post hat sie in einer Plastiktüte gesammelt. Seit wir heute mittag nach Hause gekommen sind, waren wir mit allen möglichen Arbeiten beschäftigt, um das Motel wieder öffnen zu können. Deshalb hatten wir noch gar keine Zeit, die Post durchzusehen.«

Faye kam mit zwei weißen Briefumschlägen zurück. Aufgeregt öffneten sie den ersten. Er enthielt das Polaroid-Foto eines Mannes, der auf dem Rücken im Bett lag, eine Injektionsnadel im Arm. Er mußte so um die fünfzig herum sein. Sein dunkles Haar lichtete sich beträchtlich. Er hatte eine gewisse Ähnlichkeit mit W. C. Fields und mußte unter normalen Umständen fröhlich und gutmütig aussehen. Aber er starrte mit fahlem Gesicht völlig ausdruckslos in die Kamera, wie ein Zombie ...

»Mein Gott, das ist Calvin!« rief Faye.

»Ja«, bestätigte Ernie. »Cal Sharkle. Er ist LKW-Fahrer, befördert Frachtgut zwischen Chicago und San Francisco.«

»Er legt so gut wie auf jeder Fahrt eine Rast in der Imbißstube ein, und wenn er sehr müde ist, übernachtet er hier bei uns. Calvin ist ein furchtbar netter Kerl.«

»Für welche Gesellschaft fährt er denn?« fragte Dom.

»Er ist selbständig«, antwortete Ernie. »Es ist sein eigener LKW.«

»Wissen Sie, wie man Kontakt mit ihm aufnehmen könnte?«

»Er trägt sich jedesmal ein«, sagte Ernie. »Wir müßten seine Adresse also eigentlich haben ... Irgendwo in der Umgebung von Chicago wohnt er, glaube ich.«

»Wir werden später nachsehen. Jetzt wollen wir erst einmal den anderen Umschlag öffnen.«

Faye schlitzte ihn auf und zog ein Polaroid-Foto heraus. Auch diese Aufnahme zeigte einen Mann, der mit einer Injektionsnadel auf einem der Betten des Motels lag. Sein Gesicht war wie das der anderen völlig ausdruckslos, und die seelenlosen Augen erinnerten Dom an Horrorfilme über lebende Tote.

Diesmal erkannten sie alle drei den Mann im Bett. Es war Dom.

Las Vegas, Nevada

Als es für Marcie Zeit war, zu Bett zu gehen, saß sie noch an ihrem kleinen Schreibtisch in der Ecke ihres Zimmers und war mit ihrer Mondsammlung beschäftigt.

Jorja beobachtete sie von der Türschwelle aus, aber das Mädchen war so in sein Werk vertieft, daß es die Anwesenheit seiner Mutter überhaupt nicht bemerkte.

Eine Schachtel Wachsmalstifte lag neben dem Album, und Marcie malte sorgfältig eines der Mondbilder aus. Das war eine neue Entwicklung, und Jorja wußte nicht, was sie zu bedeuten hatte.

In der Woche, seit Marcie begonnen hatte, Mondaufnahmen aus Zeitschriften zu sammeln, hatte sie schon das ganze Album gefüllt. Da sie nicht genügend Fotos fand, zeichnete sie zur Vergrößerung ihrer eintönigen Kollektion Hunderte von Bildern. Mit verschiedenen Hilfsmitteln — Münzen, Bierdeckeln, Vasen, Gläsern, Konservendosen und Fingerhüten — zeichnete sie Mondumrisse in allen Größen auf Notizblockpapier, Tüten, Briefumschläge und Packpapier. Sie beschäftigte sich nicht ständig mit diesem Album, aber mit jedem Tag widmete sie ihm mehr Zeit.

Dr. Ted Coverly, der Psychologe, der Marcie behandelte, glaubte, daß die der irrationalen Furcht vor Ärzten zugrundeliegende Angst nicht beseitigt war und jetzt durch die Beschäftigung mit dem Mond ihren Ausdruck fand. Als Jorja ihm gesagt hatte, daß Marcie sich vor dem Mond nicht besonders zu fürchten schien, hatte er entgegnet: »Ihre Ängste müssen nicht zwangsläufig zu einer neuen *Phobie* führen. Sie können sich auch auf andere Weise äußern ... beispielsweise in Form eines ins Krankhafte gesteigerten Interesses an irgend etwas.« Jorja konnte sich überhaupt nicht erklären, auf welche Ursache diese Ängste ihrer Tochter zurückgingen. »Das soll die Therapie ja gerade klären. Machen Sie sich keine Sorgen, Mrs. Monatella.«

Aber Jorja *machte* sich Sorgen.

Sie machte sich um so größere Sorgen, seit Alan am Vortag Selbstmord begangen hatte. Jorja hatte Marcie noch nichts vom Tod ihres Vaters erzählt. Nachdem sie Pepper Carrafields Wohnung verlassen hatte, hatte sie Dr. Coverly angerufen und um Rat gefragt. Er war sehr erstaunt darüber gewesen, daß auch Alan vom Mond geträumt hatte und davon fasziniert gewesen war. Darüber müsse er erst einmal gründlich nachdenken, hatte Coverly gesagt. Er halte es jedoch für klüger, Marcie bis Montag die Todesnachricht vorzuenthalten. »Begleiten Sie sie zur vereinbarten Therapiesitzung, dann werden wir es ihr gemeinsam erzählen.« Jorja befürchtete, daß Alans Tod auf das Mädchen eine verheerende Auswirkung haben könnte, obwohl er sich in letzter Zeit nicht um seine Tochter gekümmert hatte.

Während Jorja nun von der Türschwelle aus beobachtete, wie Marcie hingebungsvoll mit einem Wachsstift einen Mond ausmalte, kam ihr so richtig zu Bewußtsein, wie fragil das Mädchen doch eigentlich war. Obwohl Marcie sieben Jahre alt war und die zweite Klasse besuchte, konnte sie, auf dem Stuhl sitzend, nur mit den Zehenspitzen den Boden berühren. Sogar für einen muskelstrotzenden Macho-Mann war das Leben mitunter nur schwer zu ertragen. Und bei einem kleinen, zerbrechlichen Persönchen wie Marcie kam es geradezu einem Wunder gleich, daß es überhaupt zu überleben vermochte. Jorja begriff, wie leicht ihre Tochter ihr vom Schicksal geraubt werden konnte, und ihr Herz schmerzte vor Liebe.

Ihre Stimme zitterte unwillkürlich, als sie schließlich sagte: »Liebling, du solltest jetzt deinen Pyjama anziehen und dir die Zähne putzen.«

Das Mädchen schaute verwirrt auf, so als wüßte es nicht genau, wo es war und wer Jorja überhaupt war. Dann klärte sich sein Blick, und es schenkte seiner Mutter ein Lächeln, das selbst einen Stein hätte erweichen können. »Hallo, Mommy, ich habe Monde angemalt.«

»Ja, aber jetzt wird es Zeit für dich, ins Bett zu gehen«, mahnte Jorja.

»Nur noch ein Weilchen, ja?« Das Mädchen schien ganz entspannt zu sein, aber es hielt den Wachsstift so fest umklammert, daß die Knöchel weiß hervortraten. »Ich möchte noch ein paar Monde anmalen.«

Jorja hätte dieses verdammte Album am liebsten vernichtet. Aber Dr. Coverly hatte sie gewarnt, daß Marcies Zustand sich verschlimmern könnte, wenn Jorja ihr verbot, Mondbilder zu sammeln. Jorja war nicht sicher, ob er recht hatte, aber sie widerstand dem Verlangen, das Album einfach wegzuwerfen.

»Morgen hast du wieder viel Zeit zum Malen, Liebling.«

Widerwillig klappte Marcie das Album zu, räumte ihre Wachsstifte weg und ging ins Bad, um sich die Zähne zu putzen.

Jorja war todmüde. Sie hatte nicht nur eine Schicht im Casino hinter sich, sondern hatte sich auch noch um Alans Beerdigung kümmern müssen, die am Montag stattfinden sollte. Sie hatte Blumen bestellt, mit dem Leichenbestatter gesprochen und Alans Vater in Miami die traurige Nachricht telefonisch mitgeteilt. Sie fühlte sich wie gerädert, als sie an den Schreibtisch ihrer Tochter trat und das Album öffnete.

Rot. Das Mädchen malte alle Monde rot aus, sowohl jene, die es selbst gezeichnet hatte, als auch jene, die es aus Zeitungen und Zeitschriften ausgeschnitten hatte. Es hatte schon mehr als fünfzig Monde ausgemalt, mit äußerster Sorgfalt, ohne mit dem Stift über die Ränder zu geraten. Von Bild zu Bild hatte Marcie heftiger aufgedrückt, und die letzten Monde waren mit einer so dicken Schicht Wachs bedeckt, daß sie naß glänzten.

Es beunruhigte Jorja zutiefst, daß Marcie ausgerechnet Rot verwendete — *ausschließlich* Rot. Es kam ihr fast so vor, als hätte das Kind eine Vorahnung von drohendem Unheil, eine Vorahnung von Blut.

Elko County, Nevada

Faye Block war nach unten ins Büro gegangen, um aus dem Aktenschrank das Melderegister des vorletzten Sommers zu holen. Als sie zurückkam, legte sie das Buch auf den Küchentisch vor Dom und schlug die Seite mit der Gästeliste von Freitrag, dem 6. Juli, und Samstag, dem 7. Juli, auf.

»Sehen Sie, Ernie und ich haben uns richtig erinnert. Es war genau jener Freitagabend, als die Autobahn wegen Verseuchungsgefahr gesperrt wurde. Ein Lastwagen war umgekippt, der mit einer Ladung giftiger Chemikalien nach Shenkfield unterwegs gewesen war. Das ist eine militärische Einrichtung etwa 30 Kilometer südwestlich von hier. Wir mußten das Motel bis Dienstag schließen, bis sie die Situation unter Kontrolle hatten.«

»Shenkfield ist ein abgelegenes Testgelände für chemische und biologische Waffen«, erklärte Ernie. »Das Zeug in dem LKW war also verdammt gefährlich.«

Fayes Stimme bekam einen neuen hölzernen Klang, so als sage sie auswendig gelernte Sätze auf, als sie fortfuhr: »Sie errichteten Straßensperren und befahlen uns, die Gefahrenzone zu evakuieren. Unsere Gäste verließen das Motel in ihren eigenen Wagen.« Ihr Gesicht war ausdruckslos. »Ned und Sandy Sarver durften zu ihrem Wohnwagen in der Nähe von Beowawe fahren, weil er außerhalb des Sperrgebiets stand.«

Erstaunt und verwirrt sagte Dom: »Das ist unmöglich. Ich erinnere mich an keine Evakuierung. Ich war *hier*. Ich erinnere mich daran, gelesen und die Gegend durchstreift zu haben, weil ich dachte, daß sie einen guten Hintergrund für Kurzgeschichten abgeben würde ... aber diese Erinnerungen sind so dürftig, daß ich sie nicht für echt halte. Sie haben überhaupt keine Substanz. Aber jedenfalls war ich hier und nirgendwo anders, und mir wurde etwas Schlimmes angetan.« Er deutete auf das Polaroid-Foto. »Hier ist der Beweis dafür.«

Als Faye wieder das Wort ergriff, hörte sie sich noch steifer an als zuvor, und Dom bemerkte einen eigenartig glasigen Ausdruck in ihren Augen. »Bis die Entwarnung gegeben wurde, blieben Ernie und ich bei Freunden, die sechzehn Kilometer nordöstlich von hier in den Bergen eine kleine Ranch haben — Elroy und Nancy Jamison. Es war eine schwierige Aufgabe, die Autobahn von den ausgelaufenen Giftstoffen zu säubern. Die

Armee brauchte dafür mehr als drei Tage. Wir durften erst am Dienstagmorgen ins Motel zurückkehren.«

»Was ist mit Ihnen, Faye?« fragte Dom.

Sie blinzelte. »Häh? Was meinen Sie damit?«

»Sie hörten sich so an, als hätte man Sie mit diesen Sätzen ... programmiert.«

Sie sah ihn verständnislos an. »Wovon sprechen Sie eigentlich?«

Mit gerunzelter Stirn erklärte nun Ernie: »Faye, deine Stimme war plötzlich so ... so ausdruckslos.«

»Ich habe doch nur erzählt, was hier passiert ist.« Sie beugte sich etwas vor und deutete auf die Seite der Eintragungen vom Freitag. »Sehen Sie, wir hatten schon elf Zimmer belegt, als an jenem Abend die Interstate gesperrt wurde. Aber niemand hat etwas bezahlt, weil niemand hier geblieben ist. Alle wurden evakuiert.«

»Da steht Ihr Name — der siebte auf der Liste«, sagte Ernie.

Dom starrte auf seine Unterschrift und auf seine Adresse in Mountainview, Utah, wohin er damals gerade unterwegs gewesen war. Er konnte sich gut daran erinnern, die Eintragung gemacht zu haben, aber er konnte sich nicht im geringsten daran erinnern, noch am gleichen Abend wieder ins Auto gestiegen und weitergefahren zu sein, weil das Motel evakuiert werden mußte. »Haben Sie den Unfall — diesen LKW — selbst gesehen?«

Ernie schüttelte den Kopf. »Nein, der Tanklastwagen kippte mehrere Kilometer von hier entfernt um.« Er redete jetzt in dem gleichen mechanischen Tonfall wie zuvor seine Frau. »Die Militärexperten von Shenkfield befürchteten, daß die Chemikalien vom Wind verbreitet werden könnten, deshalb war das Sperrgebiet sehr groß.«

Erschrocken über die unbewußte Künstlichkeit in Ernies Stimme, blickte Dom zu Faye hinüber und stellte fest, daß der unnatürliche Ton ihres Mannes auch ihr aufgefallen war. »Genauso haben *Sie* sich eben angehört, Faye.« Dom wandte seinen Blick Ernie zu. »Sie sind beide mit dem gleichen Text programmiert worden.«

Faye runzelte die Stirn. »Wollen Sie damit sagen, daß sich dieser Unfall überhaupt nicht ereignet hat?«

»Er *hat* sich ereignet«, sagte Ernie, an Dom gewandt. »Wir

haben eine Zeitlang sogar die Berichte im ›Sentinel‹ — der Lokalzeitung von Elko — über den Unfall aufgehoben, aber irgendwann haben wir sie dann doch weggeworfen. Die Leute in dieser Gegend fragen sich jedesfalls immer noch, was wohl passiert wäre, wenn ein starker Wind uns mit diesem Zeug verseucht hätte, noch bevor die Evakuierung angeordnet werden konnte. Nein, der Unfall ist nicht nur etwas, das man Faye und mir bei einer Gehirnwäsche eingeredet hat.«

»Sie können auch Elroy und Nancy Jamison fragen«, sagte Faye. »Sie waren an jenem Abend bei uns zu Besuch, und als der Evakuierungsbefehl kam, boten sie uns an, wir könnten mitkommen und bei ihnen wohnen.«

Dom lächelte bitter. »Die Erinnerungen dieser Leute dürften auch nicht zuverlässig sein. Wenn sie zur kritischen Zeit hier waren, müssen sie dasselbe gesehen haben wie wir anderen auch, und bestimmt wurde auch ihr Gedächtnis manipuliert. Sie erinnern sich daran, Sie in ihre Ranch mitgenommen zu haben, weil sie programmiert worden sind, sich daran zu erinnern. In Wirklichkeit waren sie vermutlich ebenfalls hier und wurden wie wir alle einer Gehirnwäsche unterzogen.«

»Mir schwirrt der Kopf«, sagte Faye. »Das hört sich alles derart fantastisch an ...«

»Aber, verdammt, der Unfall und die Evakuierung *haben* stattgefunden!« rief Ernie. »Es stand ja in den Zeitungen.«

Dom kam plötzlich eine beunruhigende Idee, die seine Kopfhaut zum Prickeln brachte. »Und was, wenn an jenem Abend alle hier im Motel *tatsächlich* mit irgendeinem chemischen oder biologischen Kampfstoff verseucht wurden? Was, wenn nun Armee und Regierung das verheimlichten, um sich einen Pressewirbel, Millionen Dollar an Schadenersatzzahlungen und die Enthüllung höchst geheimer Informationen zu ersparen? Vielleicht sperrten sie die Autobahn und erklärten, daß alle evakuiert worden seien, während wir in Wirklichkeit *nicht* rechtzeitig gewarnt wurden. Und dann funktionierten sie das Motel zur Klinik um, entseuchten uns so gut wie möglich, löschten die Erinnerungen an den Vorfall aus unseren Gedächtnissen aus und programmierten uns mit falschen Erinnerungen, damit wir nie jemandem etwas von dieser Geschichte erzählen könnten.«

Einen Augenblick lang starrten sie einander in entsetztem Schweigen an. Nicht etwa deshalb, weil sich diese Schilderung völlig überzeugend anhörte. Das war nicht der Fall. Aber es war immerhin die erste Theorie, die sowohl ihre psychischen Probleme als auch die betäubten Menschen auf den Polaroid-Fotos irgendwie erklärte.

Dann begannen Ernie und Faye, Einwendungen zu machen. Ernie meldete sich als erster zu Wort: »Dann hätten sie doch eigentlich logischerweise unsere künstlichen Erinnerungen so genau wie möglich auf ihr Märchen von der gelungenen Evakuierung abstimmen müssen. Und genau das haben sie bei Faye und mir, bei den Jamisons und bei Ned und Sandy Sarver gemacht. Warum haben sie dann nicht bei Ihnen das gleiche getan? Warum hat man Sie mit völlig anderen Erinnerungen programmiert, die überhaupt nichts mit einer Evakuierung zu tun haben? Das war doch unvernünftig und riskant. Ich meine, gerade die großen Unterschiede zwischen unseren Erinnerungen sind doch ein Beweis dafür, daß Sie oder wir — oder auch wir alle — einer Gehirnwäsche unterzogen wurden.«

»Das ist nur eines der vielen Rätsel, die wir lösen müssen«, sagte Dom.

»Und Ihre Theorie hat einen weiteren Schwachpunkt«, fuhr Ernie fort. »Wenn wir mit irgendeiner biologischen Waffe verseucht wurden, hätten sie uns niemals nach drei Tagen gehen lassen. Sie hätten befürchtet, daß wir andere anstecken und eine Epidemie auslösen könnten.«

»Sie haben recht«, gab Dom zu. »Dann war es eben ein *chemischer* Kampfstoff, keine Viren oder Bakterien. Etwas, das sie abwaschen oder aus unseren Körpern ausscheiden konnten.«

»Das ergibt aber auch keinen Sinn«, meinte Faye. »Das Zeug, das in Shenkfield getestet wird, soll nämlich tödlich sein. Giftgas. Nervengas. Gräßliches Zeug. Wenn wir etwas davon abbekommen hätten, wären wir auf der Stelle tot gewesen, oder aber wir hätten schwere Gehirnschäden oder Verkrüppelungen davongetragen.«

»Vielleicht war es irgendein langsam wirkendes Gift«, sagte Dom. »Etwas, das Tumor, Leukämie oder andere Krankheiten erzeugt, die erst zwei, drei oder fünf Jahre nach der Verseuchung in Erscheinung treten.«

Diese schreckliche Vorstellung ließ alle wieder verstummen. Sie lauschten dem Ticken der Küchenuhr und dem Heulen des Windes vor den Fenstern, und sie fragten sich, ob sie vielleicht irgendwelche bösartigen Krankheiten schon in ihrem Körper hatten.

Schließlich sagte Ernie: »Vielleicht wurden wir verseucht und verfaulen jetzt langsam, aber eigentlich glaube ich das nicht. Schließlich werden in Shenkfield potentielle *Waffen* getestet. Und welchen Nutzen könnte eine Waffe haben, die den Feind jahrelang nicht tötet?«

»Überhaupt keinen«, mußte Dom zugeben.

»Und wie«, fuhr Ernie fort, »sollte eine chemische Verseuchung jenes fantastische Erlebnis erklären können, das Sie in Lomacks Haus in Reno hatten?«

»Ich habe keine Ahnung«, erwiderte Dom. »Aber nachdem wir jetzt wissen, daß diese ganze Gegend unter dem Vorwand einer Giftpanne von der Außenwelt abgeriegelt wurde — ob dieser Unfall nun wirklich stattgefunden hat oder nicht —, ist meine Theorie von der Gehirnwäsche viel einleuchtender. Wissen Sie, bisher konnte ich mir nicht erklären, wie jemand uns hätte überwältigen und gegen unseren Willen tagelang hier festhalten sollen. Aber die Quarantäne verschaffte ihnen die Zeit, die sie benötigten, um uns etwas vergessen zu lassen, das wir gesehen hatten. Sie brauchten deshalb auch keine Entdeckung zu fürchten. Jetzt wissen wir wenigstens in etwa, mit wem wir es zu tun haben ... Die US-Armee, vielleicht in Zusammenarbeit mit der Regierung, vielleicht auch im Alleingang, hat versucht, etwas geheimzuhalten, was sich hier ereignet hat — etwas, das sie tat, aber nicht hätte tun dürfen. Ich weiß nicht, wie es Ihnen geht — mir jedenfalls ist bei dem Gedanken, es mit einem so mächtigen und gnadenlosen Feind zu tun zu haben, alles andere als wohl zumute — wobei das noch sehr milde ausgedrückt ist.«

»Ein ehemaliger Soldat wie ich neigt natürlich immer dazu, die Armee schlechtzumachen«, sagte Ernie. »Aber Teufel sind diese Leute denn doch nicht. Wir dürfen uns nicht zu der einfachen Schlußfolgerung hinreißen lassen, daß wir Opfer einer verruchten Verschwörung rechtsgerichteter Kreise geworden sind. Dieser Blödsinn bringt paranoiden Schriftstellern und Hollywood Millionen ein, aber in der realen Welt ist das Böse subtiler, nicht so leicht zu erfassen. Wenn Armee- oder Regierungsvertreter die Verantwortung für das tragen, was mit uns geschehen ist, so brauchen diese Leute nicht unbedingt unmoralische Motive gehabt zu haben. Vermutlich sind sie überzeugt davon, das einzig Vernünftige getan zu haben.«

»Aber ob es nun vernünftig war oder nicht«, sagte Faye, »wir müssen jedenfalls herausfinden, was damals tatsächlich geschehen ist. Wenn uns das nicht gelingt, wird Ernies Nyctophobie mit Sicherheit immer schlimmer werden. Und Ihr Schlafwandeln ebenfalls, Dom. Und was dann?«

Sie wußten alle, ›was dann‹. ›Was dann‹ war eine Gewehrmündung im Mund — jener Ausweg, den Zebediah Lomack gewählt hatte.

Dom starrte auf das Melderegister, das vor ihm auf dem Tisch lag. Vier Spalten unter seinem eigenen Namen fiel ihm plötzlich eine andere Eintragung ins Auge, die ihn elektrisierte. Dr. Ginger Weiss. Und eine Adresse in Boston.

»Ginger«, murmelte er. »Der vierte Name auf jenen Mondpostern.«

Cal Sharkle, der Fernfahrer aus Chicago, der Mann mit den Zombie-Augen auf dem Foto, hatte sich vor Dr. Weiss eingetragen. Die ersten Gäste an jenem Abend waren dem Register zufolge Mr. und Mrs. Alan Rykoff mit Tochter gewesen, und Dom wäre jede Wette eingegangen, daß das die junge Familie war, die jemand vor der Tür von Nr. 9 fotografiert hatte. Zebediah Lomacks Name stand nicht im Register — vermutlich hatte er einfach das Pech gehabt, auf dem Weg von Reno nach Elko in der Imbißstube einzukehren. Einer der übrigen Namen konnte eventuell der des jungen Priesters auf dem anderen Polaroid-Foto sein, aber wenn dem so war, so hatte er ohne seinen geistlichen Rang unterschrieben.

»Wir werden uns mit all diesen Leuten unterhalten müssen«, sagte Dom aufgeregt. »Wir können gleich morgen früh damit beginnen, sie anzurufen, um herauszufinden, woran *sie* sich von jenen Julitagen noch erinnern.«

Chicago, Illinois

Durch seine eiserne Entschlossenheit und Hartnäckigkeit war es Brendan schließlich gelungen, Vater Wycazik dazu zu überreden, ihn am Montag allein nach Nevada reisen zu lassen, ohne

Monsignore Janney im Schlepptau, der immer und überall nach Wundern Ausschau halten würde.

Um zehn nach zehn schaltete Brendan das Licht in seinem Zimmer aus, lag auf der Seite im Bett und blickte zum Fenster hinüber, wo die mit einer dünnen Eisschicht bedeckte Scheibe in einem bleichen Licht schimmerte. Das Fenster ging auf den Hof hinaus, wo um diese Zeit keine Lampen brannten; Brendan wußte deshalb, daß es indirekter Mondschein war, der von der gefrorenen Scheibe reflektiert wurde. *Indirektes* Licht mußte es sein, weil der Mond vorhin durch die Arbeitszimmerfenster zu sehen gewesen war, und das Arbeitszimmer befand sich auf der anderen Seite des Pfarrhauses. Der Mond konnte nicht jetzt auf einmal über dem Hof stehen, es sei denn, er hätte plötzlich seine Bahn um neunzig Grad geändert, was natürlich unmöglich war. Während Brendan geduldig auf den Schlaf wartete, faszinierten ihn die zarten Muster, die von den indirekten Mondstrahlen auf der gefrorenen Scheibe erzeugt wurden, immer stärker; das Licht brach sich an jeder Stelle, wo zwei Eiskristalle zusammentrafen, und jeder Lichtstrahl zerfiel in Hunderte feinster Strahlen.

»Der Mond«, hörte er sich überrascht flüstern. »Der Mond.«

Allmählich begriff er, daß etwas Unheimliches vorging.

Anfangs war er einfach von der harmonischen Wechselwirkung zwischen Eis und Mondlicht fasziniert gewesen, aber allmählich steigerte sich diese Faszination zur magischen Anziehungskraft. Er konnte seinen Blick nicht von dem perlschimmernden Fenster abwenden. Es schien irgendeine undefinierbare Verheißung auszustrahlen, der Brendan ebensowenig widerstehen konnte wie ein Seemann dem Gesang der Sirenen. Er zog unwillkürlich einen Arm unter der Decke hervor und streckte ihn sehnsüchtig nach dem Fenster aus, obwohl es drei Meter entfernt war und er es vom Bett aus nicht berühren konnte. Die dunkle Silhouette seiner gespreizten Hand hob sich deutlich von der schimmernden Glasscheibe ab, und seine vergebliche Geste war Ausdruck eines tiefen Verlangens. Brendan verzehrte sich vor Sehnsucht nach dem Licht, nicht nach diesem Licht auf der Fensterscheibe, sondern nach dem goldenen Licht seiner Träume.

»Der Mond!« flüsterte er wieder und war von neuem erstaunt, seine eigene Stimme zu hören.

Sein Herzschlag wurde schneller. Er begann zu zittern.

Plötzlich ging mit dem zuckrigen Frost auf der Scheibe eine unerklärliche Veränderung vor. Die dünne Eisschicht schmolz von den Rändern der Scheibe aus zur Mitte hin. Nach wenigen Sekunden blieb nur noch ein Eiskreis von etwa 25 Zentimetern Durchmesser übrig, der in der Mitte eines ansonsten völlig durchsichtigen, trockenen, dunklen Glasrechtecks gespenstisch funkelte.

Der Mond.

Brendan wußte, daß das ein Zeichen war, obwohl er es weder verstand noch wußte, von wem oder was und woher es kam.

In der Weihnachtsnacht, als er in seinem Elternhaus in Bridgeport übernachtet hatte, mußte er einen Traum gehabt haben, in dem der Mond eine wichtige Rolle spielte, denn er hatte mit seinen lauten, panikartigen Schreien seinen Vater und seine Mutter aufgeweckt. Aber er hatte sich an diesen Traum nicht erinnern können. Seit damals hatte er, soviel er wußte, nicht wieder vom Mond geträumt, sondern nur noch von jenem mysteriösen Ort mit dem blendenden goldenen Licht, wo er die Nähe irgendeiner unglaublichen Offenbarung spürte.

Während er immer noch die Hand nach dem schimmernden Frostkreis auf der Fensterscheibe ausstreckte, wurde die Eisschicht immer leuchtender, so als liefe innerhalb der Eiskristalle irgendeine geheimnisvolle chemische Reaktion ab. Der Eismond schimmerte nicht mehr milchig, sondern war strahlend weiß wie Schnee in grellem Sonnenlicht; er wurde immer leuchtender und leuchtender, bis schließlich ein funkelnder Silberkreis auf dem Mond flammte.

Mit wild klopfendem Herzen, überzeugt davon, auf der Schwelle einer überwältigenden Epiphanie zu stehen, streckte Brendan seine Hand weiterhin dem Fenster entgegen, und er hielt erschrocken die Luft an, als plötzlich eine Lichtwelle von dem Frostmond ausstrahlte und über sein Bett fiel. Sie glich dem Strahl eines grellen Scheinwerfers. Während er in der jähen Helligkeit die Augen zusammenkniff und sich verwundert fragte, wie ganz normales Eis und Glas eine solch enorme Leuchtkraft erzeugen konnten, wurde das Licht hellrot, dann karmesinrot, dann scharlachrot. Die Bettlaken hatten die Farbe von geschmolzenem Stahl, und seine ausgestreckte Hand schien blutüberströmt zu sein.

Er wurde vom Gefühl eines *déjà vu* überwältigt, war überzeugt davon, daß er irgendwann einmal wirklich unter einem scharlachroten Mond gestanden hatte, von Kopf bis Fuß in blutiges Licht getaucht.

Obwohl er immer noch verstehen wollte, welcher Zusammenhang zwischen diesem seltsamen roten Licht und dem wundervollen goldenen Licht seiner Träume bestand, obwohl er sich immer noch von etwas Unbekanntem gerufen fühlte, das ihn in diesem Glanz erwartete, hatte er plötzlich Angst. Als die scharlachroten Strahlen immer intensiver wurden, als sein Zimmer sich in einen Kessel kalten roten Feuers und roter Schatten verwandelte, steigerte sich seine Angst zu grenzenlosem Entsetzen. Er zitterte wie Espenlaub, und kalter Schweiß trat ihm aus allen Poren.

Er zog seine Hand zurück, und das scharlachrote Licht verblaßte rasch zu Silber, und auch das Silber schwand dahin, bis der Eiskreis auf der Fensterscheibe nur noch durch die Reflexion des Januarmondes schwach schimmerte.

Als sein Zimmer wieder im Dunkeln lag, setzte Brendan sich auf und knipste hastig seine Nachttischlampe an. In Schweiß gebadet und immer noch zitternd wie ein Kind, das von fleischfressenden Monstern geträumt hat, ging er zum Fenster. Der Eiskreis war noch vorhanden, ein Abbild des Mondes auf der ansonsten eisfreien Glasscheibe.

Er hatte sich gefragt, ob das Licht vielleicht nur eine Halluzination oder ein Traum gewesen sein könnte; er wünschte sich fast, daß es wirklich nicht mehr als das gewesen wäre. Aber der Frostmond war vorhanden und bewies ihm, daß das, was er gesehen hatte, keine bloße Sinnestäuschung, sondern Realität gewesen war.

Zögernd berührte er das Glas. Er fühlte nichts Außergewöhnliches. Nur den bitterkalten Winter, der von der anderen Seite gegen die Scheibe drückte.

Dann bemerkte er zu seiner großen Bestürzung die geschwollenen Ringe auf seinen Handflächen. Er drehte seine Hände um und beobachtete, wie die Stigmata allmählich verschwanden.

Er kehrte ins Bett zurück. Lange Zeit saß er, ans Kopfende gelehnt, mit offenen Augen da und traute sich nicht, die Lampe auszuschalten und sich im Dunkeln zum Schlafen niederzulegen.

Elko County, Nevada

Ernie stand neben der Wanne im Bad und versuchte sich zu erinnern, was er in der Nacht zum Samstag, dem 14. Dezember, gedacht und empfunden hatte, als er jene schreckliche Halluzination von dem Motorradfahrer auf dem Dach gehabt hatte. Der Schriftsteller, Dominick Corvaisis, stand am Waschbecken und Faye auf der Türschwelle.

Die Deckenlampe und die Lampe über dem Spiegel tauchten den Raum in warmes Licht, das die Wasserhähne aus Chrom und den Schlauch der Dusche funkeln ließ und sogar dem Duschvorhang aus Plastik Glanz verlieh. Allmählich fiel Ernie alles wieder ein.

»Licht! Ich bin wegen des Lichts hierher gekommen. Meine Angst vor der Dunkelheit hatte damals ihren Höhepunkt erreicht, und ich versuchte, sie vor Faye zu verbergen. Ich konnte nicht einschlafen, deshalb schlüpfte ich aus dem Bett, kam hierher, schloß die Tür und *schwelgte* im Licht.« Er berichtete, wie sein Blick auf das Fenster über der Wanne gefallen war, wie er plötzlich von dem unvernünftigen Gedanken überwältigt worden war, unbedingt fliehen zu müssen. »Es ist schwer zu erklären. Verrückte Ideen schwirrten mir plötzlich durch den Kopf. Ich geriet aus unerfindlichen Gründen in Panik. Ich dachte: Dies ist meine einzige Fluchtchance, ich muß sie ergreifen, aus dem Fenster steigen, wegrennen ... von irgendeiner Ranch Hilfe holen.«

»Hilfe?« fragte Dom. »Weshalb benötigten Sie Hilfe? Warum hatten Sie das Gefühl, aus Ihrem eigenen Haus fliehen zu müssen?«

»Ich habe nicht die leiseste Ahnung«, erwiderte Ernie mit gerunzelter Stirn. Er erinnerte sich gut an seinen damaligen Zustand — jene unheimliche Mischung aus traumartiger Benommenheit und zwanghaftem Handeln. »Ich schob den Riegel zurück. Öffnete das Fenster. Vielleicht wäre ich wirklich hinausgeklettert, wenn ich nicht plötzlich draußen jemanden gesehen hätte. Auf dem Dach des Werkraums.«

»Wen?« fragte Dom.

»Es hört sich verrückt an, das weiß ich, aber es war ein Kerl in Motorradkleidung. Weißer Schutzhelm mit dunklem Visier. Schwarze Handschuhe. Er streckte eine Hand durchs Fenster, so als wollte er mich packen, und ich wich zurück und fiel über den Rand der Badewanne.«

»Ich hörte den Lärm und kam herbeigerannt«, warf Faye ein.

»Ich stand auf«, fuhr Ernie fort, »und schaute aus dem Fenster auf das Dach hinaus. Kein Mensch war zu sehen. Es war nur eine ... eine Halluzination gewesen.«

»In extremen Fällen von Phobien, wenn ein Mensch ständig unter Ängsten leidet, können Halluzinationen auftreten«, erklärte Faye.

Der Schriftsteller starrte das Fenster über der Wanne an, so als hoffte er, daß die unregelmäßige Milchglasstruktur ihm ein Geheimnis offenbaren würde. Schließlich sagte er: »Ich glaube nicht, daß es eine Halluzination war. Ich nehme vielmehr an, daß das, was Sie gesehen haben, Ernie, ein ... nun ja, so etwas wie ein Erinnerungsblitz war. Für einen Augenblick tauchten damals Ihre künstlich unterdrückten Erinnerungen an jene Tage im vorletzten Sommer aus der Tiefe Ihres Unterbewußtseins auf. Sie erlebten so eine Art Rückblende in jene Zeit, als Sie *tatsächlich* im eigenen Haus ein Gefangener waren und wirklich zu fliehen versuchten.«

»Und jener Mann auf dem Dach hat mich damals an der Flucht gehindert? Aber warum sollte er einen Motorradhelm getragen haben? Eigenartig, nicht wahr?«

Nachdenklich sagte Dom: »Ein Mann, der sich mit chemischen oder biologischen Kampfstoffen beschäftigen muß, würde mit Sicherheit einen Schutzanzug mit luftdichtem Helm tragen.«

»Aber falls sie wirklich solche Anzüge getragen haben, muß sich auch der Giftunfall tatsächlich ereignet haben«, sagte Ernie.

»Vielleicht«, sagte Dom. »Wir wissen noch zu wenig, um das endgültig entscheiden zu können.«

»Wenn uns allen aber, wie Sie vermuten, etwas angetan wurde«, wandte Faye ein, »wie kommt es dann, daß nur Sie und Ernie und dieser Mr. Lomack unter schlimmen Auswirkungen leiden? Warum habe dann *ich* keine Alpträume, keine psychologischen Probleme?«

Der Blick des Schriftstellers schweifte wieder zum Fenster. »Das weiß ich nicht. Auch das ist eine jener Fragen, auf die wir eine Antwort finden müssen, wenn wir jemals wieder ein normales Leben führen wollen.«

Von Connecticut nach New York

Nachdem sie die Geldsäcke aus dem Panzerwagen geholt hatten, legten Jack und seine Männer 15 Kilometer in den imitierten Fahrzeugen der Verkehrspolizei zurück und stellten diese Wagen sodann in einer Garage ab, die sie mit falschen Ausweisen gemietet hatten und wo ihre eigenen PKWs bereitstanden. Sie leerten die Geldsäcke auf den schmierigen Boden der Garage aus, zählten rasch ihre Beute und teilten sie unter sich auf. Jeder der fünf Männer erhielt eine Summe von etwa 350 000 Dollar in gebrauchten Scheinen, die nie identifiziert werden konnten.

Jack verspürte keinen Triumph, keine Hochstimmung. Nichts.

Fünf Minuten später waren die Männer in alle Winde zerstreut.

Als Jack sich auf die Rückfahrt nach Manhattan machte, begann es leicht zu schneien, aber es kam zu keinen Behinderungen auf dem Highway.

Während dieser Fahrt ging eine seltsame Veränderung mit ihm vor. Seine innere Leere machte Gefühlen Platz, die ihn zutiefst überraschten. Es hätte ihn nicht erstaunt, wenn Schmerz und Einsamkeit ihn übermannt hätten, denn Jenny war erst vor siebzehn Tagen gestorben. Was er jedoch empfand, waren *Schuldgefühle,* die von Minute zu Minute, von Kilometer zu Kilometer stärker wurden. Das gestohlene Geld im Kofferraum lastete mit einem Male so schwer auf seinem Gewissen, als wäre dies die allererste Straftat seines Lebens gewesen.

In all den acht Jahren minuziös geplanter und bravourös ausgeführter Einbrüche und Überfälle hatte er nie Gewissensbisse verspürt. Bis jetzt. Er hatte sich stets als gerechter Rächer gesehen. Bis jetzt.

Während er durch die windige Winternacht nach Manhattan unterwegs war, begann er sich als ganz gewöhnlicher Dieb zu sehen. Er versuchte, diese neuen Schuldgefühle abzuschütteln, aber sie hafteten an ihm wie Fliegenfänger.

So neu, wie sie ihm zunächst vorkamen, waren die Schuldgefühle jedoch nicht, das begriff er, als er gründlich über die ganze Sache nachdachte. Daß seine erfolgreichen Coups ihm sei Monaten keine Befriedigung mehr verschafft hatten, das mußte ein erstes Anzeichen verdrängter Gewissensbisse gewesen sein. Richtig aufgefallen war ihm das Ausbleiben von Triumphgefühl und Hochstimmung nach seinem Juwelenraub im vergangenen Oktober, und er hatte bisher geglaubt, seine Veränderung hätte damals begonnen. Aber als er sich jetzt zu einer genauen Selbstanalyse zwang, entdeckte er, daß er schon seit langer Zeit keine volle Erfüllung in seiner Arbeit gefunden hatte, daß der letzte Coup, der ihn wirklich hundertprozentig befriedigt hatte, der Einbruch bei McAllister in Marin County, nördlich von San Franzisco, im vorletzten Sommer gewesen war.

Normalerweise arbeitete er nur im Osten des Landes, in der Nähe von Jenny, aber Branch Pollard — der auch jetzt bei dem Überfall auf den Geldtransporter mit von der Partie gewesen war — hatte eine Zeitlang in Kalifornien gewohnt, und während dieses Aufenthalts am Pazifik hatte er von Avril McAllister gehört. Der Mann war ihm vorgekommen wie die sprichwörtliche Kuh, die nur darauf wartet, gemolken zu werden. McAllister, ein Großindustrieller mit einem Vermögen von 200 Millionen, wohnte in Marin County. Sein riesiges Grundstück war von Steinmauern umgeben, mit komplizierten elektronischen Sicherheitsanlagen ausgestattet und von Hunden bewacht. Aus verschiedenen Informationsquellen erfuhr Branch, daß McAllister seltene Briefmarken und Münzen sammelte — außerordentlich lohnende Diebesobjekte. Außerdem fuhr der Industrielle dreimal im Jahr nach Las Vegas, wo er bei einem einzigen Aufenthalt bis zu einer Viertelmillion verspielte, aber hin und wieder auch hohe Summen gewann; diese Gewinne ließ er sich immer bar auszahlen, um sie nicht versteuern zu müssen, und einen Teil dieses Bargeldes bewahrte er bestimmt in seinem Haus auf. Branch brauchte Jacks strategische Fähigkeiten und Elektronikkenntnisse, und Jack brauchte eine Luftveränderung, und so bereiteten sie den Einbruch gemeinsam vor und zogen noch einen dritten Mann hinzu.

Nach sorgfältigster Planung gelangten sie dann auch ohne Schwierigkeiten auf das Grundstück und ins Haus. Sie waren mit einem elektronischen Gerät ausgerüstet, welches das leise Ticken von Safezuhaltungen auffing und verstärkte, wodurch das Herausfinden der Kombination ein Kinderspiel war. Sicherheitshalber nahmen sie aber auch Werkzeuge zum Safeknacken und eine Plastikbombe mit. Das Problem war nur, daß McAllister keinen Safe hatte, sondern eine regelrechte *Stahlkammer*, die in eine Wand des riesigen Spielzimmers eingebaut war; die massive Tür aus rostfreiem Stahl hätte auch einer erstklassigen Bank alle Ehre gemacht. Jacks elektronisches Gerät war nicht empfindlich genug, um die Bewegungen der Zuhaltung durch 50 Zentimeter Stahl hindurch auffangen zu können. Mit der Plastikbombe hätte man jeden Safe aufsprengen können, nicht aber die Stahlkammer. Und ihre Werkzeuge kamen ihnen plötzlich wie die reinsten Spielzeuge vor.

Sie verließen das Haus ohne Briefmarken und Münzen, aber mit Sterlingsilber, einer vollständigen Sammlung Erstausgaben von Raymond Chandler und Dashiell Hammett, einigen Schmuckstücken, die Mrs. McAllister leichtsinnigerweise nicht in der Stahlkammer aufbewahrt hatte, sowie einigen anderen Gegenständen. Diese Sachen konnten sie für insgesamt 60000 Dollar — 20000 für jeden — verkaufen, was allerdings nicht einmal ihre Unkosten deckte, vom Zeitaufwand und der Mühe einmal ganz zu schweigen.

Trotz dieses Reinfalls hatte der Coup Jack großen Spaß gemacht. Nach ihrem erfolgreichen Verschwinden von McAllisters Grundstück nahmen er und Branch die Katastrophe von ihrer komischen Seite und lachten herzhaft darüber. Sie entspannten sich zwei Tage in der kalifornischen Sonne; danach fuhr Jack mit seinen 20000 Dollar nach Reno, weil er Lust hatte auszuprobieren, ob er beim Würfeln und bei Blackjack mehr Glück haben würde als bei dem Einbruch. Als er die Stadt 24 Stunden später wieder verließ, waren seine 20000 auf die erstaunliche Summe von 107455 Dollar angewachsen. In bester Stimmung beschloß er, seine Ferien zu verlängern; mit einem Mietwagen fuhr er quer durch das ganze Land nach New York zurück.

Als er nun, mehr als achtzehn Monate später, auf seiner Rückfahrt von Connecticut Manhattan erreichte, erkannte er, daß das Fiasko in McAllisters Haus seltsamerweise die letzte Unternehmung gewesen war, die ihn hundertprozentig befriedigt hatte. Danach hatte ein langer Weg ihn von blinder Unmoral über mehrere Zwischenstationen zum Wiedererwachen sittlicher Maßstäbe geführt, zum Bewußtsein unrechten Handelns.

Aber *warum*? Was hatte diesen Wandlungsprozeß ausgelöst? Darauf wußte er keine Antwort.

Er wußte nur, daß er nicht mehr imstande war, sich als melancholischen und romantischen Räuber zu sehen, dessen gerechte Mission es ist, das ihm und seiner Frau angetane Unrecht zu rächen. Er war nichts weiter als ein Dieb. Acht Jahre lang hatte er sich selbst etwas vorgemacht. Jetzt gestand er sich endlich ein, was er in Wirklichkeit war, und diese plötzliche Erkenntnis war schrecklich.

Daß er in letzter Zeit keinen Lebenszweck mehr sah, war schon schlimm genug. Viel schlimmer war jedoch die Einsicht, daß er *seit acht Jahren* keinen wirklich lohnenden Lebenszweck gehabt, diese Tatsache aber erfolgreich verdrängt hatte.

Er fuhr ziellos durch die Straßen von Manhattan, weil es ihm widerstrebte, in seine Wohnung zurückzukehren.

Nach kurzer Zeit fand er sich auf der Fifth Avenue wieder, und als er sich St. Patrick's näherte, gab er einem plötzlichen Impuls nach und parkte verbotenerweise auf dem Gehweg vor dem Hauptportal der riesigen Kathedrale. Er stieg aus dem Auto, ging zum Kofferraum, öffnete ihn und holte aus dem großen Plastikmüllsack ein halbes Dutzend gebündelter Zwanzigdollar-Pakete hervor.

Es war natürlich töricht, einen Wagen falsch geparkt an einer so auffälligen Stelle stehenzulassen, wenn man mehr als eine Drittelmillion gestohlenen Geldes im Kofferraum hatte, außerdem auch noch Waffen und ein illegal erworbenes SLICKS. Wenn ein Polizist nun anhielt, um einen Strafzettel auszustellen, aus irgendeinem Grund mißtrauisch wurde und darauf bestand, das Auto zu durchsuchen, würde Jack geliefert sein. Aber das war ihm im Augenblick ziemlich egal. In gewisser Weise war er ein toter Mann, der noch umherging, so wie Jenny lange Zeit eine tote Frau gewesen war, die noch atmete.

Obwohl er kein Katholik war, zog Jack eine der schweren, mit Reliefen verzierten Bronzetüren von St. Patrick's auf und betrat das Kirchenschiff. In den vorderen Bankreihen knieten betend einige Leute; ein alter Mann zündete eine Votivkerze an. Jack betrachtete ein Weilchen den prächtigen Baldachin über dem Hauptaltar, dann ging er zu den Opferstöcken für die Armen, zog die Bündel mit Zwanzigdollarscheinen unter seiner Winterjacke hervor, riß die Papierbanderolen auf und stopfte die Geldscheine in die Behälter, so als würfe er Abfall in Müllcontainer.

Als er gleich darauf die Granitstufen der Kirche hinabging, blieb er plötzlich abrupt stehen, denn irgendwie kam ihm die nächtliche Fifth Avenue verändert vor. Während vereinzelte große Schneeflocken träge im Schein der Straßenlaternen und der Autoscheinwerfer umherwirbelten, begriff Jack allmählich, daß er zum erstenmal seit seiner Rückkehr aus Mittelamerika wieder für die rätselhafte Faszination dieser Riesenstadt empfänglich war. Irgendwie kam sie ihm mit einem Male *reiner* vor als seit Jahren, und sogar die Luft schien frischer geworden zu sein.

Er wußte natürlich, daß die Stadt sich in den letzten Minuten nicht verändert hatte, daß es die gleiche Stadt war wie vor einer Stunde — oder wie am Vortag. Aber nach seiner Rückkehr aus Mittelamerika war er ein anderer Mann gewesen als jener, der fortgegangen war; er war einfach unfähig gewesen, an der Metropolis — und an allen anderen Werken der ihm verhaßten Gesellschaft — etwas Gutes zu sehen. Er hatte seine eigene verdorrte, ausgebrannte, verfaulte innere Landschaft auf die Stadt projiziert und sie deshalb nur noch als verkommen, degeneriert und trostlos empfunden.

Jack stieg wieder in seinen Camaro, fuhr zur Sixth Avenue, von dort zum Central Park, gelangte wieder auf die Fifth Avenue und fuhr sie scheinbar ziellos in südlicher Richtung entlang, bis die Presbyterianerkirche vor ihm auftauchte. Wieder parkte er auf dem Gehweg, holte Geld aus dem Kofferraum und ging in die Kirche hinein.

Hier gab es keine Opferstöcke wie in St. Patrick's, aber Jack entdeckte einen jungen Hilfsgeistlichen, der gerade dabei war, die Türen für die Nacht abzuschließen. Jack zog aus verschiedenen Taschen Bündel von Zwanzig- und Zehndollarscheinen hervor und gab sie dem verblüfften Geistlichen mit der Erklärung, er habe in den Casinos von Atlantic City ein Vermögen gewonnen.

Er hatte in den beiden Kirchen 30 000 Dollar geopfert. Aber das war nicht einmal ein Zehntel seines Anteils an dem Überfall auf den Panzerwagen, und diese Spenden vermochten seine Schuldgefühle nicht zu lindern. Im Gegenteil, seine Gewissensbisse wurden immer quälender. Der Geldsack im Kofferraum war für ihn etwas Ähnliches wie das unter Fußbodendielen begrabene Herz in der Poe'schen Erzählung — ein mahnender Verkünder seiner Schuld; und er wollte das Geld möglichst schnell loswerden, genauso wie Poes Erzähler möglichst schnell den belastenden Herzschlag seines zerstückelten Opfers zum Schweigen bringen wollte.

330000 Dollar waren noch übrig. Für einige New Yorker würde Weihnachten diesmal zweieinhalb Wochen nach dem eigentlichen Fest stattfinden.

Elko County, Nevada

Im vorletzten Sommer hatte Dom in Nr. 20 logiert. Er erinnerte sich gut daran, weil es das letzte Zimmer des L-förmigen Ostflügels des Motels war.

Ernie Blocks Neugier war noch stärker als seine Nyctophobie, deshalb beschloß er, Faye und Dom zum Zimmer zu begleiten. Alle drei hofften, daß beim Anblick der ihm bekannten Wände und Möbel in Dom irgendwelche Erinnerungen aufsteigen würden. Ernie ging zwischen Faye und Dom, die ihn an den Armen führten. Dom war froh über seine warme Jacke, denn der Nachtwind war eisig. Ernie hingegen nahm in seiner Angst vor der Dunkelheit die Kälte überhaupt nicht war; er kniff auf dem ganzen Weg die Augen fest zusammen, um die Schwärze wenigstens nicht sehen zu müssen.

Faye betrat das Zimmer als erste, schaltete die Lampen ein und schloß die Vorhänge. Dom folgte ihr mit Ernie, der seine Augen erst öffnete, nachdem Faye die Tür geschlossen hatte.

Sobald Dom die Schwelle überschritten hatte, überfiel ihn ein Gefühl der Beklemmung. Er ging zum Bett und betrachtete es aufmerksam. Er versuchte sich daran zu erinnern, wie er hilflos und unter Drogen hier gelegen hatte.

»Die Bettwäsche ist natürlich nicht dieselbe wie damals«, sagte Faye.

Auf dem Polaroid-Foto war der Zipfel eines Blumenmusters zu sehen gewesen. Der jetzige Bettbezug war braun und blau gestreift.

»Aber das Bett und die übrigen Möbel sind noch dieselben«, fügte Ernie hinzu.

Das Kopfende des Bettes war mit einem rauhen, etwas schäbigen braunen Stoff gepolstert. Die einfachen Nachttische hatten zwei Schubladen und ein abblätterndes Walnußfurnier. Die Lampenfüße waren Sturmlaternen nachempfunden: schwarzes Metall mit zwei Scheiben bernsteinfarbenen Rauchglases auf jeder Seite; der Stoffbezug der Lampenschirme hatte den gleichen

Bernstein-Farbton wie das Glas. Jede Lampe hatte zwei Birnen, von denen die unter dem Schirm befindliche den größten Teil der Helligkeit lieferte; die zweite Birne, im Lampenfuß, war wie eine Kerzenflamme geformt und spendete mattes, flackerndes Licht; sie diente fast ausschließlich zu Dekorationszwecken und sollte die Illusion einer echten Sturmlaterne verstärken.

Als Dom sich im Zimmer umsah, erinnerte er sich an alle Einzelheiten, und er hatte den Eindruck, als huschten Gespenster durch den Raum, fast zum Greifen nahe. In Wirklichkeit handelte es sich bei diesen Gespenstern um alptraumhafte Erinnerungen, die nicht den Raum bevölkerten, sondern aus den dunklen Winkeln seines Unterbewußtseins hervordrängten.

»Erinnern Sie sich an irgend etwas?« fragte Ernie. »Fallen Ihnen irgendwelche Vorkommnisse ein?«

»Ich möchte einen Blick ins Bad werfen«, sagte Dom.

Es war klein und rein zweckmäßig eingerichtet, mit einer Duschkabine, aber ohne Badewanne, getüpfeltem Fliesenboden und Ablagen aus widerstandsfähigem Formica.

Was Dom jedoch interessierte, war das Waschbecken, denn es mußte jenes aus seinen immer wiederkehrenden Alpträumen sein. Zu seiner großen Überraschung sah er jedoch einen verstellbaren Stöpsel. Und auch der Überlauf bestand aus drei runden Löchern und nicht aus den sechs rautenförmigen seiner Träume. »Es ist nicht dasselbe«, sagte er. »Das Waschbecken war alt und hatte einen Gummistöpsel an einer Kugelkette.«

»Wir haben es vor acht oder neun Monaten erneuert«, sagte Faye. »Auch die Formica-Ablagen sind neu, aber sie haben die gleiche Farbe wie die alten.«

»Nach und nach modernisieren wir alle Zimmer«, erklärte Ernie.

Dom war enttäuscht, denn er war überzeugt gewesen, daß ihm einiges aus jenen geraubten Tagen wieder einfallen würde, wenn er das Waschbecken berührte. Genau an dieser Stelle mußte ihm schließlich etwas Schreckliches widerfahren sein, und er hatte geglaubt, daß das Waschbecken als eine Art Blitzableiter für die spannungsgeladenen Erinnerungen in der Tiefe seines Unterbewußtseins dienen könnte, daß sie schlagartig in sein Gedächtnis durchbrechen würden. Er legte seine Hände auf das neue Waschbecken, spürte aber nur das kalte Porzellan.

»Fällt Ihnen etwas ein?« fragte Ernie wieder.

411

»Nein«, erwiderte Dom. »Keine Erinnerungen ... aber beklemmende Vibrationen. Ich glaube, mit der Zeit könnte das Zimmer die Blockaden niederreißen. Ich werde heute nacht hier schlafen, es auf mich einwirken lassen ... das heißt natürlich, wenn es Ihnen recht ist.«

»Kein Problem«, sagte Faye. »Das Zimmer gehört Ihnen.«

»Ich habe das Gefühl«, murmelte Dom, »daß der Alptraum hier noch viel schlimmer sein wird als jemals zuvor.«

Laguna Beach, Kalifornien

Obwohl Parker Faine einer der angesehensten lebenden Künstler Amerikas war, obwohl seine Gemälde von bedeutenden Museen angekauft wurden, obwohl er Aufträge für den Präsidenten und andere Prominente ausgeführt hatte, war er weder zu alt noch zu würdevoll, um seine Komplicenschaft mit Dominick Corvaisis zu genießen, obwohl der Ernst dieser Situation ihm durchaus bewußt war. Für einen erfolgreichen Künstler waren Reife, Ausdauer, Einfühlungsvermögen und überdurchschnittliche Beobachtungsgabe unerläßliche Voraussetzungen, aber man mußte sich zugleich auch gewisse kindliche Eigenschaften bewahren: Neugier, Naivität, Staunen über die Wunder dieser Welt und Abenteuerlust. Bei Parker waren diese kindlichen Charakterzüge noch stärker ausgeprägt als bei den meisten anderen Künstlern, und deshalb machte seine Rolle ihm direkt Spaß.

Jeden Tag, wenn er Doms Post abholte, tat er so, als hätte er nicht den leisesten Verdacht, daß er dabei beobachtet werden könnte, während er in Wirklichkeit aufmerksam nach irgendwelchen Verfolgern Ausschau hielt — Spionen, Polizisten oder sonstigen verdächtigen Gestalten. Aber er konnte nie jemanden entdecken.

Trotzdem traf er auch abends, wenn er sein Haus verließ, um in einer Telefonzelle — jedesmal einer anderen — auf Doms Anruf zu warten, gewisse Vorsichtsmaßnahmen: Er kurvte kilometerweit durch die Gegend, um eventuelle Verfolger abzuschütteln, bis er ganz sicher war, nicht beschattet zu werden.

Am Samstag erreichte er nach seinen üblichen Umwegen die für diesen Abend vereinbarte Telefonzelle neben einer Tankstelle. Es regnete stark, und die nassen, beschlagenen Plexiglasscheiben raubten Parker die Sicht auf die Außenwelt, schützten ihn aber gleichzeitig vor neugierigen Blicken.

Er trug einen Trenchcoat und einen regenundurchlässigen Khakihut, dessen Krempe er heruntergeklappt hatte, damit der Regen ablaufen konnte. Er kam sich direkt wie eine Figur aus einem Roman von John le Carré vor und fand das herrlich.

Pünktlich um neun klingelte das Telefon. Es war Dom. »Ich bin — genau wie ich vorhatte — am Spätnachmittag im Tranquility Motel eingetroffen. Das ist *der* Ort, Parker!«

Dom hatte eine ganze Menge zu berichten: sein bestürzendes Erlebnis im Tranquility Grille, Ernie Blocks Nyctophobie ... Mit allerhand Umschreibungen gab er Parker auch zu verstehen, daß die Blocks ebenfalls merkwürdige Polaroid-Fotos erhalten hatten.

Äußerste Vorsicht war geboten: Wenn sich im Tranquility Motel tatsächlich die vergessenen Ereignisse des vorletzten Sommers abgespielt hatten, waren die Telefongeräte der Blocks möglicherweise angezapft. Und wenn diese Abhörspezialisten etwas von Fotos hörten, wüßten sie, daß sich in ihrer Mitte ein Verräter befand, und dann würden sie diesen Mann bestimmt finden, und es kämen in Zukunft keine Botschaften und Fotos mehr.

»Ich habe auch Neuigkeiten«, sagte Parker. »Mrs. Wycombe, deine Verlegerin, hat auf das Band deines Anrufbeantworters gesprochen. Die Auflage von ›Twilight‹ ist noch einmal vergrößert worden, und jetzt sind 100 000 Exemplare im Buchhandel.«

»Großer Gott, das Buch habe ich ja total vergessen! Seit ich vor vier Tagen in Lomacks Haus war, habe ich an gar nichts anderes mehr gedacht als nur an diese verrückte Situation.«

»Mrs. Wycombe hat noch mehr gute Neuigkeiten für dich; du sollst sie so schnell wie möglich anrufen.«

»Das werde ich tun. Hast du in der Zwischenzeit irgendwelche interessanten Bilder entdeckt?« Dom fragte indirekt, ob weitere Fotos mit der Post gekommen waren.

»Nein, aber heute ist für dich ein Brief gekommen, der dich glatt aus den Latschen kippen läßt, alter Junge. Drei der Namen auf jenen Mondpostern in Lomacks Haus hast du ja identifiziert. Wie würde es dir gefallen zu erfahren, wer sich hinter dem vierten verbirgt?«

»Ginger? Ich habe ganz vergessen, dir das zu erzählen. Ihr Name steht im Melderegister des Motels. Dr. Ginger Weiss aus Boston. Ich will sie morgen anrufen.«

»Du hast mir zum Teil den Wind aus den Segeln genommen. Aber es wird dich bestimmt überraschen zu hören, daß du heute einen Brief von Dr. Weiss erhalten hast. Sie hat ihn am 26. Dezember an Random House geschickt, aber dort ist er leider lange liegengeblieben. Na ja, jedenfalls war sie fast am Ende, und dann hat sie zufällig ein Exemplar deines Romans in die Hände bekommen, dein Foto auf dem Schutzumschlag gesehen und das Gefühl gehabt, daß sie dich von irgendwoher kennt, daß du irgend etwas mit ihren Problemen zu tun hast.«

»Hast du den Brief bei dir?« fragte Dom aufgeregt.

Parker hielt ihn schon in der Hand. Er las ihn vor, wobei er zwischendurch flüchtig in die Dunkelheit hinausspähte.

»Ich werde sie sofort anrufen«, sagte Dom, als Parker fertig war. »Jetzt kann ich damit nicht mehr bis morgen früh warten. Dich rufe ich morgen abend um neun wieder an.«

»Wenn du vom Motel aus anrufst, wo die Telefone vermutlich angezapft sind, ist es sinnlos, daß ich zu irgendeiner Telefonzelle rase.«

»Du hast recht. Ich werde dich also bei dir zu Hause anrufen. Paß auf dich auf«, sagte Dom.

»Du auch.« Parker hängte mit gemischten Gefühlen den Hörer ein. Einerseits war er erleichtert darüber, daß die umständlichen Abendfahrten zu Telefonzellen nun ein Ende hatten, aber andererseits wußte er, daß er die Spannung vermissen würde.

Er trat aus der Telefonzelle in den Regen hinaus und war fast enttäuscht, als niemand auf ihn schoß.

Boston, Massachusetts

Pablo Jackson war an diesem Morgen beerdigt worden, aber Ginger Weiss verbrachte den ganzen Nachmittag und Abend sozusagen in seiner Gesellschaft, mit seinem lächelnden gütigen Gesicht vor Augen.

Sie hatte sich auf Baywatch in ihr Zimmer zurückgezogen und versuchte zu lesen, aber sie konnte sich nicht konzentrieren. Wenn sie einmal nicht von schmerzlichen Erinnerungen an den alten Hypnotiseur gequält wurde, fielen ihr unweigerlich ihre eigenen Probleme ein, und sie fragte sich verzweifelt, was jetzt wohl aus ihr werden würde.

Um Viertel nach zwölf ging sie zu Bett und wollte gerade die Nachttischlampe ausknipsen, als Rita Hannaby anklopfte und ihr sagte, daß Dominick Corvaisis am Telefon sei und daß sie den Anruf in Georges Arbeitszimmer, das neben dem Schlafzimmer der Hannabys lag, entgegennehmen könne. Ginger zitterte vor Aufregung, als sie in ihren Morgenmantel schlüpfte.

Das mit Eichenholz getäfelte Arbeitszimmer wirkte warm und gemütlich. Der chinesische Teppich war beige und grün gemustert, und die Glaslampe auf dem Schreibtisch war entweder eine echte Tiffany oder eine erstklassige Imitation.

Georges müde Augen verrieten, daß der Anruf ihn geweckt hatte. Seine Operationen begannen meistens früh am Morgen, deshalb ging er normalerweise gegen halb zehn zu Bett.

»Es tut mir leid«, entschuldigte sich Ginger.

»Keine Ursache«, erwiderte George. »Ist es nicht das, worauf wir die ganze Zeit gehofft haben?«

»Vielleicht«, sagte sie. Sie wollte sich keine vergeblichen Hoffnungen machen.

»Wir lassen Sie jetzt allein«, sagte Rita taktvoll.

»Nein, bitte bleiben Sie.« Ginger ging zum Schreibtisch, setzte sich und nahm den Hörer auf. »Hallo? Mr. Corvaisis?«

»Dr. Weiss?« Seine Stimme war kräftig, aber melodisch. »Mir zu schreiben war das Beste, was Sie tun konnten. Ich halte Sie keineswegs für verrückt. Sie sind nämlich nicht die einzige, Frau Doktor. Auch andere Menschen, darunter ich selbst, haben seltsame Probleme.«

Ginger wollte etwas sagen, aber ihre Stimme versagte. Sie räusperte sich. »Ich ... es tut mir leid ... ich ... ich ... heule sonst nicht so schnell.«

»Lassen Sie sich ruhig Zeit«, sagte Dom. »Inzwischen werde ich Ihnen von *meinem* Problem erzählen: Schlafwandeln. Und dann diese Träume ... vom Mond.«

Sie erbebte, halb vor Schrecken, halb vor Freude. »Der Mond!« rief sie. »Ich kann mich hinterher nie an diese Träume erinnern, aber der Mond muß darin vorkommen, denn ich schreie im Schlaf immer wieder ›der Mond!‹.«

Er erzählte ihr von einem Mann namens Lomack in Reno, den

seine Obsession vom Mond schließlich zum Selbstmord getrieben hatte.

Ein jäher Abgrund schien sich unter Ginger aufzutun, in dessen Tiefe unbekannte Schrecken lauerten.

»Man hat uns einer Gehirnwäsche unterzogen!« sprudelte sie hervor. »Unsere Probleme sind die Folge ausgelöschter Erinnerungen, die in unser Bewußtsein durchzubrechen versuchen.«

Kurze Zeit herrschte am anderen Ende der Leitung verblüfftes Schweigen. Dann sagte der Schriftsteller: »Das war auch meine Theorie, aber Sie scheinen ganz sicher zu sein.«

»Das bin ich auch. Nach meinem Brief an Sie unterzog ich mich einer Hypnosetherapie, und wir stießen dabei auf eindeutige Beweise für systematische Gedächtnismanipulation, bei der gewisse Erinnerungen ausgelöscht werden sollten.«

»Etwas ist uns im vorletzten Sommer widerfahren«, sagte er.

»Ja! Im vorletzten Sommer. Im Tranquility Motel in Nevada.«

»Von dort rufe ich an.«

»Sie halten sich *jetzt* dort auf?« fragte sie bestürzt.

»Ja. Und wenn irgend möglich, sollten auch Sie herkommen. Es ist eine ganze Menge passiert, und ich kann nicht das Risiko eingehen, Ihnen alles telefonisch zu erzählen.«

»Wer sind diese Leute?« fragte sie aufgeregt. »Was wollen sie geheimhalten?«

»Wir werden eine größere Chance haben, das herauszufinden, wenn wir alle zusammenarbeiten.«

»Ich komme! Gleich morgen, wenn ich so schnell einen Flug bekomme.«

Rita begann zu protestieren, daß Gingers Zustand eine Reise nicht zulasse. Georges Gesicht verdüsterte sich.

»Ich werde Sie wissen lassen, wann und wo ich ankomme«, sagte Ginger ins Telefon hinein.

Nachdem sie aufgelegt hatte, meinte auch George: »Sie können in Ihrem Zustand unmöglich einen so weiten Flug wagen.«

»Was ist, wenn Sie im Flugzeug plötzlich einen Anfall bekommen, gewalttätig werden?« unterstützte Rita ihren Mann.

»Das wird nicht passieren.«

»Sie hatten letzten Montag *drei* Anfälle hintereinander!«

Ginger seufzte und lehnte sich in dem grünen Lederstuhl zurück. »Rita, George, Sie beide waren einfach wundervoll zu mir, und ich werde Ihnen das nie vergelten können. Ich liebe Sie beide. Aber ich lebe nun schon fünf Wochen bei Ihnen, fünf Wochen, in denen ich eher ein hilfloses, abhängiges Kind denn ein erwachsener Mensch war — und ich vermag einfach nicht so weiterzumachen. Ich muß nach Nevada fliegen. Ich habe keine andere Wahl. Ich *muß* es einfach wagen!«

New York, New York

Einige Blocks von der Presbyterianerkirche entfernt, hielt Jack auf der Fifth Avenue erneut an, vor der Episkopalkirche St. Thomas. Im Kirchenschiff stehend, betrachtete er fasziniert den riesigen Altaraufsatz aus Deauville-Stein. Er begegnete den ehrfurchtgebietenden Blicken der Statuen in den halbdunklen Nischen entlang der Wände — Heilige, Apostel, die Heilige Jungfrau, Christus — und erkannte, daß die Religion einem tiefen Bedürfnis des Menschen entgegenkam, seine Schuld zu büßen und Vergebung seiner Sünden zu erlangen. Die Menschheit schien unfähig zu sein, ihre vollen sittlichen Möglichkeiten auszuschöpfen, ihre hohen Ideale auch tatsächlich zu verwirklichen, und viele Menschen, die sich dieser Unvollkommenheit schmerzhaft bewußt waren, würden vor Gewissensbissen verrückt werden, wenn sie nicht glauben könnten, daß ein Gott — ob nun Christus, Jahwe, Allah oder ein anderer — sie trotz ihrer Sündhaftigkeit gnädig annahm. Aber Jack selbst fand in der Kirche keinen Trost, keine Linderung seiner Schuldgefühle, auch nicht, als er 20 000 Dollar in den Opferstock für die Armen warf.

Er fuhr weiter, fest entschlossen, auch den Rest seines Anteils aus dem Panzerwagen-Coup loszuwerden. Nicht etwa, weil er glaubte, auf diese Weise auch seine Gewissensbisse loswerden zu können. Er hatte viel zuviel verbrochen, als daß er erwarten könnte, sich selbst in einer einzigen Nacht all seine Vergehen vergeben zu können. Aber er brauchte dieses Geld nicht mehr, er wollte es nicht mehr haben, und da er es andererseits nicht einfach in den Abfall werfen konnte, mußte er das verdammte Zeug eben verteilen.

Er hielt vor weiteren Kirchen an, und in allen, die nicht verschlossen waren, hinterließ er Geld.

In der Bowery überreichte er dem völlig fassungslosen Nachtposten der Heilsarmee 40 000 Dollar.

In der ersten Etage eines Hauses in der Bayard Street im nahegelegenen Chinatown fiel ihm ein Schild ins Auge, auf dem sowohl in chinesischer Schrift aus auch in Englisch stand: ALLIANZ GEGEN UNTERDRÜCKUNG CHINESISCHER MINORITÄTEN. Im Erdgeschoß befand sich eine altmodische Apotheke, die hauptsächlich Kräuter und pulverisierte Wurzeln verkaufte — die jahrtausendealten chinesischen Heilmittel. Die Apotheke war geschlossen, aber in einem Fenster des Büros der ›Allianz‹ brannte Licht. Jack läutete an der Tür im Erdgeschoß; er läutete und läutete, bis schließlich ein vornehm aussehender älterer Chinese herunterkam und sich durch eine kleine Türklappe mit ihm unterhielt. Als Jack erfuhr, daß das wichtigste Projekt der Allianz gegenwärtig die Rettung unmenschlich behandelter chinesischer Familien aus Vietnam war (sowie ihre Umsiedlung in die USA), reichte er dem Mann 20000 Dollar durch die Klappe. Der chinesische Gentleman verfiel vor Überraschung zunächst in seine Muttersprache, dann öffnete er die Tür und setzte sich dem kalten Winterwind aus, um dem großzügigen Spender die Hand zu schütteln. »Freund«, stammelte er, »Sie können gar nicht ermessen, wieviel Leid Ihre Gabe lindern wird.« Jack wiederholte leise: »Freund...« In diesem einzigen Wort und in dem warmen Händedruck des Orientalen fand er etwas wieder, das er für immer verloren geglaubt hatte: ein Gefühl der Zugehörigkeit, der Gemeinschaft und Kameradschaft.

Als er wieder im Auto saß, die Bayard Street hinauffuhr und dann nach rechts in die Mott Street abbog, mußte er am Straßenrand anhalten, weil er vor Tränen nichts mehr sehen konnte.

Er konnte sich nicht erinnern, jemals in seinem Leben so völlig durcheinander gewesen zu sein. Zum Teil weinte er, weil er glaubte, seine Schuld sei ein untilgbarer Schandfleck auf seiner Seele. Zum Teil waren es jedoch auch Freudentränen, weil er plötzlich vor Brüderlichkeit förmlich überströmte. Fast zehn Jahre hatte er außerhalb der menschlichen Gesellschaft gelebt, hatte sich geistig und seelisch völlig von der Welt abgekapselt. Jetzt aber verspürte er — zum erstenmal seit Mittelamerika — das Bedürfnis und den Wunsch nach Gemeinschaft mit anderen Menschen, und er wußte auch, daß er jetzt endlich wieder zur Freundschaft *fähig* sein würde.

Verbitterung war eine Sackgasse. Haß verletzte niemanden so

sehr wie den Hassenden selbst. Absonderung führte unweigerlich zu Einsamkeit.

In den letzten acht Jahren hatte er oft um Jenny geweint, und manchmal hatte er auch aus Selbstmitleid geweint. Aber die Tränen, die er *jetzt* weinte, waren anderer Art als alle früheren, denn es waren reinigende Tränen, läuternde Tränen, die seine Verbitterung und seinen Zorn wegschwemmten.

Er konnte die Ursache für seine plötzliche radikale Wandlung immer noch nicht verstehen. Er spürte jedoch, daß seine Entwicklung noch lange nicht abgeschlossen war und noch viele Überraschungen für ihn bereithalten würde. Er fragte sich, welches wohl seine endgültige Bestimmung sei und auf welchen Wegen er sie erreichen werde.

In jener Nacht in Chinatown war sein Herz endlich wieder von Hoffnung erfüllt.

Elko County, Nevada

Ned und Sandy Sarver konnten die Imbißstube zu zweit führen, weil beide harte Arbeit nicht scheuten, weil ihre Speisenauswahl klein war und nicht zuletzt, weil Ned als Koch in der US-Armee gelernt hatte, gutes Essen schnell und rationell zuzubereiten. Trotzdem war Ned abends immer heilfroh, daß Ernie und Faye den Motelgästen ein leichtes Frühstück aufs Zimmer brachten, so daß der Tranquility Grille erst zum Mittagessen öffnen mußte.

Während er am Samstagabend Hamburger, Pommes frites und Chili-Dogs vorbereitete, beobachtete Ned Sarver zwischendurch immer wieder Sandy bei der Arbeit. Er konnte ihr plötzliches Aufblühen immer noch nicht fassen. Sie hatte zehn Pfund zugenommen, und ihre Figur wies jetzt reizvolle weibliche Rundungen auf. Sie schlurfte auch nicht mehr mit hängenden Schultern und eingezogenem Kopf umher, sondern bewegte sich mit geschmeidiger Anmut und strahlte Lebensfreude und gute Laune aus.

Er war nicht der einzige Mann, der Augen für diese neue Sandy hatte. Manch einer der Fernfahrer studierte aufmerksam ihre Kurven, wenn sie Speisen oder Getränke servierte.

Bis vor kurzem war Sandy zu den Gästen zwar höflich, aber

doch sehr zurückhaltend gewesen. Auch das hatte sich geändert. Sie war zwar immer noch etwas schüchtern, aber sie ging auf die Späße der Fernfahrer ein und konnte dumme Bemerkungen erstaunlich schlagfertig parieren.

Zum erstenmal in den acht Jahren ihrer Ehe fürchtete Ned, daß er Sandy verlieren könnte. Er wußte, daß sie ihn liebte, und er sagte sich natürlich, daß die Veränderungen in ihrer äußerlichen Erscheinung und in ihrem Wesen durchaus keine negativen Auswirkungen auf ihre gegenseitige Beziehung zu haben brauchten, aber gerade das befürchtete er insgeheim doch.

Als Sandy an diesem Morgen nach Elko gefahren war, um Ernie und Faye vom Flughafen abzuholen, hatte Ned befürchtet, daß sie nicht zurückkommen würde. Vielleicht würde sie einfach immer weiterfahren, bis sie irgendeinen Ort fand, der ihr besser gefiel als Nevada, bis sie einem Mann begegnete, der besser aussah und erfolgreicher war als er selbst. Er wußte, daß er Sandy mit solchem Mißtrauen unrecht tat, daß sie ihm treu war und ihn nie im Stich lassen würde. Und dennoch hatte er Angst, sie zu verlieren — vielleicht, weil er von jeher geglaubt hatte, daß Sandy einen besseren Mann als ihn verdient hätte.

Um halb zehn, als der große Andrang zur Abendessenszeit vorbei war und nur noch sieben Gäste das Lokal bevölkerten, kamen Faye und Ernie mit jenem dunkelhaarigen, gutaussehenden Mann herein, der sich am frühen Abend so eigenartig aufgeführt hatte — zuerst war er völlig geistesabwesend herumgelaufen, und dann war er plötzlich davongerannt, als würde er von Höllenhunden gehetzt. Ned fragte sich, wer dieser Kerl wohl sein mochte, woher er Faye und Ernie kannte und ob die Blocks wußten, daß ihr Freund ein bißchen sonderbar war.

Ernie wirkte blaß und mitgenommen, und Ned hatte den Eindruck, als versuche sein Boß nach besten Kräften, den Fenstern den Rücken zuzukehren. Und als er Ned grüßend zuwinkte, zitterte seine Hand heftig.

Faye und der Fremde nahmen einander gegenüber Platz, und an den Blicken, die sie Ernie zuwarfen, konnte man erkennen, daß sie seinetwegen sehr besorgt waren. Dabei sahen sie selbst ziemlich erschöpft aus.

Irgend etwas mußte passiert sein. Ned war über Ernies Zustand so bestürzt, daß er für kurze Zeit seine Befürchtungen, Sandy könnte ihn verlassen, völlig vergaß. Als er dann aber sah, daß sie ungewöhnlich lange am Tisch der Blocks stehenblieb, als sie deren Bestellung notierte, war er sofort wieder beunruhigt. Von seinem Standort hinter der Theke konnte er nicht hören, was am Tisch gesprochen wurde, zumal ein Hamburger und zwei Eier laut in der Pfanne zischten. Aber er hatte den Eindruck, als zeige der Fremde auffälliges Interesse an Sandy und als sei sie beeindruckt von dessen gewandtem Auftreten. Er sagte sich, daß das nur blinde Eifersucht sei, totaler Blödsinn. Aber der Bursche sah nun einmal gut aus, und er war jünger als Ned und offensichtlich erfolgreich, genau der Typ Mann, mit dem sie eigentlich durchbrennen *sollte*, weil sie dann viel mehr vom Leben hätte, als Ned ihr je zu bieten vermochte.

Ned Sarver hielt nicht sehr viel von sich selbst. Er war nicht gerade häßlich, aber besonders anziehend sah er auch nicht aus. Sein braunes Haar lichtete sich über der Stirn und an den Schläfen, und Geheimratsecken wirkten nur sexy, wenn man Jack Nicholson war. Seine hellgrauen Augen hatten in seiner Jugendzeit eine gewisse Anziehungskraft auf Frauen gehabt, aber jetzt wirkten sie nur noch farblos und müde. Er war nicht reich und würde auch nie zu Reichtum kommen. Mit 42 — er war zehn Jahre älter als Sandy — war es höchst unwahrscheinlich, daß ihm einmal der ganz große, unerwartete Durchbruch zum Erfolg gelingen würde.

Während er diese unerbittliche Selbstkritik übte, beobachtete er, wie Sandy sich endlich vom Tisch des Fremden entfernte und zu ihm an die Theke kam. Mit eigenartig verwirrtem Gesichtsausdruck gab sie ihm den Bestellzettel und fragte: »Wann schließen wir? Um zehn oder um halb elf?«

»Um zehn.« Ned deutete mit dem Kopf auf die wenigen Gäste. »Ist ja kaum was los heute abend.«

Sie nickte wortlos und ging rasch wieder zu Faye, Ernie — und zu dem Fremden.

Neds Befürchtungen nahmen zu. Soweit er das selbst beurteilen konnte, hatte er Sandy nur dreierlei zu bieten. Erstens war er ein wirklich guter Koch für Schnellgerichte und konnte deshalb immer problemlos eine Anstellung mit halbwegs ordentlichem Gehalt finden. Zweitens hatte er ein Talent für Reparaturen aller Art. Wenn ein Toaster, Mixer oder Radioapparat kaputt war, machte sich Ned mit seinem Werkzeugkasten an die Arbeit, und kurze Zeit später funktionierte das Gerät wieder. Diese Begabung erstreckte sich auch auf Lebewesen: Wenn er etwa einen völlig verängstigten Vogel mit gebrochenem Flügel fand, beruhigte er ihn durch behutsames Streicheln, nahm ihn mit nach Hause, pflegte ihn gesund und ließ ihn dann wieder frei. Auf dieses Talent war Ned ziemlich stolz. Und drittens liebte er Sandy mit Leib und Seele.

Während er die von Faye, Ernie und dem Fremden bestellten Gerichte zubereitete, blickte er immer wieder zu Sandy hinüber und war sehr überrascht, als sie zusammen mit Faye alle Jalousien herunterzulassen begann.

Etwas Ungewöhnliches war im Gange. Sandy kehrte an Ernies Tisch zurück und unterhielt sich wieder mit dem gutaussehenden Fremden.

Irgendwie kam es ihm selbst wie eine Ironie des Schicksals vor, daß er befürchtete, Sandy zu verlieren, denn zweifellos hatte sein Talent, Dinge und Lebewesen wiederherzustellen, zu Sandys Verwandlung vom häßlichen Entlein zum stolzen Schwan beigetragen. Als Ned sie in einem Restaurant, wo sie beide arbeiteten, kennengelernt hatte, war sie nicht nur befangen und zurückhaltend, sondern geradezu krankhaft schüchtern und verängstigt gewesen. Sie war eine ausgezeichnete Arbeitskraft und eine gute Kollegin; sie half anderen Kellnerinnen bereitwillig aus, wenn diese mit den Bestellungen nicht nachkamen, aber sie hatte zu niemandem näheren Kontakt. Dieses blasse, geduckte dreiundzwanzigjährige Mädchen — die Bezeichnung ›Frau‹ paßte irgendwie nicht zu Sandy — ging jeder Freundschaft aus dem Weg, weil es Angst hatte, enttäuscht und verletzt zu werden. Sobald Ned diese verschreckte kleine graue Maus gesehen hatte, war in ihm der Wunsch erwacht, ihr zu helfen, ihr Leben in Ordnung zu bringen. Mit unerschöpflicher Geduld begann er sich mit ihr zu beschäftigen, so behutsam, daß sie anfangs sein Interesse an ihr überhaupt nicht bemerkte.

Neun Monate später hatten sie geheiratet, obwohl Neds ›Instandsetzungsarbeiten‹ an Sandy noch keineswegs zum vollen Erfolg geführt hatten. Ned hatte nie zuvor einen Menschen mit so schlimmen seelischen Schäden kennengelernt, und manchmal dachte er resigniert, daß es ihm nie gelingen würde, sie vollständig zu heilen, daß sein ganzes Leben nicht ausreichen würde, um sichtbare Fortschritte zu erzielen.

Trotzdem *hatte* er in den ersten sechs Jahren einen — wenn

auch nur irrsinnig langsamen — Heilungsprozeß beobachten können. Sandy hatte einen klaren Verstand, aber emotional war sie völlig zurückgeblieben; es fiel ihr wahnsinnig schwer, Gefühle auszudrücken und an Zuneigung zu glauben.

Erste Hinweise auf eine entscheidende Wende zum Besseren hatte Ned schließlich im vorletzten Sommer an ihrer veränderten Einstellung zur Sexualität feststellen können. Sie war nie prüde gewesen und hatte fantastische Kenntnisse auf sexuellem Gebiet, aber sie selbst blieb dabei immer so teilnahmslos wie ein Roboter. Lust schien für sie ein Fremdwort zu sein. Ned hatte nie eine Frau gekannt, die im Bett so still war wie Sandy. Er vermutete, daß ihr in der Kindheit etwas Schlimmes angetan worden war, und er versuchte immer wieder, sie zum Sprechen zu bringen, aber sie blieb unerschütterlich bei ihrer Meinung, es sei besser, die Vergangenheit ruhen zu lassen, und er spürte, daß sein beharrliches Drängen sie sogar dazu treiben könnte, ihn zu verlassen; er stellte deshalb seine Fragen ein, obwohl es schwierig war, jemandem zu helfen, wenn man an die Ursache nicht herankam.

Und dann, Ende August des vorletzten Sommers, begann sie sich im Bett allmählich anders zu verhalten. Es waren anfangs keine dramatischen Veränderungen, kein plötzlicher Ausbruch lange unterdrückter Leidenschaften. Sie war beim Liebesakt einfach etwas entspannter als früher, und manchmal lächelte sie dabei oder flüsterte seinen Namen.

Zur Weihnachtszeit jenes Jahres lag sie dann nicht mehr völlig passiv und steif auf dem Bett, sondern bemühte sich, sich seinem Rhythmus anzupassen und die Erfüllung zu finden, die ihr immer versagt geblieben war.

Ganz allmählich gelang es ihr, die Ketten abzustreifen, die sie zur Frigidität verdammt hatten. Und am 7. April letzten Jahres — eine Nacht, die Ned niemals vergessen würde — erlebte Sandy schließlich ihren ersten Orgasmus. Es war eine Klimax von solcher Heftigkeit, daß sie Ned einen Moment lang sogar ängstigte. Hinterher weinte sie vor Glück und schmiegte sich mit solcher Dankbarkeit, Liebe und solchem Vertrauen an ihn, daß auch ihm Tränen in die Augen traten.

Er dachte, daß sie nach diesem Durchbruch endlich in der Lage sein würde, über die Ursache ihres jahrelangen Leidens zu sprechen, aber als er behutsam danach fragte, erklärte sie ihm:

»Was vorbei ist, ist vorbei. Es wäre sinnlos, die Vergangenheit heraufzubeschwören. Wenn ich darüber spreche, gewinnt sie möglicherweise neue Gewalt über mich.«

Im Laufe des Frühjahrs und Sommers verschaffte der Liebesakt ihr immer häufiger volle Befriedigung, und seit September erlebte sie fast jedesmal einen Orgasmus. Und an Weihnachten — vor weniger als drei Wochen — wurde es ganz deutlich, daß ihre sexuelle Entwicklung nicht die einzige Veränderung war, sondern von aufkeimendem Selbstbewußtsein und zaghafter Selbstachtung begleitet wurde.

Lange Jahre hindurch war Autofahren ihr ein Greuel gewesen, aber parallel zu ihrer sexuellen Entwicklung fand sie auch daran allmählich immer mehr Gefallen. Anfangs äußerte sie nur schüchtern den Wunsch, auf der Fahrt zur Arbeit selbst am Steuer zu sitzen, aber inzwischen fuhr sie oft allein mit dem Lieferwagen durch die Gegend. Manchmal stand Ned am Fenster und beobachtete, wie sein geheiltes Vögelchen gleichsam die Flügel ausbreitete und davonflog, und er freute sich von Herzen darüber, verspürte aber zugleich ein ihm selbst unerklärliches Unbehagen.

Um Neujahr herum verdichtete sich das vage Unbehagen dann zur ständigen Angst, deren Ursache er inzwischen begriff: Er befürchtete, daß Sandy eines Tages davonfliegen und nicht mehr zu ihm zurückkommen würde.

Vielleicht war es jetzt soweit, vielleicht würde sie ihn mit dem Fremden verlassen, mit diesem Bekannten der Blocks.

Ich mache mich völlig unnötig verrückt, bilde mir totalen Blödsinn ein, dachte Ned, während er drei Hamburger auf den Grill legte. Ich weiß ganz genau, daß meine Befürchtungen unbegründet sind.

Aber er konnte einfach nichts dagegen tun.

Bis die Cheeseburger mit Beilagen für die Blocks und ihren Freund fertig waren, hatten alle anderen Gäste das Lokal verlassen. Während Sandy das Essen servierte, schloß Faye die Tür ab und schaltete die Leuchtschrift GESCHLOSSEN ein, die auf der I-80 zu sehen war, obwohl es noch nicht zehn Uhr war.

Ned ging zum Tisch hinüber, weil er sich den Fremden einmal genauer ansehen und ihm gleichzeitig zu verstehen geben wollte, daß Sandy zu ihm — Ned — gehörte. Überrascht stellte er fest, daß Sandy eine Flasche Bier vor sich stehen hatte und auch für ihn schon eine geöffnet hatte. Er trank nicht viel und Sandy noch weniger.

»Du wirst es brauchen, wenn du hörst, was sie uns zu sagen haben«, meinte Sandy. »Ich glaube sogar, du wirst *noch* ein paar Flaschen vertragen können.«

Der Fremde hieß Dominick Corvaisis, und als er seine unglaubliche Geschichte erzählte, vergaß Ned schlagartig seine Befürchtungen in bezug auf Sandy. Danach hatten Ernie und Faye eine genauso fantastisch anmutende Geschichte auf Lager, und nun erfuhr Ned auch zum erstenmal etwas von Ernies Angst vor der Dunkelheit.

»Aber ich erinnere mich doch an diese Evakuierung«, sagte Ned. »Wir können uns nicht jene drei Tage im Motel aufgehalten haben, weil ich mich daran erinnern kann, daß wir zu Hause so eine Art Kurzurlaub hatten — wir sahen viel fern und lasen Louis L'Amour.«

»Ich glaube, daß das falsche Erinnerungen sind, die man Ihnen bei der Gehirnwäsche eingeimpft hat«, erklärte Corvaisis. »Hat jemand Sie während dieser Zeit in Ihrem Wohnwagen besucht? Irgendwelche Nachbarn? Jemand, der bestätigen könnte, daß Sie tatsächlich dort waren?«

»Unser Wohnwagen steht etwas außerhalb von Beowawe, wir haben deshalb keine richtigen Nachbarn. Soweit ich mich erinnern kann, haben wir niemanden gesehen, der beschwören könnte, daß wir dort waren.«

»Ned«, sagte Sandy, »sie haben gefragt, ob einer von uns beiden zuletzt irgend etwas Auffälliges an sich beobachtet hat.«

Ned schaute seiner Frau in die Augen und gab ihr wortlos zu verstehen, daß er ihr die Entscheidung überließ, ob sie den anderen etwas von ihrer erstaunlichen Veränderung erzählen wollte oder nicht.

»Sie beide waren ja an jenem Abend hier«, sagte Corvaisis. »Was auch immer damals geschehen sein mag — es fing jedenfalls an, während ich hier aß. Sie müssen es also miterlebt haben. Aber die Erinnerungen wurden Ihnen geraubt.«

Der Gedanke, daß Fremde sein Gehirn manipuliert haben könnten, ließ Ned plötzlich frösteln. Mit großem Unbehagen betrachtete er die fünf Polaroid-Fotos, die Faye auf dem Tisch ausgebreitet hatte — besonders jene Aufnahme, auf der Corvaisis mit leichenhaft leerem Blick zu sehen war.

Faye wandte sich unterdessen an Sandy. »Ernie und ich hätten blind sein müssen, um Ihre plötzliche Veränderung nicht zu bemerken. Ich will Sie nicht in Verlegenheit bringen, und ich möchte auch meine Nase nicht in fremde Angelegenheiten stekken, aber wenn Ihre Verwandlung irgend etwas mit dieser mysteriösen Geschichte zu tun haben könnte, sollten Sie uns davon erzählen.«

Sandy griff nach Neds Hand. Ihre Liebe zu ihm war so offenkundig, daß Ned sich seines lächerlichen Mißtrauens von vorhin schämte.

Sie starrte angestrengt auf ihr Bier. »Den größten Teil meines Lebens hindurch«, sagte sie, »hatte ich die niedrigste Meinung von mir. Ich werde Ihnen auch den Grund dafür erzählen, denn Sie müssen wissen, wie schlimm meine Kindheit war, um begreifen zu können, welch ein Wunder es ist, daß ich inzwischen etwas Selbstachtung gewonnen habe. Es war Ned, der mir als erster Mut machte, an mich glaubte, mir die Chance gab, jemand zu sein.« Sie hielt seine Hand noch fester. »Es ist jetzt fast neun Jahre her, daß er anfing, mir den Hof zu machen, und er war der erste Mensch, der mich je wie eine Dame behandelte. Er hat mich geheiratet, obwohl er wußte, daß ich innerlich mit einer Unmenge komplizierter Knoten gefesselt war, und er hat acht Jahre lang sein Bestes getan, um diese Knoten zu entwirren. Er glaubt, ich weiß nicht, wie sehr er sich bemüht hat, mir zu helfen, aber ich weiß es nur zu gut.«

Ihre Stimme zitterte. Sie verstummte und trank einen Schluck Bier.

Ned konnte kein Wort hervorbringen.

»Ich erzähle Ihnen das«, fuhr Sandy fort, »weil ich möchte, daß Sie etwas verstehen. Vielleicht hat jenes Ereignis vom vorletzten Sommer, an das sich keiner von uns erinnern kann ... vielleicht hat es *wirklich* große Auswirkungen auf mich gehabt. Aber wenn Ned mich nicht vor vielen Jahren unter seine Fittiche genommen hätte, hätte ich niemals auch nur eine Chance gehabt.«

Neds Kehle war wie zugeschnürt, und vor Liebe wollte ihm fast das Herz im Leib zerspringen.

Sie warf ihm einen zärtlichen Blick zu, aber als sie anfing, von ihrer Kindheit in der Hölle zu berichten, starrte sie wieder auf die Bierflasche. Sie beschrieb die Vergewaltigungen durch ihren

Vater nicht in allen Einzelheiten, und noch kürzer faßte sie sich, als sie erzählte, wie sie von ihrem Vater als Kind von Zeit zu Zeit in Las Vegas zur Prostitution gezwungen worden war. Ihr Bericht war um so erschütternder, weil sie selbst kein Drama daraus machte. Alle lauschten in tiefem Schweigen, das außer von Entsetzen über diesen ungeheuerlichen Mißbrauch eines Kindes auch von tiefem Mitleid und von Respekt für ihre Kraft geprägt war.

Als Sandy schließlich alles erzählt hatte, schloß Ned sie in die Arme und hielt sie fest umschlungen. Er hatte immer gespürt, daß sie ein ganz besonderer Mensch war, und nachdem er nun endlich wußte, was ihr in der Kindheit angetan worden war, liebte und bewunderte er sie nur noch mehr. Und er war froh, daß sie endlich darüber sprechen konnte, denn das bedeutete, daß sie ihre schreckliche Vergangenheit wirklich bewältigt hatte.

Alle konnten jetzt ein weiteres Bier gebrauchen. Ned holte fünf Flaschen Dos Equis aus dem Kühlschrank und stellte sie auf den Tisch.

Corvaisis, in dem Ned jetzt keinen Nebenbuhler mehr sah, schüttelte blinzelnd den Kopf, so als wollte er sich aus dem schrecklichen Bann von Sandys Geschichte lösen. »Das stellt alles völlig auf den Kopf«, sagte er sodann. »Ich meine damit — jenes Erlebnis, an das wir uns nicht erinnern können, hatte doch für alle anderen offenbar *eine* grundlegende Auswirkung — *Schrecken*. Sicher, irgendwie war diese Sache für mich auch segensreich, denn sie lockte mich aus meinem Schneckenhaus hervor; das habe ich mit Sandy gemeinsam. Aber Ernie, Dr. Weiss, Lomack und ich selbst ... wir leiden alle unter irgendwelchen schrecklichen Ängsten. Und nun erzählt uns Sandy, daß dieses mysteriöse Erlebnis für sie *ausschließlich* positive Auswirkungen hatte. Wie ist es nur möglich, daß die Folgen für uns so verschieden sind? Und Sie haben wirklich keinerlei Angstgefühle, Sandy?«

»Nein.«

Ernie hatte bisher die ganze Zeit mit hochgezogenen Schultern und gesenktem Kopf da gesessen, so als wollte er seinen Nacken vor einem Angriff schützen. Nun lehnte er sich aber zurück und entspannte sich ein wenig. »Ja, Angst ist der Kern der Sache. Aber erinnern Sie sich an jenen Ort an der I-80, von dem ich Ihnen erzählt habe — nicht weit von hier entfernt? Ich bin sicher, daß dort etwas Unheimliches passiert ist, das irgendwie mit der Gehirnwäsche zusammenhängt. Aber als ich an jenem Ort stand, verspürte ich nicht nur Angst. Ich hatte rasendes Herzklopfen ... ich war aufgeregt ... aber es war keine ausschließlich *unangenehme* Erregung. Angst ist ein Teil der Empfindung, vielleicht sogar der überwiegende Teil, aber es spielen auch verschiedene andere Gefühle mit hinein.«

»Ich glaube, ich weiß, von welchem Ort Ernie spricht«, sagte Sandy. »Ich vermute, es ist derselbe Ort, an dem ich oft unvermutet lande, wenn ich mit dem Lieferwagen losfahre. Irgend etwas *zieht* mich dorthin.«

Ernie beugte sich aufgeregt vor. »Ich wußte es! Als wir heute morgen auf dem Weg vom Flughafen an dieser Stelle vorbeikamen, sind Sie plötzlich langsamer gefahren, und ich sagte mir: ›Sandy spürt es auch.‹«

»Sandy, was fühlen *Sie* an jenem Ort?« fragte Faye.

Ein warmes Lächeln breitete sich auf Sandys Gesicht aus. »Frieden! Es ist schwer zu erklären ... aber Felsen, Bäume und Erde — alles scheint Harmonie und Ruhe auszustrahlen.«

»Auf mich strahlt dieser Ort keinen Frieden aus«, sagte Ernie. »Angst ... eine seltsame Erregung ... ein unheimliches Gefühl, daß etwas ... etwas Ungeheuerliches geschehen wird ... etwas, wonach ich mich sehne, obwohl es mich gleichzeitig fast zu Tode ängstigt.«

»Das alles fühle *ich* dort nun wieder nicht«, sagte Sandy.

»Wir sollten alle miteinander hingehen«, schlug Ned vor, »um festzustellen, ob dieser Ort auch auf uns andere irgendeine besondere Wirkung ausübt.«

»Morgen früh«, meinte Corvaisis. »Wenn es hell ist.«

»Daß jenes mysteriöse Ereignis für jeden von uns andere Auswirkungen hat, könnte ich mir allenfalls noch vorstellen«, sagte Faye. »Aber mir ist völlig unerklärlich, wie es Doms und Sandys und Ernies Leben ändern könnte — und ebenso das Leben von diesem Mr. Lomack in Reno und das von Dr. Weiss in Boston —, aber gleichzeitig für Ned und mich überhaupt keine Folgen hatte. Warum haben *wir* keinerlei Probleme?«

»Vielleicht ist die Gehirnwäsche bei Ihnen und Ned besser gelungen als bei uns«, meinte Dom.

Diese Vorstellung jagte Ned wieder einen kalten Schauer über den Rücken.

Eine Zeitlang diskutierten sie ihre Situation, und dann schlug Ned vor, daß Corvaisis versuchen solle, den genauen Ablauf jenes Freitagabends zu rekonstruieren, bis hin zu dem Punkt, wo seine Erinnerungen abrupt abbrachen. »Sie erinnern sich besser als wir an den ersten Teil des Abends. Und als Sie vor ein paar Stunden zum erstenmal hier hereinkamen, waren Sie nahe daran, sich an etwas Bedeutsames zu erinnern.«

»Nahe daran, das stimmt«, gab Corvaisis zu, »aber im allerletzten Moment, als diese Erinnerung schon fast an der Oberfläche auftauchte, geriet ich in panische Angst ... und dann weiß ich erst wieder, daß ich zur Tür rannte und Aufsehen verursachte. Ich war völlig außer mir, hatte mich überhaupt nicht mehr in der Gewalt. Es war eine so heftige instinktive Reaktion, daß sie sich vermutlich wiederholen wird, wenn ich einen zweiten Versuch wage, diese Erinnerung herbeizuzwingen.«

»Immerhin ist es einen Versuch wert«, meinte Ned.

»Und diesmal können wir Ihnen beistehen«, machte Faye dem Schriftsteller Mut.

Ned sah, daß Corvaisis heftig mit sich kämpfte, und er begriff, daß dessen Erlebnis am frühen Abend viel schlimmer gewesen sein mußte, als Worte auszudrücken vermochten. Schließlich stand der Schriftsteller aber doch auf und ging, sein Bierglas in der Hand, zur Tür. Er drehte sich um, trank einen großen Schluck Bier und sah sich im Raum um, sichtlich bemüht, die Erinnerung an jene andere Zeit zu beschwören.

»Drei oder vier Männer saßen an der Theke«, sagte er. »Insgesamt war etwa ein Dutzend Gäste da. An ihre Gesichter kann ich mich nicht erinnern.« Er ging an Ned und den anderen vorbei und nahm am Nebentisch Platz, wobei er ihnen zum Teil den Rücken zukehrte. »Hier saß ich damals. Sandy bediente mich. Ich bestellte eine Flasche Coors, während ich die Speisekarte studierte. Dann entschied ich mich für das Sandwich mit Schinken und Ei. Dazu Pommes frites und Krautsalat. Als ich die Pommes frites salzte, glitt mir der Streuer aus der Hand, und ich verschüttete etwas Salz auf den Tisch. Ich warf daraufhin eine Prise Salz über die Schulter. Eine dumme Angewohnheit! Ich hatte zu kräftig ausgeholt. Traf jemanden. Dr. Weiss! Ginger Weiss war die Frau, der ich aus Versehen Salz ins Gesicht streute. Vorhin konnte ich mich nicht daran erinnern, aber jetzt sehe ich sie deutlich vor mir. Die Blondine auf dem Foto.«

Faye deutete auf die Polaroid-Aufnahme von Dr. Weiss, die vor Ned auf dem Tisch lag.

Immer noch allein am Nebentisch sitzend, fuhr Corvaisis fort: »Eine bildschöne Frau. Wie eine Fee, aber gleichzeitig sah sie sehr intelligent aus. Eine interessante Mischung. Ich konnte meine Augen kaum von ihr wenden.«

Ned sah sich das Foto von Ginger Weiss genauer an. Sie mußte wirklich ungewöhnlich attraktiv sein, wenn ihr Gesicht nicht so blaß und schlaff war, wenn ihre Augen nicht diesen kalten, leeren, toten Ausdruck hatten.

Mit einer eigenartigen Stimme, so als spräche er nun wirklich aus der Vergangenheit zu ihnen, setzte Corvaisis seinen Bericht fort. »Sie sitzt in der Ecknische am Fenster, mit dem Gesicht in diese Richtung. Die Sonne geht gerade unter, steht am Horizont wie ein großer roter Ball, und das Lokal ist mit orangefarbenem Licht erfüllt, das durch die großen Fenster einfällt. Ginger Weiss sieht in diesem Licht besonders bezaubernd aus. Es fällt mir schwer, sie nicht anzustarren ... Dämmerung bricht herein. Ich habe mir ein zweites Bier bringen lassen.« Er trank einen Schluck Dos Equis. Mit leiserer Stimme fuhr er fort: »Die Ebenen sind purpurrot ... dann schwarz ... es wird Nacht ...«

Wie Ernie, Faye und Sandy, so war auch Ned fasziniert von der Schilderung des Schriftstellers, denn allmählich stiegen nun in ihm eigene schwache Erinnerungen an jenen besonderen Abend — einen von vielen, die er im Tranquility Grille verbracht hatte — auf: der junge Priester, der vom Polaroid-Foto, und das junge Ehepaar mit dem süßen kleinen Mädchen.

»Nicht lange nach Einbruch der Dunkelheit ... ich trinke mein zweites Bier so langsam wie möglich, um Ginger Weiss noch ein Weilchen ansehen zu können ...« Corvaisis schaute nach links und rechts, legte seine rechte Hand ans Ohr. »Irgendein ungewöhnliches Geräusch. Ein fernes Grollen ... es wird immer lauter.« Er schwieg eine Weile. »Ich kann mich nicht erinnern, was dann geschah ... Etwas ... etwas ... aber es fällt mir nicht ein ...«

Als der Schriftsteller von fernem Grollen sprach, glaubte Ned Sarver sich ebenfalls an dieses erschreckende, langsam anschwellende Geräusch zu erinnern, aber nur äußerst verschwommen. Es war ein Gefühl, als hätte Corvaisis ihn an den Rand einer finsteren Kluft geführt, in die hinabzublicken er sich fürchtete, in die er aber unbedingt hinabblicken *mußte,* und als würden sie sich nun von dieser Kluft abwenden, ohne mit einer Lampe in die dunkle Tiefe hineingeleuchtet zu haben. Er hatte Herzklopfen und sagte eindringlich: »Konzentrieren Sie sich ganz auf das Geräusch, das *genaue* Geräusch, vielleicht fällt Ihnen dann auch alles übrige ein.«

Corvaisis schob seinen Stuhl vom Tisch zurück und erhob sich. »Ein Grollen ... wie Donner, sehr ferner Donner ... der allmählich näher kommt ...« Er stand neben dem Tisch und versuchte festzustellen, aus welcher Richtung das Geräusch gekommen war, blickte nach links, nach rechts, nach oben, nach unten.

Plötzlich hörte Ned dieses Geräusch, nicht in seiner Erinnerung, sondern in der Realität, nicht damals in der Vergangenheit, sondern *jetzt.* Das dumpfe Grollen fernen Donners. Aber es waren keine Donnerschläge mit dazwischenliegenden Pausen, sondern ein anhaltendes Rollen, und es wurde immer lauter und lauter ...

Ned sah erschrocken die anderen an. Auch sie hörten es.

Lauter. Lauter. Jetzt spürte er die Vibrationen in seinen Knochen.

Er konnte sich nicht erinnern, was an jenem Abend vor anderthalb Jahren geschehen war, aber er wußte, daß die erstaunlichen Ereignisse mit diesem Geräusch begonnen hatten.

Er stieß seinen Stuhl zurück, sprang auf. Angst stieg in ihm auf, und er wäre am liebsten weggerannt.

Sandy stand ebenfalls auf, und auch in ihr Gesicht stand Angst geschrieben. Obwohl die unbekannten Ereignisse für sie ausschließlich positive Auswirkungen gehabt hatten, fürchtete sie sich und legte eine Hand auf Neds Arm.

Ernie und Faye runzelten die Stirn und versuchten, die Ursache des Lärmes ausfindig zu machen, schienen aber noch keine Angst zu haben. Offenbar waren ihre Erinnerungen an dieses Geräusch gründlicher ausgelöscht worden, und es war für sie deshalb nicht mit den Ereignissen jenes Freitagabends verknüpft.

Das donnerartige Grollen wurde jetzt von einem eigenartigen heulenden Pfeifton begleitet, und auch das kam Ned unangenehm bekannt vor.

Es geschah wieder. Was auch immer an jenem Abend vor

mehr als achtzehn Monaten passiert war — es wiederholte sich, es fand noch einmal statt, und Ned hörte sich schreien: »Nein! Nein! *Nein!*«

Corvaisis wich einige Schritte vom Tisch zurück, warf Ned und den anderen einen kurzen Blick zu. Er war völlig weiß im Gesicht.

Das anschwellende Dröhnen ließ das Fensterglas hinter den geschlossenen Jalousien erzittern. Eine lose Scheibe begann in ihrem Rahmen zu klirren. Auch die Jalousien klapperten jetzt mißtönend.

Sandy umklammerte Neds Arm.

Ernie und Faye sprangen auf, und jetzt waren sie nicht mehr nur verwirrt, sondern fürchteten sich wie alle anderen.

Das heulende Pfeifen war ebenfalls angeschwollen und wurde immer schriller, immer durchdringender, ein schwingendes elektronisches Kreischen.

»Was *ist* das?« schrie Sandy, und der unablässige Donner erreichte eine solche Stärke, daß die Wände des Restaurants erzitterten.

Auf dem Tisch, an dem Corvaisis gesessen hatte, fiel das Bierglas um, zerbrach.

Ned warf einen Blick auf *seinen* Tisch und sah, daß die Ketchupflasche, das Senfglas, die Salz- und Pfefferstreuer, Aschenbecher, Gläser, Teller und Bestecke klirrend und klappernd hin und her rutschten. Ein Bierglas kippte um, dann ein zweites, dann die Ketchupflasche.

Mit schreckensweit aufgerissenen Augen drehten Ned und die anderen ihre Köpfe in alle Richtungen, so als rechneten sie damit, daß irgendein dämonisches Wesen jeden Augenblick sichtbare Gestalt annehmen würde.

Überall im Raum fielen Gegenstände von den Tischen. Die Uhr mit der Coors-Reklame rutschte vom Haken und zerschellte auf dem Boden.

Wie an jenem Juliabend — das wußte Ned jetzt. Aber er konnte sich nicht erinnern, was als nächstes passiert war.

»Aufhören!« brüllte Ernie mit der autoritären Kommandostimme eines Offiziers, der an Gehorsam gewöhnt ist — aber ohne jeden Erfolg.

Ein Erdbeben? dachte Ned. Aber ein Erdbeben erklärte nicht das elektronische Kreischen, das den Donner begleitete.

Die Stühle glitten über den Boden, prallten aufeinander. Ein Stuhl traf Corvaisis, der vor Schreck einen Satz machte.

Ned fühlte, daß der Fußboden schwankte.

Das donnerartige Grollen und der gräßliche Heulton schwollen zu ohrenbetäubendem Getöse an, und mit dem dumpfen Knall einer Bombenexplosion zerbarsten die großen Fenster an der Vorderseite des Lokals. Faye schrie auf und schirmte ihr Gesicht mit den Armen ab, und Ernie taumelte rückwärts und wäre um ein Haar über einen Stuhl gefallen. Sandy versteckte ihr Gesicht an Neds Brust.

Sie hätten durch Glassplitter schwer verletzt werden können, wenn die geschlossenen Jalousien nicht eine Barriere zwischen ihnen und den zerberstenden Scheiben gebildet hätten. Aber die Implosion war so stark, daß die Jalousien sich nach innen blähten, so wie die Vorhänge an einem offenen Fenster bei starkem Wind. Glitzernde Glassplitter fielen in die Nischen, regneten auf Ned und auf den Boden hinab.

Stille. Nach der Implosion der Fenster trat tiefe Stille ein, die nur vom leisen Klirren einzelner Glasstückchen durchbrochen wurde, die sich aus den Rahmen lösten.

An jenem Freitagabend im Juli des vorletzten Sommers war viel mehr als nur das geschehen, aber was? Es wollte Ned nicht einfallen. Diesmal schien das mysteriöse Drama aber abrupt abgebrochen zu sein.

Dom Corvaisis blutete leicht aus einer Schnittwunde auf der rechten Wange, aber es war kaum mehr als ein Kratzer. Auch Ernies Stirn und rechter Handrücken waren von Glassplittern geritzt worden.

Nachdem Ned sich davon überzeugt hatte, daß Sandy nicht verletzt war, ließ er sie widerwillig allein und stürzte zur Tür. Er rannte in die Nacht hinaus, um nach der Ursache für dieses Getöse und die Implosion zu suchen, aber draußen umfing ihn nur die tiefe, feierliche Stille der Hochebene. Kein Rauch, keine geschwärzten Überreste deuteten auf irgendeine Katastrophe hin. Auf der Interstate am Fuße des Hügels fuhren vereinzelte Wagen vorüber. Drüben im Motel standen einige vom Lärm aufgeschreckte Gäste in Pyjamas vor den Türen ihrer Zimmer. Der Himmel war mit Sternen übersät. Die Luft war eisig, aber es war fast windstill, bis auf eine leichte Brise, die Ned plötzlich an den kalten Hauch des Todes gemahnte. Es war absolut *nichts* zu sehen, was den Donner, das Beben und die Implosion der Fenster bewirkt haben konnte.

Dom Corvaisis kam bestürzt aus dem Restaurant. »Verdammt, was war das?«

»Ich hatte gehofft, daß *Sie* es wissen würden«, erwiderte Ned.

»Das Gleiche ist damals im vorletzten Sommer geschehen.«

»Ich weiß.«

»Aber es war nur der Anfang davon. Verdammt, ich kann mich einfach nicht erinnern, was an jenem Abend *nach* dem Zerbersten der Fenster passiert ist.«

»Ich auch nicht«, sagte Ned.

Corvaisis betrachtete seine Hände. Im Neonlicht der Leuchtreklame auf dem Dach sah Ned geschwollene Ringe auf den Handflächen des Schriftstellers. Weil das Neonlicht blau war, konnte er die wirkliche Farbe der Male nicht erkennen. Aber aus Corvaisis' Erzählung von vorhin wußte Ned, daß diese Ringe rot und wie entzündet waren.

»Verdammt, was hat das alles zu bedeuten?« murmelte Corvaisis.

Sandy stand in der offenen Tür im Lichtschein aus dem Lokal. Ned trat zu ihr und schloß sie in die Arme. Er spürte, wie ein Schauer nach dem anderen sie überlief. Aber ihm entging, daß er selbst am ganzen Leibe bebte, bis sie sagte: »Du zitterst wie Espenlaub.«

Ned Sarver hatte Angst. Mit geradezu hellseherischer Deutlichkeit spürte er, daß sie in eine Sache von kolossaler Bedeutung verstrickt waren, in etwas unvorstellbar Gefährliches, das für einige von ihnen — oder für alle — mit dem Tod enden würde. Er hatte eine Naturbegabung für alle möglichen Reparaturen und Hilfsmaßnahmen, aber diesmal hatte er es mit einer Kraft zu tun, der gegenüber er machtlos war. Was, wenn Sandy nun getötet wurde? Er war stolz auf sein Talent, aber selbst der beste Reparaturfachmann der ganzen weiten Welt konnte das Faktum des Todes nicht beseitigen.

Zum erstenmal, seit er Sandy in Tucson kennengelernt hatte, fühlte sich Ned außerstande, seine Frau zu beschützen.

Am Horizont ging der Mond auf.

KAPITEL V:
12. JANUAR — 14. JANUAR

1. Sonntag, 12. Januar

Luft, so dick wie geschmolzenes Eisen.

In seinem Alptraum konnte Dom nicht atmen. Ein enormer Druck lastete auf ihm. Er würgte, drohte zu ersticken. Er lag im Sterben.

Er konnte nicht viel sehen; sein Wahrnehmungsvermögen war stark beeinträchtigt. Dann näherten sich zwei Männer, beide in weißen Schutzanzügen aus Vinyl mit dunkel getönten Helmvisieren. Einer der Männer trat an Doms rechte Seite und zog hastig die intravenöse Injektionsnadel aus seinem Arm heraus. Der andere Mann, links von Dom, fluchte über die kardiologischen Daten auf dem Monitor des Elektrokardiographs. Einer der beiden entfernte die Elektroden, durch die Doms Körper mit dem Meßgerät verbunden war; der andere hob seinen Oberkörper an. Sie preßten ein Glas an seine Lippen, aber er konnte nicht trinken. Sie hielten seinen Kopf nach hinten, öffneten ihm den Mund und flößten ihm irgendeine Flüssigkeit ein.

Die Männer unterhielten sich miteinander über Funkgeräte, die in ihre Helme eingebaut waren, aber sie beugten sich so dicht über Dom, daß er ihre Stimmen trotz der schalldämpfenden dunklen Plexiglasvisiere deutlich hören konnte. Einer der beiden sagte: »Wie viele sind vergiftet worden?« Der andere erwiderte: »Das weiß noch niemand so genau. Mindestens ein Dutzend, wie es scheint.« Der erste fragte: »Aber wer hat sie denn vergiften wollen?« Der zweite antwortete: »Dreimal darfst du raten!« Der erste: »Colonel Falkirk. Dieses Arschloch Falkirk.« Der zweite: »Aber wir werden es nie beweisen, diesen verfluchten Sauhund nie überführen können.«

Harter Schnitt. Das Motel-Bad. Die Männer hielten Dom auf den Beinen, drückten sein Gesicht ins Waschbecken. Diesmal verstand er, was sie ihm sagten. Mit zunehmender Eindringlichkeit befahlen sie ihm, er solle sich übergeben. Das Arschloch Colonel Falkirk hatte ihn irgendwie vergiftet, und diese Männer hatten ihm irgendein Brechmittel eingeflößt, und nun sollte er sich von dem Gift, das ihn töten würde, befreien. Aber er konnte sich nicht übergeben, obwohl ihm sterbenselend war. Er würgte, ihm drehte sich der Magen um, er schwitzte aus allen Poren, aber er konnte das Gift nicht ausspucken. Der erste Mann sagte: »Wir brauchen eine Magenpumpe.« Der zweite entgegnete: »Wir *haben* keine Magenpumpe.« Sie drückten Doms Kopf noch tiefer über das Waschbecken. Der ihn zermalmende Druck wurde immer unerträglicher, und Dom konnte nicht atmen, heiße Wellen der Übelkeit überfluteten ihn, sein Schweiß floß in Strömen, aber er konnte sich nicht übergeben, er konnte nicht, konnte nicht. Und dann erbrach er sich doch noch.

Schnitt. Wieder im Bett. Schwach, so schwach wie ein neugeborenes Kätzchen. Aber imstande zu atmen, Gott sei Dank! Die Männer in den Schutzanzügen hatten ihn gesäubert und fesselten ihn nun mit Gurten wieder an die Matratze. Der Mann auf der rechten Seite bereitete eine Spritze vor und injizierte Dom etwas, das offenbar den noch in seinem Körper verbliebenen Resten des Giftes entgegenwirken sollte. Der Mann links von ihm führte die intravenöse Hohlnadel wieder ein, durch die Dom mittels einer Dauertropfinfusion Drogen verabreicht wurden. Dom war stark benommen und konnte sich nur mit beträchtlicher Mühe bei Bewußtsein halten. Sie schlossen ihn wieder ans EKG an, und während sie all diese Arbeiten ausführten, unterhielten sie sich wieder. »Falkirk ist ein Idiot. Mit etwas Glück können wir diese Sache auch so geheimhalten.« »Er befürchtet, daß die Gedächtnisblockierung mit der Zeit schwächer werden könnte, daß einige von ihnen sich schließlich erinnern können, was sie gesehen haben.« »Na ja, vielleicht hat er recht. Aber wenn dieses Arschloch sie alle umbringt — wie will er dann die Leichen erklären? *Darauf* werden sich die Reporter stürzen wie Schakale auf rohes Fleisch, und dann werden wir nichts mehr geheimhalten können. Eine hübsche Gehirnwäsche — das ist die einzig vernünftige Möglichkeit.« »*Mich* brauchst du davon nicht zu überzeugen. Mach das lieber Falkirk klar!«

Die Traumgestalten verschwammen, ihre Stimmen verklangen, und Dom glitt in einen neuen Alptraum mit völlig anderer Szenerie. Er fühlte sich nicht mehr schwach und krank, aber er befand sich in einem Zustand panischen Schreckens, und er begann zu rennen, kam aber nur in jenem gräßlichen Zeitlupentempo voran, das für Alpträume typisch ist. Er wußte nicht, wovor er wegrannte, aber er war überzeugt davon, von etwas verfolgt zu werden, von etwas Bedrohlichem und Unmenschlichem, er spürte es dicht hinter sich, es kam immer näher und näher, und er begriff, daß er es nicht abhängen konnte, er wußte, daß er sich der Gefahr stellen mußte, und deshalb blieb er stehen und drehte sich um und blickte himmelwärts und schrie überrascht: »*Der Mond!*«

Dom erwachte von seinem eigenen Schrei. Er befand sich in Zimmer 20, lag auf dem Fußboden neben dem Bett, schlug mit Händen und Füßen wild um sich. Er richtete sich auf und setzte sich aufs Bett.

Er warf einen Blick auf seinen Reisewecker. Es war 3^{07} h.

Fröstelnd wischte er seine schweißfeuchten Hände am Laken ab.

Zimmer 20 übte auf ihn genau die erwartete Wirkung aus, stimulierte sein Gedächtnis, führte dazu, daß seine Alpträume lebendiger und detaillierter denn je zuvor waren.

Diese Träume waren völlig anderer Art als jene, die er vor seinem Schlafwandeln gehabt hatte, denn es waren keine Fantasien, sondern verzerrte Rückblicke auf vergangene Ereignisse. Es waren eigentlich überhaupt keine echten Träume; es waren Erinnerungen, verbotene Erinnerungen, die man im tiefen Meer seines Unterbewußtseins versenkt hatte — wie Leichen, die, mit Zementschuhen versehen, von einer Brücke in die Tiefe gestürzt werden. Aber nun endlich hatten sich diese Erinnerungen vom Zement gelöst und waren an die Oberfläche getrieben.

Man *hatte* ihn hier gefangengehalten, unter Drogen gesetzt, einer Gehirnwäsche unterzogen. Und während dieser Prozedur hatte jemand namens Colonel Falkirk ihn vergiftet, um jede Gefahr auszuschließen, daß er über das, was er gesehen hatte, sprechen würde.

Falkirk hatte recht, dachte Dom. Wir werden die Gedächtnisblockierung schließlich überwinden und uns an die Wahrheit erinnern. Er *hätte* uns alle töten müssen.

Am Sonntagmorgen besorgte Ernie bei einem Freund in Elko, der Bauzubehör verkaufte, Sperrholzplatten. Mit seiner tragbaren Tischsäge schnitt er die Platten so zurecht, daß sie die zerborstenen Fenster provisorisch ersetzen konnten. Ned und Dom halfen ihm, das Sperrholz anzunageln, und gegen Mittag hatten sie ihr Werk vollendet.

Ernie hatte keinen Glaser bestellen wollen, weil nicht auszuschließen war, daß die Phänomene des letzten Abends sich wiederholen könnten. Neue Scheiben einsetzen zu lassen wäre töricht gewesen, solange sie die Ursache des donnerartigen Getöses nicht kannten. In der Zwischenzeit würde das Restaurant geschlossen bleiben.

Auch das Motel würde man schließen. Ernie wollte sich ganz darauf konzentrieren können, Dom und den anderen bei der Ergründung des Rätsels der ›Giftkatastrophe‹ zu helfen. Sobald die letzten Gäste, die hier übernachtet hatten, abgereist wären, würde das Motel nur noch Ernie, Faye, Dom und eventuell weitere Opfer beherbergen, die sich möglicherweise nach einer Kontaktaufnahme einfinden würden, um sich an den Recherchen zu beteiligen. Es ließ sich nicht voraussagen, wieviel Zimmer für diese Leidensgenossen erforderlich sein würden; für alle Fälle wollte Ernie seine 20 Zimmer für sie reserviert halten. Das Tranquility würde eine Zeitlang kein Motel, sondern eine Art Truppenunterkunft sein — bis dieser Krieg gegen einen unbekannten Feind beendet sein würde.

Nachdem die Fenster der Imbißstube mit Sperrholzplatten vernagelt worden waren, stiegen alle in den Dodge, und Faye fuhr auf der Interstate 80 etwa einen halben Kilometer in östliche Richtung und parkte sodann auf dem Randstreifen in der Nähe jener Stelle, die auf Ernie und Sandy eine solche Anziehungskraft ausübte. Die fünf Personen standen an der Leitplanke und blickten nach Süden, betrachteten die Landschaft, die ihnen möglicherweise irgendwelche Aufschlüsse über die Vergangenheit geben konnte. Das winterliche Sonnenlicht war fast so hart und kalt wie das Licht von Leuchtstoffröhren. Drei Farben herrschten vor auf dieser Hochebene mit den gefurchten Hügeln, den trockenen Flußbetten und bizarren Felsformationen: Braun, Grau und Dunkelrot in verschiedenen Abstufungen, und dazwischen gelegentlich einzelne weiße Farbtupfer — Sand, Schnee oder eine Boraxader. Unter einem Himmel, der sich immer stärker mit grauen Wolken zuzog, wirkte die Szenerie öde und düster, aber zugleich hatte sie etwas Majestätisches, Ehrfurchtgebietendes an sich.

Faye wünschte sich von Herzen, daß dieser Ort auch auf sie irgendeine besondere Wirkung ausüben sollte; denn wenn sie überhaupt nichts spürte, so würde das bedeuten, daß die Leute, die sie einer Gehirnwäsche unterzogen hatten, sie total beherrscht — geistig *vergewaltigt* — hatten. Und die Vorstellung einer vollständigen Unterwerfung war unvereinbar mit dem Bild, das sie von sich selbst hatte. Sie war eine stolze, tatkräftige Frau. Aber sie spürte nichts, nichts außer dem Winterwind.

Ned und Dom schienen genauso ungerührt zu sein wie sie selbst, aber sie sah, daß Ernie und Sandy von jenem Stück Land irgendeine verschlüsselte Botschaft erhielten. Sandy lächelte verzückt. Ernie hingegen sah jetzt genauso aus wie bei Einbruch der Nacht: Er war bleich und angespannt, und seine Augen hatten einen gehetzten Ausdruck.

»Gehen wir näher heran!« sagte Sandy. »Gehen wir direkt zu jener Stelle.«

Alle fünf stiegen über die Leitplanke und kletterten die steile Böschung am Rand der erhöht angelegten Autobahn hinab. Sie gingen über die Ebene — fünfzig Meter, hundert — und bemühten sich, nicht in die stacheligen Pflanzen zu treten, die in der Nähe der Interstate wuchsen, aber bald schon von Beifuß und braunen Grasbüscheln abgelöst wurden, die ihrerseits wieder einer anderen — ebenfalls braunen, aber dickeren und weicheren — Grassorte Platz machten. Manche Abschnitte der Ebene waren steinig und sandig und nur mit vereinzelten stacheligen Büschen bewachsen; andere Abschnitte hingegen sahen wie richtige kleine Wiesen aus. In diesem Landstrich ging die Halbwüste des Südens allmählich in die fruchtbaren Bergweiden des Nordens über. Etwa 200 Meter von der Interstate entfernt, blieben die fünf Menschen an einer Stelle stehen, die sich äußerlich in nichts von ihrer Umgebung unterschied.

»Hier ist es«, sagte Ernie schaudernd; er schob seine Hände in die Taschen und zog seinen Kopf in den hochgestellten Kragen seiner Lammfelljacke ein.

Sandy bestätigte lächelnd: »Ja, hier ist es.«

Sie gingen — jeder für sich — hin und her. An vereinzelten Stellen, die vor dem trockenen Wind und der kalten Sonne geschützt waren, lag etwas Schnee. Diese schwachen Spuren des Winters und das Fehlen von grünem Gras und wilden Blumen — das war auch schon alles, wodurch sich diese Landschaft zu dieser Jahreszeit vom Sommer unterschied. Fast genauso mußte sie im vorletzten Sommer ausgesehen haben. Nach wenigen Minuten erklärte Ned, daß er tatsächlich eine unerklärliche Beziehung zu diesem Ort empfinde, daß dieses Stück Land auf ihn aber keineswegs die friedliche Ausstrahlung habe wie auf seine Frau. Seine Angst nahm kurz darauf solche Ausmaße an, daß er sich — überrascht und verlegen wegen seiner heftigen Reaktion — rasch entfernte. Während Sandy ihm nacheilte, gestand Dom, daß diese Stelle auch ihn stark berühre. Im Gegensatz zu Ned hatte Dom jedoch nicht nur Angst, sondern er war auch — wie Ernie — erfüllt von Ehrfurcht und dem Gefühl einer dicht bevorstehenden Epiphanie. Nur Faye blieb weiterhin völlig unbeeindruckt.

Dom drehte sich langsam im Kreis. »Was war hier los? Verdammt, was hat sich hier nur ereignet?«

Der ganze Himmel war jetzt schiefergrau.

Der Wind frischte auf. Faye fröstelte.

Sie spürte nichts von all dem, was Ernie und die anderen an diesem Ort empfanden, und das verstärkte ihr Gefühl, geistig vergewaltigt worden zu sein. Sie hoffte, daß sie den Leuten, die ihr Gehirn manipuliert hatten, eines Tages begegnen würde. Sie wollte ihnen in die Augen sehen und sie fragen, wie sie nur so wenig Respekt vor der Persönlichkeit eines anderen Menschen haben könnten. Nachdem sie jetzt wußte, daß sie manipuliert worden war, würde sie sich nie wieder ganz sicher fühlen können.

Der trockene Beifuß rauschte knisternd im Wind. Eisverkrustete Zweige schlugen aneinander, und dieses Geräusch ließ Faye seltsamerweise an umherhuschende Skelette kleiner Tiere denken, die vor langer Zeit gestorben, aber auf unerklärliche Weise wieder zum Leben erwacht waren.

Ins Motel zurückgekehrt, setzten sich Ernie, Sandy und Ned in der Wohnung der Blocks an den Küchentisch, während Faye Kaffee und heiße Schokolade machte.

Dom saß auf einem Hocker neben dem Wandtelefon. Auf der Ablage vor ihm lag das Melderegister des vorletzten Jahres. Es war auf der Seite des 6. Juli aufgeschlagen, und Dom begann jene Personen anzurufen, die ebenfalls Zeugen jenes bedeutsamen Ereignisses gewesen sein mußten.

Abgesehen von ihm selbst und von Ginger Weiss, standen

acht Namen auf der Liste. Ein gewisser Gerald Salcoe aus Monterey in Kalifornien hatte zwei Zimmer gemietet — für sich, seine Frau und zwei Töchter. Er hatte eine Adresse eingetragen, aber keine Telefonnummer. Ein Anruf bei der Auskunft ergab, daß es in Monterey keinen Telefonanschluß unter diesem Namen gab.

Enttäuscht ging Dom zur zweiten Eintragung über. Das war Cal Sharkle, der Fernfahrer, der häufig im Motel übernachtete. Sharkle wohnte in Evanston, Illinois, einem Vorort von Chicago. Er hatte auch seine Telefonnummer angegeben. Dom wählte diese Nummer, mußte aber feststellen, daß dieser Anschluß nicht mehr vorhanden war.

»Wir können in unserem letzten Register nachschauen, wann er zuletzt hier war«, sagte Ernie. »Vielleicht ist er in eine andere Stadt umgezogen und hat bei seiner letzten Übernachtung seine neue Adresse eingetragen.«

Faye stellte für Dom eine Tasse Kaffee auf die Ablage und setzte sich zu den anderen an den Tisch.

Bei seinem dritten Versuch hatte Dom endlich mehr Glück. Er wählte die Nummer von Alan Rykoff in Las Vegas, und eine Frau meldete sich.

»Mrs. Rykoff?« fragte Dom.

Sie zögerte etwas. »Ich war einmal Mrs. Rykoff. Seit meiner Scheidung heiße ich wieder Monatella.«

»Ich verstehe. Nun, Mrs. Monatella, mein Name ist Dominick Corvaisis. Ich rufe aus dem Tranquility Motel in Nevada an. Sie, Ihr früherer Ehemann und Ihre Tochter haben doch im vorletzten Sommer einige Tage hier verbracht?«

»Äh ... ja, das stimmt.«

»Haben Sie oder Ihre Tochter oder Ihr geschiedener Mann irgendwelche ... Schwierigkeiten — irgendwelche ungewöhnlichen erschreckenden Probleme?«

»Soll das ein geschmackloser Scherz sein?« fragte sie nach längerem Schweigen. »Sie wissen offenbar, was mit Alan passiert ist.«

»Bitte glauben Sie mir, Mrs. Monatella, ich weiß überhaupt nichts über Ihren Ex-Ehemann. Hingegen weiß ich, daß die Möglichkeit besteht, daß Sie oder er oder Ihre Tochter — oder auch Sie alle — unter unerklärlichen psychischen Problemen leiden, daß Sie schreckliche Alpträume haben, an die Sie sich nach dem Aufwachen nicht erinnern können — und daß manche dieser Alpträume etwas mit dem Mond zu tun haben.«

Sie atmete laut ins Telefon, und als sie zu sprechen versuchte, zitterte ihre Stimme.

Dom bemerkte, daß sie den Tränen nahe war, und er unterbrach ihr Stammeln. »Mrs. Monatella, ich weiß nicht, was Ihnen und Ihrer Familie zugestoßen ist, aber das Schlimmste liegt jetzt hinter Ihnen. Glauben Sie mir, das Schlimmste liegt hinter Ihnen. Denn was auch immer noch kommen mag — Sie sind zumindest nicht mehr allein!«

Knapp 4000 Kilometer östlich des Elko County, in Manhattan, verbrachte Jack Twist den Sonntagnachmittag damit, weiteres Geld zu verschenken.

Nach seiner Rückkehr von dem Überfall auf den Panzerwagen war er in der Nacht durch Manhattan gefahren und hatte Ausschau nach solchen Institutionen gehalten, die dringend Geld brauchten und förderungswürdig waren. Gegen fünf Uhr morgens hatte er endlich seine gesamte Beute verteilt. Am Rande eines physischen und psychischen Zusammenbruchs war er in seine Wohnung an der Fifth Avenue zurückgekehrt, ins Bett gefallen und sofort eingeschlafen.

Er träumte wieder von dem leeren Highway in einer öden, mondbeschienenen Landschaft und von dem Fremden mit dem dunkel getönten Helmvisier, der ihn zu Fuß verfolgte. Als das Mondlicht plötzlich blutrot wurde, fuhr er in panischer Angst, wild um sich schlagend, aus dem Schlaf. Es war genau 13 Uhr. Ein blutroter Mond? Was konnte das zu bedeuten haben?

Er duschte, rasierte sich, zog sich an und nahm sich kaum Zeit für ein kärgliches Frühstück, das nur aus einer Orange und einem halben altbackenen Croissant bestand.

In seinem Schlafzimmer entfernte er sodann die falsche Trennwand des großen Wandschrankes, hinter der sich sein Versteck befand. Der Schmuck, den er bei seinem Juwelenraub im Oktober erbeutet hatte, war inzwischen erfolgreich verkauft, und der größte Teil der Riesensumme am dem Warenlager-Coup lag auf drei verschiedenen Schweizer Bankkonten. In seinem Versteck befanden sich deshalb nur 125 000 Dollar, sein ›Notgroschen‹ für den Fall, daß er sich einmal schnell aus dem Staub machen mußte.

Er legte den größten Teil dieses Geldes in einen Aktenkoffer: neun Bündel mit je hundert Hundertdollarscheinen und fünf Bündel mit je hundert Zwanzigdollarscheinen. Im Schrank ließ er nur 25 000 Dollar; das war mehr als genug, nachdem er ja keine weiteren kriminellen Handlungen mehr begehen würde und somit auch nicht in Situationen geraten konnte, die eine schnelle Flucht ins Ausland erforderlich machten.

Obwohl Jack beabsichtigte, einen beträchtlichen Teil seines erbeuteten Vermögens zu verschenken, so wollte er doch keineswegs *alles* hergeben und selbst mittellos dastehen. Das wäre vielleicht für seine Seele gut, aber schlecht für seine Zukunft und in höchstem Maße töricht. Er besaß jedoch in elf Banken der City elf Bankschließfächer — eine zusätzliche Sicherheitsmaßnahme für den Fall, daß er fliehen müßte und an das Geld in seinem Schlafzimmerschrank nicht herankommen könnte — und in diesen Schließfächern lag mehr als eine Viertelmillion. Seine Schweizer Konten beliefen sich auf mehr als vier Millionen. Soviel Geld brauchte er nicht. Er freute sich darauf, in den nächsten Wochen die Hälfte dieses Vermögens zu verschenken. Danach würde er entscheiden, was er mit seiner Zukunft anfangen wollte. Vielleicht würde er später noch mehr weggeben.

Um halb vier am Sonntagnachmittag verließ er mit dem vollen Aktenkoffer seine Wohnung. In der City kamen ihm all die Gesichter wildfremder Menschen, in denen er acht Jahre lang nur Feinde gesehen hatte, mit einem Mal freundlich, vielversprechend und einladend vor.

In der Küche der Blocks roch es nach Kaffee und Schokolade und kurz darauf auch nach Zimt und Backwerk, als Faye eine Packung Frühstücksbrötchen aus der Tiefkühltruhe holte und in den Herd schob. Während die anderen am Tisch saßen und mithörten, rief Dom weiterhin die Leute an, die sich an jenem bestimmten Freitagabend im Motel aufgehalten hatten.

Er erreichte Jim Gestron, einen Fotografen aus Los Angeles, der in jenem Sommer durch den Westen gefahren war und für ›Sunset‹ und andere Zeitschriften fotografiert hatte. Anfangs war er liebenswürdig, aber je mehr er von Doms Geschichte zu hören bekam, desto kühler wurde er. Wenn man Gestron einer Gehirnwäsche unterzogen hatte, so waren die Experten bei ihm genauso erfolgreich gewesen wie bei Faye Block. Der Fotograf hatte keine Alpträume, keine absonderlichen Probleme. Doms Story von Gehirnwäsche, Somnambulismus, Nyctophobie, Mondsucht, Selbstmorden und paranormalen Erfahrungen schien ihm das irre Geschwafel eines Geisteskranken zu sein. Das brachte er klar und deutlich zum Audruck, indem er Dom mitten im Satz unterbrach. Dann legte er den Hörer auf.

Danach rief Dom Harriet Bellot in Sacramento an, die ebenfalls keine ungewöhnlichen Probleme hatte. Sie war, wie sie erzählte, eine fünzigjährige unverheiratete Lehrerin, die sich für den Westen interessierte, seit sie als junges Mädchen beim Weiblichen Armeekorps in Arizona stationiert gewesen war. Jeden Sommer fuhr sie die alten Routen der Siedlertrecks von einst ab und suchte die Stätten ehemaliger Forts und Indianersiedlungen auf. Meistens schlief sie in ihrem kleinen Wohnwagen, hin und wieder übernachtete sie aber auch in Motels. Sie hörte sich wie eine jener liebenswerten Lehrerinnen an, die das Unterrichten sehr ernst nehmen, streng sind und bei ihren Schülern keinen Unsinn dulden — und sie duldete auch von Dom keinen. Als er über lächerliches Zeug in der Art von Poltergeist-Phänomenen zu reden begann, legte auch sie den Hörer auf.

»Hilft dir das ein wenig, Faye?« fragte Ernie. »Du siehst, du bist nicht die einzige, deren Erinnerungen wirklich perfekt ausgelöscht wurden.«

»Nein, das hilft mir kein bißchen«, erwiderte Faye. »Lieber hätte ich Probleme wie du oder Dom, als überhaupt nichts zu bemerken. Ich habe das Gefühl, als hätte man ein Stück aus mir herausgeschnitten und weggeworfen.«

Vielleicht hat sie recht, dachte Dom. Vielleicht *sind* Alpträume, Phobien und sonstige Schrecken irgendwelcher Art immerhin noch einer kleinen Stelle absolut kalter, dunkler Leere im Innern vorzuziehen, denn letzteres mußte ein ähnliches Gefühl sein, als träge man für sein ganzes restliches Leben bereits ein Fragment des Todes in sich.

Als Dominick Corvaisis am Sonntag um 16^{26} h im Pfarrhaus von St. Bernadette anrief und nach Brendan Cronin fragte, hatte Vater Wycazik im Arbeitszimmer gerade eine Besprechung mit mehreren Kolumbusrittern. Es ging um die Planung des alljährlichen Frühlingsfestes der Pfarrei.

Um halb fünf platzte Vater Michael mit der Nachricht in die

Sitzung, daß er am Telefon in der Küche soeben einen Anruf von Vater Wycaziks ›Cousin‹ aus Elko in Nevada entgegengenommen habe. Brendan Cronin war erst vor wenigen Stunden an Bord eines Flugzeugs nach Reno gegangen — einen Tag früher als geplant, weil unerwartet Flugplätze freigeworden waren. Am Montag wollte er mit einer kleinen Maschine von Reno nach Elko weiterfliegen. Im Augenblick war Brendan noch irgendwo in der Luft; er konnte noch nicht einmal in Reno sein und folglich auch niemanden anrufen. Michaels Mitteilung verwirrte deshalb Vater Wycazik; er überließ es seinem jungen Kaplan, weiter mit den Rittern zu beraten, und eilte in die Küche, um mit dem Anrufer zu sprechen. Im Verlauf ihrer Unterhaltung wurden Dominick Corvaisis, der als Schriftsteller einen Sinn für das Fantastische hatte, und Stefan Wycazik, der als Priester einen Sinn für Mysterien und Mystizismus hatte, immer aufgeregter und redseliger. Stefan tauschte seine Kenntnisse über Brendans Probleme und Abenteuer — Glaubensverlust, Wunderheilungen, sonderbare Träume — gegen Corvaisis' Geschichten von Poltergeist-Phänomenen, Somnambulismus, Nyctophobie, Mondobsessionen und Selbstmorden aus.

Zuletzt konnte Stefan nicht umhin zu fragen: »Mr. Corvaisis, gibt es Ihrer Meinung nach irgendwelche Anzeichen, die mich alten Ordensgeistlichen in meiner Hoffnung bestärken könnten, daß das, was Brendan widerfährt, irgendwie göttlicher Natur ist?«

»Offen gesagt, Vater, kann ich in dieser ganzen mysteriösen Geschichte — trotz der von Ihnen erwähnten wundersamen Heilungen des Polizisten und des kleinen Mädchens — kein göttliches Wirken erkennen. Es deutet einfach zuviel auf eine Konspiration von *Menschen* hin, als daß ich Ihren Interpretationsversuch für wahrscheinlich halten könnte.«

Stefan seufzte. »Vermutlich haben Sie recht. Aber ich werde dennoch die Hoffnung nicht aufgeben, daß Brendan nach Nevada gerufen wird, weil er dort Zeuge von etwas werden soll, das ihn zu Christus zurückführen wird. An dieser Theorie werde ich auch weiterhin festhalten.«

Der Schriftsteller lachte leise. »Vater, nach allem, was ich im Laufe unseres Gesprächs über Sie erfahren habe, vermute ich, daß Sie die Hoffnung, eine Seele retten zu können, *niemals* aufgeben würden, unter gar keinen Umständen. Ich nehme fast an, daß Sie Seelen nicht ganz auf die gleiche Weise retten, wie man das von anderen Priestern kennt — raffiniert und durch sanfte, freundliche Ermutigung. Sie kommen mir eher vor wie ein ... na ja, wie ein Schmied der Seele, der im Schweiße seines Angesichts und unter Anwendung großer Muskelkraft auf die Menschen einhämmert, um sie zu retten. Bitte verstehen Sie mich richtig — ich meine das als Kompliment.«

Auch Stefan lachte. »Wie sollte ich es anders auffassen? Ich bin der festen Überzeugung, daß gewöhnliche Dinge den Einsatz nicht lohnen. Ein Schmied, der sich über ein glühendes Werkstück beugt? O ja, dieses Bild gefällt mir sehr gut!«

»Ich freue mich schon jetzt auf Vater Cronins morgige Ankunft. Wenn er auch nur annähernd so ist wie Sie, werden wir glücklich sein, ihn hier an unserer Seite zu haben.«

»Sie haben auch mich an Ihrer Seite«, sagte Vater Wycazik, »und wenn ich Ihnen bei Ihren Nachforschungen irgendwie behilflich sein kann, so rufen Sie micht bitte an. Falls auch nur die geringste Möglichkeit bestehen sollte, daß es sich bei diesen seltsamen Ereignissen um eine göttliche Manifestation handelt, dann werde ich ganz bestimmt nicht nur als passiver Zuschauer auf der Seitenlinie sitzen bleiben.«

Die nächsten Namen auf der Gästeliste waren Bruce und Janet Cable aus Philadelphia. Beide hatten keinerlei unerklärliche Probleme. Sie hörten sich zwar Doms Enthüllungen bereitwilliger als Jim Gestron und Harriet Bellot an, waren aber am Ende von seiner Geschichte nicht beeindruckt.

Der letzte Name auf der Liste war Thornton Wainwright, der eine Adresse und Telefonnummer in der New Yorker City angegeben hatte. Als Dom dort anrief, meldete sich eine Mrs. Neil Karpoly, die ihm erklärte, dies sei seit mehr als vierzehn Jahren *ihre* Nummer, und sie kenne keinen Wainwright. Als Dom ihr die Adresse im Register — Lexington Avenue — nannte und fragte, ob sie dort wohne, bat sie ihn, den Straßennamen zu wiederholen, und dann lachte sie. »Nein, Sir, dort wohne ich nicht. Und ihr Mr. Wainwright scheint nicht gerade ein vertrauenswürdiger Mensch zu sein, wenn er Ihnen gesagt hat, daß er dort wohnt. *Niemand* wohnt dort, obwohl ich sicher bin, daß Tausende es gern täten. Ich weiß jedenfalls, daß ich dort gern gearbeitet habe. Es ist die Adresse von Bloomingdale's.«

Sandy war sehr erstaunt, als Dom ihnen diese Neuigkeit berichtete. »Falscher Name und Adresse? Was hat das zu bedeuten? War er wirklich in jener Nacht hier im Motel? Oder hat jemand vielleicht später den Namen ins Register eingetragen, nur um uns zu verwirren? Oder was sonst?«

Jack Twist besaß erstklassige falsche Papiere — Führerscheine, Geburtsurkunden, Kreditkarten, Pässe, sogar Büchereiausweise — für acht verschiedene Namen, darunter auch ›Thornton Bains Wainwright‹, und bei der Planung und Ausführung eines Einbruchs oder Überfalls verwendete er stets einen dieser falschen Namen. Aber an diesem Sonntagnachmittag, als er damit beschäftigt war, 100 000 Dollar an völlig fassungslose Menschen in Manhattan zu verschenken, arbeitete er völlig anonym. Die größte Summe erhielt ein junger Seemann mit seiner Familie. Der schrottreife Plymouth des Pärchens war am Central Park South, in der Nähe der Statue von Simon Bolívar, stehengeblieben. »Kauft euch einen neuen Wagen«, sagte Jack zu ihnen, während er ihnen Geld in die Hände drückte und einige Scheine zum Spaß unter die Mütze des Seemanns schob. »Und wenn ihr klug seid, dann erzählt am besten niemandem etwas davon, vor allem nicht der Presse. Sonst wird möglicherweise das Finanzamt auf euch aufmerksam. Nein, meinen Namen braucht ihr nicht zu wissen, und ihr braucht euch auch nicht zu bedanken. Ich bitte euch nur um eines — seid gut zueinander, ja? Seid immer freundlich zueinander, denn wir wissen nicht, wieviel Zeit uns auf dieser Welt noch bleibt.«

Innerhalb einer knappen Stunde verschenkte Jack die ganzen 100 000 Dollar, die er seinem Versteck im Schlafzimmerschrank entnommen hatte. Dann kaufte er einen Strauß korallenroter Rosen und begab sich nach Westchester County, das eine Autostunde von der City entfernt war. Dort fuhr er zum Friedhof, auf dem Jenny vor etwas mehr als zwei Wochen beerdigt worden war.

Jack hatte sie nicht auf einem der überfüllten und düsteren Friedhöfe der Großstadt zur letzten Ruhe betten wollen. Er wußte, daß er sentimental war, aber er hatte das Gefühl, als sei die einzige passende Ruhestatt für Jenny das freie Land, wo sie im Sommer von grünen Hügeln und schattigen Bäumen und im Winter von einer weiten, weißen Schneelandschaft umgeben sein würde.

Er kam kurz vor Einbruch der Dämmerung am Friedhof an. Obwohl alle Grabplatten hier gleich aussahen und die meisten außerdem mit Schnee bedeckt waren, fand Jack Jennys Grab auf Anhieb; die genaue Lage war in seinem Herzen förmlich eingebrannt.

Während der düstere Tag in ein noch tristeres Dämmerlicht überging, setzte sich Jack in den Schnee, ungeachtet der Feuchtigkeit und Kälte, und redete mit Jenny, so wie er auch während ihres jahrelangen Komas immer mit ihr geredet hatte. Er berichtete ihr vom gestrigen Raubüberfall auf den Panzerwagen, er erzählte ihr, daß er die ganze Beute verschenkt hatte. Als die Dämmerung dem schwereren Vorhang der Nacht wich, fuhren die Friedhofswärter langsam die Wege entlang und warnten die wenigen späten Besucher, daß die Tore bald geschlossen würden. Jack stand auf und warf einen letzten Blick auf Jennys Namen, der mit Bronzebuchstaben auf der Grabplatte stand. »Ich verändere mich, Jenny, und ich weiß immer noch nicht, aus welchem Grunde. Es ist ein gutes Gefühl, es kommt mir richtig vor... aber es ist zugleich auch sonderbar.« Seine nächsten Worte überraschten ihn selbst. »Etwas Gewaltiges wird bald geschehen, Jenny. Ich weiß nicht, was es sein wird, aber etwas Bedeutsames wird mir widerfahren.« Er spürte plötzlich, daß seine Gewissensbisse und der Frieden, den er mit der Gesellschaft geschlossen hatte, nur die ersten Schritte auf einer langen Reise gewesen waren, die ihn an Orte führen würde, von denen er noch nichts ahnte. »Etwas Bedeutsames wird geschehen«, wiederholte er, »und ich wünschte von Herzen, du könntest es mit mir zusammen erleben, Jenny.«

Der blaue Himmel über Nevada hatte schon begonnen, sich mit dunklen Sturmwolken zu bewaffnen, als Ernie, Ned und Dom noch damit beschäftigt gewesen waren, die Sperrholzplatten an den zerbrochenen Fenstern anzubringen. Stunden später, als Dom mit seinem Mietwagen nach Elko fuhr, um Ginger Weiss am Flughafen abzuholen, war der ganze Himmel von düsterem Schlachtfeldgrau. Dom war viel zu rastlos, um in dem kleinen Flughafengebäude warten zu können. Er stand auf dem windigen Rollfeld, in seine dicke Winterjacke gehüllt, und er hörte die beiden Triebwerke des kleinen zehnsitzigen Flugzeugs, noch bevor es die tiefhängenden Wolken durchbrach. Das Dröhnen der Motoren trug zur Stimmung eines drohenden Krieges bei, und Dom begriff bestürzt, daß sie sozusagen ihre Truppen sammelten, denn der Kampf mit ihrem unbekannten Feind rückte mit jedem Tag näher.

Das Flugzeug kam etwa 25 Meter vom Terminal zum Stehen, und Dr. Weiss ging als vierte von Bord. Sogar in ihrem unförmigen Mantel sah sie zierlich und hübsch aus. Ihre seidigen silberblonden Haare wehten wie ein Banner im Wind.

Dom eilte auf sie zu; sie blieb stehen und stellte ihr Gepäck ab. Sie starrten einander wortlos an, in einer eigenartigen Mischung aus Staunen, Aufregung, Freude und Sorge. Dann stürzten sie mit einer Impulsivität, die Ginger offensichtlich genauso überraschte wie ihn selbst, aufeinander zu und umarmten einander, so als wären sie gute alte Freunde, die sich lange nicht gesehen hatten. Sie hielten einander fest umschlungen, und er spürte, daß ihr Herz genauso laut und schnell pochte wie das seinige.

Was zum Teufel geschieht hier? schoß es ihm durch den Kopf.

Aber er war viel zu aufgewühlt, um die Situation nüchtern einschätzen zu können. Im Augenblick konnte er nur *fühlen*, nicht denken.

Als sie sich endlich widerwillig aus ihrer Umarmung lösten, konnten beide nicht sprechen. Ginger versuchte, etwas zu sagen, aber ihre Stimme zitterte vor Rührung, und Dom vermochte überhaupt kein Wort hervorzubringen. Sie nahm deshalb eine ihrer Reisetaschen, er nahm die zweite, und sie gingen zum Parkplatz.

Als der Motor lief und die Heizung ihnen warme Luft in die Gesichter blies, sagte Ginger schließlich: »Was ist da nur plötzlich über uns gekommen?«

Immer noch bewegt, aber seltsamerweise nicht verlegen über seine kühne Begrüßung, räusperte sich Dom, bevor er antwortete. »Ich weiß es auch nicht. Ich könnte es mir höchstens folgendermaßen erklären: Wir beide, Sie und ich, haben zusammen etwas so Erschütterndes erlebt, daß diese gemeinsame Erfahrung ein mächtiges Band zwischen uns geknüpft hat, dessen wir aber erst richtig gewahr wurden, als wir uns gegenüberstanden.«

»Als ich Ihr Foto auf dem Buchumschlag zum erstenmal sah, löste es bei mir eine unerklärlich starke Reaktion aus, aber nicht in der Art wie vorhin, als ich aus dem Flugzeug stieg und Sie erblickte ... Das war so, als kennten wir einander schon unser ganzes Leben lang. Oder nein, das trifft es nicht ganz ... Es war so, als kennten wir einander so gut, so durch und durch, wie wir nie zuvor jemanden gekannt haben — als wären nur wir beide in irgendein Geheimnis von überwältigender Bedeutung eingeweiht. Hört sich das verrückt an?«

Er schüttelte den Kopf. »Nicht im geringsten. Sie haben in Worte gefaßt, was auch ich empfinde ... soweit Worte das überhaupt auszudrücken vermögen.«

»Sie haben doch schon einige unserer Leidensgenossen kennengelernt«, sagte Ginger. »Als Sie sie zum erstenmal sahen — war das so ähnlich wie bei uns beiden?«

»Nein. Diese Leute waren mir auf Anhieb sympathisch, und ich hatte ein warmes Gefühl der Zusammengehörigkeit, aber das läßt sich überhaupt nicht vergleichen mit den starken Emotionen, die mich förmlich überwältigten, als ich Sie aus dem Flugzeug steigen sah ... Wir alle haben gemeinsam etwas Ungewöhnliches erlebt, das uns verbindet; offenbar haben Sie und ich aber eine zusätzliche Erfahrung gemacht, die noch seltsamer und überwältigender war als jene, die wir mit den anderen teilten. Verdammt, es ist wie bei einer Zwiebelschale — unter einem Rätsel kommt immer ein neues hervor.«

Sie unterhielten sich eine halbe Stunde im Wagen, auf dem Parkplatz des Flughafens. Um sie herum herrschte lebhaftes Treiben ankommender und wegfahrender Autos, und der Januarwind rüttelte an Doms gemietetem Chevrolet. Aber die beiden jungen Menschen waren so mit sich beschäftigt, daß sie von ihrer Umwelt kaum etwas wahrnahmen.

Sie erzählte ihm von ihren Fugues, von den Hypnosesitzungen bei Pablo Jackson und von der Gehirnkontrolltechnik mit dem Namen Asrael-Blockierung, von Pablos Ermordung und von ihrer eigenen knappen Flucht vor dem Killer.

Obwohl Gingers Bericht in keiner Weise effektheischend war, obwohl sie es weder auf Mitgefühl für ihre Leiden noch auf Lob für die Bewältigung schwieriger Situationen abgesehen hatte, wuchs Doms Respekt und Bewunderung für sie von Minute zu Minute. Dieses zierliche Persönchen hatte die Kraft, um die es viele große, muskelstrotzende Männer beneidet hätten.

Dom erzählte ihr von den Ereignissen der letzten vierundzwanzig Stunden, und als Ginger von seinem Traum in der vergangenen Nacht hörte, war sie ungeheuer erleichtert. Doms

Traumerinnerung bestätigte Pablos Theorie: Ihren Anfällen lag keine Geisteskrankheit zugrunde; sie wurden jedesmal ausgelöst durch Gegenstände, die sie mit ihrer Gefangenschaft im Tranquility Motel assoziierte. Die schwarzen Handschuhe und der Motorradhelm mit dem getönten Visier hatten sie in Panik versetzt, weil sie in direktem Zusammenhang mit ihren unterdrückten Erinnerungen an die Männer in Schutzanzügen standen, die sie während der Gehirnwäsche betreut hatten. Der Abfluß im Klinikwaschbecken hatte einen Anfall ausgelöst, weil sie vermutlich — genauso wie Dom — von Colonel Falkirk vergiftet und dann von den anderen Männern gezwungen worden war, das Gift zu erbrechen. Während sie ans Motelbett geschnallt gewesen war, hatte man zweifellos häufig ihre Augen untersucht, um die Tiefe ihrer durch Drogen erzeugten Trance festzustellen — deshalb war sie vor dem Ophtalmoskop in Georges Büro davongerannt. Dom konnte sehen, wie sie sich merklich entspannte, weil es nun endlich einen Beweis dafür gab, daß ihre Blackouts kein Symptom beginnender Schizophrenie waren, sondern eine verzweifelte, aber völlig rationale Methode, um sich den Erinnerungen, die man aus ihrem Gedächtnis zu tilgen versucht hatte, nicht stellen zu müssen.

»Aber was ist mit jenen Messingknöpfen am Mantel von Pablos Mörder?« fragte sie. »Und mit den Knöpfen an der Uniform des Polizisten? Warum haben sie mich in Panik versetzt und eine Fugue ausgelöst?«

»Wir wissen, daß das Militär in diese Sache verwickelt ist«, sagte Dom, während er die Heizung stärker einstellte, um dem kalten Luftzug von den Fenstern entgegenzuwirken, »und Offiziersuniformen haben Knöpfe dieser Art — allerdings nicht mit stehenden Löwen, sondern höchstwahrscheinlich mit Adlern. Die Knöpfe, die Sie bei dem Mörder und bei dem Polizisten gesehen haben, sahen vermutlich den Uniformknöpfen jener Männer ähnlich, die uns im Motel gefangenhielten.«

»Aber Sie sagten doch, daß diese Leute Schutzanzüge trugen und keine Uniformen.«

»Vielleicht trugen sie die Schutzkleidung nicht die ganzen dreieinhalb Tage lang. Vielleicht kamen sie irgendwann zu der Erkenntnis, daß keine Verseuchungsgefahr mehr bestand.«

Sie nickte. »Sie haben bestimmt recht. Dann bleiben nur noch jene Kutschlaternen hinter dem Haus an der Newburry Street, von denen ich Ihnen erzählt habe: schwarzes Eisen mit bernsteinfarbenen Glasscheiben. Die Glühbirnen flackerten wie Gasflammen. Völlig harmlose Lampen. Aber sie lösten einen weiteren Anfall aus.«

»Die Lampenfüße in den Zimmern des Motels sind wie Sturmlaternen geformt, mit kleinen bernsteinfarbenen Scheiben.«

»Dann stimmt es also tatsächlich — jeder Blackout wurde von einem Gegenstand ausgelöst, der mich irgendwie an jene Tage erinnerte, als man mich einer Gehirnwäsche unterzog!«

Nach kurzem Zögern schob Dom seine Hand unter die Jacke, zog das Polaroid-Foto aus seiner Hemdtasche und reichte es ihr.

Sie erbleichte und erschauderte, als sie sich scharf mit leeren Augen in die Kamera starren sah.

Dom ließ ihr Zeit, sich von dem Schock zu erholen.

Draußen, im allmählich verblassenden schmutziggrauen Licht, hatte sich eine Autoschlange gebildet. Der Wind trieb Abfälle und welke Blätter über das Pflaster.

»Es ist meschugge«, sagte sie, während sie das Foto bestürzt betrachtete. »Es ist einfach verrückt. Was könnte eine derart komplizierte und riskante Konspiration rechtfertigen? Was können wir nur so Wichtiges und Geheimes gesehen haben?«

»Wir werden es herausfinden«, versprach er.

»Glauben Sie? Werden sie es zulassen? Sie haben Pablo umgebracht. Werden sie nicht mit allen Mitteln zu verhindern suchen, daß wir die Wahrheit entdecken?«

»Nun, ich nehme an, daß es unter den Verschwörern zwei Fraktionen gibt«, sagte Dom. »Da sind einerseits die ganz Hartgesottenen wie dieser Colonel Falkirk und seine Leute, und andererseits gibt es die Softies — *gut* kann ich sie beim besten Willen auch nicht nennen — wie jenen Burschen, der uns die Fotos geschickt, und wie die beiden Kerle in Schutzanzügen aus meinem Traum. Die Hardliner wollten uns alle liquidieren, um jedes Risiko zu vermeiden. Aber die Softies wollten nur unsere Erinnerungen auslöschen und uns ansonsten leben lassen — und sie müssen die stärkere Fraktion bilden, denn sie haben sich durchgesetzt.«

»Der Kerl, der Pablo umgebracht hat, war höchstwahrscheinlich einer von den Hartgesottenen.«

»Ja. Vermutlich arbeitet er für Falkirk. Der Colonel ist offensichtlich immer noch fest entschlossen, jeden zu liquidieren, der die Geheimhaltung von Was-auch-immer gefährdet — und das bedeutet natürlich, daß keiner von uns seines Lebens sicher sein kann. Aber da ist immer noch jene andere Fraktion, die Falkirks radikale Methoden ablehnt und — wie ich annehme — immer noch versucht, uns zu beschützen. Wir haben also eine Chance. Abgesehen davon können wir sowieso nicht einfach wieder heimfahren und versuchen, irgendwie weiterzuleben, nur weil unser Feind so mächtig zu sein scheint.«

»Nein«, stimmte Ginger ihm zu, »das können wir nicht. Bis wir nicht herausgefunden haben, was damals passiert ist, können wir ohnehin kein Leben führen, das diesen Namen verdient.«

Der Sturm wirbelte welke Blätter gegen die Windschutzscheibe und über das Dach. Ginger ließ ihren Blick über den Parkplatz schweifen. »Sie müssen wissen, daß wir uns im Motel sammeln, daß unsere Erinnerungsblockaden langsam durchlässig werden. Glauben Sie, daß wir observiert werden?«

»Höchstwahrscheinlich wird das Motel inzwischen überwacht«, sagte Dom. »Aber zum Flughafen ist mir niemand gefolgt. Ich habe genau aufgepaßt.«

»Ihnen hierher zu folgen war überflüssig«, meinte sie grimmig. »Diese Leute wußten bestimmt, wohin Sie fuhren, wen Sie hier abholen wollten.«

»Heißt das nun, daß wir nur Insekten auf der Handfläche eines Riesen sind, daß der Riese uns zerquetschen kann, wann immer er Lust dazu bekommt?«

»Vielleicht«, sagte Ginger Weiss, »aber — bei Gott! — wir können ihn zumindest ein paarmal kräftig stechen, bevor er uns zerquetscht.«

Sie sprach mit einer wilden Entschlossenheit, die in Zusammenhang mit der absurden Metapher von Insekten auf der Hand eines Riesen unwillkürlich komisch wirkte. Obwohl Dom ihren Mut angesichts der so gut wie nicht vorhandenen Überlebenschancen bewunderte, mußte er lachen.

Sie warf ihm einen überraschten Blick zu, dann stimmte sie in sein Lachen ein. »Na, bin ich nicht wirklich ein Held? Ich kann jeden Moment von einem Riesen zerquetscht werden, und ich fühle mich ganz großartig, weil ich ihn stechen kann, bevor er mich in einen Blutfleck verwandelt!«

»Sie sind der größte Held aller Zeiten!« bestätigte Dom ihr lachend.

Als er sie herzhaft über sich selbst lachen sah, war er wieder ganz hingerissen von ihrer Schönheit. Als sie vorhin aus dem Flugzeug gestiegen war, hatten seine Emotionen ihn deshalb überwältigt, weil sie im vorletzten Sommer irgend etwas ungeheuer Wichtiges zusammen erlebt hatten. Aber sogar wenn sie ein wildfremder Mensch gewesen wäre, wenn ihre Wege sich nie zuvor gekreuzt hätten, hätte sie ihm den Kopf verdreht. Sie war etwas ganz Besonderes.

Er mußte tief Luft holen. »Soll ich Sie jetzt zu den anderen bringen?«

»O ja«, sagte sie, während sie sich mit ihren schlanken Fingern die Lachtränen aus den Augenwinkeln wischte. »Ja, ich möchte sie kennenlernen — die anderen Insekten auf der Hand des Riesen.«

Eine knappe halbe Stunde vor Einbruch der Dunkelheit breiteten sich lange Schatten auf den Hochebenen aus, und das schmutziggraue Licht verlieh sogar so alltäglichen Dingen wie Büschen, Felsen und toten braunen Grasbüscheln ein unheimliches Aussehen.

Dom Corvaisis war nicht direkt zum Motel gefahren, sondern hatte Ginger zu jener besonderen Stelle etwa 200 Meter südlich der Interstate 80 geführt. Die Pflanzen rauschten und knisterten im Wind. Das Eis auf Gras und Beifuß schimmerte fast schwarz.

Der Schriftsteller stand schweigend ein Stück von ihr entfernt da, die Hände tief in den Jackentaschen vergraben. Er hatte ihr erklärt, daß er ihre Reaktion auf diesen Ort nicht beeinflussen, ihre ersten Gefühle nicht durch eine Beschreibung seiner eigenen in irgendeiner Weise beeinträchtigen wolle.

Ginger ging langsam hin und her, wobei sie sich etwas töricht vorkam, so als beteiligte sie sich an einem unausgegorenen Experiment zum Thema ›psychisches Wahrnehmungsvermögen‹ und suchte nach hellseherischen Vibrationen. Aber das änderte sich schlagartig, als sie tatsächlich Vibrationen spürte. Ein sonderbares Unbehagen stieg in ihr auf, und sie bemerkte, daß sie sich unwillkürlich von allen besonders dunklen Vertiefungen fernhielt, so als lauerte dort etwas Bedrohliches. Ihr Herz pochte laut. Aus Unbehagen wurde Angst, und nun wurde ihr Herzschlag immer schneller.

»*Es ist in mir. Es ist in mir.*«

Sie drehte sich rasch nach der Stimme um. Es war Doms Stimme, aber sie war nicht von ihm gekommen. Die Worte waren hinter ihr gesprochen worden. Aber dort war niemand, nur trockener Beifuß und ein dünner Schneefleck, der inmitten der Schatten leuchtete.

»Was ist los?« fragte Dom und ging auf sie zu.

Sie hatte sich geirrt. Doms andere Stimme — die gespenstisch klingende Stimme — war nicht von hinten an ihr Ohr gedrungen. Es war eine Stimme *in ihr* gewesen. Sie hörte jenen anderen Dom wieder, und sie begriff, daß sie ein Erinnerungsfragment hörte, ein Echo aus der Vergangenheit, etwas, das er an jenem Freitagabend, an jenem 6. Juli, zu ihr gesagt hatte — vielleicht, als sie beide auf dieser Stelle gestanden hatten. Der Erinnerungsfetzen war nicht mit irgendwelchen Bildern oder Gerüchen verbunden, denn er gehörte zu den Ereignissen, die hinter der Asrael-Blockierung eingeschlossen waren. Da waren nur jene vier eindringlichen Worte, zweimal hintereinander gesagt: »*Es ist in mir. Es ist in mir.*«

Ihre Angst wurde plötzlich übermächtig. Die Landschaft um sie herum schien eine namenlose, aber monströse Bedrohung darzustellen. Sie ging rasch auf den Highway zu, und Dom fragte, was los sei, und sie lief noch schneller und konnte ihm nicht antworten, weil ihr Mund und ihre Kehle mit einer Paste aus Angst verstopft waren. Er rief ihren Namen, und sie begann zu rennen.

Sie konnte erst wieder sprechen, als sie im Chevrolet saßen, die Türen geschlossen waren, der Motor lief und die Heizung warme Luft in ihr eisiges Gesicht blies. Mit zitternder Stimme erzählte sie Dom von der anonymen Bedrohung, die sie auf jenem ganz gewöhnlich aussehenden Stück Land verspürt hatte. Und sie erzählte ihm auch von der Erinnerung an seine eindringliche Stimme, an jene vier Worte.

»Es ist in mir«, murmelte er nachdenklich. »Sind Sie sicher, daß ich das an jenem Abend zu Ihnen gesagt habe?«

»Ja.« Ein Schauer überlief sie.

»Es ist in mir. Was in aller Welt kann ich damit nur gemeint haben?«

»Das weiß ich nicht«, sagte Ginger. »Aber ich bekomme davon eine Gänsehaut.«

Nach kurzem Schweigen murmelte Dom: »Ja, ich auch.«

An diesem Abend hatte Ginger Weiss im Motel fast das Gefühl, als wäre sie auf einem Familienfest wie etwa Thanksgiving. Trotz der schwierigen und gefährlichen Situation waren alle gut gelaunt, denn wie in einer richtigen Familie stärkten sie sich gegenseitig. Sie bereiteten zu sechst in der Küche das Abendessen zu, und dabei lernte Ginger die anderen näher kennen und fühlte, wie die Freundschaftsbande zwischen ihnen und ihr stärker wurden.

Ned Sarver übernahm als professioneller Koch die Zubereitung des Hauptgerichts — im Rohr gebratene Hühnerbrüste in würziger Tomatensauce mit Sauerrahm. Anfangs hielt Ginger Ned für einen mürrischen, unfreundlichen Kerl, aber sie änderte rasch ihre Meinung. Schweigsamkeit konnte mitunter Ausdruck einer ausgeglichenen Persönlichkeit sein, die nicht ständig bestätigt zu werden brauchte, und genau das war bei Ned Sarver der Fall. Außerdem mußte Ginger einen Mann einfach gern haben, der seine Frau so sehr liebte wie Ned seine Sandy — eine Liebe, die aus jedem seiner Worte und jedem seiner Blicke sprach.

Sandy, die einzige von ihnen, auf die sich das mysteriöse Geschehnis *nur* positiv ausgewirkt hatte, war so liebenswert und so glücklich über die mit ihr vorgegangenen Veränderungen, daß Ginger sich in ihrer Gesellschaft besonders wohl fühlte. Sie bereiteten gemeinsam Salat und Gemüse zu, und während der Arbeit entstand eine fast schwesterliche Zuneigung zwischen ihnen.

Faye Block kümmerte sich um das Dessert, eine Tiefkühltorte mit Schokoladenüberzug und Bananencremefüllung. Ginger mochte Faye auf Anhieb; sie erinnerte sie an Rita Hannaby. In vieler Hinsicht unterschied sich die vornehme Dame der Gesellschaft natürlich von Faye, aber in grundlegenden Dingen waren sie sich sehr ähnlich: tatkräftige, energische Charaktere mit scharfem Verstand, aber gütigen Herzen.

Ernie Block und Dom Corvaisis zogen den Tisch aus und deckten ihn für sechs Personen. Ernie war Ginger anfangs etwas bärbeißig und einschüchternd vorgekommen, aber bald erkannte sie, daß er ein richtiger Schatz war. Seine Angst vor der Dunkelheit verlieh ihm trotz seiner Größe und Statur etwas sympathisch Kindliches.

Von den fünf Menschen, in deren Gesellschaft Ginger sich befand, weckte nur Dominick Corvaisis in ihr Emotionen, die sie nicht verstehen konnte. Sie hegte für ihn die gleichen freundschaftlichen Gefühle wie für die anderen, und sie war sich der besonders engen Bande zwischen ihnen beiden bewußt, die zweifellos auf ein Erlebnis zurückzuführen waren, das nur sie beide gehabt hatten. Aber sie fühlte sich auch sexuell zu ihm hingezogen, und das erstaunte sie, denn normalerweise mußte sie einen Mann mindestens einige Wochen kennen — *gut* kennen —, bevor sie ihn begehrte. Ihre romantischen Gefühle bestürzten sie, und sie bemühte sich, sie zu verbergen, während sie sich gleichzeitig einzureden versuchte, daß Dom sich nicht auf diese gleiche Weise zu ihr hingezogen fühlte.

Während des Abendessens diskutierten sie weiter über ihre prekäre Lage und suchten nach Erklärungen.

Ginger konnte sich ebensowenig wie Dom an die Giftkatastrophe erinnern, als die Blocks und die Sarvers davon berichteten. Die I-80 war wirklich gesperrt gewesen, und die Gegend war zum Notstandsgebiet erklärt worden, daran konnte kein Zweifel bestehen. Aber Dom hatte die Blocks inzwischen davon überzeugt, daß ihre Erinnerungen, sie hätten während der Evakuierung auf der Ranch von Elroy und Nancy Jamison gewohnt, falsch waren, daß sowohl sie selbst als auch die Jamisons mit größter Wahrscheinlichkeit im Motel festgehalten worden waren. Faye und Ernie sagten, die Jamisons hätten ihnen gegenüber nie etwas von Alpträumen oder seltsamen Problemen erwähnt: demnach schien die Gehirnwäsche bei ihnen hundertprozentig erfolgreich verlaufen zu sein, obwohl man sicherheitshalber bald noch einmal mit ihnen würde sprechen müssen.

Auch Ned und Sandy hatten widerwillig eingesehen, daß ihre Erinnerungen, die Krisentage in ihrem Wohnwagen verbracht zu haben, viel zu verschwommen waren, um echt sein zu können. Sie hatten sich schließlich mit der Vorstellung abgefunden, daß man sie — an Motelbetten gefesselt — unter Drogen gesetzt und einer Gehirnwäsche unterzogen hatte.

»Aber warum haben sie uns nicht die gleichen falschen Erinnerungen eingegeben?« fragte Faye.

»Vielleicht wurde bei allen Opfern, die aus dieser Gegend stammten, die Tatsache der Giftkatastrophe und der Sperrung der I-80 bei der Eingabe falscher Erinnerungen berücksichtigt«, meinte Ginger. »Das war notwendig, denn die Ortsansässigen würden später ja bestimmt gefragt werden, wo sie sich während der Evakuierung aufgehalten hatten. Diese Opfer mußten also entsprechend programmiert werden. Dom und ich hingegen kamen von weit her, und es war deshalb unwahrscheinlich, daß wir später jemandem begegnen würden, der wüßte, daß wir in der Quarantänezone gewesen waren. Folglich machten sie sich nicht die Mühe, in die falschen Erinnerungen, die sie uns eingaben, jenes Stückchen Realität mit einzubauen.«

»Aber wäre es nicht einfacher und sicherer gewesen, auch in Ihre Erinnerungen die Giftkatastrophe mit einzubeziehen?« fragte Sandy, die gerade ein Stückchen Huhn mit der Gabel zum Mund führte.

»Seit ich mit Pablo Jacksons Hilfe herausfand, daß man mich psychisch manipuliert hatte«, erwiderte Ginger, »habe ich einiges über Gehirnwäsche gelesen. Ich glaube, daß es wesentlich einfacher ist, *völlig* falsche Erinnerungen einzugeben als eine Mischung aus Dichtung und Wahrheit. Es nimmt vermutlich wesentlich mehr Zeit in Anspruch, falsche Erinnerungen aufzubauen, die einen Kern von Wahrheit enthalten, und vielleicht hatten diese Leute einfach nicht die Zeit, sich mit uns allen so ausführlich zu beschäftigen. Deshalb hat man sich nur bei Ortsansässigen wie Ihnen die Mühe einer Super-Deluxe-Gehirnwäsche gemacht.«

»Das hört sich sehr einleuchtend an«, meinte Ernie, und alle stimmten ihm zu.

»Aber hat diese Giftkatastrophe nun überhaupt stattgefunden«, fragte Faye, »oder haben sie das vielleicht nur erfunden, um eine Möglichkeit zu haben, die I-80 zu sperren und uns hier gefangenzuhalten und entsprechend zu programmieren, damit wir nicht ausplaudern konnten, was wir an jenem Freitagabend gesehen hatten?«

»Ich vermute«, erwiderte Ginger, »daß eine Verseuchung irgendwelcher Art tatsächlich stattgefunden hat. In Doms Alptraum, der — wie wir wissen — kein eigentlicher Traum, sondern eine aufgetauchte Erinnerung ist, trugen jene Männer Schutzanzüge. Nun wäre es natürlich denkbar, daß sie sich nur für die Reporter und sonstige Neugierige, die sich am Rande des Sperrgebiets aufhielten, so ausstaffierten, aber dann hätten sie diese Anzüge hier im Motel, wo nur wir sie sehen konnten, bestimmt abgelegt.«

Ernie warf einen ängstlichen Blick auf die geschlossene Jalousie des Fensters in Tischnähe, so als befürchtete er, daß die Dunkelheit durch einen Spalt ins Zimmer eindringen könnte. Er mußte sich kräftig räuspern, bevor er fragen konnte: »Aber was war es nun Ihrer Meinung nach? Sie sind doch Ärztin. Was ist wahrscheinlicher — eine chemische oder eine biologische Verseuchung? Der Presse wurde erzählt, es hätte sich um Chemikalien gehandelt, die ins Testgelände von Shenkfield geliefert werden sollten.«

Ginger hatte schon seit geraumer Zeit über diese Frage nachgedacht. Chemische oder biologische Verseuchung? Ihre eigene Schlußfolgerung hatte sie tief verstört. »Im allgemeinen müssen die bei einem chemischen Unfall erforderlichen Schutzanzüge nicht luftdicht sein. Der Mensch muß nur von Kopf bis Fuß bedeckt sein, damit die ätzende oder giftige Substanz nicht mit seiner Haut in Berührung kommen kann, und er benötigt eine Gasmaske, um keine tödlichen Dämpfe einzuatmen. Diese Art von Schutzkleidung besteht normalerweise aus leichtem, nichtporösem Stoff, und die Kopfbedeckung ist eine einfache Stoffkapuze mit Plastikvisier. Dom hat aber schwere Anzüge mit einer Außenbeschichtung aus dickem Vinyl beschrieben, Handschuhe, die nahtlos in die Ärmel übergingen, sowie einen Helm aus hartem Material, am Kragen luftdicht abgeschlossen. Diese Art von Schutzanzügen wurde speziell entwickelt, um eine Verseuchung mit gefährlichen *biologischen* Kampfstoffen wie etwa Mikroben auszuschließen.«

Alle brauchten eine Weile, um diese beunruhigende Auskunft innerlich zu verarbeiten.

Nach längerem Schweigen konstatierte Ned, der sich mit einem großen Schluck Heineken gestärkt hatte: »Wir müssen demnach mit irgend etwas infiziert worden sein.«

»Mit irgendeinem Virus, der für biologische Kriegführung entwickelt wurde«, fügte Faye hinzu.

»Wenn das Zeug für Shenkfield bestimmt war, muß es etwas in dieser Art gewesen sein«, meinte Ernie. »Etwas Gräßliches.«

»Aber wir haben überlebt!« wandte Sandy ein.

»Weil wir sofort unter Quarantäne gestellt und behandelt werden konnten«, sagte Ginger. »Wenn sie dort mit irgendwelchen neuen tödlichen Mikroorganismen zur bakteriologischen Kriegführung herumexperimentieren, haben sie bestimmt auch schon ein Gegenmittel entwickelt. Sie müssen einen Vorrat dieses neuen Antibiotikums oder Serums besitzen, um gegen einen möglichen Unfall gewappnet zu sein. Falls wir also verseucht wurden, müssen wir von den gleichen Leuten kuriert worden sein.«

»Das hört sich doch schon alles ganz plausibel an«, meinte Ernie. »Vielleicht setzen wir die einzelnen Puzzleteilchen allmählich richtig zusammen.«

Dom widersprach ihm. »Es erklärt immer noch nicht, was an jenem Freitagabend nun eigentlich geschah, was wir gesehen haben, das wir nicht sehen *sollten*. Es erklärt auch nicht, weshalb das ganze verdammte Restaurant bebte und die Fenster zerbarsten — damals und dann wieder gestern abend.«

»Und es erklärt auch nicht die anderen seltsamen Dinge«, sagte Faye. »Beispielsweise die Papiermonde, die in Lomacks Haus um Dom herumwirbelten. Oder Vater Wycaziks Behauptung, daß dieser junge Priester Wunderheilungen vollbringt.«

Sie sahen einander an und warteten schweigend darauf, daß jemandem eine einleuchtende Erklärung einfiele, wie jene paranormalen Ereignisse zur Theorie einer bakteriologischen Verseuchung passen könnten. Aber niemand wußte eine Antwort auf diese Frage.

Knapp 480 Kilometer westlich des Tranquility war Brendan Cronin in einem Motel in Reno zu Bett gegangen und hatte die Lampe ausgeschaltet. Obwohl es erst wenige Minuten nach neun war, hatte sein Körper sich noch nicht an die Zeitverschiebung gewöhnt. In Chicago war es jetzt kurz nach elf.

Er konnte jedoch nicht einschlafen. Nach seiner Ankunft im Motel und einem Abendessen in einem nahegelegenen Bob's Big Boy hatte er im Pfarrhaus von St. Bernadette angerufen und mit Vater Wycazik gesprochen, der ihm von Dominick Corvaisis' Anruf berichtet hatte. Brendan war wie elektrisiert von der Neuigkeit, daß er nicht der einzige war, dem mysteriöse Dinge widerfuhren. Er hatte überlegt, ob er im Tranquility anrufen sollte, aber die anderen wußten ja schon, daß er zu ihnen unterwegs war, und alles übrige ließ sich mündlich besser bereden. Es waren Gedanken an den morgigen Tag, Spekulationen über das, was geschehen könnte, die ihn nicht einschlafen ließen.

Als er schon fast eine Stunde wach lag, schweiften seine Gedanken zu jenem unheimlichen Licht, das in der vorletzten Nacht sein Schlafzimmer im Pfarrhaus erfüllt hatte — und plötzlich wiederholte sich dieses Phänomen. Diesmal gab es überhaupt keine sichtbare Lichtquelle, nicht einmal eine so unwahrscheinliche wie den Frostmond am Fenster, von dem in der Freitagnacht jene unheimliche Strahlung ausgegangen war. Jetzt umgab ihn der helle Schein von allen Seiten, so als hätten die Luftmoleküle mit einem Mal die Fähigkeit, Licht zu erzeugen. Zuerst war es ein mondbleicher milchiger Schimmer, aber er wurde von Sekunde zu Sekunde leuchtender, bis Brendan das Gefühl hatte, auf offenem Felde direkt unter einem strahlenden Vollmond zu liegen.

Es war ganz anders als jenes friedenspendende Licht, das er in seinen Träumen sah; es löste wie beim erstenmal gegensätzliche Emotionen in ihm aus — Schrecken und Entzücken, Angst und wilde Erregung.

Wie in seinem Schlafzimmer im Pfarrhaus, so wechselte das Licht auch jetzt seine Farbe, wurde scharlachrot, und Brendan schien in einer strahlenden Blutblase zu hängen.

Es ist in mir, dachte er und fragte sich im gleichen Moment, was das bedeuten könnte. *In mir*. Der Gedanke hallte in seinem Gehirn wider. Ihm wurde plötzlich kalt vor Angst.

Sein Herz raste zum Zerspringen. Er lag starr da. Auf seinen Händen tauchten die Ringe wieder auf. Er spürte das von ihnen ausgehende Prickeln.

2. *Montag, 13. Januar*

Als sie sich am nächsten Morgen in der Küche der Blocks zum Frühstück trafen, zeigte sich Dom von der Tatsache, daß fast alle eine unruhige Nacht verbracht hatten, sehr befriedigt. »Es funktioniert tatsächlich genauso, wie ich gehofft hatte«, sagte er aufgeregt. »Indem wir uns hier getroffen haben, indem wir uns zu jener Gruppe formieren, die *damals* hier versammelt war, indem wir zusammenarbeiten, um die Wahrheit zu ergründen, üben wir einen konstanten Druck auf die Erinnerungsblockaden aus, die man in unseren Gehirnen errichtet hat. Und deshalb beginnen diese Barrieren jetzt immer mehr zu bröckeln, und zwar schneller als je zuvor.«

Dom, Ginger, Ernie und Ned hatten in der Nacht ungewöhnlich intensive Alpträume gehabt, die solche Ähnlichkeiten aufwiesen, daß es sich ohne jeden Zweifel um Fragmente verbotener Erinnerungen handelte. Alle vier hatten geträumt, daß sie auf einem Motelbett gefesselt waren und von Männern in Schutzanzügen versorgt wurden. Sandy hatte einen schönen Traum gehabt, an den sie sich aber nicht so deutlich erinnerte wie die anderen an ihre Alpträume. Faye war die einzige, die überhaupt nicht geträumt hatte.

Ned war so mitgenommen von seinem Alptraum, daß er am Montagmorgen, als Sandy und er aus Beowawe zum Frühstück eintrafen, ankündigte, sie würden für die nächste Zeit in eines der Motelzimmer ziehen. »Nachdem jener Traum mich nachts geweckt hatte, konnte ich nicht wieder einschlafen. Und während ich wach lag, ging es mir durch den Kopf, wie abgeschieden von aller Welt wir in unserem Wohnwagen sind, daß wir keine direkten Nachbarn haben — ringsum nichts als weites Land ... Vielleicht beschließt dieser Colonel Falkirk, uns umzubringen, wie er es ja schon damals tun wollte. Und ich will nicht allein mit Sandy im Wohnwagen sein, wenn es soweit ist.«

Dom hatte größtes Verständnis für Ned, der zum erstenmal von düsteren Träumen heimgesucht worden war. Dom, Ginger und Ernie hatten in den letzten Wochen Zeit gehabt, sich ein wenig an diese erschreckend lebhaften Alpträume zu gewöhnen, aber für den Koch waren sie eine völlig neue Erfahrung, und es war deshalb nicht im geringsten verwunderlich, daß er völlig verstört war.

Außerdem war Neds Furcht vor Falkirk natürlich nur allzu berechtigt. Je näher sie der Wahrheit kamen, desto wahrscheinlicher wurde ein Präventivschlag ihrer Feinde, um in letzter Minute eine Enthüllung des Komplotts zu verhindern. Dom glaubte nicht, daß Falkirk zuschlagen würde, bevor auch Brendan Cronin, Jorja Monatella und eventuelle weitere Opfer im Tranquility Motel eingetroffen waren. Aber *danach* würden sie alle in größter Gefahr schweben.

Ned Sarver brachte beim Frühstück kaum einen Bissen herunter, während er den anderen von seinen Alpträumen berichtete. Anfangs war er von Männern in Schutzanzügen gefangengehalten worden, aber später hatten sie teils Laborkittel, teils Militäruniformen getragen, was darauf hinwies, daß die biologische Gefahr vorüber gewesen war. Einer der Uniformierten war Colonel Falkirk gewesen, und Ned lieferte eine genaue Beschreibung dieses Offiziers: etwa fünfzig Jahre alt, schwarze Haare, die an den Schläfen grau wurden, kalte, stahlgraue Augen, eine Adlernase und schmale Lippen.

Ernie konnte das Phantombild, das Ned mit Worten entworfen hatte, genau bestätigen, denn auch er hatte Falkirk im Traum gesehen. Der erstaunliche Zufall, daß Ned und Ernie von demselben Mann geträumt hatten, war ein Beweis dafür, daß es nicht das Gesicht einer Fantasiegestalt war, sondern das Gesicht eines Mannes, den Ernie und Ned im vorletzten Sommer tatsächlich gesehen hatten.

»Und ein anderer Armeeoffizier hat in meinem Alptraum Falkirk mit Vornamen angeredet — Leland«, berichtete Ernie. »Colonel Leland Falkirk.«

»Vermutlich ist er in Shenkfield stationiert«, meinte Ginger.

»Wir werden später versuchen, das herauszufinden«, sagte Dom.

Die Gedächtnisbarrieren bröckelten entschieden ab! Dieses Bewußtsein versetzte Dom in eine optimistischere Stimmung als seit Monaten.

In Gingers Alptraum, den sie ihren Freunden erzählte, war sie nicht die einzige Person gewesen, die in Zimmer 5 — dem Zimmer, das sie damals bewohnt hatte und nun wieder bewohnte — einer Gehirnwäsche unterzogen wurde. »In einer Ekke stand ein Bett mit Rädern, und die rothaarige Frau darin war mir völlig unbekannt. Sie war etwa vierzig. Sie war an ein intravenöses Tropfinfusionsgerät und an ein EKG angeschlossen, und sie hatte jenen ... jenen leeren starren Blick.«

Nicht nur Ernies und Neds Alpträume wiesen ein gleiches Element — Falkirks Erscheinung — auf; auch Dom und Ginger hatten teilweise das gleiche geträumt. In Doms Traum war ebenfalls ein Bett auf Rädern vorgekommen, mit einem EKG auf einer und einem Infusionsgerät auf der anderen Seite, und in diesem Bett hatte ein junger Mann von etwa zwanzig Jahren mit bleichem Gesicht, buschigem Schnurrbart und leichenartigen Augen gelegen.

»Was hat das nun schon wieder zu bedeuten?« fragte Faye. »Mußten sie soviel Leute einer Gehirnwäsche unterziehen, daß die zwanzig Zimmer nicht ausreichten?«

»Nach dem Melderegister waren doch nur elf Räume belegt.«

»Bestimmt haben auch Leute, die auf der Interstate unterwegs waren, gesehen, was passiert ist — was immer das auch gewesen sein mag. Die Armee muß sie aufgehalten und hierher gebracht haben. Ihre Namen stehen natürlich nicht im Register.«

»Wie viele mögen es gewesen sein?« fragte Faye.

»Das werden wir vermutlich nie erfahren«, erwiderte Dom. »Wir haben sie ja nie kennengelernt; wir teilten nur mit ihnen die Zimmer, während wir unter Drogen gesetzt wurden. Vielleicht werden wir uns an ihre Gesichter erinnern, aber ihre Namen und Adressen können uns natürlich nicht einfallen, weil wir sie ja nie gewußt haben.«

Aber zumindest wurde das Lügengewebe der Erinnerungen, das ihnen einprogrammiert worden war, immer dünner und ließ die Wahrheit hindurchschimmern, und dafür war Dom sehr dankbar. Mit der Zeit würden sie hinter die Wahrheit kommen — wenn Colonel Falkirk nicht vorher mit schwerer Artillerie anrückte.

Während die Gruppe am Montagmorgen im Tranquility Motel frühstückte, wurde Jack Twist in New York, in einer Filiale der Citibank in der Fifth Avenue, zu seinem Safe in einer Stahlkammer geführt. Die Bankangestellte, eine attraktive junge Frau, redete ihn mit ›Mr. Farnham‹ an, denn unter diesem falschen Namen hatte er das Bankschließfach gemietet.

Nachdem sie mit ihren zwei verschiedenen Schlüsseln das Schließfach in der Stahlkammer geöffnet hatten, begab sich Jack mit seinem Behältnis in eine Kabine. Er öffnete den Deckel und starrte fassungslos auf den Inhalt. Der rechteckige Metallbehälter enthielt etwas, das er nicht hineingelegt hatte, was eigentlich völlig unmöglich war, denn niemand außer ihm wußte etwas von dem Bankfach, und nur er besaß einen Schlüssel dazu.

Im Safe hätten fünf weiße Umschläge liegen sollen, jeder mit 5000 Dollar in Hundert- und Zwanzigdollarnoten Inhalt, und das Geld war offenbar noch da. Diese Summe war eine der elf

Notreserven, die er in verschiedenen Bankschließfächern der City aufbewahrte. Er wollte an diesem Morgen jedem der Tresore 15 000 Dollar entnehmen — insgesamt 165 000 Dollar — und dieses Geld verschenken. Mit zitternden Händen zählte er die Banknoten in den fünf Briefumschlägen nach. Kein einziger Schein fehlte.

Das erleichterte Jack jedoch nicht im geringsten. Obwohl sein Geld noch da war, bewies das Vorhandensein jenes anderen Gegenstands, daß seine falsche Identität jemandem bekannt war — daß folglich seine Freiheit gefährdet war. Jemand wußte, wer ›Gregory Farnham‹ in Wirklichkeit war, und wollte ihm das zu verstehen geben.

Es war eine Ansichtskarte ohne eine Zeile auf der Rückseite. Aber das war auch nicht notwendig — die Karte selbst war eine überdeutliche Botschaft: ein Foto des Tranquility Motels.

Nachdem er, Branch Pollard und ein dritter Mann im vorletzten Sommer jenen Einbruch bei McAllister in Marin County, nördlich von San Francisco, verübt hatten und nachdem er seinen Anteil an der Beute in Reno erfolgreich vermehrt hatte, war er in einem Mietwagen nach Osten gefahren, und nach dem ersten Reisetag hatte er im Tranquility Motel an der I-80 übernachtet. Seitdem hatte er nie mehr an dieses Motel gedacht, aber er erkannte es sofort wieder, als er das Foto sah.

Wer konnte wissen, daß er dort einmal übernachtet hatte? Er hatte Branch Pollard nie etwas von seinem Abstecher nach Reno und seiner Rückfahrt mit dem Wagen erzählt. Der dritte Mann, der am Einbruch bei McAllister beteiligt gewesen war — ein gewisser Sal Finrow aus Los Angeles —, kam auch nicht in Frage; Jack hatte ihn nach dem Aufteilen der Beute nie mehr gesehen.

Plötzlich begriff Jack, daß mindestens *drei* seiner falschen Identitäten jemandem bekannt waren. Dieses Bankschließfach hatte er als ›Gregory Farnham‹ gemietet, aber im Tranquility Motel hatte er sich damals als ›Thornton Wainwright‹ eingetragen. Beide *noms de guerre* waren jetzt aufgeflogen, und das war nur möglich gewesen, indem jemand Jack auch als ›Philippe Delon‹ identifiziert hatte — folglich war auch dieser Name, unter dem er seine Wohnung in der Fifth Avenue gemietet hatte, aufgeflogen.

Allmächtiger Himmel!

Er saß niedergeschmettert in der Bankkabine, aber sein Gehirn arbeitete auf Hochtouren, als er überlegte, wer sein Feind sein könnte. Die Polizei, das FBI oder eine andere Behörde kam nicht in Frage — diese Leute würden keine Spielchen treiben, sondern ihn sofort verhaften, wenn sie solche Beweismittel gegen ihn gesammelt hätten. Einer der vielen Männer, mit denen er bei seinen Raubzügen zusammengearbeitet hatte, konnte es auch nicht sein, denn er hatte stets größten Wert darauf gelegt, daß seine Bekannten aus der Unterwelt nichts von seinem Leben in der Fifth Avenue erfuhren. Keiner von ihnen wußte, wo Jack wohnte; wenn sie für irgendeinen Coup seine Spezialkenntnisse und seine strategische Begabung benötigten, konnten sie nur über Postschließfächer oder Anrufbeantworter Kontakt mit ihm aufnehmen, und selbstverständlich verwendete er sowohl für die Schließfächer als auch für die betreffenden Telefonanschlüsse Pseudonyme. Von der Wirksamkeit dieser Vorsichtsmaßnahmen war Jack überzeugt. Und außerdem, wenn irgendein Ganove diesen Safe geöffnet hätte, so wären die 25 000 Dollar jetzt mit Sicherheit nicht mehr da.

Wer kann mir denn nur auf der Spur sein? dachte Jack.

Ihm fiel der Raubüberfall auf das Warenlager ein, den er mit Mort und Tommy Sung am 3. Dezember verübt hatte. War vielleicht die Mafia hinter ihm her? Wenn diese Jungs jemanden ausfindig machen wollten, so hatten sie mehr Kontakte, Informationsquellen und mehr Ausdauer als das FBI. Und die Brüder von der ›fratellanza‹ würden auch das Geld im Safe liegen lassen, um ihm dadurch zu verstehen zu geben, daß sie mehr wollten als nur das Geld, das er ihnen gestohlen hatte. Der Mafia würde es auch ähnlich sehen, etwas wie diese Ansichtskarte zu hinterlassen, denn diese Burschen liebten es, ein Opfer im eigenen Saft schmoren zu lassen, bevor sie es endlich zur Strecke brachten.

Es sprach aber auch einiges *gegen* diese Theorie: Selbst wenn es der Mafia gelungen war, ihn aufzuspüren, selbst wenn die Gangster seine kriminelle Karriere irgendwie zurückverfolgt hatten, so würden sie sich nicht die Mühe machen, sich eine Karte vom Tranquility Motel zu beschaffen, nur um ihm Angst einzujagen. Das hätten sie mit einem Foto des Warenlagers in New Jersey, das er beraubt hatte, genausogut erreichen können.

Folglich war es nicht die Mafia. Aber wer dann? Verdammt, wer konnte es nur sein?

Die kleine Kabine wirkte plötzlich beengend. Jack hatte das Gefühl, als rückten die Wände immer näher zusammen. Solange er hier in der Bank war, konnte er nicht wegrennen, sich nirgends verstecken. Er stopfte die 25000 Dollar in seine Manteltaschen; jetzt hatte er nicht mehr die Absicht, sie zu verschenken; er würde sie für seine Flucht benötigen. Er schob die Ansichtskarte in seine Brieftasche, schloß den leeren Behälter und klingelte nach der Bankangestellten.

Zwei Minuten später atmete er erleichtert aus voller Lunge die kalte Januarluft ein, während er gleichzeitig aufmerksam die Menschen auf der Fifth Avenue musterte, um festzustellen, ob er beschattet wurde. Er konnte jedoch keine verdächtige Gestalt entdecken.

Kurze Zeit stand er wie ein Felsen mitten im Menschenstrom, der ihn umflutete. Er wollte die Stadt und den Staat so schnell wie möglich verlassen, irgendwohin fliehen, wo sie ihn nicht suchen würden. Wer immer *sie* auch sein mochten. Aber er war sich nicht ganz sicher, ob eine Flucht erforderlich war. Während seiner Ranger-Ausbildung hatte er gelernt, daß man nicht handeln durfte, bevor man wußte, warum man handelte, was man damit erreichen wollte. Außerdem war seine Neugier noch größer als seine Furcht vor dem gesichtslosen Gegner; er mußte herausfinden, mit wem er es zu tun hatte, wie sie ihn trotz seiner komplizierten Vorsichtsmaßnahmen aufgespürt hatten und was sie eigentlich von ihm wollten.

Er hielt ein Taxi an und ließ sich zur Ecke Wall Street und William Street bringen, ins Zentrum des Finanzimperiums, wo er sechs Tresore in sechs verschiedenen Banken hatte. Er stattete vier dieser Banken einen Besuch ab und entnahm jedem Safe 25000 Dollar sowie eine Ansichtskarte des Tranquility Motels. Danach beschloß er, keine weiteren Banken mehr aufzusuchen, denn seine Manteltaschen waren von den 125000 Dollar ohnehin schon ausgebeult, und es war gefährlich, mit einer solchen Summe herumzulaufen. Außerdem war er inzwischen überzeugt davon, daß *sie* auch hinter seine übrigen sechs Falschnamen gekommen waren und auch in den anderen Bankschließfächern ihre ›Visitenkarte‹ hinterlassen hatten. Er hatte jetzt genügend Geld für die Flucht, und wegen der verbleibenden 150000 Dollar in den sechs restlichen Bankfächern machte er sich keine großen Sorgen. Zum einen hatte er vier Millionen auf seinen Schweizer Bankkonten, und zum anderen hätte der Verteiler der Ansichtskarten das Geld schon mitnehmen können, wenn das seine Absicht gewesen wäre.

Inzwischen hatte er auch Zeit gehabt, über jenes Motel in Nevada nachzudenken, und es ging ihm allmählich auf, daß an seinem dortigen Aufenthalt irgend etwas ziemlich merkwürdig war. Er hatte drei Tage im Tranquility Motel verbracht, sich entspannt und die Ruhe und die majestätische Landschaft genossen. Das sah ihm eigentlich gar nicht ähnlich, wie ihm erst jetzt auffiel. Drei Tage Aufenthalt in diesem abgelegenen Motel, mit einer erheblichen Geldsumme im Kofferraum seines Mietwagens? Drei Tage Aufenthalt, nachdem er bereits zwei Wochen von New York — und Jenny — weggewesen war? Er wäre von Reno aus doch bestimmt auf schnellstem Wege nach Hause gefahren. Jetzt, wo er näher darüber nachdachte, ergab der dreitägige Aufenthalt im Tranquility Motel überhaupt keinen Sinn.

Er ließ sich von einem Taxi in seine Wohnung bringen, wo er kurz vor elf ankam. Als erstes rief er Elite Flights an, eine Gesellschaft, bei der man kleine Jets chartern konnte und bei der er bekannt war. Zu seiner Erleichterung erfuhr er, daß ein Lear zufällig gerade nicht vermietet war und ihm deshalb jederzeit zum Abflug zur Verfügung stand.

Er holte die 25 000 Dollar aus dem Versteck im Wandschrank. Insgesamt hatte er jetzt 150 000 Dollar Bargeld, eine Summe, die für alle möglichen unvorhergesehenen Ausgaben bei weitem ausreichen würde.

Er packte rasch drei Koffer. In jeden legte er einige Kleidungsstücke, aber hauptsächlich füllte er sie mit anderen Gegenständen. Er verstaute zwei Pistolen: eine Smith & Wesson Model 19 Combat Magnum und eine Beretta Model 70 samt zwei aufschraubbaren Schalldämpfern. Außerdem packte er eine Maschinenpistole und jede Menge Munition ein.

Jacks plötzlich zutage getretenen Schuldgefühle hatten ihn in den letzten vierundzwanzig Stunden sehr verändert, ihn aber doch nicht so überwältigt, daß er jetzt außerstande gewesen wäre, sich mit Waffengewalt gegen Leute zu wehren, die ihn möglicherweise bedrohten. Sein Entschluß, wieder ein ehrlicher Staatsbürger zu werden, beeinträchtigte in keiner Weise seinen Selbsterhaltungstrieb. Und wenn man seine Vergangenheit berücksichtigte, konnte kein Mensch besser darauf vorbereitet sein, sich zu verteidigen, als Jack Twist.

Außerdem hatte er nach acht Jahren der Verbitterung und Einsamkeit soeben erst zaghaft begonnen, sich wieder in die Gesellschaft zu integrieren; er hatte gehofft, ein normales Leben führen zu können. Und er würde sich von niemandem diese letzte Chance auf ein klein wenig Glück nehmen lassen.

Er packte auch den tragbaren SLICKS-Computer ein, mit dessen Hilfe er das komplizierte elektronische Schloß des Geldtransporters gewaltlos geöffnet hatte. Auch ein Gerät, mit dem man jedes Kippschloß mühelos öffnen konnte, ohne den Mechanismus zu beschädigen (es wurde nur an die Polizei und ähnliche Institutionen verkauft), konnte sich als nützlich erweisen, genauso wie ein Star Tron MK 202A, ein Gerät zur besseren Sicht bei Dunkelheit, das auch an Schußwaffen montiert werden konnte. Auch andere wichtige Gegenstände wurden in den drei Koffern verstaut, die alles andere als leicht waren, als er sie schließlich abschloß. Vielleicht würde sich jemand, der ihm bei seinem Gepäck behilflich war, etwas über das Gewicht wundern, aber niemand würde ihm peinliche Fragen stellen oder Alarm schlagen. Das war der große Vorteil des gecharterten Lear-Jets: Niemand würde sein Gepäck inspizieren, und er brauchte auch nicht die sonstigen Sicherheitskontrollen über sich ergehen zu lassen.

Er fuhr mit einem Taxi von seiner Wohnung zum La Guardia.

Der bereitstehende Lear würde ihn nach Salt Lake City in Utah bringen, denn erstens war Reno sowieso noch etwas weiter von Elko entfernt, und außerdem hatten die Leute von Elite Flights ihm gesagt, daß in Reno mit einem Schneesturm zu rechnen sei, der eine Landung unmöglich machen könnte, und das gleiche galt für die beiden kleineren Flughäfen im Süden Idahos, auf denen Jets von der Größe eines Lear landen konnten. Elite Flights arrangierte auf Jacks Wunsch hin bereits das Leasing einer kleinen Maschine, die ihn von Salt Lake City nach Elko bringen würde. Obwohl Elko im östlichsten Viertel von Nevada lag, gehörte es noch zur Pazifischen Zeitzone; er würde deshalb drei Stunden gewinnen. Trotzdem würde er vermutlich erst kurz vor Einbruch der Dunkelheit in Elko ankommen.

Dunkelheit war sehr günstig für seine Pläne.

Die Ansichtskarten, die jemand in seinen Bankschließfächern

deponiert hatte, deuteten Jacks Meinung nach darauf hin, daß gewisse Leute in Nevada alles Wissenswerte über seine kriminellen Aktivitäten herausgebracht hatten. Die Karten sollten ihm vermutlich sagen, daß er mit diesen Leuten entweder über das Tranquility Motel Kontakt aufnehmen konnte oder daß sie vielleicht sogar dort wohnten. Die Ansichtskarte war eine Einladung. Oder eine Vorladung. Jedenfalls konnte es ihm nur zum Schaden gereichen, wenn er diese Einladung oder Vorladung oder was auch immer einfach ignorierte.

Er wußte nicht, ob jemand ihn auf dem Weg zum La Guardia beschattete; er machte sich nicht die Mühe, nach einem eventuellen Verfolger Ausschau zu halten. Wenn das Telefon in seiner Wohnung angezapft war, wußten *sie* seit seinem Anruf bei Elite Flights, daß er kommen würde. Er wollte sich seinem Zielort ganz offen nähern, denn dann würden *sie* vielleicht nicht mehr so scharf aufpassen, wenn er in Elko landete. Um so leichter würde er *sie* dort abschütteln und im Untergrund verschwinden können.

Am Montagmorgen nach dem Frühstück fuhren Dom und Ginger nach Elko, zur Redaktion des ›Sentinel‹, der einzigen Zeitung dieses Bezirkes. Elko, die größte Stadt des Verwaltungsdistrikts, hatte weniger als 10000 Einwohner, und deshalb befanden sich die Büroräume der Zeitung auch nicht in einem funkelnden Glashochhaus, sondern in einem bescheidenen einstöckigen Betongebäude in einer ruhigen Straße.

Wie die meisten Zeitungen, so gewährte auch der ›Sentinel‹ jedem Zugang zu seinem Archiv, der einen berechtigten Grund nennen konnte, wonach er in den alten Zeitungen suchte.

Trotz des finanziellen Erfolgs seines ersten Romans fiel es Dom immer noch schwer, sich irgendwo als Schriftsteller vorzustellen. Es hörte sich seiner Meinung nach anmaßend und hochstaplerisch an, obwohl er wußte, daß sein Unbehagen ein Relikt aus jener Zeit war, als er sein Licht ständig unter den Scheffel gestellt hatte.

Sein Name sagte der Empfangsdame, Brenda Hennerling, nichts, aber als er den Titel seines Romans nannte, den Random House vor wenigen Tagen an die Buchhandlungen ausgeliefert hatte, sagte sie: »Es ist das Buch des Monats im Bücher-Klub! Und Sie habe es geschrieben? Wirklich?« Sie hatte es vor einem

Monat bei der Literary Guild bestellt und gerade erhalten. Sie war, wie sie Dom und Ginger erzählte, eine eifrige Leserin, zwei Bücher pro Woche, und sie fand es wahnsinnig aufregend, einen richtigen Schriftsteller kennenzulernen. Ihre Begeisterung vergrößerte Doms Verlegenheit nur noch. Er war der gleichen Meinung wie Robert Louis Stevenson, der einmal gesagt hatte: ›Wichtig ist die Geschichte, die gut erzählte Geschichte, nicht der Mann, der sie erzählt.‹

Das Archiv des ›Sentinel‹ war in einem schmalen, fensterlosen Raum untergebracht. Es gab zwei Schreibtische mit Schreibmaschinen, ein Mikrofilm-Lesegerät, ein Mikrofilmarchiv und sechs große Wandschränke, in denen jene Nummern der Zeitung aufbewahrt wurden, die noch nicht auf Mikrofilmen gespeichert worden waren. Die Betonmauern waren hellgrau gestrichen, auch die Deckenfliesen waren grau, und die Leuchtstoffröhren spendeten ein kaltes Licht. Dom hatte das seltsame Gefühl, als wären sie in einem Unterseeboot tief unter der Meeresoberfläche.

Nachdem Brenda Hennerling ihnen das Archivsystem erklärt und sich entfernt hatte, sagte Ginger: »Vor lauter Problemen vergesse ich ständig, daß Sie ein berühmter Autor sind.«

»Mir selbst geht es genauso«, sagte Dom, während er die Beschriftungen an den Wandschränken mit den alten Zeitungen studierte. »Aber berühmt bin ich natürlich keineswegs.«

»Sie werden es aber bald sein. Es ist wirklich ein Jammer — Sie können das Erscheinen Ihres ersten Romans gar nicht richtig genießen, weil wir in diese mysteriöse Geschichte verwickelt sind.«

Er zuckte die Achseln. »Es ist für uns alle kein Zuckerlecken. Für Sie steht beispielsweise Ihre ganze medizinische Karriere auf dem Spiel.«

»Ja, aber jetzt weiß ich, daß ich zur Medizin zurückkehren kann, sobald wir dieser Sache auf den Grund gekommen sein werden«, sagte Ginger, so als bestünde überhaupt kein Zweifel daran, daß sie über ihre Feinde triumphieren würden. Dom wußte inzwischen bereits, daß Entschlossenheit und Zuversicht genauso ein Teil von ihr waren wie ihre blauen Augen. »Aber dies ist Ihr *erstes* Buch!«

Dom hatte sich noch nicht von seiner Verlegenheit erholt, von der Empfangsdame wie ein berühmter Schriftsteller behandelt worden zu sein. Gingers freundliche, einfühlsame Worte ließen ihn noch stärker erröten, diesmal aber nicht vor Verlegenheit, sondern vor Freude darüber, daß sie an seinem Schicksal Anteil nahm. Noch nie hatte eine Frau derart starke Gefühle in ihm geweckt.

Gemeinsam suchten sie in den Schränken nach den in Frage kommenden Zeitungen. Das Mikrofilm-Lesegerät würden sie nicht benötigen, denn der ›Sentinel‹ war mit der Speicherung zwei Jahre im Rückstand. Sie zogen die Ausgaben einer ganzen Woche des vorletzten Sommers, beginnend mit Samstag, dem 7. Juli, aus den Regalen und trugen sie zu einem der Schreibtische, wo sie nebeneinander auf zwei Stühlen Platz nahmen.

Obwohl das vergessene Ereignis, dessen Zeugen sie gewesen waren, die Giftkatastrophe und die Sperrung der I-80 am Abend des 6. Juli stattgefunden hatten, brachte die Samstagausgabe keinen Bericht über die Ausrufung des Notstands. Der ›Sentinel‹ war in erster Linie eine Lokalzeitung, die zwar auch über wichtige nationale und internationale Ereignisse berichtete, aber an Sensationsgeschichten nicht interessiert war. Hier würde nie jener dramatische Schrei zu hören sein: »Drucken unterbrechen!« Hier würde es keinen Umbruch der Titelseite in letzter Minute geben. Das Leben in Elko County war noch nicht von Hektik geprägt; in diesem ländlichen Gebiet ging alles immer noch gemächlich vonstatten; niemand hatte das Bedürfnis, auf dem allerneuesten Stand der Dinge zu sein. Der ›Sentinel‹ ging abends in Druck und wurde morgens ausgeliefert. Eine Sonntagsausgabe gab es nicht, und deshalb enthielt erst die Zeitung von Montag, dem 9. Juli, Berichte über die Katastrophe.

In den Ausgaben vom Montag und Dienstag hatten die aufsehenerregenden Vorfälle dann allerdings für riesige Schlagzeilen gesorgt: I-80 NACH GIFTKATASTROPHE GESPERRT und ARMEE RIEGELT SPERRGEBIET HERMETISCH AB und VERSEUCHT AUSTRETENDES NERVENGAS AUS LKW DIE GANZE BEVÖLKERUNG? und EIN SPRECHER DER ARMEE: ALLE AUS GEFAHRENZONE EVAKUIERT und WO SIND DIE EVAKUIERTEN? und WAS EREIGNET SICH AUF DEM SHENKFIELD-TESTGELÄNDE? und I-80 NUN SCHON VIERTEN TAG FÜR GESAMTEN VERKEHR GESPERRT und SANIERUNGSARBEITEN FAST ABGESCHLOSSEN, HIGHWAY GEGEN MITTAG WIEDER PASSIERBAR!

Mit einem Gefühl der Unwirklichkeit nahmen Ginger und Dom von den sensationellen Ereignissen Kenntnis, die an jenen Tagen stattgefunden hatten, als sie sich angeblich im friedlichen Tranquility Motel ausgeruht hatten. Dom war jetzt überzeugt davon, daß Gingers Theorie richtig war, daß die Experten für Gehirnwäsche eine, wenn nicht zwei Wochen benötigt hätten, um die Giftkatastrophe in die künstlichen Erinnerungen sowohl der Ortsansässigen *als auch* der Ortsfremden nahtlos zu integrieren, und so lange hätten sie die Gegend nicht abriegeln können, ohne landesweit erhebliches Aufsehen zu erregen.

Die Zeitung von Mittwoch, dem 11. Juli, trug die Schlagzeilen: I-80 FREIGEGEBEN und ALLE BESCHRÄNKUNGEN AUFGEHOBEN: KEINE LANGZEIT-VERSEUCHUNG und ERSTE INTERVIEWS MIT EVAKUIERTEN: SIE HABEN NICHTS GESEHEN.

Der ›Sentinel‹, eine ausgesprochene Kleinstadtzeitung, hatte einen Umfang zwischen sechzehn und zweiundzwanzig Seiten. In jenen Julitagen nahmen Berichte über die Giftkatastrophe den meisten Raum ein, denn der Vorfall hatte Reporter aus dem ganzen Land auf die Beine gebracht, und der sonst wenig beachtete ›Sentinel‹ hatte endlich einmal im Mittelpunkt des Interesses gestanden. Bei der Lektüre des reichhaltigen Materials stießen Dom und Ginger auf viel Interessantes, das ihnen bei der Planung der nächsten Schritte sehr weiterhelfen würde.

Äußerst aufschlußreich war das Ausmaß der von der US-Armee getroffenen Sicherheitsvorkehrungen, das deutlich machte, wie sehr gewissen Kreisen an einer Verschleierung der Wahrheit gelegen war. Obwohl es nicht in ihre Kompetenz fiel, hatten in Shenkfield stationierte Einheiten der Armee sofort nach dem Unfall Straßensperren errichtet und die I-80 auf einem Abschnitt von sechzehn Kilometern für den gesamten Vekehr gesperrt, ohne den Bezirkssheriff oder die Polizei des Bundesstaates Nevada von diesen Maßnahmen auch nur zu unterrichten. Das war ein eindeutiger Übergriff des Militärs. Nach der Verhängung des Ausnahmezustands hatten Sheriff und Polizei sich immer vehementer beschwert, daß die Armee die Zivilbehörden völlig übergehe und die ganze Macht an sich reiße. Die Polizei war weder an der Sicherung des Quarantänegebiets beteiligt, noch wurde sie zu den Konsultationen hinzugezogen, was im Falle einer Ausbreitung des Nervengases über die Grenzen der ursprünglichen Gefahrenzone hinaus — etwa durch starkes Windaufkommen oder durch andere unerwartet eintretende Fakten — zu tun sei. Es war unverkennbar, daß das Militär nur seinen eigenen Leuten zutraute, über die tatsächlichen Ereignisse innerhalb des Sperrzone Stillschweigen zu bewahren.

Nach zwei Tagen zunehmender Frustration hatte sich Foster Hanks, der Sheriff des Elko County, einem Reporter des ›Sentinel‹ gegenüber folgendermaßen geäußert: »Dies hier ist *mein* Bezirk, die Leute haben mich gewählt, um hier für Ordnung zu sorgen. Wir haben hier doch keine Militärdiktatur. Wenn die Armee sich nicht bereiterklärt, mit mir zu kooperieren, werde ich morgen früh zum Richter gehen und einen Gerichtsbeschluß dahingehend erwirken, daß die Armee die gesetzlich festgelegten Zuständigkeiten gefälligst zu respektieren habe.« In der Dienstagausgabe wurde berichtet, daß Hanks tatsächlich vor Gericht gegangen war; aber bevor ein Beschluß ergangen war, wurde der Ausnahmezustand aufgehoben, und damit erübrigte sich auch die Frage der Kompetenzen.

»Wir brauchen also nicht zu befürchten«, sagte Ginger, »daß *alle* Behörden gegen uns verbündet sind. Die hiesige Polizei und auch die Bundesstaatspolizei hatten nichts mit dieser Sache zu tun. Unser einziger Gegner ist ...«

»Die Armee der Vereinigten Staaten!« vollendete Dom und mußte über ihren Galgenhumor unwillkürlich lachen.

Auch sie lachte — aber mit bitterem Unterton. »Wir gegen die Armee — kein sehr aussichtsreicher Kampf, was?«

Dem ›Sentinel‹ zufolge hatte ausschließlich die Armee die Straßensperren auf der I-80 — der einzigen Ostwestverbindung durch die Quarantänezone — kontrolliert und auch dreizehn Kilometer der Landstraße in nordsüdlicher Richtung geschlossen. Die zivile Luftfahrt war am Überfliegen des verseuchten Gebiets gehindert worden — Hubschrauber der Armee hatten ständig am Rand der Sperrzone patrouilliert. Obwohl es nicht ganz einfach war, ein Gebiet von etwa 150 km^2 zu sichern, hatten die Militärs weder Kosten noch Mühe gescheut, um jeden am Betreten der Gefahrenzone zu hindern — zu Fuß, zu Pferd oder in irgendeinem Fahrzeug. Die Hubschrauber waren nicht nur tagsüber, sondern auch nachts — mit großen Suchschweinwerfern — im Einsatz gewesen. Zusätzlich hatten bei Dunkelheit — so wurde zumindest gemunkelt — auch noch Soldatentrupps mit Infrarot-Überwachungsgeräten an den Grenzen des Sperrgebiets patrouilliert, um eventuelle Eindringlinge aufzuspüren, die von den starken Hubschrauberscheinwerfern nicht erfaßt worden waren.

»Nervengas gehört zwar zu den tödlichsten überhaupt bekannten Substanzen«, sagte Ginger, während Dom eine Seite der Zeitung umblätterte, »aber trotzdem erscheinen mir all diese Sicherheitsvorkehrungen stark übertrieben. Ich bin zwar keine Spezialistin für chemische Waffen, aber ich kann einfach nicht glauben, daß *irgendein* Nervengas über solche Entfernungen hinweg gefährlich sein könnte. Schließlich behauptete die Armee ja, es sei nur ein einziger Gaszylinder beschädigt worden — also kann keine große Menge Gas freigesetzt worden sein. Und Gas breitet sich schließlich aus. Nach einigen Kilometern wäre es bereits so verdünnt gewesen, daß die Luft nur noch eine verschwindend geringe Gasmenge enthalten hätte. In fünf Kilometern Entfernung vom Unfallort wäre es höchstens noch ein Gaspartikel pro Billion Luftpartikel gewesen, und diese minimale Konzentration konnte keine Gefahr darstellen.«

»Das stützt Ihre Theorie, daß es eine bakteriologische Verseuchung war.«

»Möglicherweise«, sagte Ginger. »Es ist noch zu früh, um etwas Definitives folgern zu können. Aber jedenfalls muß es sich um etwas wesentlich Gefährlicheres als dieses Nervengasmärchen gehandelt haben.«

Am Samstag, dem 7. Juli, weniger als einen Tag nach Sperrung der Interstate, war einem cleveren Rundfunkreporter aufgefallen, daß viele der am Einsatz beteiligten Militärs an ihren Uniformen nicht nur die üblichen Rangabzeichen trugen, sondern zusätzlich noch ein außergewöhnliches Kompanieabzeichen: einen schwarzen Kreis mit smaragdgrünem Stern in der Mitte. Dieses Abzeichen fehlte an den Uniformen der Männer vom Testgelände in Shenkfield. Unter den Armeeangehörigen, die diesen grünen Stern trugen, waren besonders viele im Offiziersrang. Auf Befragen erklärte die Armee, bei den Soldaten mit grünen Sternen handle es sich um eine ziemlich unbekannte Supereliteeinheit der Sondertruppen. »Wir nennen sie DERO, eine Abkürzung für Domestic Emergency Response Organisation — das sind Spezialeinheiten für den Katastrophenfall«, wurde ein Armeesprecher im ›Sentinel‹ zitiert. »Die Männer von

DERO sind hervorragend ausgebildet, haben große Erfahrungen im aktiven Kampfeinsatz und müssen besonders qualifiziert sein, weil sie bei brisanten Aktionen Dinge sehen könnten, die absoluter Geheimhaltung unterliegen.«

Was im Klartext heißt, dachte Dom, daß die DERO-Männer bereit sein müssen, auch bei den größten Schweinereien die Schnauzen zu halten.

Der Armeesprecher wurde noch weiter zitiert: »Sie sind die Creme unserer jungen Elitesoldaten, deshalb sind viele zumindest schon Feldwebel, wenn sie sich für DERO qualifizieren. Unser Ziel ist es, überdurchschnittlich geschulte Kräfte für besondere Krisensituationen zur Verfügung zu haben, etwa bei terroristischen Angriffen auf militärische Einrichtungen im Inland, bei nuklearen Störfällen in Kernkraftwerken und anderen Spezialproblemen. In diesem Fall hier geht es natürlich weder um Terrorismus noch um einen nuklearen Unfall. Aber es sind zahlreiche DERO-Kompanien auf dem gesamten Territorium der USA stationiert, und da eine in der Nähe war, als diese Nervengaspanne passierte, schien es uns vernünftig, zum Schutz der öffentlichen Sicherheit die besten Kräfte einzusetzen, über die wir überhaupt verfügen.« Er verweigerte die Auskunft, wo diese DERO-Kompanie stationiert gewesen war, welche Entfernung sie bis zum Einsatzort zurückgelegt hatte und um wieviel Personen es sich dabei handelte. »Das unterliegt strenger Geheimhaltung.« Keiner der DERO-Männer war zu einem Presseinterview bereit.

Ginger schnitt eine Grimasse. »*Shmontses!*«

»Was?« Dom blinzelte erstaunt.

»Diese ganze Geschichte«, sagte sie, während sie sich zurücklehnte und ihren Kopf von einer Seite zur anderen rollte, um ihre verkrampften Nackenmuskeln zu entspannen. »Nichts als *shmontses.*«

»Aber was heißt *shmontses?*«

»Oh, Entschuldigung! Es ist ein jiddisches Wort, aus dem Deutschen übernommen, wie ich vermute. Ein Lieblingsausdruck meines Vaters. Es bedeutet, daß etwas wertlos, albern, absurd ist, barer Unsinn, verachtenswertes Geschwafel. Und diese Verlautbarungen der Armee sind *shmontses*, nichts weiter.« Sie beugte sich vor und tippte mit dem Zeigefinger auf die Zeitung. »Diese DERO-Typen hingen also rein zufällig hier herum, mitten in der Einöde — genau zur richtigen Zeit? Wirklich ein seltener Zufall!«

Dom runzelte die Stirn. »Aber, Ginger, den Zeitungsberichten zufolge errichteten zwar die Leute von Shenkfield die Straßensperren auf der I-80, aber diese DERO-Mannschaft war schon nach wenig mehr als einer Stunde zur Stelle und übernahm das Kommando. Wenn sie also nicht zufällig ganz in der Nähe war, müßte sie schon mit Flugzeugen hierher unterwegs gewesen sein, *bevor der Unfall überhaupt passiert war.*«

»Genau.«

»Wollen Sie damit sagen, daß jemand im voraus etwas von einer Panne ahnte?«

Sie seufzte. »Mir würde allenfalls noch einleuchten, daß eine DERO-Mannschaft sich auf einer der nächstgelegenen Militärbasen aufhielt — im westlichen Utah oder im südlichen Idaho. Aber selbst dann haut die Sache zeitlich nicht hin. Selbst wenn sie alles stehen und liegen gelassen hätten und losgeflogen wären, sobald sie von dem Unfall hörten, hätten sie nicht in einer Stunde an Ort und Stelle sein können. Auf gar keinen Fall! Es sieht also wirklich ganz danach aus, als seien sie im voraus gewarnt worden, daß im Westen des Elko County etwas geschehen würde. Keine Warnung *Tage* im voraus, aber vielleicht so ein oder zwei Stunden.«

»Aber das würde bedeuten, daß es kein Unfall war. Vermutlich ist überhaupt kein Gift ausgeströmt, weder chemisches noch biologisches. Aber verdammt noch mal, warum haben sie dann Schutzanzüge getragen, als sie uns unter Drogen setzten?« Dom war in höchstem Maße frustriert über das Labyrinth, in welchem sie herumstolperten. Anstatt einer Lösung dieses Rätsels näher zu kommen, schienen sie sich auf den Irrwegen nur noch schlimmer zu verrennen. Er verspürte den albernen Wunsch, die Zeitungen zu zerfetzen, so als könnte er damit auch die Lügen der Armee zunichte machen und würde dann endlich die Wahrheit erkennen können.

Ginger hörte sich genauso frustriert an, als sie sagte: »Der einzige Grund, weshalb die Armee eine DERO-Truppe zu Hilfe rief, war vermutlich, daß die Männer, die in der Sperrzone patrouillierten, etwas sehen würden, was absolute Geheimhaltung verlangte — top-secret sozusagen. Die Armee glaubte, normalen Soldaten nicht trauen zu können — das ist der ein-

zige einleuchtende Grund für die Anforderung der DERO-Typen!«
»Weil die mit hundertprozentiger Sicherheit den Mund halten würden!«
»Genau. Und wenn auf der I-80 wirklich nur ein kleiner Unfall passiert und ein einziger Zylinder Nervengas beschädigt worden wäre, hätten sie die DERO-Leute bestimmt nicht gerufen. Ich meine, dann wäre ja nichts Besonderes zu sehen gewesen, höchstens ein umgekippter LKW und ein Kanister mit einem Leck, aus dem ein Gas oder eine Flüssigkeit austrat.«

Als sie sich wieder in die vor ihnen ausgebreiteten Zeitungen vertieften, stießen sie auf weitere Hinweise darauf, daß die Armee im voraus etwas von einem spektakulären Ereignis an jenem heißen Juliabend im westlichen Elko County gewußt hatte. Sowohl Dom als auch Ginger erinnerten sich genau daran, daß die seltsamen Vorgänge im Tranquility Grille — das Getöse und die erdbebenartigen Erschütterungen — etwa eine halbe Stunde nach Einbruch der Dunkelheit stattgefunden hatten; und nachdem die Sonne im Sommer ja später unterging (sogar am 41. Breitengrad), mußte es etwa 20^{10} h gewesen sein. Ihre Gedächtnisblockaden begannen um die gleiche Zeit, was ebenfalls darauf hindeutete, daß DAS EREIGNIS gegen 20^{10} h stattgefunden hatte. In einem der Zeitungsartikel stand jedoch, daß die Straßensperren auf der I-80 um 20 Uhr errichtet worden waren.

»Das würde ja bedeuten, daß die Armee den Highway fünf oder zehn Minuten vor dem angeblichen Giftunfall gesperrt hat!« rief Ginger.
»Ja. Es sei denn, daß wir uns bezüglich der Zeit des Sonnenuntergangs irren!«

Sie schauten in der Wettervorhersage des ›Sentinel‹ vom 6. Juli nach, die ein genaues Bild jenes schicksalsträchtigen Tages lieferte. Es waren Höchsttemperaturen um 35°C erwartet worden, mit einer nächtlichen Abkühlung auf 18°—20°C. Luftfeuchtigkeit 20—25%. Klarer Himmel. Leichte bis mittelstarke Winde. Sonnenuntergang um 19^{31} h.

»Die Dämmerung ist hier draußen sehr kurz«, meinte Dom. »Höchstens eine Viertelstunde. Völlige Dunkelheit also um 19^{45} h. Selbst wenn unsere Erinnerung uns täuscht, daß die mysteriösen Ereignisse erst eine halbe Stunde nach Einbruch der Dunkelheit begannen, selbst wenn es nur eine Viertelstunde gewesen sein sollte, hätte die Armee ihre Straßensperren immer noch *vorher* errichtet.«

»Sie wußte also, was passieren würde!« sagte Ginger.

»Aber sie konnte es nicht verhindern.«

»Was bedeuten würde, daß es sich um irgendwelche Ereignisse gehandelt haben muß, die die Armee ausgelöst hat und die dann außer Kontrolle geraten sind.«

»Vielleicht«, sagte Dom, »vielleicht aber auch nicht. Vielleicht war es nicht ihre Schuld. Wir spekulieren vorläufig nur. Das hat wenig Sinn.«

Ginger blätterte eine Seite der Mittwochausgabe um, die sie gerade studierten, und gab einen überraschten Laut von sich. Nun wurde auch Dom auf das Brustbild eines Mannes aufmerksam, der eine Offiziersuniform und eine Dienstmütze trug. Obwohl weder Ginger noch Dom in der vergangenen Nacht von Colonel Leland Falkirk geträumt hatten, erkannten beide ihn nach Ernies und Neds Beschreibung sofort wieder: dunkle Haare, die an den Schläfen grau wurden, durchdringende Augen, eine Adlernase, schmale Lippen — ein hartes, kantiges Gesicht.

Dom las die Bildunterschrift: »Colonel Leland Falkirk, kommandierender Offizier der in der Sperrzone eingesetzten DERO-Kompanie, war für Reporter schwer erreichbar. Dieses erste Foto gelang dem ›Sentinel‹-Fotografen Greg Lunde. Falkirk reagierte sehr verärgert. Seine Antworten auf die wenigen Fragen, die ihm gestellt werden konnten, waren noch kürzer als der Standardsatz: kein Kommentar.«

Dom hätte normalerweise über den feinen Humor des letzten Satzes der Bildunterschrift gelächelt, aber Falkirks steinernes Gesicht jagte ihm unwillkürlich einen Schauer über den Rücken. Er erkannte diesen Mann nicht nur aufgrund von Ernies und Neds Beschreibung, sondern weil er ihn selbst schon gesehen hatte — damals, im vorletzten Sommer. Außerdem sah das Habichtgesicht mit den Raubvogelaugen erschreckend grausam aus: Dieser Mann erreichte normalerweise, was er wollte. Ihm auf Gnade und Ungnade ausgeliefert zu sein war ein alles andere als angenehmer Gedanke.

Ginger murmelte, während sie auf das Foto starrte, leise vor sich hin: »*Kayn aynhoreh.*« Als sie Doms verständnislosen Blick bemerkte, erklärte sie ihm: »Das ist ebenfalls jiddisch. *Kayn aynhoreh*. Das ist ein Ausdruck, der benutzt wird, um ... um den bösen Blick abzuwenden. Irgendwie schien er mir hier angebracht zu sein.«

Dom war von den kalten Augen des Offiziers förmlich hypnotisiert.

Schließlich meinte er: »O ja, sehr angebracht.«

Colonel Falkirks scharf modelliertes Gesicht und die harten Augen waren so eindrucksvoll, daß es fast schien, als wäre er auf dem Foto lebendig, als blickte er sie durchdringend an.

Während Dom und Ginger im Archiv des ›Sentinel‹ in alten Zeitungen blätterten, waren Ernie und Faye Block im Büro ihres Motels damit beschäftigt, mit jenen Leuten Kontakt aufzunehmen, deren Namen auf der Gästeliste vom 6. Juli des vorletzten Sommers standen, die Dom aber am Vortag nicht hatte erreichen können. Sie saßen einander gegenüber an dem großen Eichenschreibtisch. Eine Kanne Kaffee stand in Reichweite auf einer elektrischen Warmhalteplatte.

Ernie setzte ein Telegramm für Gerald Salcoe auf, jenen Mann, der für sich und seine Familie am 6. Juli zwei Zimmer belegt hatte, dessen Telefonnummer in Monterey, Kalifornien, jedoch nicht registriert war. Faye blätterte währenddessen das Register des Vorjahres durch und suchte nach der letzten Eintragung des Fernfahrers Cal Sharkle, in der Hoffnung, daß er seine neue Adresse und Telefonnummer eingetragen hatte.

Während sie so ihren verschiedenen Beschäftigungen nachgingen, mußte Ernie daran denken, daß sie in den 31 Jahren ihrer Ehe schon unzählige Male so gesessen hatten, an einem Schreibtisch oder, häufiger, an einem Küchentisch. In irgendeiner Wohnung oder irgendeinem Haus in irgendeinem Land der Erde — ob nun in Quantico, Pendleton oder Singapur, fast überall, wo er stationiert gewesen war — hatten sie lange Abende an Küchentischen verbracht, gearbeitet oder geträumt oder sich Sorgen gemacht oder glücklich Pläne geschmiedet, oft bis spät in die Nacht hinein. Diese Tausende und Abertausende gemeinsamer Arbeiten und Beratungen zogen vor Ernies geistigem Auge vorüber, und er dachte wieder einmal, welches Glück er doch gehabt hatte, Faye zu finden und zu heiraten. Sie waren so innig miteinander verbunden, daß sie schon fast eins waren. Wenn Colonel Falkirk oder andere Leute vor Mord nicht zurückschrekken würden, um den Recherchen der kleinen Gruppe ein Ende zu setzen, wenn Faye irgend etwas zustieß, so hoffte Ernie von Herzen, daß er mit ihr zusammen sterben würde.

Er gab das Telegramm per Telefon an Western Union durch und bat um sofortige Zustellung — und dabei wurde er von einer Liebe durchdrungen, die so stark war, daß die gefährliche Situation, in der sie schwebten, etwas von ihrem Schrecken verlor.

Faye stellte fest, daß Cal Sharkle im vergangenen Jahr fünfmal im Motel übernachtet hatte — und jedesmal hatte er jene Adresse und Telefonnummer in Evanston, Illinois, angegeben wie schon am 6. Juli des vorletzten Jahres. Anscheinend war er doch nicht umgezogen. Als sie die Nummer jedoch wählte, hörte sie wieder nur das Band mit der Auskunft: »Kein Anschluß unter dieser Nummer.«

Faye rief die Auskunft an und fragte nach der Telefonnummer von Calvin Sharkle in Chicago — für den Fall, daß er aus Evanston vielleicht in die Großstadt umgezogen war. Aber es gab auch dort keinen Anschluß. Anhand einer Karte von Illinois riefen Ernie und Faye nun auch die Auskunftszentralen der Chicagoer Vororte an: Whiting, Hammond, Calumet City, Markham, Downer's Grove, Oak Park, Oakbrook, Elmhurst, Des Plaines, Rolling Meadows, Arlington Heights, Skokie, Wilmette, Glencoe... Nichts. Entweder hatte Cal Sharkle die Chicagoer Gegend verlassen, oder er war vom Erdboden verschluckt worden.

Während Faye und Ernie im Empfangsbüro des Motels tätig waren, bereiteten Ned und Sandy Sarver in der Küche im ersten Stock schon das Abendessen zu. Brendan Cronin aus Chicago wurde erwartet, ebenso Jorja Monatella mit ihrer kleinen Tochter — das bedeutete Abendessen für neun Personen, und Ned wollte nicht alles in letzter Minute erledigen müssen. Am Vorabend, als sie zu sechst gemeinsam das Essen zubereitet hatten, hatte Ginger Weiss das Gefühl eines Familienfestes gehabt; und tatsächlich fühlten sich alle einander sehr nahe, obwohl sie sich doch kaum kannten. Aus der Idee heraus, daß eine weitere Vertiefung ihrer Kameradschaft und Zuneigung ihnen Kraft für die bevorstehenden Probleme geben könnte, hatten Ned und Sandy beschlossen, daß es abends ein Festmahl wie zu Thanksgiving geben sollte: einen sechzehn Pfund schweren Truthahn mit Hikkorynußfüllung, Bratkartoffeln, Mais, Karotten, Paprika- und Krautsalat, Kürbistorte und Hörnchen.

Während sie Sellerie und Zwiebeln hackten, Kohl rieben und Brot in Würfel schnitten, ging Ned mitunter der Gedanke durch den Kopf, ob dieses Festmahl nicht zugleich auch ihre Henkersmahlzeit sein würde. Er versuchte jedesmal, diese morbide Idee zu verdrängen, indem er Sandy bei der Arbeit beobachtete. Sie lächelte fast ständig und summte manchmal ein Lied vor sich hin. Ein Ereignis, das bei Sandy eine so radikale und wundervolle Veränderung bewirkt hatte, konnte nicht mit ihrer aller Tod enden, versuchte Ned sich einzureden. Sie hatten gewiß nichts zu befürchten. Ganz bestimmt nicht.

Nach drei Stunden im Zeitungsarchiv des ›Sentinel‹ aßen Ginger und Dom eine Kleinigkeit in einem Restaurant auf der Idaho Street, und um halb drei kehrten sie ins Tranquility Motel zurück. Faye und Ernie hielten sich immer noch im Büro auf. Köstliche Düfte aus der Küche im ersten Stock drangen bis hierher: Kürbis, Zimt, Muskatnuß, in Butter angebratene Zwiebeln, Hefeteig.

»Und dabei können Sie den Truthahn noch gar nicht riechen«, sagte Faye. »Den hat Ned erst vor einer halben Stunde in den Herd geschoben.«

»Er sagt, wir könnten um acht essen«, fuhr Ernie fort, »aber ich befürchte, daß die Düfte uns lange vorher verrückt machen und wir die Küche stürmen werden.«

»Haben Sie im ›Sentinel‹ etwas Wichtiges entdeckt?« fragte Faye.

Bevor Ginger ihnen erzählen konnte, was Dom und sie herausgefunden hatten, öffnete sich die Tür des Motelbüros. Ein etwas dicklicher Mann trat, begleitet von einem Schwall kalter Luft, ein. Er hatte sich nicht erst die Mühe gemacht, beim Aussteigen aus seinem Wagen einen Mantel anzuziehen. Obwohl er eine graue Hose, einen dunkelblauen Blazer, einen hellblauen Sweater und ein weißes Hemd anstatt eines schwarzen Anzugs mit einem römischen Kollar trug, erkannten ihn alle auf den ersten Blick. Es war der junge Priester mit dem kastanienbraunen Haar, dem runden Gesicht und den grünen Augen, der auf dem Polaroid-Foto mit leerem Leichenblick in die Kamera starrte.

»Vater Cronin!« rief Ginger.

Sie fühlte sich zu ihm sofort genauso mächtig hingezogen wie zu Dominick Corvaisis. Sie spürte, daß sie auch mit dem Priester eine Erfahrung geteilt hatte, die noch viel erschütternder gewesen war als jene andere, die auch die Blocks und Sarvers miterlebt hatten. Innerhalb des EREIGNISSES, dessen sie alle an jenem Freitagabend Zeuge geworden waren, hatte es ein ZWEITES EREIGNIS gegeben, das nur einige von ihnen miterlebt hatten. Obwohl es eine äußerst unkorrekte Art der Begrüßung eines wildfremden Mannes — dazu noch eines Priesters — war, rannte Ginger auf Vater Cronin zu und umarmte ihn.

Entschuldigungen waren jedoch überflüssig, denn Vater Cronin hatte offensichtlich die gleichen Gefühle wie sie. Ohne zu zögern, erwiderte er ihre Umarmung, und einen Augenblick lang hielten sie einander umschlungen wie Bruder und Schwester nach langer Trennung.

Dann trat Ginger etwas zurück, und Dom sagte: »Vater Cronin!« und umarmte den Priester ebenfalls.

»Sie brauchen mich wirklich nicht mit ›Vater‹ anzureden. Ich habe zur Zeit weder das Recht noch den Wunsch, als Priester behandelt zu werden. Bitte nennen Sie mich einfach Brendan.«

Ernie rief nach Ned und Sandy und kam dann mit Faye hinter der Rezeption hervor. Brendan schüttelte Ernie die Hand und umarmte Faye; er verspürte große Zuneigung für die beiden, wenn auch nicht jenes unerklärlich mächtige Band der Zusammengehörigkeit, das ihn mit geradezu magnetischer emotionaler Kraft zu Dom und Ginger hinzog. Als Ned und Sandy ins Büro herunterkamen, begrüßte er sie auf die gleiche Weise wie Ernie und Faye.

Wie Ginger am Vorabend, so sagte nun auch Brendan. »Ich habe das wundervolle Gefühl, als hätte ich mich mit ... mit meiner Familie getroffen. Sie empfinden es alle, nicht wahr? So als hätten wir die wichtigsten Momente unseres Lebens gemeinsam verbracht ... als hätten wir etwas erlebt, das uns für immer von allen anderen Menschen unterscheiden wird.«

Trotz seiner Behauptung, daß er die einem Priester gebührende Ehrerbietung nicht verdiene, hatte Brendan Cronin eine starke geistliche Ausstrahlung. Sein rundes Gesicht mit den leuchtenden Augen und dem warmen Lächeln vermittelte Freude, und er redete mit einem Enthusiasmus, der ansteckend wirkte und Gingers Herz erwärmte.

»Was ich in diesem Raum empfinde, bestätigt mir, daß es richtig war hierherzukommen«, sagte Brendan. »Ich *soll* mit Ihnen allen zusammen sein. Etwas wird hier geschehen, das uns verwandeln wird, das uns bereits verwandelt. Fühlen Sie es auch? *Fühlen* Sie es?«

Die weiche Stimme des Priesters ließ Ginger angenehm erschauern, erfüllte sie mit einem unbeschreiblichen Gefühl ehrfürchtiger Verzückung, ähnlich jener, die sie bewegt hatte, als sie — damals eine junge Medizinstudentin — zum erstenmal in einem Operationssaal das pulsierende menschliche Herz in all seiner karmesinroten faszinierenden Rätselhaftigkeit und Großartigkeit erblickt hatte.

»Wir wurden *gerufen*«, sagte Brendan. Das Wort — obwohl leise ausgesprochen — schien im ganzen Raum widerzuhallen. »Wir alle. Wir wurden an diesen Ort *zurückgerufen*.«

»Sehen Sie nur!« rief Dom in fassungslosem Staunen, während er die Arme hob und ihnen die roten Ringe geschwollenen Fleisches auf seinen Handflächen zeigte.

Überrascht streckte Brendan ihm seine eigenen Hände entgegen, die ebenfalls die seltsamen Stigmata aufwiesen. Während die beiden Männer einander in die Augen blickten, schien sich die Luft mit einer unbekannten Kraft aufzuladen. Wie Vater Wycazik Dom am Telefon erzählt hatte, war Brendan sich ziemlich sicher, daß die wundersamen Heilungen und all die anderen Ereignisse, die sein Leben in letzter Zeit völlig verändert hatten, nicht religiösen Ursprungs waren. Und doch kam es Ginger so vor, als sei im Motelbüro eine Kraft am Werke, die übernatürlich war oder jedenfalls das Begriffsvermögen des Menschen bei weitem überstieg.

»*Gerufen!*« sagte Brendan wieder.

Ginger wurde von atemloser Erwartung überwältigt. Sie warf einen Blick auf Ernie, der hinter Faye stand und ihr seine Hände auf die Schultern gelegt hatte. Die Gesichter des Ehepaars drückten Furcht und Faszination aus. Ned und Sandy hielten sich bei den Händen, und auch sie sahen fassungslos und zugleich gespannt aus.

Ginger fühlte ein Prickeln im Nacken. *Etwas wird gleich geschehen*, dachte sie, und noch während sie das dachte, geschah *wirklich* etwas.

Jede Lampe im Büro war wegen Ernies Unbehagen beim Anblick von Schatten eingeschaltet, aber mit einem Male wurde der Raum noch heller. Ein milchig-weißes Licht füllte den Raum, schimmerte überall, schien aber irgendwie von der Decke herabzuströmen, ein silbriger Leuchtnebel. Ginger erkannte, daß es das gleiche Licht war wie in ihren Träumen vom Mond. Sie drehte sich langsam im Kreis und betrachtete die flimmernden Vorhänge strahlenden weichen Lichts, nicht auf der Suche nach dessen Quelle, sondern in der Hoffnung, sich endlich an diese Träume erinnern zu können und dadurch auch den Ereignissen jener fernen Julinacht — der Ursache ihrer Träume — auf die Spur zu kommen.

Sie sah, daß Sandy eine Hand in die leuchtende Luft hielt, so als wolle sie dieses wundersame Licht ergreifen. Ned lächelte zögernd. Auch Faye lächelte, und Ernies Ausdruck kindlichen Staunens mutete auf seinem kraftvoll gemeißelten Gesicht fast komisch an.

»Der Mond«, murmelte Ernie.

»Der Mond«, wiederholte Dom, auf dessen Händen immer noch die Male flammten.

Einen atemberaubenden Augenblick lang war Ginger Weiss nahe daran, alles zu verstehen. Die schwarze Mauer ihrer Gedächtnisblockade erbebte unter dem Ansturm ihres Unterbewußtseins, schien nachzugeben und alles, was hinter diesem Damm gestaut war, in einer wahren Sturzflut in ihr Bewußtsein schwemmen zu wollen.

Dann wurde das mondbleiche Licht plötzlich blutrot, und Gingers verzücktes Staunen verwandelte sich schlagartig in Angst. Sie sehnte sich nicht mehr nach der Offenbarung, sondern fürchtete sich davor, wich entsetzt vor der drohenden Erkenntnis zurück.

Sie taumelte rückwärts durch den blutigen Glanz, bis sie gegen die Eingangstür stieß. Sandy Sarver wollte nun nicht mehr nach dem Licht greifen; sie preßte sich ängstlich an Ned, dessen Lächeln in eine Grimasse des Schreckens übergegangen war. Faye und Ernie drückten sich an die Empfangstheke.

Während das scharlachrote Leuchten den ganzen Raum überflutete, wurde dieses erschreckende visuelle Phänomen plötzlich durch Geräusche untermalt. Ginger zuckte überrascht zusammen, als ein lautes dreiteiliges Krachen die blutfarbene Luft erschütterte, sich wiederholte. Es hörte sich an wie das ohrenbetäubende Pochen eines riesigen Herzens, obwohl es einen zusätzlichen Schlag enthielt: LUB-DUB-dub, LUB-DUB-dub, LUB-DUB-dub ... Sie wußte sogleich, daß es sich um jenes Geräusch handelte, das Vater Wycazik in seinem Telefongespräch mit Dom erwähnt hatte, um jenen Lärm, der das ganze Pfarrhaus erschüttert hatte.

Aber sie wußte auch, daß sie diese trommelartigen Geräusche schon einmal gehört hatte. Diese ganze Szenerie — das mondartige Licht, die blutrote Strahlung, der Lärm — war Teil jenes Geschehens vom vorletzten Sommer gewesen.

LUB-DUB-dub, LUB-DUB-dub ...

Die Fensterrahmen bebten. Die Wände erzitterten. Das blutige Licht und das Lampenlicht begannen im Rhythmus des ohrenbetäubenden Pochen zu pulsieren.

LUB-DUB-dub, LUB-DUB-dub ...

Wieder stand Ginger ganz kurz vor dem Durchbruch. Mit jedem Krachen und jedem Zucken des Lichts stürmten ihre unterdrückten Erinnerungen stärker gegen die Blockade an.

Ihre Angst wurde übermächtig; eine riesige schwarze Welle des Schreckens brach über sie herein. Die Asrael-Blockierung tat wieder einmal ihre Wirkung: anstatt sich zu erinnern, würde sie eine Fugue erleiden, was ihr seit dem Tag von Pablos Ermordung vor nunmehr einer Woche nicht mehr passiert war. Sie spürte die drohenden Symptome eines Blackouts: Sie hatte Mühe beim Atmen, sie zitterte wie Espenlaub, die Welt um sie herum begann zu verblassen, an den Rändern ihres Gesichtsfeldes wurde es bereits dunkel.

Davonrennen oder sterben.

Ginger wandte den phänomenalen Vorgängen im Büro den Rücken zu. Sie packte mit beiden Händen den Türrahmen, so als könnte sie sich dadurch an ihr Bewußtsein klammern und die schwarze Welle, die sie wegzuschwemmen drohte, besiegen. Verzweifelt blickte sie durch die Glastür auf die weite Landschaft von Nevada hinaus, auf den düsteren Winterhimmel; sie versuchte, das unerklärliche Licht und das genauso unerklärliche Donnern zu ignorieren, die sie in den Anfall trieben. Die wilde Panik wurde so unerträglich, daß sie sich fast nach dem Versinken in einer Fugue sehnte, aber sie hielt sich am Türrahmen fest, zitternd und keuchend hielt sie sich daran fest. Es waren nicht so sehr die gegenwärtigen seltsamen Vorgänge, die sie ängstigten, als vielmehr die vergessenen Ereignisse *jenes* Sommers, von denen die jetzigen Phänomene nur ein schwacher Abglanz waren. Sie hielt sich fest, ließ nicht los ... bis der Dreischlag-Donner leiser wurde, bis das rote Licht verblaßte, bis schließlich Stille eintrat und nur noch die normale Helligkeit der Lampen und des einfallenden Tageslichts zu sehen war.

Ginger wußte, daß sie jetzt kein Blackout mehr haben würde.

Zum erstenmal war es ihr gelungen, einen Anfall abzuwehren. Vielleicht hatten die Erfahrungen der letzten Monate sie gestärkt. Vielleicht hatte es ihr geholfen, *hier* zu sein, in unmittelbarer Reichweite aller Antworten auf das Geheimnis. Oder aber ihre neue ›Familie‹ hatte ihr Kraft geschenkt. Aber aus welchem Grund auch immer es ihr diesmal gelungen sein mochte, eine Fugue zu vermeiden — sie war jetzt zuversichtlich, daß sie auch künftige Anfälle besser würde bewältigen können. Ihre Erinnerungsblockaden bröckelten ab. Und ihre Angst, sich den Ereignissen jenes 6. Juli stellen zu müssen, wurde jetzt bei weitem von der Angst übertroffen, niemals die Wahrheit zu erfahren.

Mit weichen Knien wandte sich Ginger wieder den anderen zu.

Brendan Cronin taumelte auf das Sofa zu und ließ sich zitternd darauf fallen. Die Ringe auf seinen — und ebenso auch auf Doms — Händen waren verschwunden.

»Habe ich Sie richtig verstanden?« fragte Ernie den Priester. »Das gleiche Licht erfüllt manchmal Ihr Zimmer?«

»Ja«, erwiderte Brendan. »Es war bisher zweimal der Fall.«

»Aber Sie sagten uns doch, es sei ein *herrliches* Licht«, wandte Faye ein.

»Ja«, bekräftigte Ned, »als Sie davon erzählten, hörte es sich wundervoll an.«

»Das ist es auch«, sagte Brendan. »Teilweise ist es wundervoll. Aber wenn es rot wird ... dann habe ich irrsinnige Angst. Aber anfangs ... oh, es erfüllt mich mit unerklärlicher Freude, mit stillem Jubel.«

Das ominöse blutrote Licht und das dreiteilige Pochen hatten Ginger derart in Panik versetzt, daß sie den vorangegangenen herrlichen mondweißen Glanz fast vergessen hatte.

Während Dom sich die Hände am Hemd abwischte, so als hätten die inzwischen verschwundenen Ringe irgendwelche unsichtbaren Spuren darauf hinterlassen, sagte er: »Die Ereignisse jenes Abends hatten sowohl einen guten als auch einen bösen Aspekt. Wir sehnen uns nach einem Teil dessen, was uns widerfahren ist, aber gleichzeitig ... gleichzeitig ...«

» ... machen wir uns vor Angst fast in die Hose«, vollendete Ernie den Satz.

Ginger bemerkte, daß selbst Sandy Sarver — für die das mysteriöse Geschehen ausschließlich segensreich gewesen war – die Stirn runzelte.

Als Jorja Monatella am Montagmorgen um elf der Beerdigung ihres geschiedenen Ehemanns Alan Rykoff beiwohnte, zogen am blauen Himmel über Las Vegas einzelne stahlgraue Wolken auf. Hunderte goldener Sonnenstrahlen, breiter und schmaler, tauchten — kosmischen Scheinwerfern gleich — manche Gebäude in helles Licht, während andere im Schatten blieben. Zahlreiche Sonnenstrahlen huschten, von rasch dahinziehenden Wolken gestört, über den Friedhof. Als der würdevolle Bestattungsredner ein letztes, an keine spezielle Religion gebundenes Gebet sprach und der Sarg ins offene Grab hinabgelassen wurde, brach ein besonders heller Lichtstrahl durch die Wolken, so als wollte er die Blumen in Brand setzen.

Außer Jorja und Paul Rykoff — Alans Vater, der aus Florida gekommen war — hatten nur fünf Personen Alan die letzte Ehre erwiesen. Sogar Jorjas Eltern waren nicht gekommen. Durch seinen Egoismus hatte Alan dafür gesorgt, daß ihm kaum jemand nachtrauerte. Paul Rykoff, der seinem Sohn in vieler Hinsicht ähnlich war, machte Jorja für alles verantwortlich. Seit seiner Ankunft am Vortag hatte er kaum die elementarsten Formen der Höflichkeit gewahrt. Nachdem sein einziges Kind nun in der Erde ruhte, wandte er sich mit steinernem Gesicht von Jorja ab, und sie wußte, daß sie ihn nur wiedersehen würde, falls sein Eigensinn und seine Verbitterung einmal von dem Wunsch übertroffen würden, seine Enkelin zu sehen.

Jorja brachte ihr Auto nach etwa anderthalb Kilometern am Straßenrand zum Stehen und weinte. Sie weinte nicht eigentlich um Alan; sie weinte, weil sein Tod einen letzten Schlußstrich unter all die Hoffnungen setzte, mit denen ihre Beziehung einst begonnen hatte; sie weinte ihren ausgebrannten Sehnsüchten nach Liebe, Freundschaft, Familie, gemeinsamen Lebenszielen nach. Sie hatte Alan nicht den Tod gewünscht. Aber nachdem er nun tot *war*, wußte sie, daß ihr der Neubeginn, den sie seit einiger Zeit plante, jetzt leichterfallen würde, und diese Erkenntnis weckte in ihr keinerlei Schuldgefühle; es war einfach eine traurige Tatsache.

Am Sonntagabend hatte Jorja Marcie erzählt, daß ihr Vater gestorben sei, allerdings nicht, daß er Selbstmord begangen hatte. Ursprünglich hatte sie es ihrer Tochter erst an diesem Nachmittag, in Gegenwart des Psychologen, Dr. Coverly, erzählen wollen. Aber der Arzttermin hatte abgesagt werden müssen, weil Jorja und Marcie statt dessen nach Elko fliegen würden, um dort Dominick Corvaisis, Ginger Weiss und die anderen zu treffen. Marcie hatte die Nachricht von Alans Tod erstaunlich gut verkraftet. Sie war mit ihren sieben Jahren zwar alt genug, um einigermaßen zu verstehen, was der Tod bedeutete, aber seine grausame Endgültigkeit konnte sie doch noch nicht voll erfassen. Außerdem hatte Alan dem Mädchen — im nachhinein betrachtet — durch sein selbstsüchtiges Verhalten einen Gefallen erwiesen; in gewisser Weise war er für Marcie schon vor über einem Jahr gestorben, als er sie und Jorja verlassen hatte, und sie hatte die Trauer um den Verlust des Vaters schon bewältigt.

Und noch etwas anderes hatte Marcie über ihren Kummer hinweggeholfen: ihre Obsession mit der Sammlung von Mondbildern. Bereits eine Stunde, nachdem sie vom Tod ihres Vaters erfahren hatte, hatte sie mit trockenen Augen am Eßzimmertisch gesessen, mit einem Wachsstift in der Hand, die kleine rosa Zunge in äußerster Konzentration zwischen den Zähnen vorgestreckt. Sie hatte am Freitagabend damit begonnen, die Monde rot anzumalen, und sie hatte ihr Werk am Wochenende fortgesetzt. Heute morgen zur Frühstückszeit waren schon sämtliche Fotos des Mondes feuerrot gewesen und ebenso die meisten der Hunderte selbst gezeichneter Monde.

Marcies Besessenheit hätte Jorja auch dann beunruhigt, wenn sie nicht gewußt hätte, daß andere ebenfalls unter dieser krankhaften Faszination litten und zwei Menschen sich deshalb umgebracht hatten. Noch drehte sich nicht jede wache Minute des Mädchens um den Mond. Aber es erforderte nur wenig Fantasie, um zu begreifen, daß Marcie — wenn diese Obsession weiter fortschritt — unaufhaltsam in den Wahnsinn treiben würde.

Jorjas Ängste in bezug auf Marcie wurden so stark, daß sie ihre Tränen rasch trocknete und zum Haus ihrer Eltern weiterfuhr, wo Marcie auf sie wartete.

Das Mädchen saß mit dem allgegenwärtigen Mondalbum und einem roten Wachsstift am Küchentisch. Es blickte flüchtig auf, als Jorja hereinkam, lächelte schwach und malte sofort weiter.

Pete, Jorjas Vater, saß ebenfalls am Tisch und betrachtete Marcie mit gerunzelter Stirn. Von Zeit zu Zeit versuchte er, sie für irgendeine weniger bizarre Aktivität als das endlose Ausmalen von Monden zu interessieren, aber all seine Versuche, sie von diesem Album abzulenken, schlugen fehl.

Im Schlafzimmer ihrer Eltern zog Jorja ihr Kleid aus; sie wollte auf dem Flug nach Elko bequeme Jeans und einen Sweater tragen. Mary Monatella war ihr gefolgt und redete unablässig auf sie ein. »Wann wirst du Marcie endlich dieses Album wegnehmen? Oder es *mich* ihr wegnehmen lassen?«

»Mutter, ich habe es dir doch schon erklärt: Dr. Coverly glaubt, daß ihre Besessenheit nur noch schlimmer werden könnte, wenn man ihr das Album wegnähme.«

»Das verstehe ich nicht«, sagte Jorjas Mutter.

»Dr. Coverly sagt, wenn wir in diesem frühen Stadium eine Affäre aus der Mondkollektion machen, messen wir ihr viel zu große Bedeutung bei und ...«

»Blödsinn! Hat dieser Coverly eigene Kinder?«

»Das weiß ich nicht, Mom.«

»Ich wette, er hat keine, sonst würde er keine so törichten Ratschläge geben.«

Jorja hatte ihr Kleid auf einen Bügel gehängt; nur mit BH und einem Slip bekleidet, fühlte sie sich nackt und verletzlich, denn diese Situation erinnerte sie an früher, als ihre Mutter ihr zugesehen hatte, wenn sie sich zum Ausgehen mit einem Jungen fertig machte. Keiner dieser Jungen hatte Mary je gefallen. Tatsache war, daß Jorja Alan nicht zuletzt deshalb geheiratet hatte, weil ihre Mutter ihn ablehnte. Trotz und Auflehnung hatten bei ihrer Partnerwahl eine nicht unwichtige Rolle gespielt. Das war natürlich dumm gewesen, und sie hatte später teuer dafür bezahlt. Mary hatte sie dazu getrieben — Marys erstickende und autoritäre Liebe. Jorja griff nach den Jeans, die auf dem Bett lagen, und zog sie rasch an.

»Sie sagt uns nicht einmal, warum sie diese Dinge sammelt«, klagte Mary.

»Sie weiß es selbst nicht. Es ist ein krankhafter Zwang. Eine irrationale Obsession, deren Ursache — wenn es eine gibt — tief in ihrem Unterbewußtsein begraben ist.«

»Man sollte ihr dieses Buch wegnehmen!« sagte Mary wieder.

»Später einmal«, widersprach Jorja. »Wir dürfen nichts überstürzen, Mom.«

»Wenn *ich* zu entscheiden hätte, würde ich es ihr auf der Stelle wegnehmen.«

Jorja hatte zwei große Koffer gepackt und vor der Beerdigung hierher gebracht. Auf der Fahrt zum Flughafen saß Pete am Steuer, während Mary die ganze Zeit über weiter nörgelte.

Jorja und Marcie saßen auf den Rücksitzen, und das Mädchen blätterte unterwegs schweigend in seinem Album.

Mary hatte das Thema gewechselt und ließ sich jetzt wortreich über die Reise nach Elko aus, die sie nicht gutheißen konnte. War es nicht sehr gefährlich, mit einem kleinen zwölfsitzigen Flugzeug zu fliegen, das einer unbedeutenden Gesellschaft gehörte? Vermutlich waren diese Leute knapp bei Kasse und warteten das Flugzeug nicht ordentlich. Und welchen Sinn sollte diese ganze Reise überhaupt haben? Selbst wenn irgendwelche Leute in Elko wirklich ähnliche Probleme wie Marcie hatten — was sollte das mit der Tatsache zu tun haben können, daß sie vor langer Zeit in ein und demselben Motel übernachtet hatten?

»Dieser Corvaisis gefällt mir nicht«, gab auch Pete seinen Senf dazu, als er an einer roten Ampel halten mußte. »Ich finde es nicht richtig, daß du dich mit dieser Sorte von Männern einlassen willst.«

»Was meinst du damit? Du kennst ihn doch gar nicht.«

»Ich weiß genau Bescheid«, sagte Pete. »Er ist Schriftsteller, und du weißt doch, wie die sind. Ich habe einmal gelesen, daß Norman Mailer seine Frau bei den Füßen aus einem hohen Fenster hielt. Und ist es nicht Hemingway, der ständig in Schlägereien verwickelt ist?«

»Daddy, Hemingway ist tot.«

»Siehst du? Sie sind immer in Schlägereien verwickelt, betrinken sich und sind drogensüchtig. Schriftsteller sind ein leichtsinniges Volk.«

»Diese ganze Reise ist ein großer Fehler!« sagte Mary.

Es nahm und nahm kein Ende.

Auf dem Flughafen küßten sie Jorja und Marcie zum Abschied und sagten Jorja, daß sie sie liebten, und sie sagte ihnen das gleiche, und eigenartigerweise stimmte das sogar. Obwohl ihre Eltern fortwährend an ihr herumnörgelten und ihr damit sehr oft weh taten, liebten sie einander. Ohne diese Liebe hätten sie schon längst kein Wort mehr miteinander gewechselt. Die Eltern-Kind-Beziehung konnte manchmal fast noch rätselhafter sein als die Frage, was sich im vorletzten Sommer im Tranquility Motel ereignet hatte.

Das kleine Flugzeug war entgegen Marys Prophezeiungen sehr bequem: sechs gut gepolsterte Sitze auf beiden Seiten des schmalen Ganges, Kopfhörer mit leiser einschmeichelnder Musik von Kassetten und ein Pilot, der so behutsam flog, als hätte er rohe Eier an Bord.

Dreißig Minuten nach dem Abflug aus Las Vegas klappte Marcie ihr Album zu und schlief — eingelullt durch das laute, aber eintönige Dröhnen der Motoren — trotz des hellen Tageslichts ein.

Jorja dachte währenddessen über ihre Zukunft nach, über das Diplom, das sie anstrebte, über ihre Hoffnung auf ein eigenes Bekleidungsgeschäft, über die vor ihr liegende harte Arbeit — und über die Einsamkeit, die ihr schon jetzt zu schaffen machte. Sie wollte einen Mann. Nicht in erster Linie für den Sex, obwohl auch das sehr schön wäre. Seit der Scheidung war sie einige Male mit Männern ausgegangen, hatte aber mit keinem geschlafen. Sie war alles andere als frigid. Sex war für sie wichtig, und er fehlte ihr. Aber Sex war nicht der Hauptgrund, weshalb sie einen Mann wollte. Sie suchte einen richtigen Gefährten, sie brauchte jemanden, mit dem sie ihre Träume, Siege und Niederlagen teilen konnte. Sie hatte Marcie, aber das war etwas ganz anderes. Die menschliche Rasse war offenbar genetisch darauf programmiert, zu zweit durchs Leben gehen zu wollen, und bei Jorja war dieses Bedürfnis besonders stark ausgeprägt.

Während das Flugzeug nach Nordnordost dröhnte, lauschte Jorja Mantovani und erlaubte sich ausnahmsweise romantische Mädchenträumereien. Vielleicht würde sie im Tranquility Motel einem ganz besonderen Mann begegnen, mit dem sie einen neuen Anfang machen könnte. Sie rief sich Dominick Corvaisis' freundliche, vertrauenerweckende Stimme ins Gedächtnis und baute ihn in ihre Fantasien ein. Falls Corvaisis nun wirklich der richtige Mann für sie wäre ... Sie stellte sich vor, was ihr Vater wohl sagen würde, wenn er erführe, daß sie einen dieser leichtsinnigen, ständig betrunkenen Schriftsteller heiratete, die ihre Frauen aus hohen Fenstern heraushängten.

Kurz nach der Landung platzte dieser Traum allerdings wie eine Seifenblase, denn sie erkannte sehr schnell, daß Corvaisis' Herz bereits vergeben war.

In Elko war der Himmel um halb fünf, eine halbe Stunde vor Sonnenuntergang, mit dunklen Wolken verhangen, und die Ruby Mountains hoben sich purpur-schwarz vom Himmel ab. Ein eisiger Wind erinnerte Jorja daran, daß sie jetzt über 600 Kilometer nördlich von Las Vegas war.

Corvaisis und Ginger Weiss warteten auf dem Rollfeld neben dem kleinen Flughafengebäude, und sobald Jorja sie sah, hatte sie das beruhigende Gefühl, Familienangehörige zu treffen. Corvaisis hatte schon am Telefon etwas in dieser Art gesagt, aber sie verstand seine Worte erst jetzt. Dieses Gefühl der Zusammengehörigkeit hatte nichts mit der Bewunderung zu tun, die sie Ginger Weiss entgegenbrachte.

Sogar Marcie — in Mantel und Schal gehüllt, mit schlafmüden Augen, das Album fest an sich gedrückt — erwachte beim Anblick des Schriftstellers und der Ärztin aus ihrem tranceartigen Zustand. Sie lächelte und beantwortete die Fragen der Erwachsenen mit größerer Lebhaftigkeit als seit Tagen. Sie wollte ihnen ihr Album zeigen, und sie ließ es kichernd zu, daß Corvaisis sie auf die Arme nahm und zum Parkplatz trug.

Es war richtig, hierher zu kommen, dachte Jorja. Gott sei Dank, daß wir es getan haben.

Corvaisis ging mit Marcie auf den Armen voraus; Jorja und Ginger folgten mit dem Gepäck. »Vielleicht erinnern Sie sich nicht daran«, sagte Jorja, »aber Sie haben Marcie an jenem Freitagabend verarztet — das war, bevor wir ein Zimmer im Tranquility nahmen.«

»Ich erinnerte mich wirklich nicht mehr daran«, erwiderte die Ärztin verblüfft. »Waren das Sie und Ihr verstorbener Mann? War das Marcie? Aber ja, natürlich!«

»Wir hatten an der I-80 geparkt, etwa acht Kilometer vom Motel entfernt«, berichtete Jorja. »Die Aussicht nach Süden war einfach fantastisch — es war ein überwältigendes Panorama, und wir wollten es als Hintergrund für ein paar Schnappschüsse verwenden.«

Ginger nickte. »Ich fuhr ein Stück hinter Ihnen auf der Interstate. Ich sah Ihren Wagen am Straßenrand stehen. Sie stellten die Kamera ein. Ihr Mann und Marcie waren über die Leitplanke geklettert und standen am Rand der Böschung.«

»Ich wollte nicht, daß sie sich so dicht am Rand in Positur stellten. Aber Alan beharrte darauf, es sei die beste Stelle für ein gutes Bild, und wenn Alan sich etwas in den Kopf gesetzt hatte, war es sinnlos, mit ihm zu streiten.«

Bevor Jorja jedoch auf den Auslöser drücken konnte, war Marcie ausgerutscht und über den Rand der Böschung nach unten gefallen, zehn oder fünfzehn Meter in die Tiefe. Jorja hatte aufgeschrien, die Kamera auf den Boden geworfen, war über die Leitplanke gesprungen und den Anhang hinabgerannt. Sie hatte Marcie gerade erreicht, als sie jemanden rufen hörte: »Bewegen Sie sie nicht! Ich bin Ärztin.« Das war Ginger Weiss gewesen, und sie war die Böschung so schnell hinabgeklettert, daß sie zur gleichen Zeit wie Alan unten ankam. Marcie war nicht bewußtlos gewesen, nur benommen, und Ginger hatte rasch festgestellt, daß das Mädchen nicht schwer verletzt war. Marcie war in Tränen ausgebrochen, und weil ihr linkes Bein seltsam abgewinkelt dalag, hatte Jorja befürchtet, es wäre gebrochen. Aber Ginger hatte sie auch in dieser Hinsicht beruhigen können. Weil die Böschung dicht mit Gras bewachsen und nicht felsig war, hatte Marcie nur einige Kratzer und Schürfwunden davongetragen.

»Ich war von Ihnen so beeindruckt!« gestand Jorja.

»Von mir?« Ginger sah überrascht aus. »Ich habe doch gar nichts Besonderes getan. Ich brauchte Marcie nur zu untersuchen. Zum Glück benötigte sie ja keine medizinischen Heldentaten, sondern nur einige Pflaster.«

Während sie das Gepäck in den Kofferraum von Doms Auto legten, sagte Jorja: »Ich *war* aber beeindruckt. Sie waren jung, hübsch, sehr weiblich, und trotzdem waren Sie Ärztin — tüchtig, intelligent. Ich hatte bis dahin immer geglaubt, ich könnte nichts anderes als Bedienung sein, aber diese Begegnung mit Ihnen wirkte irgendwie stimulierend auf mich. Und später, als Alan mich und Marcie verließ, ließ ich mich nicht einfach hängen. Ich dachte an Sie und beschloß, mehr aus mir zu machen, als ich früher je für möglich gehalten hatte. Sie haben gewissermaßen mein Leben verändert.«

Während sie den Kofferraum abschloß und die Schlüssel Dom übergab, der Marcie schon ins Auto gesetzt hatte, sagte Ginger: »Jorja, ich fühle mich sehr geschmeichelt. Aber Sie erweisen mir zu viel der Ehre. Sie selbst haben Ihr Leben verändert.«

»Es war weniger Ihre Hilfeleistung an jenem Tag«, erklärte Jorja. »Es war einfach die Tatsache, was Sie *waren*. Sie waren genau das Vorbild, das ich brauchte.«

Verlegen murmelte die Ärztin: »Mein Gott! Noch nie hat jemand mich als Vorbild bezeichnet. Jorja, Sie übertreiben schrecklich!«

»Hören Sie nicht auf sie«, sagte Dom zu Jorja. »Sie gibt wirklich ein großartiges Vorbild ab. Ihr bescheidenes Getue ist nichts weiter als *shmontses.*«

Ginger Weiss drehte sich lachend nach ihm um. »*Shmontses?*«

Dom grinste. »Ich bin Schriftsteller, deshalb ist es meine Pflicht zuzuhören und Neues aufzunehmen. Wenn ich einen guten Ausdruck höre, verwende ich ihn. Sie können mir nicht zum Vorwurf machen, daß ich meinen Beruf ernst nehme.«

»*Shmontses*, soso!« Ginger tat so, als ärgerte sie sich.

Immer noch grinsend, sagte der Schriftsteller: »Wenn das Jiddisch paßt, soll man es verwenden!«

In diesem Augenblick erkannte Jorja, daß Dominick Corvaisis' Herz schon vergeben war, daß sie ihn aus allen romantischen Zukunftsträumen verbannen mußte. Wenn er Ginger Weiss anblickte, leuchteten seine Augen und spiegelten Verlangen und tiefe Zuneigung wider. Die gleiche Wärme strahlte auch aus den Augen der Ärztin. Das Eigenartige war, daß weder Dom noch Ginger die wahre Tiefe ihrer Gefühle füreinander zu begreifen schienen. *Noch nicht.* Aber bald.

Sie fuhren von Elko in westlicher Richtung auf das knapp 50 Kilometer entfernte Tranquility Motel zu. Während im Osten die Dämmerung in Dunkelheit überging, erzählten Dom und Ginger Jorja, was sich bisher ereignet hatte. Jorja fand es zunehmend schwieriger, die gute Laune nicht zu verlieren, die sie seit der Landung gehabt hatte. Während sie durch die kahle Einöde fuhren, über die sich die Nacht herniedersenkte, mit bedrohlich aussehenden schwarzen Bergen am Horizont unter einem blutigdunklen Himmel, fragte sich Jorja unwillkürlich, ob dieser Ort — wie sie gedacht hatte — die Schwelle zu einem Neuanfang war ... oder ob sie sich bereits am Rande des Todes befand.

Nach der Landung in Salt Lake City stieg Jack Twist rasch in einen gecharterten Cessna Turbo Skylane RG um. Um drei Minuten vor fünf, im letzten Tageslicht, setzte das kleine Flugzeug in Elko zur Landung an.

Der Flughafen war für Vertretungen von Hertz und Avis viel zu klein, aber es gab ein bescheidenes lokales Taxiunternehmen. Jack ließ sich — und seine drei großen Koffer — zu einem Autohaus bringen, das gerade schließen wollte; der Verkäufer war sehr überrascht, als Jack einen Cherokee mit Vierradantrieb bar bezahlte.

Bisher hatte Jack nichts unternommen, um einen eventuellen Verfolger abzuschütteln oder auch nur festzustellen, ob er beschattet wurde. Seine Gegner waren zweifellos mächtig und besaßen gute Beziehungen, und sie hatten bestimmt genügend Leute, die ihn in einer Kleinstadt wie Elko im Auge behalten könnten, wenn er versuchen wollte, zu Fuß oder mit einem Taxi unterzutauchen.

Sobald er jedoch mit dem neuen Cherokee unterwegs war, begann er nach einem eventuellen Verfolger Ausschau zu halten, konnte aber im Rückspiegel und in den Seitenspiegeln keine verdächtigen Fahrzeuge ausfindig machen.

Er fuhr auf direktem Wege zu einem Arco Mini-Mart, den er während der Taxifahrt gesehen hatte. Er parkte am dunklen Rand des Parkplatzes, außerhalb der Lichtkegel der Bogenlampen, stieg aus und blickte zurück auf die halbdunkle Straße.

Kein Verfolger war zu sehen.

Was natürlich nicht bedeutete, daß es keinen gab.

Im Mini-Mart weckten die grellen Leuchtstoffröhren und die Chromregale in ihm die Sehnsucht nach der guten alten Zeit, als es noch altmodische kleine Läden gegeben hatte, die von emigrierten Ehepaaren mit sympathischem Akzent geführt wurden, wo es noch nach Mamas hausgemachten Backwaren und Papas jederzeit frischen Delikatessen-Sandwiches geduftet hatte. Hier im Supermarkt roch es nur schwach nach Desinfektionsmitteln und nach Ozon aus den Motoren der Tiefkühltruhen. Jack kaufte eine Landkarte, eine Taschenlampe, eine Packung Milch, zwei Pakete Dörrfleisch, eine kleine Tüte Schokoladenkekse — und, einem morbiden Impuls folgend, etwas mit dem Namen ›Hamwich‹, ein ›garantiert köstliches Komplett-Sandwich aus Schinkenpaste, Brot und Gewürzen, pulverisiert, vermischt und in ansprechende Form gebracht‹. Es eignete sich angeblich besonders für ›Wanderer, Camper und Sportler‹. Schinkenpaste? Ganz unten auf der luftdichten Plastikverpackung stand: ECHTES FLEISCH.

Jack lachte. Die Aufschrift ›echtes Fleisch‹ war wirklich notwendig, denn trotz der Klarsichtverpackung konnte man beim besten Willen nicht sagen, was es war. Jawohl, Sir — o ja — Schinkenpaste und echtes Fleisch: *Deshalb* war er nach Mittelamerika gegangen und hatte für sein Land gekämpft.

Er wünschte, Jenny wäre noch am Leben und hier bei ihm. Echtes Fleisch, im Gegensatz zu künstlichem Polyesterfleisch. Sie hätte sich vor Lachen gebogen.

Als er den Mini-Mart verließ, blieb er wieder kurz stehen und überwachte die Straße, sah aber immer noch nichts Verdächtiges.

Er ging zu seinem Cherokee am dunklen Ende des Parkplatzes und öffnete den hinteren Wagenschlag. Aus einem seiner Koffer holte er einen leeren Nylonrucksack, die Beretta, einen vollen Ladestreifen, eine Schachtel Munition und einen der Schalldämpfer. In der kalten Luft waren seine Atemwolken deutlich zu sehen, während er die Lebensmittel aus der Papiertüte in den Rucksack umpackte. Er schraubte den Schalldämpfer auf die Pistole, setzte den vollen Ladestreifen ein. Nachdem er die lose Munition in den zahlreichen Taschen seiner dick gefütterten Lederjacke verstaut hatte, schloß er den hinteren Wagenschlag wieder.

Er setzte sich ans Steuer, legte die Beretta auf den Nebensitz und breitete den Rucksack darüber. Im Schein seiner neuen Taschenlampe studierte er die Landkarte des Bezirks Elko. Als er Taschenlampe und Karte beiseitelegte, war er bereit, es mit dem Feind aufzunehmen.

In den nächsten fünf Minuten fuhr er kreuz und quer durch Elko, benutzte jeden ihm bekannten Trick, um einen Verfolger zu entdecken, hielt sich an Nebenstraßen mit wenig Verkehr, wo selbst ein gutes Überwachungsteam sofort auffallen würde. Nichts.

Er parkte am Ende einer Sackgasse und holte einen Anti-Überwachungs-Breitbandempfänger aus einem seiner Koffer. Dieses Gerät von der Größe zweier Zigarettenschachteln, mit einer kurzen Antenne am oberen Ende, konnte sämtliche Funkfrequenzen von 30 bis 120 empfangen, einschließlich F. M. von 88 bis 108. Wenn jemand, während er im Supermarkt gewesen war, einen Sender am Jeep angebracht hatte, um dem Cherokee in einigem Abstand folgen zu können, würde Jacks Empfänger die Signale auffangen und einen durchdringenden Heulton von sich geben. Jack ging langsam um sein Fahrzeug herum, die Antenne auf den Jeep gerichtet.

Man hatte keinen Sender an seinem Wagen angebracht.

Er verstaute den Breitbandempfänger wieder, setzte sich ans Steuer und dachte kurz nach. Er wurde weder visuell noch elektronisch überwacht. Was konnte das nur zu bedeuten haben? Als seine Gegner jene Ansichtskarten vom Tranquility Motel in seinen Bankschließfächern deponierten, mußten sie gewußt haben, daß er sofort nach Nevada fliegen würde. Und sie mußten auch wissen, daß er ein potentiell gefährlicher Mann war. Sie würden es doch bestimmt nicht zulassen, daß er sozusagen auf ihrem eigenen Rasen unbeobachtet agierte. Und doch schienen sie genau das zu tun.

Mit gerunzelter Stirn ließ Jack den Motor an.

Auf dem Flug von New York nach Salt Lake City hatte er gründlich über die ganze Situation nachgedacht und mehrere — ziemlich unausgegorene — Theorien bezüglich der Identität und der Intentionen seiner Gegner aufgestellt. Nun kam er zu dem Schluß, daß das, was tatsächlich passierte — oder nicht passierte —, viel seltsamer war als alles, was er sich ausgemalt hatte.

Niemand beobachtete ihn. Das war ihm unheimlich.

Unerklärliche Dinge waren ihm *immer* unheimlich.

Wenn man eine Situation nicht verstehen konnte, so bedeutete das meistens, daß man etwas Wichtiges übersehen hatte, daß man auf einem Auge blind gewesen war. Und das konnte zur Folge haben, daß man eine Kugel verpaßt bekam, gerade dann, wenn man es am wenigsten erwartete.

Mit äußerster Wachsamkeit fuhr Jack Twist auf der State Route 51 in nördliche Richtung, bog dann nach Westen auf Kies- und Lehmwege ab und näherte sich auf diese Weise dem Tranquility Motel von hinten, anstatt offen über die I-80 zu kommen.

Zuletzt war er gezwungen, einfach querfeldein zu fahren, was nicht ganz ungefährlich war, denn es ging hier hügelabwärts zu den Ebenen. Sobald der Dreiviertelmond hinter Wolken hervorkam, schaltete Jack die Scheinwerfer aus und ließ sich nur vom Mondlicht leiten, und seine Augen gewöhnten sich rasch an die Dunkelheit.

Und dann sah er von einem Hügel aus das Tranquility Motel, einsame Lichter in einer weiten, dunklen Einöde, etwa zweieinhalb Kilometer südwestlich seines Standorts. Es war nicht so hell beleuchtet, wie Jack erwartet hatte; entweder gingen die Geschäfte schlecht, oder aber das Motel war ganz geschlossen. Er beschloß, seinen Weg zu Fuß fortzusetzen, damit seine Gegner nichts von seinem Eintreffen merkten.

Er ließ die Beretta im Jeep und nahm statt dessen die Maschinenpistole mit, obwohl er eigentlich nicht mit Schwierigkeiten rechnete. *Noch* nicht. Seine Gegner, wer zum Teufel sie auch sein mochten, hatten ihn nicht hierhergelockt, nur um ihn zu töten. Wenn das ihr einziges Ziel gewesen wäre, hätten sie es auch in New York erreichen können. Trotzdem stellte er sich lieber auf Gewalttätigkeiten ein.

Außer der Maschinenpistole und einem Ersatzmagazin nahm er den Rucksack mit Lebensmitteln, ein batteriebetriebenes Richtmikrophon und das Star-Tron-Nachtsichtgerät mit. Er zog Handschuhe an und setzte eine Skimütze auf.

Der Fußmarsch machte ihm direkt Spaß. Es war ein kalter Abend, und die Windstöße ließen die Haut angenehm prickeln.

Weil er damit gerechnet hatte, in Nevada sofort untertauchen zu müssen, hatte er sich schon in New York entsprechend angezogen. Er trug hohe Wanderschuhe mit harten Gummisohlen und starkem Profil, lange Unterhosen und Jeans, einen Sweater und die Lederjacke mit dickem Steppfutter. Die Crew des gecharterten Lear war über seine Aufmachung etwas erstaunt gewesen, hatte ihn aber behandelt, als trüge er Smoking und Zylinder. Sogar ein häßlicher, leicht schielender Mann, der gekleidet war wie ein einfacher Arbeiter, flößte Respekt ein, wenn er es sich leisten konnte, einen Privatjet zu mieten.

Während Jack sich jetzt zu Fuß dem Motel näherte, kam von Zeit zu Zeit der Mond zwischen den Wolken hervor, und dann leuchteten die wenigen Schneeflecken, so als ragten Knochen aus der dunkleren Haut der höckerigen Hügel hervor; die nackte

Erde, die Felsformationen, der Beifuß und das trockene Gras schimmerten milchig unter den Liebkosungen des Mondes. Wenn er jedoch hinter Wolken verschwand, herrschte völlige Finsternis.

Schließlich gelangte Jack zu einem günstigen Beobachtungsposten am Südabhang eines Hügels, etwa 400 Meter hinter dem Motel. Er setzte sich und legte Maschinenpistole und Rucksack auf den Boden.

Das Star Tron konnte vorhandenes Licht — Sternenlicht, Mondlicht, die natürliche Phosphoreszenz von Schnee und von gewissen Pflanzen, schwaches elektrisches Licht — fünfundachtzigtausendfach verstärken. Durch die Linse dieser nützlichen Einrichtung verwandelte sich für Jack fast jede Nacht zumindest in graues Tageslicht.

Er stützte seine Ellbogen auf die Knie auf und richtete das Gerät auf das Tranquility Motel. Er konnte die Rückseite des Gebäudes deutlich genug erkennen, um festzustellen, daß keine Wachposten in irgendwelchen dunklen Nischen Ausschau nach ihm hielten. Die Motelzimmer hatten auf der Rückseite keine Fenster, folglich konnte er auch von dort nicht beobachtet werden. Der mittlere Teil des Motels hatte ein Obergeschoß; vermutlich war das die Wohnung der Eigentümer. Dort brannte Licht, aber er konnte nicht in die Wohnung hineinblicken, weil Jalousien und Vorhänge geschlossen waren.

Er legte das Sichtgerät auf den Rucksack und nahm das batteriebetriebene Richtmikrophon zur Hand, das Ähnlichkeit mit einer futuristischen Pistole hatte. Noch vor wenigen Jahren hatten Geräte dieser Art eine Reichweite von höchstens 200 Metern gehabt. Inzwischen konnte ein gutes Gerät aber Unterhaltungen bis zu einer Entfernung von 400 Metern auffangen, und bei idealen Bedingungen war es sogar noch wesentlich leistungsfähiger. Jack setzte die kompakten Kopfhörer auf. Er richtete das Mikrophon auf ein Fenster mit geschlossenen Vorhängen und hörte sogleich Stimmen, bekam aber nur Gesprächsfetzen mit. Es war auch zuviel verlangt, bei starkem Wind über eine Entfernung von 400 Metern eine Unterhaltung in einem geschlossenen Raum belauschen zu wollen.

Er hob seine Maschinenpistole und die übrigen Sachen auf und ging vorsichtig näher ans Motel heran. Sein neuer Beobachtungsposten war nur knapp 90 Meter vom Gebäude entfernt.

Als er diesmal das Mikrophon auf das Fenster ausrichtete, konnte er trotz der Vorhänge und der Glasscheiben jedes Wort verstehen. Er konnte sechs Stimmen deutlich unterscheiden; vielleicht waren es auch noch mehr. Die Leute saßen offenbar beim Abendessen und machten dem Koch — einem Mann namens Ned — und seiner Helferin — einer Sandy — Komplimente über den Truthahn, die Nußfüllung und alle möglichen Beilagen.

Das ist kein normales Abendessen, dachte Jack neidisch, das ist ja das reinste Festbankett.

Er hatte im Flugzeug ein leichtes Mittagessen zu sich genommen, seitdem aber nichts mehr in den Magen bekommen. Sein Körper war noch auf die Zeitzone der Ostküste eingestellt; für ihn war es deshalb schon fast 23 Uhr. Vermutlich würde er diese Leute stundenlang belauschen müssen, um schließlich entscheiden zu können, ob sie seine Feinde waren. Er war viel zu hungrig, um sein eigenes kärgliches Abendessen so lange aufschieben zu können. Er stützte das Mikrophon mit Steinen so ab, daß es weiterhin auf das Fenster gerichtet war, packte das ›Hamwich‹ aus und biß mit Todesverachtung hinein. Es schmeckte wie Sägemehl, durchtränkt mit ranzigem Schweinefett. Er spuckte es schleunigst aus und begnügte sich mit Dörrfleisch und Schokoladenkeksen, was nicht weiter schlimm gewesen wäre, wenn er nicht gehört hätte, wie diese Fremden schlemmten.

Schon nach kurzer Zeit stand für Jack fest, daß diese Leute nicht seine Feinde waren. Seltsamerweise schienen auch sie auf verschiedene Weise hierher gerufen worden zu sein. Während er sie belauschte, kamen ihre Stimmen ihm merkwürdig vertraut vor, und er hatte immer stärker das Gefühl, daß er zu ihnen gehörte wie ein Bruder.

Eine Frau namens Ginger und ein Mann — Don oder Dom — begannen den anderen von ihren Nachforschungen im Archiv des ›Sentinel‹ — der Lokalzeitung von Elko — zu berichten. Als er sie von Giftkatastrophen, Straßensperren und erstklassig ausgebildeten DERO-Truppen erzählen hörte, verging Jack der Appetit. DERO! Verdammte Scheiße, er hatte von den DERO-Kompanien gehört, obwohl sie erst ins Leben gerufen worden waren, nachdem er den Militärdienst quittiert hatte. Das waren Typen, die freudig dem Befehl gehorchen würden, mit einem

Fleischwolf als einziger Waffe gegen einen Grizzlybären anzutreten, und sie waren zäh genug, um aus dem Bären Hackfleisch zu machen. Wenn jemand gezwungen wäre, zwischen einem schnellen, schmerzlosen Selbstmord und einem Nahkampf mit einem DERO-Mann zu wählen, so täte er gut daran, sich eine Kugel durch den Kopf zu jagen und sich auf diese Weise Schmerzen zu ersparen. Jack begriff, daß es hier um etwas viel Gefährlicheres und Bedeutsameres ging als nur um eine Mafiasache oder um eine von den anderen Möglichkeiten, die er sich während des Fluges ausgemalt hatte.

Obwohl er während des Lauschens kein vollständiges Bild gewinnen konnte, begriff er allmählich doch, daß diese Leute zusammengekommen waren, um herauszufinden, was ihnen im vorletzten Sommer widerfahren war, an jenem Wochenende, als auch er sich hier aufgehalten hatte. Ihre Recherchen hatten bereits zu beachtlichen Erfolgen geführt, aber Jack konnte nicht begreifen, daß sie ihre Fortschritte so offen diskutierten. Offensichtlich waren sie so naiv zu glauben, daß geschlossene Türen und Fenster Sicherheit garantierten. Er hätte am liebsten gebrüllt: *He, haltet endlich den Mund, um Gottes willen! Wenn ich euch hören kann, können auch sie euch hören!*

DERO! Dieses Wort verursachte ihm noch größere Übelkeit als das ›Hamwich‹.

Im Motel wurde die bestmögliche Strategie erwogen — und dem Feind sozusagen auf dem Präsentierteller serviert. Jack riß sich die Kopfhörer von den Ohren, hob hastig seine Sachen auf und rannte durch die Dunkelheit auf das Tranquility Motel zu.

In der Wohnung der Blocks gab es kein Eßzimmer, nur die Nische in der Küche, die für neun Personen viel zu klein war. Deshalb rückten sie im Wohnzimmer die Möbel an die Wände, trugen den Küchentisch hinein und zogen ihn auf beiden Seiten aus, damit alle bequem Platz hatten. Diese Vorbereitungen verstärkten Doms Gefühl eines Familientreffens und versetzten ihn in Feststimmung.

Um ihre Geschichte nicht mehrmals erzählen zu müssen, hatten Dom und Ginger bis zum Abendessen gewartet, als die ganze Gruppe versammelt war. Nun berichteten sie ihren Freunden — mit dem Klirren der Bestecke als leiser Begleitmusik — von den Ergebnissen ihrer Zeitungslektüre. Sie erzählten ihnen, daß die

Armee die I-80 kurze Zeit *vor* der Giftkatastrophe gesperrt hatte, was bedeutete, daß die Hubschrauber mit Soldaten mindestens eine halbe Stunde zuvor von Shenkfield gestartet waren — daß die Armee also im voraus von dem ›Unfall‹ gewußt hatte.

Während er ein Hörnchen zerteilte, sagte Dom: »Daß Falkirk und eine DERO-Kompanie schon kurz nach dem Eintreten der Krisensituation zur Stelle waren und das Kommando in der Sperrzone übernahmen ... nun, dafür gibt es nur eine Erklärung — nämlich, daß die Armee im voraus gewarnt worden war.«

»Aber weshalb haben sie die Katastrophe dann nicht verhindert?« fragte Jorja Monatella, die für ihre Tochter die Truthahnportion in mundgerechte Bissen schnitt.

»Offensichtlich *konnten* sie nichts dagegen tun«, erwiderte Dom.

»Vielleicht wurde der LKW von Terroristen überfallen und der Geheimdienst der Armee bekam erst in letzter Minute Wind davon«, schlug Ernie vor.

»Möglich wäre es, aber nicht sehr wahrscheinlich«, meinte Dom. »Eine Geschichte dieser Art hätten sie von der Presse doch ganz groß ausschlachten lassen. Nein, es muß etwas anderes gewesen sein. Etwas so ungeheuer Wichtiges und Geheimes, daß man nur den DERO-Leuten zutraute, darüber Stillschweigen zu bewahren.«

Brendan Cronin aß mit herzhaftem Appetit als alle anderen, was seiner geistlichen Ausstrahlung jedoch keinen Abbruch tat. Er schluckte eine Gabel voll Maiskörner herunter und sagte: »Das erklärt auch, weshalb sich nicht Hunderte von Menschen auf diesem Abschnitt der I-80 befanden, als die Sache passierte, wie es um diese Uhrzeit eigentlich zu erwarten gewesen wäre. Wenn die Armee die Straße schon vor dem Ereignis sperrte, konnte der größte Teil des Verkehrs von der Gefahrenzone ferngehalten werden, noch bevor dann tatsächlich etwas passierte.«

»Ja, und die wenigen, die sich noch auf dem gesperrten Abschnitt befanden und dadurch zuviel sahen, wurden gefangengenommen und wie wir, die wir das Geschehen im Motel oder Restaurant miterlebt hatten, einer Gehirnwäsche unterzogen.«

Alle beteiligten sich an der Diskussion, stellten Theorien auf und erörterten die gleichen unbeantwortbaren Fragen, die Dom und Ginger schon im Archiv beschäftigt hatten.

Schließlich berichtete Dom ihnen von der zweiten wichtigen Entdeckung, die Ginger und er gemacht hatten, nachdem sie auf den Gedanken gekommen waren, auch die Ausgaben des ›Sentinel‹ in den Wochen *nach* der angeblichen Giftkatastrophe durchzusehen.

Es war ursprünglich Gingers Idee gewesen, daß sie vielleicht irgendwelche Hinweise auf das wirkliche Geschehen an jenem Freitagabend in anderen Artikeln finden könnten, in außergewöhnlichen Vorfällen, die auf den ersten Blick nichts mit der Angelegenheit zu tun hatten, in Wirklichkeit aber damit zusammenhingen. Schon nach kurzer Zeit waren sie fündig geworden. Speziell *ein* Ort, der wiederholt in den Meldungen auftauchte, schien irgendwie mit der Sperrung der I-80 verknüpft zu sein.

»Thunder Hill«, sagte Dom. »Wir glauben, daß das der eigentlich entscheidende Ort ist. Shenkfield diente nur dazu, die Aufmerksamkeit vom tatsächlichen Krisenherd abzulenken — von Thunder Hill.«

Faye und Ernie Block blickten überrascht von ihren Tellern auf. »Thunder Hill liegt in den Bergen, sechzehn oder zwanzig Kilometer nordöstlich von hier«, sagte Faye. »Die Armee hat dort Anlagen — das Thunder Hill Depository. In den Bergen gibt es zahlreiche natürliche Kalksteinhöhlen, und dort werden Kopien von Wehrstammrollen und allen möglichen anderen wichtigen Akten gelagert, für den Fall, daß die Militärbasen in anderen Teilen des Landes bei irgendeiner Katastrophe vernichtet werden ... beispielsweise bei einem Atomkrieg.«

»Das Depot existierte bereits, als Faye und ich uns hier niederließen«, fuhr Ernie fort. »Es existiert seit mindestens zwanzig Jahren. Gerüchte besagen, daß dort nicht nur Akten gelagert werden. Manche Leute glauben, daß dort auch riesige Vorräte an Lebensmitteln, Medikamenten, Waffen und Munition angelegt wurden, und das leuchtet mir durchaus ein. Bei Ausbruch eines großen Krieges würden die normalen Militärbasen natürlich als erstes bombardiert werden, und deshalb braucht die Armee Geheimdepots. Thunder Hill dürfte eines davon sein.«

»Dann kann da oben alles mögliche lagern«, sagte Jorja Monatella unbehaglich.

»Alles nur erdenklich mögliche«, bestätigte Ned Sarver.

»Könnte es dann auch sein, daß dort nicht nur Depots sind?«

fragte Sandy. »Werden dort möglicherweise auch Experimente durchgeführt?«

»Was für Experimente?« fragte Brendan und beugte sich vor, um sie über seinen Nebenmann Ned hinweg sehen zu können.

»Alle möglichen«, erwiderte Sandy achselzuckend.

»Das ist durchaus denkbar«, sagte Dom, dem diese Idee auch schon gekommen war.

»Aber wenn auf der I-80 überhaupt nichts passiert ist, wenn nur in Thunder Hill etwas schiefging«, wandte Ginger ein, »wie kam es dann, daß wir hier, mehr als fünfzehn Kilometer südlich, davon in Mitleidenschaft gezogen wurden?«

Darauf wußte niemand eine Antwort.

Marcie, die sich den größten Teil des Abends mit ihrem Album beschäftigt und beim Abendessen bisher kein Wort gesprochen hatte, legte plötzlich ihre Gabel hin und fragte: »Warum heißt der Ort Thunder Hill?«

»Diese Frage *kann* ich dir beantworten, Schätzchen«, sagte Faye. »Thunder Hill — der ›Donnerhügel‹ — ist eine von vier riesigen aneinandergrenzenden Almen, ein Weidegebiet an den Berghügeln. Es ist umgeben von hohen Berggipfeln, und wenn es stürmt, ist der Ort so etwas wie ... na ja, wie ein Schalltrichter. Die Indianer haben ihn vor Hunderten von Jahren Thunder Hill genannt, weil der Donner zwischen den Bergen widerhallt und die Abhänge hinabrollt, und auf dieser speziellen Alm sammeln sich die Geräusche auf höchst eigenartige Weise, so daß das Grollen nicht vom Himmel zu kommen scheint, sondern aus der Erde.«

»Wow!« murmelte Marcie. »Ich würde mir bestimmt vor Angst in die Hose machen.«

»Marcie!« rief Jorja, während alle anderen lachten.

»Aber es stimmt doch«, sagte das Mädchen. »Weißt du noch, als Opa und Oma einmal zum Abendessen bei uns waren und ein ganz schlimmes Gewitter war und ein Blitz in den Baum in unserem Hof einschlug? Es hat schrecklich gekracht, und ich habe mir in die Hose gemacht!« Sie blickte in die Runde. »Ich habe mich soooo geschämt.«

Wieder lachten alle, und Jorja sagte: »Das ist schon länger als zwei Jahre her. Jetzt bist du schon ein großes Mädchen.«

An Dom gewandt, fragte Ernie: »Sie haben uns noch nicht erzählt, warum Sie Thunder Hill und nicht Shenkfield für den eigentlichen Krisenherd halten. Was haben Sie in den Zeitungen gefunden?«

Im ›Sentinel‹ von Freitag, dem 13. Juli — genau eine Woche nach der Sperrung der I-80 und drei Tage nach Freigabe des Sperrgebiets —, stand ein Artikel über zwei Rancher, Norvil Brust und Jake Dirkson, die Schwierigkeiten mit dem Federal Bureau of Land Management — dem Bundesstaatlichen Verwaltungsamt für öffentlichen Landbesitz — hatten. Auseinandersetzungen zwischen dem BLM und Ranchern waren keine Seltenheit. Halb Nevada war im Besitz der Regierung, nicht nur Wüstengebiete, sondern auch riesige fruchtbare Weideflächen, die teilweise an Viehzüchter verpachtet wurden. Die Rancher beklagten sich darüber, daß das BLM zuviel nutzbares Land zurückhalte; sie forderten, daß die Regierung einen Teil davon an Privatleute verkaufen solle, weil die geforderten Pachtsummen viel zu hoch seien. Aber Brust und Dirkson beklagten sich über etwas anderes. Sie hatten seit Jahren Land gepachtet, das dem BLM gehörte und an ein Armeegelände von 120 Hektar grenzte — an das Thunder Hill Depository. Brust hatte 320 Hektar westlich und südlich der Militäranlage gepachtet, Dirkson östlich davon etwa 300 Hektar. Obwohl ihre Pachtverträge noch eine Laufzeit von vier Jahren hatten, wurden am Samstag, dem 7. Juli, vom BLM plötzlich 200 Hektar von Brust und 120 Hektar von Dirkson konfisziert, und diese 320 Hektar Land waren auf Verlangen der Armee dem Thunder Hill Depository zugeschlagen worden.

»Das war genau der Morgen nach der Giftkatastrophe und der Sperrung der I-80«, murmelte Faye.

»Brust und Dirkson wollten am Samstagmorgen wie üblich nach ihren Herden sehen«, sagte Dom, »und beide mußten feststellen, daß man ihr Vieh vom größten Teil des gepachteten Landes weggetrieben hatte. Entlang der neuen Grenze des Militärgeländes war ein provisorischer Stacheldrahtzaun gezogen worden.«

Ginger schob ihren leeren Teller zurück und fuhr fort: »Das BLM erklärte Brust und Dirkson einfach, es habe den Pachtvertrag einseitig fristlos gekündigt, ohne jede Entschädigung. Ein offizielles Schreiben erhielten sie erst am folgenden Mittwoch, was sehr ungewöhnlich war. Normalerweise werden die Pächter in solchen Fällen sechzig Tage vorher benachrichtigt.«

»War dieses Vorgehen denn überhaupt legal?« fragte Brendan Cronin.

»Genau das ist das Problem, wenn man irgendwelche Geschäfte mit der Regierung macht«, erklärte Ernie dem Priester. »Man hat es mit den gleichen Leuten zu tun, die darüber entscheiden, was legal ist und was nicht. Es ist so, als würde man mit Gott Poker spielen.«

»Das BLM ist in der ganzen Gegend verhaßt«, berichtete Faye. »Diese Bürokraten sind wahnsinnig anmaßend und arrogant und handeln völlig willkürlich.«

»Das konnten wir in den Zeitungsartikeln zwischen den Zeilen lesen«, sagte Dom. »Vielleicht hätten Ginger und ich es aber noch für einen Zufall gehalten, daß das BLM das Land ausgerechnet am Tag nach der Sperrung der I-80 beschlagnahmt hat. Aber die Art und Weise, wie die Regierung sich *danach* verhielt, war so ungewöhnlich, daß wir Verdacht schöpften. Als Brust und Dirkson sich Anwälte nahmen und als im ›Sentinel‹ Artikel über die Kündigung ihrer Pachtverträge erschienen, machte das BLM plötzlich einen Rückzieher und bot den beiden Ranchern Entschädigungen an.«

»Das sieht dem BLM aber überhaupt nicht ähnlich!« meinte Ernie. »Diese Typen lassen es sonst immer auf einen Prozeß ankommen.«

»Wie hoch sollten denn die Abfindungen sein, die angeboten wurden?« erkundigte sich Faye.

»Die Höhe wurde nicht erwähnt«, antwortete Ginger. »Aber sie müssen schon verdammt hoch gewesen sein, denn Brust und Dirkson akzeptierten dieses Angebot sofort.«

»Das BLM hat sie also gekauft«, stellte Jorja fest.

»Ich vermute, daß die Armee Druck auf das BLM ausübte«, sagte Dom. »Die Militärs erkannten, daß möglicherweise jemand eine Verbindung zwischen dem Vorfall auf der I-80 an jenem Freitagabend und der plötzlichen Konfiszierung von Land am nächsten Morgen herstellen könnte, falls diese Geschichte lange durch die Presse gehen würde.«

»Es wundert mich überhaupt, daß niemand diese Verbindung herstellte«, sagte Jorja. »Wenn Ginger und Sie lange nach den Ereignissen dazu imstande waren — warum ist dann damals niemandem etwas aufgefallen?«

»Nun, Dom und ich hatten den riesigen Vorteil des größeren

Abstands«, erklärte Ginger. »Wir wußten, daß in jenen Krisentagen viel mehr passiert war, als damals jemand auch nur vermuten konnte. Deshalb *suchten* wir systematisch nach irgendwelchen Zusammenhängen. Aber in jenem Juli lenkte die Aufregung über die Giftkatastrophe die allgemeine Aufmerksamkeit von Thunder Hill ab. Außerdem war es ja nichts Außergewöhnliches, daß Rancher Probleme mit dem BLM hatten. Es ist also durchaus verständlich, daß niemand diese Sache mit der Quarantänezone in Verbindung brachte. Als das BLM dann Brust und Dirkson dieses großzügige Angebot machte, wurde in einem Zeitungsartikel das Einlenken der Regierung lobend erwähnt und ein neues Zeitalter der Vernunft prophezeit.«

»Aber wie Sie uns erzählt haben«, sagte Dom, an Faye und Ernie gewandt, »und wie wir auch gelesen haben, war dies das erste und letzte Mal, daß das BLM sich zu einer vernünftigen Regelung bereiterklärte. Es war also keine neue Taktik, sondern eine einmalige Reaktion auf eine Krisensituation. Und es wäre wirklich ein zu großer Zufall, wenn man glauben wollte, daß der Vorfall in Thunder Hill nichts mit dem Vorfall zu tun hatte, der sich *gleichzeitig* hier an der Interstate ereignet hat.«

»Und nachdem wir schon einmal Verdacht geschöpft hatten«, sagte Ginger, »fiel uns auch ein, daß die Armee die DERO-Truppen nicht benötigt hätte, wenn der Vorfall an jenem Abend wirklich irgendwie etwas mit *Shenkfield* zu tun gehabt hätte. Die in Shenkfield stationierten Soldaten müssen ohnehin der Schweigepflicht über alles, was in dieser Militärbasis geschieht, unterworfen sein, deshalb hätte es bei einem Vorfall in Shenkfield bestimmt nichts gegeben, was sie aus Sicherheitsgründen nicht hätten sehen dürfen. Die einzig mögliche Erklärung für den Einsatz dieser DERO-Einheit ist, daß der Vorfall überhaupt nichts mit Shenkfield zu tun hatte, daß es um etwas ging, was mit dem normalen Aufgabenbereich der dort stationierten Militärs nicht vergleichbar war und diese Männer vielleicht überfordert hätte — sowohl im praktischen Sinn als auch in bezug auf die Schweigepflicht.«

»Falls es also überhaupt Antworten auf unsere Fragen gibt«, sagte Brendan, »werden wir sie höchstwahrscheinlich im Thunder Hill Depository finden.«

»Wir hatten ja schon vermutet, daß die Geschichte vom ausgetretenen Nervengas nicht so ganz der Wahrheit entsprach«, rekapitulierte Dom. »Vielleicht war sie überhaupt von A bis Z erstunken und erlogen. Vielleicht hatte die ganze Angelegenheit *nichts* mit Shenkfield zu tun. Wenn Thunder Hill der Ursprungsort irgendwelcher Probleme war, wollten sie mit dem Märchen vom umgestürzten LKW nur die Öffentlichkeit ganz bewußt in die Irre führen.«

»Das hört sich einleuchtend an«, meinte Ernie. Er hatte sein Besteck ordentlich auf den leeren Teller gelegt, der fast so sauber war wie vor Beginn des Essens — ein Beweis dafür, daß die Militärdisziplin ihm in Fleisch und Blut übergegangen war. »Sie müssen wissen, ich habe zum Teil beim Geheimdienst der Marines gedient; deshalb verfüge ich über eine gewisse Erfahrung in solchen Dingen. Und dieses ganze Shenkfield-Märchen riecht förmlich nach einem geschickten Ablenkungsmanöver.«

Ned runzelte angestrengt die Stirn. »Vielleicht bin ich besonders begriffsstutzig, aber es gibt da so einiges, was ich nicht verstehe. Die Quarantänezone erstreckte sich nicht über die ganze Strecke von Thunder Hill bis hierher. Ein großes dazwischenliegendes Gebiet wurde nicht gesperrt. Wie können sich die Folgen eines Unfalls in Thunder Hill dann plötzlich über diese Entfernung hinweg *hier* so stark ausgewirkt haben, ohne in dem dazwischenliegenden Gebiet irgendwelche Probleme hervorgerufen zu haben?«

»Sie sind nicht begriffsstutzig«, sagte Dom. »Ich kann mir das auch nicht erklären.«

Immer noch mit gerunzelter Stirn fuhr Ned fort: »Und da ist auch noch etwas anderes: Das Depot benötigt doch nicht so viel Land. Nach allem, was ich gehört habe, befindet es sich doch unter der Erde. Sie haben große bombenfeste Türen am Abhang des Hügels, eine Straße, die zu diesen Türen führt, vielleicht einige Wachposten — das wär's aber auch schon. Die 120 Hektar — das Gebiet um den Eingang herum — sind doch als Sicherheitszone wirklich groß genug. Wozu dann diese Konfiszierung von Weideflächen?«

Dom zuckte die Achseln. »Auch da muß ich total passen. Aber was zum Teufel da oben auch am 6. Juli geschehen sein mag, es hat jedenfalls zwei Sonderaktionen der Armee ausgelöst: erstens eine zeitweilige Quarantäne hier unten, sechzehn bis zwanzig Kilometer entfernt, bis man uns Zeugen entsprechend programmiert hatte; und zweitens eine sofortige Vergrößerung der Sicherheitszone um das Depot herum — ein Sperrgebiet, das nicht wieder freigegeben wurde. Ich habe so das Gefühl ... wenn wir jemals herausfinden wollen, was damals mit uns passierte ... und sich immer noch gravierend auswirkt ... werden wir uns näher mit den Aktivitäten am Thunder Hill beschäftigen müssen.«

Alle schwiegen. Obwohl alle inzwischen ihre Teller leergegessen hatten, dachte niemand ans Dessert. Marcie zeichnete mit ihrem Löffel Kreise in die fettigen Reste von Truthahnsaft auf ihrem Teller, schuf somit sehr vergängliche Monde. Niemand räumte das schmutzige Geschirr ab, denn niemand wollte, daß ihm auch nur ein Wort der Diskussion entging. Schließlich galt es jetzt zu entscheiden, wie sie gegen Feinde vorgehen sollten, die so mächtig waren wie die Regierung und die Armee der Vereinigten Staaten. Wie sollten sie eine Stahlmauer der Geheimhaltung durchdringen, die im Namen der nationalen Sicherheit mit allen Machtmitteln das Staates und des Gesetzes errichtet worden war?

»Wir haben doch genügend Material, um damit an die Öffentlichkeit zu gehen«, sagte schließlich Jorja Monatella. »Die Selbstmorde von Zebediah Lomack und Alan, Pablo Jacksons Ermordung. Die ähnlichen Alpträume, die viele von uns hatten. Die Polaroid-Fotos. Auf Sensationen dieser Art sind die Medien doch ganz versessen. Wenn wir der Welt mitteilen, was uns widerfahren ist, werden wir die Macht der Presse und der öffentlichen Meinung hinter uns haben. Wir werden nicht mehr allein sein.«

»Das hat keinen Sinn«, meinte Ernie. »Diese Art von Druck wird die Mauer des Militärs nur noch undurchdringlicher machen. Diese Leute werden der Presse einfach ein noch verwirrenderes und komplizierteres Märchen auftischen. Im Gegensatz zu Politikern brechen die Militärs unter Druck nicht so leicht zusammen. Solange sie uns andererseits auf eigene Faust herumstolpern und nach Erklärungen suchen sehen, werden sie zuversichtlich sein — und das verschafft uns vielleicht etwas Zeit, um ihre schwachen Stellen ausfindig zu machen.«

»Wir dürfen auch nicht vergessen«, warnte Ginger, »daß Colonel Falkirk offenbar dafür war, uns zu töten, anstatt nur unsere Erinnerungen auszulöschen, und wir haben keinen Grund zu der Annahme, daß er jetzt humaner gestimmt ist. Er wurde damals vermutlich überstimmt, aber wenn wir jetzt versuchen würden, mit unserem bisherigen Wissen an die Öffentlichkeit zu gehen, könnte er seine Vorgesetzten vielleicht doch noch überzeugen, daß eine Endlösung des Problems notwendig ist.«

»Trotzdem sollten wir die Sache vielleicht publik machen, auch wenn es gefährlich ist«, sagte Sandy. »Vielleicht hat Jorja recht. Ich meine — wir haben schließlich keine Möglichkeit, ins Thunder Hill Depository hineinzukommen und nachzusehen, was dort vorgeht. Sie haben dort jede Menge Sicherheitsvorkehrungen und bombenfeste Türen, die sogar eine Atombombenexplosion heil überstehen sollen.«

»Wie Ernie schon gesagt hat«, sagte Dom, »uns bleibt vorläufig nichts anderes übrig, als nach ihren Schwachstellen zu suchen.«

»Es sieht aber ganz so aus, als gäbe es keine Schwachstellen«, wandte Sandy ein.

»Doch«, widersprach Ginger. »Sie müssen mit ansehen, wie unsere Gedächtnisblockaden nach und nach abbröckeln. Jedesmal, wenn einem von uns eine neue Einzelheit einfällt, bedeutet das ein Loch in ihrem Schutzschild.«

»Das stimmt«, gab Ned zu. »Aber mir scheint, daß es in ihrer Macht steht, die Löcher schneller auszubessern, als wir neue hineinschlagen können.«

»Wir müssen mit diesem ganzen negativen Denken Schluß machen!« knurrte Ernie.

»Er hat recht«, unterstützte ihn Brendan mit verzücktem Lächeln. »Wir dürfen nicht pessimistisch sein. Und wir *brauchen* auch nicht pessimistisch zu sein, denn es ist uns bestimmt, den Sieg zu erringen.« Er sprach wieder mit jener ruhigen Sicherheit und Heiterkeit, die seinem Glauben entsprangen, daß eine Offenbarung ihres besonderen Schicksals einfach erfolgen *mußte*. Im Augenblick beruhigte der Optimismus des Priesters Dom jedoch nicht, sondern weckte in ihm aus unerfindlichen Gründen düstere Vorahnungen und Ängste.

»Wie viele Männer sind in Thunder Hill stationiert?« fragte Jorja.

Bevor Ginger oder Dom ihre diesbezüglichen Informationen aus dem ›Sentinel‹ weitergeben konnten, tauchte ein Fremder auf der Schwelle am oberen Ende der Treppe auf. Er mußte etwa vierzig sein, war schlank, dunkelhaarig, mit dunklem Teint; er schielte auf dem linken Auge und sah sehr hartgesotten aus. Obwohl die Haustür unten im Empfangsbüro abgeschlossen war und obwohl das Linoleum auf den Stufen die Schritte nicht dämpfte, war der Eindringling völlig lautlos aufgetaucht, so als wäre er kein realer Mensch, sondern eine ektoplasmische Erscheinung.

»Um Himmels willen, halten Sie die Klappe!« rief er, und seine Stimme klang nur allzu real. »Wenn Sie glauben, hier ungestört beraten zu können, so haben Sie sich gewaltig geirrt!«

Dreißig Kilometer südwestlich vom Tranquility Motel, auf dem Armeetestgelände Shenkfield, befanden sich alle Gebäude — Laboratorien, Verwaltungsbüros, die Sicherheitszentrale, eine Cafeteria, Freizeiträume und Unterkünfte — unter der Erde. In den glühend heißen Sommern am Rand der Wüste und in den mitunter eisigen Wintern war es einfacher und wirtschaftlicher, eine angenehme Temperatur und Luftfeuchtigkeit in unterirdischen Räumen zu erzeugen als auf dem Boden der alles andere als einladenden Öden Nevadas. Ein wesentlich wichtigerer Gesichtspunkt war jedoch die Gefahr: In Shenkfield wurden häufig chemische — und manchmal sogar biologische — Waffen im Freien getestet, um die Einflüsse von Sonnenlicht, Wind und anderen Naturkräften auf Ausbreitung und Wirksamkeit der tödlichen Gase, Pulver und Nebel zu untersuchen. Und wenn die Gebäude über dem Erdboden stünden, könnte jedes unerwartete Windaufkommen sie verseuchen und das Personal der Militärbasis in unfreiwillige Versuchsobjekte verwandeln.

Sowohl bei der Arbeit als auch in der Freizeit vergaß die Mannschaft von Shenkfield nie die Tatsache, daß sie unter der Erde lebte, denn sie wurde durch zweierlei ständig daran erinnert: durch das Fehlen von Fenstern und durch das Surren der Ventilationsanlagen.

Colonel Falkirk saß allein an einem Metallschreibtisch in dem Büro, das ihm vorübergehend zur Verfügung gestellt worden war, und während er ungeduldig und besorgt auf einen Telefonanruf wartete, dachte er: *O Gott, ich hasse diesen Ort!*

Das endlose Surren und Zischen des Luftversorgungssystems verursachte ihm Kopfschmerzen. Seit seiner Ankunft am Samstag aß Falkirk Aspirintabletten, so als wären es Bonbons. Auch jetzt schüttelte er zwei Pillen aus einem Fläschchen. Er goß sich ein Glas Eiswasser aus der Metallkaraffe auf dem Schreibtisch ein, spülte die Tabletten dann aber doch nicht damit hinunter, sondern zerkaute das trockene Aspirin.

Es schmeckte gräßlich bitter, direkt übelkeiterregend, und er würgte etwas.

Aber er griff nicht nach dem Wasser.

Er spuckte das Aspirin auch nicht aus.

Er ertrug den ekelhaften Geschmack heldenhaft.

Eine einsame, unglückliche Kindheit, geprägt von Unsicherheit und Schmerz, und eine noch schlimmere Jugend hatten Leland Falkirk gelehrt, daß das Leben hart, grausam und ungerecht war, daß nur Narren Hoffnung hegten und an Erlösung glaubten, daß nur die Starken überlebten. Schon in jungen Jahren hatte er sich gezwungen, emotional, geistig oder körperlich schmerzhafte Dinge zu tun, weil er glaubte, auf diese Weise weniger verwundbar und härter werden zu können. Er stählte seine Willenskraft mit Mutproben, die vom Kauen trockener Aspirintabletten bis zu jenen großen Tests reichten, die er ›Überlebensexpeditionen‹ nannte und die zwei Wochen oder noch länger dauerten. Auf diesen Expeditionen mußte er ständig dem Tod ins Auge sehen. Er sprang mit einem Fallschirm über einer Wildnis oder einem Dschungel ab, vom nächsten militärischen Vorposten weit entfernt, ohne Lebensmittelvorräte und Ausrüstung, nur mit den Kleidern, die er am Leibe trug. Er nahm weder Kompaß noch Streichhölzer mit. Seine einzigen Waffen waren seine bloßen Hände und das, was er mit ihnen herstellen konnte. Sein Ziel war: lebend in die Zivilisation zurückzukehren. Er verbrachte seinen Urlaub häufig auf diese entbehrungsreiche, selbstquälerische Art, und er hielt das für lohnenswert, denn er kam jedesmal gestählter und selbstsicherer zurück, als er zu Beginn des Abenteuers gewesen war.

Jetzt zerkaute er trockenes Aspirin, das sich in Pulver verwandelt und mit seinem Speichel zu einer bitteren Paste vermischt hatte.

»Verdammt, so läute doch endlich!« sagte er zum Telefon auf seinem Schreibtisch. Er hoffte auf Neuigkeiten, die ihn aus diesem Loch in der Erde befreien würden.

Bei DERO, der Domestic Emergency Response Organisation, war ein Colonel in viel geringerem Ausmaß als in anderen Truppenteilen der Armee ein Schreibtischhengst; er war in erster Linie Stabsoffizier. Falkirks Heimatstützpunkt war in Grand Junction, aber sogar dort in Colorado verbrachte er wenig Zeit in seinem Büro. Was er liebte, waren die physischen Anforderungen seines Berufes, und deshalb erschienen ihm die niedrigen, fensterlosen Räume von Shenkfield wie Särge.

Wenn es sich um irgendeinen anderen Auftrag gehandelt hätte, hätte er das zeitweilige Hauptquartier seiner Einheit vermutlich im Thunder Hill Depository aufgeschlagen. Dort befand man sich zwar auch unter der Erde, aber die Höhlen waren immerhin hoch und sehr groß.

Es gab jedoch zwei Gründe, weshalb er seine Männer von Thunder Hill fernhalten mußte. Erstens mußte wegen des darin verborgenen Geheimnisses alles vermieden werden, was die Aufmerksamkeit der Öffentlichkeit auf diesen Ort lenken konnte. Entlang der Straße, die zum Depot führte, wohnten zahlreiche Rancher. Wenn sie zufällig sahen, daß eine ganze DERO-Kompanie sich nach Thunder Hill begab, würden sie allerhand Vermutungen anstellen. Die Bewohner dieser Gegend sollten sich aber möglichst wenig mit Thunder Hill beschäftigen. Im vorletzten Sommer hatte er Shenkfield benutzt, um die allgemeine Aufmerksamkeit vom Depot abzulenken. Und jetzt, da sich eine neue Krise anbahnte, würde er wieder hier in Shenkfield bleiben, um in der Lage zu sein, die Presse und Öffentlichkeit — falls erforderlich — in der gleichen Weise wie damals irrezuführen. Der zweite Grund, weshalb er Shenkfield als Hauptquartier vorzog, war, daß er in bezug auf alle Leute im Depot gewisse düstere Befürchtungen hegte. Er traute keinem von ihnen, würde sich unter ihnen nicht sicher fühlen. Sie könnten schließlich ... nun ja, verändert worden sein.

Er hatte die Reste des zerkauten Aspirins jetzt schon so lange im Mund, daß er sich an den bitteren Geschmack gewöhnt hatte. Er verursachte ihm keinen Würgereiz mehr; folglich durfte er jetzt das Wasser trinken. Er leerte das Glas in vier großen Schlucken.

Leland Falkirk fragte sich plötzlich, ob er vielleicht die Grenzlinie überschritten hatte, die den konstruktiven Einsatz von Schmerz vom krankhaften Genuß am Schmerz trennte. Schon als er sich diese Frage stellte, wußte er die Antwort: Ja, in gewisser Weise war er ein Masochist geworden. Schon vor Jahren. Er war ein sehr disziplinierter Masochist, er profitierte von den

Schmerzen, die er sich selbst zufügte, er kontrollierte den Schmerz, er war nicht süchtig danach — aber ein Masochist war er dennoch. Anfangs hatte er sich den Schmerzen nur ausgesetzt, um ein harter Mann zu werden. Aber irgendwann hatte er dann begonnen, sie zu genießen. Überrascht über seine Erkenntnis, starrte er auf das leere Wasserglas.

Eine abscheuliche Vorstellung ging ihm plötzlich durch den Kopf: Er sah sich in etwas mehr als zehn Jahren als sechzigjährigen Perversen, der sich jeden Morgen Bambussplitter unter die Fingernägel steckt, wegen des erregenden Schmerzgefühls, das seinen Kreislauf richtig in Gang bringt. Dieses groteske Bild war schrecklich. Aber es war auch komisch, und er lachte.

Bis vor einem Jahr wäre Leland zu selbstkritischen Analysen dieser Art nicht fähig gewesen, und er hatte auch nie viel gelacht. Bis vor kurzem. In letzter Zeit fielen ihm nicht nur Charaktereigenschaften an sich selbst auf, die er früher nie bemerkt hatte, sondern er konnte manchmal auch über sich selbst lachen; zugleich wurde ihm immer stärker bewußt, daß er gewisse Angewohnheiten und Verhaltensweisen ablegen könnte und auch sollte. Er wußte, daß er ein besserer und zufriedenerer Mensch werden könnte, ohne seine vielgepriesene Härte einzubüßen. Das war für ihn ein seltsamer Geisteszustand, aber er kannte den Grund dafür: Nach den Ereignissen des vorletzten Sommers, nach allem, was er damals gesehen hatte, und in Anbetracht dessen, was jetzt im Thunder Hill Depository vorging, war es nur allzu verständlich, daß er nicht mehr ganz derselbe Mann wie früher war.

Das Telefon klingelte. Er nahm den Hörer ab und hoffte, Neuigkeiten über die Situation in Chicago zu erhalten. Aber es war Henderson aus Monterey in Kalifornien, der meldete, daß die Operation im Haus der Salcoes glatt verlief.

Im vorletzten Sommer hatte Gerald Salcoe mit seiner Frau und seinen beiden Töchtern zwei Zimmer im Tranquility Motel gemietet. Am falschen Abend. Und in letzter Zeit waren die Gedächtnisblockierungen bei allen Salcoes stark abgebröckelt.

Die Spezialisten für Gehirnwäsche des CIA, die normalerweise nur bei Geheimoperationen im Ausland eingesetzt wurden, waren in jenem Juli mit der Arbeit im Tranquility Motel betraut worden, und sie hatten versprochen, die Erinnerungen der Zeugen für immer auszulöschen; jetzt waren sie sehr bestürzt über die zahlreichen Fälle, in denen die Gedächtnisblockaden brüchig wurden. Das Ereignis, das jene Zeugen miterlebt hatten, war viel zu erschütternd und überwältigend gewesen, als daß es leicht zu unterdrücken gewesen wäre; die verbotenen Erinnerungen übten einen ständigen mächtigen Druck auf die Gedächtnisbarrieren aus. Jetzt behaupteten die CIA-Experten, daß eine *zweite* dreitägige Behandlung der Zeugen deren ewiges Schweigen garantieren würde.

Tatsache war, daß in Zusammenarbeit von FBI und CIA die ganze Familie Salcoe zur Zeit völlig illegal in Monterey gefangengehalten und einer zweiten Gehirnwäsche unterzogen wurde. Obwohl Cory Henderson, der FBI-Agent am Telefon, behauptete, daß alles gut verlaufe, war Leland der Ansicht, daß es eine aussichtslose Sache war. *Dieses* Geheimnis würde nicht gewahrt werden können.

Außerdem waren viel zu viele Institutionen in diese Sache verwickelt: FBI, CIA, eine ganze DERO-Kompanie und andere mehr. Und bekanntlich verdarben viele Köche den Brei.

Aber Leland war ein guter Soldat. Nachdem er nun einmal mit der Leitung des militärischen Teils dieser Operation betraut worden war, würde er gewissenhaft seine Pflicht erfüllen, auch wenn er persönlich die Sache für hoffnungslos hielt.

Henderson fragte: »Wann werden Sie gegen die Zeugen im Motel vorgehen?«

Das war die Bezeichnung, die sie für all jene verwendeten, die damals im Juli einer Gehirnwäsche unterzogen worden waren — Zeugen. Leland fand das sehr passend, denn über die augenfällige Bedeutung des Wortes hinaus erweckte es auch mystische und religiöse Assoziationen. Er erinnerte sich daran, wie er als Kind zu Erweckungspredigten mitgeschleppt worden war, bei denen Dutzende von Menschen in wilden Zuckungen auf dem Boden lagen, während der ekstatische Prediger ihnen zubrüllte, sie sollten ›Zeugen des Wunderbaren, aufrichtige Zeugen für den Herrn‹ sein. Nun, was die Zeugen im Tranquility Motel gesehen hatten, war genauso umwerfend, erschreckend und erschütternd gewesen wie das Antlitz Gottes, das jene verzückten Pfingstler zu sehen begehrt hatten.

Leland beantwortete Hendersons Frage. »Wir sind zur Stelle und können das Motel innerhalb einer halben Stunde abriegeln. Aber ich werde nicht losschlagen, solange ich nicht genau weiß, was in Illinois los ist, ob diese schreckliche Panne mit Calvin Sharkle inzwischen erfolgreich behoben werden konnte.«

»Ja, eine wirklich ärgerliche Sache! Wie konnte die Situation bei Sharkle nur solche katastrophalen Ausmaße annehmen? Man hätte ihn sich schon vor Tagen schnappen und einer neuen Gehirnwäsche unterziehen müssen, wie wir das hier mit den Salcoes gemacht haben.«

»Das ist nicht meine Schuld«, sagte Leland. »Die Überwachung der Zeugen ist Sache Ihrer Dienststelle. Meine Aufgabe ist es nur, hinter Ihnen aufzufegen.«

Henderson seufzte. »Ich wollte die Schuld nicht Ihren Männern zuschieben, Colonel. Aber verdammt, Sie können *uns* auch keinen Vorwurf machen. Obwohl wir jeden Zeugen nur an vier Tagen pro Monat visuell überwachen und nur etwa die Hälfte der Bänder mit ihren Telefongesprächen abhören, bräuchten wir dazu 25 Agenten. Wir haben aber nur zwanzig zur Verfügung. Außerdem ist diese verdammte Sache so geheim, daß nur drei von diesen zwanzig wissen, warum die Zeugen überwacht werden müssen. Ein guter Agent tappt aber nicht gern im dunkeln. Er hat dann das Gefühl, daß man ihm nicht traut, und er leistet schlampige Arbeit. Und so entsteht dann eine Situation wie bei diesem Sharkle: Die Gedächtnisblockierung des Zeugen bricht zusammen, und niemand bemerkt es, bis die Sache im äußerst kritischen Stadium ist. Wie konnten wir nur jemals glauben, daß es uns gelingen würde, die Sache auf unbegrenzte Zeit geheimzuhalten? Totaler Schwachsinn! Ich will Ihnen sagen, was unser Fehler war: Wir haben diesen Gehirnwäschern des CIA Glauben geschenkt. Wir dachten, daß diese Arschlöcher wirklich leisten könnten, was sie behaupteten, leisten zu können. *Das* war unser großer Fehler, Colonel.«

»Ich habe von Anfang an gesagt, daß es eine einfachere Möglichkeit gäbe«, rief Leland ihm ins Gedächtnis.

»Alle umzubringen? Einunddreißig unserer eigenen Landsleute umzubringen, nur weil sie zur falschen Zeit am falschen Ort waren?«

»Ich hatte es ja nicht ernsthaft vorgeschlagen. Mein Standpunkt war nur, daß wir — wenn wir nicht barbarisch durchgreifen wollten — das Geheimnis nicht würden wahren können und es auch gar nicht erst versuchen sollten.«

Hendersons Schweigen machte deutlich, daß er Lelands Dementi keinen Glauben schenkte. Schließlich fragte er aber: »*Werden* Sie nun heute nacht das Motel abriegeln?«

»Wenn die Situation in Chicago sich aufklärt und ich im Bilde bin, was dort vorgeht, werden wir heute nacht zuschlagen. Aber da gibt es auch noch Fragen, die erst geklärt werden müßten. Diese merkwürdigen psychischen Phänomene. Was haben sie zu bedeuten? Wir können es uns beide in etwa denken, nicht wahr? Und wir sind zutiefst beunruhigt. Nein, ich werde nicht gegen das Motel losschlagen und meine Männer gefährden, bis ich die Situation verstehe.«

Leland legte den Hörer auf.

Thunder Hill ... Er hätte gern geglaubt, daß das, was dort in den Bergen vorging, zu einer besseren Zukunft führen würde, als die Menschheit das eigentlich verdiente. Aber tief im Herzen befürchtete er, daß es statt dessen das Ende der Welt bedeutete.

Als Jack ins Wohnzimmer trat und der Gruppe Schweigen befahl, schrien einige überrascht auf und wollten aufspringen, wobei sie von allen Seiten gegen den Tisch stießen und Geschirr und Bestecke zum Klirren brachten. Andere preßten sich ängstlich an die Stuhllehnen, so als glaubten sie, er wollte sie umbringen. Er hatte seine Maschinenpistole im Erdgeschoß gelassen, damit sie nicht in Panik gerieten, aber sein unerwartetes Auftauchen hatte ihnen trotzdem einen mächtigen Schreck versetzt. Das war auch gut so. Sie brauchten einen heilsamen Schock, um in Zukunft vorsichtiger zu sein. Nur das kleine Mädchen, das mit seinem Löffel auf dem Teller irgendwelche Figuren zeichnete, zeigte überhaupt keine Reaktion.

»Alles in Ordnung, Sie können sich wieder beruhigen. Bleiben Sie sitzen!« sagte Jack mit einer ungeduldigen Geste. »Ich bin einer von Ihnen. Ich hatte mich an jenem Abend im Motel unter dem Namen Thornton Wainwright eingetragen. Vermutlich haben Sie versucht, mich unter diesem Namen in New York zu erreichen. Aber das ist nicht mein richtiger Name. Ich werde Ihnen alles später erklären. Im Augenblick aber ...«

Alle fielen ihm aufgeregt mit Fragen ins Wort.

»Wo haben Sie ...«

» ... uns erschreckt ...«

»Wie haben Sie ...«

» ... verraten Sie uns, ob ...«

Jack erhob gebieterisch die Stimme, um sie zum Schweigen zu bringen. »Dies ist nicht der richtige Ort für solche Diskussionen. Um Gottes willen, man kann uns hier abhören! Ich habe Sie fast eine Stunde lang belauscht. Und wenn *ich* jedes Wort hören konnte, das hier gesprochen wurde, so können das auch Ihre Feinde.«

Sie starrten ihn einfältig an, völlig fassungslos über seine Behauptung, daß sie hier nicht vor fremden Ohren sicher waren. Dann sagte ein großer, kräftiger Mann mit kurzgeschorenen grauen Haaren: »Wollen Sie damit sagen, daß hier irgendwo Wanzen eingebaut sind? Das kann ich mir kaum vorstellen. Ich habe nämlich nach welchen gesucht und nichts gefunden. Und ich hatte in solchen Dingen eine gewisse Erfahrung.«

»Sie müssen Ernie sein«, sagte Jack. Er behielt seinen scharfen, kalten Ton bei, denn diese Leute mußten begreifen, daß sie viel zu sorglos gewesen waren, und diese Lektion mußte so einprägsam sein, daß sie sie nicht wieder vergessen würden. »Ich habe vorhin gehört, wie Sie Ihre Tätigkeit beim Geheimdienst der Marines erwähnten, Ernie. Wie lange ist das her? Ich möchte wetten, fünf bis zehn Jahre. Seitdem hat sich vieles verändert, Mann! Haben Sie noch nie etwas von der High-Tech-Revolution gehört? Scheiße, heute braucht doch niemand mehr eigens herzukommen und irgendwo Wanzen einzubauen! Die Abhörmikrofone sind heute viel leistungsfähiger als noch vor ein paar Jahren. Oder sie brauchen nur einen Infinitsender in ihren eigenen Telefonapparat zu schalten und dann Ihre Nummer zu wählen.« Er schob Ernie grob beiseite, ging zum Telefon, das auf einem Tisch neben dem Sofa stand, und legte seine Hand auf den Hörer. »Wissen Sie, was ein Infinitsender ist, Ernie? Wenn man dann Ihre Nummer wählt, setzt ein elektrischer Schalloszillator die Klingel außer Betrieb und öffnet gleichzeitig das Mikrofon in Ihrem Telefonhörer. Sie hören kein Klingelzeichen und wissen nichts davon, daß Sie angerufen wurden und Ihre Leitung offen ist. Aber Sie können in jedem Raum, in dem sich ein Anschluß befindet, abgehört werden.« Er nahm den Hörer ab und streckte ihn der Gruppe mit bewußt spöttischer Miene entgegen. »Da haben Sie Ihre Wanze! Sie haben sie selbst installieren lassen.« Er warf den Hörer auf die Gabel zurück. »Ich könnte schwören, daß Ihre Gegner sich auf diese Weise sehr oft zugeschaltet haben. Vermutlich hat man Sie während des ganzen Abendessens belauscht. Und wenn Sie so weitermachen, können Sie sich genausogut gleich alle die eigenen Kehlen durchschneiden!«

Jacks ätzend sarkastische Demonstration hatte ihren Zweck erreicht. Alle waren völlig am Boden zerschmettert. Etwas weniger scharf fuhr er fort: »Gibt es hier irgendwo einen Raum ohne Fenster, der groß genug ist, um dort Kriegsrat halten zu können? Es macht nichts aus, wenn es dort ein Telefon gibt. Wir können es einfach ausschalten.«

Eine attraktive Frau mittleren Alters, an die Jack sich vage vom vorletzten Sommer her erinnerte, als er sich in der Rezeption eingetragen hatte — vermutlich Ernies Ehefrau —, antwortete nach kurzem Überlegen: »Da wäre das Restaurant — der Tranquility Grille — nebenan.«

»Hat Ihr Restaurant denn keine Fenster?« fragte Jack erstaunt.

»Sie sind ... zerbrochen«, erklärte Ernie. »Wir haben sie mit Sperrholzplatten vernagelt.«

»Dann nichts wie hin!« sagte Jack. »Arbeiten wir zunächst einmal ungestört unsere Strategie aus. Anschließend können wir ja hierher zurückkommen und uns etwas von der Kürbistorte einverleiben, von der ich vorhin etwas gehört habe. Ich mußte mich mit einem erbärmlichen Abendessen begnügen, während Sie sich hier genüßlich die Bäuche vollschlugen!«

Jack ging rasch die Treppe hinab; er war überzeugt davon, daß sie ihm folgen würden.

Etwa fünf Minuten lang verabscheute Ernie den schielenden Bastard. Aber allmählich machte sein Haß einem widerwilligen Respekt Platz.

Er bewunderte die Umsicht dieses Mannes, der nicht wie alle anderen einfach ins Motel hineinspaziert war, sondern sich gegen alle Eventualitäten geschützt und sogar eine Maschinenpistole mitgebracht hatte.

Andererseits hatte Ernie jedoch, während er ›Thornton Wainwright‹ mit der Maschinenpistole über der Schulter aus der Tür des Motelbüros eilen sah, die grobe Kritik des Fremden noch nicht verdaut. Er war so in Rage, daß er sich im Gegensatz zu den anderen nicht einmal die Zeit nahm, einen Mantel anzuziehen, sondern dem Mann hastig folgte und ihn draußen einholte. Er hatte mit diesem Kerl ein Hühnchen zu rupfen. »Hören Sie mal, was sollte diese verdammte Klugscheißerei? Sie hätten uns Ihren Standpunkt doch auch weniger brutal klarmachen können.«

»Stimmt«, erwiderte der Fremde, »aber dann hätte es viel mehr Zeit in Anspruch genommen.«

Ernie wollte gerade etwas entgegnen, als ihm plötzlich zu Bewußtsein kam, daß er im Freien war, wehrlos der *Dunkelheit* ausgesetzt. Auf halbem Wege zwischen Motel und Imbißstube. Er bekam plötzlich keine Luft mehr und stieß einen jämmerlichen Wimmerlaut aus.

Zu Ernies Überraschung packte der Fremde ihn sofort beruhigend am Arm, ohne eine Spur der spöttischen Überheblichkeit von vorhin. »Kommen Sie, Ernie. Die halbe Strecke haben Sie schon hinter sich. Stützen Sie sich auf mich, dann schaffen Sie auch den Rest.«

Wütend auf sich selbst, weil er sich vor diesem Kerl eine Blöße gegeben und seine kindliche Furcht gezeigt hatte, aber auch wütend auf diesen Bastard, der plötzlich den barmherzigen Samariter spielte, riß Ernie sich tief gedemütigt von der helfenden Hand los.

»Hören Sie zu«, sagte der Neuankömmling, »während ich Ihre Unterhaltung belauschte, habe ich auch von Ihrem Problem gehört, Ernie. Weder bemitleide ich Sie, noch finde ich Ihren Zustand amüsant. Okay? Wenn Ihre Angst vor der Dunkelheit etwas mit dieser Situation zu tun hat, in der wir uns alle befinden, so ist es ja nicht Ihre Schuld, sondern die jener Schweinehunde, die irgendwas mit uns angestellt haben. Wir brauchen einander, wenn wir diese Sache durchstehen wollen. Lassen Sie sich von mir helfen. Stützen Sie sich auf mich, bis wir im Restaurant sind, wo wir Licht machen können. Nehmen Sie meine Hilfe an!«

Anfangs hatte Ernie das Gefühl gehabt zu ersticken, aber als der Fremde seine Rede beendete, hatte der ehemalige Marine das gegenteilige Problem: Er atmete zu heftig. Wie unter dem unwiderstehlichen Einfluß einer magnetischen Kraft wandte er sich nach Südosten und starrte in die schreckliche unendliche Finsternis über der kahlen Hochebene hinaus. Und nun begriff er schlagartig, daß es nicht die Dunkelheit als solche war, vor der er sich fürchtete, sondern daß er vor etwas Angst hatte, das am Abend des 6. Juli in jenem schicksalhaften Sommer dort draußen gewesen war. Er blickte in Richtung jener besonderen

Stelle in der Nähe der Interstate, die sie gestern aufgesucht hatten, um den Ort auf sich wirken zu lassen.

Faye hatte ihn eingeholt, und *ihre* Hand schüttelte er nicht ab. Aber nun wollte auch der schielende Kerl ihn wieder am Arm nehmen, und Ernie war noch immer viel zu wütend, um sich von ihm helfen zu lassen.

»Okay, okay«, sagte der Fremde. »Sie sind ein dickköpfiger alter Soldat, und Ihr verletzter Stolz braucht erst noch eine Weile, um wieder zu heilen. Wenn Sie also ein sturer Maulesel sein wollen — bitte sehr! In Ihrer rasenden Wut auf mich haben Sie die Dunkelheit eine Weile völlig vergessen gehabt. Es war doch bestimmt nicht soldatische Disziplin, die Sie bis hierher gebracht hat, stimmt's? Blinder Zorn war's und weiter nichts. Wenn Sie sich also noch weiter in Ihre Wut auf mich reinsteigern, werden Sie's vielleicht auch vollends bis zum Restaurant schaffen.«

Ernie begriff, daß der schielende Kerl nicht wirklich grausam war, daß er ihn nur geschickt reizte, um ihm zu helfen, die Imbißstube zu erreichen. *Wenn du mich genügend haßt*, wollte der Fremde ihm sagen, *dann wirst du dich weniger vor der Dunkelheit fürchten. Konzentrier dich ganz auf deine Wut, Ernie, und setz einfach einen Fuß vor den anderen.* Im Prinzip war es das gleiche, als wenn er die helfende Hand des Kerls akzeptiert hätte, und wenn Ernie von der Finsternis ringsum nicht halb tot vor Angst gewesen wäre, hätte er sich bestimmt darüber amüsiert, so geschickt gesteuert zu werden. Aber er klammerte sich an seinen Zorn, ließ die Flammen der Wut hoch auflodern, um in ihrem Licht das Restaurant zu erreichen. Als er hinter dem Fremden über die Schwelle trat und die Lampen einschaltete, stieß er einen erleichterten Seufzer aus.

»Hier ist es ja eiskalt!« sagte Faye und drehte sofort die Heizung auf.

Mit dem Rücken zur Tür erholte sich Ernie auf einem Stuhl mitten im Raum von der Strapaze, während nun auch die anderen hereinkamen. Er beobachtete, wie der Fremde von einem Fenster zum anderen ging und die Sperrholzplatten überprüfte, mit denen sie die zerborstenen Scheiben ersetzt hatten. Und zu seiner großen Überraschung stellte Ernie fest, daß er den Neuankömmling nicht mehr haßte, sondern nur noch außerordentlich unsympathisch fand.

Der Kerl beschäftigte sich jetzt mit dem Münztelefon in der Nähe des Eingangs, das sich nicht ausschalten ließ. Er nahm den Hörer von der Gabel, riß mit einem Ruck die Anschlußschnur aus dem Gehäuse und warf den nutzlosen Hörer beiseite.
»Unter der Theke gibt es noch ein Privattelefon«, sagte Ned.
Der Neuankömmling befahl ihm, es auszuschalten, und Ned gehorchte.
Ginger und Brendan wurden angewiesen, drei Tische zusammenzuschieben und Stühle für alle hinzustellen, und auch sie gehorchten widerspruchslos.
Ernie betrachtete den schielenden Burschen mit größtem Interesse.
Die Eingangstür machte ›Thornton Wainwright‹ Sorgen; sie war während der seltsamen Phänomene am Samstagabend nicht zerborsten, weil sie aus viel dickerem Glas bestand als die Fenster. Wenn jemand sie hier mit einem Peilmikrofon zu belauschen versuchte, bot diese Glastür dazu eine ausgezeichnete Möglichkeit. Der schielende Kerl wollte wissen, ob noch Sperrholz übrig sei, und als Dom diese Frage bejahte, befahl er Dom und Ned, ein Stück von passender Größe zu holen. Sie kehrten gleich darauf mit einer Platte zurück, die etwas größer als die Tür war, und der Neuankömmling stellte sie davor und stützte sie mit einem Tisch ab. »Nicht ideal«, sagte er, »aber gut genug, um ein Mikrofon unschädlich zu machen, denke ich.«
Dann ging er in den hinteren Teil des Restaurants, um »einen Blick in die Vorratskammer zu werfen«, und unterwegs befahl er Sandy, die Musicbox einzuschalten und irgendwelche Lieder laufen zu lassen. »Hintergrundgeräusche erschweren das Belauschen erheblich«, erklärte er. Aber noch bevor er diese Erklärung abgab, eilte Sandy gehorsam auf die Musicbox zu.
Plötzlich begriff Ernie, warum dieser schielende Fremde ihn faszinierte. Seine Entschlußkraft, sein gezieltes, rasches Vorgehen und sein Kommandoton, das alles deutete darauf hin, daß dieser Mann beim Militär war — oder jedenfalls einmal gewesen war —, und bei seinen Fähigkeiten mußte er Offizier gewesen sein, ein verdammt *guter* Offizier. Er konnte seiner Stimme einen einschüchternd harten Klang verleihen, und schon im nächsten Moment konnte sie einschmeichelnd und freundlich klingen.

Verdammt, dachte Ernie, er ist so faszinierend, weil er mich an mich selbst erinnert!

Deshalb hatte der Neuankömmling Ernie vorhin in der Wohnung auch so wirkungsvoll ärgern können. Er hatte genau gewußt, wie er ihn am besten treffen konnte, weil er und Ernie in vieler Hinsicht aus dem gleichen Holz geschnitzt waren.

Ernie lachte leise vor sich hin. Manchmal bin ich wirklich ein verdammt dummes Arschloch, dachte er.

Der schielende Bursche kam aus der Vorratskammer zurück und lächelte befriedigt, als er sah, daß alle an den drei zusammengeschobenen Tischen Platz genommen hatten. Er kam auf Ernie zu und fragte: »Keine Ressentiments mehr?«

»Nein«, sagte Ernie. »Und ... danke ... vielen Dank.«

Der Neuankömmling ging zum Kopfende des Tisches, wo man für ihn einen Stuhl frei gelassen hatte. Mit Kenny Rogers als musikalischer Untermalung erklärte er: »Mein Name ist Jack Twist, und ich weiß vermutlich noch weniger als Sie, in was wir da eigentlich verstrickt sind. Diese Sache macht mich verflucht nervös, aber ich muß Ihnen auch sagen, daß ich zum erstenmal seit acht Jahren wirklich das Gefühl habe, auf der richtigen Seite zu stehen, auf der Seite der Guten — und Sie können sich gar nicht vorstellen, wie dringend ich dieses Gefühl brauchte!«

Lieutenant Tom Horner, Colonel Falkirks Adjutant, hatte riesige Hände. Der kleine Kassettenrecorder war in seiner Pranke kaum zu sehen, als er ihn in das fensterlose Büro brachte. Seine Finger waren so breit, daß man glauben mußte, er würde mit den kleinen Bedienungsknöpfen Schwierigkeiten haben. Aber seine Bewegungen waren erstaunlich geschickt, als er den Recorder auf den Schreibtisch legte und einschaltete.

Die Kassette war von dem Tonband kopiert worden, auf dem alle mit Hilfe des Telefons abgehörten Unterhaltungen gespeichert waren. Sie enthielt einen Ausschnitt der Unterhaltung, die mehrere Personen vor kurzem im Tranquility Motel geführt hatten. Die Zeugen diskutierten über ihre Entdeckung, daß nicht Shenkfield, sondern Thunder Hill der eigentliche Krisenherd gewesen sein mußte. Leland hörte erschrocken zu. Er hatte nicht damit gerechnet, daß sie die richtige Fährte so rasch aufnehmen würden. Ihre Schläue beunruhigte und ärgerte ihn.

Plötzlich war auf der Kassette zu hören: *Um Himmels willen, halten Sie die Klappe! Wenn Sie glauben, hier ungestört beraten zu können, haben Sie sich gewaltig geirrt!«*

»Das ist Twist«, erklärte Lieutenant Horner, der seine mächtige Stimme genausogut unter Kontrolle hatte wie seine riesigen Hände. Er stoppte die Kassette. »Wir wußten, daß er hierher unterwegs war. Und wir wußten auch, daß er gefährlich ist. Wir vermuteten schon, daß er vorsichtiger sein würde als die anderen, aber wir haben nicht damit gerechnet, daß er sich von Anfang an wie im Krieg verhalten würde.«

Soviel sie wußten, war Jack Twists Gedächtnisblockade nicht brüchig geworden. Er wandelte nicht im Schlaf, litt weder unter Phobien noch unter Fugues und zeigte auch keine Obsessionen. Daß er plötzlich aus heiterem Himmel ein Flugzeug gechartert hatte und nach Elko geflogen war, konnte deshalb nur *einen* Grund haben: Er mußte Post von dem Verräter erhalten haben, der den Blocks und Corvaisis jene Polaroid-Fotos geschickt hatte.

Leland Falkirk war wütend, daß einer der Eingeweihten — vermutlich jemand in Thunder Hill — die ganze Geheimhaltung sabotierte. Er hatte erst am Samstagabend davon erfahren, als Dominick Corvaisis und die Blocks am Küchentisch über die seltsamen Fotos diskutiert hatten. Leland hatte natürlich sofort eine Untersuchung und eine genaue Überprüfung aller Personen im Thunder Hill Depository angeordnet, aber diese Nachforschungen nahmen viel mehr Zeit in Anspruch, als er ursprünglich erwartet hatte.

»Es kommt noch schlimmer«, sagte Horner und schaltete die Kassette wieder ein.

Leland hörte, wie Twist den anderen von Abhörmikrofonen und Infinitsendern berichtete, wie beschlossen wurde, ins Restaurant umzuziehen, wo sie nicht belauscht werden konnten.

»Sie sind jetzt im Tranquility Grille«, sagte Horner, während er den Recorder ausschaltete. »Müssen die Telefone unbrauchbar gemacht haben. Ich habe per Funk mit den Männern gesprochen, die wir südlich der I-80 postiert haben. Sie haben beobachtet, wie die Zeugen ins Restaurant gegangen sind, aber sie haben vergeblich versucht, mit ihrem Peilmikrofon etwas zu hören.«

»Das wird ihnen von jetzt an auch nicht mehr gelingen«, sagte Leland verbittert. »Twist weiß genau, was er tut.«

»Nachdem sie jetzt auf Thunder Hill aufmerksam geworden sind, sollten wir so schnell wie möglich handeln.«

»Ich warte auf Neuigkeiten aus Chicago.«

»Hat sich Sharkle immer noch in seinem Haus verbarrikadiert?«

»Ja, zumindest nach dem letzten Stand meiner Informationen«, erwiderte Leland. »Ich muß unbedingt wissen, ob seine Gedächtnisblockierung vollständig zusammengebrochen ist. Wenn das der Fall ist und wenn er irgendeine Möglichkeit hat, jemandem zu erzählen, was er in jenem Sommer gesehen hat, dann fliegt unser Komplott ohnehin auf, und in diesem Falle wäre es ein Fehler, gegen die Zeugen im Motel vorzugehen. Wir werden uns dann etwas anderes ausdenken müssen.«

Marcie schlief unter den Wagenradlampen der Imbißstube auf dem Schoß ihrer Mutter ein, noch während Jack Twist sich vorstellte. Trotz des Nickerchens im Flugzeug hatte das Mädchen vor Müdigkeit dunkle Ringe unter den Augen, und auf der zarten, hellen Haut zeichneten sich blaue Äderchen ab.

Auch Jorja war müde, aber Jack Twists dramatisches Auftauchen war ein wirksames Mittel gegen die einschläfernde Wirkung des üppigen Abendessens gewesen. Sie war jetzt hellwach und lauschte begierig Twists Erzählungen über seine Probleme.

Er erwähnte zunächst kurz seine Gefangenschaft in Mittelamerika, mit der seine militärische Karriere geendet hatte. Sein nüchterner Bericht konnte leicht den Eindruck erwecken, als wäre diese Zeit vor allem durch Langeweile und Frustration geprägt gewesen, aber Jorja spürte, daß er damals Schreckliches durchgemacht hatte. Es kam ihr so vor, als sei dieser Mann einfach so selbstbewußt, sich seiner emotionalen, physischen und intellektuellen Kräfte so sicher, daß er auf Prahlereien und auf das Lob anderer nicht angewiesen war.

Als er von Jenny — seiner vor kurzem verstorbenen Frau — sprach, fiel es ihm sichtlich schwerer, seine nüchterne Erzählweise durchzuhalten. Jorja hörte den verhaltenen Schmerz in seiner Stimme; ein Strom der Liebe und Zärtlichkeit floß unter seinem zur Schau getragenen Gleichmut. Die geistigen und seelischen Bande zwischen Jack Twist und Jenny mußten vor ihrem Koma außerordentlich tief gewesen sein, denn nur eine ungewöhnlich innige Beziehung konnte erklären, daß die Liebe zu seiner Frau all die Jahre ihres todesähnlichen Schlafes überdauert hatte. Jorja versuchte sich eine Ehe dieser Art vorzustellen; gleich darauf begriff sie aber, daß — wie harmonisch diese Ehe auch gewesen sein mochte — Jack sich seiner Frau niemals so hingebungsvoll hätte widmen können, wenn er nicht der Mann gewesen wäre, der er nun einmal war. Die Beziehung dieser beiden Menschen mußte außergewöhnlich innig gewesen sein, aber noch außergewöhnlicher mußte dieser Mann selbst sein. Diese Erkenntnis steigerte nur noch Jorjas ohnehin schon großes Interesse an Twist und seiner Lebensgeschichte.

Auf die Unternehmungen, mit denen er Jennys langjährigen Sanatoriumsaufenthalt finanziert hatte, ging er nicht ausführlich ein. Er machte nur deutlich, daß es illegale Aktivitäten gewesen waren, daß er nicht stolz darauf war und seine Zeit außerhalb der Gesetze als abgeschlossenes Kapitel seines Lebens betrachtete. »Gott sei Dank habe ich wenigstens nie irgendeinen Unschuldigen umgebracht. Ansonsten halte ich es für das Beste, wenn Sie keine Einzelheiten erfahren, damit Sie nicht noch im nachhinein in den Verdacht der Mitwisserschaft geraten können.«

Das EREIGNIS, an das keiner von ihnen sich erinnern konnte, hatte auch Jack Twist verwandelt; aber wie auf Sandy Sarver, so hatten die mysteriösen Geschehnisse jenes Juliabends sich auch auf ihn ausschließlich positiv ausgewirkt.

»Ich glaube, Sie haben uns soeben durch die Blume gesagt, daß Sie ein professioneller Einbrecher waren«, stellte Ernie Block fest, und als Jack Twist dagegen keine Einwände erhob, fuhr er fort: »Es ist doch mit fast hundertprozentiger Sicherheit anzunehmen, daß die Leute, die uns einer Gehirnwäsche unterzogen haben, bei diesem Anlaß auch von Ihren kriminellen Aktivitäten erfahren haben. Aus dem wenigen, das Sie uns erzählt haben, schließe ich sogar, daß Sie diese Bankschließfächer, in denen die Ansichtskarten deponiert wurden, unter denselben Decknamen gemietet hatten, die Sie auch bei Ihren Einbrüchen verwendeten; deshalb müssen Armee und Regierung seit jenem Juli des vorletzten Jahres über Ihre gesetzwidrigen Handlungen bestens informiert gewesen sein.«

Jacks Schweigen bestätigte, daß er tatsächlich ein Einbrecher gewesen war.

»Und trotzdem hat man Sie«, fuhr Ernie fort, »nachdem man

Ihre Erinnerungen an die Ereignisse jener Tage ausgelöscht hatte, einfach laufen lassen und nichts gegen Ihre weiteren kriminellen Unternehmungen unternommen. Verdammt, aus welchem Grunde? Ich kann ja verstehen, daß Armee und Regierung das Gesetz biegen oder sogar brechen, um der nationalen Sicherheit willen das geheimzuhalten, was damals in Thunder Hill geschah. Aber ansonsten sollte man doch eigentlich erwarten, daß sie die Gesetze achten wollen. Warum haben sie dann nicht wenigstens anonym die New Yorker Polizei informiert oder Ihnen bei der Ausführung eines Verbrechens eine Falle gestellt?«

»Weil sie sich von Anfang an nicht ganz sicher waren, ob unsere Gedächtnisblockierungen auch wirklich halten würden«, antwortete Jorja an Twists Stelle. »Sie müssen uns überwacht oder sich zumindest ab und zu vergewissert haben, daß wir keinen Auffrischungskurs im Vergessen benötigen. Was Ginger und Pablo Jackson zugestoßen ist, beweist doch, daß wir observiert werden. Und für den Fall, daß sie es für notwendig halten würden, Jack — wie auch jedem anderen von uns — eine weitere Gehirnwäsche zu verabreichen, mußten sie ihn irgendwo verhältnismäßig leicht und ohne großes Aufsehen erreichen können. Und das war zweifellos in seiner Wohnung oder im Auto einfacher als im Gefängnis.«

»Allmächtiger Himmel!« rief Jack und lächelte ihr zu. »Ich glaube, Sie haben den Nagel auf den Kopf getroffen. Genau!«

Als er in der Wohnung der Blocks höhnisch gelächelt hatte, war Jorja davon abgestoßen gewesen; aber diesmal war es ein ganz anderes — viel wärmeres — Lächeln.

Marcie murmelte im Schlaf etwas Unverständliches, und das lieferte Jorja — die sich plötzlich scheute, seinen Blicken zu begegnen — einen willkommenen Vorwand, den Blick von ihm abzuwenden.

»Welches Geheimnis sie nun auch bewahren mögen — es muß ungeheuer bedeutsam sein, wenn sie mich mit meinen Verbrechen einfach weitermachen ließen!«

Ginger Weiss schüttelte den Kopf. »Es gibt noch eine andere Erklärung. Vielleicht haben diese Leute Ihnen die Schuldgefühle, von denen Sie sprachen, eingepflanzt. Vielleicht haben sie den Samen für Ihre Verwandlung gelegt.«

»Nein«, widersprach Jack. »Wenn sie nicht einmal die Zeit

hatten, die Geschichte von dem Giftunfall bei uns allen in die falschen Erinnerungen einzubauen, so hatten sie bestimmt nicht die Zeit, mich auf raffinierte Weise auf den Pfad der Tugend zurückzuführen ... Und außerdem ... das ist schwer zu erklären ... aber seit ich heute abend hierhergekommen bin, fühle ich in meinem Herzen, daß ich wieder zu Schuldgefühlen fähig bin und meinen Weg in die Gesellschaft zurückgefunden habe, weil wir im vorletzten Sommer etwas derart Wichtiges erlebt haben, daß ich dadurch meine eigenen leidvollen Erlebnisse endlich in der richtigen Perspektive sehen und erkennen konnte, daß keine meiner schlechten Erfahrungen schlimm genug war, um die verhängnisvollen Irrwege meines ganzen Lebens zu rechtfertigen.«

»Ja!« sagte Sandy. »Ich habe das gleiche Gefühl. Die ganze Hölle, die ich als Kind durchleben mußte ... das alles ist bedeutungslos im Vergleich zu dem, was damals im Juli geschehen ist.«

Alle schwiegen und versuchten sich auszumalen, was für eine Erfahrung so erschütternd gewesen sein konnte, daß im Vergleich dazu selbst die schlimmsten Ereignisse des eigenen Lebens nur noch von geringer Bedeutung zu sein schienen. Aber niemand konnte sich ein Ereignis von derart umwälzender und gewaltiger Tragweite vorstellen.

Nachdem er neue Platten auf der Musicbox ausgewählt hatte, stellte Jack den anderen eine Menge Fragen, denn bisher wußte er über ihre diversen Probleme und ebenso über ihre bisherigen Entdeckungen ja nur sehr lückenhaft Bescheid. Danach leitete er ihre Diskussion über die bestmögliche Strategie und umriß die wichtigsten Aufgaben, die am nächsten Tag zu erledigen waren.

Jorja konnte über seine Führungsqualitäten wieder nur staunen. Als die Gruppe die nächsten Schritte besprach und eine Tagesordnung festlegte, hatte sie genau die von Jack umrissenen Aufgaben aufgegriffen, obwohl er die anderen in keiner Weise kommandiert oder merklich manipuliert hatte. Als er in der Wohnung der Blocks aufgetaucht war, hatte er bewiesen, daß er allein durch die Macht seiner Persönlichkeit Gehorsam erzwingen konnte. Jetzt ging er subtiler vor und hatte mit dieser Taktik genausoviel Erfolg.

Jorja erkannte, daß er sie aus ganz ähnlichen Gründen beeindruckte, aus denen auch Ginger Weiss sie beeindruckt hatte. Sie sah in ihm die Art von Persönlichkeit, die sie selbst seit ihrer Scheidung zu werden versuchte — und einen Mann, wie Alan es nie hätte sein können.

Zuletzt diskutierte die Gruppe über die Gefahr eines möglichen Angriffs durch Falkirks Männer. Nachdem jetzt eine reelle Chance bestand, daß die Gedächtnisblockierungen in nächster Zukunft endgültig zusammenbrechen würden, stellten sie für ihre Feinde eine größere Bedrohung dar als in der ganzen Zeit seit dem vorletzten Sommer. Morgen, wenn sie ihre verschiedenen Aufgaben ausführten, würden sie den größten Teil des Tages getrennt sein, aber in der Nacht, wenn sie alle im Motel schliefen, konnten sie leicht und unauffällig überwältigt werden. Deshalb wurde beschlossen, daß die meisten jetzt zu Bett gehen sollten, daß aber zwei oder drei nach Elko fahren und dort einen Teil der Nacht durch die Stadt kreuzen würden, immer in Bewegung, immer auf der Hut. Nachdem anzunehmen war, daß das Motel unter Beobachtung stand, würde der Feind sofort begreifen, daß er sie nicht mühelos auf einmal gefangennehmen konnte. Um vier Uhr morgens sollte eine zweite Gruppe die erste in Elko treffen und ablösen, damit auch die erste Mannschaft noch etwas schlafen konnte.

»Ich melde mich für die erste Schicht«, sagte Jack. »Ich muß nur vorher meinen Jeep von den Hügeln holen, wo ich ihn stehengelassen habe. Wer macht mit?«

»Ich«, rief Jorja sofort; erst im nächsten Moment wurde sie sich des Gewichts ihrer Tochter auf ihrem Schoß bewußt. »Äh, das heißt, falls jemand Marcie heute nacht in seinem Zimmer schlafen läßt.«

»Das ist überhaupt kein Problem«, sagte Faye. »Sie kann bei Ernie und mir bleiben.«

Jack meinte, es wäre besser, wenn noch jemand mitkäme, und Brendan Cronin meldete sich ebenfalls für die erste Schicht. Erst viel später begriff Jorja, daß der merkwürdige Stich, den sie bei der Meldung des Priesters verspürte, Enttäuschung gewesen war.

Weil alle anderen schon frühmorgens irgendwelche Aufgaben zu erfüllen hatten, sollte die zweite Mannschaft nur aus Ned und Sandy bestehen. Das Treffen der beiden Teams wurde für vier Uhr nachts beim Arco Mini-Mart vereinbart.

»Falls Sie zuerst dort sein sollten«, sagte Jack, »so kaufen Sie sich um Gottes willen nur kein ›Hamwich‹. Okay, ich glaube, das war's. Wir sollten aufbrechen.«

»Noch nicht ganz«, sagte Ginger. Die Ärztin faltete ihre Hände und betrachtete ihre verschlungenen Finger, während sie kurz ihre Gedanken ordnete. »Seit Brendan heute nachmittag hier ankam und auf seinen und Doms Händen die Ringe erschienen, seit das Motelbüro von jenem seltsamen Licht und Lärm erfüllt war... habe ich ständig darüber nachgedacht, wie diese bizarren Phänomene irgendwie mit allem anderen, was wir inzwischen wissen, zusammenhängen könnten. Für einiges ist mir eine Erklärung eingefallen; nicht für alles, aber doch für manches.«

Alle wollten ihre Theorie hören, selbst wenn sie nicht hundertprozentig schlüssig war.

»So verschieden unsere Träume auch sind«, begann Ginger, »*ein* Element haben sie doch alle gemeinsam — den Mond. Okay. Unsere anderen Träume — Schutzanzüge, Injektionsnadeln, Betten mit Haltegurten usw. — nun, es hat sich gezeigt, daß sie auf tatsächlichen Erfahrungen, auf echten Bedrohungen beruhten. Es waren eigentlich keine Träume, sondern Erinnerungen, die in Form von Träumen auftraten. Deshalb scheint mir die Schlußfolgerung naheliegend, daß auch der Mond eine wichtige Rolle bei dem spielte, was uns widerfahren ist, daß auch der Mond eine Erinnerung ist, die durch unsere Träume in unser Bewußtsein zu dringen versucht. Einverstanden?«

»Einverstanden«, sagte Dom, und alle anderen nickten zustimmend.

»Wir haben gesehen, daß Marcies allgemeine Obsession vom Mond sich zu einer Obsession vom *roten* Mond weiterentwickelt hat«, fuhr Ginger fort. »Und Jack hat uns erzählt, daß das normale Mondlicht in seinem Alptraum sich in ein blutrotes Leuchten verwandelt hat. Bisher hat noch niemand von uns anderen von einem roten Mond geträumt, aber ich gehe davon aus, daß auch dieser scharlachrote Mond eine *Erinnerung* ist. Mit anderen Worten, wir haben an jenem Abend des 6. Juli etwas gesehen, das den Mond rot färbte. Und das unerklärliche Licht, das manchmal Brendans Schlafzimmer erfüllt und das einige von uns heute im Motelbüro sehen konnten, ist eine seltsame Art der Neuinszenierung jener tatsächlichen Veränderung, die in der Nacht des 6. Juli mit dem Mond vorging. Dieses unerklärliche Licht ist eine Botschaft, die unsere Erinnerungen anregen soll.«

»Eine Botschaft«, wiederholte Jack. »Okay. Aber wer zum Teufel *sendet* uns diese Botschaft? Woher kommt dieses Licht? Wie entsteht es?«

»Ich habe eine mögliche Erklärung gefunden«, erwiderte Ginger. »Aber dazu möchte ich erst später kommen. Überlegen wir zunächst einmal, was in jener Nacht geschehen sein könnte, das imstande war, den Mond rot zu färben.«

Jorja hörte — wie die anderen — aufmerksam zu, zuerst interessiert, dann mit wachsendem Unbehagen, als Ginger aufstand und, im Zimmer auf und ab gehend, eine erschreckende Erklärungsmöglichkeit lieferte.

Ginger Weiss war ihrer ganzen Veranlagung nach eine Vertreterin und Anhängerin eines streng wissenschaftlichen Weltbildes. Das Universum wurde ihrer festen Überzeugung nach von den Gesetzen der Logik und Vernunft regiert, und kein Rätsel, das man rational und logisch anging, konnte folglich auf lange Sicht ein Rätsel bleiben. Aber im Gegensatz zu manchen anderen Wissenschaftlern — darunter besonders vielen Medizinern — war sie nicht der Ansicht, daß eine lebhafte Fantasie zwangsläufig im Widerspruch zur Logik und Vernunft stehen mußte. Andernfalls hätte sie die Theorie, die sie nun den anderen mitteilte, vermutlich entweder überhaupt nicht ersonnen oder sofort verworfen.

Es war eine ziemlich verrückte Theorie, und sie war nervös, wie die anderen darauf reagieren würden. Deshalb lief sie beim Reden ständig herum, von der Musicbox zur Theke, von dort zum Tisch und wieder zur Musicbox.

»Die Männer, die uns in den ersten ein-, zwei Tagen unserer Gefangenschaft behandelten, trugen Schutzanzüge, wie sie für biologische Katastrophenfälle entwickelt worden sind. Sie müssen befürchtet haben, daß wir mit etwas infiziert waren. Folglich könnte das, was wir gesehen haben, zum Teil eine rote Wolke gewesen sein, die durch irgendeinen biologischen Kampfstoff verursacht worden ist. Als sie über uns vorüberzog, färbte sie den Mond rot.«

»Und wir wurden alle mit dieser merkwürdigen Krankheit infiziert«, warf Jorja ein.

»Vielleicht hatte ich gestern deshalb an jener speziellen Stelle in der Nähe der Interstate jene blitzartige Erinnerung«, fuhr Ginger fort, »daß Dom geschrien hatte: ›Es ist in mir. Es ist in mir.‹ Es wäre nur logisch, daß er das gerufen hätte, wenn er plötzlich von einer roten Giftwolke umhüllt gewesen wäre und festgestellt hätte, daß er das Gift einatmete. Und Brendan hat uns erzählt, daß er letzte Nacht in Reno ebenfalls diese Worte — Es ist in mir! — auf den Lippen hatte, als das mysteriöse rote Licht sein Zimmer erfüllte.«

»Bakterien? Verseuchung? Und warum sind wir dann nicht krank geworden?« fragte Brendan.

»Weil sie uns sofort behandelt haben«, erklärte Dom. »Zu dieser Schlußfolgerung sind wir schon gelangt — gestern, als Sie noch nicht hier waren, Brendan. Aber, Ginger, das Licht, das heute nachmittag das Büro erhellte, war viel zu strahlend, als daß es nur Mondlicht gewesen sein könnte, das durch eine rote Wolke gefiltert wurde.«

»Ich weiß«, sagte Ginger. »Meine Theorie ist sozusagen noch ein Rohentwurf und erklärt nicht alles — wie beispielsweise die Ringe auf Ihren Händen. Vielleicht ist sie auch völlig falsch. Aber andererseits liefert sie doch eine Erklärung für einige Dinge, und wenn wir gemeinsam lange genug darüber nachdenken, werden wir vielleicht auch herausfinden, wie die übrigen Puzzleteilchen hineinpassen könnten. Und als Theorie hat sie *einen* großen Vorteil.«

»Welchen?« fragte Ned.

»Sie könnte erklären, warum Brendan in Chicago in zwei Wunderheilungen verwickelt war. Sie könnte die umherwirbelnden Papiermonde in Zebediah Lomacks Haus erklären. Und ebenso auch die Vorgänge hier im Restaurant am Samstagabend, als Dom sich zu erinnern versuchte, was im vorletzten Sommer geschehen war. Sie könnte auch das mysteriöse Licht erklären.«

Das letzte Lied aus der Musicbox war verklungen, als Ginger begonnen hatte zu reden. Aber niemand stand auf, um neue Platten auszuwählen, so fasziniert waren alle von ihrem Versprechen, das Unerklärliche erklären zu können.

»Bisher war an meiner Theorie nichts Außergewöhnliches«, sagte Ginger. »Eine rote Giftwolke. Das kann man leicht akzeptieren. Aber jetzt ... jetzt müssen Sie mit mir einen großen

Sprung ins Reich der Fantasie machen. Wir haben bisher vermutet, daß die wundersamen Heilungen und die paranormalen Phänomene irgendeine äußere Ursache haben müssen. Vater Wycazik, Brendans Vorgesetzter, glaubt, daß es Gott ist. Wir andere haben jedoch nicht das Gefühl einer göttlichen Offenbarung. Wir haben keine Ahnung, *was* es sein könnte, aber wir vermuten alle, daß es eine äußere Kraft ist, die uns verhöhnen oder bedrohen oder aber uns irgendeine Botschaft übermitteln will. Aber was, wenn diese Wunder nun einen *inneren* Ursprung haben? Nehmen wir doch einmal an, daß Brendan und Dom wirklich über irgendwelche Kräfte verfügen, daß sie über diese Kräfte *aufgrund der Geschehnisse in jener Nacht des roten Mondes verfügen*. Angenommen, sie haben irgendwie die Fähigkeit der Telekinese erworben — der Bewegung von Gegenständen durch übersinnliche Kräfte ohne Berührung. Das würde die tanzenden Papiermonde und die Vorgänge im Restaurant erklären.«

Alle sahen Dom und Brendan bestürzt und erschrocken an, aber niemand war bestürzter als die beiden Männer selbst, die Ginger fassungslos anstarrten.

»Das ist doch absurd!« sagte Dom schließlich. »Ich bin doch kein Hexenmeister und auch kein Okkultist.«

»Ich auch nicht«, bekräftigte Brendan.

Ginger schüttelte den Kopf. »Ich sage ja nicht, daß es Ihnen *bewußt* ist. Aber vielleicht besitzen Sie beide diese Kräfte und wissen einfach nichts davon. Denken Sie doch einmal nach: Die Ringe tauchten erstmals auf Brendans Händen auf, seine Heilkräfte traten erstmals in Erscheinung, als er dem kleinen Mädchen in der Klinik die Haare bürstete. Er sagt selbst, er sei von tiefem Mitleid erfüllt gewesen, aber auch von Frustration und Zorn überwältigt worden, weil er dem Kind nicht helfen konnte. Vielleicht war es dieser Zorn, der die Kraft in ihm freisetzte, obwohl er sich ihrer nicht bewußt war. Er *konnte* sich ihrer ja gar nicht bewußt sein, denn das Erlangen dieser Kraft gehört natürlich zu dem Komplex der Ereignisse, die man bei der Gehirnwäsche aus unserem Gedächtnis gelöscht hat. Okay, und auch beim zweiten Vorfall, als jener Polizist schwer verletzt wurde, befand sich Brendan in einer Ausnahmesituation, grollte dem ungerechten Schicksal, und wieder könnte sein Zorn diese in ihm verborgene Kraft freigesetzt haben.« Sie begann schneller

zu reden, um nicht unterbrochen zu werden, bis sie fertig war.
»Und denken wir jetzt einmal an Doms Erfahrungen, zunächst an die erste, in Lomacks Haus in Reno. Sie haben uns erzählt, Dom, daß Sie in Ihrer Frustration darüber, daß die ganzen Geschehnisse immer mysteriöser wurden und Sie sie nicht enträtseln konnten, *die Papiermonde am liebsten von den Wänden gerissen hätten.* Das waren ihre eigenen Worte. Und genau das geschah dann auch: Sie rissen diese Bilder von den Wänden, nicht mit Ihren Händen, sondern mit der Ihnen innewohnenden Kraft. Und erinnern Sie sich daran — die Papiermonde fielen zu Boden, als Sie brüllten: ›Aufhören! Schluß!‹ Und als der Wirbel dann wirklich aufhörte, glaubten Sie, jemand oder etwas hätte Sie gehört und Ihnen gehorcht — aber in Wirklichkeit haben *Sie selbst* dieses Spektakel beendet.«

Brendan, Dom und einige andere sahen immer noch skeptisch drein.

Aber Gingers Argumentation hatte Sandy Sarvers Fantasie angeregt. »Das ergibt einen Sinn! Ja, und es erklärt auch, was am Samstagabend hier im Restaurant passierte. Dom versuchte sich zu erinnern, was an jenem Freitag im Juli vorgefallen war, und während er sich mit größter Anstrengung zu erinnern versuchte, begannen plötzlich diese seltsamen Geräusche, dieses Donnern, und alles begann zu beben. Vielleicht hat er unbewußt diese innere Kraft eingesetzt, um uns die Situation von damals vor Augen zu führen!«

»Gut!« rief Ginger ermutigend. »Sehen Sie? Je länger man darüber nachdenkt, desto einleuchtender wird es.«

»Aber jenes seltsame Licht«, sagte Dom. »Wollen Sie behaupten, daß Brendan und ich auch das irgendwie bewirken konnten?«

»Ja, möglicherweise«, erwiderte Ginger und stützte sich auf ihre Stuhllehne. »Pyrokinese. Die Fähigkeit, ausschließlich durch die Kräfte des Geistes Hitze oder Feuer zu erzeugen.«

»Es war aber kein Feuer«, widersprach Dom. »Es war Licht.«

»Nun gut, dann nennen wir es eben Photokinese«, sagte Ginger. »Ich glaube jedenfalls, als Sie und Brendan einander begegneten, erkannten Sie beide im Unterbewußtsein, daß der andere diese Kräfte besaß. In Ihrem tiefen Innern erinnerten Sie sich beide, was Ihnen an jenem Juliabend widerfahren war, den man aus Ihrem Bewußtsein gelöscht hatte. Und Sie versuchten verzweifelt, diese Erinnerungen zurückzurufen. Deshalb bewirkten Sie beide, ohne sich dessen freilich bewußt zu sein, jenes unheimliche Licht. Sie reproduzierten sozusagen die Situation von damals, als das weiße Mondlicht sich tatsächlich rot verfärbt hatte. Ihr Unterbewußtsein versuchte auf diese Weise, die Asrael-Blockierung zu durchbrechen.«

Ginger konnte sehen, daß den anderen vor diesen verrückt anmutenden Ideen der Kopf schwirrte, und das kam ihr sehr gelegen, denn in diesem erregten Zustand waren sie aufnahmefähiger für ihre Theorien. Wenn sie ihnen Zeit ließ, in Ruhe darüber nachzudenken, würde ihre Skepsis wieder Oberhand gewinnen, und sie würden ihre — Gingers — Ideen sofort abblokken und sich nicht mit ihnen auseinandersetzen.

Ernie Block schüttelte den Kopf. »Einen Augenblick bitte. Ich komme nicht mehr mit. Sie sind davon ausgegangen, daß eine Giftwolke bakteriologischer Art den Mond rot erscheinen ließ. Und dann haben Sie plötzlich einen großen Sprung gemacht und davon gesprochen, daß das damalige Ereignis irgendwie dazu geführt hat, daß Dom und Brendan angeblich diese übersinnlichen Kräfte entwickelten. Wo ist da nun der Zusammenhang? Was kann eine biologische Verseuchung mit diesem parapsychologischen Zeug zu tun haben?«

Ginger holte tief Luft, denn sie waren nun beim Kernpunkt ihrer Theorie angelangt, der sich am verrücktesten anhörte. »Nehmen wir doch einmal an, daß wir mit irgendwelchen Viren oder Bakterien infiziert wurden, die als Nebenwirkung starke chemische oder genetische oder hormonelle Veränderungen im Gehirn des Infizierten hervorrufen. Wäre es nicht vielleicht denkbar, daß diese Veränderungen bei der betreffenden Person Kräfte erzeugen, die wir parapsychologisch nennen?«

Alle starrten Ginger an — aber durchaus nicht so, als zweifelten sie an ihrem Verstand. Vielmehr schienen sie beeindruckt von der logischen Gedankenkette — und vor allem von deren letztem Bindeglied — zu sein.

»Allmächtiger Himmel!« sagte Dom. »Ich bezweifle zwar, daß das die richtige Antwort ist, aber es ist mit Sicherheit die hübscheste und in sich schlüssigste Theorie, die ich mir überhaupt vorstellen kann. Was für ein herrlicher Romanstoff! Ein auf die Gene einwirkender Virus, der als überraschende Nebenwirkung eine Evolution des menschlichen Gehirns zur Folge hat und dem Menschen übersinnliche Kräfte verleiht. Zum erstenmal seit Wochen verspüre ich einen heftigen Drang, zur Schreibmaschine zu stürzen. Ginger, wenn wir diese Geschichte lebend überstehen, werde ich Sie an den Honoraren für das Buch beteiligen müssen, das bestimmt aus Ihrer Idee entstehen wird.«

Jorja Monatella, die ihre Tochter sanft in ihren Armen wiegte, fragte: »Aber weshalb kann es nicht die richtige Antwort sein? Warum soll es sich nur um eine großartige Idee für einen Roman handeln?«

»Wenn wir tatsächlich alle mit einem Virus dieser Art angesteckt worden wären«, sagte Jack Twist, »dann müßten wir doch auch alle über diese außergewöhnlichen Kräfte verfügen. Stimmt's?«

»Nun«, erwiderte Ginger, »vielleicht wurden wir nicht alle infiziert. Und falls doch, so hat der Virus vielleicht nicht in uns allen seine volle Wirkung erzielt.«

»Oder dieser spezielle Nebeneffekt tritt nicht zwangsläufig bei jedem Infizierten auf«, meinte Faye.

»Eine gute Idee!« sagte Ginger. Sie begann wieder im Raum auf und ab zu gehen, diesmal aber nicht aus Nervosität, sondern vor Aufregung.

Ned Sarver fuhr sich mit der Hand durch seine schütter werdenden Haare. »Glauben Sie, daß die Armee etwas von dieser Nebenwirkung des Virus gewußt hat — gewußt hat, daß er solche Veränderungen in uns bewirken könnte?«

»Das weiß ich nicht«, gab Ginger zu. »Vielleicht wußten sie es, vielleicht aber auch nicht.«

»Ich bin überzeugt davon«, sagte Ernie, »daß sie nichts Derartiges wußten. Sie haben ja — wie wir aus den Zeitungsartikeln wissen — die Interstate kurz vor dem ›Unfall‹ gesperrt, was beweist, daß es *kein* Unfall war. Nun ... erstens fällt es mir sehr schwer zu glauben, daß unser eigenes Militär uns *absichtlich* einer Verseuchung mit einem biologischen Kampfstoff ausgesetzt hat, um dessen Wirksamkeit zu testen. Aber selbst wenn sie zu einer derartigen Greueltat imstande wären, würden sie uns niemals einem Virus ausgesetzt haben, der uns in *solcher* Weise verändern konnte. Menschen mit derartigen psychischen Fähigkeiten wären nämlich sozusagen eine neue Spezies, eine *überlegene* Gattung. Außerordentliche psychische Kräfte würden zwangsläufig zu militärischen, wirtschaftlichen und politischen

537

Machtpositionen dieser Menschen führen. Wenn die Regierung *gewußt* hätte, daß sie im Besitz eines Virus ist, der solche Kräfte bewirkt, so hätte sie niemals eine Gruppe von Durchschnittsbürgern, wie wir es sind, diesem Virus ausgesetzt. *Niemals!* Dieser Segen würde ausschließlich für jene reserviert sein, die bereits hohe Machtpositionen *innehaben* — für die Elite. Ich bin der gleichen Meinung wie Dom: Ich finde die Theorie von der roten Viruswolke zwar faszinierend, aber unwahrscheinlich. Falls wir aber *doch* mit so etwas verseucht wurden, so war diese Nebenwirkung der Regierung mit hundertprozentiger Sicherheit *nicht* bekannt.«

Im Lichte dessen, was Ernie gesagt hatte, waren alle Blicke auf Dom und Brendan gerichtet, mit einer Mischung aus Ehrfurcht, Unbehagen, Staunen, Respekt und Angst. Ginger sah, daß sowohl der Priester als auch der Schriftsteller die aufregende, aber zugleich auch erschreckende Möglichkeit zu verarbeiten versuchten, daß sie über paranormale Kräfte verfügen könnten — Kräfte, die sie für immer von der übrigen Menschheit unterscheiden würden.

»Nein«, sagte Dom und wollte protestierend aufspringen, ließ sich aber wieder auf seinen Stuhl fallen, so als hätte er weiche Knie. »Nein, nein! Sie irren sich, Ginger. Ich bin kein Supermann, kein Zauberer, kein ... kein Monstrum. Wenn Sie recht hätten, würde ich es fühlen. Ich würde es *wissen*, Ginger!«

Brendan Cronin, der genauso aufgewühlt war wie Dom, sagte: »Ich dachte bisher, ich sei irgendwie das Medium für Emmys und Wintons Heilung gewesen. Ich dachte, daß etwas — vielleicht nicht Gott, aber irgend etwas — durch mich wirkt. Ich habe niemals *mich* als den eigentlichen Heiler betrachtet. Aber hören Sie, wir hatten doch schon fast entschieden, daß die ganze Geschichte vom Giftunfall eine Erfindung war, ein Ablenkungsmanöver — daß wir damals irgend etwas völlig anderes gesehen haben müssen.«

Jack, Jorja, Faye und Ned begannen gleichzeitig zu reden, und es ging plötzlich so laut zu, daß Marcie im Schlaf das Gesicht verzog. Ginger rief rasch: »Warten Sie, warten Sie einen Moment! Es hat keinen Sinn, darüber zu diskutieren, weil wir weder beweisen können, daß es einen solchen Virus gab, noch daß es *keinen* gab. Aber vielleicht können wir den anderen Teil beweisen.«

»Was meinen Sie?« fragte Sandy.

»Vielleicht können wir beweisen, daß Dom und Brendan parapsychologische Kräfte besitzen«, sagte Ginger. »Nicht, auf welche Weise sie diese Kräfte erworben haben, aber *daß* sie sie besitzen.«

»Wie denn?« fragte Dom ungläubig.

»Wir werden ein Experiment durchführen«, erwiderte Ginger.

Dom war überzeugt davon, daß es nicht funktionieren würde, daß sie nur Zeit verschwendeten, daß die ganze Idee töricht war. Aber zugleich befürchtete er, daß es *doch* funktionieren würde und daß der Beweis für seine übernatürliche Kraft ihn zu einem Leben verdammen würde, dem alle normalen zwischenmenschlichen Beziehungen verschlossen sein würden. Wenn er gottähnliche Macht besaß, würde ihn niemand mehr ohne Bewunderung und Furcht ansehen. Selbst in den entspanntesten und intimsten Augenblicken mit Freunden und Geliebten würden sie sich seiner ungewöhnlichen Gaben bewußt sein, und das konnte sich gar nicht anders als störend auswirken. Andere Menschen — vielleicht die meisten — würden ihn beneiden oder hassen.

Die Unbill seiner Situation nagte an ihm. Den größten Teil seiner 35 Jahre hindurch war er schüchtern und kontaktarm gewesen, und seine Menschenscheu hatte ihn zu einem eher tristen Leben verurteilt. Dann hatte er sich verändert, und 15 Monate lang, bis zu dem Zeitpunkt, als im vergangenen Oktober sein Schlafwandeln begonnen hatte, war er etwas aus sich herausgegangen, hatte seine krankhafte Schüchternheit überwunden. Und nun sollte diese wundervolle kurze Zeit der Normalität möglicherweise schon wieder vorüber sein. Falls der von Ginger angeregte Versuch beweisen würde, daß Dom auf irgendeine Weise besondere psychische Kräfte erworben hatte, würde er wieder isoliert sein, diesmal nicht wie früher durch seine eigenen Minderwertigkeitskomplexe, sondern weil alle anderen ihn seine Überlegenheit spüren lassen würden.

Das Experiment. Dom hoffte von ganzem Herzen, daß es *nicht* funktionieren würde.

Er und Brendan Cronin saßen jeder an einem Ende des langen Tisches. Jorja Monatella hatte ihre schlafende Tochter auf die Bank in einer Nische gelegt, ohne daß das Mädchen aufgewacht war. Die Erwachsenen — alle sieben — standen im Halbkreis um den Tisch herum, einige Schritte davon entfernt, damit Dom und Brendan sich konzentrieren konnten, ohne durch irgend etwas abgelenkt zu werden.

Auf dem Tisch vor Dom stand ein Salzstreuer. Das Experiment bestand darin, daß er versuchen sollte, diesen Gegenstand zu bewegen, ohne ihn zu berühren. »Nur einen Zentimeter«, hatte Ginger gesagt. »Wenn Sie den Streuer auch nur geringfügig zu bewegen vermögen, werden wir wissen, daß Ihnen diese Kraft innewohnt.«

Am anderen Ende der drei zusammengeschobenen Tische stand vor Brendan Cronin ein Pfefferstreuer. Der Priester starrte den kleinen Glasbehälter genauso intensiv an wie Dom den seinigen, und sein rundes, sommersprossiges Gesicht hatte einen kaum weniger düsteren Ausdruck als Doms Gesicht. Obwohl Brendan bestritten hatte, daß die wundersamen Heilungen und die wiederholte Erscheinung des mysteriösen Lichtes Gottes Werk sein könnten, begriff Dom, daß der Priester insgeheim doch von Herzen hoffte, daß eine göttliche Präsenz diese Phänomene bewirkt hatte. Er wollte zu seinem Glauben zurückfinden, wollte in den Schoß der Kirche zurückkehren können. Falls die Wunder sich nun aber als seine eigenen Werke erwiesen, die er durch die Ausübung ihm selbst nicht bewußter psychischer Kräfte vollbracht hatte, und falls sich dann auch noch erweisen würde, daß er diese Kraft einem *Bazillus* verdankte, wie Ginger vermutete, dann würde Brendans sehnsüchtiges Verlangen nach geistlicher Erhebung und heiliger Führung unerfüllt bleiben.

Der Salzstreuer.

Dom fixierte seine Blicke darauf und versuchte, alle störenden Gedanken völlig auszuschalten, um sich ausschließlich darauf konzentrieren zu können, den Salzstreuer von der Stelle zu bewegen. Obwohl er hoffte, diese seltsame Begabung nicht zu haben, so mußte er es doch auf einen Versuch ankommen lassen. Er mußte wissen, ob Gingers Theorie stimmte.

Weder Ginger noch jemand von den anderen konnte sich vorstellen, wie die Kraft — falls Brendan und er tatsächlich darüber verfügen sollten — praktisch angewendet und in Gang gesetzt werden konnte. »Aber«, hatte Ginger gesagt, »wenn sie in Momenten großer Erregung spontan und in spektakulärer Weise zur Auslösung kommt, so können Sie bestimmt auch lernen, diese Kraft kontrolliert anzuwenden, wann immer Sie das wollen ... so wie ein Musiker sein musikalisches Talent jederzeit einsetzen kann. Oder so, wie Sie Ihr schriftstellerisches Talent einsetzen.«

Der Salzstreuer stand fest auf dem Tisch.

Dom bemühte sich, nur noch diesen kleinen Glaszylinder mit dem durchlöcherten Schraubverschluß und dem körnigen weißen Inhalt wahrzunehmen und die ganze übrige Welt völlig zu vergessen. Er fixierte seinen Geist und seine Willenskraft auf diesen Gegenstand. Schließlich wurde ihm bewußt, daß er vor Anspannung die Fäuste ballte und mit den Zähnen knirschte.

Nichts tat sich.

Er änderte seine Taktik. Anstatt den Salzstreuer mit geistigen Kanonen anzugreifen, entspannte er sich und betrachtete den Gegenstand genau, prägte sich dessen Größe, Form und Muster ein. Vielleicht bestand der Schlüssel zum Erfolg darin, ein Gespür für den Streuer zu entwickeln, eine Art Einfühlungsvermögen. ›Einfühlungsvermögen‹ schien ihm der richtige Ausdruck zu sein, obwohl es sich um einen unbelebten, anorganischen Gegenstand handelte. Anstatt den Streuer geistig zu beschießen, könnte er sich vielleicht in ihn einfühlen und ihn irgendwie dazu ... veranlassen, mit ihm zu kooperieren und eine kurze telekinetische Reise anzutreten. Nur einen Zentimeter weit. Dom beugte sich etwas vor, um die einfache, rein funktionelle Form besser sehen zu können: fünf schrägkantige Facetten, damit man ihn gut halten konnte; ein dicker Glasboden für gute Standfestigkeit; eine glänzende Metallkappe ...

Nichts. Der Salzstreuer stand völlig unbeeinflußt auf dem Tisch, schien wie festgeschweißt zu sein.

Aber in Wirklichkeit war er natürlich — wie jede Materie im Universum — *nicht* unbeweglich, in gewisser Weise bewegte er sich *immer*, stand nie still. Schließlich bestand er aus Billionen sich unablässig bewegender Atome, deren äußere Teile wie Planeten um die Billionen sonnenartiger Nukleonen kreisten. Auf subatomarer Ebene war der Salzstreuer fortwährend in Bewegung, deshalb dürfte es doch eigentlich gar nicht so schwer sein, ihn zu einer einzigen zusätzlichen Bewegung zu veranlassen, zu einer kleinen Wanderung auf der makrokosmischen Ebene des menschlichen Wahrnehmungsvermögens, zu einem einzigen kleinen Hopp und Sprung, einem einzigen ...

Dom verspürte einen plötzlichen Auftrieb, eine Spannkraft, so als würde er gleich selbst von einer geheimnisvollen Kraft bewegt werden, aber statt dessen bewegte sich der Salzstreuer. Dom hatte sich so ausschließlich mit dem alltäglichen Gebrauchsgegenstand beschäftigt, daß er Ginger und die anderen völlig vergessen hatte; erst als sie hörbar nach Luft schnappten und leise Laute des Staunens von sich gaben, wurde er wieder an ihre Gegenwart erinnert. Der Salzstreuer glitt nicht einfach einen Zentimeter — oder zwei oder zehn oder zwanzig — über den Tisch. Er stieg statt dessen in die Luft empor, so als hätte die Schwerkraft keine Macht mehr über ihn. Wie ein kleiner Glasballon flog er immer höher; dreißig Zentimeter, sechzig, einen Meter ... In etwa ein Meter zwanzig Höhe über dem Tisch hielt er in seiner Aufwärtsbewegung inne und hing ohne jede Stütze da, und die stehenden Zuschauer blickten ehrfürchtig zu diesem unscheinbaren Ding empor.

An anderen Tischende erhob sich jetzt auch Brendans Pfefferstreuer in die Luft empor. Mit weit aufgerissenen Augen und offenem Mund starrte der Priester auf den Zylinder. Als dieser genau in der gleichen Höhe wie Doms Salzstreuer stehenblieb, wagte Brendan seine Augen endlich von dem Gegenstand abzuwenden. Er blickte zu Dom hinüber, betrachtete aber sogleich wieder nervös den Streuer, weil er befürchtete, daß dieser herunterfallen würde, sobald er ihn nicht mehr fixierte. Als er feststellte, daß Blickkontakt zur Aufrechterhaltung des Schwebezustands nicht erforderlich war, sah er wieder zu Dom hinüber. In den Augen des Priesters standen die verschiedensten Gefühle geschrieben: Verwirrung, fassungsloses Staunen, Furcht und das Bewußtsein seiner tiefen inneren Verbundenheit mit Dom aufgrund der ihnen gemeinsamen paranormalen Kraft.

Dom war völlig perplex, daß es ihn nicht einmal Anstrengung kostete, den Salzstreuer in der Luft zu halten. Es fiel ihm schwer zu glauben, daß *er* dieses Phänomen bewirkt hatte. Er war sich nicht bewußt, irgendeine Kraft auf den Gegenstand auszuüben. Offensichtlich funktionierte seine telekinetische Fähigkeit ganz automatisch, ähnlich wie Atmung und Herzschlag.

Brendan hob seine Hände. Die roten Ringe waren wieder sichtbar.

Dom betrachtete seine eigenen Hände. Die gleichen unbegreiflichen Stigmata brannten auf seiner Haut. Was hatten sie nur zu bedeuten?

Die beiden in der Luft schwebenden Streuer weckten in Dom ein noch stärkeres Gefühl der Erwartung als zu Beginn des Experiments. Die anderen hatten anscheinend ähnliche Empfindungen, denn sie begannen Dom und Brendan zu weiteren Kunststücken anzuspornen.

»Unglaublich!« sagte Ginger. »Sie haben uns vertikale Bewegung und freien Schwebezustand vorgeführt. Können Sie die Streuer auch horizontal bewegen?«

»Können Sie auch etwas Schwereres haben?« fragte Sandy Sarver.

»Das Licht!« rief Ernie. »Können Sie das rote Licht erzeugen?«

Dom wollte sich erst an einer einfacheren Aufgabe als den vorgeschlagenen versuchen und dachte daran, den Salzstreuer eine leichte Drehung vollführen zu lassen. Der Glasbehälter begann sich sogleich um die eigene Achse zu drehen und entlockte den Zuschauern wieder staunende Ausrufe. Einen Augenblick später begann auch Brendans Pfefferstreuer sich zu drehen. Die Lichtstrahlen der Deckenlampen huschten über ihre glänzenden Metallkappen, brachen sich an den Glasfacetten, so daß die Streuer funkelndem Christbaumschmuck glichen.

Dann bewegten sich die beiden Streuer aufeinander zu; sie vollführten die von Ginger erbetene horizontale Bewegung, obwohl Dom sich nicht bewußt war, den Salzstreuer in diese Richtung dirigiert zu haben. Er vermutete, daß Gingers Vorschlag von seinem Unterbewußtsein akzeptiert worden war, das jetzt die psychische Energie für die Aufgabe lieferte, ohne darauf warten zu müssen, daß er bewußt seinen Willen einsetzte. Es war unheimlich, den Streuer so lenken zu können, ohne zu wissen, auf welche Weise er dazu fähig war.

In der Mitte des langen Tisches stoppten Salz- und Pfefferstreuer etwa 25 Zentimeter voneinander entfernt und drehten sich nun wieder um die eigene Achse; doch schon im nächsten Moment umrundeten sie einander, zunächst auf kreisförmigen Umlaufbahnen, Sekunden später — bei immer schnellerer Achsdrehung — auf komplizierten parabolischen gegenläufigen Bahnen.

Die Zuschauer lachten und klatschten begeistert Beifall. Dom schaute zu Ginger hinüber. Ihr strahlendes Gesicht hatte einen

Ausdruck reinster Verzückung, der sie schöner denn je aussehen ließ. Sie wandte ihren Blick von den umherwirbelnden Streuern ab, grinste Dom in wilder Erregung zu und machte mit dem Daumen eine anerkennende Geste. Ernie Block und Jack Twist verfolgten die Luftkunststücke mit offenen Mündern; die beiden hartgesottenen Ex-Soldaten hatten in diesem Moment große Ähnlichkeit mit zwei staunenden Jungen, die zum erstenmal im Leben ein Feuerwerk zu sehen bekommen. Faye streckte lachend ihre Hände nach den Streuern aus, so als versuchte sie, das wundersame Kraftfeld wahrzunehmen. Auch Ned Sarver lachte; aber Sandy weinte, was Dom bestürzte, bis er bemerkte, daß sie gleichzeitig lächelte, daß die Tränen auf ihren Wangen Freudentränen waren.

»Oh!« rief Sandy und sah Dom an, so als hätte sie seinen Blick gespürt. »Ist das nicht wundervoll? Was immer es auch bedeuten mag — ist es nicht einfach wundervoll? Die Freiheit... diese Freiheit... dieses Sprengen aller Fesseln... dieser Aufschwung...«

Dom verstand genau, was sie fühlte und stammelnd in Worte zu fassen versuchte, denn er fühlte das gleiche. Im Augenblick hatte er völlig vergessen, daß diese Fähigkeiten ihn für immer allen Menschen entfremden würden; er war erfüllt von einem leidenschaftlichen Gefühl der Transzendenz, von einer Ahnung, was es bedeuten könnte, auf der Evolutionsleiter einen Riesensprung vorwärtszukommen, die Ketten menschlicher Begrenzungen zu sprengen. Und die Gesichter der anderen verrieten, daß auch sie sich der Bedeutung dieses Geschehens bewußt waren, daß sie diesen historischen Augenblick im Tranquility Grille erkannten und fühlten, daß nichts auf der Welt jemals wieder ganz so sein würde wie bisher.

»Machen Sie noch etwas anderes!« bat Ginger.

»Ja!« rief Sandy. »Zeigen Sie uns noch mehr!«

In anderen Teilen des Zimmers flogen Salzstreuer von den Tischen empor: sechs, acht, zehn insgesamt. Einen Moment lang schwebten sie bewegungslos in der Luft, dann begannen auch sie sich um die eigene Achse zu drehen.

Ebensoviele Pfefferstreuer vollführten die gleichen Kunststücke.

Dom wußte immer noch nicht, wie er diese Dinge vollbrachte; es ging ohne jede Anstrengung vor sich, so als genügte allein schon der Gedanke, um es geschehen zu lassen, so als könnten Wünsche wie durch Zauberei in Erfüllung gehen. Er vermutete, daß Brendan genauso verblüfft war wie er selbst.

Die Musicbox war schon vor einiger Zeit verstummt. Nun begann sie plötzlich ein Lied von Dolly Parton zu spielen, obwohl niemand das Gerät auch nur angerührt hatte.

Habe ich das gemacht, dachte Dom, oder war es Brendan?

»Mein Gott!« rief Ginger. »Ich bin so aufgeregt, daß ich gleich platzen werde!«

Jeder Salz- und Pfefferstreuer drehte sich um die eigene Achse, und jedes Paar umkreiste einander, und dann begannen alle elf Paare in einer Reihe durch den Raum zu schwirren, immer schneller und schneller.

Ein Dutzend Stühle hob vom Boden ab, aber nicht langsam und kontrolliert wie die Streuer, sondern mit solcher Geschwindigkeit und Heftigkeit, daß sie sofort bis zur Decke flogen und mit lautem Krachen gegen dieses Hindernis prallten. Eine der Wagenradlampen wurde von zwei Stühlen getroffen; die Glühbirnen zerbrachen, und der Raum war nur noch dreiviertel so hell wie zuvor. Das Wagenrad löste sich von der Deckenhalterung und der Stromleitung und krachte etwa einen Meter hinter Dom zu Boden. Die Stühle hingen an der Decke und vibrierten, als wären sie riesige flügelschlagende Fledermäuse. Die meisten Salz- und Pfefferstreuer sausten immer noch im Raum umher, obwohl einige von den emporschießenden Stühlen gleichsam abgeschossen worden waren. Nun gerieten einige weitere aus ihren Umlaufbahnen und aus den geordneten Reihen und trudelten zu Boden. Ein Salzstreuer traf mit voller Wucht Ernies Schulter, und Ernie schrie vor Schmerz auf.

Dom und Brendan hatten die Kontrolle über die Gegenstände verloren. Und weil sie überhaupt nicht wußten, wie sie die Kontrolle ursprünglich ausgeübt hatten, waren sie auch außerstande, sie zurückzuerlangen.

Die fröhliche Stimmung schlug plötzlich in Panik um. Die Zuschauer krochen vorsichtshalber unter Tische, weil ihnen klar war, daß die immer noch gegen die Decke klopfenden Stühle weitaus gefährlichere Geschosse als die Salz- und Pfefferstreuer werden könnten. Marcie erwachte vom Lärm. Sie setzte sich weinend in der Nische auf und rief nach ihrer Mutter. Jorja zog ihre Tochter rasch von der Bank und suchte mit ihr Schutz unter einem Tisch, das Kind fest an sich gedrückt. Nun waren nur noch Dom und Brendan in Gefahr, getroffen zu werden.

Dom hatte das Gefühl, als wäre diese psychische Kraft eine scharfe Granate, die an seiner Hand festgebunden war.

Drei oder vier weitere Streuer schossen wie Kugeln zu Boden. Die zwölf Stühle hämmerten jetzt so aggressiv gegen die Decke, daß kleine Holzsplitter herabrieselten.

Dom wußte nicht, ob er in Deckung gehen oder versuchen sollte, die Dinge unter Kontrolle zu bekommen. Er sah, daß Brendan genauso schreckensstarr war wie er selbst.

Die drei restlichen Wagenradlampen schwankten wild an ihren Ketten und ließen gespenstische Schatten durch den Raum huschen.

Ein Salzstreuer schlug wie ein winziger Meteorit auf dem Tisch auf. Das Glas war zu dick, um zu zerbersten, aber das kleine Gefäß bekam doch einen Sprung, aus dem das Salz heraus schoß, so daß Dom der weißen Fontäne rasch ausweichen mußte.

Ihm fiel plötzlich das Karussell von Papiermonden in Lomacks Haus ein; er streckte die Arme empor, ballte die Hände zu Fäusten, so daß die roten Ringe nicht mehr zu sehen waren und schrie: »Aufhören! Sofort aufhören! *Schluß jetzt!*«

Die Stühle an der Decke hörten auf zu vibrieren. Die Salz- und Pfefferstreuer hielten mitten in der Drehung inne und hingen reglos in der Luft.

Für Sekunden herrschte eine unnatürliche Stille.

Dann stürzten die zwölf Stühle und die Streuer herab, schlugen auf Tischen auf, prallten gegen andere Stühle, die nicht in Bewegung geraten waren. Als alles in einem chaotischen Durcheinander ruhig dalag, waren Dom und Brendan genauso unverletzt wie die anderen, die unter Tischen Schutz gesucht hatten. Dom sah den Priester blinzelnd an. Um sie herum herrschte Grabesstille, so als wäre die Zeit stehengeblieben, bis Marcies leises Wimmern und das beruhigende Murmeln ihrer Mutter die Motoren der Realität wieder in Gang setzten und die anderen aus ihren Verstecken hervorlockten.

Ernie rieb sich immer noch die Stelle auf der Schulter, wo der Salzstreuer ihn getroffen hatte, aber auch er war nicht ernsthaft verletzt. Allerdings waren alle sehr mitgenommen.

Dom registrierte die Blicke, die sie ihm und Brendan zuwarfen. So als sei er ihnen nicht ganz geheuer. Sie sahen ihn genauso an, wie er es vor dem Experiment befürchtet hatte. Verdammt!

Ginger schien die einzige zu sein, der das alles nichts ausmachte. Sie umarmte ihn begeistert und sagte: »Was zählt, ist nur, daß Sie diese Kraft *besitzen*. Sie besitzen sie, und Sie werden lernen, damit umzugehen, und das ist wundervoll!«

»Da bin ich mir nicht so sicher«, murmelte Dom, während er die zerbrochenen Stühle und die kaputte Lampe betrachtete. Jack Twist klopfte sich Salz und Pfeffer von den Kleidern. Jorja tröstete immer noch ihre verängstigte Tochter. Faye und Sandy schüttelten Holzsplitter aus ihren Haaren, und Ned starrte die gefährlichen unter Strom stehenden Leitungen an, die von der Decke herabhingen. »Ginger, sogar während ich die Kraft ausübte, wußte ich nicht, *wie* ich das machte. Und als alles außer Kontrolle geriet, hatte ich keine Ahnung, wie ich das Spektakel beenden sollte.«

»Aber Sie *haben* es beendet«, sagte sie. Sie hielt immer noch mit einem Arm seine Taille umschlungen, so als wüßte sie — Gott segne sie! —, daß er menschliche Wärme und Nähe dringend benötigte. »Sie *haben* es beendet, Dom!«

»Vielleicht werde ich nächstes Mal nicht dazu imstande sein.« Er bemerkte, daß er zitterte. »Sehen Sie sich doch nur diese ganze katastrophale Unordnung an. Mein Gott, Ginger, jemand hätte schwer verletzt werden können!«

»Es *wurde* aber niemand verletzt.«

»Jemand hätte getötet werden können. Beim nächsten Mal ...«

»... wird es besser gehen!« tröstete sie ihn.

Brendan Cronin kam um den langen Tisch herum. »Er wird seine Meinung ändern, Ginger. Sie müssen ihm etwas Zeit lassen. Ich weiß, daß *ich* es wieder probieren werde. Allein. In einigen Tagen, sobald ich alles ein wenig durchdacht habe, werde ich irgendwohin ins Freie gehen, wo niemand außer mir selbst verletzt werden kann, und dann werde ich es wieder versuchen. Ich glaube, es wird schwierig sein, die ... die Energie unter Kontrolle zu bekommen. Es wird sehr viel Arbeit und Zeit erfordern ... vielleicht Jahre. Aber ich werde üben und diese Kraft beherrschen lernen. Und Dom ebenfalls. Er wird das selbst erkennen, sobald er auch nur einige Minuten in Ruhe darüber nachgedacht hat.«

Dom schüttelte den Kopf. »Ich will das nicht. Ich will nicht so anders als alle anderen Menschen sein.«

»Aber Sie sind es jetzt nun einmal«, sagte Brendan. »Wir sind es beide.«

»Das ist verdammt fatalistisch.«

Brendan lächelte. »Obwohl ich zur Zeit eine Glaubenskrise durchmache, bin ich immer noch Priester und glaube deshalb an Prädestination. Das ist ein Glaubensartikel. Aber wir Priester sind ein schlauer Haufen, deshalb können wir fatalistisch sein und gleichzeitig an den freien Willen glauben. *Beides* sind Glaubensartikel.«

Auf den Priester hatten die Ereignisse völlig andere psychologische Auswirkungen gehabt als die Angst, die Dom verspürte. Er stellte sich beim Reden einige Male auf die Zehenspitzen, so als hätte er das Gefühl, vor Freude schweben zu können.

Dom, dem die Hochstimmung des Priesters unverständlich war, wechselte das Thema. »Nun, Ginger, wenn wir auch die eine Hälfte Ihrer verrückten Theorie bewiesen haben, so haben wir wenigstens die andere Hälfte widerlegt.«

»Was meinen Sie damit?« fragte sie mit gerunzelter Stirn.

»Nun, als ich vorhin sah, daß die Ringe auf meinen Händen wieder aufgetaucht waren, da kam ich zu dem Schluß, daß diese psychische Kraft keine Nebenwirkung einer Virusinfektion ist. Ich weiß, daß sie eine andere Ursache hat, eine noch viel seltsamere, obwohl ich nicht weiß, was das sein könnte.«

»Oh, aber was von beidem ist nun der Fall?« fragte Ginger. »Sind Sie nur zu dem Schluß gekommen, oder wissen Sie es tatsächlich?«

»Ich weiß es«, erwiderte Dom. »Tief im Innern weiß ich es.«

»O ja, ich auch«, sagte Brendan glücklich, während Ernie und Faye und die anderen nun auch näher kamen. »Sie hatten recht mit Ihrer Vermutung, Ginger, daß Dom und ich diese Kraft besitzen. Und wie Sie gesagt haben, ist sie seit jenem Juliabend in uns. Aber wir haben die Gabe nicht auf die von Ihnen vermutete Weise erworben. Wie Dom gesagt hat ... während der chaotischen Vorgänge spürte ich, daß biologische Verseuchung nicht die richtige Erklärung ist. Ich habe nicht die leiseste Ahnung, woher diese Gabe stammt, aber jenen Teil Ihrer Theorie können wir jedenfalls vergessen.«

Jetzt begriff Dom, warum Brendan trotz der erschreckenden

Vorgänge so gut gelaunt war. Obwohl er behauptete, in den Ereignissen der letzten Zeit keinen religiösen Aspekt zu sehen, hatte der Priester im tiefsten Innern seines Herzens doch stets gehofft, daß die Wunderheilungen und jenes mysteriöse Licht göttlichen Ursprungs sein könnten. Ihn hatte die Vorstellung tief deprimiert, daß nicht sein Gott ihm diese Gabe verliehen hatte, sondern daß sie nur eine zufällige Nebenwirkung irgendeiner exotischen Infektion mit einem geistlosen und von *Menschen* gezüchteten Virus war. Er war grenzenlos erleichtert, diese Möglichkeit jetzt ausschließen zu können. Seine gute Laune und Freude trotz der Verwüstungen im Restaurant waren darauf zurückzuführen, daß für Brendan eine göttliche Präsenz zumindest wieder im Bereich des Möglichen lag.

Dom wünschte, auch er könnte Kraft und Mut aus dem Glauben schöpfen, daß alle ihre Probleme Teile eines göttlichen Plans waren. Aber im Augenblick vermochte er nur an die Zwillingsmoloche Gefahr und Tod glauben. Die Veränderungen, die mit ihm während der Fahrt von Portland nach Mountainview vor anderthalb Jahren vorgegangen waren, kamen ihm nun lächerlich geringfügig vor, verglichen mit den Veränderungen, die seit der Entdeckung dieser unerwünschten Kraft mit ihm vorgingen. Er hatte fast das Gefühl, als wäre diese Krft in ihm *lebendig*, ein Parasit, der mit der Zeit die ganze Persönlichkeit von Dominick Corvaisis verschlingen und dann in der Hülle seines Körpers einherschreiten und der Welt vortäuschen würde, er sei noch ein Mensch.

Eine verrückte Idee.

Trotzdem blieb er besorgt und geängstigt.

Er sah die anderen, die sich um ihn und Brendan geschart hatten, nacheinander an. Einige schauten nach flüchtigem Blickkontakt rasch weg, so als wäre er ein gefährlicher oder einschüchternder Mann. Andere — wie Jack Twist, Ernie und Jorja — hielten seinem Blick stand, aber er las in ihren Augen Unbehagen und sogar leichte Furcht. Nur Ginger und Brendan waren völlig ungezwungen.

»Nun«, brach Jack schließlich das Schweigen, »ich glaube, wir sollten jetzt schlafen gehen. Morgen haben wir eine Menge zu tun.«

»Morgen«, sagte Ginger, »werden wir weitere Rätsel lösen. Wir machen mit jedem Tag große Fortschritte.«

»Morgen«, sagte Brendan leise, aber heiter, »wird ein Tag großer Offenbarungen sein. Ich fühle es irgendwie.«

Morgen, dachte Dom, sind wir vielleicht alle tot. Oder wünschen uns, tot zu sein.

Colonel Leland Falkirk hatte immer noch rasende Kopfschmerzen. Seine neue Gabe der Selbsterkenntnis — die seit den emotional und intellektuell erschütternden Ereignissen des vorletzten Sommers allmählich immer stärker geworden war — erlaubte es ihm zu begreifen, daß er in gewisser Weise über die Wirkungslosigkeit des Aspirins glücklich war. Er genoß das Kopfweh, so wie er auch andere Schmerzen genoß; das unaufhörliche Pochen hinter seiner Stirn und in seinen Schläfen verlieh ihm perverserweise Kraft und Energie.

Lieutenant Horner hatte sich entfernt. Leland war wieder allein in seinem fensterlosen Büro unter dem Testgelände von Shenkfield, aber er wartete nicht mehr auf den Anruf aus Chicago. Er hatte diesen Anruf erhalten, kurz nachdem Horner sich zurückgezogen hatte, und die Neuigkeiten waren sehr schlecht gewesen.

Die Belagerung von Calvin Sharkles Haus in Evanston hatte bisher zu keinem Erfolg geführt, und an dieser höchst unbefriedigenden Situation würde sich in den nächsten zwölf Stunden höchstwahrscheinlich nichts ändern. Der Colonel wollte, wenn irgend möglich, eine erneute Sperrung der I-80 und eine Isolierung des Motels erst dann anordnen, wenn er sicher sein konnte, daß diese Operation nicht durch irgendwelche Enthüllungen Sharkles gegenüber den Lokalbehörden von Illinois oder gegenüber der Presse gefährdet wurde. Diese Verzögerung machte Leland nervös, besonders nachdem die Zeugen im Motel ihre Aufmerksamkeit jetzt auf Thunder Hill konzentrierten und zudem nicht mehr mit Peilmikrofonen und Infinitsendern überwacht werden konnten. Er konnte es sich nicht leisten, länger als einen weiteren Tag zu warten. Falls die gefährliche Situation in Illinois morgen bei Sonnenuntergang immer noch nicht beendet sein sollte, würde er trotz der Risiken Befehl geben, gegen das Tranquility Motel vorzugehen.

Die anderen Neuigkeiten aus Chicago waren auch nicht besser. Detektive hatten Erkundigungen über Emmeline Halbourg und Winton Tolk eingezogen und waren zu dem Schluß gelangt, daß beide Heilungen vom medizinischen Standpunkt aus nicht zu erklären waren. Und eine Rekonstruktion von Vater Stefan Wycaziks Aktivitäten am Weihnachtstag — seiner Besuche bei Halbourg und Tolk und seiner Konsultation eines Ballistikexperten im Polizeilabor — hatte bestätigt, daß der Priester diese Wunderheilungen seinem Kaplan, Brendan Cronin, zuschrieb.

Leland hatte von Cronins Heilkräften nichts gewußt, bis am Sonntag ein Telefongespräch zwischen Dominick Corvaisis im Tranquility Motel und Vater Wycazik in Chicago abgehört worden war. Diese Unterhaltung hätte Leland einen noch größeren Schock versetzt, wenn er nicht schon seit Samstagabend auf unerklärliche Geschehnisse vorbereitet gewesen wäre.

Als Corvaisis am Samstagabend im Tranquility Motel angekommen war, hatten Leland Falkirk und seine Überwachungsexperten die ersten Unterhaltungen zwischen den Blocks und dem Schriftsteller mit wachsender Ungläubigkeit mit angehört. Die absurde Geschichte von Mondfotos, die in Lomacks Haus in Reno plötzlich lebendig geworden waren, hörte sich an wie die Ausgeburt einer krankhaften Fantasie, wie das irre Gefasel eines Geisteskranken.

Als Corvaisis und die Blocks jedoch später im Tranquility Grille zu Abend gegessen hatten, war etwas Verblüffendes geschehen, das sowohl von dem Überwachungsteam südlich der Interstate als auch von dem angezapften Münztelefon im Restaurant bestätigt wurde. Der Schriftsteller hatte versucht, sich an den Abend des 6. Juli zu erinnern, und plötzlich hatte die ganze Imbißstube gebebt, ein sonderbares donnerartiges Grollen und ein unheimliches elektronisches Heulen waren immer lauter geworden, bis schließlich alle Fensterscheiben zerbrachen.

Diese Phänomene waren eine totale — und sehr unangenehme — Überraschung für Leland und für alle anderen am Komplott Beteiligten gewesen. Die Wissenschaftler waren natürlich von dieser Neuigkeit förmlich elektrisiert gewesen, und die Entdeckung von Cronins Heilkräften am nächsten Tag hatte die Aufregung weiter verstärkt. Anfangs konnte sich niemand diese Phänomene erklären. Aber nach kurzem Nachdenken hatte Leland eine Erklärung gefunden, die ihm das Blut in den Adern gerinnen ließ. Die Wissenschaftler waren zu ähnlichen Schlußfolgerungen gelangt, und einige von ihnen waren genauso beunruhigt wie Leland.

Plötzlich wußte niemand, womit man zu rechnen hatte. Alles schien mit einem Mal möglich zu sein.

An jenem Juliabend glaubten wir, die Situation unter Kontrolle zu haben, dachte Leland düster, aber vielleicht war sie schon außer Kontrolle geraten, noch bevor wir überhaupt am Schauplatz des Geschehens eintrafen.

Der einzige Trost war, daß es bisher so aussah, als seien nur Corvaisis und der Priester... infiziert. Vielleicht war ›infiziert‹ nicht ganz das richtige Wort. Vielleicht paßte ›besessen‹ besser. Oder vielleicht gab es auch überhaupt kein Wort für das, was ihnen zugestoßen war, denn es war niemals zuvor in der Geschichte jemandem zugestoßen, und deshalb war ein spezielles Wort dafür bislang nicht notwendig gewesen.

Selbst wenn die Belagerung von Sharkles Haus am nächsten Tag erfolgreich beendet würde, selbst wenn diese Möglichkeit eines Presseaufruhrs ausgeschaltet werden konnte, würde Leland nun nicht mehr völlig siegessicher sein, wenn er den Schlag gegen die Gruppe im Motel führte. Es war durchaus möglich, daß Corvaisis und Cronin — und vielleicht auch die anderen — jetzt nicht mehr so leicht überwältigt und eingesperrt werden konnten. Falls Corvaisis und Cronin nicht mehr ganz sie selbst waren, falls sie jetzt jemand anderer — oder *etwas* anderes — waren, könnte es sich als völlig unmöglich erweisen, mit ihnen fertigzuwerden.

Lelands Kopfschmerzen nahmen an Heftigkeit zu.

Genieße es, sagte er sich, während er vom Schreibtisch aufstand. Genieße deine Schmerzen! Das hast du doch seit Jahren getan, du dummes Arschloch, dann kannst du es auch noch ein oder zwei Tage länger tun, bis du diese verdammte Schweinerei wieder in Ordnung gebracht hast oder aber tot bist, was von beidem nun auch der Fall sein wird.

Er verließ das fensterlose Büro, durchquerte ein fensterloses Vorzimmer, ging einen fensterlosen Korridor entlang und betrat das fensterlose Kommunikationszentrum, wo Lieutenant Horner und Sergeant Fixx an einem Ecktisch saßen. »Sagen Sie den Männern, sie könnten zu Bett gehen«, sagte Leland. »Für heute nacht ist die Sache abgeblasen. Ich riskiere es, sie um einen Tag zu verschieben, um abzuwarten, was aus der Situation in Sharkles Haus wird.«

»Ich wollte gerade zu Ihnen kommen«, erwiderte Horner. »Es

gibt eine neue Entwicklung im Motel. Sie haben endlich die Imbißstube verlassen. Dann hat Twist einen Cherokee-Jeep von den Hügeln hinter dem Motel geholt. Er, Jorja Monatella und der Priester sind in Richtung Elko weggefahren.«

»Wohin wollen sie denn um diese Zeit?« fragte Leland; ihm war nicht ganz wohl bei dem Gedanken, daß diese drei Personen ihm möglicherweise entwischt wären, wenn er seinen Männern befohlen hätte, gegen das Motel vorzugehen. Er war überzeugt davon gewesen, daß bis zum nächsten Morgen alle Zeugen sich dort aufhalten würden.

Horner deutete auf Fixx, der mit Hilfe von Kopfhörern das Tranquility belauschte. »Soviel wir gehört haben, gehen die anderen zu Bett. Twist, Monatella und Cronin sind weggefahren, um uns die Möglichkeit zu nehmen, alle Zeugen auf einmal in einem schnellen Handstreich zu überwältigen. Das war bestimmt Twists Idee.«

»Verdammt!« Leland seufzte, während er sich die schmerzenden Schläfen mit den Fingerspitzen massierte. »Aber wir wollten heute nacht ja ohnehin nichts unternehmen.«

»Aber was sollen wir morgen machen, falls sich die Gruppe während des ganzen Tages verteilt?«

»Ab morgen früh werden wir sie alle ständig beschatten lassen«, sagte Leland. Bisher hatte er das für überflüssig gehalten, denn er hatte gewußt, daß sie ins Motel zurückkehren würden, wo er am unauffälligsten mit ihnen fertigwerden konnte. Nun aber mußte er ständig auf dem laufenden bleiben, wo sie sich aufhielten, für den Fall, daß sie nicht alle im Motel sein würden, wenn er sie rasch und ohne Aufsehen gefangennehmen wollte.

»Es hängt natürlich davon ab, was sie morgen unternehmen, aber höchstwahrscheinlich werden sie merken, daß sie beschattet werden«, sagte Horner. »Auf diesen weiten Ebenen ist es sehr schwer, jemanden diskret zu überwachen.«

»Ich weiß«, erwiderte Leland. »Dann sollen sie uns eben sehen. Bisher wollte ich das vermeiden, aber nun steuert die Sache ohnehin unaufhaltsam dem Ende zu. Vielleicht bringt es sie aus dem Gleichgewicht, wenn sie uns sehen. Vielleicht werden sie Angst bekommen und sich dann wieder im Motel zusammenscharen. Das würde unsere Aufgabe erleichtern.«

»Wenn wir einige von ihnen irgendwo anders als im Motel in

Gewahrsam nehmen müssen«, meinte Horner besorgt, »sagen wir mal in Elko, dann wird es schwierig werden.«

»Wenn sie nicht in Gewahrsam genommen werden können, müssen sie umgebracht werden.« Leland zog sich einen Stuhl heran und nahm am Tisch Platz. »Wir sollten jetzt die Einzelheiten der Überwachung ausarbeiten. Unsere Leute müssen noch vor Morgengrauen auf ihren Posten sein.«

3. Dienstag, 14. Januar

Am Dienstagmorgen um halb acht machte sich Vater Stefan Wycazik fertig, um auf eine Bitte Brendan Cronins hin, der spät abends angerufen hatte, nach Evanston zu fahren, zur letzten bekannten Adresse von Calvin Sharkle, jenem Fernfahrer, der sich in der bewußten Nacht im Tranquility Motel aufgehalten hatte, dessen Telefon aber abgeschaltet war. In Anbetracht der umwälzenden Ereignisse des letzten Abends hielten alle Mitglieder der Gruppe es für dringend erforderlich, mit den anderen Opfern, die sie bisher nicht hatten erreichen können, auf irgendeine Weise Kontakt aufzunehmen. In der warmen Küche des Pfarrhauses knöpfte Stefan seinen Mantel zu und setzte seinen Filzhut auf.

Vater Michael Gerrano, der sich nach der Frühmesse gerade an den Frühstückstisch setzte, sagte: »Vielleicht sollte ich mehr über die ganze Situation wissen ... was mit Brendan los ist, meine ich ... für den Fall ... nun ja, für den Fall, daß Ihnen etwas zustoßen sollte.«

»Mir wird nichts zustoßen«, erklärte Vater Wycazik energisch. »Gott hat mich nicht fünf Jahrzehnte lang lernen lassen, wie die Welt funktioniert, nur um mich jetzt, da ich meine beste Arbeit für die Kirche leisten kann, von dieser Welt abzuberufen.«

Michael schüttelte den Kopf. »Sie sind immer so ...«

»Sicher im Glauben? Natürlich bin ich das. Vertraue auf Gott, und er wird dich nie im Stich lassen.«

»Eigentlich«, lächelte Michael, »wollte ich sagen: Sie sind immer so stur.«

»Und eine solche Unverschämtheit muß man sich nun von seinem Kaplan sagen lassen!« brummte Stefan, während er sich einen dicken weißen Schal um den Hals schlang. »Merken Sie sich folgendes, Vater: Was von einem Kaplan erwartet wird, ist Demut, Selbstverleugnung, der starke Rücken eines Maulesels, die Ausdauer eines Ackergauls — und unerschöpfliche Bewunderung für seinen Pfarrer!«

Michael grinste. » O ja, das trifft vermutlich zu, wenn der Pfarrer ein frommer Mummelgreis ist, der von den Lobhudeleien seiner Pfarrkinder sehr eitel geworden ist und ...«

Das Telefon klingelte.

»Wenn es für mich sein sollte — ich bin schon unterwegs«, sagte Stefan.

Er zog Handschuhe an, war aber noch nicht zur Tür hinaus, als Michael ihm den Hörer entgegenhielt.

»Es ist Winton Tolk«, sagte Michael, »der Polizist, dem Brendan das Leben gerettet hat. Er hört sich ganz hysterisch an, und er will unbedingt mit Brendan sprechen.«

Stefan ging ans Telefon und stellte sich vor.

Die Stimme des Polizisten klang wirklich so, als sei er einer Panik nahe. »Vater, ich muß sofort mit Brendan Cronin sprechen! Die Sache duldet keinen Aufschub!«

»Er ist nicht hier«, erwiderte Stefan. »Er hält sich zur Zeit in einem anderen Bundesstaat auf. Was ist denn los? Vielleicht kann *ich* Ihnen helfen.«

»Cronin«, stammelte Tolk. »Etwas ... etwas ist passiert ... und ... und ich kann es nicht verstehen, es ist so ... so seltsam, mein Gott ... es ist völlig ... völlig verrückt ... aber ich wußte sofort, daß es irgendwie ... irgendwie mit Brendan zusammenhängt.«

»Ich bin sicher, daß ich Ihnen helfen kann. Wo sind Sie, Winton?«

»Im Dienst. Ich hatte Nachtschicht. In der Oberstadt. Es hat ein ... ein Blutbad gegeben ... eine Schießerei ... grauenhaft ... und dann ... dann ... Hören Sie, Vater ... Cronin muß sofort herkommen ... er muß das erklären ... er muß ... sofort ...«

Vater Wycazik brachte mit großer Mühe die Adresse aus Winton heraus, rannte aus dem Pfarrhaus und fuhr die ganze Strecke mit überhöhter Geschwindigkeit. Eine knappe halbe Stunde später erreichte er einen Block gleichförmiger, schäbiger fünfstöckiger Ziegelhäuser in der Oberstadt. Er mußte bis zur nächsten Ecke fahren, um einen Parkplatz zu finden, denn vor der von Winton angegebenen Adresse war alles mit Polizeiwagen vollgestellt, und die kalte Luft hallte von den metallischen Klängen der Funkgeräte wider. Zwei Polizeibeamte bewachten die Fahrzeuge, um Vandalismus zu verhindern. Auf Stefans Frage hin erklärten sie ihm, der Einsatz sei im zweiten Stock, in 2B, der Wohnung der Mendozas.

Die Haustür aus Glas war in einer Ecke gesprungen und offenbar schon vor langer Zeit mit Isolierband notdürftig ausgebessert worden. Im düsteren Flur blätterte die Farbe von den Wänden ab, und die Fußbodenfliesen — soweit noch vorhanden — starrten vor Schmutz.

Auf der Treppe spielten zwei hübsche Kinder mit einer schäbigen Puppe und einem Schuhkarton ›Beerdigung‹.

Als Vater Wycazik durch die offenstehende Tür die Wohnung der Mendozas im zweiten Stock betrat, sah er ein beiges Sofa, das mit Blut regelrecht durchtränkt war, so daß die Polster stellenweise fast schwarz waren. Hunderte von Blutstropfen sprenkelten die hellgraue Wand hinter dem Sofa — offenbar war jemand vor dieser Wand erschossen worden. Im Verputz waren vier Kugellöcher zu sehen. Auch ein Lampenschirm, der kleine Tisch, das Bücherregal und der Teppich waren mit Blut bespritzt.

Der ohnehin schon grausige Anblick wurde noch dadurch verschlimmert, daß das Zimmer ansonsten sehr sauber und ordentlich war; das blutige Chaos bildete deshalb einen besonders krassen Gegensatz. Die Mendozas konnten sich zwar nur eine Wohnung in diesem Slumviertel leisten, aber wie viele arme Leute, so taten auch sie offensichtlich ihr möglichstes, um das Vorurteil zu entkräften, daß Armut mit Verkommenheit gleichzusetzen sei. Ihre Wohnung war sozusagen eine Festung gegen den allgegenwärtigen Schmutz in den Elendsvierteln; hinter ihrer Tür begann ein Hort der Sauberkeit und Ordnung.

Stefan nahm seinen Hut ab und machte einige Schritte ins Wohnzimmer hinein, an das sich eine Eßnische anschloß, die durch eine Anrichte von einer kleinen Küche abgetrennt war. Überall standen Polizeibeamte — in Uniform und Zivil — und Labortechniker herum; insgesamt mindestens ein Dutzend. Ihr Benehmen verwirrte Stefan. Die Laborleute hatten ihre Arbeit offenbar schon beendet, und auch die anderen hatte nichts zu tun, aber niemand schien aufbrechen zu wollen. Sie unterhielten sich in kleinen Grüppchen mit gedämpfter Stimme — so als wären sie auf einer Beerdigung oder in der Kirche.

Nur ein Polizeibeamter war beschäftigt. Er saß am Eßtisch, stellte einer etwa vierzigjährigen Lateinamerikanerin — er redete sie mit Mrs. Mendoza an — Fragen und trug ihre Antworten in amtlich aussehende Formulare ein. Die Frau, die ein Madonnengesicht hatte, beantwortete zwar seine Fragen, war aber sichtlich zerstreut. Ihre Blicke schweiften immer wieder zu einem Mann in ihrem Alter — vermutlich ihrem Ehemann —, der mit einem Kind auf den Armen auf und ab lief — einem hübschen etwa sechsjährigen Jungen. Mr. Mendoza hielt das Kind fest an sich gedrückt, redete mit ihm, strich ihm über das dichte Haar. Dieser Mann hätte offensichtlich seinen Sohn bei den Gewalttaten in seiner Wohnung um ein Haar verloren und mußte ihn jetzt immer wieder berühren, um sich davon zu überzeugen, daß er noch am Leben war.

Einer der uniformierten Polizisten entdeckte Stefan und fragte: »Vater Wycazik?«

Bei der Erwähnung von Stefans Namen verstummten alle Anwesenden. Stefan konnte sich nicht erinnern, jemals in seinem Leben so erwartungsvolle Gesichter gesehen zu haben wie die dieser Menschen, die in der kleinen Wohnung der Mendozas herumstanden: Sie schienen zu glauben, daß er ihnen mit einem einzigen Satz alle Rätsel der menschlichen Existenz und den Sinn des Lebens erklären konnte.

Was in aller Welt geht hier nur vor? fragte sich Stefan mit leichtem Unbehagen.

»Hier entlang, Vater«, sagte der uniformierte Polizist.

Stefan zog seine Handschuhe aus, während er dem Mann folgte. Alle machten ihm ehrerbietig Platz, immer noch in tiefem Schweigen. In einem blitzsauberen Schlafzimmer saßen Winton Tolk und ein zweiter Polizist auf der Bettkante.

»Vater Wycazik«, meldete Stefans Führer, bevor er sich ins Wohnzimmer zurückzog.

Tolk saß vornübergebeugt da, die Ellbogen auf die Knie gestützt, das Gesicht in den Händen verborgen. Er blickte nicht auf. Der andere Polizist erhob sich und stellte sich als Paul Armes, Wintons Kollege, vor. »Ich ... ich glaube, es ist besser, wenn Win es Ihnen selbst erzählt«, sagte er. »Ich lasse Sie mit ihm allein.« Er ging und schloß hinter sich die Tür.

Das Schlafzimmer war klein und nur mit dem Bett, einem Nachttisch, einer Kommode und einem Stuhl möbliert. Vater Wycazik zog sich den Stuhl ans Fußende des Bettes heran und setzte sich Winton Tolk gegenüber. Ihre Knie waren nur wenige Zentimeter voneinander entfernt.

Während er seinen Schal abnahm, fragte Vater Wycazik: »Winton, was ist passiert?«

Tolk schaute auf, und Stefan war erstaunt über seinen Gesichtsausdruck. Er hatte gedacht, daß das Geschehen im Wohnzimmer Tolk völlig aus der Fassung gebracht hätte. Aber im Gesicht des Mannes stand eine wilde Erregung geschrieben, eine Art Verzückung. Gleichzeitig schien er sich jedoch zu fürchten, und nur diese Verstörung hinderte ihn offenbar daran, vollkommen selig zu sein.

»Vater, wer ist Brendan Cronin?« Das Zittern in der Stimme des Polizisten konnte entweder auf Angst oder auf mühsam verhaltene Freude hindeuten. »*Was* ist Brendan Cronin?«

Nach kurzem Zögern entschied sich Stefan für die volle Wahrheit. »Er ist ein Priester.«

Winton schüttelte den Kopf. »Aber uns hat man etwas anderes gesagt.«

Stefan nickte seufzend und berichtete von Brendans Glaubensverlust und von der ungewöhnlichen Therapie, die er seinem Kaplan verordnet und zu der auch eine Woche Dienst in einem Streifenwagen der Polizei gehört hatte. »Man hat Ihnen und Ihrem Kollegen Armes verschwiegen, daß er Priester ist, weil Sie ihn sonst vielleicht anders behandelt hätten ... und auch, weil ich ihm peinliche Fragen ersparen wollte.«

»Ein abgefallener Priester!« murmelte Tolk verblüfft.

»Nicht abgefallen«, widersprach Stefan zuversichtlich. »Nur schwankend. Er wird zum Glauben zurückfinden.«

Das Zimmer wurde nur von einem winzigen schmalen Fenster und einer schwachen Nachttischlampe erhellt, und der schwarze Polizist saß im Halbdunkel. Nur das Weiß seiner Augen bildete zwei helle Lichtpunkte. »Wie hat Brendan mich geheilt, als ich angeschossen wurde? Wie hat er dieses ... dieses Wunder vollbracht? *Wie?*«

»Warum halten Sie Ihre Heilung für ein Wunder?«

»Ich wurde zweimal in die Brust getroffen. Drei Tage später wurde ich aus der Klinik entlassen. Drei Tage! Nach zehn Tagen hätte ich ohne weiteres wieder arbeiten können, aber sie ließen mich zwei Wochen zu Hause bleiben. Die Ärzte redeten ständig über meine gute physische Verfassung und erklärten immer wieder, daß ungewöhnliche Heilungen möglich sind, wenn jemand körperlich topfit ist. Allmählich drängte sich mir der Gedanke auf, daß sie meine Genesung weniger mir als vielmehr sich selbst plausibel machen wollten. Aber ich glaubte immer noch, einfach großes Glück gehabt zu haben. Vor einer Woche nahm ich meine Arbeit wieder auf, und dann ... dann passierte etwas anderes.« Winton knöpfte sein Hemd auf und schob sein Unterhemd herauf, damit Stefan seine nackte Brust sehen konnte. »Die Narben!«

Ein Schauder überlief Stefan. Er beugte sich vor und starrte fassungslos auf die Brust des Polizisten. Die Schußwunden waren nur noch kleine helle Kreise, und die Operationsnarben waren nur noch aus nächster Nähe als dünne Linien zu erkennen. So kurz nach einem großen Eingriff hätte das Fleisch noch geschwollen und leicht entzündet sein müssen, aber das kaum sichtbare Narbengewebe war weder runzelig noch vorgewölbt; es war wirklich nur noch ein schmaler hellbrauner Streifen auf der dunkelbraunen Haut.

»Ich habe andere Männer mit alten Schußwunden gesehen«, sagte Winton, und seine Stimme verriet immer noch eine Mischung aus freudiger Erregung und Furcht. »Sehr viele. Sie haben häßliche dicke Narben. Wenn man zwei 38er Kugeln in die Brust abbekommt und operiert wird, sieht man drei Wochen später nicht *so* aus — nicht einmal *Jahre* später.«

»Wann waren Sie zum letztenmal bei Ihrem Arzt? Hat er das schon gesehen?«

Winton knöpfte mit zitternden Händen sein Hemd zu. »Ich war vor einer Woche bei Dr. Sonneford. Die Fäden waren erst kurz vorher gezogen worden, und meine Brust sah damals noch schlimm aus. Erst in den letzten vier Tagen sind die Narben fast verschwunden. Ich schwöre Ihnen, Vater, wenn ich lange genug vor einem Spiegel stehe, kann ich *sehen*, wie sie immer schwächer werden.«

Winton schloß den letzten Knopf und fuhr nach kurzem Schweigen fort: »Ich habe in letzter Zeit über Ihren Krankenhausbesuch an Weihnachten nachgedacht, und Ihr Benehmen kam mir dabei immer eigenartiger vor. Ich erinnerte mich an einige Ihrer Fragen über Brendan Cronin, und ich begann mich zu fragen ... zu fragen ... ob Brendan Cronin vielleicht auch schon jemand anderen geheilt hat. Bitte sagen Sie es mir — ich *muß* es wissen!«

»Ja. Es war kein so dramatischer Fall wie der Ihrige. Aber er hat noch jemanden geheilt. Ich ... ich bin nicht befugt, Ihnen den Namen der betreffenden Person zu verraten«, sagte Stefan. »Aber Sie haben doch nicht deshalb im Pfarrhaus angerufen, Winton. Es ging Ihnen nicht darum, Brendan zu zeigen, wie großartig Ihre Wunden verheilt sind. Ihre Stimme klang so, als wären Sie einer Panik nahe. Und warum stehen all diese Polizisten in der Wohnung der Mendozas herum? Was ist hier geschehen, Winton?«

Ein Lächeln huschte über das breite Gesicht des Mannes; im nächsten Moment spiegelte sich Angst darin. Diese Verwirrung der Gefühle schwang auch in seiner Stimme deutlich mit. »Wir sind auf Streife, Paul und ich. Wir werden per Funk zu dieser Adresse hier geschickt. Wir kommen hierher und finden einen sechzehnjährigen Burschen, der mit PCP vollgepumpt ist. Wissen Sie, wie das ist, wenn jemand von dem Zeug high ist? Die Kerle sind dann verrückt. Wilde Tiere. Dieses verdammte Zeug vernichtet ihre Gehirnzellen. Nachdem alles vorbei war, haben wir festgestellt, daß er Ernesto heißt und der Sohn von Mrs. Mendozas Schwester ist. Er ist vor einer Woche hierher gezogen, weil seine Mutter nicht mehr mit ihm fertig wurde. Die Mendozas ... es sind gute Menschen. Haben Sie gesehen, wie ordentlich die Wohnung ist, Vater?«

Stefan nickte.

»Solche Leute nehmen einen Neffen auf, der auf die schiefe Bahn geraten ist; sie versuchen, ihn wieder zurechtzubiegen«, fuhr Winton fort. »Aber einem solchen Burschen ist nicht mehr zu helfen, Vater. Es bricht einem nur das Herz, wenn man es versucht. Dieser Ernesto macht seit der fünften Schulklasse nichts als Schwierigkeiten. Er ist in der Kartei jugendlicher Krimineller erfaßt. Sechs Verstöße gegen das Gesetz, zwei davon sehr schwerer Art. Als wir herkamen, war er splitternackt, brüllte wie am Spieß, und die Augen traten ihm fast aus den Höhlen.«

Wintons abwesender Blick verriet, daß er die Szene noch einmal durchlebte.

»Ernesto hatte Hector — das ist der kleine Junge, den Sie vermutlich draußen gesehen haben — gepackt und drückte ihn auf das Sofa, und er hielt ein fünfzehn Zentimeter langes Messer an Hectors Kehle. Mr. Mendoza ... er war völlig außer sich und wollte sich auf Ernesto stürzen und ihm das Messer entreißen, aber dann hätte Ernesto den Kleinen bestimmt erstochen. Er hat herumgebrüllt wie ein Irrer, er war voll mit PCP, und mit so jemandem kann man einfach nicht vernünftig reden. Wir haben unsere Pistolen gezogen, weil man bei so einem Kerl im Drogenwahn, der auch noch ein Messer hat, auf alles gefaßt sein muß. Aber wir trauten uns nicht, auf ihn zu schießen, weil er ja das Messer an Hectors Kehle hatte. Hector weinte natürlich, und Ernesto hätte ihn bestimmt getötet, wenn wir auch nur eine falsche Bewegung gemacht hätten. Wir haben deshalb versucht, auf ihn einzureden, ihn irgendwie von Hector abzulenken, und es sah so aus, als würde es uns gelingen, denn er nahm das Messer von Hectors Kehle weg. Aber dann ... ganz plötzlich ... stieß er zu ... er schlitzte Hectors Kehle auf ... fast von einem Ohr bis zum anderen ... tief ...« Winton schluckte. »Und dann hob er das Messer über seinen Kopf, und wir schossen auf ihn, ich weiß nicht genau, wie oft, und da lag der Kleine und versuchte mit einer Hand das Loch in seiner Kehle zuzuhalten, und das Blut spritzte zwischen seinen Fingern hervor, und seine Augen wurden schon glasig ...«

Der Polizist holte tief Luft und schüttelte sich; sein Blick wurde wieder klar, und er schaute zum Fenster hinüber, hinaus in den grauen Wintertag.

Stefan hatte heftiges Herzklopfen, nicht wegen des blutigen Schreckens, den Winton beschrieben hatte, sondern weil er ahnte, worauf die Geschichte des Polizisten hinauslief, und weil er auf die Schilderung des Wunders gespannt war.

Winton starrte aus dem Fenster, und seine Stimme schwankte noch stärker, als er fortfuhr: »Bei einer solchen Wunde ist keine erste Hilfe möglich, Vater. Durchschnittene Arterien und Venen. Große Halsarterien. Das Blut spritzte heraus wie Wasser aus einem Schlauch, und am Hals kann man keine Aderpresse anlegen, und direkter Druck mit der Hand nützt nichts bei einer Schlagader. Scheiße, in so einem Fall ist man einfach machtlos! Ich kniete auf dem Boden neben dem Sofa, und ich sah, wie der kleine Hector starb. Er sah so klein aus, Vater, so furchtbar klein. Bei solchen Wunden stirbt man innerhalb von zwei Minuten, oft noch schneller, und er war doch noch so klein. Ich wußte, daß es nutzlos war, aber ich legte meine Hände auf seinen Hals, so als könnte ich irgendwie das Blut in seinem Körper halten, das Leben in ihm festhalten. Ich war zornig und krank vor Mitleid, es war einfach ungerecht, daß ein kleiner Junge auf diese grausame Weise sterben sollte, es war ungerecht, daß er überhaupt so früh sterben sollte, so ungerecht, und dann... dann...«

»Dann wurde er geheilt«, sagte Vater Wycazik leise.

Winton Tolk wandte seinen Blick endlich von dem grauen Licht hinter dem Fenster ab und sah Stefan in die Augen. »Ja, Vater. Er wurde geheilt. Alles war voll Blut, und er war nur noch Sekunden vom Tod entfernt... aber er überlebte. Ich wußte nicht einmal, was da vorging, ich fühlte nichts... nichts Besonderes in meinen Händen. Wäre es nicht naheliegend, daß ich wenigstens etwas Besonderes an meinen Händen hätte fühlen müssen? Aber ich merkte erst, daß etwas Unglaubliches vorging, als kein Blut mehr zwischen meinen Fingern hindurchfloß, und gleichzeitig schloß der Junge seine Augen, und da dachte ich, er wäre tot, und ich... ich brüllte: ›Nein! O Gott, nein!‹ Und ich nahm meine Hände von Hectors Hals, und... und da sah ich, daß die Wunde... daß sie sich geschlossen hatte. Sie sah immer noch gräßlich aus... ein tiefer Messerschnitt... aber das Fleisch hatte sich zu einer grellen roten Narbe zusammengezogen... einer heilenden Narbe!«

Der große Mann verstummte, weil ihm die Tränen über die Wangen liefen. Er war völlig überwältigt. Wenn es Trauer gewesen wäre, so hätte er sie vermutlich unterdrücken können, aber dies war etwas noch Mächtigeres: Freude. Wilde, unbändige Freude. Er schluchzte wider Willen laut auf.

Auch Stefan hatte Tränen in den Augen, als er dem Polizisten beide Hände entgegenstreckte.

Winton ergriff sie und hielt sie auch fest umklammert, als er fortfuhr: »Paul, mein Kollege, hat es mit angesehen. Und die Mendozas auch. Und zwei andere Polizisten sind gerade eingetroffen, als wir Ernesto erschossen — sie haben es auch gesehen. Und als ich diese rote Linie auf seinem Hals sah, wußte ich irgendwie, was ich tun mußte. Ich legte meine Hände wieder auf die Wunde, und ich dachte ganz intensiv, daß er leben sollte

— ich wünschte ihn sozusagen gesund. Ich ... mein Verstand arbeitete auf Hochtouren, und ich stellte die Verbindung zu Brendan und mir her, damals in der Imbißstube. Ich dachte auch daran, wie die Narben auf meiner Brust in den letzten Tagen immer schwächer wurden, und ich wußte, daß da ein Zusammenhang bestehen muß. Ich ließ also meine Hände auf seiner Kehle, und nach einer Minute oder so schlug er die Augen auf und lächelte mich an, und dieses Lächeln hätten Sie *sehen* müssen, Vater ... Ich nahm meine Hände weg, und die Narbe war schon heller geworden. Der Junge setzte sich auf und schrie nach seiner Mutter, und da ... da hab' ich dann einfach geheult.« Winton verstummte und holte tief Luft. »Mrs. Mendoza brachte Hector ins Bad und zog ihm die blutdurchtränkten Kleider aus und badete ihn, und währenddessen tauchten immer mehr Polizisten hier auf, weil die Sache unheimlich schnell verbreitet wurde. Gott sei Dank sind noch keine Reporter hier aufgekreuzt.«

Eine Zeitlang saßen die beiden Männer schweigend da und hielten sich bei den Händen. Schließlich fragte Stefan: »Haben Sie versucht, Ernesto zu heilen?«

»Ja. Trotz allem, was er getan hatte, habe ich meine Hände auf seine Wunden gelegt. Aber bei ihm hat es nicht geklappt, Vater — vielleicht, weil er schon tot war. Hector war noch ein bißchen am Leben gewesen, aber Ernesto war tot.«

»Haben Sie merkwürdige Male auf Ihren Handflächen gesehen? Rote Male geschwollenen Fleisches?«

»Nein. Was hätten solche Ringe denn zu bedeuten gehabt?«

»Das weiß ich nicht«, sagte Vater Wycazik. »Aber sie tauchen auf Brendans Händen auf, wenn ... wenn sich solche Dinge ereignen.«

Wieder trat Schweigen ein, und dann fragte Winton: »Ist Brendan ... ist Vater Cronin sowas wie ein Heiliger?«

Vater Wycazik lächelte. »Er ist ein guter Mensch. Aber er ist kein Heiliger.«

»Aber wie konnte er mich heilen?«

»Ich weiß es auch nicht genau. Aber es muß eine Manifestation der Allmacht Gottes sein. Irgendwie. Aus irgendeinem Grund.«

»Aber wie konnte Brendan diese Heilkraft auf mich übertragen?«

»Das weiß ich nicht, Winton. Vielleicht hat er sie auch gar nicht weitergegeben. Vielleicht ist die Kraft nicht in Ihnen. Vielleicht wirkt Gott durch Sie — zuerst durch Brendan und jetzt durch Sie.«

Winton ließ endlich Stefans Hände los. Er drehte seine Hände mit den Innenflächen nach oben und betrachtete sie. »Nein, Kraft ist noch in mir. Ich weiß es. Ich fühle es. Und es ist ... es ist nicht nur die Kraft zu heilen. Es ist mehr.«

Vater Wycazik hob die Brauen. »Mehr? Was denn noch?«

Winton runzelte die Stirn. »Ich weiß es noch nicht. Es ist alles so neu ... so überaus seltsam. Aber ich fühle, daß da noch mehr ist. Es wird sich mit der Zeit entwickeln.« Er blickte mit einer Mischung aus Ehrfurcht und Angst von seinen schwieligen Händen auf. »Was ist Vater Cronin, und was hat er aus mir gemacht?«

»Winton, befreien Sie sich von der Befürchtung, daß etwas Böses oder Gefährliches dahinterstecken könnte. Es ist ein *wunderbares* Geschehen. Denken Sie doch an Hector, den Sie gerettet haben. Erinnern Sie sich daran, was Sie empfanden, als wieder Leben in seinen kleinen Körper kam. Wir sind Akteure in einem göttlichen Mysterium, Winton. Wir können seine Bedeutung nicht verstehen, bevor Gott uns erlaubt, es zu verstehen.«

Vater Wycazik sagte, daß er gern einen Blick auf den kleinen Hector Mendoza werfen wolle, und Winton sagte: »Ich bin noch nicht soweit, daß ich mich der Menge dort draußen stellen könnte, obwohl die meisten meine Kollegen sind. Ich bleibe noch eine Weile hier. Kommen Sie zurück?«

»Ich habe heute morgen noch andere dringende Angelegenheiten zu erledigen, Winton, und muß mich deshalb beeilen. Aber ich werde mit Ihnen in Verbindung bleiben, darauf können Sie sich verlassen. Und falls Sie mich brauchen sollten, rufen Sie in St. Bette an.«

Als Stefan aus dem Schlafzimmer herauskam, verstummten die wartenden Polizeibeamten und Labortechniker wieder und machten ihm respektvoll Platz. Er ging zum Eßtisch, wo der kleine Hector jetzt glücklich auf dem Schoß seiner Mutter saß und zufrieden an einem Schokoriegel mit Mandeln lutschte.

Der Junge war klein für seine sechs Jahre und hatte zarte Knochen. Seine Augen strahlten ausdrucksvoll, ein Beweis dafür, daß er trotz des enormen Blutverlustes keinen Gehirnschaden erlitten hatte. Noch erstaunlicher war jedoch die Tatsache, daß sein verlorenes Blut offensichtlich *ersetzt* worden war, ohne daß Transfusionen erforderlich gewesen wären, was seine Heilung zu einem noch größeren Wunder machte als die von Winton. Wintons Händen schien eine noch mächtigere Kraft innegewohnt zu haben als Brendans.

Als Vater Wycazik in die Hocke ging, damit seine Augen auf gleicher Höhe mit denen des Jungen waren, grinste das Kind ihn an. »Wie fühlst du dich, Hector?«

»Okay«, sagte der Junge schüchtern.

»Erinnerst du dich an das, was passiert ist, Hector?«

Das Kind leckte sich Schokolade von den Lippen und schüttelte den Kopf.

»Ist das ein guter Schokoriegel?«

Der Kleine nickte und bot Stefan an, einmal davon abzubeißen.

Der Priester lächelte. »Danke, Hector, aber den darfst du ganz allein essen.«

»Mama könnte Ihnen auch einen geben«, sagte Hector. »Aber lassen Sie nichts davon auf den Teppich fallen, sonst schimpft Mama.«

Stefan sah Mrs. Mendoza an. »Erinnert er sich wirklich nicht ...?«

»Nein«, antwortete sie. »Gott hat diese schreckliche Erinnerung von ihm genommen, Vater.«

»Sind Sie Katholikin, Mrs. Mendoza?«

»Ja, Vater.« Sie bekreuzigte sich.

»Sie besuchen die Messe der Pfarrei ›Unserer Schmerzhaften Mutter‹? Das ist doch Vater Nilos Gemeinde. Haben Sie ihn angerufen?«

»Nein, Vater, ich wußte nicht, ob ...«

Vater Wycazik blickte zu Mr. Mendoza auf, der neben dem Stuhl seiner Frau stand. »Rufen Sie Vater Nilo an. Erzählen Sie ihm, was geschehen ist, und bitten Sie ihn herzukommen. Sagen Sie ihm, daß ich nicht mehr hier sein werde, wenn er kommt, daß ich aber später mit ihm sprechen werde. Sagen Sie ihm, ich hätte ihm sehr viel zu erzählen; das, was er hier sehen würde, sei noch nicht die ganze Geschichte.«

Mr. Mendoza eilte zum Telefon.

Stefan fragte einen der Polizeibeamten, der sich genähert hatte: »Wurden Aufnahmen von der Halswunde des Jungen gemacht?«

Der Polizist nickte. »Ja. Gehört zur Routine.« Er lachte nervös. »Was sage ich da? Von Routine kann hier ja wohl nicht die Rede sein.«

»Es gibt also Fotos, die beweisen können, was geschehen ist«, sagte Vater Wycazik. »Das ist gut, denn ich glaube, daß die Narbe bald kaum noch zu sehen sein wird.«

Er wandte sich wieder dem Jungen zu. »Nun, Hector, wenn du nichts dagegen hast, würde ich gern einmal deinen Hals sehen und diese Narbe abtasten.«

Der Junge nahm bereitwillig seinen Schokoriegel aus dem Mund.

Vater Wycaziks Finger zitterten, als er das rote Narbengewebe berührte und behutsam über die lange Wunde strich. In den beiden Halsschlagadern war ein kräftiger Puls zu spüren, und Stefans Herz klopfte laut vor Freude, als er das Wunder des Lebens unter seinen Händen fühlte. Der Tod war hier besiegt worden, und Stefan war fest davon überzeugt, daß es ihm vergönnt gewesen war, eine Erfüllung der Schriftstelle mitzuerleben, die eine göttliche Verheißung an die Kirche Christi ist: ›Der Tod wird nicht mehr sein ...‹ Tränen traten ihm in die Augen.

Als Stefan schließlich seine Hände vom Hals des Jungen nahm und aufstand, fragte einer der Polizisten: »Was bedeutet das alles, Vater? Ich habe gehört, wie Sie zu Mrs. und Mr. Mendoza sagten, das sei nicht die ganze Geschichte. Was geht hier eigentlich vor?«

Stefan drehte sich um und betrachtete die inzwischen zwanzigköpfige Schar. In ihren Gesichtern stand die Sehnsucht nach einem Glauben geschrieben, nicht unbedingt nach den Wahrheiten des Katholizismus oder des Christentums, denn nicht alle waren Katholiken oder überhaupt Christen, aber die Sehnsucht an *etwas* glauben zu können, das größer und besser und reiner war als die Menschheit — ein strakes Bedürfnis nach einer geistlichen Transzendenz.

»Was hat das alles zu bedeuten, Vater?« fragte wieder einer dieser Menschen.

»Etwas geschieht — hier und anderswo«, antwortete Stefan. »Ein großes und wundervolles Etwas. Dieses Kind ist ein Teil davon. Ich kann euch nicht genau sagen, was es bedeutet; ich kann euch auch nicht versichern, daß hier die Hand Gottes am Werke war — obwohl ich das persönlich glaube. Seht euch den kleinen Hector auf dem Schoß seiner Mutter an, wie er fröhlich seinen Schokoriegel lutscht, und erinnert euch an Gottes Versprechen: ›Und der Tod wird nicht mehr sein, noch Leid noch Geschrei noch Schmerz wird mehr sein: denn das erste ist vergangen.‹ Im tiefsten Innern meines Herzens fühle ich, daß das erste — das Frühere — dabei ist zu vergehen. Und jetzt muß ich gehen. Dringende Angelegenheiten warten auf mich.«

Trotz seiner etwas vagen Erklärung machten sie ihm zu seiner Überraschung Platz und bedrängten ihn nicht mit weiteren Fragen, vielleicht weil das Wunder an Hector Mendoza *nicht* vage gewesen war und ihnen bereits mehr Antworten gegeben hatte, als sie verkraften konnten. Aber als Stefan vorbeiging, streckten einige die Hände aus und berührten ihn, nicht aus einem religiösen Impuls heraus, sondern aus elementarer Kameradschaft. Und auch Stefan gab seinem tiefen Bedürfnis nach, sie ebenfalls zu berühren, um das Gefühl mit ihnen zu teilen, daß die Menschheit eine große Familie ist, und um die Überzeugung mit ihnen zu teilen, daß sie auf irgendeine große Bestimmung zuströmten.

In Boston las Alexander Christophson — ehemaliger Senator, Botschafter und Direktor des CIA — um zehn Uhr gerade seine Morgenzeitung, als er einen Anruf von seinem Bruder Philip, dem Antiquitätenhändler in Greenwich, erhielt. Sie unterhielten sich fünf Minuten über belanglose Dinge — zwei Brüder, die einfach miteinander in Kontakt bleiben wollen. Schließlich sagte Philip: »Ach, übrigens, ich habe heute morgen Diana getroffen. Erinnerst du dich noch an sie?«

»Aber ja«, antwortete Alex. »Wie geht es ihr?«

»Ach, sie hat so ihre Probleme«, sagte Philip. »Aber es würde dich bestimmt langweilen, Näheres darüber zu hören. Sie läßt dich jedenfalls grüßen.« Dann wechselte er das Thema und empfahl Alex zwei neue interessante Bücher, so als sei Diana nicht weiter wichtig.

Diana war das Codewort, das bedeutete, daß Ginger Weiss Philip angerufen hatte und Alex sprechen mußte. Als Alex sie bei Pablo Jacksons Beerdigung gesehen hatte, hatte ihr silberblondes Haar ihn sofort an die Mondgöttin Diana erinnert.

Nachdem er sich von Philip verabschiedet hatte, sagte er seiner Frau Elena, daß er jetzt ins Einkaufszentrum fahre. »Ich will in der Buchhandlung ein paar Romane kaufen, die Philip mir gerade empfohlen hat.«

Er fuhr tatsächlich ins Einkaufszentrum, aber bevor er die Bücher kaufte, ging er in eine öffentliche Fernsprechzelle und rief Philip an, um von ihm die Nummer zu erfahren, unter der er Ginger Weiss erreichen konnte.

»Sie sagte, es sei ein öffentlicher Fernsprecher in Elko, Nevada«, sagte Philip.

Ginger Weiss nahm erst nach dem fünften Klingelzeichen ab. »Entschuldigung«, sagte sie. »Ich habe neben der Telefonzelle im Auto gewartet. Es war viel zu kalt, um draußen herumzustehen.«

»Was machen Sie denn in Nevada?« fragte Alex.

»Wenn ich Sie bei Pablos Beerdigung richtig verstanden habe, wollen Sie doch gar nicht, daß ich Ihnen solche Fragen beantworte.«

»Richtig. Je weniger ich weiß, desto besser. Was wollten *Sie* mich fragen?«

Sie erklärte ihm in aller Kürze, daß sie andere Menschen getroffen habe, die unter ähnlichen Gedächtnisblockierungen wie sie selbst litten, daß aber die falschen Erinnerungen nicht übereinstimmten. Ginger wollte von Alex als einem Experten für Gehirnwäsche wissen, ob es schwieriger sei, falsche Erinnerungen einzupflanzen, die gewisse Teile echter Erlebnisse enthielten, als *völlig* falsche Erinnerungen zu programmieren. Das konnte Alex ihr bestätigen.

»Wir dachten es uns schon fast«, sagte Ginger, »aber es ist wichtig, von Ihnen zu hören, daß wir recht haben Es beweist, daß wir auf der richtigen Spur sind. Ich habe aber noch eine Bitte. Ich möchte, daß Sie für uns einige Informationen einholen. Wir müssen soviel wie nur irgend möglich über Colonel Leland Falkirk wissen, einen Offizier in einer der DERO-Elitetruppen. Und außerdem brauche ich ...«

»Warten Sie, warten Sie!« rief Alex und betrachtete nervös die Passanten vor der Glastür der Telefonzelle, so als würde er bereits beschattet oder als könnte gar ein Gewehr mit Zielfernrohr auf ihn gerichtet sein. »Ich habe Ihnen auf dem Friedhof gesagt, daß ich Ihnen Ratschläge oder Auskünfte über Praktiken der Gehirnbeeinflussung geben könnte. Aber ich habe Sie gleich gewarnt, daß ich keine Informationen für Sie sammeln würde. Ich habe Ihnen meinen Standpunkt doch *erklärt*.«

»Nun, obwohl Sie seit Jahren im Ruhestand sind, müssen Sie doch noch viele Leute in wichtigen Positionen kennen ...«

»Haben Sie mir nicht zugehört, Frau Doktor? Ich will nicht unmittelbar in Ihre Probleme verwickelt werden. Ich kann es mir einfach nicht leisten. Ich habe zuviel zu verlieren.«

»Sie sollen ja auch gar nichts besonders Geheimes für uns auskundschaften. Aber schon die Einzelheiten von Falkirks Lebenslauf könnten uns vielleicht helfen, ihn zu verstehen und uns eine Vorstellung davon zu machen, was wir von ihm zu erwarten haben.«

»Bitte, ich ...«

Aber sie ließ sich nicht unterkriegen. »Außerdem brauche ich Informationen über das Thunder Hill Depository — das ist ein Militärstützpunkt hier im Elko County.«

»Nein.«

»Es soll so eine Art unterirdisches Depot sein, und vielleicht war es das auch lange Zeit, oder vielleicht war es schon immer etwas anderes — jedenfalls weiß ich, daß es *jetzt* nicht mehr nur ein Depot sein kann.«

»Ich werde nicht das geringste in dieser Hinsicht für Sie tun.«

»Colonel Leland Falkirk und das Thunder Hill Depository. Sie brauchen dazu ja gar nicht irgendwo herumzuschnüffeln. Unterhalten Sie sich einfach mit alten Freunden, die noch aktiv sind. Und dann erstatten Sie bitte entweder Dr. George Hannaby in Boston oder Vater Stefan Wycazik in Chicago Bericht.« Sie gab ihm die Telefonnummern durch. »Ich werde mich dann mit ihnen in Verbindung setzen — sie werden Ihren Namen nicht erwähnen, wenn sie mir ausrichten, was Sie herausgefunden haben. Auf diese Weise brauchen Sie mich nicht direkt anzurufen und können folglich auch keine Schwierigkeiten bekommen.«

Es gelang ihm nicht, das Zittern seiner Hände unter Kontrolle zu bekommen. »Es tut mir inzwischen schon leid, Frau Doktor, daß ich Ihnen überhaupt Hilfe in irgendeiner Form zugesagt habe. Ich bin ein alter Mann, der Angst vor dem Tod hat.«

»Sie machen sich doch aber auch Sorgen wegen der Sünden, die Sie im Namen der Pflicht begangen haben«, erinnerte sie ihn an seine Worte auf dem Friedhof. »Und vermutlich würden Sie gern für einige dieser Sünden Buße tun. Ihre Hilfe wäre eine Art Buße, Mr. Christophson.« Sie wiederholte die Telefonnummern ihrer Freunde.

»Nein. Falls Sie verhört werden sollten, erinnern Sie sich daran, daß ich mit allem Nachdruck ›nein‹ gesagt habe.«

Ihre Hartnäckigkeit war fast zum Wahnsinnigwerden. »Oh, und es wäre gut, wenn Sie innerhalb der nächsten sechs bis acht Stunden etwas für mich tun könnten. Ich weiß, daß das ziemlich viel verlangt ist. Aber andererseits bitte ich ja nur um Informationen, die sich nicht in irgendwelchen Geheimakten befinden.«

»Leben Sie wohl, Frau Doktor!« sagte er kühl.

»Ich freue mich schon darauf, von Ihnen zu hören.«

»Sie werden *nichts* von mir hören.«

»Wiedersehen!« rief sie und hängte vor ihm ein.

»Verdammt!« murmelte Alex.

Sie war eine attraktive Frau, intelligent und in vieler Hinsicht sehr sympathisch. Aber ihre feste Überzeugung, daß sie immer ihren Willen durchsetzen konnte — das war ein Charakterzug, den er zwar manchmal bei einem Mann bewunderte, aber so gut wie nie bei einer Frau. Verdammt, diesmal würde sie eine Enttäuschung erleben. Diesmal würde sie nicht ihren Willen durchsetzen.

Und doch ... er hatte sich die Telefonnummern der Hannabys und dieses Priesters Wycazik notiert.

Dom und Ernie brachen am Dienstagmorgen früh auf, um wenigstens einen Teil der Grenzlinie des Thunder Hill Depository auszukundschaften. Sie fuhren in Jack Twists neuem Cherokee. Jack selbst schlief im Motel, nachdem er die halbe Nacht mit Brendan Cronin und Jorja Monatella in Elko herumgefahren und erst vor wenigen Stunden ins Bett gekommen war. Ernies Dodge hatte zwar ebenfalls Vierradantrieb, aber der Jeep war wesentlich leistungsfähiger. Die Hügel- und Bergstraßen zum Thunder Hill konnten stellenweise vereist sein, und außerdem war neuer Schneefall angesagt worden; deshalb wollten sie ein möglichst verläßliches Fahrzeug haben.

Der Himmel gefiel Dom gar nicht. Dicke, dunkle Wolken hingen tief über der Hochebene, noch tiefer über den Hügeln, und die Berggipfel waren ganz in Wolken gehüllt. Die Wettervorhersage hatte den ersten starken Sturm dieses Winters angekündigt, und in höheren Lagen wurde mit 35 Zentimetern Neuschnee gerechnet. Bisher war aber noch keine einzige Flocke gefallen.

Die drohend erhobene Geißel des Winters beunruhigte aber weder Dom noch Ernie; beide hatten gute Laune, als sie losfuhren. Endlich *taten* sie etwas, reagierten nicht nur auf die Handlungen ihrer Feinde, sondern wurden selbst aktiv. Hinzu kam das angenehme Kameradschaftsgefühl, das sich immer dann einstellt, wenn Männer, die sich mögen, gemeinsam zu einem Abenteuer aufbrechen — einer Angeltour oder einem Fußballspiel. Oder zur Erforschung der Sicherheitsvorkehrungen an den Absperrungen eines Militärstützpunktes.

Zu einem wesentlichen Teil war ihre ausgezeichnete Stimmung aber auch die Tatsache zuzuschreiben, daß sie eine unerwartet ruhige Nacht verbracht hatten. Zum erstenmal seit Wochen war Doms Schlaf weder durch Alpträume noch durch Somnambulismus gestört worden. Er hatte nur von einem nicht genauer erkennbaren Raum geträumt, der von goldenem Licht erfüllt war — offensichtlich demselben Ort, der auch in Brendans Träumen vorkam. Und auch Ernie war sofort eingeschlafen, anstatt wie sonst lange wach zu liegen und ängstlich auf die dunklen Schatten außerhalb des Lichtkegels der Nachttischlampe zu starren. Die anderen hatten ebenfalls erzählt, es sei die ruhigste Nacht seit langem gewesen, und Ginger hatte, während sie schnell Kaffee tranken, die einleuchtende Theorie aufgestellt, daß ihrer aller schreckliche Träume sich nicht auf die mysteriösen Ereignisse des 6. Juli bezogen hätten, sondern auf die anschließende Gehirnwäsche. Und nachdem sie jetzt eine Vorstellung davon hätten, was ihnen von den Gehirnkontrollspezialisten angetan worden war, hätte der Druck ihres Unterbewußtseins beträchtlich nachgelassen, und dadurch wären die besonders schlimmen Alpträume eliminiert worden.

Und Dom hatte noch einen weiteren Grund für seine gute Laune. Heute morgen hatte ihn niemand wegen seiner telekinetischen Fähigkeiten furchtsam angesehen oder gar ehrerbietig behandelt. Zunächst war er verblüfft gewesen, wie rasch sie sich an seine übersinnlichen Kräfte gewöhnt hatten. Dann hatte er jedoch begriffen, was in ihren Köpfen vorgehen mußte: Da sie ja seine Erfahrungen des vorletzten Sommers geteilt hatten, war es nur logisch, daß sie früher oder später auch diese seltsame Kraft mit ihm teilen würden. Sie mußten glauben, daß ihre eigenen paranormalen Fähigkeiten sich nur etwas langsamer entwickelten als die seinigen. Mit der Zeit würden sie vielleicht, falls bei ihnen die Kraft nicht zutage trat, jene emotionalen, intellektuellen und psychologischen Mauern zwischen sich und ihm aufbauen, die ihn isolieren würden. Aber im Moment benahmen sie sich ganz natürlich, und dafür war er ihnen sehr dankbar.

Leise vor sich hin summend, fuhr Ernie jetzt auf der zweispurigen Landstraße in nördliche Richtung. Dom betrachtete interessiert die Landschaft. Je höher sie kamen, desto felsiger wurde der Boden; Kalkstein und Granit ragten in verschiedensten Formen aus der Erde empor. Als wollte sich das Land vor der kälteren Luft hier oben schützen, trug es wärmere Kleidung: die Grasunterröcke waren dick und dicht; die Röcke aus Beifuß und anderen Büschen wuchsen üppiger; und dann die verschiedenen Bäume — Bergmahagoni, große Kiefern, Zedern, Espen und — auf Ostabhängen — gelegentlich Rottannen und Fichten.

Nach fünf Kilometern erreichten sie die Schneegrenze. Zuerst säumte nur eine dünne Schicht die Straße, aber auf den nächsten drei Kilometern stieg die Schneedecke auf 20 Zentimeter an. Obwohl von September bis Anfang Dezember winterliche Trockenheit geherrscht hatte und diese Gegend bisher von heftigen Stürmen verschont geblieben war, hatten leichte Schneefälle doch eine ansehnliche Grundlage geschaffen und auch die Äste mit einer dünnen Eiskruste überzogen.

Die Landstraße war jedoch — von einzelnen vereisten Stellen abgesehen — für den Verkehr geräumt.

»Bis Thunder Hill wird sie immer tadellos geräumt, sogar bei mörderischem Wetter«, berichtete Ernie. »Aber weiter oben, hinter dem Depot, geben die Räumkolonnen sich wesentlich weniger Mühe.«

In kürzester Zeit legten sie sechzehn Kilometer zurück, immer entlang dem Kamm des nach Osten hin abfallenden Tales, immer die Bergkette im Westen. Sie kreuzten zahlreiche Kies- und Lehmwege, die zu den einsamen Ranches auf dem abschüssigen Gelände in östlicher Richtung führten. Nach etwas mehr als sechzehn Kilometern gelangten sie zur Abzweigung zum Thunder Hill Depository.

Ernie verlangsamte den Cherokee, bog aber nicht in die Auffahrt ein. »Ich war schon lange nicht mehr hier oben. Sie haben inzwischen einiges verändert. Früher sah es hier nicht so abschreckend aus.«

Ein Schild kündigte das Depot an. Dahinter bog ein geteerter Weg nach rechts von der Landstraße ab. Dieser Weg war von hohen, dunkelgrünen Kiefern gesäumt, die im düsteren, den Sturm schon ankündigenden Licht fast schwarz aussahen. Etwa fünf Meter hinter der Abzweigung war der Weg mit langen Metallspikes blockiert, die aus dem Pflaster herausragten. Sie waren so angeordnet, daß sie die Reifen eines jeden PKWs durchbohren konnten, der durchzukommen versuchte; gleichzeitig waren sie hoch genug, um sich an der Achse eines LKWs festzuhaken und ihn sofort zum Stehen zu bringen. Sechs Meter hinter den Spikes befand sich ein massives, rotgestrichenes Stahltor, das oben mit Spitzen versehen war. Innerhalb des Tores stand ein kleines Wächterhaus aus Beton, dessen schwarze Metalltür stabil genug aussah, um einer Maschinengewehrsalve standzuhalten.

Ernie fuhr auf der Hauptstraße im Schneckentempo am Eingang vorbei. Er deutete auf einen Pfosten am Rand des Weges, kurz vor den Spikes. »Sieht aus wie eine Sprechanlage zum Wächterhaus. Keine einfache Anlage, sondern so ein Ding wie in den Drive-in-Banken, mit einem Videobildschirm, mit dem man dich im Auto sitzen sehen kann. Der Wachposten sieht sich jeden Besucher genau an, bevor er die Spikes im Boden versenkt und das Tor öffnet. Und ich möchte wetten, daß überall noch Maschinengewehre installiert sind, für den Fall, daß der Wachposten — nachdem er das Tor geöffnet hat — feststellt, daß er irgendwie getäuscht wurde.«

Ein zweieinhalb Meter hoher, stabiler Maschenzaun, am oberen Ende mit einem Stacheldrahtverhau versehen, führte auf beiden Seiten vom Tor weg zwischen die Bäume, und Dom entdeckte ein weißes Schild mit roter Warnschrift: GEFAHR — ELEKTRISCH GELADEN. Obwohl der Zaun in den Wald führte, hingen über ihm keine Äste; soweit Dom erkennen konnte, war auf beiden Seiten eine sechs Meter breite Schneise geschlagen worden.

Doms gute Laune schwand dahin. Er hatte gedacht, daß die Sicherheitsmaßnahmen entlang der Absperrung des Militärgeländes minimal wären. Schließlich war ja der eigentliche Eingang zum Thunder Hill Depository durch zwei Meter fünfzig bis drei Meter dicke, in den Hügel eingelassene, bombensichere Türen geschützt. Diese unüberwindliche Barriere ließ es als reine Verschwendung erscheinen, das ganze Gelände dermaßen zu sichern. Aber genau das hatte man gemacht. Und das konnte nur eines bedeuten: Das Geheimnis, das in Thunder Hill gehütet wurde, war von solch immenser Bedeutung, daß man sich nicht einmal auf atombombenfeste Türen und unterirdische Kalksteinhöhlen verlassen wollte.

»Die Spikes auf dem Weg sind neu«, sagte Ernie. »Und das Tor war vor einigen Jahren ein richtig läppisches Ding, im Vergleich zum jetzigen. Den Zaun gab es schon immer, aber er stand nicht unter Strom.«

»Es ist völlig hoffnungslos, auf das Gelände kommen zu wollen.« Obwohl niemand es laut ausgesprochen hatte — aus Angst, daß es sich töricht anhören würde —, so hatten sie doch alle gehofft, bis zu den bombensicheren Türen gelangen und sich speziell auf jenem Gebiet umsehen zu können, das den beiden Ranchern Brust und Dirkson weggenommen worden war. Vielleicht hätten sie dort ein weiteres Teilchen des Puzzles finden können. Dom hatte nie geglaubt, daß sie in die *unterirdischen* Räume von Thunder Hill vordringen könnten. Das war unvorstellbar. Aber auf dem Gelände herumzuschnüffeln war ihm aus der Entfernung möglich erschienen. Bis jetzt.

Er fragte sich, ob seine neu entdeckten telekinetischen Fähigkeiten ihnen vielleicht bei der Überwindung der Sicherheitsvorkehrungen helfen könnten, verdrängte diesen Gedanken aber sofort wieder. Solange er die Gabe nicht unter Kontrolle hatte, war sie von geringem Nutzen. Sie war sogar gefährlich. Er ahnte, daß diese Kraft katastrophale Verwüstungen anrichten und Menschen töten konnte, wenn er sie nicht vollständig beherrschte, und er würde nicht wieder damit herumexperimentieren — es sei denn, unter strengsten Sicherheitsvorkehrungen.

»Nun«, meinte Ernie, »wir hatten ja auch nie die Absicht, durch das Tor hineinzuspazieren. Wir werden einfach mal ein Stück an diesem Zaun entlangfahren.« Er drückte aufs Gaspedal, warf einen Blick in den Rückspiegel und fügte hinzu: »Ach, übrigens — wir werden verfolgt.«

Bestürzt drehte Dom sich um und blickte durchs Heckfenster

des Cherokee. Knapp hundert Meter hinter ihnen sah er einen Geländewagen mit Spezialreifen, die doppelt so breit und mehr als doppelt so hoch wie gewöhnliche Reifen waren. Auf dem Dach waren Scheinwerfer montiert, vorne befand sich ein beweglicher Schneepflug. Obwohl Dom überzeugt davon war, daß auch ganz normale Bürger, die in den Bergen lebten, ähnlich ausgerüstete Wagen besaßen, sah dieser doch sehr nach einem Militärfahrzeug aus. Die Windschutzscheibe war dunkel getönt, so daß der Fahrer nicht zu sehen war.

»Bist du sicher, daß er uns folgt?« Sie duzten einander inzwischen. »Wann ist er aufgetaucht?«

Während er den Cherokee die Landstraße hinauflenkte, sagte Ernie: »Bemerkt habe ich ihn einen knappen Kilometer vom Motel entfernt. Wenn wir langsamer fahren, wird auch er langsamer, und wenn wir schneller fahren, erhöht auch er das Tempo.«

»Glaubst du, daß es Schwierigkeiten geben wird?«

»Die wird es geben, wenn diese Kerle mich ärgern. Das sind höchstwahrscheinlich nur verweichlichte Armeehasen«, sagte Ernie grinsend.

Dom mußte lachen. »Provozier bitte keinen Kampf, nur um zu beweisen, daß Ledernacken härtere Männer sind als GIs. Ich glaube es dir auch so.«

Die Straße wurde steiler. Die aschgrauen Wolken hingen nun noch tiefer. Die dunklen Bäume rückten auf beiden Seiten näher an die Straße heran. Der Geländewagen folgte ihnen immer noch.

Mrs. Halbourg, Emmys Mutter, öffnete die Tür, und ein warmer Luftschwall entwich in den kalten Wintermorgen.

»Entschuldigen Sie bitte, daß ich unangemeldet bei Ihnen hereinplatze«, sagte Vater Wycazik, »aber es geschehen höchst außergewöhnliche Dinge, und ich muß herausfinden, ob Emmy...«

Er brach mitten im Satz ab, denn er hatte bemerkt, daß Mrs. Halbourg völlig verstört war. Ihre Augen waren schreckensweit aufgerissen.

Bevor er fragen konnte, was los war, sagte sie: »Mein Gott, Sie sind es, Vater. Der Krankenhausgeistliche, ich erinnere mich. Aber woher wußten Sie, daß wir Hilfe brauchen? Wir haben bisher noch nirgends angerufen. Woher wußten Sie es?«

»Was ist passiert?«

Anstatt zu antworten, nahm sie ihn beim Arm, zog ihn ins Haus, schlug die Tür zu und lief zur Treppe. »Hier hinauf. Schnell!«

Stefan hatte zwar damit gerechnet, daß den Halbourgs vielleicht irgend etwas Besonderes an Emmy aufgefallen sein könnte, aber auf eine weitere akute Krisensituation war er nicht gefaßt gewesen. Im Korridor der ersten Etage stand Mr. Halbourg mit einer von Emmys älteren Schwestern vor einer offenen Tür, und beide starrten in ein Zimmer, in dem irgend etwas sie zu faszinieren und zugleich abzustoßen schien. In dem Zimmer rumpelte und ratterte etwas, gefolgt von fröhlichem Lachen.

Mr. Halbourg drehte sich um und sah Stefan erstaunt an. Er hatte den gleichen verstörten Gesichtsausdruck wie seine Frau. »Vater, Gott sei Dank, daß Sie hier sind, wir wußten nicht, was wir tun sollten, wir wollten uns nicht lächerlich machen und jemanden zu Hilfe rufen, weil wir dachten, wenn dann jemand kommt, ist vielleicht gerade nichts zu sehen, aber jetzt, da Sie hier sind, bin ich doch sehr erleichtert.«

Stefan warf beunruhigt einen Blick über die Schwelle und sah ein typisches Mädchenzimmer: ein halbes Dutzend Teddybären; große Poster der momentanen Teenageridole — junge Männer, die Stefan überhaupt nicht kannte; ein hölzerner Hutständer mit einer Sammlung exotischer Kopfbedeckungen, die vermutlich von Trödlern stammten; Rollschuhe; ein Kassettenrecorder; eine Flöte in einem offenen Etui. Emmys zweite Schwester stand im Zimmer, in Türnähe, bleich und wie gebannt. Emmy selbst stand im Pyjama auf ihrem Bett und sah noch gesünder als an Weihnachten aus. Sie hielt ein Kissen im Arm und lachte fröhlich über die erstaunliche Vorstellung, die ihre ganze Familie zwar faszinierte, aber noch viel mehr ängstigte.

Als Vater Wycazik ins Zimmer trat, kicherte Emmy begeistert über zwei kleine Teddybären, die mitten in der Luft Walzer tanzten. Sie bewegten sich fast so präzise wie richtige Tänzer.

Die Bären waren jedoch nicht die einzigen Gegenstände, die wie durch Zauberei zum Leben erwacht waren. Die Rollschuhe standen nicht in einer Ecke, sondern bewegten sich auf verschiedenen Bahnen durch das Zimmer, der eine vom Bett zur Schranktür, der andere zum Schreibtisch und zum Fenster, einmal schnell, dann wieder langsam. Die Hüte wippten auf dem Ständer. Ein Bär auf einem Bücherregal hopste auf und ab.

Stefan wich vorsichtig den umhersausenden Rollschuhen aus und trat ans Fußende des Bettes heran; Emmy stand immer noch auf der Matratze. »Emmy?«

Das Mädchen schaute zu ihm herunter. »Pudges Freund! Hallo, Vater! Ist das nicht herrlich? Ist es nicht toll?«

»Emmy, machst *du* das?« fragte er und deutete auf die lebendig gewordenen Gegenstände.

»Ich?« sagte sie überrascht. »O nein. Nicht ich.«

Aber ihm fiel auf, daß die tanzenden Bären aus dem Gleichgewicht kamen, als sie ihnen nicht mehr ihre Aufmerksamkeit schenkte. Sie fielen nicht zu Boden, aber sie torkelten umher, prallten gegeneinander und vollführten plumpe Bewegungen, die nichts mehr mit ihrem anmutigen Tanz von eben zu tun hatten.

Er sah auch Anzeichen dafür, daß nicht alles ganz komplikationslos verlaufen war. Eine Keramiklampe lag zerbrochen auf dem Boden. Eines der Poster war zerrissen. Der Spiegel am Toilettentisch hatte einen Sprung.

Emmy war seinem Blick gefolgt. »Anfangs hatte ich etwas Angst«, gab sie zu. »Aber jetzt hat sich alles beruhigt, und es macht Spaß. *Ist das nicht ein Riesenspaß?*«

Während sie noch redete, flog die Flöte aus dem offenen Etui heraus und segelte durch die Luft; in etwa zwei Meter Höhe kam sie dicht neben den schwebenden Teddybären zum Stehen. Emmy hatte das emporsteigende Instrument aus dem Augenwinkel heraus gesehen. Als sie sich umdrehte und ihren Blick auf die Flöte richtete, ertönte daraus liebliche Musik — keine zufälligen Töne, sondern eine richtige Melodie. Emmy hüpfte aufgeregt auf der Matratze auf und ab. »Das ist ›Annie's Song‹! Das habe ich früher gern gespielt.«

»Du spielst es auch jetzt«, sagte Stefan.

»O nein!« rief sie, während sie die Flöte nicht aus den Augen ließ. »Meine Hände wurden dann so schlimm, meine Fingergelenke vor allem, wissen Sie, daß ich vor einem Jahr aufhören mußte zu spielen. Jetzt bin ich wieder gesund, aber meine Hände sind noch nicht ganz in Ordnung, und ich kann auch noch nicht Flöte spielen.«

»Du spielst nicht mit den Händen, Emmy!«

Endlich begriff sie, was er meinte. Sie starrte ihn fassungslos an. »Ich?«

Emmys voller Aufmerksamkeit beraubt, gab die Flöte nur noch einige einzelne Töne von sich und verstummte schließlich. Sie hing immer noch frei in der Luft, schwankte aber heftig. Als Emmy ihren Blick erneut auf das Instrument richtete, kam es wieder ins Gleichgewicht und begann wieder zu spielen.

»Ich!« sagte sie erstaunt. Sie drehte sich nach ihrer Schwester um, die immer noch von Furcht und Faszination wie gelähmt dastand. »Ich!« wiederholte Emmy; dann sah sie ihre Eltern an, die auf der Schwelle standen. »Ich!«

Stefan ahnte, was das Kind empfinden mußte, und tiefe Rührung schnürte ihm die Kehle zu, so daß er Mühe hatte zu atmen. Noch vor einem Monat war Emmy ein Krüppel gewesen; sie hatte sich nicht einmal allein anziehen können, und die Zukunft hatte für sie nur Invalidität, Schmerzen und den Tod bereitgehalten. Nun war sie nicht nur vollkommen geheilt, sondern besaß auch noch diese spektakuläre Gabe.

Vater Wycazik hätte ihr gern erzählt, daß sie diese Gabe Brendan Cronin, ihrem Pudge, zu verdanken hatte, aber dann hätte er ihr auch erklären müssen, woher Brendan *seine* Gabe hatte, und das konnte er nicht. Außerdem hatte er nicht einmal die Zeit, den Halbourgs das, *was* er wußte, mitzuteilen. Es war schon Viertel nach neun. Er hätte jetzt schon in Evanston sein sollen. Er durfte keine Zeit mehr verlieren, denn er vermutete allmählich, daß er noch heute nach Nevada fliegen würde. Die Geschehnisse im Elko County mußten noch viel unglaublicher sein als alles, was hier in Chicago vorging, und er wollte unbedingt daran teilnehmen.

Emmy richtete ihren Blick auf die schwebenden Bären, und sie begannen sogleich wieder anmutig zu tanzen. Das Mädchen kicherte begeistert.

Stefan fiel ein, was Winton Tolk ihm vor kurzem in der Wohnung der Mendozas gesagt hatte: *Die Kraft ist noch in mir. Ich weiß es. Ich fühle es. Und es ist nicht nur die Kraft zu heilen. Es ist mehr.* Winton hatte nicht gewußt, über welche Kräfte er außer der Fähigkeit, durch Handauflegung zu heilen, noch verfügen könnte, aber Stefan vermutete, daß dem Polizisten noch einige große Überraschungen bevorstanden.

»Vater, werden Sie es selbst machen?« fragte Mr. Halbourg von der Türschwelle. Seine Stimme war schrill vor Angst.

»Bitte!« unterstützte ihn seine Frau. »Wir wollen, daß es so bald wie möglich gemacht wird. Sofort! Können Sie gleich damit beginnen?«

Verblüfft fragte Stefan: »Entschuldigung — aber *was* soll ich machen?«

»Natürlich einen Exorzismus.«

Stefan starrte sie ungläubig an; erst jetzt begriff er, warum sie so verstört waren und ihn mit solcher Erleichterung begrüßt hatten. Er lachte. »Ein Exorzismus ist absolut nicht erforderlich. Dies ist nicht Satans Werk. O nein! Du lieber Himmel, nein!«

Aus dem Augenwinkel sah er auf dem Fußboden eine Bewegung. Er blickte nach unten und sah einen sechzig Zentimeter großen Teddybären, der auf seinen steifen Plüschbeinen an ihm vorbeistapfte.

Winton Tolk hatte gesagt, daß es vermutlich lange dauern würde, bis er sich seiner Kräfte voll bewußt würde und mit ihnen richtig umzugehen lernte. Entweder irrte er sich, oder aber diese Aufgabe war für Emmy viel leichter als für ihn. Das könnte durchaus der Fall sein. Kinder waren wesentlich anpassungsfähiger als Erwachsene.

Emmys Eltern und ihre zweite Schwester kamen nun auch ins Zimmer, fasziniert, aber immer noch beunruhigt.

Stefan verstand ihre Beunruhigung. Alles schien in Ordnung zu sein, die Kraft war zweifellos positiver Art. Aber diese fantastische Situation war so ehrfurchtgebietend und hatte doch zugleich etwas so naiv Ansprechendes an sich, daß sogar ein unverbesserlicher Optimist wie Stefan Wycazik eine leichte Unruhe verspürte.

Nachdem Ginger in einer öffentlichen Telefonzelle bei einer Tankstelle in Elko mit Alexander Christophson gesprochen hatte, begleitete sie Faye zu Elroy und Nancy Jamisons Ranch im Lemoille Valley, 35 Kilometer von Elko entfernt. Die Jamisons waren jene Freunde der Blocks, die am Abend des 6. Juli des vorletzten Sommers bei ihnen zu Besuch gewesen waren. Bestimmt waren auch sie in die unbekannten Ereignisse verwickelt und im Motel einer Gehirnwäsche unterzogen worden, obwohl sie selbst glaubten, man hätte ihnen erlaubt, die Quarantänezone zu verlassen und Faye und Ernie Block für einige Tage auf ihre Ranch mitzunehmen. Das hatten ja auch die Blocks selbst bis vor kurzem geglaubt.

Ginger und Faye wollten den Jamisons einen Besuch abstatten, um auf möglichst diskrete Weise festzustellen, ob sie irgendwelche Probleme ähnlicher Art hatten wie jene, unter denen Ginger, Dom, Ernie und einige andere litten. Falls das der Fall war, würden sie eingeweiht und in die Kommunität zur gegenseitigen Unterstützung ins Motel gebracht werden — deren Mitglieder sich inzwischen als ›Tranquility-Familie‹ bezeichneten und sich gegenseitig duzten.

Falls die Gehirnwäsche jedoch hundertprozentig erfolgreich gewesen war, würden Ginger und Faye den Jamisons nichts erzählen, denn das hieße nur, sie unnötig zu gefährden.

Außerdem wäre es in diesem Fall auch reine Zeitverschwendung, sie davon überzeugen zu wollen, daß sie einer Gehirnwäsche unterzogen worden waren. Zeit war kostbar, denn die Gefahr für die Tranquility-Familie wurde von Stunde zu Stunde größer. Als sie am vergangenen Abend ihre Strategie entworfen hatten, war es Jack gelungen, Ginger und die anderen davon zu überzeugen, daß ihre Feinde in nächster Zukunft etwas gegen sie unternehmen würden.

Die Strecke von Elko zu den Jamisons war landschaftlich sehr reizvoll. Das malerische Lemoille Valley — 25 Kilometer lang, 6 Kilometer breit — begann am Fuße der Ruby Mountains. Weizen-, Gerste- und Kartoffelfarmen lagen im Tiefland, obwohl die Felder jetzt natürlich nicht bepflanzt und stellenweise mit Schnee bedeckt waren.

Die Abhänge zwischen dem Talboden und den Bergen gaben üppige Weiden ab, und dort hatten die Jamisons ihre Ranch. Früher hatten sie Viehzucht betrieben, aber dann hatten sie den größten Teil ihres im Wert beträchtlich gestiegenen Landbesitzes verkauft. Jetzt, mit Anfang sechzig, gehörten ihnen noch 20 Hektar Land, und sie hatten nur noch drei Pferde und einige Hühner.

Als Faye von der Hauptstraße durch das Tal auf einen Weg abbog, der ins Gebirge führte, sagte sie: »Ich glaube, wir werden verfolgt.«

Ginger blickte in den Rückspiegel. Eine Limousine fuhr mit etwa 30 Meter Abstand hinter ihnen her. »Woher weißt du das?«

»Dieser Wagen war schon in der Stadt auf der Union 76 hinter uns.«

»Vielleicht ist es ein Zufall«, sagte Ginger wider besseres Wissen.

Etwa auf halber Höhe des Talabhanges bog Faye in die lange, schmale Zufahrt zur Ranch der Jamisons ab und fuhr langsamer, um sehen zu können, was das andere Auto machen würde. Anstatt seinen Weg fortzusetzen, hielt es am Wegrand an, genau gegenüber der Auffahrt.

Ginger konnte jetzt im Seitenspiegel sehen, daß die Limousine ein neuer Plymouth von häßlicher braungrüner Farbe war.

»Sieht nach Regierungskarosse aus«, bemerkte Faye.

»Ganz schön frech, was?«

»Na ja, wenn sie uns — wie Jack meint — die ganze Zeit durch unsere eigenen Telefone abgehört haben, wissen sie natürlich, daß wir ihnen auf der Spur sind. Vermutlich halten sie es deshalb für sinnlos, mit uns Verstecken zu spielen.« Faye nahm ihren Fuß von der Bremse und fuhr die Zufahrt entlang.

Ginger beobachtete im Spiegel, wie der Plymouth immer kleiner wurde. »Vielleicht beziehen sie aber auch Position, um uns zu verhaften. Vielleicht werden wir alle beschattet, und diese Kerle warten nur auf einen Befehl, damit man uns zur gleichen Zeit festnehmen kann.«

Unter den ausladenden Ästen der die Kiesauffahrt säumenden Fichten war es fast so dunkel, als ob es Nacht wäre.

Während sie auf der zweispurigen Straße durch die breite, schneebedeckte Wiese auf die massive, atombombensichere Tür zufuhren, dachte Colonel Falkirk auf dem Beifahrersitz des Wagoneer über die verheerenden Folgen nach, die durch eine Enthüllung des Geheimnisses von Thunder Hill zweifellos entstehen würden.

In politischer Hinsicht würde sich der Watergate-Skandal gegen diese Sache wie das reinste Damenkaffeekränzchen ausnehmen. Eine beispiellose Anzahl rivalisierender staatlicher Behörden war in die Geheimhaltung eingeweiht — Organisationen, die oft in eifersüchtiger Opposition zueinander standen — FBI, CIA, das Amt für Nationale Sicherheit, die Armee der Vereinigten Staaten, die Luftwaffe und andere mehr. Es war ein klarer Hinweis auf das potentielle Ausmaß der Gefahr, daß diese verschiedenen Gruppen nun schon seit über anderthalb Jahren Hand in Hand arbeiteten und bisher nirgends etwas durchgesikkert war. Aber wenn die Sache aufflog, würde der Skandal so weite Kreise ziehen, daß der Glaube der Amerikaner an ihre Führung in kaum wiedergutzumachender Weise erschüttert würde. Natürlich wußten in allen beteiligten Organisationen nur sehr wenige Personen Bescheid, was geschehen war; nicht mehr als sechs im FBI, im CIA noch weniger; die meisten in das Komplott verwickelten Männer wußten nicht, was sie eigentlich geheimhielten, und das war auch der Grund, weshalb bisher nichts durchgesickert war. Aber die Nummer eins jeder Organisation — der Direktor des FBI, der Direktor des CIA, der Stabschef der Armee — war selbstverständlich vollständig informiert. Ganz zu schweigen vom Staatssekretär, vom Präsidenten, seinen engsten Beratern und vom Vizepräsidenten. Eine Menge prominenter Köpfe könnte rollen, falls diese verdammte Sache nicht weiterhin unter Schloß und Riegel gehalten wurde.

Die politische Katastrophe würde jedoch nur ein kleiner Teil der verheerenden Folgen sein. Der CISG — ein riesiger Denkapparat aus Physikern, Biologen, Anthropologen, Soziologen, Theologen, Ökonomen, Pädagogen und anderen klugen Leuten — hatte eine Krise dieser Art in aller Ausführlichkeit theoretisch diskutiert, schon Jahre vor dem tatsächlichen Ereignis. Der CISG hatte einen 1220 Seiten langen Geheimbericht über seine Erkenntnisse zusammengestellt, ein Dokument, dessen Lektüre alles andere als beruhigend war. Leland kannte diesen Bericht fast auswendig, denn er war der Militärrepräsentant beim CISG gewesen und hatte bei der Erarbeitung zahlreicher Positionspapiere mitgewirkt, die in den endgültigen Text aufgenommen worden waren. Der CISG vertrat einmütig die Ansicht, daß die Welt nie wieder dieselbe wäre, falls sich etwas Derartiges ereignete. Alle Gesellschaften und Kulturen würden für immer radikal verändert werden. Die Selbstmordrate in den ersten zwei Jahren würde in die Millionen gehen.

Lieutenant Horner, der den Wagoneer fuhr, bremste sechs Meter vor den riesigen, bombenfesten Türen, die in den plötzlich steil ansteigenden Wiesenabhang eingelassen waren. Er wartete aber nicht darauf, daß die gigantischen Türflügel sich öffneten, sondern bog nach rechts ab, auf einen kleinen Parkplatz, wo drei Minibusse, vier Jeeps, ein Land Rover und einige andere Fahrzeuge standen.

Die beiden Flügel der bombensicheren Tür — jeder neun Meter hoch und sechs Meter breit — waren so dick, daß sie sich nur langsam öffnen ließen und dabei ein Rumpeln erzeugten, das noch in anderthalb Kilometern zu hören und mindestens halb so weit in der Luft und im Boden zu spüren war. Wenn ein Lastwagen — beladen mit Munition, Waffen oder Lebensmittelvorräten — nach Thunder Hill einfahren wollte, brauchten die Türflügel fünf Minuten, um auseinanderzugleiten. Dieses scheunentorgroße Portal jedesmal zu öffnen, wenn eine Einzelperson hinein- oder hinausgehen mußte, wäre viel zu aufwendig gewesen; deshalb war neun Meter rechts des Haupteingangs eine zweite — mannsgroße — Tür in den Hügel eingebaut.

Es gab zur Aufbewahrung des Geheimnisses vom 6. Juli keinen besseren Ort als Thunder Hill, das einer uneinnehmbaren Festung glich.

Leland und Horner eilten durch die eisige Luft auf den Personeneingang zu. Die kleine Stahltür, die fast genauso bombenfest war wie die riesige, hatte ein elektronisches Schloß, das sich nur öffnen ließ, wenn man die vier richtigen Ziffern auf einer Sensortaste drückte. Der Zifferncode wurde alle zwei Wochen geändert und durfte nicht notiert, sondern mußte auswendig gelernt werden. Leland gab die Zahlen ein, und die 35 Zentimeter dicke Tür mit Bleifüllung glitt zur Seite.

Sie betraten einen grell beleuchteten, vier Meter langen Tunnel mit einem Durchmesser von drei Metern, der zu einer zweiten Tür führte, die genauso aussah wie die Eingangstür und nicht geöffnet werden konnte, wenn diese nicht geschlossen war. Leland berührte einen wärmeempfindlichen Schalter, und die äußere Tür schloß sich hinter ihm und Lieutenant Horner.

Sofort schalteten sich zwei an der Decke montierte Videokameras ein, die registrierten, wie die beiden Männer sich der inneren Tür näherten.

Der Colonel und sein Adjutant wurden dabei nicht über ein Videogerät von irgendwelchen menschlichen Augen beobachtet; als Vorsichtsmaßnahme gegen einen potentiellen Verräter in den eigenen Reihen, der feindlichen Truppen die Türen öffnen könnte, lief hier alles über VIGILANT, den Sicherheitscomputer. VIGILANT war weder mit dem Hauptcomputer der Einrichtung noch mit der Außenwelt verbunden; er konnte deshalb auch nicht von irgendwelchen Saboteuren angezapft werden.

Der Wachposten am äußeren Zaun hatte VIGILANT gemeldet, daß Colonel Leland Falkirk und Lieutenant Thomas Horner eintreffen würden. Während sie sich nun unter den Augen der Videokameras der inneren Tür näherten, verglich der Computer ihr Äußeres mit ihren gespeicherten Holographien. Er achtete dabei auf 42 Punkte ihrer Gesichter. Es war unmöglich, VIGILANT durch Schminke oder einen Doppelgänger zu täuschen. Wenn Leland oder Horner Eindringlinge oder auch nur unangemeldete Besucher gewesen wären, hätte VIGILANT sofort einen Alarm ausgelöst, und der Tunnel hätte sich mit Sedativgas gefüllt.

Das Schloß an der inneren Tür ließ sich nicht mit irgendeinem Code öffnen. Statt dessen war in die Wand neben der Tür eine dreißig mal dreißig Zentimeter große Glasscheibe eingelassen. Leland wollte seine rechte Hand auf die Scheibe pressen, zögerte dann aber und benutzte die linke Hand. Ein schwaches Summen ertönte, und das Glas wurde beleuchtet. VIGILANT verglich Lelands Fingerabdrücke und den Abdruck seiner ganzen Handfläche mit seinem Programm.

»Es ist fast so schwer, hier hineinzukommen, wie in den Himmel!« sagte Lieutenant Horner.

»Schwerer!« verbesserte Leland.

Das Licht hinter der Scheibe erlosch, und Leland nahm seine Hand weg. Die innere Tür öffnete sich.

Sie betraten einen riesigen natürlichen Tunnel, dem von Menschenhand nachgeholfen worden war. Das Felsengewölbe hoch über ihnen war im Dunkeln verborgen, denn die Beleuchtungskörper hingen an einem schwarzen Metallgerüst, das die Illusion einer um acht bis zehn Meter tieferen Decke vermittelte. Der Tunnel war zwanzig Meter breit und führte etwa hundert Meter in den Berg hinein. An manchen Stellen hatten die Felswände ihre natürlichen Konturen, an anderen hingegen waren Spuren von Dynamitsprengungen und verschiedenen Werkzeugen zu sehen, mit deren Hilfe die engeren Teile des Tunnels erweitert worden waren. Lastwagen konnten über den Betonboden bis zu den Entladerampen neben den riesigen Lastenaufzügen fahren, die in die tieferen Regionen des Depots hinabführten.

Hinter der Tür, durch die Leland und Horner eintraten, saß ein Wachposten. In Anbetracht der Abgelegenheit von Thunder Hill, der komplizierten Sicherheitsanlagen und der Gründlichkeit, mit welcher VIGILANT alle Besucher überprüfte, kam dieser einsame Posten Leland reichlich überflüssig vor.

Der Wachposten schien der gleichen Meinung zu sein, denn er war nicht auf Schwierigkeiten vorbereitet. Sein Revolver war im Halfter. Er aß einen Schokoriegel. Widerwillig blickte er von einem alten Finney-Roman auf.

Er trug einen Mantel, denn in Thunder Hill wurden nur die Wohn- und Arbeitsräume beheizt. Eine kleine hydroelektrische Anlage, die einen unterirdischen Fluß ausnutzte, sowie Dieselgeneratoren erzeugten eine Menge Strom, aber es wäre völlig unmöglich gewesen, auch die riesigen Höhlen zu erwärmen. Die Temperatur unter der Erde betrug immer etwa dreizehn Grad Celsius, was sich aushalten ließ, wenn man sich so warm anzog, wie der Wächter es getan hatte.

Er salutierte. »Colonel Falkirk, Lieutenant Horner, Sie werden von Dr. Bennell erwartet. Den Weg kennen Sie ja.«

»Selbstverständlich«, sagte Leland.

Neun Meter links von ihnen schimmerte die polierte Stahloberfläche der riesigen Haupttüren im fluoreszierenden Licht wie ein großer Gletscher. Leland und Horner wandten sich jedoch nach rechts und gingen in den Berg hinein, in Richtung der Aufzüge.

Das Thunder Hill Depository war mit hydraulischen Aufzügen in drei Größen ausgestattet, von denen die größten den Aufzügen auf Flugzeugträgern glichen. Dort dienten sie dazu, Flugzeuge aus den Schiffsladeräumen aufs Startdeck zu befördern; und in Thunder Hill wurden — neben vielen anderen Dingen — ebenfalls Flugzeuge damit befördert. Abgesehen von Kriegsmaterial im Wert von 2,4 Billionen Dollar — getrocknete tiefgekühlte Lebensmittel, Medikamente, Feldlazarette, Kleidung, Decken, Zelte, Pistolen, Gewehre, Granatwerfer, Feldartillerie, Munition, leichte Militärfahrzeuge wie Jeeps und Panzerwagen sowie zwanzig Atombomben — waren in dem riesigen Depot auch verschiedene Flugzeuge abgestellt. Da waren zunächst einmal die Helikopter: 30 Sikorsky S-67 Blackhawk; 20 Bell Kingcobras; 8 anglo-französische Westland Pumas und 3 große Medevac-Hubschrauber. Konventionelle Luftfahrzeuge wurden in Thunder Hill nicht abgestellt, aber es gab 12 Senkrechtstarter — Jets vom Typ der in England von Hawker Siddeley hergestellten Harriers, die in den USA aber AV-8A genannt wurden. Bei schweren Krisen — beispielsweise einem begrenzten Einsatz nuklearer Waffen und einer Invasion durch feindliche Truppen — brauchten die Flugzeuge von Thunder Hill nur mit Aufzügen nach oben geschafft und durch die bombenfesten Türen ins Freie geschafft zu werden, wo sie sofort vertikal starten konnten.

Da die gegenwärtige Krise jedoch nicht mit einem Lufteinsatz zu lösen war, gingen Leland und Horner achtlos an den beiden riesigen Aufzügen vorüber. Auch den beiden etwas kleineren, aber immer noch überdimensionalen Frachtaufzügen schenkten sie keine Beachtung. Ihre Schritte hallten von den Steinwänden wider, als sie sich einem der drei kleinen Personenlifte in Standardgröße näherten, um damit in die Tiefe von Thunder Hill zu gelangen.

Medizinische Vorräte, Lebensmittel, Waffen und Munition wurden im zweiten Untergeschoß gelagert. Im ersten Untergeschoß standen alle Fahrzeuge und Flugkörper in riesigen Kavernen, und dort lebte und arbeitete auch das Personal.

Leland und Lieutenant Horner stiegen im ersten Untergeschoß aus und traten in eine hell beleuchtete runde Höhle mit Felswänden. Von dieser Zentralkaverne mit einem Durchmesser von 90 Metern — vom Personal scherzhaft ›Nabel‹ genannt — gingen vier andere Höhlen aus, hinter denen noch weitere Räume lagen. In den größeren Kavernen wurden — unter anderem — die Helikopter, Jets, Jeeps und Panzerwagen aufbewahrt.

Drei der vier vom ›Nabel‹ ausgehenden Kavernen hatten keine Türen, denn hier bestand keine Gefahr für Explosionen oder Brände. Die vierte Kaverne hatte jedoch Türen, denn sie enthielt das Geheimnis des 6. Juli, das — wie Leland und andere beschlossen hatten — um jeden Preis gewahrt werden mußte. Colonel Falkirk blieb stehen und betrachtete dieses Portal, das acht Meter hoch und zwanzig Meter breit war. Es bestand nicht aus Stahl, sondern aus dicken Holzbalken, denn es war im Eilverfahren hergestellt worden; für die Bestellung einer spezialangefertigten Metalltür hatte man keine Zeit gehabt. Dieses Portal erinnerte den Colonel an die riesige Holztür aus dem ältesten ›King Kong‹-Film, hinter der sich die verängstigten Eingeborenen vor dem Ungeheuer von der anderen Seite ihrer Insel versteckten. Angesichts dessen, was hinter *dieser* Tür verborgen war, wirkt die Erinnerung an den Horror-Film nicht gerade beruhigend auf Leland. Unwillkürlich überlief ihn ein Schauder.

»Sie bekommen immer noch eine Gänsehaut davon, stimmt's?« sagte Lieutenant Horner.

»Wollen Sie etwa behaupten, daß *Sie* sich inzwischen daran gewöhnt haben?«

»Verdammt, nein, Sir. Ganz gewiß nicht.«

In das riesige Holzportal war eine mannshohe Tür eingebaut, durch welche die Forscher den Raum betraten und verließen. Ein bewaffneter Wachposten ließ nur befugte Personen ein. Die Aktivitäten in dieser Kaverne hatten nichts mit den anderen — ursprünglichen — Funktionen des Depots zu tun, und neunzig Prozent des Personals hatten keinen Zutritt zu diesem Raum und wußten überhaupt nicht, was sich dahinter verbarg.

Im Umkreis des ›Nabels‹, zwischen anderen Höhlenöffnungen, waren entlang der Wände zahlreiche Gebäude errichtet und in den Felsen verankert worden. Als das Depot Anfang der sechziger Jahre gebaut worden war, hatten sich hier die Büros der Ingenieure, Oberaufseher und Planungsoffiziere befunden. Im Laufe der Jahre war in anderen Kavernen eine ganze unterirdische Stadt entstanden — Unterkünfte, Cafeterien, Aufenthaltsräume, Laboratorien, Läden für Maschinenzubehör, Reparaturwerkstätten, Computerräume, sogar ein PX für das Militär- und Regierungspersonal, das für ein oder zwei Jahre in Thunder Hill stationiert war. Diese Räumlichkeiten wurden gut beheizt und beleuchtet, es gab Küchen, Bäder, Telefonverbindungen zur Außenwelt und alle anderen modernen Annehmlichkeiten. Die Gebäude waren aus Metallplatten konstruiert und mit blauem, weißem oder grauem Email beschichtet. Obwohl sie keine Räder hatten, erinnerten sie an kreisförmig angeordnete Wohnwagen — so als handle es sich um ein modernes Lager von Zigeunern, die sich in diesen geheimen Zufluchtsort hundert Meter unterhalb der Winterstürme zurückgezogen hatten.

Leland wandte sich endlich von der Kaverne ab und ging auf eine weiße Metallkonstruktion zu — die Büros von Dr. Miles Bennell. Lieutenant Horner folgte ihm dienstbeflissen.

Im vorletzten Sommer war Miles Bennell — den Leland Falkirk verabscheute — nach Thunder Hill gekommen, um alle wissenschaftlichen Untersuchungen des Ereignisses vom 6. Juli zu leiten. Seitdem hatte er das Depot nur dreimal verlassen, niemals länger als für zwei Wochen. Er war ganz besessen von dieser Aufgabe. Vielleicht steckte aber auch etwas viel Schlimmeres dahinter.

Ein Dutzend Offiziere, Soldaten und Zivilisten waren im ›Nabel‹ zu sehen; manche gingen von einer Kaverne zur anderen, andere standen herum und unterhielten sich. Leland musterte sie im Vorbeigehen; ihm war völlig unbegreiflich, wie jemand freiwillig Wochen und Monate hintereinander unter der Erde verbringen konnte. Sie erhielten zwar dreißig Prozent Härtezulage, aber Lelands Ansicht nach war das keine angemessene Entschädigung. Das Thunder Hill Depository wirkte zwar nicht ganz so beklemmend wie die kleinen fensterlosen Kämmerchen von Shenkfield, aber viel besser war es auch nicht.

Leland vermutete, daß er unter leichter Klaustrophobie litt. Unter der Erde zu sein gab ihm das Gefühl, lebendig begraben zu sein. Als Masochist hätte er dieses Unbehagen eigentlich genießen sollen, aber *dies* war eine Art des Schmerzes, die er nicht suchte und die ihm keine Befriedigung verschaffte.

Dr. Miles Bennell sah krank aus. Wie fast alle in Thunder Hill, so hatte auch er eine ungesunde weiße Hautfarbe, die auf den Mangel an Sonnenlicht zurückzuführen war. Seine lockigen schwarzen Haupt- und Barthaare betonten seine Blässe noch zusätzlich. Im grellen Licht der Leuchtstoffröhren seines Büros sah er fast wie ein Gespenst aus. Er begrüßte Leland und Horner sehr kurz, reichte ihnen aber nicht die Hand.

Das war dem Colonel nur recht. Er war nicht Bennells Freund. Ein Händedruck wäre die reinste Heuchelei gewesen. Außerdem wurde Leland die Befürchtung nicht los, daß Miles Bennell nicht mehr der war, der er zu sein schien ... daß der Wissenschaftler in Wirklichkeit kein richtiger Mensch mehr war. Und für den Fall, daß diese absurde Möglichkeit zutreffen sollte, wollte Leland lieber jeden körperlichen Kontakt — sogar einen kurzen Händedruck — mit Bennell vermeiden.

»Dr. Bennell«, sagte Leland kalt, mit jenem harten, eisigen Tonfall, der keinen Widerspruch duldete, »die Maßnahmen, die Sie ergriffen haben, um diesem Bruch der Geheimhaltung auf die Spur zu kommen, lassen entweder auf geradezu kriminelle Unfähigkeit schließen, oder aber Sie selbst sind der Verräter, den wir suchen. Hören Sie mir gut zu: Diesmal werden wir das Schwein finden, das jene Fotos verschickt hat! Keine kaputten

Lügendetektoren und stümperhaften Verhöre mehr! Und wir werden auch herausfinden, ob derselbe Kerl Jack Twist irgendwie hierhergelockt hat — und dann wird es ihm so schlecht ergehen, daß er sich wünschen wird, er wäre als Fliege zur Welt gekommen und hätte sein Leben in einem Stall verbracht und Pferdemist gefressen.«

Miles Bennell lächelte völlig unbeeindruckt. »Colonel, das war die beste Richard-Jaeckel-Einlage, die ich je gesehen habe, aber sie war völlig überflüssig. Mir liegt genausoviel wie Ihnen daran, das Leck zu finden und zu stopfen.«

Leland hätte den Kerl am liebsten erdolcht. Das war einer der Gründe, weshalb er Bennell haßte: Das Schwein war nicht einzuschüchtern.

Calvin Sharkle wohnte in der O'Bannon Lane, die zu einem hübschen bürgerlichen Viertel von Evanston gehörte. An der Ecke Scott Avenue wurde Vater Wycazik von zwei Polizisten an der Weiterfahrt gehindert. Zwei Streifenwagen und ein Krankenwagen bildeten eine Straßensperre auf der O'Bannon Lane. Fernsehleute liefen mit Minikameras herum.

Vater Wycazik ahnte sofort, daß die Aufregung etwas mit Sharkle zu tun haben mußte.

Trotz zehn Grad Kälte und stürmischer Winde stand eine mindestens hundertköpfige Menge um die Polizeisperre herum — auf den Gehwegen und auf den Rasenflächen der Eckhäuser. Die Neugierigen behinderten auch den Verkehr auf der Scott Avenue, und Stefan mußte fast zwei Blocks im Schneckentempo zurücklegen, bevor er einen Parkplatz fand.

Er eilte zur Kreuzung zurück und mischte sich unter die aufgeregte Menge, um zu erfahren, was eigentlich vorging. Es waren durchwegs ganz normale Bürger, die hier neugierig herumstanden, und doch waren diese Schaulustigen Stefan etwas unheimlich — er konnte diese Sensationslust nicht begreifen und fühlte sich zutiefst abgestoßen von der Gefühllosigkeit, mit der die Leute auf eine Tragödie reagierten, so als wäre das auch nichts anderes als ein spannendes Fußballspiel.

Daß es sich hier wirklich um eine schreckliche Tragödie handelte, war Stefan schon nach seinen ersten Fragen klar. Ein schnurrbärtiger Mann in karierter Jacke, mit einer Skimütze auf dem Kopf, rief: »Verdammt, Mann, sehen Sie denn nicht fern?«

Vermutlich hätte er sich etwas vornehmer ausgedrückt, wenn er gewußt hätte, daß er mit einem Priester sprach, aber Stefans geistliche Kleidung war unter seinem Mantel und Schal nicht zu sehen. »Himmeldonnerwetter, es geht um Sharkle! Der Kerl ist ein gemeingefährlicher Irrer, Mann! Hat sich seit gestern in seinem Haus verbarrikadiert. Zwei Nachbarn und einen Bullen hat er schon abgeknallt, Mann, und zwei Geiseln hat er bei sich im Haus drin, und wenn Sie mich fragen, so haben die genausoviel Überlebenschancen wie 'ne Katze gegen 'ne verdammte Meute von Wachhunden!«

Am Dienstagmorgen flog Parker Faine mit Pacific Southwest Airlines in einer Stunde von Orange County nach San Francisco und von dort nach einstündigem Zwischenaufenthalt weiter nach Monterey, wo das Flugzeug 35 Minuten später landete. Es war ein kurzweiliger Flug, denn er konnte mit einer hübschen jungen Frau flirten, die seine Gemälde liebte und auch auf seinen Charme ansprach.

Am kleinen Flughafen von Monterey konnte er einen Ford Tempo mieten, dessen geschmacklos grelles Grün seinen Farbensinn beleidigte.

Obwohl der Wagen bei Steigungen ziemlich schwerfällig reagierte, benötigte Parker nicht einmal eine halbe Stunde, um die Adresse von Gerald Salcoe zu finden — das war der Mann, der sich mit seiner Frau und zwei Töchtern an jenem bewußten 6. Juli im Tranquility Motel aufgehalten hatte, telefonisch jedoch nicht zu erreichen war und auch auf Ernies Telegramm nicht reagiert hatte. Er bewohnte ein großes Herrenhaus im südlichen Kolonialstil, das an der kalifornischen Küste irgendwie völlig fehl am Platz war. Das riesige Grundstück mit den kunstvoll gestutzten Büschen und den gepflegten Beeten, wo sogar jetzt im Januar Blumen in verschiedenen Rottönen prangten, verriet die Pflege eines Gärtners.

Parker bog in die majestätische Auffahrt ein und parkte vor der breiten Treppe, die zu einer säulengeschmückten Veranda führte. Die hohen Kiefern, die das Haus umgaben, raubten soviel Licht, daß Parker eigentlich erwartet hätte, hinter den Fenstern brennende Lampen zu sehen. Alle Vorhänge waren jedoch geschlossen, und das Haus wirkte unbewohnt.

Parker stieg aus, lief die Treppe hinauf und eilte über die breite Veranda, wobei er seinem Unwillen über die kalte Luft durch ein lautes »Brrr!« Ausdruck verlieh. Auf dem Flughafen hatte sich der für diese Gegend typische Morgennebel schon aufgelöst, hier aber hüllte er die Bäume noch ein, rankte sich um ihre Stämme und dämpfte die kräftigen Farben der Blumen. In Nordkalifornien war der Winter spürbarer als in Laguna Beach, und die kühle und feuchte Nebelluft war überhaupt nicht nach Parkers Geschmack, obwohl er sich entsprechend warm gekleidet hatte. Er trug eine dicke Kordhose, ein grünkariertes Flanellhemd, einen grünen Pullover mit appliziertem Nashorn auf der Brust und einen dreiviertellangen Navy-Parka mit Sergeant-Streifen auf einem Ärmel. Diese Aufmachung wurde durch orangefarbene Turnschuhe vervollständigt. Während Parker auf die Klingel drückte, musterte er sich und kam zu dem Schluß, daß er sich vielleicht manchmal sogar für einen Künstler etwas zu exzentrisch kleidete.

Er klingelte im Abstand von einer halben Minute sechsmal, aber niemand öffnete ihm die Tür.

Als am Vorabend um elf ein Mann namens Jack Twist in Doms Auftrag aus einer Telefonzelle in Elko angerufen und ihn gebeten hatte, sich in eine bestimmte Telefonzelle in Laguna zu begeben, wo er ihn zwanzig Minuten später wieder anrufen würde, hatte Parker noch an einem neuen, faszinierenden Gemälde gearbeitet, das er nachmittags begonnen hatte. Obwohl er ganz vertieft in sein Werk gewesen war, hatte er alles stehen und liegen gelassen und war zur Fernsprechzelle gerast. Und er hatte sich auch ohne zu zögern zu dem Flug nach Monterey bereiterklärt, denn im Grunde genommen hatte er sich nur auf seine Arbeit gestürzt, um sich von den aufregenden Ereignissen im Elko County abzulenken. Am liebsten wäre er selbst dort gewesen, um hautnah alles miterleben zu können. Als Twist ihm dann noch von der parapsychologischen Vorführung — umherfliegende Salz- und Pfefferstreuer und Stühle! — berichtete, die Dom und der Priester gegeben hatten, wäre Parker durch nichts außer dem Dritten Weltkrieg davon abzuhalten gewesen, nach Monterey zu reisen. Und jetzt würde er sich von einem leeren Haus noch lange nicht geschlagen geben. Er würde die Salcoes finden, wo immer sie auch sein mochten, und am aussichtsreichsten schien es ihm, zunächst einmal bei den Nachbarn Erkundigungen einzuziehen.

Wegen der hohen Hecken konnte er nicht einfach quer über den Rasen zum angrenzenden Grundstück laufen. Er stieg deshalb wieder in den Tempo, und als er den Motor anließ, warf er unwillkürlich noch einen Blick auf das Haus. Er glaubte, an einem der Fenster im Erdgeschoß eine leichte Bewegung wahrgenommen zu haben — einen etwas zur Seite geschobenen Vorhang, der gerade wieder zufiel. Er starrte eine Weile auf das Fenster, entschied dann aber, daß er sich vermutlich geirrt hatte, daß er einer durch Nebel und Wind erzeugten Sinnestäuschung erlegen war. Er löste die Handbremse und fuhr zur Straße zurück, beschwingt von der kindlichen Freude, hier den Spion spielen zu können.

Ernie und Dom parkten den Jeep am Rand der Landstraße, und der Geländewagen mit der getönten Windschutzscheibe blieb etwa 150 Meter hinter ihnen ebenfalls stehen. Mit seinen hohen Rädern und den glotzäugigen Scheinwerfern auf dem Dach erinnerte er Dom an ein großes Insekt, das wachsam am Abhang lauerte, um sich rasch in ein Versteck zurückziehen zu können, falls jemand sich mit einem riesigen Kanister Ungeziefervertilgungsmittel nähern sollte. Weder der Fahrer noch der Beifahrer — falls es einen gab — stieg aus.

»Glaubst du, daß es Ärger geben wird?« fragte Dom, während er ausstieg.

»Nein — wenn sie uns etwas tun wollten, hätten sie bestimmt schon eingegriffen«, erwiderte Ernie. »Vermutlich sollen sie uns nur im Auge behalten. Das können sie von mir aus gerne tun. Zur Hölle mit ihnen!«

Sie holten zwei Jagdgewehre aus dem Jeep und hantierten auffällig damit herum, in der Hoffnung, daß ihre Verfolger nichts unternehmen würden, wenn sie sahen, daß ihre Gegner bewaffnet waren.

Westlich der Straße ragten immer noch bewaldete Berge empor, aber auf dem abschüssigen Gelände im Osten wuchsen keine Bäume mehr. Hier endete das Tal mit seinen hügeligen Wiesen.

Obwohl es noch nicht schneite, wurde der Wind immer heftiger. Dom war froh, daß er sich in Reno halbwegs warme Kleidung gekauft hatte, aber er wünschte, er hätte wie Ernie einen wattierten Skianzug und warme Schnürstiefel. Ginger und Faye würden heute in einem Sportartikelgeschäft in Elko alles besorgen, was für die für diesen Abend geplanten Unternehmungen erforderlich war, darunter auch zweckmäßige Kleidungsstücke für Dom und für alle anderen, die noch nicht entsprechend ausgestattet waren. Im Augenblick jedoch blies der eisige Wind ihm unangenehm in Kragen und Ärmel seiner Jacke.

Ernie und Dom stiegen ein Stück weit den Abhang hinab. Der hohe, unter Strom stehende Zaun mit dem Stacheldrahtverhau am oberen Ende war nun nicht mehr zwischen Bäumen verborgen und zog sich hügelabwärts der Talmulde zu. Der Schnee war hier etwa 25 Zentimeter hoch. Die beiden Männer stapften etwa 200 Meter bis zu einer Stelle am Zaun, von der aus sie die gewaltigen bombenfesten Stahltüren in der Ferne erkennen konnten.

Der Schnee auf der anderen Seite des Zaunes wies keine Spuren auf — weder von Menschen noch von Hunden —, was darauf hindeutete, daß entlang der Grenzen des Sperrgebietes keine regelmäßigen Patrouillen durchgeführt wurden.

»Nachlässig sind die hier bestimmt nicht«, stellte Ernie fest. »Und wenn niemand Patrouille geht, so bedeutet das, daß sie alle möglichen elektronischen Sicherheitsvorkehrungen installiert haben.«

Dom hatte von Zeit zu Zeit zur Straße hochgeschaut, weil er befürchtete, daß die Männer aus dem Geländewagen sich am Jeep zu schaffen machen könnten. Als er nun wieder einen Blick über die Schulter warf, sah er die Silhouette eines Mannes, dessen dunkle Kleidung sich scharf vom Schnee abhob. Der Kerl schien nicht das geringste Interesse am Cherokee zu haben, aber er war einige Meter den Hügel hinabgestiegen und beobachtete Ernie und Dom aufmerksam von seinem Standort aus.

Auch Ernie hatte den Mann bemerkt. Er klemmte sich die Winchester unter den rechten Arm und setzte das Fernglas, das er um den Hals hängen hatte, an die Augen. »Der gehört zur Armee. Zumindest trägt er einen Militärmantel. Er beobachtet uns, weiter nichts.«

»Schon komisch, daß sie sich nicht unauffälliger verhalten.«

»Es ist unmöglich, jemanden auf diesem offenen Gelände unauffällig zu beschatten. Außerdem will er vermutlich, daß wir sehen, womit er bewaffnet ist. Dem können wir mit unseren Flinten bestimmt keine Angst einjagen.«

»Warum? Was für eine Waffe hat er denn?« fragte Dom.
»Ein belgisches Maschinengewehr. Fantastisches Ding, kann bis zu sechshundert Schuß pro Minute abgeben.«

Wenn Vater Wycazik sich die Nachrichten im Fernsehen angesehen hätte, so hätte er schon am letzten Abend von Calvin Sharkle gehört — der Mann stand seit 24 Stunden im Mittelpunkt des Interesses aller Medien. Aber Stefan hatte es schon vor Jahren aufgegeben, sich die TV-Nachrichten anzusehen, denn er hielt deren krasse Schwarzweißmalerei für intellektuell verderblich, und die fast ausschließliche Beschränkung auf Sex, Crime, Verdorbenheit und Verzweiflung stieß ihn moralisch zutiefst ab. Er hätte auch in den Morgenausgaben der ›Tribune‹ und ›Sun-Times‹ die Schlagzeilen über die Tragödie in der O'Bannon Lane lesen können, aber er hatte das Pfarrhaus heute in solcher Eile verlassen, daß er keine Zeit gehabt hatte, auch nur einen Blick in die Zeitungen zu werfen. Nun erfuhr er die schreckliche Geschichte aus dem Munde der sensationslüsternen Gaffer, die sich um die Straßensperre drängten.

Cal Sharkle hatte sich schon seit Monaten sehr sonderbar benommen. Aus dem ehemals fröhlichen und geselligen Junggesellen, der allein lebte und sich bei allen Nachbarn großer Beliebtheit erfreute, war ein grüblerischer Eigenbrötler geworden, der den Leuten erklärte, er habe ›düstere Vorahnungen‹ und glaube, daß bald ›etwas Bedeutsames und Schreckliches‹ geschehen werde. Er begann Bücher und Zeitschriftenartikel zu lesen, die von den Möglichkeiten des Überlebens bei einer Katastrophe gigantischen Ausmaßes handelten; er sprach fortwährend von Armageddon und wurde von Alpträumen geplagt.

Am ersten Dezember hatte er seinen Beruf als Fernfahrer aufgegeben, den Lastwagen verkauft und den Nachbarn und Freunden prophezeit, daß das Ende nun unmittelbar bevorstünde. Am liebsten hätte er sein Haus verkauft, sich irgendwo in einer abgelegenen Gebirgsgegend ein Stück Land gekauft und dort einen Bunker gebaut, wie sie in den Zeitschriften empfohlen wurden. »Aber dazu reicht die Zeit nicht mehr«, sagte er zu seiner Schwester, Nan Gilchrist. »Deshalb werde ich einfach dieses Haus in eine Art Festung verwandeln.« Er wußte selbst nicht, was geschehen würde, wovor er eigentlich solche Angst hatte. Jedenfalls war es weder ein Atomkrieg noch eine Invasion der Russen noch ein wirtschaftlicher Zusammenbruch noch sonst etwas in dieser Art. »Ich weiß nicht was ... aber etwas Seltsames und Schreckliches wird passieren«, erklärte er seiner Schwester.

Auf ihr Drängen hin suchte Cal einen Arzt auf, der ihn für gesund, nur beruflich etwas gestreßt erklärte. Aber nach Weihnachten wurde Cals Zustand noch ernster. Seine Gesprächigkeit machte einer argwöhnischen Wortkargheit Platz. In der ersten Januarwoche meldete er sein Telefon ab, mit der rätselhaften Begründung: »Wer weiß, wie sie uns — wenn sie kommen — überwältigen werden? Vielleicht können sie es mit Hilfe des Telefons tun.« Er konnte — oder wollte — nicht erklären, wer ›sie‹ waren.

Niemand hielt Cal für gefährlich. Er war sein Leben lang ein friedlicher, gutherziger Mann gewesen. Und trotz seines exzentrischen Benehmens in letzter Zeit bestand kein Grund zu der Annahme, er könnte gewalttätig werden.

Gestern hatte er dann um halb neun morgens die Wilkersons aufgesucht, die ihm gegenüber wohnten und mit denen er früher befreundet gewesen war, zu denen er aber nun mehr Distanz hielt. Edward Wilkerson erzählte den Reportern später, daß Cal gesagt hatte: »Hör mal, ich kann nicht so egoistisch sein. Ich bin auf alles bestens vorbereitet, und ihr hier seid völlig wehrlos. Deshalb kannst du dich, wenn sie kommen, mit deiner Familie bei mir verstecken.« Auf Wilkersons Frage, wer ›sie‹ seien, hatte Cal erwidert: »Ich weiß nicht, wie sie aussehen und wie sie sich nennen werden, aber sie werden uns etwas Schlimmes antun — uns vielleicht in Zombies verwandeln.« Cal Sharkle versicherte Wilkerson, er habe jede Menge Schußwaffen und Munition im Haus und sei auch sonst gegen Angriffe gewappnet.

Beunruhigt über das Gerede von Schußwaffen, widersprach Wilkerson ihm nicht, rief aber — sobald Cal gegangen war — dessen Schwester an. Nan Gilchrist war um halb elf mit ihrem Mann zu Wilkerson gekommen und hatte ihm gesagt, er solle sich keine Sorgen machen, sie würde Cal bestimmt überreden können, sich zur Beobachtung ins Krankenhaus einweisen zu lassen. Aber nachdem sie und ihr Mann in Cals Haus verschwunden waren, entschied Wilkerson, daß sie vielleicht Unterstützung benötigen würden, und deshalb ging er mit einem anderen Nachbarn, Frank Krelky, zu Sharkle, um seine Hilfe anzubieten.

Wilkerson erwartete, daß Mr. oder Mrs. Gilchrist die Tür öffnen würde, aber Cal kam selbst heraus. Er war verstört, fast hysterisch — und mit einer Flinte bewaffnet. Er beschuldigte seine Nachbarn, sie wären bereits Zombies. »Ihr seid *verwandelt* worden!« brüllte er. »O Gott, ich hätte es sehen müssen. Ich hätte es wissen müssen. Wann ist es passiert? Seit wann seid ihr keine Menschen mehr? Mein Gott, und jetzt wollt ihr uns alle überwältigen!« Mit einem gräßlichen Schreckensschrei eröffnete er das Feuer. Die erste Salve traf Krelky aus nächster Nähe in den Hals und enthauptete ihn regelrecht. Wilkerson rannte davon, wurde am Ende des Gartenwegs von mehreren Schüssen in die Beine getroffen, stürzte zu Boden und stellte sich tot — eine List, die ihm das Leben rettete.

Jetzt war Krelky im Leichenschauhaus, und Wilkerson war in der Klinik. Sein Zustand war jedoch nicht besorgniserregend, und er konnte Interviews geben.

Ein junger Mann aus der Menge schilderte Stefan eifrig die weiteren Ereignisse. Der Mann hieß Roger Hasterwick und war ein ›im Moment arbeitsloser Barkeeper‹. Der verdächtige Glanz in seinen Augen deutete auf Trunkenheit, Drogensucht, Schlafmangel oder Geisteskrankheit hin, aber trotzdem waren seine Informationen exakt und wahrheitsgetreu:

»Die Bullen haben dann den Block gesperrt, die Bewohner der Häuser evakuiert und versucht, mit diesem Sharkle zu reden. Aber er hat ja kein Telefon mehr, verstehen Sie, und auf Megaphone hat er nicht reagiert. Na ja, und weil die Bullen gewußt haben, daß der Kerl schließlich seine Schwester und seinen Schwager als Geiseln im Haus hat, wollten sie nichts Überstürztes tun.«

»Sehr vernünftig«, bemerkte Vater Wycazik mit rauher Stimme. Ihm war kalt bis auf die Knochen — aber nicht wegen der niedrigen Temperaturen.

»Vernünftig, vernünftig«, imitierte Hasterwick ihn ungeduldig; er schätzte es offensichtlich nicht, unterbrochen zu werden. »Na ja, und so 'ne halbe Stunde, bevor es dunkel wurde, haben sie dann endlich doch beschlossen, die SWAT-Burschen einzusetzen, um den Irren zu schnappen und die Geiseln zu befreien.

Sie werfen also Tränengas rein, verstehen Sie, und die SWAT-Jungs stürmen das Haus, aber wie sie drin sind, gibt's Probleme! Sharkle muß wochenlang an dem Haus rumgearbeitet und überall Fallen aufgestellt haben. Die Bullen fallen über die dünnen Drähte, die er überall gespannt hat, und einer gerät in 'ne Wildfalle und kriegt 'ne ordentliche Schädelverletzung ab, und dann eröffnet Sharkle doch glatt das Feuer, weil er nämlich genau wie die Bullen 'ne Gasmaske aufhat und ihnen aufgelauert hat wie 'ne Katze 'ner Maus. Der Irre war auf sowas bestens vorbereitet! Na ja, einen Bullen erledigt er ganz, 'nen zweiten verwundet er, und dann verduftet er in seinen Keller und sperrt die Tür ab, und kein Mensch kann rein, weil es nämlich keine normale Kellertür ist, sondern 'ne Stahltür, die er sich extra hat anbringen lassen. Und nicht nur das — auch die Kellertür nach draußen, auf'n Hinterhof, ist aus Stahl, und die Kellerfenster hat er von innen mit schweren Läden aus Metallplatten verbarrikadiert, und die Bullen saßen ganz schön in der Tinte und konnten nichts machen.«

Stefan dachte verzweifelt, daß die Katastrophe bereits zwei Tote und drei Verletzte gefordert hatte.

»Na ja, es blieb den Bullen gar nichts anderes übrig, als die Rüben einzuziehen und bis zum Morgen abzuwarten. Und heute früh hat Sharkle dann ein Kellerfenster 'nen Spalt weit geöffnet und hat 'ne Menge irres Zeug gebrüllt — total irres Zeug! —, und dann hat er den Laden wieder dichtgemacht, und seitdem — nichts! Ich hoffe wirklich, daß jetzt bald was passiert, denn 's ist verdammt kalt, und langsam wird's mir auch stinklangweilig.«

»Was hat er denn gebrüllt?« fragte Stefan.

»Häh?«

»Was hat er denn heute morgen aus dem Kellerfenster geschrien?«

»Ach, na ja, halt so'n irres ...«

Roger Hasterwick verstummte, denn irgendeine Neuigkeit sorgte für Aufregung in der Menge. Die Leute begannen von der Straßensperre wegzurennen, in Richtung Scott Avenue. Hasterwick, der um keinen Preis ein neues Blutbad verpassen wollte, packte hastig einen Mann mit Pickeln im Gesicht und einer Waschbärmütze auf dem Kopf am Arm. »Was ist los? Was ist passiert?«

Der Mann versuchte, sich von Hasterwick loszureißen. »Da unten hat jemand im Autoradio den Polizeifunk drin. Die SWAT-Jungs wollen dem verdammten Sharkle jetzt endgültig den Garaus machen!« Er rannte weiter, und Hasterwick folgte ihm hastig.

Vater Wycazik starrte der sensationslüsternen Menge nach, dann betrachtete er das knappe Dutzend Zuschauer, das bei der Straßensperre zurückgeblieben war. Stefan wurde von der düsteren Vorahnung gequält, daß es weitere Tote geben würde. Er müßte irgendwie ins Geschehen eingreifen, um das zu verhindern. Aber er konnte nicht denken. Er war vor Entsetzen wie gelähmt. Bisher hatte er nur die positiven Seiten des mysteriösen Geschehens kennengelernt. Die Wunderheilungen und die übrigen Phänomene hatten in ihm nur Freude und die Erwartung auf weitere göttliche Offenbarungen geweckt. Nun wurde er plötzlich mit der dunklen Seite des Mysteriums konfrontiert und war zutiefst erschüttert.

Schließlich eilte er Roger Hasterwick und den anderen nach, obwohl ihm der Gedanke zuwider war, daß man auch ihn für einen blutrünstigen Schaulustigen halten könnte. Die Meute drängte sich einen Block südlich der O'Bannon Lane um einen stahlblauen Chevrolet mit aufgemalter kalifornischer Strandansicht auf einer Seitenfläche. Der Besitzer, ein großer, bärtiger Mann, saß am Steuer; er hatte beide Türen geöffnet und das Radio auf volle Lautstärke gedreht, damit alle über Polizeifunk hören konnten, was vorging.

Die SWAT-Mannschaft war gerade dabei, im Erdgeschoß von Sharkles Haus Position zu beziehen. Mit einer genau dosierten Ladung Plastiksprengstoff sollte die Kellertür aus den Angeln gerissen werden, ohne daß dabei Schrapnelle im Keller umherflogen. Gleichzeitig sollte eine weitere Gruppe von Polizeibeamten mit einer ebenfalls sorgfältig dosierten Ladung die äußere Kellertür sprengen. Noch bevor die Rauchwolken abzogen, sollten beide Gruppen den Keller stürmen und Cal Sharkle von zwei Seiten überwältigen. Diese Strategie war sowohl für die Polizisten als auch für die Geiseln sehr gefährlich, aber die Behörden hatten entschieden, daß die Situation für die Geiseln noch viel gefährlicher würde, wenn man nicht endlich etwas Drastisches gegen Sharkle unternahm.

Während er den Befehlen im Radio lauschte, begriff Vater

Wycazik schlagartig, daß er den Sturmangriff verhindern mußte, weil sonst ein unvorstellbares Blutbad angerichtet würde. Er mußte unbedingt die Erlaubnis erhalten, sich dem Haus nähern und mit Sharkle sprechen zu dürfen. Jetzt! Sofort! *Auf der Stelle!* Er rannte zurück zur O'Bannon Lane, ohne genau zu wissen, was er Sharkle eigentlich sagen wollte, womit er den geistesgestörten Mann zur Vernunft bringen könnte. Vielleicht mit dem Satz: »Sie sind nicht allein, Cal!« Irgend etwas würde ihm schon einfallen.

Sein plötzliches Wegrennen vom Chevrolet brachte die Menge auf den Gedanken, er müsse gehört oder gesehen haben, daß bei der Straßensperre etwas Interessantes vorging. Stefan wurde schon auf halbem Wege von jüngeren und schnelleren Gaffern überholt. Sie brüllten aufgeregt durcheinander und schwärmten, um rascher voranzukommen, vom Gehweg auf die Straße aus, wodurch der ohnehin schon stark behinderte Verkehr auf der Scott Avenue vollständig zusammenbrach. Bremsen kreischten. Ein lautes Hupkonzert setzte ein. Stoßstangen prallten dröhnend aufeinander. Stefan wurde so rücksichtslos beiseitegestoßen, daß er auf Hände und Knie fiel. Niemand blieb stehen, um ihm aufzuhelfen. Er kam allein wieder auf die Beine und rannte weiter. Animalische Tollwut und Blutrünstigkeit lagen in der Luft. Stefan war entsetzt über das Verhalten seiner Mitmenschen. Mit rasendem Herzklopfen schoß es ihm durch den Kopf: Vielleicht ist das die Hölle — dazu verdammt zu sein, in alle Ewigkeit inmitten einer wahnsinnigen, kreischenden Horde zu rennen.

Als Stefan die Polizeisperre erreichte, herrschte dort ein fürchterliches Gedränge. Er versuchte, sich einen Weg durch den Mob zu bahnen, um mit der Polizei sprechen zu können. Seine Rufe, er sei Priester, verhallten ungehört; sein Filzhut wurde ihm vom Kopf gestoßen, aber er machte nun seinerseits rücksichtslos Gebrauch von seinen Ellbogen und gelangte schließlich in die vorderste Reihe.

Die wütenden Polizisten versuchten die Menge zurückzudrängen; sie drohten mit Verhaftungen, schwenkten ihre Schlagstöcke, ließen die Visiere ihrer Helme herab. Vater Wycazik war zu jeder Lüge bereit, die die Polizei dazu veranlassen könnte, den Angriff auf das Haus zu verschieben. Er wollte den Polizisten weismachen, er sei Sharkles Seelsorger und wisse, was mit dem Mann los sei, wie man ihn dazu bringen könne, sich zu ergeben. Selbstverständlich wußte er das vorläufig *nicht*, aber wenn man ihm etwas Zeit ließ, wenn er mit Sharkle reden konnte, würde er vielleicht einen Weg finden, den Mann zum Aufgeben zu überreden. Es gelang ihm, einen Polizisten auf sich aufmerksam zu machen, der ihm jedoch nur zubrüllte, er solle zurücktreten. Er stellte sich als Priester vor, aber der Polizist hörte ihm nicht zu. Stefan öffnete hastig die oberen Mantelknöpfe und riß sich den weißen Schal vom Hals, damit der Mann sein römisches Kollar sehen konnte. »Ich bin Priester!« Aber der vorwärtsdrängende Pöbel stieß ihn gegen die Absperrung, der Holzbock fiel um, und der wütende Polizist sprang zurück und war nun noch weniger geneigt zuzuhören.

Gleich darauf erschütterten zwei kleine Explosionen im Abstand von höchstens einer halben Sekunde die Luft. Die hundertköpfige Menge schrie wie aus einem Munde auf; alle erstarrten, denn jedem war klar, daß die SWAT-Männer die Kellertüren gesprengt hatten. Und dann folgte unerwartet eine dritte Explosion von solcher Stärke, daß das Pflaster erzitterte und die Trommelfelle zu platzen drohten; Bruchstücke von Sharkles Haus flogen durch die Luft, und einen Moment lang sah es so aus, als wäre der Winterhimmel selbst in Billionen kleiner Stücke zerborsten. Wieder entrang sich dem Mob ein einstimmiger Schreckensschrei; alle wichen entsetzt von der Absperrung zurück. Schlagartig wurde den Sensationshungrigen klar, daß der Tod nicht nur ein interessantes Schauspiel war, daß sie vielmehr unversehens zu unfreiwilligen Mitwirkenden in einem blutigen Drama werden könnten.

»Er hatte eine Bombe!« rief einer der Polizisten an der Absperrung. »Mein Gott, Sharkle hatte da drin eine Bombe!« Er brüllte dem Fahrer des Krankenwagens zu: »Los! Schnell!«

Mit heulender Sirene scherte der Wagen aus der Straßensperre aus und raste auf den Unglücksort zu.

Vater Wycazik, der vor Entsetzen am ganzen Leibe zitterte, versuchte dem Krankenwagen zu Fuß zu folgen. Einer der Polizisten packte ihn jedoch am Arm und hielt ihn zurück. »Verdammt, zurück mit Ihnen!«

»Ich bin Priester. Vielleicht verlangt jemand nach den Sterbesakramenten.«

»Vater, es wäre mir völlig egal, auch wenn Sie der Papst

höchstpersönlich wären. Wir können nicht sicher sein, daß Sharkle tot ist.«

Vater Wycazik widersprach nicht, obwohl für ihn angesichts der Wucht der Detonation feststand, daß Sharkle tot war. Sharkle *und* seine Schwester. Und sein Schwager. Und die meisten Männer der SWAT-Mannschaft. Wieviel Tote mochten es insgesamt sein? Sechs? Zehn? Oder noch mehr?

Er ging durch die Menge, zog zerstreut seinen Schal wieder an, knöpfte den Mantel zu und murmelte ein Vaterunser, vom Schock immer noch ganz benommen. Plötzlich sah er Roger Hasterwick, den arbeitslosen Barkeeper mit den sonderbar glänzenden Augen. Er legte ihm eine Hand auf die Schulter und fragte: »Was hat er der Polizei heute morgen zugerufen?«

»Häh? Was?«

»Bevor wir getrennt wurden, erzählten Sie mir doch, daß Calvin Sharkle eines der Kellerfenster einen Spalt weit geöffnet und eine Menge irres Zeug gebrüllt hat. *Was* hat er geschrien?«

Hasterwick erkannte seinen Gesprächspartner von vorhin, und sein Gesicht hellte sich auf. »Aber ja, klar! Es war wirklich total verrücktes Zeug, hanebüchener Unsinn!« Er runzelte angestrengt die Stirn und versuchte, sich an die genauen Worte des Irren zu erinnern. Als sie ihm einfielen, grinste er, fuhr sich genießerisch mit der Zunge über die Lippen und gab Sharkles Gefasel getreulich wieder, damit der Fremde sich auch darüber amüsieren konnte.

Stefan amüsierte sich allerdings nicht im geringsten; ganz im Gegenteil, er war mit jeder Sekunde, die er dem Bericht lauschte, überzeugter davon, daß Sharkle nicht geistesgestört gewesen war. Verwirrt, ja, völlig durcheinander und zutiefst geängstigt durch den plötzlichen Zusammenbruch der Gedächtnisblockierung und durch den vorangegangenen enormen Druck, den die Gehirnwäsche in seinem Unterbewußtsein verursacht hatte. Verstört, ja, aber nicht verrückt. Roger Hasterwick und alle anderen glaubten, Sharkles Anklagen, Verwünschungen und Erklärungen seien nichts weiter als die Wahnideen eines Geisteskranken gewesen. Aber Stefan war allen anderen gegenüber im Vorteil: Er sah Sharkles Bemerkungen in Zusammenhang mit den Vorgängen im Tranquility Motel, in Zusammenhang mit Wunderheilungen und telekinetischen Phänomenen, und er fragte sich, ob an den Behauptungen und Beschuldigungen des armen, zu Tode geängstigten Mannes etwas Wahres sein konnte. Und er fühlte, wie sich ihm die Nackenhaare sträubten. Unwillkürlich überlief ihn ein kalter Schauer.

Seine Reaktion entging Hasterwick nicht. »He, Mann, Sie dürfen das alles doch nicht ernst nehmen. Um Himmels willen, Sie glauben den Unsinn doch nicht etwa? Verdammt, der Kerl war total übergeschnappt. Sonst hätte er sich doch nicht in die Luft gesprengt, Mann!«

Vater Wycazik rannte die Scott Avenue entlang zu seinem Auto.

Noch bevor er in Evanston angekommen war und von der Tragödie in Sharkles Haus erfahren hatte, hatte Stefan Wycazik halb damit gerechnet, daß er noch an diesem Tag nach Nevada fliegen würde. Die Ereignisse bei den Mendozas und bei den Halbourgs hatten ein Feuer der Neugier und des ehrfürchtigen Staunens in ihm entfacht, und er wußte, daß es nur gelöscht werden konnte, wenn er sich aktiv an den Bemühungen der kleinen Gruppe im Tranquility Motel beteiligte.

Nach allem, was er soeben von Hasterwick gehört hatte, *mußte* er nun auf schnellstem Wege nach Nevada. Wenn auch nur die Hälfte von dem stimmte, was Sharkle aus dem Kellerfenster gebrüllt hatte, ging es für Stefan jetzt nicht mehr nur darum, ein persönliches Bedürfnis zu befriedigen und eventuell Zeuge von Wundern zu werden — jetzt mußte er alles in seiner Macht Stehende tun, um die Menschen im Tranquility Motel zu beschützen.

Sein Leben lang hatte er Priestern in Nöten geholfen, war er ein Hirte gewesen, der verlorene Schafe zur Herde zurückführte. Diesmal war es aber vielleicht seine Aufgabe, auch *Leben* zu retten. Die Bedrohung, von der Calvin Sharkle gesprochen hatte, konnte für Leib und Geist genauso gefährlich sein wie für die Seele.

Er ließ den Motor an und verließ Evanston.

Er beschloß, nicht erst ins Pfarrhaus zurückzukehren, um zu packen. Dazu war jetzt keine Zeit mehr. Er würde direkt zum O'Hare International Airport fahren und mit dem nächsten Flugzeug nach Westen fliegen.

Lieber Gott, dachte er, was hast Du uns gesandt? Ist es das größte Geschenk, um das wir Dich hätten bitten können? Oder eine Plage, gegen die alle biblischen Plagen harmlos waren?

Vater Wycazik trat aufs Gaspedal und brauste auf den Flughafen zu wie ... nun ja, wie eine der Hölle entronnene Fledermaus.

Ginger und Faye verbrachten den größten Teil des Vormittags bei Elroy und Nancy Jamison. Ginger wurde als Tochter einer guten alten Freundin von Faye eingeführt; angeblich wollte sie aus nicht näher erläuterten gesundheitlichen Gründen in den Westen umziehen und interessierte sich sehr für Elko County. Die Jamisons waren begeisterte Lokalhistoriker und erzählten bereitwillig über die Gegend und speziell über die Schönheit des Lemoille Valley.

In Wirklichkeit suchten Ginger und Faye natürlich nach indirekten Hinweisen darauf, daß Elroy und Nancy unter irgendwelchen Auswirkungen abbröckelnder Gedächtnisblockaden zu leiden hatten. Aber sie entdeckten keine. Die Jamisons waren glücklich und hatten keine unerklärlichen Probleme. Die Gehirnwäsche war bei ihnen genauso erfolgreich gewesen wie bei Faye; ihre künstlichen Erinnerungen waren fest verwurzelt. Sie in die Tranquility-Familie einzugliedern hieße nur, sie unnötig in Gefahr zu bringen.

Als die beiden Frauen vom Haus der Jamisons abfuhren und Elroy und Nancy ihnen von der Veranda aus nachwinkten, sagte Ginger: »Sehr sympathische Menschen. Wirklich nette Leute.«

»Ja«, stimmte Faye ihr zu. »Man kann sich hundertprozentig auf sie verlassen. Ich wünschte, wir hätten sie an unserer Seite. Aber andererseits bin ich heilfroh, daß sie nicht betroffen sind.«

Danach schwiegen beide Frauen, und Ginger nahm an, daß Faye ähnliche Gedanken durch den Kopf gingen wie ihr, daß auch sie sich fragte, ob der Regierungswagen immer noch dastehen würde, wenn sie von der Auffahrt in die Landstraße einbiegen würden, und ob die Insassen dieses Wagens sich weiterhin nur damit begnügen würden, ihnen zu folgen. Ernie und Dom hatten sich für ihre Erkundungsfahrt zum Gelände des Thunder Hill Depository bewaffnet. Aber niemand war auf die Idee gekommen, daß Faye und Ginger bei ihrer harmlosen Fahrt zu den Freunden der Blocks in Gefahr geraten könnten. Wie viele attraktive Frauen, die allein in einer Großstadt leben, so konnte auch Ginger mit einer Pistole umgehen, und Faye war als Frau eines Marines fast schon eine Expertin im Umgang mit Schußwaffen — aber das nützte ihnen überhaupt nichts, nachdem sie nicht bewaffnet waren.

Nach einem halben Kilometer hielt Faye auf dem Zufahrtsweg an einer Stelle an, wo die überhängenden Fichten besonders viel Licht schluckten. »Wahrscheinlich bin ich etwas melodramatisch«, sagte sie, während sie einige Mantelknöpfe öffnete und ihre Hand unter den Sweater schob. »Und viel nützen werden sie uns auch nicht, wenn die Kerle uns mit Knarren bedrohen.« Mit einer Grimasse zog sie zwei Steakmesser hervor und legte sie zwischen sich und Ginger auf den Sitz.

»Wo hast du die denn her?« fragte Ginger erstaunt.

»Aus diesem Grunde habe ich vorhin darauf bestanden, Nancy beim Spülen des Frühstücksgeschirrs zu helfen. Als ich die Bestecke abtrocknete und einräumte, steckte ich die beiden Messer ein. Ich wollte sie nicht um eine Waffe bitten, denn dann hätte ich sie einweihen müssen, und um diese Zeit wußten wir ja schon, daß das nicht notwendig war. Ich werde ihnen die Messer später einmal zurückgeben, wenn diese Sache überstanden ist.« Sie nahm eines der Messer in die Hand. »Die Spitze ist schön spitz, und die Klinge ist scharf und gezackt. Wie gesagt, die Dinger nützen uns nichts, wenn sie uns eine Pistole an die Schläfe setzen. Falls sie uns aber den Weg versperren und uns zwingen wollen, in ihren Wagen zu steigen, dann versteckst du das Messer, bis sich eine günstige Gelegenheit bietet, und dann erstichst du den Dreckskerl.«

»Verstanden!« sagte Ginger und schüttelte grinsend den Kopf. »Ich hoffe wirklich, daß du eines Tages Rita Hannaby kennenlernst.«

»Deine Bostoner Freundin?«

»Ja. Du und Rita — ihr seid euch sehr ähnlich.«

»Ich und eine vornehme Dame der Gesellschaft?« sagte Faye zweifelnd. »Ich kann mir nicht vorstellen, was wir gemeinsam haben sollten.«

»Nun, zum einen bewahrt ihr beide in jedweder Situation Ruhe und Gleichmut.«

Faye legte das Messer auf den Sitz zurück. »Wenn man als Soldatenfrau nicht hart im Nehmen ist, wird man verrückt.«

»Und außerdem seht ihr beide — du und Rita — so durch und durch weiblich aus, so sanft und schutzbedürftig — und seid doch, jede auf ihre eigene Art und Weise, innerlich unglaublich stark und widerstandsfähig.«

Faye lächelte. »Herzchen, diese Eigenschaften besitzt du selbst nicht zu knapp.«

Nach einem weiteren halben Kilometer tauchten sie am Ende des Zufahrtsweges aus dem Schatten der Fichten auf, aber der aufziehende Sturm hüllte auch hier alles in trostloses Grau.

Das braun-grüne Regierungsauto parkte immer noch am Rand der Landstraße. Zwei Männer saßen darin. Sie sahen Ginger gleichgültig an. Sie konnte der Versuchung nicht widerstehen, ihnen zuzuwinken.

Sie winkten nicht zurück.

Faye fuhr hügelabwärts auf die Talsohle zu.

Der Wagen folgte ihnen.

Miles Bennell lehnte sich gemütlich in dem großen Sessel hinter seinem grauen Metallschreibtisch zurück und machte ein gelangweiltes Gesicht, oder aber er ging gemächlich in seinem Büro auf und ab, während er Fragen mit gleichgültigem, manchmal auch mit amüsiertem oder ironischem Tonfall beantwortete. Aber Bennell wurde weder nervös noch ärgerlich, noch ließ er sich einschüchtern — obwohl fast jeder andere Mensch in seiner Situation irgendeine derartige Reaktion gezeigt hätte.

Colonel Leland Falkirk haßte ihn deswegen.

Leland saß an einem verkratzten Tisch in einer Ecke des Büros und studierte die Personalakten der zivilen Wissenschaftler, die in der Kaverne mit den riesigen Holztüren ihre Forschungen und Experimente betrieben. Er hoffte, die Zahl möglicher Verräter dadurch begrenzen zu können, daß er feststellte, welche Männer und Frauen während der Zeit, als die Briefe an Dominick Corvaisis aufgegeben wurden, in New York City gewesen sein konnten. Er hatte die militärischen Sicherheitskräfte von Thunder Hill schon am Sonntag mit dieser Aufgabe betraut, und sie behaupteten, bei ihren Untersuchungen nichts Verdächtiges gefunden zu haben. Aber in Anbetracht ihrer geradezu katastrophalen Nachlässigkeit — unter anderem waren gleich *zwei* Lügendetektoren kaputt — traute Leland ihnen inzwischen auch nicht mehr als Bennell oder den anderen Wissenschaftlern. Deshalb hatte er beschlossen, alles selbst in die Hand zu nehmen.

Das erwies sich jedoch als überaus schwierig. Zum einen waren in den vergangenen achtzehn Monaten zuviel verdammte Zivilisten in die Verschwörung eingeweiht worden. Siebenunddreißig besonders befähigte Männer und Frauen verschiedenster wissenschaftlicher Disziplinen waren zu dem von Bennell entwickelten Forschungsprogramm hinzugezogen und zu hundertprozentiger Verschwiegenheit verpflichtet worden. Zusammen mit Bennell selbst waren das achtunddreißig Zivilisten! Es war das reinste Wunder, daß diese Klugscheißer ohne jede militärische Disziplin überhaupt ein Geheimnis — geschweige denn *dieses*! — so lange für sich behalten hatten.

Noch komplizierter wurde die Sache dadurch, daß nur Bennell und sieben andere Wissenschaftler sich *ausschließlich* mit diesem Forschungsprogramm beschäftigten und in Thunder Hill lebten. Die restlichen dreißig hatten Familien und Universitätsverpflichtungen, die sie nicht für lange Zeit verlassen konnten. Sie kamen und gingen, wann immer es ihnen gerade in den Kram paßte, blieben manchmal nur einige Tage, manchmal auch einige Wochen, selten aber länger als einen Monat. Es würde deshalb ein mühsames Unterfangen sein, jeden von ihnen zu verhören und festzustellen, ob und wann er — oder sie — in New York gewesen war.

Außerdem hatten sich von den acht ständigen Mitarbeitern drei im Dezember in New York aufgehalten, darunter auch Dr. Miles Bennell. Und das bedeutete, daß allein schon von den Wissenschaftlern mindestens dreiunddreißig auf die Liste der Verdächtigen gehörten.

Aber Leland mißtraute auch den gesamten Sicherheitskräften des Depots, obwohl Major Fugata und Lieutenant Helms — der Leiter des Sicherheitsbüros und seine rechte Hand — vermutlich die einzigen waren, die wußten, was in der Kaverne versteckt war. Kurz nachdem Fugata am Sonntag mit dem Verhör der Wissenschaftler — der ausschließlich im Depot tätigen als auch der zur Zeit anwesenden gelegentlichen Mitarbeiter — begonnen hatte, hatte er festgestellt, daß der Polygraph beschädigt war und keine zuverlässigen Resultate liefern konnte. Und als dann gestern von Shenkfield ein neues Gerät geliefert worden war, hatte es sich ebenfalls als defekt erwiesen. Fugata behauptete, es hätte schon einen Defekt gehabt, als es von Shenkfield angeliefert worden war, aber das war natürlich totaler Blödsinn.

Jemand von den Leuten, die an diesem Projekt mitarbeiteten, mußte Berichte gelesen haben, nach denen die Gedächtnisblockierungen der Zeugen abbröckelten. Daraufhin mußte der Betreffende beschlossen haben, diese Chance zu nützen und einige der Zeugen mit verschlüsselten Botschaften und aus den Akten gestohlenen Polaroid-Fotos auf die richtige Spur zu bringen. Das war diesem Dreckskerl auch gelungen, und nun beschädigte er die Lügendetektoren, um nicht entdeckt zu werden.

Leland hielt in seinem Studium der Personalakten inne und wandte sich an Miles Bennell, der am kleinen Fenster seines Büros stand. »Doktor, wären Sie vielleicht so freundlich, mich von Ihrer Vertrautheit mit der wissenschaftlichen Denkweise profitieren zu lassen?«

Bennell drehte sich nach ihm um. »Aber gewiß doch, Colonel.«

»Allen Ihren Mitarbeitern ist doch der geheime CISG-Bericht bekannt, der vor sieben Jahren erstellt wurde. Sie wissen über die schrecklichen Konsequenzen Bescheid, die das Bekanntwerden unseres Geheimnisses nach sich ziehen könnte. Wie kann dann jemand so verantwortungslos sein und die Geheimhaltung unterminieren wollen?«

Dr. Bennell legte aufrichtige Hilfsbereitschaft an den Tag, aber sein ätzender Unterton von Geringschätzung entging Leland dennoch nicht. »Nun, manche Wissenschaftler sind mit den Schlußfolgerungen des CISG-Berichtes nicht einverstanden. Sie glauben, daß eine Veröffentlichung unserer Entdeckungen keineswegs zu einer Katastrophe führen würde. Sie glauben, daß die CISG-Kommission sich von Grund auf geirrt hat, daß sie viel zu elitär argumentierte.«

»Nun, ich bin überzeugt davon, daß die CISG-Kommission zu den einzig richtigen Erkenntnissen kam. Und Sie, Lieutenant Horner?«

Horner saß in Türnähe. »Ich stimme mit Ihnen völlig überein, Colonel. Die Öffentlichkeit müßte — wenn überhaupt — ganz langsam auf diese Nachricht vorbereitet werden — mindestens zehn Jahre lang. Und selbst dann ...«

Leland nickte und wandte sich wieder Bennell zu. »Ich habe eine niedrige, aber realistische Meinung von meinen Mitmenschen, Doktor, und ich weiß, daß die meisten mit jener neuen Welt nicht zurechtkommen würden, die eine Enthüllung des

Geheimnisses unweigerlich zur Folge hätte. Chaos. Politische und soziale Umwälzungen. Genau wie es im CISG-Bericht steht.«

Bennell zuckte die Achseln. »Sie haben natürlich das Recht auf einen eigenen Standpunkt.« Aber sein Ton besagte: *Selbst wenn Ihr Standpunkt von Ignoranz, Engstirnigkeit und Arroganz zeugt.*

Leland beugte sich auf seinem Stuhl vor. »Und wie steht es mit Ihnen? Glauben *Sie*, daß die CISG-Kommission recht hatte?«

Bennell antwortete ausweichend. »Ich bin nicht der Mann, den Sie suchen, Colonel. Ich habe Corvaisis und den Blocks diese Briefe und Fotos nicht geschickt.«

»Okay, Doktor, dann werden Sie doch gewiß meine Bemühungen unterstützen, alle an diesem Projekt Beteiligten unter Anwendung von Drogen zu verhören? Selbst wenn es uns gelingt, den Polygraphen schnell zu reparieren, werden die Ergebnisse damit nicht so zuverlässig sein wie solche, die wir unter Anwendung von Natriumpentothal oder von gewissen anderen Substanzen erzielen werden.«

Bennell runzelte die Stirn. »Nun, manche meiner Leute werden mit solchen Methoden nicht einverstanden sein, Colonel. Sie dürfen nicht vergessen, daß das überdurchschnittlich intelligente Menschen sind. Ihr Intellekt ist das Wichtigste, was sie besitzen, und sie werden sich nicht dem Risiko aussetzen, daß ihre Gehirnfunktionen als unbeabsichtigte Nebenerscheinung von Drogen Schaden nehmen könnte, wenn vielleicht auch nur in minimalem Ausmaß.«

»Diese Drogen haben keine Nebenwirkungen solcher Art. Sie sind völlig ungefährlich.«

»In den *meisten* Fällen, möglicherweise. Aber manche meiner Leute werden es aus moralischen Gründen ablehnen, zu welchem Zweck auch immer Drogen zu verwenden — selbst wenn es angeblich völlig harmlose Drogen sind.«

»Doktor, ich werde mit allen Mitteln durchzusetzen versuchen, daß jeder hier in Thunder Hill — ob er nun in das Geheimnis eingeweiht ist oder nicht — unter Drogeneinwirkung verhört wird. Ich werde General Alvarados Genehmigung einholen.«

Alvarado war der Kommandant des Thunder Hill Depository, ein Schreibtischhengst, den Leland genauso verabscheute wie

Bennell. »Falls der General Drogenanwendung bei den Verhören billigt, werde ich jedem Ihrer Leute, der sich weigern sollte, das Kreuz brechen, das verspreche ich Ihnen. Das gilt auch für Sie selbst, falls Sie sich weigern sollten! Haben Sie mich verstanden?«

»Sie haben sich unmißverständlich ausgedrückt«, sagte Bennell völlig unbeeindruckt.

Der Colonel schob die restlichen Personalakten verdrossen beiseite. »Das nimmt zuviel Zeit in Anspruch. Ich muß den Verräter rasch finden, nicht erst in einem Monat. Wir sollten lieber den Polygraphen reparieren.« Er stand auf, setzte sich dann aber wieder, so als wäre ihm die Frage, die ihn seit Betreten des Depots beschäftigte, soeben erst eingefallen. »Ach, übrigens, Doktor, was halten *Sie* von diesen Entwicklungen bei Corvaisis und Cronin? Diese Wunderheilungen und all die anderen bizarren Phänomene. Wie erklären Sie sich das?«

Endlich zeigte Bennell eine starke Gefühlsbewegung. Er senkte seine hinter dem Kopf gefalteten Hände und beugte sich auf seinem Sessel vor. »Ich bin sicher, daß diese Entwicklung Sie zutiefst beunruhigt, Colonel. Aber es könnte eine andere, weniger erschreckende Erklärung dafür geben als jene, in die Sie sich verrannt haben. *Ihre* einzige Reaktion ist Angst, während *ich* glaube, daß das vielleicht der bedeutsamste Augenblick in der gesamten Menschheitsgeschichte ist. Aber wie auch immer — jedenfalls müssen wir mit Corvaisis und Cronin sprechen. Wir müssen ihnen alles erklären und in Zusammenarbeit mit ihnen versuchen herauszufinden, *wie* sie diese wundervollen Kräfte erlangt haben. Wir können sie nicht einfach liquidieren oder einer weiteren Gehirnwäsche unterziehen, ohne Antworten auf alle Fragen zu haben.«

»Wenn wir alle im Tranquility Motel versammelten Zeugen in das Geheimnis einweihen und ihre Erinnerungen anschließend nicht wieder auslöschen, läßt sich die Geheimhaltung nicht weiter aufrechterhalten.«

»Das stimmt vermutlich«, sagte Bennell. »Und falls es der Fall ist, muß die Öffentlichkeit eben endlich die Wahrheit erfahren. Verdammt, Colonel, in Anbetracht der neuesten Entwicklung ist es absolut vorrangig, Corvaisis und Cronin zu untersuchen, zu beobachten ... das ist jetzt wichtiger als *alles* andere, einschließlich der Geheimhaltung. Und wir müssen sie nicht nur untersuchen, sondern wir müssen ihnen auch die Möglichkeit geben, ihre außergewöhnlichen Fähigkeiten weiterzuentwickeln. Wann wollen Sie sie verhaften?«

»Spätestens heute nachmittag.«

»Dann können wir also damit rechnen, daß Sie sie irgendwann heute abend zu uns bringen?«

»Ja.« Leland erhob sich endgültig, nahm seinen Mantel und ging zur Tür, wo Lieutenant Horner auf ihn wartete. »Doktor«, fragte er, »wie wollen Sie feststellen, ob Corvaisis und Cronin verwandelt sind oder nicht? Sie schließen die Möglichkeit fast aus, daß die beiden ... besessen sein könnten. Aber wenn Sie sich nun irren, wenn sie keine richtigen Menschen mehr sind und nicht wollen, daß Sie die Wahrheit erfahren — wie wollen Sie das erkennen? Die beiden können in diesem Fall jeden Lügendetektor und jedes Wahrheitsserum täuschen.«

»Das ist ein Problem, zugegeben.« Miles Bennell stand auf und begann — die Hände in den Taschen seines Laborkittels vergraben — energisch auf und ab zu gehen. »Bei Gott, es ist wirklich eine Herausforderung! Seit wir am Sonntag von Ihnen erfahren haben, daß Corvaisis und Cronin außergewöhnliche Kräfte besitzen, haben wir über dieses Problem gründlich nachgedacht. Wir hatten Höhen und Tiefen und waren manchmal der Verzweiflung nahe, aber jetzt glauben wir, der Sache gewachsen zu sein. Wir haben medizinische Untersuchungen, psychologische Tests, alle möglichen komplizierten und trickreichen Untersuchungsmethoden ausgearbeitet, und wir glauben, daß wir auf diese Weise eindeutig klären können, ob sie nun infiziert sind oder nicht, ob sie ... ob sie noch richtige Menschen sind oder nicht. Ich persönlich halte Ihre Befürchtungen für völlig unbegründet. Anfangs hielten wir eine Infektion ... eine Art Besessenheit für möglich, aber wir wissen nun schon seit über einem Jahr, daß wir uns irren. Ich glaube, daß sie hundertprozentige Menschen sein und trotzdem diese Kräfte besitzen können. Sie *sind* Menschen, davon bin ich überzeugt.«

»Aber *ich* nicht, und meine Befürchtungen *sind* begründet! Und falls Corvaisis und Cronin verwandelt sind, so machen Sie sich etwas vor, wenn Sie wirklich glauben, die Wahrheit von ihnen erfahren zu können. Falls sie verwandelt sein sollten, sind sie Ihnen nämlich so überlegen, daß es für sie ein Kinderspiel wäre, Sie zu täuschen.«

»Sie wissen ja noch gar nicht, was wir ...«

»Und da ist auch noch etwas anderes, Doktor. Etwas, das Sie offensichtlich nicht bedacht haben, das *ich* jedoch in Erwägung ziehen muß. Vielleicht werden Sie meine Einstellung, für die Sie bisher so wenig Sympathie zeigten, dann besser verstehen. Begreifen Sie denn nicht, daß ich nicht nur den Leuten im Tranquility Motel mißtrauen muß? Seit wir von dieser neuen Entwicklung — diesen paranormalen Kräften — wissen, muß ich *Ihnen* genauso mißtrauen.«

Bennell starrte ihn fassungslos an. »Mir?«

»Sie arbeiten hier ständig damit, Doktor. Sie sind fast jeden Tag in dieser Kaverne. Sie führen jeden Tag Laboruntersuchungen durch, forschen und studieren jeden Tag — und das seit achtzehn Monaten, mit nur drei kurzen Urlauben. Wenn Corvaisis und Cronin in wenigen Stunden des Kontaktes verwandelt wurden — wie könnte ich da nicht den Verdacht haben, daß Sie nach achtzehn Monaten ebenfalls verwandelt sind?«

Einen Augenblick lang war Bennell so geschockt, daß er nicht sprechen konnte. Dann sagte er: »Aber das ist doch etwas völlig anderes. Ich habe mit meinen Untersuchungen erst *nach* dem Ereignis begonnen. Ich bin sozusagen ein ... nun ja, ein Spezialist für Brandursachen, der nach dem Brand anhand der Asche festzustellen versucht, was passiert ist. Die Möglichkeit einer Infektion bestand, wenn überhaupt, so doch nur in den ersten Stunden, nicht aber später.«

»Wie kann ich dessen sicher sein?« fragte Leland mit kaltem Blick.

»Aber unter all diesen Laborbedingungen und Sicherheitsvorkehrungen ...«

»Wir haben es hier mit dem gänzlich Unbekannten zu tun, Doktor. Wir können nicht alle möglichen Probleme vorhersehen. Das liegt nun einmal in der Natur des Unbekannten. Und Sie können keine Schutzmaßnahmen gegen etwas treffen, das Sie nicht vorhergesehen haben.«

Bennell schüttelte heftig den Kopf. »Nein, nein, nein! O nein!«

»Wenn Sie vielleicht glauben, daß ich Sie mit meinen Äußerungen nur ärgern will«, sagte Leland, »dann sollten Sie sich einmal fragen, weshalb Lieutenant Horner während unserer ganzen langen Unterhaltung so wachsam auf seinem Stuhl saß.

Wie Sie ja wissen, ist er ein Experte, was Polygraphen angeht, und er hätte inzwischen bereits Ihr Gerät reparieren können. Aber ich wollte nicht allein mit Ihnen im Zimmer sein, Dr. Bennell. Auf gar keinen Fall.«

Bennell zwinkerte. »Sie glauben also, daß ich Sie irgendwie ...«

Leland nickte. »Falls Sie verwandelt *wurden*, hätten Sie auch mich auf irgendeine unvorstellbare Weise verwandeln können. Sie hätten die Gelegenheit ausnützen können, um mich anzugreifen, mich zu infizieren, sozusagen den menschlichen Geist von mir zu nehmen und ihn durch etwas anderes zu ersetzen.« Leland erschauerte. »Verdammt, ich weiß nicht, wie ich es ausdrücken soll, auf welche Weise diese Besessenheit übertragen werden könnte — aber wir wissen beide, was ich meine.«

»Wir haben uns sogar überlegt, ob wir zu zweit ungefährdet sein würden«, warf Lieutenant Horner ein. Seine Stimme hallte im niedrigen Raum von den Metallwänden wider. »Ich hatte Sie ständig im Auge, Doktor. Es ist Ihnen vermutlich nicht aufgefallen, aber ich hatte meine Hand immer am Revolver.«

Bennell war vor Bestürzung völlig sprachlos.

»Sie mögen mich für einen mißtrauischen, schießwütigen Kerl halten, Doktor«, fuhr Leland fort, »für einen unverbesserlichen Faschisten mit krankhaftem Fremdenhaß. Aber meine Aufgabe besteht nicht nur darin, der Öffentlichkeit die Wahrheit zu verheimlichen, sondern ebenso, sie zu schützen, und es ist deshalb meine Pflicht, mit dem Schlimmsten zu rechnen und so zu handeln, als würde es unweigerlich eintreten.«

»Allmächtiger Himmel!« murmelte Bennell. »Sie sind total verrückt, alle beide! Sie leiden unter Verfolgungswahn!«

»Ich habe von Ihnen keine andere Einstellung erwartet«, sagte Leland, »egal, ob Sie nun noch der menschlichen Rasse angehören oder nicht mehr.« An Horner gewandt, fügte er hinzu: »Gehen wir! Sie müssen den Polygraphen reparieren.«

Horner trat auf den ›Nabel‹ hinaus, und Leland wollte ihm folgen.

»Warten Sie!« rief Bennell. »Bitte, warten Sie!«

Leland drehte sich nach dem bleichen, bärtigen Mann um.

»In Ordnung, Colonel. Vielleicht kann ich nachvollziehen, warum Sie so mißtrauisch sind, warum Sie das für Ihre Pflicht halten. Obwohl Ihr Verdacht völlig absurd ist. Es ist ausgeschlossen, daß ich oder einer meiner Leute ... daß irgend etwas Nichtmenschliches sozusagen von uns Besitz ergriffen hat, daß wir in irgendeiner Form besessen sind. Ich wiederhole — das ist völlig ausgeschlossen. Aber ich möchte Sie etwas fragen: Sie waren bereit, mich zu töten, falls ich mich irgendwie verdächtig benommen hätte. Würden Sie denn auch meine Leute töten, wenn Sie zu dem Schluß kämen, daß sie irgendwie verwandelt wurden?«

»Ja, ohne zu zögern«, erwiderte Leland unumwunden.

»Falls aber ich und meine Mitarbeiter verwandelt werden konnten, falls das möglich gewesen wäre — und ich wiederhole noch einmal, daß es *nicht* möglich war —, dann hätten sämtliche Menschen, die sich hier im Thunder Hill Depository aufhalten, ebenfalls verwandelt werden können. Nicht nur jene, die wissen, was sich in dieser Kaverne befindet, sondern ausnahmslos *alle*, die Militärs genauso wie die Zivilisten, bis hin zu General Alvarado.«

»Das ist mir völlig klar«, sagte Leland.

»Und Sie wären tatsächlich bereit, *alle* hier Beschäftigten umzubringen?«

»Ja.«

»Allmächtiger Gott!«

»Falls Sie sich mit dem Gedanken tragen sollten, Thunder Hill sofort zu verlassen«, erklärte Leland, »so können Sie das vergessen. Ich habe bereits vor achtzehn Monaten sämtliche Eventualitäten in Betracht gezogen und für alle Fälle insgeheim ein Spezialprogramm in VIGILANT einbauen lassen. Auf meine Anweisung hin kann VIGILANT es jedem unmöglich machen, Thunder Hill ohne einen Spezialcode zu verlassen. Und selbstverständlich bin ich der einzige, der diesen Spezialcode kennt.«

Bennells Gesicht drückte äußerste Entrüstung und Empörung aus. »Heißt das, daß Sie uns hier *gefangenhalten* würden, aus aberwitzigem Miß...« Er brach mitten im Wort ab, als ihm die volle Bedeutung von Falkirks Worten bewußt wurde. »Mein Gott, Sie hätten mir das nicht erzählt, wenn Sie VIGILANT nicht bereits umprogrammiert hätten.«

»Sie haben völlig recht«, bestätigte Leland. »Als ich Thunder Hill vorhin betrat, habe ich mich nicht wie sonst mit der rechten Hand ausgewiesen, sondern mit der linken. Das war für VIGILANT das vereinbarte Signal. Niemand außer mir und Lieutenant Horner kann Thunder Hill verlassen, bis ich entscheide, daß es ungefährlich ist.«

Leland Falkirk verließ das Büro und trat auf den ›Nabel‹ hinaus. Er war so zufrieden mit sich, wie es unter diesen betrüblichen Umständen möglich war. Nach achtzehn Monaten war es ihm nun endlich doch gelungen, Miles Bennell aus der Fassung zu bringen.

Er hätte den Wissenschaftler völlig in die Knie zwingen können, wenn er ihm noch etwas anderes erzählt hätte. Aber dieses eine Geheimnis mußte er für sich behalten. Er hatte einen genauen Plan ausgearbeitet, wie er alle und alles in Thunder Hill vernichten konnte, falls er zu der Erkenntnis kommen sollte, daß sie infiziert waren und nur so taten, als wären sie noch Menschen. Er hatte die Mittel, die gesamte Militäreinrichtung in geschmolzene Schlacke zu verwandeln, um diese Seuche ein für allemal auszurotten. Der einzige Haken an der Sache war, daß er dabei ebenfalls ums Leben kommen würde. Aber er war zu diesem Opfer bereit.

Nach nur fünfeinhalb Stunden Schlaf duschte Jorja, zog sich an und ging in die Wohnung der Blocks, wo Marcie mit Jack Twist am Küchentisch saß. Jorja blieb im Wohnzimmer stehen und beobachtete die beiden, ohne daß sie etwas davon bemerkten.

Nachdem Jorja, Jack und Brendan sich um halb fünf morgens am Mini-Mart in Elko mit dem zweiten Team getroffen hatten und ins Motel zurückgekehrt waren, hatte Jack im Wohnzimmer der Blocks auf dem Fußboden geschlafen, damit Marcie morgens nicht allein sein würde, wenn Faye und Ernie zu ihren wichtigen Erkundungen aufbrachen. Jorja hatte das Mädchen in ihr eigenes Zimmer bringen wollen, aber Jack hatte erklärt, es mache ihm überhaupt nichts aus, den Babysitter zu spielen, sobald Marcie erwachen würde. »Sieh mal«, hatte er gesagt, »sie schläft jetzt bei Faye und Ernie im Bett. Wenn wir sie jetzt in dein Zimmer bringen, wecken wir alle drei auf, und heute nacht sollte jeder soviel Schlaf wie nur irgend möglich bekommen.« Jorja hatte eingewandt: »Aber Marcie schläft schon stundenlang. Sie wird morgens viel früher aufwachen als du. Sie wird dich aufwecken.« Und er hatte erwidert: »Lieber mich als dich. Ich brauche wirklich nicht viel Schlaf.« »Du bist ein netter Kerl, Jack Twist«, hatte sie gesagt. »Oh, ich bin ein richtiger Heiliger«, hatte er selbstironisch geantwortet. Und sie hatte völlig aufrichtig bekräftigt: »Du bist, glaube ich, der netteste Mann, dem ich je begegnet bin.«

Zu dieser Einschätzung seiner Person war sie während der Stunden gelangt, als sie in seinem Cherokee durch die nächtlich leeren Straßen von Elko gefahren waren. Er war klug, geistreich, empfindsam und freundlich, und sie hatte noch nie einen Menschen kennengelernt, der so gut zuhören konnte. Um halb zwei nachts war Brendan auf dem Rücksitz des Jeeps vor Erschöpfung eingeschlafen, und erst in diesem Augenblick hatte Jorja begriffen, weshalb sie auf die Begleitung des Priesters so gereizt reagiert hatte. Ihre Gefühle hatten nichts mit der Person Vater Cronins zu tun gehabt, sondern sie hatte, ohne sich dessen bewußt zu sein, Jack Twist für sich allein haben wollen. Dieser Wunsch war in Erfüllung gegangen, als Brendan einschlief, und sie hatte sich immer stärker zu Jack hingezogen gefühlt. Seit ihre beste Freundin weggezogen war, als sie beide sechzehn gewesen waren, hatte sie keinem Menschen mehr so viel über sich erzählt wie Jack in dieser Nacht. In den fast sieben Jahren ihrer Ehe hatte sie mit Alan nie ein auch nur annähernd so ernsthaftes Gespräch geführt wie mit diesem Mann, den sie erst seit wenigen Stunden kannte.

Während sie nun in der Wohnung der Blocks stand und Jack und Marcie beobachtete, entdeckte Jorja einen weiteren positiven Charakterzug an ihm. Er konnte mit einem Kind reden, ohne im geringsten gelangweilt oder herablassend zu sein — eine Gabe, die den meisten Erwachsenen fehlte. Er scherzte mit Marcie, fragte nach ihren Lieblingsliedern, -gerichten und -filmen, half ihr beim Ausmalen eines der letzten noch nicht kolorierten Monde in ihrem Album. Aber Marcie war in einer noch tieferen, erschreckenderen Trance als am Vortag. Sie antwortete Jack nicht, reagierte nur hin und wieder mit einem ausdruckslosen oder verwirrten Blick. Trotzdem ließ er sich nicht entmutigen, und Jorja begriff, daß er nicht so schnell die Geduld mit Marcie verlieren würde, nachdem er acht Jahre lang mit einer Frau geredet hatte, die in ihrem Koma zu überhaupt keiner Reaktion mehr fähig gewesen war. In den Minuten, die Jorja vor der Küchenschwelle verbrachte, schwankte sie zwischen zwei Gefühlen: Jack zu beobachten, erfüllte sie mit warmer Freude; aber zugleich zerbrach ihr fast das Herz vor Schmerz darüber, ihre

Tochter in einem Zustand zu sehen, der fatale Ähnlichkeit mit dem eines autistischen Kindes hatte.

»Guten Morgen!« Jack hatte von dem Mondalbum aufgeschaut und Jorja entdeckt. »Gut geschlafen? Wie lange stehst du schon dort?«

»Nicht lange«, sagte sie und kam in die Küche.

»Marcie, sag deiner Mutter ›guten Morgen‹«, forderte Jack das Mädchen auf.

Aber Marcie blickte nicht einmal von dem Mond auf, den sie rot ausmalte.

Jorja begegnete Jacks Augen und sah Sorge und Mitgefühl darin. Sie sagte: »Na ja, von Morgen kann eigentlich keine Rede mehr sein. Es ist ja schon fast Mittag.«

Sie ging zu Marcie, legte ihr die Hand unter das Kinn und hob ihren Kopf etwas an. Das Kind starrte seiner Mutter flüchtig in die Augen, dann kehrte sich sein Blick sofort wieder nach innen. Es war ein erschreckend leerer Blick. Als Jorja ihre Hand wegnahm, wandte sich Marcie sofort wieder ihrem Album zu und malte mit ihrem letzten roten Wachsstift eifrig die Konturen des Mondes aus.

Jack schob seinen Stuhl zurück, stand auf und ging zum Kühlschrank. »Hungrig, Jorja? Ich bin jedenfalls am Verhungern. Marcie hat schon gefrühstückt, aber ich habe auf dich gewartet.« Er öffnete die Kühlschranktür. »Eier, Speck und Toast? Oder soll ich uns ein Omelette mit Käse, Kräutern, Zwiebeln und ein bißchen grünem Pfeffer machen?«

»Kochen kannst du auch?«

»Na ja, einen Preis im Kochen werde ich wohl nie gewinnen«, antwortete er. »Aber genießbar ist es normalerweise, und oft kann man sogar erkennen, was es sein soll, wenn ich es auf den Teller lege.« Er öffnete die Tiefkühltruhe. »Ich sehe gefrorene Waffeln. Ich könnte ein paar davon zum Omelette toasten.«

»Mach einfach, was da ist.« Der Anblick ihrer krankhaft nach innen gekehrten Tochter hatte Jorja den Appetit verschlagen.

Jack trug eine Packung Milch, Eier, Käse, eine grüne Pfefferschote und eine kleine Zwiebel zur Arbeitsplatte neben der Spüle.

Als er damit begann, Eier in eine Schüssel aufzuschlagen, trat Jorja neben ihn. Obwohl sie nicht glaubte, daß Marcie sie hören würde, selbst wenn sie brüllte, fragte sie leise: »Hat sie wirklich etwas gefrühstückt?«

»Aber ja. Cornflakes, ein Stück Toast mit Marmelade und Erdnußbutter. Ich mußte ihr nur ein bißchen helfen, das war alles. Daraufhin ging's großartig.« Er flüßterte ebenfalls.

Jorja versuchte, weder an Zebediah Lomack noch an Alan zu denken. Aber wenn zwei erwachsene Männer nicht in der Lage gewesen waren, mit den Obsessionen fertigzuwerden, die sie durch die Ereignisse des 6. Juli und die anschließende Gehirnwäsche entwickelt hatten — welche Chance hatte dann Marcie, diese psychische Krankheit zu überwinden und wieder ein gesundes, fröhliches Menschenkind zu werden?

»Na, na«, sagte Jack leise, »nicht weinen, Jorja! Weinen nützt nichts.« Er nahm sie in die Arme. »Sie wird wieder gesund werden, das verspreche ich dir. Hör mal, heute morgen haben die anderen erzählt, daß sie eine herrlich ruhige Nacht hatten — zur Abwechslung einmal ganz ohne Alpträume, und Dom ist nicht im Schlaf gewandelt, und Ernie hat sich nicht mehr so vor der Dunkelheit gefürchtet. Weißt du, warum? Weil die Gedächtnisblockierungen allmählich zusammenbrechen und der immense Druck nachläßt, einfach dadurch, daß wir hier sind, daß wir wie eine Familie zusammenrücken! Sicher, Marcie geht es heute morgen etwas schlechter als gestern, aber das bedeutet noch lange nicht, daß es mit ihr weiter abwärts gehen wird. Sie wird sich erholen, das weiß ich.«

Jorja hatte die Umarmung nicht erwartet, aber sie genoß sie von ganzem Herzen. Sie lehnte sich an ihn und ließ sich von ihm festhalten, und anstatt sich schwach und albern zu fühlen, spürte sie, wie neue Kraft sie durchflutete. Sie war ziemlich groß für eine Frau, und er war für einen Mann *nicht* groß, kaum größer als sie, aber trotzdem fühlte sie sich beschützt und geborgen. Ihr fiel ein, was sie am Vortag auf dem Flug von Las Vegas nach Elko gedacht hatte, daß Menschen nicht zur Einsamkeit geschaffen waren, daß sie — um den Lebenskampf bestehen zu können — Freundschaft, Zuneigung und Liebe geben und empfangen mußten. Im Augenblick hatte Jack ein tiefes Bedürfnis, einem anderen Menschen etwas zu geben, und sie brauchte das Gefühl, daß jemand an ihrem Schicksal Anteil nahm, und aus dieser Ergänzung ihrer innersten Bedürfnisse konnten sie beide neue Kraft und neuen Lebensmut schöpfen.

»Ein Omelette mit Käse, Kräutern und Zwiebeln und grünem

Pfeffer«, flüsterte er ihr ins Ohr, so als spürte er, daß sie sich wieder gefaßt hatte. »Hört sich das nicht gut an?«

»Köstlich!« sagte sie und löste sich widerwillig von ihm.

»Und noch eine weitere Zutat«, fuhr er fort. »Ich habe dich ja gewarnt, daß ich im Kochen keinen Preis gewinnen würde. Bei mir sind immer einige kleine Stückchen Eierschale im Omelette, wie sehr ich auch aufpassen mag.«

»Oh, das ist das Geheimnis eines guten Omelettes!« sagte sie. »Kleine Stückchen Eierschale als Garnierung. So werden Omelettes in den besten Restaurants immer gemacht.«

»Ja? Lassen sie auch immer eine Gräte im Fisch?«

»Und ein Stückchen Huf in jedem Beef Bourguignon«, sagte sie.

»Ein Haar in jeder Mousse au chocolat?«

»Einen Nagel in jedem Glas Apfelsaft.«

»Und eine alte Jungfer in jedem Apfelpudding?«

»O Gott, ich hasse Apfelpudding!«

»Ich auch«, sagte er. »Waffenstillstand?«

»Waffenstillstand! Ich werde den Käse für das Omelette reiben.«

Sie bereiteten gemeinsam das Frühstück zu.

Am Küchentisch malte Marcie Monde aus. Malte und malte Monde aus. Und mumelte dieses eine Wort immer wieder monoton vor sich hin.

In Monterey wäre Parker Faine um ein Haar das Opfer einer Falltürspinne geworden. Er schätzte sich glücklich, ihr lebend entkommen zu sein. Eine Falltürspinne — so bezeichnete er die Nachbarin der Salcoes, eine Frau namens Essie Craw. Die Falltürspinne baut ein röhrenförmiges Nest in der Erde und versieht es mit einem kunstvoll getarnten Deckel. Wenn andere unglückliche Insekten ahnungslos darüber hinweglaufen, öffnet sich dieser Deckel wie eine Falltür, und sie stürzen in die Tiefe, wo die Raubspinne auf sie lauert. Essie Craws röhrenförmiges Nest war ein großes, schönes, spanisches Haus, das weit besser an die kalifornische Küste paßte als der südliche Kolonialstil der Salcoes; es hatte anmutige Bögen, bleiverglaste Fenster und Blumen in großen Terrakattatöpfen auf der Veranda. Parker hatte damit gerechnet, an diesem bezaubernden Ort charmante und sympathische Menschen zu treffen, aber sobald Essie Craw ihm die Tür öffnete, begriff er, daß es nicht leicht sein würde, ihr wieder zu entkommen. Als sie hörte, daß er Auskünfte über die Salcoes einziehen wollte, packte sie ihn am Ärmel und zog ihn ins Haus und schlug hinter ihm den Deckel ihres Röhrenbaus zu, denn Leute, die Auskünfte haben wollten, hatten oft ihrerseits Informationen auf Lager, und Essie Craw lebte vom Klatsch, so wie die Falltürspinne sich von sorglosen Käfern und Tausendfüßlern ernährt.

Äußerlich hatte Essie weniger Ähnlichkeit mit einer Spinne als vielmehr mit einem Vogel. Nicht mit einem mageren, kleinen, schmalbrüstigen Sperling, sondern eher mit einer wohlgenährten Möwe. Sie hatte den schnellen, watschelnden Gang einer Möwe, hielt ihren Kopf etwas schief und hatte kleine, hellwache Knopfaugen.

Sie führte ihn zu einem Sessel im Wohnzimmer und bot ihm Kaffee an. Er lehnte dankend ab, sie beharrte darauf, er erklärte, er wolle ihr wirklich keine Mühe machen, aber er bekam trotzdem Kaffee vorgesetzt und dazu Butterplätzchen. Sie schien auf unerwartete Besucher genauso zu lauern wie die Falltürspinne.

Essie war sehr enttäuscht, daß Parker nichts über die Salcoes wußte und ihr mit keinen Klatschgeschichten dienen konnte. Aber nachdem er andererseits kein Freund der Salcoes war, konnte sie dafür ihre Beobachtungen, bösartige Vermutungen und Verleumdungen wunderbar anbringen. Parker brauchte nicht einmal zu fragen, um mehr zu erfahren, als er eigentlich wissen wollte. Donna Salcoe, Geralds Frau, war — Essie zufolge — ein leichtfertiges Frauenzimmer, viel zu blond, viel zu prunksüchtig, viel zu katzenhaft freundlich. Sie war so dünn, daß sie eine Trinkerin sein mußte, die sich praktisch nur von Alkohol ernährte — oder vielleicht litt sie an Magersucht. Gerald war Donnas zweiter Ehemann, und obwohl sie nun schon achtzehn Jahre verheiratet waren, glaubte Essie nicht, daß diese Ehe von Dauer sein würde. Die sechzehnjährigen Zwillingsmädchen stellte Essie als so wild, undiszipliniert, frühreif und mannstoll hin, daß Parker unwillkürlich ein merkwürdiges Bild vor Augen hatte: eine Meute junger Männer, die um das Haus der Salcoes streunten und an allem schnupperten, wie Hunde auf der Suche nach läufigen Weibchen. Gerald Salcoe besaß drei gutgehende Unternehmen — ein Antiquitätengeschäft und zwei Kunstgalerien — im nahegelegenen Carmel, obwohl Essie nicht verstehen konnte, wie diese Geschäfte einen Profit abwerfen konnten, nachdem Gerald ein Trinker und Wüstling und außerdem ein dickschädeliger Trottel ohne jeden Geschäftssinn war.

Parker trank nur zwei Schluck Kaffee und rührte die Butterplätzchen nicht einmal an, denn Essies Begeisterung für bösartigen Klatsch ging über die Grenzen des Normalen weit hinaus und hatte etwas Unheimliches an sich. Er fühlte sich denkbar unbehaglich und wollte — so lächerlich das auch sein mochte — in ihrem Haus nicht viel verzehren und ihr auch möglichst nicht den Rücken zuwenden.

Aber er erfuhr zumindest auch einige nützliche Dinge. Die Salcoes waren aus heiterem Himmel in Urlaub gefahren — für eine Woche ins Weinanbaugebiet Napa und Sonoma — und hatten nicht einmal den Namen ihres Hotel verraten wollen, um nicht von irgendwelchen Geschäftspartnern belästigt zu werden. Sie brauchten wohl — so Essie — dringend Erholung von ihren diversen geschäftlichen Machenschaften.

»*Er* hat mich am Sonntag angerufen und mir gesagt, daß sie wegfahren und erst am Montag, dem 20., zurückkommen«, berichtete Essie. »Hat mich gebeten, wie immer ein bißchen auf ihr Haus aufzupassen. Sie sind schreckliche Nichtstuer, die sich ständig in der Weltgeschichte herumtreiben, und sie denken gar nicht daran, was für eine Belästigung es für mich ist, nach Einbrechern und Gott-weiß-wem Ausschau halten zu müssen. Ich habe schließlich mein eigenes Leben, aber das ist ihnen natürlich völlig egal.«

»Sie haben mit keinem von ihnen persönlich gesprochen?«

»Ich nehme an, sie hatten es eilig wegzukommen.«

»Haben Sie gesehen, wie sie abfuhren?«

»Nein, obwohl ich ... nun ja, ich habe ein paarmal rausgeschaut , aber ich muß sie verpaßt haben.«

»Und die Zwillinge sind mitgefahren?« fragte Parker. »Müssen sie denn nicht zur Schule?«

»Es ist eine progressive Schule — viel zu progressiv, wenn Sie mich fragen! Sie behaupten dort, daß Reisen für die Bildung genauso wichtig ist wie die Arbeit im Klassenzimmer. Haben Sie schon jemals solchen Unsinn ...«

»Wie hat Mr. Salcoe sich am Telefon angehört?«

»Angehört? Na ja, so wie er sich immer anhört«, erwiderte Essie ungeduldig. »Was meinen Sie damit?«

»Nicht irgendwie angespannt? Nervös?«

Sie verzog ihren kleinen, schmallippigen Mund, legte den Kopf zur Seite, und ihre Vogelaugen funkelten bei der plötzlichen Aussicht auf einen Skandal. »Nun, jetzt, da Sie es erwähnen ... er *war* ein bißchen merkwürdig. Stolperte ein paarmal über seine eigene Zunge, aber bis jetzt ist mir gar nicht eingefallen, daß er vermutlich betrunken war. Glauben Sie, daß ... oh! daß er eine Entziehungskur in einer Klinik machen muß oder ...«

Parker hatte genug gehört. Er stand auf und wollte sich verabschieden, aber Essie versperrte ihm den Weg zur Tür und versuchte, ihn zum Bleiben zu überreden. Er habe ja seinen Kaffee noch gar nicht ausgetrunken und kein einziges Butterplätzchen gegessen. Sie bot ihm Tee statt Kaffee an, Strudel oder ›vielleicht ein Mandelhörnchen‹. Nur dank seines unbeugsamen Willens, der aus ihm auch einen bedeutenden Maler gemacht hatte, schaffte er es, zur Haustür und dann auf die Veranda zu gelangen.

Sie folgte ihm bis zu dem Mietwagen auf ihrer Auffahrt. Der kleine, scheußlich grüne Tempo kam Parker in diesem Moment so schön vor wie ein Rolls Royce, weil er damit Essie Craw entfliehen konnte. Während er aufs Gaspedal trat, zitierte er laut eine passende Stelle von Coleridge:

»Wie einer, der auf einsamer Straße
in Furcht und Schrecken wandelt
und, nachdem er sich einmal umgedreht hat,
immer weitergeht, ohne noch einmal den Kopf zu wenden;
denn er weiß, daß ein schrecklicher Feind
ihm dicht auf den Fersen ist.«

Er fuhr eine halbe Stunde in der Gegend umher, um sich Mut für die vor ihm liegende Aufgabe zu machen. Schließlich kehrte er zum Haus der Salcoes zurück und parkte im Schatten der riesigen Kiefern. Er ging wieder zur Haustür und drückte drei Minuten ununterbrochen auf die Klingel. Falls jemand zu Hause war und nur keine Besuche empfangen wollte, würde er aus schierer Verzweiflung über das rücksichtslose Klingeln öffnen. Aber es öffnete niemand.

Parker ging die Veranda entlang und betrachtete die Fenster

an der Hausfront. Er bewegte sich ganz ungezwungen, so als gehörte er hierher, obwohl das Grundstück durch Bäume und Hecken so abgeschirmt war, daß es von der Straße aus kaum gesehen werden konnte — auch nicht von Essie Craws Fenstern aus. Die Vorhänge waren geschlossen, so daß er keinen Blick ins Innere des Hauses werfen konnte. Er erwartete, die verräterische Stromleitung einer Alarmanlage auf dem Glas zu finden. Aber es gab nicht den geringsten Hinweis auf irgendwelche elektronischen Sicherheitsmaßnahmen.

Er verließ die Veranda und begab sich auf die Westseite des Hauses, wo die Morgensonne die langen, dunklen Schatten der Kiefern noch nicht hatte schrumpfen lassen. Er rüttelte an zwei Fenstern. Beide waren verriegelt.

Hinter dem Haus gab es weitere gepflegte Hecken und Blumenbeete sowie eine große, überdachte Ziegelveranda mit Bar und teuren Gartenmöbeln.

Parker schlug mit seinem durch den Parka geschützten Ellbogen eine kleine Scheibe an einer der Verandatüren ein, schob seine Hand hindurch, öffnete die Tür, schob die Vorhänge zur Seite und gelangte in einen Aufenthaltsraum mit Fliesenboden.

Er blieb stehen und lauschte angestrengt. Es war völlig still im Haus.

Es wäre unangenehm dunkel gewesen, wenn der Raum nicht in ein Frühstückszimmer und dieses in die Küche übergegangen wäre, wo durch die Tür zur Veranda Licht einfallen konnte, da sie keine Vorhänge hatte. Parker ging vorsichtig an einem offenen Kamin und an Billardtischen vorbei — und blieb wie angewurzelt stehen, als er die Alarmanlage an der Wand entdeckte, die jede Bewegung registrierte. Er erkannte sie, weil er in seinem eigenen Haus in Laguna Beach ebenfalls eine solche Alarmanlage hatte einbauen lassen. Er wollte gerade die Flucht ergreifen, als ihm einfiel, daß eine kleine rote Lampe leuchten müßte, wenn die Anlage eingeschaltet wäre. Die Glühbirne war auch vorhanden — aber sie brannte nicht. Offenbar hatten die Salcoes die Alarmanlage nicht eingeschaltet, bevor sie das Haus verlassen hatten.

Die Küche war groß und mit modernsten Geräten ausgestattet. Dahinter befand sich das Eßzimmer. Das Licht aus der Küche reichte nicht bis hierher, deshalb riskierte er es, eine Lampe einzuschalten.

Im Wohnzimmer blieb er wieder lauschend stehen.

Nichts. Die Stille war bedrückend und unheimlich, wie in einer Gruft.

Brendan Cronin stand spät auf und begab sich nach einer ausgiebigen heißen Dusche in die Küche der Blocks. Als er Marcie Monde rot ausmalen sah und monoton vor sich hin murmeln hörte, dachte er daran, wie er Emmeline Halbourg mit seinen Händen geheilt hatte, und er fragte sich, ob er Marcies Obsession durch Anwendung derselben psychischen Kraft heilen könnte. Aber er wagte nicht, es zu versuchen. Zuerst mußte er lernen, seine rätselhafte Fähigkeit *bewußt* einzusetzen; andernfalls könnte er dem Gehirn des Mädchens irreparablen Schaden zufügen.

Jack und Jorja aßen Omelette und Toasts, und nach einer herzlichen Begrüßung wollte Jorja auch für Brendan Frühstück machen. Er hatte aber keinen Appetit und bat nur um eine Tasse starken schwarzen Kaffee.

Neben Jacks Teller auf dem Tisch lagen vier Pistolen, die er während des Essens gründlich überprüfte. Zwei dieser Waffen gehörten Ernie, die beiden anderen hatte Jack mitgebracht. Weder Brendan noch sonst jemand machte eine Bemerkung darüber, denn sie wußten, daß ihre Feinde sie höchstwahrscheinlich belauschten. Es wäre unklug, dem Gegner den Umfang ihres Arsenals zu verraten.

Die Pistolen machten Brendan nervös. Vielleicht, weil er eine Vorahnung hatte, daß Schußwaffen tatsächlich eingesetzt werden würden, noch bevor dieser Tag zu Ende ging.

Er hatte den für ihn typischen Optimismus eingebüßt — hauptsächlich, weil er nachts nicht geträumt hatte. Zum erstenmal seit Wochen hatte er ungestört durchgeschlafen, aber für ihn bedeutete das keinen Fortschritt. Im Gegensatz zu den anderen hatte Brendan jede Nacht einen *schönen* Traum gehabt, der ihn mit Hoffnung erfüllt hatte. Die Einbuße dieses Traumes deprimierte ihn.

»Ich dachte, daß es schneien würde«, sagte er, während er sich mit einer Tasse Kaffee an den Tisch setzte.

»Es wird bald beginnen«, meinte Jack.

Der Himmel sah aus wie eine massive Wand dunkelgrauen Granits.

Ned und Sandy Sarver waren um vier Uhr morgens nach Elko gefahren, um Jack, Jorja und Brendan am Arco Mini-Mart zu treffen und abzulösen. Danach waren sie bis halb acht in der Stadt herumgefahren. Als sie um acht ins Motel zurückgekehrt waren und rasch gefrühstückt hatten, waren einige Mitglieder der Tranquility-Familie schon aufgestanden, um ihre am Vorabend vereinbarten Aufgaben auszuführen. Ned und Sandy waren noch einmal zu Bett gegangen, um für den vor ihnen liegenden ereignisreichen Tag Kräfte zu sammeln.

Ned wachte nach zwei Stunden schon wieder auf, blieb aber im abgedunkelten Motelzimmer liegen und betrachtete seine schlafende Frau. Seine tiefe Liebe zu ihr glich einem mächtigen Strom, der sie beide über alle Hindernisse und Sorgen der Welt hinweg zu besseren Orten und Zeiten zu tragen vermochte.

Ned wünschte, er könnte mit Worten genausogut umgehen wie mit Werkzeugen aller Art. Es quälte ihn manchmal, daß er Sandy nie richtig sagen konnte, was er wirklich für sie empfand. Aber sobald er versuchte, seine Gefühle mit Worten auszudrükken, kam er hoffnungslos ins Stammeln oder mußte zu abgedroschenen Redewendungen Zuflucht nehmen. Es war gut, das Talent zu besitzen, alles mögliche in Ordnung bringen zu können, ob es sich nun um Toaster, Autos oder Lebewesen handelte. Und doch hätte Ned diese Gabe mitunter liebend gern gegen die Fähigkeit eingetauscht, seine innigen Gefühle für Sandy in einem perfekten Satz zum Ausdruck bringen zu können.

Er bemerkte, daß sie aufgewacht war. »Na, du stellst dich wohl nur schlafend?« fragte er.

Sie öffnete die Augen und lächelte ihm zu. »Du hast mich so angesehen, als wolltest du mich bei lebendigem Leibe auffressen, deshalb habe ich mich lieber schlafend gestellt.«

»Du siehst ja auch wirklich zum Anbeißen süß aus.«

Sie warf die Decke beiseite und streckte ihm nackt ihre Arme entgegen. Sie liebten sich mit jener perfekten Harmonie, zu der sie seit Sandys sexuellem Erwachen vor einem Jahr gefunden hatten.

Als sie etwas später nebeneinander lagen und sich bei den Händen hielten, sagte Sandy: »O Ned, ich bin bestimmt die glücklichste Frau auf der ganzen Welt.. Seit du mich vor vielen Jahren in Arizona unter deine Fittiche genommen hast, machst du mich glücklich. Und jetzt fühle ich mich so selig, daß ich mich nicht beklagen würde, wenn ich auf der Stelle tot umfiele.«

»Sag so etwas nicht!« rief er erschrocken, während er sich auf einen Ellbogen aufstützte und sie eindringlich ansah. »Ich will nicht, daß du so etwas sagtst. Es ... es macht mich abergläubisch. Unsere Lage ist so problematisch ... es ist durchaus möglich, daß einige von uns sterben müssen. Deshalb möchte ich nicht, daß du das Schicksal herausforderst. Ich will nicht, daß du solche Dinge sagst!«

»Aber, Ned, du bist doch sonst überhaupt nicht abergläubisch.«

»Das stimmt ... aber diesmal ist alles irgendwie anders. Ich will nicht, daß du sagst, du seist so glücklich, daß es dir nichts ausmachen würde zu sterben. Verstehst du? Du darfst so etwas nicht einmal *denken*!«

Er legte seine Arme um sie und zog sie fest an sich. Er mußte spüren, daß sie lebendig war. Er hielt sie so innig umschlungen, daß er nach kurzer Zeit ihren kräftigen, regelmäßigen Herzschlag nicht mehr wahrnehmen konnte, weil er mit seinem gleichsam verschmolzen war.

Parker Faine suchte im Haus der Salcoes in Monterey nach verschiedenen Hinweisen: Zum einen hoffte er zuversichtlich, irgendeinen Beweis dafür zu finden, daß sie tatsächlich nach Napa-Sonoma gefahren waren. Wenn er einen Hotelprospekt finden würde, könnte er dort anrufen und sich bestätigen lassen, daß die Familie wohlbehalten angekommen war. Oder er würde — falls die Salcoes häufig in dieses Weinanbaugebiet fuhren —, so hoffte er, die Telefonnummer ihres Aufenthaltsortes in einem Adreßbuch finden. Aber eigentlich war er mehr auf die zweite Möglichkeit gefaßt: umgeworfene Möbel, Blutspuren oder andere Hinweise darauf zu entdecken, daß die Salcoes gegen ihren Willen irgendwohin entführt worden waren.

Natürlich hatte Dom ihn eigentlich nur gebeten, diese Leute aufzusuchen und sich mit ihnen zu unterhalten. Er hätte ihm bestimmt davon abgeraten, gewaltsam ins Haus einzudringen. Aber halbe Sachen lagen Parker nun einmal nicht, und er genoß sein Herumspionieren, obwohl er lautes Herzklopfen und ein mulmiges Gefühl im Magen hatte.

Vom Wohnzimmer aus gelangte er in eine Bibliothek und danach in ein kleines Musikzimmer, das mit einem Klavier, Notenständern, Stühlen, zwei Klarinetten und einer Ballettstange ausgestattet war. Offensichtlich liebten die Zwillinge Musik und Tanz.

Parker entdeckte im ganzen Erdgeschoß nichts Verdächtiges. Langsam stieg er die Eichentreppe hinauf, sorgfältig darauf bedacht, auf dem weichen Plüschläufer zu bleiben. Das Licht aus dem Erdgeschoß reichte gerade bis zur obersten Stufe. Der Korridor im ersten Stock lag im Dunkeln.

Auf dem Treppenabsatz auf halber Höhe blieb er stehen.

Stille.

Seine Hände wurden feucht.

Er konnte sich seine Nervosität nicht erklären. Vielleicht wäre es dennoch klüger, seinem Instinkt zu vertrauen. Aber wenn jemand ihn hätte angreifen wollen, so hätte er im Erdgeschoß genügend günstige Möglichkeiten dafür gehabt. Nichts deutete darauf hin, daß jemand im Haus war.

Er ging weiter die Treppe hinauf, und im ersten Stock hörte er dann endlich etwas. Die Geräusche — ein *Biep* und ein *Blip* — kamen aus verschiedenen Zimmern an beiden Enden des langen Korridors. Im ersten Augenblick dachte Parker, die Alarmanlage sei ausgelöst worden, aber dann fiel ihm ein, daß sie tausendmal lauter wäre als dieses *Biep-Blip*, das in kurzen, gleichmäßigen Abständen zu hören war.

Er fand einen Lichtschalter und knipste die Deckenbeleuchtung im Gang an. Wieder blieb er eine Zeitlang bewegungslos stehen und lauschte auf irgendwelche Geräusche, aber abgesehen von dem eigenartigen *Biep-Blip* war nichts zu hören. Irgendwie kamen ihm diese monotonen Töne bekannt vor, aber er konnte sie nicht einordnen.

Seine Neugier war größer als seine Furcht. Chronische Neugier war für ihn zeit seines Lebens charakteristisch gewesen, und häufig steigerte sie sich zu akuten Anfällen. Wenn er dieser Eigenschaft nicht nachgegeben hätte, wäre er wohl nie ein erfolgreicher Maler geworden. Neugier war gewissermaßen der Motor seiner Kreativität. Deshalb wandte er sich schließlich nach rechts und ging auf eine der beiden Geräuschquellen zu.

Am Ende des Korridors konnte er dann deutlich unterscheiden, daß es sich um zwei verschiedene Folgen von *Biep*-Tönen handelte, deren Rhythmus sich ein wenig voneinander unterschied. Sie kamen aus einem dunklen Raum, dessen Tür einen Spalt breit geöffnet war. Fluchtbereit stieß er die Tür auf, aber niemand sprang ihn aus der Dunkelheit an. Das monotone *Biep-Blip* war jetzt, bei geöffneter Tür, lauter. Er sah, daß das Zimmer nicht völlig dunkel war. An der entgegengesetzten Wand drang schwaches graues Tageslicht durch die geschlossenen Vorhänge, hinter denen sich ein großes Fenster oder eine Balkontür befinden mußte; dieses Haus im Kolonialstil hatte eine Menge Balkone. Außerdem war noch der Widerschein eines grünen Lichts zu sehen, dessen Ursprung Parker aber von seinem Standort aus nicht erkennen konnte.

Er trat über die Schwelle, machte Licht, sah die Zwillinge und hielt sie im ersten Augenblick für tot. Sie lagen regungslos auf dem Rücken in einem breiten Bett, mit geöffneten Augen, bis zu den Schultern in Decken gehüllt. Dann stellte Parker jedoch fest, daß die eintönigen Geräusche und das grüne Licht von EEG- und EKG-Monitoren herrührten, an die beide Mädchen angeschlossen waren, und er sah auch die Tropfinfusionsgeräte mit den intravenösen Injektionsnadeln in den Armen der Mädchen. Er begriff, daß sie nicht tot waren, sondern einer Gehirnwäsche unterzogen wurden. Das Zimmer sah nicht so aus, als würde es von zwei Teenagern bewohnt. Parker vermutete, daß es ein Gästezimmer war und daß man die Mädchen in *ein* Bett gelegt hatte, weil man sie auf diese Weise leichter überwachen konnte.

Aber wo waren die Folterknechte? Waren sich die Experten für Gehirnkontrolle der Effektivität ihrer Drogen und anderer Mittel so sicher, daß sie die Familie allein lassen und rasch bei McDonald's einen Big Mac und Pommes frites essen konnten? Bestand nicht das geringste Risiko, daß eine der Schwestern für kurze Zeit zu sich kommen, sich die Injektionsnadel aus dem Arm reißen, aufspringen und fliehen würde?

Parker ging zum Bett und beugte sich über eines der Mädchen. Es hatte einen völlig ausdruckslosen, starren Blick, und einige Sekunden lang bewegte es nicht einmal die Lider, dann plötzlich zwinkerte es heftig etwa dreißigmal hintereinander, bevor die Lider wieder völlig zur Ruhe kamen. Parker bewegte seine Hand vor den Augen des Mädchens hin und her, ohne daß es irgendeine Reaktion zeigte.

Er sah, daß es Kopfhörer aufgesetzt hatte, die mit einem Kassettenrecorder auf dem Kissen verbunden waren. Er beugte sich noch tiefer hinab, hob einen der Kopfhörer etwas an und hörte eine leise, melodische, sehr einschmeichelnde Frauenstimme: *Am Montagmorgen habe ich lange geschlafen. Dieses Hotel eignet sich großartig zum Ausschlafen, weil das Personal so leise und rücksichtsvoll ist. Es ist kein normales Hotel, sondern gleichzeitig auch ein Country Club, und deshalb rumoren nicht schon in aller Herrgottsfrühe Putzfrauen auf den Gängen herum. Oh, diese Weingegend ist einfach bezaubernd! Hier möchte ich irgendwann einmal leben. Na ja, und als wir dann endlich aufgestanden waren, sind Chrissie und ich stundenlang in der Gegend herumgelaufen, in der Hoffnung, nette Jungs zu treffen. Wir fanden aber keine ...*

Die hypnotische Stimme war Parker unheimlich. Er setzte den Kopfhörer wieder ans Ohr des Mädchens.

Offensichtlich hatten die Salcoes — entweder alle oder nur einige von ihnen — sich an die Ereignisse des vorletzten Sommers im Tranquility Motel erinnert, und diese Erinnerungen mußten nun wieder ausgelöscht werden. Und um die Zeitspanne zu füllen, die für diese neuerliche Gehirnwäsche erforderlich war, wurden ihnen neue künstliche Erinnerungen eingegeben; dazu diente dieses Band, das bestimmt immer wieder ablief und zweifellos neben der hörbaren Botschaft auch noch irgendwie das Unterbewußtsein beeinflußte.

Dom hatte Parker am Samstag- und Sonntagabend telefonisch einiges in dieser Art erklärt, aber die abscheuliche Ungeheuerlichkeit dieses Vorgangs kam Parker erst jetzt richtig zu Bewußtsein, nachdem er selbst die hypnotische Stimme gehört hatte.

Er ging zum Fußende des Bettes und betrachtete den zweiten Zwilling, dessen Lider ebenfalls abwechselnd heftig zuckten und völlig regungslos waren. Er überlegte, ob er den Mädchen irgendeinen physischen oder psychischen Schaden zufügen konnte, wenn er die Injektionsnadeln herauszog, die Teenager von den Anschlüssen des EKGs befreite und aus dem Haus schaffte, bevor ihre Folterknechte zurückkehrten. Oder sollte er vielleicht lieber die Polizei anrufen?

Plötzlich bemerkte er, daß er und die Zwillinge nicht mehr allein waren. Er wirbelte auf dem Absatz herum und sah sich zwei Männern gegenüber, die soeben den Raum betreten haben mußten. Sie trugen dunkle Hosen und weiße Hemden mit hochgekrempelten Ärmeln; die Kragenknöpfe waren geöffnet, die

Krawatten gelockert. Hinter ihnen, auf der Schwelle, stand ein dritter Mann mit Brille, in einem Anzug und mit ordentlich gebundener Krawatte. Es mußten Regierungsbeamte sein, denn andere Leute wären gewiß nicht so korrekt gekleidet gewesen, während sie dubiosen Aktivitäten dieser Art nachgingen.

Einer der Männer rief: »Wer zum Teufel sind Sie denn?«

Parker ließ sich auf keine Diskussionen mit ihnen ein, pochte nicht töricht auf seine Rechte als Bürger der USA; er sagte überhaupt nichts. Statt dessen sprang er mit drei großen Sätzen auf die geschlossenen Vorhänge zu und hoffte inbrünstig, daß sich dahinter ein großes Fenster oder eine Balkontür verbarg, daß die Vorhänge ihn vor schweren Schnittwunden bewahren würden und daß er im Freien sein würde, bevor die drei Männer sich von der ersten Überraschung erholten. Falls die Vorhänge auch ein großes Stück Wand bedeckten, würde seine Situation alles andere als rosig sein. Hinter ihm schrien die Männer, die zweifellos schon geglaubt hatten, er säße in der Falle, überrascht auf, als er mit der Kraft einer Lokomotive gegen die Vorhänge prallte. Er spürte einen heftigen Schmerz in Schulter und Brust, aber zum Glück gab etwas klirrend, krachend und berstend nach, und er sah sich plötzlich im hellen Tageslicht und registrierte benommen, daß das Schloß der Balkontür seinem Gewicht nicht gewachsen gewesen war.

Er riß auf dem Balkon ein Tischchen mit Glasplatte um, fiel über einen Liegestuhl, schlug sich Knie und Schienbeine auf, sprang aber sofort auf die Beine und setzte über das Balkongeländer hinweg und betete im Fallen, nicht gerade in einer Hecke zu landen und von einem spitzen Ast aufgespießt zu werden. Er prallte etwa drei Meter fünfzig tiefer auf dem Rasen auf, schlug sich schmerzhaft die zweite Schulter und den Rücken an, brach sich aber glücklicherweise keine Knochen. Er rollte sich ab, taumelte auf die Beine und rannte.

Dicht vor ihm wirbelte plötzlich welkes Laub empor, aber er begriff nicht, was das zu bedeuten hatte; erst als Rindenstücke von einem Baumstamm wegflogen, wurde ihm klar, daß auf ihn geschossen wurde. Er rannte im Zickzack auf die Grundstücksgrenze zu, fiel in ein Azaleenbeet, rannte weiter, erreichte eine Hecke, setzte darüber hinweg und raste weiter.

Sie hatten ihn umbringen wollen, damit er niemandem erzählen konnte, was er im Haus der Salcoes gesehen hatte! Vermutlich würden sie die Familie jetzt schleunigst wegbringen — oder aber töten. Und wenn er nun die Polizei anrief — auf wessen Seite würde sie sein, falls es sich bei den Killern um Agenten der US-Regierung handelte? Wem würde die Polizei wohl eher Glauben schenken? Einem exzentrischen, geschmacklos gekleideten Künstler mit ungepflegtem Bart und wirren Haaren? Oder drei korrekt gekleideten Herren vom FBI, die vermutlich behaupten würden, einen Durchsuchungsbefehl für das Haus der Salcoes zu haben, weil sie Parker Faine dort vermutet hätten — einen Mann, den sie verhaften müßten. Höchstwahrscheinlich würde die Polizei den Herren noch behilflich sein, ihn festzunehmen.

Allmächtiger Himmel!

Er rannte einen Abhang hinab, bahnte sich einen Weg durch Unterholz, durchquerte das steinige Bett eines seichten Baches, stolperte auf der anderen Seite den Abhang hinauf, landete in einem Hinterhof, rannte an einem Haus entlang, gelangte endlich auf eine Straße. Um keine Aufmerksamkeit zu erregen, verlangsamte er von nun an sein Tempo zu einem schnellen Gehen, während er sich auf verschiedenen Seitenstraßen immer weiter vom Haus der Salcoes entfernte.

Er wußte genau, was er jetzt zu tun hatte. Der schreckliche Anblick der hilflosen Zwillinge hatte ihm Doms katastrophale Lage deutlicher denn je zuvor vor Augen geführt. Er hatte natürlich auch zuvor schon gewußt, daß sein Freund in Gefahr war, daß er in eine Konspiration von gigantischen Ausmaßen verstrickt worden war, aber etwas theoretisch zu wissen und es am eigenen Leibe zu erfahren waren zwei ganz verschiedene Dinge. Ihm blieb jetzt keine andere Wahl, als nach Nevada zu fliegen. Dom Corvaisis war sein Freund, vermutlich sein *bester* Freund, und wozu waren Freunde da, wenn nicht, um einander in schwierigen Zeiten beizustehen, gemeinsam gegen die Finsternis anzukämpfen? Natürlich könnte er auch nach Laguna Beach zurückkehren und an dem gestern begonnenen Gemälde weiterarbeiten. Aber wenn er das tat, würde er nie mehr Achtung vor sich selbst haben können — und das wäre ein unerträglicher Zustand, denn bisher hatte er sich selbst immer für einen überaus sympathischen Menschen gehalten!

Er mußte irgendwie zum Flughafen von Monterey gelangen, nach San Francisco und von dort weiter nach Nevada fliegen. Er glaubte nicht, daß die korrekt gekleideten Herren als erstes im Flughafen nach ihm suchen würden. Ihre einzigen an ihn gerichteten Worte waren gewesen: »Wer zum Teufel sind Sie denn?« Wenn sie nicht wußten, wer er war, würden sie vermutlich annehmen, daß er hier in Monterey wohnte. Und die Schlüssel des Wagens, auf denen die Mietwagengesellschaft stand, hatte Parker in der Tasche. In ein oder zwei Stunden würden die Kerle natürlich herausfinden, daß der Wagen am Flughafen gemietet worden war. Aber bis dahin müßte er eigentlich schon nach San Francisco unterwegs sein.

In einer ruhigen Straße sah er einen jungen Mann, etwa neunzehn oder zwanzig, der auf der Zufahrt zu einem bescheideneren Haus als dem der Salcoes sorgfältig die Reifen eines tadellos instandgesetzten bananengelben Plymouth Fury von 1958 wusch — eines jener langgestreckten Autos mit riesiger Motorhaube und großen Seitenflossen. Der Junge hatte — passend zu seinem Fahrzeug — eine mit Pomade zurechtgetrimmte Entenschwanzfrisur. Parker ging auf ihn zu und sagte: »Hör mal, mein Karren hat den Geist aufgegeben, und ich muß zum Flughafen. Ich hab's sehr eilig. Würdest du mich für fünfzig Dollar hinbringen?«

Der Junge tat sein Bestes. Wenn er nicht ein hervorragender Fahrer gewesen wäre, hätte er in den engen Kurven die Kontrolle über das Auto verloren und wäre in einen Graben oder gegen einen Baum gefahren, denn er holte aus dem großen Fury das Äußerste an Tempo heraus. Nach der dritten erfolgreich bewältigten Kurve wußte Parker, daß er in guten Händen war, und endlich entspannte er sich ein wenig.

Am Flughafen hatte er das Glück, ein Ticket für einen der beiden letzten freien Plätze im nächsten Flugzeug nach San Francisco zu bekommen, das in zehn Minuten abfliegen sollte. Er ging an Bord und rechnete halb damit, daß es vom FBI am Start gehindert würde. Aber kurz darauf waren sie in der Luft, und er konnte sich über etwas anderes Sorgen machen: ob es ihm gelingen würde, in San Francisco an Bord eines Flugzeugs nach Reno zu gehen, bevor sie ihm auf die Spur kamen.

Jack Twist ging in der Wohnung der Blocks von einem Fenster zum anderen und hielt in der weiten Landschaft Ausschau nach Beobachtungsposten ihrer Feinde. Er war überzeugt davon, daß mindestens ein Überwachungsteam das Motel und die Imbißstube ständig beobachtete, und so gut es auch versteckt sein mochte — er hatte eine Vorrichtung, die ihm den genauen Standort dieser Leute verraten würde.

Er hatte dieses Gerät zusammen mit allen anderen nützlichen Apparaturen aus New York mitgebracht. Es trug bei der Armee den Namen HS 101 Wärmeanalysator und sah aus wie eine futuristische Strahlenpistole in Filmen. Man hielt es am Kolben und blickte — wie bei einem Teleskop — durch das Okular. Wenn man den Sucher über die Landschaft gleiten ließ, sah man zweierlei: ein vergrößertes Bild des Terrains und — überlagert — Wärmequellen auf diesem Terrain. Pflanzen, Tiere und Steine in der Sonne strahlten Wärme aus, aber dank der Mikrochip-Technologie konnte der Computer des HS 101 zwischen verschiedenen Typen der Thermalstrahlung differenzieren und die meisten natürlichen Quellen ausschalten. Er reagierte nur auf lebende Wärmequellen von mehr als 50 Pfund Gewicht: auf Tiere, die größer als Haushunde waren, sowie auf Menschen. Sogar wenn die Leute dort draußen isolierte Skianzüge trugen, die einen großen Teil der Körperwärme stauten, so entwich ihrer Kleidung doch noch genug Wärme, um ihren Standort zu verraten.

Jack suchte längere Zeit das Gebiet nördlich des Motels ab, von wo aus er sich am Vorabend genähert hatte, aber schließlich entschied er, daß sie aus dieser Richtung nicht observiert wurden. Er ging weiter zu den nach Westen gelegenen Fenstern in anderen Zimmern. Auch im Westen war alles in Ordnung. Er wandte sich den Südfenstern der Wohnung zu.

Marcie hatte den letzten Mond in ihrem Album ausgemalt, und als Jack begann, mit dem HS 101 nach ihren Feinden Ausschau zu halten, begleitete sie ihn und blieb dicht an seiner Seite. Vielleicht hatte sie ihn ins Herz geschlossen, weil er stundenlang mit ihr geredet hatte, obwohl sie nicht imstande gewesen war, ihm zu antworten. Oder vielleicht hatte sie Angst und fühlte sich in seiner Nähe sicherer. Vielleicht gab es auch irgendeinen anderen unerklärlichen Grund. Er konnte jedenfalls nichts anderes für sie tun, als weiterhin leise mit ihr zu sprechen, während sie ihm von Fenster zu Fenster folgte.

Auch Jorja begleitete ihn, und obwohl sie ihn nicht mit Fragen störte, lenkte sie ihn doch wesentlich mehr ab als ihre Tochter. Sie war eine sehr attraktive Frau, aber was viel wichtiger war — er *mochte* sie sehr. Er hatte das Gefühl, daß diese Sympathie auf Gegenseitigkeit beruhte, obwohl er nicht glaubte, daß sie sich zu ihm als *Mann* hingezogen fühlte. Was könnte eine schöne Frau wie sie auch an einem Kerl wie ihm finden? Er war ein Krimineller, sein Gesicht glich einem alten, ausgelatschten Schuh, ganz zu schweigen von seinem schielenden Auge. Aber zumindest konnten sie Freunde sein — und das war sehr schön.

An den Wohnzimmerfenstern entdeckte er schließlich, wonach er gesucht hatte: Körperwärme dort draußen in der kalten Einöde. Auf dem Bild der Ebene tauchten digitale Datenausgaben auf, die ihm verrieten, daß es sich um zwei Wärmequellen handelte, die in direkter südlicher Richtung etwa 650 Meter entfernt waren. Dann folgten geschätzte Angaben über die Größe der strahlenden Oberfläche jeder Wärmequelle; diese Zahlen sagten Jack, daß er zwei Männer gefunden hatte. Er schaltete den Wärmeaufspürer des HS 101 aus und benutzte das Gerät jetzt wie ein normales Teleskop. Er mußte einige Minuten suchen, bis er die Männer ausfindig machte, denn sie trugen Tarnanzüge.

»Bingo!« sagte er schließlich.

Jorja fragte nicht, was er sah, denn sie hatte seine Lektion vom Vorabend gut gelernt: Alles, was in der Wohnung gesprochen wurde, kam ihren Feinden mit Hilfe der Elektronik zu Ohren.

Die beiden Männer lagen dort draußen auf dem kalten Boden. Jack sah, daß einer von ihnen ein Fernglas hatte. Da er es aber im Moment nicht benutzte, wußte er nicht, daß Jack ihn vom Fenster aus beobachtete.

Jack ging weiter zu den Ostfenstern und suchte auch dort die Landschaft gründlich ab, ohne jemanden zu entdecken. Sie wurden also nur von Süden aus observiert; das hielt der Feind vermutlich für ausreichend, weil die Front des Motels und die einzige Straße zum Motel von dort aus eingesehen werden konnten.

Sie unterschätzten Jack. Sie kannten seine Vergangenheit und wußten, daß er gut war, aber ihnen war nicht klar, *wie* gut er war.

Um zwanzig vor zwei fielen die ersten Schneeflocken.

Um zwei Uhr, als Dom und Ernie von ihrer Erkundungsfahrt zum Thunder Hill Depository zurückkamen, sagte Jack: »Weißt du, Ernie, wenn der Sturm später richtig losgeht, könnten Leute von der Interstate aus unsere Wagen hier stehen sehen und hier Schutz suchen, selbst wenn wir die Leuchtreklame nicht einschalten. Wir sollten meinen Cherokee, den Lieferwagen der Sarvens und die übrigen Autos lieber hinter das Haus fahren. Schließlich wollen wir ja nicht, daß ständig Leute an die Tür klopfen und fragen, warum sie hier kein Zimmer bekommen können, wenn doch andere Gäste aufgenommen wurden.«

Die Aussicht auf verärgerte Autofahrer, die nicht im Schneesturm weiterfahren wollten, war ein plausibler Vorwand, um den Lieferwagen und den Cherokee — die beiden Fahrzeuge mit Vierradantrieb — außer Sicht der Beobachter zu schaffen. Später, sobald es stärker schneien und wegen des Sturms ziemlich dunkel sein würde, könnte die ganze Tranquility-Familie das Motel heimlich durch die Hintertür verlassen und mit dem Lieferwagen und dem Cherokee querfeldein fahren.

Ernie erriet Jacks eigentlichen Plan, aber da auch er sich bewußt war, daß sie belauscht wurden, spielte er mit und ging mit Dom hinaus, um die Fahrzeuge nach hinten zu bringen.

In der Küche hatten Ned und Sandy inzwischen schon fast alle Sandwiches eingepackt, die als Abendessen mitgenommen werden sollten.

Jetzt mußten sie nur noch auf Faye und Ginger warten.

Von Zeit zu Zeit wurde der Schnee durch kurze, heftige Böen wild durcheinandergewirbelt. Gegen 14^{40} h wurde es zwar völlig windstill, aber es schneite inzwischen so stark, daß man nur wenige Meter weit sehen konnte. Die Beobachter draußen auf der Ebene würden jetzt vermutlich ihre Sachen zusammenpacken und näher ans Motel heranrücken.

Jack schaute immer häufiger auf seine Armbanduhr. Er wußte, daß ihre Zeit allmählich ablief. Aber auch er konnte natürlich nicht sagen, *wieviel* Zeit ihnen maximal noch verblieb.

Während Lieutenant Horner den defekten Polygraphen reparierte, las Falkirk dem Sicherheitschef und dessen Assistenten — Major Fugata und Lieutenant Helms — gründlich die Leviten und erklärte ihnen klipp und klar, daß sie auf seiner Liste möglicher Verräter standen. Er schaffte sich zwei Feinde, aber das machte ihm nichts aus. Sie brauchtes ihn nicht zu schätzen — sie sollten ihn nur respektieren und fürchten.

Er war mit Fugata und Helms noch nicht ganz fertig, als General Alvarado mit hochrotem Kopf ins Sicherheitsbüro gestürzt kam. Der General war ein Fettwanst mit Wurstfingern und Hängebacken. Er hatte soeben von Miles Bennell die schlechten Neuigkeiten erfahren und schäumte vor Wut.

»Stimmt das, Colonel Falkirk? Mein Gott, stimmt es tatsächlich, daß Sie VIGILANT umprogrammiert haben, daß wir jetzt alle Ihre Gefangenen sind?«

Leland informierte den General in strengem, aber nicht respektlosem Ton, daß er die Vollmacht besaß, nach eigenem Ermessen das Geheimprogramm des Sicherheitscomputers einzuschalten. Alvarado wollte wissen, von wem er diese Vollmacht erhalten habe, und Leland erwiderte: »Von General Maxwell D. Riddenhour, dem Stabschef der Armee und Vorsitzenden der...«

Alvarado fiel ihm ins Wort, er wisse selbst, wer Riddenhour sei, er könne aber nicht glauben, daß Lelands Mentor in dieser Angelegenheit der Stabschef höchstpersönlich sei.

»Sir, warum rufen Sie ihn nicht an und fragen ihn?« schlug Leland vor. Er holte eine Karte aus seiner Brieftasche und gab sie Alvarado. »Hier ist General Riddenhours Nummer.«

»Ich habe selbst die Nummer des Generalstabsquartiers«, sagte Alvarado herablassend.

»Sir, dies ist nicht die Nummer des Generalstabsquartiers, sondern General Riddenhours geheime Privatnummer. Wenn er nicht in seinem Büro ist, sollten Sie ihn unter dieser Nummer anrufen. Hier geht es schließlich um eine Angelegenheit von höchster Bedeutung, Sir.«

Alvarado stolzierte mit einem noch röteren Kopf hinaus; die Karte hielt er zwischen Daumen und Zeigefinger so weit wie möglich von sich ab, so als könnte er sich damit beschmutzen. Nach einer Viertelstunde kehrte er leichenblaß zurück. »In Ordnung, Colonel, Sie besitzen tatsächlich diese Vollmacht. Demnach übernehmen Sie wohl auch für die nächste Zeit das Kommando in Thunder Hill.«

»Keineswegs, Sir«, sagte Leland. »Sie sind immer noch der Kommandant.«

»Aber wenn ich doch ein Gefangener bin...«

Leland fiel ihm ins Wort. »Sir, Ihre Befehle haben den Vorrang, solange sie nicht in direktem Widerspruch zu meiner Vollmacht stehen, dafür zu sorgen, daß keine gefährlichen Personen — keine gefährlichen Kreaturen — aus Thunder Hill entkommen können.«

Alvarado schüttelte den Kopf. »Miles Bennell sagt, Sie hätten die absurde Idee, daß wir alle so etwas wie ... wie Monster sein könnten!« Der General hatte absichtlich das melodramatischste Wort gewählt, das ihm einfiel, um seinen Abscheu vor Lelands Einstellung zum Ausdruck zu bringen.

»Sir, wie Sie wissen«, erwiderte Leland unbeeindruckt, »hat jemand im Thunder Hill Depository versucht, einige der Zeugen durch Botschaften und Fotos ins Tranquility Motel zurückzubringen, in der Hoffnung, daß die Zeugen sich dort an alles erinnern und daraufhin einen Medienwirbel entfachen würden, der uns zwingen sollte zu enthüllen, was wir bisher geheimhalten konnten. Nun, vermutlich sind diese Verräter einfach Menschen, die in guter Absicht handeln, weil sie glauben, daß die Öffentlichkeit Bescheid wissen sollte. Ich halte es für wahrscheinlich, daß der oder die Verräter unter Bennells Mitarbeitern zu suchen sind. Aber ich darf auch nicht die Möglichkeit außer acht lassen, daß sie ganz andere — schlimme — Motive haben.«

»Monster!« wiederholte Alvarado verbittert.

Sobald der Polygraph repariert war, befahl Leland Major Fugata und Lieutenant Helms, sämtliche Personen in Thunder Hill zu verhören, die über das dort gehütete Geheimnis im Bilde waren. »Sollten Sie dabei wieder versagen«, warnte er sie, »so wird Sie das den Kopf kosten.« Falls es ihnen wieder nicht gelingen sollte, den Mann ausfindig zu machen, der den Zeugen die Polaroid-Fotos geschickt hatte, würde er das als weiteren Beweis dafür ansehen, daß die Seuche in Thunder Hill weit um sich gegriffen hatte, daß es sich dabei nicht um menschliche Korruption, sondern um die Folge einer schrecklichen Infektion handelte. Wenn sie den Verräter nicht ermittelten, würden sie ihr Versagen mit ihrem Leben bezahlen.

Um Viertel vor zwei kehrten Leland und Lieutenant Horner nach Shenkfield zurück, mit der beruhigenden Gewißheit, daß die gesamte Belegschaft des Depots tief unter der Erde eingesperrt war. Nach seiner Rückkehr in das fensterlose Büro in Shenkfield erhielt der Colonel jedoch zahlreiche katastrophale Nachrichten von Foster Polnichev, dem FBI-Chef von Chicago.

Erstens war Sharkle tot. Das wäre an sich eine gute Nachricht gewesen, aber er hatte seine Schwester, seinen Schwager und eine ganze SWAT-Mannschaft mit in den Tod gerissen. Die Belagerung von Sharkles Haus in Evanston sorgte wegen des blutigen Endes im ganzen Land für Schlagzeilen. Die sensationslüsternen Medien würden ihr Interesse an der O'Bannon Lane erst verlieren, wenn die Story durch endloses Wiederkäuen ihren Reiz verloren hatte. Und an Sharkles wirrem Gefasel war immerhin soviel Wahres gewesen, daß es einen besonders wachsamen und aggressiven Reporter durchaus nach Nevada, ins Tranquility Motel, und vielleicht sogar zum Thunder Hill Depository führen könnte.

Foster Polnichev hatte aber noch schlimmere Nachrichten auf Lager. »Hier geschieht etwas fast ... nun ja, fast Übernatürliches«, berichtete er. Ein Verbrechen in der Wohnung einer Familie namens Mendoza in einem Slumviertel von Chicago hatte bei der Polizei für eine derartige Sensation gesorgt, daß das Mietshaus nun schon seit Stunden von Zeitungsreportern und Fernsehteams regelrecht belagert wurde. Offenbar hatte Winton Tolk, der Polizist, dessen Leben Brendan Cronin gerettet hatte, ein fast schon totes Kind mit durchschnittener Kehle auf wunderbare Weise geheilt.

So unglaublich es zu sein schien, aber irgendwie hatte Brendan Cronin seine erstaunlichen Fähigkeiten auf Tolk übertragen. Aber was hatte er *sonst noch* auf den schwarzen Polizisten übertragen? Besaß Winton Tolk wirklich nur eine wundersame neue Kraft ... oder lebte in ihm nun etwas Dämonisches und Gefährliches, etwas Nicht-Menschliches?

Die Seuche breitete sich also in zunehmendem Maße aus. Lelands schlimmste Befürchtungen wurden bestätigt, während er Polnichev zuhörte, und ihn schauderte.

Der FBI-Chef von Chicago berichtete ihm, daß Tolk keine Interviews gab und sich in sein eigenes Haus zurückgezogen hatte, das nun ebenfalls von Reportern belagert wurde. Früher oder später würde sich Tolk aber bestimmt bereiterklären, mit der Presse zu reden, und er würde mit Sicherheit Brendan Cronin erwähnen, und schließlich würden die Reporter dann auch unweigerlich dem Halbourg-Mädchen auf die Spur kommen.

Das Halbourg-Mädchen! Das war ein weiterer Alptraum. Nachdem Polnichev von Tolks rätselhaften Heilkräften erfahren hatte, war er zu den Halbourgs gefahren, um herauszufinden, ob auch Emmy nach ihrer eigenen wunderbaren Heilung über unerklärliche Kräfte verfügte. Was sich dort zugetragen hatte, war einfach unbeschreiblich, und er hatte die ganze Familie Halbourg sofort isoliert, damit Presse und Öffentlichkeit nichts von dem Geheimnis erfahren konnten. Jetzt befanden sich alle fünf Halbourgs in Gewahrsam des FBI und wurden von sechs Beamten bewacht, denen nur mitgeteilt worden war, daß sie die Familie zwar beschützen, sich aber auch vor ihr in acht nehmen müßten. Keiner der Beamten durfte mit irgendeinem Familienmitglied allein bleiben. Und falls einer der Halbourgs sich irgendwie ungewöhnlich oder bedrohlich verhalten sollte, würden alle sofort getötet werden.

»Aber ich halte das alles für sinnlos«, sagte Polnichev am Telefon. »Ich glaube, die Sache ist außer Kontrolle geraten. Sie breitet sich immer mehr aus, und wir können nichts mehr dagegen unternehmen. Folglich wäre es meiner Meinung nach vernünftiger, die Geheimhaltungstaktik aufzugeben und die Öffentlichkeit über alles zu informieren.«

»Haben Sie den Verstand verloren?« fragte Leland.

»Wenn wir an dem Punkt angelangt sind, wo wir Menschen — *viele* Menschen! — umbringen müßten, nur um die Sache weiter geheimhalten zu können, Menschen wie die Halbourgs und die Tolks und all die Zeugen in Nevada — dann wäre die Geheimhaltung wirklich zu teuer erkauft!«

Leland Falkirk war wütend. »Sie scheinen völlig vergessen zu haben, was hier auf dem Spiel steht. Mein Gott, Mann, es geht jetzt nicht mehr ausschließlich darum, der Öffentlichkeit etwas zu verschweigen. Das ist jetzt fast nebensächlich. Jetzt müssen wir versuchen, unsere gesamte Spezies Mensch vor der Vernichtung zu bewahren! Wenn wir jetzt mit der Sache an die Öffentlichkeit gehen und dann beschließen, zur Vermeidung weiterer Infektion Gewalt anzuwenden, wird sich jeder verdammte Politiker und jeder weichherzige Idiot einmischen und uns Knüppel zwischen die Beine werfen, und im Handumdrehen wird der Krieg verloren sein!«

»Aber ich glaube, die neue Entwicklung beweist uns, daß keine große Gefahr besteht«, widersprach Polnichev. »Sicher, ich habe meinen Männern gesagt, sie sollten in den Halbourgs eine mögliche Bedrohung sehen, aber ich persönlich glaube eigentlich nicht daran. Die kleine Emmy ... sie ist ein richtiger Schatz, alles andere als ein Monster. Ich weiß nicht, auf welche Weise Cronin zu dieser Kraft gekommen ist und wie er sie an das Mädchen weitergegeben hat, aber ich könnte fast um mein Leben wetten, daß diese Kraft das *einzige* ist, was diesem Kind innewohnt. Was *all* diesen Menschen innewohnt! Wenn sie Emmy nur sehen und beobachten könnten, Colonel! Sie ist ein bezauberndes Mädchen. Alles deutet doch darauf hin, daß wir diese Vorgänge als das größte Ereignis in der Geschichte der Menschheit feiern sollten.«

»Selbstverständlich!« sagte Leland kalt. »Genau das würde ein Feind dieser Art uns ja glauben machen wollen! Wenn wir davon überzeugt werden können, daß Anpassung und Unterwerfung ein großer Segen für uns sind, werden wir kampflos erobert werden.«

»Aber, Colonel, falls Cronin und Corvaisis und Tolk und Emmy tatsächlich infiziert wurden, falls sie keine Menschen — oder zumindest nicht mehr wie Sie und ich — sind, dann würden sie doch bestimmt nicht durch Wunderheilungen und telekinetische Kunststückchen auf sich aufmerksam machen. Sie würden ihre erstaunlichen Fähigkeiten verbergen und die Infektion heimlich weiter verbreiten.«

Leland ließ sich von diesem Argument nicht beeindrucken. »Wir wissen nicht, wie diese Sache funktioniert. Vielleicht unterwirft sich die infizierte Person völlig dem Parasiten, wird zu dessen Sklaven. Oder — um auf Ihren Einwand einzugehen — vielleicht besteht zwischen Wirt und Parasit eine positive Beziehung, vielleicht unterstützen sie sich gegenseitig — oder vielleicht weiß der Wirt auch gar nicht, daß der Parasit in ihm ist; das würde auch erklären, warum das Halbourg-Mädchen und die anderen nicht wissen, woher sie ihre Kraft haben. Aber wie dem auch immer sei — jedenfalls ist eine solche Person kein hundertprozentiger Mensch mehr. Und meiner Meinung nach kann man einer solchen Person nicht mehr trauen. Man kann ihr keinen Zentimeter weit über den Weg trauen! Sie müssen unverzüglich die ganze Familie Tolk in Gewahrsam nehmen und isolieren, Polnichev!«

»Ich sagte Ihnen doch schon, Colonel, daß das Haus der Tolks von Polizisten und Presseleuten umlagert ist. Wenn ich mit meinen Leuten reingehe und die Tolks vor den Augen einer Meute von Reportern verhafte, fliegt alles auf. Und obwohl ich nicht mehr an Nutzen und Sinn dieser Geheimhaltung glaube, werde ich sie dennoch nicht sabotieren. Ich kenne meine Pflicht.«

»Wird das Haus wenigstens von Ihren Leuten observiert?«

»Ja.«

»Und was ist mit den Mendozas? Wenn Tolk den Jungen infiziert hat, so wie Cronin offensichtlich *ihn* infiziert hat ...«

»Wir observieren auch die Mendozas. Aber wegen der Reporter können wir auch hier nichts unternehmen.«

Ein weiteres Problem war Vater Stefan Wycazik. Der Priester war in der Wohnung der Mendozas und bei den Halbourgs gewesen, noch bevor Polnichev überhaupt gewußt hatte, was sich an beiden Orten abspielte. Und später hatte ein FBI-Agent Vater Wycazik bei der Straßensperre in der Nähe von Sharkles Haus in Evanston gesehen, genau in dem Moment, als dort die Bombe detoniert war. Aber niemand wußte, wohin er danach verschwunden war. Seit fast sechs Stunden hatte ihn niemand mehr gesehen. »Offenbar setzt er sich die Sache wie ein Puzzlespiel zusammen, fügt ein Teilchen nach dem anderen ein. Das ist ein zusätzlicher Grund, weshalb wir die Öffentlichkeit möglichst schnell selbst informieren sollten, bevor alles ohnehin auffliegt und wir in der Tinte sitzen.«

Leland Falkirk hatte plötzlich das Gefühl, daß alles völlig außer Kontrolle geriet, und das Atmen bereitete ihm Mühe, denn er hatte sein ganzes Leben der Philosophie und den Prinzipien der Kontrolle geweiht — unablässiger eiserner Kontrolle in allen Dingen. Kontrolle war wichtiger als alles andere. Als erstes kam die Selbstkontrolle. Man mußte lernen, seine Wünsche und niedrigen Triebe fest unter Kontrolle zu halten; andernfalls riskierte man, von irgendeinem Laster — Alkohol, Drogen, Sex — zerstört zu werden. Das hatte er von seinen ultra-religiösen Eltern gelernt, die ihm diese Lektion schon eingetrichtert hatten, als er noch zu klein gewesen war, um zu verstehen, worum es eigentlich ging. Und ebenso mußte man auch seinen Intellekt unter Kontrolle halten: Man mußte sich zwingen, stets auf die Logik und den Verstand zu bauen, denn der Mensch neigte dazu, irgendeinem Aberglauben zu verfallen, irgendwelche Verhaltensmuster zu akzeptieren, die auf irrationalen Annahmen beruhten. Diese Lektion hatte er *trotz* seiner Eltern gelernt, bei den Gottesdiensten der Pfingstler, als er erschrocken miterlebt hatte, wie sie sich in der Kirche oder im Erweckungszelt auf den Boden warfen, in Ekstase gerieten und kreischten; sie behaupteten, es wäre der Geist Gottes, der sie dazu hinriß, aber in Wirklichkeit war es natürlich nichts anderes als Massenhysterie.

Außerdem mußte man seine Angst unter Kontrolle bekommen, wenn man nicht verrückt werden wollte. Er hatte sich selbst soweit gebracht, seine Angst vor den Eltern zu überwinden, die ihn in regelmäßigen Abständen bestraft und verprügelt hatten — zu seinem eigenen Besten, weil sie den Teufel aus ihm austreiben müßten, wie sie stets behaupteten. Man konnte lernen, seine Angst unter Kontrolle zu bekommen, indem man sich selbst Schmerzen zufügte und auf diese Weise unempfindlicher wurde, denn man fürchtete sich nicht mehr vor etwas, wenn man sicher war, den damit verbundenen Schmerz ertragen zu können. Kontrolle! Leland Falkirk hatte sich, sein ganzes Leben, seine Männer und jeden Auftrag, den er erhielt, unter Kontrolle; aber nun war ihm plötzlich klar geworden, daß in dieser äußerst heiklen Angelegenheit alles total außer Kontrolle geraten würde, und er war einer Panik näher als zu irgendeinem Zeitpunkt während der vergangenen vierzig Jahre.

»Polnichev«, sagte er. »Ich lege jetzt auf, aber bleiben Sie in der Nähe des Telefons. Mein Adjutant wird eine Konferenzschaltung zwischen mir, Ihnen, Ihrem Direktor, Riddenhour in Washington und unserem Kontaktmann im Weißen Haus herstellen. Wir werden uns auf eine harte Strategie einigen und darüber beraten, wie sie sich am besten durchführen läßt. Ich will verdammt sein, wenn ich es zulasse, daß Memmen uns in Gefahr bringen. Wir werden die Sache unter Kontrolle behalten. Wir werden die Infizierten ausrotten, falls es erforderlich sein sollte, selbst wenn niedliche kleine Mädchen und Priester darunter sind, und wir werden dafür sorgen, daß alles in Ordnung kommt. Bei Gott, dafür werde ich sorgen!«

Als Faye und Ginger um Viertel vor drei aus Elko zurückkamen, folgte ihnen das grün-braune Auto auch noch auf der Ausfahrt von der I-80. Ginger rechnete damit, daß es auf den Parkplatz des Motels fahren und direkt neben ihnen parken würde, aber es blieb am Rande der Landstraße stehen, etwa 30 Meter vom Tranquility entfernt.

Faye parkte vor der Tür zum Büro, und Dom und Ernie kamen heraus, um ihnen beim Ausladen ihrer Einkäufe zu helfen — Skianzüge, Skimasken, Stiefel und wattierte Handschuhe für alle, die noch keine derartige Ausrüstung besaßen; die verschiedenen Größen hatten Ginger und Faye sich am Vorabend notiert. Außerdem hatten sie zwei halbautomatische Schrotflinten samt Munition für diese und die bereits vorhandenen Waffen gekauft, Rucksäcke, Taschenlampen, zwei Kompasse, einen kleinen Azetylen-Schweißbrenner mit zwei Gasflaschen und zahlreiche andere Gegenstände.

Ernie umarmte Faye, und Dom umarmte Ginger. Beide Männer sagten gleichzeitig: »Ich habe mir Sorgen um dich gemacht«, und Ginger hörte sich zusammen mit Faye antworten: »Ich habe mir auch Sorgen um dich gemacht.« Ernie und Faye küßten sich. Mit Schneeflocken in den Brauen und Wimpern beugte sich Dom zu Ginger herab, und auch sie küßten sich — es war ein süßer, warmer, sehnsüchtiger Kuß. Und irgendwie kam es ihnen beiden genauso natürlich vor, sich auf diese Weise zu begrüßen, wie dem Ehepaar Faye und Ernie Block. Dieses Gefühl bestätigte nur, was Ginger seit ihrer Landung in Elko vor zwei Tagen für Dom empfunden hatte.

Als alle Einkäufe in der Wohnung der Blocks aufgestapelt waren, begaben sich alle zehn Mitglieder der Tranquility-Familie in die Imbißstube. Jack, Ernie, Dom, Ned und Faye nahmen Schußwaffen mit.

Während Ginger Stühle an den langen Tisch schob, an dem Dom und Brendan am Vorabend mit Salz- und Pfefferstreuern ihre Kräfte erprobt hatten, bemerkte sie, daß der Priester die Waffen mit einer Mischung aus Unbehagen und Furcht betrachtete; er machte überhaupt einen weit weniger optimistischen Eindruck als am Vortag. »Ich habe letzte Nacht nicht geträumt«, erklärte er, als sie ihn nach dem Grund für seine düstere Stimmung fragte. »Kein goldenes Licht, keine Stimme, die mich ruft. Weißt du, Ginger, ich habe mir selbst ständig einzureden versucht, daß ich nicht glaubte, von *Gott* hierher gerufen worden zu sein. Aber in meinem tiefsten Innern habe ich das doch geglaubt. Vater Wycazik hatte recht: Ein Kern des Glaubens war mir immer geblieben. Und in den letzten Tagen war ich nahe daran, die Existenz Gottes wieder anzuerkennen. Mehr als das: Ich *brauche* ihn wieder. Aber jetzt ... kein Traum, kein goldenes Licht ... so als wäre ich von Gott verlassen.«

»Nein, du irrst dich«, sagte Ginger und griff nach seiner Hand, um seine Verstörung zu lindern und ihm zu helfen. »Wenn du an Gott glaubst, dann verläßt er dich nie. Habe ich nicht recht? Du kannst dich von Gott abwenden, aber niemals wird er dich verlassen. Er vergibt immer, liebt immer. Ist es nicht das, was du den Gläubigen verkündigst?«

Brendan lächelte schwach. »Das klingt ja so, als hättest *du* das Seminar besucht.«

»Vermutlich war der Traum nur eine Erinnerung, die aus deinem Unterbewußtsein durch die Gedächtnisblockierung hindurchbrach«, fuhr Ginger ernst fort. »Aber falls es wirklich Gott war, der dich hierhergerufen hat ... nun, dann ist es einleuchtend, warum du letzte Nacht nicht geträumt hast — du bist angekommen! Du bist hierhergekommen, wie er es wollte, deshalb braucht er dir den Traum nicht mehr zu schicken. Verstehst du?«

Das Gesicht des Priesters hellte sich etwas auf.

Alle nahmen am Tisch Platz.

Ginger stellte erschrocken fest, daß Marcies Zustand sich seit dem Vorabend verschlechtert hatte. Sie saß mit gesenktem Kopf da, das Gesicht von den dichten schwarzen Haaren halb verborgen, starrte auf ihre kleinen Hände, die schlaff auf ihrem Schoß lagen, und sie murmelte unablässig vor sich hin: »Mond, der Mond, Mond ...« Sie hatte sich ausschließlich auf die Erinnerungen an jenen 6. Juli konzentriert, die sie am Rande ihres Bewußtseins zu verhöhnen schienen, weil sie sich nicht greifen ließen, sich ihr immer wieder qualvoll entzogen und sie zu einer obsessiven Beschäftigung mit den vagen Schemen zwangen.

»Sie wird diesen Zustand überwinden«, sagte Ginger zu Jorja. Sie wußte, wie nichtssagend und töricht sich das anhören mußte, aber ihr fiel nichts Besseres ein.

»Ja.« Jorja fand ihre Worte offenbar nicht töricht, sondern tröstlich. »Sie muß ihn überwinden. Sie *muß* einfach!«

Jack und Ned stellten die Sperrholzplatte vor die Tür und schoben den Tisch davor, damit sie nicht abgehört werden konnten.

Faye und Ginger berichteten rasch von ihrem Besuch bei den Jamisons und von den beiden Männern im Plymouth, die ihnen gefolgt waren. Auch Ernie und Dom waren observiert worden.

Diese Nachricht beunruhigte Jack. »Wenn sie ihre Karten aufdecken, um uns im Auge behalten zu können, so heißt das, daß sie fast soweit sind, uns wieder gefangenzunehmen.«

»Vielleicht sollte ich lieber Wache halten, um festzustellen, ob sie nicht schon anrücken«, sagte Ned Sarver. Jack hielt das für eine gute Idee, und Ned ging zur Tür, legte ein Auge an den

Spalt zwischen Sperrholz und Türrahmen und blickte auf den schneebedeckten Parkplatz hinaus.

Jack wollte wissen, was Ernie und Dom bei ihrer Erkundungsfahrt entlang des Grenzzauns von Thunder Hill entdeckt hatten. Er lauschte aufmerksam ihrem Bericht und stellte einige Fragen, deren Sinn Ginger nicht klar war. Waren dünne, blanke Drähte im Maschenzaun verwoben? Wie sahen die Zaunpfosten aus? Schließlich fragte er: »Keine Wachhunde oder Patrouillen?«

»Nein«, erwiderte Dom. »Wir hätten sonst Spuren im Schnee sehen müssen. Sie haben offenbar elektronische Sicherheitsanlagen. Ich hatte gehofft, daß wir aufs Gelände gelangen könnten — aber nur, bis ich den Ort aus der Nähe sah.«

»Oh, aufs Gelände kommen wir ohne weiteres«, sagte Jack. »Schwieriger wird es sein, ins eigentliche Depot hineinzukommen.«

Dom und Ernie sahen ihn so fassungslos an, daß Ginger begriff, wie uneinnehmbar Thunder Hill aussehen mußte.

»*Hinein*zukommen?« rief Dom.

»Das schafft niemand!« sagte Ernie.

»Wenn sie das Gelände mit elektronischen Vorrichtungen sichern«, erklärte Jack, »so verlassen sie sich bestimmt auch am Haupteingang auf elektronische Anlagen. So ist das heutzutage. Von High-Tech lassen sich alle blenden. Bestimmt werden sie am Haupteingang irgendwo noch einen Wachposten haben, aber der Kerl wird sich so auf Computer, Videokameras und sonstige Dinge verlassen, daß er nicht mehr richtig aufpaßt. Es müßte uns also gelingen, ihn zu überwältigen. Aber wenn wir erst einmal drin sind, weiß ich nicht, wie weit wir kommen werden, bevor sie uns schnappen. Es wird uns vielleicht nicht gelingen, vorher etwas Interessantes zu entdecken.«

Ginger sagte: »Aber wie kannst du nur so sicher sein, daß ...«

Jack fiel ihr ins Wort. »Du darfst nicht vergessen, daß ein Teil meiner Arbeit in den letzten acht Jahren darin bestand, irgendwo hinein- und wieder herauszukommen. Und es war die Regierung, die mich ursprünglich dazu ausgebildet hat; folglich kenne ich ihre Routine und Tricks.« Er zwinkerte ihr mit seinem schielenden Auge zu. »Ich habe einige Tricks auf Lager!«

Jorja wandte verstört ein: »Aber du sagtest doch, daß sie dich dort drin schnappen werden.«

»O ja«, sagte Jack seelenruhig.

»Aber welchen Sinn hat es dann, sich überhaupt hineinzuwagen?« fragte Jorja.

Er hatte alles genau geplant, und Ginger lauschte seinen Ausführungen zuerst völlig verblüfft, dann aber mit wachsender Bewunderung für seine strategischen Schachzüge.

Jack erklärte seinen Plan in allen Einzelheiten, so als gäbe es überhaupt keinen Zweifel daran, daß alle anderen Mitglieder der Gruppe genau das tun würden, was er ihnen sagte, wie groß die Risiken auch sein mochten. Er wandte jede ihm bekannte Methode indirekter Beeinflussung und Überredung an, nicht etwa, weil er nicht bereit gewesen wäre, Alternativen zu seiner eigenen Strategie oder Abänderungen derselben gelten zu lassen, sondern aus dem einfachen Grund, weil sie keine Zeit hatten, über andere Vorgehensweisen zu diskutieren. Sein Verstand und sein Instinkt sagten ihm: *Die Zeit läuft ab.* Deshalb lag ihm daran, sie möglichst rasch von seinem Plan zu überzeugen, der folgendermaßen aussah:

Innerhalb der nächsten Stunde sollten alle — außer Dom, Ned und Jack selbst — in den hinter dem Motel bereitstehenden Cherokee steigen und auf Umwegen nach Elko fahren, um auf diese Weise ihren Verfolgern zu entkommen. In Elko würde die Gruppe sich aufteilen. Ernie, Faye und Ginger würden mit dem Cherokee in nördliche Richtung fahren, nach Twin Falls in Idaho und weiter nach Pocatello. Von dort würden sie nach Boston fliegen und sich zu Gingers Freunden, den Hannabys, begeben. Voraussichtlich würden sie am Donnerstagabend oder am Freitagmorgen in Boston ankommen. Sie sollten den Hannabys sofort in allen Einzelheiten berichten, was sie herausgefunden hatten. Wenige Stunden später würde Ginger möglichst viele ihrer Kollegen vom Boston Memorial zusammentrommeln und — unterstützt von den Blocks — den Ärzten erzählen, was in Nevada im vorletzten Sommer vielen unschuldigen Menschen angetan worden war. In der Zwischenzeit würden Rita und George Hannaby mit einflußreichen Freunden Kontakt aufnehmen und Treffen vereinbaren, bei denen Ginger und die Blocks ihre Berichte weiter verbreiten konnten. Erst danach sollten Ginger, Faye und Ernie die Presse informieren und anschließend bei der Polizei eine Erklärung abgeben, daß Pablo Jackson *nicht* von einem gewöhnlichen Einbrecher umgebracht worden war.

»Der Trick bei der Sache ist«, erklärte Jack, »daß die Geschichte möglichst rasch unter einflußreichen Leuten verbreitet werden muß. Falls ihr dann nämlich einem ›Unfall‹ zum Opfer fallt, bevor ihr die Presse überzeugen könnt, den Fall aufzugreifen, werden viele bedeutende Persönlichkeiten wissen wollen, wer euch getötet hat und warum. Das macht dich für uns so wertvoll, Ginger — du kennst eine ganze Reihe wichtiger Leute in einer der einflußreichsten Großstädte des ganzen Landes. Wenn es dir gelingt, sie für deine Story zu interessieren, werden wir eine imposante Rückendeckung haben. Vergiß aber nicht — du mußt *schnell* handeln, bevor die Verschwörer herausfinden, daß du nach Boston zurückgekehrt bist, und dich entweder gefangennehmen oder einfach liquidieren.«

Draußen kam plötzlich wieder Wind auf und rüttelte an den Sperrholzplatten der Fenster. Ausgezeichnet! Wenn der Sturm die Sicht weiter verschlechterte, würden sie eine größere Chance haben, unentdeckt das Motel zu verlassen.

»Sobald Ginger, Faye und Ernie mit dem Cherokee von Elko aus in Richtung Pocatello aufgebrochen sind«, fuhr Jack in einem Ton fort, der keinen Widerspruch duldete, »geht ihr übrigen vier — Brendan, Sandy, Jorja und Marcie — zum Jeephändler und kauft dort ein weiteres Fahrzeug mit Vierradantrieb. Das nötige Bargeld werde ich euch nachher geben. Danach fahrt ihr unverzüglich in östliche Richtung, nach Salt Lake City in Utah. Ihr werdet im Schneesturm natürlich nicht so schnell vorankommen, aber spätestens am Donnerstagnachmittag oder -abend müßtet ihr in Chicago sein, wenn ihr — sobald des Wetter es erlaubt — in Salt Lake City abfliegt.« Er wandte sich dem Priester zu. »Brendan, sofort nach der Landung wirst du deinen Chef anrufen, diesen Vater Wycazik, von dem du uns erzählt hast. Er muß seinen ganzen Einfluß geltend machen, um für euch unverzüglich ein Treffen mit dem Leiter der Chicagoer Erzdiözese zu arrangieren, wer immer das auch sein mag.«

»Richard Kardinal O'Callahan«, sagte Brendan. »Aber nicht einmal Vater Wycazik schafft es möglicherweise, ein *sofortiges* Treffen mit ihm zu vereinbaren.«

»Er *muß* es schaffen«, erklärte Jack energisch. »Brendan, du mußt rasch handeln, genauso wie Ginger in Boston. Wir müssen davon ausgehen, daß unsere Feinde dich rasch ausfindig machen, sobald du in Chicago auftauchst. Bei dem Treffen mit

Kardinal O'Callahan werdet ihr — du, Jorja und Sandy — ihm erklären, was sich hier in Nevada abgespielt hat, und du, Brendan, wirst ihm deine telekinetischen Fähigkeiten vorführen. Wirf alle Bedenken über Bord, okay? Tragen Kardinäle Hosen unter ihren Soutanen?«

Brendan blinzelte überrascht. »*Was?* Selbstverständlich tragen sie Hosen.«

»Dann mußt du dafür sorgen, daß deinem Kardinal O'Callahan das Herz in die Hose rutscht. Zieh eine Riesenshow ab, damit er begreift, daß er Zeuge des bedeutsamsten Ereignisses seit zweitausend Jahren ist — seit damals jener Stein von dem Grab weggewälzt wurde. Und ich will damit nicht blasphemisch sein, Brendan — ich glaube wirklich, daß es die größte Story seit jener Zeit ist.«

»Ich auch«, sagte Brendan. Obwohl er den ganzen Vormittag hindurch deprimiert gewesen war, schien Jacks Entschlossenheit und verhaltene Erregung ihm neuen Mut einzuflößen.

Die Sperrholzplatten an den Fenstern vibrierten jetzt so stark vom Wind, daß das Restaurant von einem rätselhaften Klappern erfüllt war.

Ernie Block legte lauschend den Kopf zur Seite und sagte: »Wenn der Wind schon jetzt so stark ist, obwohl es erst seit kurzem schneit, wird der Sturm nachher Dächer abdecken.«

Jack hoffte, daß das Wetter sich nicht *zu* schnell verschlimmern würde, weil der Feind sonst beschließen könnte, seinen Angriff vorzuverlegen, um die möglichen Komplikationen bei einer Umzingelung des Motels mitten in einem heftigen Schneesturm zu vermeiden.

»Okay, Brendan«, sagte Jack, »überzeuge Kardinal O'Callahan und bring ihn dazu, möglichst rasch Treffen mit dem Bürgermeister, den Stadträten, den Finanzbossen und sonstigen einflußreichen Persönlichkeiten zu arrangieren. Du wirst vermutlich etwa 24 Stunden Zeit haben, um deine Geschichte in Umlauf zu setzen, bevor dein Leben in Gefahr ist. Je mehr Leute du in dieser Zeit informieren kannst, desto geringer wird die Gefahr für dich sein. Du solltest aber möglichst nicht länger als zwölf Stunden brauchen, um dir mächtige Fürsprecher zu verschaffen. Diese Leute bittest du dann, eine Pressekonferenz einzuberufen. Stell dir nur einmal vor: Du hast die prominentesten Bürger der Stadt als Rückendeckung, die Reporter fragen sich, was los ist — und dann führst du deine telekinetischen Fähigkeiten vor und läßt vor aller Augen einen Stuhl durch den Raum schweben!«

Brendan grinste. »Das wird das Ende ihrer Geheimhaltungstaktik sein. Danach werden sie ihre Karten auf den Tisch legen müssen.«

»Wir wollen es hoffen«, sagte Jack. »Denn während ihr alle eure diversen Missionen ausführt, werden Dom, Ned und ich im Thunder Hill Depository sein, vielleicht unter militärischem Arrest, und wir haben nur dann eine Chance, wohlbehalten wieder da rauszukommen, wenn ihr schnellstens für landesweites Aufsehen sorgt.«

»Dieser Teil der Sache gefällt mir nicht — daß ihr drei ins Depot reingehen wollt«, sagte Jorja. »Wozu ist das notwendig? Das habe ich vor einer Viertelstunde schon einmal gefragt, und du hast mir immer noch keine Antwort darauf gegeben, Jack. Wenn wir unbemerkt von hier verschwinden, nach Boston und Chicago gelangen und dort Gingers und Brendans Beziehungen ausnützen können, um die Story publik zu machen, dann ist es doch überflüssig, im Depot herumzuschnüffeln. Sobald wir einen Presserummel entfacht haben, werden Armee und die in diese Sache verwickelten Regierungskreise doch endlich mit der Sprache herausrücken müssen. Sie werden uns verraten müssen, was in jenem Sommer geschehen ist und was in Thunder Hill getrieben wird.«

Jack holte tief Luft, denn dies war der Teil, bei dem sie eventuell ihre Mitwirkung verweigern würden — besonders Dom und Ned. »Entschuldige, Jorja, aber das ist naiv. Wenn wir uns *alle* aufsplittern und unsere Geschichte verbreiten, wird zwar ein enormer Druck auf die Armee und die Regierung ausgeübt werden, mit der Wahrheit herauszurücken — aber diese Kreise werden die Sache absichtlich hinziehen. Sie werden wochen- und monatelang widersprüchliche Geschichten verbreiten und in dieser Zeit eine überzeugende Lüge erfinden, die alles erklären, aber rein gar nichts enthüllen wird. Unsere einzige Hoffnung besteht darin, sie in Zugzwang zu versetzen, sie zu zwingen, ihre Karten *sofort* auf den Tisch zu legen, bevor sie sich Märchen ausdenken können. Und um die Dinge auf diese Weise zu beschleunigen, müßt ihr der Welt sagen können, daß drei eurer Freunde — Dom, Ned und ich — gegen ihren Willen im Berg festgehalten werden. Als Geiseln. Die Tatsache eines Geiseldramas, inszeniert von Dienststellen unserer eigenen Regierung — unsere eigene Armee in der Rolle von Terroristen! —, das wird das Faß vermutlich zum Überlaufen bringen und es ihnen unmöglich machen, ihre Verzögerungstaktik länger als ein oder zwei Tage aufrechtzuerhalten.«

Er sah, daß alle äußerst bestürzt waren. Ernie und Faye schauten ihn mit einer Mischung aus Schrecken und Trauer an, so als wäre er schon tot.

Angst hatte sich wie ein dunkler Schatten um Jorjas Gesicht gelegt. Sie sagte: »Aber das ist unmöglich. Nein, nein! Ihr dürft euch nicht opfern ...«

»Wenn ihr anderen eure Mission sorgfältig ausführt«, wandte Jack rasch ein, »werden wir nicht zu Opfern werden. Ihr müßt uns durch den entfachten Sturm der Entrüstung aus Thunder Hill befreien. Deshalb ist es ja so wichtig, daß wir alle genau das tun, was wir jetzt vereinbaren.«

Jorja war hartnäckig. »Wenn es euch nun aber gelingt, in den Berg hineinzukommen und etwas zu entdecken, das erklärt, was in jenem Juli geschehen ist, wenn ihr vielleicht sogar ein paar Fotos machen könnt und die Möglichkeit habt, lebend wieder herauszukommen — dann werdet ihr doch versuchen zu entkommen, oder? Du meinst doch nicht, daß das Geiseldrama *unbedingt* notwendig ist?«

»Nein, natürlich nicht«, sagte Jack.

Aber das war eine Lüge. Obwohl eine — wenn auch sehr geringe — Chance bestand, daß sie sich tief ins Depot hineinschleichen konnten, so wußte Jack doch genau, daß wenig Hoffnung bestand, wieder unentdeckt herauszukommen. Und dort drin etwas zu finden, das sofort erklären würde, was sie im vorletzten Sommer nun eigentlich gesehen hatten — diese Hoffnung war gleich Null. Zum einen wußten sie ja überhaupt nicht, *wonach* sie suchen sollten. Es war möglich — sogar wahrscheinlich, daß sie einfach daran vorbeilaufen würden, ohne es zu erkennen. Und außerdem war die Lösung des Rätsels — falls auf Thunder Hill irgendwelche gefährlichen Experimente stattgefunden hatten und eines davon an jenem Juliabend außer Kontrolle geraten war — höchstwahrscheinlich in Akten oder auf Mikrofilmen oder in Laborberichten zu finden; und selbst wenn es ihnen gelingen sollte, sich Zugang zu den Labors zu verschaffen, hätten sie niemals die Zeit, um sich durch Berge von Papierkram hindurchzuarbeiten, bis sie schließlich vielleicht auf etwas Entscheidendes stoßen würden. Aber das alles verschwieg er Jorja und den anderen. Diese Sitzung durfte nicht in eine Debatte über mögliche Risiken ausarten.

Draußen heulte der Wind.

»Und wenn du nun schon unbedingt darauf bestehst, daß ihr da reingehen müßt«, beharrte Jorja, »warum können wir dann nicht wenigstens in eurer Nähe bleiben? Ich meine damit — wir sieben könnten doch auch einfach nach Elko fahren und zum ›Sentinel‹ gehen, und Brendan könnte seine Fähigkeiten vor der lokalen Presse demonstrieren. Wir könnten die Konspiration doch genausogut *hier* aufdecken wie in Boston und Chicago.«

»Nein.« Jack war gerührt über ihre Sorgen um ihn, aber zugleich ärgerte er sich über die sinnlose Zeitvergeudung. Die Zeiger seiner Armbanduhr schienen nur so zu rasen. »Die wichtigen nationalen Medien würden ihre Aufmerksamkeit nicht schnell genug einem Kleinstadtzeitungsartikel schenken, in dem von einem Mann mit paranormalen Fähigkeiten und von einer großen Regierungsverschwörung die Rede ist. Alle würden glauben, es wäre auch nichts anderes als die Berichte über Schneemenschen oder UFOs. Unsere Feinde würden euch finden und zum Schweigen bringen — euch *und* alle Lokalreporter, mit denen ihr gesprochen hättet, lange bevor die nationalen Medien sich die Mühe machen würden, jemanden nach Elko zu schicken. Ihr *müßt* nach Boston beziehungsweise Chicago, Jorja. Mein Plan ist unsere einzige Erfolgschance.«

Jorja gab sich mit traurigem Gesicht endlich geschlagen.

»Dom«, fragte Jack, »kommst du mit?«

»Ja«, antwortete der Schriftsteller erwartungsgemäß. Corvaisis war einer jener aufrechten Charaktere, auf die man sich verlassen konnte, obwohl er sich selbst vermutlich nicht so sah. Er lächelte ironisch und fragte: »Aber würde es dir etwas ausmachen, mir zu erklären, wie ausgerechnet ich zu dieser Ehre komme?«

»Das kann ich dir sagen«, erwiderte Jack. »Ernie hat seine Nyctophobie noch nicht ganz überwunden, und für ihn wird es deshalb schon schwer genug sein, die ganze Nacht durchzufahren. Einer Nachttour zum Depot wäre er nicht gewachsen. Also bleiben nur du und Ned übrig. Und außerdem, Dom, wird es unserer Sache auch nicht gerade abträglich sein, wenn eine der Geiseln in Thunder Hill ein Schriftsteller ist, eine angehende Berühmtheit. Auf solche Sensationen ist die Presse ganz versessen.«

Ginger Weiss hatte während Jacks Ausführungen die Stirn gerunzelt. Jetzt ergriff sie das Wort. »Du bist ein fantastischer Stratege, Jack, aber auch ein großer Chauvi. Du ziehst für die Expedition nach Thunder Hill nur Männer in Betracht. Ich glaube aber, daß Dom, du und *ich* hingehen sollten.«

»Aber...«

»Hör mich erst mal an«, sagte sie. Sie stand auf und ging zum anderen Ende des Tisches. Die allgemeine Aufmerksamkeit wandte sich ihr zu. Jack erkannte, daß sie ihren ganzen Intellekt, ihren ganzen Willen und auch noch ihre Schönheit aufbot, um ihn umzustimmen — ihre Taktik hatte große Ähnlichkeit mit seinen eigenen Methoden zur Durchsetzung seines Willens. »Ned und Sandy könnten mit Brendan nach Chicago gehen — dann hätte er auch wieder zwei Erwachsene bei sich, die seine Geschichte bestätigen können. Jorja und Marcie könnten mit Faye und Ernie zu den Hannabys nach Boston gehen, mit einem Brief von mir. George und Rita werden sie ernst nehmen, sie anhören. Mein Brief allein würde ihnen eine freundliche Aufnahme garantieren. Aber der herzliche Empfang ist sogar doppelt gesichert, denn innerhalb von zehn Minuten wird Rita in Faye sich selbst erkennen, sie werden sich wie Schwestern fühlen, und Rita wird für Faye durchs Feuer gehen. Meine Anwesenheit in Boston ist also nicht erforderlich. Ich werde *hier* viel mehr gebraucht. Zum einen wird das Eindringen ins Depot ein gefährliches Unterfangen sein. Du oder Dom konntet dabei verletzt werden und dringend ärztliche Hilfe benötigen. Wir wissen nicht genau, ob Dom über die gleichen Heilkräfte verfügt wie Brendan, und selbst wenn das der Fall ist, wird er vielleicht nicht imstande sein, sie auf Kommando auszuüben. Einen Arzt zur Hand zu haben wäre also gar nicht schlecht, oder? Und zweitens: Wenn ein berühmter Schriftsteller — schon gut, Dom, also ein Schriftsteller auf dem Weg zur Berühmtheit — sich als Geisel gutmacht, so wird die Presse einen noch größeren Rummel veranstalten, wenn eine *Frau* in Thunder Hill festgehalten wird. Verdammt, Jack, du *brauchst* mich!«

»Du hast recht«, sagte er und sah ihrem verblüfften Gesicht

an, daß sie nicht mit einem so leichten Sieg gerechnet hatte. Aber was sie vorgebracht hatte, war vernünftig, und es wäre deshalb blödsinnig, mit überflüssigen Debatten Zeit zu vergeuden. »Ned, du wirst also mit Sandy und Brendan nach Chicago fliegen.«

»Es macht mir nichts aus, mit dir nach Thunder Hill zu gehen, wenn du es für das Beste hältst«, sagte Ned.

»Das weiß ich«, sagte Jack. »Ich dachte, es wäre die beste Lösung, aber Ginger hat mich überzeugt. Jorja, du und Marcie, ihr begleitet Ernie und Faye nach Boston. So, und wenn wir jetzt nicht schleunigst verduften, wird sich die Frage erübrigen, wer wohin gehen soll, denn dann werden wir wieder in der Hand jener Leute sein, die uns im vorletzten Sommer einer Gehirnwäsche unterzogen haben.«

Ned schob den Tisch von der Tür weg. Ernie entfernte die Sperrholzplatte, und hinter dem Glas kam eine wirbelnde weiße Wand aus Wind und Schnee zum Vorschein.

»Großartig!« meinte Jack. »Eine hervorragende Deckung!«

Als sie ins Schneetreiben hinaustraten, konnten sie gerade bis zu der Stelle sehen, wo der grün-braune Regierungswagen am Rand der Landstraße gestanden hatte. Er war nicht mehr da. Das gefiel Jack überhaupt nicht — ihm war es lieber, wenn er offen observiert wurde, denn dann konnte er seinerseits den Feind im Auge behalten.

Die Telefonkonferenz verlief nicht so, wie Colonel Falkirk es sich vorgestellt hatte. Er hatte geglaubt, die anderen würden ihm darin zustimmen, daß die Zeugen im Motel unverzüglich gefangengenommen und ins Thunder Hill Depository gebracht werden mußten. Und er hatte erwartet, daß es ihm und General Riddenhour gelingen würde, die anderen von der akuten Gefahr einer rasch um sich greifenden Infektion zu überzeugen und die Genehmigung zu erhalten, die ganze Tranquility-Gruppe und ebenso die gesamte Belegschaft von Thunder Hill zu vernichten, sobald er einen Beweis in Händen hatte, daß diese Individuen keine Menschen mehr waren. Und er war überzeugt davon, daß er diesen Beweis schon in Kürze würde erbringen können. Aber kaum daß er den Hörer abgenommen hatte, ging alles schief. Die Situation hatte sich weiter verschlimmert.

Emil Foxworth, der Direktor des FBI, hatte Neuigkeiten über

eine neue katastrophale Entwicklung. Das Team, das die Salcoes in Monterey einer zweiten Gehirnwäsche unterzog, war von einem frechen Eindringling gestört worden. Die Männer hatten geglaubt, den kräftigen bärtigen Burschen in die Enge getrieben zu haben, aber ihm war eine spektakuläre Flucht geglückt. Die vier Salcoes waren sofort mit einem Krankenwagen an einen sicheren Ort gebracht worden, wo ihre Behandlung fortgesetzt werden konnte. Das Auto, das der bärtige Eindringling stehengelassen hatte, war als Mietwagen der lokalen Flughafenagentur identifiziert worden, und gemietet hatte das Fahrzeug Corvaisis' Freund, der berühmte Maler Parker Faine. »Wir fanden heraus«, berichtete der FBI-Direktor, »daß Faine von Monterey nach San Francisco geflogen ist, aber dort verlor sich seine Spur. Wir haben keine Ahnung, was er seit der Landung in San Francisco gemacht hat und wo er sich jetzt aufhält.«

Die Nachricht von Faines Flucht bestärkte Foster Polnichev, den FBI-Chef von Chicago, nur noch in seiner Meinung, daß es unmöglich geworden sei, die Geheimhaltung noch länger aufrechtzuerhalten. Die beiden Politiker — Foxworth vom FBI und James Herton, der Sicherheitsberater des Präsidenten — teilten seine Ansicht.

Foster Polnichev brachte außerdem auch noch das geschickte Argument ein, die gesamte Entwicklung — die von Cronin und Tolk vollbrachten Wunderheilungen sowie die erstaunlichen telekinetischen Kräfte von Corvaisis und Emmeline Halbourg — deute darauf hin, daß die Auswirkungen des 6. Juli für die Menschheit nicht schädlich, sondern segensreich sein würden. »Und wir wissen ja, daß Doktor Bennell und die meisten seiner Mitarbeiter der Meinung sind, daß nicht die geringste Gefahr besteht und auch nie bestanden hat. Davon sind sie nun schon seit vielen Monaten überzeugt. Und ihre Argumente sind sehr einleuchtend.«

Leland versuchte, den anderen klarzumachen, daß Bennell und seine Leute selbst infiziert sein könnten, daß man ihnen nicht mehr trauen dürfe, daß man überhaupt *niemandem* mehr in Thunder Hill trauen dürfe. Aber er war ein militärischer Stratege, kein Redner; und er wußte, daß er sich — verglichen mit Polnichev — anhörte wie ein faselnder Paranoiker.

Leland bekam nicht einmal von dem Mann, von dem er sich am meisten erhofft hatte, viel Unterstützung: von General Maxwell Riddenhour. Der General verhielt sich zunächst neutral, hörte sich alle Meinungen aufmerksam an und spielte die Rolle eines Vermittlers zwischen dem politischen und dem militärischen Lager. Aber bald wurde deutlich, daß er eher Polnichev, Foxworth und Herton zustimmte als Leland Falkirk.

»Ich verstehe Ihre Befürchtungen in dieser Situation, Colonel, und ich bewundere Sie«, sagte General Riddenhour. »Aber ich glaube, daß die Angelegenheit unsere Kompetenzen inzwischen übersteigt, daß sich jetzt nicht nur das Militär darum kümmern muß, sondern daß Neuropathologen, Biologen, Philosophen und andere Fachleute angehört werden müssen, bevor wir etwas Überstürztes unternehmen. Selbstverständlich werde ich meine Meinung ändern, falls sich irgendwelche Beweise für eine unmittelbar drohende Gefahr erbringen lassen. In diesem Fall werde ich die Gefangennahme der Zeugen im Motel befürworten, eine unbegrenzte Quarantäne über Thunder Hill verhängen und die meisten anderen von Ihnen befürworteten strengen Maßnahmen ergreifen. Aber nachdem im Moment offensichtlich nichts auf eine akute Gefahr hindeutet, sollten wir, wie ich glaube, lieber etwas behutsamer vorgehen und uns die Möglichkeit offenlassen, die Geheimhaltungstaktik eventuell aufzugeben.«

»Bei allem schuldigen Respekt«, widersprach Leland, der seine Wut kaum noch bezähmen konnte, »aber ich habe sehr wohl den Eindruck, daß allergrößte akute Gefahr besteht. Ich glaube nicht, daß wir Zeit für Neuropathologen und Philosophen haben. Und schon gar nicht für das rückgratlose Geschwafel feiger Politiker!«

Diese ehrliche Äußerung rief bei Foxworth und Herton, die sich naturgemäß betroffen fühlten, einen Sturm der Entrüstung hervor. Als sie Leland anbrüllten, verlor er seine übliche Beherrschung und brüllte zurück. Die Telefonkonferenz artete von einem Moment zum anderen in ein lautes Wortgefecht aus, das erst endete, als Riddenhour sich energisch einschaltete. Er erzwang eine rasche Zustimmung aller Beteiligten, daß gegen die Zeugen vorläufig nichts unternommen würde und daß die Geheimhaltung nicht durch irgendwelche Maßnahmen weiter zementiert, aber auch nicht geschwächt werden sollte. »Sobald dieses Gespräch beendet ist, werde ich den Präsidenten unverzüglich um eine dringende Konsultation bitten«, sagte Riddenhour. »In 24 Stunden, spätestens aber in 48, müßten wir einen Plan vorlegen können, der alle zufriedenstellt, angefangen vom Oberbefehlshaber bis hin zu Bennell und seinen Leuten draußen in Thunder Hill.«

Das ist völlig unmöglich, dachte Leland.

Nachdem die unglückselige Telefonkonferenz für ihn unerwartet mit einer demütigenden Schlappe geendet hatte, stand Leland mindestens eine Minute an seinem Schreibtisch in dem fensterlosen Büro in Shenkfield und versuchte sich zu fassen; er war vor Zorn so völlig außer sich, daß er es nicht riskieren konnte, Lieutenant Horner zu rufen. Horner sollte nicht wissen, daß die anderen Leland in den Rücken gefallen waren; Horner durfte keinen Verdacht schöpfen, daß die Operation, die Leland gleich in Aktion setzen würde, in totalem Widerspruch zu General Riddenhours Befehlen stand.

Er wußte genau, was seine Pflicht war. Sie war düster, schrecklich — aber ihm blieb keine andere Wahl.

Er würde — unter dem Vorwand einer Giftpanne — die Sperrung der I-80 anordnen, um das Tranquility Motel zu isolieren. Dann würde er die Zeugen gefangennehmen und sie sofort ins Thunder Hill Depository bringen lassen. Wenn sie alle — zusammen mit Dr. Miles Bennell und den übrigen verdächtigen Individuen, die in Thunder Hill arbeiteten — hinter den massiven bombenfesten Türen tief unter der Erde in der Falle saßen, würde Leland sie — und sich selbst — mit einigen der Fünf-Megatonnen-Atombomben, die im Munitionslager von Thunder Hill deponiert waren, in die Luft sprengen. Zwei dieser Bomben würden alles und alle im Berg vernichten, würden sie alle in Asche verwandeln. Damit würde der Krankheitsherd dieser schrecklichen Seuche — das Nest des Feindes — eliminiert sein. Natürlich würden andere potentielle Ansteckungsquellen übrigbleiben: die Tolks, die Halbourgs, alle restlichen Zeugen, deren Gehirnwäsche erfolgreich gewesen war und die deshalb nicht nach Nevada zurückgekehrt waren... Aber Leland vertraute felsenfest darauf, daß nach der Eliminierung des größten Infektionsherdes Riddenhour, beschämt über Lelands vorbildliches Selbstopfer, das nötige Rückgrat haben würde, um die erforderlichen Befehle zu geben und jedwede Spur der Seuche vom Angesicht der Erde zu tilgen.

Leland Falkirk zitterte. Nicht vor Angst. Es war Stolz, der ihn zittern ließ. Er war unendlich stolz darauf, auserwählt zu sein, die größte Schlacht aller Zeiten zu schlagen und zu gewinnen und auf diese Weise nicht nur eine Nation, sondern die ganze Menschheit vor einer Bedrohung zu erretten, die in der Geschichte nicht ihresgleichen hatte. Er wußte, daß er das notwendige Opfer bringen konnte. Er hatte keine Angst. Er fragte sich, was er wohl in dem Bruchteil einer Sekunde fühlen würde, bevor die Atombombe ihn vernichtete, und der Gedanke erregte ihn, daß er den intensivsten Schmerz erleben würde, den der Mensch sich überhaupt vorstellen konnte. Es würde ein Schmerz von grausamer Intensität sein, aber zugleich von so kurzer Dauer, daß er zweifellos imstande sein würde, ihn genauso mannhaft zu ertragen wie alle anderen Schmerzen, denen er sich freiwillig ausgesetzt hatte.

Er war jetzt ruhig. Ganz ruhig. Und heiter.

Leland kostete die süße Erwartung des alles verzehrenden Schmerzes aus. Diese kurze atomare Agonie würde von solch köstlicher Reinheit sein, daß ihr Erdulden ihn mit dem Himmel belohnen würde, obwohl seine bigotten Eltern — die bei allem, was er tat, den Teufel am Werk gesehen hatten — doch immer behauptet hatten, daß er niemals in den Himmel kommen würde.

Dom Corvaisis trat hinter Ginger aus dem Tranquility Grille ins wilde Schneetreiben hinaus, aber einen Moment lang sah und hörte und fühlte er etwas völlig anderes:

Hinter ihm verklang das atonale Klirren zerberstenden Glases, das immer noch aus den Fenstern fiel, vor ihm erstrahlten die Parkplatzlampen in der heißen Sommernacht, von allen Seiten brach das donnerartige Getöse geheimnisvollen Ursprungs über ihn herein, und die Erde bebte unter seinen Füßen. Sein Herz raste in der Brust, er schien einen Kloß im Hals zu haben, und er rannte aus der Imbißstube hinaus, blickte sich nach allen Seiten um und schaute zum Himmel empor...

»Was ist los?« fragte Ginger.

Dom kam zu Bewußtsein, daß er über das verschneite Pflaster taumelte, aber er war nicht etwa auf dieser glatten Oberfläche ausgerutscht — er war ins Schleudern gekommen, weil eine neue Erinnerung plötzlich die Gedächtnisblockade durchbrochen hatte. Er sah die anderen der Reihe nach an. »Ich ... ich war plötzlich zurückversetzt in ... in jene Julinacht ...« Als er sich vor zwei Tagen in der Imbißstube an die Ereignisse jenes Abends zu erinnern versucht hatte, hatte er unbewußt den Donner und das Beben des 6. Juli selbst erzeugt. Aber diesmal geschah nichts Derartiges, vielleicht weil die Erinnerung jetzt nicht mehr unterdrückt war, weil sie jetzt ohne akustische und sonstige Hilfsmittel in sein Bewußtsein kommen konnte. Er vermochte den anderen nicht zu schildern, wie intensiv diese plötzliche Erinnerung war. Er wandte sich stumm von ihnen ab und blickte in den umherwirbelnden Schnee empor und ...

Das Dröhnen war so laut, daß ihm das Trommelfell zu platzen drohte, und die Vibrationen waren so heftig, daß er sie in seinen Knochen und Zähnen spürte, und er stolperte über das Pflaster und blickte in den Nachthimmel empor und — da! — ein Flugzeug brauste in höchstens 50 Meter Höhe über ihn hinweg, rote und weiße Positionslampen blitzten in der Dunkelheit auf, es flog so tief, daß er sogar das Licht im Cockpit sehen konnte, und die hohe Geschwindigkeit und das mächtige Dröhnen der Motoren deuteten darauf hin, daß es ein Kampfjet war, und — da! — noch einer schoß durch das Sternenzelt; aber das Dröhnen und Beben, von dem die Fenster der Imbißstube zersplittert waren, wurde noch stärker, obwohl er erwartet hatte, daß es jetzt nachlassen würde, nachdem die Jets ja vorbeigebraust waren. Er drehte sich um und schrie entsetzt auf, denn ein dritter Jet schoß in höchstens zwölf Meter Höhe über die Imbißstube hinweg, und er konnte im Schein der Parkplatzlampen sogar die amerikanische Flagge und irgendeine Seriennummer auf der Unterseite eines Flügels erkennen, und — o Gott! — das verdammte Ding flog so tief, daß er sich in panischem Schrecken flach auf den Boden warf, überzeugt davon, daß der Jet explodieren würde, daß es im nächsten Moment Metallteile regnen würde, vielleicht sogar brennenden Treibstoff ...

»Dom!«

Er stellte fest, daß er mit dem Gesicht nach unten im Schnee lag. Die Erinnerung an sein Entsetzen in jener Julinacht war so übermächtig gewesen, daß er das gleiche getan hatte wie damals.

»Dom, was ist los?« fragte Sandy Sarver. Sie kniete neben ihm und hatte ihm eine Hand auf die Schulter gelegt.

Ginger kniete an seiner anderen Seite. »Dom, ist alles in Ordnung?«

Die beiden Frauen halfen ihm aufzustehen. »Die Gedächtnisblockierung bricht zusammen.« Er blickte wieder zum Himmel empor, in der Hoffnung, daß der weiße Wintertag wieder verschwinden und einer dunklen Sommernacht Platz machen würde, daß weitere Erinnerungen durchbrechen würden. Nichts. Der Wind peitschte Schnee in sein Gesicht. Die anderen beobachteten ihn gespannt. Er sagte schließlich: »Ich erinnerte mich plötzlich an Jets, militärische Kampfjets ... die beiden ersten brausten in etwa 50 Meter Höhe über mich hinweg ... und dann kam ein dritter, der so tief flog, daß er fast das Dach der Imbißstube streifte.«

»*Jets!*« rief Marcie.

Alle starrten sie überrascht an, sogar Dom, denn es war seit dem gestrigen Abendessen das erste Wort außer ›Mond‹, das sie gesprochen hatte. Sie wandte ihr Gesichtchen zum Himmel empor und schien — als Reaktion auf Doms Schilderung — im Wintersturm nach jenen Jets zu suchen, die in einer längst vergangenen Sommernacht über sie hinweggebraust waren.

»Jets«, murmelte Ernie und blickte ebenfalls zum Himmel empor. »Ich kann ... kann mich nicht erinnern.«

»Jets! Jets!« Marcie streckte ihren Arm in die Höhe.

Dom registrierte, daß er das gleiche tat, daß er sogar beide Arme emporstreckte, so als könnte er durch den blendenden Schnee der Gegenwart in die klare, heiße Nacht der Vergangenheit hineingreifen, um die Erinnerung zu sich herabzuziehen. Aber sie entzog sich ihm, so sehr er sich auch bemühte, sie zu fassen.

Die anderen konnten sich nicht an das erinnern, was er geschildert hatte, und die allgemeine Erwartung machte Frustration Platz.

Marcie senkte den Kopf. Sie schob einen Daumen in den Mund und begann daran zu lutschen. Ihr Blick hatte sich wieder nach innen gewandt.

»Kommt!« sagte Jack. »Wir müssen so schnell wie möglich von hier verschwinden!«

Sie eilten auf das Motel zu, um sich für die bevorstehenden Reisen umzukleiden und zu bewaffnen. Dom Corvaisis, der noch immer die Gerüche der heißen Sommernacht in der Nase hatte, der immer noch das Dröhnen der Jetmotoren in den Knochen spürte, folgte seinen Freunden nur sehr zögernd.

Teil III

Nacht über Thunder Hill

> Von fremden Händen wird dein schlichtes Grab
> geschmückt,
> Geehrt wirst du von Fremden und betrauert.
>
> Alexander Pope

> Tapferkeit, Liebe, Freundschaft,
> Mitleid und Einfühlungsvermögen
> unterscheiden uns von den Tieren
> und machen uns zu Menschen.
>
> The Book of Counted Sorrows

Kapitel VI:
Dienstagnacht, 14. Januar

1. Kampf

Vater Stefan Wycazik flog mit Delta von Chicago nach Salt Lake City und mit einer Zubringermaschine weiter nach Elko. Das Flugzeug landete, nachdem es schon zu schneien begonnen hatte, aber bevor die sich rasch verschlechternde Sicht und der heranziehende Sturm den Luftverkehr behinderten.

Im kleinen Terminal ging er zu einer Fernsprechzelle, suchte die Nummer des Tranquility heraus und wählte sie. Er hörte kein Klingeln, nichts. Die Leitung war tot. Er versuchte es noch einmal, wieder ohne Erfolg.

Auch eine Telefonistin, die er um Hilfe bat, konnte das Motel nicht erreichen. »Es tut mir leid, Sir, offenbar gibt es Probleme mit der Leitung.«

Das war eine sehr schlechte Nachricht. »Probleme? Was für Probleme? Was ist los?« fragte Vater Wycazik.

»Nun ja, Sir, vermutlich ist der Sturm schuld daran. Er ist ganz schön stark.«

Aber Stefan zweifelte an dieser Erklärung. Der Sturm hatte noch kaum begonnen. Er konnte nicht glauben, daß die Telefonleitungen schon bei den ersten Böen, wie er sie auf dem Weg vom Flugzeug in die Passagierabfertigungshalle erlebt hatte, zusammengebrochen waren. Die Isolierung des Motels schien ihm eher auf das Werk von Menschen hinzudeuten — und damit auf eine ominöse Entwicklung des Geschehens.

Er rief im Pfarrhaus von St. Bernadette in Chicago an, und Vater Gerrano nahm beim zweiten Klingelzeichen den Hörer ab. »Michael, ich bin wohlbehalten in Elko angekommen. Aber ich kann Brendan nicht erreichen. Das Telefon im Motel funktioniert nicht.«

»Ja«, sagte Michael Gerrano. »Ich weiß.«

»Woher wissen Sie das denn?«

»Vor wenigen Minuten«, antwortete Michael, »erhielt ich den Anruf eines Mannes, der seinen Namen nicht nennen wollte, der aber erklärte, er sei ein Freund dieser Ginger Weiss — sie gehört zu den Leuten, die mit Brendan in jenem Motel sind. Er sagte, sie habe ihn heute morgen angerufen und ihn gebeten, für sie einige Informationen einzuholen. Er hat gefunden, was sie wollte, konnte sie aber im Tranquility nicht erreichen. Sie muß dieses Problem vorhergesehen haben, denn sie hatte ihm unsere Nummer und die Nummer irgendwelcher Freunde in Boston angegeben und ihn gebeten, uns zu erzählen, was er herausfinden würde. Sie würde dann ihrerseits bei uns anrufen.«

»Er wollte seinen Namen nicht nennen?« wiederholte Vater Wycazik erstaunt. »Und sie hat ihn gebeten, für sie Informationen einzuholen?«

»Ja«, bestätigte Michael. »Über zwei verschiedene Dinge. Erstens über diese Einrichtung namens Thunder Hill Depository. Wir sollen Ginger Weiss ausrichten, es sei, soweit er habe feststellen können, immer noch das, was es schon immer gewesen sei: ein atombombensicheres Depot, eine der acht unterirdischen Einrichtungen dieser Art, die über das ganze Land verteilt sind — und nicht einmal die größte davon. Außerdem wollte sie Informationen über einen Armeeoffizier haben, einen Colonel Leland Falkirk, der zu einer DERO-Einheit gehört — DERO für Domestic Emergency Response Organisation ...«

Er rasselte den dienstlichen Werdegang des Colonels herunter. Vater Wycazik lauschte aufmerksam, während er durch das Fenster der Abfertigungshalle das Schneetreiben beobachtete. Als er vor Anstrengung, sich alle Einzelheiten zu merken, allmählich ins Schwitzen geriet, erklärte sein Kaplan ihm, das alles sei unwichtig.

»Mr. X schien zu glauben«, sagte Michael, »daß nur ein einziger Punkt von Colonel Falkirks Karriere für das, was den Menschen im Tranquility Motel widerfahren ist, von Bedeutung sein könnte.«

»Mr. X?«

»Weil er mir seinen Namen ja nicht verraten wollte, nenne ich ihn einfach Mr. X.«

»Erzählen Sie weiter!« forderte Vater Wycazik ihn auf.

»Nun, Mr. X glaubt, von Bedeutung könne die Tatsache sein, daß Colonel Falkirk der Vertreter des Militärs in einem Regierungskomitee namens CISG war — vor etwa neun Jahren soll das gewesen sein. Mr. X hält diesen CISG für den Dreh- und Angelpunkt, weil ihm zwei eigenartige Dinge aufgefallen sind:

Erstens nehmen viele der Wissenschaftler, die damals in jener Kommission mitarbeiteten, in letzter Zeit häufig ungewöhnlich langen Urlaub oder fehlen aus irgendwelchen anderen Gründen an ihrer normalen Arbeitsstätte. Zweitens wurden am 8. Juli des vorletzten Sommers die Geheimhaltungsvorschriften für sämtliche CISG-Akten erheblich verschärft. Das war genau zwei Tage, nachdem Brendan und die anderen da draußen in Nevada diese Probleme hatten!«

»Was genau bedeutet die Abkürzung CISG? Worüber hat dieses Komitee seinerzeit beraten?«

Michael Gerrano sagte es ihm.

»Mein Gott, ich dachte mir schon, daß es *das* sein könnte!« sagte Vater Wycazik.

»Tatsächlich? Vater, ich weiß, Sie kann man nicht so leicht überraschen. Aber *das*! Sie können doch bestimmt nicht geahnt haben, daß *das* hinter Brendans Problemen steckt. Und... und Sie meinen... daß es tatsächlich so etwas sein könnte, was da draußen geschehen ist?«

»Vielleicht geschieht es *immer noch*. Aber ich muß gestehen, daß ich nicht nur durch Anwendung meines überragenden Verstandes auf des Rätsels Lösung gekommen bin. Calvin Sharkle hat heute morgen unter anderem etwas in dieser Art aus dem Kellerfenster gebrüllt, kurz bevor er sich in die Luft sprengte.«

»Mein Gott!« murmelte Michael.

»Vielleicht stehen wir an der Schwelle einer völlig neuen Welt, Michael«, sagte Vater Wycazik. »Sind Sie dafür gerüstet?«

»Ich... ich weiß es nicht«, erwiderte Michael. »Und Sie, Vater?«

»O ja!« sagte Stefan. »O ja, ich bin bestens vorbereitet und gerüstet, und wie! Aber der Weg dorthin könnte gefährlich sein!«

Ginger bemerkte, daß Jack Twists Unruhe von Minute zu Minute wuchs. Er hatte offenbar eine Vorahnung, daß die letzten Sandkörnchen durch das Stundenglas rannen. Während er bei den Vorbereitungen zum Aufbruch half, schaute er immer wieder auf Fenster und Türen, so als erwarte er, feindliche Gesichter dort auftauchen zu sehen.

Sie brauchtes fast eine halbe Stunde, um sich für die vor ihnen liegende bitterkalte Winternacht anzuziehen, alle Waffen und Ersatzpatronenrahmen zu laden und das Gepäck hinter dem Motel im Lieferwagen der Sarvers und in Jacks Cherokee zu verstauen. Sie arbeiteten nicht schweigend, weil die Männer, die sie bestimmt immer noch abhörten, sonst vielleicht mißtrauisch geworden wären. Deshalb plauderten sie über belanglose Dinge, während sie ihre Vorbereitungen trafen.

Um zehn nach vier stellten sie schließlich ein Radio sehr laut ein, in der Hoffnung, daß ihre Abwesenheit dann eine Zeitlang nicht auffallen würde, und verließen das Motel durch den Hinterausgang. Draußen, in Wind und Schnee, umarmten sich alle und sagten: »Auf Wiedersehen« und »Paß gut auf dich auf« und »Ich werde für dich beten« und »Alles wird gut werden« und »Wir werden diese Drecksäue besiegen«. Ginger bemerkte, daß Jack und Jorja einander besonders lange umschlungen hielten, und als er Marcie zum Abschied küßte und an sich drückte, hätte man glauben können, sie wäre seine eigene Tochter. Es war viel schlimmer als das Ende eines Familientreffens, denn trotz aller Beteuerungen des Gegenteils rechneten die Mitglieder *dieser* Familie doch damit, daß einige von ihnen nicht überleben würden, daß sie kein weiteres Zusammentreffen *aller* mehr erleben würden.

Ginger unterdrückte mühsam ihre Tränen und sagte: »So, Schluß jetzt, machen wir, daß wir endlich von hier wegkommen.«

Mit Ned am Steuer des Cherokees, brachen zuerst die sieben auf, die später nach Chicago und Boston fliegen sollten. Der feine Schnee fiel so dicht und schnell, daß der Jeep nach 30 Metern nur noch ganz verschwommen zu sehen war. Er fuhr nicht geradewegs die Hügel hinauf, weil die von Jack mit Hilfe des Wärmedetektors ausfindig gemachten Beobachter ihn dann vielleicht hätten sehen können. Statt dessen würde Ned so lange wie irgend möglich in Talsenken, Hohlwegen und ausgetrockneten Bachbetten bleiben. Der Motorlärm ging zum Glück im Heulen des Windes unter, noch bevor der Jeep vom Schnee verschluckt wurde.

Ginger, Dom und Jack stiegen in den Lieferwagen der Sarvers und folgten dem Cherokee. Während sie durch die Talsenke langsam hügelaufwärts ruckten, schaukelten und schwankten, starrte Ginger, die zwischen den beiden Männern saß, durch die Windschutzscheibe auf die Scheibenwischer und das dichte

Schneetreiben, und sie fragte sich, ob sie die sieben Menschen im Jeep jemals wiedersehen würde. Sie hatte sie in diesen wenigen Tagen alle ins Herz geschlossen. Sie hatte Angst um sie.

Wir lieben. Das ist es, was uns vom Vieh auf der Weide unterscheidet. Jacob, ihr Vater, hatte das immer gesagt. Intellekt, Tapferkeit, Liebe, Freundschaft, Mitleid und Einfühlungsvermögen — jede dieser Eigenschaften sei für die Spezies Mensch von gleicher Bedeutung, hatte Jacob gesagt. Manche Leute glaubten, nur der Intellekt sei wichtig, die Fähigkeit, Probleme zu lösen, vorwärtszukommen, seinen Vorteil zu erkennen und zu nutzen. All das *waren* wichtige Faktoren, die viel zur Entwicklung und zur Überlegenheit der menschlichen Rasse beigetragen hatten, aber die vielfältigen Funktionen des Intellekts blieben ohne Tapferkeit, Liebe, Freundschaft, Mitleid und Einfühlungsvermögen doch immer unvollkommen. Wir lieben. Das ist unser Fluch, aber auch unser Segen.

Zuerst befürchtete Parker Faine, daß der Pilot der kleinen, zehnsitzigen Zubringermaschine in diesem Sturm keine Landung wagen, sondern statt dessen einen anderen Flughafen weiter südlich in Nevada anfliegen würde. Als das Flugzeug aber dann durch die Wolken stieß, wünschte er fast, daß es abgedreht hätte. Sogar für einen erfahrenen Piloten war eine Landung, bei der er sich nur auf seine Instrumente verlassen konnte, bei derartigem Wind und Schneegestöber eine riskante Sache. Aber kurz darauf rollte die Maschine auf dem Boden aus — eine der letzten, bevor der Flughafen Elko wegen des Sturmes geschlossen werden mußte.

Auf diesem kleinen Flughafen gab es keine überdachte Fluggastbrücke. Parker eilte mit eingezogenem Kopf über das Rollfeld auf die Tür der kleinen Abfertigungshalle zu, während die vom Wind gepeitschten Schneeflocken wie Tausende feiner kalter Nadelstiche auf seiner nackten Gesichtshaut brannten.

Nach der Landung in San Francisco hatte er sich in einem Flughafenladen eine Schere und einen Elektrorasierer gekauft und in der Herrentoilette hastig seinen Bart abrasiert. Seit zehn Jahren hatte er sein Gesicht nicht mehr ohne diese Manneszierde gesehen, aber es war viel hübscher, als er erwartet hatte. Er stutzte auch seine Haare. Mitten in dieser Verwandlungsaktion fragte ihn ein Mann, der sich im Waschbecken neben ihm die

Hände wusch, scherzhaft: »Auf der Flucht vor den Bullen, was?« Parker antwortete: »Nein, vor meiner Frau.« Und der Mann sagte: »Ich auch«, so als wäre es ihm ernst damit.

Um keine Spur zu hinterlassen, hatte er das Flugticket nach Reno nicht mit seiner Kreditkarte, sondern bar bezahlt. Nach fünfundvierzigminütigem Flug über die Sierra Nevada hatte er dann in der ›Größten Kleinstadt der Welt‹ das Glück gehabt, in einer kleinen Maschine nach Elko, die in zwölf Minuten starten sollte, noch einen Platz zu bekommen. Wieder hatte er das Tikket bar bezahlt, obwohl er danach nur noch 21 Dollar im Geldbeutel hatte. Zweieinviertel Stunden hatte der sehr unruhige Flug über das Große Becken in den Nordosten Nevadas gedauert, aber Parker hatte diese Strapaze geduldig ertragen, denn er fühlte, daß sein Freund in großer Gefahr war.

Als er nun in das schlichte, aber saubere kleine Gebäude stürmte, in dem sich die Flughafenbüros und die Abfertigungsschalter befanden, hätte er eigentlich von seinem schrecklichen Erlebnis in Monterey und von seiner hektischen Reise erschöpft sein müssen, aber seltsamerweise fühlte er sich vital und energiegeladen, geradezu kraftstrotzend; wie ein Bulle, der auf ein Feld stürmt, um mit einem die Schafherde bedrohenden Fuchs abzurechnen.

Er fand die beiden öffentlichen Fernsprechzellen, von denen nur eine funktionierte. Er suchte die Nummer des Motels heraus und versuchte, Dom anzurufen, aber die Leitung war tot. Er hoffte, daß der Sturm daran schuld war, aber er befürchtete etwas anderes, und er war sehr beunruhigt. Er mußte ins Tranquility Motel, und zwar schnell. Er spürte, daß er dort gebraucht wurde.

Zwei Minuten später wußte er, daß es hier keine Mietwagenagentur gab; und das kleine städtische Taxiunternehmen, das nur drei Wagen besaß, hatte wegen des Sturmes so viel zu tun, daß er mit einer Wartezeit von anderthalb Stunden rechnen mußte. In der Abfertigungshalle befanden sich noch einige der Passagiere seines Fluges sowie ein paar andere, die offenbar mit einer Privatmaschine im letzten Moment vor Schließung des Flughafens gelandet waren. Parker sprach mehrere von ihnen wegen einer Mitfahrgelegenheit an, hatte aber kein Glück. Als er sich gerade von einem abwandte, stieß er heftig mit einem distinguierten grauhaarigen Herrn zusammen, der genauso aufgeregt zu sein schien wie er selbst. Unter dem Mantelkragen schaute ein römisches Kollar hervor. Er sprach Parker an. »Entschuldigen Sie bitte, ich bin Priester und habe eine sehr dringende Mission. Es geht dabei buchstäblich um Leben und Tod. Ich muß zum Tranquility Motel. Haben Sie einen Wagen?

Dom Corvaisis saß angespannt im Lieferwagen der Sarvers an der Beifahrertür und blickte ins dichte Schneetreiben hinaus. Es sah so aus, als führen sie durch unzählige Barrieren weißer Gazeschleier. Er spähte so intensiv nach vorne, als läge hinter dem nächsten Schleier eine unglaubliche Offenbarung verborgen. Aber wenn sie mühelos durch einen hindurchfuhren, kamen dahinter nur immer weitere wehende, flatternde, wirbelnde Schleier zum Vorschein.

Nach einiger Zeit erkannte er, worauf er so angestrengt wartete: auf einen neuen Erinnerungsblitz. Jets ... Was war geschehen, nachdem der dritte Jet vorbeigerast war und er sich zu Tode erschrocken zu Boden geworfen hatte?

Obwohl der Wintertag im Schneegestöber aussah wie ein Wandteppich aus Millionen willkürlich zusammengefügter weißer Fäden, erweckte der düstere, dunkelgraue Sturmhimmel doch den trügerischen Eindruck, als wäre die Abenddämmerung eine Dreiviertelstunde zu früh hereingebrochen. Dom schreckte immer wieder zusammen, wenn plötzlich seltsam geformte Felsen scheinbar aus dem Nichts auftauchten wie prähistorische Tiere aus einem Urzeitnebel. Aber er wußte, daß Jack es noch nicht riskieren konnte, die Scheinwerfer einzuschalten. Obwohl der Wagen durch den Schnee und durch die Steilabhänge des Hohlweges allen Blicken entzogen war, würde Scheinwerferlicht von den Trillionen Eiskristallen reflektiert werden und könnte ihren Feinden auffallen.

Sie kamen an eine Stelle, wo die schon fast verwehten Reifenspuren des Cherokees nach Osten in eine schmälere Talschlucht abzweigten. Hier trennten sich endgültig ihre Wege, denn Jack fuhr geradeaus nach Norden weiter, wobei Dom mit Hilfe eines Kompasses darauf zu achten hatte, daß die Richtung stimmte.

Nach weiteren hundert Metern erreichten sie das Ende des Hohlweges. Ein steiler Hügel ragte vor ihnen auf, und Dom dachte, daß ihnen wohl nichts anderes übrigbleiben würde, umzukehren und Ned zu folgen. Aber Jack beschleunigte, und der Wagen fuhr den Hügel hinauf; allerdings wurden sie auf dem holprigen, steinigen Boden ordentlich durchgerüttelt. Ginger, die links neben Dom saß, wurde mehrmals gegen ihn geschleudert — aber das war ihm nur angenehm.

Der Gegensatz zum trüben, grauen Sturmlicht des dahinschwindenden Tages und zum schäbigen Lieferwagen ließ Ginger schöner denn je erscheinen. Mit dem Glanz ihrer silberblonden Haare konnte nicht einmal der Schnee konkurrieren.

Mit einem gewaltigen Ruck, bei dem Dom mit seinem Schädel gegen das Autodach stieß, legte der Wagen das letzte Stück der Steigung zurück. Nun ging es vom Kamm des Hügels auf der anderen Seite steil bergab. Nach einer ebenen Strecke steuerte Jack auf den nächsten Hügel zu. Plötzlich trat er jedoch auf die Bremse und rief: »Jets!«

Dom zuckte heftig zusammen und blickte in den vom Schneesturm beherrschten Himmel. Er erwartete, ein im Sturzflug auf sie herabschießendes Flugzeug zu sehen, aber dann begriff er, daß Jack von den damaligen Jets sprach. Er mußte sich an dasselbe erinnert haben wie Dom selbst vor einer knappen Stunde, wenn auch offenbar nicht mit solcher Intensität, daß er die Szene regelrecht noch einmal durchlebte, denn er verlor nicht im geringsten die Kontrolle über den Wagen.

»Jets!« wiederholte Jack, einen Fuß auf der Bremse, den anderen auf der Kupplung. Er umklammerte mit beiden Händen das Lenkrad und starrte in den Schnee hinaus — starrte durch den Schnee hindurch in die Vergangenheit. »Einer ... dann ein zweiter ... sie dröhnten in einiger Höhe vorüber, genau wie du gesagt hast, Dom. Und dann ein dritter, der so tief flog, daß man meinen konnte, er würde das Dach des Restaurants abrasieren ... und gleich darauf ... ein vierter ...«

»An einen vierten erinnerte ich mich nicht«, sagte Dom aufgeregt.

»Der vierte Jet kam gerade, als ich aus meinem Motelzimmer stürzte. Ich war nicht wie ihr anderen in der Imbißstube gewesen. Da war dieses ohrenbetäubende Dröhnen, und alles bebte, und ich rannte aus meinem Zimmer hinaus und sah den dritten Kampfjet — es war ein F-16, glaube ich. Er tauchte scheinbar aus dem Nichts aus der Dunkelheit auf. Du hast recht, er flog in höchstens zwölf bis fünfzehn Metern Höhe. Und noch während ich ihm nachstarrte, brauste ein vierter von hinten über das Motel hinweg, noch etwa drei Meter tiefer als der andere, und das Fenster hinter mir zerbarst ...«

»Und dann?« fragte Ginger flüsternd, so als könnte normale Lautstärke die auftauchende Erinnerung wieder in Jacks Unterbewußtsein zurücktreiben.

»Der dritte und der vierte Jet brausten in Richtung Interstate — höchstens sechs Meter über den Stromleitungen —, man konnte die glühenden Düsenöffnungen gut sehen, und jenseits der I-80 schossen sie über die Ebenen, einer in östliche, der andere in westliche Richtung — sie gewannen etwas an Höhe, und dann kehrten sie plötzlich um und kamen zurück ... und ich rannte auf euch zu ... auf die Gruppe vor der Imbißstube ... weil ich dachte, ihr wüßtet vielleicht, was los sei ...«

Schnee trieb gegen die Windschutzscheibe.

Der Wind flüsterte den fest geschlossenen Fenstern wimmernd irgendwelche Geheimnisse zu. Schließlich sagte Jack Twist: »Das ist alles. An das weitere kann ich mich nicht erinnern.«

»Es wird dir einfallen«, meinte Dom. »Es wird uns allen einfallen, denn die Gedächtnisblockierungen bröckeln jetzt immer schneller ab.«

Jack schaltete und jagte den Wagen den nächsten Hügel hinauf.

Colonel Leland Falkirk, Lieutenant Horner und zwei schwerbewaffnete DERO-Korporale fuhren von Shenkfield aus mit einem Jeep Wagoneer zur Straßensperre am westlichen Ende des Quarantänegebiets. Zwei große Armeetransporter standen quer auf den breiten Fahrspuren der I-80 und blockierten sie vollständig. (In der Gegenrichtung war die Autobahn auf der anderen Seite des Motels, fünfzehn Kilometer von hier entfernt, gesperrt worden.) Die Warnlichter an den Straßensperren blinkten. Ein halbes Dutzend DERO-Männer in Polarausrüstung sorgte für Ordnung. Drei von ihnen erklärten den angehaltenen Autofahrern an deren heruntergekurbelten Fenstern höflich die Situation.

Leland befahl Horner und den beiden Korporalen, im Jeep zu warten, stieg aus und ging zur Straßenmitte, um sich kurz mit Sergeant Vince Bidakian zu unterhalten, der hier das Kommando führte.

»Wie läuft die Sache bis jetzt?« fragte Leland.

»Gut, Sir«, antwortete Bidakian laut, um den Wind zu übertönen. »Nicht zuviel Leute auf der Straße. Westlich von hier setzte der Sturm schon früher ein, deshalb haben die meisten halbwegs vernünftigen Autofahrer in Battle Mountain oder sogar schon in Winnemucca ihre Fahrt unterbrochen, um das Unwetter abzuwarten. Und es sieht ganz so aus, als hätten alle Fernfahrer beschlossen, irgendwo schnell Unterschlupf zu finden und nicht zu versuchen, Elko zu erreichen. Ich wette, daß die Schlange hier in einer Stunde höchstens aus zweihundert Autos bestehen wird.«

Sie schickten die Autofahrer nicht nach Battle Mountain zurück, sondern erklärten allen, daß die Sperrung höchstwahrscheinlich nur eine Stunde dauern und die Wartezeit folglich nicht unzumutbar sein würde.

Eine längere Sperrung wäre sogar bei dem sturmbedingten schwachen Verkehr nur mit starker Rückendeckung möglich gewesen. Leland hätte in diesem Fall die Polizei des Bundesstaates Nevada und den Bezirkssheriff verständigen müssen. Aber er wollte die Polizei so lange wie nur möglich heraushalten, denn sie würde sich seine Vollmachten sofort von höheren Armeedienststellen bestätigen lassen wollen — und erfahren, daß er auf eigene Faust gehandelt hatte, entgegen den ausdrücklichen Befehlen seines obersten Vorgesetzten. Wenn die Polizisten dagegen auch nur eine halbe Stunde nichts wußten und danach noch einige Minuten hingehalten werden konnten, würde Lelands Perfidie erst auffliegen, wenn es zu spät war. Er benötigte nur eine Stunde, um die Zeugen im Motel gefangenzunehmen und in die unterirdischen Gewölbe von Thunder Hill zu bringen.

Leland befahl Bidakian: »Sergeant, sorgen Sie dafür, daß alle Autofahrer genügend Benzin haben, und wenn jemand einen fast leeren Tank haben sollte, so geben Sie ihm vierzig Liter aus dem Vorrat, den Sie dabei haben.«

»Jawohl, Sir, das dachte ich mir schon.«

»Keine Polizisten oder Schneepflüge in Sicht?«

»Bis jetzt nicht, Sir«, sagte Bidakian nach einem kurzen Kontrollblick auf die Autoschlange, der sich in der schneegepeitschten Dämmerung gerade wieder zwei neue Scheinwerfer näherten. »Aber eins von beidem wird innerhalb der nächsten zehn Minuten bestimmt hier aufkreuzen.«

»Sie wissen, was Sie ihnen zu sagen haben?«

»Jawohl, Sir. Ein LKW auf dem Weg nach Shenkfield hat ein kleines Leck bekommen. Er transportiert sowohl harmlose als auch giftige Stoffe, deshalb ...«

»Colonel!« Lieutenant Horner eilte aus dem Wagoneer auf seinen Vorgesetzten zu. Er war so dick vermummt, daß er unförmig wirkte. »Meldung von Sergeant Fixx aus Shenkfield, Sir. Etwas stimmt im Motel nicht. Er hat seit einer Viertelstunde keine Stimme mehr gehört. Nur ein sehr laut eingestelltes Radio. Er glaubt, daß niemand mehr dort ist.«

»Sind sie wieder in die verdammte Imbißstube gegangen?«

»Nein, Sir. Fixx glaubt, sie seien — weg, Sir.«

»Weg? Wohin?« fragte Leland, ohne eine Antwort abzuwarten. Mit laut klopfendem Herzen rannte er zum Jeep.

Sie hieß Talia Ervy, und sie sah wie Marie Dressler aus, die in den herrlichen alten Filmen mit Wallace Beery die Tugboat Annie gespielt hatte. Talia war sogar noch kräftiger als die alles andere als zierliche Dressler; sie hatte grobe Knochen, ein breites Gesicht, einen großen Mund und ein energisches Kinn. Aber sie kam Parker Faine wunderschön vor, denn sie war bereit, ihn und Vater Wycazik vom Flughafen zum Tranquility Motel zu bringen, und das sogar kostenlos. »Es macht mir wirklich nichts aus«, sagte sie, und auch ihre Sprechweise ähnelte ein wenig der von Marie Dressler. »Ich hatte ohnehin nichts Besonderes vor, wollte nur nach Hause fahren und mir irgendwas zum Abendessen kochen. Ich bin eine miserable Köchin, und auf diese Weise bleibt mir die Tortur noch etwas erspart. Wenn ich an meinen Braten denke, muß ich gestehen, daß Sie mir direkt einen großen Gefallen erweisen.«

Talia fuhr einen zehn Jahre alten Cadillac, eine riesige Kiste, die mit Winterreifen und Schneeketten ausgerüstet war. Sie behauptete, dieses Auto würde sie bei jedem Wetter überallhin bringen. Parker nahm auf dem Beifahrersitz Platz, Vater Wycazik im Fond.

Sie waren etwa einen Kilometer gefahren, als im Radio die Meldung über die Sperrung der I-80 westlich von Elko wegen einer eventuellen Giftpanne durchgegeben wurde. »Diese verfluchten hirnlosen Idioten!« schimpfte Talia laut. »Man sollte doch wirklich meinen, daß sie mit diesem gefährlichen Zeug so behutsam umgehen müßten wie mit Babies in Glaswiegen, aber die Schweinerei passiert jetzt schon zum zweitenmal innerhalb von zwei Jahren!«

Weder Parker noch Vater Wycazik brachten ein Wort heraus. Sie wußten beide, daß ihre schlimmsten Befürchtungen in bezug auf ihre Freunde sich nunmehr bestätigten.

»Nun, meine Herren, was machen wir jetzt?«

»Gibt es hier jemanden, der Wagen vermietet?« fragte Parker. »Wir brauchen einen mit Vierradantrieb, einen Jeep oder so was.«

»Es gibt einen Jeephändler«, erwiderte Talia.

»Könnten Sie uns hinbringen?«

»Mein guter alter Schlitten und ich, wir können Sie, wie gesagt, überallhin bringen, und wenn es noch so große Flocken schneien sollte!«

Der Verkäufer im Autohaus, Felix Schellenhof, war weder so lebensfroh noch so entgegenkommend wie Talia. Er trug einen grauen Anzug, eine graue Krawatte und eine hellgraues Hemd, und er redete auch mit einer gleichsam grauen — eintönigen — Stimme. Nein, erklärte er Parker, sie vermieteten keine Fahrzeuge. O ja, sie hätten welche zu verkaufen. Nein, in zwanzig Minuten lasse sich kein Geschäft abwickeln. Sogar mit einem Scheck ginge es nicht so schnell, weil Parker nicht in diesem Staat lebe. »Keine Schecks«, sagte Parker. Schellenhofs graue Augen leuchteten bei der Aussicht auf Bargeld etwas auf. Als Parker aber sagte: »Ich bezahle mit meiner American Express Gold Card«, wirkte er nur noch leicht amüsiert. Sie akzeptierten American Express als Zahlungsmittel für Zubehör und Reparaturen, aber einen ganzen Wagen mit einer Plastikkarte bezahlen zu wollen — das sei hier noch nie vorgekommen. »Für diese Karte ist, was den Betrag angeht, nach oben keine Grenze gesetzt«, wandte Parker ein. »Hören Sie, ich habe in einer Pariser Galerie einmal zufällig ein herrliches Ölgemälde von Dali gefunden, und sie haben dort meine American Express Gold Card ohne weiters akzeptiert.« Schellenhof versuchte daraufhin nur, ihn auf diplomatische Weise abzuwimmeln.

»Um Himmels willen, Mann, bewegen Sie endlich mal Ihren lahmen Arsch!« brüllte Vater Wycazik mit zornrotem Kopf und schlug mit der Faust dröhnend auf Schellenhofs Schreibtisch. »Es geht hier um einen Fall von Leben und Tod. Rufen Sie sofort

American Express an!« Er hob den Arm, und der Verkäufer folgte ihm erschrocken mit den Augen. »Erkundigen Sie sich, ob auch hohe Summen mit der Karte gedeckt sind. Um Gottes willen, Mann, beeilen Sie sich!« Wieder krachte seine Faust auf den Schreibtisch.

Der Anblick eines Geistlichen in solcher Wut brachte den Verkäufer in Bewegung. Er ergriff Parkers Karte und hastete aus dem kleinen Büro durch den Ausstellungsraum auf die mit Glaswänden geschützte Domäne des Geschäftsführers zu.

»Alle Achtung, Vater!« sagte Parker, »wenn Sie Protestant wären, hätten Sie das Zeug zu einem berühmten Erweckungsprediger gehabt.«

»Oh, Katholik hin, Katholik her, ich habe schon so manchen Sünder zum Zittern gebracht.«

»Daran zweifle ich nicht«, versicherte Parker.

American Express gab seine Zustimmung. Ganz demütig und eifrig zeigte Schellenhof Parker, wo er auf dem Kaufvertrag unterschreiben mußte. »Was für eine Woche!« sagte der Verkäufer mit plötzlichem Enthusiasmus. »Am Montagabend kommt einer rein und kauft einen neuen Cherokee mit Bargeld — mit ganzen Bündeln von Zwanzigdollarscheinen. Muß in einem Casino ganz schön was gewonnen haben! Und jetzt das! Und dabei hat die Woche noch kaum angefangen. Schon toll, was?«

»Großartig!« sagte Parker.

Vom Telefon auf Schellenhofs Schreibtisch führte Vater Wycazik ein R-Gespräch mit Michael Gerrano in Chicago und berichtete ihm von Parker und von der Sperrung der I-80. Als Schellenhof den Raum wieder verließ, sagte Wycazik etwas, das Parker in höchstem Maße bestürzte: »Michael, möglicherweise stößt uns etwas zu; deshalb müssen Sie, sobald ich aufgelegt habe, Simon Zoderman von der ›Tribune‹ anrufen. Erzählen Sie ihm alles. Sagen Sie ihm was es mit Brendan, mit Winton Tolk und mit dem Halbourg-Mädchen auf sich hat, was mit Calvin Sharkle los war — überhaupt alles. Sagen Sie ihm, was hier in Nevada im vorletzten Sommer geschehen ist, *was sie gesehen haben.* Und wenn er es nicht glauben kann, so sagen Sie ihm, daß *ich* es glaube. Er weiß, was für ein nüchterner Bursche ich bin.«

Als Vater Wycazik den Hörer auflegte, fragte Parker: »Habe ich Sie richtig verstanden? Mein Gott, wissen Sie tatsächlich, was in jener Julinacht passiert ist?«

»Ich bin mir fast sicher, ja«, sagte Vater Wycazik.

Bevor der Priester Näheres berichten konnte, kam Schellenhof zurückgeeilt. Nachdem die Bezahlung jetzt gesichert war, schien er die von Parker gesetzte Frist unbedingt einhalten zu wollen.

»Sie müssen es mir erzählen«, sagte Parker aufgeregt zu Vater Wycazik.

»Sobald wir unterwegs sind«, versprach der Priester.

Ned lenkte Jacks Cherokee im Schneckentempo in östliche Richtung, über die schneebedeckten Hügel. Sandy und Faye saßen vorgebeugt neben ihm und spähten angestrengt durch die Windschutzscheibe, um Ned auf Hindernisse im chaotischen weißen Wirbel aufmerksam machen zu können.

Im Fond saßen dicht aneinandergepreßt Brendan, Jorja mit Marcie auf dem Schoß und Ernie, der sich selbst zu überzeugen versuchte, daß er nicht in Panik geraten würde, wenn das letzte Licht der sturmbedingten vorzeitigen Dämmerung endgültig der Dunkelheit Platz machen würde. Als er letzte Nacht im warmen Bett gelegen und auf die Schatten außerhalb des Lichtkreises seiner Nachttischlampe gestarrt hatte, war seine Angst wesentlich geringer als erwartet gewesen. Sein Zustand hatte sich entschieden gebessert.

Ernie schöpfte auch Hoffnung aus Doms plötzlicher Erinnerung an Jets, die über die Imbißstube hinweggebraust waren. Wenn Dom sich erinnern konnte, so würde auch er selbst dazu imstande sein. Und wenn seine Gedächtnisblockierung in sich zusammenbrechen und er sich endlich erinnern würde, was er in jener Julinacht gesehen hatte, würde auch seine Angst vor der Dunkelheit ein Ende haben.

»Landstraße«, meldete Faye, und der Jeep blieb stehen.

Sie hatten die erste Landstraße erreicht; es war dieselbe, die am Motel entlang und unter der I-80 hindurchführte. Das Tranquility lag jetzt etwa dreieinhalb Kilometer südlich, Thunder Hill etwa dreizehn Kilometer nördlich an dieser Straße, die — wie man sehen konnte — erst vor kurzem vom Schnee geräumt worden war. Der Bezirk Elko wurde nicht umsonst von der Regierung dafür bezahlt, daß die Strecke bis zum Thunder Hill Depository stets gut befahrbar war.

»Beeil dich!« sagte Sandy ängstlich zu Ned.

Ernie wußte, was in ihr vorging. Jemand, der unterwegs nach Tunder Hill war oder gerade von dort kam, könnte plötzlich auf der Straße auftauchen und sie entdecken.

Ned gab Gas, überquerte rasch die leere Straße und fuhr auf der anderen Seite weiter querfeldein über Rinnen und Furchen, so daß Brendan und Jorja, zwischen denen Ernie saß, wiederholt gegen ihn geschleudert wurden. Der Schnee, der wie dichter Aschenregen von einem kalt brennenden Himmel fiel, hüllte sie erneut ein und schützte sie davor, entdeckt zu werden. Zehn Kilometer östlich von hier verlief eine weitere Nord-Süd-Verbindung — die Vista Valley Road; sie war ihr nächstes Ziel. Von dort würden sie in südlicher Richtung zu einer dritten Landstraße weiterfahren, die parallel zur I-80 nach Elko führte.

Ernie bemerkte plötzlich, daß die Dämmerung von der Schattenarmee der Nacht in die Flucht geschlagen wurde. Die Dunkelheit stand sozusagen vor der Tür, nicht in räumlichem, sondern in zeitlichem Sinne, nur noch wenige Minuten entfernt. Er sah, wie sie ihn aus Billionen von Gucklöchern zwischen Billionen umherwirbelnder Schneeflocken anstarrte und mit jedem Wimpernschlag näher kam. Gleich würde sie die Schneevorhänge durchbrechen und ihn packen ...

Nein! Es gab zuviel wirklich furchterregende Dinge, als daß er seine Kräfte auf eine unsinnige Phobie verschwenden durfte. Obwohl sie einen Kompaß hatten, konnten sie sich in diesem Sturm bei Dunkelheit leicht verirren. Bei einer Sichtweite von wenigen Metern konnten sie in eine Felsenschlucht stürzen. Blindlings ins Verderben zu fahren war eine so große Gefahr, daß Ned nur wenig schneller als im Schrittempo zu fahren wagte.

Ich fürchte mich nur vor dem, was wirklich fürchtenswert ist, versuchte Ernie sich selbst einzureden. Ich habe keine Angst vor dir, Dunkelheit!

Faye warf ihm über die Schulter hinweg einen besorgten Blick zu. Er lächelte und machte mit Daumen und Zeigefinger ein Okay-Zeichen, und seine Hand zitterte dabei nur ganz leicht.

Faye wollte sein Zeichen gerade erwidern, als die kleine Marcie zu schreien anfing.

In seinem Büro am ›Nabel‹, tief im Innern von Thunder Hill, saß Dr. Miles Bennell grübelnd im Dunkeln. Nur durch die beiden

Fenster, die auf die zentrale Kaverne dieser Etage hinausgingen, fiel schwaches Licht ein.

Auf dem Schreibtisch vor ihm lagen sechs Blatt Papier. Er hatte sie in den vergangenen fünfzehn Monaten zwanzig oder dreißigmal gelesen und kannte den Text fast auswendig. Es handelte sich um einen Ausdruck von Leland Falkirks psychologischer Beurteilung, die Bennell aus den computergespeicherten Personalakten über die DERO-Eliteeinheit gestohlen hatte.

Miles Bennell — Doktor der Biologie und Chemie, Hobbyphysiker und Hobbyanthropologe, ein guter Gitarre- und Klavierspieler, Autor so verschiedenartiger Bücher wie einer Abhandlung über Neurohistologie und einer kritischen Studie der Werke von John D. MacDonald, Weinkenner und Liebhaber von Filmen mit Clint Eastwood, kurz gesagt, eine Art Renaissance-Mensch des ausgehenden 20. Jahrhunderts — kannte sich auch mit Computern bestens aus. Schon als Collegestudent hatte er sich mit der elektronischen Datenverarbeitung beschäftigt. Vor anderthalb Jahren, als er seine Arbeit in Thunder Hill aufgenommen hatte und zu häufigen Kontakten mit Leland Falkirk gezwungen gewesen war, hatte Miles Bennell erkannt, daß der Colonel eine psychisch gestörte Persönlichkeit war, die sogar als einfacher Soldat für militärisch untauglich erklärt worden wäre, wenn er offenbar nicht einer jener seltenen Paranoiker gewesen wäre, die es lernen, ihre spezifischen Geisteskrankheiten gezielt einzusetzen, um sich in einen reibungslos funktionierenden Roboter zu verwandeln, der sich den Anschein der Normalität zu geben vermag. Miles hatte Näheres wissen wollen. Was erhielt Falkirk funktionsfähig? Unter welchen Umständen könnte bei ihm eine Sicherung durchbrennen? Die Antworten auf diese Fragen ließen sich nur im DERO-Hauptquartier finden. Deshalb hatte Miles vor sechzehn Monaten damit begonnen, sich mit Hilfe seiner eigenen Datenanlage samt Modem Einblick in die DERO-Akten in Washington zu verschaffen.

Als Miles die psychologische Beurteilung Falkirks zum erstenmal gelesen hatte, war er erschrocken; allerdings hatte er seine Arbeit auf keinen Fall aufgeben wollen, obwohl sie eine gewisse Kooperation mit diesem gefährlichen und potentiell gewalttätigen Mann erforderlich machte. Er hatte beschlossen, Falkirk mit der Kühle und dem widerwilligen Respekt zu behandeln, die ein Paranoiker mit der eisernen Selbstdisziplin des Colonels noch am ehesten verstehen würde. Ein kameradschaftlicher Umgangston oder Schmeicheleien wären bei einem solchen Mann völlig verkehrt gewesen, weil er dann sofort geargwöhnt hätte, man hätte etwas zu verbergen. Höfliche Arroganz war das bestmögliche Verhalten ihm gegenüber.

Aber jetzt befand sich Miles völlig in Falkirks Gewalt; er war tief unter der Erde eingesperrt und den krankhaft verzerrten Ansichten des Colonels über Schuld und Unschuld gnadenlos ausgesetzt. Miles war zutiefst beunruhigt.

Der Armeepsychologe, der die Beurteilung geschrieben hatte, war offensichtlich kein erstklassiger Fachmann gewesen; aber obwohl er den Colonel für hervorragend geeignet für die DERO-Elitetruppe eingeschätzt hatte, waren ihm doch gewisse Eigenheiten Falkirks aufgefallen, die Miles — der auch zwischen den Zeilen zu lesen verstand — verstörten.

Erstens: Leland Falkirks Angst und Abscheu vor jeder Art von Religion. Weil aber die Liebe zu Gott und zum Vaterland für eine militärische Karriere von großem Vorteil waren, versuchte Falkirk seine antireligiösen Ressentiments zu verbergen, die vermutlich von einer schwierigen Kindheit in einer Familie von Fanatikern herrührten.

Miles Bennell war sich bewußt, daß dieser Aspekt von Falkirks Charakter besonders problematisch war, denn ihr Forschungsprojekt hatte eine Vielzahl mystischer Aspekte, und diese religiösen Assoziationen würden beim Colonel unweigerlich negative Reaktionen auslösen.

Zweitens: Leland Falkirk hatte eine Obsession für Kontrolle. Er *mußte* seine ganze Umgebung beherrschen. Dieses krankhafte Bedürfnis, die Außenwelt unter seine Kontrolle zu bekommen, war eine Übertragung seines ständigen inneren Kampfes, seine eigenen Wutanfälle und paranoiden Ängste unter Kontrolle zu halten.

Miles Bennell erschauerte, wenn er an die ständige kolossale Nervenanspannung dachte, die für den Colonel mit seinem gegenwärtigen Auftrag verbunden sein mußte, denn das, was hier in Thunder Hill verborgen war, ließ sich niemals unter Kontrolle bringen. Diese Erkenntnis konnte bei Falkirk zu einem harmlosen Nervenzusammenbruch führen — oder aber zu einem explosionsartigen Ausbruch psychotischen Zornes.

Drittens: Leland Falkirk litt unter leichter, aber chronischer

Klaustrophobie, die sich an unterirdischen Orten am stärksten bemerkbar machte. Diese Angst hatte ihren Ursprung vermutlich in seiner Kindheit, als seine Eltern ihm ständig gedroht hatten, er würde eines Tages unweigerlich in der Hölle landen.

Falkirk, der sich unter der Erde unbehaglich fühlte, würde natürlich automatisch jedem mißtrauen, der längere Zeit an einem Ort wie Thunder Hill leben konnte. Rückblickend wurde es Miles erschreckend klar, daß das wachsende paranoide Mißtrauen des Colonels gegen alle, die an diesem Projekt mitarbeiteten, von Anfang an abzusehen gewesen war.

Viertens — und das war am schlimmsten: Leland Falkirk war ein Masochist. Er stellte seine physische Widerstandskraft und seine Fähigkeiten, Schmerzen zu ertragen, immer wieder auf die Probe, unter dem Vorwand, diese Prüfsteine seien zur Aufrechterhaltung des hohen Grades von Fitneß und Reaktionsvermögen erforderlich, die von einem DERO-Offizier verlangt würden. Sein schmutziges kleines Geheimnis, das er sogar vor sich selbst zu verbergen suchte, war aber, daß er die Leiden genoß.

Dieser Aspekt von Falkirks Charakter beunruhigte Miles am allermeisten. Weil der Colonel Schmerzen liebte, würde es ihm nichts ausmachen, zusammen mit allen anderen in Thunder Hill zu leiden, falls er zu dem Schluß kam, daß dieses Leiden für die Erlösung der Welt notwendig war. Möglicherweise würde er die Aussicht auf den Tod geradezu *genießen*.

Miles Bennell saß ratlos im Dunkeln.

Aber es war nicht einmal sein eigener Tod oder der Tod seiner Kollegen, der ihn am meisten ängstigte. Viel schlimmer war die Befürchtung, daß Falkirk nicht nur alle am Projekt Beteiligten vernichten würde, sondern auch das Projekt selbst. Wenn er das täte, brächte er die Menschheit um die bedeutendste Nachricht der gesamten Geschichte. Und er würde die Menschheit auch um die beste — und vielleicht einzige — Chance für Frieden, Unsterblichkeit und Transzendenz bringen.

Leland Falkirk stand in der Küche der Blocks und blickte auf das Album, das auf dem Tisch lag. Als er es öffnete, sah er Fotos und Zeichnungen des Mondes, alle rot ausgemalt.

Draußen durchsuchte ein Dutzend DERO-Männer das ganze Grundstück; sie mußten laut brüllen, um sich trotz des heulenden Sturmes miteinander verständigen zu können.

Leland machte einige Atemübungen, um seine Nervenanspannung etwas zu lindern, bevor er eine Seite des Albums umblätterte. Er sah weitere scharlachrote Monde: die unheimliche Kollektion des Kindes.

Unter den Küchenfenstern war jetzt Motorenlärm zu hören; Seine Männer mußten mindestens zwei Fahrzeuge hinter das Motel gebracht haben. Leland erkannte das typische Brummen des Geländewagens.

Er blätterte weiter im Album, wobei er ganz ruhig blieb. Trotz aller Rückschläge hatte er sich völlig unter Kontrolle, und darauf war er sehr stolz. Ihm konnte nichts die Selbstbeherrschung rauben.

Lieutenant Horners schwere Schritte näherten sich rasch auf der Treppe, die vom Büro zur Wohnung führte. Gleich darauf polterte es durch das Wohnzimmer der Blocks in die Küche. »Sir, wir haben das ganze Motel durchsucht. Niemand da! Sie sind querfeldein geflüchtet. Im Schnee sind die Reifenspuren von zwei Wagen zu sehen — leider nur *sehr* schwach. Aber sie können bei diesem Wetter noch nicht sehr weit gekommen sein.«

»Haben Sie die Verfolgung schon aufnehmen lassen?«

»Nein, Sir. Aber ich habe den Geländewagen und einen Wagoneer nach hinten bringen lassen. Die Männer sind startbereit.«

»Schicken Sie sie los«, sagte Leland mit leiser, beherrschter Stimme.

»Machen Sie sich keine Sorgen, Sir, die gehen uns auf gar keinen Fall durch die Lappen.«

»Dessen bin ich mir ganz sicher«, sagte Leland energisch. Horner wollte sich schon entfernen, als der Colonel fortfuhr: »Sobald Sie die Männer losgeschickt haben, warten Sie unten mit einer Landkarte dieses Bezirks auf mich. Die Zeugen werden bestimmt versuchen, irgendwo auf eine Straße zu kommen. Wir werden logisch folgern, was ihr nächster Schritt sein wird, und dann werden wir sie an Ort und Stelle erwarten.«

»Jawohl, Sir.«

Als er wieder allein war, wandte Leland ruhig eine Seite des Albums um. Rote Monde.

Horners laute Schritte hallten auf der Treppe wider; gleich darauf fiel die Eingangstür krachend hinter ihm ins Schloß.

Ruhig, ganz ruhig blätterte Leland weiter im Album.

Draußen brüllte Horner seine Befehle.

Leland wandte wieder eine Seite um, noch eine und noch eine. Rote Monde.

Draußen heulten Motoren auf. Acht Männer, auf zwei Wagen verteilt, nahmen die Verfolgung der geflüchteten Zeugen auf.

Leland wandte zwei, drei, sechs Seiten um, sah rote Monde, nichts als rote Monde, und er hob das Album ruhig auf und schleuderte es durchs Zimmer. Das Buch prallte gegen den Schrank, klatschte auf den Kühlschrank und fiel von dort zu Boden. Einige rote Monde lösten sich aus dem Album und fielen heraus. Auf einer Anrichte entdeckte Leland einen Keramikkrug: einen lächelnden Bären mit über dem Bauch gefalteten Vorderpfoten. Er fegte ihn auf den Boden, wo er in hundert Einzelteile zerschellte. Zerbrochene Schokoladenkekse landeten auf dem Album und übersäten die verstreuten roten Monde mit Krümeln. Leland fegte ein Radion von der Anrichte. Eine Zuckerdose. Mehl. Er warf einen Brotkasten gegen die Wand und eine Kaffeemaschine gegen den Herd.

Er stand einen Augenblick lang da und atmete tief durch. Dann drehte er sich um und verließ ruhig die Küche, ging ruhig die Treppe zum Büro hinab, um dort mit seinem Adjutanten ruhig die Landkarte zu studieren und die Situation zu beraten.

»Der Mond!« rief Marcie, dann stieß sie wieder einen schrillen Schrei aus. »Mommy, schau mal, schau doch nur, der Mond! Warum, Mommy, warum? Schau doch nur, der *Mond!*«

Das Mädchen versuchte, sich von seiner Mutter loszureißen, wand sich, schlug wild um sich. Jorja versuchte erfolglos, ihre Tochter festzuhalten.

Bestürzt hielt Ned den Jeep an.

Marcie schrie wieder auf, riß sich endgültig von ihrer Mutter los und kroch über Ernie hinweg, soweit er erkennen konnte ohne ein bestimmtes Ziel. Sie wollte nur vor dem flüchten, was sie offenbar in einem Erinnerungsblitz gesehen hatte. Sie wußte nicht, daß sie im Cherokee war; sie glaubte, an irgendeinem unheimlichen Ort zu sein.

Ernie packte sie, bevor sie auf Brendans Schoß weiterkrabbeln konnte. Er drückte das kleine Kind mit seinen starken Armen fest an seine breite Brust, und als es weiterschrie, streichelte er es und murmelte beruhigend auf sie ein.

Allmählich ließ Marcies Schrecken nach. Sie hörte auf, um sich zu schlagen, und erschlaffte in seinen Armen. Sie hörte auch auf zu schreien und flüsterte nur noch vor sich hin: »Mond, der Mond, Mond ...« Und dann, leise, aber in panischer Angst: »Laß nicht zu, daß er mir etwas tut, laß es nicht zu, laß es nicht zu!«

»Ganz ruhig, Liebling«, sagte Ernie, während er ihr zärtlich übers Haar strich, »ganz ruhig, Kleines, du bist hier in Sicherheit, ich lasse nicht zu, daß jemand dir etwas tut.«

»Sie hat sich plötzlich an etwas erinnert«, sagte Brendan, als Ned weiterfuhr. »Für einen Augenblick hat sich ein Spalt geöffnet.«

»Was hast du gesehen, Liebling?« fragte Jorja ihre Tochter.

Aber Marcie hatte jetzt wieder den starren, katatonischen Blick; sie schien nichts zu hören und nichts zu sehen ... aber kurze Zeit später fühlte Ernie, wie ihre Ärmchen ihn umschlangen. Er drückte sie noch fester an sich. Sie sagte nichts. Sie war immer noch nicht richtig bei ihnen, trieb irgendwo auf einem dunklen See in ihrem Innern dahin. Aber offenbar fühlte sie sich in Ernies Armen geborgen, und sie hielt ihn weiter fest, während der Cherokee sich mühsam durch Schnee und Dunkelheit kämpfte.

Nachdem er monatelang Angst vor jedem Schatten gehabt und auf jede hereinbrechende Abenddämmerung mit Schrecken und Verzweiflung reagiert hatte, tat es Ernie unbeschreiblich gut zu spüren, daß jemand *seine* Stärke brauchte. Es war ein sehr befriedigendes Gefühl. Und während er Marcie an sich drückte, ihr über das dichte schwarze Haar strich und ihr beruhigende Worte ins Ohr flüsterte, dachte er überhaupt nicht mehr daran, daß die Nacht jetzt den Cherokee umgab und ihr Gesicht gegen die Scheiben preßte.

Endlich gelangte Jack auf die Landstraße nach Thunder Hill, etwa anderthalb Kilometer nördlich der Stelle, wo Ned inzwischen dieselbe Straße mit dem Cherokee überquert haben mußte. Jack fuhr nach rechts in Richtung des Depots.

Er hatte im Osten der USA nie einen solchen Sturm erlebt. Je höher er ins Gebirge kam, desto heftiger fiel der Schnee; er war so dicht wie ein Wolkenbruch.

»Jetzt sind es noch etwa anderthalb Kilometer bis zum Depoteingang«, sagte Dom, der diese Strecke ja am Morgen mit Ernie entlanggefahren war.

Jack schaltete die Scheinwerfer aus und verringerte die Geschwindigkeit. Bis seine Augen sich an die Dunkelheit gewöhnten, schien die Welt nur aus umherwirbelnden weißen Flocken zu bestehen.

Er wußte nicht immer, ob er auf seiner eigenen Fahrspur war. Er rechnete damit, daß plötzlich ein anderes Fahrzeug aus dem Nichts auftauchen und ihn rammen würde.

Ginger hegte offenbar die gleichen Befürchtungen, denn sie duckte sich auf ihrem Sitz, so als erwarte sie jeden Moment einen Zusammenstoß. Sie kaute nervös an ihrer Unterlippe.

»Die Lichter dort vorne«, sagte Dom, »das ist der Eingang zum Depot.«

Zwei Quecksilberdampflampen brannten an den beiden Pfosten des elektrischen Tores. Aus den beiden schmalen Fenstern des Wächterhauses fiel warmes, bernsteinfarbenes Licht.

Trotz dieser Lichtquellen konnte Jack nur vage Umrisse des kleinen Gebäudes hinter dem Zaun erkennen, denn das Schneetreiben verwischte alle Einzelheiten. Es war ziemlich sicher, daß ihr Wagen ohne eingeschaltete Scheinwerfer für einen Wächter, der zufällig aus dem Fenster schauen sollte, nicht zu sehen war, und der Motorenlärm ging im Wind völlig unter.

Sie fuhren langsam den steilen Hügel hinauf, tiefer ins Gebirge hinein. Die Scheibenwischer funktionierten nicht mehr richtig, weil sie durch vereisten Schnee blockiert wurden.

Zwei Kilometer hinter dem Eingang zum Militärgelände sagte Ginger: »Vielleicht könnten wir die Scheinwerfer jetzt wieder einschalten.«

»Nein«, entgegnete Jack, während er angestrengt nach vorne spähte, »wir legen auch den restlichen Weg ohne Beleuchtung zurück.«

Im Motelbüro breiteten Leland Falkirk und Lieutenant Horner die Landkarte auf der Empfangstheke aus. Sie hatten sich kaum darin vertieft, als die Männer, die die Zeugen verfolgen sollten, auch schon wieder zurückkehrten. Sie waren den Reifenspuren mit großer Mühe einige hundert Meter gefolgt, auf einem hügelaufwärts führenden Hohlweg, aber von einer bestimmten Stelle an hatten Wind und Schnee die Spuren fast völlig verweht. Es gab nur schwache Hinweise darauf, daß zumindest eines der Fahrzeuge in eine schmälere Talschlucht abgebogen war, und da nichts dafür sprach, daß die Zeugen sich aufteilen könnten, war anzunehmen, daß sowohl der Lieferwagen der Sarvers als auch der Cherokee diese Richtung eingeschlagen hatte.

Leland wandte seine Aufmerksamkeit wieder der Karte zu. »Ja, das ergibt einen Sinn. Nach Westen werden sie nicht fahren, weil es bis zur ersten Stadt, Battle Mountain, über 60 Kilometer sind, und Winnemucca ist noch 80 Kilometer weiter entfernt. Außerdem sind beide Städte nicht groß genug, um sich dort lange verbergen zu können, und es sind keine Verkehrsknotenpunkte. Nein, sie werden in östliche Richtung fahren, nach Elko.«

Lieutenant Horner deutete mit seinem dicken Finger auf die Karte. »Hier ist die Straße, die am Motel entlang und nach Thunder Hill führt. Die dürften sie inzwischen überquert haben. Vermutlich fahren sie weiter querfeldein nach Osten.«

»Welche Straße könnten sie als nächste erreichen?«

Lieutenant Horner beugte sich tiefer über die Karte, um die kleine Schrift lesen zu können. »Vista Valley. Etwa zehn Kilometer östlich der Straße nach Thunder Hill.«

Es klopfte an der Tür, und Miles Bennell rief: »Herein!«

General Robert Alvarado, Kommandant von Thunder Hill, betrat das Brüo. Silbriges Licht vom ›Nabel‹ fiel in den Raum. »Du sitzt hier allein im Dunkeln? Stell dir nur mal vor, wie verdächtig das dem Colonel vorkäme!«

»Er ist verrückt, Bob!«

»Vor kurzem hätte ich dir noch widersprochen«, sagte Alvarado, »und behauptet, er sei ein ziemlich guter Offizier, wenn auch ein wenig zu buchstabengläubig und viel zu steif. Aber heute muß ich dir recht geben. Der Kerl hat sie nicht alle. Er hat mich übrigens vor wenigen Minuten angerufen und eine Bitte geäußert, die sich allerdings eher wie ein Befehl anhörte. Er will, daß alle hier in Thunder Hill, sowohl Militärs als auch Zivilisten, sich in ihre Unterkünfte begeben und bis auf weiteres dort bleiben sollen. In wenigen Minuten wirst du meine diesbezügliche Anordnung über die Lautsprecheranlage hören.«

»Aber weshalb will er das?« fragte Miles.

Alvarado setzte sich auf einen Stuhl in der Nähe der offenen

Tür; das kalte Licht aus der großen Zentralkaverne fiel auf seinen Unterkörper; sein Gesicht blieb im Dunkeln. »Falkirk bringt die Zeugen hierher und will nicht, daß sie von irgendwelchen Leuten gesehen werden, die nicht eingeweiht sind. Das behauptet er zumindest.«

Erstaunt erwiderte Miles: »Aber wenn er es für an der Zeit hält, sie einer weiteren Gehirnwäsche zu unterziehen, eignet sich das Motel dafür doch viel besser. Und soviel ich weiß, hat er die verdammten Gehirnpfuscher nicht herbeigerufen.«

»Das stimmt«, bestätigte Alvarado. »Er sagt, vielleicht würde die Geheimhaltung nicht fortgesetzt. Er will, daß du dich eingehend mit den Zeugen beschäftigst, besonders mit Cronin und Corvaisis. Er sagt, vielleicht hätte er recht und sie wären keine Menschen mehr. Er habe aber über sein Gespräch mit dir nachgedacht und sich gefragt, ob vielleicht *du* recht haben könntest, ob er vielleicht wirklich zu mißtrauisch sei. Er sagt, falls du zu der Erkenntnis kämest, sie seien richtige Menschen und ihre besonderen Gaben deuteten nicht auf etwas Nicht-Menschliches in ihnen hin, so wolle er dir glauben und diese Leute verschonen. Er sagt, in diesem Fall würde er sich vielleicht gegen eine weitere Gehirnwäsche entscheiden und seinen Vorgesetzten sogar empfehlen, alles an die Öffentlichkeit zu bringen.«

Miles schwieg kurze Zeit. Dann rutschte er auf seinem Stuhl hin und her. Er fühlte sich noch unbehaglicher als zuvor. »Das hört sich so an, als wäre er endlich zur Vernunft gekommen. Aber warum kann ich das nicht so recht glauben? Glaubst *du* denn, daß es stimmt?«

Alvarado streckte die Hand aus und warf die Tür zu. Im Raum wurde es wieder fast dunkel. Er ahnte, daß Miles die Lampe anknipsen wollte, und sagte rasch: »Lassen wir's lieber so. Vielleicht ist es leichter, offen zu sein, wenn wir unsere Gesichter nicht sehen können.«

Miles lehnte sich auf seinem Stuhl zurück, ohne die Lampe einzuschalten, und Alvarado fuhr fort: »Sag mal, Miles, warst du das, der Corvaisis und den Blocks die Polaroid-Fotos geschickt hat?«

Miles schwieg.

»Wir sind Freunde, du und ich«, sagte Alvarado. »Zumindest hatte *ich* immer dieses Gefühl. Ich habe nie jemand anderen gekannt, mit dem ich gern Schach *und* Poker spiele. Deshalb werde ich es dir gestehen ... *ich* habe Jack Twist hierher gelotst.«

»Wie?« fragte Miles erstaunt. »Und warum?«

»Nun, mir war — genauso wie dir — bekannt, daß die Gedächtnisblockierungen einiger Zeugen allmählich rissig wurden und daß sie dadurch psychologische Probleme bekamen. Bevor jemand beschließen würde, sie einer zweiten Gehirnwäsche zu unterziehen, wollte ich etwas tun, um ihre Aufmerksamkeit auf das Motel zu lenken. Ich hoffte, damit genügend Staub aufwirbeln zu können, um eine Fortsetzung der Geheimhaltungstaktik unmöglich zu machen.«

»Warum?« fragte Miles wieder.

»Weil ich zu der Überzeugung gelangt bin, daß diese Taktik falsch ist.«

»Aber weshalb dann diese Sabotage durch die Hintertür?«

»Wenn ich die Sache selbst publik gemacht hätte, hätte ich meinen Befehlen zuwidergehandelt und damit meine Karriere, vielleicht sogar meine Pension aufs Spiel gesetzt. Und außerdem ... ich befürchtete, daß Falkirk mich liquidieren könnte.«

Miles hatte die gleiche Befürchtung gehabt.

Alvarado fuhr fort: »Ich fing mit Twist an, weil ich dachte, daß seine Ranger-Vergangenheit und sein Bedürfnis, der Gesellschaft zu trotzen, ihn dazu befähigten, die anderen Zeugen zu organisieren. Von den Informationen, die wir in jenem Sommer bei der Gehirnwäsche aus ihm herausgeholt hatten, wußte ich über seine Bankschließfächer Bescheid. Ich suchte also seine Akte heraus und notierte mir die Namen der Banken und die Kennworte. In der Akte befanden sich auch Nachschlüssel zu diesen Bankschließfächern; Falkirk hatte sie damals anfertigen lassen, für den Fall, daß es einmal erforderlich sein würde, Twist mit seinen kriminellen Aktivitäten zu erpressen oder ihn im Gefängnis schmoren zu lassen. Ich fertigte Kopien dieser Nachschlüssel an. Und als ich dann Ende Dezember zehn Tage Urlaub hatte, fuhr ich mit einem Stapel Ansichtskarten vom Tranquility Motel nach New York und deponierte sie in all seinen Bankschließfächern. Er ging nur selten in diese Banken, und sie haben dort Tausende von Schließfächern, deshalb erinnerte sich niemand daran, wie Twist aussah. Niemand schöpfte Verdacht, ich könnte nicht Twist sein. Es war kinderleicht.«

»Und sehr geschickt.« Miles betrachtete bewundernd und

voller Zuneigung die umrißhafte schwerfällige Gestalt seines Freundes. »Diese Karten vorzufinden, das mußte Twist ja unweigerlich elektrifizieren. Und falls Fallkirk Wind von der Sache bekommen würde, hätte er keine Möglichkeit festzustellen, wer das getan hatte.«

»Ja, besonders, weil ich die Karten immer nur mit Handschuhen angefaßt hatte«, sagte Alvarado. »Ich habe keinen einzigen Fingerabdruck hinterlassen. Ich plante, hierher zurückzukehren und etwas Zeit verstreichen zu lassen, bis ich ziemlich sicher sein würde, daß Twist die Karten gefunden hatte. Dann wollte ich nach Elko fahren und von einer Telefonzelle aus andere Zeugen anonym anrufen, ihnen Twists Geheimnummer angeben und sagen, er hätte Antwort auf ihre verschiedenen psychischen Probleme. Das hätte den Ball ganz schön ins Rollen gebracht. Aber bevor es soweit kam, schickte irgendein anderer Botschaften und Polaroid-Fotos an Corvaisis und weitere Fotos an die Blocks. Ich weiß natürlich genausogut wie Falkirk, daß der Absender dieser Fotos hier in Thunder Hill sein muß. Gestehst du die Tat, oder bin ich der einzige, der heute abend in Beichtstimmung ist?«

Miles zögerte. Sein Blick fiel auf die Blätter, die immer noch auf seinem Schreibtisch lagen: auf Falkirks psychologische Beurteilung. Ihn fröstelte. »Ja, Bob, ich habe ihnen die Fotos geschickt. Große Geister haben ähnliche Gedanken, was?«

»Ich habe dir erklärt, weshalb ich ausgerechnet Twist auswählte«, sagte Alavarado aus der Dunkelheit heraus. »Und ich kann mir vorstellen, warum du die Blocks aufscheuchen wolltest. Sie sind von hier, und in ihrem Motel spielte sich sozusagen alles ab. Aber warum hast du Corvaisis und nicht irgend jemand anderen ausgewählt?«

»Er ist Schriftsteller, was bedeutet, daß er eine lebhafte Fantasie hat. Anonyme Briefe und seltsame Fotos würden höchstwahrscheinlich sein Interesse mehr wecken als das anderer Zeugen. Und außerdem hatte sein erster Roman schon vor der Veröffentlichung eine großartige Publicity, und falls er die Wahrheit herausfand, würden ihm die Reporter vielleicht bereitwilliger zuhören als einem der anderen.«

»Wir sind ein gerissenes Paar!«

»Schlauer, als es gut für uns ist«, meinte Miles. »Es sieht ganz so aus, als sei unsere Art der Sabotage viel zu langsam gewesen.

Wir hätten einfach unsere Schweigepflicht verletzen und direkt an die Öffentlichkeit gehen sollen, selbst wenn wir damit riskiert hätten, Falkirks Zorn auf uns zu lenken und von der Regierung vor Gericht gestellt zu werden.«

Sie schwiegen kurze Zeit, dann sagte Alvarado: »Was glaubst du, warum ich zu dir gekommen bin und dir alles gebeichtet habe, Miles?«

»Du brauchst einen Verbündeten gegen den Colonel, weil du kein Wort von dem, was er am Telefon gesagt hat, glaubst. Du glaubst auch nicht, daß er plötzlich zur Vernunft gekommen ist. Du glaubst nicht, daß er die Zeugen hierher bringt, um sie von uns untersuchen und befragen zu lassen.«

»Ich nehme an, daß er sie umbringen will«, sagte Alvarado. »Und uns ebenfalls. Uns alle.«

»Weil er glaubt, wir wären alle infiziert — besessen! Dieser verdammte Idiot!«

Die Anlage für allgemeine Durchsagen pfiff und knackte. In einer Wand von Miles' Büro war ein Lautsprecher eingebaut, wie in sämtlichen Räumen des Depots. Die Durchsage besagte, das gesamte Personal — Militärs und Zivilisten — sollte sich zuerst in der Waffenkammer Pistolen geben lassen und sich sodann in die Unterkünfte begeben und dort auf weitere Instruktionen warten.

Alvarado stand auf. »Wenn alle in ihren Unterkünften sind, werde ich durchsagen, daß es Falkirks Idee gewesen sei, sie auf ihre Zimmer zu schicken, daß aber die Idee, sie zu bewaffnen, von mir stamme. Ich werde sie warnen, daß uns allen aus Gründen, die manchen verständlich und anderen unverständlich sein werden, Gefahr von Falkirk und seinen DEROs droht. Falls dann der Colonel seine Männer losschickt, um unsere Leute zu umzingeln und zu erschießen, werden sie zurückschießen können. Ich hoffe aber, daß es uns gelingt, Falkirk zu liquidieren, bevor es soweit kommt.«

»Bekomme ich auch eine Pistole?«

Alvarado ging zur Tür, öffnete sie aber nicht. »Das ist sogar besonders wichtig. Zieh einen Laborkittel an und versteck die Pistole darunter, damit Falkirk nicht sieht, daß du bewaffnet bist. Ich werde meine Uniformjacke nicht zuknöpfen und eine kleine Pistole hinten in das Koppel stecken, dann sieht er auch nicht, daß *ich* bewaffnet bin. Falls es so aussieht, als wolle er unsere Vernichtung befehlen, werde ich die Waffe ziehen und ihn töten. Aber vorher werde ich dich mit einem Codewort warnen, damit du gleichzeitig Horner erschießen kannst. Wir müssen die beiden im gleichen Moment erledigen, denn andernfalls wird Horner mich töten, sobald ich auf Falkirk schieße. Und es ist unbedingt notwendig, daß ich überlebe, nicht nur, weil ich zugegebenermaßen sehr am Leben hänge, sondern auch, weil ich *General* bin und vermutlich erreichen kann, daß Falkirks Männer mir gehorchen, sobald ihr Kommandant tot ist. Kannst du es tun, Miles? Kannst du einen Menschen töten?«

»Ja, ich werde auf den Abzug drücken können, um Horner daran zu hindern, dich zu erschießen. Auch ich betrachte dich nämlich als meinen Freund, Bob. Nicht nur wegen Poker und Schach, sondern auch, weil du alles von T. S. Eliot gelesen hast.«

»›Ich glaube, wir sind im Rattenloch. Wo die toten Männer ihre Knochen verloren‹«, zitierte Bob Alvarado. Mit leisem Lachen öffnete er die Tür und blieb im silbrigen Licht der Kavernenlampen noch einmal stehen. »Eine Ironie des Schicksals. Vor langer Zeit bereitete mein Interesse an der Poesie meinem Vater große Sorgen. Er befürchtete, daß aus mir ein verweichlichter Homo werden könnte. Statt dessen bin ich General geworden, und in der Stunde der größten Bedrängnis ist es ausgerechnet die Poesie, die dich dazu bringt, einen Menschen zu töten, um mich zu retten. Kommen Sie mit in die Waffenkammer, Dr. Bennell?«

Miles stand auf und ging zur Tür. »Es ist dir doch klar, daß Falkirk im wesentlichen im Namen des Stabschefs und sogar noch mächtigerer Personen handelt. Wenn du ihn umbringst, wird dir General Riddenhour und vielleicht sogar der Präsident höchstpersönlich die Hölle heiß machen.«

»Riddenhour kann mich mal!« sagte Bob Alvarado und klopfte Miles auf die Schulter. »Alle Politiker und ihre Speichellecker von Generälen wie Riddenhour können mich mal! Selbst wenn Falkirk den neuen Code des Sicherheitscomputers sozusagen mit ins Grab nimmt, werden wir in einigen Tagen hier herauskommen, notfalls, indem wir den verdammten Ausgang irgendwie zerstören. Und dann ... wenn wir der Welt diese Nachricht bringen ... ist dir klar, daß wir dann zwei der berühmtesten Männer dieses ganzen Planeten sein werden? Vielleicht zwei der berühmtesten Männer der ganzen Weltgeschichte. Ich kenne nämlich niemanden, der eine so wichtige Botschaft verkündet hätte ... außer Maria Magdalena am Ostermorgen!«

Vater Stefan Wycazik saß am Steuer des Cherokees, weil er aus seiner Zeit in Vietnam mit Vater Bill Nader Erfahrung mit Jeeps hatte. Dort hatten sie ihre abenteuerlichen Fahrten natürlich durch die Sümpfe und den Dschungel gemacht; aber er stellte rasch fest, daß ein Jeep sich auch im Schneesturm bewährte. Und obwohl seine tollkühnen Erlebnisse lange zurücklagen, standen sie ihm noch lebhaft vor Augen, und er lenkte den Wagen mit der gleichen Sicherheit und der gleichen Mißachtung jeder Gefahr wie damals, in jüngeren Jahren, unter Feuerbeschuß. Als er und Parker Faine die Lichter von Elko hinter sich ließen und in die schneegepeitschte Dunkelheit eintauchten, wußte Vater Wycazik, daß Gott ihn zum Priestertum berufen hatte, weil die Kirche bisweilen Männer brauchte, durch deren Adern Abenteurerblut floß.

Da die I-80 gesperrt war, fuhren sie zunächst auf der State Route 51 in nördliche Richtung; dann schlugen sie sich auf schneeverwehten Landstraßen, Schotter- und Lehmwegen weiter durch. Die Straßen waren in großen Abständen mit Katzenaugen markiert, und diese Markierungen, von denen das Scheinwerferlicht reflektiert wurde, waren eine große Orientierungshilfe. Manchmal mußte Stefan aber auch querfeldein fahren, um von einem Weg zum anderen zu gelangen. Zum Glück hatten sie einen am Armaturenbrett befestigten Kompaß und eine Landkarte gekauft. Trotz der gewundenen Pfade bewegten sie sich langsam, aber stetig auf das Tranquility Motel zu.

Unterwegs erzählte Stefan dem Maler vom CISG, von dem Mr. X — Ginger Weiss' Freund — bei seinem Telefonat mit Michael Gerrano gesprochen hatte. »Colonel Falkirk war der einzige Vertreter des Militärs in diesem Komitee. Der CISG ist meiner Meinung nach ein typisches Beispiel für Verschwendung von Steuergeldern — eine Gruppe von Leuten, die sich die Köpfe über ein theoretisch mögliches gesellschaftliches Problem zerbrachen, das mit größter Wahrscheinlichkeit niemals akut werden würde. Die Kommission setzte sich aus Biologen, Physikern, Anthropologen, Medizinern, Soziologen, Psychologen usw. zusammen. Die Abkürzung CISG steht für Contact Impact Study Group — sie versuchten, die positiven und negativen

Auswirkungen zu erörtern, die ein erster Kontakt mit intelligenten außerirdischen Wesen für die menschliche Gesellschaft haben könnte.«

Die Augen auf die schneeverwehte Straße gerichtet, verstummte Stefan, damit der Künstler die Bedeutung seiner Worte richtig erfassen konnte. Er lächelte, als er Parker tief Luft holen und stammeln hörte: »Sie wollen doch wohl nicht sagen ... Sie können doch nicht meinen ...«

»Doch.«

»Sie ... wollen sagen ... daß ... daß etwas ... gekommen ist ... etwas ...«

Parker Faine war zum erstenmal, seit Stefan ihn kennengelernt hatte, völlig sprachlos.

»Ja«, sagte Stefan. Obwohl er schon etwas Zeit gehabt hatte, sich mit diesem fantastischen Gedanken vertraut zu machen, überliefen ihn immer noch ehrfürchtige Schauer, so daß er bestens nachvollziehen konnte, was in Parker vorging. »Etwas kam an diesem Abend des 6. Juli vom Himmel herab.«

»Jesus, Maria und Josef!« rief Parker. »Äh ... entschuldigen Sie, Vater, ich wollte heilige Namen nicht leichtfertig aussprechen, aber ... Etwas kam herab ... Du heiliger Himmel! Entschuldigung, es tut mir wirklich leid, aber ... Herr Jesses!«

Während er sich an den Katzenaugen entlang eines besonders kurvenreichen Schotterweges orientierte, sagte Vater Wycazik: »Ich glaube nicht, daß Gott unter diesen ungewöhnlichen Umständen jedes Wort auf die Goldwaage legt. Der CISG sollte damals in erster Linie zu einem Konsens darüber kommen, welche Folgen eine direkte Konfrontation mit außerirdischen Geschöpfen für uns Menschen und für unsere Kultur haben würde.«

»Aber das ist doch ganz leicht zu beantworten. Zu erfahren, daß wir nicht allein sind — etwas Wundervolleres kann es doch gar nicht geben!« meinte Parker. »Die Reaktion der Menschen? Jeder weiß doch, wie fasziniert sie nun schon seit Jahrzehnten von Filmen über andere Welten und fremdartige Wesen sind.«

»Ja«, wandte Stefan ein, »aber es besteht ein großer Unterschied zwischen ihrer Reaktion auf ein rein fiktives Geschehen und ihrer Reaktion auf ein Geschehen, das plötzlich Wirklichkeit wurde. Das ist zumindest die Meinung vieler Wissenschaftler, in erster Linie der Soziologen und Psychologen. Und die

Anthropologen erklären uns, daß beim Zusammenprall zweier Kulturen, die auf verschiedenen Entwicklungsstufen stehen, die weniger entwickelte das Vertrauen in ihre eigenen Traditionen und Institutionen verliert, daß diese oft völlig zusammenbrechen. Die primitivere Kultur verliert jede Achtung vor ihren Religionen und Regierungssystemen. Die sexuellen Praktiken, die sozialen Wertvorstellungen, die Familienstrukturen — alles wird plötzlich in Zweifel gezogen. Denken Sie nur einmal daran, was mit den Eskimos geschah, nachdem sie mit der westlichen Zivilisation konfrontiert worden waren: Der Alkoholismus nahm katastrophale Ausmaße an, der Generationenkonflikt zerstörte die Familien, die Selbstmordrate schoß sprunghaft in die Höhe ... Nicht etwa, weil die westliche Kultur gefährlich oder gar schlecht wäre. Das ist sie nicht. Aber unsere Kultur war viel komplizierter strukturiert als die der Eskimos, und der Kontakt mit uns führte bei ihnen zu einem folgenschweren Verlust der Selbstachtung, von dem sie sich nie wieder erholt haben.«

Stefan mußte seine Ausführungen unterbrechen, weil sie am Ende des Schotterweges angelangt waren.

Parker studierte im schwachen Licht des Handschuhfachs die Landkarte. Dann schaute er auf den Kompaß. »Hier entlang«, sagte er und deutete nach links. »Wir müssen knapp fünf Kilometer querfeldein nach Westen fahren, bis zu einer Straße namens Vista Valley Road, und wenn wir die überquert haben, geht es weiter querfeldein bis zum Motel — etwa dreizehn oder vierzehn Kilometer.«

»Kontrollieren Sie bitte den Kompaß, ob ich immer in westlicher Richtung bleibe.« Stefan fuhr in die schneeverwehte nächtliche Landschaft hinein.

»Diese Sache über die Eskimos, all diese Einzelheiten über den Standpunkt des CISG — das alles konnte Mr. X Ihrem Kaplan doch nicht während eines einzigen Telefongesprächs mitteilen?«

»Einiges schon, aber nicht alles.«

»Sie müssen also schon früher über dieses Thema nachgedacht haben.«

»Nicht über Kontakte mit außerirdischen Wesen«, erwiderte Vater Wycazik. »Aber zur Ausbildung eines Jesuiten gehören auch kritische Betrachtungen über die positiven und negativen Auswirkungen der Bemühungen der Kirche im Laufe der Geschichte, rückständigen Kulturen den christlichen Glauben nahezubringen. Und die vorherrschende Meinung ist inzwischen die, daß wir durch unsere Missionstätigkeit, auch wenn wir diesen Völkern Aufklärung und Erleuchtung brachten, beträchtlichen Schaden angerichtet haben. Nun ja, jedenfalls beschäftigen wir Jesuiten uns viel mit Anthropologie, deshalb kann ich die Befürchtungen des CISG in gewisser Weise verstehen.«

»Unser Kurs ist im Augenblick ein bißchen zu weit nördlich«, stellte Parker nach einem Blick auf den Kompaß fest. »Halten Sie sich, sobald die Bodenverhältnisse es erlauben, weiter nach links. Was ich aber vorhin sagen wollte — *ich* kann die Befürchtungen dieses Komitees immer noch nicht so recht begreifen.«

»Denken Sie doch mal an die amerikanischen Indianer. Es waren letztlich nicht die Gewehre des weißen Mannes, die sie vernichteten, sondern es war der Zusammenprall der Kulturen. Sie sahen sich plötzlich mit neuen Ideen konfrontiert, die sie zwangen, ihre verhältnismäßig primitive Gesellschaftsform aus einer anderen Perspektive zu sehen, und das führte zu einem Verlust der Selbstachtung, zum Verlust der eigenen kulturellen Werte und Zielsetzungen. Und Mr. X hat in seinem Telefongespräch mit Vater Gerrano erwähnt, daß der CISG befürchtete, ein Kontakt zwischen uns Menschen und irgendwelchen außerirdischen Wesen mit einer viel höheren Entwicklungsstufe könnte für uns die gleichen Folgen haben: Zusammenbruch des religiösen Glaubens, Einbuße des Vertrauens in Regierungen und andere überkommene Institutionen, zunehmende Minderwertigkeitskomplexe, Selbstmorde etc. etc.«

Parker Faine gab einen spöttischen Laut von sich. »Vater, würden *Sie* dadurch Ihren Glauben verlieren?«

»Nein. Ganz im Gegenteil!« erklärte Stefan erregt. »Wenn es im riesigen Universum kein anderes Leben gäbe, wenn all die Trillionen und Billionen von Planeten öde und leer wären — *das* könnte mich auf den Gedanken bringen, daß es keinen Gott gibt, daß die Evolution unserer Spezies reiner Zufall war. Wenn es nämlich einen Gott gibt, so liebt er das Leben, fördert und erhält das Leben und jegliche Kreatur, die er erschaffen hat. Deshalb würde er niemals das Universum so öde und leer belassen.«

»Ich glaube, daß sehr viele Menschen — die meisten Menschen — ähnlich wie Sie denken würden«, sagte Parker.

»Mich würde es auch nicht in meinem Glauben erschüttern«, fuhr Stefan fort, »wenn diese Geschöpfe anderer Planeten äußerlich keinerlei Ähnlichkeit mit uns hätten, wenn sie für unsere Begriffe erschreckend abstoßend aussähen. Gott meinte nicht unser physisches Aussehen, als er sagte, er habe uns nach seinem Bild geschaffen. Gemeint sind vielmehr unsere Seelen, unser Geist, unsere Fähigkeit zu Vernunft und Mitleid, zu Liebe und Freundschaft. Hinsichtlich *dieser* Eigenschaften ist der Mensch ein Abbild Gottes. Das ist auch die Botschaft, die ich Brendan bringen will. Ich glaube nämlich, daß seine Glaubenskrise auf die unterbewußte Erinnerung an seine Begegnung mit einer Rasse zurückzuführen ist, die sich äußerlich gänzlich von uns unterscheidet und uns so grenzenlos überlegen ist, daß er in der Lehre der Kirche vom Menschen als Ebenbild Gottes plötzlich nur noch eine Lüge sehen konnte. Ich möchte ihm sagen, daß es überhaupt nicht wichtig ist, wie sie aussehen und ob sie auf einer viel höheren Entwicklungsstufe stehen als wir. Was darauf hindeutet, daß sie Geschöpfe Gottes sind, ist ihre Fähigkeit zu lieben — und die ihnen von Gott gegebene Intelligenz einzusetzen, um über die Herausforderungen des Universums zu triumphieren, das er ihnen geschenkt hat.«

»Und ihren Verstand müssen sie wirklich genutzt haben, wenn es ihnen gelungen ist, aus solcher Ferne zu uns zu kommen!« sagte Parker.

»Genau«, stimmte Vater Wycazik ihm zu. »Ich bin sicher, daß Brendan das auch erkennen wird, wenn die bei der Gehirnwäsche errichtete Gedächtnisblockierung erst einmal völlig zusammenbricht, wenn er sich an alles erinnert, was geschehen ist, und etwas Zeit hat, darüber nachzudenken. Aber ich möchte doch für alle Fälle bei ihm sein, um ihm helfen, um ihn führen zu können.«

»Sie lieben ihn sehr«, stellte Parker fest.

Vater Wycazik spähte angestrengt in die stürmische weiße Welt hinaus. Er mußte jetzt langsamer und vorsichtiger fahren als auf den markierten Wegen. Schließlich sagte er mit leiser, weicher Stimme: »Manchmal habe ich schon bedauert, Priester geworden zu sein. Möge Gott mir vergeben, aber es ist die Wahrheit. Manchmal denke ich nämlich an die Familie, die ich hätte haben können: eine Frau, an deren Leben ich Anteil nehmen und die ihrerseits an meinem Leben Anteil nehmen könnte, und Kinder, die unter meinen Augen herangewachsen wären ... Die Familie, die ich hätte haben können — das ist es, was ich vermisse. Sonst nichts. Und Brendan ... nun ja, er ist der Sohn, den ich nie hatte und nie haben werde. Ich liebe ihn mehr, als ich sagen kann.«

Nach längerem Schweigen seufzte Parker und sagte: »Ich für meine Person bin der Meinung, daß man diesen Typen vom CISG ins Gehirn geschissen hat — verzeihen Sie den vulgären Ausdruck. Aber ich bin überzeugt davon, daß der erste Kontakt mit Außerirdischen uns nicht zugrunde richten würde.«

»Ich stimme Ihnen zu«, sagte Stefan. »Der Irrtum dieser Leute bestand darin, diese Situation gleichzusetzen mit Kontakten zwischen uns und primitiven Kulturen. Der große Unterschied besteht aber darin, daß wir *nicht* primitiv sind. Diese Kontaktaufnahme wird zwischen einer sehr fortgeschrittenen Kultur und einer anderen *super*fortgeschrittenen Kultur stattfinden. Der CISG glaubte, wenn es je zu einem derartigen Ereignis käme, müßte es — wenn irgend möglich — vor der Öffentlichkeit zunächst geheimgehalten werden, um sie dann eventuell ganz langsam — über zehn oder sogar zwanzig Jahre hindurch — darauf vorzubereiten. Aber das ist falsch, total falsch, Parker. Wir können mit dem Schock fertigwerden. Denn wir sind für ihr Kommen bereit. O Gott, und wie verzweifelt, wie sehnsüchtig bereit wir sind!«

»O ja!« flüsterte Parker.

Wieder fuhren sie eine Weile schweigend dahin, außerstande zu sprechen, außerstande, in Worte zu fassen, was für ein Gefühl es war zu wissen, daß die Menschheit im unendlichen Universum nicht allein war, daß nicht nur sie erschaffen worden war. Schließlich räusperte sich Parker, schaute auf den Kompaß und sagte: »Sie haben den richtigen Kurs, Stefan. Bis zur Vista Valley Road können es jetzt höchstens noch anderthalb Kilometer sein. Dieser Mann in Chikago, den Sie vorhin kurz erwähnten ... Cal Sharkle. Was hat er den Bullen heute morgen zugerufen?«

»Er behauptete, daß Fremde mit einem Raumschiff gelandet seien und daß sie uns feindlich gesonnen seien. Er hatte Angst, daß sie uns allmählich überwältigten, daß sie sich der meisten seiner Nachbarn schon bemächtigt hätten. Er sagte, die Fremden hätten versucht, ihn in ihre Gewalt zu bekommen, indem sie ihn an ein Bett fesselten und in seine Venen eindrangen. Ursprünglich befürchtete ich, daß das stimmen könnte, daß das, was hier in Nevada gelandet ist, eine Bedrohung für uns darstellen könnte. Aber auf dem Flug von Chicago hierher hatte ich Zeit, über alles nachzudenken. Cal vermengte seine Gefangennahme und seine Gehirnwäsche mit der Landung des Raumschiffs, die er miterlebt hatte. Er glaubte, es wären außerirdische Wesen in Raumanzügen gewesen, die ihn gefangengehalten und ihm Nadeln in die Venen gestochen hatten. Er war Zeuge der Ankunft eines Raumschiffs, und dann kamen diese Kerle von der Regierung in ihren Schutzanzügen, und nachdem sie alles, was er erlebt hatte, in sein Unterbewußtsein gestopft und mit einer Gedächtnisblockierung versiegelt hatten, brachte er alles durcheinander. Nicht die Geschöpfe von einem anderen Stern hatten ihn bedroht und mißhandelt, sondern seine eigenen Mitmenschen.«

»Sie meinen, daß die Regierungsagenten Schutzanzüge trugen, weil sie nicht wußten, ob beim Kontakt mit diesen Fremden das Risiko einer bakteriologischen Verseuchung bestand?«

»Genau«, bestätigte Stefan. »Einige Motelgäste müssen sich dem Raumschiff genähert haben; sie wurden deshalb als verseucht betrachtet, bis der Beweis des Gegenteils erbracht war. Und wir wissen ja, daß einige Opfer sich genau daran erinnern, *Männer* unter den Schutzanzügen erkannt zu haben — Soldaten und Spezialisten für Gehirnwäsche. Der arme Calvin Sharkle verlor also seinen Verstand durch einen tragischen Irrtum, der darauf beruhte, daß er sich genau an alles erinnern konnte.«

»Höchstens noch ein halber Kilometer bis zur Vista Valley Road«, sagte Parker nach einem Blick auf die Karte.

Der Schnee wurde vom Sturm gnadenlos durch die gelben Lichtkegel der Scheinwerfer gepeitscht. Nur hin und wieder, wenn der Wind für Sekunden nachließ oder seinen Angriffswinkel änderte, schienen die Flocken sich zu formieren und anmutige Tänze aufzuführen, lösten sich aber wie Gespenster auf, sobald der Wind erneut mit voller Wucht zuschlug.

Während sie einen steilen Hügel hinauffuhren, sagte Parker leise: »Etwas kam vom Himmel herab ... Und wenn die Regierung genug wußte, um die I-80 bereits vor dem Ereignis sperren zu können, muß das Raumschiff schon wesentlich früher entdeckt worden sein. Aber ich begreife immer noch nicht, wie sie wissen konnten, *wo* es landen würde. Ich meine, die Besatzung des Raumschiffs hätte doch jederzeit den Kurs ändern können.«

»Es sei denn, daß es eine Bruchlandung machte«, sagte Stefan. »Vielleicht wurde es von Satellitenstationen schon weit draußen im Weltall gesichtet und tage- oder wochenlang über Monitor beobachtet. Falls es direkten Kurs nahm, was darauf hindeutete, daß es nicht gesteuert wurde, hatten sie genügend Zeit, um den genauen Ort der Landung vorauszuberechnen.«

»O nein! Nein! Ich will nicht glauben, daß es eine Bruchlandung gemacht hat!« sagte Parker.

»Ich auch nicht.«

»Ich will glauben, daß sie lebend hier ankamen ... nach ihrem weiten, weiten Weg.«

Auf halber Höhe des Hügels faßten die Reifen des Jeeps auf einer vereisten Stelle nicht richtig, aber schließlich griffen sie doch, und der Cherokee fuhr ruckartig weiter.

»Ich will glauben«, fuhr Parker fort, »daß Dom und die anderen nicht nur ein Raumschiff sahen, sondern auch ... jene Wesen, die damit von irgendwoher kamen, trafen ... Stellen Sie sich das vor! Stellen Sie sich das nur einmal vor!«

»Was auch immer ihnen in jener Julinacht widerfahren sein mag, muß wirklich phänomenal gewesen sein ... sie müssen mehr miterlebt haben als nur die Landung eines Raumschiffs.«

»Sie meinen ... wegen der Kräfte, über die Brendan und Dom seitdem verfügen?«

»Ja. Sie haben viel mehr erlebt als nur diesen Augenblick, so erschütternd und überwältigend dieser Augenblick für sie auch gewesen sein muß.«

Sie erreichten den Hügelkamm und begannen auf der anderen Seite hinabzufahren. Sogar durch die flatternden Schneevorhänge hindurch sah Stefan unten auf der Vista Valley Road die Scheinwerfer von vier Fahrzeugen. Die vier Wagen standen kreuz und quer, und ihre Lichter überschnitten sich wie gekreuzte Säbel in der Dunkelheit.

Ihm wurde rasch klar, daß sie einer Katastrophe entgegenfuhren.

»Maschinengewehre!« rief Parker.

Stefan sah nun auch, daß zwei der Männer auf der Straße Maschinengewehre auf eine siebenköpfige Gruppe — sechs Erwachsene und ein Kind — richteten, die neben einem Cherokee in einer Reihe standen. Acht oder zehn weitere Männer — vermutlich Militärs, denn sie trugen alle die gleichen Polaruniformen — umzingelten die kleine Gruppe. Stefan zweifelte nicht daran, daß Angehörige dieser Truppeneinheit auch die I-80 gesperrt hatten, sowohl heute als auch damals, vor mehr als achtzehn Monaten.

Die Männer drehten sich plötzlich um und starrten hügelaufwärts, sichtlich überrascht über die Störung.

Stefan hätte am liebsten den Jeep gewendet und so schnell wie möglich die Flucht ergriffen, aber obwohl er das Tempo verlangsamte, wußte er, daß ein Fluchtversuch sinnlos wäre. Sie würden ihn verfolgen.

Plötzlich entdeckte er unter den am Cherokee stehenden Menschen ein vertrautes irisches Gesicht.

»Das ist er, Parker! Dort ganz außen steht Brendan!«

»Dann muß das die Gruppe sein, die sich im Motel getroffen hatte«, sagte Parker und starrte angestrengt durch die Windschutzscheibe. »Aber ich sehe Dom nicht!«

Jetzt, nachdem er Brendan entdeckt hatte, wäre Vater Wycazik um nichts in der Welt umgekehrt, selbst wenn Gott die Berge für ihn geteilt und einen schnurgeraden Highway nach Kanada geschaffen hätte, so wie er einst für Moses und die Kinder Israels das Rote Meer geteilt hatte. Andererseits war Stefan unbewaffnet, und als Priester hätte er ohnehin keinen Gebrauch von der Waffe machen können. Da er weder die Möglichkeit noch den Wunsch hatte anzugreifen, aber auch nicht fliehen konnte, ließ er den Cherokee langsam den Hügel hinabrollen, während er sich den Kopf zerbrach, wie er die Situation entspannen könnte.

Auch Parker war sichtlich ratlos. »Verdammt, was sollen wir jetzt nur machen?«

Die Soldaten nahmen ihnen die Entscheidung ab. Zu Stefans großem Erstaunen eröffnete einer der Männer mit seinem Maschinengewehr das Feuer auf sie.

Dom verfolgte aufmerksam, wie Jack Twist zunächst den Kettenzaun sorgfältig mit der Taschenlampe ableuchtete und sodann auch den Stacheldrahtverhau am oberen Ende, über ihren Köpfen. Sie standen an jenem langen Abschnitt des Militärgeländes, wo der Grenzzaun durch Wiesenflächen hügelabwärts zum Tal verlief. Große Teile der Stahlmaschen des Zaunes waren mit Schnee verstopft, aber Jack konzentrierte seine Aufmerksamkeit auf die wenigen freien Stellen.

»Der Zaun selbst steht nicht unter Strom«, rief Jack laut, um den heulenden Wind zu übertönen. »Es sind keine Leitungsdrähte darin verwoben, und durch den Maschendraht kann kein Strom geleitet werden. Auf gar keinen Fall. Der Widerstand wäre viel zu hoch, weil dieser Draht zu dick ist, und außerdem sind die Enden nicht immer fest verbunden.«

»Aber wozu dann diese Warnschilder?« fragte Ginger.

»Zum Teil, um Unkundige abzuschrecken«, sagte Jack. Er richtete den Strahl der Taschenlampe wieder auf den Stacheldrahtverhau. »Leitungsdrähte sind aber doch vorhanden — da oben, in der Mitte dieser Stacheldrahtrolle. Jeder Versuch, über den Zaun zu klettern, würde tödlich enden. Wir werden unten ein Stück rausschneiden.«

Ginger hielt die Taschenlampe, während Dom in einem der Rucksäcke nach dem Azetylen-Schweißbrenner suchte und ihn Jack überreichte.

Jack setzte eine dunkel getönte Skibrille auf, zündete den Schweißbrenner an und begann ein Loch in den Maschendraht zu schneiden. Das Zischen des brennenden Gases war trotz des brausenden Sturmes deutlich zu hören. Die grelle, bläulich-weiße Azetylenflamme ließ den Schnee funkeln wie Juwelen.

Vom Haupteingang des Depots konnten sie nicht gesehen werden, weil ein Hügel dazwischenlag. Dom nahm allerdings an, daß das gespenstische Gaslicht noch in ziemlicher Höhe auffällig genug war, um Wachposten mißtrauisch zu machen. Aber wenn Jack mit seiner Vermutung recht hatte, daß die Militärs sich auf ihre elektronischen Warnanlagen verließen, dann patrouillierten hier überhaupt keine Wachposten; und eine Überwachung mit Videokameras dürfte bei diesem Unwetter kaum möglich sein, weil deren Objektive vereist oder mit Schnee verklebt sein mußten.

Außerdem wäre es — obwohl ihnen natürlich daran lag, sich wenigstens kurz im Depot umzusehen — auch keine Tragödie, wenn sie schon hier gefaßt würden. Schließlich gehörte es zu Jacks Plan, daß sie gefangengenommen wurden, um das Interesse der Öffentlichkeit auf Thunder Hill zu lenken.

Dom, Ginger und Jack waren nicht bewaffnet, im Gegensatz zu ihren Freunden im Cherokee, deren erfolgreiche Flucht die wichtigste Voraussetzung für das Gelingen des ganzen Unternehmens war. Falls sie unterwegs geschnappt werden sollten, war alles verloren. Dom hoffte, daß sie ihre Waffen nicht brauchen würden, daß sie jetzt schon ohne Zwischenfälle in Elko angekommen waren.

Das gespenstische Licht des Schweißbrenners zog Dom immer stärker in seinen Bann und versetzte ihn plötzlich wieder in die Vergangenheit.

Der dritte Jet brauste so dicht über das Dach der Imbißstube hinweg, daß er sich auf dem Parkplatz flach zu Boden warf, weil er mit einer Bruchlandung rechnete, aber das Flugzeug raste weiter und hinterließ nur heiße Luftwirbel; er wollte aufstehen, als ein vierter Jet über das Motel hinwegflog, ein riesiger Vogel, dessen Lichter weiße und rote Wunden in die Nacht schlugen, während er jenseits der I-80 nach Süden über die Hochebene donnerte und dann nach Osten hin abdrehte; und auch die drei anderen Jets waren jetzt weit entfernt über der Einöde, aber die Erde bebte immer noch, und die Nacht war von einem unablässigen lauten Grollen erfüllt, und er dachte, daß weitere Jets sich näherten, obwohl die eigenartige elektronische Vibration, die das Donnern untermalt hatte, nun immer lauter und schriller wurde und sich keineswegs nach einem Jet anhörte. Er taumelte auf die Beine, und da waren Ginger Weiss und Jorja und Marcie, und Jack kam vom Motel her angerannt, und Ernie und Faye liefen vom Büro herbei, und andere, all die anderen, auch Ned und Sandy; der ohrenbetäubende Lärm hörte sich jetzt an wie das Tosen der Niagarafälle, begleitet von tausend Kesselpauken; und das kreischende elektronische Pfeifen gab ihm das Gefühl, als würde seine Schädeldecke von einer Bandsäge durchtrennt. Ein frostig-silbernes Licht wurde immer strahlender; er blickte hoch, in Richtung der Lichtquelle über dem Dach der Imbißstube; er deutete darauf und rief: »Der Mond! Der Mond!« Andere drehten sich nun ebenfalls um und starrten dorthin; in jähem Schrecken rief er wieder: »Der Mond! Der Mond!« und stolperte einige Schritte rückwärts, und jemand schrie ...

»Der Mond!« keuchte er.

Der Schock des Erinnerungsblitzes hatte ihn in die Knie gezwungen, und Ginger kniete vor ihm im Schnee und hielt ihn an den Schultern fest. »Dom? Dom, ist alles in Ordnung?«

»Eine neue Erinnerung«, murmelte er, während der Wind zwischen ihren Gesichtern hindurchbrauste und ihre Atemwolken mit sich riß. »Etwas ... der Mond ... aber nicht deutlich ...«

Hinter ihnen schaltete Jack den Schweißbrenner aus. Die Finsternis hüllte sie nun wieder ein wie die Flügel einer riesigen Fledermaus.

»Kommt«, sagte Jack zu Ginger und Dom. »Wir müssen uns beeilen!«

»Kannst du's schaffen?« fragte Ginger.

»Ja«, sagte Dom, obwohl seine Brust in einem Schraubstock zu stecken schien und sein Magen sich schmerzhaft zusammenkrampfte. »Aber mit einem Male ... habe ich Angst.«

»Wir alle haben Angst«, tröstete ihn Ginger.

»Nicht Angst, gefaßt zu werden. Nein. Etwas anderes. Etwas, das mir eben fast eingefallen wäre. Und ... und ich ... ich zittere wie Espenlaub.«

Brendan atmete geräuschvoll ein, als Colonel Leland Falkirk einem seiner Männer befahl, auf den Jeep zu feuern, der sich vom Hügel der Vista Valley Road näherte. Der Verrückte wußte ja nicht einmal, wer im Wagen saß. Auch der Soldat, dem Falkirk den Befehl erteilt hatte, zögerte sichtlich, seine Waffe zu heben. Aber der Colonel machte einen drohenden Schritt auf ihn zu und brüllte: »Ich sagte, Sie sollen schießen, Korporal! Hier geht es um die nationale Sicherheit! Wer auch immer in diesem Fahrzeug sitzen mag, er ist jedenfalls Ihnen, mir und unserem Land nicht freundlich gesonnen. Oder glauben Sie, daß irgendwelche harmlosen Zivilisten bei einem solchen Schneesturm durch die Gegend fahren und an der Straßensperre herumschnüffeln würden? Feuer! Los!«

Diesmal gehorchte der Korporal. Das Rattern des Maschinengewehrs überlagerte die Stimme des heulenden Windes. Am Hügel erloschen die durchsiebten Scheinwerfer des Jeeps. Die zweihundert Detonationen der zweihundert Geschosse, die mit mörderischer Geschwindigkeit aus der Mündung des Maschinengewehrs herausflogen, wurden noch verstärkt durch den Lärm der Kugeln, die Blech durchschlugen oder von widerstandsfähigeren Hindernissen abprallten. Die Windschutzscheibe zerbarst unter dem Bleiregen, und der Jeep, der langsam hügelabwärts gefahren war, wurde plötzlich schneller und raste auf die Straße zu, bis seine Räder in einer Querrille nach links gerissen wurden; der offensichtlich von niemandem mehr gesteuerte Wagen rollte in seitlicher Richtung weiter, drohte umzukippen und sich zu überschlagen, kam aber schließlich etwa zehn Meter von der Straße entfernt zum Stehen.

Fünf Minuten zuvor, als Ned über den Hügel auf der *anderen* Seite der Vista Valley Road gefahren und auf der Straße nach Süden abgebogen war, wo der Colonel und seine Männer schon auf sie gewartet hatten, war allen sofort klar gewesen, daß ihre Pistolen und Schrotflinten — und sogar Jacks Maschinenpistole — ihnen überhaupt nichts nützen würden. In Anbetracht der Tatsache, daß ihrer aller Leben von der gelungenen Flucht aus Elko abhing, hätten sie gegen eine kleinere Truppe den Kampf gewagt. Aber Falkirk war von zu vielen schwerbewaffneten Männern begleitet. Widerstand wäre in diesem Fall glatter Selbstmord gewesen.

Brendan war erfüllt von ohnmächtigem Zorn, weil er es nicht gewagt hatte, seine besonderen Kräfte zur Wahrung ihrer aller Freiheit einzusetzen. Er fühlte, daß seine telekinetischen Fähigkeiten in dieser Situation von größtem Nutzen sein könnten. Wenn er sich konzentrierte, konnte er möglicherweise bewirken, daß die Maschinengewehre den Soldaten einfach aus den Händen flogen. Er spürte, daß es in seiner Macht stünde, das — und noch viel mehr — zu tun, aber er wußte nicht, ob er seine Kräfte gezielt einzusetzen vermochte. Er konnte nicht vergessen, daß das Experiment im Tranquility Grille völlig außer Kontrolle geraten war; sie hatten Glück gehabt, daß die umherschwirrenden Salz- und Pfefferstreuer und die fliegenden Stühle niemanden ernsthaft verletzt hatten. Wenn er nun seine Kraft einsetzte, um den Soldaten ihre Maschinengewehre zu entreißen, würde es ihm möglicherweise nicht gelingen, alle gleichzeitig zu entwaffnen, und dann könnten die restlichen aus Gründen der Selbstverteidigung das Feuer eröffnen. Oder aber die Maschinengewehre könnten unkontrolliert durch die Luft fliegen und ihre Magazine leerschießen und alle Anwesenden mit Kugeln durchsieben. Sicher, vermutlich würde er die Verwundeten heilen können. Aber wenn er nun selbst angeschossen würde? Könnte er sich auch selbst heilen? Wahrscheinlich. Aber wenn er nun tödlich getroffen würde? Er könnte sich auf keinen Fall selbst wieder zum Leben erwecken. Und auch falls jemand anderer erschossen würde, war er sich alles andere als sicher, daß er Tote wieder erwecken konnte. Es nutzte nicht viel, göttliche Macht zu besitzen, wenn man nicht wußte, wie man sich ihrer gezielt bediente.

Als er nun aber sah, wie die Kugeln in den Jeep einschlugen, wie das Fahrzeug den Hügel herabraste, einem tollwütigen und geblendeten Tier nicht unähnlich, wie es schließlich im Scheinwerferlicht eines der auf der Straße geparkten Wagens schlitternd zum Stehen kam, konnte Brendan einfach nicht mehr an sich halten, er *mußte* ins Geschehen eingreifen. Die Insassen des Jeeps waren von Kugeln getroffen worden. Er konnte ihnen helfen. Er wußte, daß er ihnen helfen konnte, und es war seine Pflicht, das zu tun, nicht nur seine Pflicht als Priester, sondern seine Pflicht als *Mensch*. Er verstand die Wirkungsweise seiner Heilkraft genausowenig wie die seiner telekinetischen Fähigkeiten, aber er mußte dennoch versuchen, den Verletzten zu helfen. Er stürzte durch die Gruppe von Soldaten, deren Aufmerksamkeit sich dem Drama am Hügel zugewandt hatte, und rannte auf den beschädigten Jeep zu.

Hinter ihm wurden Rufe laut. Er hörte Falkirk brüllen, wenn er nicht augenblicklich stehenbliebe, würde er erschossen.

Brendan rannte weiter, rutschte auf dem vereisten Pflaster aus, fiel in einen Graben, rappelte sich auf, lief zum Jeep.

Niemand schoß auf ihn, aber er hörte, daß er verfolgt wurde.

Er erreichte den Cherokee auf der vom Scheinwerferlicht eines der Militärfahrzeuge beleuchteten Beifahrerseite und riß die Tür auf. Ein etwa fünfzigjähriger kräftiger Mann in einem Navy-Parka fiel ihm direkt in die Arme. Brendan sah Blut, aber nicht allzu viel. Der Fremde war bei Bewußtsein, allerdings einer Ohnmacht bedenklich nahe; sein Blick war verschwommen. Brendan zog ihn vollends aus dem Jeep und legte ihn vorsichtig auf den Rücken in den Schnee.

Ein Soldat packte Brendan bei der Schulter, und er wirbelte herum und brüllte ihm ins Gesicht: »Laß mich in Ruhe, du verdammter Schweinehund! Ich werde ihn heilen! Ich werde ihn *heilen!*« Und dann stieß er einen so derben, unflätigen Fluch aus, daß er selbst erstaunt war, so etwas über die Lippen gebracht zu haben. Der Soldat geriet in Wut und holte mit seinem Maschinengewehr aus, um mit dem Kolben in Brendans Gesicht zu schlagen.

»Warten Sie!« schrie Falkirk und fiel dem Mann in den Arm. Dann wandte er sich Brendan zu und musterte ihn aus Augen, die wie glänzende Feuersteine aussahen. »Los, heilen Sie ihn! Ich möchte das sehen. Ich will selbst sehen, wie Sie sich belasten!«
»Belasten?« fragte Brendan verwirrt. »Wovon sprechen Sie?«
»Los!« herrschte ihn der Colonel an.
Brendan kniete sofort neben dem verwundeten Mann nieder und öffnete dessen Parka. Der Sweater war an zwei Stellen blutgetränkt: direkt unterhalb der linken Schulter und wenige Zentimeter über der Gürtellinie auf der rechten Seite. Brendan rollte den Sweater hoch und riß sodann das Hemd auf. Er legte seine Hände zuerst auf die Wunde dicht über der Taille, weil es die schlimmere von beiden zu sein schien. Er wußte nicht, was er als nächstes tun sollte. Er konnte sich nicht erinnern, was er gedacht oder gefühlt hatte, als er Emmy und Winton geheilt hatte. Wodurch wurde die Heilkraft ausgelöst? Er kniete im Schnee, fühlte, wie das Blut des Fremden über seine Finger rann, war sich qualvoll bewußt, daß damit auch das Leben des Mannes verrann, vermochte aber die wundersame Heilkraft nicht auszuüben, obwohl er *wußte*, daß er sie besaß. Seine Frustration steigerte sich zu rasendem Zorn über seine Unfähigkeit und Dummheit, über die Ungerechtigkeit des Todes, dieses Todes im besonderen und jeden Todes im allgemeinen ...
Ein Prickeln. In jeder Handfläche.
Er wußte, daß die roten Ringe wieder aufgetaucht waren, aber er nahm seine Hände nicht von dem Verwundeten, um die Male zu betrachten.
Bitte, dachte er verzweifelt, bitte laß es geschehen, laß die Heilung gelingen, bitte!
Erstaunlicherweise spürte Brendan jetzt zum erstenmal, wie die mysteriöse Energie von ihm in den verletzten Fremden strömte. Sie bildete sich in seinem Innern aus und ging dann von ihm aus, so als wäre er ein Spinnrad, die rätselhafte Kraft der Spinnfaden und der Verwundete die Spindel, auf die diese Kraft sich aufrollte. Aber Brendan entsprach nicht *einem* Gerät, das einen einzigen dünnen Faden erzeugen konnte; er fühlte, wie sich in seinem Innern Tausende und Abertausende von Spinnrädern mit rasender Geschwindigkeit drehten und Tausende und Abertausende unsichtbare, nicht materielle — aber unglaublich starke — Fäden erzeugten.

Er war aber auch ein Webstuhl, denn irgendwie vermochte er aus den unzähligen Fäden gottähnlicher Macht ein Tuch des Lebens zu weben. Anders als bei Emmy und Winton, die er geheilt hatte, ohne sich dessen bewußt zu sein, spürte Brendan nun deutlich, wie er das zerrissene Gewebe des angeschossenen Fremden verknüpfte. Er glaubte fast, das Klappern der Tritte zu hören, den Ladenanschlag, das Klirren des Weberschiffchens.

Aber er war sich seiner Kraft nicht nur erstmals bewußt, sondern er spürte auch, daß sie zugenommen hatte, daß er jetzt als Heiler um ein Vielfaches besser war als bei Wintons Rettung — und daß er morgen doppelt so gut wie heute sein würde. Innerhalb von Sekunden klärte sich der Blick des Fremden. Und als Brendan seine Hände von der Wunde nahm, wurde er mit einem Anblick belohnt, der ihm den Atem raubte und ihn überglücklich machte. Die Blutung war völlig zum Stillstand gekommen. Noch überwältigter war er jedoch, als er sah, wie die Kugel aus dem Körper des Mannes hervorschoß, die Eintrittswunde passierte und naß glänzend auf den Bauch des Opfers rollte, und wie sich das tiefe Loch schon im nächsten Moment zu schließen begann, so als beobachte er nicht den wirklichen Heilungsprozeß einer Wunde, sondern einen Zeitrafferfilm über diesen Vorgang.

Er berührte rasch die Wunde an der Schulter des Mannes und fühlte sofort, wie die zweite Kugel, die nicht so tief eingedrungen war wie die erste, aus dem verletzten Gewebe auftauchte und gegen seine Handfläche drückte.

Brendan verspürte ein grenzenloses Triumphgefühl und hätte am liebsten den Kopf zurückgeworfen und in den chaotisch tobenden Sturm und in die Nacht gelacht, denn soeben war das viel größere Chaos und die Finsternis des Todes besiegt worden.

Die Augen des Fremden waren jetzt völlig klar, und er betrachtete Brendan verwirrt; gleich darauf schien er ihn zu erkennen, und sein Gesicht verzerrte sich vor Angst. »Stefan«, murmelte er. »Vater Wycazik!«

Den vertrauten und geliebten Namen aus dem Munde dieses Fremden zu hören, bestürzte Brendan und erfüllte ihn mit unerklärlicher Angst um seinen Vorgesetzten und väterlichen Freund. »Was? Was ist mit Vater Wycazik?«

»Er braucht Ihre Hilfe mehr als ich. Schnell!«

Im ersten Moment begriff Brendan nicht, was der Mann ihm

sagte, doch dann wurde ihm mit Schrecken klar, daß es sich bei dem Fahrer des von Kugeln durchsiebten Jeeps um den Pfarrer von St. Bernadette handeln mußte. Aber das war doch unmöglich! Wie hätte er hierher kommen sollen? Wann? Warum? Aus welchem Grunde?

»Schnell!« wiederholte der Fremde.

Brendan sprang auf, schob sich rücksichtslos zwischen dem Soldaten und Falkirk hindurch, glitt im Schnee aus, prallte gegen die vordere Stoßstange des Jeeps. Er hielt sich mit einer Hand am Fahrzeug fest und schlitterte um den Wagen herum zur Fahrertür. Sie ließ sich nicht öffnen. Entweder war sie von innen verriegelt oder aber durch den heftigen Beschuß verklemmt. Er riß mit aller Kraft daran, aber sie bewegte sich nicht. Erst als er seinen *Willen* darauf konzentrierte, sie zu öffnen, flog sie trotz der verbogenen Scharniere quietschend und schleifend weit auf. Ein Körper, der schlaff über dem Lenkrad hing, begann langsam herauszugleiten.

Brendan fing Vater Wycazik auf, zog ihn vom Fahrersitz und legte ihn auf die Schneedecke. Auf diese Seite des Jeeps fiel weniger Scheinwerferlicht, aber er sah im Halbdunkel die Augen des Pfarrers und hörte wie aus weiter Ferne seine eigene gequälte Stimme murmeln: »Lieber Gott, nein! O nein!« Vater Wycaziks starre, glasige Augen waren nicht mehr auf etwas in dieser Welt gerichtet, sondern schienen ins Jenseits zu blicken. »O bitte, nein!« Brendan sah auch die Furche einer Kugel, die vom rechten Augenwinkel zu einer Stelle dicht hinter dem Ohr führte. Das war keine tödliche Wunde, dafür aber die andere: ein grauenhaftes, klaffendes blutiges Loch am unteren Ende des Halses.

Brendan legte seine zitternden Hände auf Stefan Wycaziks zerfetzten Hals. Er spürte deutlich, wie die Kraftfäden wieder aus ihm hervordrangen, Millionen Fäden verschiedener Farben und Stärken, allesamt unsichtbar und doch imstande, Kette und Schuß eines flexiblen Stoffes zu bilden — den Stoff des Lebens. Brendan versuchte mit aller Macht, psychisch in den Körper dieses Mannes einzudringen, den er so sehr liebte und verehrte, um die Fäden auf die Spindel wickeln zu können, um das zerrissene Lebensgewebe zu reparieren.

Er erkannte jedoch bald, daß der wundersame Heilungsprozeß eine Verbindung zwischen dem Heiler und dem zu Heilenden voraussetzte. Er erkannte, daß er den Prozeß vorhin mißverstanden hatte, daß er nicht *sowohl* das Spinnrad, das die Kraftfäden lieferte, *als auch* der Webstuhl war, der daraus den Lebensstoff wirkte. Den Webstuhl mußte vielmehr der Patient stellen, er mußte die von Brendan gelieferten Fäden lebensspendender Kraft weiterverarbeiten können. Die Heilung war auf seltsame Weise ein bilateraler Prozeß. Und Stefan Wycazik konnte keinen Webstuhl des Lebens mehr liefern; er war innerhalb von Sekunden gestorben, war schon tot gewesen, als Brendan den Jeep erreicht hatte. Deshalb vermochten die unzähligen Fäden der Heilkraft das zerrissene Fleisch nicht mehr zu nähen. Brendan konnte die Verwundeten heilen und die Kranken kurieren, aber er konnte nicht vollbringen, was für Lazarus getan worden war.

Ein lautes Schluchzen entrang sich ihm. Aber er wollte sich nicht von Verzweiflung überwältigen lassen. Er schüttelte heftig den Kopf, weigerte sich eigensinnig, seine Niederlage einzugestehen, drängte mühsam seine Tränen zurück und verdoppelte seine Anstrengungen, den Toten aufzuerwecken, obwohl er wußte, daß er dazu nicht imstande war.

Er nahm verschwommen wahr, daß er redete, aber erst nach einigen Minuten wurde ihm bewußt, daß er betete, so wie er früher unzählige Male gebetet hatte, wenn auch nicht in letzter Zeit. »Heilige Maria, bitte für uns ... Du reine Mutter, bitte für uns ... Du keusche Mutter, bitte für uns ...«

Er betete nicht mechanisch, nicht unbewußt, sondern mit glühender Inbrunst, überzeugt davon, daß die Gottesmutter seine verzweifelten Rufe hörte, daß — durch die Verbindung seiner neuen Kraft mit der Fürsprache der Heiligen Jungfrau — Vater Wycazik auferstehen würde. Wenn er seinen Glauben jemals wirklich verloren hatte, so gewann er ihn in diesen dunklen Minuten zurück. Er *glaubte* aus ganzem Herzen, mit Leib und Seele. Wenn Vater Wycazik versehentlich gestorben war, vor der ihm dafür bestimmten Zeit, und wenn die Heilige Jungfrau die mit ihren Tränen benetzten Fürbitten ihm vortrug, der seiner Mutter nichts abschlagen kann, was sie im Namen der Liebe erbittet — dann würde das zerfetzte Fleisch des Priesters heilen, und Stefan würde dieser Welt zurückgegeben werden, damit er seine Mission fortsetzen konnte.

Brendan kniete im Schnee, die Hände auf der nassen Wunde

seines väterlichen Freundes, mit gebeugten Schultern, und sang die Lauretanische Litanei. Er flehte Maria an — Königin der Engel, Königin der Apostel, Königin der Märtyrer. Aber immer noch lag sein geliebter Vorgesetzter regungslos auf der Erde. Brendan bat die Heilige Jungfrau inbrünstig, ihm zu helfen — sie, die geheimnisvolle Rose, den Morgenstern, den elfenbeinernen Turm, das Heil der Kranken, die Trösterin der Betrübten. Aber die erloschenen Augen, die stets so viel Wärme, Intelligenz und Zuneigung ausgestrahlt hatten, starrten leblos zum Himmel empor, und Schneeflocken ließen sich darauf nieder. »Du Spiegel der Gerechtigkeit, bitte für uns... Du Ursache unserer Freude, bitte für uns...«

Schließlich fand Brendan sich damit ab, daß es Gottes Wille gewesen war, Vater Wycazik zu sich zu rufen.

Er beendete die Litanei mit einer Stimme, die von Wort zu Wort stärker schwankte. Er nahm seine Hände von der Wunde, umschloß statt dessen eine von Vater Wycaziks schlaffen, toten Händen und umklammerte sie, als wäre er ein kleines, verängstigtes Kind. Ihm wollte vor Kummer fast das Herz zerspringen.

Colonel Leland Falkirk beugte sich über ihn. »Es gibt also Grenzen für Ihre Macht, wie? Ausgezeichnet! Gut, das zu wissen. Los, kommen Sie jetzt! Gehen Sie zurück zu den anderen!«

Brendan blickte in dieses kalte Gesicht mit den Feuersteinaugen empor, und nun flößte der Colonel ihm überhaupt keine Furcht mehr ein. Er sagte ruhig: »Er ist gestorben, ohne eine Gelegenheit zur letzten Beichte gehabt zu haben. Ich bin Priester, und ich werde hierbleiben und tun, was ein Priester in einem solchen Fall tun muß, und wenn ich fertig bin, werde ich zu den anderen zurückkehren. Die einzige Möglichkeit, mich *jetzt* von der Stelle zu bewegen, ist, mich zu töten und wegzuschleppen. Wenn Sie nicht warten können, werden Sie mich von hinten erschießen müssen.« Er wandte sich von Falkirk ab. Sein Gesicht war naß von Tränen und vom Schnee, als er tief Luft holte und feststellte, daß die richtigen Gebete ihm mühelos über die Lippen kamen.

Das Loch, das Jack in den Maschendrahtzaun geschnitten hatte, war schmal, aber weder Jack noch Dom noch Ginger waren dick, und nachdem sie die Rucksäcke durchgeschoben hatten, krochen sie ohne Schwierigkeiten auf das Gelände von Thunder Hill.

Auf Jacks Anweisung hin blieben Dom und Ginger dicht am Zaun stehen, bis er die nähere Umgebung mit seinem Star-Tron-Nachtsichtgerät abgesucht haben würde. Er hielt Ausschau nach Pfosten, auf denen Überwachungskameras und fotoelektrische Alarmanlagen montiert sein könnten. Obwohl das Schneetreiben die Inspektion erschwerte, machte er bald zwei Pfosten mit Kameras aus, die diesen Teil des Geländes aus verschiedenen Winkeln im Blickfeld hatten. Er nahm an, daß die Objektive der Kameras mit Schnee überzogen waren, konnte sich dessen aber wegen des Sturms nicht hundertprozentig sicher sein. Fotoelektrische Systeme, die Bewegungen registrierten, konnte er nirgends entdecken.

Als nächstes holte er aus einer Reißverschluß-Innentasche eine Vorrichtung von der Größe einer Brieftasche — eine Art Voltameter, nur wesentlich komplizierter. Mit diesem Gerät konnte er Stromleitungen aufspüren, allerdings nicht die Stromstärke messen.

In gebückter Haltung bewegte er sich langsam vorwärts, das Gerät etwa 60 Zentimeter über dem Boden in der vorgestreckten Hand haltend. Der Spannungs-Detektor würde jede Stromleitung registrieren, wenn sie sich nicht tiefer als 45 Zentimeter in der Erde befand und nicht durch Rohre geschützt war. Beides war bei den Leitungen, nach denen er suchte, nicht der Fall. Sogar die Schneedecke würde die Leistungsfähigkeit des Gerätes kaum beeinträchtigen. Er hatte knapp drei Meter zurückgelegt, als der Detektor leise zu piepsen begann und ein gelbes Lämpchen aufleuchtete.

Er machte einige Schritte zurück und rief sodann Ginger und Dom zu sich heran. Sie steckten die Köpfe zusammen, und Jack erklärte ihnen: »Drei bis fünf Zentimeter unter der Erde befindet sich ein druckempfindliches Alarmgitter, in einem Abstand von etwa drei Metern zum Zaun. Ich bin sicher, daß es entlang der ganzen Zaunlänge des Geländes verläuft. Es ist ein Drahtnetz, geschützt durch eine dünne Plastikhülle, das unter geringer Stromspannung steht und so konstruiert ist, daß einige der Drähte reißen und dadurch der Stromkreis unterbrochen wird, wenn etwas mit einem bestimmten Gewicht — sagen wir mal 50 Pfund oder mehr — darauf tritt. Das Gewicht des Schnees ist gleichmäßig verteilt und löst deshalb keinen Alarm aus. Die Anlage reagiert nur auf punktuellen Druck — etwa von Schritten.«

»Sogar *ich* wiege mehr als 50 Pfund«, sagte Ginger. »Und wie breit ist dieses Gitter?«

»Mindestens zweieinhalb bis drei Meter«, erwiderte Jack. »Sie wollen sichergehen, daß ein überaus schlauer Mensch wie ich, der die Anlage ausfindig macht, nicht einfach über die Gefahrenzone hinwegspringen kann.«

»Ich weiß nicht, wie es mit dir ist«, sagte Dom, »aber *ich* kann jedenfalls nicht fliegen.«

»Dessen bin ich mir gar nicht so sicher«, entgegnete Jack. »Ich meine, wenn du Zeit hättest, deine Kräfte zu erproben ... Wenn du Stühle fliegen lassen kannst — warum solltest du dann nicht auch selbst fliegen können?« Er sah, daß diese Vorstellung Dom bestürzte. »Aber jetzt ist nicht der richtige Zeitpunkt, um das auszuprobieren: deshalb werden wir uns lieber weiterhin auf das verlassen, was uns immerhin schon bis hierher gebracht hat.«

»Und was ist das?« fragte Ginger.

»Meine Genialität!« sagte Jack grinsend. »Wir machen jetzt folgendes: Wir gehen am Zaun entlang, bis wir einen großen, kräftigen Baum auf der Wiese finden, etwa acht bis zehn Meter vom Zaun entfernt, jedenfalls ein Stück hinter dem Gitter.«

»Und dann?« fragte Dom.

»Das werdet ihr schon sehen.«

»Und was ist, wenn wir keinen solchen Baum finden?« wandte Ginger ein.

»Doc«, sagte Jack, »ich habe dich bisher immer für eine Optimistin gehalten. Wenn ich sage, wir brauchen einen Baum, so erwarte ich, daß du mir sagst, wir würden einen ganzen Wald finden und tausend Bäume zur Auswahl haben.«

Sie fanden den Baum etwa 250 Meter hügelabwärts. Es war eine riesige alte Kiefer, und sie hatte genau die erforderlichen dicken Äste mit großen Zwischenräumen. Sie ragte wie ein schneebedeckter Monolith aus dem Sturm empor, etwa neun bis zehn Meter vom Zaun entfernt, also ein ganzes Stück hinter dem vermuteten anderen Ende des Alarmgitters.

Mit Hilfe des Star Tron machte Jack den idealen Ast ausfindig. Er mußte kräftig sein, durfte aber nicht viel höher als der Zaun sein.

Jack packte das Star Tron ein und holte aus einem der Rucksäcke den vierzinkigen Enterhaken — einen der vielen Gegenstände, die Ginger und Faye nachmittags in Elko gekauft hatten. An diesen Haken war eine 30 Meter lange, sieben Millimeter dicke Nylonschnur geknotet, die sich für Bergsteiger eignete und extrem belastbar war.

Sicherheitshalber prüfte er den Knoten noch einmal, obwohl er das schon ein gutes dutzendmal getan hatte. Dann legte er die Seilrolle vor seine Füße und trat auf das lose Ende. »Geht ein Stück beiseite!« befahl er. Er begann den Haken an einer Schnurlänge von 60 Zentimetern mit der rechten Hand im Kreis zu schwingen, immer schneller und schneller. Schließlich ließ er los, der Haken sauste davon, und die lange Schnur glitt lose durch seine linke Hand. Der Enterhaken verfehlte sein Ziel nur um einen knappen Meter.

Jack zog ihn geduldig an der Schnur zurück. Er brauchte nicht zu befürchten, daß der Haken auf dem Gitter den Alarm auslösen würde; dazu war er bei weitem nicht schwer genug. Wenige Minuten später hielt er ihn wieder in der Hand. Dom hatte währenddessen, ohne dazu aufgefordert werden zu müssen, die Schnur sorgsam aufgerollt, so daß Jack sofort einen zweiten Versuch machen konnte.

Diesmal landete der Haken genau dort, wo er sollte — nämlich an dem Ast, den Jack für diesen Zweck ausgewählt hatte.

Nachdem er geprüft hatte, daß der Haken wirklich ganz fest am Ast hing, ging er mit dem anderen Ende der Schnur zum nächsten Zaunpfosten und wickelte sie in etwa zwei Meter Höhe mehrmals um diesen Pfosten. Er zog mit aller Kraft daran, bis die Schnur zwischen Pfosten und Baum ganz straff war; dann ließ er sich von Dom und Ginger helfen, sie so straff zu halten, während er sie am Pfosten fest verknotete.

Sie hatten jetzt eine Seilbrücke, die von einer Höhe von zwei Metern am Zaun zu einer Höhe von zweieinhalb Metern am Baum anstieg; die Überquerung würde durch diese leichte Steigung erschwert werden, aber einen Ast in *genau* der richtigen Höhe zu finden, wäre fast unmöglich.

Jack sprang hoch, packte die Schnur mit beiden Händen, schwang einige Male hin und her und schlang sodann seine Beine über das Seil. Wie ein Koalabär an einem horizontalen Ast, so hing er mit gekreuzten Beinen und himmelwärts gewandtem

Gesicht da, den Rücken parallel zum Boden. Nun konnte er sich an der Schnur entlanghangeln, ohne befürchten zu müssen, daß er den Boden berühren würde.

Er demonstrierte Ginger und Dom die Technik, sprang aber herunter, bevor er in die unmittelbare Nähe der Gefahrenzone des Alarmgitters kam.

Dom versuchte, es ihm nachzumachen. Er erwischte die Schnur gleich beim ersten Sprung, brauchte dann aber eine ganze Minute, um seine Beine hochzubekommen. Nachdem er es geschafft hatte, ließ er sich wieder herab.

Ginger, die nur einen Meter achtundfünfzig groß war, mußte etwas hochgestemmt werden, um die Schnur greifen zu können, aber zu Jacks großer Überraschung gelang es ihr auf Anhieb, ihre Beine ohne jede Hilfe über der Schnur zu kreuzen.

»Du bist wirklich gut in Form!« sagte Jack anerkennend, als sie wieder neben ihm stand.

»Tja, weißt du«, erwiderte sie grinsend, »das kommt daher, daß ich jeden Dienstag — das ist mein freier Tag — Unmengen von *vareniki*, Kuchen und Pfannkuchen verdrücke. Diät, Jack! Das ist der Schlüssel zur Fitneß!«

Während Jack einen Rucksack umschnallte und auf dem Rücken zurechtschob, erklärte er: »Okay, ich werde unsere Seilbrücke jetzt als erster überqueren, mit den beiden schwersten Rucksäcken. Somit bleibt für jeden von euch einer übrig. Ginger, du kommst dann als zweite rüber. Dom wird das Schlußlicht bilden. Obwohl wir das Seil so straff wie nur möglich angezogen haben, wird es etwas durchhängen, je mehr ihr euch der Mitte nähert, aber ihr braucht euch keine Sorgen zu machen, die Schnur gibt auf keinen Fall so stark nach, daß ihr den Boden berühren und dadurch den Alarm auslösen könntet. Schlingt die Beine ganz fest um die Schnur und laßt um Gottes willen nicht versehentlich mit beiden Händen gleichzeitig los! Versucht möglichst, es bis zum Baum zu schaffen — vorsichtshalber! Notfalls könnt ihr euch aber auch schon etwa drei Meter vor der Kiefer runterlassen — mit größter Wahrscheinlichkeit ist das Alarmgitter nicht so breit.«

»Wir schaffen schon die ganze Strecke«, sagte Ginger zuversichtlich. »Es sind ja nur neun oder zehn Meter.«

»Nach drei Metern«, warnte Jack sie, während er den zweiten Rucksack auf seine Brust schnallte, »wirst du das Gefühl haben, als würden deine Arme jeden Augenblick aus den Gelenkpfannen herausspringen. Und nach fünf Metern wirst du glauben, sie *wären* schon draußen.«

Brendan Cronins Reaktion auf den Tod seines Vorgesetzten hatte Leland Falkirk bestürzt. Als der junge Priester Zeit und Gelegenheit forderte, Stefan Wycazik die letzte Absolution zu erteilen und die kirchlichen Sterbegebete zu verrichten, brannte in seinen Augen ein wildes Feuer der Entrüstung, und seine Stimme verriet einen solchen Schmerz, daß sein Menschsein nicht angezweifelt werden konnte.

Lelands Angst, daß die Außerirdischen sich auf irgendeine Weise der Erde bemächtigen könnten, nagte unablässig an ihm, drohte ihn bei lebendigem Leibe aufzufressen. Er hatte in diesem Raumschiff seltsame Dinge gesehen — und andere hatten noch viel Seltsameres entdeckt —, die seine paranoiden Ängste rechtfertigten. Aber sogar ihm fiel es schwer zu glauben, daß Cronins Schmerz nur gespielt war, daß hier ein intelligentes nicht-menschliches Wesen nur aus Gerissenheit und zur Tarnung in die Rolle eines Trauernden geschlüpft war.

Und doch war Cronin mit seinen unheimlichen Kräften einer der beiden Hauptverdächtigen, einer der beiden Zeugen — der andere war Corvaisis —, die mit größter Wahrscheinlichkeit verwandelt worden waren. Woher stammte seine Heilkraft, wenn nicht von einem außerirdischen Marionettenspieler, der sich im Körper dieses Mannes eingenistet hatte?

Leland war verwirrt.

Er stapfte durch den Pulverschnee, blieb in einiger Entfernung von dem knienden Priester stehen und versuchte einen klaren Kopf zu bekommen. Er sah die anderen sechs Zeugen neben Twists Cherokee stehen, immer noch unter strenger Bewachung. Er sah, daß seine Männer innerlich hin und her gerissen waren zwischen ihrem Pflichtgefühl und einer Verwirrung, die noch größer war als Lelands eigene. Er sah den Fremden, der mit Wycazik im Jeep gewesen war — der Mann war schon wieder auf den Beinen und bewegte sich, so als wäre er überhaupt nicht verletzt gewesen. Diese wundersame Heilung schien ein Ereignis zu sein, das gefeiert werden müßte, anstatt Furcht und Schrecken zu erregen — kein Fluch, sondern ein Segen. *Aber Leland wußte, was in Thunder Hill verborgen war.* Und dieses Wissen verlieh den Dingen eine ganz andere Perspektive. Die Heilung war eine List, eine schlaue Irreführung, damit er glauben sollte, die Vorteile einer Kooperation mit dem Feind seien viel zu groß, als daß Widerstand gerechtfertigt wäre. Sie boten das Ende allen Schmerzes an. Und vielleicht sogar ein Ende des Todes, mit Ausnahme eines so jähen, daß jede Hilfe zu spät kam. Aber Leland wußte, daß der Schmerz die eigentliche Essenz des Lebens war. Es war gefährlich zu glauben, daß Leiden vermeidbar sei. Gefährlich, weil sich solche Hoffnungen unweigerlich als trügerisch erweisen würden. Und der Schmerz, der solchen zerronnenen Hoffnungen auf dem Fuße folgte, war viel schlimmer, als wenn man ihm sofort ins Auge gesehen und ihn erduldet hätte. Leland glaubte, daß Schmerz — physischer, psychischer und emotionaler Schmerz — der Kern des menschlichen Daseins war, daß Überleben und geistige Gesundheit davon abhingen, den Schmerz zu akzeptieren, anstatt von einer Fluchtmöglichkeit zu träumen. Man mußte seine Kräfte am Schmerz messen und stählen, um nicht von ihm vernichtet zu werden; und jeder, der mit einem Angebot der Transzendenz daherkam, mußte mit tiefem Mißtrauen, Ablehnung und Verachtung empfangen werden. Leland war jetzt nicht mehr verwirrt.

Der große Armeelastwagen — Jorja vermutete, daß es ein Truppentransporter war — hatte harte Metallbänke auf beiden Seiten und ebenso an der vorderen Wand zur Fahrerkabine. An den Wänden waren in regelmäßigen Abständen lederne Haltegriffe angebracht. Vater Wycaziks Leiche lag auf der vorderen Bank; damit sie während der Fahrt nicht herunterrutschen konnte, hatten die Soldaten eine Art Seilkorb geschaffen, indem sie Stricke unter dem Sitz hindurchführten und an den Haltegriffen befestigten. Alle anderen — Jorja, Marcie, Brendan, Ernie, Faye, Sandy, Ned und Parker — saßen auf den Seitenbänken. Normalerweise wurde die Tür nur von innen eingeklinkt, damit die Soldaten im Notfall schnell hinausspringen konnten. Aber diesmal verriegelte Falkirk höchstpersönlich die Tür von außen. Dieses Geräusch ließ Jorja an Gefängniszellen denken und deprimierte sie zutiefst. Eine Leuchtstoffröhre war an der Decke montiert, aber Falkirk hatte sie nicht einschalten lassen, so daß sie völlig im Dunkeln saßen.

Obwohl Ernie Block die Nacht bisher erstaunlich gut ertragen hatte, rechneten alle damit, daß er in Panik geraten würde, nachdem man sie in dem finsteren Lastwagen eingesperrt hatte. Aber er saß neben Faye, hielt ihre Hand und kämpfte tapfer gegen seine Phobie an. Hin und wieder hörten die anderen ihn keuchen, aber er hatte sich jedesmal rasch wieder unter Kontrolle. »Ich erinnere mich jetzt an die Jets, von denen Dom gesprochen hat«, sagte er, noch bevor der Lastwagen losfuhr. »Es waren mindestens vier, und sie flogen ziemlich tief, zwei davon sogar *sehr* tief ... und dann geschah etwas anderes, an das ich mich noch nicht erinnern kann ... aber ich weiß, daß ich danach in den Lieferwagen gestiegen und zur I-80 gerast bin ... zu jener besonderen Stelle am Highway, die auch Sandy so viel bedeutet. Das ist bis jetzt alles. Aber je mehr ich mich erinnere, desto weniger fürchte ich mich vor der Dunkelheit.«

Der Colonel ließ sie nicht von seinen Männern bewachen. Offenbar glaubte er, daß es sogar für zwei oder drei schwerbewaffnete Soldaten gefährlich sein könnte, die Fahrt in ihrer Gesellschaft zurückzulegen.

Bevor er ihnen befohlen hatte, in den LKW zu steigen, war er nahe daran gewesen, sie auf der Stelle an der Vista Valley Road exekutieren zu lassen. Jorjas Magen hatte sich vor Angst schmerzhaft zusammengekrampft. Schließlich hatte Falkirk sich aber etwas beruhigt, obwohl Jorja alles andere als sicher war, daß er sie nach der Ankunft an ihrem unbekannten Zielort am Leben lassen würde.

Er hatte wissen wollen, wohin Ginger, Dom und Jack fahren wollten. Zuerst hatten alle geschwiegen. Daraufhin hatte er wütend seine Hand auf Marcies Kopf gelegt und ihnen auseinandergesetzt, was er dem Kind antun würde, wenn sie nicht sofort mit der Sprache herausrückten. Ernie hatte das Wort ergriffen und Falkirk zunächst erklärt, er sei eine Schmach und Schande für die gesamte US-Armee. Danach hatte er widerwillig preisgegeben, daß Ginger, Dom und Jack vom Motel aus nach Westen gefahren seien, in Richtung Battle Mountain, Winnemucca und schließlich Reno. »Wir befürchteten, daß alle Straßen nach Elko überwacht würden«, hatte Ernie gesagt. »Wir wollten nicht alles auf eine Karte setzen.«

Das war natürlich eine Lüge gewesen, und im ersten Augenblick hatte Jorja Ernie anschreien wollen, er dürfe das Leben ihrer Tochter nicht mit durchsichtigen Lügen gefährden, aber dann hatte sie begriffen, daß Falkirk nicht wissen konnte, ob Ernies Geschichte stimmte oder nicht. Der Colonel war zwar mißtrauisch gewesen, aber Ernie hatte ihm die Route, die Jack angeblich einschlagen wollte, in allen Einzelheiten beschrieben, und schließlich hatte Falkirk vier seiner Männer in diese Richtung losgeschickt.

Während der LKW jetzt durch die stürmische Nacht auf ein unbekanntes Ziel zu rumpelte, hielt sich Jorja mit einer Hand an dem ledernen Haltegriff fest, während sie mit der anderen Marcie an sich drückte. Das Mädchen machte die ganze Situation für sie etwas erträglicher, denn es hielt sie fest umklammert. An die Stelle der früheren, fast schon katatonischen Starre war ein starkes Bedürfnis nach Körperkontakt und Wärme getreten, obwohl Marcie immer noch nicht in die Realität zurückgekehrt war. Aber ihr plötzliches Zärtlichkeitsbedürfnis schien Jorja ein hoffnungsvolles Zeichen zu sein, daß sie wieder gesund werden konnte.

Jorja hätte nicht geglaubt, daß irgend etwas sie von den schweren Sorgen ablenken könnte, die sie sich um ihre Tochter machte. Aber kurz nachdem der LKW losgefahren war, begann Parker Faine ihnen zu erzählen, weshalb er und Vater Wycazik diese riskante Fahrt durch den Schneesturm unternommen hatten. Jorja vergaß alles andere, während sie fasziniert seinen überwältigenden Enthüllungen lauschte. Er berichtete ihnen von Calvin Sharkle und davon, daß Brendan seine paranormalen Kräfte an Emmy Halbourg und an Winton Tolk weitergegeben hatte. »Und jetzt ... vielleicht ... auch an *mich!*« sagte Parker mit einer Stimme, die vor Erschütterung und ehrfürchtigem Staunen bebte.

Seine Erregung übertrug sich auf Jorja und verursachte ihr eine Gänsehaut. Und dann sprach Parker vom CISG und sagte ihnen, was sie an jenem Juliabend gesehen haben mußten: Etwas war herabgekommen. Etwas war vom Himmel herabgekommen, und die Welt würde nie mehr dieselbe sein wie vor diesem Ereignis.

Etwas war herabgekommen.

Seine Worte hatten ein aufgeregtes Stimmengewirr zur Folge. Die Reaktionen hatten ein breites Spektrum: von Fayes anfänglicher skeptischer Ungläubigkeit bis hin zu Sandys sofortiger enthusiastischer Zustimmung.

Aber Sandy akzeptierte diese ungeheuerliche Nachricht nicht nur augenblicklich, sondern ihr fielen auch schlagartig große Teile der damaligen Ereignisse ein, so als wäre Parkers Enthüllung ein schwerer Schmiedehammer gewesen, der ihre Gedächtnisblockade zertrümmert hatte.

»Die Jets brausten vorüber, und der vierte flog so dicht über das Motel hinweg, daß er fast das Dach streifte, und inzwischen waren wir alle aus der Imbißstube ins Freie gerannt, und vom Motel her kamen Leute angelaufen, aber die Erde bebte immer noch, und die Luft vibrierte.« Ihre Stimme war eine Mischung aus Freude und Furcht. Alle anderen verstummten, um ihr zuzuhören. »Dom — damals wußte ich natürlich nicht, wie er hieß — hatte wie wir alle den Jets nachgeblickt, aber dann drehte er sich um und schaute zum Dach der Imbißstube empor und schrie: ›Der Mond! Der Mond!‹ Wir alle drehten uns um ... und da war ein Mond, viel heller als gewöhnlich, unheimlich hell, und er schien auf uns herabzustürzen. Oh, erinnert ihr euch nicht daran? Erinnert ihr euch nicht daran, was für ein Gefühl das war — emporzublicken und den Mond herabstürzen zu sehen?«

»Doch«, sagte Ernie leise, fast ehrfürchtig. »Doch, ich erinnere mich.«

»Ich auch«, flüsterte Brendan.

Auch Jorja hatte einen Erinnerungsschimmer: ein strahlender Mond, ein Mond von beängstigender Helligkeit, der auf sie herabstürzte ...

»Einige Leute schrien, und einige wollten davonrennen«, fuhr Sandy fort. »Wir hatten alle solche Angst ... Und das Beben und Dröhnen wurde immer stärker, man spürte es in den Knochen, das Donnern schwoll gewaltig an, wie Kesselpauken und Maschinengewehrsalven hörte es sich an, vermischt mit Heulen und Brausen wie bei einem Sturm, obwohl es völlig windstill war. Und da war auch noch dieses andere Geräusch, das eigenartige Pfeifen und Trillern, und es wurde ebenfalls immer lauter ... Plötzlich wurde der Mond *sehr* hell. Seine Strahlen tauchten den Parkplatz in frostig-weißes Licht ... und dann *verwandelte* es sich. Der Mond wurde rot, blutrot! Und uns allen wurde klar, daß es nicht der Mond war, nicht der Mond, sondern etwas anderes.«

Jorja sah in der Erinnerung, wie das, was sie irrtümlich für den Mond gehalten hatten, plötzlich scharlachrot geworden war. Und nun stürzten die Blockaden, die bei der Gehirnwäsche errichtet worden waren, in sich zusammen wie Sandburgen unter der Wucht einer riesigen Flutwelle. Sie fragte sich, wie es nur möglich gewesen war, daß sie so oft Marcies Mondalbum betrachtet hatte, ohne sich zu erinnern. Sie hatte das Gefühl, als wären ihr Schuppen von den Augen gefallen. Sie hatte Angst vor dem Unbekannten, zugleich empfand sie aber auch eine unbeschreibliche Freude.

»Es flog über die Imbißstube hinweg«, sagte Sandy mit einer solchen Ehrfurcht in der Stimme, als sähe sie das Raumschiff jetzt herabkommen, nicht nur rückblickend in ihrer Erinnerung, sondern just in diesem Augenblick, so als sähe sie es jetzt zum erstenmal. »Es flog so tief wie zuvor der Jet, aber bei weitem nicht so schnell ... langsam ... langsam ... kaum schneller als ein Zeppelin. Und das schien unmöglich zu sein, denn man sah, daß es *schwer* war, daß es keine Ähnlichkeit mit einem Luftschiff hatte. *Sehr* schwer mußte es ein. Und doch flog es so langsam, so anmutig und langsam über uns hinweg, und in diesem Augenblick wurde uns allen klar, was es war, was es sein mußte, denn es war kein Produkt von dieser unserer Erde ...«

Jorja zitterte, als ihre eigenen Erinnerungen immer bildhafter wurden. Sie sah sich auf dem Parkplatz stehen, mit Marcie in den Armen, und zu dem Raumschiff emporblicken. Es glitt durch die warme Julinacht, und trotz des donnerartigen Brausens und der grellen Vibrationen, die es verbreitete, strahlte es seltsamerweise Ruhe aus. Wie Sandy gesagt hatte — sobald sie erkannt hatten, daß nicht der Mond auf sie herabstürzte, wurde ihnen allen klar, was sie da miterlebten, obwohl das Raumschiff keine Ähnlichkeit mit den fliegenden Untertassen und Raketen hatte, die man aus tausend Filmen und Fersehshows kannte. Es hatte nichts Fantastisches an sich — abgesehen von der bloßen Tatsache seiner Existenz! —, keine blitzenden Ringe vielfarbiger Lichter, keine vorstehenden Stacheln und Knoten, keine unerklärlichen Auswüchse in seiner Konstruktion, kein unirdisches Funkeln unbekannten Metalls, keine flammenden Auspuffe, keine bedrohlich aussehende Armierung. Das scharlachrote Leuchten, von dem es umgeben war, mußte ein Kraftfeld sein, mit dessen Hilfe es sich vorwärtsbewegte. Ansonsten war es ganz schlicht: ein Zylinder von beträchtlichen Ausmaßen, allerdings nicht einmal so groß wie der Rumpf einer alten DC-3; es mochte etwa fünfzehn Meter lang sein und einen Durchmesser von vier bis fünf Metern haben. An beiden Enden war es abgerundet wie ein Lippenstift. Durch das strahlend helle Kraftfeld hindurch war seine Verkleidung zu sehen; sie hatte nichts Eindrucksvolles an sich und wirkte etwas abgenutzt. Jorja sah es in ihrer Erinnerung noch einmal herabkommen, sah es über die Imbißstube hinweg in Richtung der I-80 fliegen, während die Jets über den Himmel brausten und nach Ost und West abschwenkten. Und wie in jener wundersamen Nacht, so hielt Jorja auch jetzt den Atem an; sie hatte rasendes Herzklopfen, verworrene, unbekannte Gefühle schwellten ihr die Brust, und sie glaubte, auf der Schwelle zu einer Tür zu stehen, hinter der sich der Sinn des Lebens verbarg, einer Tür, zu der sie plötzlich den Schlüssel besaß.

»Es landete auf der Ebene jenseits der I-80«, fuhr Sandy fort, »an jener Stelle, die für einige von uns seitdem etwas Besonderes hatte, wenn wir den Grund dafür auch nicht kannten. Die Jets brausten dicht daran vorbei. Und wir alle aus dem Motel und aus der Imbißstube *mußten* einfach dorthin; nichts hätte uns zurückhalten können, mein Gott, nichts und niemand hätte uns zurückhalten können! Wir drängten uns in Autos zusammen und fuhren los ...«

»Faye und ich fuhren mit unserem Lieferwagen«, sagte Ernie aus der Dunkelheit heraus; er atmete jetzt nicht mehr keuchend — durch die Intensität der Erinnerung war seine Nyctophobie wie weggeblasen. »Dom und Ginger fuhren mit uns, und jener professionelle Spieler aus Reno — Zebediah Lomack. Deshalb hat er auch unsere Namen auf die Mondposter in seinem Haus geschrieben, von denen Dom uns erzählt hat. Die Erinnerung daran, wie er mit uns zum Raumschiff gefahren war, muß seine Gedächtnisblockade fast durchbrochen haben.«

»Und Jorja«, fuhr Sandy fort, »du und dein Mann und Marcie und zwei andere Leute stiegen hinten in unseren Lieferwagen. Brendan, Jack und andere fuhren in PKWs; wildfremde Menschen rückten in den Autos eng zusammen, aber irgendwie waren wir uns plötzlich nicht mehr fremd. Als wir jene Stelle erreichten, parkten wir alle am Randstreifen, und auf der Fahrbahn in Gegenrichtung hielten einige Autos, die von Elko kamen, und die Insassen rannten über die Straße und über den Grünstreifen, und wir standen alle einen Augenblick da und starrten vom Straßenrand auf das Raumschiff. Der grelle Lichtschein, von dem es umgeben gewesen war, wurde schwächer, aber es ... es ging immer noch ein Leuchten davon aus, nicht mehr rot, sondern bernsteinfarben. Es hatte, als es auf der Erde aufsetzte, einige Büsche und etwas Gras in Brand gesetzt, aber als wir hinkamen, glimmte es nur noch. Es war eigenartig, wie wir alle dort am Straßenrand standen ... es gab kein aufgeregtes Geschrei, wir standen schweigend da, ganz still. Zögernd. Wir wußten, daß wir ... daß wir auf einem Felsen standen, und daß ... daß der Sprung von diesem Felsen nicht in die Tiefe führen würde, sondern ... in die *Höhe* empor. Ich kann dieses Gefühl nicht in Worte fassen, aber ihr wißt, was ich meine. Ihr wißt es selbst.«

Jorja wußte es. Sie fühlte es jetzt, so wie sie es damals gefühlt hatte — das schier unerträglich erhebende Gefühl, daß die Menschheit in einem dunklen Kasten gelebt hatte, dessen Deckel jetzt endlich aufgerissen worden war. Das Gefühl, daß die Nacht nie wieder so dunkel und bedrohlich, daß die Zukunft nie wieder so erschreckend sein würde wie bisher.

»Und als ich so dastand«, sagte Sandy, »und auf dieses leuchtende Raumschiff starrte, das dort auf der Ebene stand, so schön und doch so völlig unglaublich — da kam mir alles, was mir als Kind angetan worden war, plötzlich nicht mehr so wichtig vor. Und schlagartig fiel auch die Angst vor meinem Vater von mir ab, einfach *so*.« Sie schnippte im Dunkeln mit den Fingern, und ihre Stimme schwankte vor Erschütterung. »Ich meine, ich hatte ihn nicht mehr gesehen, seit ich vierzehn war, länger als zehn Jahre, aber ich hatte immer noch mit der Angst gelebt, daß er eines Tages plötzlich wieder auftauchen würde, daß er mich zwingen würde, mit ihm zu gehen. Das war ... das war natürlich dumm von mir ... aber ich lebte immer mit dieser Angst, denn das Leben war ein Alptraum für mich gewesen, und in Alpträumen geschehen solche Dinge. Aber als ich dort stand und das Raumschiff betrachtete und alle um mich herum ganz still waren und nur die Jets am Nachthimmel kreisten, da wußte ich, daß ich nie wieder Angst vor meinem Vater haben würde, selbst wenn er eines Tages tatsächlich auftauchen würde, weil er nämlich ein Nichts ist, ein Nichts, nur ein perverser kleiner Mann, ein winziges Sandkorn auf dem größten Strand, den man sich überhaupt vorstellen kann ...«

Ja, dachte Jorja, erfüllt von der gleichen Freude wie Sandy. Ja, das war es, was dieses Raumschiff bedeutete — Befreiung von unseren schlimmsten Ängsten. Obwohl die Insassen dieses Raumschiffs vielleicht auch keine Antworten auf die quälenden Fragen der Menschheit mitbrachten, so war doch allein schon die Existenz dieser außerirdischen Geschöpfe in gewisser Weise Antwort genug.

Sandys Stimme zitterte, und sie begann zu weinen — nicht vor Traurigkeit, sondern vor Glück, als sie fortfuhr: »Und während ich das Raumschiff betrachtete, da fühlte ich plötzlich, daß ich alles Leid jetzt für immer überwunden hatte ... ich hatte endlich das Gefühl, jemand zu *sein*. Wißt ihr, mein Leben lang war ich mir wie der letzte Dreck vorgekommen, wie ein *Ding*, das man benutzen und wegwerfen kann, nicht wie ... wie ein Mensch, der Würde besitzt. Und dort am Straßenrand wurde mir plötzlich klar, daß wir *alle* nur Sandkörner sind, daß keiner von uns viel wichtiger ist als die anderen, aber da war auch noch etwas anderes ...« Sie stieß einen Laut des Unwillens aus. »Oh, ich wünschte, ich fände die richtigen Worte! Ich wünschte, ich könnte mich besser ausdrücken!«

»Du machst deine Sache ausgezeichnet«, sagte Faye ruhig. »Bei Gott, Mädchen, du machst deine Sache ganz ausgezeichnet.«

Und Sandy fuhr fort: »Aber obwohl wir nichts weiter als Sandkörner sind, so sind wir doch ... Teil einer Gattung, die sich eines Tages vielleicht dorthin, in diese unendliche Weite, aufmachen wird, aus der die Geschöpfe in diesem Raumschiff gekommen waren, und deshalb haben wir sogar als Sandkörner unseren Platz und unseren Sinn. Versteht ihr, was ich meine? Wir müssen nur gut zueinander sein und uns Mühe geben. Und eines Tages werden wir alle — all die Billionen, die einst lebten und heute leben — mit jenen, die nach uns kommen werden, dort draußen im All sein ... und all die Finsternis wird hinter uns liegen ... und alles, was wir je durchgemacht haben, wird ... wird irgendwie einen Sinn erhalten ... weil ... weil es dazu beigetragen haben wird, uns dorthin zu bringen. Das alles wurde mir blitzartig klar, während wir dort an der I-80 standen, und ich ... ich begann zu weinen und gleichzeitig zu lachen ...«

»Ich erinnere mich!« sagte Ned aus der Dunkelheit heraus. »O Gott, jetzt erinnere ich mich, jetzt fällt mir alles ein! Wir standen dort am Straßenrand, und du hast dich plötzlich an mich geschmiegt und mich umarmt. Und du hast mir zum erstenmal gesagt, daß du mich liebst, zum allererstenmal hast du es ausgesprochen, obwohl ich es gewußt hatte. Du hast mich umarmt und mir gesagt, daß du mich liebst ... es war verrückt — da war ein Raumschiff gelandet, und du hast mir gesagt, daß du micht liebst! Und weißt du was? Für kurze Zeit war das Raumschiff für mich überhaupt nicht mehr wichtig. Wichtig war nur, daß du mir das gesagt hast, daß du mir endlich gesagt hast, daß du mich liebst.« Auch seine Stimme zitterte vor innerer Bewegung, und Jorja ahnte, daß er in der Dunkelheit seine Frau in die Arme nahm. »Und das haben sie mir genommen«, murmelte er. »Sie kamen mit ihren verdammten Drogen und mit ihrer Gehirnwäsche daher und raubten mir die Erinnerung an dieses erste Mal, daß du mir deine Liebe gestanden hast. Aber jetzt weiß ich es wieder, Sandy, und sie werden mir diese Erinnerung nie wieder nehmen können. Nie wieder!«

Faye sagte klagend: »Ich kann mich immer noch an nichts erinnern. Ich möchte mich auch erinnern können. Ich möchte auch daran *teilhaben*.«

Alle schwiegen, während der Transporter durch die Nacht rumpelte.

Jorja wußte, daß den anderen ähnliche Gedanken wie ihr selbst durch den Kopf gingen. Die bloße Existenz einer anderen — überlegenen — Intelligenz warf ein völlig neues Licht auf den Hader unter den Menschen und unter den Völkern. Die endlosen erbitterten Kämpfe der Menschen, mit dem Ziel, andere zu unterjochen und zu versklaven, der ganzen Gattung irgendeine Philosophie aufzuzwingen, auch um den Preis von Blut und Tränen — das alles schien jetzt plötzlich so lächerlich, so fruchtlos. Alle engen, machtorientierten Philosophien würden mit Sicherheit in sich zusammenbrechen. Religionen, welche die Gleichheit aller Menschen verkündigten, würden vermutlich aufblühen, während jene, die zu gewaltsamer Konversion aufriefen, untergehen würden. Irgendwie war es möglich, die Tragweite dieses Geschehens erklären zu wollen, aber man konnte sie *fühlen*, so wie Sandy sie sofort gefühlt hatte. Jorja begriff, daß der Kontakt mit Außerirdischen die Möglichkeit in sich barg, aus allen Menschen *eine* Nation, *eine* große Familie zu machen. Zum erstenmal in der Geschichte könnte jedes Individuum mit jenem Respekt behandelt werden, der nur in einer intakten, liebevollen Familie möglich ist, der unter keinem König und keiner Regierung gedeihen kann.

Etwas war vom Himmel herabgekommen.

Und die ganze Menschheit könnte dadurch erhöht werden.

»Mond«, murmelte Marcie an Jorjas Hals. »Mond, Mond.«

Jorja wollte ihr sagen: Alles wird gut werden, Liebling; wir werden dir helfen, dich zu erinnern, nachdem wir jetzt wissen, was du vergessen hast; und sobald du dich daran erinnerst, wirst du begreifen, daß es nicht etwas ist, wovor man Angst haben muß; du wirst erkennen, daß es wundervoll ist, und du wirst lachen!

Aber sie schwieg, denn sie wußte ja nicht, was Falkirk mit ihnen vorhatte. Solange sie sich in der Hand des Colonels befanden, hielt sie einen guten Ausgang für sehr unwahrscheinlich.

»Ich erinnere mich an noch mehr«, sagte Brendan plötzlich. »Ich erinnere mich, die Böschung der Interstate hinabgestiegen und auf das Schiff zugegangen zu sein. Es schimmerte wie Bernsteinquarz. Ich ging langsam darauf zu, während die Jets am Himmel kreisten... Andere begleiteten mich... Faye und Ernie... und Dom und Ginger. Aber nur Dom und Ginger begleiteten mich auf dem ganzen Weg bis zum Schiff, und als wir es erreichten, fanden wir eine Luke... ein rundes Portal... es war geöffnet...«

Jorja erinnerte sich, daß sie am Rand der I-80 gestanden und Angst gehabt hatte, näher an das Raumschiff heranzugehen, und daß sie sich selbst einzureden versucht hatte, sie täte es nur deshalb nicht, weil sie um Marcies Sicherheit besorgt sei. Sie hatte Brendan, Dom und Ginger eine Warnung zurufen wollen, aber gleichzeitig hatte sie auch den Wunsch verspürt, sie anzuspornen. Innerlich hin und her gerissen, hatte sie beobachtet, wie die drei sich dem Raumschiff näherten; und wie all jene, die am Straßenrand geblieben waren, so war auch sie etwa 30 Meter in östliche Richtung gelaufen, um die drei nicht aus den Augen zu verlieren, als sie schließlich seitlich am Schiff entlanggegangen waren. Auch Jorja hatte das Portal gesehen, einen Kreis strahlenden Lichtes an der Seite des Rumpfes.

»Wir drei standen vor der Tür«, fuhr Brendan mit leiser, aber ungeheuer eindringlicher Stimme fort. »Dom und Ginger und ich ... Wir dachten ... etwas würde herauskommen. Aber das geschah nicht. Statt dessen war da dieses Licht im Innern des Schiffes ... das herrliche goldene Licht, das ich in meinen Träumen wiedergesehen habe ... ein warmes, behagliches Licht, das uns magisch anzog, das uns zu *rufen* schien. Wir hatten Angst, allmächtiger Gott, wir hatten solche Angst! Aber wir hörten Hubschrauber näher kommen, und wir ahnten, daß Regierungsleute das Kommando übernehmen würden, sobald sie am Schauplatz auftauchten, daß sie alles an sich reißen und uns einfach wegstoßen würden, und wir waren fest entschlossen, an diesem überwältigenden Geschehnis teilzuhaben. Und außerdem lockte uns jenes *Licht*! Und so ...«

»Ihr seid hineingegangen«, sagte Jorja.

»Ja«, bestätigte Brendan.

»Ich erinnere mich!« rief Sandy. »Ja, ihr seid hineingegangen. Ihr seid zu dritt hineingegangen!«

Die Erinnerung war überwältigend, einfach grenzenlos. Jener Augenblick, als die ersten Menschen zum erstenmal ihren Fuß an einen Ort gesetzt hatten, der weder von der Natur noch von Menschenhand geschaffen worden war. Jener Moment, der die Geschichte für immer in ein Davor und Danach teilte. Nun, da ihre Gedächtnisblockierungen endgültig zusammengebrochen waren, da sie sich endlich an alles erinnerten, brachte eine Zeitlang niemand auch nur ein Wort hervor.

Der Lastwagen rumpelte seinem unbekannten Ziel zu.

Die acht Menschen, die darin im Dunkeln saßen, waren einander so nahe wie wohl noch niemand jemals zuvor.

Schließlich fragte Parker: »Was geschah dann, Brendan? Was geschah, als ihr drei das Raumschiff betreten habt?«

Mit Hilfe der Seilbrücke überquerten sie das druckempfindliche Gitter, ohne den Alarm auszulösen. Auch auf dem weiteren Weg waren Jacks diverse Geräte und seine Kenntnisse von unschätzbarem Wert, um die verschiedenen elektronischen Sicherheitsanlagen zu überlisten. Und schließlich standen sie tatsächlich vor dem Haupteingang.

Ginger ließ ihre Blicke über die riesige, bombenfeste Tür schweifen. Angewehter gefrorener Schnee bildete auf dem polierten Stahl geheimnisvolle Muster.

Von dieser Tür führte eine zweispurige gepflasterte Straße in westlicher Richtung quer über die Wiese zum Wald, wo in der Ferne die Lichter des Tores schimmerten. Des Wächterhaus, an dem sie vorhin vorbeigefahren waren, war nicht zu sehen. Die Straße wurde offenbar von unten beheizt, denn das Pflaster war völlig schneefrei, und von der Oberfläche stieg Dampf auf.

Wenn in den nächsten Minuten Besucher ins Depot kamen oder die Wachen Schichtwechsel hatten, würde ihr Spiel verloren sein. Dom, Jack und sie könnten sich zwar flach in den Schnee legen und sich auf diese Weise verstecken, aber ihre frischen Fußspuren würden sie verraten, denn bei ihrer Ankunft war die Schneedecke in der Umgebung der kleineren Tür völlig glatt und unberührt gewesen. Sie mußten so schnell wie möglich ins Innere des Depots eindringen — falls das überhaupt möglich war.

Die kleinere Tür sah kaum weniger abschreckend aus als das riesige Portal, aber Jack schien davon unbeeindruckt zu sein. Er hatte einen aktenkoffergroßen Computer namens SLICKS dabei, und obwohl Ginger vergessen hatte, was diese Abkürzung bedeutete, so wußte sie doch noch, daß es ein Gerät war, mit dem man elektronische Schlösser verschiedener Art öffnen konnte, und daß es im freien Handel nicht erhältlich war. Sie hatte Jack nicht gefragt, auf welche Weise er dieses nützliche Ding erworben hatte.

Sie arbeiteten schweigend. Gingers Aufgabe war es, nach Scheinwerfern auf der Straße vom Eingangstor Ausschau zu halten und auch die verschneite Wiese im Auge zu behalten, für den Fall, daß wider Erwarten doch eine Patrouille auftauchen würde. Dom hielt eine Taschenlampe auf die zehnziffrige Codeplatte gerichtet, die dem Schlüsselloch einer normalen Tür entsprach, während Jack mit den Meßfühlern des SLICKS nach der richtigen Ziffernfolge suchte.

Auf einem Knie im Schnee zusammengeduckt, rechnete Ginger jeden Moment mit Entdeckung; sie fühlte sich hilflos, und wesentlich mehr als nur die räumliche Entfernung von viertausend Kilometern schien sie von ihrem Leben in Boston zu trennen. Der Wind blies ihr direkt ins Gesicht. Geschmolzener Schnee tropfte ihr von den langen Wimpern in die Augen. Was für eine absurde Situation. Meschugge. Daß ein unschuldiger Mensch zu solchen Handlungen getrieben werden konnte! Was glaubte dieser verdammte Colonel Falkirk eigentlich, wer er war? Und die Leute, von denen er seine Befehle erhielt — was glaubten sie, wer sie waren? Richtige *momzers*, das waren sie allesamt. Sie dachte an Falkirks Foto in der Zeitung: Sie hatte sofort gewußt, daß er ein *treyfnyak* war, eine Person, der man niemals über den Weg trauen durfte, keinen Zentimeter weit. Aber sie wußte auch noch etwas anderes: Wann immer ihr jiddische Ausdrücke in den Sinn kamen, war sie in irgendwelchen großen Schwierigkeiten oder hatte Angst.

Knapp vier Minuten nachdem Jack sich an die Arbeit gemacht hatte, zuckte Ginger erschrocken zusammen, als sie hinter sich ein zischendes Geräusch hörte. Sie drehte sich um und sah, daß die Tür bereits in ihre Vertiefung geglitten war. Dom taumelte überrascht rückwärts. Jack landete auf seinem Gesäß. Während Ginger ihm beim Aufstehen half, zeigte er ihr, daß die Tür sich so plötzlich und mit solcher Wucht geöffnet hatte, daß ihm keine Zeit mehr geblieben war, den Meßfühler des SLICKS aus dem Mechanismus herauszuziehen; der Fühler war aus dem Computer einfach herausgerissen worden.

Aber die Tür stand offen, und ohne daß ein Alarm ausgelöst worden wäre. Vor ihnen lag ein betonierter Tunnel, etwa vier Meter lang und drei Meter breit, der von Leuchtstoffröhren hell beleuchtet war und zu einer zweiten Tür führte.

»Bleibt hier«, sagte Jack und betrat vorsichtig den Tunnel.

Ginger stand neben Dom, und obwohl sie wußte, daß ihre Geiselnahme zum Plan gehörte, wußte sie auch, daß sie beim ersten Anzeichen von Gefahr instinktiv wegrennen würde. Dom schien ihre Gedanken gelesen zu haben, denn er legte schützend seinen Arm um sie.

Nach einer endlos langen Minute, als immer noch keine Alarmglocken oder Sirenen die Stille der Nacht zerrissen, trat Jack wieder zu ihnen in den Sturm hinaus. »Zwei Überwachungskameras an der Tunneldecke ...«

»Haben sie dich erfaßt?« fragte Dom.

»Nein, ich glaube nicht, denn sie haben meine Bewegungen nicht registriert. Ich nehme an, daß man die äußere Tür schließen muß, um die innere öffnen zu können, und sobald man sie schließt, schalten sich die Kameras ein. Entlang der Beleuchtungskörper sind außerdem Gasröhren angebracht. Die Sache funktioniert vermutlich folgendermaßen — man schließt die Außentür, die Kameras betrachten einen, und falls ihnen nicht gefällt, was sie sehen, strömt sofort irgendein Gas in den Tunnel — entweder ein betäubendes oder ein tödliches.«

»Wir sind zwar darauf eingestellt, gefangengenommen zu werden, aber ich möchte nicht unbedingt wie ein Maulwurf vergast werden«, sagte Dom.

»Wir werden die Außentür erst schließen, wenn die innere offen ist«, erklärte Jack.

»Aber du hast doch selbst gesagt, das sei nicht ...«

»Es gibt vielleicht *doch* eine Möglichkeit«, fiel Jack ihm zwinkernd ins Wort.

Als erstes versteckten sie ihre Rucksäcke im Schnee. Jack glaubte nicht, daß sie seine High-Tech-Geräte noch benötigen würden, und ohne das schwere Gepäck würden sie schneller vorankommen. Der zweite Schritt bestand darin, daß Dom — nachdem sie den Tunnel betreten hatten — Ginger hochhob, damit sie unter Jacks Anleitung mit einem Messer die Drähte der Überwachungskameras durchtrennen konnte. Wieder rechnete Ginger damit, einen Alarm auszulösen, aber nichts dergleichen geschah.

Jack ließ die Außentür offen stehen und führte sie zur zweiten Tür. »Hier gibt es keine Codeplatte, wie ihr seht«, erklärte er ihnen. »Es macht deshalb nichts aus, daß SLICKS vorhin beschädigt wurde.«

»Ist es nicht gefährlich, sich hier zu unterhalten?« fragte Ginger nervös. » Bestimmt sind irgendwo Mikrofone eingebaut.«

»Ja, aber ich bezweifle, daß sie eingeschaltet sind. Das passiert vermutlich erst, sobald die Außentür geschlossen wird. In diesem Moment wird dann das Überwachungsprogramm des Computers in Gang gesetzt. Und selbst wenn hinter dieser Tür ein Wachposten sitzt, kann er uns durch diesen Stahl hindurch nicht hören. Nicht einmal, wenn wir laut brüllen«, sagte Jack, obwohl er selbst trotzdem ganz leise sprach. Er deutete auf eine Glasscheibe in der Tunnelwand rechts von der Tür. »Das ist die einzige Möglichkeit hineinzukommen. Sie fingen gerade an, bei Anlagen mit besonders strengen Sicherheitsvorkehrungen solche Schlösser einzubauen, als ich vor acht Jahren den Dienst quittierte. Man legt seine Handfläche auf das Glas, der Sicherheitscomputer prüft die Abdrücke, und wenn man berechtigt ist einzutreten, öffnet sich die Tür.«

»Und wenn man nicht dazu berechtigt ist?« flüsterte Dom.

»Dann strömt das Gas in den Tunnel.«

»Und wie willst du sie dann öffnen?« fragte Ginger.

»Ich kann es nicht«, erwiderte Jack.

»Aber du sagtest doch ...«

»Ich sagte, es gäbe vielleicht eine Möglichkeit«, erklärte Jack. »Und das stimmt auch.« Er sah Dom lächelnd an. »*Du* kannst sie vermutlich öffnen.«

Dom starrte Jack an, so als hätte der Ex-Einbrecher den Verstand verloren. »Ich? Das soll wohl ein Witz sein? Was verstehe ich denn von Sicherheitsanlagen?«

»Nichts«, erwiderte Jack. »Aber du hast die Kraft, Tausende von Papiermonden von den Wänden zu reißen und sie in der Luft tanzen zu lassen, und du kannst Stühle schweben lassen und sonstige Kunststücke vollbringen. Deshalb sehe ich nicht ein, warum es dir nicht auch möglich sein sollte, dich mit deinen geistigen Kräften in den Mechanismus dieser Tür hineinzuversetzen und sie dadurch zu öffnen.«

»Aber das kann ich nicht! Ich weiß nicht, wie!«

»Denk darüber nach, konzentrier dich, tu, was immer du auch getan hast, um gestern abend den Salzstreuer von der Stelle zu bewegen.«

Dom schüttelte heftig den Kopf. »Ich habe diese Kraft nicht unter Kontrolle. Das hast du gestern selbst gesehen. Ich könnte versehentlich dich oder Ginger verletzen. Ich könnte unbeabsichtigt das Gas ausströmen lassen und uns alle umbringen. Nein, nein! Es ist zu riskant!«

Einen Augenblick lang standen sie schweigend da, während der Wind unheimlich um die offene Tür pfiff und heulte.

Schließlich sagte Jack: »Dom, wenn du es nicht versuchst, werden wir das Depot nur als Gefangene betreten.«

Dom weigerte sich weiterhin.

Jack ging zur Außentür zurück. Ginger dachte, er wollte den Rückzug antreten, aber noch bevor sie ihm folgen konnte, blieb er dicht vor dem Ausgang stehen und hielt seine Hand über einen Knopf an der Wand. »Das ist ein wärmeempfindlicher Sensor, Dom«, sagte er. »Wenn du nicht versuchst, die innere Tür zu öffnen, werde ich ihn berühren und damit die äußere Tür schließen. Dann wird der Computer mit seinem Überwachungsprogramm beginnen, und wenn er feststellt, daß die Kameras nicht funktionieren, wird er Alarm auslösen und die Sicherheitsbeamten auf den Plan rufen.«

»Einer der Gründe, weshalb wir hierhergekommen sind, war doch, gefangengenommen zu werden«, sagte Dom eigensinnig.

»Wir wollten uns, wenn irgend möglich, zuerst *umsehen* und dann erst gefangennehmen lassen.«

»Uns bleibt eben nichts anderes übrig, als uns gleich gefangennehmen zu lassen.«

Die Wärme im Tunnel war inzwischen in die Nacht entwichen. Ihre Atemwolken waren jetzt deutlich zu sehen, und sie trugen noch zu dem Eindruck bei, daß die beiden Männer einen Kampf ausfochten, obwohl es bei diesem Kampf nicht um Körperkraft, sondern um Willensstärke ging.

Ginger zweifelte keinen Augenblick daran, wer diesen Kampf gewinnen würde. Sie mochte und bewunderte Dom Corvaisis mehr als jeden anderen Mann, den sie im Laufe vieler Jahre kennengelernt hatte, nicht zuletzt deshalb, weil in ihm die Energie und Tatkraft von Anna Weiss mit Jacobs bescheidener Schüchternheit kombiniert zu sein schienen. Er war gutherzig, und klug. Sie hatte grenzenloses Vertrauen zu ihm. Aber sie wußte, daß Jack Twist gewinnen würde, denn er war es *gewöhnt* zu gewinnen, während Dom — nach seinen eigenen Aussagen — erst seit dem vorletzten Sommer zu den Gewinnern gehörte.

»Wenn sie uns nicht sehen können«, sagte Jack, »werden sie mit absoluter Sicherheit das Gas einströmen lassen. Vielleicht werden sie uns nur betäuben. Aber möglicherweise werden sie auch Zyanidgas oder irgendein tödliches Nervengas einsetzen, das durch unsere Kleider eindringen wird, weil sie ja nicht wissen können, ob wir nicht vielleicht Gasmasken tragen.«

»Du bluffst doch nur!« sagte Dom.

»Glaubst du?«

»Du würdest doch nichts tun, was unseren Tod bedeuten könnte.«

»Vergiß nicht, daß du es mit einem Berufsverbrecher zu tun hast!«

»Du *warst* einer, aber jetzt bist du das nicht mehr.«

»Meine Seele ist immer noch rabenschwarz«, sagte Jack grinsend, aber diesmal hatte seine Stimme einen unverkennbar drohenden Klang, und angesichts des kalten Funkelns seiner Augen fragte sich Ginger unwillkürlich, ob er vielleicht wirklich ihrer aller Leben aufs Spiel setzen würde, wenn er seinen Willen nicht durchsetzen konnte.

»Unser Tod war nicht eingeplant«, wandte Dom ein. »Das würde unser ganzes Unternehmen zunichte machen.«

»Deine Weigerung, uns zu helfen, war auch nicht vorherzusehen«, sagte Jack. »Um Gottes willen, Dom, versuch es!«

Dom zögerte, ließ seinen Blick von Jack zu Ginger schweifen. »Haltet euch möglichst weit entfernt!«

Ginger stellte sich neben Jack an den Eingang.

»Dom, falls du die Tür aufbekommst«, sagte Jack, die Hand immer noch über dem wärmeempfindlichen Schalter haltend, der die Außentür schließen würde, »geh rasch hinein. Irgendwo muß ein Wachposten sein. Er wird völlig überrascht sein, wenn sich die Tür plötzlich öffnet, obwohl das Überwachungsprogramm nicht funktioniert hat. Wenn du ihn schnell niederschlagen kannst, werde ich gleich darauf zur Stelle sein und ihn vollends außer Gefecht setzen. Das wird unsere Chancen verbessern, uns ein wenig in der Anlage umsehen zu können, bevor sie uns schnappen.«

Dom nickte und wandte seine Aufmerksamkeit der inneren Tür zu. Er betrachtete den Rahmen, legte eine Hand auf den Stahl, fuhr mit den Fingerspitzen darüber. Dann musterte er die Glasscheibe, die Hand- und Fingerabdrücke lesen konnte.

Jack ließ seine Hand sinken und blickte in die stürmische Nacht hinaus. Er flüsterte Ginger so leise zu, daß Dom ihn am anderen Ende des Tunnels nicht hören konnte: »Ich habe das unheimliche Gefühl, daß jetzt jeden Moment der Riese auftauchen und uns alle zerquetschen wird.«

Ginger wurde klar, daß er niemals ihren Tod riskiert hätte, daß er sie vermutlich einfach zum Wächterhaus geführt und verlangt hätte, verhaftet zu werden. Aber der bedrohliche Glanz in seinen Augen war sehr überzeugend gewesen.

Die innere Tür glitt abrupt zur Seite. Obwohl Dom diese Bewegung selbst bewirkt hatte, erschrak er so, daß er einen Schritt zurücksprang, anstatt sofort hindurchzurennen, wie Jack ihm befohlen hatte. Sobald ihm sein Fehler zu Bewußtsein kam, stürzte er über die Schwelle.

Jack drückte auf den Knopf, um die äußere Tür zu schließen, dann rannte er hinter dem Schriftsteller her.

Ginger folgte den beiden Männern. Sie erwartete, Kampflärm oder Schüsse zu hören, aber alles blieb ruhig. Als sie aus dem Betontunnel trat, stand sie in einem anderen Tunnel von riesigen Ausmaßen, mit natürlichen Felswänden und einer Zwischendekke — einem schwarzen Metallgerüst —, an der die Beleuchtungskörper angebracht waren. Drei Meter von der Tür entfernt, war ein Tisch in den Betonboden einzementiert. Auf dem Tisch lag ein angekettetes Buch, in das der Wächter vermutlich alle Vorkommnisse eintragen mußte. Daneben lag ein Stapel Zeitschriften. Es gab auch eine Computer-Datenstation. Aber kein Wachposten war in Sicht.

Im ganzen langen Tunnel war kein Mensch zu sehen. Es war so still wie in einem Mausoleum. Man hörte nicht einmal Wassertropfen von einem Stalaktiten fallen, auch kein Schwirren von Fledermäusen im hohen Gewölbe. Aber Ginger sagte sich, daß eine Militäranlage, die Billionen Dollar verschlungen haben mußte und den Dritten Weltkrieg überdauern sollte, vermutlich so durchkonstruiert war, daß es hier weder Fledermäuse noch Kondensation gab.

»Eigentlich müßten Wachposten hier sein«, flüsterte Jack. Seine Stimme hallte zischend von den Felswänden wider.

»Was jetzt?« fragte Dom, der verständlicherweise noch völlig fassungslos darüber war, daß es ihm gelungen war, seine Kraft ganz gezielt einzusetzen.

»Etwas stimmt hier nicht«, sagte Jack. »Ich weiß nicht, was. Aber daß weit und breit kein Posten zu sehen ist, ist sehr merkwürdig.« Er legte die Kapuze seines Skianzuges ab und öffnete ein wenig den Reißverschluß, und die anderen taten es ihm nach. »Hier werden zweifellos nur die LKWs entladen. Der größte Teil der Anlage muß tiefer liegen. Also ... obwohl mir diese merkwürdige Verlassenheit gar nicht gefällt ... sollten wir uns nach unten begeben.«

»Dann nichts wie los!« sagte Ginger und machte sich auf den Weg zum anderen Ende des Tunnels.

Sie hörte, wie Jack die innere Tür schloß.

Sie drangen weiter ins unterirdische Thunder Hill Depository vor.

2. *Angst*

Obwohl sie sich so leise bewegten wie drei Mäuse, die an einer schlafenden Katze vorbeihuschen, hallten ihre Schritte im Felsengewölbe wider, allerdings nicht laut. Sie klangen vielmehr wie wispernde Stimmen irgendwelcher in den dunklen Nischen verborgener Verschwörer.

Doms Unbehagen wurde immer größer.

Sie schlichen an zwei riesigen Aufzügen vorbei, von denen jeder über zwanzig Meter lang und fast genauso breit war. Diese offenen Plattformen ließen sich durch hydraulische Pumpen an den vier Ecken heben und senken und waren so groß, daß ein Kampfflugzeug darauf ohne weiteres Platz hatte. Kleinere Frachtaufzüge folgten, und schließlich gelangten sie zu zwei Personenfahrstühlen.

Bevor Jack auf den Liftknopf drücken konnte, hatte Dom wieder einen Erinnerungsblitz, der wie die früheren so intensiv war, daß er die Gegenwart vorübergehend völlig auslöschte. Diesmal war es der entscheidende Augenblick jenes 6. Juli, den er noch einmal erlebte: der Farbwechsel des Mondes von kaltem Weiß zu Scharlachrot und die plötzliche Erkenntnis, daß es nicht der Mond war, sondern ein sich näherndes Raumschiff, ein schlichter Zylinder, der nichts Außergewöhnliches an sich hatte, der in gewisser Weise direkt alltäglich wirkte. Und doch war Dom intuitiv sofort klar, daß die nun zu Ende gehende Reise dieses Flugobjektes nicht irgendwo auf dieser Erde begonnen hatte.

Als die Wucht der Erinnerung nachließ und Dom seine Umgebung wieder wahrnahm, stellte er fest, daß er sich mit beiden Händen auf die geschlossene Lifttür stützte und daß sein Kopf zwischen den Armen hing. Er spürte eine Hand auf seiner Schulter, drehte sich um und sah Ginger. Jack stand hinter ihr.

»Was ist los?« fragte sie besorgt.

»Ich habe mich an etwas Neues erinnert.«

»Woran?« erkundigte sich Jack.

Dom erzählte es ihnen.

Er brauchte sie nicht davon zu überzeugen, daß an jenem Sommerabend ein außerirdisches Raumschiff gelandet war. Sobald er erwähnte, was sie damals gesehen hatten, brachen auch ihre eigenen Gedächtnisblockaden zusammen, und er sah in ihren Gesichtern eine unbeschreibliche Mischung von Ehrfurcht, Schrecken, Freude und Hoffnung.

»Wir ... wir sind hineingegangen!« murmelte Ginger überwältigt.

»Ja«, bestätigte Jack. »Du, Dom und Brendan.«

»Aber ich kann mich nicht daran erinnern«, sagte Ginger, »was dort drinnen passierte.«

»Ich auch nicht«, meinte Dom. »Dieser Teil ist mir auch noch nicht wieder eingefallen. Ich erinnere mich an alles bis zu jener Minute, als wir durch das Portal in das goldene Licht hineingingen ... aber danach — nichts.«

Für kurze Zeit vergaßen sie völlig, in welch einer gefährlichen Situation sie sich befanden.

Gingers schönes zartes Gesicht war leichenblaß.

Dom verstand jetzt plötzlich, genauso wie auch Ginger, warum sie sich bei Gingers Ankunft auf dem Flughafen in Elko so unwiderstehlich zueinander hingezogen gefühlt hatten. In jener Sommernacht hatten sie gemeinsam das Raumschiff betreten und eine Erfahrung geteilt, die für immer ein mächtiges Band zwischen ihnen geschaffen hatte.

»Das Raumschiff muß hier in Thunder Hill sein«, sagte Ginger. » Das ist die einzig mögliche Erklärung.«

Dom stimmte ihr zu. »Deshalb also hat die Regierung die beiden Rancher enteignet. Sie haben das Gelände vergrößert, damit niemand den Transporter sehen konnte, auf dem das Raumschiff hierhergebracht wurde.«

»Es müßte ein riesiges Fahrzeug gewesen sein«, sagte Jack.

»Ja, so ein Ding, auf dem die Space Shuttles transportiert werden.«

»Aber warum sollten sie ein solches Ereignis geheimhalten wollen?« fragte Jack.

»Das weiß ich auch nicht«, antwortete Dom, während er auf den Liftknopf drückte. »Aber vielleicht können wir es herausfinden.« Der Aufzug kam, und sie fuhren ins erste Untergeschoß hinab. Nach der Dauer der Fahrt zu schließen, mußten massive Felsschichten zwischen den einzelnen Stockwerken liegen.

Schließlich öffnete sich die Tür, und sie traten in eine riesige runde Höhle von etwa 90 Meter Durchmesser. Die auch hier in einiger Höhe an einer Zwischendecke montierten Lampen warfen ihr Licht auf eine merkwürdige Ansammlung von Metallverschlägen, die den größten Teil der Kavernenwände säumten. Aus den Fenstern zweier solcher wohnwagenartiger Konstruktionen fiel wärmeres Licht; die übrigen waren dunkel und sahen unbewohnt aus. Vier große Höhlen gingen von der zentralen Kaverne aus; eine davon war mit einem riesigen Holztor verschlossen, das für die ansonsten hochmoderne Anlage erstaunlich primitiv aussah. In den drei offenen Kavernen brannten Lampen, und Dom sah Jeeps, Truppentransporter, LKWs, Hubschrauber und sogar Jets; außerdem weitere wohnwagenartige Gebäude, in denen die meisten Fenster beleuchtet waren. Thunder Hill war ein riesiges Arsenal und eine vollständige unterirdische Stadt; das hatte Dom zwar gewußt, aber er hatte sich alles doch wesentlich kleiner vorgestellt.

Am meisten wunderten ihn jedoch nicht die Ausmaße von Thunder Hill, sondern der verlassene Eindruck, den die Anlage machte. Das erste Untergeschoß war genauso menschenleer wie das Erdgeschoß. Keine Wachposten, kein Personal, keine Stimmen oder Arbeitsgeräusche. Gewiß, in den Kavernen war es ziemlich kühl, und jetzt am Abend würde sich der größte Teil der hier Beschäftigten vermutlich in den beheizten Unterkünften aufhalten, aber zumindest ein paar Leute müßten doch irgendwo zu sehen sein. Und wenn sie dienstfrei hatten, müßten doch aus den entfernteren Teilen der Anlage zumindest Musik, Fernsehen, Unterhaltungen und andere Laute und Lebenszeichen zu hören sein.

Ginger flüsterte kaum hörbar: »Sind sie alle tot?«

»Ich habe euch doch gleich gesagt«, sagte Jack genauso leise, »daß hier etwas nicht stimmt.«

Dom fühlte sich von dem riesigen Holztor — mindestens zwanzig Meter breit und acht Meter hoch —, das die vierte Kaverne verschloß, magisch angezogen, und er ließ sich von seinem Instinkt leiten. Gefolgt von Ginger und Jack, schlich er auf eine etwas mannsgroße Tür zu, die in das riesige Holzportal eingebaut war. Sie stand einen Spalt breit offen, und ein heller Lichtschein fiel auf den Steinboden. Dom legte die Hand auf den Griff, um die Tür vollends zu öffnen, hielt aber inne, als er leise Stimmen in der Kaverne hörte. Er lauschte, bis er sich ziemlich sicher war, daß die Unterhaltung nur von zwei Männern geführt wurde. Was sie sagten, konnte er allerdings nicht verstehen. Er überlegte, ob er umkehren sollte, aber er hatte eine Vorahnung, daß — wenn er nur in einen einzigen Raum der ganzen Anlage einen Blick werden konnte, bevor er festgenommen wurde — es keinen interessanteren als diesen hier gab. Er zog die kleine Tür auf und betrat die Kaverne.

Das Raumschiff stand direkt vor ihm.

Ginger hielt eine Hand an die Brust gepreßt, so als könnte sie auf diese Weise ihr Herz vor dem Zerspringen bewahren.

Die Kaverne hinter dem Holztor war riesengroß, gut sechzig Meter lang und zwischen fünfundzwanzig und fünfunddreißig Meter breit, mit einer höhen, gewölbten Decke. Der Felsboden war von Menschenhand begradigt und geebnet worden; alle Vertiefungen und Spalten waren mit Beton ausgefüllt worden. Alte Ölflecken und in den Boden eingelassene ringförmige Bolzen deuteten darauf hin, daß hier früher Fahrzeuge deponiert oder gewartet worden waren. Rechts vom Eingang zog sich etwa ein Dutzend wohnwagenartiger Gebäude mit kleinen Fenstern und Metalltüren an der Wand entlang. Sie hatten früher vermutlich als Unterkünfte oder Büros gedient, waren aber in Forschungslabors umfunktioniert worden. An manchen Türen waren von Hand geschriebene Schilder angebracht: Chemisches Labor, Chemische Bibliothek, Pathologie, Biologisches Labor, Biologische Bibliothek, Physik 1, Physik 2, Anthropologie und andere, die Ginger nicht entziffern konnte, weil sie zu weit enfernt waren. Vor den Gebäuden standen Arbeitstische und große Apparaturen — ein Röntgenapparat, ein großer Schall-Spektrograph, wie er auch im Memorial Hospital verwendet wurde, und viele andere Vorrichtungen, die Ginger nichts sagten. Es sah fast so aus, als veranstalte hier jemand einen Flohmarkt für High-Tech-Laborgeräte. Offenbar reichten die Räumlichkeiten für die verschiedenartigen Untersuchungen nicht aus, was in Anbetracht des Forschungsobjekts auch kein Wunder war.

Das Schiff aus einer anderen, fernen Welt stand links vom Eingang. Es sah genauso aus wie in Gingers Erinnerung vor wenigen Minuten, als ihre Gedächtnisblockierung endlich zusammengebrochen war: ein Zylinder von fünfzehn bis achtzehn Meter Länge und fünf Meter Durchmesser, an beiden Ecken abgerundet. Um es besser untersuchen zu können, hatte man es auf anderthalb Meter hohe Stahlböcke gelegt, wie ein Unterseeboot in einem Trockendock. Das einzige, worin sein Aussehen sich jetzt von jenem Abend des 6. Juli unterschied, war das Fehlen jenes gespenstischen Lichtes, das von Mondweiß zu Scharlachrot und dann zu Bernsteingelb gewechselt hatte. Das Raumschiff besaß kein sichtbares Antriebssystem, keine Raketen. Der Rumpf war so schmucklos, wie sie ihn in Erinnerung gehabt hatte: hier eine drei Meter lange Reihe flacher faustgroßer Vertiefungen im Metall, die keinem erkennbaren Zweck dienten; dort vier vorstehende Halbkugeln von Melonengröße, ebenfalls ohne ersichtliche Funktion; hier und dort ein halbes Dutzend Erhebungen, einige so groß wie ein Mülleimerdeckel, einige nicht größer als der Durchmesser eines Mayonnaiseglases, keine höher als acht Zentimeter. Ansonsten waren über 98 % der langen Oberfläche völlig glatt, abgesehen von gewissen Abnutzungserscheinungen. Aber trotz des unauffälligen Äußeren war es bei weitem das Spektakulärste, was Ginger jemals gesehen hatte. Sie verspürte eine gewisse Furcht vor dem Unbekannten, aber zugleich auch grenzenlose Freude und Glück.

Zwei Männer saßen an einem Tisch neben einer transportablen Treppe, die zu einer offenen Luke an der Flanke des Raumschiffes führte. Der imposantere der beiden war ein schlanker Mann in den Vierzigern mit lockigem schwarzem Haar und Bart, in dunkler Hose, dunklem Hemd und weißem Laborkittel. Der andere trug eine Militäruniform, deren Jacke nicht zugeknöpft war; er war ziemlich dick und etwa zehn Jahre älter als sein bärtiger Gefährte. Als die Männer ihre drei Besucher sahen, verstummten sie und standen auf, riefen aber nicht nach Wachen und lösten auch keinen Alarm aus. Sie musterten Dom, Jack und Ginger nur aufmerksam und verfolgten interessiert ihre ersten Reaktionen beim Anblick des Raumschiffs.

Sie haben uns erwartet, dachte Ginger.

Diese Erkenntnis hätte sie eigentlich beunruhigen müssen, aber im Augenblick galt ihr ganzes Interesse einzig und allein dem Raumschiff.

Mit Dom an ihrer rechten und Jack an ihrer linken Seite ging sie schweigend auf das näher zur Tür befindliche Ende des zylindrischen Flugkörpers zu.

Ihr schon seit Betreten der Kaverne lautes Herzklopfen steigerte sich zu hektischem Trommeln. Eine Armlänge vom Raumschiff entfernt, blieben alle drei stehen und betrachteten es mit ehrfürchtigem Staunen, so als seien sie Zeugen eines Wunders. Schwarmartige Zufallsmuster feinkörniger Abschürfung überzogen die gesamte Oberfläche, so als habe es Wolken kosmischen Staubes oder Partikeln eines dem Menschen noch unbekannten Ursprungs standhalten müssen. Kerben und Beulen zeugten davon, daß es weitaus feindlicheren Elementen ausgesetzt gewesen war als den Winden und Stürmen, die den Schiffen und Flugkörpern auf irdischen Meeren und Himmeln zusetzten. Und es war mit grauen, schwarzen, gelben und braunen Flecken gesprenkelt, so als sei es in hundert verschiedene Säuren getaucht und von tausend Feuern angesengt worden.

Noch stärkeren Eindruck als die absolute Fremdartigkeit dieses Gefährts machte auf Ginger sein hohes Alter. Theoretisch war es zwar durchaus möglich, daß es erst vor wenigen Jahren gebaut und mit Über-Lichtgeschwindigkeit nach Nevada geflogen war, daß es bei seiner Landung an jenem 6. Juli nur einige Monate oder ein Jahr unterwegs gewesen war. Aber Ginger glaubte nicht, daß das der Fall war. Sie wußte intuitiv, daß sie vor einem *uralten* Schiff stand. Und als sie die Hand ausstreckte und das kühle Metall berührte, als sie ihre Fingerspitzen über die verkratzte, abgeschürfte Oberfläche gleiten ließ, fühlte sie noch stärker, daß sie eine verehrungswürdige Reliquie vor sich hatte.

Sie hatten solch einen weiten Weg zurückgelegt. Solch einen unermeßlich weiten Weg.

Auch Dom und Jack berührten nun die Oberfläche. Dom holte tief Luft, und sein zittriges »Ahhhh« war beredter als Worte.

»Oh, ich wünschte, mein Vater hätte das erleben dürfen«, murmelte Ginger und dachte innig an Jacob den Träumer, der Geschichten von anderen Welten und fernen Zeiten so sehr geliebt hatte.

Und Jack sagte: »Ich wünschte auch, daß Jenny länger gelebt hätte ... nur ein klein wenig länger ...«

Ginger begriff, daß Jack nicht das gleiche meinte wie sie selbst, daß er sich nicht wünschte, daß seine Jenny lange genug gelebt hätte, um dieses Raumschiff zu sehen. Er bedauerte, daß sie diese Ereignisse nicht mehr erlebte, weil Brendan und Dom durch den Kontakt mit den Außerirdischen auf irgendeine Weise wundersame Heilkräfte erworben hatten. Wenn Jenny nicht an Weihnachten gestorben wäre, hätten sie — vorausgesetzt, daß sie lebend aus Thunder Hill herauskommen würden — zu ihr fahren können, und möglicherweise hätten sie ihr beschädigtes Gehirn heilen, sie aus ihrem Koma befreien und ihrem liebenden Ehemann zurückgeben können. Schlagartig kam Ginger zu Bewußtsein, daß sie noch kaum begonnen hatte, die Auswirkungen dieses unglaublichen Ereignisses zu erfassen.

Der dicke Mann in Militäruniform und der Bärtige im Laborkittel waren neben ihre Besucher getreten. Der Zivilist legte seine

Hand auf die Oberfläche des Raumschiffs, die Ginger, Dom und Jack immer noch andächtig berührten. Er sagte: »Es ist irgendeine Legierung. Härter als jeder auf der Erde produzierte Stahl. Härter als Diamanten, aber außerordentlich leicht und erstaunlich flexibel. Sie müssen Dom Corvaisis sein.«

»Ja«, antwortete Dom und reichte dem Fremden die Hand: eine Höflichkeitsgeste, die Ginger überrascht hätte, wenn nicht auch sie gespürt hätte, daß dieser Wissenschaftler mit der sanften Stimme und auch der Mann in der Militäruniform nicht ihre Feinde waren.

»Ich bin Miles Bennell, Leiter des Teams, das dieses ... dieses wundervolle Ereignis erforscht. Und dies hier ist General Alvarado, Kommandant von Thunder Hill. Ich kann Ihnen gar nicht sagen, wie sehr ich bedaure, was Ihnen zugefügt worden ist. Dies sollte kein Geheimnis weniger Eingeweihter sein. Es gehört der ganzen Welt. Und wenn es nach mir ginge, würde die Welt schon morgen davon erfahren.«

Bennell schüttelte auch Jack und Ginger die Hand.

Ginger sagte: »Wir haben Fragen ...«

»Und sie verdienen es, Antworten darauf zu bekommen«, versicherte Bennell. »Ich werde Ihnen alles erzählen, was wir bisher herausfinden konnten. Aber vielleicht sollten wir warten, bis alle hier versammelt sind. Wo sind denn die anderen?«

»Welche anderen?« fragte Dom.

»Meinen Sie unsere Freunde aus dem Motel?« sagte Ginger. »Sie sind nicht mit uns hergekommen.«

Bennell blinzelte überrascht. »Wollen Sie damit sagen, daß es den meisten von Ihnen gelungen ist, Colonel Falkirk zu entkommen?«

»Falkirk?« rief Jack. »Glauben Sie denn, daß *er* uns hierhergebracht hat?«

»Wenn nicht Falkirk — wer dann?«

»Wir sind allein hergekommen«, antwortete Dom.

Ginger sah, daß sowohl Bennell als auch General Alvarado das zunächst kaum glauben konnten. Sie tauschten einen erstaunten Blick, und dann glitt ein Hoffnungsstrahl über ihre Gesichter.

»Sie wollen doch wohl nicht behaupten, daß es Ihnen gelungen ist, alle Sicherheitsanlagen des Depots zu überwinden?« rief Alvarado. »Das ist doch völlig unmöglich!«

»Hast du Jacks Akte gelesen?« fragte Bennell seinen Freund.

»Ja? Nun, dann denk nur mal an seine Ranger-Ausbildung und daran, auf welche Weise er in den letzten acht Jahren seinen Lebensunterhalt verdient hat.«

Jack schüttelte den Kopf. »Es war nicht nur *mein* Verdienst. Ich habe uns zwar durch den Zaun, über das Gelände und bis hinter die erste Tür gebracht, aber es war Dom, der uns den Zutritt hierher ermöglicht hat.«

»Dom?« Bennell wandte sich überrascht dem Schriftsteller zu. »Aber was verstehen Sie denn von Alarmanlagen? Es sei denn ... aber natürlich! Diese seltsame Kraft, über die Sie verfügen! Seit Ihrer Erfahrung in Lomacks Haus und seit dem Licht, das Sie erzeugt haben, nachdem Cronin im Tranquility eingetroffen war, müssen Sie erkannt haben, daß keine äußeren Kräfte am Werk waren, sondern daß diese Kraft in *Ihnen* ist.«

Aus Bennells Worten ging — wie Ginger registrierte — hervor, daß ihre Unterhaltungen im Motel tatsächlich abgehört worden waren, nicht aber ihre Diskussionen und strategischen Überlegungen in der Imbißstube, nach Jacks Ankunft. Andernfalls hätte Bennell über das Experiment des gestrigen Abends Bescheid gewußt, bei dem Dom und Brendan erkannt hatten, daß ihre scheinbar mystischen Erfahrungen in Wirklichkeit von ihnen selbst bewirkt worden waren.

»Ja«, sagte Dom. »Wir wissen, daß die Kraft in uns ist — in Brendan und mir. Aber woher stammt sie, Dr. Bennell?«

»Wissen Sie das nicht?«

»Ich nehme an, daß es etwas mit dem zu tun hat, was wir erlebten, als wir das Raumschiff betraten, aber ich kann mich nicht daran erinnern. Können Sie es mir nicht erklären?«

»Nein«, erwiderte Miles Bennell. »Uns war zwar bekannt, daß drei Personen das Raumschiff betreten hatten, aber wir wußten nicht, daß Sie dort etwas ... etwas Spektakuläres erlebt haben. Sie kamen heraus, als die Helikopter mit den DERO-Truppen und wissenschaftlichen Beobachtern gerade am Schauplatz des Geschehens eintrafen, und niemand dachte daran, daß Sie länger als einige Minuten dort drin gewesen sein könnten. Und als Sie dann in Gewahrsam genommen wurden, erzählten Sie niemandem etwas davon, daß Sie im Raumschiff etwas Bedeutsames erlebt hatten. Ich glaube, Sie sagten, Sie hätten sich nur ein wenig umgesehen. Und sobald Sie nach Ihrer Gefangennahme ins Tranquility gebracht worden waren, wurden Sie einfachheitshalber sofort betäubt. Selbst wenn Sie also Ihre Meinung noch geändert und beschlossen hätten, uns zu erzählen, was geschehen war, hätten Sie keine Möglichkeit mehr dazu gehabt.« Der Wissenschaftler fuhr sich vor Erregung beim Sprechen geistesabwesend mit seinen langen, schmalen Fingern durch den lockigen schwarzen Bart. »Als die Entscheidung getroffen wurde, das Ereignis geheimzuhalten und alle Zivilisten, die es miterlebt hatten, einer Gehirnwäsche zu unterziehen, fehlte die Zeit zu einer gründlichen Befragung aller Zeugen. Tatsache ist, daß man Sie, noch bevor Sie aus der Betäubung erwacht waren, sofort unter Drogen gesetzt hat, um die Gehirnwäsche einzuleiten. Das ist *ein* Grund, weshalb ich von Anfang an gegen die Geheimhaltungstaktik war. Sie alle einer Gehirnwäsche zu unterziehen, ohne uns vorher genügend Zeit zu geben, Informationen von Ihnen zu erhalten ... nun, das war nicht nur unfair und grausam Ihnen gegenüber, sondern auch ein ausgesprochen dummer Verzicht auf mögliche wichtige Informationen.«

Ginger blickte zu der offenen Luke an der Seite des Raumschiffes empor. »Wenn wir jetzt noch einmal hineingingen, würden vielleicht auch die letzten Reste der Gedächtnisblockierung einstürzen.«

»Das wäre möglich«, stimmte Bennell ihr zu.

Auch Jack betrachtete nun wieder das Raumschiff. »Woher wußten Sie, daß es dort an der I-80 landen würde?« fragte er.

»Ja«, sagte Dom. »Und warum glaubten die anderen, daß dieses Ereignis geheimgehalten werden müßte?«

»Und was ist mit den Geschöpfen, die in diesem Raumschiff waren?« erkundigte sich Jack.

»Mein Gott, ja!« rief Ginger, »wo sind sie? Was ist mit ihnen geschehen?«

General Alvarado meldete sich energisch zu Wort. »Wie Miles schon sagte, werden Sie Antworten auf all Ihre Fragen erhalten, weil wir Ihnen das schuldig sind. Aber im Moment haben wir Wichtigeres zu tun.« Er wandte sich an Dom. »Ich vermute, wenn man Gegenstände schweben lassen und Licht aus dünner Luft erzeugen kann, ist es auch kein allzu großes Problem, ein elektronisches Sicherheitssystem zu überwinden. Und wenn Sie imstande waren, hier einzudringen, müßten Sie Ihre Kräfte eigentlich auch einsetzen können, um andere Leute fernzuhalten. Glauben Sie, daß Sie dazu imstande wären? Sowohl die große als auch die kleine bombenfeste Tür geschlossen zu halten, bis wir bereit sind, sie zu öffnen?«

Dom war über diese Fragen sichtlich genauso verblüfft wie Ginger. »Na ja, vielleicht«, antwortete er. »Ich weiß es nicht.«

Bennell sah den Colonel an. »Bob, wenn du verhinderst, daß der Colonel hier hereinkommt, so gießt du nur noch Wasser auf seine Mühle. Er weiß, daß nur er VIGILANT unter Kontrolle hat. Wenn es ihm nicht gelingt hereinzukommen, wird das für ihn so was wie Voodoo-Zauberei sein. Und dann wird er *sicher* sein, daß wir alle infiziert sind.«

»Infiziert?« wiederholte Ginger unbehaglich.

Alvarado erklärte: »Der Colonel ist überzeugt davon, daß wir — Sie, Miles, ich, wir alle hier in Thunder Hill — auf irgendeine Weise von den fremdartigen Wesen *besessen* sind, daß wir nur noch ihre Marionetten sind, daß wir überhaupt keine richtigen Menschen mehr sind.«

»Das ist doch hirnverbrannter Unsinn!« rief Jack.

Gingers Unbehagen wurde noch stärker. »Wir wissen natürlich, daß das nicht der Fall ist«, sagte sie. »Aber gibt es irgendeinen Grund zu glauben, daß so etwas hätte passieren *können*?«

»Ursprünglich hielten wir es für möglich«, erwiderte Miles Bennell, »aber es war nicht der Fall. Es stimmt nicht. Und inzwischen wissen wir, daß diese Möglichkeit von Anfang an nicht bestand. Es war nichts weiter als die typische Schwarzseherei, die in der menschlichen Natur zu liegen scheint ... alles so negativ wie nur möglich zu interpretieren. Ich werde es Ihnen später erklären.«

Ginger wollte um eine sofortige Erklärung bitten, aber General Alvarado sagte: »Bitte stellen Sie Ihre Fragen etwas zurück! Wir haben nicht viel Zeit. Wir glauben, daß Falkirk sich bereits auf dem Weg hierher befindet, nachdem er Ihre Freunde gefangengenommen hat ...«

»Nein«, unterbrach Dom ihn. »Sie sind vor uns losgefahren. Sie sind geflüchtet.«

»Unterschätzen Sie den Colonel nicht!« sagte Alvarado düster. »Aber sehen Sie mal, ich stelle mir die Sache folgendermaßen vor ... falls Dom seine Kraft einsetzen könnte, um die Eingänge geschlossen zu halten und Falkirk den Zutritt zu verwehren, hätten wir etwas Zeit, um vielleicht eine Möglichkeit zu finden, diese ganze Geschichte endlich publik zu machen. Wenn er nämlich hier hereinkommt ... ich befürchte, daß es dann ein Blutbad geben wird.«

Ginger hörte Geräusche vor dem Eingang zur Kaverne, und gleich darauf schnappte sie erschrocken nach Luft, als sie durch die kleine Tür im großen Holztor Jorja, Marcie, Brendan und dann auch alle anderen hereinkommen sah.

»Zu spät«, mumelte Bennell. »Zu spät!«

Am Eingang zum Thunder Hill Depository waren die sieben Zeugen und Parker Faine aus dem Transporter geholt und im Schnee vor der kleinen Stahltür zusammengedrängt worden. Lieutenant Horner sorgte mit seiner Maschinenpistole dafür, daß jeder Fluchtversuch und Widerstand völlig aussichtslos war. Leland befahl den anderen DERO-Männern, nach Shenkfield zurückzukehren, wo sie Stefan Wycazik in einem anonymen Grab beerdigen und sodann auf weitere Befehle warten sollten. Aber in Wirklichkeit würden sie von Leland nie mehr irgendwelche Befehle erhalten, denn er würde in Kürze nicht mehr am Leben sein. Es war nicht notwendig, die ganze Kompanie zu opfern, denn er und ein weiterer Mann genügten, um die Gefangenen in Schach zu halten und das ganze Depot zu vernichten, und es war eben Lieutenant Horners Pech, daß er als Lelands Adjutant das zweite Opfer werden sollte.

Im Eingangstunnel war Leland zunächst beunruhigt, als er sah, daß sich die Videokameras nicht einschalteten. Dann fiel ihm jedoch ein, daß das neue Notstandsprogramm von VIGILANT visuelle Überwachung überflüssig machte, denn die innere Tür ließ sich ohnehin nur noch mit einem einzigen Schlüssel offnen: den Abdrücken von Lelands linker Handfläche und den Fingern dieser Hand. Als er sie auf die Glasscheibe neben der Tür legte, ließ VIGILANT ihn auch sofort ein.

Er und Horner brachten die acht Gefangenen ins erste Untergeschoß und führten sie über den ›Nabel‹ zu der Kaverne, wo Alvarado und Bennell sie erwarten sollten. Leland trat etwas zurück und ließ sie nacheinander durch die mannsgroße Tür im riesigen Holztor eintreten, und dabei sah er in der Kaverne die restlichen Zeugen — Corvaisis, Weiss und Twist; obwohl er keine Ahnung hatte, wie sie hier hereingekommen waren, befriedigte es ihn zutiefst, daß er wider Erwarten doch noch die ganze Gruppe liquidieren konnte.

Er überließ es Horner, den Gefangenen zu folgen, während er selbst zu den Aufzügen zurückeilte. Er würde dem armen Tom nun auch nicht mehr vertrauen können, nachdem dieser allein mit Leuten zurückgeblieben war, die vermutlich verseucht waren.

Die Maschinenpistole schußbereit in der Hand, fuhr Leland mit einem kleineren Lift ins zweite Untergeschoß hinab. Er beabsichtigte, jeden umzubringen, der versuchen sollte, sich ihm in den Weg zu stellen. Und falls ihn eine erdrückende Übermacht angreifen sollte, würde er die Waffe gegen sich selbst richten. Auf gar keinen Fall würde er sich *verwandeln* lassen. Seine ganze Kindheit und Jugend hindurch hatten seine Eltern versucht, ihn in einen der ihrigen zu verwandeln: in einen bigotten Schwätzer, der in Kirchen und Zelten herumwinselte und -kreischte. Er hatte dieser Verwandlung, die seine Eltern ihm mit allen Mitteln aufzwingen wollten, widerstanden, und er würde sich auch jetzt nicht verwandeln lassen. *Sie* waren sein ganzes Leben lang hinter ihm her gewesen, in verschiedenen Gestalten, und sie würden ihn auch jetzt nicht schnappen, nachdem er es bisher immer geschafft hatte, seine Identität und Menschenwürde zu bewahren.

Im untersten Geschoß wurden ausschließlich Nahrungsmittelvorräte, Munition und Sprengstoffe gelagert. Das gesamte Personal wohnte ein Stockwerk höher, und die meisten hatten dort auch ihre Arbeitsstätten. Aber normalerweise taten im zweiten Untergeschoß rund um die Uhr einige Arbeiter und Wachposten Dienst. Als Leland jedoch aus dem Aufzug in die zentrale Kaverne trat, von der andere Höhlen ausgingen — die Anordnung der Räumlichkeiten glich der im ersten Untergeschoß —, stellte er befriedigt fest, daß weit und breit kein Mensch zu sehen war. General Alvarado hatte offenbar seine Anweisungen befolgt und alle Leute in ihre Quartiere geschickt.

Vermutlich glaubte Alvarado, durch seine Kooperation Leland davon überzeugen zu können, daß er und seine ganze Mannschaft noch ganz eindeutig *Menschen* wären. Aber Leland war nicht so naiv, auf eine solch plumpe List hereinzufallen. Auch seine eigenen Eltern hatten sich bisweilen wie normale Menschen benommen — gelächelt, Süßholz geraspelt, ihre Zuneigung und Liebe beteuert —, und immer, wenn er nahe daran gewesen war zu glauben, daß sie wirklich nur sein Bestes wollten und ihn liebten, hatten sie ihr wahres Gesicht gezeigt. Sie hatten den Lederriemen oder den Tischtennisschläger, in den sein Vater Löcher gebohrt hatte, hervorgeholt und ihn im Namen Gottes hart gezüchtigt. Leland Falkirk konnte durch eine Maskerade von Menschlichkeit nicht so leicht getäuscht werden, denn er hatte schon in frühem Alter gelernt, daß unter einer Oberfläche von Normalität oft etwas Unmenschliches lauerte.

Während er durch die Hauptkaverne auf die massive, bombenfeste Stahltür zuging, hinter der sich die Munitionslager befanden, blickte Leland nervös nach rechts und links und in die Dunkelheit zwischen den Lampen empor. Als Kind war er zur Strafe oft lange in einen fensterlosen Kohlenkeller eingesperrt worden.

Leland legte seine linke Hand an die Glasscheibe neben der Tür, die sofort zur Seite glitt. Die Lampen schalteten sich automatisch ein und erhellten einen Raum, wo auf sechs Meter hohen, in den Wänden verankerten Regalen sowie in aufeinander gestapelten Kisten und Truhen Munition, Granatwerfer, Minen und andere Vernichtungswaffen aufbewahrt wurden.

Am Ende der langen Kaverne befand sich eine Stahlkammer, die sich auch nur durch Handabdruckkontrolle öffnen ließ. Die dort gelagerten Waffen konnten so gewaltigen Schaden anrichten, daß nur acht Personen von den Hunderten, die in Thunder Hill stationiert waren, Zutritt hatten, und keiner von ihnen konnte die Stahlkammer *allein* öffnen. Drei dieser acht Leute mußten innerhalb einer Minute ihre Hand an die Glasscheibe legen, bevor sie eintreten konnten. Aber auch diese Anlage wurde von VIGILANT gesteuert, und das neue — von Leland entworfene — Programm des Computers machte ihn zum einzigen Aufseher über das Nuklearwaffenarsenal des Deposts. Er preßte seine Hand auf das kühle Glas, und fünfzehn Sekunden später öffnete sich die schwere Stahltür langsam mit einem Summen elektrischer Motoren.

Rechts von der Tür hingen an Wandhaken zwanzig Atombomben. Nur die Initialzünder und die Zweiphasensprengkörper fehlten noch. Die Detonatoren wurden in Schubfächern an der hinteren Wand aufbewahrt. Die Sprengkörper warteten in Bleischränken links von der Tür auf Armageddon.

Zur DERO-Ausbildung gehörte auch das Studium verschiedener nuklearer Waffen, die von Terroristen möglicherweise einmal in amerikanischen Großstädten zur Durchsetzung ihrer Forderungen deponiert werden könnten. Leland wußte deshalb genau, wie man DIE BOMBE in ihren verschiedensten Varianten montierte. In nur acht Minuten hatte er zwei Bomben präpariert, wobei er immer wieder nervös zur Tür hinüberblickte. Er atmete erst wieder ruhiger, nachdem er die Zeitzünder beider Detonatoren auf fünfzehn Minuten eingestellt und eingeschaltet hatte.

Er hängte seine Maschinenpistole über die Schulter und schob sodann seine Arme durch die Tragegurte der beiden Atombomben, von denen jede 69 Pfund wog. Er hievte sie hoch und taumelte gebückt und keuchend aus der Stahlkammer hinaus.

Jeder andere Mann hätte auf dem Rückweg durch die riesigen Munitionslager bestimmt zwei- oder dreimal eine kurze Rast eingelegt, die Bomben abgestellt und seine Muskeln gestreckt, bevor er hätte weitergehen können. Aber nicht Leland Falkirk! Das enorme Gewicht verrenkte ihm fast den Rücken, zog an seinen Schultern und ließ seine Arme taub werden, aber mit dem wachsenden Schmerz nahm auch sein Glücksgefühl zu.

In der Hauptkaverne mit den Aufzügen legte er eine der Bomben auf die Mitte des Fußbodens. Er betrachtete befriedigt die Felswände und die Granitdecke. Wenn zwischen den Felsschichten irgendwelche Spalten und Risse waren — was eigentlich zu erwarten war —, so würde alles einstürzen, mitsamt der oberen Stockwerke. Aber selbst wenn die massiven Steinhöhlen der Explosion standhielten, würde niemand überleben, der versuchen sollte, auf diesem Stockwerk Zuflucht zu suchen. Nicht einmal eine noch so fremdartige Lebensform von großer Widerstandsfähigkeit konnte wieder auferstehen, wenn sie erst einmal in der nuklearen Hitze verglüht war, wenn nur noch einzelne Atome von ihr übriggeblieben waren.

Nuklearer Schmerz.

Er würde ihn nicht überleben können, aber er würde beweisen, daß er den Mut hatte, ihn sich vorzustellen und zu erdulden. Die grausame Agonie würde nur den Bruchteil einer Sekunde dauern. Das war nicht schlimm. Bei weitem nicht so schlimm wie heftige, lange Züchtigungen mit einem Lederriemen oder mit einem Tischtennisschläger, in den zur Verstärkung des Schmerzes Löcher gebohrt worden waren.

Die zweite Bombe immer noch geschultert, lächelte Leland auf die rasch wechselnden Ziffern des digitalen Zeitzünders hinab, der bereits die Sekunden bis zur Götterdämmerung zählte. Der Clou an diesen Atombomben war, daß sie nicht entschärft werden konnten, wenn sie erst einmal präpariert und eingestellt waren. Er brauchte also nicht zu befürchten, daß jemand seine Arbeit zunichte machen würde.

Er betrat den Lift und fuhr ins erste Untergeschoß hinauf.

Mit Marcie auf dem Arm ging Jorja direkt auf Jack Twist zu, stellte sich dicht neben ihn und betrachtete das Raumschiff. Obwohl der totale Einsturz ihrer Gedächtnisblockierung und die hervorgebrochenen Erinnerungen sie mehr oder weniger auf diesen Anblick vorbereitet hatten, wurde sie von grenzenloser Ehrfurcht überwältigt, wie zuvor schon im Truppentransporter, als es ihr wie Schuppen von den Augen gefallen war. Sie streckte die Hand aus und berührte die genarbte Oberfläche, und ein heftiger Schauer — eine Mischung aus Angst, Staunen und Glück — durchlief sie, als ihre Fingerspitzen über das abgeschürfte, versengte Metall glitten.

Auch Marcie streckte — ob nun dem Beispiel ihrer Mutter folgend oder aus eigenem Antrieb — ihre kleine Hand aus und legte sie auf den Schiffsrumpf. »Der Mond! Der Mond!« murmelte sie.

»Ja«, reagierte Jorja sofort. »Ja, Liebling. Das ist es, was damals herabgekommen ist. Erinnerst du dich? Es war nicht der herabstürzende Mond. Es war dies hier, und es strahlte weiß wie der Mond, dann rot und schließlich gelb.«

»Mond«, sagte das Kind leise und fuhr mit seinem Händchen über das Metall, so als versuchte es die Spuren des Alters und der Abnutzung abzuwischen und gleichzeitig die getrübte Oberfläche seiner Erinnerung aufzupolieren. »Mond ist herabgestürzt.«

»Nicht der Mond, Liebling. Ein Schiff. Ein ganz besonderes Schiff. Ein Raumschiff wie in den Filmen, Kleines.«

Marcie drehte ihr Köpfchen um und sah Jorja an, sah sie *richtig* an, mit Augen, deren Blick nicht mehr starr und nach innen gekehrt war. »Wie Captain Kirk und Mr. Spock?«

Jorja lächelte und drückte ihre Tochter fest an sich. »Ja, Liebling, wie Captain Kirk und Mr. Spock.«

»Wie Luke Skywalker«, sagte Jack, während er dem Mädchen eine Locke aus der Stirn strich.

»Luke«, wiederholte Marcie.

»Und Han Solo«, fügte Jack hinzu.

Der Blick des Kindes verschwamm wieder. Es hatte sich zurückgezogen, um über die Neuigkeit nachzudenken.

Jack lächelte Jorja zu. »Sie wird wieder ganz gesund werden.

Vielleicht wird es eine Weile dauern, aber sie wird sich erholen, denn ihre ganze Obsession war nichts anderes als der verzweifelte Versuch, sich zu erinnern. Jetzt hat sie begonnen, sich zu erinnern. Sie wird bald wieder ein ganz normales, unbeschwertes Kind sein.«

Wie immer, so fühlte Jorja sich auch jetzt allein schon durch seine Gegenwart getröstet, durch seine Ausstrahlung ruhiger Autorität. »Sie wird sich erholen — *falls* wir lebend hier herauskommen und man uns nicht wieder unsere Erinnerungen raubt.«

»Wir werden es schaffen«, versicherte Jack. »Irgendwie werden wir es schon schaffen!«

Eine Welle warmer Zuneigung und Rührung erfüllte Doms Herz, als er Parker sah. Er umarmte den Maler und fragte: »Wie um alles in der Welt kommst du denn hierher, mein Freund?«

»Das ist eine lange Geschichte«, antwortete Parker. Die Trauer in seinem Gesicht und in seinen Augen verriet, daß zumindest ein Teil dieser Geschichte nicht erfreulich gewesen war.

»Ich wollte dich wirklich nicht so tief in diese Sache hineinziehen«, sagte Dom.

Parker blickte zum Raumschiff empor. »Ich hätte es um nichts in der Welt verpassen mögen.«

»Was ist denn mit deinem Bart passiert?«

»Wenn *solche* Gäste kommen«, erwiderte Parker und deutete mit dem Kopf zum Schiff hinüber, »kann man sich schon einmal die Mühe machen, sich zu rasieren.«

Ernie ging andächtig am Raumschiff entlang und berührte es immer wieder.

Faye blieb neben Brendan stehen, weil sie sich Sorgen um ihn machte. Vor Monaten hatte er seinen Glauben verloren — oder hatte zumindest gedacht, daß er ihn verloren hatte, was für ihn auf das gleiche hinauslief. Und heute abend hatte er Vater Wycazik verloren, was für ihn ein besonders schwerer Schlag war.

»Faye«, sagte er leise, während er zum Raumschiff emporblickte. »Es ist wirklich wundervoll, nicht wahr?«

»Ja«, stimmte sie aus ganzem Herzen zu. »Ich habe mir nie etwas aus Geschichten über andere Welten gemacht, habe nie viel darüber nachgedacht, was es bedeuten würde ... Aber es ist das Ende von allem, was war; es ist der Anfang von etwas Neuem. Von etwas Wundervollem und Neuem.«

»Aber es ist nicht Gott«, murmelte er, »und tief im Herzen war es *das*, was ich gehofft hatte.«

Sie griff nach seiner Hand. »Erinnerst du dich noch an die Botschaft, die Parker dir von Vater Wycazik überbracht hat? An das, was er dir im LKW erzählt hat? Vater Wycazik wußte, was geschehen war, was in jener Nacht herabgekommen war, und er sah darin eine Bestätigung seines Glaubens.«

Brendan lächelte traurig. »Für ihn war *alles* eine Bestätigung seines Glaubens.«

»Dann wird es auch für dich eine Bestätigung sein«, versicherte sie. »Du brauchst nur etwas Zeit, um darüber nachzudenken. Dann wirst du dieses Ereignis im gleichen Licht sehen wie Vater Wycazik, denn obwohl du dir dessen nicht bewußt bist, hast du doch sehr große Ähnlichkeit mit ihm.«

Er sah sie überrascht an. »O nein! Du hast ihn nicht gekannt. Ich kann ihm überhaupt nicht das Wasser reichen ... nicht als Priester, und schon gar nicht als Mensch.«

Faye lächelte und kniff ihn liebevoll in die Wange. »Brendan, da hast du uns so viel von Vater Wycazik erzählt, daß völlig klar war, wie sehr du ihn bewundertest. Und innerhalb eines Tages wurde mir auch klar, daß du ihm ähnlicher bist, als es dir selbst bewußt ist. Du bist noch jung, Brendan. Du mußt noch einiges lernen. Aber wenn du erst einmal in Vater Wycaziks Alter bist, wirst du der Mann *und* der Priester sein, der er gewesen ist. Und jeder Tag deines Lebens wird ein lebendiges Testament für ihn sein.«

Ein schwacher Hoffnungsschimmer brach durch seine Verzweiflung hindurch. Sein Mund zitterte, und seine Stimme schwankte. »Glaubst ... glaubst du das wirklich?«

»Ich *weiß* es«, sagte Faye.

Er legte die Arme um sie, und sie drückte ihn innig an sich.

Ned und Sandy hielten sich bei den Händen und schauten zum Raumschiff empor. Sie schwiegen, weil nichts mehr gesagt zu werden brauchte. Zumindest kam es Ned so vor.

Dann sagte Sandy etwas, das *doch* ausgesprochen werden mußte: »Ned, falls wir lebend hier herauskommen ... möchte ich einen Arzt aufsuchen. Du weißt schon, einen dieser Fruchtbarkeitsexperten. Ich möchte alles Menschenmögliche versuchen, um ein Kind auf die Welt zu bringen.«

»Aber ... du hast doch immer ... du wolltest doch nie ...«

»Bisher fand ich die Welt dazu nie schön genug«, sagte sie leise. »Aber jetzt ... ich möchte, daß ein Teilchen von uns dabei ist, wenn wir Menschen einst die Finsternis überwunden haben werden, wenn wir uns zu anderen Welten aufmachen werden, vielleicht zu diesen Fremden ... diesen wundervollen Fremden ... die mit diesem Schiff hergekommen sind. Ich werde eine *gute* Mutter sein, Ned.«

»Das weiß ich.«

Als Miles Bennell die restlichen Zeugen und Parker Faine die Kaverne betreten sah, gab er die Hoffnung auf, mit Hilfe von Corvaisis' Kräften Falkirk von Thunder Hill fernhalten zu können. Er würde sich statt dessen auf die Magnum verlassen müssen, die in seinem Gürtel steckte und gegen seinen Magen drückte, verborgen unter dem losen weißen Laborkittel.

Miles hatte geglaubt, Leland Falkirk würde mit mindestens zwanzig Mann anrücken, vermutlich sogar mir doppelt so vielen. Er erwartete, daß nach den Zeugen der Colonel, Horner und ein halbes Dutzend Soldaten die Kaverne betreten würden. Aber nur Horner erschien, mit schußbereiter Maschinenpistole bewaffnet.

Während die Blocks, die Sarvers, Brendan Cronin und die anderen sich dem Raumschiff näherten, so als würden sie magisch davon angezogen, sagte Horner: »General Alvarado, Dr. Bennell — Colonel Falkirk wird gleich kommen.«

»Wie können Sie es wagen, mit einer entsicherten automatischen Waffe hier hereinzukommen!« herrschte Bob ihn an, und Miles konnte seine Kaltblütigkeit nur bewundern. »Um Gottes willen, Mann! Ist Ihnen denn nicht klar, daß Ihnen nur der Finger abzurutschen braucht, und die Kugeln sausen nur so im Raum herum, weil sie nämlich von diesen Felswänden abprallen! Sie können uns alle umbringen — sich selbst eingeschlossen!«

»Mein Finger rutscht nicht ab, Sir«, erwiderte Horner in einem Ton, der verriet, daß er es darauf anlegte, Bob zu provozieren.

Ohne darauf einzugehen, fragte Bob scharf: »Wo ist Falkirk?«

»Sir, der Colonel mußte noch einige Dinge erledigen«, sagte Horner. »Er entschuldigt sich, daß er Sie warten lassen muß, Sir. Er wird gleich hier sein.«

»Was hat er denn zu erledigen?«

»Sir, der Colonel informiert mich nicht über jeden seiner Schritte.«

Miles befürchtete, daß Falkirk seinen DERO-Truppen schon den Befehl erteilt haben könnte, die ganze Belegschaft von Thunder Hill zu liquidieren. Aber diese düstere Möglichkeit wurde von Sekunde zu Sekunde unwahrscheinlicher, da keine Schüsse zu hören waren.

Miles war bewaffnet und wartete nur auf eine Chance, den Spieß umdrehen und seine Feinde schachmatt setzen zu können, aber er wollte Horner auf keinen Fall mißtrauisch machen, und deshalb beschloß er, daß es am harmlosesten aussehen würde, wenn er sich mit den Zeugen unterhalten und einige ihrer vielen Fragen beantworten würde. Er stellte fest, daß die meisten von ihnen bereits vom CISG gehört hatten; für die anderen faßte er die Erkenntnisse der Kommission kurz zusammen, damit sie begreifen konnten, weshalb die Geheimhaltung ursprünglich befohlen worden war.

Das Raumschiff — so erklärte Miles ihnen dann — war zuerst von Abwehrsatelliten gesichtet worden, die in einer Entfernung von mehr als 35000 Kilometern die Erde umkreisen. Sie hatten es am Mond vorbeifliegen sehen. (Die Sowjets, deren Abwehrsatelliten viel weniger leistungsfähig waren, hatten den Besucher erst viel später entdeckt und nicht genau identifizieren können.)

Ursprünglich hatten die Observatoren geglaubt, bei dem Flugkörper handle es sich um einen großen Meteorstein oder um einen kleinen Asteroid auf Kollisionskurs mit der Erde. Wenn er aus weichem, porösem Material bestand, würde er in der Erdatmosphäre verglühen. Und sogar wenn die Erde Pech hatte, wenn er aus festerem Stoff war, konnte er immer noch in eine Menge kleiner, verhältnismäßig harmloser Meteore zersplittern. Wenn die Erde jedoch *großes* Pech hatte, wenn der fliegende Felsen einen hohen Gehalt an Nickel und Eisen hatte, was die Möglichkeit eines Zerfalls ausschließen würde, so stellte er entschieden eine Gefahr dar. Natürlich würde er mit hoher Wahrscheinlichkeit in Wasser einschlagen, nachdem die Meere 70% der Erdoberfläche bedeckten. In diesem Fall würde nur geringer Schaden entstehen, es sei denn, er schlüge dicht am Ufer ein und löste eine Flutwelle aus, die einen Hafen verwüsten könnte. Schlimmstenfalls könnte er aber auch in einer dicht besiedelten Wohngegend einschlagen.

»Stellen Sie sich nur einmal einen Klumpen aus Nickel und Eisen von der Größe eines Busses vor, der mit einer Geschwindigkeit von dreitausend Stundenkilometern im Herzen von Manhattan einschlägt!« sagte Miles. »Diese entsetzliche Vorstellung brachte uns dazu, über Maßnahmen zu seiner Vernichtung oder Ablenkung nachzudenken.«

Knapp sechs Monate zuvor waren die ersten Satelliten des nationalen SDI-Projekts unter strengster Geheimhaltung gestartet und auf ihre Umlaufbahnen gebracht worden. Allerdings waren es erst weniger als 10% des insgesamt vorgesehenen Systems, und im Falle eines Atomkrieges hätten sie noch nicht viel ausrichten können. Aber dank der weitblickenden Planer verfügte jeder dieser Satelliten über große Manövrierfähigkeit, die es ihm erlaubte, seine Waffen auch nach außen zu richten und dann als Schutz vor einer Bedrohung wie diesem herabsausenden Stück Abfall aus dem All zu dienen. Eine in letzter Zeit aufgestellte Theorie besagte, daß die Dinosaurier von einschlagenden Kometen oder Asteroiden ausgerottet worden waren, und kluge Planer hielten es deshalb für vernünftig, das SDI-Projekt nicht nur zur Vernichtung sowjetischer Raketengeschosse, sondern auch zur Vernichtung von Gesteinsbrocken aus dem Universum einzusetzen. Deshalb wurde die Position eines dieser Satelliten geändert, während der angebliche Meteorit sich der Erde näherte, und es wurde beschlossen, alle Abwehrraketen des Satelliten auf den Eindringling abzufeuern. Obwohl keines der Geschosse mit nuklearen Sprengköpfen versehen war, wurde doch angenommen, daß die kombinierten konventionellen Sprengköpfe genügen würden, um den Meteoriten in so viele kleine Teile zu spalten, daß diese beim Aufprall auf die Erde keinen Schaden mehr anrichten konnten.

»Und dann«, berichtete Miles, »wenige Stunden vor dem geplanten Angriff auf den Eindringling, deutete eine Analyse der letzten Fotos auf eine auffallend symmetrische Form hin. Und spektographische Abtastungen, die der Satellit durchführte, bestätigten, daß es etwas viel Außergewöhnlicheres als ein Meteorit sein könnte.« Er war beim Reden zwischen den Zeugen auf und ab gegangen, und nun legte er eine Hand auf das Raumschiff, das ihn sogar nach über achtzehn Monaten intensiver Arbeit immer von neuem mit ehrfürchtigem Staunen erfüllte. »Alle zehn Minuten wurden neue Fotos angefordert. In der darauffolgenden Stunde wurden die Umrisse immer deutlicher erkennbar, bis die Wahrscheinlichkeit, daß es sich um ein Raumschiff handelte, so groß war, daß niemand mehr seine Vernichtung riskieren wollte.

Wir hatten die Sowjets über das Flugobjekt und unsere Absicht, es zu zerstören, nicht informiert, um ihnen keine Aufschlüsse über den Stand unserer SDI-Forschung zu geben. Und nun begannen wir, die Radarsysteme der Sowjets in der oberen Atmosphäre auf jede nur erdenkliche Weise zu stören, damit sie das sich nähernde Raumschiff nicht ausmachen konnten. Zuerst glaubten wir, es würde auf eine Umlaufbahn um die Erde abschwenken. Erst sehr spät erkannten wir dann, daß es direkt auf die Erde zuflog, genau wie ein Meteorit es getan hätte: allerdings wurde es offensichtlich gesteuert. Unsere Abwehrcomputer meldeten uns mit einem Zeitvorsprung von achtunddreißig Minuten, daß es hier im Elko County landen würde.«

»Diese Zeitspanne reichte gerade noch aus, um die I-80 zu sperren«, konstatierte Ernie Block, »und um Falkirk und seine DERO-Männer herbeizurufen, wo auch immer sie sich damals aufgehalten haben mögen.«

»In Idaho«, sagte Miles. »Sie führten Übungsmanöver im Süden Idahos durch, waren also zum Glück ganz in der Nähe. Oder auch unglückseligerweise — das hängt vom jeweiligen Standpunkt ab.«

»*Ihren* Standpunkt kenne ich natürlich, Dr. Bennell«, sagte Leland Falkirk, der soeben eingetreten war.

Die Magnum drückte gegen Mile's Magen, aber sie erschien ihm plötzlich so nutzlos wie ein Blasrohr.

Als Ginger Colonel Falkirk zum erstenmal zu Gesicht bekam, war sie erstaunt darüber, wie wenig Ähnlichkeit er mit dem Zeitungsfoto hatte. Er sah wesentlich besser und imposanter aus als im ›Sentinel‹ — und irgendwie noch furchterregender. Er hatte seine Maschinenpistole nicht wie Horner schußbereit im Anschlag, sondern ließ sie nachlässig herabbaumeln. Und doch war seine scheinbar lockere Haltung bedrohlicher als Horners Posieren. Ginger hatte das Gefühl, als wolle er sie alle durch seine gespielte Nonchalance zu einer unvorsichtigen Handlung provozieren. Als er sich der Gruppe näherte, spürte Ginger deutlich die Aura von Haß und Wahnsinn, die von diesem Mann ausging.

»Wo sind Ihre Männer, Colonel?« fragte Dr. Bennell.

»Außer Lieutenant Horner habe ich niemanden bei mir«, antwortete Falkirk sanft. »Für eine Machtdemonstration besteht wirklich keine Notwendigkeit. Ich bin mir völlig sicher, daß wir nach ausführlicher, vernünftiger Diskussion eine Lösung des Problems finden können, die jedermann zufriedenstellen wird.«

Gingers Gefühl, daß der Colonel sie verhöhnte, wurde noch stärker. Er machte auf sie den Eindruck eines Kindes, das irgendein Geheimnis kennt und die Unwissenheit der anderen von Herzen genießt. Sie sah auch, daß Dr. Bennell über Falkirks Verhalten verblüfft und sehr beunruhigt war.

»Fahren Sie ruhig mit Ihrer Diskussion fort«, sagte der Colonel mit einm Blick auf seine Uhr. »Lassen Sie sich durch mich um Gottes willen nicht stören. Sie müssen ja tausend Fragen an Dr. Bennell haben.«

»Ich *habe* eine Frage«, sagte Sandy. »Doktor, wo befinden sich die ... die Wesen, die mit diesem Raumschiff kamen?«

»Tot«, erwiderte Bennell. » Es waren acht, aber sie waren alle schon tot, bevor sie hierher gelangten.«

Gingers Herz krampfte sich vor schmerzlichem Bedauern zusammen, und sie sah den Gesichtern der anderen an, daß sie genauso enttäuscht und traurig waren. Parker und Jorja stöhnten sogar leise auf, so als hätten sie die Nachricht vom Tode eines guten Freundes erhalten.

»Wie sind sie gestorben?« fragte Ned. »Woran?«

Bennell blickte immer wieder verstohlen zu Colonel Falkirk hinüber, während er berichtete: »Nun, zunächst sollte ich Ihnen vielleicht ein wenig über diese Geschöpfe erzählen, über ihre Gründe, sich auf diese weite Reise zu begeben. In ihrem Schiff fanden wir so etwas wie eine Enzyklopädie ihrer Spezies — einen Intensivkurs ihrer Kultur, Biologie, Psychologie —, aufgezeichnet auf einer Art von Videokassetten. Wir brauchten allerdings mehrere Wochen, um das Gerät als solches überhaupt zu erkennen, und einen weiteren Monat, bis wir lernten, es zu bedienen. Aber dann stellten wir fest, daß die Anlage funktionierte — erstaunlicherweise, wenn man bedenkt, daß ... aber ich will lieber nicht vorgreifen. Jedenfalls sind wir immer noch damit beschäftigt, die wahren Schätze an Material auf diesen Kassetten zu sichten. Es ist visuell so großartig erklärt, daß trotz der Sprachbarriere sehr vieles verständlich ist — obwohl es langsam auch in ihre Sprache einführt. Wir, die wir nun schon seit Monaten an diesem Projekt arbeiten ... wir empfinden inzwischen direkt ein Gefühl der Brüderschaft mit den Geschöpfen, die dieses Schiff gebaut haben.«

Colonel Falkirk lachte höhnisch. »Brüderschaft!«

Dr. Bennell warf ihm einen durchdringenden Blick zu, bevor er fortfuhr: »Es würde Wochen in Anspruch nehmen, wenn ich Ihnen erzählen wollte, was wir inzwischen alles über sie wissen. Ich kann mich hier im Augenblick nur auf das Wesentlichste beschränken: Sie sind eine Spezies von unvorstellbar hohem Alter, und sie betreiben die Raumfahrt in ähnlicher Weise wie seefahrende Nationen die Schiffahrt auf unserer Erde in früheren Jahrhunderten. Zu der Zeit, als dieses Raumschiff aus seinem Heimathafen auslief, hatten sie in anderen Sonnensystemen bereits fünf andere intelligente Formen von Geschöpfen entdeckt.«

»Fünf!« rief Ginger überwältigt. »Aber ... selbst wenn es in den Galaxien von Leben nur so wimmelt, ist das ganz unglaublich, wenn man die riesigen Entfernungen bedenkt, die endlosen Räume, die es abzusuchen gilt!«

Dr. Bennell nickte. »Sie haben völlig recht. Aber seit diese Geschöpfe über die technischen Möglichkeiten verfügen, von Stern zu Stern zu reisen, halten sie es offenbar für ihre heilige Pflicht, nach anderen intelligenten Wesen zu suchen. Das scheint für sie so eine Art Religion geworden zu sein.« Er schüttelte seufzend den Kopf. »Es ist sehr schwierig zu entscheiden, ob wir das richtig verstehen, denn sogar ihre fantastische visuelle Enzyklopädie beschreibt mehr ihre Wissenschaften als ihre Philosophie. Aber wir glauben, daß sie sich als Diener einer höchsten Macht verstehen, die das Universum erschaffen hat ...«

»Gott?« fiel Brendan ihm ins Wort. »Wollen Sie damit sagen, daß sie sich als Diener Gottes verstehen?«

»Etwas in dieser Art, ja. Aber sie betreiben keine religiöse Verkündigung. Sie haben einfach das Gefühl, es sei ihre heilige Pflicht, intelligenten Spezies zu helfen, einander zu finden, Kontakte zwischen Intelligenzen herzustellen, über die enorme Leere des Alls hinweg.«

»Kontakte!« wiederholte Falkirk spöttisch und blickte wieder auf die Uhr.

General Alvarado bewegte sich langsam und unauffällig nach rechts; offenbar versuchte er, sich dem Blickfeld des Colonels zu entziehen.

Ginger verspürte wachsendes Unbehagen über die Unterströmung von Feindseligkeit zwischen Falkirk und den beiden anderen Männern. Sie trat näher an Dom heran und legte einen Arm um seine Taille.

»Und sie bringen ein weiteres Geschenk«, sagte Bennell, der bei Falkirks höhnischem Einwurf die Stirn gerunzelt hatte. »Sie sind eine so uralte Spezies, daß sie gewisse Fähigkeiten entwikkelt haben, die wir als parapsychologisch bezeichnen. Heilkraft, Telekinese und anderes mehr. Aber sie haben diese Fähigkeiten nicht nur für sich entwickelt, sondern besitzen auch die Gabe, diese Kräfte an andere intelligente Spezies, die noch nicht diesen Entwicklungsstand haben, weiterzugeben.«

»Weiterzugeben?« wiederholte Dom. »Aber wie?«

»Das verstehen wir noch nicht ganz«, antwortete Bennell. »Aber sie können diese Kräfte auf andere übertragen. Und offensichtlich haben sie ihre Fähigkeiten auf irgendeine Weise auf Sie übertragen, Dom, und nun können Sie Ihrerseits diese Kraft weitergeben.«

»Diese Kräfte weitergeben?« fragte Jack erstaunt. »Wollen Sie damit sagen, daß Dom und Brendan uns ... oder anderen ... diese Fähigkeiten auch übertragen könnten?«

»Ich habe diese Kräfte bereits übertragen«, sagte Brendan. »Ginger, Dom und Jack — ihr habt die Neuigkeiten nicht gehört, die Parker von Vater Wycazik erfahren hat. Die beiden Menschen, die ich in Chicago geheilt habe — Emmy und Winton — sie besitzen die Kraft jetzt ebenfalls!«

»Neue Infektionsquellen!« sagte Falkirk düster.

»Und nachdem Brendan mich geheilt hat«, warf Parker ein, »werde ich über diese Kraft früher oder später auch verfügen.«

»Obwohl ich nicht glaube, daß sie nur durch Heilungen übertragen werden kann«, sagte Brendan. »Ich glaube, die Heilung ist einfach ein besonders inniger Kontakt. Während man das beschädigte Gewebe des Kranken oder Verletzten heilt, überträgt man gleichzeitig auf irgendeine Weise diese Kräfte.«

Ginger wurde von einem plötzlichen Schwindel erfaßt. Diese Neuigkeit war genauso weltbewegend wie die Existenz des Raumschiffs. »Heißt das ... mein Gott ... heißt das, daß diese Geschöpfe hergekommen sind, um unsere Spezies auf eine höhere Entwicklungsstufe zu bringen? Und daß diese Evolution jetzt bereits im Gange ist?«

»Es scheint so, ja«, bestätigte Bennell.

Nach einem erneuten Blick auf seine Uhr sagte Leland Falkirk: »Also bitte, diese Maskerade wird allmählich langweilig!«

»Was für eine Maskerade?« fragte Faye Block. »Wovon sprechen Sie eigentlich, Colonel? Man hat uns gesagt, Sie glaubten, wir wären alle irgendwie besessen. Wie sind Sie nur auf eine derart absurde Idee gekommen?«

»Ersparen Sie sich diese Heuchelei!« rief Falkirk scharf. »Sie tun alle so, als wüßten Sie nichts. In Wirklichkeit wissen Sie alles. Keiner von Ihnen ist noch ein Mensch. Sie sind alle ... besessen, und Sie spielen die Unschuldigen, um mich zu täuschen. Sie glauben wohl, auf diese Weise Ihr Leben retten zu können. Aber das wird Ihnen nicht gelingen. *Mich* können Sie nicht zum Narren halten!«

Ginger hatte das unangenehme Gefühl, daß Falkirk schizophren war. Sie wandte sich erschrocken an Bennell. »Was soll dieser ganze Unsinn über Infektion und Besessenheit eigentlich?«

»Ein schwerwiegender Irrtum«, erwiderte Bennell und machte einige Schritte nach links.

Ginger begriff, daß er versuchte die Aufmerksamkeit des Colonels in diese Richtung abzulenken, damit General Alvarado sich unbemerkt völlig aus Falkirks Blickfeld entfernen konnte.

»Ein Irrtum«, wiederholte Bennell. »Oder besser gesagt ... ein typisches Beispiel für die weit verbreitete Xenophobie der menschlichen Rasse — für die Ablehnung von Fremden, für die Furcht vor jedem, der anders ist, für den Fremdenhaß. Als wir uns einige der vorhin erwähnten Videokassetten zum erstenmal ansahen, als wir von dem Wunsch der Außerirdischen erfuhren, ihre Kräfte an andere Spezies weiterzugeben, haben wir anfangs fehlinterpretiert, was wir sahen. Wir glaubten ursprünglich, sie bemächtigten sich jener Wesen, die sie verwandelten, sie pflanzten in einen Wirtskörper ein fremdartiges Bewußtsein ein. Vermutlich war das sogar eine verständliche Wahnvorstellung, nach all den Horrorfilmen und -romanen über außerirdische Wesen. Wir dachten anfangs, es handle sich vielleicht um eine parasitäre Rasse. Aber dieses Mißverständnis klärte sich rasch auf, als wir mehr von ihren Kassetten sahen und Zeit hatten, uns mit den Einzelheiten zu beschäftigen. Jetzt wissen wir, daß wir uns geirrt haben.«

»Ich weiß das *nicht*«, sagte Falkirk. »Ich glaube, daß Sie alle infiziert wurden und dann, unter der Kontrolle dieser Kreaturen, die Gefahr zu bagatellisieren begannen. Oder aber diese Kassetten sind nichts weiter als Propaganda. Lügen!«

»Nein«, widersprach Bennell. »Zum einen glaube ich nicht, daß diese Geschöpfe überhaupt zu Lügen fähig sind. Und außerdem würden sie überhaupt keine Propaganda benötigen, wenn sie sich unser so leicht bemächtigen könnten. Und ganz bestimmt hätten sie dann nicht diese Enzyklopädie mitgebracht, die uns *sagt*, daß sie uns in gewisser Weise verändern wollen.«

Ginger war nicht entgangen, daß Brendan der Diskussion mit noch leidenschaftlicherem Interesse folgte als alle anderen, und nun ergriff er das Wort. »Ich weiß, daß die religiöse Metapher hier vielleicht nicht ganz paßt, aber wenn sie das Gefühl haben, als Diener Gottes zu uns zu kommen ... und wenn sie zu uns kommen, um uns diese wunderbaren Gaben zu bringen ... dann könnte man doch fast sagen, sie seien Engel ... Erzengel, die uns eine Art frohe Botschaft bringen.«

Falkirk lachte gehässig. »Oh, das ist wirklich fabelhaft, Cronin! Glauben Sie tatsächlich, Sie könnten mich mit der Religion ködern? *Mich?* Selbst wenn ich ein religiöser Fanatiker wäre wie meine toten und vermoderten Eltern, würde ich diese Kreaturen niemals für Engel halten. Engel mit Gesichtern wie Eimer voll Würmer?«

»Würmer? Wovon redet er?« fragte Brendan Dr. Bennell.

»Sie sehen völlig anders aus als wir«, erklärte der Wissenschaftler. »Gewiß, es sind Zweifüßler mit Unterarmen ähnlich den unsrigen. Sechs Finger statt fünf. Aber das ist auch schon ziemlich alles, was wir äußerlich mit ihnen gemeinsam haben. Anfangs sehen sie für unsere Begriffe abstoßend aus — wobei ›abstoßend‹ noch ein sehr milder Ausdruck ist. Aber mit der Zeit ... sieht man, daß sie auf ihre ganz spezielle Weise eine gewisse Schönheit besitzen.«

»Schönheit!« rief Falkirk verächtlich. »Es sind Monster! Und nur andere Monster können sie schön finden! Sie haben mir soeben selbst einen Beweis für meine Überzeugung geliefert, Bennell!«

In ihrem Zorn machte Ginger trotz Falkirks Maschinenpistole einige Schritte auf ihn zu. »Sie verdammter Idiot!« rief sie. »Was spielt es denn für eine Rolle, wie sie aussehen? Wichtig ist doch nur, wie sie *sind!* Und es sind offensichtlich Geschöpfe mit starkem Verantwortungsbewußtsein, mit edlen Motiven. Wie verschieden von uns sie auch aussehen mögen, so sind doch unsere Gemeinsamkeiten viel größer als die Unterschiede. Mein Vater hat immer gesagt, was uns neben dem Verstand von den Tieren unterscheide, seien Tapferkeit, Liebe, Freundschaft, Mitleid und

Einfühlungsvermögen. Begreifen Sie denn nicht, welchen Mut diese Geschöpfe brauchten, um sich auf diese Reise von Gott weiß wieviel Tausenden Millionen Kilometern zu begeben? *Das* haben wir also schon einmal mit ihnen gemeinsam — Mut und Tapferkeit! Und Liebe und Freundschaft? Auch zu diesen Gefühlen müssen sie in hohem Maße fähig sein. Wie hätten sie sonst eine Zivilisation schaffen können, die nach den Sternen zu greifen vermochte? Man braucht Liebe und Freundschaft, um einen *Grund* zum Bauen zu haben. Mitleid? Sie sehen es als ihre Mission an, andere intelligente Spezies auf eine höhere Stufe der Evolutionsleiter zu bringen. Die Voraussetzung dafür ist Mitleid, Mitgefühl. Und Einfühlungsvermögen? Liegt das nicht auf der Hand? Sie können unsere Furcht und Einsamkeit nachempfinden, unsere Angst, daß wir in einem sinnlosen Universum treiben. Sie können diese unsere Gefühle so gut nachempfinden, daß sie sich auf diese unglaublichen Reisen begeben, in der einzigen *Hoffnung*, uns zu treffen und uns die Botschaft zu überbringen, daß wir nicht allein sind.« Ihr wurde plötzlich klar, daß ihr Zorn nicht einmal so sehr Falkirk galt als vielmehr jener schrecklichen Blindheit der menschlichen Rasse, die sie so oft zur Selbstzerstörung trieb. »Nehmen Sie nur einmal mich als Beispiel«, erklärte sie dem Colonel. »Ich bin Jüdin. Und es gibt Menschen, die behaupten würden, ich sei nicht wie sie, ich sei nicht so gut wie sie, ich sei sogar gefährlich. Geschichten über Juden, die angeblich das Blut christlicher Kinder trinken — es gibt Leute, die solchen Unsinn glauben! Wo ist denn der Unterschied zwischen diesem krankhaften Antisemitismus und Ihrem verbohrten Eigensinn, diese Geschöpfe seien — allen Gegenbeweisen zum Trotz — hergekommen, um *unser* Blut zu trinken? Lassen Sie uns um Gottes willen gehen! Machen Sie Schluß mit dem endlosen Haß! Überwinden Sie ihn! Wir haben eine Bestimmung, in der kein Platz für Haß ist!«

»Bravo!« sagte Falkirk höhnisch. »Eine wunderschöne Rede!« Er richtete seine Maschinenpistole plötzlich auf General Alvarado. »Lassen Sie Ihre Pistole, wo sie ist, General! Ich nehme an, daß Sie eine bei sich tragen. Ich lasse mich nicht erschießen. Ich will im ruhmreichen Feuer sterben.«

»Feuer?« wiederholte Bennell.

Falkirk grinste. »Genau, Doktor! Das ruhmreiche Feuer, das uns alle verzehren und die Welt vor dieser Infektion retten wird.«

»Mein Gott!« murmelte Bennell. »Deshalb haben Sie also auch ihre Männer nicht mitgebracht ... Sie wollten nicht mehr Menschen opfern als unbedingt notwendig.« Er drehte sich nach Alvarado um. »Bob, der verrückte Kerl hat sich aus der Stahlkammer mit Atombomben versorgt!«

Ginger sah Alvarado an, daß ihn bei dieser Nachricht ähnliche Gefühle bewegten wie sie selbst; sein Gesicht verzerrte sich und wurde aschfahl.

»Zwei hübsche Bomben«, berichtete Falkirk. »Eine liegt direkt vor dieser Tür, die zweite ein Stockwerk tiefer, in der Hauptkaverne.« Er schaute auf seine Uhr. »In weniger als drei Minuten werden wir alle verglüht sein. Ich wette, in dieser kurzen Zeit können Sie mich nicht mehr *verwandeln*. Wie lange dauert es, einen von uns in einen von euch zu verwandeln? Ich nehme an, länger als drei Minuten.«

Die Maschinenpistole flog Falkirk plötzlich aus der Hand, als wäre sie lebendig geworden, mit solcher Wucht, daß sie ihm in die Finger schnitt und einige Nägel abriß. Im gleichen Moment schrie Lieutenant Horner auf, als auch seine Maschinenpistole sich plötzlich selbständig machte. Ginger sah beide Waffen durch die Luft wirbeln und dröhnend zu Boden fallen, eine vor Ernies Füßen, die andere vor Jacks. Beide Männer hoben die Maschinenpistolen mit einem Jubelschrei auf und richteten sie auf Falkirk und Horner.

»Warst *du* das?« fragte Ginger Dom.

»Ja, ich glaube«, sagte er atemlos. »Ich ... ich wußte nicht, daß ich dazu in der Lage bin, bis ich es einfach tun *mußte*. Etwa so, als ob Brendan Menschen heilt.«

»Das hilft uns jetzt auch nichts mehr«, sagte Miles Bennell tonlos. »Falkirk sprach von drei Minuten.«

»Zwei!« rief Falkirk mit glücklichem Grinsen, während er seine blutende Hand mit der anderen festhielt. »Jetzt sind es nur noch zwei Minuten!«

»Und Atombomben dieser Art können nicht entschärft werden«, murmelte Alvarado.

Dom rannte zur Tür, während er rief: »Brendan, du übernimmst die vor dieser Tür! Ich kümmere mich um die andere!«

»Sie können nicht entschärft werden«, wiederholte Alvarado.

Brendan kniete neben der Atombombe und erschrak, als er auf dem Zeitzünder sah, daß ihm nur noch eine Minute und dreiunddreißig Sekunden blieben.

Er wußte nicht, was er tun sollte. Er hatte zwar drei Menschen geheilt und einige Pfefferstreuer durch die Luft wirbeln lassen, und er hatte sogar aus dem Nichts Licht erzeugt. Aber er dachte daran, wie die Pfefferstreuer außer Kontrolle geraten waren, wie die Stühle gegen die Decke der Imbißstube gehämmert hatten. Und er wußte, wenn er den Detonator in dieser Bombe zur geringsten falschen Bewegung veranlaßte, würde ihn auch seine ganze übermenschliche Kraft nicht mehr retten können.

Eine Minute sechsundzwanzig Sekunden.

Die anderen waren aus der Kaverne gekommen und standen um ihn herum. Falkirk und Horner wurden dabei immer noch von Ernie und Jack bewacht, obwohl kaum anzunehmen war, daß sie versuchen würden, ihre Waffen zurückzuerobern. Sie vertrauten auf die Bombe.

Eine Minute elf Sekunden.

»Wenn ich den Detonator zerstöre«, fragte Brendan Alvarado, »wenn ich ihn pulverisiere ... würde das ...«

»Nein«, erwiderte der General. »Der Detonator wird die Bombe automatisch zünden, wenn Sie versuchen, ihn zu zerstören.«

Eine Minute drei Sekunden.

Faye kniete neben Brendan nieder. »Laß ihn einfach aus der verdammten Bombe herausschießen, Brendan. So wie Dom ihnen die Pistolen aus den Händen gerissen hat.«

Brendan starrte auf die rasch wechselnden Ziffern der Digitaluhr am Detonator und versuchte sich vorzustellen, daß diese ganze Vorrichtung plötzlich vom Rest der Bombe losgerissen würde.

Nichts geschah.

Vierundfünfzig Sekunden.

Dom verfluchte die Langsamkeit des Aufzugs. Sobald die Tür sich öffnete, raste er hinaus, dicht gefolgt von Ginger, und stürzte auf die Atombombe zu, die in der Mitte der zentralen Kaverne des untersten Stockwerkes von Thunder Hill stand. Mit rasendem Herzklopfen kauerte er neben der Bombe nieder und flüsterte: »O Gott!«, als er die Digitaluhr sah.

Fünfzig Sekunden.

»Du schaffst es!« sagte Ginger, die auf der anderen Seite der schrecklichen Waffe in die Hocke gegangen war. »Du hast eine Bestimmung.«

»Also los!«

»Ich liebe dich«, sagte sie.

»Ich liebe dich«, sagte er, über diese Liebeserklärung genauso erstaunt wie Ginger.

Zweiundvierzig Sekunden.

Er breitete seine Hände über der Kernwaffe aus und spürte sofort die Ringe in seinen Handflächen.

Vierzig Sekunden.

Brendan war in Schweiß gebadet.

Neununddreißig Sekunden.

Er bemühte sich verzweifelt, die magische Kraft, von der er genau wußte, daß er sie besaß, hier anzuwenden. Aber obwohl die Stigmata auf seinen Händen brannten, obwohl er fühlte, wie die Kraft in ihm pulsierte, konnte er sich nicht auf die dringliche Aufgabe konzentrieren. Immer wieder schoß ihm durch den Kopf, was alles schiefgehen könnte, daß er in gewisser Weise verantwortlich sein würde, falls es schiefging, und diese Gedanken hinderten ihn daran, die ihm innewohnende Kraft wirksam werden zu lassen.

Vierunddreißig Sekunden.

Parker Faine schob sich zwischen zwei Zuschauern durch und ließ sich neben Brendan auf die Knie fallen. »Ich will Sie ja nicht kränken, Vater, aber vielleicht besteht das Problem darin, daß Sie als Jesuit viel zu intellektualistisch sind. Vielleicht braucht man hierzu die wilde, begeisterte, abenteuerlustige Einstellung eines Künstlers.« Er hielt seine Pranken über den Detonator. »Komm sofort raus da, du verdammtes Scheißding!«

Mit einem Knacksen von Drähten sprang der Detonator aus der Bombe heraus und landete in Parkers Händen.

Erleichterte Beifallsrufe wurden laut, aber Brendan sagte: »Die Uhr läuft immer noch!«

Elf Sekunden.

»Ja, aber sie ist nicht mehr mit der Bombe verbunden«, meinte Parker mit breitem Grinsen.

»Aber in dem verdammten Detonator ist eine konventionelle Sprengladung!« verkündete Alvarado.

Der Detonator flog aus der Bombe heraus, in Doms Hände. Er sah, daß die Uhr noch lief, und er war sich sicher, daß sie gestoppt werden mußte, auch wenn die Gefahr einer Atomexplosion gebannt war. Deshalb *befahl* er ihr stillzustehen, und die Leuchtziffern erstarrten bei 0:03.

0:03.

An die Rolle eines Zauberkünstlers nicht gewöhnt, geriet Parker bei dieser zweiten Krise in Panik. Er war überzeugt davon, seine Kraft erschöpft zu haben, und deshalb griff er zu einer für ihn charakteristischen verzweifelten Maßnahme. Mit einem Kampfschrei, der John Wayne in einem seiner alten Filme alle Ehre gemacht hätte, wirbelte er auf dem Absatz herum und schleuderte den Detonator auf die Wand am anderen Ende der Zentralkaverne zu, so als werfe er eine Handgranate. Er wußte, daß der Detonator nicht bis zur Wand fliegen würde, aber er hoffte, ihn weit genug befördern zu können. Sobald er ihn losgelassen hatte, warf er sich flach auf den Boden, wo die anderen bereits lagen.

Dom küßte Ginger gerade, als sie über ihren Köpfen die Explosion hörten, und beide zuckten erschrocken zusammen. Im ersten Moment dachte Dom, es wäre Brendan nicht gelungen, die andere Bombe zu entschärfen, aber dann wurde ihm klar, daß eine Atomexplosion die Decke zum Einsturz gebracht hätte.

»Der Detonator«, murmelte Ginger.

»Komm«, rief er. »Sehen wir nach, ob jemand verletzt ist.«

Der Lift kroch aufwärts. Als sie im ersten Untergeschoß ausstiegen, wimmelte es in der Zentralkaverne von bewaffnetem Personal, das bei der Detonation geglaubt hatte, es käme jetzt zum Kampf.

Mit Ginger an der Hand bahnte sich Dom einen Weg durch die Menge, auf die Stelle zu, wo er Brendan bei der Bombe gelassen hatte. Er sah Faye, Sandy und Ned. Dann Brendan — unverletzt. Jorja, Marcie.

Parker tauchte rechts von ihm auf und riß ihn und Ginger in eine bärenhafte Umarmung. »Ihr hättet mich sehen müssen, Kinder! Wenn sie sowohl *mich* als auch Audie Murphy gehabt hätten, wäre der Zweite Weltkrieg in etwa sechs Monaten beendet gewesen!«

»Ich verstehe allmählich, warum Dom Sie so bewundert«, sagte Ginger.

Parker hob die Brauen. »Aber gewiß doch, meine Liebe! Mich zu kennen bedeutet, mich zu lieben!«

Ein Schreckensschrei ließ Dom, der geglaubt hatte, daß die Gefahr jetzt vorüber wäre, heftig zusammenzucken. Als er sich umdrehte, sah er, daß Falkirk sich in dem ganzen Durcheinander von Jack und Ernie weggeschlichen und einem der in Thunder Hill stationierten Soldaten den Revolver entwunden hatte. Alle wichen vor ihm zurück.

»Um Gottes willen«, brüllte Jack, »es ist vorbei, Colonel! Es ist vorbei, verdammt noch mal!«

Aber Falkirk hatte gar nicht die Absicht, seinen Privatkrieg fortzusetzen. Seine hellgrauen Augen hatten einen irren Glanz. »Ja«, rief er. »Es ist vorbei, und ich werde nicht verwandelt werden wie ihr alle! *Mich* werdet ihr nicht erwischen!«

Bevor jemand ihm in den Arm fallen konnte, bevor es jemandem einfiel, ihm die Waffe mit telekinetischer Kraft zu entreißen, schob er die Mündung des Revolvers in den Mund und drückte ab.

Ginger schrie auf und wandte ihren Blick von dem fallenden Körper ab, und auch Dom schaute beiseite. Es war nicht der blutige Tod als solcher, der so abstoßend war, sondern die dumme, sinnlose Selbstzerstörung in einem Augenblick, da die Menschheit endlich nicht mehr allzuweit vom Geheimnis der Unsterblichkeit entfernt war.

3. Transzendenz

Während die Belegschaft von Thunder Hill in die Kaverne strömte und das Raumschiff bestaunte, das die meisten von ihnen noch nie gesehen hatten, folgten Ginger, Dom und die anderen Zeugen Miles Bennell ins Innere des Gefährts.

Es war genauso schlicht wie das Äußere, ohne all die komplizierten technischen Anlagen, die man bei einem Flugkörper, der zu einer solchen Reise imstande gewesen war, vermutet hätte. Miles Bennell erklärte, die Konstrukteure seien über das, was die Menschheit unter Maschinen und Technik verstehe, weit hinaus, vielleicht sogar über das, was die Menschheit unter Physik verstehe. Es gab nur eine langgestreckte Kabine, die größtenteils grau und schmucklos war. Das warme, goldene Licht, das in der Nacht des 6. Juli das Raumschiff erfüllt hatte — und an das sich Brendan in seinen Träumen erinnert hatte —, war jetzt nicht zu sehen. Der Raum wurde nur von normalen, von den Wissenschaftlern angebrachten Lampen erhellt.

Trotz ihrer Schlichtheit strahlte die Kabine eine Wärme und einen Zauber aus, die Ginger seltsamerweise an das Privatbüro ihres Vaters in seinem ersten eigenen Juweliergeschäft in Brooklyn erinnerte, in dem er sich immer besonders gern aufgehalten hatte. Die Wände dieses Allerheiligsten waren nur mit einem Kalender geschmückt gewesen, und die Möbel waren billig, alt und abgenutzt gewesen. Ein einfaches, sogar schäbiges Zimmer. Aber für Ginger war es ein herrlicher Ort von geradezu magischer Anziehungskraft gewesen, weil Jacob dort selten gearbeitet, sondern sich meistens in irgendein Buch vertieft hatte, und sehr oft hatte er ihr daraus vorgelesen. Manchmal war es ein Horrorroman gewesen, manchmal Fantasy über Zwerge und Hexen, manchmal eine Geschichte über andere Welten oder auch ein Spionagethriller. Und wenn Jacob vorlas, hatte seine Stimme immer ein hypnotisierendes Timbre gehabt. Die Wirklichkeit des kleinen, grauen Büros war verblaßt, und Ginger hatte stundenlang mit Sherlock Holmes in nebligen Mooren Recherchen angestellt, mit dem Hobbit Mr. Bilbo Baggins gefeiert und überhaupt die schönsten Abenteuer erlebt. Jacobs Büro war nicht nur das gewesen, was es zu sein schien. Und obwohl diese Kabine in ihrer Ausstattung keinerlei Ähnlichkeit mit Jacobs Büro hatte, glich sie ihm doch insofern, als auch sie mehr war, als sie rein äußerlich zu sein schien; unter ihrer schlichten, eintönigen Oberfläche waren wundervolle Dinge, große Mysterien verborgen.

An jeder der beiden langen Wände standen vier sargähnliche Behälter aus einem halb durchsichtigen milchigblauen Material, das wie gemeißelter Quarz aussah. Das waren — erklärte Miles Bennell — die Betten, in denen die Reisenden ihren langen Flug im Zustand des Scheintodes verbracht hatten, der es ihnen ermöglicht hatte, nur um das Äquivalent eines Erdenjahres zu altern, während in Wirklichkeit fünfzig vergangen waren. Während sie geträumt hatten, war das vollautomatische Schiff durch die weiten leeren Räume des Alls geflogen und hatte mit speziellen Sensoren und Sonden nach Hinweisen auf Leben in den

Hunderttausenden von Sonnensystemen gesucht, die es passierte.

Es entging Gingers Aufmerksamkeit nicht, daß sich auf dem Deckel jedes Behälters zwei etwas erhabene Ringe befanden, deren Größe genau den Malen entsprach, die mitunter auf Doms und Brendans Händen erschienen.

»Sie haben uns gesagt, daß sie tot waren, als sie hier landeten«, wandte sich Ned an Bennell. »Aber Sie haben meine Frage noch nicht beantwortet, *woran* sie gestorben sind.«

»An der Zeit«, erwiderte Bennell. »Obwohl das Raumschiff und all seine Geräte während des ganzen Fluges und auch während der Landung an der I-80 hervorragend funktionierten, waren seine Insassen bereits an Altersschwäche gestorben, lange bevor sie uns erreichten.«

»Aber Sie sagten doch«, rief Faye, »daß sie in fünfzig Jahren nur um ein Jahr alterten!«

»Ja«, bestätigte Bennell. »Und nach allem, was wir inzwischen über sie wissen, leben sie für unsere Begriffe sehr lange. Ihre durchschnittliche Lebenserwartung scheint fünfhundert Jahre zu betragen.«

Jack Twist, der Marcie auf dem Arm trug, murmelte: »Mein Gott, aber wenn sie während des Fluges in fünfzig Jahren nur um ein Jahr gealtert sind — dann müßten sie ja 25 000 Jahre unterwegs gewesen sein, um an Altersschwäche zu sterben.«

»Sie waren noch länger unterwegs«, sagte Bennell. »Trotz ihres phänomenalen Wissens und ihrer grandiosen Technologie ist es ihnen nie gelungen, die Lichtgeschwindigkeit zu übertreffen — 300 000 Kilometer pro Sekunde. Ihr Schiff flog mit etwa 98 % dieser Geschwindigkeit — das heißt, mit etwa 294 000 Kilometern pro Sekunde. Schnell für unsere Begriffe, gewiß, aber nicht schnell genug, wenn man die entsprechenden Entfernungen in Betracht zieht. Unsere eigene Galaxie — in der sie unsere Nachbarn sind — hat einen Durchmesser von 80 000 Lichtjahren, das heißt von etwa 380 000 Trillionen Kilometern. Sie versuchten, uns mit Hilfe dreidimensionaler galaktischer Diagramme begreiflich zu machen, wo ihre Heimat liegt. Wir glauben, daß sie von einem Ort ziemlich am Rand der Galaxie kommen, der von uns mehr als 31 000 Lichtjahre entfernt ist. Und nachdem sie etwas langsamer als mit Lichtgeschwindigkeit fliegen, bedeutet das, daß sie ihre Heimat vor etwas weniger als 32 000 Jahren verlassen haben müssen. Obwohl ihre Lebensspannen durch den Scheintod beträchtlich verlängert wurden, müssen sie vor fast 10 000 Jahren gestorben sein.«

Ginger zitterte am ganzen Leibe, so wie sie beim ersten Blick auf das uralte Gefährt gezittert hatte. Sie berührte den ihr nächsten milchig-blauen Behälter, der ihr das gewaltige Zeugnis einer jede menschliche Vorstellungskraft übersteigenden Liebe zu sein schien, die Verkörperung eines Opfers, das ihren Geist schwindeln ließ und ihr Herz mit Demut erfüllte. Freiwillig alle Annehmlichkeiten der Heimat aufgegeben, ihre eigene Welt und alle ihre Artgenossen verlassen zu haben, sich auf eine Reise über diese unvorstellbaren Entfernungen hinweg begeben zu haben, nur in der *Hoffnung*, einer sich abmühenden Spezies helfen zu können, irgendwann in ferner Zukunft ...

Bennell hatte immer mehr die Stimme gesenkt, und jetzt sprach er so leise, als stünde er in einer Kirche. »Sie starben 25 000 Lichtjahre von ihrer Heimat entfernt. Sie waren schon tot, als die Menschen noch in Höhlen lebten und gerade die Anfangsgründe des Ackerbaus lernten. Als diese ... diese unglaublichen Reisenden starben, betrug die Gesamtbevölkerung unserer Erde etwa fünf Millionen — das sind weniger, als heute allein in Manhattan leben. Während der vergangenen 10 000 Jahre, in denen wir uns abmühten, aus dem gröbsten Dreck herauszukommen und eine wacklige Zivilisation aufzubauen, wobei wir stets am Rande der Selbstzerstörung standen — während dieser 10 000 Jahre flogen die acht toten Pioniere stetig durch die Weite der galaktischen Randgebiete auf uns zu.«

Ginger sah, wie Brendan die andere Ecke des Sarges berührte, auf den sie ihre Hände gelegt hatte. In seinen Augen standen Tränen. Sie ahnte, was in ihm vorging. Als Priester hatte er sich zum Zölibat verpflichtet, hatte sich um Gottes willen viele Opfer auferlegt, mußte auf viele Freuden des weltlichen Lebens verzichten. Er wußte, was Opfer waren, aber keines seiner Opfer ließ sich mit dem vergleichen, das diese Geschöpfe im Namen *ihrer* Sache auf sich genommen hatten.

Parker sagte: »Aber um fünf andere intelligente Spezies zu entdecken — bei diesen gewaltigen Entfernungen und der geringen Wahrscheinlichkeit, auf Leben zu stoßen —, müssen sie sehr viele solcher Schiffe ausschicken.«

»Wir glauben, daß sie alljährlich Hunderte ausschicken, vielleicht sogar Tausende — und daß sie, als dieses Raumschiff hier die Heimat verließ, schon seit über 100 000 Jahren solche Flüge unternahmen. Wie schon gesagt, das ist ihre Religion und ihr eigentlicher Lebenssinn. Die anderen fünf Spezies, die sie entdeckt haben, befanden sich alle innerhalb eines Umkreises von 15 000 Lichtjahren von ihrer eigenen Heimat entfernt. Vergessen Sie nicht — selbst wenn sie in *dieser* Entfernung eine Intelligenz ausfindig machen, erfahren sie erst 15 000 Jahre später etwas davon, denn so lange dauert es, bis die Botschaft ihre Heimat erreicht. Können Sie sich jetzt wenigstens eine kleine Vorstellung vom Engagement dieser Geschöpfe machen?«

»Die meisten Schiffe«, sagte Ernie, »müssen doch losfliegen und nie zurückkehren — und nie einen Erfolg erleben. Die meisten fliegen einfach immer weiter in den endlosen Raum hinein, während die Mannschaft stirbt, so wie diese hier gestorben ist.«

»Ja«, bestätigte Bennell.

»Und trotzdem machen sie sich immer wieder auf den Weg«, murmelte Dom.

»Trotzdem machen sie sich immer wieder auf den Weg!« bekräftigte Bennell.

»Wir werden vermutlich niemals anderen ihrer Spezies begegnen«, sagte Ned bedauernd.

»Geben Sie der Menschheit hundert Jahre Zeit, um all das Wissen und die ganze Technologie, die sie uns gebracht haben, auszuwerten«, prophezeite Bennell. »Und dann geben Sie uns ... oh, mindestens tausend weitere Jahre Zeit, bis wir soweit gereift sind, daß wir zu ähnlichem Engagement und ähnlichen Opfern bereit sind wie diese Geschöpfe. Dann wird ein Schiff ins All stechen, bemannt mit Menschen im Zustand des Scheintodes. Vielleicht wird es uns auch gelingen, diesen Prozeß beträchtlich zu verbessern, so daß sie überhaupt nicht altern oder doch sehr viel langsamer. Keiner von uns wird am Leben sein und den Start dieses Raumschiffs mitverfolgen können — aber es *wird* starten. Tief im Herzen *weiß* ich das. Und dann ... 32 000 Jahre *danach*, werden unsere fernen Nachkommen dort sein, werden den Besuch erwidern, werden den Kontakt erneuern, von dem jene Geschöpfe nicht einmal wissen, daß sie ihn hergestellt haben.«

Alle standen schweigend da, überwältigt von Bennells Vision.

Ein unbeschreiblich seliger Schauer durchlief Ginger.

»Das ist die Dimension Gottes«, sagte Brendan. »Wir denken und planen hier eher in göttlichen denn in menschlichen Dimensionen.«

»Das läßt es plötzlich viel weniger wichtig erscheinen, wer dieses Jahr die Baseball-Meisterschaft gewinnen wird, stimmt's?« sagte Parker.

Dom legte seine Hände auf die Ringe, die auf dem Deckel jenes Behälters hervorstanden, um den sich alle geschart hatten. »Ich glaube, daß nur sechs Mitglieder der Besatzung in jener Julinacht tot waren, *ganz* tot, Dr. Bennell«, erklärte er. »Ich beginne mich zu erinnern, was geschah, als wir damals das Schiff betraten, und ich habe das Gefühl, als seien wir zu zweien dieser Behälter *gerufen* worden, von etwas, das in ihnen noch lebte. *Kaum* noch lebte, aber noch nicht ganz tot war.«

»Ja«, bestätigte Brendan, dem jetzt Tränen über die Wangen liefen. »Ich erinnere mich jetzt, daß das goldene Licht von zwei Behältern ausging, daß es nicht nur eine visuelle Anziehungskraft auf uns ausübte, sondern auch auf unser Unterbewußtsein einwirkte. Ich konnte einfach nicht anders — ich *mußte* hingehen und meine Hände auf die Ringe legen. Und als ich das tat ... da spürte ich irgendwie, daß unter dem Deckel etwas sich verzweifelt ans Leben klammerte, nicht um seiner selbst willen, sondern um irgendein Geschenk weitergeben zu können. Und indem es seine eigenen Hände von innen auf diese leitenden Ringe legte ... übergab es mir, wozu es sich einst auf diesen weiten Weg begeben hatte. Dann starb es endlich. Ich wußte damals nicht genau, was in mir war. Vermutlich hätte es einige Zeit gedauert, bis ich es begriffen und gelernt hätte, mit der Kraft richtig umzugehen. Aber bevor ich eine Chance dazu hatte, wurden wir gefangengenommen.«

»Noch am Leben ...«, murmelte Bennell überwältigt. »Nun ja, der Zustand der acht Körper ... zwei waren buchstäblich zu Staub zerfallen ... zwei weitere waren sehr stark verwest ... offensichtlich weil ihre Behälter nach ihrem Tod zugefallen waren. Vier waren in viel besserem Zustand ... zwei davon schienen völlig unversehrt zu sein. Aber wir dachten nicht einmal im Traum daran, daß ...«

»Ja«, sagte Dom, der sich jetzt deutlicher erinnerte. »Sie lebten kaum noch, aber sie hielten durch, um ihre Gabe weiterreichen zu können. Ich dachte natürlich, man würde mich befragen, mir eine

Chance geben zu erzählen, was mir im Schiff widerfahren war. Aber die Regierung war so übereifrig bemüht, die menschliche Gesellschaft vor dem Schock dieses Ereignisses zu bewahren, sie hatte solche Angst vor dem Unbekannten ... Ich hatte nie die Gelegenheit, etwas zu erzählen.«

»Bald werden wir es der Welt mitteilen können«, erklärte Bennell.

»Und die Welt verändern können!« fügte Brendan hinzu.

Ginger blickte in die Gesichter der Tranquility-Familie, betrachtete Parker und Bennell und spürte deutlich das enge Band, das bald alle Männer und Frauen miteinander verknüpfen würde; eine unglaubliche Nähe, die aus ihrem plötzlichen gemeinsamen Aufstieg auf der Evolutionsleiter in Richtung einer besseren Welt resultieren würde. Die Menschen würden sich nicht mehr fremd sein, nirgendwo auf der Erde. Bisher hatte die Menschheit immer in Finsternis gelebt, und jetzt stand sie an der Schwelle einer Morgendämmerung. Ginger blickte auf ihre kleinen Hände hinab, die Hände einer Chirurgin, und sie dachte an das jahrelange angestrengte Studium, dem sie sich mit solcher Hingabe gewidmet hatte, in der Hoffnung, Menschenleben retten zu können. Und jetzt würde diese ganze Ausbildung vielleicht überflüssig gewesen sein. Aber das machte ihr nichts aus. Die Aussicht auf eine Welt, die Medizin oder Chirurgie nicht *brauchte*, erfüllte sie mit Freude. Sie würde Dom bitten, die Gabe an sie weiterzugeben, und bald würde sie imstande sein, allein durch die Berührung zu heilen. Was aber noch wichtiger war — nur durch ihre Berührung würde sie die Heilkraft anderen weitergeben können. Die menschliche Lebensspanne würde sich über Nacht dramatisch verlängern — auf dreihundert, vierhundert, sogar fünfhundert Jahre. Abgesehen von Unfällen, würde der Tod in weite Ferne gebannt sein. Die Annas und Jacobs auf dieser Welt würden nicht mehr ihren Kindern entrissen werden, die sie brauchten und liebten. Ehemänner würden nicht mehr trauernd an den Totenbetten ihrer jungen Frauen sitzen müssen. Nie mehr, *Baruch ha-Shem*, nie mehr.

Dean R. Koontz

Die Romane von Dean R. Koontz gehören zu den Highlights der anspruchsvollen Horror-Literatur.

01/6667

01/6833

01/6913

01/6951

01/7707

»Grausig und unerbittlich... spannend geschrieben, intelligent und menschlich!«
Stephen King

Wilhelm Heyne Verlag München